本书系国家社会科学基金重大项目
"多卷本《中国现当代旧体诗词编年史》编纂与研究及数据库建设"
(18ZDA263) 的阶段性成果

编 委 会 名 单

中国现代旧体诗词编年史

第一辑（第四卷）

李遇春◎主编

人民出版社

目　录

一九一八年（戊午）

1日 《尚志》第1卷第3号刊行。本期"诗录"栏目含《还乡吟》(袁嘉谷)。

《申报》第16124号刊行。本期《自由谈》"曲栏"栏目含《谢庭雪杂剧》(续)(顾佛影稿,栩园润文)。

张元济与陈叔通、俞志贤、陈培初、顾晓舟、王亨统、鲍咸昌、杨公亮、符干臣在寓午餐,晚又约范秉钧、项渭臣、邵裴子、徐乃昌、蒯授臣在一枝香用晚膳。

延清作《十一月十九日乃民国七年一月一日也,漫赋》。诗云:"周正而后又秦正,新岁今朝首历更。万姓人犹冬令纪,一家我独夏时行。闻声但辨雷收发,测景惟占月缩盈。律吕九颂须默记,虞书齐政守玑衡。"

徐世昌作《十一月十九日约柯凤孙、王晋卿、张珍午、秦祐蘅、赵湘帆、曹理斋、贺性存小集晚香别墅》。诗云:"潦水纵横外,尘沙莽若何。岁寒见松柏,人寿看山河。对酒新知少,论文旧侣多。千秋存著述,珍重老严阿。"

孙介眉作《雪夜早起》。诗云:"鸡鸣斜月满窗白,启户观天夜残碧。(陌韵)疏星灿如宝珠嵌,秃树影疑花地毯。(感韵)雪上履声频回走,健儿警士横星守。(有韵)冽风长途踏冰隘,村农载米驱市卖。(卦韵)千家大梦正酣睡,嗟彼勤劳不遑寐。(真韵)世人皆以勤劳乐,更有何事不可作。(药韵)"

庞俊作《新历元日,同社会饮有作》。诗云:"六年观变眼为疲,了以微吁未是奇。佳酿岂辞无算爵,疏梅还买可怜枝。承平箫鼓回千梦,得失鸡虫又一时。更笑城北尢居士,破愁今亦用糟醨(聘臣素不饮,今亦微醉)。"

王仁安作《新历元日随同官谒省署》。诗云:"人似相归燕,相依门户飞。未曾辞故垒,犹自恋斜晖。漫说前途远,休将素志违。文章得欣赏,岂是道全非。"

邵森作《戊午元日》。诗云:"江风吹我去沄沄,上日楼头百感纷。板荡中原兵未厌,元黄大陆战方殷。三千道路沉弧矢,十万生灵馈一军。结纳已成藩镇势,无言斜睨树梢云。"

应修人作《七年元旦,以五期成功人传赠诸友祝进步,并缀以诗》(七律,未完)。

2日 刘文典与钱玄同等谈《红楼梦》与庄老之学。

3日 《申报》第16125号刊行。本期《自由谈》"新酒令"栏目含《女子唐诗酒筹百种》(雪香)。

郑孝胥赴朱晓南之约,与胡琴初谈五月复辟事。胡言,非张、陆合,不能再举。

陈三立独游豁蒙楼,作《豁蒙楼晴望》。诗云:"倚阁晴开落木村,千山骨立万鸦翻。壤砖井口生寒吹,短草城头盖烧痕。终古劫灰如未扫,孤游心事与谁论。冰湖一角嵌洲渚，换对须眉日又昏。"又，携家人往南京高等师范学校访友，作《高等师范学校访柳翼谋、王伯沆，不遇，独徘徊六朝松下，盖乱后不视此松七年矣》。诗云："依山广厦步寒晴，访旧余飞鹊笑声。重抚孤松人世改，不成龙去亦偷生。"后往视中正街旧居，作《过中正街旧居》。诗云："交荫双槐尚表闾，乳鸦声底响奔车。十年池上低吟处，应出先朝尺半鱼。"因携家人游园，失睹三日并出奇景，作《十一月二十一日午至申酉之间，有三日并出，光芒四垂，热亦加酷。时方携家人行园，一佣立岸步，徘徊瞻眺，避去不告，致未仰视，失此奇景，口占纪之》。诗云："九日曾传落羿弓，忽成鼎足霸苍穹。痴儿那问黄天事，去贺墙头炙背翁。"陈隆恪作《侍大人过访王伯沆、柳翼谋高等师范学校，八弟随焉，坐园侧茅屋，正对六朝桧，盘桓竟日，归纪以诗》。诗云："列著依廊鸟下飞，坐匡老桧霸晴晖。梅翘紫蒂春痕浅，草委寒苔野色肥。收拾闲愁天已醉，屏遗高论世无违。窥墙钟阜争残照，分挟浮岚侍杖归。"柳诒徵后作《我的自述》云："民国五六年任教南京高师、东南大学，与王伯沆（瀣）共晨夕。王喜谈诗，赣人胡先骕、邵祖平亦昵就。王谈诗，予旁听，久之，亦时有所得。王在龙蟠里图书馆手抄《咏怀堂诗》。假予读之。陈散原亦亟称阮（大铖）。予益知诗不易为，而取径尤不可简。"

雅士《晚秋有感》（六首）刊于［马来亚］《槟城新报》"文苑"栏目。其二："数阵凉风入玉楼，芦花飘雪已深秋。更逢三五蟾辉映，默祝长圆解我愁！"

4 日　《申报》第 16126 号刊行。本期《自由谈》"新酒令"栏目含《女子唐诗酒筹百种》（雪香，续昨）。

吴芳吉致信吴宓，谈国难情势及人心之变："今俄德和议既成，亡国之机，日迫一日。而国中小腆，犹复争南争北，固党营私，不识大势。况乎强邻逼处于外，民生凋敝于内，四夷虽不亡我，而我实自亡之。人心已死，夫何可逃？尤可虑者，甚且假外夷声势，行己私欲。明明为人奴隶，虽相残而不羞。为人犬马，虽反噬而不辞。是则防不胜防，烈于戎首。""我以亡国为悲，而人以亡国为乐。有民若此，恶得不亡？兄等在美，宜力广交游，接纳彼邦少年，灌以中国伦理大义，传儒教于西土，以为亡国之计也。"

徐定超为调征书籍因公返里，沈曾植在沪设宴饯行。

5 日　《申报》第 16127 号刊行。本期《自由谈》"新酒令"栏目含《女子唐诗酒筹百种》（雪香，续昨）。

《妇女杂志》第 4 卷第 1 号刊行。本期"文苑·诗"栏目含《结婚满四十年纪念》（严修）。

《学生》第 5 卷第 1 号刊行。本期"诗"栏目含《岁寒三友诗》（定海桃花县立西铭学校毕业生胡庆和）、《月夜访梅，醉中走笔》（四川顺庆六属联合县立中学校学生伍麟)、《山居》(安徽贵池同文书社甲级学生刘锦标)、《题桃源图》(前人)。

　　上海招商局温沪线"普济"轮满载乘客,由上海驶向温州,在吴淞口被英国"新丰"轮违反航行规则撞沉。船上300余名乘客丧身大海,徐定超、刘景琨(刘景晨仲弟)、黄梅初(黄群五弟)遇难。黄式苏闻讯,作《旧历十一月二十三日,普济轮船自沪赴瓯,为新丰冲沉于吴淞口外,死者三百余人,追述纪哀》,时载《瓯海公报》。诗云:"去国忽三载,一官堕烟瘴。乍接故乡书,惊悉故乡状。今年岁在巳,叠嗟贤人丧。二陈(介石师、墨农丈)与余洪(筱泉、叔琳两太史),诸老纷已葬。故人折王(子迪)郭(小梅),朝露倍凄怆。岂知犹未艾,奇祸自天降。海上覆归舟,哀声震里巷。就中齿德尊,徐公丈人行。贞元朝政非,直言疏屡抗。角巾归里第,将就东海养。翁媪本神仙,白头常随唱。水遁或尸解,蓬莱迷所向。(徐班侯丈及胡夫人遗骸,至今未获)谢子习韬钤,高谈坐虎帐。十载困偏裨,闲散未独将。泛宅竟不归,笙歌厌湖舫。(谢子彝师附)虞卿天下士,南下为筹饷。婚嫁事未毕,忽作游岳向。(虞柏颀以嫁女南旋,适遭其厄)吾宗有三凤,伯也性夷旷。浮湛郎署间,高阁宁依傍。有季亦共济,不死天所贶。咽泪述惨劫,字字痛腑脏。(宗穰卿、述西兄弟,述西遇救得生,有《普济惨劫记》)刘(文甫)黄(梅初)货殖才,俯仰时能相。乃兄笃友于,哭弟海为涨。作书欲远唁,执笔心怆悢。(谓冠三、溯初二子)同舟实三百,何罪死皆当。尤痛瓯沪舟,十日仅一迁。及期人争趋,愆时转惆怅。劳燕东西飞,四翔集江上。或因倦游归,行李早摒挡。或以饥驱出,车笠远相访。或为退伍卒,除籍解甲仗。或为还家妇,携具及瓮盎。或为陶朱贾,或为公输匠。或冷如饮冰,或温如挟纩。或假碧眼威,意气何高亢。或忘白发老,谑笑何跌宕。夜半共登舟,欢呼情洽畅。须臾机声作,墨烟轻风飏。星月色微茫,容与江之湱。吴淞在沪闵,沉埋那得量。一舟破浪来,万钧力鼓荡。急笛一再鸣,猛进不肯让。大声轰然作,欲避不及搒。陡见漏舟中,一水恣洸漾。是时群魂飞,狂号声裂吭。呼天天不闻,援手来舟望。来舟肯暂停,客命或无妨。奈何掉轮去,坐看葬鲸浪。惨哉无人理,百口难掩谤。其有幸而存,然亦病腹胀。亲朋问讯集,破涕庆无恙。孑遗信几何,什一岂汝诳。哀哀我瓯民,此灾宁无妄。记曾抗电争,早知祸已酿。亡何去复至,泄沓真善忘。(十年前,郡人以普济船朽,请易新者,一再电争不获)果然有今日,受此深巨创。瓯海通商场,瑰货殊方仰。年来竞淫巧,百物多新样。舟中积如阜,委之蛟龙藏。元气一旦尽,再战何时王。未雨失绸缪,事后徒怏怏。纵事力诛责,安能一一偿。况闻人云亡,涕泣声为放。耆旧既凋谢,夭折又英壮。邦国真殄瘁,冥冥谁主张。死者长已矣,生者急保障。惩后合惩前,酣梦今醒偿。"张震轩作《哀普济》(三首)。其一:"霜风凛凛神鬼号,飚轮航海狎惊涛。夜方五更寒威烈,人皆瑟缩卧衾裯。吴淞江口方转柁,陡然飞祸横相遭。入者新丰出普济,两船衔接差一毫。拦腰直撞锅炉裂,天崩地塌人声嚣。惊破睡魔争呼救,四顾茫茫安所逃。纷解舢板图共济，轻船重载翻其凥。无贵无贱同蹈海，性命不值一鸿毛。就中年少好身手，急升桅顶捷于猱。侥幸不至占灭顶，遇船获救免号咷。吁嗟瓯海开商埠，轮舟驾驶如轻舠。四十余年沪来往，乘风破浪恣游翱。天吴不翔海若伏，慈航稳渡乐慆慆。岂知岁星红羊值，老成零落多贤豪。犹幸出门旷达者，驰驱国事忘其劳。时值残冬乡思切，俶装遄返歌同袍。倘得平安归故里，家人旨酒烹羊羔。那堪浩劫不能避，聚之一船歼其曹。"其二："城北徐公年七十，文名山斗资望高。胡天不愁遗一老，竟随龙伯去乘鳌。继者吾乡黄叔度，汪洋亦赋汨罗骚。虞叔宝剑正淬砺，一落千丈锋芒韬。谢傅全家归水府，王生难免酒丘糟。关西夫子颇谨畏，肘后囊金付浊醪。伤哉予季亦遭厄，倚闾盼断母心忉。家有同怀皆堕泪，更谁壮志建旌旄。深闺思妇哀久别，恹恹病骨瘦香桃。方期征夫归慰藉，情丝骤截并州刀。人生百岁终一死，死非无妄气不挠。胡为顷刻同殒命，投入苦海供煎熬。被溺人数达几百，渔船四面空打捞。捞者无几半冻毙，手僵足冷如霜螯。不如战场甘碎首，犹得尸骨委蓬蒿。呜呼瓯祸此何酷，问天无语首空搔。"其三："时论归咎招商局，船久失修贪脂膏。譬之朽索驭六马，直走峻坂下平皋。一朝脱轨遭蹉跌，决难人力挽柔缲。我谓此说虽近理，核之于数意仍诐。试观西人造轮舶，年年筹画防詟警。往岁美制大商艇，冠绝地球坚且牢。大平之洋迳直渡，冰山一撞沉其艚。可知万物成与坏，冥冥权有天公操。人生修短由天演，当其不遇自汰淘。地水火风相鼓荡，圣贤仙佛归洪陶。欧战蔓延祸最惨，伏尸千万谁贬褒。中原南北又交斗，生命无殊草芥薅。何况攘攘名利者，随时俯仰同桔槔。一蹶便堕爱河网，谁为援手天恩叨。君子居易以俟命，命由天定奚哀嗷。且痛饮酒歌当哭，长歌一曲醉酕醄。"

徐定超卒于"普济"轮失事中。徐定超（1845—1918），字班侯，一字超伯，浙江永嘉人。清光绪九年（1883）癸未进士，曾官京畿道监察御史、旅京浙江公学监督、浙江两级师范学堂监督等职。辛亥后，历任温州军政分府都督、旧温属护商警察局局长、浙江都督府顾问、浙江通志局提调等职。是日夜深三时半，徐定超偕夫人为调征书籍因公返温，舟出吴淞口，至铜沙洋三夹水，和新丰轮相撞，不久沉没，徐定超夫妇、孙媳、玄孙等五人同时罹难。旅沪温州同乡代表项骧、殷汝熊、徐陈冕，旅沪温州同乡会会长张云雷、副会长林寅善、林笃培等前往招商局面商善后办法。王国维致罗振玉札："前日往温州之普济轮船在吴淞外失事，死者二三百人，徐班侯与其眷属皆罹其祸，可谓巨矣。"著有《徐侍御遗稿》《内经注》《伤寒论讲义》《灵枢素问讲义》等。后人整理出版《徐定超集》（诗文集）。卒后，杜师预、沈曾植、金炳南、胡调元、潘逸斋、袁思永、蒋天牧、金镜蓉、符璋、夏丏尊、张槡、胡君复、李骧、严琴隐、徐济川等人撰挽诗、挽联。青田杜师预《挽徐侍御班丈夫妇》："刘樊夫妇下瑶台，偶向人间走一回。仙骨不堪着尘土，相将携手上蓬莱。蓬莱可望不可即，中有弱水

三千弱。乘莲太乙各归班，嗟彼世人那得识?"乐清金炳南作《追挽徐班侯丈》。序云:
"丈为京畿道御史时，当折参亲贵重臣，遇事敢言，不避权贵，一时直声大震，辇毂之
下为之悚然。洎乎清室逊位，退归林下，彼时事局纷扰，行政无主，乡人推其维持地
方。丈戢暴安良，政平讼理，一郡得以晏然。寻由杭垣返里，与夫人胡氏同罹晋济之
厄。予方作客闽中，奔波靡定，不获闻讣归吊，续拟一联追挽之，聊当啜泣云。"联云:
"生为殿中虎，死作水中仙，嗟大陆将沉，我亦愿攀赤鲤去;翼予愧不飞，负公期不遂，
悲穷途闻耗，心惟梦逐素车来。"沈曾植作《徐班老挽诗》(二首)。其一:"送君昨日
话檐阿，岂料飞来《薤露歌》。魑魅喜人浑不择，神仙堕劫复如何? 卅年耐久交期尽，
七秩齐眉命者那。从此西湖风月冷，水仙祠畔忍重过?"其二:"忽然黄气发虹霓，不
酒朱颜亦焕然。行去岂知逢鬼伯，归来还望托神弦。倾河一恸输清泪，捉月千秋继
醉仙。妄想海山栖寂处，两旗翼翼迓侯船。"王仁安作《闻温州轮舶失事，徐班老遇难，
感赋》。诗云:"伤心海上波涛险，回首湖边风月愁。新历小除悭一面(来访未遇)，受
生大劫已千秋。征车将发劳推挽(浙绅电留公居首)，杯酒相逢记唱酬。门下高材依
我久，不堪掩泪过西州(谓定华)。"又作《闻黄穰卿亦遇难，重赋一首》。赵铸托张震
轩(枏)代撰挽联。张氏《杜隐园日记》民国七年二月二十日(4月1日)条:"为赵君
铸撰挽徐班老联一对，并代为书之，联录下:文章道德，为我瓯大师，那堪挈眷偕旋，
顷刻商轮飞浩劫;墨老筱公，甫归真天上，讵料先生又去，巍峨鲁殿失灵光。"蔡元培
为徐定超纪念祠题联云:"御史楼台高百丈，谏官祠宇壮千秋。"

刘景琨卒于"普济"轮失事中，刘景晨作《哀仲弟》。小引云:"丁巳十一月
二十三日，普济轮船自上海开赴温州，为新丰轮船撞沉吴淞江口，船客死者三百人，
仲弟文甫与焉。余方讼系金华，不得奔视，乃作歌以哀之。"诗云:"北风猎猎撼圜室，
残灯惨照中宵泣。我罪伊何有公论，所痛雁行摧一翼。吴淞江口寒星稀，巨轮蹴浪
船如飞。一船鲸击势猛烈，一船当之崩半壁。船中归人我仲氏，蹶然起看面如纸。
满船号哭救不得，纵横咽浪江中死。嗟我金华困讼系，诉仲天涯邮尚滞。风波一宦
胆已寒，何知仲复溘先逝?菊髯沉耐老律师，已闻噩耗心暗悲。谓我冤愤何可又，匿
不以报非见欺。无限居士(金律师泯澜别号)将诗来，劝我不用伤尘埃。沉舟前日众
命尽，世涂小踬何有哉!我执其诗瞠目视，数仲归期同舟尔。昨夜梦中见仲来，呜呼
仲也真死矣!嘶声寻问惊菊老，此事今者孰汝告。慰我更出寄顾书，乃云生死由大
造。悲哉天厄我独酷，伯幽仲溺难相属。梦魂飞不到庭闱，白发倚闾日夜哭。弟尚
四人各沾臆，家书致我泪和墨。不幸之幸幸自宽，仲也遗骸求已得。仲棺归兮海之滨，
招仲魂兮天无垠。放声遥为仲痛哭，并哭涛头三百人。枫林(徐公班侯故里)先生年
八十，翁媪神仙不可及。衣冠京国倦尘游，杖履湖山招宴集。岁阑蓦忆故乡山，行李
飘然云水间。酡颜缟发倏何处，携手蓬莱不复还。忆我都门初入觐，讦者中之遭逮问。

博卿奔走白无他，槛车方免递诸郡。吁嗟博卿归自遐，于归有女正宜家。谁知却惹曹娥恸，翠羽笄为白练鬌。公子昔闻穰卿狂，掾游藩府会武昌。辛亥严城我先出，避地子亦还故乡。年来谈兵滞郎署，拂衣多恐不称意。化鹤未见令威回，骑鲸竟逐谪仙去。梅初与仲交深睦，乃兄溯初我鲍叔。绿杨卅载两家春，少日书声答邻屋。兄今政海各奔驰，互爱弟审赢与奇。可怜弟在两沉潏，弟死亦复相追随。述西壮士我未识，战胜冯夷真神力。还记惨劫终誓言，倘来性命搏螯贼。果然斯劫意中事，斯船陈朽久争议。唇焦笔秃不得请，彼留此阽残同类。船兮泛泛甚病鷖，舵师况复醉如泥。纵不撞沉亦自碎，巨戚岂必天所贻。彼何人斯董船政，公然人间有枭獍。姬妾自美仆自肥，无数牺牲掷人命。国家招商苦设局，到此商人茹痛足。夷然祸作若无事，彼罪数之发难擢。椎心指天我何言，天乎倘鉴死者冤。迅雷厉疫奠不可，示彼报惩及子孙。我悼死者竟何遣，无老无少无贵贱。喉枯泪涸不成声，安得一一哭之遍。停悲还为仲叹吁，仲也幸有小於菟。三日食牛气力大，长成追过千里驹。春晖寸草仲莫怅，兄与群弟力能养。惟兄真愧不才子，命宫磨蝎复凤障。出山卤莽悔已迟，创贼贼反噬我脐。随身今也更何物，尚有毛颖如锐锥。摩厉将为仲一捃，状仲生平不遗善。人生血肉终尘土，姓氏倘传颜可展。仲乎从此人天隔，我歌当哭裂胸膈。万一仲更来我旁，看我头发几茎白。"4月6日，符璋送挽联云："掷笔紫姑乩，砥柱故乡归化鹤；鸣琴水仙操，锦袍大海醉骑鲸。"

刘文典任北京大学国文教授，教授中国文学史课程。

郑元昭作《菩萨蛮·丁巳仲冬廿三日，与心舆联句，寄雏蝉》。词云："去年此日江干别，寒潮送客声呜咽。（梅）帆叶挂斜晖，人遥云意迟。（岚）　别时红泪点，剩向霜林染。（梅）风物又今年，凝思只惘然。（岚）"

6日　《申报》第16128号刊行。本期《自由谈》"新酒令"栏目含《女子唐诗酒筹百种》（雪香，续昨）。

宋澄之寄郑孝胥丽泽文社第三课，题为《汉留侯、唐邠侯合论》。又，徐积馀访郑孝胥，代交李一山汝谦函一，谢题武梁祠画像；并以姜颖生所画《乌蛮滩诗意》折扇一柄赠郑孝胥，姜并书郑孝胥所作入《伏波庙》诗。李一山函言，极服膺《海藏楼诗》，并附赵次山作李所著《螺楼海外文字》序，"称近来海内闻人多盛称郑君苏龛海藏楼之文，嶻峨斩绝，有赤手捕长蛇、不施控骑生马之概云云"。（《郑孝胥日记》）

北京大学发布《文预科第二学期课程表》。沈尹默教授一年级乙班国文"学术文"。

7日　《申报》第16129号刊行。本期《自由谈》"新酒令"栏目含《女子唐诗酒筹百种》（雪香，续昨）。

郑孝胥阅丽泽文社卷九首，第三课以叶元为首。夜赴丁衡甫之约，丁闻人言，段祺瑞决主战，欲逐冯国璋，段为总统，梁启超为总理，是为上策；徐世昌为总统，段为总理，是为中策；二策皆不行，则倡复辟，是为下策。谓此说出于徐树铮。

姚鹓雏《后怀人诗》刊载于《民国日报》。诗云："梅影夭斜杏蕊嫣，平生影事画图传。小红低唱君能和，凭仗添香小妇贤。"

魏清德《儿山前新竹县知事惠札书奉寄》（四首）发表于《台湾日日新报》。其一："远地书来仔细看，但州连日雪漫漫。台湾南国新正候，底事今年亦苦寒。"其二："果是新埔蜜饯来，茶仍采制自瀛台。区区二物何须道，敢拟春筵佐酒垒。"其三："有子山中有子园，白茶花发月黄昏。写来一片玲珑锦，回异江南黄叶村。"其四："宜园春入柳枝黄，结想诗人聚一堂。昨日重游思往事，归来检点旧吟囊。"

8日 《申报》第16130号刊行。本期《自由谈》"新酒令"栏目含《红楼目酒筹百种》（雪香）。

符璋发章一山信，并诗一首。又，以《蜕庵续稿》2册邮属审定，兼赠以笔廿枝。又，王甫臣访符璋，云普济失事，徐班侯夫妇、孙媳及仆媪共12人，只轿夫1人获生。全船三百多人，救出49名，洵大劫数矣。又，天台袁子羽因在寓章一山处得见符璋笔札诗句，自沪寄1笺并三代遗编1册予符璋，符璋与其素不相识。

9日 张良暹作《十一月二十七日为丞午学士七旬生辰，先期避居乡间，谢绝称觞，因赋长句二首寄之》。其一："焚鱼高卧碧山陲，甪里长歌赋采芝。肯与狙公同赋芋，时邀木客共题诗。是翁矍铄心无竞，此老倔强世岂知。玉试洪炉完太璞，白坚终古不磷缁。（庚子拳匪之变，癸丑白匪之祸，屡濒于危，皆获免）"其二："炯炯长庚夜吐芒，老人星在少微旁。思开洛下耆英会，难上邺都书锦堂。车挽行窝留邵子，诗成东阁笑何郎。灞桥驴背多风雪，勉为梅花进一觞。"

10日 章太炎至巴县，到邹容祠凭吊。

钱玄同为胡适《尝试集》作序。此序载《新青年》第4卷第2号。序云："一九一七年十月，胡适之君拿这本《尝试集》给我看，其中所录，都是一年以来适之所做的白话韵文。适之是现在第一个提倡新文学的人。我以前看见他做的一篇《文学改良刍议》，主张用俗语俗字入文；现在又看见这本《尝试集》，居然就采用俗语俗字，并且有通篇用白话做的。'知'了就'行'，以身作则，做社会的先导，我对于适之这番举动，非常佩服，非常赞成。但是有人说，现在中华的国语还未曾制定，白话没有一定的标准，各人做的白话诗文，用字、造句不能相同，或且采用方言土语和离文言太远的句调，这种情形，却也不好。我以为这一层可以不必过虑，因为做白话韵文和制定国语，是两个问题。制定国语，自然应该折衷于白话、文言之间，做成一种'言文一致'的合法语言。至于现在用白话做韵文，是有两层缘故：（1）用今语达今人的情感，最为自然，不比那用古语的，无论做得怎样好，终不免有雕琢硬砌的毛病。（2）为除旧布新计,非把旧文学的腔套全数删除不可。至于各人所用的白话不能相同,方言不能尽袪,这一层在文学上是没有什么妨碍的,并且有时候非用方言不能传神。不但方言,就是外来语也可采用,像集中一首,其中有'辟克匿克来江边'一句。我以前觉得以外来语入诗,似乎有所不可,现在仔细想想,知道前此所见甚谬。语言本是人类公有的东西,甲国不备的话,就该用乙国话来补缺。这'携食物出游,即于游处食之'的意义,若是在汉文里没有适当的名词,就可直用'辟克匿克'来补他。这是就国语方面说的。至于在文学方面,则适之那时在美国和朱经农讲话的时候,既然说了这'辟克匿克'的名词,那么这首赠诗里,自然该用'辟克匿克',才可显出当时说话的神情。所以我又和适之说,我们现在做白话文章,宁可失之于俗,不要失之于文。适之对于我这两句话,很说不错。"

11日 《申报》第16133号刊行。本期《自由谈》"新酒令"栏目含《红楼目酒筹百种》(雪香,续昨)。

章太炎致电孙中山,告以旅途情形。

胡绳生。胡绳,江苏苏州人。著有《胡绳诗存》。

郑孝胥作《答严几道》(二首)。其一:"群盗如毛国若狂,佳人作贼亦寻常。六年不答东华字,惭愧清诗到海藏。"其二:"湘水才人老失身,桐城学者拜车尘。侯官严叟颓唐甚,可是遗山一辈人?"

胡适作《游明末遗臣采薇子墓》。诗云:"野竹遮荒冢,残碑认故臣。前年亡虏日,几个采薇人?"此诗见于1918年1月12日胡适从绩溪上庄老家寄钱玄同信中。胡适云:"昨日同一班朋友去游一个明末遗民叫做'采薇子'的坟墓,人家要我做诗,我便做了二十个字。"

12日 《申报》第16134号刊行。本期《自由谈》"新酒令"栏目含《红楼目酒筹百种》(雪香,续昨)。

林纾《冬日无聊,闭蛰不出,读罗瘿公〈赠陈连喜、尚小云〉诗,兴复不浅,作此调之》(四首)刊载于《公言报》,自署"畏庐"。其三:"舞榭争征燕子笺,板矶烽火正连天。却怜枯木寒岩叟,也为梅郎一破禅。"其四:"海飞山走不胜悲,遗老犹传紫稼诗。比似金台残泪记,视今还算太平时。"

13日 《申报》第16135号刊行。本期《自由谈》"新酒令"栏目含《红楼目酒筹百种》(雪香,续昨)。

溥仪晨起梳洗后,前往养心殿,先书"开笔大吉"四字,后写春联或福寿字,用以颁赐臣下。溥仪写字、写日记,适梁鼎芬在侧观看,溥仪即画《梁老师进内观予写字之图》一幅。写毕,将是日日记及图画赐给梁鼎芬。

司斌《妙员轩诗话》始于《民国日报·文艺思潮》连载。

14日 《申报》第16136号刊行。本期《自由谈》"词苑"栏目含《蝶恋花·通家兄邵次公,自夏间国会解散,行踪靡定,更无消息,每于更阑酒醒,辄相思不置,一再奉书,迄不得复,心甚怅惘,因拈小令以寄意》(张一麐)、《念奴娇·题〈戏剧大观〉》(碧城女士);"新酒令"栏目含《红楼目酒筹百种》(雪香,续昨)。

姚华作《暗香·依韵拟石帚,题枣华"墨梅"》。序云:"莲华山中,小轩二楹,树枣已华,第一女銮主焉。其后銮归门人文宗沛,二年而殒。宗沛哀之甚,每检得遗墨,必来乞句,既依韵拟石帚《暗香》《疏影》二阕,'题照''水梅'小幅以去。此'双钩折枝墨梅'装之逾岁,而未有词。岁暮养疴,客思无藉,因更谱《暗香》。老去才思顿减,恨无秀句以酬枣灵也。丁巳十二月有二日。"词云:"水痕月色,和冷烟作暝,先春愁笛。画里欲仙,一剪声声怎教摘!长使东风泪洒,添酸涩、南枝吟笔(梅溪宋词人史达祖《瑞鹤仙·红梅》词有云:'孤香细细次,梦到杏花底,被高楼横,笒一声惊断却,对南枝洒泪')。 但照彻、独夜青灯,香影扑凉席。南国,路寂寂,便种了墓门,堕叶黄积。照颜对泣,遗墨堂前悄相忆。惊断天寥午梦,人去住、罗浮空碧。试问讯、凭翠羽,几声唤得!"

15日 西南护法各省联合会议在广州成立,推岑春煊为议和总代表,伍廷芳为外交总代表,唐绍仪为财政总代表,唐继尧、程璧光、陆荣廷为军事总代表。20日,广东莫荣新等联衔通电公布《中华民国护法各省联合会议条例》。公然与孙中山所主持护法军政府相抗衡。孙中山认为联合会议"于约法无根据"。章太炎通电怒斥岑春煊云:"岑云阶、李协和发起护法各省联合会议,观其条例行事,干预宪法,则是倪嗣冲第二也。预派议和代表,则是李完用第二也。夫以武汉且下,荆襄且复,逆寇命在咽喉之间,北方宣战,而我遽主和,堕三军之心,长仇雠之气,真无异自杀政策。此等集会,早应派遣警兵,立时解散。"

《新青年》第4卷第1号出版。从本期开始实行改版,改用白话与新式标点符号。同时编辑部扩大,由陈独秀、胡适、鲁迅、李大钊等参加《新青年》编委会同仁轮流值编。傅斯年以"北京大学文科学生"身份在本期"读者论坛"发表《文学革命新申义》。就"旧派"文人将文学革命"斥为邪说"进行反驳,为胡适、陈独秀等倡导"文学革命"提供声援。本期发表胡适《论小说及白话韵文》《归国杂感》。

《东方杂志》第15卷第1号刊行。本期"文苑·文"栏目含《石遗室诗话续编(续)》(陈衍);"文苑·诗"栏目含《寄题曹东寅〈南园图〉(南园在宝应曹移家躬耕之所)》(陈三立)、《为高颖生题环翠楼》(陈三立)、《得寿臣三弟书》(俞明震)、《纪梦》(陈三立)、《灵壁道中》(陈曾寿)、《过洪山阅兵台下》(陈曾寿)、《大雨过黄梅》(陈曾寿)、《海西庵》(陈曾寿)、《湖雨》(陈曾寿)、《耕煤复叠前韵,再次之》(陈衍)、《西湖杂诗十首之二》(陈衍)、《为林朗庵题泰山秦刻二首》(沈瑜庆)、《同橘叟江亭看雪，兼柬陶庵默园》（沈瑜庆）、《题〈机声灯影图〉》（为陈献丁母萧太夫人作）（沈瑜庆）、《客久》（谭泽闿）、《海宁观潮有作》（谭泽闿）、《读〈汉书〉》（陈诗）；"文苑·词"栏目含《谒金门》（陈锐）、《蝶恋花》（陈锐）、《拜星月慢》（袁思亮）。

《太平洋》第 1 卷第 9 号刊行。本期"越风"栏目含《仓山诗录（未完）》（[越南]绵审仲渊）。

[韩]《天道教会月报》第 90 号刊行。本期"词藻"栏目含《除夜》（凤山李钟麟）、《和（除夜）》（香山车相鹤）、《除夕》（椿坡金凤国）、《元朝》（泪堂刘载丰）、《和（元朝）》（香山）、《和（元朝）》（凤山）、《和（元朝）》（观三斋金教庆）、《早发亭宁》（香山）、《修道》（夜雷李敦化）、《祝楠庵寿朝》（材庵金镇八）、《桂苑访故》（星轩李台夏）、《山朝感寓》（绿旅子）、《登伊川雪云岭望佳丽洲，忆亡弟》（香山车相鹤）、《伊川旅馆逢崔书记海淳》（香山车相鹤）。其中，材庵金镇八《祝楠庵寿朝》云："楩椓春色楚之南，孝子令孙供旨甘。竹里清谈贤会七，花间别业径开三。平地仙缘多浈左，信天诚力继涛庵。低唱浅斟明月夜，风情似我几人酣。"

16 日 据本日及次日《北京大学日刊》载，陈独秀、刘文典、刘半农、周作人、朱希祖等人提请北大组织大学俱乐部，划分大学区域，制定学生校服，获批准。

张震轩与李亦伦闲叙，并将《哀普济》一诗托其代致刘次饶。

林浮沚送诗钟广告给符璋，征题《孤山放鹤图》。

17 日《申报》第 16139 号刊行。本期《自由谈》"新酒令"栏目含《红楼目酒筹百种》（雪香，续前）。

童保喧作《诗二首》。序云："游湖访梅花于孤山。含苞未放。"其一："春日访梅花，梅睡犹未醒。自觉心已懒，梅却懒更甚。"其二："托迹孤山岭，寄生处士家。慵妆非关谁，不愿赛春花。（前首问梅，后首梅自答也）"

18 日 张震轩为拓疆溺海之堂弟撰挽联。联云："健鹘正摩百，羡君落落少年，军国需才，枪炮林中亲练胆；冤禽难填海，太息滔滔去水，英雄长逝，浪淘声里赋招魂。"又，撰余小泉、陈墨农挽联。联云："文星并曜，那堪天不慭遗骑箕，我辈饮水思源，春草池边齐堕泪；梁木同摧，叹吾党今已无师表，太息时遭末造，风清苦月泽归魂。"

洪能传作《探梅》（二首）。其一："天意严凝欲放梅，如今寒甚定梅开。骑驴踏雪东西顾，果得芳芬独占魁。"其二："满天瑞雪压高枝，屐齿凝寒步转移。最喜粿花开此际，精神与月倍相宜。"

19 日《申报》第 16141 号刊行。本期《自由谈》"新酒令"栏目含《红楼目酒筹百种》（雪香，续昨）。

蔡元培发起组织北京大学进德会，规定入会标准。甲种会员：不嫖、不赌、不娶妾。乙种会员:于前三戒外,加不作官吏、不作议员二戒。丙种会员:于前五戒外,又加不吸烟、不饮酒、不食肉三戒。

北京大学公布学科教授会主任名单,沈尹默为国文学科教授会主任。

符璋得冒监督(鹤亭)金陵函,谓陈伯严甚为欣赏符璋所作和谢诗,恨不识同乡有此诗人。属符璋将诗稿寄去,并示以《偶和》之作。符璋随用其韵亦作两首。

郑孝胥得李范之书,示所作西湖诗稿。又,宋澄之送丽泽文社课卷,题为《曾西不为管仲论》。

吴昌硕与诸宗元书札,附《〈松窗释篆图〉,为礼堂(褚德彝)》。诗云:"篆书且躬入,邻松德不孤。耕夫才卓卓,籀史讽鸣鸣。鬼哭天移粟,文埋国吊芜。乾坤供目笑,谁与话之无。"

白坚武赠王铁珊一诗。诗云:"百劫回澜仰老成,廿年人海涕纵横。丹心白发天南北,只为苍生不为名。"

魏清德《次韵题鹰取岳阳先生所画山水》《题画》(二首)、《怨诗,次中尾先生所寄瑶韵》发表于《台湾日日新报》。其中,《次韵题鹰取岳阳先生所画山水》云:"绿蚁新醅可驻颜,放歌长啸白云间。写来丘壑胸中境,自辟天南一角山。"《题画》其一:"春意动寒汀,林泉一色青。道人无个事,补读未完经。"其二:"道人家在此山中,不与尘寰俗客通。自种青松能耐岁,年年相对得春风。"《怨诗,次中尾先生所寄瑶韵》云:"谁怜清泪滴罗裙,人比梅花瘦几分。二十四番风信后,碧天何处觅东君。"

黄则磐《太平水竹枝词》(七首)刊于[马来亚]《槟城新报》"文苑"栏目。其三:"芳草如茵衬夕阳,有人多半着时装。联翩少女低头立,提取钗裙较短长。"

20日 郑孝胥至会宾楼作一元会,至者杨钟羲、唐元素、王聘三、王叔用、杨子勤等。

符璋发冒鹤亭信,附诗,并函托郭则沄转交。

陈夔龙作《食腊八粥志感,索止庵协揆和》(五首)。其一:"腊头仍是汉家年,老去犹能饱粥馔。持取一瓯先供佛,一瓯虔荐祖堂前。"其四:"药炉经卷佛前灯,世事何知有废兴。领略斋鱼兼粥鼓,年来已是在家僧。"瞿鸿禨作《和庸庵食腊八粥五首》。其一:"喧街腊鼓又催年,佞佛从人办一馔。我自穷酸贪果饵,儿时风味忆亲前。"其三:"佛香高阁玉泉垠,御粥珍随蜜供陈。恩重每零苏轼泪,难将词笔写光尘。(佛香阁在颐和园内,孝钦供佛于此)"

林苍作《腊八日范屋邀往西湖访味秋,晤同社诸子》。诗云:"岁寒朋友西湖景,日在心头又眼中。佳处天原为我设,新来事不与前同。春光欲动空招隐,短发相看未送穷。犹有后游人八九,夕阳喜作可怜红。"

吴用威作《腊八日厨傅萧然有逾野寺,戏作》。诗云:"本来云水是闲身,瓶钵萧然节序新。逐食故应羞鸟雀，养生原不藉甘辛。粥鱼茶板心成佛，大酒肥羊腹负人。悟取南华齐物旨，庾郎三九定非贫。"

中旬 黄群就刘景晨因张陈银"惨遭枪毙"被其兄张陈光起诉一案致函梁启超求助。25日，梁为此致函署司法总长江庸（翊云），要求为刘昭雪："顷得溯初书，为前缙云县知事营救。细绎案情，所杀者确是匪，特因程序未完，致法庭不能为之开释，判决文中明表此意。其人既贤才，重以溯初在百忧中之郑重营救，故敢更为切恳呈予昭雪。溯书称拟径呈部，想于程序无甚不合，如何之处，盼迅示，俾复前途。"

21日 《申报》第16143号刊行。本期《自由谈》"新酒令"栏目含《孟子酒筹百种》（雪香，一）。

22日 《申报》第16144号刊行。本期《自由谈》"新酒令"栏目含《孟子酒筹百种》（雪香，续昨）。

严复作《丁巳揽揆述怀》（二首）。其一："天意高难问，吾身貌自孤。浮生长浪迹，今日又悬弧。儿女纷罗拜，朋侪稍委输。合欢惟饮食，遣兴亦摴蒲。"其二："壁虎看跂脉，林乌听毕逋。频年忧旱潦，率土怨萑苻。绝学怜前志，余光惜病躯。无田宁不退，倘许首邱狐。"

23日 《申报》第16145号刊行。本期《自由谈》"新酒令"栏目含《孟子酒筹百种》（雪香，续昨）。

张震轩为吴觉民书诗四幅。

24日 《申报》第16146号刊行。本期《自由谈》"词苑"栏目含《洞仙歌·题吴观岱布衣为张湛若君所作〈梁溪小隐图〉，咏稼轩体》（天虚我生）；"新酒令"栏目含《孟子酒筹百种》（雪香，续昨）。

沈尹默在北京大学校园与马裕藻、刘半农、钱玄同聚谈。

25日 《小说月报》第9卷1号刊行。本期"传奇"栏目含《玉鱼缘传奇（未完）》（莼农）；"弹词"栏目含《明月珠弹词（未完）》（瞻庐）；"文苑·诗"栏目含《为丁默存题〈边颐公山水册〉》（涛园）、《重返泊园》（沈观）、《九月望日游陶然亭，笏老招饮新丰酒楼，次樊山翁韵》（沈观）、《泰宁镇署菊畦赋呈岳总兵，兼怀陈御史》（清士）、《怡儿二十生日训示》（啬庵）、《寿钱翁七十生日》（啬庵）、《感兴，寄吕苾筹日本》（瓶斋）、《春晚月夜》（瓶斋）、《夏口暑夜，视文东病中，遂偕至江畔小坐》（约堂）、《同家人泛湖月上始归》（贞长）、《约堂与直士偕家人游杭，期三日即去，喜晤有述》（贞长）、《赠别连慕琴之官黑龙江》（敷庵）、《卧佛寺》（敷庵）、《次韵和剑臣游岳麓之作》（诚斋）、《寄诸贞长杭州》（秋岳）、《岁除，效孟郊体一首》（诗庐）、《杂咏》（诗庐）、《题徐积余丈〈钱忠懿王金塔图〉》（彦通）；"文苑·词"栏目含《高阳台·赋铜雀瓦研》（仲可）、《曲游春·徐园，与彦通同赋》（伯揆）。

白坚武舟中怅溯今昔,勉成一律。诗云:"梦回午夜挽横波(新滩搁浅,黎明水涨,推乃得行),卧看青山眼底过(自梧至港,两岸多山,多青松,植立秧然,远望甚可爱,荒山绝少)。粤傲燕云心血尽,龙蟠虎踞雨风多(南北已成极端,今后分合之端,惟视南京行动如何耳)。鬼谋北将诩宗悫,中使南陲伏赵佗。已拼陆沈同溃烬,无劳长路感蹉跎。"又作《赠梁任公》。诗云:"生当盖棺论梁父,负汝著书十载心。公纵不闻招隐意,饮冰一点胜黄金。"

延清作《嘉平月十三日,雪中接严雨农师诗函,即用原韵奉寄》(二首)。其一:"无声夜半天飞雪,滕六司权信有神。八十三翁书远寄,晓窗唤起拥衾人。"其二:"报道天公玉戏来,三农望慰漫低徊。草堂且备消寒品,笑劝山妻酒一杯。"

26日 《申报》第16148号刊行。本期《自由谈》"新酒令"栏目含《百美酒筹百种》(雪香,续昨)。

李根源以岑春煊迭函催促,启程南下,参加护法斗争。

27日 《申报》第16149号刊行。本期《自由谈》"诗囊"栏目含《新人日寄寒厓并简刘沧州》(南湖)、《和中洲太傅〈戊午新年见示〉原韵二首》(南湖)、《人言龙潭有宋时梅一株,花开时夕必有鹤守之,今日乘传往,遍迹之所称老梅者,一百年枯榆树也,失笑。过孤树村,役一破庙,沽饮待旦,即题败壁,寄日本南湖,作一大笑也,时戊午新人日》(寒厓)。

黄瀚作《除月十五夜再集,限依前韵递叠二首》。其一:"闲来诗思益加敦,岁暮相邀再洗樽。句好有时开别径,月圆何处不名园。四休易得饱休足,三达先无齿达尊。自笑凡鳞贪一竞,曝腮摧鬣倒龙门。"

29日 梁士诒(燕孙)返抵香港。

30日 《乐群杂志》创刊。由乐群杂志社编辑、发行,补庵主编,仅存该期。主要栏目有"题词""发刊词""社论""专论""译著""文苑(诗、词)""杂俎""短篇小说""长篇小说""国事纪要""专件"等。创刊号"文苑·诗"栏目含《哀韩篇》(惰公)、《感病》(惰公)、《书感》(时客绥远)(励吾)、《丙辰滇军起义纪念日》(前人)、《立春书怀》(荫孤)、《秋柳》(馥岑)、《秋草》(馥岑)、《口占二绝寄示王宇白》(馥岑)、《登虎邱遇雨》(问因)、《莫愁湖》(前人)、《张绥道中》(锐轻)、《听歌》(锐轻)、《闻将增补直隶图书馆书目,喜而赋之》(补庵)、《步尚伯敬韵并答其意》(补庵)、《醉后作》(前人)、《师幕度岁》(前人)、《胡励山与王伯安以广绝交论相激战,各为怨诗,戏翻其意并步韵》(前人)、《沈阳道中,寄孙小舫》(前人)、《答友》(前人)、《九日风雨》(前人)、《沟邦子晤王勉之话旧感赋》(前人);"文苑·词"栏目含《临江仙·得家人合照,漫题》(补庵)、《浪淘沙·尚伯敬以诗来,喜而赠之》(补庵)、《摸鱼儿·自题军装小照》(补庵)、《谒金门·狮子山晚眺》(补庵)、《长亭怨·劝酒》(补庵)。

《申报》第 16152 号刊行。本期《自由谈》"新酒令"栏目含《百美酒筹百种》(雪香)。

符璋作《水仙》绝句六首。

张謇作《壶外亭小坐》。诗云:"亭在壶卢外,人潜欻荡中。叩门时畏客,鸒字或题翁。过鸟云嫌白,浮花水与红。亦知衢巷迫,车马隔墙风。"

31 日　苏东坡生日,日本文学界设宴于圆山之清风阁开寿苏会。与会者有籾山衣洲、矶野秋渚、山本竟山、江上琼山、高野竹隐、柚木玉村、内藤湖南、木内东洋、狩野君山、罗雪堂、罗公楚。其后,长尾甲编成《丁巳寿苏录》。集前有纪事、内藤虎题诗,长尾甲作序。其中,内藤虎题《题丁巳寿苏录》云:"瓣香岁岁雅筵开,得失千年付劫灰。春梦一场怜玉句,小诗双桧赴乌台。彩毫老挟海潮气,造物偏猜王佐才。笠屐犹传遗像在,东山同酹酒三杯。(内藤虎书)"长尾甲序云:"向者(甲)客游禹邦,屡与彼土名流同为苏公生日燕集。既归寓西京,仍顾继修故事。乙卯岁与富冈君挢谋开寿苏筵,年以为例,而君挢以戊午仲冬归道山,为停此筵一次。丁巳小录,略已继成,亦未敢颁,所以为君挢殁哀也。今兹己未,持近公生日,乃理稿以付手民云。乌乎,天之所赋于人,丰啬不一,生之寿夭、身之穷通,固不可以人力如之何。即如苏公,素抱美伟绝特之资,而诗案党祸艰厄相寻,天下后世之所共惜焉。是以寿其生日者,至今不已。其身虽死,其人犹生也。君挢俊敏笃学,出为大学讲师,未甚显达,识君挢者,金惜不得伸其才,龄少甲八岁而先逝。天之所赋,何其啬矣。虽然生享荣寿,一死与木石同朽者何限。而君挢箸述行世,其名必传于后。夫天之所赋者,生前之事而已,身后显晦,人所自致,天亦不能夺之矣。君挢虽短于命,特显于名欤。君挢既与甲同主寿苏之会,今也虽则亡矣,然甲当能继之不绝,九原之下,其亦有稍慰乎!及小录印成,怅然书此。雨山居士长尾甲序。"《丁巳寿苏录》卷一含:竹隐高野清雄:《陈章侯画东坡先生〈笠屐图〉歌》《又作》《此日洞箫吹〈鹤巢笼曲〉以代〈鹤南飞〉》;秋渚矶野惟秋:《丁巳东坡先生生日,长尾子生招诸同人集清风阁,酒间用苏家故实作五小诗奉呈》;雨山长尾甲:《东坡生日》《又次公所作子由生日原韵》;桧谷久保雅友:《咏苏绝句》(六首);千溪藤波鎜:《雨山先生惠赠寿苏集,因次韵集中所载高什,以酬谢并请大政》。其中,《此日洞箫吹〈鹤巢笼曲〉以代〈鹤南飞〉》云:"迎取黄州逐客归,洞箫声里鹤南飞。巢痕不比九重扫,明月清风赤壁矶。"《丁巳东坡先生生日》其一:"才大如公本绝伦,眼前著手便成春。一编遗集澜翻处,浑自华严法界新。"《咏苏绝句》其一:"明月清风阔碧空,逸襟浩浩大江中。一船秋泛谪官冷,举酒吊他横槊雄。"《丁巳寿苏录》卷二含:罗雪堂君藏:《明朱兰嵎之蕃临李伯时画〈东坡笠屐象〉》《罗两峰画东坡〈药玉船图〉》《张叔未摹勾冯星实〈梦苏草堂图〉诗册》;内藤湖南君藏:《闽刻〈东坡文选〉二十卷》《闽刻〈东坡志林〉五卷》;上野有竹君藏:《王梦楼过黄州怀东坡先生诗幅》《渡边华山画〈赤壁图〉》；山本竟山君藏：《初刻木版〈戏鸿堂法帖〉》《苏文忠公〈西湖诗刻帖〉》《观海堂苏帖》《〈东坡外传〉二卷》《初拓〈快雪堂法帖〉》；江上琼山君藏：《〈苏文忠公集〉五十卷》《陆放翁象》；原田大观君藏：《清冯少眉画〈东坡先生养蒲图〉》；长尾雨山藏：《陈老莲画〈苏长公象〉》《晚香堂苏帖》。

郭碧峰《旅感》（四首）刊于［马来亚］《槟城新报》"文苑"栏目。其一："水光潋滟映山明，懊我频年南岛征。万里云山增客感，陶潜何日赋归程？"其四："万籁无声月正明，寂寥遥忆故园情。无聊倚槛伤离者，知否涕涟怅远征？"

赵熙作《寿星明·东坡生日》。词云："丁巳徐州，公四十二，熙宁十年。作防河小录，长堤亘水，改元新表，献岁朝天。孤鹤南飞，大江东去，老至难耕阳羡田。伤心事，过建中靖国，宋室江山。 人间万事奎蹾。又尊酒梅花香寿筵。算几朝如梦，历尽新腊，千家尽哭，血染西川。画角连营，紫裘腰笛，诗卷长流天地间。南荣夜，问何人异代，配食仇仙。"

本 月

《不忍》杂志续刊出版，第9、10合册。本册"艺林·诗"栏目含康有为：《乙卯三月重游西湖高庄。光绪丁酉九月，携长女同薇游西湖，故人吴双遣高才微妙方令钱塘，馆我于高庄。越年戊戌蒙难，走异域，双遣父子殉难而终，忽忽十九年，不意再能来游也。循览林馆，感旧怆怀，从我偕游者，门人王公裕、邓百村也》《重游三潭印月，此岛筑于北宋时，在西湖中，内作四湖三岛，以三十折桥通之。老柳环堤，红荷满水，千年旧物得此，为欧美公园所无，吾游于数十国，叹为绝景，携婉络、女同璧、同复、同俟、子同箴泛舟来游》《泛舟游公园，园本旧行宫，二十七年前曾游之，今乙卯归国再游，朝市变易已改公园，为之感慨》《再登韬光，携婉络、鹤及女同璧、同复、同俟、子同箴同游，偕徐子静侍郎登杭城城隍山远望》《游烟霞洞，洞在南高峰麓，有六朝佛像数十，精妙逼肖，神气如生，天下皆称雅典、罗马刻像之精，不知中国古旧刻像能如此，实为中国瑰宝，国人宜共珍之。洞外巨石离奇，梅桂数千，时当八月，桂花大开，偕徐子静侍郎丈同游》《附徐子静侍郎作》《丙辰夏六月二十日，偕徐子静侍郎丈游龙井》《偕徐子静侍郎丈游灵隐寺、飞来峰，寺经毁后重修甚丽，殿前石塔无恙，重摩有感》《丙辰秋八月，登泰山绝顶，登封台东，过日观峰观日出，俯视群山，极望感怀，郑义卿、门人王公裕、邝寿民同游》《迥马岭》《御帐屏峭壁摩天，飞瀑跳珠，山色如铁，乃知北宋画所自出》《泰山磴道，抚秦五大夫松及四唐槐》《丙辰八月二十五日，游泰山岱庙抚汉松唐槐，过经石峪摩〈金刚经〉，登南天门，磴道陡绝，上日观峰，宿绝顶登封台观日出，偕郑义卿、王公裕、邝寿民同游》《偕邓道尹际昌、潘总裁复登太白酒楼写楼额》（丙辰九月游济宁作）、《济宁夜将登车，秉烛往访文庙汉碑，劳文武长吏陪游》《丙辰九月朔游凤阳龙兴寺，明太祖为僧处，有像碑甚多，有大铜锅四，乃题太祖像》《游凤阳明陵，陵距凤阳十八里，立仗石之文武吏像，马狮虎羊华表尚存，殿堂门亭皆废，惟太祖自纪微时实事之碑尚存，可见英雄本色，而明史不采，奇甚可补史阙。今改为植物园，归途走马入凤阳城，甚壮丽，憩于小学校室》《重九前二日，游莫愁湖登胜棋楼，第三度矣，寺僧出端午桥尚书〈莫愁图〉，题卷末》《重九登金山塔，今新修矣，寺前沙洲又生者，丹徒令章君觐瀛置酒，寺僧出纸请题，写二诗付与》《九月重九夜十二时登焦山，自金山宴毕，趁月度江，杨春普师长、章觐瀛大令、汪甘卿、洪炉同登》《游济宁、镇江，观者夹道万千人》《再登北固山，寺僧出纸，请题江山第一亭，同游为汪甘卿观察、章觐瀛大令、洪炉》《登灵岩山，携儿女同复、同环、同镜、同凝、同俅同游》《邓尉山看桂花》《丁巳三月十五日访兰亭》《游柯岩，多名人题石刻，有三峰若笋，平地挺秀，甚奇，七星岩底澄潭见底》《探禹穴。俗称禹王陵，有窆石，即葬处，窆石顶穿，高五尺，径尺余，旁写"石纽"二字，甚奇古。传为太白作窆石，中有宋刻字数处，与泰山顶之没字碑为最古物》《绍兴城外泛舟数十里，山水秀绝》《左子异宗丞丈以左文襄公少年像属题。先中丞公讳国器，战浙闽粤时，隶左文襄公麾下几十年。吾家长辈多从军，先府君少农知县公亦在军草檄。吾少年仰望文襄公如云日，以未得见为大憾。恭览此像，少年已气象万千，欣喜敬题》《闻前礼部侍郎徐公子静之丧，哭祭而恸》）。

《复旦》第5期刊行。本期"文苑·文"栏目含《〈半山楼诗话〉序》（狄侃）、《〈晚周至初汉文钞〉题辞》（秦光华）、《读方孝孺〈蚊对〉书后》（马孝安）、《送同学潘君毕业序》（徐宗铎）、《西湖游记》（唐芝轩）、《游道场山记》（苕溪朱宝钧）、《游报本寺记》（戚其章琢成）、《谒高文恪墓记》（戚其章琢成）、《大佛寺游记》（吕凤蟾）、《吊残荷文》（林凤文）、《中秋赏月辞》（金明远）、《中秋月赋》（用庾信《对烛赋》体）（之江刘剑夫）；"文苑·诗"栏目含《菊花吟》（七律十二首，用《石头记》原韵）（陆思安）、《贺谱友朱君菊豪新婚诗》（二律）（陆思安）、《田家》（浔溪邢志明）、《渔家》（前人）、《酒家》（前人）、《山家》（前人）、《黄浦江晚渡》（前人）、《大世界观鞦千》（前人）、《宫词》（秦光华）、《西仓题壁》（秦光华）、《席上口占》（秦光华）、《陪陈逸卿游泗水庵》（秦光华）、《宴邹嘉平家感赋》（秦光华）、《客中有怀赋，恭呈家大人》（秦光华）、《初秋舟之毕家桥》（秦光华）、《夜泊枫桥，寄顾翔九》（秦光华）、《石城篇（并序）》（何寿嵩）、《怀白楼》（何寿嵩）、《征妇怨》（何寿嵩）、《古意》（何寿嵩）、《怀张君和甫》（何寿嵩）、《春闺》（戏用"溪西鸡齐啼"为韵，雨丝风片，烟波画船作盖）（何寿嵩）、《秋雨》（何寿嵩）、《题〈美人临风图〉》（何寿嵩）、《刘阮入天台》（何寿嵩）、《古意》（何寿嵩）、《题〈美人楼头望柳图〉》（何寿嵩）、《旅沪接寒衣》（鲍尔韶）、《六月菊》（鲍尔韶）、《红梅》（鲍尔韶）、《听松歌》（鲍尔韶）、《咏史》（鲍尔韶）、《拟杜少陵青溪》（五古一首并用原韵）（鲍尔韶）、《题〈绿窗琴韵图〉》（鲍尔韶）、《雪意》（鲍尔韶）、《春闺》(鲍尔韶)、《夏闺》(鲍尔韶)、《秋闺》(鲍尔韶)、《冬闺》(鲍尔韶)、《虞美人》(刘剑夫)、《谢友人赠酒及菊花》(刘剑夫)、《云栖访僧》(刘剑夫)、《游仙诗》(刘剑夫)、《丁巳秋,友人赠我审美书馆徐悲鸿美女画四幅,余珍而藏之,课余多闲,偶占四绝》(刘剑夫)、《扑蝶图》(刘剑夫)、《纳凉图》(刘剑夫)、《采菊图》(刘剑夫)、《寒香图》(刘剑夫)、《天平山看枫叶》(刘剑夫)、《观潮行》(刘剑夫)、《晚香玉》(刘剑夫)、《冰花》(刘剑夫)、《重阳有感》(鲍思信)、《客中有感》(鲍思信)、《秋末荻浦野眺》(鲍思信)、《花港观鱼》(鲍思信)、《消夏湾》(鲍思信)、《题〈夏山过雨图〉》(鲍思信)、《别二僧》(陈飞鸿)、《丁巳重阳杂感》(孙雨人)、《项庄舞剑》(孙雨人)、《步绳佺〈残春〉原韵》(孙雨人)、《育蚕》(孙雨人)、《和肯堂先生〈山居春日即事〉原韵》(孙雨人)、《初夏偶占》(沈飚炜)、《秋夜》(沈飚炜)、《冬午即景》(沈飚炜)、《嘲新婚者》(沈飚炜)、《嘲乞丐》(沈飚炜)、《雨霁》(沈飚炜)、《月下偶成》(马孝安)、《秋日杂咏》(马孝安)、《题〈返魂香诗集〉后》(王世颖)、《痴云》(王世颖)、《枕上口占》(王世颖)、《苦热》(王世颖)、《咏西施》(王世颖)、《咏苏秦嫂》(王世颖);"文苑·词"栏目含《浪淘沙·春夜送友人南归》(甘沄)、《一剪梅·闺思》(甘沄)、《一斛珠·春思》(甘沄)、《临江仙·秋闺》(甘沄)、《满庭芳·金陵怀古》(甘沄)、《浪淘沙·时维丙辰季春,大人供职海军部,沄随侍左右,适袁惌称帝而西南起义,大人遂令沄南下,感而作是》(甘沄)、《浣溪沙·垓下》(鲍尔韶)、《浣溪沙》(鲍尔韶)、《阮郎归·所见》(鲍尔韶)、《长相思·怀旧》(鲍尔韶)、《忆江南·怀旧》(鲍尔韶)、《昭君怨·余肄业复旦,值中秋夜,徘徊李公祠园中,偶谱小词》(马孝安)、《调笑令·同上》(马孝安)、《菩萨蛮·限嵌词牌名十》(刘慎德)、《前调》(刘慎德)、《归自谣》(刘慎德);"杂俎"栏目含《爱静室随笔》(狄侃)、《思盦随笔(未完)》(吴兴陆思安)、《半山楼诗话(续)》(秦光华)、《剑庐笔记(未完)》(唐芝轩)、《健笔轩杂记(未完)》(林凤文)、《爱红馆主志异(续)》(吴兴陆思安)、《琢成笔记(未完)》(戚其章)、《健笔轩谭怪(未完)》(林凤文)。

《浙江兵事杂志》第45期刊行。本期"文艺·诗录"栏目含《秋叶和予〈晨起〉诗,感叠池字韵》(大至)、《答秋叶二首,次春字原韵》(大至)、《再答秋叶》(大至)、《和友次韵》(小鸥)、《游盘山》(小鸥)、《赠卓夫》(后者)、《醉后感怀,和卓夫韵》(后者)、《和樊漱圃兄以〈都门客感〉见示》(后者)、《叠前韵柬漱圃兄(时日德战事方亟)》(后者)、《九日感怀,步邹慎庵韵》(后者)、《欧战书感,步亮生韵》(后者)、《剩庵学兄见和〈醉后忙韵诗〉,叠韵奉答》(后者)、《答寄家逸尘兄,即用原韵》(后者)、《话旧篇,答赠邹剩庵学长,兼贺其女公子弥月》(后者)、《军行竹枝词》(GR生)。

《青年进步》第9册刊行。本期"文苑·诗录"栏目含《过鸳鸯湖车中口占》(天贶)、《百花生日犹寒,感作》(天贶)、《游古林寺》(李沧江)、《登清凉山扫叶楼》(李沧江）、《游莫愁湖》（李沧江）、《望复舟山》（李沧江）、《拟古》（关寿正）、《道中遇雨》（张心田）。

洪锦龙卒。洪锦龙（1870—1918），又名秀民，字幼园，浙江瑞安人，洪炳文长子。邑增生，工诗，著有《彀庐诗集》。

柯绍忞命其次子柯昌沂受业于王国维。

吴昌硕为元元女士行书《底事》《又一村看梅》二诗（扇面）。又，诸宗元诞子，绘《春梅图》贺之。《底事》云："七十四年成底事，瞭焉眸子腹空空。濡豪今见几籀史，邀月或来双缶翁。剑器舞余虹独倚，神仙字食蠹能通。寰中尽尔鱼龙戏，权与沙鸥立下风。"

陈三立接胡嗣芬《金陵岁暮》诗，作《和宗武〈金陵岁暮〉次其韵》。诗云："风光乘传杂齐氓，阿阁重重剑底魂。犹羡敝裘尸合从，只邀邻笛送朝昏。污尘鬒发残阳乱，吐句肝肠寸恨温。为客江南今更贱，霜痕万里隔修门。"又，顾瑗自至京师，陈三立邀其饮于秦淮酒舫并作《顾亚蘧自都至饮淮舫》。诗云："九死重逢一映余，魂依疮雁散天墟。阴符匿腹无人识，低诵舟窗就煮鱼。"

张震轩撰《改良教授国文刍议》，转呈浙江省教育厅备案。

杨昌济入北京大学哲学系任教，邓中夏常于周末到杨宅请教哲学问题。

陈衡恪在北京槐堂寓所绘《梅菊瑞香水仙四香图》。命旁观者陈方恪题词，陈方恪因作《声声慢·梦窗此调有合咏梅、兰、瑞香、水仙四香，伯兄为作图，命谱词题之，即和梦窗原韵》。词云："石桥冰泮，屐路苔疏，还从岁晚相逢。细雨吴郎，几回梦想春容。银屏夜凉初觉，引醉魂、低袅香风。铢衣软，向玲珑灯馆，弄影奁空。　　前事故山愁绝，伴岩扉临水，目送飞鸿。漫道如今，相思人比花浓。天涯料怜雅澹，有檀奴、俏染蛮红。凝恨处，伫崔徽、长在画中。"

李大钊任北京大学图书馆主任。

太虚大师住宁波观音寺，集东游之诗文、游记，编《东瀛采真录》。以徒弟乘戒去台湾之便，携去由灵泉寺印行。

胡适月底自绩溪回北京。

顾颉刚为狄福鼎（君武）《潇湘雁影图》题诗，作《为某君题〈潇湘雁影图〉》（二首），作词《双双雁·怀人》及绝句二首，并作诗《自勖》。其中，《为某君题〈潇湘雁影图〉》其一："几度秋山许比飞，空留歌哭意双违。可怜雁影浑无定，欲向潇湘问所归。"其二："冥飞苦有夜烟寒，应羡鸳鸯水底安。今夕与君开画幅，行云断处一汍澜。"《双双雁·怀人》云："晴光照幕，看柳叶风前，乱飞影子。三秋一日，真到三秋奚似？况阻津门云水，纵极目天涯未是。遥怜独处深闺，今夜药炉暖未？　　怕见零花坠卉。奈苦祝春回，春还无语。悲欢凭主，敢怨天心薄与。欲待安排归后，又去就都难自处。

可能同到春明，笑说当年负汝。"

薛钟斗因冒鹤亭调京任职，辞去瓯海关职位，离开瓯隐园，回瑞安任瑞安中学国文教员。同年参加柳亚子、陈去病、高旭所创南社，并为高旭所著《闲闲集》作跋。次年，继孙诒让次子孙延楷任瑞安公立图书馆馆长。

夏承焘与钱蘅青相交。作《折梅》《赠邻女蘅青》，又作一联《赠蘅青》。

张元济辑《戊戌六君子遗集》（6册铅印本）由上海商务印书馆出版。丛书搜集戊戌政变中殉难之谭嗣同、林旭、杨锐、刘光第、杨深秀、康广仁等6人遗文遗诗汇集刻印。含谭嗣同《寥天一阁文》《莽苍苍斋诗》《远遗堂集外文》3种；林旭《晚翠轩集》；杨锐《说经堂诗草》；刘光第《介白堂诗集》；杨深秀《雪虚声堂诗钞》《杨漪村待御奏稿》；康广仁《康幼博茂才遗稿》。张元济《戊戌六君子遗集》序云："丙辰，余将谋辑《戊戌六君子遗集》。先后从归安朱古微祖谋、中江王病山乃征、山阴王书衡式通、闽县李拔可宣龚、南海何澄意天柱得谭复生、林暾谷、杨叔侨、刘培村四参政、杨漪村待御遗箸；独康幼博茂才诗若文未之或见，仅获其《题潘兰史〈独立图〉》绝句一首。屡求之长素，谓家稿散漫，且无暇最录，以从阙为言。然培村之文，经病山驰书其弟索久不获，漪村之诗，则止于壬午以前，书衡求后集于其嗣子，亦不可得也。戊戌距今才二十年，政变至烈，六君子之遇害至惨且酷，其震骇宇宙，动荡幽愤，遏抑以万变，忽忽蹈坎阱，移陵埋谷，以祸今日；匪直前代之钩党株累，邪正消长，以构一姓之覆亡已也！故挽近国政转变，运会倾圮，六君子者，实世之先觉；而其成仁就义，又天下后世所深哀者。独其文章若存若亡，悠悠者散佚于天壤间，抑不得尽此区区后死者之责，循斯以往，将涸于丛残，旧文益不可辑，可胜慨哉！默念当日，余追随数子莘下，几席谈论，旨归一揆。其起而惝惝谋国，盖恫于中外古今之故，有不计一己之利害者，而不测之祸，果发于旋踵。余幸不死，放逐江海，又二十年，始为诸君子求遗稿而刊之。生死离合，虽复刲肝沥纸，感喟有不能喻者矣！复生遗箸尚有《仁学》一卷，《石菊隐庐笔识》二卷，兹编所录，止于诗文。丁巳初夏，海盐张元济谨识。"

王文濡编《学诗入门》（1册）初版由上海达文社编辑发行。全书含总论（附歌谣）、诵诗之次第、古体近体之分、作诗之次第、律诗之调平仄法、练习四声法、对偶之练习、一三五不论之正误、古韵今韵之分、押韵有八戒、换韵之须知、起承转合法、结论等13部分。

林辂存《重游西湖杂诗》（二十七首）刊于本月至次月《南洋总汇新报》"诗界"栏目。其一："洞天深处紫云封，流水年年当梵钟。香火一龛藤四壁，眼中缺憾可弥缝。"其二："青芝坞口谁涟涟，不问仙姑问玉泉。无数游鱼知我意，洗心亭畔对参禅。"

王龙文作《丁巳腊中船山书院归途口占》（二首）。其一："校书马队是耶非，讲诵深心系峻矶。霾集纷纷郊外路,天工为我放晴归。"其二:"寒灯萧瑟共横经,孤屿神光护管宁。识得迷途欣未远,酣吟何必醉湘醽?"

刘绍宽作《酬黄胥庵,时为泰宁知事》《挽谢子彝》。其中,《酬黄胥庵》云:"一枕江城正卧疴,无端风鹤梦中过(时永嘉有警五日而已)。更悲浩劫来岐海,几辈清流赴逝波(普济轮船沉没海上,徐班侯、虞柏顾诸先生均罹死)。天末故人劳慰藉,公馀文字许磋磨。时衰气节凋残甚,扶植民彝责岂他(胥庵方修画网巾先生墓,作记见示,又修李忠定祠)。"《挽谢子彝》云:"伤心谢幼度,海上不归人。壮岁辞乡国,全家问水滨。十年空偃蹇,百战转沉沦。丹旐联翩至,悲哀动四邻。"

吴芝瑛作《题〈古檗山庄图〉》。序云:"晋江黄君秀烺游海外归,创族葬制于其乡之檗谷,名曰古檗山庄。既为之图,遍征题咏,云将勒诸贞珉,垂示永久。彼惑于形家言,以先人体魄为邀福之具者,观于斯图,当怆然知所返矣。敬题一诗,为能转移风俗者劝。"诗云:"九世同居证所闻,旅亭读画对斜曛(赵伯驹所作《张公艺九世同居图卷》携在行箧)。买山巢父非关隐,荷锸刘伶自出群。一径松楸绵祖德,百年金石发幽芬。独怜万古茫茫地,生死谁知路不分。"附记云:"丁巳残腊,录南湖稿。一夜海风震地,晨起日光作淡白色,砚沈皆冰,楮涩指僵,一字一呵,管城遂不能听令矣。芝瑛写于帆影楼。"

黄侃作《岁晚》。诗云:"岁晚瑶华阙好音,幽篁独处少人寻。回风往日陈辞苦,暮雨朝云托意深。桂树山中怀旧隐,枫林江上起愁心。众芳总为啼鹃歇,啼到霜晨响亦沉。"

杜师预作《丁巳残腊》。诗云:"太息奔驹迅若雷,无端又过一年来。文章失价黄金贵,日月赊人白发催。百岁能期争过半,九方时有患无才。天心善转春光近,且待东风醉一回。"

张履阳作《丁巳十二月继室女任来归,祖父有诗寄谕,叠韵和呈》(二首)。其一:"赏音乍得调弦趣,问字新添入幕宾(女任颇解文字及音律)。白雪传来天上曲,碧螺晕泄镜中春。羹汤初解重闱意,井血欢聊筑里亲。俭德无如荆布美,何须罗绮始章身。"

郁达夫作《寄富长蝶如》。诗云:"羞向旁人谈出处,玉皇前殿掌书仙。功名未就期将满,窃含东风廿二番。"

朱芾作《颂廖梅耕先生治桐柏》(作于民国七年一月)。诗云:"知事六年已七更,今将循吏奉先生。临民常恐法成弊,听讼总教理入情。注重军防消匪患,减轻兵费隋粮征。座铭清慎勤三字(书'清慎勤'三字于法庭屏风以自箴),第一吴公颂治平。"

二 月

1 日 直系主和派王占元泄密，冯国璋陷于被动。同日，皖系引奉军入关，劫走大批直系军火。

严复致熊纯如书，对熊希龄等人所倡"联邦之说"表示异议，指出此制不能"救败免亡，虽然，联邦有德制美制之殊，德制上有共主，下有封建，吾国无是基础也，美制则原本民权，如华盛顿之十三洲，而吾国又无是之基础也。吾国所有，乃群督之拥兵，如唐五代之藩镇、藩镇联邦实不过连横合纵已耳，其不足已乱，殆可决也"。

《申报》第 16154 号刊行。本期《自由谈》"游戏文章"栏目含《新道情》（十二首）（□菌稿，栩园润）；"新酒令"栏目含《百美酒筹百种》（雪香）。

《尚志》第 1 卷第 4 号刊行。本期"诗录"栏目含《西山纪游》：《夜宿碧云寺》（刘赜）、《静明园》（张文澍）、《宿碧云寺》（前人）、《静宜园》（前人）、《清晨登碧云寺灵邱》（袁丕钧）、《登玉峰塔最高顶》（前人）、《静宜园》（前人）、《碧云寺》（袁丕佑）、《见心斋》（前人）、《梯云山馆》（前人）、《将去嵖峨，邑绅钟茂堂、周韵楼、彭甸廷、吴鸿启、徐肖岩、徐若珠、徐维馨、王净臣、高鼎元诸君连日出城饯予于灵宫殿如是庵，诗以酬之》（赵式铭）、《公余有感，用季默原韵》（汤曷）、《赋呈陈小圃先生》（前人）、《九日从太炎先生登西山，夜听先生谈玄》（平刚）。

郑孝胥过徐积馀，以李一山所求书扇与之。徐出示小帧，乃余戊戌所作《感事》五律三首及叙京口《文仙小记》一段。又，至受有天作一元会，到者朱古微、王聘三、唐元素、王叔用、章一山、杨子勤、俞志韶等人。又，姚鹓雏致书，代其友周芷畦求郑孝胥题《水村第五图》。

陈宝琛《寿几道》刊登于《大公报》。

郁达夫作《致孙荃书》，书中附本日所作旧诗《寄和荃君原韵四首》。其一："谙尽天涯飘泊趣，塞灯永夜独相亲。看来要在他乡老，落落中原几故人。"其二："未有文章惊海内，更无奇策显双亲。论才不让相如步，恨煞黄金解弄人。"其三："十年海外苦羁留，不为无家更泪流。鬼蜮乘轩公碌碌，杜陵诗句只牢愁。"其四："何堪岁宴更羁留，塞上河冰水不流。一曲阳关多少恨，梅花馆阁动清愁。"

2 日 鲁迅是夜补钞《颐志斋感旧诗》（清丁晏撰）一叶。

夏敬观赴商务印书馆董事会，与张元济、高凤池、李宣龚、陈叔通、杨公亮等议湘票事。

林纾《十月二十一日先皇帝忌辰，纾斋于梁格庄清爱室，五更具衣冠，同梁鼎芬毓廉至陵下》（二首）刊载于《公言报》，自署"畏庐"。其一："模糊陵树尚如春，巷陌鸣鸡渐向晨。车马仍随残月影，衣冠竟类早朝人。"其二："依依先帝疑非分，孑孑余生恨不辰。五度隆恩墀下拜，失声恸哭两微臣。"

3日 《申报》第16156号刊行。本期《自由谈》"新酒令"栏目含《百美酒筹百种》（雪香）。

张震轩拟挽邑城黄让顾沉海联一对。联云："江水本无情，万顷汪洋悲叔度；人天归浩劫，千秋哀怨比灵均。"又，拟挽林泽西联。联云："诸郎皆游学东瀛，雏凤声清，老子婆娑真福命；名士半沉沦苦海，骑鲸劫惨，如君寿考即神仙。"

郑孝胥同乡孙蒉蔼到访，持《石斋逸诗》（明黄道周撰）册子求题，为林研忱秉诚所藏，发庵进呈御览，上擘窠书"浩气英光"四字，发庵题一律，星海题二绝句，宝熙题五律三首，严复题五绝二首，内藤虎跋一则，伊克坦、朱益藩题语二则。石斋自记云："可以不存矣，而犹存之，谓之逸诗。"皆顺治丙戌婺源兵败被执时所作也。小楷精纯沉着，发庵以为造极之作。又，孙蒉蔼求郑为作其母刘太恭人八十一岁寿诗。又，徐积馀到访，以《定林访碑图》乞郑孝胥补录旧作，并诗稿一幅，求题其后。

陈衍有感于自去秋不雨至春已八月，各处祈祷无灵，农民大忧，为作《祷雨诗》。诗云："大旱已八月，山川意殊恶。肤寸既不合，怪物亦未遭。陂池靡不枯，井渫罔不涸。岩泉不盈掬，野浦不横约。花枝槁欲然，竹箬黄如箨。冬麦罢入土，寒菜膏尽烁。吾乡本苦雨，岁暮如有约。入春尤络绎，檐溜不断脚。去妇厌鹁鸪，噪晴喜乾鹊。如何事大谬，灾祲不可度。夏秋还历春，曰旸恒旸若。回禄日告警，富媪震索索。无冰且疠疹，浊水况洞酌。胎毒发妇孺，糜烂不可药。殇殟与天札，万殡出溢郭。官长蹶然起，忍坐视民瘼。大雩当吁嗟，祭禜叩冥漠。维城未复隍，惟岳神所托。上表许通天，玦卜亦已诺。断屠比徙市，宋代早有恪。白衣有仙人，石鼓供高阁。向来迎下山，沛然云遂作。同云复密云，亦复阴遮幕。谷风习习来，太虚扫渣粕。霡霂间噀洒，未足湿衣著。大者牛毛疏，小者茧丝弱。须臾亦杳然，霁色透帘箔。海滨多南风，暄暖郁蒸蘙。衣润待炉熏，础润如泼酪。便当送晚雷，不道又寂寞。乡人饮井华，所忧在栖勺。金谋通竹笕，江海足连络。岂知春前旱，石田不可凿。万宝断萌芽，百货绝囊橐。起舞乏商羊，长鸣少鹳鹤。蛾塜见时术，飞鸢回寥廓。箕毕验无灵，甲乙占皆错。何尝尪作祟，亦匪魃为虐。想从晚近来，民德太凉薄。上天怒降灾，种种法当斵。疾疫与水火，刀兵与卤掠。杀人尚有限，未足快斩斫。惟兹久旱干，赤地如卷箨。告籴室县罄，发廪几升龠。上苍自明明，玉石忍共灼。农民实无罪，坐毙废钱镈。愿者罹毒手，槁项听燋燋。黠者巧逃亡，天网漏绰绰。小惩足大戒，一面网开拓。蚍虫再拜言，敢忘在沟壑。"

林损作《怀旧（丁巳十二月都中作）》（十二首），悼念陈介石、醉石二先生和黄鹤仙、程雪圃、余小泉、宋平子、陈栗庵、唐叔玉、黄穰青、吴季贤诸前辈。其一："灯残壁暗柝无声,万感并从枕上生。眼底渐稀先辈迹,梦中难聚故交情。有何曲蘖忧能遣?至竟彭殇理未平。辗转不知斗柄动(明日立春),哀吟和泪到天明。"其二:"恸哭羊昙泪未干,饥寒驱遣到州门。望尘错认车骑过,入室惊看杖履存。空有生徒三万辈,孰传道德五千言。侍从怳记精微训,印证何由起梦魂。(仲舅介石先生)"其三:"日暮修途系苦思,南风吹树两相期。最怜咫尺淹留处,正是人天诀别时。枕上殷殷望穿眼,客中梦梦屏神龟。细推外物原难必,雪涕临棺一瞬迟。(季舅醉石先生)"

延清作《嘉平月二十二日,立春节漫赋》。诗云:"春信梅边尚未谙,只争枝北与枝南。经营绿野思裴墅,谢绝朱门署劭庵。一例盟松心耐冷,几番啖蔗尾回甘。岁兰莫复论休咎,马齿明年七十三。"

徐世昌作《丁巳岁暮,立春前一日,柯凤孙、秦袖蘅过退耕堂小饮》。诗云:"滔滔去不已,难得此闲身。来共梅花醉,频添竹叶春。尘中无猛士,海内几诗人。珍重名山业,烟霞更结邻。"

林苍作《廿二夜自聚春园归,书感》。诗云:"岁寒多少无聊感,意外还剩一段因。门户作难诗道苦,性情爱好责言新。别裁元要存风雅,执滞将毋失本真。绝口人前论句法,春来好自过芳辰。"

4日 "春音词社"第十六集于本日后举行。本集词作有徐珂《征招·寒夜,应春音词社十六集作》、王蕴章《征招·寒夜》。其中,徐珂《征招·寒夜,应春音词社十六集作》云:"柝声迢递砧声远,虚堂酒醒延伫。雪意便垂垂,奈凉蟾窥户。回春看草树(时已立春),只遥夕、哀鸿盈路(丁巳偏灾迭告,京兆直隶且大水)。影颤帷镫,警传谯角,尚余歌舞(邻有伎乐)。 宫漏。听当年(清光绪己亥乞假出都,至丁巳已十九年矣),沧波梦、依稀凤城尊俎。冷彻玉壶冰,证冬心如许。耸肩吟太苦,更呜咽、黄昏潮语。岁寒又,甚处寻盟,问绮梅开否。(况夔笙先生曰:'清疏瘦秀,词笔最宜。')"

缪荃孙托杨钟羲校《销夏录》。

瞿鸿禨作《立春,次和庸庵韵》(二首)。其一:"条风催送隔年春,又见辛盘闹浦滨。暖律未教回谷黍,晴波初欲动江蘋。谁将彩笔题新帖,只觉银幡笑老人。为问两京梅发否,对花怀旧几吟宾。"

陈三立作《送灶夕立春得微雨》。诗云:"冬晴百日天霄赤,始仰微雨送灶夕。年光销掷鼙鼓城,春气萌动苔藓石。辘轳寂寂香冉冉,犹沿旧俗礼饯席。神君面帝莫言事,但乞灭蝻雪一尺。"

徐世昌作《祀灶日立春》《立春日雪》。其中,《立春日雪》云:"春来先见雪花飞,廿四风从岁里归。竹叶乍摇青影散,松梢低亚绿毛稀。润添蔬圃晨开陇,暖覆花房昼掩扉。向晚家家争祀灶,年丰愿祝麦苗肥。"

赵熙作《春从天上来·祀灶日立春》。词云:"春又人间。坐画角声中,聊饤辛盘。

土牛佳节,风鹤残年。战血一片关山。更刮毛何地?向龟背千度成氈。有谁怜。尽野梅红处,青是烽烟。　　东皇也应如旧,见珂马当当,银烛朝天。祀灶黄羊,名官青鸟,今夕都变桑田。问醉时司命,忍凝睇、鬼妾花前。倚栏干,望香南雪北,如此西川。"

林志钧作《立春日雪》。诗云:"雪悭才算第三番,忽尔东风已到门。独对盆梅守残腊,却迎新节忆乡园。瓦沟滴滴初成溜,土脉浮浮看向温。云叶雨花真顷刻,不留余意到黄昏。"

陈声暨作《十二月二十三日独上江亭看雪,寄孟玉》(三首)。其一:"凉凉踽踽此登临,不尽酸寒独客心。八表同云凝不散,更教暮雪助清吟。"其二:"几僧扫雪开蹊径,迎笑诗人有好题。七载江亭泥上迹,披蓑戴笠怅东西。"

杜师预作《立春》。诗云:"昨日梅花几点开,儿童距跃报春回。东南戒备森严甚,借问君从何处来。"

胡先骕作《庆春宫·同癸叔赋丁巳旧腊祀灶日,立戊午春》。词云:"琼管灰飞,斜街灯烂,夜城叠鼓催更。浮蚁醅香,胶牙饧软,与君共倒银罂。载途冰雪,问此去、瑶京几程。中原金革,闾里疮痍,凭达天听。　　辛盘待迓霄旌。杯泛屠苏,香溢鱼羹。吹面东风,迎年笑语,最怜箫凤声清。柳丝梅朵,渐点染、韶华二分。神庥遥赖,处处桑麻,春满郊坰。"后又作《春从天上来·和癸叔,再叠祀灶叶赋立春韵》。词云:"雨雪严城。渐画角清笳,吹扬春声。眼底梅柳芳意,不胜光滟,鲁酒浮罂。待扶头卯饮,槐封梦、蚁穴通灵。更当筵,杂繁弦急管,牛炙鲭羹。　　徐行。冶春巷陌,问太乙东皇,可发云程?羯鼓鳌灯,钗期镜听,歌吹遍满神京。算欢时难再,飘花泪、激荡心旌。宿醒醒,便敲棋永日,休论输赢。"

5 日　《申报》第 16158 号刊行。本期《自由谈》"新酒令"栏目含《西厢酒筹》(南屏)。

《妇女杂志》第 4 卷第 2 号刊行。本期"文苑·诗"栏目含《越然道兄丧女贤娓,以英吉利文书事见,寄诗以唁之》(铅山胡朝梁)。

《学生》第 5 卷第 2 号刊行。本期"诗"栏目含《招国魂辞》(广西省立第二中学校三年生黄毓梧)、《文信国琴歌》(江苏宜兴第四高小三年生姜豹文)、《赠别管秋棠》(广东汕头大埔中学校学生饶笑云)、《舟中夜酌》(前人)、《题程前川先生〈梅花〉诗后》(天津赵洸湛)、《暮鸦》(浙江第八中学校二年生郑厚德)、《冬》(上海中西医学校学生郭翼汉)、《丹台寺》(福建邵武中学校附设师范学校毕业生龚赞襄)、《偕季弟赞成诗话楼晓望》(前人)、《感时》(北京师范学校四年生沈桂生)。

林纾《张魏公三省堂研歌,为马通伯作》刊载于《公言报》,自署"畏庐"。诗云:"风磨雨濯不成紫,何人割此黑龙尾。云自魏公三省堂,伴公挥洒澄心纸。当时草檄讨苗傅，泪痕迸入研池水。相随摈斥更贬所，宝如断璧供棐几。是时玉带生未胎，公早昂藏思国耻。杀端所失误王庶，构赵不应听吕祉。公之精神如玉石，奈何自玷留瘢痕。吾友桐城文章伯，近年买自长安市。错综五篆星聚奎，凋光发炯生研底。先生用此助纂著，勤若南安注老子。传纪罗文玉局苏，史修灵璧襄阳米。我囊铜剑不敢出，生平从未攘人美。"

陈隆恪作《久晴，立春后一日微雪，喜赋》。诗云："春动拨云根，蟠空雪夜屯。飘零窥智井，辛苦下晴轩。净彻人天界，寒苏草木魂。不容乘兴去，聊伴釜鹭喧。"

6日 郑孝胥赴受有天一元会，到者8人，唯俞志韶未至。

魏鑫雪中过访陈三立，宿于散原别墅。

林纾《题刘葱石参议汇刻传奇》（四首）刊载于《公言报》，自署"畏庐"。其一："双雷阁上检陈篇，逐一都宜付管弦。揾得无穷天宝泪，江南不遇李龟年。"其二："传奇丛刻本奇观，未得承平宝筏看。闻说宫中箫谱尽，空留供奉跳灵官。"

7日 李季高、刘建之为沈瑜庆补祝寿，同座者郑孝胥、刘聚卿、徐积馀、章一山等。

符璋发章一山信，附绝句三首。

8日 林纾《题黄忠端狱中楷书长卷》刊载于《公言报》，自署"畏庐"。诗云："就死还疑未报恩，忠魂仍盼转乾坤。恨声空咽清漳水，遗墨长留碧血痕。隆武不终原气数，辽阳何物却生存（洪辽阳与同里闲）。甲申壬午三年耳，忍听衔悲出国门（公于崇祯壬午二月九日领戍出辰阳，后年即甲申）。"

9日 魏鑫别陈三立，赴沪居。陈三立作《雪中魏季词过宿敝庐，除夕前一日还沪居赠别》。诗云："一雪寻车辙，三年隔酒厄。饥寒成老味，继述有馀悲。默诵楞严在，孤踪魍魉知。亲炊蛟蜃窟，谁问命如丝。"

林纾《醉司命日，宋铁梅招饮晚学斋》刊载于《公言报》，自署"畏庐"。诗云："银墙一角小停车，来款将军水竹居。交谊定从谈道后，诗心酿到罢官馀。盆梅在几颇思月，熊掌登筵况得鱼（是日庖丁腰膰烹鱼皆极美）。灶鬼朝天吾亦醉，颓然偃卧半床书。"

沈曾植作《有会而作，小除夕》（五首）。序云："一二两首，一题作《海日楼杂诗》。第四首，一题作《和古意诗》。"其一："海天有奇色，炳现鸡鸣初。顾瞻皆圣境，擢我膏肓愈。北斗柄插地，苍龙拂牙须。魏然我楼在，芴漠疑仙居。兹意将不胜，尘沙憺无馀。嗗嗗天鹅声，北响寒门趋。白雀化为鸠，杖头眼蓬蓬。有合执大象，无穷验真符。云中嗳音诵，肃若临神虚。"其二："蜡花善窈姿，不识秦嘉平。细裘鞠尘屦，微步来亭亭。尔我两无隐，香严晓冥冥。朝日在我东，丽楼影窗棂。春风故相识，不待搴帏迎。花静如太息，伊怀极分明。庄诵邓州诗，殷重残年情。"

林苍作《小除夕在聚春园，爱独携蓉郎见访乞诗，席上作》。诗云："丈室天花结习多，尊前绮思似春波。故人喜作伽陵醉，小语如闲定子歌。老后风情皆过去，众生缘法果云何。眼中别有销魂处，脱尽当筵旧臼科。"

10日 陈三立接周大烈张家口所寄诗《陈伯严自戊戌政变后久客金陵，屡征不起，近惟杜门作诗，中年皮肉脱落几尽，因以一绝奉寄》。别已三年，遂和作《除夕得周印昆由张家口税关寄诗，和酬四绝》寄之。周诗云："承平门族多残破，并数陶谭记二三（清末，伯严与陶葆廉、谭嗣同称'三公子'）。老病迦陵诗见骨，一身枯瘦卧江南。"陈诗其一："荒城角起烛初烧，斗柄斜檐对一瓢。忽仰帛书传塞雁，声声听人可怜宵。"其二："一身万里别三年，想得呵毫雪满天。细字作行杂呜咽，惜花故事出灯前（君居湘，逢戊戌政变，有《惜花词》）。"其三："我长落拓四立壁，公亦蹉跎反抱关。招隐恐无干净土，得钱烦买画中山。"其四："边徼沙黄车驮移，指挥云物照刀锥。遥怜旧俗人扶醉，念乱伤离独捻髭。"

陈作霖作《喝火令·丁巳除夕寄周镜涵》。词云："腊酒斟三雅，春盘荐五辛。焰生炉炭火温廘。记得去年今日，共作送穷文。　白化千岩雪，红飞九轨尘。晚来高处望停云。折得江梅，认取一枝春，折得一枝春信，寄与未归人。"

延清作《除夕和张振老寄示四诗，奉和二首即寄》。其一："预计明朝戊午年，盍簪例聚桂宫贤。青钱万选文章摇，金鉴千秋姓字传。乌噪柏台停宦辙，鹿鸣苹野赋宾筵。武公抑抑行追步，矍铄精神愿保全。"其二："识荆犹记入京时，八秩今仍负逸姿。运蹇未跻黄阁老，望尊应备绿图师。六年云树劳公忆，一水霜蒹系我思。七十三翁增马齿，岁朝先寄济南诗。"

吴昌硕作《丁巳除夕》（三首）。其二："无言别我遽长捐，强作观颜笑语边。夫妻古稀人仅有，敢云天不假其年。"

张謇作《除日忆怡儿》《啬庵蜡梅》（有序）。其中，《除日忆怡儿》云："一冬三月略无雨，腊去春来渐积阴。丹橘黄橙供节物，新梅老竹慰寒吟。殊邦宁忘家人趣，隔岁先惊此夕心。珍重过儿还强学，东坡白发未盈簪。"《啬庵蜡梅》序云："啬庵窗外蜡梅，为所手植，十余年矣。介竹石之间，又当西楼之侧，无风雪之侵故易安，鲜日月之煦故不健，楚楚抑抑，如好女子可怜也。丁巳除夕，徘徊树下，感而有作。"诗云："忍受冰霜只自怜，宫黄点额故娟娟。只今掩抑楼阴下，不到人前到我前。"

徐世昌作《岁除忆弟》《丁巳除夕》《除夜》。其中，《除夜》云："春色上梅梢，春声动爆竹。灯火夜深明，诗人睡已熟。"

俞明震作《丁巳除夕》。诗云："一阕真成醉，残年事可哀。更无余日待，谁遣早春来？汉腊存刍狗，深杯忆旧醅。风枝见栖鸟，为尔一徘徊。"

郑孝胥作《除夕》。诗云："除夕我安在，乃在病榻侧。求学摇尔精，病势良不测。

我生五十九，何异门外客。敢期炳烛光，聊羡就阴息。痴儿苦好胜，造物胡汝厄？学成殆有命，姑保志与识。今朝幸稍苏，默佑赖祖德。嗟渠丁世乱，梦呓犹忿责。旁皇非守岁，相对未为寂。爆竹战方酣，新年暗中易。"

赵熙作《庄椿岁·除夕》。词云："全家捱到今宵，雨声尚打谯楼鼓。怒涛中坐，劫灰中老，阵云中住。履道坊深，景阳钟动，梦痕盘古。算春花秋月，弯强寸寸，如云卷风吹去。　　只有烽烟如故，问蛇年蜕将何处。百年过半，缚船送鬼，万山无路。爆竹声销，官梅寒重，银虬暗数。似新人近了，旧人将别，在鸡鸣渡。"

萧瑞麟作《除夕》。诗云："大地战玄黄，魑魅狂奔走。生民伤化离，而我安户牖。坶畜鸡两头，甕储米一斗。忽忽岁云徂，勤勤备樽酒。招徕故乡亲，中有高年叟。酒酣咸致词，冤喷吐八九。龙蛇岁已过，鲸鲵骨应朽。戒道初弥月，归舟计八口。俸钱挂杖头，肥牡速诸舅。入我深山里，清福同消受。明心告上帝，帝谓历年久。"

傅锡祺作《丁巳除夕》。诗云："家人聚散亦何常，死别生离（次男春钟适齐，长女佩兰出阁，四男春镜、次女如兰相继夭逝，今岁围炉少四人焉）总可伤。蜡烛有心陪老泪，屠苏无力醉愁肠。辽阳归鹤迟千载，历下征鸿滞一方。回首团圆魂欲断，强为言笑慰高堂。"

罗惇曧作《丁巳除夕》。诗云："默数吾生几岁除，今年此夕尚安居。有人一试回天手，尽日惟看相斫书。差幸听歌无间阻，不知来岁定何如。祭诗酒脯嫌多事，喜对湘梅破萼初。"

陈衡恪作《丁巳旧历除夕》。诗云："旧俗人多纪岁除，我言历改正春初。万花齐放从兹始，一室孤悬信所如。莫可辛盘循凤例，那堪爆竹恼邻居。明朝霜鬓关谁事，今日安心且学书。"此诗后发表于《大公报》"文苑"栏目1918年3月14日，题为《旧历除日，用瘿公韵》。后陈隆恪作《和大兄除夕诗，仍用瘿公韵却寄》。诗云："一念排天静屋除，堆盘烛泪爇香初。支离残夜魂犹守，诡幻穷年梦不如。小草夙工移九畹，雄图今见霸三居。奉觞始信人间事，疮雁培风展寸书。"又，陈隆恪作《除夕》。诗云："寂寞守江城，生涯借酒荣。庭虚埋夜气，树秃让风声。蝉翼人情重，鸿毛性命轻。为谁颠倒尽，岁月去分明。"

陈夑（子韶）作《醉吟商小品·岁除，越流索词，与群季同作》。词云："又几度东风，早送甕头春暖，最难相见。　　吊影分飞雁，桃李芳园宵晏，金尊酒满。"

陈怀澄作《丁巳除夕，次鹤亭韵》。诗云："双轮日月似奔流，又设春盘与腊筹。细数却惭增马齿，楷书尚喜写蝇头。未能东海三山隐，已遂西湖一棹游。慈母康强儿长大，共迎新岁百无忧。"

黄荐鹗作《除夕》。序云："时余调署峨眉，因军事未平，未赴任，回梁山度岁。"诗云："两袖三台岭上云，屠苏又报酒痕醺。服官我似桃符旧，避匪人如蝼蚁纷（乡人入城避乱)。柏酒一樽浇块垒，梅江万里望榆枌。多仪远近承筐赠，清节仍怀赵使君（各绅仍送年礼，辞不受）。”

林资修作《丁巳除夕》（二首）。其二：“新陈代谢莽无涯，又是天公岁计时。过去满盘成铁算，当前残局想枯棋。一非一是浑无定，何去何从两可疑。起拨寒灰呵冻手，此中冷暖自家知。”

傅熊湘作《丁巳除夕》。诗云：“经年未了崎岖意，都付懵腾睡眼看。已倦群情矜爪嘴，尚容余恋到杯盘。兵戈肯念生民瘁，荆棘丛知行路难。此夜朔风还作霰，入春争恐不胜寒。”

吴梅作《除夕》。诗云：“偶过南瓦醉琼筵，任尔花枝笑独眠。节意乡情迟暮感，酒阑灯炧薄寒天。五更归梦轻千里，双袖锱尘够一年。亦有新词传井水，旁人休拟柳屯田。”

刘善泽作《丁巳除夕简徐四宝宾》。诗云：“凋年急雪玉廉织，四海于戈战伐淹。已见休粮流雁户，更闻溢税到鱼盐。买书况味搬姜鼠，觅食生涯上竹鲇。痛饮待君揩病眼，寒梅索笑一巡檐。”

朱执信作《六年归广州，寓居海幢寺中，岁除日作》。诗云：“暂得还乡仍作客，猪肝一累愧前贤。僧客桑下过三宿，身在兵中近十年。抱蜀不知千载远，放怀翻畏五浆先。何时得税王尼驾，对此横流一怅然。”

黄侃作《丁巳除夕，和遗山〈除夕〉韵》。诗云：“杯倾蓝尾饮无何，四载京城忆涧阿。春早花将思共发，身羸愁与病俱多！枭卢争竞中宵博，箫鼓喧阗下里歌。瓠落生涯吾已定，那应逐岁怨蹉跎！”

黄濬作《丁巳除夕》（三首）。其三：“儒墨均为禽，典籍肆若罟。苍孔胡不仁，驱我入奥府。长年钬肝肾，得句鲠仍吐。窥藩初趑趄，闯户忽连嵝。所尊唯杜韩，颇亦喜徐庾。自憎词失缗，辄恨诣不古。荡胸千嶒峻，时亦写媚妩。谁知短檠灯，不敌长袖舞。道旁昏睡儿，略窃混沌谱。浪夸持玉杯，国论供吹蛊。毁移乾坤轴，旷野尽兕虎。吾侪卒何益？章诵委粪土。祭诗还自祗，残梦狎鼙鼓。”

张良遐作《丁巳除夕书怀二首》。其一：“偃武何年见止戈，枯枰一局赌山河（时岳州已失守，政府方频讨伐令）。鼓鼙雷动殷岩户，盾鼻烟迷受墨磨。四世雏鹓看竞爽，三人市虎畏传讹。笑余为善腰围减，不似东平乐最多。”其二：“橘中象戏一尘微，袖里龙根二叟飞。哀挽已过元亮岁（渊明年六十三），灌园且息汉阴机。铁函扃史嗟何及，柏柜藏诗愿未违（草堂遇火，所著文赋被毁，惟诗钞独存）。斗酒百篇堪送老，安排笔砚对鱼矶。”

王仁安作《除夜得诗四首，一年诗事告终也》。其一：“雪压竹枝低至地，云迷山色远连天。诗多别趣闲中得，句有全神冷处传。几辈黄冠曾入道，是谁白昼说登仙。

五旬又五皆虚度，回首平生一莞然。"其四："一年度过剩残更，几案清空一卷横。名士从来皆画饼，好官只得博虚声。国家局变千秋恨，文字功多万古情。拜别丁年今绝笔，来春携酒听流莺。"

吴放作《丁巳除夕》《丁巳除夕，和外子》。其中，《丁巳除夕》云："今宵旧例名除夕，不改频年爆竹声。梅鹤相依同守岁，酒钱诗债两偿清。"

柴小梵作《丁巳除夜》。诗云："挑尽青灯守夜时，焚香偷祭一年诗。山妻也作迎□计，为插梅花带雪枝。"

李思纯作《除夕》。诗云："深杯华烛照千门，献岁承欢倚弟昆。宿草亲知增日月，倚栏尘梦入精魂。危疑近讥嗤群丑，抑塞吾胸有万言。且试春风好消息，辛盘鸡黍告今存。"

周鹏翥作《丁巳除夕，松滋军中作》。诗云："匆匆岁去吾犹故，强向军前一举杯。客里旧交情更切，眼中残局事全灰。未除杜牧谈兵癖，多愧陈琳草檄才。鄂雾湘云雨弥漫，狂歌倚醉倦眸开。"

庞俊作《次韵孔昭〈丁巳除夕〉二首》。其一："买书沽酒却须钱，还了惟余隐几眠。独自解颐初得句，凭谁系尾已无年。重寻列炬奇离夜，并入吹篪惨澹天。剩向帘间听笑语，隔墙莺舌乍能圆。"其二："振古同怜岁在蛇，今依醉饱以为家。一尊容有微吟地，万劫犹开未烬花。短景急流竟安往，弥襟孤愤但无哗。只应觅取鸣驺路，指点凫鸥宿岸沙。"

［日］白水淡作《丁巳除夜》。诗云："清浊不嫌开别天，弄诗自许老诗仙。红山龙窟岁将暮，一醉吹尘忘百年。"

上旬 顾颉刚归家度春节，见吴征兰体益支离，为之悲苦。二月底返校后，不眠疾大作。作诗《津浦车中》。

11日 杨霁园作春联二首。其一："戊为刚日宜春社；午有条风运太虚。"其二："戊社风和来燕语，戊雨微沾挑菜渚，吉日维戊吉日维午；午天云淡养花魂，午风先到浣花村，言采其蕨言采其薇。"

张震轩与儿女作西书楼开笔，长子以《元旦开笔》诗二章敬示。

夏敬观偕李宣龚、陈立村访郑孝胥拜年。郑孝胥作《在宝隆医院中伴小乙病卧，口占二绝》。其一："庸人扰天下，竖子岂成名。欲问匡时略，还从仁义生。"其二："老夫初无心，一纵陆浑火。他日寻胡僧，劫灰话因果。"

康有为作《戊午元旦感赋》。诗云："龙蛇运厄岁云终，半载居幽吾道穷。颃洞乾坤患豹虎，乱争南北笑鸡虫。无心复旦观云物，春色还人语月风。六十知非无去住，五噫不忍学梁鸿。"沈爱沧作和章云："上始编年迄下终，回环寻绎趣无穷。惊号未惜伤弓鸟，著述非雕小技虫。隔岁乱离归旧雨，更端僮仆触屏风。一周共谱南飞鹤，每饭难忘北去鸿。"胡晴初和章四首。其一："忆攀轩鼎一星终，四海君师理未穷。窦宪本来同腐鼠，扬云真欲悔雕虫。蜗涎出缩难为雨，鹏翼扶摇亦避风。八表云开回日驭，会骖车骑载飞鸿。"其二："书生匹马突围来，吾戴吾头亦壮哉。孤注河山宁易掷，万灵阊阖会重开。沧桑屡阅年垂老，土梗相嬉语自哀。安稳归槎㺄天末，袖中东海可携回。"其三："苍黄十九年前事，白发重为去国臣。贯日精诚看一剑，奔雷震撼骇双轮。孤弦忍操公无渡，九译犹传世有人。且篯天山同胖地，京华回首话悲辛。"其四："新诗唾壁与徘徊，万梦如云去不回。我喜荷乡韦虎重，军须飞渡佛狸来。胸填大岳尘终让，手障颓澜海亦回。为发群聋挝急鼓，先春已奋地中雷。"胡嗣芬和章云："数箭真愁夜漏终，回戈讵信暮途穷。梦魂天半骖鸾鹤，游臂人间笑鼠虫。寒过尧年初话雪，变伤周雅早亡风。共谁思逐花前发，裁泪诗篇更寄鸿。"

潘飞声作《戊午元日怀梦坡广文并简狷叟、仓硕、芙生三老乞和》。同人和作：周庆云（《和兰史元日见示之作》）、吴俊卿（《元旦得兰史诗，次韵答之》）、施赞唐（《次韵奉和兰史、梦坡戊午元日之作》）、许湜祥（《和兰史元旦见怀，用原韵》）。其中，潘飞声《戊午元日怀梦坡》云："比邻爆竹闹檐牙，那管公私两部蛙。叩户诗缄来草阁，拥炉琴酌寿梅花。乾坤莽莽仍兵气，风雪阴阴岂物华。差幸闲身同白社，吴淞分占野鸥沙。"吴昌硕和作《戊午元日翦淞阁和兰史韵》云："饭比胡麻妥齿牙，鲸吞鼍吼尚鸣蛙。溪堂晴雪帖临草，月色旧时梅著花。百劫寰中人醉梦，一鸣天外鹤年华。期君更剪中泠水，茶具苍凉制白沙。"沈曾植见吴昌硕诗又有和作《和缶翁元旦韵》。诗云："白头搔短不胜簪，年矢偏催老病斟。人日草堂开散帙，夜堂落月伴横参。下泉著黍思王泽，大旱云霓企说霖。天畔老人体怅望，潜阳消息逗重阴。"

许湜祥作《结习未忘，率〈丁巳除夕〉〈戊午元旦〉二诗》。同人和作：周庆云《和狷叟〈除夕〉〈元旦〉二诗原韵》、潘飞声《狷叟属和〈除夕〉〈元旦〉诗，次韵奉酬》。许湜祥诗其一："我将呵壁问苍天，盼望承平又一年。忍说流民开画本，空言率土补诗笺。江湖魏阙都成梦，灯火长筵尚有缘。不信故人竟仙去，红楼韵事渺如烟（近年钱听邠丈馂岁于高翠玉家，开筵款客，集者二十余人，余亦与焉。今则广陵散矣）。"

戴启文作《戊午元旦》，周庆云作《和壶翁元日诗韵》。戴诗云："百岁光阴几变迁，居然庸福幸邀天。一生俭约惟修德，七十经过屡假年。秘诀养生徒有愿，奇方却病惜无缘。岁朝犹自焚香告，举室清宁后起贤。"周诗云："悠悠岁月任推迁，安得娲皇补碧天。故事画鸡循汉腊，寒威警鹤话尧天。闲中尚有新诗债，老去难忘旧酒缘。最羡春风扶杖履，山林人识戴逵贤。"

瞿鸿禨作《元日试笔》。诗云："岁初喜雪岁朝晴，年瑞天犹应夏正。一解阴凝蠲晦塞，肯销兵气返澄清。芒芒疆索成今日，渺渺乡关系客情。时夜可求聊早计，也斟春酒暖余生。"

张謇作《元日此君亭追忆徐夫人》。诗云:"翁归无恙仍元日,人去翛然只此君。干叶委风鞋作响,露根裂冻藓成文。昔年消夏青瑶簟,并坐焚香皂练裙。记得十年凄邑处,只应苍翠眼前云。"

陈三立作《戊午元旦放晴楼望作》。诗云:"草根微雪蚀无痕,满我楼栏血色暾。佳气浮山依故国,幽忧改岁入孤尊。霄黏鹅雁移眸断,尘隔豺狼啮骨喧。一事竖儒非错料,看云卧石谢公墩。"

徐世昌作《戊午元日》。诗云:"门巷深深晓日红,家庭怡悦似春融。翦花斗绿看诸女,琢句裁笺笑乃翁。渐觉寒光收北陆,好将和气转东风。耕田愿卜丰年兆,尽在闾阎笑语中。"

陈衍作《元旦见桃花开,效香山体》。诗云:"菊后梅前花断时,桃前梅后亦如之。客冬梅与菊相见,今岁桃开梅满枝。自是春光偏早暖,也因日色有先施。窗前烂熳催诗就,不学香山更学谁。"

陈夔龙作《元日书怀,用朱琇甫太史韵》(二首)。其一:"青旗又报汉家春,垂老栖迟尚海滨。旭日渐舒吴苑柳,东风微皱楚江苹。吟囊重检思归客,酒瓮新开献岁人。独对五辛盘太息,案眉无复敬如宾。"其二:"掩关有客惜韶华,草草编篱即是家。比户春声喧爆竹,宜年吉语谢胡麻。(梁山舟侍讲晚岁每值元日以胡麻一粒书'天下太平'四字,余目力腕力均愧昔贤,况世乱更无已时耶?)迎头瑞雪先询鹤,曝背斜阳独羡鸦。忽忆右台芳信早,又分清梦到梅花。"

唐晏作《戊午元日》。诗云:"销磨岁月又经年,与世无争却洒然。往事本难窥色相,人生只合老田园。庄生未必真闻道,老子何须更说禅。欲叩先生参物始,梅花柏叶正争妍。"

王舟瑶作《元日书感》。诗云:"未成一事过六十,草草光阴付逝川。又见蟹筒吹项历,似闻鹤语记尧年。销沉壮志悲头白,梦寐中兴望眼穿。今日开窗见晴雪,江山如画惜桑田。"

贺履之作《元旦即事,和樊山韵》。诗云:"暖屋红炉映壁衣,瓶花初放碧桃绯。宜春字贴年仍旧,避债台成我暂归(余在保阳购藏名画十种,其价犹未尽偿)。图展梧冈丹凤舞(新购有蒋南沙《碧梧丹凤》图卷),脍当松渚白鱼肥(仲儿归自齐齐哈尔,携有松花江白鱼)。风光大有承平象,灯火鳌山万玉妃。"

汤汝和作《元旦试笔》。诗云:"蛮触年年事战争,何时寰海再澄清。阳回万物初调律,雨沛三朝愿洗兵。忧乐敢期天下共,兴亡总系匹夫情。焚香午夜陈心曲,先为苍生祝太平。"

叶德辉作《元旦》(四首)。其一:"二千年旧历,百五日初春。天地阴霾久,乾坤浩劫新。流光真过客,佳节几闲人。魏晋知何世,桃源好避秦。"其二:"立春先七日,腊鼓送残年。岁篰催人老，华灯试禁前。儿嬉罗胜彩，丰乐太平筵。往事空回首，衔杯意惘然。"其三："神谋金得岁，家报累添孙。玉树环亲舍，琼枝聚德门。青箱今有托，紫带昔承恩。百岁无多日，春晖恋寿萱。"其四："还乡仍作客，客里两逢春。酩酊屠苏饮，糊涂度朔神。岁荒年景减，市冷土风贫。何日朝元会，衣冠拜紫宸。"

成多禄作《戊午元日》。序云："正月初一日，晴。余寓京师贤良寺东院，茅舍竹篱，颇有萧然尘外之意，饭后散步得元旦七律一首。"诗云："衫鬓全非旧日青，影痕驰隙总难停。聊将踪迹藏人海，偏得朋游半客星。稚子欢声灯外动，老妻吉语镜中听。今朝试笔矜家法，惭愧南园与长瓶。"

丁立中作《戊午元旦作》。诗云："时和年丰岁在午，元旦书红天锡祜。快雪初晴膏泽普，四海升平望乐土。天河洗甲先偃武，中外一家息鼙鼓。利用厚生修六府，家给户足民安堵。风俗纯美返泰古，梦见东周曾快睹。"

周岸登作《汉宫春·戊午元日新霁》。词云："椒酒迎年，正梅催晓妆，雪融初日。鸣箛赛鼓竞入，俊游坊陌。兰成赋笔。动江关、最怜萧瑟。愁见了、春幡彩胜，依稀故乡风色。　　漂泊。旧京词客。对丝鹅蜡燕，旅怀如织。书空雁早未省，倦翎犹力。深杯漫惜，醉边寻、青鸾消息。留梦影、钗兰蒂并，着我异时相忆。"

黄节作《浣溪沙·戊午元日记游》《元日晓起乘车至长辛店》。其中，《元日晓起乘车至长辛店》云："秃树新阳不蔽车，万家初动岁声馀。客行京国今朝早，坐看西山晓色舒。往迹自知成跦弛，世图真可辍耰锄。寻常了却终年事，来买荒村雪后蔬。"

夏敬观作《元日雪晴》。诗云："飘瞥街头万玉枝，朝暾近海越多姿。瓦沟薄薄旋消溜，窗户辉辉漫下帷。客久乡闾疏肺腑，梦亲林岫皓须眉。酒杯聊换新年意，隔岁江春未道迟。"

姚华作《师曾来弗堂观近得邨亭士尊，因见号以俪邨亭先生，且许刻印，戊午元日诗以乞之》。诗云："邨亭旧印久霾尘，一语冰川藻饰新。偶得荒尊不识岁，黝然小篆亦无伦。君车有例如堪署，钩带成文最可珍。乡乘百年容似续，愿凭石证起沉沦。"

黄荩鹗作《梁山元旦试笔》。诗云："年年宦迹滞江湖，椒酒登堂忆故庐。靖乱禁燃新爆竹，迎春刚换旧桃符。岁功此日成元始，正朔何年统四隅（南北相争）。喜有掌珠三颗抱，璇闱人共醉屠苏（梁邑叠生二女）。"

傅熊湘作《戊午元旦七年二月十一日》。诗云："新年且喜酒杯宽，稍接宾朋亦自欢。盆卉作花刚破腊，檐溜承雪尚余寒。万方偃塞兵初动，百室萧条野未安。愧负壮怀成怅惋，但将春意祝辛盘。"

黄侃作《浣溪沙·戊午元日记游》。词云："金碧檀乐映好春，凭高不受九衢尘，阳台终日有行云。　　胜地独游空有恨，芳辰陪饮更无人，静听箫鼓送黄昏。"

刘景堂作《临江仙·元旦试笔》。词云："爆竹声中千户晓，眼前万象更新。花香人意两氤氲。黏鸡贴燕，循例度芳辰。　　　愧我迎年无好计，枉教自却闲身。酡颜莫便厌清尊。白头醉倒，元不怕花嗔。"

陈隆恪作《元日简符九铭》。诗云："结念浮云端，坠梦江南地。刺蠈延驹光，所得暖在背。景物岁献荣，风枝春擅态。对酒非世徒，怜君同气类。寒梅穷谷姿，不映朱门异。忧天希寸功，许身翻细事。遐踪限严城，一笑傥能醉。"

王仁安作《元日试笔》。诗云："听得家家笑语声，旧除元日放新晴。老人睡起凭栏立，生意欣欣亦向荣。"

陈声暨作《元旦试笔（戊午）》。诗云："无人举手起沉疴，鹤唳风声惯听佗。除却吟诗忙底事，酒家近市饮朋多。"

黄征作《迎新春·戊午初春》。诗云："去水莽江汉，客里韶光如许，春信看徐度。又新岁、融华炷。碾香尘、飞车错互。灿广陌、珠树银花无数。迤逦风过处。知多少、怡情箫鼓。　　　念天方蹷，四国多故。环裨海、已惊血战龙苦。何人争逐中原鹿，阋墙纷、外侮奚御。剧堪怜、原野膏流燐飞阜。犹其豆相煮，四顾长叹，郁伊谁语。"

瞿蜕园作《戊午元日》。诗云："长幼肩随挂杖前，屠苏递饮各欢然。炉深金鸭薰常透，漏转铜龙曙更妍。湘上园林怜客久，江南梅柳得春先。圣湖准拟篮舆奉，手折寒香水步边。"

吴芳吉作《戊午元旦试笔》（四首）。其一："煮得甘薯胜肉糜，陶然一饱百无思。贫妻笑著新棉袄，要索郎君竹马骑。"其二："兵戈未定盗披猖，惟有穷家乐事长。除却惜阴无所恋，一年人比一年忙。"其三："权桠债主影如梭，避债难于蜀道过。三日不书民疾苦，文章辜负苍生多。"其四："悔教幼年胆气粗，新从贤圣致工夫。平生不为兴亡感，奇恨儿时少读书。"后吴芳吉得黄介民信，黄介民评该诗"朴实坚强，具有道气"。

王揆埏作《戊午元日》（二首）。其一："非将岁月尽蹉跎，只自无端唤奈何。冰雪不堪衰后甚，风云况是幻中多，常闻谈虎翻如戏。偶爱摧雏去听歌，又到岁朝逢戊午，强斟椒酒也颜酡。"其二："从来世事眯沙尘，造化谁窥主宰真。昨夕雪飞愁永夜，今朝晴霁庆元辰。黄人捧日星云烂，青帝司春岁月新。寄语苍苍回劫连，莫将刍狗视吾民。"

[日] 冈部东云作《戊午新年试笔，示越南义塾生徒》。诗云："谩读新书却误躬，民风不若励农工。枫林如锦忽飘落，熟柿经霜满朵红。"

[日] 橙阴正木彦二郎作《戊午新正口占》。诗云："椒酒交杯唱国歌，满堂佳气兴如何。王公贵不若身健，却喜迎春白发多。"

[日] 关泽清修作《元旦口占》。诗云："六十今朝加五年，诗书依旧结清缘。春风不独梅花上，吹到明窗净几边。"

[日] 浅野哲夫作《戊午新年》。诗云："六十更加二,疎狂同旧时。扫愁坡老酒,感兴放翁诗。经雪梅无恙,和烟柳欲垂。眼前生意满,吾亦忘吾衰。"

[日] 津田英彦作《戊午新年有作》(二首)。其一:"影浸清涟香漾烟,欲从三朔作奇篇。九重圣主拳贤足,五色群公补衮全。静碧溶溶环海树,暖红淡淡入峰莲。梅花一例为终始,厌套文章又一年。"

[日] 白水淡作《戊午元旦》。诗云:"梅花献寿映东天,一剑新迎戊午年。试写关门早春景,皇风吹遍五洲船。"

12 日　张謇作《西楼》。诗云:"西南轩一角,视听有余清。沟水浮帘活,檐霜出树明。图书供永昼,吟啸得平生。满耳劳人感,车轮陌上声。"

13 日　郑孝胥四子胜卒,年二十四。郑孝胥作《哀小乙》(六首)。其一:"灵真伏我旁,我意殊不觉。一朝忽然去,百身那可赎。寻渠诗中语,缥缈如鸿鹄。海山不成归,无故辄歌哭。既云厌人世,何事犹苦学。繁华绝所好,惟学为子毒。得天鹾其脑,解脱诚已酷。盖棺宁无恋,号泣罗骨肉。修短定虚名,毕生自多福。"其二:"昧爽赴吴淞,落日归黄浦。挟书独往来,海鸥久为伍。锡名乃曰胜,好胜由尔父。未明唤儿起,去去不言苦。回头望楼窗,目力尽街树。饥饱儿自知,风雨儿自御。安知儿已伤,精髓暗中腐。卧床未十日,到死无一语。无穷父子情,草草遂终古。倚楼默自失,泪眼复何睹?"其三:"陈尸俨在床,昏眩忽如梦。存亡孰主宾?非悟亦非怃。委蜕良自佳,造化试搏控。鱼潜为鸢飞,久羁等一纵。魂魄犹乐生,亿测恐难中。哀情譬初割,未免护新痛。此境行及我,万古迫相送。苟生正可羞,不死嗟安用。"其四:"病革忧交攻,惶督苦无计。一朝气遂绝,心知即长寐。眼看尸入棺,骨肉从此弃。见棺不见人,哀怨将何冀。如何棺又去,遗像空相视。人尸与棺像,变化一至四。他年当为坟,百岁同入地。亲爱未尽亡,死别饶余味。留名称不朽,万古付涕泪。"其五:"天地独不变,未足释我疑。所疑天与地,生死亦潜移。人生时苦短,古今渺无涯。昧哉漆园叟,无生尔何知。旁观似甚明,自逝夫谁欺?日月为我魂,山川为我尸。中有吊古者,悲歌复在斯。造物无所爱,万形纷奔驰。死状竟何如,试为吾言之。"其六:"文字久不磨,形骸倏已改。何为恋人间,一瞬即千载。强令短者长,短长究安在?我今恨渠短,自谓犹有待。朝来昨既失,夕至昼奚逮。始知逝川叹,圣者难自解。长逝等无归,且必归为鬼。形声术可留,神识还真宰。文字固非道,聊复托生死。"

朱大可《郁波罗丛话 (续)》刊载于《大世界》报。其中,《沈少石》云:"沈国淇字少石,秀水人。工韵语。郭晓楼为写《梅华画箧》,并媵诗云:'细屑螺丸一砚香,山人提笔写寒芳。瓷瓶样与梅华瘦,封入邮筒寄沈郎。'少石报以诗云:'唐棣翩仅思远人,结交先借一枝春。沈郎清瘦似曾识,赠我梅华传我神。'风趣可想。"《瞿子冶》云:"瞿子冶名应绍,上海人。诗书画称三绝。晚拓香雪山居,以贮金石文字。又尝手制砂壶,题诗刻竹其上,世称'瞿子冶壶'。见《艺林悼友录》。"

符璋得七绝二首。又,林浮沚以《元旦》诗索和,符璋答以一首。符璋夜就枕,又得五律二首,七律一首。

瞿鸿禨作《地震书感》。诗云:"震荡乾坤异未消,遑论予室付飘摇。地维莫制鳌头动,海若方惊蜃气骄。严道铜山倾欲尽,夷陵黑土劫成焦。横胸磊块知难吐,强遣频烦浊酒浇。"

章梫作《戊午正月初三日地震,和止盦相国师韵》。序云:"是日地震甚广,江以南,岭以外均报有损伤。"诗云:"大陆沉来劫未消,苍鹅飞出上扶摇。是何痛痒如人病,仍畜沙虫若子骄。潮影簸扬吴楚沸,坑灰摩荡粤闽焦。连年天变都无畏,谁燎中原勺水浇。"

汪兆铨作《正月三日地震》。诗云:"地震逢开岁,初三日未时。行人失步履,四壁欲倾欹。厚载徒云尔,颠危实在兹。漫言火山爆,占验五行知。"

王大觉作《正月三日地震》。诗云:"故老论灾异,儒生按简编。属车千里马,制币八铢钱。张禹谭经日,匡衡上疏年。天人今究极,书法可应传。"

吴之英作《戊午新春朔三日有所思》(二首)。其一:"赢得欲魔输爱魔,故知色界堕人多。芥树拘尼花乱发,满园憾果悔如何?"其二:"道心太浅爱心深,又从前因结后因。亶愿来生知宿命,渐培德本出稠林。"

14日 上海一元会消寒集会,夏敬观与缪荃孙、刘健之、徐积余、李拔可等同集。

陈三立复康有为书,盛赞其《共和平议》,并和康氏《元旦》诗。《复康有为书》云:"更生先生道席:相望经岁,晤亚蘧始悉脱返沪园。旋辱赐书,附大著各种,竭日夕之力读讫,皆继往开来、石破天惊之作。其《共和平议》一种,似尤为放声振聩,要义所在。鄙意宜别为单行本,以极廉价布满海内,使灌输人心,为天然印证,必能收旋乾转坤、事半功倍之效。公谓何如?盖吾国无所谓民也,其枢纽在中等社会,能识字略通文理者,有所开悟,则势厚矣。公六十雅集诗,例当补作,但此题未易下笔,且俟尽读诸公名作后,姑假月日可乎?索居本如穷山,兼度岁报纸停刊,益无闻见,惟冀幸公与乙盦诸老尚能为文字饮而已。春新,祝道履嘉胜。三立顿首。戊午开岁四日。"信后附《奉诵更生〈沪园守岁达元旦〉之作,走笔和酬》诗云:"一亭望作海中山,采不死药于其间。运会迁流自喧寂,神仙游戏已飞还。补天袖满娲皇石,媚影花供菩萨蛮。下照卿云呈绿字,欲骑鸾凤接童颜。(更牲先生寄示守岁达元旦之作,走笔和酬,写乞晒教。戊午正月四日。三立)此函方待缄发,忽奉新诗,气象万千,似有贞元之兆。乃用打油体疾和一首,附于函末,博一笑。三立顿首。"

王国维致信罗振玉,告以国内政况;又,访沈曾植长谈。

缪荃孙代吴右石向吴昌硕求篆书与寿联,吴昌硕即日寄去。

沈尹默参加《北京大学日刊》编辑部第一次会议。

陈夔龙作《元旦后三日地震书感，和止相韵》。诗云："雪不为祥见睍消，伤春行迈我心摇。剪鹣已觉天公醉，浮蜃俄惊地气骄。太息东南坼吴楚，似闻楼阁撼京焦。(接京口电，地震尤甚) 吾庐亦有飘飘势，客至开樽酒漫浇。"

陈隆恪作《蜡梅，正月四日作》。诗云："檀心依故国，馨口托寒门。不竞南枝暖，空随白日昏。剪绡能异色，嚼蜡惯承恩。肠断芳菲节，庭闱覆梦痕。"

[日] 服部辙作《新正初四，蓝亭小集，分题限韵，予得春事》。诗云："春事谙来兴不孤，酒盟诗约费工夫。消寒清课何时了，欲染梅花九九图。"

15 日 傅斯年《文言合一草议》发表于《新青年》第 4 卷第 2 号。对废文言而用白话之主张深信不疑，以为"文言合一"合乎中国语言文化发展必然趋势。白话优于文言，不是新文学倡导者凭空杜撰，而是中国文化发展必然结果。在胡适、陈独秀、刘半农等人讨论基础上，傅斯年提出"文言合一"方案，以为文言、白话都应分别优劣，取其优而弃其劣，然后再归于合一，建构一种新语言文字体系。具体办法是：对白话，取其质，取其简，取其切合近世人情，取其活泼饶有生趣；对文言，取其文，取其繁，取其名词剖析毫厘，取其静状充盈物量。以白话为本，取文言所特有者，补苴罅漏，以成统一之器。

《东方杂志》第 15 卷第 2 号刊行。本期"文苑·文"栏目含《葖溪精舍记》(陈三立)；"文苑·诗"栏目含《东台吉通士求题绍熙残砖》(郑孝胥)、《同石钦、仁先、絜先、恪士寻富春山水，宿桐庐逆旅，明日易小舸泝七里泷登钓台，复还，抵桐庐宿焉，赋纪三首》(陈三立)、《葛岭憩初阳台》(陈三立)、《自灵隐登韬光》(陈三立)、《丁巳重九日登烟霞洞，读仁先六截句，感赋即赠》(俞明震)、《次韵和散原〈游桐庐至七里泷钓台〉纪事诗三首》(俞明震)、《述菊》(陈曾寿)、《瘿厂过访，奉呈一首并怀东原》(王存)、《陈孝起索题四十九岁所临晋唐人书册子》(王存)、《晚出》(诸宗元)、《山栀》(陈三立)、《游潭柘戒坛诗》(胡朝梁)、《偶述》(曾习经)、《戏书蛰云近诗后》(黄濬)、《夜归偶占》(黄濬)、《吴佩之约观古物陈列所周柴窑盂》(陈诗)、《赠抱存》(陈诗)、《赠梁众异》(陈诗)、《北山暮归》(李宣龚)、《沈阳旅次》(李宣龚)。

[韩]《天道教会月报》第 91 号刊行。本期"词藻"栏目含《伊川驿晓行》(香山车相鹤)、《平康路中》(香山车相鹤)、《祝楠庵寿朝》(正庵李钟勋、仁庵洪秉箕、苇沧吴世昌、泽庵罗龙焕、芝江梁漠默、敬庵李瑾、汨堂刘载丰、菊堂黄锡翘、一青林明洙、观三斋金教庆、活斋金文辟、潼庵李钟奭、忧堂权东镇、蓝伧杨明洙、香山车相鹤、泷庵金蕙培、沃坡李钟一、玉泉吴尚俊、我铁郑广朝、慧山金永伦、南隐卢宪容、临汕李教鸿、西湖金健植、夜雷李敦化、凰山李钟麟)。其中，香山车相鹤《祝楠庵寿朝》云："浿北多贤俊，楠菴点一地。原职经道训，徽号蒙师赐。今年春一月，云是花甲值。

落落千余里，会合诚未易。遂兹纪念节，开馆举寿觯。今夕复何夕，灵友取次至。门前拥车马，帐底繁歌吹。雪霁月华澄，灯阑花影邃。星郎着彩衣，趋庭效莱戏。高谈转清绝，四座亦既醉。良宵宜尽兴，休须促归骑。"

吴芳吉接吕谷凡信，告之黄华自美国汇来美金五元。吕信中表示，赞成吴芳吉东渡日本留学，并愿代为筹集费用。吴回信婉拒筹款赴日之事，表示不能以家累累友，又以己事累友。

朱大可《郁波罗丛话 (续)》《踏莎行》刊载于《大世界》报。《郁波罗丛话 (续)》中《吴晋卿》云："秀水吴晋卿，名世晋，咸丰辛酉补科举人。有《题郭晓楼〈春波渔隐图〉》二绝云：'故园寂寂长莓苔，往事依稀话劫灰。犹有春波老渔父，不蓑不笠赋归来。''生涯占得一鱼竿，疏柳阴中夕照乾。底事田园付儿辈，富春事业在汗干。'"《六舟上人》云："上人名达受，海宁人。精于金石篆刻之学。徐兰史解元投诗有云：'贝叶真经传弟子，梅华高格称诗僧。千秋金石行囊富，两戒云山蜡屐登。'皆实录也。后主苏州大云庵，严问樵太史方宰吴县，赠一联云：商彝周鼎，汉印唐碑，上下三千年，公自有情天得度；酒胆诗肠，文心画手，纵横一万里，我于无佛处称尊。上人襟怀，弥可想见。"《踏莎行》云："劝酒银筝，催花羯鼓，沉替熨罗襟污。夜深玉露湿苍苔，弓鞋怕踏霜华去。　鸳烛未销，麝熏已驻，帘衣小隔听痴语。索丝落尽柳绵飞，东皇毕竟归何处。"

魏清德《敬和樱痴词兄留别韵》发表于《台湾日日新报》。诗云："花木开晴霁，亲朋二月天。重逢如梦□，小集亦因缘。把盏春常驻，敲诗烛更延。闽江离别后，又送故人船。"

陈逸士《除夕旅感》（四首）刊于 [马来亚]《槟城新报》"文苑"栏目。其二："爆竹声喧闹一场，增余怵怛惹愁肠。分飞雁断天边咽，未稔何时返故乡？"

舒昌森作《瑞鹤仙·戊午正月五日，啸鹤五十初度，赋此为祝》。词云："隔年春早至。拟约伴斜川，寻幽新岁。风光正喧美。恰群仙竞赴，画堂高会。良辰揽揆，更阶前、莱衣舞起。胜闲时、索笑巡檐，劝动早梅香里。　堪贵。行藏落落，蓬矢桑弧，草衣芒履。隐栖栗里。浑懒作，出山计。羡华龄大衍，亲知争集，不尚繁文缛礼。奉蟠桃、兼泛屠苏，好伸祝意。"

16 日　寒假结束，毓庆宫开学，溥仪依例颁赏，载沣、载润、溥伦、世续、耆龄、徐世昌、陈宝琛、伊克坦、朱益藩、梁鼎芬、绍英、毓崇等，每人赏赐端砚一方、朱墨四笏。

朱大可《上海新年竹枝词》（八首）刊载于《大世界》报。其一："饮罢屠苏酒一杯，红霞阵阵泛娇腮。南京路又福州路，宝马香车兜几回。"其二："新年姊妹逞风光，商略时妆到小郎。钻珥珠钏都不用，替侬簪上蜡梅黄。"

17日　冯国璋以代理大总统名义公布《国会组织法》和《参议员选举法》《众议员选举法》。

符璋作五律二首，又作《题〈孤山放鹤图〉》七古、五古各一首。

吴昌硕为菊舫篆书"弓鸣舟出"七言联："弓鸣原莽虎为栗；舟出浦柳鱼方来。"又，绘《桃实图》并题："灼灼桃之华，赪颜如中酒；一开三千年，结实大于斗。戊午人日。"又，绘《岁寒三友图》两帧并题同一诗，一付吴涵，诗云："松气如云伴修竹，顽石离奇古苔绿。囊空愧乏买山钱，安得梅边结茅屋。"

夏剑丞访郑孝胥，郑以《哀小乙》诗三首示之。

姚华为同乡李国钰藏陈师曾《问礼图》题跋，重申"知不美之为美，斯为美矣"。

陈衍、胡朝梁等将离京南下，与陈衡恪、陈方恪等饯别。陈衍有诗《人日立春饯别师曾、彦通》，胡朝梁亦有同题诗。

耿道冲作《戊午人日》。诗云："人日草堂开，清风阵阵来。弦歌寻旧雨，樽酒启新醅。聿起三春景，同储一石才。长松助豪气，绿拥上阶苔。"

陈夔龙作《人日怀一山太史，三叠前韵》。诗云："夷居何陋室堪铭，天外闲云此暂停。病起强斟人日酒，夜归休问灞陵亭。梦萦宫柳千条碧，目断齐烟九点青。一卧草堂甘避舍，才轮卅里怕相形。"

徐世昌作《人日柯凤孙、秦袖蘅偕来闲话》。诗云："草堂客至好题诗，香茗半瓯成化瓷。快论每因良会发，春风喜与故人期。文章海内知音少，傀儡场中说梦痴。车马九衢尘扰扰，疏林清迥上朝曦。"

释永光 (海印上人) 作《戊午人日禊集十发庵，闭关未赴，补呈一首》。诗云："氎衣藤杖掩松关，小院平分半榻闲。诸老漫倾人日酒，一僧空对橘洲山。芳襟似梦幽云隔，落日无声飞鸟还。且喜华严入深定，蒲团清磬破颓颜。"

叶德辉作《人日》。诗云："盘送青丝女手纤，莫愁才尽到江淹。新年巧剪翩翩胜，旧曲重翻昔昔盐。甲帐画鸡驱燕雀，辛盘荐鲤换鳀鲇。阿婆强步随年少，赚得银幡插帽檐。"

杨钟羲作《戊午人日葱石招饮，仍将北征，赋赠》。诗云："五载常为人日饮，隔年带到帝城春。传经中垒承天语，开府南滇本世臣。七客寮开多密记，千秋节近促征轮。玉屏灯影宁回照，身是先皇纵壑鳞。"

赵熙作《玉烛新·戊午人日，答问琴阁》。词云："青城归客瘦。道井络经时，坐探星宿。一筇在手，山中路、识遍千年樵叟。仙云万亩。是水脉江源蒸就。如梦醒、茅屋鱼陂，归来市朝非旧。　　人间溅血陈陶，叹六郡良家，义军谁救？破书自守，公还近、晋代桃花红岫。青衫泪透。为笛韵山阳哀奏 (同伤汤蛰老)。春思苦、人日题诗，花前雁后。"

江子愚作《南歌子·戊午人日,得髯客会川书》。词云:"细雨兰牙坼,条风柳眼开。雁儿飞过锦江隈。正是草堂人日寄书来。　玉垒浮云变,金沙瘴雾霾。中原多难正需才。为问甚时、携手上燕台。"

吴士鉴作《人日湖上,和林铁铮(鹍翔)韵》。诗云:"湖堤葑老未全荒,闲与凫鹭自在翔。密坐酒波浮面绿,绕城山色对颜苍。重棉春暖胜风力,矮艇归迟荡月光。欲向君家访梅鹤,巢居深处拜祠堂。"

潘由笙作《戊午人日,潘菊墅、侣虞昆季约集社友宴于玄都观方丈,限韵赋诗》。诗云:"漫将常例说春盘,沧海归来拾坠欢。已分华年销绿鬓,偶揩踪迹到黄冠。尊中红叶扶头醉,檐外梅花索笑看。此会自符真率意,山厨奚羡大官餐。"

严廷桢作《戊午人日陪宴九老会》。诗云:"人日题诗宴草堂,杜陵心事独苍茫。香山偶集耆英会,天宝开元说盛唐。"

张元奇作《人日寄石遗》(四首)。其一:"乌山山下卧云人,花竹图书照眼新。相见残年知几度?可能重踏软尘春。"

18日　周梦坡在沪上主持贞元会。许湀祥作《戊午孟陬八日,梦坡主持贞元会,因赋一律,用兰史〈元旦〉诗韵》,周庆云和《狷叟贞元会即事,有句叠韵答之》。其中,许湀祥《戊午孟陬八日》云:"浴佛良辰识易牙(丁巳四月八日,听邨同年招入贞元会,为入会之始。是日,饮于都益处,烹调极美,今之易牙也),蜀胶饮罢听私蛙。梅炎转眼真潦草,兰臭同心又看花(席散复赴友人红楼之约)。如握剪刀风料峭,倘销剑戟日光华。羡君雅兴调琴轸,一曲清音雁落沙。"周庆云《狷叟贞元会即事》云:"小园时听按红牙,弦管翻成雨后蛙。春买玉壶宾亦主(贞元会乃仿醵饮之例),寒消草阁笔生花。盟鸥寒未改三年约(会起于丙辰春),巢燕还看万物华。眼底尘扬东海畔,携筇何处踏晴沙。"

庾恩旸卒。庾恩旸(1883—1918),字泽普,一字勷右,云南墨江人。早年留学日本陆军士官学校。回国后在滇军中任职,历任云南新军炮队第一营管带,兼讲武堂教习。1911年参加云南重九起义。后历任云南军政府参谋部部长兼第一支队长,组成北伐军时任云南北伐军总参谋长,与唐继尧一起参与占领贵阳,唐继尧任贵州军政府都督后,庾恩旸任贵州军政府参谋总长。回滇后任云南讲武学校校长、云南督军府高等顾问、云南军政厅厅长兼宪兵司令官等职。1917年唐继尧以"靖国"名义对外扩张,庾恩旸任靖国军第二军总司令、联军总司令部参赞,驻毕节。在毕节遇刺身亡。7月4日下葬。孙中山亲自题写墓表曰"应为雄鬼"。由云龙作墓联曰:"丘壑无双,云仍有庆;勋名不朽,灵爽长存。"唐继尧作《庾泽普军长墓表》,略云:"天之生材也难,未有若成材之难也。方其生之也,于畜百千年中得一人。其成之也,不知几经挫折,几经锻炼,然后能安居宁处,坐享其成。是天成材之难,更难于生材也。"

著有《庚枫渔诗集》《云南首义拥护共和始末记》等。

吴昌硕作信一札与诸宗元，云："长公惠鉴，客腊迈儿归省，赍呈手笺，并承代撰石友诗序，展诵欢喜。逸气横溢，人所不能到，缶无论矣。掠美之处，耻复言之。拟早笺谢，复以尊属红梅等，沍寒冰笔，是以迟迟，兹草率奉去，乞哂存。尊患稍平，闻之笙伯，然春寒尚厉，餐寝且逾格留心。思虑一概涮除，元气不难顿复。缶去秋备历其境，敢以为谏，专谢。复颂全安。期弟缶顿首，谷日。"

郑孝胥过访张菊生、沈鲁青、左子异、朱晓岚、姚赋秋、刘厚生、夏剑丞、况夔笙、丁衡甫、杨子勤。

王国维函谢友人徐乃昌赠《积学斋丛书》。

符璋和陈子万绝句四首，又成《放鹤图》四绝句。

19日 受段祺瑞倒阁活动影响，国务总理王士珍辞职。

林纾《珪子宰大城，城中无兵，时旁邑为叛军焚掠且尽。一日，有百余贼临城。珪子出城问状，兵谬言，奉檄来卫。珪子知其谬，用羊酒米面犒之，慰以温言，遣去，城得完。作此寄示珪子》刊载于《公言报》，自署"畏庐"。诗云："在昔元使君，绾符守道州。西贼破永邵，旁县苦虔刘。作诗示官吏，深为穷黎忧。馀生脱贼吻，未忍加徵求。汝今宰小邑，敢与前贤侔。所仗运命佳，竟使民病瘳。去县三十里，贼火焚任邱。扇扰及大城，意亦在穷搜。汝能止豪暴，临难生权谋。苦语述贫瘠，哀痛回贼酋。县中出羊酒，境外传歌讴。此语闻若翁，喜极翻泪流。吾家素贫罄，未有良田畴。我老自食力，馔粥奚汝筹。苏民一日困，愈汝三生修。哀哀此苍赤，遗产贼所留。幸勿矜严细，但愿加慈柔。比闻下阁令，肆赦群拘囚。启柙出馋虎，破槛纵痫牛。内閧合外讧，备预方烦稠。为尔虑眠食，日旰或未休。果能为民劳，或不贻我羞。所当布精诚，猾竖焉得售？寄汝《舂陵行》，守官庶无尤。"

魏清德《方镜》发表于《台湾日日新报》。后又于3月19日发表于《新台湾》。诗云："稜稜圭角太峥嵘，拂拭寒光状毕呈。洞彻照人虽不谬，外圆还让孔方兄。"

20日 淞社第三十四集。吴昌硕首唱，作《春社即事（淞社第三十四集）》。同题作者有：恽毓龄、恽毓珂、朱锟、潘飞声、许湘祥、缪荃孙、白曾然、徐珂、周庆云。戴启文未与社集，有和作《梦坡以〈淞社戊午春社日即事诗〉见示，因用〈元旦〉诗韵遥和》。其中，吴昌硕《春社即事》云："同室自南北，强邻纷战争。醉吟人易老，佳想雪犹晴。麦饭思文叔，河梁绘子卿。庭梅撑老干，长似铁铮铮。"是诗入集目作《春社日》。恽毓珂诗云："太阴凌清雯，长流奔素湍。当春势峭崒，急景增暮寒。朔风猎猎吹，知我衣裳单。酒味如醇醨，举杯亦寡欢。鸿雁回首叫，声出浮云端。鸣鸠唤耕鉏，膴膴悲周原。勾芒既废祀，谁复司农官。殷社恸已屋，寻收易小冠。鬼神胡不歆，肸蚃意未安。白日对萧槮，落叶飘虚坛。禾黍叹离离，枌榆思故园。九洲同一云，哀时且莫还。北向噀玉觞，下救海水干。鸡豚问田家，箫鼓声盘桓。陈平割肉均，惜哉今所难。但有稻粱谋，饱食求身完。飞龙蓄光采，威凤戢羽翰。江南草木春，尊前岁月宽。起视六合昏，烟尘犹渺漫。高穹倚阊阖，千古长巃嵸。"缪荃孙诗云："红烛春宵绮宴开，座中裙屐尽邹枚。绿垂弱线方攀柳，白绽寒苞又咏梅。临水渐知鱼欲上，随阳先盼雁飞回。子遗三月吟云汉，但望阴崖起蛰雷。"周庆云诗云："草堂人日题诗罢，又约朋簪结鸡社。比例吾乡逸老开，岘山高会当春暇。去今四百有余年，留得须眉入图画。寂寞遗民海上居，沧桑百感逢人话。承平燕饮那堪提，盘坠铜仙铅泪泻。且向新亭醉一卮，河山休恨才无霸。坐中诸子尽英奇，即论工诗亦陶谢。脾沁催煎雀舌茶，齿芬先割牛心炙。酒酣百感郁中肠，扰攘干戈满天下。"潘飞声诗云："繁阴散林薄，旭日明郊原。隔水认疏帘，行厨开广轩。新岁寂尘市，老树通柴门。雪褪柳酿芽，风研花露根。悠哉二三子，蕴道忘语言。虽啸与世忤，始觉吾辈尊。吾慕高青邱，吴淞视家园。桑柘见斜景，杞菊余芳温。庄生乐天乐，一静众理存。"

上海图画美术学校函授部召开教职员会议，刘海粟被推为主席。

21 日 《申报》第 16167 号刊行。本期《自由谈》"游戏文章"栏目含《旧历新年竹枝词》（十二首，六宜轩主人）。

章太炎发布《驳岑春煊提出议和条件之通电》。

吴芳吉接童季龄信，信中劝止吴芳吉赴日学习催眠术，并指出吴应考虑国家需要，以尽己之责任，鼓励其以职业演说家自任，从事社会教育，开启民智。

22 日 北京大学画法研究会成立于北京。该会由北京大学校长蔡元培于 1917 年 11 月发起，1920 年又改名"北京大学画法研究所"，其宗旨是"研究画法，发展美育"。大会推选蔡元培为会长，来焕文为主任干事，狄福鼎、陈邦济为干事，并聘请书画家陈师曾、徐悲鸿、钱稻孙、贺良朴等为艺术指导。先后举办"北京大学学生游艺大会""图画陈列会""画法研究会成绩展览"等活动。该会 1920 年编辑出版《绘学杂志》，由胡佩衡主编。

北京大学书法研究社发布报告，提及沈尹默等导师开列草书碑帖目录。

徐世昌作《试灯前一日偕朱铁林游厂市》。诗云："年年风物好，散策厂东门。舆马云来去，图书世废存。春衣京国酒，妍日海王村。卖墨仙人在，题诗见道根。"

杨杏佛作《华盛顿诞日在工厂研究》。诗云："节暇工归舍，厂空鸟避寒。吾亦爱幽独，与君两不闲。"

23 日 溥仪生辰。乾清宫举行万寿圣节典礼仪式，排班叩拜者甚多。中华民国总统专使黄开文，以及李长泰、江朝宗、鹤春、袁德亮、翟殿林、治格等，由耆龄导引觐见溥仪。

孙中山电章太炎，嘱联合川、滇、黔各军以求巩固军政府，并指出护法各军，不得忽视"巩固根本,惟以利用为事"。

《申报》第 16169 号刊行。本期《自由谈》"诗囊"栏目含《感赋四绝》(拜花)。

《大世界》报刊载求声诗社第十五集聚餐会通知:《求声诗社诸同人鉴》。社题为《元夜观灯词》《春闺杂咏》,司社者为颍川秋水、咏雪旧主。朱大可《和求声诗社第十四集分咏诗》之《消寒杂咏·步山农舅氏韵》(四首)刊载于《大世界》报。其一:"深深帘幙护鹦哥,帘外梅花雪意多。好伴寒闺肄清课,一双红豆念弥陀。"

郑孝胥夜赴陈曾寿与胡嗣瑗之约于沈曾植宅中,沈曾植出示《灵武劝进图》请郑孝胥补题。当晚座客共 15 人。

徐世昌作《试灯日,梁节庵招饮,壁张国朝名贤小象甚多》。诗云:"对酒舒春气,登堂见古人。九衢灯火夜,风月几闲身。世胄衣冠古,诗书意味真。坐聆宵柝起,舆马动街尘。"

杨圻作《戊午正月十三,夕漏三下,自煎小云团锦绣谷牖下,侍儿敲冰汲西池,归报雪盛,喜呼妇起,把烛入梅花田,雪深半尺,林上缤纷未止,红白交错,花雪不可辨。妇出西洋香冰酒赏之,因忆光绪之末少年承乏郎曹,当残腊春初,裘马清狂,宴游斯盛,红萼如笑,时移人老,奈何》(四首)。其一:"辋川幽事敞亭台,摩诘诗情雪里催。未忍即眠还欲醉,手擎宫烛照新梅。"其二:"风流一半要繁华,莫笑羊羔美酒家。雪夜烧灯如白日,玉人相并看梅花。"其三:"天街宝马绕歌楼,羯鼓声停罢夜游。蜡炬两行归院去,雪花飞上绿云裘。"其四:"青琐清寒见绿华,王根第宅石崇家。薰香独自成追忆,夜半烧灯看落花。"

24 日 南社临时雅集于上海庞氏园。柳亚子对南社事务态度消极,由朱少屏、叶楚伧、邵力子等 7 人出面于 22 日提前发表通告。《旅沪南社临时雅集通告》云:"准于阳历二月二十四日阴历正月十四日(星期日)下午二时,假座戈登路七号开临时雅集,凡本社旅沪同人,务祈惠临。除发通告外,恐未周知,特此敬布。朱少屏、汪子实、胡朴安、胡寄尘、叶楚伧、邵仲辉、朱宗良。"周斌本日参加雅集,作《十四日社集庞氏园》。诗云:"小筑远尘市,庞公此隐藏。偶然觞咏聚,相顾鬓毛苍。戎马当筵感,梅花隔座香。园林残照里,诗思入微茫。"后载于本月 26 日《民国日报》。

《申报》第 16170 号刊行。本期《自由谈》"新酒令"栏目含《女子酒筹,用天虚我生诗句》(陈企白)。

朱大可《和求声诗社第十四集分咏诗》之《消寒杂咏·步劲秋丈韵》(四首)刊载于《大世界》报。其一:"一幅林峦写远平,冻云泼墨晕难成。更呵秃管题残句,诗是无声画有声。"

陈芷云作《二月廿四日游岩感赋》(八首选一)。诗云:"陵谷沧桑苦变迁,蓬莱清浅问何年。地球震动山崩陷,浩劫应惊洞里仙。"

25 日　胡适等人在北大发起成美学会，蔡元培、章士钊、王景春等列名为赞成人。学会募集资金资助贫困学子，刘文典积极参与，共捐助票洋四十元。

北京大学发布《集会一览表（二月念五日—三月三日）》。预告当晚十九时，马衡、刘三、沈尹默三位先生在文科第一教室演讲，召集者为书法研究社。

《申报》第 16171 号刊行。本期《自由谈》载"诗话"栏目，撰者"竹轩"。

《小说月报》第 9 卷 2 号刊行。本期"传奇"栏目含《山人扇传奇》（宛君）；"弹词"栏目含《明月珠弹词（续）》（瞻庐）；"文苑·诗"栏目含《立春日口占》（散原）、《高丽金宗亮起汉过访求诗，因赠》（散原）、《上元夕又雪》《携家游孝陵》（散原）、《觉先自京寄菊来，半就残损，坐对成咏，杂忆旧京事自遣，邀莘老同作》（仁先）、《题陈剑溪〈别驾穷边独骑图〉》（涛园）、《山居吟，赠杨潜盦，即送其南归省母》（诗庐）、《观梅郎〈天女散花〉剧》（掞东）、《无题二首》（存子）、《赠覃孝方参事二十韵》（存子）、《丁巳感春，用昌黎〈东都遇春〉韵》（秋岳）。

吴昌硕为况周颐刻朱文"清况"长方印；又绘《岁寒图》。作《山水图》并题云："树根前代生老柏，杯酒古春酬石梅。毕竟闭门休自苦，我歌还有月徘徊。学苦瓜和尚泼墨法。"

李叔同在虎跑寺归依三宝，礼了悟法师为归依师，取法名演音，字弘一。起初为在家弟子，自称"来沙弥"。

郭则沄从郭曾炘入灯社。郭曾炘有句云："悲来歌哭皆成泪，否极蓍龟不告祥。"

朱大可《和求声诗社第十四集分咏诗》之《消寒杂咏·步樗瘿丈韵》（四首）、《郁波罗馆丛话（续）》之《管赓堂米船楼诗》刊载于《大世界》报。其中，《消寒杂咏》其一："自向层河打脆凌，瓶笙初沸篆烟腾。王家盏与卢家椀，喝尽秦淮一尺冰。"《管赓堂米船楼诗》云："米船楼，管赓堂庋书画、集宾客之所也。赓堂自制《米船楼诗》以落其成。友朋往来，和者綦众，有《米船楼题词》行世。管原唱云：（一）逝水年华近四旬，拟将下筑寄闲身。敢夸勾曲三层壮，为慕襄阳一舸新。载酒好邀风月伴，泛花会结鹭鸥邻。凭阑不觉掀髯笑，赢得烟云过眼频。（二）秋畦雨过稻孙舒，拜石挥毫兴有馀。逸客从来多泛宅，仙人自古好楼居。闲中作伴琴兼鹤，静里陶情画与书。解取名花为四壁，吾真不枉爱吾庐。（诗共四章，兹存其二）"

方守彝作《戊午正月十三日敬庵征君至皖，明日陪登旧文昌宫之魁星阁。又明日征君归黟，归后寄句咏登阁事。感触兴怀，赋二律奉答。一次本韵，一追次前年寄怀秋字韵》。其一："郑重时艰把手年，危栏同倚早春天。山连故楚横愁黛，城落翔乌语古闉。往迹寒馀苍翠柏，怆怀人感后先贤。云霄星斗今无色，高阁诗书裹旧毡。"其二："斜阳淡淡晚风楼，我似残冬君亦秋。自恨无闻空老去，得瞻高蹈羡良谋。皋比大布诸生拥，菽水斑衣爱日稠。别后云山青隔断，望思又白几分头。"

沈曾植作《上元话都中灯事》。诗云："七宝池边五色霞，上元仙会想东华。灯轮慢碾开光道，火树交生发妙花。解脱姮娥逃羿彀，归来太乙照刘家。春怀似梦应非梦，世界恒沙更算沙。"

徐世昌作《戊午元夕》《元夜与五弟、九弟共食，微醺》。其中，《元夜与五弟、九弟共食，微醺》云："群季联翩起，翛然白发兄。春归犹未暖，酒好不妨清。家世存勤学，文章忌盛名，六街灯火迥，卅载住王城。"

徐吁公作《戊午元夜不寐，枕上口占》。诗云："六街箫鼓闹黄昏，烛已消沉酒不温。今夜思乡难入梦，隔邻爆竹最惊魂。每逢佳节知为客，细数残更冀早暾。犹听游人归互语，东华灯市胜前门。"

黄瀚作《元夕》《元夜咏月寄兴》。其中，《元夕》云："十年萧索卧荒村，入夜微闻笑语喧。爆竹声稀无远响，照藜事好只空论。里邻赛卜随成例，儿女张灯纪上元。歌舞纷纷共追逐，独邀明月对清樽。"

叶德辉作《上元即事》。诗云："碧天如水月波漱，火树烧城赤舌腾。貔虎纵横喧夜市，鱼龙曼衍闹春灯。流民待哺皆嗷雁，战士扬威半饱鹰。夺得昆仑频奏捷，叙功书罄剡溪藤。"

赖和作《元夜渡黑水洋》。诗云："月正横天夜正中，雪山高压怒潮雄。船窗溅沫疑狂雨，楼塔凝烟恰息风。几点寒星当马尾，一团云气辨鸡笼。舟人围坐闲相语，北斗依稀尚半空。"

童保喧作《元宵夜乡思》。诗云："石镜山前景色新，万千灯火乐人神。西湖月是南溪月，多少乡思到客身。"

26日 广州护法军政府海军总长程璧光遇刺。

《北京大学日刊》刊登"国文研究所布告"，刘文典担任国文所文学史课程教员。

沈昆三招邀樊樊山、林琴南、罗瘿公、王碧栖（允晢）、梁众异、黄秋岳（濬）、李石龛、冒鹤亭集其寓所，听陈君胡琴、张君法曲。时梅畹华（兰芳）、程翰卿（砚秋）在座，梅畹华度曲二阕。次日，冒鹤亭首成《正月十六夕，昆山席上听诸郎歌，为畹华题其〈天女散花〉剧本》长七古，樊樊山作词，罗瘿公并以诗辄和。林琴南作《戊午正月沈昆三招同樊樊山、冒鹤亭、罗瘿公、王碧栖、梁众异、黄秋岳、李石龛集其寓斋，听陈君胡琴、张君法曲，时贾郎、梅郎、姚郎、程郎均与席，梅郎亦度曲二阕。明日读樊山词而瘿公并以诗来趣和，作此答之》。诗云："一曲灯屏集聚仙，玉盆棐几早梅鲜。居然四座生奇暖，难得诸郎正妙年。华发深惭银烛影，兵尘宁近绮筵前。风怀何似樊山老，明日新词上锦笺。"林诗3月8日发表于《公言报》，题为《读樊山词并作此答之》，自署"畏庐"。黄濬作《戊午元夕，得畏庐先生书，云"世局岌岌，长日都无好怀，只合饮酒闻歌，自呼负负而已"，重慨斯言，翌夜为招畹华、翰卿诸郎，置酒昆三寓中，先生与樊山老人先至，次日冒鹤亭首成长句相示，赋此记之》。诗云："年年观弈厌长安，看到春灯局又阑。二老肯来图小集，诸郎相对足清欢。便赊圆月供嗢笑，正藉新声洗肺肝。愧我哀时过于一，明河篇句步应难。"冒鹤亭《正月十六夕》云："散花曾见《渔洋图》（王贻上有《天女散花图》），空中佳丽心追摹。谁云天亲本无著，色身现出红氍毹。梅郎二十并世无，娇好远过倾城姝。天公不断烟花种，独使柔物生名都。我见梅郎天宝末，采桑忆唱秦罗敷。别来六载那可说，繁霜渐染鬤鬤须。心伤才尽剩苦语，绮怀今夕为春苏。银花火树展元夜，华灯璧月光天衢。梅郎翩其最后至，发端恍惚吴娘歈。白头陈九擅弦索，催藏掩抑声相俱。一时四座尽起立，欢喜赞叹如连珠。程秋晚出倘继起，外此一一齐王竽。梅郎慎爱千金躯，好花颜色争须臾，维摩此意非区区。"

朱大可《郁波罗馆丛话（续）》之《黄霁青、杨啸英》刊载于《大世界》报。《黄霁青》云："嘉善黄霁青太史，诗名甚著，乡里子弟，乞诗者多。却既不情，应亦无暇，乃设一约，凡乞诗者必先以酒。诗什长短，视酒数多寡，折券署名，逾日取件，时人谓之'诗酒券'云。"《杨啸英》云："嘉定杨啸英疾笃时，梦至一处，榜曰'天风海涛之阁'，旁一联云：'衰草斜阳，词客伤心新画稿；寒灯古佛，英雄回首旧排场。'心甚恶之，未几竟殁。其友黄止庵吊以诗云：'斜阳衰草伤心地，古佛寒灯一梦凉。为语泉台风雨夕，十年人事又排场。'即指此也。"同日另刊载朱大可《和求声诗社第十四集分咏诗》之《消寒杂咏·和孟定先生韵》（二首）、《消寒杂咏·和蠡隐先生韵》（四首）。其中，《和孟定先生韵》其一："一幅梅花写晓寒，墨痕湿透水痕干。昭君休怨胡沙怨，并入江南江北看。"《和蠡隐先生韵》其一："把酒围炉兴正赊，更挑活火煮新茶。不知风雪溪桥路，几树梅花几树遮。"

曾习经作《题〈冷红簃填词图〉》。诗云："西风久下藤州泪，社作今无竹屋词。解识二窗微妙旨，樵风一卷亦吾师。"

27 日　北大校长蔡元培自任进德会会长，会员分甲、乙、丙三种，陈独秀、朱希祖、沈尹默等为甲种会员，周作人为乙种会员。

徐乃昌招饮。同座有吴昌硕、缪荃孙、翁斝甫、张元济、周庆云、方履中、李宣龚等。

《申报》第 16173 号刊行。本期《自由谈》"诗囊"栏目含《宗星石伯爵招饮于八百膳酒楼，为校书小摭写扇二首，盖题明太白山人调玉涧道人残稿后者，录奉蝶公一笑》（二首，南湖）、《扫□供职京华，书来殷问，报以芦雁画帧，题此代答》（三首，何旦公）。

陈逸士《戏咏元宵八绝》刊于［马来亚］《槟城新报》"文苑"栏目。其三："灯火光辉月色明，车龙马水拥前行。品评脂粉须留意，媸似东施妍似琼。"其四："不忆家乡不忆娘，荡游子弟未终场。成群逐队谈风月，恼煞深闺欲断肠。"

28 日 姚永概过访陈三立。

陈夔龙作《元宵后三日命福儿入杭省墓》。诗云："连宵风雨伴长途，绕墓梅花发几株？挑尽残灯眠不得，我心随汝到西湖。"又，见胡嗣瑗，作《喜胡琴初过谈，奉酬一律，即用其韵》。诗云："柴扉深锁为谁开，一笑逢君冒雨来。书剑飘零仍作客，河山破碎正需才。芳兰九畹灵均怨，细柳千门子美哀。今习长安感棋局，未堪重上晾鹰台。"

童保喧作《雪后远眺》。诗云："万山积雪白无比，宛似江湖月夜天。古寺疏林云一角，前村夕照树重泉。雪餐鸦鸟春风落，傲世梅花岭上妍。劫后明湖萧索甚，隔地杨柳自横船。"

29 日 严修同张仲述赴黎（元洪）总统约。

本 月

北京大学歌谣研究会成立，发起征集全国民间歌谣。本月 1 日，《北京大学征集歌谣简章》发表于《北京大学日刊》，宣布由刘半农、沈尹默、周作人负责编辑，钱玄同、沈兼士考订方言。《新青年》第 4 卷第 3 号亦刊出《北京大学征集全国近世歌谣简章》，宣布将编印《中国近世歌谣汇编》和《中国近世歌谣选粹》两书，并说明歌谣材料征集方法和相关要求。之后两个月，收到歌谣 1100 余则，并在《北京大学日刊》上选载 148 首。

《秋声》（半月刊）创刊于上海。方骏乎、方秋泉主编，秋声社创办、发行，本年 4 月出至第 5 期停刊，共 5 期。主要栏目有"滑稽文""诗词选""小说""笔记""杂俎"等。主要撰稿人有方骏乎、王瀛洲、杨吟庐、吴绮缘、方秋泉、胡寄帆、徐警庸、可红、庄蔚心、菊蝶、剑慧、方振武、别抱等。

《浙江兵事杂志》第 46 期刊行。本期"文艺·文录"栏目含《跋〈樊绍述集注〉后》（漱圃）、《〈饭后社丛刻〉序》（大至）、《同学录序》（厉尔康）；"文艺·诗录"栏目含《饭后社诗钟题词》（后者）、《十二月十三日回里口占》（后者）、《乡关三宿，匆促回杭，行脚风尘，能无怅念，叠逸兄前寄韵却寄》（后者）、《韬公酒楼小饮》（后者）、《咏老少年花》（后者）、《寿陈太翁邦隽六十初度》（庐球）、《湖山雪霁》（初白）、《挽王君菊昆一章百句》（张相）、《庭木尽落，山栀新叶独妍，坐对成咏》（大至）、《晚出》（大至）、《湖舫小集，余时在病，赋示秋叶、思声》（大至）、《书怀》（思声）、《赠恰如内侄》（思声）、《小白与同学诸少年摄影索题》（思声）。

《青年进步》第 10 册刊行。本期"文苑·文录"栏目含《〈全汉三国晋南北朝诗〉序》（丁福保）；"文苑·诗录"栏目含《瑞堂山馆晚眺》（郑自南）、《暮游潭阁呼鱼》（郑自南）、《咏秋八首》（郭开第）、《海滨即景》（朱永杰）、《萼楼杨君赠我以画，赋此报之》（朱永杰）、《五月七日同人游南翔古猗园》（曹曾涵）。

江春霖卒。江春霖（1855—1918），字仲默，一字仲然，号杏村，晚号梅阳山人，福建莆田人。光绪二十年（1894）进士，历任翰林院检讨、武英殿纂修、国史馆协修，官至新疆道，兼署辽沈、河南、四川、江南道监察御史。访察吏治，不避权贵。前后6年，封奏六十多起，与庆亲王、袁世凯、徐世昌、孙宝琦等抗争，声震朝野。宣统二年（1910）罢官归里。自此，厌谈政治，致力公益，任修筑韩坝海堤、萩芦溪大桥等董事。著有《江春霖集》《梅阳山人集》等。《江春霖集》分《奏议》《文集》《诗集》和《家书》四卷。卒后，溥仪委派帝师陈宝琛送挽联云："七上弹章，惟有故臣悲故国；十年归养，那堪贤母哭贤儿。"榕诸贤达设堂致祭，陈宝琛、林纾、萨镇冰、江瀚、郑孝柽、张琴等27人致祭。林纾寄挽联云："八千里外，与子长相忆；二百年来，谏官无此人。"孙雄挽联云："神奸不去，大厦将倾，七疏掬忠奸，鼎镬如饴期救国；一棺附身，万事都已，千秋钦直节，君亲不负是完人。"另有赵炳麟作《挽江杏村御史》联、黄瀚作《挽江杏村侍御春霖》。魏清德作《挽江杏村先生》云："有清末叶失朝纲，上下相蒙剧可伤。一疏直声传柏署，千秋高节重梅阳。助廉难得家同俭，不屈真成道至刚。海内即今求净土，骑龙应返白云乡。"林纾作《哭江杏村侍御二首》。其二："咽理吞言总失真，先生到死是完人。一心岂愿归骸骨，七疏真能动鬼神。既毁伦常凭作贼，幸存松菊足娱亲。梅阳高隐图应在，端恐溪山惨不春。"赵熙作《八归·哭江杏村侍御春霖，用石帚韵》。词云："燕山梦里，闽山天末，连岁泪雨未歇。当官抗请朱云剑，亲见举朝风动，老臣心切。下泽归兮天坠去，望九庙、愁云难拨。剩草色，夹漈青青，枉送了鹧鸪。　　谁分春风进酒，椒山祠下，便做今生长别。母衰谁养，子饥谁饱，信史伤心来叶。近如花众女，改着鸦头嫁时袜。人间世、未知胡底，幸挽龙髯，中天悬皓月。"

易顺鼎偕姜筠访徐世昌，徐作《初春姜颖生、易宣甫过访》。诗云："落拓诗人老画师，长安曾看好春时。青山点笔王摩诘，红烛当筵杜牧之。浓淡烟云难著手，万千风月入吟髭。萧斋几树梅花发，惬我幽怀相与期。"

林纾作立轴绢本《溪山泛舟图》（又名《层峦清壑》）。题识云："东木道人写柳能自出新法为之，自云师赵大年，然实尽变赵法。余取其意，施之青绿中，较明显动人也，戊午正月，畏庐老人识。"

韩德铭受党人排阂，作《戊午正月江督幕连雨独坐偶成》。诗云："衰世疲行役，空堂坐积阴。忽掀连日感，直引七年心。剧变徒先见，危言志苦吟。国如童暴长，祸与岁相寻。桥远虚占杜，桐焦孰听琴。溃防川沸沸，匝地劫沉沉。戏取人纲解，群贻霸术揞。苟安民亦息，娱帝蔽何深。游士乘时活，军锋杂作参。一团崩若土，再决寇成林。互有兴戎帜，谁开爱物襟。柙摧千兕出，火热四维焊。至竟嚣陵疾，还须政教针。大图箍事势，清议贱莛楟。目送红羊去，头余白发侵。仍歌太平曲，酝酿付寒霖。"又，辞李昌武而归，作《风雨渡江作》（时在戊午正月杪北返京师）。诗云："一色云为水，连青山划天。汹汹风雨底，稳纵渡江船。"

朱德作《无题》，时战后与战友摄影于釜水军次。诗云："百战余生者，群材可撑天。从征凭两两，大将剩三三。"

徐悲鸿结识蔡元培。蔡元培邀请徐悲鸿任北京大学画法研究会导师，徐悲鸿识陈师曾（亦为该会导师）。又，应李石曾之邀，任孔德学校义务美术教师。

茅盾与祖父生前好友孔繁林之孙女（德沚）成婚。

张恨水由家乡安徽潜山至芜湖。经张九皋引荐，出任《皖江日报》总编辑。

赖和本月起任厦门博爱医院医员。其间作《去国吟》《同》（八首）等。其中，《去国吟》云："顷刻行千里，悠然动客思。辞家双泪下，去国一何悲。落日西风急，迷烟见月迟。故山回望远，空忆别离时。去家才半日，行路已千里。岭岫半窗飞，烟云坠地起。昏鸦残照中，落叶西风里。回首望故乡，乱云何处是。残荷褪粉红，落叶西风里。惆怅前途远，徘徊古道中。云生千里外，猿啸万山空。望眼遥难及，离情感不穷。落日乱山中，秋风行塞上。丹枫叶乱飞，红蓼花正放。水涨一溪平，云迷千里望。故园何处是，瞻仰复瞻仰。皓然生咨嗟，默然生惆怅。凄凄复凄凄，子规不住啼。片片离树花，随风各东西。今月之初四，我始来嘉义。自觉弹指间，孰意经旬矣。想我阿木君，寂寞应相似。自我来此间，暂时未得闲。东食而西宿，朝出而暮还。夜来旅舍寂，形与影俱单。何时聚知己，诗酒重为欢。参差思乱生，凄绝泪纵横。谁解此时意，篱下幽虫声。谁怜此心悲，有君在天涯。幽恨无由寄，抚困空咨嗟。寒灯耿若灭，烛蕊结成花。君在寄宿舍，知己聚一室。斗诗清泠音，斗字淋漓墨。细雨落杏花，满地皆春色。我行殊零丁，举目少相识。日日苦忆君，伤心泪懒拭。学生重勉强，宿舍严规律。愿君鉴别人，参酌为表率。只此一二语，聊以效忠告。君自阅历深，无劳重相嘱。"《同》其一："碌碌无闻廿五年，飘零又复逐征鞭。生无俗骨应皈佛，人到穷途辄羡仙。客梦夜飞瀛海外，病魂春绕鹭江边。只余一事堪相报，江岸高楼出半天。"其二："客怀渺渺水流东，鹭屿春深忆马融。吟里有诗谁展纸，愁中无语但书空。墓百时世文章异，信有情怀感慨同。此地居民参胡羯，不知谁是主人翁。"其三："错把生民作草菅，医贫医病两维艰。谁令吾辈无知觉，敢以人群付等闲。过眼光阴悲逝水，他时事业指空山。春深鼓浪风波恶，不是伤离泪亦潸。"其四："茫茫大陆遍疮痍，蛊病方深正待医。蠢豕直成真现像，睡狮犹是好名词。未尝世味心先醉，听惯民声耳亦疲。如此乱离归不得，排愁无计强吟诗。"其五："骚坛何日续鸥盟，回首苍波一苇横。春尽余香迷蝶梦，夜阑残烛听鹃声。乘风非有中原志，闻笛宁无故国情。北拱青山东白水，聊持画意报先生。"其六："驾着盐车骛远方，驽骀有志漫□骧。曾闻篱雀嗤鹏鸟，未许家鸡趁凤凰。浅陋宁谙酬世诀，余闲且理贮诗囊。前途只见荆榛满，也学逃愁入醉乡。"其七："人到穷时羡马牛，嚼刍啮草尚优游。吾生转易滋烦恼，不死何能便息休。落日海天神独往,残春风雨病初瘳。有时怨别诗吟就,客里同声何处求。"
其八:"多端国事困邦交,焉得晨钟到处敲。世界潮流狂莫挽,吾人血泪枉轻抛。头颅帝子谁当研,腹负将军孰解嘲。旋转无才深自恨,战云愁看五州包。"

夏承焘赴上海、杭州、南通、无锡等地参观教育。

白敦仁生。白敦仁,字梅庵,室名水明楼,四川成都人,祖籍河北通州。著有《水明楼诗词集》《巢经巢诗钞笺注》《彊村语业笺注》。整理辑印有《养晴室遗集》等。

丁洪生。丁洪,四川成都人。著有《丁洪诗词选》。

盛世英作《初春纪变》(二首)。其二:"惊心殊未定,后此事难知。差幸免焚掠,可无伤乱离。杜陵奔走日,诸葛苟全时。毕竟愁何益,宽怀酒一卮。"

王琴林作《戊午正月我年四十九矣,感亲旧多丧,怆然有赋》(二首)。其一:"四十年来事总非,较量伯玉已先知。盖因食少令人瘦,老更情多由我痴。代女哀成《金鹿》诔,替爷痛废《木兰》诗(客春闰三月,薛氏外孙宪昌殇。夏四月,次女瑞华继殇)。每逢佳节倍惆怅,况是青红贺岁时。"其二:"宋玉原来积病身,招魂几度又伤心。每怀鬼友山阳笛,一去仙师海上琴。石说三生难待证,桐怜半死少知音。百端交集七年内,并作八哀泪满襟(此统亲故已亡者言之)。"

李燮羲作《和蔡溉庐县长〈赴威宁任留别〉并序》(四首)。序云:"时民国七年春正月,鄙人自川归来,养病威宁所作也。"其一:"铁铸九州错已成,闾阎何日见休明。尘劳如我徒多事,怀抱期君共一鸣。鸿印燕泥经两度,枪林弹雨出重城。停骖幸识荆州面,杯酒留谈慰远行。"其二:"纷纷大雪客中天,度日浑如度一年。留别诗章邀众赏,过来身世有谁怜?花花片片随流水,战战兢兢懔堕渊。我愧抛荒斯道久,吟肠枯索不成篇。"

陈衡恪作《好事近·题〈清供图〉》。词云:"供养水仙花,开到盈盈欲折。一片岁寒清思,共芳香幽绝。 碧天云净雪初消,又见风吹叶。人意钟声俱远,有一轮冰月。(戊午初春,衡恪)"又作《山水》立轴,题云:"最爱深山结一椽,半黄林茶俯秋烟。昨宵又听连夜雨,破晓银河落君前。写拟北楼道兄法教。"

黄侃作《遣兴》(四首)。其一:"阳藏龙勿用,所居宜在渊。奈何需于沙,翻受蝼蚁怜?强弱各有时,巨细何算焉!长松笑秾李,不悟身为椽。"其四:"吾生倾倒者,独有一汪东。所异惟形骸,心同事复同。七年共昕昼,一别经春冬。再会恐未然,生死梦魂通。"

张良遣作《初春雨后,登楼纵目五首》。其一:"淡冶春容露一斑,夜来微雨洗孱颜。谁将千尺鹅溪绢,扫出营邱著色山。"其二:"买得仇池小有天,潜通弱水路三千。可怜徐市痴儿女,不识蓬壶在眼前。"

王浩作《大兄斋头着水仙一盂,早春作花,甚精媚。兄弟对玩,因留不得,诗状其景》。诗云:"小屋坐如梦,块然见寒花。共此一尺春,与作石生涯。东风有百好,江燕蹴晴沙。嬛嬛神暮来,罗袜步欹斜。娈彼金玉姿,凡艳不齿牙。未是山人心,剪裁出天家。阿兄不肯颁,夷然去鸣茶。时念矾弟兄,抱牍对老鸦。来归坐欠伸,晚晴放吏衙。忽思收犯斋,新妇映脸霞。平生江海兴,临事岂有他。尽此升斗间,何用惜芳华。安得谢扁舟,清卧理钓车。闭门咏棠棣,白首无叹嗟。"

张履阳作《戊午正月鲁荞伯祖八十生日,和呈二律》。其二:"春城景物入吟边,绕砌梅花乱舞筵。故事火维星应寿,寒宵灯畔句同聊。尊前风月都无价,洞里楸枰别有天。元老故惭诗力弱,敢随玉局学攻坚。"

张尔鼎作《戊午正月松风开社》。诗云:"三径为谁开,相邀旧雨来。词歌金缕曲,酒启瓦岗醅。盛会千秋业,高吟七步才。梅花香岭上,鸿印认阶苔。"

黄兰波作《读史,呈吴润苍老伯》。序云:"吴润苍老伯来我家,见余父案头有余所作诗数首,喜甚,问余近读何书,余告以读《史记》,吴老伯便以'读史'为题,命余作七律一首,即作奉呈。"诗云:"读史贵能揭谬悠,金箄难刮冬烘眸。焚坑科举愚民等,揖让征诛窃国侔。循吏末流成虎伥,儒林矫伪挂羊头。动人心魄惟游侠,其志皎然一剑酬。"

[日] 久保得二作《五溪阁涵咏诗社新春小集,分得薄字》《函山新春,次福井学圃韵》。其中,《五溪阁涵咏诗社新春小集》云:"欣然整衣冠,雅宴践幽约。旧雨情已谐,新知亦多乐。纵谈旷古今,此心弃落落。百忧乍一消,白雪歌可作。温柔敦厚旨,愿济世浇薄。每闻郑卫音,辄为数日恶。晚来风以寒,霜气透纱幕。研席清欲绝,初梅香漠漠。绿波酒如淮,盘上列海错。只须永今宵,翦灯细细酌。"

❀ 三 月 ❀

1日 《尚志》第1卷第5号刊行。本期"文录"栏目含《袁母徐太夫人墓志铭》(陈荣昌)、《〈小于舟屋诗存〉序》(高步瀛)、《〈云南省会师范学校本科第一部第三届毕业同学录〉叙》(秦光玉)、《许印芳传》(袁丕钧);"诗录"栏目含《瑟庐居士遗诗》(大定章永康子和)。

2日 沈曾植在海日楼寓所为胡嗣瑗、陈曾寿饯行,郑孝胥、沈瑜庆、王乃征在座。沈瑜庆有诗赋之,胡嗣瑗、王乃征、沈曾植有和诗。沈曾植作《戊午正月廿日重集海日楼,观灵武卷去岁诗句,题名于后,涛园赋诗,憪仲、病山继之,余又继和》。诗云:"仙人世称都散汉,海客居犹方便土。偶然近局愜招邀,有客三三还五五。周黎身相皆猿鹤,鲁士从容或龙虎。酒阑重按至德图,帝出谁曾见民侮?朔方健儿愚卒耳,令公帅之大尊主。单于闻风服圣德,马万兵千从翼扈。由来大号涣朝廷,若辟天门开地户。日月出矣爝火熄，谁许晋荀预知鲁？言娸纷犹滋蔓草，正义申当涂毒鼓。无边春色来天地，傥为蒸飨人悲苦。去年说梦幻荆凡，今日笺天祝申甫。题名对客不颓唐，白日当心长卓午。（涛园微醺后，录诗卷上，挥腕如风，不失一字）"

朱大可《和求声诗社第十四集分咏诗》之《消寒杂咏·和叔香先生韵》（八首）刊载于《大世界》报。其一："潇潇鸾尾正天寒，翠袖何人不觉单。我欲诗盟订梁苑，消他风雪万千竿。"其二："折铛煮梦未移时，一桁风簧暝雪吹。蟹眼已过鱼眼沸，茶禅香偈付知谁。"又，《鬼头刀歌》刊载于《天津益世报》。诗云："征云战雨湘云郁，中原连岁遭兵劫。纷纷老将失长沙，莽莽雄军屯赤壁。将军魏武之子孙（成句），慷慨能谈纸上兵。已遣张嶷作都尉，更求殷浩领监军。殷侯早岁称屠伯，武健颇能严执法。刽手豫教载一车，军容行看申三尺。京尘汉水路迢迢，准备征车鸣斗刁。金镫未敲得胜令，白宫先赐杀人刀。杀人刀长四尺许，两字鬼头亦千古。锦弢重叠裹锋芒，铁匣分明铸铭语。左右殷勤前致辞，宝刀真个少人知。略比王祥三世佩，差向项羽百斤奇。法官此去临江汉，好试屠人旧手段。屠人自古等屠豕，何必心惊胆亦战。殷侯再拜把辞陈，乞赐军前负剑人。别有梁山留凤孽，曾随袁氏作家臣。一丈身材五石肚，稳背刀鞘向荆楚。不分仪銮卫里人，又逐羽林军中伍。吁嗟乎！自南自北自西东，同胞本是中华中。只缘政客竞权利，遂使平民膏镝锋。北军昨夜屯江穴，朝来又报樊城失。已是难收零郡城，那堪重演鄂州血。十丈营门静不哗，刀光闪电血光霞。荆襄父老真愁绝，从此杀人切如瓜。"

3 日 邓中夏作五言长诗《记梦》。诗略云："有梦到家乡，情景何真似。登堂拜大母，白发面发炜。见我哑哑笑，云儿汝归矣。我老念儿孙，贯望暮云紫。汝今复归来，我欢良无比。阿母亦康强，阿兄幸不腰。欣然为我言，为我道家事。娓娓未知疲，井井成条理。阿弟美目扬，捧文请评视。果然已明通，较前有倍蓰。幼弟与幼侄，吾妻负之至。""吾家本不农，亦若有农事，雇工七八人，亭午乃休止。"

4 日 上海《时事新报》副刊《学灯》创刊。该刊系五四时期四大报纸副刊之一，是研究系在上海之机关报，在研究系中又属于梁启超、张东荪一派。先后由张东荪、匡僧、俞颂华（澹庐）、郭虞裳、宗白华、李石岑、郑振铎、柯一岑、徐六儿、郭梦良等担任编辑。郭沫若、郁达夫、田汉、谢六逸、洪为法等常为该刊撰稿。

《申报》第 16178 号刊行。本期《自由谈》"新酒令"栏目含《女子酒筹，用天虚我生诗句》（陈企白，续）。

符璋得章一山 18 日信并地震诗。

朱大可《和求声诗社第十四集分咏诗》之《消寒杂咏·步闲闲丈韵》（二首）刊载于《大世界》报。其一："六九严寒仍澈骨，又呵冻笔续诗盟。春申社异江西社，定许元郎注小名。"

童春作《续梦》。序云："原历正月二十二夕，在益山楼上梦中得七绝一首。醒后只记末句，为续上三句。"诗云："萍踪息处便为家，入梦惟诗逸兴赊。雪后隔江明月夜，渔村瘦影见梅花。"

5 日 广州国会非常会议电致巴黎和会，请废"二十一条"及北洋政府所定一切密约。

《申报》第 16179 号刊行。本期《自由谈》"诗囊"栏目含《芝园宴梅赋谢蒋彦骞并寄寒厓江南》（南湖）、《三缘亭雅集，次韵酬南湖居士》（彦骞）。

《妇女杂志》第 4 卷第 3 号刊行。本期"文苑"栏目含《〈求福居诗钞〉序》（泰州刘法曾）、《求福居诗钞》（东台汪清湘卿）。

《学生》第 5 卷第 3 号刊行。本期"文苑·诗"栏目含《瘗鹤铭歌》（江苏宜兴国文专修社甲班生顾学古）、《游通天岩》（江西省立第四中学学生阳贻经）、《长夜无聊咏史得四绝》（福建第九中学校毕业生吴联奎）、《中秋咏月（集唐）》（广西省立第二中学学生黄毓梧）、《泊绣江口》（前人）、《野望》（苏州圣约翰大学备校学生张君一）、《竹溪杂咏》（安徽省立第三中学校汪邦钟）、《斗蚁》（泰县俞志湘）、《饭后钟》（前人）、《台北酒楼作》（庄丕可）、《钵溪桥》（蕉岭中学校学生古明居）、《尚武咏》（桂山学校学生郑涵）、《尚武咏》（桂山学校学生郑华耀）、《尚武咏》（桂山学校学生郑联甲）、《冬夜述怀》（京兆武清杨村高小三年级学生邵光典）、《待月》（前人）、《春日晚步》（前人）、《风筝》（前人）、《雪月吟》（宜兴国文专修社甲班生顾学古）、《对镜》（如皋县立师范一年级学生任为松）。

符璋和章一山诗一首，又录《除夕》《元旦》各诗函寄之。

孙中山与胡汉民、廖仲恺、邹鲁等人在广州大元帅府合影。

夏敬观在商务印书馆董事会遇郑孝胥，以三诗示之；又告知郑氏，"陈伯严近为杨和甫作传，寿彤闻欲求书"。

俞平伯、许宝驹同车由天津返北京，下午听黄侃授课。

李润颜《新春有感》（三首）刊于［马来亚］《槟城新报》"文苑"栏目。其一："翌年已过又何求？宝贵光阴去不留。闺女少知家国恨，犹乘车马逐街游。"

6 日 吴昌硕为知危篆书"小囿静流"七言联云："小囿雉鸣逢雨夕，静流鱼出乐花朝。知危先生属，集旧拓石鼓字。时戊午惊蛰，七十五叟吴昌硕。"

朱希祖在北京大学国文研究所讲演中国文学史。

吴芳吉复信刘泗英，谈作文之道。

朱大可《和求声诗社第十四集分咏诗》之《消寒杂咏·步闲闲丈韵》（六首）刊载于《大世界》报。其一："帘衣垂处雪花飞，词客初归酒客稀。翻忆江楼偎袖夜，有人相对话依依。"

张良暹作《正月二十四日，宾谷到馆，赠诗二首》。其一："绛帐高悬笑马融，康成已与道俱东。书裙心为羊欣醉，敲月诗惊贾岛工。但愿再传付薪火，转烦高第授童蒙。子思幸得师曾子，一贯渊源累世通。"其二："古寺何年护碧纱，北台险韵斗尖叉。锦囊摧残投琼玖，老圃荒寒报木瓜。笑我枯肠浇白酒，看君大手草黄麻。苏门竟有功臣在，百态坡诗莫浪夸（元遗山《论诗绝句》：'苏门若有功臣在，肯放坡诗百态新'）。"

陈隆恪作《惊蛰日雨霁》。诗云："春阳如好女，姣媚扶东风。音尘久寂蔑，偃息沉霾中。悔吝包万象，愿兹豁鸿蒙。迢迢送微睠，巧笑排云通。暝山横浅黛，疏梅破晚红。吾生抑何慕，仰止易年功。"

7 日　《申报》第 16181 号刊行。本期《自由谈》"诗囊"栏目含《题〈单骑秋尘〉》（何旦公）、《过燕子楼》（何旦公）、《为黄弢庐少将写〈荒山夜骑〉》（二首，何旦公）。

郑孝胥复林琴南书，求作《淞江鸥伍图》。请寄稚辛转交。

符璋发章一山信，附寄玫伯信。

鲍心增作《正月二十五日得湘渔书，其设帐处于冬月为乱兵所掠，先有恙未愈，怅然于怀，口占二绝奉寄并简仲午》。其一："寥寥四海几知音，一纸遥通抵万金。惆怅湘南与枣北，一般来往雁鸿心。"

8 日　经徐树铮策划，王揖唐、王印川、光云锦等皖系政客在北京宣武门内安福胡同成立安福俱乐部，是为"安福系"肇始。该系以徐树铮、王揖唐为核心，依附于以段祺瑞为首领的皖系军阀，在北方政局中卓有影响力，通过操控议员和国会左右北京政局。1920 年直皖战争皖系失败后式微，1926 年因段祺瑞正式垮台而告解。

严修至北京，进日华同仁医院。当日由日医割去右足之瘤。

沈曾植致函罗振玉。《与罗振玉书》云："雪堂先生左右：别日惘惘，归后得小诗一首，久欲写寄，苦无好怀，握管中止屡矣。气候不齐，精明日耗，独持佛号遣怀，虽书卷亦稍疏阔矣。昨得手书，敬稔视履冲和，潭祺佳吉，至慰远系。四卷得赐佳评，所谓元常老骨，更蒙荣造者。小行超超，当使玄宰抚心，正三失色，什袭藏之，寒斋生色。郭卷不敢渎请，然自珍此画，谓远出蔡氏《幽谷图》上，不审法眼肯此语否？原奉六卷，尚有《黄鹤山樵》一卷，籤字是周筱棠京兆题者，恐从包中漏出，恳再一检为望。近事模糊，尚难臆断。德舆皇室邦交甚挚，协党则自危甚，乱叶交柯，时至乃可言耳。泐请箸安，渴思良晤。弟植顿首。正月二十六日。"

陈宝琛《涛园表姑丈六十》《谢节庵寄玉菌》刊登于《大公报》。其中，《谢节庵寄玉菌》云："陵山雨过菌迸生，故人茹薇配作羹。飞车远将及退食，香夺檀烓光玉莹。半生槃涧餍此味，老顾拜惠如尝新。我如禅诵子守塔，每饭无著思天亲。烹鱼溉釜付忾叹，斋素自养心源清。手栽松桧正愁槁，破晓膏沐都向荣。髯乎一饱对嫩旭，野芹信美何由陈!"

9日 [日]森茂偕其友新桥荣次郎访郑孝胥。《郑孝胥日记》载:"新桥询:'中国南北约有四派,究以何派为有信用,可望统一?'四派者,谓冯、段、孙、陆也。余曰:'彼等皆伪共和,决无统一之日。'问:'必若何而后可以统一?'余曰:'非兵力不能。以兵力伪共和,依然不能。惟挟兵力而行复辟之事,名正言顺,乱者自灭。且必以专制之政行之十余年,宪法根基既定,然后可言统一。'问:'兵力相若则奈何?'曰:'优胜劣败。然为墨西哥,百年不能定可也。'问:'兵力虽足,而无人主张复辟,奈何?'曰:'明目张胆斥共和者为乱臣贼子,则吾能为之,惜无力耳。'问:'公不甚出力,力何自而生,此公之责也。'曰:'使日本能助我军械、兵费,则吾力可以渐展。然观于升允久居日本,而日政府淡漠视之,故度其不能助我也。'问:'升允太守旧,恐不能定中国之乱,日政府究不知中国主张复辟者更有何人,何以助之?'曰:'此我之责也。伺机会生时,吾当求助于日本,虽无济,亦不以为耻。'新桥乃曰:'善。吾当往广东,归国之日,当为公觅机会,可乎?'余曰:'感子厚意,毋忘今日之言!'"又,一元会在会宾楼,至者十人,新入会者刘洙源。又,贺春波、下平熹号龙邱者访郑孝胥,贺春波画梅有名,亦能诗。

张震轩侄子香浦到访,并示和林浮沚诗一首。

黄群宴请刘绍宽。

陈绍儒《某剧场竹枝词》(四首)刊于[马来亚]《槟城新报》"文苑"栏目。其一:"锣鼓声喧闹不休,红男绿女尽来游。人人咸说新名角,技艺超群色亦优。"其三:"霓裳曲奏真清绝,入耳游杨恍欲仙。却幸目帘多艳福,五光十色舞台前。"

郁达夫作《宿汤山温泉》《夜闻猛雨,风势撼楼》。其中,《宿汤山温泉》云:"峰峦都似绿云鬟,一道清溪曲又弯。日暮欲寻孤店宿,斜风细雨入汤山。"后载于同年5月23日[日]《新爱知新闻》第9643号。《夜闻猛雨,风势撼楼》诗题又作《宿汤山温泉,夜闻猛雨两首》。其一:"百道飞泉石共流,千章花木惹清愁。离人一夜何曾睡,山雨山风横入楼。"其二:"花落千年魂不返,东风挟雨杜鹃鸣?明朝尚有南征路,乞借天公两日晴。"

10日 鲁迅致许寿裳信,抨击封建复古派。其时北洋政府除提倡"尊孔读经"外,还设立灵学会,出版《灵学杂志》,借鬼神反对新思想传播。鲁迅云:"仆审现在所出书,无不大害青年,其十恶不赦之思想,令人肉颤。沪上一班昏虫,又大捣鬼,至于为徐班侯之灵魂照相,其状乃如鼻烟壶。人事不修,群趋鬼道,所谓国将亡听命于神者哉!"

徐悲鸿率会员三十余人赴苏驻京使馆参观苏美术家(Alzcoviefe)油画。

朱大可《郁波罗馆丛话(续)》之《黄韩钦》刊载于《大世界》报。《黄韩钦》云:"嘉定黄宗起，字韩钦，以名孝廉作客湘楚，著有《知止盦诗文集》若干卷。余爱其《华鬘曲》四首，情辞惝恍，风格妙曼，碧城十二玉阑干，不是过也。其词云：（一）细爇都梁礼黛神，华鬘慧业总明尘。车轮四面浑无角，桃核中心渐有仁。鸂鶒几生同命鸟，蓬莱若个有情身。如何一阵罡风黑，吹下瑶台记不真。（二）曾伴韦郎唱晓寒，生来惯怯五铢单。梦回跨虎销魂地，骨换飞龙续命丹。桂露无声停月斧，松花如雨扑星坛。夜灯照尽神仙字，校到东华篆最难。（三）空明铅泪泻蟾涂，水上蓝桥事有诸。青鸟解修瑶草怨，绿章慵奏海棠书。云璈一掷遗仙岭，扇牒三生叩玉虚。不信麻姑纤爪秃，怪他霜鬓昨盈梳。（四）灵根约略彩云知，鹤背微凉夜堕时。织锦待偿钱子母，买丝亲绣佛慈悲。修罗涌现昙花相，绮障删除柳絮词。犹恐羊家凡骨重，苦吟条脱证相思。"

郁达夫作《登日和山口占一绝》《过漕浦，天忽放晴》。其中，《登日和山口占一绝》云："伊势湾头水拍天，日和山下女如泉。嬉春我学扬州杜，题尽西川十万笺。"《过漕浦，天忽放晴》云："昨夜松仙庵里宿，今朝漕浦岸边行。彼苍似亦怜吟客，开放南天半角晴。"

俞平伯作《东风解冻赋》一篇，今佚。

11 日 《申报》第 16185 号刊行。本期《自由谈》"诗囊"栏目含《寒食怀人》（觚庵）、《秋过许昌》（觚庵）、《冬日有感》（二首，觚庵）。

沈曾植得孙，作《正月廿九日护儿举一孙，訒斋以诗为贺，依韵和之》。诗云："饮琖屠苏久朵颐，看君上首列群儿。居然宅相分余秀，便作离孙唤两宜。他日抽丁张汉帜，今年吉午叶周诗。咳名撮取浯溪字，汤饼三朝信莫迟。"

12 日 张謇题泰县王心斋先生祠联。联云："学说宗阳明先生，道不可诬儒健者；祠宇仍海陵故县，居如是近我乡人。"

符璋为《孤山放鹤图》作古、近体诗三首。至本日止，符璋为此图题诗计七古二首，五古一首，七律二首，七绝十八首。

黄群赴刘绍宽邀宴。

13 日 《申报》第 16187 号刊行。本期《自由谈》载"诗话"栏目，撰者"竹轩"。

14 日 《申报》第 16188 号刊行。本期《自由谈》"词苑"栏目含《高阳台·淑群由家赴校，道出梁溪，以手制鹅油糕见馈赠，作此谢之》（顾佛影）。

严复复李一山书，不赞成李氏专讲"依乎天理"。

陈三立本日前后因鼠疫盛行，阖家闭户而居。

俞平伯为许宝驹题《云红照》诗一首，今佚。

15 日 《新青年》第 4 卷第 3 号以《文学革命之反响》为题，发表钱玄同以王敬轩名义所作《给〈新青年〉编者的一封信》。模仿旧派文人口吻，特写旧文人攻击新文学种种论调（作于 1 月 14 日）。同时，又发表刘半农以《新青年》记者名义所作批驳文章《复王敬轩书》（作于 2 月 19 日）。此即新文学史上著名的"双簧信"。在《给〈新青年〉编者的一封信》中，王敬轩认为"提倡新学流弊甚多"，反对"排斥孔子废灭纲常"、白话行文和新式标点，抨击《新青年》崇拜西洋文明、丑诋中国文豪，"林先生渊懿之古文则目为不通"，"周君謇涩之译笔则为之登载"，"又贵报之白话诗则尤堪发噱"。该信还认为《新青年》众人欧化而国学功底不深，推崇中国古人造字；认为"论文学而以小说为正宗"是"荒伧幼稚"，"文有骈散，各极其妙，惟中国能之"，"今之真能倡新文学者，实推严几道、林琴南两先生"。王敬轩在信中提出，应当"反对贵报诸子之排斥旧文学而言新文学"，"能笃于旧学者始能兼采新知"，终要"中学为体、西学为用"。刘半农在《复王敬轩书》中逐条批驳王敬轩观点，阐述排斥孔丘、不排西教，以及采用西式句读符号原因。他还对王敬轩所谓"中国文豪"樊增祥、易顺鼎大加贬斥，指摘其诗文淫秽，说王敬轩"为两个淫棍辩护"。刘半农指摘林琴南所译小说"半点儿文学的意味也没有"，翻译上也存在种种问题，尤其是文法不通，这已受到胡适专门批驳。刘半农认为赋、颂、箴、铭、楹联、挽联之类，在王敬轩视为"中国国粹之美者"，在记者等却看得半钱不值。"至于王渔洋的《秋柳》诗，单就文笔上说，毛病已不止胡先生所举的一端。因为他的诗，正如约翰生博士所说：'只有些饰美力与敷陈力'（见本志第 3 卷第 5 号《诗与小说精神上之革新》文中），气魄既不厚，意境也不高，宛然像个涂脂抹粉、搔首弄姿的荡妇，决不能'登大雅之堂'。若说他别有用意，更不成话。我们做文人的，既要拿了笔做文章，就该有三分胆量，无论何事，敢说便说，不敢说便罢！要是心中存了个要如何如何说法的念头，笔头上是半吞半吐，请问文人的价值何在？不同那既要偷汉，又要请圣旨、竖牌坊的烂污寡妇一样么？"刘还驳斥王敬轩指责周作人注重翻译小说和胡适、沈尹默、刘半农创作白话诗之观点，主张"作文的时候，但求行文之便与不便，适当之与不适当，不能限定只用那一种文字"。而王敬轩在中国文字上的谬误和对小说的偏见，实因其不懂新知，故刘半农认为，"非富于新知，具有远大眼光者，断断没有研究旧学的资格"。"双簧信"发表后，立即引起强烈反响。有一位自称"崇拜王敬轩先生者"写信质问《新青年》编者："王先生之崇论宏议，鄙人极为佩服；贵志记者对于王君的议论，肆口侮骂，自由讨论学理，固应如是乎？"陈独秀回答说，对于妄人"闭眼胡说，则唯有痛骂之一法"（《新青年》第 4 卷第 6 号）。读者 YZ 则致信刘半农，称赞他对于谬论"驳得清楚，骂得爽快"，并说"有糊涂的崇拜王敬轩者等出现实在奇怪得很"（《新青年》第 5 卷第 3 号）。后来朱湘在《朱湘自传》里回忆说："是刘半农的那封《答王敬轩书》，把我完全赢到新文学方面来了。现在回想起来，刘氏与王氏还不也是有些意气用事；不过刘氏说来，道理更为多些，笔端更为带有情感，所以有许多的人，连我也在，便被他说服了。将来有人要编文学史，这封刘答王的价值，我想，一定是很大的。"

陈曾寿《读〈广雅堂诗〉随笔》刊于《东方杂志》第15卷第3号。随笔前有引言云："予湖居萧然,偶读张文襄公诗集,见所感喻,与平日亲聆绪论及见闻所及,有可以印证发明者,辄笔之于册。公为达官数十年,受两宫知遇,功业烂然于后世,平生少所挫折,然所为诗,乃忧深思远,多劳人之辞。癸卯入都以后之作,尤沈郁盘纡,有恫恫难言之隐。盖公一身始末,关于数十年世运之转移隆替,世变大而虑患深,故多感愤之诗也。则读公诗又岂易言哉?公集行世,他日必有任子渊其人者为之笺注,以诏来者,寡陋如予,一知半解,不过为他日采择万一之助,蕲春士人之讥,所不辞耳。丁巳十一月苍虬书。"

[韩]《天道教会月报》第92号刊行。本期"词藻"栏目含《微雪后云亭即事》(敬庵李瓆)、《双岩亭刘小心锡谨亭子》(敬庵李瓆)、《永度寺》(惺轩李台夏)、《淮汤路中》(香山车相鹤)、《大道主生朝设宴月馆》(敬庵)、《研究会说经》(敬庵)、《览海冈天然堂书画》(敬庵)、《上元夜即事》(洷堂刘载丰)、《清凉驿》(凰山李钟麟)。其中,敬庵《览海冈天然堂书画》云:"沧海时时饮月虹,家书画费神工。到天然堂上看,人如对米南宫。氏二难见二儿,虔三绝足三师。冈分典双青号,树门栏此一时。"

潘逸质访张震轩,托其代撰林逸仙挽联。

魏清德《春日有作》发表于《台湾之茶叶》。诗云:"到眼红花总是春,年年随意酒沾唇。闭门不寄沧洲兴,独酌山茶亦可人。"

[日]芥川龙之介自横须贺致池崎忠孝明信片上附诗云:"一支牡丹庭前开,月华蚀尽幽暗来。蚂蚁藏身地狱中,牡丹花好别样红。偶患眼疾不得好,孔雀聊作几日春。晚开樱花惜春色,祥云喜降极乐水。"

16 日　《申报》第16190号刊行。本期《自由谈》"词苑"栏目含《合花》(饮露餐英室)、《洞仙歌》(饮露餐英室)。

吴獬卒。吴獬(1841—1918),字凤孙,湖南临湘县人。光绪二年(1876)举人,光绪十五年(1889)中进士。治经以得经意为主,不守一家之说。光绪十八年(1892)任广西荔浦知县,勤于政事,严禁赌博。嗣充乡试同考官。光绪二十一年(1895)返湘。次年选沅州府学教授,任敬仁书院山长。戊戌变法期间参加维新运动。岳州成立南学会分会,被推为学长。以当时书院积弊太深,与熊希龄、黄膺等联名公恳抚院整顿通省书院。一生主要从事教学活动,先后在临湘、岳州、通城、沅州、衡阳各州县书院以及江宁三江师范讲学。著有《吴獬集》《不易心堂诗文集》。卒后,熊希龄挽联云:"八股时文天下重;一身正气九州名。"符定一挽联云:"衡岳传经,有缘慧眼蒙知我;京华奉讣,无力奔丧愧对公。"张翰仪《湘雅摭残》评其诗文:"丰才博学,兀傲自喜。其文出入唐宋名家,诗格则在玉川、白傅之间。"又云:"诗思清空跌宕,而善道俗情,无意不达,颇近今日之贫民文学。"

郁达夫作《致孙荃书》。略谓："予已为汝改诗若干首，下次来书，乞寄数张抄清诗稿来，当为汝制小序一篇，夸示国人。若有能文者，当为汝乞题序也。"

17日 杭州为徐定超举行追悼会。《申报》次日七版"杭州快信"栏报道："军政两界昨在西湖忠烈祠为徐定超、谢鼎、虞廷恺暨普济遇难同人实行开会追悼，军民两长各派代表致祭，并撰就徐、谢、虞三君行状事略，刊印分送。"

《申报》第16191号刊行。本期《自由谈》载"诗话"栏目，撰者"健公"。

吴芳吉接汤用彤信，信中谈道："欲使人心归于醇厚，有三：一为民之心机未开；二有可信仰之宗教家出现；三有极有魄力之学术出现。今之学术只有破坏，没有建设，国民精神丧失，不知所主。留学生以西洋最新学术标榜，摇旗呐喊，主张极多，而民众不知所从，于是新说未立，旧俗已破，遂无道德信仰。"

杨钟羲向缪荃孙借《旧言集》（清李兆洛撰）。

张震轩将旧诗稿检付长子另抄。

毕朔望生。毕朔望，原名庆杭，江苏仪征人。鸳湖派章回小说家毕倚虹之子，有"江左才子"之称。新旧诗兼擅，著有《少年心事：朵花集》。

魏清德《古亭雅集》发表于《台湾日日新报》。诗云："永和三月三，曰惟癸丑岁。群贤集兰亭，少长同修禊。其时天宇清，和风布佳惠。茂林与修竹，觞咏资睥睨。羲之彼何人，作序欲流涕。上伤俯仰间，情事东流逝。下叙一死生，斯雷若梦呓。嗟余读其文，感慨千载系。及兹古亭游，敢谓风流继。多公尽英髦，意气天人契。歌诗琢珠玉，画笔起荒秽。弱柳既依依，流莺还詍詍。时安忽思危，抚境自磨砺。甚恐七尺躯，难为百年计。"

康有为作《戊午二月五日为吾生周花甲日，感赋》《花甲周日，示同复》。其中，《感赋》云："逮捕频烦十死身，流离琐尾廿年春。天乎百亿万千劫，丘也东西南北人。竟剩余生历花甲，或为大地整乾坤。此关中国生灵命，醉酒高歌笔有神。"

18日 《法政学报》（月刊）第1卷第1期于北京出版。国立法政学校法政学报社编辑发行。此前，1907年东京法政学报社、1913年北京法政同志研究会皆曾出版同名刊物。该刊内容主要有"论说""专著""译述""笔记""法令""杂俎""文苑""本校纪事"等。其中"文苑"又分"文录"和"诗录"。本期刊登陈应群等10位作者17首旧体诗，第2—3期连载《琴心诗存》。自第4期开始，"诗录"栏目取消。

吴昌硕偕缪荃孙、陶葆廉祝沈曾植得孙之喜。

吴芳吉接吴宓信，告以寄来美金三十元，此款为吴宓赴美途中所省。

南怀瑾生。南怀瑾，浙江乐清人。著有《南怀瑾著作诗词辑录》。

20日 《申报》第16194号刊行。本期《自由谈》"诗囊"栏目含《绘原村庄宴梅四首，赋谢中洲太傅》（四首，南湖），附《中洲先生约廉南湖至绘原庄宴梅启》。

吴淞同济工校为小乙开追悼会,至者数百人,郑孝胥使大七往答礼。22日,吴淞同济工校段辛皆送影片、图画稿及联五十八、幛六、祭文一、哀辞二。联语佳者如:"家传经训康成学;天厄才人辅嗣年。""太学有何蕃,同舍钦其义行;玉楼召李贺,斯人呕却心肝。"又沈氏昆仲挽联曰:"子夏丧明,天乎何罪;颜回好学,今也则亡。"乃沈爱苍所撰。

北京大学书法研究社发布下周一举办沈尹默用笔方法讲座通告,邀请社员参加。

张震轩为周孟由家写节孝亭联对及横额字,付刘仲玉转交。

吴芳吉复信在美诸友,婉拒众人代为筹措赴日款项,又解释不愿赴京而赴日原因:"京师之憾,太乏天然风景,车尘马足,令人索兴,此关于心性怡养者至深。东瀛山海清幽,较有生气而已。吾家居虽乏师友,正赖环郊风物之胜,出门野眺,千岩万壑,竞秀争妍。又有五瀑澄渊,断桥峭壁,吾朝夕遨游其间,兴之所极,溢为文章,故文章足以当之。"

21日　南京高等师范学校校长江谦因病辞职,教育总长傅增湘(沅叔)批示由教务主任郭秉文(鸿声)为代理校长。

北京大学公布教职员为已故教授田北湖赠赙金名单,沈尹默、朱希祖捐奠银五元、三元。

俞平伯将郑文焯校本《清真词》归还黄侃师。又至二道桥研究所听讲老庄哲学,晤北大文科学长陈独秀。晚阅骈文集《四六法海》(明王志坚编纂)。

乔大壮作《戊午春分胙》。诗云:"上丁国子荐明禋,肃穆冠裳俎豆陈。岂谓烝尝修故事,要滂昀蜎亲先民。名山自惜千秋业,余馂仍班一裔珍。尘对赪肩生愧色,尝官兄弟奉祠人。"

22日　俞平伯访黄侃,又至二道桥访王抚五(星拱)先生。

23日　段祺瑞复职国务总理。

《申报》第16197号刊行。本期《自由谈》载"联话"栏目,撰者"懒瘦生"。

潘大白生。潘大白,字白也,号射阳湖畔一书生,江苏宝应人。著有《大白诗词》《咏物香奁新体》《白澜诗词选》(与赵文澜合作)。

徐悲鸿《美与艺》发表于《北京大学日刊》。文谓:"吾所谓艺者,乃尽人力使造物无遁形;吾所谓美者,乃以最敏之感觉支配,增减,创造一自然境界,凭艺传出之。艺可不借美而立(如写风俗、写像之逼真者),美必不可离艺而存。艺仅足供人参考,而美方足令人耽玩也。今有人焉,作一美女浣纱于石畔之写生,使彼浣纱人为一贫女,则当现其数垂败之屋,处距水不远之地,滥槁断瓦委于河边,荆棘丛丛,悬以槁叶,起于石隙,石上复置其所携固陋之筐。真景也,荒蔓凋零,困美人于草莱,不足寄兴,不足陶情,绝对为一写真而一无画外之趣存乎其间,索然乏味也。然艺事已毕。

倘有人焉，易作是图，不增减画中人分毫之天然姿态，改其筐为幽雅之式，野花参整，间入其衣；河畔青青，出没以石，复缀苔痕。变荆榛为佳木，屈伸具势；浓阴入地，掩其强半之破墙。水影亭亭，天光上下。若是者，尽荆钗裙布，而神韵悠然。人之览是图也，亦觉花芬草馥，而画中人者，遗世独立矣。此尽艺而尽美者也。虽百世之下观者，尤将色然喜，不禁而神往也。若夫天寒袖薄，日暮修竹，则间文韵，虽复画声，其趣不同，不在此例。故准是理也，则海波弥漫，间以白鸥；林木幽森，缀以黄雀；人骈骏马之驰，落叶还摧以疾风；狡兔脱巨獒之臭，行径遂投于丛莽。舟横古渡，塔没斜阳；雄狮振吼于岩壁之间，美人衣素行浓阴之下，均可猎突视觉，增加兴会，而不必实有其事也。若夫光暗之不合，形象之乖准，笔不足以资分布，色未足以致调和，则艺尚未成，奚遑论美！不足道矣。"

　　《求声诗社诸同人鉴》之"求声诗社第十六集聚餐"通知刊载于《大世界》报。社题为田家、妓家。值社者为杨吟庐、郁餐霞。又，朱大可《郁波罗馆丛话（续）》之《石莲舫》刊载于《大世界》报。其中，《石莲舫》云："石莲舫，名中玉，嘉兴人。少与徐兰史、赵桐孙、楮二梅掉臂文坛，号禾中四子。晚年卜居范湖草堂，更字范湖。生平著述，有《蕴真堂诗文集》《屑香草》等，惜强半散佚。哲嗣小玉，曩以蕴真堂残诗见示，沉郁苍凉，逼真老杜。其《都门题壁诗》五律，尤为集中压卷之作，用特录以实我《丛话》。其词云：（一）秋风猎猎动悲笳，潮落津门战鼓挝。直北关西屯虎豹，朝东瀛海起龙蛇。六师郑重澶渊策，万里逍遥博望槎。天府上游谁控制，戈船漫道士无哗。（二）倚剑天高绝域惊，鲸鲵出水敢横行。重臣已茸西河馆，大将犹淹北府兵。玉帐云沉秋待狝，金牌雷动夜移营。晓霜才罢岩城角，又听琵琶出塞声。（三）羽葆森严旌旆飞，传闻车驾出郊畿。五云台殿啼鸟冷，八月边关战马肥。晋塞徒戎陈策晚，汉庭谏猎上书稀。九门锁钥亲贤寄，终见呼韩稽首归。（四）万灵奔走集轩台，回首天衢诀荡开。沧海图原归禹贡，骧山火竟话秦灰。䂖云气短伊吾剑，承露宵寒太液杯。曾是长安行乐地，凭轩风雨几徘徊。（五）祆雾澄清照赤曦，风云依旧返旌旗。钟鸣长乐千官仗，颂献中兴十丈碑。劫后蓬瀛仙缥缈，海隅书诏法羁縻。群公雅负匡时略，传语防秋莫后时。"

　　周庆云作《东木、兰史、履樛枉顾寓斋饮，微醺，驱车双清别墅赏菊，诗以纪之》，潘飞声和《花朝前一日，冒雨同志梁、梦坡、履樛游徐园，梦坡有诗，次韵奉和》。其中，周庆云《诗以纪之》云："斜风细雨近花朝，不碍行吟载酒瓢。昔梦青州怀驻马（谓履樛太守），旧游沧海话乘轺（谓东木都转、兰史征君）。桃源无地逃秦劫，兰畹何人怨楚骚。高会从君商禊事，纪年休叹永和遥（时东木商略上巳修禊事）。"潘飞声《次韵奉和》云："愁云殢雨黯连朝，肯负花前木瘿瓢。酒局预谋翻禊帖，风诗久已采星轺（志梁使日本、欧洲时有东海、西海同人集）。沧桑易感须行乐，奴隶何妨再命骚。一例江头吟乐府，吾侪休叹赏音遥（梦坡有《浔溪诗征》，履樛有《沧江乐府》之刊）。"

黄濬作《花朝前一夕雨寄众异》。诗云："连晴蓟陌忧尘土，快意空阶听春雨。江湖水生吴船暮，念远裁诗唯寄汝。君行先到青溪畔，蒋山属想相眉妩。淞冰乍坼见奁玉，邓尉残梅寻几许。掠天俊鹘令人羡，斜字新笺忽陲予。自言初蹋江南路，十年悔不娴吴语。春申珠履那足道，楼夜飘灯定谁侣。开函一笑旋自失，身欲奋飞山川阻。此时西子妆初靓，娭光料迓鸥边橹。二堤烟柳殢愁意，六通山茶发新乳。茅庵佳处仅商略，翠尊更着盈盈女。应缘秀句惊湖侬，二月莺花勤付与。可怜癯儒守京国，但逐群盲疲仰俯。残棋争劫已堪休，寒恋重衾梦何苦。庭除点滴渐凄清，碎我离心坠风渚。"

24 日 《申报》第 16198 号刊行。本期《自由谈》载"诗话"栏目，撰者"栩园"。

郑孝胥赴古渝轩一元会。

王国维好友沈听伯卒于伦敦，归国行丧事。作悼联云："壮志竟何为，遗著销烟，万岁千秋同寂寞；音书凄久断，旧词在箧，归迟春早忆缠绵。"并代罗振玉作挽联曰："问君胡不归，赤县竟无干净土；斯人宜有后，丹心喜见凤凰雏。"

吴昌硕为鉴塘篆书"多涉若泛"八言联云："多涉古欢独立中道；若泛渊水而跻高原。鉴塘先生属集猎碣字，□作欢，蜀作独，见阮氏释。时戊午花朝，七十五叟吴昌硕老缶。"

林纾《八声甘州·雪中寄友铮》刊载于《公言报》，自署"畏庐"。词云："正纷纷暮雪化春泥，院深一帘幽。尽余香消篆，余寒消酒，总不销愁。是处胎红酿绿，华发已盈头。带得江天眼，还自登楼。　　总有心中人在，味梦窗词况，烟水悠悠。叹年来踪迹，只算逐沙鸥，读当日、孔融荐表，颇教人、鹦鹉吊芳洲。争知我、舍山林外，未计千秋。"

周庆云作《狷叟将归西湖，花朝日延宾开宴，赋诗报谢，用〈徐园赏兰〉韵》，沈焜作《狷叟招饮为别，梦老有诗，踵韵和之》。其中，周庆云《用〈徐园赏兰〉韵》云："艳说群芳诞此朝，安排酒榼与诗瓢。嘉招自有西山馔，凤驾行看方盖轺。三叠离情歌宛转，二分春色换萧骚。怜予海畔长为客，香雪灵峰入望遥。"沈焜《狷叟招饮》云："故人折简趁花朝，分饮离筵酒一瓢。红杏有情撩白发，绿杨无力绾青轺。楼头丝竹供陶写，海内风云起驿骚。底事西湖归去也，烟鸿渺渺望中遥。"

张謇作《寄雪君》。诗云："一旬小别宁为远，但觉君西我已东。留得闲花朝夕伴，绿梅开了碧桃红。"

徐世昌作《花朝雨》。诗云："春阴覆柳碧迢迢，庭院鸣禽破寂寥。一带晓烟穿竹径，几丝疏雨过花朝。客来拨火开茶灶，诗罢添灯劝酒瓢。莫遣东风作狂态，海棠未放不胜娇。"

沈琇莹作《卖花声·戊午花朝》。词云："天不韵情苗。紫姹红娇。愁风愁雨镇无憀。十万金铃成铸错,输与花妖。　　吟鬓影萧萧。扑蝶谁招。伤春有泪湿鲛绡。莫问莺莺和燕燕,变了鸱鸮。"

陈隆恪作《花朝,自避疫闭户及旬日矣》。诗云:"轻寒风日恋芳辰,潦倒平生索醉频。入户蘼芜成避世,压城桃李不留宾。愁丝挂树春骀荡,情绪牵花梦苦辛。一掷江南佳丽地,不知人海已扬尘。"

瞿蜕园作《花朝徐园游集》。诗云:"江南春竟迟,连旬雨难霁。花朝天意厚,独为扫重翳。初扶竹药阑,略净莓苔砌。园庭蜂蝶乱,衣鬓风香细。澹此游衍怀,喜共壶尊契。回环一亩间,聊尔判华裔。"

王大觉作《花朝》(二首)。其一:"巾服萧疏酒一瓢,便无俗韵到花朝。吾曹著作当如此,漫拾狂华揽六朝。"

25日　《小说月报》第9卷3号刊行。本期"传奇"栏目含《针师记传奇(未完)》(北畴造诣、瞿安润文);"弹词"栏目含《明月珠弹词(续)》(瞻庐);"文苑·诗"栏目含《步樊山和乙庵佛字三十四韵》(涛园)、《次韵傅治芗留别》(沈观)、《鄂垣赠彭列五》(念衣)、《题陈仁先〈枣花寺看牡丹图〉卷子》(念衣)、《病中寄呈石遗师》(秋岳)、《送齐白石南归,即题其〈借山图〉》(诗庐)、《读散原、舣庵、映庵、苍虬四君游西湖诗,呈映庵》(颐琐)、《为王果亭为毅题〈庾楼饯别图〉》(温曳)、《呈石遗同年》(献恭)、《丁香花下作》(念圣)。

徐世昌中宵醒,枕上成一联云:"胸中不着一件事,眼前常见十分春。"

叶德辉作《仲春望前二日,即事叠前韵》(二首)。序云:"湘城及近县数百里为北兵南匪抢略,几无人烟。"其一:"炊烟万灶扫无馀,比户家家似岁除。风卷虫沙填隧谷,月攘鸡犬括穷闾。孑遗庐舍诛茅似,乱后田园薙草如。困兽挺时同走险,要知竭泽本难渔。"其二:"独树亦随兵火烬,孤城犹见阵云浮。一门失火池鱼沸,三匝无枝夜鹊愁。道殣死人余俎肉,思归将士梦刀头。玄黄龙血余腥在,略地江南踞上游。"

汤汝和作《长沙二月十三夜溃兵之变,凡银行、典铺及业绸布、金玉、珠宝、绣花、南货、洋货、故衣、药材、皮箱、靴鞋各商家无不被劫。城市萧条,不堪触目,诗以哀之,并自感也》。诗云:"君不见长房仙人地可缩,世间祸福先几烛。能令桓景脱奇灾,登高畅饮菊花醁。又不见桃花源里住仙家,不闻四海争秦鹿。项刘剧战血中原,物外田园自耕读。我躬不幸生不辰,四郊多尘境危蹙。风声鹤唳时惊心,旦暮间阎祸变速。溃兵汩汩回长沙,百十成群劫夺酷。大都睥睨在金钱,岂止搜年到帛粟。海错八珍备宿粮,吴绫万匹供春服。妇女抛将缠臂金,市儿卖断搔头玉。韩康市药价谁偿,灵运游山屐难续。火齐木难珠十斛,天吴紫凤绣千幅。貂裘翠被女儿箱,概作凶徒俎上肉。质库俄惊一夕空,豪家骤耗百年蓄。猗顿都教罹网罗,黔娄敢信逃敲扑。五都之市万人家,闭户竟无百货鬻。十室九从阒无人,剩有乌鸦啄大屋。萧条闾巷来腥风，几处骇人血髑髅。避险家人尽出城，蜗居只我咏蒿轴。家无长物可关心，性命相依书数簏。缅惟昔哲居危邦，行止不曾损高躅。矾清湖中寓骏公，吴门市上楼梅福。伯鸾五噫过帝京，子美六歌赋同谷。古人遭际有同然，我且任天安食宿。忘机仰羡冥鸿飞，敛迹惟师尺蠖伏。一篇如绘流民图，伸纸濡毫歌当哭。"

26 日 朱大可《郁波罗馆丛话 (续)》之《万涧民》刊载于《大世界》报。《万涧民》云："万涧民，名钊，晚游西湖九溪十八涧，有结庐想，更字碉盟，南昌人。著有《鹤万诗盦集》如干集，仁和谭仲修序其词，以为'深有合于南宋明贤清空不质实之旨'。余旧录其小令四阕，存箧衍中，如《四字令》云：'兰薰袭帏。苔痕上衣。等闲负却芳菲。悔前番别离。　闲庭絮飞。雕梁燕归。一年心事都非。对天涯夕晖。'《钗头凤》云：'琼波远，瑶华晚，绿杨丝老莺声倦。凉烟夕，苔阶立，心上沉吟，梦中怜惜。忆、忆、忆！流水换，芳愁乱，湘弦弹涩湘花怨。纤腰窄，啼痕湿，门掩昏黄，影依瘦碧。侧、侧、侧！'《更漏子》云：'年光短，天涯远，远里飘来清怨。鱼钥闭，雁书沉，灯前千里心。　更更鼓，声声杵，只管听他何苦？香黯澹，月模糊，今宵梦也无。'《鬲溪梅》云：'银沟吹冻雪飞痕，掩蛾颦。禁得峭寒帘幕。画垂昏，金炉火自温。　阶前红鹤性偏驯，守苔茵。寂寂墙阴唤醒。老梅魂，花开天地春。'"

吴芳吉致信某经商同学云："(一) 聚奎学校人事变动，对'新党'之作为多有不满。""(二) 风俗人心与社会问题之关系：人心、风俗关乎天下治乱，人心、风俗亦相互影响，人心酿成风俗，风俗转易人心，'其力至大，其流甚速，而其几至微'。若改变不良风俗，须存乎一心，心心相属，自成一种新风尚，日久则能感化社会，破除旧俗，此亦报国救群的重要手段。当务之急在于提倡简单生活，'毋好虚华，毋作虚事，毋求奉养太过。人能淡泊，自然善念自多，恶念日减'。一味求乐于物，必被物所役，中国贫弱之源，重要原因即是人民生活复杂，滋生奢侈淫邪，彼此争竞以逞私欲，'于是官贪兵横于上，盗贼骚乱于下。游民滋多，生业不振。咸欲人劳我逸，人瘦我肥。积数十载至今，一齐爆发。乃有所谓行贿问题、党派问题、枉法问题、复辟问题，种种怪象。其不幸而失者，其假夷人之力，但欲保其身家，残害邦国而不顾。此种妙谛，盖有物驱之不得不然，即生活复杂之故'。""(三) 言行合一：欲正时弊，须言行合一，不发无责任之语。'譬如哀伤国事，便肆口谩骂，政治如何纷乱，社会如何龌龊，徒诿其咎于人，彼则毫无过失。而察其实际，其行之纷乱，心之龌龊，固亦相等，此最可痛心者。'徒然痛骂，不如自我省思、有为，'伤国之衰微，则我宜愤发。鄙世之芜秽，则我宜清高'。"

27 日 胡适答张厚载信。北京大学法科学生张厚载读胡适、陈独秀、钱玄同等在《新青年》发表文学改良文章后，致信《新青年》编辑部。胡适于本日作答信。钱玄同于 4 月 1 日、刘半农于 4 月 23 日、陈独秀于 6 月 15 日分别作答信。其中，张厚载信题为《新文学与中国旧剧》载于《新青年》第 4 卷第 6 期"通信"栏目。略云："此外若趋重白话一节，仆亦赞成。惟以《水浒》《西厢》等书为极有价值的文学，与金圣叹批评《才子书》同一见解：而金圣叹之批评，乃未尝一为胡、钱诸先生所援引，岂尚怕与人苟同耶？仆以为圣叹之批评，亦甚有价值，以其思想，即文学改良的思想也。先生等既倡言改良，而吐弃其人，不屑一称道其与先生等同一之论调，此仆所不解也。仆尤有怀疑者一事，即最近贵志所登之诗是也。贵志第四卷第二号登沈尹默先生《宰羊》一诗，纯粹白话，固可一洗旧诗之陋习，而免窒碍性灵之虞。但此诗从形式上观之，竟完全似从西诗翻译而成，至其精神，果能及西诗否，尚属疑问。中国旧诗虽有窒碍性灵之处，然亦可以自由变化于一定范围之中，何必定欲作此西洋式的诗，始得为进化耶？西人翻译中国诗，自应作长短句，以取其便于达意。中国译外国人诗，能译成中国诗体，固是最妙；惟其难恰好译成中国诗体，故始照其原文字句，译成西洋式的长短句。《宰羊》一诗，及其他《人力车夫》《鸽子》《老鸦》《车毯》等作，并非译自西诗，又何必为此西诗之体裁耶？《旅欧杂志》载汪精卫先生译 Fables de Florian 一诗，作五言诗体，韵调格律亦甚自然。彼译西诗，且用中国固有之诗体。先生等作中国诗，乃弃中国固有之诗体，而一味效法西洋式的诗，是否矫枉过正之讥，仆于此事，实在怀疑之至。(《清华月刊》载《忏情丛谈》，对于先生等之文学改良谈攻击甚力，于白话诗尤甚) 仆之意思，以为文学改良，乃自然的进化。但一切诗文，总须自由进化于一定范围之内。胡先生之《尝试集》，仆终觉其轻于尝试，以此种尝试 (沈先生之《宰羊》诗等，皆统论在内)，究竟能得一般社会之信仰否，以现在情形论，实觉可疑。盖凡一事物之改革，必以渐，不以骤；改革过于偏激，反失社会之信仰，所谓'欲速则不达'，亦即此意。""戏剧为高等文学，钱、胡、刘三先生所论极是。胡适之先生更将有《戏剧改良私议》之作，刘半农先生亦谓当另撰关于改良戏剧之专论，仆皆渴望其发表，以一读为快。但胡适之先生《历史的文学观念论》中，谓'昆曲卒至废绝，而今之俗剧乃起而代之'。俗剧下自注云：'吾徽之徽调，与今日京调高腔皆是也'。此则有一误点。盖'高腔'即所谓'弋阳腔'，其在北京舞台上之运命，与'昆曲'相等。至现在则'昆曲'且渐兴，而'高腔'将一蹶不复起，从未闻有'高腔'起而代'昆曲'之事。又论中所主张废唱而归于说白，乃绝对的不可能。此言亦甚长，非通讯栏所能罄。刘半农先生谓'一人独唱，二人对唱，二人对打，多人乱打，中国文戏武戏之编制，不外此十六字'云云。仆殊不敢赞同。只有一人独唱，二人对唱，则'二进宫'之三人对唱，非中国戏耶？至于多人乱打，'乱'之一字，尤不敢附和。中国武戏之打把子，其套数至数十种之多，皆有一定的打法，优伶自幼入科，日日演习，始能精熟。上台演打，多人过合，尤有一定法则，决非乱来，但吾人在台下看上去，似乎乱打，其实彼等在台上，固从极整齐极规则的工夫中练出来也。又钱玄同先生谓'戏子打脸之离奇'，亦似未可一概而论。戏子之打脸，皆有一定之脸谱，'昆曲'中分别尤精，且隐寓褒贬之义，此事亦未可以'离奇'二字一笔抹杀之。总之中国戏曲，其劣点固甚多。然其本来面目，亦确自有其真精神。固欲改良，亦必以近事实而远理想为是。否则理论甚高，最高亦不过如柏拉图之'乌托邦'，完全不能成为事实耳。近有刘筱珊先生，颇知中国戏曲固有之优点，其思想亦新，戏剧改良之议，仆以为可与彼一斟酌之也。"胡适答信略云："今试问何者为西洋式之诗？来书谓沈、刘两君及我之《宰羊》《人力车夫》《鸽子》《老鸦》《车毯》等作皆为'西洋式的长短句'。岂长短句即为'西洋式'耶？实则西洋诗固亦有长短句，然终以句法有一定长短者为多，亦有格律极严者。然则长短句不必即为西洋式也。中国旧诗中长短句多矣。《三百篇》中，往往有之。乐府中尤多此体。《孤儿行》《蜀道难》，皆人所共晓。至于词，'旧皆名长短句'。词中除《生查子》《玉楼春》等调之外，皆长短句也。长短句乃诗中最近语言自然之体，无论中西皆有之。作长短句未必即为'西洋式的诗'也。平心论之，沈君之《人力车夫》最近《孤儿行》，我之《鸽子》最近词。此外则皆创体也。沈君生平未读西洋诗，吾稍读西洋诗而自信无摹仿西洋诗体之处。来书所云，非确论也。以上所说，但辩明吾辈未尝采用西洋诗体。并非谓采用西洋诗体之为不是也。吾意以为如西洋诗体文体果有采用之价值，正宜尽量采用。采用而得当，即成中国体。然此另是一问题，兹不具论。来书两言诗文须'自由变化于一定范围之中'。试问自由变化于一定范围之'外'，又有何不可？又何尝不是自然的进化耶？来书首段言中国文学变迁，自三代之文以至于梁任公之'新文体'，此岂皆'一定范围之中'之变化耶？吾辈正以为文学之为物，但有'自由变化'而无'一定范围'，故倡为文学改革之论，正欲打破此'一定范围'耳。来书谓吾之《尝试集》为'轻于尝试'，此误会吾尝试之旨也。《尝试集》之作，但欲实地试验白话是否可以作诗，及白话入诗有如何效果，此外别无他种奢望。试之而验，不妨多作；试之而不验，吾亦将自戒不复作。吾意甚望国中文学家都来尝试尝试，庶几可见白话韵文是否有成立之价值。今尝试之期仅及年余，尝试之人仅有二三；吾辈方以'轻于尝试'自豪，而笑旁观者之不敢'轻于一试'耳！来书末段论戏剧，与吾所主张，多不相合，非一跋所能尽答，将另作专篇论之。惟吾《历史的文学观念论》中所谓'高腔'，并非指'弋阳腔'，乃四川之'高腔'。四川之'高腔'与'徽调''京调'同为'俗剧'，以其较'昆腔''弋阳腔'皆更为通俗也。"钱玄同答信云："我所谓'离奇'者，即指此'一定之脸谱'而言：脸而有谱，且又一定，实在觉得离奇得很。若云'隐寓褒贬'，则尤为可笑。朱熹做《纲目》学孔老爹的笔削《春秋》，已为通人所讥讪；旧戏索性把这种'阳秋笔法'画到脸上来了：这真和张家猪肆记卍形于猪鬣，李家马坊烙圆印于马蹄一样的办法。哈哈！此即所谓中国旧戏之'真精神'乎？金圣叹用迂谬的思想去批《水浒》，用肉麻的思想去批《西厢》,满纸'胡说八道',我看了实在替他难过。玄同虽不学,然在本志上发表之文章,似乎尚不至与金氏取'同一之论调'。"

齐白石始匿居紫荆山下镜潭亲戚宅中。有记云:"遂吞声草莽之中,夜宿露草之上,朝餐苍松之阴。时值炎热,赤肤汗流,绿蚊苍蝇共食,野狐穴鼠为邻。如是一年,骨与枯柴同瘦,所有胜于枯柴者,尚多两目,惊怖四顾,目睛莹然,而能动也。"遂决意迁往北京。

张震轩承徐琳生之托,为永嘉陈绥庭夫妇七十双寿写贺诗一律。诗云:"湖海豪情老不渝,白头嘉偶叶笙竽。趋庭诗礼皆名俊,入幕文书赞远谟。领略玄言鸾笔舞,相将归隐鹿车俱。优游蔗境公多福,侑爵争看戏彩图。"

邓绍勤因《强国报》停刊失业。吴芳吉致函鼓励其从军,以效王阳明、曾国藩之举。

朱大可《郁波罗馆丛话(续)》之《汪小米》刊载于《大世界》报。《汪小米》云:"汪小米,名远孙,钱塘人。尝与里人余慈栢、章次白、吴移华、孙雨生、雨珊、午泉诸君子,结东轩吟社。凡为岁十,为集百,有《借闲生诗》三卷,词一卷行世。余忆其《浣溪纱·题奚虚白〈溪楼延月图〉,次卷中周稺圭韵》三阕云:'天女维摩事偶然,蓝田种玉暖生烟。鲍家楼子碧湖前。 风定疏帘香篆细,月明小阁笛声圆。一场绮梦逝如川。'可是珊珊佩响迟,伤心十二首新诗。书堂行迹黯相思。 岸柳有情怜瘦影,溪花无意斗芳姿。伊曾亲见定情时。''远近山低锁黛痕,落花香里闭衡门。红襟燕子恋斜曛。 除是文人能好色,从来词客易销魂。言愁况值欲愁人。'"

28日 《申报》第16202号刊行。本期《自由谈》"词苑"栏目含《南楼令》(顾佛影)、《临江仙》(顾佛影)。

严修同子智崇往谢英国公使朱尔典君。

章行严访郑孝胥,言复辟之论。郑孝胥言:"苟无取天下之力,则唯有负重望者立于局外,先布治法,使天下皆知,以俟厌乱之日,或为中外所推举耳。"

符雄《星洲大国园傍晚杂咏》(六首)刊于[马来亚]《国民日报》"文苑"栏目。其一:"对岸青山翠欲流,晚风天外送孤舟。斜阳影带归鸦落,有信潮来韵独悠。"其六:"孤帆天外挂长风,云水苍茫一望中。夕照远随鸦背罗,西山犹带影微红。"

29日 龙璋卒。龙璋(1854—1918),字研仙,号甓勤,晚号潜叟,湖南攸县人。世家出身,其父龙汝霖,举人出身,曾任直隶知州,湖湘派诗人代表,在湘中五子与王闿运齐名;叔父龙湛霖为晚清翰林、刑部侍郎。龙璋是光绪年间举人,为陶澍孙女婿(左宗棠外孙女婿),谭嗣同亲家,郭嵩焘、陆润庠门生。清末历任江苏如皋、沭阳、上元、泰兴、江宁等知县及候补道。期间结识黄兴、蔡锷、宋教仁等辛亥革命志士,暗中资助革命。回湘后参与领导辛亥革命、二次革命、护国战争。被袁世凯通缉,流亡上海3年。辛亥后曾任湖南民政长、西路巡按使、国民党湖南支部评议长、代省长。1918年军阀张敬尧寇湘，龙璋忧愤去世。著有《甓勤斋诗文集》《小学搜逸》。生前，孙中山曾亲笔书赠"博爱"。卒后，章太炎撰《龙龙研仙先生墓表》，称其"晚乃佐革命，不大声色，而功与开国诸将齐。"章士钊在《近代湘贤手札》跋中赞其曰："辛亥以前，由海东贯长江，略洞庭而南，上下数千里间，吾党所为处心积虑，不论激随隐显，殆莫不有龙氏一门之心计与血汗渐渍其中。"何叔衡撰三副挽联悼念龙璋。其一："满清名县令，共和大功臣，生而论定；铜像表焦陈，国葬奖黄蔡，死与同归。"其二："晚节与革命相始终，名为黄蔡战功所掩；盖棺屈长沙之陷落，谋较焦陈横死尤哀。"其三："曰儒家，曰革命家，盖棺论今定；以瘁死，以忧国死，铸像礼亦宜。"

寒雪《沪上竹枝词》（十二首）刊于《南洋总汇新报》"词林"栏目。其五："物色风尘阅岁华，环肥燕瘦信无差。而今新样群芳谱，野草无名亦算花。"

谭人凤作《民国七年三月二十九日谒黄花冈》（三首）。其一："黄花零落一荒冈，七二英雄作墓场。无限凄风无限恨，我来凭吊泪盈行。"其二："黄花零落旧时冈，荒冢垒垒一鬼乡。自得侠魂光土壤，几多臭骨有余香。"

毛灏作《女殇，戊午二月十七日》。诗云："阅遍沧桑已白头，左思娇女又难留。年来短尽英雄气，赢得新愁叠旧愁。"

30日 严修往广德楼，赴梁巨川观剧之约。是日，演《好述金鉴》新剧，乃巨川所编。同坐彭翼仲、梁巨川次公子漱溟。

刘文典在北京大学国文研究所讲演中国文学史。

卢绳生。卢绳，字星野，江苏南京人。著有《卢星野先生诗存》。

朱大可《郁波罗馆丛话（续）》之《张玉珊》刊载于《大世界》报。《张玉珊》云："张玉珊，名鸣珂，一字公之束，嘉兴人。为黄氏绮晴楼词弟子，著有《寒松阁诗词文集》。会稽李莼客序其诗，谓'溯源王、韦，沿波钱、李，足与李秋锦相伯仲'。兹录其《寄怀邓峻明南园，用杜少陵〈重过何氏〉韵》云：'停云意何极，时寄数行书。东郭联吟社，南阳有草庐。面城饶水竹，闭户注虫鱼。浩荡心期在，难酬抱邻居。''曲径莎痕浅，春风屐痕移。柳阴飞燕子，水面数鱼儿。山近云窥牖，天空月满陂。一丛蕉叶展，浓绿补疏篱。''好春容易过，惆怅卷帘时。养拙宜高卧，缄愁入小诗。草香栖倦睫，花落罥游丝。自鼓瑶琴罢，知音讵可期。''寂寂无尘事，幽居引兴长。酒杯浇磊块，茗碗试旗枪。留客同看竹，游仙熟梦梁。岩花开烂漫，消息问东皇。''猿鹤能招隐，经过已来年。懒云迟出岫，骤雨漱飞泉。陶令时开径，坡翁欲买田。何当寻旧物，尊酒乐陶然。'"

林纾《梅子黄时雨·春日野行，寄又铮、硼秋》《奉和樊山先生见和之作，不步韵》载《公言报》，自署"畏庐"。其中，《梅子黄时雨》云："薄霭孤村，正垂柳向人，将换新翠。怎雁渚垂空,燕来犹未。此际江南应细雨,杏花逗客红桥醉。商归计,欲暮海天,深愁谁寄。　　回忆,庚辛旧事,已鹃啼梦里,花萎烟外。待再到郊坰,两番尘世。偏是愁人心绪别,抱愁恒与黄昏避。闻流吹,半程又添微喟。"

31日　陈三立携家人往南京仓园看桃花。陈隆恪有《偕家人仓园看桃花》诗纪之。诗云:"侍杖仓园妇稚兴,周遭花柳见层层。钟山不厌金银气,何似秦人入武陵。"

严复书致熊锡育,品评时贤。《与熊纯如书》(二月十九日)云:"复平生师友之中,其学问行谊、性情识度,令人低首下心、无闲言者,此人(吕增祥)而已。然亦有不满意者,则其为人太过,坐此致不永年,真可痛也。余则已去者,如郭侍郎、吴冀州、君家季廉,其犹在者,则陈太保(宝琛)、陈伯严、海盐张菊生,寥寥数公而已。且其人皆各具新识,然皆游于旧法之中,行检一无可议。至近世所谓新人物,虽声光烂然,徒党遍海内,如某某公者,吾心目之中,固未尝有一也。语曰:'不知其人视其友'。然则不肖一己之所存,亦可以见矣。老境侵寻,虽见理日深日明,只如昭陵茧纸,他日挟与俱去而已。然则徒言学术,亦何与人事,此羊叔子所以不如铜雀伎也。"

恽代英与互助社社员于武昌蛇山、洪山踏青。互助社为恽代英和梁绍文、冼震、黄负生等于1917年10月创办成立,其宗旨是"群策群力,自助助人"。

本月

段祺瑞政府决定对西南各省用兵,实行武力统一。南北战争开始。

《浙江兵事杂志》第47期刊行。本期"文艺·诗录"栏目含《夜过海藏楼,归纪所语,简太夷并示拔可》(大至)、《元夕同浪公、葰民坐洗红簃赋示》(大至)、《徐州》(大至)、《过京口有寄》(大至)、《雨中夜发上海,晓晴达金陵,复渡江趋浦口,舟中感纪》(大至)、《感事》(大至)、《戊午元旦游楼外楼》(庐球)、《跃马四首》(月笙)、《寄友》(月笙)、《渡江》(月笙)、《秦淮杂咏》(抒秋)、《雨中展西楚霸王墓》(抒秋)、《过半闲堂》(抒秋)、《泊舟山塘,月夜游虎邱》(抒秋)、《宿雄县》(抒秋)、《夜雨感怀》(馨山)、《纪游》(馨山)、《西湖晚眺》(馨山)、《次韵赠馨山》(思声)、《送石君还广陵》(思声)、《观剧有感》(初白)。

《青年进步》第11册刊行。本期"文苑·诗录"栏目含《丁巳中秋日,偕仲弟归祝母寿太衍,寄示海外三弟》(少文自浙江来稿)、《民国六年十二月二十二日冬至,偕二小儿登九龙宋王台怀古七律二首》(赵扶生自香港来稿)、《拟古四章》(杜宝珊自汕头来稿)、《丁巳元旦》(天觌)、《和仰厂〈雪中偶见〉韵》(天觌)、《融雪后望远山偶占》(天觌)、《雁思》(徐受征自绍兴来稿)、《月夜泛舟西湖》(徐受征)。

《留美学生季报》第5卷第1期刊行。本期刊登汪懋祖《致〈新青年〉杂志记者》。汪文直指陈独秀:"贵报……动曰妖魔丑类,曰寝皮食肉,其他凶暴之语见于函电报章者尤比比","开卷一读,乃如村妇泼骂,不容以人讨论者,其何以折服人心,此虽异乎文学之文，而贵报固以提倡新文学自任者，似不宜以妖孽恶魔等名词输入青年之脑筋，以长其暴戾之习也。"本期"文苑·诗录"栏目含《登纽海汾东山》（任鸿隽）、《得家书》（任鸿隽）、《寄家书》（任鸿隽）、《题赫贞画册》（任鸿隽）、《秋来东美杂书赠汪子芟潭》（张志让）、《舟中有感》（芟潭）、《别离行》（芟潭）、《步韵和采芝成审，即以为别》（黄有书）、《大瀑布记游》（王天优）、《太平洋舟中杂诗》（吴宓）。

沈曾植、陶葆廉皆自上海至嘉兴携社，相论艺话。时王甲荣与沈曾植暨吴子梨（受福）、盛萍旨（沅）、岳斐君（廷彬）、金甸丞（蓉镜）会于南湖高士祠，以欧法写景。王甲荣题《六老图》作《六老图记》。又，沈曾植为金武祥诗集作《陶庐六忆》序。

陈三立本月前后应杨通之请，为作其父杨调元墓志铭；又应康有为之属，补题其去年六十岁生日时众人为绘《九老图》，作《更生于去岁六十生日沪上游，旧置酒为寿，因绘〈九老图〉，索补题一诗》。诗云："新蜂照酒鹊呼庐，洛社图成听雨初。十九年归公老矣，三千界坏佛何如。历从绝岛求灵药，独获微言证宝书。回唾蓬莱清浅处，卢敖把臂在空虚。"又，赴金天翮锡山探梅之邀，李世由、梁桊等同游。高燮作《与松岑有锡山探梅之约，继以天寒，复因事阻未果，书此奉寄并柬陈丈伯严、李君晓暾、梁君公约》。其四："壮游先生今霞客，五岳三四经行迹。相偕更得李与梁，况有义宁诗中伯。此去应知兴不穷，高吟定与山灵通。嗟余却被俗物恼，坐令交臂慳一逢。"

吴昌硕葬夫人施氏于鄣吴村凤麟山，并置生圹。诸宗元为撰，郑孝胥后为之书《生圹志》。吴昌硕有诗《贞壮为余志生圹，饮酒肆赋谢》。诗云："晚晴诸大来湖上，未读奇文意已夸。谷有王官容偃息，老随绛县问年华。不谀志我锋藏笔，敢信游仙饭作霞。在水一方诗最好，漫因秋兴赋秋笳。"又，携子与王震（一亭）至昆山访李钟钰于梅园，观阁帖（庆历本），画梅留赠。又，为伍思业绘《牡丹贞石图》并题："酒满金罍，富贵华开，咏华愧乏青莲才。"又，为李钟钰绘《古雪图》横批并题："茅亭势揖人，顽石默不语。风吹梅树花，著衣幻作雨。池上鹤梳林，寒烟白缕缕。湖烟漠漠，苔影娟娟。寒雪塞门，翠羽时至。写此赠平书先生，亦记我游迹也。"又，为伍思业篆书"驱车泛舟"七言联，联云："驱车栗里涉古趋；泛舟华浦逢渔人。恒甫仁兄属，集石鼓存字。"又，为关顺篆书"求吾敬彼"七言联，联云："求吾古欢事可乐；敬彼硕人道自跻。关顺仁兄大雅属篆，为集猎碣字。时戊午孟春，七十五叟吴昌硕。"又，为谭献绘《傲霜图》并题："白帝铸秋金，篱边花如斗。枝瘦能傲霜，孤高复无偶。荒岩少人踪，与谁作重九。落英餐疗饥，饮泉权代酒。仲修仁兄大雅属画。戊午孟陬，七十五叟吴昌硕老缶，时客沪。"又，为韫岑绘《荆溪放棹图》并题："一棹荆溪往复回，水边篱落映疏梅。芒鞋记得冲寒色，禅园山碑手拓来。"又，为敬垣绘《火珠红缀图》并题："岁晚园林雪霁时，火珠红缀绿葳蕤。如何竹实形相似，不疗丹山凤鸟饥。敬垣仁兄属画。戊午孟陬月，吴昌硕。"又，题王震（一亭）《赏梅图》云："越女天下白，昌黎句斩新。笔情因梦古，霜气著花匀。落纵愁闻笛，高难折寄人。何时舒皓腕，词写惜余春。"又，许世英五十双寿，吴昌硕绘《苍松图》贺之。

王舟瑶至上海，下榻刘翰怡嘉业堂，观其藏书。刘翰怡请校勘宋板四史，王氏荐同年管德舆自代。观书时见有涉故乡文献者，皆录出补入《台州文征外编》。作《二月访旧海上得晤诸遗老，赋赠二首》。其一："去去疏慵卧故邱，六年不作沪松游。重来江上同辽鹤，难得天涯聚海鸥。落落松筠多劲节，垂垂霜雪渐盈头。却怜发白心犹赤，欲奠中原旧九州。"

李瑞清为曾熙《农髯夏承碑临本》题签。又，弟子陶隆伟寄所辑《南史纪艳诗集》，李氏为之作书跋。

罗瘿公为程砚秋赎身。何时希《梨园旧闻》记有罗瘿公因同情程砚秋而借钱为程从荣蝶仙处赎身事。程"既离荣门，则衣、食、住、学戏转无着落，则有李释戡等介绍为梅兰芳之徒。……时约民国四年后事，尚名程艳秋时也。此皆释戡丈为我言之者。"台湾丁秉燧《菊坛旧闻录》记为民国七年三月罗瘿公为程赎身，"并且转介各名士捧场，命程师事梅兰芳，再从王瑶卿学戏"。江上行《六十年京剧见闻》中《访吴富琴谈程砚秋》记吴氏语云："我十七岁出科，十八岁那年（1921）和程砚秋同搭庆兴社高庆奎的班。……那时他已结识罗瘿公先生，由罗介绍向梅兰芳执弟子礼。因而时去梅家走动。"程砚秋既拜梅兰芳为师，徐悲鸿为梅兰芳绘《天女散花图》作为收徒纪念。罗瘿公题诗云："后人欲识梅郎面，无术灵方可驻颜。不有徐生传妙笔，安知天女在人间。"

叶遐庵（公绰）与法国学者议定在巴黎大学设中国学术讲座，并创办中国学院。

郁达夫春假期间扶病往日本西京（京都）养老山麓和汤山温泉等处游历十日。

沈钧儒赴汉口、九江。

厉凤舞生。厉凤舞，辽宁盘山人。著有《林海心声》。

强晓初生。强晓初，陕西子长人。著有《心声集》《晓初诗词选》。

黄璟辑《诵芬集》刊行。丁康保题尚，王其潨署签。集前有萧亮飞作序。此集为黄璟为亡母作百岁冥寿所辑诗词联，内含黄璟、钱骏祥、刘承恩、柴得贵、何文焯、张缙璜、金钟麟、萧亮飞、秦锡章、叶润含、李汝霖、王郦、金绎熙、刘炳章、曹慕时、金绍熙、金则尧、苏绳武、朱作相、袁荫槐、何树桢、姚永祚、蒋鸿恩、陈垣、王希曾、罗惇曧、顾归愚、叶衍华、黄寿慈、秦辉祖、杨文光、杨笃恭、刘海涵等人诗词联。其中，萧亮飞序云："《诵芬集》何云乎？铁石黄丈值其亡母太夫人百岁冥寿之辰，为之称觞梁园。国以内之钜公名流、文人学子、隐士方外无遁迹，靡不感其孝而投以诗，成此巨编也。丈之孝于母，亮飞童龄时及见之。太夫人殁已四十有二年，每岁诞辰，必精治饮馔，以献其诚敬爱慕，不啻母犹在堂也，亮飞愧且感焉。语云：'事死如事生，事亡如事存。'又云:'大孝终身慕。'父母三代而降,能者几人?丈七十八龄老叟也,而成斯举,是以丁兰刻木之心,发而为老莱子戏彩之行。见者闻者胥动于中,不教孝而教孝,有功世道人心者匪尠。或者谓丈为创举,且有疑为好名者,而汴俗称亡者生日曰冥寿,尽人而知。清代雍正间,全谢山鸿博有冥寿之作,山东知府天津郭骧于清光绪二十六年庚子,为其亡父东河同知润田公作六十有七冥寿,乞亮飞为之序。冥寿之称觞,实不自丈始。彼少所见,动辄訾议人者,讵仅失之薄,不亦陋之甚耶?亮飞年五十有八矣,少丈二十春秋,迨我亡父母皆百岁,亮飞适如丈之年。倘亮飞不以窘困死,必效丈称觞作冥寿,少娱我亡父母在天之灵。但未审国以内钜公名流、文人学士、隐士方外能徇不才之请,而不恡笔墨否耳。敢再拜稽首,先请于丈,即以弁《诵芬集》之首。中华民国七年夏历戊午三月下浣三日,乡人梅县萧亮飞书于茂苑之遇园。"黄璟《丁巳十二月二十九日为先慈金太夫人百龄冥寿,先十日称觞赋诗四首,征求文字》其一:"我母今年已百龄,终身追慕在天灵。祭丰不若养亲薄,梦哭频将涕泪零。霜露兴悲白水冷,松楸成荫紫山青(光绪乙亥冬,太夫人合葬于南阳白水紫山间)。龙冈祠畔森森树,反哺乌啼不忍听。(民国甲寅冬于诸葛庐外创建家祠以伸追远)"萧亮飞诗二首其一:"事死果如生,寿筵开百龄。绝佳今日话,大慰在天灵。宁许孝思匮,依然寒泪零。千秋从此订,松柏墓长青。"刘海涵诗云:"蓼蓼莪生园,哀哀乌啼枝。孰非父母生,感此能无悲。孝哉惟我师,至性恒不移。回念母氏恩,欲报悔已迟。绣孚作莱彩,九山新建祠。泉壤倍增荣,仍恐孝多遗。百龄祝冥寿,海内遍征诗。孺慕一何切,恍如慈帏披。嗟我亦有母,七六与世辞。至今历四稔,寿已八十期。欲补堂前祝,风木重悲思。读公寿母作,悽怆动心脾。祭礼与养薄,公且自悔追。敬告为人子,报恩趁生时。"石德芬《金缕曲》云:"一样寒泉奠。自思量、祝宗得请,吾亲可面。唯念旧时晨夕事,漫道所生无忝。怎能及、黄香温簟、蚤岁浪游今望祭,信椎牛、不似鸡豚膳。言念此,泪如霰。　　凭君一瓣心香荐,百年来、姥峰如在,屺思不变。多少悬鱼封鲊感,清白留遗岂浅。曾未浼、朝衫半点,玉局苏仙同日寿,定追陪、阿母瑶池宴。天赐福,黄星见。"黄璟《自撰寿堂联》云:"忆豫南山左,豸节分持,养不逮存,三复蓼莪千点泪;想天上人间,鹤筹可续,祭犹如在,一堂俎豆百年心。"王德懋联云:"神归瑶岛,鹤算期颐,欧柳芳型垂弈世;饮蜡酒馨,称觞日届,莱斑彩舞人间。"

　　成多禄作《昆明曲》。序云:"戊午二月,与郭侗白使君同游颐和园。记少时曾随舅氏荣润庭通侯入观,风景不殊而山河顿异矣。园有湖,曰'昆明',作《昆明曲》。"诗云:"昆明湖边春草生,昆明湖上春波平,一波一草皆春梦,莫将桑海证昆明。昆明开凿当全盛,瀛寰涤荡清如镜,侧闻车驾聘清游,南巡归仿西湖胜。西湖胜处对西山,山色湖光缥缈间,偏是鱼龙邀睿赏,也如鹓鹭点朝班。翠华当日临幸地,淀南淀北纷

车骑，无限嬉春曲水情，却存习战滇池意。玉泉绝顶万泉飞，万寿回看烟雾霏，不独九成堪避暑，年年还打木兰围。谁知劫火圆明后，明德忽称天下母，侍臣方进游仙诗，海客又斟祝厘酒。奇肱车与宛渠船，经营不惜水衡钱，费尽海军四百万，好歌慈寿八千年。长廊香阁排云殿，宝月琼花开曲宴，歌管春镫燕子词，彩缯夜光萤儿苑。濯龙门外好楼台，趋值车声晓若雷，记得羽林仙杖外，曾随舅氏入园来。蓬瀛清浅呼仙吏，君早金銮留秘记，引见开元各一时，回头二十余年事。汉家歌舞召黄巾，鼓鼙惊破湖中春，秋词那忍谈庚子，国变无端又甲申。乘舆归后山河改，老锁离宫对三海，但见苍头小吏来，更无白发官人在。荒坡野艇夕阳低，行尽山前山后堤，漱玉泉声迷石舫，渗金山色冷铜犀。伤心今有林宗老，重来娓恋湖山好，鹃泪空怜帝子花，莺飞又长王孙草。我亦茫茫百感增，何须松柏怨山陵，一天春水容消长，百代苍烟任废兴。废兴消长亦寻常，过眼风花似梦凉，何怪诗人严节度，已成当代鲁灵光。古欢老人亦不俗，冷抱湖云吸山渌，十日春寒不出门，听我昆明歌一曲。"

方守敦作《戊午二月，梅僧家中海棠盛开，集饮，赋诗二章，即送之北行，兼寄其尊人子善先生、仲永令弟》（二首）。其一："亲交此会合传夸，烂漫心情与世遐。一院霞光天上落，万丝风韵雨中赊。舞筵促写新诗丽，著纸翻成淡墨华（梅僧以墨笔画此花树）。寂寞黄尘老居士，可无回首忆名花。"其二："写意云山四壁惊，传家风味亦何清。海棠谁种幽人宅，樽酒为欢乱世情。旧雨天涯能几辈，飞花时节又遄征。定知客里同高咏，小谢诗才不让兄。"

蒋叔南作《戊午仲春偕道人童理贯、赵理苗游武夷山，留题天心永乐寺》。诗云："我是闲人未放闲，芒鞋竹杖出乡关。者番跋涉千余里，来看武夷九曲山。如此名区天不管，最怜大地石都顽。新愁旧恨齐收拾，付与苍苍莽莽间。"

春

蔡元培、胡适、李石曾、朱希祖、钱玄同、沈尹默、沈兼士、徐悲鸿等组成教育研究会，讨论修改教科书，内容之一为改文言为白话。

春音词社第十七次雅集，调限《雪梅香》，限题"春感"。春音词社至此止。本集词作：周庆云《雪梅香·春音词社第十七集》、王蕴章《雪梅香·春感》（卷珠箔）、徐珂《雪梅香·春音词社十七集赋春感》、袁思亮《雪梅香·春感》。其中，周庆云词收入《梦坡词存》题为《雪梅香·春感，春音社作》。词云："雨初歇，危阑一抹恋斜曛。渐东风吹老，时光暗掷流尘。花影波摇水天碧，柳丝烟织素缣匀。晓钟续，未尽兰膏，犹是残春。   淞滨。几吟望，月淡鹃啼，梦绕仙津（去年此时曾游京津）。转绿回黄，去年景物还新。莺语笙簧正谐和，蝶妆金粉忽平分。长亭路、有限嘉，韶多半愁根。"

徐珂《雪梅香·春音词社十七集赋春感》云："老吟笔，重温曲陌旧心情。念芳菲桃李，江潭柳色同青。劫后兰尊间歌哭，梦中花国诡阴晴。照松碧，对此茫茫，春水方生。幽盟。负多丽，客鬓尘蒙，几误邻樱（时政府方与日本议定同盟约，中有出征、军械、实业、经济、教育、外交、输运诸款，将于戊午实行）。草绿天涯，为谁望极长亭。拂槛寒风眩惊蝶，卷帘斜日涩啼莺。何堪又、锡箫社，鼓来送愁声。"袁思亮《雪梅香·春感》云："雨初歇，凉云叶叶弄新晴。傍高楼凝望，郊园万绿冥冥。花气如潮上衣湿，柳绵和泪入帘轻。暝烟合，黯淡斜阳，愁满江城。　　伶俜。叹时序，劫后江湖，又几清明。往日风流，忍看画烛银屏。双燕归来似相识，一池吹皱底干卿。知无益、可耐柔，肠枉自牵萦。"

夏敬观与冒广生、汤涤、吴用威游北京极乐寺，赏海棠。冒广生作《同剑丞、定之、屐斋访极乐寺海棠》、吴用威作《偕剑丞、定之、鹤亭看花极乐寺，定之拟写图纪游，赋此促之》、夏敬观作《偕冒鹤亭、吴董卿、汤定之寻极乐寺海棠》。后汤氏绘图以纪游。其中，夏敬观《偕冒鹤亭、吴董卿、汤定之寻极乐寺海棠》云："胜情随古尽，破寺花开落。入门殿穿顶，佛面尘漠漠。西墙老海棠，坏如佛璎珞。作花真有数，根干半深蠖。同时数十株，异种排云脚。春皇久弃去，无人卷帘箔。士夫谈掌故，渐罕谙其略，举名问途人，谁欤知极乐。吾侪性迂怪，骤至僧且愕，叹息对此花，与春酬寂寞。"吴用威《偕剑丞、定之、鹤亭看花极乐寺》云："一春怀抱付支颐，出郭寻春春岂知。此世久应无极乐，残僧犹与护花枝。相看不厌初成赏，问讯能来更有谁。举似画禅休惜墨，御河烟柳绿千丝。"

邓镕招易顺鼎同江翰、王式通、傅增湘等集净业湖高庙看牡丹。江翰作《邓守遐招同王书衡、傅沅叔、白坚甫、曹纕蘅、易仲实集净业湖高庙看牡丹，守遐有诗，即次其韵》。诗云："朝来不断雨浪浪，乍喜晴开谒宝坊。丹景当年花竞赏（酒次，余极称彭县丹景山牡丹之盛），郫筒何日酒重尝（去蜀十八年矣）。人如梦得愁华发（刘禹锡《看牡丹》诗云：'但愁花有语，不为老人开'），诗笑成封咏玉堂（韩琮《咏牡丹》诗有'暮香深惹玉堂风'之句）。主客从容忘仕隐，竹林原自有山王。"易顺鼎同作云："一钱不用买沧浪，佳处何如濯锦坊。娄护鲭材从笔出，仲殊蜜味入诗尝。浣花似到幽人宅，怀麓难寻故相堂。雨后牡丹开更艳，看来毕竟胜杨王（用元作白华紫稼诗意）。"

汤化龙偕友人林长民、蓝公武等人前往日本，居东京两月之久。曾琦等人多次面晤，汤氏与彼等畅谈国事，兼述心迹，曾琦日记本年4月5日云："昨日汤济武君谈话有可记者，即谓十年以前，彼等但知当变法，而不知所以变之之道，是以国愈乱而术已穷。十年以后，国事当属少年，若再无素修，国将何言？言颇沈痛也。"其间，汤氏凭吊亡妻夏氏易簀处，汤氏为悼亡妻作七律五章。其一："海外重来招大赋，故居凝睇黯魂销。隔墙桃李将春去，旧路蘼芜入梦遥。十步回头肠九转，卅年离恨羽双侑。蓬山青鸟知何处，望断天涯泪似潮。"其二："蜂慵蝶懒奈何天，落尽樱花又一年。鹃泪已枯唯有血，鸾胶预续更无弦。仙踪盼断三山影，痴梦尤寻再世缘。万里相随旧明月，照人不似旧时园。"其三："种草忘忧酒遣愁，抽刀不断爱河流。祝君拼着鳏开眼，老我谁怜鹤上头。可有痴魂能化蝶，不堪密誓负牵牛。风尖露冷春寒重，凄绝更深独倚楼。"其四："春事阑珊梦影惊，异乡花鸟总无情。检囊怕触同心结，背地时温啮臂盟。忍使黔娄伤独活，不教方士报双成。青梅竹马儿时戏，此乐重寻是再生。"其五："死别经年梦尚疑，羌无片语写哀思。却惊宿草封香冢，岂有飞花返故枝。清怨灵妃遗锦瑟，空名夫婿误金龟。思君一字千行泪，天上人间知未知。"

陈方恪与陈衡恪以及罗瘿公、李释戡、梅兰芳、袁思亮、章士钊、黄秋岳、梁鸿志等结为诗侣，常有雅集唱和之聚。又参加曹纕蘅招邀诗社雅集，多以诗钟为主，有诗题，古风、近体不拘，但不填词。曾与樊增祥、郭春榆、易实甫等寒山诗社诸老在关赓麟宅中燃香限时作诗，互相唱和。多年后，陈方恪有《击钵》诗回忆当年社事。陈衡恪此时作《北京大学画法研究会同人崇效寺赏牡丹》《偕诸女友及内人崇效寺赏牡丹》。其中，《北京大学画法研究会同人崇效寺赏牡丹》云："还将春服赏春情，迤逦回车又出城（前日同定之到此）。列坐朋簪期凤诺，频年踪迹笑浮生。临风欲谢看仍好，倚树微酣画不成。留取虚堂遮佛眼，人间红紫已分明。"该诗后发表于《大公报》"文苑"栏目 1918 年 5 月 15 日。《偕诸女友及内人崇效寺赏牡丹》云："一径林深白纸坊，依然云瓣惹衣香。最难胜赏人如旧，但恐蓬莱意已荒。邂逅轻阴留燕坐，安排好语答春光。酴醿亦与争新艳，满架妆成点额黄。"后陈衡恪于 1919 年秋将此诗题于赠葛竹溪《牡丹湖石图》上，题记云："崇效寺牡丹为京师之冠，花时，士女往观者络绎于道。余每岁必当与其盛，惟今年独负此花。竹溪仁兄属画，因录去年旧作，以记胜赏不易也。衡恪。"

陈隆恪、陈寅恪等在南京，时随侍父或与兄弟出游南京各名胜。陈隆恪有《春初杂感》（六首）。其一："候转气以和，融风一披扇。春华营层岩，绿缛散郊甸。嘤嘤时鸟过，蔼蔼彤霞眩。接目无定感，人生有常恋。寓形穹壤间，物我一乘传。泯默南山云，天与评贵贱。"

冯煦应江苏省修志局聘，任《江苏通志》总纂修，旁辑《宿迁县志》。

陈宝琛作《青松图》，并题诗曰："秋老严霜落九霄，寒城木叶下萧萧。谁知岁晚空山里，百尺青松独不凋。"款署："戊午春日为任公文坛作，宝琛题于沽上。"

金松岑与路朝銮、许肇南、汪鼎丞饮于颐园，度曲为乐。又，与路同游苏州名胜。

刘师培在北京大学附设国史编纂处兼职。

黄宾虹游杭州六桥三竺，归沪作册页六幅寄赠李尹桑。又为蔡哲夫绘《校碑图》。

郭则沄应王揖唐招，与京师名流数百人为旧醇王府赏丁香之会。

周学熙因水退修理房屋，就津寓筑小园，以为其父周馥宴息之所。落成，赋《花坞小筑落成二首》。其一："回首平生马少游，人间万事付悠悠。小斋临水轩窗净，曲径环山草木幽。闭户光阴如太古，寄怀风月亦千秋。殷勤一片江南兴，疏柳门前系钓舟。"其二："沧桑几度赋归来，万事从今笑口开。性定空山忘岁迥，神完大地见春回。招呼风月锄三尺，收拾乾坤酒一杯。绿野堂前舒爱日，渔歌樵唱颂台莱。"

古直在乡督建龙文公学新校舍。至冬，新校舍落成，古直撰联云："世界无成无毁；此屋能覆能兴。"

黄洪冕为避匪，携妻居成都。7月由成都途经新都、广汉、连山、中江县城，于26日抵家，并赋诗一首。诗中有"出门天有雪，归里又新秋。家幸慈躬健，心悬巨盗忧"之句。

吕碧城客居北京，于崇效寺看牡丹，归作《崇效寺探牡丹，已谢》。诗云："才自花城卸冕回，零金剩粉委苍苔。未因梵土湮奇艳，坐惜芳丛老霸才。却为来迟情更挚，不关春去意原哀。长安惯见浮云变，又为残红赋劫灰。"

范罕病愈，至北京复任农商部秘书。抵京作《雪后书怀》。诗云："两年不赋都门雪，肯把梅花作絮看？老马着衔良倦矣，穷蛙说井不相干。薰衣理鬓三生定，问月谋冰一样寒。只有肝肠几时涤，任添墙水变春澜。"

王浩由南昌寄示胡雪抱《早春寄怀》。诗云："烟尘隔断三百里，美人入梦长眉清。江头雪消作春水，洞口晚晴歌月明。求之流辈有余味，出以声音倪至清。忽与东湖说惆怅，盈堤柳线渐敷荣。"胡雪抱赋诗《酬瘦湘〈早春寄怀〉并读其近作》作答。诗云："心如湖水可通达，知汝近来福分清。画眉晚添春妩足，梳头晓怯秋瞳明。自然盈抱芳香意，不似空林寂寞情。何复牵怀貌伦父，傅之雪月滋寒荣。"

张维翰嫡母刀太夫人卒。丧葬事毕，张维翰奉唐继尧之召，派充机要秘书，随同赴渝。唐氏至渝后，正式就任滇、川、黔护国军总司令职。唐氏之重要演讲词及对外电文，咸出张维翰之手。至是年冬，奉派赴广州军政府，始免案牍之劳。遂奉命与唐继虞等往越南报聘，受法国驻河内总督优礼接待，至越北参观3日，由越桂铁路入镇南关，抵南宁，访问陆荣廷。嗣再顺西江而下，到达广州，谒军政府总裁岑春煊，并至韶关慰劳滇军。

叶荣钟经施家本引荐，受知于林献堂、林幼春、林痴仙，并执弟子礼，师林幼春习诗。

林庚白游灵隐寺。后作《灵隐寺》。诗云："拦舆山势自飞蟠，石巇松涛恣壮观。千佛仰空才近寺，一泓入定不生漪。劫灰几换僧成塔，香火长留俗未阑。三载云堂还午饭，却寻泥爪亦雕残。(余以戊午春饭此)"

唐群英在三吉堂作《为"云在庐"撰联》。联云："云横秦岭亲何在；墓种竹林子作庐。"

夏明翰作《讽联》。联云："洋衣洋帽洋袜子，头发亦有洋气；卖国卖民卖祖宗，江山也快卖完。"横批："ABCD。"

刘汝骥赴吉林。作《戊午客吉林诗》三十首，各首均为十行五言诗。翌年刊刻，又名《吉林杂咏》。前有雷飞鹏作序。雷序云："前史官刘仲良先生，为孟曙村将军揖客，以戊午春至吉林。飞鹏因王君酌笙，得相与，心论莫逆。明年春，飞鹏自外邑以事谒省，从长官栾公睡石坐上见，谓有近诗若干首抄示。返德惠之三日，栾公寄其抄本来，属为弁言。发而读之，题曰《戊午客吉林诗》，凡为五言三十首。初读，内容若甚和易。深思之，其神乃甚伤。昔白乐天结绶畿甸时，著诗歌数十百篇，皆意存讽赋，箴时之病、补改之缺，以为是或一道也。故其晚年与元微之书自辨诗指云：凡关于美刺兴比者，因事立题，谓之'讽谕诗'；凡以吟玩性情者，谓之'闲适诗'。或牵于情事，形于叹咏者，谓之'感伤诗'。其它五七言，长短绝句，通谓之'杂律诗'。古今作者，大率莫能外。是太史公曰：'《诗》三百篇，大抵圣贤发愤之所为也。'雷飞鹏曰：'刘仲良先生《戊午客吉林诗》，殆深于讽谕者也。唐衢见白乐天诗而泣，窃于先生诗亦欲泣矣。'己未孟春，雷飞鹏拜言于古黄龙府北偏。"其中，诗三十首其一："有水无澜悍，有山无林童。此邦古丰沛，佳气尚郁葱。观澜知川媚，入林识岁丰。富媪岂爱宝，亦谓采掘穷。牧羊察肥瘠，此与为政通。"其九："平生好农书，暇日辄探讨。物产志茶桑，土宜辨粳稻。过江访农场，大似江南好。女桑已成行，红药犹未槁。念兹荜路人，颇思紫阳老。"二十："大壑纵巨鳞，老蚌孕明月。昔闻有道时，瑰异贡帝阙。渔者告予言：'网密泽已竭'。合浦珠不还，深渊獭播越。江湖日迫窄，空山只薇蕨。"

《丁悚绘百美图外集》（诗配画）由上海交通图书馆刊印。原《百美图》已佚，仅存者为《丁悚绘百美图外集》。此书描绘对象，上至太太小姐，下至村姑女佣，以100幅图画再现民国上海社会各阶层女性生活图景。书中一画一诗，画为白描构图，诗为竹枝词样。绘劳动妇女在水龙头前淘米者曰："谁遣奔湍入漏卮，碎沙淘尽但凭伊。江南熟饭方生米，休忘萝中宣战时。"绘学跳交谊舞者曰："贴地红毹比絮肥，电灯如雪照纱纬。翩跹错认春三月，蝴蝶一双相对飞。"绘电扇下纳凉者曰："电扇多风香汗消，独特冰盏态妙条。回头只顾窥郎影，不见红霞两颊潮。"绘打电话者曰："佳期约定故迟迟，转眼宵深到子时。壁角电铃微响处，暂凭一线话相思。"绘开汽车者曰："踏青人去折桃花，侬看桃花走钿车。独自飞轮何处似，刺天塔影指龙华。"绘拉小提琴者曰："个人生小最聪明，能把新声换旧声。昨夜听郎弄胡索，却来谱入梵和琳。"绘下滚梯者曰："浮云西北与楼齐，百姓人家处处低。容我写诗留一角，朝朝见尔下胡梯。"绘拍照者曰："镜槛临湖面面风，倚栏人坐桂花中。琼箫一曲天云紫，吹落天香作乱红。"绘滑旱冰者曰："不是凌波旧洛神，绿云靴子展双轮。阿依自愿居冰上，未识谁为冰下人。"绘骑马者曰："一骑长堤疾四飞，短襟窄袖胜征衣。绿阴深处停鞭看，不忍红泥染马蹄。"其作意浅而繁，文腻而彩，词尚轻险，情多哀思，盖源于清辞巧制、雕琢蔓藻之南朝宫体诗。书名及序由王钝根题写。钝根名晦，是《礼拜六》周刊主编。王序云："妙色之性，人所同具；好色之事，人所难能。所谓难者，不难于好，而难于色。西施毛嫱，古人称为极美者也。然吾非亲见，安知非古人之欺我？安琪天使，今人形之笔墨者也，然暧爱不明，安知非阿谀其所欢？吾生季世数十年，周旋于繁华佳丽之乡，而窃叹绝色之难得。即得之，亦苦为期期短促。盖朱颜白发，转瞬间事耳。仅以极短时期中，又有一切烦恼之事，横生间隔，于是快心适意之会，益复无几，甚矣。好色之事，似乐而实苦也。吾故谓有色之色，不如无色之色，形骸之色不如精神之色。丁君慕琴，善绘美女，吾见之辄叹曰：'画里真真，大堪慰寂，又何必人间秀色始可疗饥耶？'丁君道有《百美图》之作，乞序于吾。吾将俟其出版，购取一册，置之案头，朝夕把玩。此中美人，无离别，无嗔怨，无需索，无嫉妒，无疾病衰老死亡。爱之者，无琵琶别抱之痛，无桃花人面之悲。虽有沙咤利，不能攫而去之。吾愿世界好色者，皆作如是观。中华民国七年三月钝根王晦。"为画题诗者有丹翁（张丹斧）、天虚我生（陈蝶仙）、陈小翠（蝶仙之女）、陈小蝶（蝶仙之子）、天台山农等，皆鸳蝴派中人。张丹斧曾任《大共和日报》主编、《神州日报》编辑，后又在《晶报》工作十余年，喜作打油诗与游戏文章，因其玩世不恭，众人称之"文坛怪物"。张丹斧不仅给丁悚"百美图"题诗，之前还曾为沈泊尘"百美图"题诗一百六十首。然书劣诗佻，言语趋俚，沈泊尘常以张之题画诗玷污尺幅。故《丁悚绘百美图外集》付印时，张丹斧序文中抬丁贬沈。序云："丁君慕琴工绘时装仕女，享名海内久矣。余每题劣诗其上，付石印时，不为剪去，厚余甚矣！兹又从往本三百幅中妙选百幅石印，公诸同嗜，意甚盛也。顾此时仕女图稿，最为世重。而吾谓慕琴之艺，尤冠侪辈。何也？其他所谓名手，就其上品而言，无非秋娘房老之属，而丁君所绘，皆窈窕容仪，乌可相提并论者哉。为述大略，益以告海内之有目者。戊子春仲，丹斧谨序。"丁善画而不能文，虽不一定认同"吁嗟卿卿我我，呜呼燕燕莺莺"一格，却因欠诗文而师于鸳蝶派中人，故多与之私交甚笃。

徐世昌作《弢园早春》《早春简樊樊山》《读〈绵津山人集〉》《都门早春，寄周少朴》《樊山以自制短笺写除夕、元旦多诗见示，赋此奉酬》《初春暖窖花开甚盛》《谢人馈野菊》《早春寄山人故人》《古意》《早春游眺四首》《忆山》《春初闲咏四首》《赏春》《韬园书事》《初春简凤孙同年》《移太湖石》《独酌》《独坐听风声》《暖窖》《喜张珍午展元宵过访》《读冒广生新刻〈黄仲韬遗稿〉》《春园漫兴二首》《二十四节气诗》（二十四首）、《无事》《乐静》《题春秋佳日亭》《寄题水竹村起水亭》《小松》《得鼎歌（并序）》《春雨》《登楼》《春水》《春晓》《移树》《灌竹》《闻雁》《种花》《种药》《春菜，用东坡韵》《淀北园春眺》《午睡》《春夜》《汶石屏歌，用东坡〈欧阳少师令赋所蓄石屏〉韵》《退耕堂闲坐》《春阴》《题梅道人墨竹卷》《夜雨》《夜坐》《简柯凤孙问新购唐碑六朝残碣》《春寒》《春夜不寐》《题郑板桥画兰竹》《折简招凤孙、袖蘅小饮》《简张珍午》《闲园漫兴，简王晋卿》《春园宴客，将归山村，简座上诸君》《李叔白昆仲遣人送鄢陵花树数种来，及清明种之》《次韵戏答张珍午》《一室》《汤山春眺》《行经西山下村落》《偕九弟到淀北园，徐敬宜具酒食，招素所往来者数人小饮》《骢马行》《戊午春将归山村，寄朱渭春》。其中，《弢园早春》云："两禽相对语，淑转物先知。竹叶春浮瓮，梅花香入诗。心闲无俗梦，日暖见游丝。散步平桥外，微流解冻澌。"《早春简樊樊山》云："披云卧雪绿发翁，传诵新诗万口同。入世未逢刘文叔，著书直过姚武功。春风茶灶池亭外，夜月歌楼箫管中。何日小园来共饮，梅花香里剪灯红。"《读〈绵津山人集〉》云："门阀雨朝重，西陵空自春。乾坤留任子，风月得诗人。宦迹余文字，朋交见性真。凤毛能继美，辞句亦清新。"《都门早春，寄周少朴》云："风度巍巍天下贤，清辞丽句万人传。君储素抱能匡国，我有丹砂可驻年。春色渐从天际转，风光先逗酒边妍。崇南万柳垂垂发，何日看花共绮筵。"

钱骏祥作《戊午春莫，姚志梁先生邮示修禊徐园征诗，启下走远，滞津门未克与会，感赋二律，录寄梦坡同年》（二首）。其一："春申江上柳条青，修禊名园得地灵。三月风光逢采芍，一时聚散类浮萍。遥知胜践联今雨，自是群贤应德星。省识东南遗老在，清尊俯仰尽忘形。"周庆云作《和钱新老春禊元韵》（二首）。其一："草草河山荠麦青，忍从曲水望湘灵。赐圈故事怀宫柳，赠纻新缘证海萍。洛下社寻元已日，江东人企少微星。不祥兵气怜成劫，花卜连番未有形（时湘中战局未定）。"

唐受祺作《春昼》。诗云："三经差欣未就荒，兰言竹笑任平章。池鱼小跃知春暖，燕巢频来觉昼长。空翠乍经新雨润，乱红微送落花香。考槃癯宿多真乐，世事于今付习忘。"

沈曾植作《春望》。诗云："郁郁花光出树高，难将思梦寄思潮。江与涕泪共倾泻，天以刍狗供讥嘲。老树婆娑成瘿木，春帆婀娜入晴霄。故人厚意祝难老，客子将行詹甲晁。"

舒昌森作《婆罗门令·戊午春日，重过邓尉圣恩寺，贻松樵长老》。词云："曩来此、万梅如雪。今来此、也万梅如雪。爪影空留，嗟多半、泥痕没。依旧是，香沁诗人骨。韶光驶，惆怅绝。遇僧伽、且共谈禅悦。窗前忽弄横枝影，吟兴动、正山吐斜月。一尊易尽，醉看华发。待与臞仙低说，城市他年别。许我茅庐结。"

鲍心增作《春去》。诗云："春去浑如梦，春来不自由。江山余涕泪，天地重烦忧。百卉嗟俱瘁，千杯讵散愁。荐饥差幸免，膏泽润西畴。"

陈衍作《春尽日》（二首）。其一："春尽花开尽，清阴剧可怜。红情与绿意，相较定谁贤。"其二："春尽花开尽，惟应盼笋生。峥嵘几头角，细数绕廊行。"

易昌楫作《寄雷铁崖》《送朱世生回川》《和赵尧生先生题赠》。其中，《寄雷铁崖》云："凤兮深可叹，白也况能诗。刻句青霜烁，呕心热血滴。浦潮频夜听，旅食共朝饥。自尔无端去，渺渺独愁余。"

汤汝和作《春闺怨》。诗云："去岁霜寒君别妾，八桂山川飞木叶。今岁花开妾忆夫，三湘风雨暗蘼芜。传闻甲胄生虮虱，战胜归来应有日。湘水落天走洞庭，军情远道莫由悉。前敌交绥炮石锐，征人已作青磷逝。可怜少妇在深闺，犹梦封侯夫婿贵。"

张良遑作《春日》《春雪初晴》。其中，《春日》诗云："春日迟迟午梦长，幽人睡起步回廊。鱼因分子移空盎（金鱼分子后须移置别盆，否则仍为所食），花为留香入画堂。圆沫跳珠穿荇叶，芳兰竟体袭诗肠。灵椿绊欲余晖住，特放高枝挂夕阳。"

周应昌作《戊午春，戈大伯鸿由扬州寄示近作，依韵答之》。诗云："等闲白了少年头，愧说清流异浊流。问我生涯勤十亩，思君别绪积三秋。广陵绝调求中散（原唱题为《听玉彦卿弹琴》），宦海颠风避石尤。知否故人具鸡黍，桑麻待话续前游。"

齐白石作《竹外补种梅花》（三首）。其一："水边林下步迟迟，荷笠携锄人笑痴。老去种梅如种竹，愿人看到太平时。"

刘大同作《赠卷石道人》《戊午春自东瀛渡沪，过房子桥老弟，醉归作也》。其中，《赠卷石道人》序云："戊午春，余以国事又到江户，适友人玄耳邀余夜访卷石道人，一见如旧识，畅饮快甚。以道人去秋登岱，访余于青岛，过我门而未之遇，是以同此歉歉耳。今幸得把晤，互索诗画，亦快事也。归又嘱余再咏，余亦不辞。特以旅舍萧条，终日寂寂，兼以忧国忧民，刻不去心，而率尔操觚，强作解人，未免贻笑大方耳，姑录之。"诗云："瀛洲海上客，年已逾半百。书不让古人，画尤多奇格。往来泉石间，不入王侯宅。我来倾醽醁，藉慰风雨夕。松竹傍东篱，恍如陶彭泽。君索我题诗，我索君画册。玄耳发清言，玉屑霏不惜。皎皎明月光，澹澹室生白。尚友慕羲皇，啸傲天地窄。久卧南阳庐，岂无济世策？苍生赖斯人，此心原非石。"

陈鹏超作《戊午春，李君少楼北上瀛行，以诗见赠，依韵和之》（二首）。其一："生于忧患死于安，气撼乾坤贼胆寒。博浪一椎韩士在，风云叱咤怒冲冠。"

黄节作《春尽日，园坐成吟》。诗云："独来亭榭晚苍苍，渐见游人归径忙。林鸟静能窥客坐，野花长欲过春桑。天时物态真何极，世事身谋早已详。闲里一诗收拾尽，自浇茶碗更平章。"

冯开作《春日养疴保黎医院，闻钱君纫灵（经湘）家有海棠二树，余乞其一，遣人迎至，先之以诗》（二首）。其一："抱病空斋日闭关，潇潇华发对风鬟。不愁妇女无颜色，夺得燕支一朵山。（时内子亦从在院）"其二："姊妹花开色最娇，一株特遣慰清寥。胜他小院风烟里，铜雀春深锁二乔。"

梅际郇作《春日杂感十首》。其二："靡尔三春景，苍茫一世心。时闻蛇起陆，几见鸟投林。谗说朕师震，卷娄安室燂。何缘屙火宅，花事尚轻阴。"其三："一自言权利，贪风不可矶。暮金颓岸帻，洮饭湿次衣。但识鞭求富，浑忘饵有乱。蚊虻尔何怪，钜野尚封豨。"其七："高居逞笔舌，平等自由多。朝报千年烂，穷檐百事讹。鹿台仇蚁垤，龙德罪蜂窠。露布诚高谊，其如民敝何。"其十："诗句终何用，区区说擅场。自栽诸葛菜，不受小宗香。制节为谁谨，无人聊自芳。承平文治盛，华实听评量。"

夏敬观作《感春》。诗云："狂春那得收，坐被江水漫。闯然到花枝，风雨已寡欢。我居小庭院，外无一步宽。无物著春风，在眼翻是完。金谷花满园，见开不见残。飘落有不惜，人生异心肝。"

杨度作《山水篇》。诗云："昔饶山水情，久苦北地羁。偶因春风至，顷起江南思。驰怀洞庭渚，载想黄鹄矶。心神已超越，魂梦相逶迤。远道信无及，即物寄所怀。命驾呼俦侣，游衍城南垂。名花映古刹，绿草带长陂。因风识草芳，隔树听莺啼。偶寻智者趣，遂解逍遥机。山川亦何定，贵使游者怡。人生乐当前，何论地与时。采兰用自佩，不作彼美遗。适己信不误，谋人复何为。"

杨圻作《戊午春日石花林闲居杂诗》（五首）。其一："半世辞乡国，经年住县城。五湖原有宅，四海已无名。春水流人影，溪云暗鸟声。诛茅欣有托，一息远游情。"其二："杳杳南塘路，园林未就荒。一从罢羽猎，不复赋长杨。独坐落花静，微闻幽草香。瘦妻多喜色，杜甫已还乡。"其四："舍北生春水，城南见绿阴。呼儿开酒瓮，邀客入花林。山暗当窗榻，风鸣挂壁琴。自然诗兴发，佳句不须寻。"

胡雪抱作《穆庐杂兴》（二首）。其一："岛瘦郊寒百未堪，小家偷梦雨尤酣。起凭孩稚生春气，瀹茗花前课二南。"其二："银灯一穗万灵驰，自摄菩提返映时。三十年前华妙世，琅琅声嫩手中儿。"

郁葆青作《春闺》。诗云："闻道邻园花正好，新晴初试踏青鞋。倚阑自觉腰围减，恼煞垂杨冒凤钗。"

程潜作《岳阳楼远眺》。诗云："衡疑峙南纪，沅湘汇洞庭。居高临吴楚，从古肆纵横。经途延水陆，登楼望渟浤。徐雾霭汉渚，积雪明江城。汤汤翻逆波，洄洄阻前行。提挈八州卒，发轫万里程。近瞩有深意，远观忘俗情。扶兹周地险，形胜所必争。"

张默君作《戊午春被命之欧美考察教育，渡太平洋赴美，同舟有严范孙、范静生诸老十八人，次韵范老》（二首）。其一："俯仰苍茫万感陈，天风紫浪寄吟身。浮槎二九神仙侣，半是卧薪尝胆人。"其二："曼舞清歌任杂陈，吾曹自有道相亲。横流今已弥天下，忍作神州袖手人。"

汪精卫作《高阳台·冰如导游西湖赋此》。词云："风叶书窗，霜藤绣壁，萧疏近水人家。初日钩帘，遥青恰映檐牙，湖山已似会相识，况旧游人倚屏纱。最勾留、泉冷风篁,石醉烟霞。　　　湖光不被芳堤隔,但东西吹柳,远近浮花。水澹山柔,轻烟晕出清华。夷犹一棹凌波去,乱野凫、飞入蒹葭。夜如何?皓月当头,照澈天涯。"

林伯渠作《郴衡道中》。序云:"参加护法之役,在郴衡道中闻十月革命胜利作。"诗云:"春风作态已媚人,路引平沙履迹新。垂柳如腰欲曼舞,碧桃有晕似轻颦。恰从现象能摸底,免入歧途须趱行。待到百花齐放日,与君携手共芳辰。"

黄侃作《戊午春日杂咏》(四首)、《浣溪沙·戊午春感四首》。其中,《戊午春日杂咏》其一:"北里弦繁火照筵,长衢轮满袍连天。趋时主父纵横术,称意张华轻薄篇。尽日闭门游太古,有时呼酒代狂泉。人间何世春非我,每对芳妍只慨然!"其二:"江皋苹芷丽新春,朔野风沙恼旅人。绿蚁熟时呼好伴,纸鸢堕去问比邻。社过燕垒纷在眼,寒退羊裘未离身。世事成亏君莫问,吾侪原是葛天民。"其三:"城南楼观接浮云,缟袂綦巾乐我云。看遍俳谐兼角觝,歌残捉搦复欢闻。夜长只怨华镫少,场散还愁画毂分。独有凭阑明日意,佩壶来此对斜曛。"其四:"暂欲持斋宜止酒,未能倚市且佣书。蛙声入耳成新乐,蠹筒填胸觉古虚。静室琴音思叔夜,远山眉黛羡相如。破愁正有高歌在,君若齐心试和余。"《浣溪沙·戊午春感四首》其一:"春到人间愁与俱。残梅谢了柳黄初。诗怀今昔不相如。　　　羸病不禁三日醉,乱离难得一家娱。浮名懒计总区区。"其二:"寥落新春白袷衣。在家沉醉出忘归。感时伤命两俱非。　　　金勒不来花正发,玉珰难寄雁仍飞。轻将双泪洒斜晖。"

江子愚作《春感》。诗云:"东风无力愿多违,花自飘零草自肥。蕉萃杜鹃还北向,徘徊孔雀莫南飞。熏残豆蔻香凝枕,采罢蘼芜泪湿衣,独抱冰心对明月,殷勤留待槁碪归。"

陶行知作《桃红三岁》《攀松山》《骑驴》《携诗游》。其中,《携诗游》云:"李杜文章在,爱读常自随。遇景即看景,无景还读诗。"

张公略作《喜雨辞》。序云:"自去秋徂春,三时不雨。老农云:数十年未有此旱也。节至清明,始沛然下雨,滂沱数日,万家莫不称庆。苏子云:五日不雨则无谷,十日不雨则无禾,其斯之谓欤!为作喜雨辞。民国七年春日。"诗云:"旱魔肆虐半载馀,山原川野尽槁枯。眼看赤地成千里,池沼叹干田园芜。自秋徂春历三时,赤日炎炎灼肌肤。岂唯稻麦不能生,野草蔓藤燔根株。阳和三月宜耕种,其奈田畴点滴无。望岁农夫长太息,一年生计费踟蹰。天心仁爱岂坐视,旸雨愆期亦偶尔。清明佳节农忙时,翁郁阴云油然起。好雨知时布泽深。欢腾万众如何似!欣欣草木各向荣,弱柳抽条花含蕊。枯木朽株尽逢春,涵濡得遂生生理。更喜阡陌春水平,家家努力事春耕。春深雨足农事急,四野喧闻叱犊声。"

毛泽东作《归国谣》。词云:"今宵月,直把天涯都照彻,清光不令青山失。清溪却向青滩泄,鸡声歇,马嘶人语长亭白。"

陈逢源作《戊午春咏落花》。诗云:"寂寂飘红散雪来,玉钩斜吊美人堆。百千恨事春将去,廿四番风信又催。如此繁华原是梦,剧怜天地不容才。莺啼草长江南路,一角高楼玉笛哀。"

贺次戡作《浪淘沙·春怨》。词云:"楼外柳梢青,逗动春情。手拈钉线绣还停,脉脉横波无限恨,底事伤心。 乍忆短长亭,泪湿罗襟。含颦不语画栏凭,小婢偏猜侬意绪,去打啼莺。"

赖和作《贺年诗》(六首)。其一:"祝岁门前松竹翠,相思天末水云孤。殷勤吩咐春风去,为道新年脉礼都(日语恭喜之谓,寄敏川先生)。"其二:"桃花烂漫柳婆娑,大地春回淑气多。料得先生诗兴好,及时行乐养天和(寄庵)。"其三:"海天佳气正氤氲,世界平和事已臻。好借屠苏一杯酒,大家欢喜醉新春(镜湖)。浪迹天涯久未还,梦中空忆定军山。悬知园里春消息,早到先生笔砚间(永岛)。"其四:"又是屠苏入醉时,向阳梅早发南枝。千门瑞气凝松竹,大地春风漾旭旗。祝岁我惭无吉语,迎年君定有新诗。鹭江海水参差绿,潮去潮来总系思(镇江君)。"其五:"别后匆匆又一年,春来随例上春笺。久无消息通鱼雁,尚有狂吟付管弦。种术酿成陶令酒,传家犹胜献之毡。临风欲进椒花颂,却被梅花独占先(井野边)。"其六:"犹是离家作客身,天涯奄忽岁更新。盈眸柳色思乡国,满袖尘氛愧故人。绿水不迷游子梦,绛云犹见太平春。年头吉语聊随俗,谨祝先生百福臻(肖白先生)。"

高宪斌作《春日杂咏》(二首)。其一:"一窗明月一帘风,宝鸭香残烛影红。摩偏牙牌三十二,此中消息几人通。"

朱东润作《春水》。诗云:"春水百尺破城入,春雨连绵江倒立。春光惨澹满春城,春娃掉船簪珥集。"

王大觉作《早春试笔》。诗云:"竹树孤村水一涯,高楼休用小帘遮。昏烟断处添杨柳,江雨收时见杏花。薄病绳床诗不废,晚寒野店酒能赊。何妨岁月偷闲过,禅定炉香睡起茶。"

陶先晚作《戊午春魏夫人招饮怡园,偶成六章,聊志鸿雪,藉答盛情》。其一:"遥望名园景最幽,二三女伴踏青游。山连草色碧千里,日映花光红一楼。隔水板桥通曲径,绕池柳线系轻舟。画堂春暖饶佳趣(宴设春晖堂),雅集群仙醉玉瓯。"其二:"高士园林结构精,曲拦碧槛巧经营。花开棠棣连枝秀,草满池塘一色荣。远岸飞沙惊鹤梦,绮筵把酒听莺声。双江字水成良会,松竹还应续旧盟。"

范问予作《春日寄外》《春日遣怀》(四首)。其中,《春日寄外》云:"四野添新色,登楼亿远人。故园花发白,异国可逢春。播谷榷耕早,寻芳过竹邻。青青无限好,西望尽风尘。"《春日遣怀》其一:"参差舞柳拂芸窗,一点愁魔借酒降。节序迁流饶淑气,玳梁笑指燕双双。"其三:"林竹翳天翠障深,牛毛细雨又清明。自怜蕙若春衣减,心事无端忆法京。”

张锦作《浣溪沙·戊午溪桥春日》。词云："春日迟迟影欲斜，芳阴移过碧巇纱。东风吹上野兰花。　　胡蝶一双忙点缀，燕儿终日语喧哗。小窗新试雨前茶。"

[日] 久保得二作《雨后春望》《客中春夕》《春日言志》《南都冶春绝句》（十二首）。其中，《客中春夕》云："桂玉风尘事已非，南船北马未言归。晚春亭驿群花乱，静夜楼台一笛飞。放眼劫余人物尽，关心客里信书稀。家江应近香鱼节，梦落年前旧钓矶。"《南都冶春绝句》其五："衫碧裙红巫女娇，倾鬟振袖欲魂销。旋看栏角花如雪，一殿神风奏凤箫。"

[日] 滨田忠久作《戊午春日送竹堂奥田氏归淡岛》（二首）。其一："二十余年在教职，育英事业不寻常。今日送君须尽醉，明朝淡岛水苍茫。"其二："淀江楼上举离殇，垂柳千条牵恨长。偏怜再会知何日，独对春风欲断肠。"

[日] 白水淡作《春江泛舟》。诗云："杏火柳烟绿水滨，扁舟荡浪洗吟身。西山日落兴无尽，风月一竿五十春。"

◈ **四 月** ◈

1 日　《尚志》第 1 卷第 6 号刊行。本期"诗录"栏目含《续还乡吟》（袁嘉谷）。

《诗声》第 3 卷第 4 号于澳门刊行。本期"笔记"栏目含《雪堂丛拾（十一）》（澹盦）、《水佩风裳室笔记（二一）》（秋雪）、《乙庵诗缀（十五）》（印雪）。"诗话"栏目含《霏雪楼诗话（七）》（续 2 卷 6 号）（伍晦厂）；"词谱"栏目含《莽苍室词谱卷三（三）》（莽苍）；"诗格"栏目含《雪堂诗格甲卷（四）》（子厂）、《诗之魂（一）》（檀画）：《击壤歌》《采薇歌》《易水歌》；"词苑"栏目含《除夕访秋雪》（二首，沛功）、《赠连城女士二十韵》（沛功）、《秋零、秋心哀辞，择尤（四）》：《哭秋零、秋心二君》（八首，印雪）。另有《雪堂诗课汇卷消息》云："兹将第三十九课汇卷付刊，与本号《诗声》同时分发。凡属社友，幸希留意。雪堂启。"《雪堂第四十二课题》为《百花生日》，要求"诗，不俱体韵。准旧历戊午年四月朔日收齐。"

张震轩为赵铸撰徐班老挽联一副并代书。联云："文章道德为我瓯大师，那堪挈眷偕旋，顷刻商轮飞浩劫；墨老筱公甫归真天上，讵料先生又去，巍峨鲁殿失灵光。"

杨钟羲赴刘承干招饮。

林损作《晬盘词》，并录赠沈尹默一首云："既见其生，实欲其可，渊明云然，君意亦颇。螟蛉逢祝，尚能类我，是父是子，实输螺蠃，庶企孔伋，如薪传火。多虑何为？任情斯哿，巍巍堂构，终期负荷。"

朱大可《郁波罗馆丛话（续）》之《姚梅伯》刊载于《大世界》报。《姚梅伯》云："姚梅伯，名燮，号野桥，蛟川人。工诗，工词，工骈文。间作梅花，亦复工绝，自署有大某山民、玉篴楼主、復道人、琼甦，皆得意笔也。晚年客沪上，设书画茶寮，所著有《大梅山馆诗词骈文》《词律勘误》《褪红衫、梅沁雪传奇》。仁和谭仲修撰《箧中词》，录其《高阳台》一阕云：‘拭睡题裙，横筝坐酒，湖楼影事阑珊。两地鹃愁，十年红雨关山，重逢丁巷春如梦，病夭桃、褪了烟鬟。泪偷弹，紫玉犀钗，敲遍阑干。　　旧欢那忍重题说，剩柳鹦晓箔，桐风秋纨。黯到香魂，墙阴谁护情旃。西风明日钱塘路，散苹花、吹聚应难。悄无言，两道愁青，抹上眉弯。’以谓幽蒨有风趣。”

姜可生《次禓裘生韵，自题〈花杏残梦图〉》（三首）刊载于《民国日报》。其一：“合将影事付阳秋，涌上毫颠万古愁。一样定庵肠断处，海红叱起月如钩。”其二：“春蚕抽尽兴全珊，欲追梅魂便已难。况是沈园多少恨，梨花一树逼人寒。”其三：“梦痕隐隐堕秋笳，恨事追寻叠乱麻。哭断城南旧日路，蛾眉误嫁挫春华。”

2 日　吕谷凡致信吴芳吉，言北方政府将委托日人代行军政，甘肃、新疆亦将割让于俄、德，亡国之祸迫在眉睫，若一旦国亡，将遁至南洋，不履中土。吴芳吉大不赞许，自言：“夫南洋犹强邻也，强邻灭我，焉能纳我？人而以逃为计，又何以为国哉！四夷敢来，吾与之一决战可也。”

朱大可《郁波罗馆丛话（续）》之《朱广川、嘉金、光炽》刊载于《大世界》报。《朱广川》云：“嘉兴朱广川，号松溪，以县令改官教授，著《政和堂诗稿》一卷。子嘉金，号曼翁，县诸生，著《癯仙吟馆诗词稿》各一卷。孙光炽，号昌甫，著《清芬馆词草》一卷。皆同邑杨伯润为之校刊，曰《三朱遗编》。松溪诗，五言如：‘宵寒凭酒力，更寂记钟声。’（《宿江口》）‘远树看天末，孤村识岸边。’（《夜渡湘水》）七言如：‘当日南齐通北伐，他年西晋罢东征。’（《西塞山》）‘三分天意留司马，千古人心吊卧龙。’（《五丈原》）曼翁诗，如：‘远近楼台藏古刹，高低灯火见浮图。’（《月夜偕椿年侄廷庆泛舟西湖》）‘斜风细雨双蓬鬓，短笠轻蓑一叶舟。’（《题王南陔中丞绍兰秋江垂钓图》）昌甫词，如《金缕曲·吴淞送钱枚臣明府官埈回山右任》，后半阕云：‘吴淞江上留鸿爪，恨今番、欢纵未畅，离肠又搅。君自思归侬惜别，一样乱人怀抱。问后约、几时重到？惆怅朝来征棹发，望美人、湘水湘云杳。红豆谱，寄须蚤。’皆清警可诵。”

姜可生《题芷畦〈水村第五图〉》刊载于《民国日报》。诗云：“绝爱汾南渔侠诗，酒酣泼墨尽淋漓。长安挟策人心死，海上归舟暮雨悲。饶有壮怀扶正气，偶撑醉眼看花枝。水村风物今犹昨，无限斜阳一钓丝。”

3 日　《申报》第 16208 号刊行。本期《自由谈》载“诗话”栏目，撰者“栩园”。

严修由京出发赴美，车过津沽，有曹锐、范源濂、孙子文、赵幼梅诸亲友至车站送行。婿卢隽予登车同行，赴日公干。严氏久蓄游美之志，本年春，曾与范源濂、张伯苓筹商多次，范拟同行。此行费用，以半年计，约须美金三千元，系由公子智崇、智怡分担。

沈曾植作《〈嘉靖本山谷集〉跋》。

朱自清致胡适信，请教读书中所遇问题。

姜可生《悲愤八首，用杜少陵〈秋兴〉韵，自题〈残山剩水图〉》本日至次日刊载于《民国日报》。其一："极目秋风黄叶林，愁云黯黯夜森森。东南到处苌弘血，腥秽迷天鬼国阴。别有西台流涕语，不忘蹈海矢臣心。秣陵王气今销尽，剩水残山何处砧。"其二："漻沉长空雁阵斜，江山如此望京华。我身倘化千年鹤，天上应追八月槎。堪恨中原无净土，况闻边塞动哀笳。摩挲三尺龙泉剑，欲换民权只血花。"其三："手挽鲁戈问落晖，自伤国势太危微。忽擎剑底蛟龙吼，蓦见天空鹰隼飞。浩气不随流水尽，浮名偏与壮心违。而今举世都狂醉，宰相安居食肉肥。"其四："黑白分明一局棋，南风不竞使人悲。山魈木魅昼行日，封豕长蛇荐食时。太息天心多狡狯，仓皇马首奈驱驰。秦庭纵效包胥哭，无复灵均故国思。"其五："剧怜剩水共残山，妖雾阴霾塞两间。尽属狗才通八座，更无柱石重三关。拥兵窃据如羊狠，媚外求和群婢颜。一笑过江名下士，依然鱼贯入朝班。"其六："滚滚黄河到尽头，兴来老杜独悲秋。不关世乱分宗派，岂为途穷赋四愁。恩怨分明誓白水，浮沉逐浪笑沙鸥。可怜竖子争名热，满目妖云帝子州。"其七："介推今日竟言功，舐痔吮痈一座中。厉气所钟山鬼啸，才难空忆汉高风。吴头楚尾芦花白，七泽三湘血泪红。鹬蚌相持今未已，应怜河上有渔翁。"其八："天堑长江自演迤，时机坐失为黄陂。斜阳冉冉来征戍，落叶纷纷辞故枝。逐臭偏因蚁附热，孤怀不共浊流移。床头三尺今无恙，青史青山万古垂。"

郁达夫作《偕某某登岚山》，诗题又作《登大悲阁，闻友人情话有作》。诗云："不怨开迟怨落迟，看花人正病相思。可怜逼近中年作，都是伤心小杜诗。烟景又当三月暮，多情虚负五年知。岚山倘有闲田地，愿向丛林借一枝。"

4 日　杨钟羲赴丁宝铨招饮。

郑孝胥为英古斋徐尚斋作其母《节孝崔安人八旬寿序》。

吴用威于京师怀忆陈三立，作《忆散原翁》。诗云："京邑逢寒食，天涯忆秃翁。飘灯六朝梦，撼泪万山风。四海畴能一，扁舟我欲东。平生哀乐惯，宁与谢公同。"

周作人致函刘半农，并附和刘半农游戏诗一首。刘半农原诗云："苍天万丈高，翠柏千年古。我身高几何？我寿长几许？以此问夕阳，夕阳黯无语！"周作人和诗云："'苍天'不知几'丈高'，'翠柏'也不知几'年古'。'我身'用尺量，就知'高几何'；'我寿'到死时，就知'长几许'。你去'问夕阳'，他本无嘴无耳朵，自然是'黯无语'。"

徐世昌作《戊午寒食》《清明前一日晓闻布谷声》。其中，《戊午寒食》云："寒食于今不禁烟，长安留滞又经年。一犁好雨因时至，满院春花各自妍。尚有故人来送酒，预传乡信欲归田。蹉跎莫遣韶光老，几日溪头飐柳绵。"《清明前一日晓闻布谷声》云：

"拂晓偶闻布谷声,春云漠漠覆春城。梨花欲放桃花落,莎草未齐苔草平。炊黍蒸藜劳馌妇,枕经葄史笑儒生。弃书我亦归田去,细雨村南看耦耕。"

张良遛作《寒食遇雨,与宾谷晚酌,始闻雷声》。诗云:"虩虩初闻第一声,风花乱落近三春。阿瞒不作英雄老,座上曾无失箸人。"

赵熙作《露华·夜中大雷雨,用碧山韵,明日清明节也》。词云:"万花尽坼。过廿四番风,绿遍山色。夜雨作寒,遥想刺桐披拂。梦中怒到阿香,湿透碧油窗格。春浪软,城西半陂,定涨溪骨。 衰年到耳心恻。算去日灾祥,愁动诗魄。剩把翠蒿和露,晨起亲摘。杜鹃又啭清明,一色水田秧出,天道远,铙歌甚时住得。"

陈隆恪作《寒食雨》。诗云:"东风吹雨柳丝斜,如梦江南百万家。料有海棠呼不起,伤心红艳火龙蛇。"

吴研因作《寒食留园感事二首》。其二:"四愁未共春冰解,百感翻因寒食煎。人面红桃空掩映,子枝绿叶易葱芊。重来崔护知何日,一去司勋定几年。难得留园留片刻,东风莫漫妒吟鞭。"

5 日 《妇女杂志》第 4 卷第 4 号刊行。本期"诗"栏目含《岁暮一百六十四韵》(杭州汪越华女士)。

《学生》第 5 卷第 4 号刊行。本期"文苑·诗"栏目含《咏水仙花》(盐城愿学书社外课生李剑侬)、《诸葛菜》(盐城愿学书社外课生唐凤美)、《读画》(江苏省立第三中学学生孙韩群)、《晚春》(前人)、《纸鸢》(前人)、《春日游虞山》(江苏省立第二中学校一年级学生邓浩)、《感春》(广东东莞县立中学校学生翟鸥)、《竹林山房即景》(上海中西医学校学生郭翼汉)、《西湖杂咏》(泰县俞志湘)、《庄屏寺题壁》(浙江省立第七师范学校三年级学生郭崧庆)、《与友人登芙蓉峰》(浙江省立第七师范学校三年级学生郭崧庆)、《从军乐》(上海华童公学学生恽冶夫)、《从军乐》(上海华童公学学生吴理源)、《西樵山》(广东女子中学四年级学生冯次滇)、《课余杂咏》(江苏省立第六师范讲习科卒业生郭龙官)、《咏史小乐府》(五代暨宋)(江苏省立第八师范本科三年级生薛锡麟)、《金缕曲·夜雨》(天津南开中学校学生陈承弼)。

郑孝胥祝沈曾植(子培)生日,撰联曰:"宣南胜流,幽人硕果;海滨遗老,高节白头。"

方守彝作《清明独游东郭,遂过三亩园,访主人戴君》(三首)。其一:"清明时节出东门,迤逦孤云向远村。径草滋泥经夜雨,林花含睇待朝暾。芳塍一叟春同绣,新柳多姿风与婚。信步野园无主在,藤丝卉叶自翩翻。"其二:"半分欲雨半分晴,半苦兵戈半太平。偷取宽闲眺佳节,谬为老健揽春荣。青回草木枯全失,白守颠须玄不生。叟也顺天乘造化,眼前生意浩盈盈。"其三:"不入城中有戴逵,斯人近在水边篱。经年未到疏携手,今日相寻喜上眉。抱瓮淡忘朝市换,卖花薄免妇孺饥。高怀动我成诗句，传与人间意可师。"

杨度作《百字令·三游江亭》。词云："一亭无恙，剩光宣朝士，重来醉倒。城郭人民今古变，不变西山残照。老憩南湖，壮游瀛海，少把潇湘钓。卅年一梦，江山人物俱老。　　自古司马文章，卧龙志业，无事寻烦恼。一自庐山看月后，洞彻身心俱了。岁岁沧桑，人人歌哭，我自随缘好。江亭三叹，人间哀乐多少！"

叶心安作《戊午清明日胥江道上》（七首）。其一："三万六千余顷水，七十又二罗远峰。一叶飘然波上下，山头屡颔欲相从。"其二："水脉来龙似蜿蜒，五龙桥外水连天。菰蒲蓑笠他非问，蠡市偏占大有年。（五龙桥）"

孙树礼作《戊午清明》。诗云："春明三载度清明，回晚家乡百感生。未有诒谋兴祖业，徒看败类蔑宗盟。酒浆一勺空倾奠，松柏千章屡震惊。深愧槐郎曾见爱，为余先事觅佳城。（族中不肖子及地痞屡谋盗砍槐坞荫木，保守不易，今春槐侄函来云，戴某有山愿售于余，余以无买'山赀谢之念元人，世乱有谁知死所'句，不知能免作炮灰否也）"

赵熙作《满庭芳·清明》。词云："春雨连宵，冻雷惊笋，落红堆做清明。香街十字，邻女卖朱樱。岁岁东风柳线，韩翃句、送老山城。无憀甚，棠梨社酒，吹角下江兵。春耕齐绿野，经年似梦，妖鸟罗平。又野乌衔纸，坟草青青。已过桐花冻了，芳原晚、人望天晴。羲皇世，村童八九，榕塾读书声。"

邵振绥作《戊午清明同达三、浚孚、大烜饮鹭岛酒家》。诗云："客次逢辰易动情，相携柳店度清明。樽中纵有余杭酒，话到家山醉不成。"

孙介眉作《咏赠》（六首）。序云："戊午清明之节，雨雪霏霏，于茅斋拟赠云华馆小红校书绝句六首。"其一："瑶台仙子本前身，堕落风尘不染尘。最是情无情有处，半低羞面蹙眉颦。"其二："王嫩姿容俗尽蠲，明珠仙露白天然。依经醒阅扬州梦，被惹情魔见爱怜。"其三："双鬌珠花脑后横，纤腰杨柳掌中擎。金镶皓齿朱唇启，一语如闻初转莺。"其四："分垂绿鬓效时妆，袴角高舒懒系裳。莲袜放松天足好，履翘革底步声锵。"其五："十六年华情窦初，花丛队里有谁如。几生艳福能修得，红袖添香伴读书。"其六："短袖轻衣不胜风，娇慵斜倚软床东。凝神秋水传心事，不愧卿名唤小红。"

廖道传作《清明踏青邕郊》。诗云："青青芳草接天涯，客里清明倍忆家。多谢东风慰羁寂，软红飞遍木棉花。"

姚光作《乍浦偕徐眉轩、杨文侯、薛镜人诸君游龙湫山，时值戊午清明节也》（二首）。其一："选胜此追纵，良朋佳节逢。寺门青霭合，山径白云封。"其二："极目接数屿（海中多孤屿），凭临俯八峰（沿海九山以此为最高）。苍茫海水立，何处起潜龙。"

张祖铭作《清明》。诗云："淡云疏雨养花天，客里清明倍黯然。记取儿时逢此日，柳条插遍画檐行。"

白坚武作诗云："无情风雨今犹昨，天到清明雾色开。中岁厌闻山鬼啸，避人避世踏青来。万花如海叶如身，郭外青山尚自新。莫谓金陵王气尽，北门锁钥更何人？"

6日 黄侃偕曾缄（慎言）、孙世扬出游，作《口占长句》。序云："清明后一日，仍偕曾、孙二生来此，并挈儿女，口占长句。"诗云："唤酒旗高感旧游，高阳徒侣复相求。禁城百五风烟静，朔野立春客思愁。草绿渐牵前日意，柳青还对旧时眸。漕渠速与江乡接，欲趁归航更少留。"

郁达夫第二次访服部辙，作《重访蓝亭有赠》《辞祭花庵，蒙蓝亭远送至旗亭，上车后作此谢之》，后均载于1918年5月22日日本《新爱知新闻》第9642号。其中，《重访蓝亭有赠》云："一向山阴访戴来，词人居里正花开。去年今日题诗处，记得清游第二回。"服部辙和《重访蓝亭有赠》作《四月六日，郁达夫来过，有诗，即次其韵》。诗云："禊桥村路客重来，红药紫藤随处开。欲问江南诗句好，三生君是贺方回。"《辞祭花庵》云："半寻知己半寻春，五里东风十里尘。杨柳旗亭劳蜡屐，青山红豆羡闲身。闭门觅句难除癖，屈节论交别有真。说项深恩何日报，仲宣犹是未归人。"服部担风有次韵诗云："大江一笑送春归，春服才成不染尘。杜宇呼醒故山梦，蓬莱寄与妙龄身。辅车已喜国交密，缟纻知友谊真。折柳驿门期后会，分携暂作眼中人。"

张震轩与吴云仙谈诗文。

王大觉作《清明后一日石泉展墓，偕秋厓弟》（二首）。其一："野渚啼鸦此墓田，更无片石认荒烟。松风谡谡千秋节，麦饭悠悠四百年。岂可讳言门第改，最难期望子孙贤。艰虞兄弟来营奠，冷雨扁舟涕泗涟。"

7日 郑文焯卒于苏州。郑文焯（1856—1918），字俊臣，号小坡，又号叔问，晚号鹤、鹤公、鹤翁、鹤道人，别署冷红词客，尝梦游石芝崦，见素鹤翔于云间，因自号石芝崦主及大鹤山人，奉天铁岭（今属辽宁）人，满洲正黄旗汉军籍，而托为郑康成裔，自称高密郑氏。父英启，官河南巡抚，工诗书画，世称兰坡先生。少从父宦游，濡染家学，擅考据词章。光绪元年（1875）中顺天乡试，授内阁中书。戊戌政变，感愤弃官，游吴，喜其山水，遂家焉。尝入江苏巡抚幕。喜与文士交往，与朱祖谋唱酬无间。辛亥后，自居遗老。清史馆聘为修纂，北京大学聘为教授，皆不就。鬻画行医自给，孤贫以终。工诗词，通音律，擅书画，懂医道，长于金石古器之鉴，而以词人著称于世。与王鹏运、朱祖谋、况周颐并称清季四大词人。时湘中王闿运以词称雄，及见文焯作，遂敛手谢不及。程颂万、易顺鼎等咸俯首请益。仁和（杭州）吴昌绶收集其生平著述，如《说文引经考故书》《扬雄说故》《高丽好太王碑》《释文纂考》《医故》《词源斠律》《冷红词》《樵风乐府》《比竹余音》《苕雅余集》《绝妙好词校释》《瘦碧词》，合刊为《大鹤山房全集》。卒后，陈三立作《哀郑叔问舍人》。诗云："抱蜀人呼老画师,稽天大浸更安之。偶喧都市韩康药,上接风骚贺铸词。通德卜居增掌故,南华玩世托支离。盖棺殉以穷愁味,忍向吴门表五噫(君筑室姑苏通德里,故有第五句)。"胡先骕作《高阳台·吊大鹤词人郑叔问,用集中〈待月溪堂〉韵》。词云:"吹笛梅边,维舟柳外,歌声飞越云峦。鹤怨虫凄,秋风暗换苍颜。携家投老江湖去,感时心、剩付凭阑。恁无端。清响销沉,月冷渔竿。　　小城烟景应如旧,对樵风溪馆,花竹幽闲。画里沧波,而今倍觉荒寒。吟魂夜度枫林黑,听鲍家、鬼唱千山。最凄然。啼煞残鹃,难唤春还。"徐世昌《晚晴簃诗话》云:"诗多客吴中作,情辞丽逸,不失雅音。"汪辟疆《光宣诗坛点将录》云:"叔问雅善倚声,知名当世,有《比竹余音》词集,弥近清真、白石。诗亦神韵绵邈,张祜之遗也。"陈声聪《兼于阁诗话》谓:"朱古微(孝臧)、郑叔问(文焯)词均大家,而诗亦极工。"卒后卜葬于邓尉。后五月,朱古微、梁任公、叶玉虎等上书内务总长钱能训,致函江苏省长转吴县知县,请保护郑墓。

张謇作《济宁李氏重得黄氏所藏唐拓本〈武梁祠画像〉,为赋长句》。诗云:"乾端坤倪圣人揭,庖羲画卦始工业。斫耕揉耒启神农,农用匪工器弗给。汉武梁画有深意,帝溯自羲本诸易。黄帝聪明改作多,尧舜咨禹识地脉。平地成天凡为民,无民何君君亦虽。序次十帝有功罪,九劝一惩殿以桀。匹夫匹妇有性情,孝义游侠画罗列。恢张良贵在天民,出入龙门史迁笔。汉人要是去古近,流露文章著雕刻。后人得之供嗜奇,但考标题辨人物。一点一画校差讹,遥遥李唐见起讫。胜清大狱文士最,士气颠夷帝威烈。限制生人政事才,安分穷经逮金石。黄氏好古得此本,远傲鄱阳嬉翠墨。朱查翁钱阮何张,先辈后辈倾倒一。济宁李氏有渊源,重得外家珍秘册。乐观犹似嘉道间,绘图索诗高兴发。如闻劫火落人间,帝像已先帝运熄。所嗟桀行塞区宇,尧尧舜舜口诵说。雍参豕苓帝有时,独苦吾民未苏息。生民岂不赖工农,老我沧江守白日。李君李君抱画归去勿复言,紫云山中有石室。"

徐世昌作《清明后二日,柯凤孙招饮北学堂》。诗云:"清明已过寒犹甚,散策城南此宴游。绿树至今连上苑,白云终古恋高楼。著书岁月余铅椠,纵酒情怀合唱酬。同学少年几人在,庭前花木幂阴稠。"

8日　严修至朝鲜京城,宿朝鲜旅馆。中国总领事馆副领事黄宗麟,随习领事张天元,驻镇南浦副领事馆随习领事陈秉焜,来旅馆照料,并谈朝鲜近事。陈君次明陪同参观博物苑。严修在参观册上题:"古色斑烂,清明后三日,严修。"又作《杂感》(五首)。其一:"鸭绿江边春水愁,凤凰城外暮云羞。回头三十年前事,亲见藩臣拜冕旒。"其二:"地宝天然古隩区,万山环抱本溪湖。谁言信美非吾土,纸上今仍旧版图。(过本溪湖)"其三:"弦歌比户声相答,丹艧新营气自华。莫是东皇意偏厚,常留春色在邻家。(日本山阳道中)"其四:"景富宫前万象新,谁从辇路识前尘。曾无禾黍兼荆棘,只觉春光懊恼人。"其五:"昔容卧榻他人睡,今日他人不我容。十五万钱千亩苑，或云是放或云封。"

黄侃生日，作《戊午清明后三日，三十三初度》（二首）。其一："皇以嘉名肇锡余，惊心三纪送诸居。请赓屈子离骚赋，漫信虚中禄命书。有力难支天坏后，无为转忆我生初。清明已洒思亲泪，此日思亲痛有余。"其二："毁齿趋庭受一经，廿年孤露叹零丁。安仁头鬓先斑白，子政书篇未杀青。故国虞渊观落日，全家大海泛浮萍。商歌一室知何用，幸遇名醪不拟醒。"

林纾《烛影摇红·又铮以事至信阳，道中得词二解，凄绝皆近梦窗，即题其后》刊载于《公言报》，自署"畏庐"。词云："又铮以事至信阳，道中得词二解，凄绝皆近梦窗，即题其后，沿路春痕，醉魂醒处河声晓。琵琶琐细酒帘低，认是梁州调。往日情怀顿渺，尽心头、红牵翠搅。镜尘消影，粉盝缄愁，水仙香悄。　词笔轻盈，御河应有杨花肖。云檐烟堞信阳城，瘦影停斜照。风紧林鸦渐少，一丝丝、词心入妙。竹炉初爇，桦烛才分，引杯微笑。"

9 日　钱干臣、张珍吾、黄锡臣、郭啸麓、王揖唐、吴士绅等携酒食至徐世昌寓斋宴集。

沈曾植致函李传元。《与李传元书》云："青阳白日，沈郁万端，猥以贱辰，远颁钜制，奖饰何敢当。而阿上、阿长暗恶，字字皆光明性海流出，微弟不能为此诗，抑非兄殆亦不能为妙思也。张之壁上，徘徊籀讽，琼瑶之报，油然已具。或且跃冶而出，先期交卷，亦未可知，惜明日庆辰赶不及耳。款识绝口不谈，已为匝月，终日以佛号遣怀，极思晤言。回禾祭扫后，顽体如健，或当奉访，为莫厘、张公之游，未知能有此清福否？尊患想十日内可全复元，究以移居高爽为宜。"

严修早发朝鲜京城，晚抵釜山，登新罗丸至马关。

10 日　沈曾植生日，梁鼎芬、陈曾寿等亦在北京为沈曾植开寿宴。沈曾植后致函梁鼎芬，《与梁鼎芬书》云："节庵同年师傅阁下：病后颓唐，百凡懒废。仁先行，欲作书，手战竟不能握管也。即日惟颐养如宜、起居日胜为祝。贱辰遂得比于东坡、渔洋之例，雅宴高斋，联语纷纶。思如泉涌，挚怀雅兴，何以堪承。顾于此征公龙鹤神姿，已经圆满，喜生望外，益复讽味不穷。沤客云，书是世兄之笔，小坡似老坡，尤为庆喜也已。仁先述是日欢畅情形，弥令神往，惜封弟病不克到，不能代老兄陪客为歉耳。此间至好亲友知而枉过者，略不过四五十人，略倍尊斋。而生日戒杀，蔬肴进客，公得无笑我禅和习气耶？病不能避客，独与尧衢、病山、子勤、静盦楼上清谈相对。西门无车马客，风味似尚不俗。俚言五章奉教览，病中情形，皆描写实语，重语特多，精神不完可见也。石礕说'二年大好婆娑河清'或成语谶。庄君称颂圣明，领事密相告语，而外若与庄无关涉者，此甚有味，敬闻左右。英为帝国，可借力（季高论亦尔）。米则难矣。鄙今着意此点，不可为外人道也。泐致谢忱，敬请颐安。不尽不尽。弟植顿首。延恩拓大照出，秘不示人，虽仁先亦未语之。"

张謇作《施监督挽词有序》。序云："光绪庚子拳匪之乱，东南互保议倡于江南，两湖应焉。欧人称刘总督临大事有断，如铁塔然，虽不可登眺，而巍巍屹立，不容亵视，亦人物也。施君佐刘幕久，是役助余为刘决策，尤有功，亦为两湖总督张公所重。"诗云："一生望重诸侯客，投老尊推榷酤官。昔掖新宁成铁塔，亦资广雅对珠盘。功名过续余鸡肋，身世消磨到鼠肝。怆绝十年联花处，白门门巷劫灰寒。"

张震轩作《寿堂兄筠仙先生七十弧庆，即步其自寿原韵》（二首）。其一："少日同窗旧学商，韶光飘忽鬓生霜。梁园赋笔怀枚叔，唐室筹边仰赞皇。老我胸襟餐杞菊，羡公诗酒隐柴桑。里门各享清闲福，位置何分上下床。"其二："七十行吟感慨多，知公世味饱经过。持家力守清贫节，养志宁求闻达科。有婿乘龙夸坦腹，生儿鸣鹤和高歌。盈庭又见芝兰茂，晚景休嗟岁月跎。"

上旬 顾颉刚与吴梅、刘三、陈万里、狄福鼎、潘家洵游明陵及居庸关。

11日 孙中山会见国会议员，反对改组军政府。

徐世昌晚约姜翰青、杨杏城、田焕亭、张仲仁、钱干臣、曹润田、陆闰生、叶玉虎、李伯芷诸君宴集，久谈。

严修午后抵东京，智钟来迎。

陈三立与家人参观南京紫金山北麓新造林场，并凭吊明中山王徐达墓。

郑孝胥为徐积馀题《戊戌诗稿》，又录《定林访碑》旧作于后图卷内。又，与大七同过铃木虎雄，不遇，托其带制墨一盒与长尾雨山。又过王聘三、刘洙源，遇陈仁先及其二弟、胡琴初于座，约初四日看樱花并午饭于会宾楼。琴初言，魏铁珊于辛亥后已与袁克定绝交，贫甚，袁馈之不受，尝集杜句曰："忍能对面为盗贼，但觉高歌有鬼神"，使梁启超书之。又尝赠其广西友人以二月就婚于金陵者句曰："桂林山水甲天下，杏花时节在江南。"是夜，郑孝胥得升允（吉甫）自河州拉卜郎来书，正月廿七日抵河州。（《郑孝胥日记》）

鲁迅赠陈师曾《张奢碑》一枚。

朱大可《郁波罗馆丛话（续）》之《金瀛仙》刊载于《大世界》报。《金瀛仙》云："金瀛仙，名安澜，桐乡人。以名进士知松江府。著有《怡云庐骈文诗钞》合一卷。有《题奚铁生十八罗汉赞》，运用内典，尚能不落口头禅，因录之。第一帧，罗汉一。倚树坐，左手执珠，右手持钵，钵中现真龙云。'说法妙莲花，施食哀薜荔。手持径寸珠，光明生智慧。钵中现神龙，修罗力可制。挽海洗甲兵，佛前发洪誓。'（后略）"

孙介眉作《同冯竹士、刘辑轩北山踏青》。诗云："长靖祠边柳色黄，停车人到卧云庄。山横北郭通佳气，水绕前村接碧光。游女临坡刐野菜，痴娃拜庙进炉香。茸茸无限春原草，牵惹王孙离恨肠。"

[日] 服部辙作《四月十一日蓝堤看花,同晴涛、云景,云景穗积人,此日邀余等为东道》(十二首)。其一:"掩映遥山十二鬟,樱花匝匝水湾环。舞衫歌扇春如湧,人在娇云艳雪间。"其二:"万樱烂漫水之滨,帽影钗光不负春。生怕晚来风阵阵,落花滚作软轮尘。"其四:"串丝川畔草平堤,酒榼茶篮各自携。云日烘来花影暖,暮寒惟在野桥西。"其五:"翠裙紫袜闹嬉春,头白犹疑隔世身。别有散花天女在,坠红乱点衣缃人。"

[日] 久保得二作《三月初一雪》。诗云:"三冬唯旱暵,入春始见雪。六花白平铺,陌上轮蹄绝。五情热忽消,众秽随堙灭。须知天公意,幻出乾坤别。早起倚小栏,调饥怯寒彻。敕童沽浊醪,怜汝脚如铁。昨被顾况嘲,桂玉何足说。钜商事垄断,其罪过草窃。晴日杲杲生,微煦春意泄。一枝亚阶前,绝爱梅花洁。"

12日 周恩来访严修,至上野公园看樱花。

张震轩撰临海章瑞人封翁七十双寿诗二律。又,与叶婿讲解诗律,且与商酌其近作数首。《寿临海章瑞人封翁七十双庆》其一:"七十由来寿古稀,德星况与婺交辉。乡名高密黄巾拜,书学羊欣白练飞。谠论惊人消雀角,深宵课读佐鸳机。诒谋喜有长生诀,试看庭阶舞彩衣。"其二:"刘纲夫妇本如仙,游戏人间不纪年。无逸克遵先哲训,半耕留与子孙田。雕虫力薄羞时派,雏凤声蜚有后贤。见说横阳歌德政,于公世泽定绵绵。"

吴芳吉接刘泗英信,告以"文学革命"事。略谓:"陈独秀辈,大呼文学革命益厉,推翻周秦以来数千年文学,谓为有美观而无实用,绝不认以文载道之说。其徒甚重,咸以北京大学为根据地。然矫枉过正,是由白昼见鬼,操刀杀人。欲救其敝,非以大力与之对垒,旗鼓相当,未易言也。"吴芳吉当日复函云:"文学革命,吾亦赞成。但于诸公所持理由,吾皆鄙为粗浅。其失之大者有二:其一,吾国文学本无弊病,乃利用文学者之有弊病。今欲矫枉归正,谓古今文人作者有不是处,可也。谓文学本质有不是处,则不可也。不求于是,徒诬文学之当革命,是不知本末之失也。其二,吾国文学云者,系该道学言之。格物致知之汇归,九流六艺之所孳乳也。故文载道也,道在文也,非惟词韵而已。不知文道之合,徒议文道之分,是不知轻重之失也。轻重本末,今且未知,何足言乎革命? 吾意此诸公者,不过揭竿而起之徒,稍待时会,苟有真英雄者出,化中外之异端,集古今之流派,建中立极,为天下式,则不革而自革焉。所谓伊人,庶几近之,或非吾人所及见耳。今乃当革者不革,不当革者革之,又无撑天魄力,自辟境界。其志可嘉,其敝则使文学愈入迷途,直可诛也。泗英宜洞见此辈居心暗幕,有故作高明以惑众而窃位者,有国学造境不深故昌言改革以饰其非者。欧美诸友,往往如此,尤不可不知。望站定脚跟,切勿为其所欺。当兹末世,国失其政,是非无准,行见思想界从此蛮烟瘴气,有不容吾辈之置喙者矣。"

朱大可《郁波罗馆丛话（续）》之《杜小舫》刊载于《大世界》报。《杜小舫》云："杜小舫，名文澜，秀水人。以鹾尹晋秩方伯，著有《采香词》二卷。《鹧鸪天》云：'倚遍阑干日又曛，一重蕉影上帘昏。啼莺到晚犹依树，飞絮如烟肯化尘。　香怕烬，酒愁温。落花还学远游人。宵来雨是春归路，不比刀环梦未真。'《谒金门·春晚》云：'芳意满，一架紫藤阴乱。陌上柳花吹不转，玉关人更远。　寒尽画帘长捲，迟日频停针线。燕剪剪春愁未剪，寄情双翠管。'《采桑子》云：'闲寻红豆开金盒，怕数相思。又锁葳蕤，的的春愁玉指知。　年来休闻江南路，瘦了琼枝。空忆芳时，泪洒东风感鬓丝。'《减字木兰花·题画》云：'珠帘十里，露重杨丝扶不起。花月如烟，弦索声中忆往年。　东风甚处，燕子归时春已暮。争似江潮，夜夜犹过廿四桥。'《南乡子》云：'帘影隔枇杷，学绣屏边面半遮。忽唾残绒羞晕颊，红霞一扣连环印碧纱。　聚散恨抟沙，别语分明记未差。道是莫随飞絮去天涯，化了浮萍又著花。'《更漏子》云：'漏迢迢，风瑟瑟，泪点渍成秋迹。银汉近，玉门遥，归期金凤翘。　滞新蛩，回去雁，残醉堕梧庭院。红烛灺，翠尊孤，霜寒驱梦无。'《四字令》云：'霞纹睡腮，云情醉怀，蛛丝飞坠瑶钗。对东风细猜。　帘轻自开，莺归未来，隔窗小玉音乖。误花阴凤鞋。'《南歌子》云：'十样蛾争鬗，双心麝细烧。无端风急石城桥，为问莫愁艇子倩谁招？　旧影迷珠箔，新声黯玉箫。相思犹是斗纤腰，只怕行人愁见柳千条。'小舫尝与蒋春霖鹿潭、丁至和保庵友善，即以词论，凄宕缠绵，丽而有则，亦与《水云楼词》《萍绿词》相鼎足。"

林纾《醉蓬莱》刊载于《公言报》，自署"畏庐"。序云："壬子四月，橘叟邀同石遗、嘿园游西苑，老柳合抱，微径出深碧外，迤逦至瀛台，长桥卧波，桥板中断，南北岸皆卫士直庐，意监之耳。涵元殿虚寂尘封，凄凉满目。余即庑下朝拜而出，绕殿庑，过石洞，临太液池，池荷弥望矣。求布席礼佛处，不可得，追寻前迹，不能无悲，遂成此解。"词云："殉兰亭何处，花竹全非，岁年都换。秘殿深深，过夜来春雁。不是房州，断桥流水，去房州还远。旧事潮来，旧人仙去，争捱春晚。　数本梧桐，似曾相伴，水榭温愁，夜窗题怨。落日昭阳，问归鸦何懒？半桁帘纹，半丝香篆，称愁人心眼。仔细追寻，不知留下，几多凄黯。"

郁达夫《养老山中作》载于［日］《新爱知新闻》第9802号，又载5月20日《文学禅》第16号。诗云："又是三春行乐日，西园飞盖夜遨游。携将存子承欢酒，来上词人醉月楼。高岭有峰皆北向，清溪无水不南流。题诗大得山灵助，吟到更深兴未收。"

13日　章士钊赴总商会出席商务股东年会，与郑孝胥、高凤池、鲍咸昌、叶景葵、张元济、高梦旦、郭秉文、张謇、俞寿臣、梁启超11人被年会选举为新一届董事。

淞社第三十五集徐园修禊，题缪荃孙《玉笋石拓片》。到者二百余人，姚子良作主。首唱吴昌硕《玉笋歌（淞社第三十五集）》，继唱者缪荃孙、白曾然、周庆云、潘飞吴昌硕诗三首入集时目作《玉笋》（石刻拓片），另加一首为首诗。原三首其一："石如琴瑟古何因，欲抚无弦惨不春。荆棘沉埋韬晦日，此人亦是宋遗民。"其二："太守携归德不孤，拜君曾似米颠无。痴心翠墨模黏甚，头点还怜识字夫。"其三："摩崖骨气比开张，古隶题名玉笋香。璧纵能完归未得，补天填海汝商量。"周庆云作《上巳姚东木约至徐园修禊，迨后贻书云投诗已有百数十章，惟无五绝，漫拟十章以应之》。其一："卓荦姚夫子，江东处士星。兴怀感陈迹，沧海眼曾经。（君昔随使欧洲）"其三："畅好双清墅，探幽笠屐闲。但饶邱壑致，何必倚崇山。（是日假徐氏双清别墅修禊，到者近二百人）"

郭则沄（蛰云）与京津地区遗老82人陶然亭修禊，各赋诗，拈"江""亭"二字为韵。关赓麟作《戊午三日修禊江亭，同用江、亭二字为韵》（二首）。其一："昔年归梦落珠江，禊饮分题醉客艭（丙辰重三，余适归粤，有泛舟珠江修禊之举）。乱后主宾尚吟鬓，愁中歌啸付春缸。人来鹣鲽东西国，诗合齐曹大小邦。例与惠和天亦靳，萧萧风叶打楼窗。"吴昌绶作《戊午修禊，即以江、亭二字为韵，适闻故人郑叔问之丧，泫然成咏》（二首）。其二："禊事年年集此亭，招携朋辈几晨星。酒间画壁来英妙，旧日樵风不忍听。"刘成禺《洪宪纪事诗本事簿注》载："戊午年上巳，大会于陶然亭，洪宪旧臣，莅者大半，旧遗老名宿尤多，诗尾各署洪宪纪元后二年戊午上巳日，伤感旧事，被诸歌咏，如樊山、实父、掞东、叔海、书衡诸人，有挥泪而纵谈往事者。乌乎！故宫禾黍，由大内而转移新华，今之哀洪宪者，皆前日哀清室之遗臣也。忧从中来，不可断绝，江亭洒泪，如何如何；风景不殊，举目有河山之异，此戊午上巳修禊，所以独拈'江''亭'二字为韵，不知别有江亭唤蜜之意否？《翠娱室诗话》载戊午上巳陶然亭修禊诗事最详。其辞曰：今年戊午三月三日，上巳修禊，别具新意，乃在陶然亭，风景雅不及万牲园，虽小有丘壑，却无林泉之趣。而是日到者共八十有二人，各赋一诗，拈'江''亭'二字为韵。樊山'亭'韵云：'北来已阅四上巳，惟洪宪年觞咏停。'收句云：'八十二人作嘉会，倍于永和全丑山阴之兰亭。'蛰云'江'韵云：'新芦满眼防吟屐，野藿斋心近佛幢。''亭'韵云：'强颜北客谈丘壑，招手西山入户庭。'确是江亭修禊，不能移置他处。瓔公七古两首。'江'韵云：'今年禊事出新意，南洼稍稍寒气降。远宾不劳置重驿，鞠部更拟烦新腔。画师同时皆第一，协律京国元无双。旧人拆简一叹息，聊拂绢素开僧窗。谁知美满天所妬，遽挟风势如翻江。要令晋楚皆乱辙，终羞曹郐不成邦。吾曹强项犯风力，车骨亦复相击撞。事业兴亡天公意，盛集回忆倾酒缸。''亭'韵云：'小车先客排松扃，苇塘尺水犹清泠。城阴障日裹寒意，柳梢涨绿回春醒。黄尘岂遽埋春色，萎蒿锐如发新硎。西山阒然入户庭，兹堂亦拟榜聚星。佳人疑若避尹刑，风中不见来轴軿。高望觚稜一回首，金銮昔对青山青。风流好事图异日，接会抚游视此亭。'又有某名句云：'往事陶然来此地，旧臣春梦到新亭。'是日大风扬尘。尤为是亭生色。(《后孙公园杂录》)"

朱德、温翰祯、高岭生、万慎、王少溪、李射圃、艾成休、熊仿文等东华、振华两诗社成员同登五峰岭，庆祝作战胜利。朱德有《登五峰岭感怀》诗，并有自注云："岁在丁巳丑月二十三壬午立春日，川东唐昌九、钟体道联军犯泸，迎春改迎战。战争至明年戊午春，正周旋于二月寒食节日，与敌激战于小市之五峰岭，侥幸转败为胜。三月三日诗社同仁，效修禊故事，强余登五峰岭一观阵地。伏尸流血，百感丛生，归营不寝，念频年作战，独立难支，因赋三十韵感怀，亦纪事也。"其一："棉花坡上陶家扉，以少胜多设伏机。出我精兵连合璧，笑他群丑困重围。挥锄百姓歼淫卒，乘胜三军奋虎威。鹤唳风声惊贼遁，横尸遍野幻魂飞。"其二："大洲驿战幸收功，胜负侥天挽暮穷。疑阵纵横参妇女，欢声远近助儿童。人民老幼连肝胆，家国忠奸识肺衷。讵料为山亏一篑，太平气象战争中。"

黄侃与曾缄(慎言)修禊于西郊三贝子花园。曾慎言作《西郊禊游诗》以纪之。后曾慎言于1940年为此诗作序。序云："蕲春黄公既殁，缄翻帑旧稿，得往与公所为《西郊禊游连句》五言一首。西郊者，在燕京西直门外，都人所谓三贝子花园者也。易代而后，更名万牲，槛兽笼禽，此焉罗列。鸟兽咸若，草木邕然。公以戊午上巳之辰，与缄修禊于此，憩豳风之馆，升畅观之楼，遂仿柏梁，赓为此作。属咏未已，时已入暮，司阍逐客，踉跄而归。其后思之，未尝不笑乐也。良辰赏心，忽逾一纪；昔游在目，遂阻重泉。而缄忝厕门墙，获陪游衍。学射吕梁，曾惊掉臂；抚弦海上，粗解移情。乃奉手未终，招魂已断。池台犹昔，而觞咏全非；翰墨如新，而墓木已拱。抚今怀昔，良以怆恨，故述其由来，追为此序。嗟乎！子期吊旧，悲麦秀于殷墟；叔夜云亡，聆琴音于静室。即斯短制，悼念生平，固将历千载而常新，怀三年而不灭。第摩挲断简，腹痛如何！"诗云："嘉辰禊郊野(公)，有约寻池台。扶携度广陌(缄)，纡道东城隈。饼金买瓶酒(公)，果薮兼鱼胲。提挈上鹿车(缄)，修道清氛埃。路出西直门(公)，万绿迎人来。方畦麦始秀(缄)，圆沼萍初胚。依依昐弱柳(公)，郁郁瞻高槐。迤逦向林陬(缄)，夕阳已西颓。匆匆入园去(公)，所见多奇侅。汤池饲猛鳄(缄)，坚槛羁凶豺。树有相思名(公)，草非忘忧材。历径必窈窕(缄)，循廊亦徘徊。踯躅清溪旁(公)，春波漾莓苔。惊鸿影一瞥(缄)，独雁情方哀。舍此登高楼(公)，摄斋升层阶。觚棱曜金碧(缄)，壁带含玫瑰。仙人好楼居(公)，王母安在哉！黄竹响久绝(缄)，青鸟音长乖。去去勿复顾(公)，游目天之涯。西山净暮霭(缄)，平野兴微飔。回首望故乡(公)，郁乎何垒垒。兴来促命觞(缄)，传饮不用杯。俗士重礼法(公)，吾属超形骸。即事连新诗(缄)，景密情亦赅。惧干阍者禁(公)，暂勒吾驾回。还涂意未漊(缄)，更欲亲尊罍(公)。"

沈琇莹等菽庄吟社社侣在厦门菽庄花园举行上巳修禊。

一元会在会宾楼会集，据《郑孝胥日记》，到者12人。

《申报》第16218号刊行。本期《自由谈》载"词话"栏目，撰者"栩园"。

徐世昌作《上巳晓起》。诗云："庭院深深放海棠，春园犹袭几分凉。半窗晓日闻禽语，一夜东风似虎狂。帘外飞花波泛影，砚中宿墨笔留香。数行阁帖五行草，枣木流传废品量。"

张震轩作《喜参极长老书来却寄》（四首）。其一："秋水盈盈隔，离情十载思。客从远道至，书爱故人遗。稠叠箴规赐（师近以《感应篇》《醒世诗》诸书见赠），缠绵慰藉词。所嫌根器钝，自首困缁帷。"其四："夙有游山癖，尚禽债未偿。喜师申后约，累我搅枯肠。文字缘重结，行藏计待商。茅庵招隐切，愿访白云乡。"

沙元炳作《戊午上巳集水明楼，限和康熙乙巳水绘园修禊倡和韵，分得渔洋十首，即席赋成并效其体》。其一："东风吹雨天弄晴，城头海日当楼生。名园何处作禊饮，携觞共就僧寮行。乙巳到今经四度，俯仰今昔谁无情。白发樽前念乡土，按牙歌彻王新城。"其二："洗钵池东架新阁，阁外桃花自开落。编篱插槿不成围，办与园丁供蓺若。鸭头春涨深复深，照见图中著作林（汤贞愍公有《水绘园补禊图》，为范廉泉先生宰县时作）。溪流活活绕城去，流尽升平歌颂者。"其四："去年上巳风日明，鸟歌花笑撩我情。银藤篆篆白于雪，移杯花底相招迎。今朝酒渴柑还擘，裀是落花枕是石。梦中浅草东淘路，忆煞陈髶髶似戟（久不得星南消息）。"

赵熙作《满庭芳·重三》。词云："新绿生秧，乱红吹雪，春如房老争妍。久忘佳节，花外报啼鹃。出郭晴蛙在水，纸鸢放乌犉耕田。湔裙路，悠然会意，人物永和年。　　芳原心万里，青山直北，雁路横天。想铜街三月，门外榆钱。忍听潭边禊事，徘徊到怪鸟湘川。乡愁近，青羊小市，风鹤八公山。"

庞树阶作《戊午上巳锦峰别墅修禊》。诗云："枫林少日此车停，挈伴寻春记屡经。北郭胜游才蜡屐，西园小集渐忘形。过桥树色初浮绿，叠石苔痕罩旧青。觞咏即今兰渚盛，竟陵底事寇家亭（《隐秀轩集》上巳诗有'小集寇家亭'句）。"

杨圻作《戊午三月三日，偕霞客放船尚湖看桃花，山明水媚，花草黏天，万人空巷，画船如云，计十年不家，今而后知故乡春游之乐》。其一："一片风花飞水天，桃花开在水西边。青山更在桃花外，不见人家但见船。"其二："落花飞絮满春流，坐看溪头放鹢舟。村里碧桃红似火，日高风暖正开楼。"其三："花溪水乱歌船密，柳岸风高酒店香。犊鼻男儿潇洒甚，当门涤器伴吴孃。"其四："水田山郭柳阴低，十里骄阳浪打隄。草色花香三四里，满船红袖过山溪。"其五："踏歌声里鸟关关，淡抹浓妆斗翠鬟。波上夕阳人散后，衣香犹在水山间。"其六："村北村南飞鹧鸪，艳阳春水绕田庐。玉人船在桃花下，自唤渔翁买鳜鱼。"

林苍作《上巳日宛在堂春祭》。诗云："桑溪禊事久销沉，香火湖堂感喟深。风雅暂教存旦暮，主宾未尽属山林。曲高几得知音泪，礼失终伤在野心。随意烟花成小饮，夕阳无语下城阴。"

廖道传作《三月三日从陆武鸣游宁武庄》（三首）。其一："茂林曲水景幽妍，禊事刚逢上巳天。雅集群贤举觞咏，风流如在永和年。"其二："锦浪桃花漾碧虚，将军水猎午晴初。一声金弹冲波落，飞出重渊紫眼鱼。"其三："嶙峋怪石倚江隈，乍可垂纶坐钓台。江上丈人应识我，青衫重此米颠来。"

陈隆恪作《上巳日偕六弟出太平门郊游，时道旁桃花极盛》。诗云："钟山蟠郁后湖滨，风日扶持夹道春。未放桃花空识面，消磨英气默传神。"

张祖铭作《戊午暮春上旬巳日，与外子约诸戚属禊饮稀园，分韵得同字》。诗云："禊祓当元巳，高情主客同。诗成珠玉唾，室列蕙兰丛。扑蜨穿林碧，飞花入酒红。不须施步障，合座醉春风。"

14日　毛泽东、蔡和森在长沙组织新民学会。罗章龙作《新民学会成立大会》。诗云："济济新民会，风云一代英。沩痴盟众士，涤水泛流觥。佳气郁衡麓，春风拂郡城。庄严公约在，掷地作金声。"

张震轩为赵铖书诗四纸，又为周孟由书联一对。另作《寄赠老友蔡莲蓑五古四章》。序云："霞宕蔡英莲蓑，绩学工诗，㭎四十年前老友也。近参极和尚邮赠蔡君《焦桐馆诗钞》一册，披读之下，如晤故人。作此远答兼简参师。"其二："昔我卯角时，逐队入场屋。行文心胆粗，讼诗步局促。吾爱蔡夫子，推敲俨老宿。俊句挹青莲，雄词迈坡谷。对此叹望洋，悔未十年读。"其四："阔别四十载，道路阻且修。同州似胡越，恨未获唱酬。荷君礼先施，屡以明珠投。捧读甫终篇，光彩溢双眸。缇巾十袭藏，恐有蛟龙搜。"

严修返东京，寓居富士楼。晚，吴汉涛、周恩来到访。

周汝昌生。周汝昌，字禹言，号敏庵，别署解味道人，天津人。著有《周汝昌诗词稿》。

魏清德《题太瘦生〈竹里幽居图〉》《题云沧君〈竹邻居图〉》《送张志清先生归沪上》发表于《台湾日日新报》。其中，《题太瘦生〈竹里幽居图〉》云："结筑三间茅，裁成十亩竹。绿云郁不流，遥遥接幽屋。时来碧山人，或见黄冠服。明月照弹琴，清音满林谷。"《题云沧君〈竹邻居图〉》云："幽人德不孤，恰与竹成邻。薄酌无朝夕，狂歌相主宾。竹真嶰谷秀，人是葛天民。长记寻君日，清风拂径新。"《送张志清先生归沪上》云："野城逢暮春，杨花满江日。惊君来访我，曰归在旦夕。申江凤所慕，况乃带水隔。传闻劫灰经，未改繁华迹。中原豺虎多，莫问貗与貜。时危产异材，河山仗划策。奈何祗营私，浪把乾坤掷。多君是贤豪，一见情莫逆。意气千云霄，歌词出胸臆。台湾东海上，农事颇力辟。凭君理瑶装，持作他山石。别离具尊酒，相对动精魄。甚欲从君行，惜乏双飞翮。徘徊寄园中，侧身空踟蹰。"

15日 《新青年》第4卷第4号起开辟"随感录"专栏。胡适《建设的文学革命论》发表于本期，副题为"国语的文学，文学的国语"。在叙述"八不主义"之后，文章提出四条建议：一、"要有话说，方才说话"；二、"有什么话，说什么话，话该怎么说，就怎么说"；三、"要说我自己的话，别说别人说过的话"；四、"是什么时代的人，说什么时代的话"。又说："中国这二千年何以没有真有价值、真有生命的'文言的文学'？我自己回答：'这都是因为这二千年的文人所做的文学都是死的，都是用已经死了的语言文字做的。死文字决不能产出活文学。所以中国这二千年只有些死文学，只有些没有价值的死文学。'"。至于怎样实行"国语的文学，文学的国语"，胡适提出三个步骤：(一) 工具，(二) 方法，(三) 创造。关于第一步，胡适说："我们的工具就是白话，我们有志做国语文学的人，应该赶紧筹备这个万不可少的工具"。预备的方法有两种，一是"多读模范的白话文学"，二是"用白话作各种文学"。关于第二步，胡适强调要"赶紧多多的翻译西洋的文学名著做我们的模范"。他说："第一，中国文学的方法实在不完备，不够做我们的模范。即以体裁而论，散文只有短篇，没有布置周密、论理精严、首尾不懈的长篇；韵文只有抒情诗，绝少纪事诗，长篇诗更不曾有过，戏本更在幼稚时代，但略能纪事掉文，全不懂结构；小说好的，只不过三四部，这三四部之中，还有许多疵病；至于最精彩之'短篇小说''独幕戏'，更没有了。若从材料一方面看来，中国文学更没有做模范的价值。才子佳人、封王挂帅的小说，风花雪月、涂脂抹粉的诗；不能说理、不能言情的古文；学这个、学那个的一切文学，这些文字，简直无一毫材料可说。至于布局一方面，除了几首实在好的诗之外，几乎没有一篇东西当得'布局'两个字！——所以我说，从文学方法一方面看去，中国的文学实在不够给我们做模范。""第二，西洋的文学方法，比我们的文学，实在完备得多，高明得多，不可不取例。……更以小说而论，那材料之精确，体裁之完备，命意之高超，描写之工切，心理解剖之细密，社会问题讨论之透彻，……真是美不胜收。"陈独秀在《新青年》"随感录"专栏发表三篇短文。其中，《学术与国粹》批判国粹论。他说："国粹论者，守缺抱残，往往国而不粹，以沙为金，岂不更可悯乎！""吾人尚论学术，必守三戒：一曰勿尊圣，……二曰勿尊古，……三曰勿尊国。"《国会》认为只有国会才能"发挥民主政治之精神"。《元曲》批驳某些人对北京大学文科增设元曲课的攻击。

《东方杂志》第15卷第4号刊行。本期"文苑·诗"栏目含《沪上偕仁先晚入哈同园二首》(陈三立)、《九月二十四日抵杭州南湖恪士宅，过仁先兄弟，坐中遇汉川谢石钦》(陈三立)、《登七里泷西钓台，吊谢皋羽先生》(俞明震)、《姚君蕙秋园》(曾习经)、《湖楼坐夏》(曾习经)、《丁巳九月十五日，何澄意约游陶然亭，既归有赋》(陈诗)、《重九遇雨，忆往岁天宁寺之游，用翼牟韵，示瘿公、敷庵、昆仲兼怀石遗闽中》

（黄懋谦）、《寿涛园祖舅六十》（李宣龚）、《叕龛太保七十诞辰，追忆曩昔山水之游，成诗三章为寿》（王允晳）、《秋晚》（陈诗）、《过天津，拜李文忠公祠下作》（陈诗）；"文苑·词"栏目含《东风第一枝·和约庵》（杨钟羲）、《长亭怨慢·和又铮韵》（王允晳）。本期刊登伧父（杜亚泉）《迷乱的现代人心》，认为要救济中国，绝不能完全依靠西洋文明，而在"统整吾固有之文明，其本有系统者则明之，其间有错出者则修正之。一方面尽力输入西洋学说，使其融于吾国固有文明之中"。

[韩]《天道教会月报》第93号刊行。本期"词藻"栏目含《春赏》（敬菴李瓀）、《雨意》（敬菴李瓀）、《洗身》（敬菴李瓀）、《春意》（遁菴金尚镇）、《又》（遁菴金尚镇）、《病枕，和心石见赠韵》（香山车相鹤）、《昌石园诗》（敬菴）、《夜宿平康教区》（香山）、《雨后即事》（星轩李台夏）、《搔首歌》（敬菴）、《常春园园游会》（凰山李钟麟）、《忆香山》（前人）、《送安君在德归乡》（前人）。其中，凰山李钟麟《送安君在德归乡》云："故人忽忽独南行，绿花红恨莫乎。作家书远不寄，封只增倚间情。"

吴昌硕偕缪荃孙、陶葆廉、恽毓龄、毓珂兄弟主淞社，预者28人。

陈三立携家人至钟山游，又往谒中山王墓。时鼠疫禁行政策刚解除，作《上巳后二日携家至钟山天保城下观农会造林场，憩茅亭，赋纪十六韵》。诗云："春圻厉疫随，市廛动歌哭。令甲惩袭染，断渡限征轴。况飞战伐尘，压境戏骑逐。十口避无所，被除仰穹屋。怵惕皮为灾，悲箝憾老秃。风光销沴气，万象初在目。熙熙夸妇子，及唤养茸鹿。并驱脱城阛，湖莹山攒簇。夹道桃余花，晴翻锦绣谷。步寻合石色，梯栈绝樵牧。程功效秦驼，矮松秀岩腹。当年虎负嵎，困斗践血肉。俯阅几兴亡，有碑忍卒读。悬影聚茅亭，嘘云湿野服。惝恍万啼侵，惨澹百灵蓄。安得手长馋，牵攀斸黄独。"陈隆恪作《三月五日偕家人重至太平门外造林场观碧桃花，循道谒中山王墓》。诗云："上巳踏青探幽秘，相将越日走车骑。麦畦秀发缀湖光，断续红霞鞭外坠。世余骨肉无君臣，逢花便作秦人避。行行尽滞画图中，惟有东风知向背。绛唇玉貌逆道周，钟阜之阿扶宿醉。不伤迟暮艳阳辰，寸寸春心蜂蝶碎。坐狎亭皋此乐无，偶缘消渴吞岚翠。循途笑语指丰碑，三尺孤坟亘天地。华屋邱山忽一时，佐命诛茅付儿戏。四郊多垒几兴亡，载遍斜阳石马睡。掉头轰輴等闲归，息喘匡床难弃置。"又，胡嗣芬过访陈三立，陈三立作《宗武见过，时方执役通志局》。诗云："避疫归来花片飞，鬓边海色散微微。觅巢旧燕同留影，照坐游蜂欲上衣。低抑吟怀藏浩劫，栖迟柱下数长饥。吾侪卮酒临天帝，莫忆孤城万骑围。"

张元济致高凤池书，辞商务印书馆经理职。

吴芳吉复王梦余信，谈作诗之法："初学诗者，不宜研究唐律。足下有意于此，除《诗三百篇》《楚辞》之外，近人如沈归愚之《古诗源》、王壬秋之《八代诗选》。最要细味。"又，致信吕谷凡，略谓："中国若亡，吾断不肯远遁，必攘臂而起，赴边杀敌，以陈夔龙作《清明后十日右台上冢悼亭秋夫人》。诗云："百年郁郁此佳城，经始亲烦素手营。先我长眠偿凤诺，与君久别若为情。勾留毕竟晴湖好（往岁同游湖上，余谓晴湖不如雨湖，夫人笑曰：'既雨，晴亦佳耳'），老懒翻憎候吏迎。绕墓松风鸣谡谡，如同咳唾斗诗声。"

16 日　商务印书馆新一届董事会在上海召开，举郑孝胥为主席。张元济未赴会，请假赴杭州。

17 日　林纾《扬州慢·感事》刊载于《公言报》，自署"畏庐"。词云："槐暗铜街，柳欹沙炮，晚烟凝住鸡坊。数巾车过处，正门巷斜阳。甚吴鄂、兵云散后，粉围香阵，争斗新妆。怅今年，巢燕归来，都换雕梁。　　碧山伴侣，纵留春、空惜余芳。尽木叶山高，榆林塞远，谁管兴亡。街鼓转时人醉，樊楼下、转入柔乡。恣凉蜂凄蝶，花间长日颠狂。"

徐世昌作《三月七日访弢庵话别》。诗云："几树海棠斗笑颦，空堂对茗两闲人。四朝旧话如谈梦，百首新诗为报春。长老何因能说法，医方孰果用通神。东风吹暖长安陌，欲乞甘霖湿路尘。"

林鹤年作《戊午三月初七日三儿明经上学》。诗云："八岁读书亦不迟，琼花喜养第三枝。儿童本懒人家塾，今日兴高异昔时。"

18 日　严修在东京。钱家治（时任教育部视学）、曾琦（字慕韩）来见。

19 日　《申报》第 16224 号刊行。本期《自由谈》载"诗话"栏目，撰者"栩园"。

孟纯孙访郑孝胥，携张季直手书一纸，求为书联。郑集介甫（王安石）句题云："看花种竹心无事，问舍求田意最高。"

周恩来访严修。严修应驻日公使章宗祥约，在使馆午餐，同坐有新任驻巴西公使夏诒霆（字挺斋）及其秘书吴勤训及夫人（法国籍），又有顾维钧夫人唐宝玥，唐绍仪。

杨杏佛作《新别怀人诗》（四首）。序云："七年四月十九日，叔永、亦农由纽约来康桥（亦曰剑桥）。其明日志道亦由白腊弗来。余与擘黄、树人、砚庄诸人适有春假，良友良辰畅怀如醉。惟经农独不在，不能无憾耳。古人有'一春能几日晴明'之语，以春晴而晤良友，此乐更有几耶。自谓虽折吾寿一年易此一日，亦所不惜。何意好梦乍浓已成往迹。叔永、亦农、志道皆以廿一日归，天亦阴雨。送客夜归，室中椅物狼藉而古人不可见矣。追念曩游不觉泣下，因成怀人诗以示，故人当能慰我。"其一："两年不见张奚若，一夜轻车过剑桥。谈笑来终欢梦远，小窗坐对雨萧萧。（奚若）"其二："同有归期未忍离，暂时相见莫相悲。人生第一销魂际，已有行期未别时。（叔永)"其三:"三日游仙愿未穷,座中惆怅少经农。雨窗新别堪肠断,何况相思未一逢。(经农)"其四:"两城相隔似邻扉,辛苦浮生见亦稀。有限光阴无限恨,春风日日唤将归。(志道)"

20日 徐世昌偕朱桂辛诸人到袁大总统墓地察看工程。又到袁宅,云台留饭久谈。

严修由东京至横滨。周恩来等送至车站。登亚细亚皇后船,同船者有范源濂、夏贻庭、吴勤训、张默君、孙凤藻、唐宝玥等。

叶德辉致函刘承干,为言长沙刻书并算命事。翌日再次致信刘承干,为言刻先祖诸书事。

[日] 白水淡作《三月十日偶成》。诗云:"男儿志在济时艰,马上拈诗忙里闲。五十春风吹鬓发,梦魂空绕乌拉山。"

21日 郑孝胥过赵竹君,以寿诗与之。

符璋夜饮金陵春,同坐为蔡、李、高、陈、宋、姜、曾等。高潜子编修出七律四章见示。

方守彝作《谷雨节剪盆中菖蒲,独嬉得句》。诗云:"去年剪春分,今年剪谷雨。白发照青蒲,青蒲笑欲语。嫌蒲叶老换新青,忘却自家老且腐。我笑青蒲所见差,老腐正是我自夸。随人转移属汝等,欣欣争取春风加。韶颜秀色纵汝弄,缨络明珠媚露华。长日深檐阶草满,帘波一碧玉生芽。老腐拥书自万卷,眼明细字无空花。青蒲青蒲认白发,剪刀中有有春无涯。"

舒昌森作《庆春泽·戊午谷雨,偕钱君企裴观支硎香市,并访明赵凡夫凿石处》。词云:"山映花红,波摇柳翠,春光遍染郊原。礼佛支硎,况逢风日暄妍。笑他稽首莲台下,闹纷纷、绣幰雕鞍。问何人,一瓣拈来,特地心虔。   寻幽且向磐陀谷,慕寒山凿石,曲涧流泉。绝壑飞桥,于今草翳藤缠。法螺指点庵犹在,剩吾侪、凭吊留连。听斜阳,几杵疏钟,又落人间。"

陈隆恪作《三月十一日,六、八两弟、封怀同游牛首山》。诗云:"驾言城南郊,簇影穿晓露。狭径开当前,俯仰驴背送。草花饰培塿,绿阴接无缝。荦确云薄间,迎眸牛首重。胜迹昭古今,绀宇余几栋。石磴翳茑萝,松声扇深痛。道化沦九渊,功德鸣虫颂。攀跻导僧雏,挥塵恣戏弄。级拾兜率岩,香袅文殊洞。浮屠蜕山腹,残碣记唐宋。铃铎咽不语,隆污我佛共。天风吹层巅,邱壑四面纵。古来双天阙,惨澹连伯仲。护此帝王都,挺身为世用。大运若缀旒,浮生寻一梦。结缘异日来,白云不须种。"

22日 沈曾植回嘉兴扫墓,其间整理残旧稿。

张震轩得来品莲师复函一通,知章君贡三已收到寿诗,因邮赠予《半箧秋词》2册、《集陶百联》1册,又品莲师近作十余首。

章鉴《时局打油诗三十首》本日及 24 日刊于《南洋总汇新报》"诗界"栏目。其二："元帅曹张发上冲，不容马上不交锋。如何讨伐领明诏，未见中央令服从。"其四："诏书大赦下丹墀，只是便宜梁士诒。到底江郎还到署，谁云铁面竟无私。"其八："不管渔阳战鼓鼙，英雄情绪被春迷。已将十斛明珠去，聘得刘娘作小妻。"十三："坐镇荆襄王占元，于今闭口亦无言。荷兰馆里听消息，袖手旁观张绍轩。"十四："琅琊总理出长安，相当人儿说铁珊。只是旋涡都不愿，上台容易下台难。"十七："护法西南唐继尧，频年入蜀太无聊。川中一片膏腴地，归我版图气亦销。"二十："大元帅府建高牙，门前中山亦自夸。国会非常无结果，水中明月镜中花。"二十一："可怜良佐太无良，更有糊涂周肇祥。报道一声我去也，满城风雨泣潇湘。"二十五："可笑川中查办使，江陵竟作五湖游。此公酷慕欧风甚，底事闲来尽踢球？"二十九："鲰生忍作口三缄，几首歪诗抵一函。寄语同舟诸伴侣，风高浪急好收帆！"

　　23 日　徐世昌首偕朱桂辛、郭诗屋、朱铁林到西关洗心亭旧园游眺，又同到百泉游览，席效泉、朱渭春亦至宴饮畅谈。

　　章士钊在北京大学国文研究所演讲逻辑学说史。

　　黄侃作《戊午三月十三夕偶题》。

　　24 日　张震轩作《大雹纪异》。序云："此次十中门窗屋瓦被雹损，修理非千余金不够，各班均停课三四日，西郭一带最受损失，有新筑洋教堂一座，被雹摧坏，顿时塌倒。洋货店玻璃顿时涨价，每片一尺须六七角上下方卖。全城玻璃损失不计其数。"诗云："鞭天掣地电光激，疾雷破空声霹雳。窗前山岳讶动摇，屋上江海惊涛击。号呼万窍势莫当，勃如战色心皇皇。其时大家侧耳听，始知雨雹冰不藏。巨者如拳细如弹，白似晶球光璀璨。掠过窗镜碎纷纷，猛类开花砲子散。扰攘时阅数分钟，败鳞残甲走玉龙。屋瓦不喧檐溜缓，方免胸间砧杵舂。嗟予生年近六十，大雹如斯罕见及。犹忆甲寅永瑞乡（甲寅九月朔大雹，瑞安一都、丽岙、七都、渔潭及永嘉茶山各村，田禾被雹伤者，数千亩），雹损田禾老农泣。争赴县署报免租，租不获免身翻拘。官言天灾时偶有，国家正税当容通。今番雹由括岭至，瓯当其冲独遭累。十中十师两学堂，瓦碎窗破难讲肄。巍峨西郭新教堂，倏时风雹摧灵光。纵有牧师来讲道，睹此横祸空彷徨。更闻有船泊江口，雹打缆断江心走。浪旋风卷人船翻，生命惨与波臣偶。雹乎雹乎胡为来，此理颇费人疑猜。春秋三书大雨雹，未详其理只言灾。临安俗呼为硬雨，谐语流传究何补。独汉大儒董江都，谓阴胁阳雹乃聚。春夏之间气郁蒸，盛阳发泄阴犹凝。荐雷轰轰震大地，雹随雨至势凭陵。非是天公弄狡狯，政体不修臣职坏。民心蕴结感苍穹，物候因而酿灾怪。古来五胡乱华时，石勒之朝雹尤奇。人畜被伤数近万，田禾山木荡无遗。斯事我疑史夸谩，由今思古理无间。中原物力日凋残，翻说共和时清晏。况复悍帅拥戈鋋，南北互争统治权。东瓯幸居偏僻处，得免烽火惊甘泉。试观长沙与巴蜀，竞唱无家惨别曲。机关炮发坚城摧，区区飞雹罚奚酷。思此翻然愁眉开，好修或挽天心回。政平时和风雨协，熙熙万物登春台。"

25日 《小说月报》第9卷第4号刊行。本期"传奇"栏目含《针师记传奇（续）》（北畴造诣、瞿安润文）；"弹词"栏目含《明月珠弹词（续）》（瞻庐）；"文苑·诗"栏目含《白雪曲（并序）》（湘臣）、《花朝日蓴农招陪社集，赋谢一首并乞转呈坐中诸君子》（宣颖）；"文苑·词"栏目含《新雁过妆楼·酒边闻歌》（沤尹）、《摸鱼儿·昆山访刘龙洲墓》（君直）、《霜叶飞·曩借宅吴门，岁辄一登天平览枫林之胜，迩来避地海上，游事遂废。丁巳九月始偕词侣重登此山，酒畔倚声，不胜衰感》（映庵）、《满庭芳·析津旅次》（次公）、《眉妩·赋河东君妆镜拓本》（瞿安）、《探芳信》（蓴农）、《高阳台·自题都元敬旧藏铜雀瓦砚》（蓴农）、《征招·寒夜》（蓴农）。

瞿鸿禨卒。瞿鸿禨（1850—1918），字子玖，号止庵，晚号西岩老人，湖南善化人。幼端默，成童毕诸经，十七补府学生员。从何绍基、郭嵩焘游。同治十年（1871）进士。散馆，授编修。光绪元年（1875），大考一等，擢侍讲学士。久乃迁詹士，晋内阁学士。先后典福建、广西乡试，督河南、浙江、四川学政。光绪二十五年（1899）迁礼部右侍郎，督江苏学政。值庚子之乱，两宫西狩，奔赴行在，道授左都御使，晋工部尚书。既至，命直军机，兼充政务大臣。上疏请废八股文，以策论试士，开经济特科，悉允行。旋充国史馆总裁。既改总理衙门为外务部，班列六部上，调任尚书。光绪三十二年（1906）为协办大学士。恽毓鼎劾其揽权恣纵，被罢归。翌年"丁未政潮"中，因与庆亲王奕劻及袁世凯生隙盾，又直言忤太后旨，被开缺回原籍长沙。晚年寓居上海，与海上遗老过从甚密，连成诗社，常雅集吟咏，或以诗互赠，与沈曾植、陈三立、梁鼎芬等互相唱和。晚景清贫自守，卒于上海。溥仪予谥"文慎"。著有《超览楼诗稿》《瞿文慎公文存》《止盦诗文集》若干卷，其诗现存四百四十多首，多作于清亡之后，后人辑成《瞿鸿禨集》。卒后，王舟瑶作《瞿文慎公挽词六首》。其一："沧海龙犹蛰，丹山凤竟衰。大星一夕殒，故国百年思。呜咽桐宫泪，凄凉汐社词。武乡惟谨慎，终荷圣明知。"其二："五省辎轩遍，三朝礼遇隆。少年贾太傅，中岁陆宣公。此去应无憾，难忘有故宫。料知臣靡魄，犹佐少康功。"陈三立作《瞿止庵相国挽诗》。诗云："江海青茫茫，染梦别公地。凭几督授稿，写印为校字。颜汗覆瓿作，敢取涸辙寐。留我耳中语，呜呼遂隔世。公早擢侍从，藉甚廊庙器。乘轺历方州，具瞻风教寄。桢干收俊髦，筐篚绝舆隶。召侮弄国柄，萧墙忧匪细。两宫果蒙尘，奔命干戈际。诸葛性谨慎，密勿综大计。揩拄返跸初，再睹乾坤霁。澹泊平津宏，调护邺侯泌。尽瘁帷幄间，恩宠偿狼狈。听履巧射影，初服依松桂。卧起超览楼（公退居长沙，有楼曰超览），湘流荡吟思。运极剧秦坑，悬喘穷海裔。贱子亦流人，故欢拾遗坠。谈舌喟不辰，引咎每含涕。苟活接汐社，老秃掣曹辈。销磨垒块胸，壮公富新制。蜗角一饷乐，聚散已殊势。酣歌断风雨，温馨蚀兰蕙。矧交豺兽迹，出没靡宁岁。撼痫钓游乡，波道血泥渍。村郭斥为墟，尔休导吞噬。陆沈终自决，天诱欲谁冀。一瞑揪万恨，惨淡诉先帝。虚空真灵翔，披发当下视。有身怜后死，贤达日相弃。冷月漏蜃楼，求索魂九逝。"陈宝琛撰挽联云："姚崇称应变才，忍看今日域中，十事开元思相业；白傅有感伤作，留揭他年墓表，一篇长庆哭诗人。"张元济撰挽联云："使立朝不为奸慝所排，讵令人水深火热至此；岂神州真有陆沉之祸，故夺我泰山梁木于先。"胡嗣瑗挽联云："孤臣避地，乃同韩偓淹留，三年忍泪相看，问紫气黄旗，孰开造化；先帝知人，曾许苏耆忠爱，一昔乘风归去，想琼楼玉宇，依旧高寒。"《清史稿·瞿鸿禨传》言其"持躬清刻"，"锐于任事"。陈三立撰《诰授光禄大夫协办大学士外务部尚书军机大臣善化瞿文慎公墓志铭》中言："及公归未五稔，武昌变起，万方瓦解，而国事已不可为矣。识者谓使公犹执政如故，即事势流极，无能骤挽，必不至大难方兴，控制失措，接引巨慝，自速倾覆。呜呼！天实为之！此公所饮恨洒泣，垂死而不忍回顾者也。始避兵穷山中，旋走上海，居久之，结侪辈寄诸吟咏，写幽忧，公之诗遂稍富而益工。"余肇康《瞿文慎公诗选遗墨·序》言瞿诗"导源汉魏，晚益肆力杜韩欧苏"。沈曾植《止庵诗集叙》言瞿氏"平生于《选》最深"。汪辟疆《光宣诗坛点将录》将瞿鸿禨判为"地奴星北山酒店催命判官李立"，判词云："安置妥帖平不颇。多乎多，曳落河。"

符璋午后诣延龄巷，与欧阳竟无一谈，佛学颇深。又，深夜作诗钟。

吴昌硕与王震（一亭）、黄山寿将海上题襟馆书画会征集所得书画陈列于爱俪园戬寿堂，下午举行书画助赈券开彩。

胡嗣芬过访陈三立，并示新诗。

26 日 《申报》第 16231 号刊行。本期《自由谈》载"词话"栏目，撰者"朱鸳雏"。

郑孝胥为吕霁川作《行状书后》一首，应刘光华代求所作。《吕霁川赴水救侄诗》云："仁者不违仁，造次与颠沛。斯时念未起，犯险曾不悔。吕公有族侄，游反夜方晦。严寒忽失足，水深不可厉。同行空惊叫，相顾莫为计。吕公径赴水，挽侄履平地。重裘虽尽湿，勇气真盖世。定知有神助，欢喜失狼狈。坐言与起行，抚己每多愧。瞑目试思之，勿遽矜我辈。"

27 日 恽代英与冼伯言、余家菊至武昌青年会，成立仁社，宗旨为"以群策群力之功，达成己成人之鹄"。

魏清德《春晚》（限真韵）（二首）发表于本日及次日《台湾日日新报》。其一："又过清明上巳辰，红稀渐觉绿初匀。黄蜂衙闹天将热，紫燕巢成子未驯。回首总教人意懒，遣怀无那酒杯亲。可堪风雨连宵至，似促东皇税驾频。"其二："记曾小阁共迎春，逝水韶光感喟频。渐觉繁华归幻梦，不胜迟暮惜佳人。将离开过花无主，杜宇啼残酒有神。莫漫重赓金缕曲，绿匀世界欲翻新。"

[日]那智惇斋作《戊午三月十七日,中洲夫子招门下诸子绘原村庄张观梅筵,赋诗见似,余乃奉次瑶韵以谢》。诗云:"高卧村庄里,老梅相伴娱。花缘清水发,鸟逐暗香呼。养寿多其有,夸功澹且无。后生谁企及,岂弗愈林逋。"

28日 沈曾植与王甲荣谈庚子年事。

张元济约高凤池、鲍咸昌、周锡三、李宣龚、陈叔通等在寓便饭,看牡丹。

张良遬作《三月十八日邀梦莲、颂岑及丞午、愚亭、宾谷小酌,兼送别李、周二子四首》。其一:"奎壁分光照草庐,汝南月旦在零娄。山王官贵非吾偶,嵇阮交深似子无。樱笋厨开春色晚,梁园人去客星孤。竹溪一会论今古,六逸重摹付画图。"其二:"诗成金谷令先传,同咏霓裳集众仙。洛社耆英修故事,温公末座未华颠(同坐六人,宾谷最少)。鸬鹚勺泛葡萄绿,鸲鹆舞翻玳瑁筵。稷下酒楼搥碎否,当须举白问青莲(颂岑归自稷下,前夕大醉,梦莲亦在坐)。"

闵尔昌作《三月十八夕与王书衡、王义门、姚柳屏、吴董卿、刘聚卿集章曼仙寓斋,听杨时百弹琴》。诗云:"坐客无言尽整襟,湘帘淡月夜愔愔。清商三弄杨高士,为写萧寥太古心。"

29日 符璋赠欧阳竟无七律一首。

严修到坎拿大之温哥华。温哥华领事王麟阁来照料。

陈曾寿寄吴宽仲《济南感旧诗》予郑孝胥。

30日 《申报》第16235号刊行。本期《自由谈》载"联话"栏目,撰者"佛子"。

《国立北京大学廿周年纪念册》编竣发行。刘师培作骈文《题词》以祝。

下旬 沈曾植与吴受福、盛沅、岳廷彬、金蓉镜会于南湖高士祠并摄影。

本　月

《沪江月》(月刊)于上海创刊。张枕绿主编,沪江月社发行,第5期改由振社发行。主要栏目有"文苑""寓言""笑林""鸿印""瀛闻""月旦""杂俎"等。吴梅常有诗词刊载于此。创刊号"文苑"栏目含《感时》(含章)、《野人闲咏二首》(季振公)、《看菊》(时芳)、《点绛唇·秋夜有怀》(金戈止)、《前调·秋闺》(前人)。

《浙江兵事杂志》第48期刊行。本期"文艺·诗录"栏目含《答和顾子才见赠原韵》(后者)、《汤溪百善村十二首》(后者)、《拔可书告将东游赋寄》(贞壮)、《兽鲁桥〈乔木鸣蝉图〉》(贞壮)、《湖上晚兴》(贞壮)、《晨起漫书》(贞壮)、《病起见庭中红梅》(贞壮)、《承伯得严颢亭先生画扇,遂名其堂曰"景严",为赋一诗》(贞壮)、《岁腊卧病,朋好存问稠叠,病起赋谢》(贞壮)、《开岁第三日雨》(贞壮)、《西岸》(贞壮)、《欧战感言》(巽卿)、《赠友》(思声)、《述感》(思声)、《赠别稚兰,即次留别韵》(思声)、《晚春薄暮独游吴山,小憩山麓,远望有作》(壮飞)、《春日湖游,屐齿所及,各系一诗》(让之)、《岁晚》(简子)。

《广仓学会杂志》第3期刊行。本期"词"栏目含《水调歌》(王惠生)、《寿星明》(德瑛女士田承祺)、《玲珑四犯》(嘉定吴邦升允吉)、《万年欢》(罗振常)、《百字令》(宝山舒昌森问楳)、《洞仙歌》(高翀太痴)、《昼夜乐》(吴江庞庆麟小雅)、《玉女摇仙佩》(吴惟聪耳似)、《金人捧露盘》(前人)、《鹊桥仙》(邹弢翰飞)、《生查子》(陆祥甸孙)。

《青年进步》第12册刊行。本期"文苑·诗录"栏目含《金陵杂感十之六》(杨舞心自上海青年会童子部来稿)、《暮春过扬州有感》(朱永杰自烟台来稿)、《有寄》(朱永杰)、《哀荒冢》(天贶)。

湖南长沙开福寺被毁,唯梁大同石佛岿然独存,释永光(海印上人)征诗赞诵,刘善泽、许崇熙等作诗。

汪煦卒。汪煦,字符生,江苏无锡人。归安杨邱塯。官浙江知州,以某案获谴,家沪上。工诗词,书法奇兀,尽得迟鸿轩衣钵。吴昌硕作《挽汪符生》(二首),周梦坡作《符生既逝,道文哀以诗,予亦继声》《挽汪符生刺史煦》(二首)。其中,吴昌硕《挽汪符生》其一:"题诗人日草堂过,别我何堪一刹那。噩耗颇疑传未确,当年海外有东坡。"其二:"无家别写凄凉色,不系舟容老病身。潭水桃花残照里,呜呜弹泪忆汪伦。"

吴端任卒。胡雪抱作《挽端任二首》。其一:"得来清气有谁同?竟负平生绣虎工。博爱名言旁墨氏,韶龄孝誉近黄童。江潭旅食垂杨绿,湖曲移舟小榭红。长记水仙回浩唱,淡烟扶月出遥空。"其二:"连环赠佩感花前,百衲遗琴认酒边。才不逮卿惟数齿,忧还过我恐伤年。仙郎慧命符长吉,书记风流失仲宣。凄断喘丝归卧日,有人亭子泣湘弦。"

陈宝琛作《清副贡丁君妻刘孺人圹铭》。铭曰:"招隐之麓诸峰环,幽宫蔽翳遗魄安,湛然灵淑还名山。"末署"闽县陈宝琛撰文,南丰赵世骏书丹"。

陈三立应胡思敬所属,题其所藏谢文节公小像,诗题为《瘦唐属题所藏谢文节公小像》(二首)。其一:"挂冠留句决安危,一往江湖万泪丝。今更照天羞面目,梦中折柳谢公祠。"其二:"奇骨疏髯故绝伦,史迁同写饿夫真。心香曳作云雷气,起世应添卖卜人。"

吴昌硕为徐星周撰《〈藕花庵印存〉序》。序云:"余嗜印学垂五十年,此中三昧审之独详。书画之暇,间作《缶庐印存》。一生所作仅存百余方,匠心构思,累黍万顷,千载下之人,而欲孕育千载上之意味,时流露于方寸铁中,则虽四五文字,宛然若断碑坠简,陈列几席,古趣盎如,不亦难乎!星周与余有同嗜焉,一志印学,无所旁涉,为刻《藕花庵印存》。越十年而成,请益于余,展读再四,精粹如秦玺,古拙如汉碣,兼以彝器封泥,靡不采精撷华,运智抱拙,星周之心力俱瘁矣,星周之造诣亦深矣。

夫刻印本不难,而难于字体之纯一,配置之疏密,朱白之分布,方圆之互异,更有甚者,信手捉刀,鲁鱼亥豕,散见零星,辄谓缪篆,如斯若可,无庸研究,而陋塞之士遂据以为根柢,则此贻祸于印学者实非浅鲜。星周通六书之旨,是以印学具有渊源,余虽与之谈艺,盖欣吾道之不孤也。余曷敢为之序。戊午暮春之初,安吉吴昌硕,年七十又五。"又,为丽云篆书"求贤作人"七言联云:"求贤弓车写真识;作人朴械多净阴。丽云仁兄雅属,为集猎碣字。时戊午三月,七十五叟吴昌硕。"为严信厚绘《古木苍寒图》并题诗云:"古树苍寒莽夕晖,美人螺髻厌双眉。坐看云起人难画,除却王维更有谁。录旧句补空,筱舫仁世兄有道之属。戊午三月,吴昌硕。"为作新绘《荷花图》并题诗云:"昨宵八大入梦,督我把笔画荷。浩荡烟波一片,五湖无主奈何。作新先生正之。戊午春,昌硕。"又,客虞山,绘《杏花图》并题诗云:"晓镜娇烟鬓湿,小楼听雨眠迟。待到上林春信,一花先发高枝。戊午春客虞山,见奚铁生画杏花小帧,兹拟其意。吴昌硕年七十有五。"又,为文硕篆书"小囷归舟"五言联云:"小囷游帛鹿;归舟燕黄鱼。文硕仁兄属,集石鼓文字。时戊午春,七十十五叟吴昌硕。"又,为伯泉篆书"置酒投壶"七言联云:"置酒张灯促华馔;投壶散帻有余清。伯泉仁兄雅属,为集杜诗。时戊午春,七十五叟吴昌硕。"又,为李照松篆书"鹿永鱼乐"八言联云:"鹿永自天其导孔硕;鱼乐于水以游既深。月泉仁兄属篆,集阮刻北宋本石鼓字。时戊午春,七十五叟吴昌硕。"又,为静亭绘《寿桃》颂其寿,为有竹斋夫绘《富贵神仙图》,为良栋绘《牡丹芭蕉图》。

周梦坡约崔磬石方伯饮古渝轩。周即席赋诗,崔方伯及吴缶庐、章一山、恽季申诸人均有和作。

萧瑞麟自成都赴毕节,入会泽唐公(继尧)幕府。

傅熊湘因湘军败于岳州,归醴陵家。邑中遭兵燹,城乡尽焚。

唐文治表姐夫俞隶云卒,唐文治为作《俞君隶云墓志铭》。

郑裕孚修范、云二公祠,复其祀典,作诗以记之。

徐悲鸿因罗瘿公结识梅兰芳。观梅演《天女散花》后,为梅绘彩色《天女散花图》一幅,并题诗云:"花落纷纷下,人凡宁不迷;庄严菩萨相,妙丽貌神姿。"款题:"戊午暮春,为畹华写其风流曼妙天女散花之影。江南徐悲鸿。"梅兰芳又请罗瘿公在画心题一绝云:"后人欲识梅郎面,无术灵方更驻颜;不有徐生传妙笔,安知天女在人间。"

罗章龙去日本留学。新民学会会员在长沙北门外平浪宫宴集饯行。毛泽东用"二十八画生"笔名作诗一首相赠,题为《送纵宇一郎东行》。诗云:"云开衡岳积阴止,天马凤凰春树里。年少峥嵘屈贾才,山川奇气曾钟此。君行吾为发浩歌,鲲鹏击浪从兹始。洞庭湘水涨连天,艟艨巨舰直东指。无端散出一天愁,幸被东风吹万里。丈夫何事足萦怀,要将宇宙看秭米。沧海横流安足虑,世事纷纭从君理。管却自家身与心,胸中日月常新美。名世于今五百年,诸公碌碌皆余子。平浪宫前友谊多,崇明对马衣带水。东瀛濯剑有书还,我返自崖君去矣。"罗氏后将该诗抄录于《椿园诗草》中,并作序云:"一九一八年,余决定赴日本留学,新民学会同仁均赞襄其事。乃从长沙乘轮直航上海,轮船启碇前,二十八划生到埠头送行,面交一函,内题'为纵宇东渡,有诗一首为赠'。"

陶行知应江苏省教育会黄炎培之邀,陪同暨南学校学生等20余人游览南京北郊北固乡之燕子矶,并摄影留念。陶行知作《北固乡道上》。序云:"偕黄任之先生等二十余人游燕子矶,道经北固乡之情景。"诗云:"无限春光好,行行北固乡。村童惊客众,一路数车忙。"

郁达夫致函郁华。《致郁华书》云:"日来预备校课,自旦至暮无半刻暇。久欲作书相报,因不能偷得闲工夫,是以延引至今。罪甚罪甚。今年暑假,弟不欲西归,因车窗船室最易劳人。病里微躯,恐不足以支数千里风尘劳苦也。时势日非,弟厌世日甚一日。鲜民之生,何如死之久乎。春假中扶病游西京,承友生盛意,得尽十日之欢。《登大悲阁,闻友人情话有作》云:'不怨开迟怨落迟,看花人正病相思。可怜逼近中年作,都是伤心小杜诗。烟景又当三月暮,交情虚负五年知。岚山倘有闲田地,愿向丛林借一枝。'"

夏承焘作南通、无锡参观记数则,忆青笔记数则。

裴景福撰《睫闇诗钞》(10卷)由上海商务印书馆印行。门人金保权之兄金保福精楷书写。集前有丁巳秋日门下士金保权署签,张隽、冒鹤亭、姚永概、陈澹然作序,姚永概、方守彝致函及题词。内含《吴船集》《岭云集》《西征集》《化城集》《东归集》《风泉集》。其中,冒鹤亭序云:"广生甫垂髫,留意当世贤豪长者,辄知霍邱有裴睫闇先生。洎应童子试,又出尊公浩亭夫子门下。因得识睫闇,并尽读睫闇之所为诗。睫闇未弱冠,即挂名朝籍。三十掇甲科。将四十,由户部改官知县。初补广东之陆丰,既而历番禺、潮阳、南海。所至号称难治,而睫闇治之辄裕如。遇有暇日,则益肆力于诗,牢笼万有,变化不测。不识睫闇者,疑其为汝、颍之士,状貌瑰异。及一接颜色,乃知恂恂儒雅,语言若不忍造怒于人也。顾其中所蕴蓄,磅礴郁积,虽所遭际极之他人畔援歆羡而不能得,而其诗常若有所不豫,而托之山巅水涯者。嗟乎!此姚惜抱所谓'事有旁观见为功名之美,而君子中心欿然也'。假令睫闇少有宦情,供职郎署,平流而进,当至监司。中更哀乐,外逼忧患,求焉承平贵游不得,求焉山林枯槁亦不得。彷徨四顾,日月急景,始假县令以效其茧丝保障之才。两宰首邑,岭海多故。遇有兴革要政,大吏倾心咨询,辄视睫闇一言为行止。然犹伣伣泚泚,低首下心,稍不自抑,谤随其后。目中所见,既非平日愿见之人;耳中所闻,复非平日愿闻之言。若之何其不有退心也!因序睫闇之诗一及之。世有知者,当以广生之言为悲;世无知者,几何不以广生之言为狂且瞽也。光绪辛丑，如皋冒广生序于广州南海县署。"姚永概序云：
"余尝以为文章之成也有三：赋之自天者曰才，造之于人者曰学，惟境也者，天与人交
致而不可一阙。天予以特殊之境矣，人或不胜其艰困，无复聊赖，甚者堕其气而殒其
身。不善于承天，足以昌其才与学者，转自负之，是岂天之咎欤？天宝之乱，杜子美
以稷、契自命，而流离饥寒，卒不得一效，故发为诗歌，冠绝有唐。其后苏子瞻以命
世之才，安置黄州七年，已老犹为儋耳万里之行，故子瞻诗文，亦以海外为极盛。向
使彼二子者，不能亨其心以顺受，则其境固非生人所堪，亦与寻常之夫叹息悲忧以至
于死而已耳，乌得有鸿博绝丽之辞以至于今乎？是故有境乃可成其才，亦必有学乃
可用其境。吾益以知义理之学之不可一日去身，即求之文章而亦然也。霍邱裴伯谦
先生，以名进士出宰粤东，才略颇见于世矣。乃迕大府意，罗织之几不测。既不得其
罪状，犹逼偿巨万金，且永戍新疆。行更寒暑，一仆又中道毙。丙午到戍，戊申赦归。
归逾年，值国变，而伯谦已将六十矣。是其境与子美、子瞻略同。余初闻伯谦于肯堂，
伯谦亦因肯堂而知余。今年初夏，乃相晤于马君冀平座上。伯谦即出其生平所为诗，
曰《吴船》《岭云》《西征》《化城》《东归》《风泉》诸集，以示余，且使为之序。余读
之，爱不能释。因屏百务，穷十日力乃竟。因叹曰：嗟乎！若伯谦之诗，可谓境不负
才矣。吾闻其家学，以宋贤为根柢。其赴北庭也，著《河海昆仑录》。于山川、道路、
风俗、政教，考之綦详。而余之所服膺者，尤在能处忧患之中而不忘省察克治之功也。
然则伯谦之不负其境，不更以学乎哉？伯谦于古大家诗，无所不学，至其得力于杜、
苏为多。《吴船》《岭云》两集，才气已为极盛。至《西征》以后，光气发见，尤可喜可愕，
足追并古人。惜乎肯堂已前死，不及见也。余岂足以序伯谦之诗乎？聊述所知以质
之而已。甲寅七月，桐城姚永概序。"方守彝题词其一序云："叔节寄来伯谦先生诗序，
属彝交去，因题其后以为赠。先生文学、政事，宿有声闻，绝域归来，名益高，而道之
养者，抑尤深矣！"诗云："丹穴一远探，高张凤凰声。九苞垂五色，音与箾韶成。向
来毛羽辈，止解唧啾鸣。老雅太憨直，黄鸟多哀矜。势利笑燕鹊，文雉乃不贞。山鸡
与孔翠，默默妒华荣。骄人惟百舌，如簧美流莺。要皆河伯尔，庞然秋潦横。试与听
朝阳，能不海若惊。干莫本良冶，矫矫双龙把。一自埋狱底，宝气照分野。从此出世
间，妖魔白昼寡。吁嗟绕指柔，端归百炼者。"

吴庚撰《空山人遗稿》(4卷)刊行。集前有赵圻年作序，张瑞玑作墓志铭。其
中，赵序云："古来文章高一世、气节雄万夫而湮没不传者，多矣。幸而诗传，或气节
为文章所掩，或文章为气节所掩，皆不可知之事也。知其不可知而遂听之，施诸己则
可，施诸人则不可。吾友空山人丁世运□奇变，事未至，则求速去，事既至，则言速死。
沧桑陵谷，感不绝心，殆谢叠山、傅青主之流也。如是，当以气节传。其为文如天马
行空、神化夭矫，人比之袁随园，吾谓过之。如是，当以文章传。夫文章小技耳。果

为气节所掩，何幸如之。而何不幸至于今也。今之伦纪一变，理想一变，泰山之重，鸿毛视之。今若此，后此可知矣。毋宁降格而求，以冀存其文字于万一，呜乎！可不悲乎！惟是山人平生著作不自顾惜，脱稿即弃去，尺帛弗存。予尝稍稍讽之。山人之言曰：'吾少年工制艺，间作古文，如骏鹘生驹，不受羁靮，吾病其不纯也，弗之存。中年为奏疏、为公牍，能达人所不能达，言人所不敢言，吾病其刀笔也，弗之存。今吾与子待死深山，心绪恶劣，不欲多作。有所作，子皆见之，吾病其伤时也，仍弗之存。'予笑曰：'山人欺予哉？'山人序姜桂岑诗曰：'没世不可知先生之诗，亦可以不作矣。'又序予《百忧集》曰：'天下无人忧而道人忧之，道人忧之而天下仍无忧之者，道人亦可已矣。'由是观之，古人因发愤而著书，山人因发愤而反不存稿，且劝人不必作，甚矣。其空也，相与轩然，复相与凄然。今山人墓城宿草，吾惟其并此区区文字而亦湮没。于是竭半载之力，仅搜获其零星文稿数十篇。半为通籍后作，半为还山后作。又即其家，得诗稿一册，则少作居多。益以近年与予唱和诸作，都数十首，是又区区文字中十百之一耳。略为诠次，分文稿二卷、诗稿一卷，醵资梓行，以尽吾心之所安。传与不传，不关此也。所冀读其文者，哀其志，毋徒视为文苑传中人，期可矣。丁巳嘉平下浣意空道人序于乡宁侨寓。"又识云："去岁三月，空山人引予襄纂《乡宁邑乘》，五月，山人没，六月，陕寇大至，武城薪木，并罹劫灰，或有以纥干冻雀讽劝者，予以亡友不可负，半途不可辍也，必踵成之。而邑乘限于卷帙，山人文艺苦不能全载，于是别辑山人遗稿三卷，两书告成，付之手民，则已改岁矣。稍事休息，且谋移居，而心怓怓然，终以前三卷挂一漏万为憾，再四搜罗，枯坐默忆，复勉强得一卷，以补前数之不足，而尽吾心之所安，于山人仍无所加也。山人无所知，斯已矣，没而有知，必笑曰：'天生劳人，即危城破庐中，倚装假寐数夕，亦无福消受，徒自苦耳。'戊午花朝，意空道人又识。"

张謇作《先室十周忌日，为礼佛于文峰塔院，成七言八韵》。诗云："人事仓黄老亦催，不鳏辛苦眼犹开。十年荦荦当家感，一别沉沉拱木哀。儿已生儿君可慰，我宁作我世何猜。营斋差幸非官俸，荐福惟应到佛台。石阙云笼初地接，塔铃风雨殡宫来。城东山水阴晴秀，天上尊章飨祀陪。传信空留荒碣字，塞悲无奈纸钱灰。经坛礼罢余凄怆，过墓端须月几回。"

张良遵作《暮春即景》。诗云："岛筑藏春化日长，亭开野史著书忙。山随谢眺青当户，柳爱陶潜绿过墙。汲井浇花晨抱瓮，开筵醉月夜飞觞。拼同李远消棋局，不管荆凡是孰亡。"

陈懋鼎作《王逸塘约太平湖废邸赏花》。诗云："荒径新开重见招，人中故是阿龙超。稍回远想亲风雅，坐遣芳辰动市朝。旧水记从何代涸，晚花禁得几番飘。未须苦觅春风主，老树遗台意自骄。"

谭延闿作《到广州口占》《武鸣》(本年4月赴广西求援桂系途中)。其中,《到广州口占》云:"二十年前叠鼓声,今来仍向耳边鸣。旧人老尽长堤改,怅触平生是此行。"《武鸣》云:"驰道真如砥,轻车入武鸣。苔苔春欲暮,濯濯稻初生。野旷群山合,江晴一水清。主人能好客,何惜百壶倾。"

唐继尧作《戊午饯春》。诗云:"兰风蕙露送春回,无限离愁到酒杯。萋草不应滋汝蔓,戎花何事向人开。嗔闻倦枕流莺语,怕卷疏帘睇燕猜。一杵晨钟云树外,年华回首几徘徊。"

林苍作《春尽日,石遗丈招饮匹园感赋》。诗云:"晨兴喜新晴,忘却春垂尽。招邀得寸纸,陡觉新题紧。日斜过匹园,花净树留影。主人如春风,入座意先醒。相将上层楼,烟岚出屋顶。全山余一片,可惜无多景。怅然下呼酒,咄嗟足蔬笋。尊前六七人,饯春只自饮。一年几佳日,独让诗人省。繁华事易非,泪落还强忍。墙阴红石榴,取伴无聊境。春去行复来,人老须酩酊。书堆中有世,风味久弥永。莫问落花时,桑海亦俄倾。"

刘大同作《戊午三月与日友游松山观石穴》。诗云:"太古以穴居,斫石在山嵎。不需茅与茨,窟亦胜于无。莫笑古人拙,莫嗤古人愚。浑朴见天真,灵空入太虚。聊以避风雨,寿此百年躯。逐客来游此,携杖松山隅。远望如蜂窠,洞口二百余。不是白云窟,而岂虎穴区。苔藓生其中,光辉耀碧瑜。疑是不死药,采采亦仙乎。古人不知处,今人复何如。蓬壶风月多,天地以为庐。"

刘约真作《感事七律一首》。序云:"戊午暮春,醴陵难作。率族中妇孺登舟奔避。溯流上驶,衔联数十艘。逾宿入萍乡境,遇黎瑾珊茂才,以其祠屋见假。众始帖然。因感徐福泛海求仙故事。漫成七律一首。"诗云:"管领童男五百人,飘然鼓枻避嬴秦。生憎弱水难飞渡,不分蓬莱即比邻。玉宇琼楼容小住,岭猿林鹤解相亲。洞天日月刚弹指,见说人间海又尘。"

程潜作《耒阳遏寇》。诗云:"融风吹旷野,玄云霭和春。总辔出衡城,洒泪渡东津。沿途睹播植,劬哉念人民。休戚与我共,忧危累汝分。本愿希北指,如今愧南辕。挥剑收溃卒,振缨励全军。固圉新堑垒,依险置兵屯。遏寇必茹苦,复仇期卧薪。外惟白日鉴,内扶赤心存。鞅掌忘寝食,感奋集朝昏。"

龚令菁作《戊午暮春赴沪,作此留别旧居》(二首)。其一:"沉沉庭院景清幽,回首东风怅旧游。才送春归侬又去,落花满地不胜愁。"其二:"疏篱曲径绝尘埃,芳草青青护石苔。遥想小窗人去后,重帘不卷燕归来。"

[日]佐治为善作《晚春》。诗云:"日永无人到,茶烟绕竹微。鹃穿新绿叫,蝶趁落红飞。静里闲愁在,老来佳句稀。眼前春又暮,惆怅看残晖。"

[日]久保得二作《暮春江村》。诗云:"雨后桃花尽,烟晴午景澄。垂杨双渚合,

新水半篙增。鸥鸟去随艇，鳜鱼初上罾。行吟曳筇过，沙岸似西兴。"

◇ 五 月 ◇

1日　《尚志》第1卷第7号刊行。本期"文录"栏目含《章子和墓志铭》（黎庶昌遗稿）、《〈释岩栖月谷诗合刻〉序》（李坤）、《李氏宗谱序》（秦光玉）、《〈云南省立第一中学校第三班毕业生同学录〉序》（童振藻）、《订正新理科书序》（由云龙）；"诗录"栏目含《同仲钧游莲花池》（袁丕钧）、《同奉之姑丈游小水城，得诗一首》（袁丕钧）、《普陀岩》（袁丕钧）、《云水亭》（袁丕钧）、《石林寺》（袁丕钧）、《来鹤亭》（袁丕钧）、《次泉兄筑室数椽于城南燠东塘，予省视祖茔小憩于此，爱其清雅绝俗，赋诗一首以寄意焉》（袁丕钧）、《拟古诗四首》（《行行重行行》《西北有高楼》《迢迢牵牛星》《驱车上东门》）、《春日咏怀四首》（刘赜）。

《诗声》第3卷第5号于澳门刊行。本期"笔记"栏目含《雪堂丛拾（十二）》（澹於）、《水佩风裳室笔记（廿二）》（秋雪）、《乙庵诗缀（十六）》（印雪）；"诗话"栏目含《霏雪楼诗话（八）》（伍晦厂）、《心陶阁诗话（一）》（沛功）；"诗格"栏目含《雪堂诗格甲卷（五）》（子厂）、《诗之魂（二）》（檀画）：《垓下歌》、《饮马长城窟行》（蔡邕）、《古诗十九首（录四）》；"词苑"栏目含《澳门竹枝词三十首（录十）》（沛功）。《来稿最录》：《为朱九江京卿请祀乡贤祠，募得九千金，置祭田，赡遗裔，归朱孔怀堂绅老经理，后人不得变鬻，以垂久远，因为长句纪其事》（再传弟子邹崖布衣何藻翔初稿）。另有其他篇目《雪堂第四十三课题》《雪堂启事》。其中，《雪堂第四十三课题》为《夏感》，要求"限填词，准旧历戊午年五月朔日收齐。"《雪堂启事》云："社友诸君鉴，第四十、四十一、四十二各课，其未缴卷者，请即交来汇刊，是所感祷。"

严修发温哥华，登船至维多利亚。李梦九、李勉辰相迎。寓皇后旅馆。午赴李梦九等北京楼之宴毕，又赴华侨小学，晚观剧。

王大觉作《三月二十一夜同亚卢、楚伧作》。诗云："中原茫茫几人豪，何必挑灯读楚骚。醉拍阑干春万里，横刀笑指客星高。"

2日　《申报》第16237号刊行。本期《自由谈》"诗囊"栏目含《题〈黄氏族葬图〉》（四首，天虚我生）。

苏曼殊卒于上海。苏曼殊（1884—1918），原名戬，字子谷，学名元瑛（亦作玄瑛），法名博经，法号曼殊，笔名印禅、苏湜。祖籍广东香山，出生于日本横滨。父为旅日华商，母为日本人。6岁返乡读书。13岁至上海，始习英文。1898年赴日本，入横滨大同学校。1902年入东京早稻田大学高等预科，在日期间结识陈独秀、章士钊、廖仲恺和何香凝等留学生，并先后参加在日本成立的革命团体如青年会、兴中会等。翌年，改入成城学校学陆军，并加入拒俄义勇军及军国民教育会。同年辍学回国，至苏州吴中公学任教。旋至上海任《国民日报》翻译，于该报连载半译半作小说《惨世界》。其间与章炳麟、柳亚子等人交游。报纸被封后赴香港，又至惠州削发为僧。1904年曾欲暗杀康有为，后经人劝阻而终止。随即南游暹罗、锡兰，习梵文。返国后，先后执教于长沙湖南实业学堂、南京陆军小学、长沙明德学堂、芜湖皖江中学。1907年东渡日本，与章炳麟等发起组织"亚洲和亲会"，并与鲁迅等人筹办文艺刊物《新生》未果。1908年出版《文学因缘》。次年，所译《拜伦诗选》成书，以古体诗翻译《哀希腊》《去国行》等篇。同年南游新加坡诸岛。辛亥革命后回国，入南社，发表《断鸿零雁记》。旋赴日本。1914年刊布《天涯红泪记》。出版编译中英诗歌合集《汉英三昧集》。随后两年，《绛纱记》《焚剑记》《碎簪记》陆续刊发。"二次革命"后积极参加反袁斗争。临终遗言曰："一切有情，都无挂碍。"卒后葬于西泠桥，与苏小小墓南北相对。著有诗集《燕子龛遗诗》、散文集《岭海幽光录》《燕子龛随笔》等，小说除《惨世界》外俱用文言。遗作由友人柳亚子辑为《曼殊全集》。陶菊隐《政海轶闻》中为之传曰："苏曼殊，以诗人致力革命，所著诗文小说脍炙人口。擅语言学，梵文及英、日、德、法诸国文字，无不精谙。母为东瀛产，曼殊髫龄时，就塾扶桑三岛间。钟情一日女，《断鸿零雁记》一书，盖自述也。以身世言，日本为其第二祖国，而生平恶日人如寇仇，侨居数稔，不肯操日语，宁辗转觅舌人，不惮烦也。曾染流行病，友人访之，讶曰：'胡不就医？'曼殊不答，乱以他语，友强之入医院，则曰：'盛意殷拳，弥可感念。然拙性君所知也，倘不以通事为劳，将从君请。'友笑曰：'此事优为之，毋虑。'乃相偕赴医院，医者款接殷勤，叩所苦，曼殊无语，友代告，医且询且笔之于纸。俄顷，失曼殊所在，遍觅不得，友向医者致歉而别，还询其家，曼殊在焉。友让之曰：'君有童稚气，去而忽返，不谋之于我，何也？'曼殊曰：'我不任咎，君传语乖误，疾病岂可乱施药剂耶？'友赧然曰：'然则君自言之，奚害？'曼殊曰：'君忘吾不操日语乎？'友语塞而去。曼殊性脱略，无人己之界，囊空如洗，不称贷友人，有周济之者，受而不谢，亦不复偿欠。尝断炊数日，偃卧呻吟，自忘所苦，友至，叹曰：'吾迟来一步，君为饿殍矣。'为之具饭食，馈百金而去。越数日，复往视之，偃卧呻吟如前状，骇曰：'君欲绝食自毙耶？'曼殊喃喃曰：'吾曩得君钱，腹饥顿解。欣然行于市，见自动车构制绝精美，好之，购置家中。又遇乞人，不食三日矣，倾余囊以献。'友曰：'君未习乘坐法，购车奚为？'曼殊曰：'无他，从心所欲而已。'友笑其痴而哀其遇，遣一仆伴之。光绪末年，曼殊入长沙任实业学堂舍监。舍监位最卑，恒为生徒所侮弄。曼殊背人兀坐，歌哭无常，见人时，目炯炯直视，数分钟不转瞬，举校呼为'苏神经'，寻被褫被去，无识为诗人、画家、革命志士者。曼殊饮食无常度，或兼人之量，或数日不举箸，终以胃疾死。"柳亚子作《哭苏曼殊》（四首）其一："白马投荒计未能，歌姬乞食亦何曾。鬓丝禅榻寻常死，凄绝南朝第一僧。"其二："壮士横刀事已非，美人挟瑟欲何依？七年絮语分明在，重展遗书涕似縻。（'壮士横刀看草檄，美人挟瑟索题诗'，君光复岁寄余书中语）"其三："文采风流我不如，英雄延揽志非疏。千秋绝笔真成绝，忍对荒城饮马图！（《荒城饮马图》。君为伯先先烈作，余得其影本）"其四："潇潇暮雨过吴门，一水红梨旧梦痕。无那落梅时节近，江城五月为招魂（君曾客盛湖，寓余妇兄家累月）。"李光作《吊曼殊次亚子韵》（四首）其一："横刀挟瑟倦犹能，歌哭人天我亦曾。如此心情如此世，何须留命作诗僧。"高旭作《挽曼殊上人》云："弃儒而遁佛，知也已无涯。江海瘦魂魄，风霜欺鬓华。怀人画杨柳，将母恋樱花。证果此其分，何须著叹嗟！"太虚大师作挽诗云："昔年精舍建只洹，我亦宜南学弄丸。十载未能谋半面，一书曾忆剖双肝。天荒集里同留句，世乱声中忽盖棺。不信奇人竟庸死，欲歌《薤露》意先寒。"黄节作《江干与滨虹同视曼殊殡》云："一棺江舍未经时，冒暑来寻或有知。已负生死元伯语，所哀尘露步兵诗。尺书病革犹相问（曼殊濒死，嘱高伧父报书于余），晚岁楼居不可期（十年前，曾与曼殊同居江上藏书楼）。只有茫茫忧患意，乱蝉斜照共衔悲。"王大觉作《吊苏曼殊四首》其一："欲修慧命究何曾，夜雨枯庵佛火冰。终遣春人横玉瑟，海山落日吊寒僧。"其二："一尺蒲团万里潮，担经渡海雪刁刁。遮门破叶天南寺，寒锡横云梦六朝。"其三："也曾跨马到苏州，一曲吴娘水阁头。记取笺愁传烛夜，筝床堕月卷帘秋。"其四："隔江烟雨晚潇潇，纵有骚魂不可招。此后樱花桥畔路，更谁月夜独吹箫。"杨庶堪作《吊曼殊》（二首）其一："忉利诗魂不可招，弥天一衲见风标。真淳不独如三代，清旷还应似六朝。支遁远筇春寂寂，倪迂残画晚萧萧。笼纱别有伤心在，白马投荒未自聊。"其二："绝代风流僧画师，孤山同棹使人思。未应何肉妨禅定，空对巫芝拟艳词。贝叶重翻寻鹫岭，樱花流咏入虾夷。武林一老今头白，惆怅交亲半死离。"傅熊湘《苏曼殊〈燕子龛遗诗〉跋》云："曼殊天才清逸，又深习内典，出其余事，为诗与画，故自超旷绝俗，非必若尘土下士劳劳于楮墨间也。"陈声聪《兼于阁诗话》云："似儒非儒，似侠非侠，似禅非禅，如曼殊者，殆古之狂欤！"

符璋偕黄、李、赵游孝陵明宫，得七律二首。又，林浮泚诗钟揭晓：甲等四分，一、三、十二、十八；乙等四分，三、四十四、一百〇一、一百三十；丙等一分，四十六。又，两日得七律二首，七绝一首，五古一首。（《符璋日记》）

黄宾虹与黄节联袂赴杭州游西湖。黄节作《湖上示滨虹并简贞壮》："谁喻湖干仡立人，才从江上息车尘。来寻种、蠡图存地，少聚萍蓬遇合身。长客自嗟逾壮后，好山难买避兵邻。眼前菱藕鱼虾美，不识他年孰主宾。"又，归沪，为诸贞壮绘《杨华图》，黄节为题《滨虹为贞壮画〈杨华图〉，予题一律》。诗云："且从湖上说宣南，别后能为数日谭。汝以杨华伤逝水，我才秋梦了优昙（《优昙花萝》一卷，宪子为予作）。

两人结习今俱尽，一世沉冥孰更堪。闲却夏来劳倦意，坐看山翠作浮岚。"

朱大可《和求声诗社第十五集分咏诗》之《春闺杂咏》（六首）刊载于《大世界》报。其一："芍阑西畔蕙堂东，一带湘帘卷海红。知否有人频问讯，几时才到杏花风。"

童保暄作《军次厦门有感》。诗云："中流击楫济时难，横海南征过闽关。兵气未消红日里，遐思尚在白云间。珠江风雨狂尤昔，台岛旌旗色久殷。旧恨新愁多少事，几回按剑问天寰。"又作《马上吟》。序云："傍午过崎岭，长约十里。岭上大雨，山水盈路，不便于行，余于马上吟一绝以壮将士。"诗云："万壑千山曙色寒，啼猿飞雾满征鞍。青莲毕竟诗文士，那有军人行路难。"

常燕生作《戊午五月二日即旧历四月初八，为予与娴清结褵四周年纪念日。闻于是日遗槥安厝，诗以遥送之》（三首）。其一："欢极知成憾，思深未觉悲。至今疑是梦，此去竟安之。不作来生约，还君未嫁时。本无生灭海，何处罥情丝。"其二："古佛慈悲语，人生解报恩。我怀原落落，此意独绵绵。生死从千劫，人天证一言。倘君生净土，由我赴泥轮。"其三："如我生孤绝，情怀久未侵。感君一片意，移此十年心。先志怜寒暖，掬诚示浅深。而今都已矣，流涕伯牙琴。"

3 日 朱大可《和求声诗社第十五集分咏诗》之《春闺杂咏》（六首）续刊载于《大世界》报。其一："黯黯空庭长绿芜，闲呼小妹作樗蒲。不知若个多才思，打马图翻吊马图。"

4 日 广州国会通过《修正军政府组织法》。孙中山请辞，并指出"吾国之大患，莫大于武人之争雄，南与北如一丘之貉"。

严修于维多利亚往见省长。

宋澄之寄郑孝胥丽泽文社课卷，题为《兵犹火说》。

徐悲鸿赴崇效寺参与画法研究会所组织看牡丹雅集。

5 日 北京戏剧界同人举行金玉兰追悼会，樊山（樊增祥）与实甫（易顺鼎）等前往悼念，并扶棺痛哭。当时某报登有小诗一首以纪其事："如此兰花竟委地，满座来宾皆掩泣。座中泣声谁最高，樊山实甫两名士。"

留日学生在东京召开各省各校代表会议，反对《中日共同防伪抗敌军事协定》，决定组织"大中华民国救国团"。

《妇女杂志》第 4 卷第 5 号刊行。本期"文苑"栏目含《经惠贞女士传》（慈溪葛恩元）、《喁于馆诗草》（宜兴丁毓瑛蕴如）。

《学生》第 5 卷第 5 号刊行。本期"文苑·诗"栏目含《暮春偶吟》（福建邵武中学校毕业生龚赞成）、《望江楼晚眺》（前人）、《丙辰上巳书所见》（江苏省立第二师范学生徐介）、《读包直言志文有感书此》（安徽省立第四师范学校一年生吴报琳）、《春暮杂感》（天津南开学校学生陈承弼）、《春寒》（山东工业专门学校讲习科生于培菡)、《春日园中绝句》(江苏省立第七中校学生季忠琢)、《春游》(前人)、《春游》(邵武中学校附设师范学校毕业生龚和)、《红牡丹》(浙江第七师范学校三年生郭崧庆)、《咏梅》(江都姚氏学校高等三年生王兆俊)、《春水绿波》(前人)、《枕上闻风声不寐》(芜湖黄敬余)、《习字观书》(广东女子中学校四年生沈芝君)、《蚁战》(湖北汉川敦仁小学校毕业生陈用才)、《题〈松鹰图〉》(天津北洋大学学生郭贵璿)。

符璋作七绝四首,又作挽瞿相(鸿禨)一诗。

严修抵美国西雅图,迎者有领事阮洽(字歧山)、书记陈麒(字文宗)等。

沈曾植返上海。

梁启超致函籍亮侪。略谓:"公摆脱前职,至可庆,顷何所为?尚能自活否?极相念也。最欲郑重相告语者,此时宜遵养时晦,勿与闻人家国事,一二年中国非我辈之国,他人之国也。"

萧湘访吴芳吉,吴以诗文见呈,萧激赏曰:"子诚文学革命之健将也,文学革命不在道理之能揭出,而在笔下之能做出。笔下果做得来,不革而自革之。譬如行兵,不仅宣布羽檄,昭示敌人之罪,必真能战得杀得,则不怒而威也。"

朱大可《和求声诗社第十五集分咏诗》之《春闺杂咏》(五首)刊载于《大世界》报。其一:"明明睡鸭罢香熏,检点闲愁入夜分。一自桃花新涨后,至今经月未裙裾。"

张謇作《田母双节祠联》。联云:"将才今乃尤须,山东诸田,无如安平贤者;苦节天所必报,犍为列女,休哉姑妇贞全。"

舒昌森作《醉花阴·戊午立夏前一日,遇徐伯匡社兄、杨秋心吟友,同饮》。词云:"欢然把臂金闻道。却被酴醿笑。错过看花时,咫尺天涯,何不相逢早。　尊前且共倾怀抱。有酒愁堪扫。相约更今宵,爱惜余春,莫待钟催晓。"

6日　章一山函索潜子《春阴》诗,符璋即检寄,并附和作。又,欧阳竟无以其亡友桂伯华遗诗一册见示符璋,仅数十首,符璋为题一诗。

吴昌硕为王一亭所藏朱龄《岁朝图》作题识云:"爆竹辟邪,唐花吐艳。麋寿万年,画中左券。画者朱龄,藏者一亭。题者无名,孤秀自馨。戊午立夏,老缶年七十有五。"

童保暄作《游南普陀寺》。诗云:"五老峰前寺,鹭江第一山。钟声平海浪,石障锁禅关。曲径通穹宇,摩崖寄往还。几朝征战绩,都付一岩间。"

7日　严修在西雅图,中西协会宴请午宴,主人为美国老叟阻卜治。

张謇作《谢王六十生日》。诗云:"名族乌衣旧,亲姻马粪连。寒来庭外雪,春转甬东天。义教葵分扇,前光玉得田。奉觞今日庆,莱彩有余妍。"

沈尹默作《西江月·五月七日生辰作》。词云:"户外犹悬艾叶,筵前深映榴花。端阳过了数年华,节物居然增价。　新我原非故我,有涯任逐无涯。人生行乐底须赊,好自心情夕暇。"

8 日 魏清德《送高桥醇领上人西游支那》《挽江杏村先生》发表于《台湾日日新报》。其中,《送高桥醇领上人西游支那》又于 1924 年刊于《雅堂丛刊诗稿》,1933年刊于《铁峰山房唱和集》。诗云:"落花时节子规啼,一钵问师何处栖。屠狗已无燕侠客,指驼尚有晋遗黎。黄河乱走天如泻,岱岳高凌地尽低。莫漫盛衰今昔感,烟云随笔许留题。"

陈隆恪作《立夏后二日与倪子乔登扫叶楼,兼吊星悟上人》。诗云:"又拾登楼恨,难偿扫叶心。锡飞潜换世,春歇尚鸣禽。双阙排天外,平湖郁地阴。并时余涕泪,接迹遂幽寻。"

9 日 《申报》第 16244 号刊行。本期《自由谈》"诗囊"栏目含《箴作秽史者及读者》(袁占奎)。

10 日 严修抵圣保罗,由当地教育局主任导观初级小学及高级小学。

吴昌硕为王人文绘《桂花图》并题:"画桑苍寒泼麝梅,正逢海上月初胎。木犀香否今休问,上乘禅真在酒杯。戊午四月朔,吴昌硕,年七十五。"

11 日 吴芳吉接汤用彤信,信中谈信仰问题,谓"一知半解之学问,决不可图精神上之生存,无强有力之信仰,必不可驱肉体之痛苦"。

杨匏安《消夏》刊载于《广东中华新报》。诗云:"春衣典尽觉身轻,日日江头著屐行。不作词人防感喟,偶同渔父话虚盈。人闲只合看云坐,世乱聊为带雨耕。我已无心问哀乐,残蝉何事倚高鸣?"

孙介眉作《女师范师生全体乘轮船旅行龙潭山》(十首)。序云:"民国七年阴四月二日,船行四十分钟抵江东渡口。登山七绝十首。"其一:"官轮渡口吉清舟,搭跳入舱人数稠。汽笛三鸣忙起碇,浪花翻卷正中流。"其二:"东去龙潭游兴赊,江村白树梨初花。回头遥指开船处,第一高楼卖酒家。"其三:"凭栏远望水迢迢,耳际轮声浪鼓潮。效唱大江东去韵,英雄淘尽吊前朝。"

12 日 陈宝琛与林纾在北京祭吊江春霖,林纾作《公祭江杏村侍御文》。

吴芳吉致信萧湘,谈"文学革命"必将引起世变。略谓:"文学革命之说,今日仅是发端。其引起吾国学术人心之崩溃者,将无底止。操纵之者,全为留学生辈。文敝之极,至使易实甫辈猖狂,当然有此乱象,不足怪也。兴办学校,已为今日司教育者第一问题。今中等以上学生,毕业后无生路者极多。苟长此幽废,其害使社会多游民,使教育失效用,使学生迫于饥寒,而溷入军宦二途。其始欲利用宵小,以保其身家。继则转为宵小利用,而身家卒亦不保。作奸犯科,因以日出。人心风俗,因以日坏。又狡黠少年,必蜂起侈言革命,以图侥幸于万一。中国前途,在在可深忧也。"

朱大可《和求声诗社第十五集分咏诗》之《春闺杂咏》(八首)刊载于《大世界》报。其一:"桃笙寒重恋春朝,鸭婢教添沉水烧。愁煞凤城新活计,卖花篮子买饧箫。"

13日　沈曾植致函金蓉镜。

严修游林肯博物馆,参观博物陈列馆、地文模型及动物园等。

朱大可《和求声诗社第十五集分咏诗》之《春闺杂咏》(六首)刊载于《大世界》报。其二:"夕阳如血过西楼,何限风帘控玉钩。多事花间双燕子,替衔诗札到江头。"

14日　《申报》第16249号刊行。本期《自由谈》载"诗话"栏目,撰者"拜花"。

陈三立携子方恪自南京至沪,寓上海旅馆。时胡思敬已至金陵,海上诸老夏敬观、郑孝胥、陈曾寿、王乃征、胡嗣瑗等皆往过访。

徐悲鸿在画法研究会会所演讲《中国画改良之方法》。其时画坛泥古仿古风气盛行,徐云:"中国画学之颓败,至今日已极矣!其原因在于'守旧'和'失真学术独立'之地位。"

魏清德《题须贺蓬城画赠洪以南君令长男完婚〈合欢图〉》发表于《台湾日日新报》。诗云:"芙蓉并蒂红如绮,翠基绿叶照清水。下有鸳鸯不羡仙,双飞双宿羽毛美。芙蓉原是君子花,鸳鸯况乃多情鸟。洞庭水国接潇湘,合共关雎咏窈窕。"

15日　李大钊《新的!旧的!》一文刊于《新青年》第4卷第5号。略谓:"矛盾生活,就是新旧不调和的生活,就是一个新的,一个旧的,其间相去不知几千万里的东西,偏偏凑在一处,分立对抗的生活。这种生活,最是苦痛,最无趣味,最容易起冲突。这一段国民的生活史,最是可怖。"

《戊午周报》于成都创刊。戊午周报社编辑、发行,1919年6月出至第51期停刊,共出51期。主要栏目有"插图""发端""撰述""评论""译述""谭荟""纪事""文苑(文录、词录、诗录)""杂纂""滑稽话""附录"等。主要撰稿人有刘师培、赵熙(香宋)、默庵、力山、柴扉野老、龙慧、山腴、季刚、维汉、毛伊、元培、章太炎、黄侃、惜芳、辛湄、毋我、鲅公、华鬘、余舒、曾缄、丹隐、汪东、马叙伦、孙曜嫒等。本期"文苑·词录"栏目含《露华·清明,用碧山韵》(赵熙);"文苑·诗录"栏目含《题〈春游集〉》(陈漳)、《病中春朝早起》(毛伊)、《甲寅人日为亡妻碧漪阁主长逝一周,客中卧病,欹枕赋截句四章焚寄,诗成伤悼不已》(毛伊)、《成渝道中》(毛伊)。

《东方杂志》第15卷第5号刊行。本期"文苑·诗"栏目含《步郭外郊望》(陈三立)、《鉴园寻剑泉不遇》(陈三立)、《敏生招同人夜泛西湖,耕煤有诗,次韵》(陈衍)、《哀寒碧五言一首》(陈衍)、《和樊山韵》(周树模)、《次韵酬樊山赠别》(陈三立)、《自一条山出长城,寄怀赵芝山》(俞明震)、《与艮龛别十五年相见海上,出示近作诗文,题二截句》(杨钟羲)、《王旭庄观察置酒樊园,即席限屑韵七古,止相兼订桃源隐之约并呈同社诸君》(沈瑜庆)、《寿戣庵太保》(李宣龚)、《与宗孟煮茗夜谈漫示》(陈三立)、《题张亨甫〈洪桥送别图〉》(夏敬观);"文苑·词"栏目含《过秦楼》(陈锐)、《浪淘沙慢》(杨钟羲)、《曲游春·秋日徐园与伯夔同游》(陈方恪)。

[韩]《天道教会月报》第 94 号刊行。本期"词藻"栏目含《牛耳洞观樱》(泪堂刘载丰)、《云亭春赏其一》(敬庵李瑾)、《云亭春赏其二》(敬庵李瑾)、《于彰义门外》(菊史朴振采)、《送友归龙湾》(菊史朴振采)、《登病院东山》(香山车相鹤)、《宿淮阳教区》(香山车相鹤)、《雨后登楼》(星轩李台夏)、《万化亭其一》(凰山李钟麟)、《万化亭其二》(凰山李钟麟)。其中,凰山李钟麟《万化亭其二》云:"城里不知花满城,出城始见万花明。半山楼阁超尘境,一路生涯入市声。会看天下皆归道,静听东西尽苦兵。醉压春愁持不得,马前垂柳任风轻。"

卢艺舟出示《别风淮雨集》及《徐娘曲》,符璋为题二绝。

16 日 日本政府派陆军少将斋藤季治郎与段祺瑞政府代表在北京秘密签订《中日陆军共同防敌军事协定》。规定中日采取共同防敌行动;日军在战争期间可进入中国境内;日军在中国境外作战时,中国应派军队声援;作战期间,两国互相供给军器、军需品等条款。

《微言杂志》(半月刊)于北京创刊。微言杂志社创办、编辑、发行,蒯晋德、袁超等主办,仅出 1 期,改名《微言》,第 2 期改微言报馆发行,1919 年 7 月出至第 4 期休刊,1921 年 10 月 10 日复刊,出第 5 期即停刊。主要栏目有"通论""专论""译论""专著""中外大事记""艺林(诗、词、赋、歌、诗话)""游记""丛谈""瀛闻""小说""杂俎""艺丛""附录"。主要文学撰稿人有报晖、梁家义、蒯晋德、袁超、陈煜、又铮、伯严、节庵、瑟君、恪士、孟劬、朱师辙、陈肯堂等。创刊号"艺林·诗"栏目含《汉上即席有和》(又铮)、《早泛清溪》(伯严)、《与张琳论事谈诗有赠,并送归省沅江》(节庵)、《西湖竹枝词》(瑟君)、《丁巳秋,寒云来京,以〈秋旅夜病〉诗索和》(瑟君)、《午睡》(瑟君)、《和苕生〈渡黄河感怀〉元韵》(瑟君)、《众异寄示三月二十七日之作,病中和元韵》(瑟君)、《焦山松蓼阁夜坐》(恪士)、《春感》(孟劬)、《扬州有赠》(茧叟)、《题〈津楼惜别图〉三首》(几道);"艺林·词"栏目含《离亭燕·励庵清明解馆归,连日扫径,不获畅谈,今日又闻理装矣,心中怅怅,难已于言》(枚道子)、《阮郎归》(孟劬)、《扫花游·崇效寺看牡丹》(瘿公)、《塞翁吟·秋晴,偕一厂,瑟君出游,归赋此》(樊山)、《雨中花》(古香);"艺林·赋"栏目含《述乱赋》;"艺林·歌"栏目含《凤仙曲》。

严修参观芝加哥大学。该校清华学校出身之中国同学欢迎范源濂,严修亦在座。

张謇作挽仁祖联云:"因澹灾捍患致疾而亡,成此一生宁不幸;以弱息孤雏遗亲于老,定知九死有余哀。"

17 日 缪荃孙过访陈三立。

黄侃偕孙世扬游北海,作《四月八日始游北海,弟子孙世扬从》。诗云:"艮岳琼华事莫详,断垣废沼已堪伤。早知信炮成虚设,犹幸丰碑独后亡。坏殿罘罳添燕垒,空陂荇藻带鱼梁。囿游榛莽乌容惜，只恐神州化牧场。"

朱祖谋为吴隐所辑《州山吴氏词萃》(4 卷) 作序。

林纾《为君悫老弟写〈秋园〉并题长句》刊载于《公言报》。诗云："秋气靡百卉，秋人生吟情。具此溪山胜，萧然闭柴荆。微飔旋轻漪，草堂秋色明。寻幽兼胜侣，堂上罗瓶罂。丛菊半已华，垂檐多新橙。平台何萧爽，着耳夹溪声。劬亭人非劬，苦茗苏朝醒。何为在歧路？车马劳宵征。避地海上村，故园方苦兵。图成累太息，何时扫揽枪。"

陈隆恪作《浴佛日，偕六、八两弟放棹清溪》。诗云："落花飘絮更悠悠，剩有晴光沐佛头。掠翠扁舟轻着力，挼蓝新涨澹埋忧。三分坐榻收残照，一角垂阳束上流。醇酒不污金粉地，窥天鸦髻在危楼。"

徐行恭作《四月初七日，大女凤韶生，家人目为拯儿再来》。诗云："得汝能承大父欢，嘉名肇锡故非凡。千回谛视珠还浦，再世绸缪梦未寒。待向春风商玉树，自锄秋畹播香兰。绝怜舐犊情深处，一为将雏废寝餐。"

18 日 张元济赠缪荃孙《涵芬楼秘笈》第 4 集 1 部。

魏清德《星期日偕蓬城先生，友人学三、篁村、庆祥、克顺诸子游达观楼，赋似主人洪逸雅先生教正》发表于《台湾日日新报》。诗云："一角危楼拂晓寒，海山形胜望漫漫。主人风雅今玄宰，座客琉狂古鹖冠。难得烹鸡同煮酒，最欣读画共凭栏 (是日出秘藏文征明、马麟画本相示)。蓬莱清浅休相问，合与高流证达观。"

19 日 日本海军少将吉田增次郎等和段祺瑞政府代表在北京签订《中日海军共同防敌军事协定》。

严修抵纽约，张伯苓及张信天夫妇往迎。

刘山农《和求声诗社第十六集分咏诗》之《妓家》刊载于《大世界》报。诗云："半卖娇憨半卖痴，南朝金粉北胭脂。琵琶弹落香山泪，锦瑟催成商隐诗。溷迹青楼原是孽，无情红袖有谁知。当年我亦耽花月，梦醒春婆悔已迟。"又，《求声诗社诸君鉴》之"求声诗社第十八集聚餐会"通知载于《大世界》报。社题为："拟杜工部《诸将》五首，用原韵。"值社为：徐纫荪、方骏乎。

20 日 被滇桂军阀收买之"非常国会"召开会议，选出孙中山、唐继尧、伍廷芳、唐绍仪、林葆怿、陆荣廷、岑春煊七人为总裁，孙中山实权被西南军阀篡夺。翌日，孙中山辞去大元帅职，偕朱执信等离广赴沪。数日后先抵梅县，住松口铜琶村华侨巨贾、同盟会员谢逸桥家，读谢诗词集有感，遂填《虞美人·为〈谢逸桥诗钞〉题词》云："吉光片羽珍同璧，潇洒追秦七。好诗读到谢先生，另有一番天籁任纵横。　五陵待客赊豪兴，挥金为革命。凭君纽带作桥梁，输送侨胞热血慨而慷。"又，本日前后，孙中山与胡汉民有论诗之谈。他认为："中国诗之美，逾越各国，如《三百篇》以逮唐宋名家，有一韵数句，可演为彼方数千百言而不尽者，或以格律为束缚，不知能者以是益见工巧。至于涂饰无意味，自非好诗。然如'床前明月光'之绝唱，谓妙手偶得则可，惟决非寻常人能道也。今倡为至粗率浅俚之诗，不复求二千余年吾国之粹美，或者人人能诗，而中国已无诗矣。"

沈尹默收到周作人所送佛语书。

[日] 多田清撰《日本漫游诗草》印刷，23 日再版发行。发行兼印刷者为冈本省三，印刷所为关西印刷所。集前有藤泽南岳题字，土居香国题诗，丸山鑽子坚作序，多田清作《绪言》。其中，丸山鑽子坚序云："多田君北溟企日本漫游，余初同游于余乡信州，留二旬，诗酒征逐，率无虚日，乃偕观天龙峡之胜。峡之为胜，怪岩奇石，突怒偃蹇，秀而为峰，耸而为崖，平者、欹者、立者、卧者，为坻、为屿，豹蟠虎踞，凤舞龙翔，瘦松异卉，竹箭梗枫点其间，水流容与，蓄作绀碧色，幽邃寥廓。盛夏不知暑，载酒泛舟，抚景赋诗，悠悠忘归。抑天龙之水，出于鹅湖，经上下伊那，入远洲而注海。自峡以南，蜒蜿迂余，为奔湍，为深渊，为平流，奇景异状，不遑应接。余屡僦舟，颇审其胜，其胜独推天龙峡矣。其后君抵浓尾，游五畿，经山阴山阳九州四国，而转于奥州北陆。名区胜地，无远不到，到则有诗，累累成卷，遂名曰《日本漫游诗》，嘱序于余。披而读之，古诗则抑扬起伏如奔涛层澜，绝句则如怪石奇岩，一岩自有一岩之妙，一石自有一石之奇。盖君为人豪宕，好跋涉山川，羁食累年，以世路之崎岖，不少挫折，以期大成，犹天龙之水发源于鹅湖，混混滔滔，容众流以赴于海耶！余不敏，独爱山水之癖与君无异，先年穷信甲越浓尾之胜概，不日勒为一书，以请题言，亦未为晚也。大正丙辰之冬撰于帝都寓楼。龙川丸山鑽子坚。"多田清作《绪言》云："予为日本漫游，探名区胜迹十有二年，此到则有诗，累累积成一千三百五十七首，其中择名之著者三百首，以为二卷，今刊一卷，而颁同好之士，如其所余者，则采录于续篇，以期出刊云尔。大正七年戊午年一月，著者识。"

童春作《龙山行》。序云："禹历四月十一日，锦校全体旅行龙山，赋此以留纪念。"诗云："山上梵宇古，山下商埠新。本是荒芜地，而今辟荆榛。瀜瀜其河道，磊磊其石塘。逶迤六七里，马路阔且长。前驱人力车，后接轻便轨。行人免徒步，往来疾如矢。电杆复林立，藉以灵消息。警兵勤保护，梭巡通衢侧。俗化衽金革，北方文明启。甲寅初开轮，我曾来观礼。近更征进步，土木工不休。硁硁采石矿，移向海底投。轮埠日以坚，潮汛患渐蠲。凭栏试一望，气象真万千。行行重行行，同人脚力强。下榻崇本堂（主人虞仁甫），摄影天叙堂（主人虞洽卿）。主人殷勤待，杯盘列何多。侧耳听口碑，声声阿德哥（阿德，洽翁乳名）。我闻德哥说，允矣济川才。小轮已行驶，大轮尚待开。愿我三北人（轮埠以三北名，谓余、慈、镇三县北乡），此举共扶义。赶早成铁路，交通乃称利。"

21 日 周庆云招饮古渝轩。吴昌硕、崔永安、章梫、恽毓龄、徐子昇等同席。徐子昇首唱《四月十二夕，梦坡招饮于古渝轩，即席有感，率成一律》。继唱者，吴昌硕《戊午四月十二夕，梦坡招饮古渝轩，倚醉成之》（二首）、周庆云《偶集酒楼，鲁山即席赋诗，次韵为答，并要同座和章》、恽毓珂《梦坡招陪崔磐石方伯饮于酒楼，越日，复出示和鲁道人即席诗，依韵奉答》、崔永安《梦公招饮，座皆名流，清谈娓娓，即步鲁山即席韵》、章梫《和酒楼韵一首》。其中，吴昌硕《戊午四月十二夕》其一："天惊地怪谈何补，儒戒空言佛戒嗔。且尽深杯陶靖节，敢当佳句厉山人（席间读君题樊榭征君《行看子》二绝句）。"其二："孝思抱塔时移展，焦尾怜琴未作薪。却笑衰翁无长物，频睎短发对诸宾。"又，吴昌硕作《即席赠梦坡》云："琴抱闲修到，诗谈老自安。君能徽对语，我亦砚加餐。梦蝶来呼枕，维鱼想钓磻。楼台飞蜃气，商略倚阑干。"周和诗云："欲和阳春曲，吟成字未安。破闲容啸傲，垂老惜眠餐。秋水澄吴社，清风隐渭磻。披图瞻气象，彩笔可能干（予持刘忠介公遗像乞题）。"

22 日 《申报》第 16257 号刊行。本期《自由谈》载"诗话"栏目。

《戊午周报》第 2 期刊行。本期"文苑"栏目含《资州道中遇伊孺之鄂》（默庵）、《道中杂诗》（前人）、《赠人诗一首》（力山）、《狂歌行》（毛伊）、《和吴君毅，诗寄自日本》（前人）、《三月二十八日挈姬人偕傅真吾夫妇游草堂，盗苦笋，归赋六十五韵》（前人）。

郑孝胥阅丽泽社课。

吴芳吉致信邓绍勤、邓成均，谈求学、救国、立志之道。

23 日 《申报》第 16258 号刊行。本期《自由谈》载"诗话"栏目。

24 日 《申报》第 16259 号刊行。本期《自由谈》载"诗话"栏目，撰者"病凤"。

李叔同入山前与丰子恺、刘质平在照相馆合影纪念，并在照片上题字云："弘一将入山修梵行，偕刘子质平、丰子子恺摄影。戊午四月十五日。"

刘华南生。刘华南，原名长兴，山东淄博人。与人合著《后春吟草》。

25 日 北京大学发布通告，请陈独秀、胡适、沈尹默等参加研究所主任会议。

《小说月报》第 9 卷第 5 号刊行。本期"传奇"栏目含《针师记传奇（续）》（北畴造诣、瞿安润文）；"弹词"栏目含《明月珠弹词（续）》（瞻庐）；"文苑·诗"栏目含《题叶小鸾画像》（沈曾植）、《题叶小鸾画像》（缪荃荪）、《纪行二十六首》（张謇）、《飞阁》（尧生）、《海藏楼看樱花诗》（子言）、《雨夜再寄众异》（哲维）、《公奕行（并序）》（甦峰）；"文苑·词"栏目含《摸鱼儿·鄞城怀古》（张之洞）、《百字令》（郑孝胥）、《摸鱼儿》（金鸿佺）、《绮罗香·咏野茉莉》（金鸿佺）、《摸鱼子·用张鹿仙韵，题叶襄云夫人遗绘陈容叔同年亡室》（谭献）、《高阳台·题叶小鸾画像》（吕景端）、《浣溪沙·题叶小鸾画像》（蕚农）。

童保暄作《南征曲》。序云："开赴平和，傍午命役汲温泉水洗澡，水味微盐，更多硫磺气，古代或是火山，拟唐人绝句三首。"其一："日诵唐代诗，夜梦家乡月。云树远含情，征人感悲切。"其二："溪水流入江，江水流入海。风送午时潮，澎湃如对垒。"其三："栽树先培根，栽苗先培荄。将军马迹新，春满征衣袖。"

孙介眉作《雨后》《独睡》。其中，《雨后》云："天半长虹似带环，鞋衫点点水痕斑。平铺短草含珠翠，雨后夕阳看远山。"

26日　陈三立于沪上公祭瞿鸿機。

符璋应九铭约游莫愁湖，展阅画卷新旧两轴。归成七绝八首，七律一首，又拟楹帖一副。

孙介眉作《观剧夜归》。诗云："剧罢出茶园，道泞无车就。策杖踏软泥，水浸鞋欲透。昏黑街巷深，警灯小如豆。行抵东郭门，依城有兵守。云破月儿明，凉光照我袖。柳影上人衣，拂开去还又。小溪看风来，掀起波纹绉。午夜教堂钟，声如蛙鼓奏。履步传空音，巷犬吠人走。随处有佳境，静中乃得觏。"

27日　陈三立赴夏敬观消闲别墅招饮。郑孝胥、李宣龚、李星南、沈琬庆等同席。

符璋偕孔、龚、黄、童及九铭泛舟秦淮，二更归，作五律一首。

欧阳予倩应南通西公园戏场之邀，在南通演出四天，其间结识张謇。

李甲三丧母，白坚武作挽联："身世论交此日相知唯我；幽冥可作平生无负所亲。"

童保暄作《西溪舟中早起》（二首）。序云："此间午后大雨，道路泞滑，行军困难，一路风景绝佳，余早起占一绝。"其一："凉风习习袭衣襟，醉卧船头雨露侵。两岸青山随水曲，征帆十里入云深。"其二："一山一山又一山，片帆深入云白间，军声早已威南服，满路峰峦尽列斑。"

28日　吴芳吉接吴宓从美国所寄信。吴宓信中劝吴芳吉去除对留学生之偏见，摒弃一切无谓之感慨及偏激愤郁之气，"欲救世之溺，先求一己脚跟站稳。虽举世黑暗，而吾心中目中自有光明"。

魏清德《谢儿山先生惠寄海苔》发表于《台湾之茶叶》。诗云："春风料峭苦寒夕，一骑敲门走邮驿。什袭丁宁子细封，封穷忽见青縑襞。吾闻东海之日浴扶桑，浴时万里水天碧。玻璃宫阙玭瑁梁，傍有珊瑚抽百尺。海苔生长幻文章，摇动拂拭支机石。谁其采者张志和，彼人浮家与泛宅。天然风味异寻常，合贮山厨名香积。豪家嗜好重肥浓，故尔精神为形役。菜根味久却酸寒，海苔别具神仙格。芳馨不待易牙调，简便无烦专诸炙。若论透彻与玲珑，挂角羚羊求无迹。呼童排就炉围青，下酒悠然杯举白。作诗稽首拜而谢，未便登堂烟波隔。"

杨匏安《泛舟》《过无庵小饮并柬章甫》刊载于《广东中华新报》。其中，《泛舟》

云："荔子湾头日欲低，棹歌轻发水禽啼。扁舟逐向深烟去，小树长教万绿迷。霸气已沉文物改，云流垂尽管弦凄。天心厌乱人思乐，底事春城尚鼓鼙？"

29日 《戊午周报》第3期刊行。本期"文苑"栏目含《上元前一日，陈伯严丈招同俞恪士诸公游半山寺，归集饮其寓园》（龙慧）、《登华山西峰》（俗名宝盖山，亦云花山）（前人）、《图书馆前种松题十六韵》（山腴）、《题路金坡〈仙山濯发图〉，即送其南游》（前人）、《送通一之吉林》（季刚）、《吉林道中》（通一）、《牛市口道中口占》（毛伊）、《登龙泉驿后连冈绝顶回望成都》（毛伊）、《途中怀李二培甫因寄》（毛伊）、《重过龙驿泉（有序）》（毛伊）。

符璋作五律一首，颇自赏。

吴芳吉致函吴宓，言留学生之弊端云："一则只知西洋之长，不觉西洋之短。一则但羞中国之短，不识中国之长。于是所造学问，全不相干。误己误人，至死不悟。"

童保喧作《小溪早起口占》。序云："送王醉青、黄祖祥、叶来青、张通续四氏先赴平和。"诗云："溪楼眠听雨，村店起闻鸡。百里平和路，行程在日西。"又，作《赴平和途中》（二首）。其一："旌旗满谷向平和，未到平和路若何。岭上横云堪入画，溪间流石谱成歌。"其二："军中遇雨征袍重，马上看山挹秀多。黄鸟声声印壑里，前程已有万人过。"

孙介眉作《赴南村外舅家》（二首）。其一："凉月晓风涉云洼，布蓬双驾小骡车。扬鞭绕尽重山路，树外高松是岳家。"其二："柴门不掩为谁开？待客盈樽酒自醅。子向身边亲笑语，阿娘日日盼爷来。"

30日 郑孝胥为小虎写扇，录苏、辛词十二首。又，作《思小乙》云："挟策频年似我长，论昏未就意几忘。病中泪尽言难晓，身后房空事可伤。丛稿悲凉留宿业，遗姿抑郁对回肠。层楼向曙看渠去，却剩危梯望杳茫。"

陈宝琛《藜观倅婿傚居蒙泉山馆，以泉水寄饷，予始饮此泉，实咸丰丁巳，今六十年矣，赋谢》刊登于《大公报》。诗云："鬌龄食宿习玲琼，老隔云山梦万重。早洁心源何敢浊，遍尝世味几层浓。书来为喜居新卜，瓶拆遥知手自封。终望及身见清晏，从君啜茗最高峰。"

东园《都门杂诗六首》刊于《南洋总汇新报》"诗界"栏目。其六："苑树苍苍黤接天，正阳桥畔月如烟。万家灯火笙歌夜，独立东风听杜鹃。"

枫江病叟《巴城杂诗》（十八首）本日及次日刊于[马来亚]《国民日报》"文学俱乐部"栏目。其一："轻车千里赏东风，烟里楼台底不同。恰似江南三月半，莺花都在雨声中。"

31日 符璋为叔清填《金缕曲》一阕题其集。

本　月

《新青年》从第 4 卷第 5 期起全部改为白话。本期刊载陈独秀《有鬼质疑论》，批判流行"灵学"，向有鬼论者提出八个质问。同期通信栏中，陈独秀还发表《答汤尔和》来信一篇，批判三焦、丹田说，指出："吾国学术思想，尚在宗教玄想时代，故往往于西欧科学所证明之常识，尚复闭眼胡说，此为国民根本大患，较之军阀跋扈，犹厉万倍。"

《学艺》第 3 号刊行，是为终刊。本期"文苑"栏目含《春明纪游》(杨栩林)、《朝华词》(陈碧秀朝华录)；《望湘人·为爱智所赏陈朝华碧秀作》(胡薇元玉津)、《前调·酬玉津老人赠陈朝华碧秀作》(吴虞又陵)、《前调·陈朝华碧秀为爱智所赏，玉津老人有词赠之，爱智既和录以示予，予与朝华止一面缘，固不及两公见惯也，书此奉嘲》(江子愚)、《前调·和爱智酬玉津老人，为陈朝华碧秀作》(刘德馨培之)、《前调·和爱智酬玉津老人为陈朝华碧秀作》(李思纯哲生)；《寄君毅》(曾天宇)、《杂感(未完)》(曾琦)、《忽闻》(山阳周蔚子)、《杂咏，集梅村句》(前人)、《再集吴学士句赠慕韩、梦九、眉生三君子》(前人)、《清明·丙辰在川边镇守使署内》(泊静斋)、《蓉城感事》丁巳 (泊静斋)、《拟古》(罗纪)。

《浙江兵事杂志》第 49 期刊行。本期"文艺·诗录"栏目含《愿言》(海秋)、《湖上》(海秋)、《题〈十八学士步瀛洲〉画卷四首之二》(海秋)、《巽初都转招饮沧浪书屋观牡丹》(剩斋)、《观运动会余兴》(庐球)、《和仁老、苏白二公祠看梅花元韵》(庐球)、《吊朱介人将军》(李卓民)、《前题》(方春华)、《前题》(张家骧)、《古侠士行》(玉书)、《梦至杭州》(玉书)、《代友人送日本将军大原子亨归国》(玉书)、《立春日忆家兄》(玉书)、《秋雨徐州道中》(玉书)、《曾生云如罹普济之厄，诗以悼之》(樊村)、《种竹》(樊村)、《叠前韵呈仲老》(樊村)、《同林奎腾、章仲老湖游得诗，即赠奎腾并示仲老》(樊村)、《过南屏山麓》(初白)、《谒张苍水先生墓》(初白)、《读〈岳王史略〉》(初白)、《三十五岁生日，阅秋叶三十五年，只如此句，怆然有作》(思声)、《抵福州之翌日，干宝来寻，遂同步西湖》(GB 生)、《从福州返乡居》(GB 生)。

《青年进步》第 13 册刊行。本期"文苑·文录"栏目含《观哀克司光灯记》(王兆埙)、《送公亮之招远序》(朱永杰)、《士礼居藏书题跋记续编序》(孙祖烈)；"文苑·诗录"栏目含《咏段村风俗》(次山)、《将去星洲，连教士赋诗赠别，舟次步韵答之》(杜思莲)、《龙泉岩怀古》(杜思莲)、《外沙舟次》(徐受征)、《阿房宫，叠前韵》(徐受征)、《贾生，叠前韵》(徐受征)、《过芜湖望孙夫人庙感赋》(介明)。

《沪江月》第 2 期刊行。本期"文苑"栏目含《梅郎曲》(藐庐寂者)、《偕小洲过明故宫》(吴瘿安)、《题画》(花奴)、《无题》(瓮城湘纹女史)、《寒食即景》(前人)、《如梦令》(梦苏)、《念奴娇》(金戈止)；"艺林"栏目含《枕绿山房诗话(未完)》(罗溪张枕绿)、《颐园联话》(邃仙)、《养拙居非诗话》(子英);"剧谈"栏目含《戏迷轩剧话》(郑二郎)、《菊蝶言戏》(云尘生)。

陈三立偕康有为、王乃征、胡嗣瑗、陈曾寿、黄同武游虞山破山寺、海藏寺诸胜。

康有为为烂缦胡同东莞会馆书额曰"莞园"。叶恭绰跋曰:"莞园为明末张文烈公家玉故居,公在粤起义抗清,名垂历史,乡人与有荣焉!每过斯园,辄想慕风徽,肃然起敬!"

况周颐率长子维琦至北京,迎太夫人榇。维琦拜入况周颐旧交姜筠门下习画。况周颐在京晤梅兰芳。又,过王鹏运旧居,因赋《绕佛阁·过教场头巷鹜翁故居,鹜翁晚年自号"半塘僧鹜"》。词云:"旧怀拌损。残照故国,无泪堪贯。愁路骢引。梦华逝水、雪鸿更休问。凤城大隐。门巷未改,阅世朝槿。暗尘凄紧。燕归莫也、雕梁怕重认。　送目幻楼阁,自古沧桑无此恨。谁念未归、山邱须与忍。剩占取人天,各自孤愤。惘然金粉。便对影江山,无复游俊。悄寒边、暮云低尽。"

吴昌硕本月至次月间为芹士绘《红梅图》并题,为樊家谷绘《神仙贵寿图》,为宾庭绘《风壑云泉图》。又,为褚德彝篆书《题释篆图》诗轴:"篆室且躬人,邻松德不孤。阳冰分籀史,和仲代耕夫。鬼哭天惊粟,文埋国吊芜。乾坤供目笑,谁与话之无。松窗孝廉正。《题释篆图》。戊午四月维夏,吴昌硕,年七十有五。"

林纾本月至次月间作立轴纸本《松山策杖》(又名《松荫高士》《环山林箦》《松云诗思》)图。题识曰:"昔年冒雨过庐山,未抵开先鼓棹还。收得空青入诗梦,水声长在枕头间。前十年余以事至赣,时沈涛园方开藩,而林箦疏(贻书)亦视学江右,因而访之。攫约同游止而因事不果行。舟过南康,望塔尖在苍烟渺霭,心神为之驰逐。闻箦疏已有别业在龙湫之次,然则异日入山,当不为生客矣。吾思庐山不期日夕,祝君腰脚之健。戊午四月下澣,畏庐林纾诗于宣南烟云楼。"又,作横幅绢本《西溪雪霁》(又题《雪过西溪图》)。题识曰:"当年看雪过西溪,樊榭祠南万竹低。不审菱庐庵上壁,可曾为我旧时题。庚子之冬,杭州大雪,余放棹南漳湖,过太昭祠下,饮酒三蕉叶,入菱芦庵,醉题四诗,今都不省记矣。戊午四月,小病新痊,闭户不出,作此排闷。而心尚恋西溪也。畏庐林纾写于宣南烟云楼。次迈同学大人属。林纾写。"

裴景福始纂《集壮陶阁书画录》。弟裴景绥博学嗜古,每多商榷。

王光祈邀周太玄、陈淯、雷宝菁、张尚龄等在南池子陈淯住址或中央公园商榷"出处进退",谋求救国之道。王光祈提出建立"少年中国学会"设想,并草拟学会规约大纲数十条。

王舟瑶自沪归浙江。在沪期间,晤瞿鸿禨、沈曾植、方伯未、朱古微、吴蔚若、邹紫东、丁衡甫、王雪澄、缪小山、陶拙存、张让三、符笑拈、孙益庵、沈醉愚、张师石、吴采纯、刘澄如、张菊生、唐元素、叶柏皋、刘谦甫、宋澄之、章一山、喻志韶、袁子羽。

又，林鹤年自粤往见王舟瑶，会沈曾植、张让三、宋澄之，皆别已十余年；王雪澄、张菊生、符笑拈、袁子羽皆国变后未晤。

胡景翼自陕西派专人到上海，请于右任回三原主持军务，于遂至三原。

林献堂被任命为台湾电力株式会社创立委员。

吴梅作为明代刘效祖《词脔》作跋。又，指导梅兰芳演《木兰从军》剧，为鲜灵芝排演《博望访星》剧制谱并操鼓板。

钱基博应无锡县长杨梦龄聘，任重修县志总纂。

陶行知执教南京高师，反对"沿用旧法，仪型他国"。

[日] 铃木虎雄由王国维介绍拜访沈曾植。

[日] 桥川时雄抵北京，相继任职于共同通信社、大和俱乐部及顺天时报社。经总统府顾问有贺长雄之努力，通过蔡元培和陈独秀，被准许到北京大学听课，认识伦明以及吴虞、黄节、胡适、李大钊、鲁迅、周作人、梁启超、林损等北大教授。

齐佛来生。齐佛来，字秉亨，号省园主人，湖南湘潭人，齐白石长孙。著有《齐佛来画诗选》。

皇甫束玉生。皇甫束玉，原名瑾，字叔瑜，山西左权县人。著有《束玉吟草》。

陈铭鉴撰《啸月山房文集初编》（1册，6卷，铅印本）由华国印书局刊行。汤化龙题签。集前有李时灿、狄郁、王揖唐、梁启超序及陈铭鉴自序。集后附《啸月山人四十自述》。

刘成禺作成《洪宪纪事诗》208首，以组诗记述袁世凯复辟时期史事。其一："龙飞河北据幽燕，八十三晨大宝传。一代兴亡存故事，史家纪日代编年。"其二："洹德神人命至尊，洪天营造辟都垣。故开双阙增奇数，便压皇明十二门。"其三："岩峣宫禁起新华，竟划河嵩作帝家。王气西来畿辅定，巩城兵铁洛阳花。"其四："筒瓦参差建宝蓝，赐名匾额镂沈檀。体元承运余新殿，辜负书家小小男。"其五："武定文功未纪年，梅花洪数应先天。安排新岁崇王制，字字共和审大圜。"二〇四："定策铭盘智贮囊，饮鸩壶亦汉鸳鸯。金縢未发出山誓，雷电先诛大道王。"二〇五："授易囚师消息真，牛金星后有斯人。自言郭璞终皇极，讲见天心待杀身。"二〇六："爵秩全书荣禄堂，搢绅孤本得收藏。黄签帝国红绫面，开卷糊名徐世昌。"二〇七："偶句潘驴未足多，名言典雅到章罗。时文尽有筹安艺，不及轰钞长恨歌。"二〇八："多年达赖已归英，奈有班禅愿入京。宠锡国师襄大业，不须公主嫁文成。"诗后有自跋，跋云："禺也少孤，未尝学问，年弱冠，远走重洋，十余年间，耳目往还，皆自右至左，自左至右之文，父师所授，殆忘之矣。辛亥归国，奉事都门。世变既多，诵读亦废。寅、巳之际，退处城南，僦孙退谷故宅居之，槐窗闲日，间理旧籍。时项城锐意称帝，内外骚然，朝野新语，日不暇给。遂举所闻所见，随笔纪录，曰《后孙公园杂识》，存实事也。

近二年来，转徙广海，长夏居珠江水阁，与张君瑞玑、时君功玖、胡君衍鸾诸人，间为文酒之会。偶检严遂成《明史杂咏》、厉樊榭等《南宋杂事诗》阅之。友人曰：'盍仿此例为《洪宪纪事诗》若干首，附以《后孙公园杂识》，亦一代信史也。'禺是其言，成诗二百余章，携归沪渎，呈王师胜之、陈师介安及章先生太炎，均劝其详注刊行，昭明真伪，诸老辈亦多索此稿者。昔孔云亭撰《桃花扇传奇》，行间诗词，多经当代名人大半涂改，成禺此本，大雅所讥，既经老辈宏奖，后来复勘正钞，应加勒白，先刊诗二百余章，敢奉前贤，用代墨楮，得荷批窜，是所锡幸。民国七年五月武昌刘成禺自记。"

韩德铭作《天乐园观剧行》。序云："剧演昆弋两腔，道咸以前，京剧惟此，清季忽绝，而秦簧等唱叠兴。民国初，女伶又起，杂秦唱黄，几几乎独盛燕市，而文明新剧（仿西剧之布景传真，且均袭其风俗好尚，不会其奥，则以时世学理所谓不平等之自由、无统系之放任诸说，人之演而不唱，起于清末及于民国）数演不竞于坊肆。然学界颇趣之，有习之者。昆弋既中绝，京师名伶多流落田间，转授亲党。今之演剧者，犹有旧伶一二，余皆往日诸伶之子弟。弟子从乡里习得，再来登场，而观者忽骤盛云。"诗云："今听开元曲，深推化导情。礼以节乎肆，乐以宣之平。惜哉古乐亡，人心一礼匡。情拘终必遣，菊部桃太常。戏曲多端足高下，皆与诗书分教化。试从世事究原因，盛衰大半由斯发。旧剧尚鬼神，庚子之乱贻纷纭。新剧时淫侈，眼看时变朝朝异。今兹倘欲移民风，戏曲应参造化工。制作未遑因就易，情差理近即堪从。都中往日崇昆弋，本司演乐蜚明季。清初声韵亦高华，李桂王郎走朝士。韩家潭上音尘多，芥子园翁几度遇。孔洪王蒋俪辞采，秦黄两调非同科。嘉道以还变风尚，笛板声稀胡琴壮。嗜好升沉见世趋，越缦诗歌深叹唱。滔滔直下不知归，工有良材乐总非。谭氏中间变声态，市朝泄泄一风规。衣冠今日是何年，竹木无端夺急弦。芦草园旁闲曳杖，江南花落感当筵。岐王崔九今零落，失色贺黄容见错。然如老友别重逢，但觉欸愉难指摘。非缘笃旧匪翻新，铁中庸中诚绝伦。尤喜殷勤无泄沓，竟将真挚讽时人。上理何能一蹴几，渐更风化此差宜。登场尚可观情理，药病于今正适机。默默窥天道，剥复谁能料。偶然相值且娇欢，争把青春付长啸。"

陆宝树作《戊午初夏，赴吴门访顾醉渔，杯酒话旧，赋此寄之》。诗云："儒素家风苜蓿盘，与君话旧寸怀宽。花开孤馆春偏老，酒尽欢筵夜未阑。几度风尘侵客鬓，卅年身世付渔竿。茫茫莫问荣枯事，且把浮云眼底看。"

王锡藩作《戊午夏初，赣水骤至，两岸平一日，复雨注下，有感而作》（时寓湾上涂村）。诗云："方闻分罢早禾秋，陡涨河流触虑长。兵革未消连岁苦，闾阎半聚怕年荒。米珠薪桂艰生计，鳄浪蛟潮患御防。如此杞忧祛不得，谁云痛哭病猖狂。"

陈懋鼎作《林梅南五十》。诗云："始满悬知寿未涯，刘樊曾不羡仙家。江南春色收桃叶，日下前尘逐杏花。四序清和惟首夏，一樽世界任恒沙。艾轩岂独诗吾倡，学易行从玩岁华。"

陈廙（子韶）作《好事近·戊午初夏》。词云："孤馆闭春寒，花事者番萧索。却被晓钟敲断，又绿阴成幄。 好携柑酒听黄鹂，巧啭类筝玉。燕子不知何世，絮梁间幽独。"

沈其光作《初夏漫兴》。诗云："繁英乍褪带残香，小院无人午昼长。草色渐侵三径狭，桐阴已著半窗凉。闲中遣睡烹茶串，醉里题诗扫石床。又是黄梅时节近，蛙声一雨满池塘。"

李思纯作《首夏读书杂诗四首》。其一："端居乐闲晏，晔晔清和诗。朱榴既早华，众绿亦潜滋。讴咏出金石，澄怀亡等夷。春气忽不延，夏木犹蔽亏。慷慨念时芳，萧惨思盛衰。轩窗美晴阴，一一丹黄披。无取纷理乱，永谢冕与珪。愿言葆清衷，白首迟遥期。"其四："微生复何为，委怀乐声诗。聊宣抑塞情，遂纵天人悲。中宵抚图史，高睨星斗垂。情激稀欢惊，意切无饰辞。名理树推辨，儒墨抉藩篱。古人缅岂遥，奋迅或攀追。芳草绿未歇，浩浩生气吹。游心溯千载，识道为良师。"

李采白作《感事》。诗云："渤海方针定事非，兢争高论与霄齐。私心未尽终难议，半入风云半堕泥。"

[日]关泽清修作《初夏即事，分韵》。诗云："檐树阴新罨净潭，午帘风影绿波函。鱼儿忽去又成队，来戏尖尖荷叶南。"

[日]土方久元作《戊午初夏，游小野田氏馆林别业，次平山某诗韵，赋似主人》。诗云："如斯清福我奚疑，世路当年剪棘茨。忽遇明时立身早，久参大政建功奇。故人方自都门至，轻舸何妨野鹜随。泼眼杜鹃花乱发，不知岸上夕阳移。"

[日]久保得二作《初夏》。诗云："茶烟缕缕出帘斜，嫩绿重重经雨加。四月园林疑有雪，篱边开遍绣球花。"

六 月

1日　蔡元培、陈独秀、章士钊、沈尹默、刘师培、傅斯年、罗家伦等一同当选为北京大学进德会评议员。

《尚志》第1卷第8号刊行。本期"诗录"栏目含《异龙湖歌》（树五袁嘉谷）、《馆中寄姊婿杨笙阶》（缪尔康）、《晴川星月》（缪尔康）、《答张鸿逵〈烟波楼饯别〉韵》（许化鹏）、《捧橄》（许化鹏）。

《微言》第2期刊行。本期"艺林·诗"栏目含《黄藏鲁正叔铜琴歌》（苏戡）、《园居二首》（恪士）、《登七里泷西钓台吊谢皋羽先生》（恪士）、《和一山韵》（子培）、《沪上偕仁先晚入哈同园二首》(伯严)、《谷雨》(诗庐)、《赠歌者程砚秋》(映庵)、《徐悲鸿画梅郎〈天女散花图〉,华妙殊绝,因题其上》(瘿公)、《有述》(瘿公)、《题东海相国〈水竹村图〉》(姜斋)、《高子晋寄诗为寿,奉答一首》(姜斋)、《承光殿玉佛赞》(姜斋)、《圆圆曲》(樊山);"艺林·词"栏目含《点绛唇》(孟劬)、《蝶恋花·寄众异》(彦通)、《霜叶飞》(映庵)、《摸鱼儿·昆山访刘龙洲墓》(君直)、《蝶恋花·丁巳春词》(又铮)、《东风第一枝·和幼庵》(子琴);"艺林·诗话"栏目含《澹园诗话》(于祉)。

《诗声》第3卷第6号于澳门刊行。本期"笔记"栏目含《雪堂丛拾(十三)》(澹於)、《水佩风裳室笔记(廿三)》(秋雪)、《乙庵诗缀(十七)》(印雪);"诗话"栏目含《心陶阁诗话(二)》(沛功)、《霏雪楼诗话(九)》(晦厂);"词谱"栏目含《莽苍室词谱卷三(四)》(莽苍);"词苑"栏目含《秋心、秋零哀辞,择尤(五)》:《兰与秋零情逾骨肉,陡惊逝世,何以为情。今再之沪,顿忆前游,历历长途,谁与为亲,赋此志哀。尚有自罪千言,宣诸异日,前尘如梦,往事徒嗟,此恨绵绵,曷其有极》(露兰)、《哭秋零、秋心二君》(二首,麦会华)、《秋零、秋心二君与余素识,闻耗凄然,卒拈数载,悲不成句,雪堂诸君,为我正之》(四首,息耘);"最录"栏目含《与方甫君论诗书(未完)》(蓬庐)。另有其他篇目《雪堂诗课汇卷消息》《雪堂第四十四课题》。其中,《雪堂诗课汇卷消息》云:"兹将第四十课汇卷付刊,与本号《诗声》同时分发,凡属社友,幸希留意。雪堂启。"《雪堂第四十四课题》为《夕阳初下,新浴已完,着蝉翼薄罗衫,挥羽扇小坐葡萄架下,看归鸦返树,微闻脂粉香与荷花香杂沓而至。未几,月上,抚清琴三叠,沉凉瓜于水中,雪新藕于冰碗。已而,花影上栏,万籁渐寂,遥闻远笛数声,随凉风断续,至柝声橐橐过墙外,如聆清霜。一笑挽檀奴,入室去罗衫,解珠履,垂流苏,帐金钏。偶触帐钩,锵然一声,如碎金戛玉,余韵悠然》。要求"以此为题,诗词多少任作,总能将题意镕入便合。准旧历戊午年七月望日收齐"。

严修在纽约,参观李君国领创建之华昌公司。

王博谦撰《东游诗草》由北京日知报馆出版。王博谦自署并自序。序云:"余本不能诗,比年以来,抗尘走俗,更不知诗为何物。适北京新闻界有赴日本视察团之组合,余以日知社长随诸君子后橐笔东游,历览山水之胜、樱花之艳,与此邦贤士大夫相晋接,酬酢既多,歌咏间作。旅行之际、筵席之间,多系口占,不遑思索,词近俚俗,语多疵累,贻讥通人,知所不免。然雪泥鸿爪,聊志前尘,因汇而存之,工拙非所计焉。戊午暮春三凤词人王博谦自序。"集内含《谒热田神宫》《游后乐园》《参观炮兵工厂呈陆军大臣》(代视察团全体作)、《东京市净水场》《宫岛二首》《保津川舟中作》《登鹤舞公园闻天阁》(二首)、《登横滨栈桥高楼》《川崎别邸观牡丹》(二首)、《题大仓集古阁》(二首)、《参观电气博览会》《呈大隈侯爵》《呈犬养毅先生》《呈小田切先生》《赠东京商业会议所诸公》《春秋会招饮,赋诗答谢》《□和会招饮于红叶馆,即席赋谢》《大仓男爵招饮于藏春阁，赋谢》《赠在蓬宗兄》《赠内藤虎次郎博士》《诗林社主干结城蓄堂先生招饮于神田第一楼，席上口占长歌，呈同社诸公》《留别蓄堂诗老》《题扇赠小松电气博览会会长兼以留别》《留别樱内幸雄、青山禄郎两先生》《赠吉丸》《再赠吉丸》《三赠吉丸》。其中，《谒热田神宫》云："来此谒神宫，宫门夹道松。穆然遗剑在，相见古英雄。"《赠在蓬宗兄》云："异地逢知己，吾宗特异材。鹏程九万里，稳步上蓬莱。"《赠内藤虎次郎博士》云："道貌重千古，学问贯五州。如入芝兰室，当今第一流。"

严复作《何嗣五赴欧观战归，出其纪念册子索题，为口号五绝》。其一："太息春秋无义战，群雄何苦自相残。欧洲三百年科学，尽作驱禽食肉看。"其三："洄漩螺艇指潜渊，突兀奇肱上九天。长炮扶摇三百里，更看绿气坠飞鸢。"其四："牛女中间出大星，天公如唤世人醒。三千万众膏原野，可是耶和欲现形？"

童保喧作《闻永定失守示将士》。序云："李总司令电永定失利，唐司令退保龙岩。"诗云："羽报传来失永城，龙岩草木一时惊。将军自有回天策，待下饶平且论兵。"

2 日　《申报》第 16268 号刊行。本期《自由谈》"诗囊"栏目含《卧病》（丙辰五月作）（投稿癖）、《咏史》（丙辰冬作）（四首，投稿癖）。

符璋午后作诗钟，自云思甚涩。

夏敬观约郑孝胥、陈三立、陈叔通、李宣龚、沈次裳等至消闲别墅。

3 日　全国各省议会代表在南京开预备会议，发表宣言吁请南北双方罢兵。

符璋作和黄叔清《反游仙》四律。

4 日　吴昌硕至海藏楼访郑孝胥，未遇。次日，郑孝胥回访，坐览诗稿殆半。

童保喧作《驻军平和》。诗云："帐里频传更柝鸣，大峰曙色映戍旌。中原文化王开府，越国男儿威总兵。五月南征多炎暑，三军壮气薄云星。河头溪接韩江水，翘首番禺指日程。"

5 日　《申报》第 16271 号刊行。本期《自由谈》"诗囊"栏目含《剧场感赋四首》（天虚我生）。

《戊午周报》第 4 期刊行。本期"文苑"栏目含《游仙诗》（王闿运）、《送别蒋星甫侍御改外》（赵熙）、《又陵齐年寄示悼亡之作，题诗于后，以吊香祖，兼以慰吾老友也》（邓镕）、《春日晚眺》（李维汉）、《春日杂咏》（前人）、《题也樵〈聊园诗集〉》（李维汉）、《首夏读书杂诗四首》（李思纯）、《甲寅除夕》（毛伊）、《正月八日游西郊杂诗》（前人）、《戊午四月八日，出城东门访薛涛墓》（柴扉野老）。

《妇女杂志》第 4 卷第 6 号刊行。本期"文苑"栏目含《祭胞妹玉禧文》（邹济）、《为旌表杨节母征诗启》（大埔温廷敬）、《诗三首词一首》（常熟徐药侬女士）。

《学生》第 5 卷第 6 号刊行。本期"文苑·诗"栏目含《咏卫生》（仿东坡《三适》

体)（广西北新流墟四里高小二年生蒲益智）、《采石矶怀古》（安徽省立第一师范讲习科马韶亭）、《春日漫成》（浙江东阳中学校学生施泰）、《初夏》（二首，前人）、《春江词》（嘉兴县第二高小学生沈善政）、《春日呈涞水毓清臣先进》（直隶省立易县中学校学生杨士焯）、《得毓清臣先进和章，为诗谢之》（前人）、《拟陆士衡〈君子行〉》（长沙青年会学校一年生马天驷）、《春雨》（前人）、《送同学凌震欧君北上从军》（长沙师范学校学生陈涤芬）、《舟次遇雨，枕上口占》（贵池陈元敬）、《午睡》（前人）、《榆钱》（京兆武清模范两等学校学生邰光典）、《题镜》（江西第一师范学生陈重光）、《于途中作诗一首》（长沙第一师范学生宁纯宦）、《登韩山谒韩文公祠》（广东高等师范附设师范本科一年级生侯曜）、《杜鹃花》（前人）、《月夜步湘桥》（前人）、《湘桥晚眺》（前人）。

符璋为九铭撰《李督像赞》一篇，又成七律四首。

郑孝胥过吴昌硕，观其诗稿半本。又，王聘三、朱古微、邹紫东到访郑孝胥。

6 日 又陵《辛亥杂诗》（四首）刊载于《南洋总汇新报》"诗界"栏目。其二："金谷花飞梦易残，银瓶落井露华寒。沈园哀怨诗难写，肠断当年陆务观。"

林纾《题画》（六首）刊载于《公言报》，自署"畏庐"。其五："没个人来且闭关，林峦回合屋三间。神头鬼脸知多少，只有青山且好颜。"

郁达夫作《客感，寄某两首》，诗题又作《客舍偶成》。其二："一夜秋风兰蕙折，残星孤馆梦无成。敢随杜甫憎时命，欲向田横放厥声。亦有宏才难致用，可怜浊水不曾清。明朝倘赴江头死，此意烦君告屈平。"

7 日 褚辅成再次受派赴沪，迎岑西林（春煊）来粤就总裁职。

王国维访沈曾植，沈言其近欲为中唐元载翻案。

张震轩作《书〈任翁嘉祥言行录〉后，兼勖明道、明达两生》（二首）。其一："古德于今叹式微，喜从佳传仰芳徽。教家子弟惟耕读，排难乡间泯是非。和气被兰春霭霭，清言屑玉雪霏霏。梅花宗派流传远，定有天香绕裌衣。"

8 日 《申报》第 16274 号刊行。本期《自由谈》"诗囊"栏目含《四十初度感赋》（四首，天虚我生）。其一："自落形骸已卌年，年来潦倒尚如前。半生事业惟诗卷，偌大家私剩砚田。笔墨难偿今世债，文章无复自由权。能行吾素惟贫贱，不受人间造孽钱。"其二："往事思量一惘然，卅年前是小神仙。桃花落后春无影，芍药开时玉化烟。胜日园林成梦境，旧时哀乐悟情禅。光阴毕竟同流水，不怪宣尼感逝川。"其三："离合悲欢事万千，纷乘最是廿年前。慈云散后诸魔现，天女来时众态妍。尽把黄金买烦恼，空将水月证团圆。谁知梦醒邯郸后，犹欠今生未了缘。"其四："不惯趋炎只自怜，十年韬晦让人先。牛衣卧泣悲前度，马帐传经望后贤。有限精神惟好睡，无情华发已盈颠。虚生岁月原如此，阴错阳差兴听天（予生于阴历六月四日，而同人以阳历六月四日为寿,故云)。""附白":"如蒙赐和,乞用四尺宣纸开十书之,以便装裱屏幅,汇印成帙。"

符璋夜作诗钟至三鼓。

应炳楚生。应炳楚,学名启家,浙江鄞县人。著有《海野诗选》。

张謇作《村庐晨起》。诗云:"林疏山浅路非赊,方便闲来小结跏。草际新流牛赴饮,花阴微雨燕归家。约僮爱物常询鹿,谢客论时并厌蛙。乘兴未妨还独适,水牵幔牒陆巾车。"

张震轩作《苦雨乐》(四首)。序云:"连日苦雨,于师校观同事李望之、刘仲琳、沈渭滨、朱缉书聚饮乐甚,予量窄,旁坐无以解嘲,爰赋四律博诸位一粲。"其一:"文采风流迥出尘,百杯豪饮见精神。粲花论妙诸生服,老树诗题意境新(君赋《卧树楼歌》,力翔前人巢臼)。差有闲情惟纵酒,不删绮语惯怀人。平生量窄输家旭,幸遇青莲缔宿因。"其三:"风度翩翩沈下贤,一枝铅笔善雕镂。自惭老丑须眉秃,却被先生妙腕传。公瑾醇醪真有味,凌烟图绘怅无缘。还欣刘李逢知己,三友衔杯傲八仙。"

9日 《申报》第16275号刊行。本期《自由谈》"诗囊"栏目含《读南湖诗有感,次韵却寄》(四首,栩园)、《题家书后四首》(南湖)。

苏曼殊葬于杭州西湖孤山北麓。

严修偕巴克门、范源濂、张伯苓赴勃提摩,翌日至一乡校参观。

缪荃孙拜访沈曾植。

10日 《申报》第16276号刊行。本期《自由谈》"诗囊"栏目含《章洛卿老友以〈六十初度〉诗见示,即次元韵述怀》(四首,天虚我生)。

朱古微、邹紫东约郑孝胥至古渝轩午饭,座有余尧衢、李谦六、冯梦华、王聘三、何书农等。

林纾《阿香曲》刊载于《公言报》,自署"畏庐"。亦刊载于本月12日至13日《大公报》。《阿香曲》序云:"阿香为台湾某公家姬,产自番社,丰艳异常,而举止乃有大家风范。前此五十年,余见之淡水,嫣然一丽人也。后十年,阿香死,而某公亦籍没。余戏为昌谷体,制为此曲。事隔四十年,昨日检明刻《南华》,此稿竟在楮叶中,哲维好录吾诗,因授以敝帚。"诗云:"峭碙危篁蛮路深,海棠红绮伤秋霖。杂花仙凤贴金翅,绿琼辀上生流媚。银烛垂虹宝帐昏,童娃笼烛扃重门。西国一夜红心死,新绿排衔覆春水。老桂收香蠹抱根,重帘隔断苔花紫。弯弯笙道青骢马,绣幄传餐餍新鲊。越罗无光簟色灰,烟态着茵泪盈把。绿华劫尽云车回,粉台香气留玫瑰。十二门前春色变,翩翩缇骑腰花箭,尘压屏风不见人,月斜珠幌归双燕。"

王□庭《沪江十咏》刊于《南洋总汇新报》"诗界"栏目。其一《夜街》:"玲珑楼阁接朱霞,半是茶家半酒家。最好夕阳西坠后,满街灯火自由花。"其五《愚园》:"板桥西畔几垂杨，中有村庄认姓王。境自清幽人自静，犹堪闲构读书堂。"

11日　《申报》第16277号刊行。本期《自由谈》"诗囊"栏目含《湘行纪事诗》（十首，刘韵芳女士）。

严复寄所撰《心远校歌》予熊纯如。歌词云："中华何所有？四千年教化。舟车未大通，指此为诸夏。五千年来交五洲，西通安息非美欧。天心欲启大同世，国以民德分劣优。我曹爱国起求学，德智体育须交修。守勤朴，厉肃毅，涵养性情奋志气。此时共惜好时光，他日为人增乐康。庐山九叠云锦张，彭蠡章贡源流长，世传心远第二中学校风良。"

傅润沅访徐世昌，谈为集股印百衲宋本《资治通鉴》事。

吴芳吉致信萧湘（时在江津中学任教）、赵鹤琴（时在永宁中学任教）、曹玉珊（时在泸州师范学校任教）等，谈"尚武精神"，以此铸就强盛国民、强盛政府。

宛若《石叻竹枝词》（五首）刊于 [马来亚]《国民日报》"文学俱乐部"栏目。其四："渡海优游短景催，逢迎新客进椰杯。先生不及冬瓜色，犹带中原土性来。（向者，新客至，地主饮以冬瓜荸荠汤，闻之顾钟华）"

翁斌孙作《题〈尚湖渔隐图〉，为俞君实》（三首）。其一："一丈竿丝一叶舟，湖山佳处几勾留。斜风细雨归来晚，辜负城南卖酒楼。"其二："蓬莱水浅缘何事，愁煞任公旧钓徒。无处更寻大鱼去，跳身且入小西湖。"其三："不到西湖十二年，水光照影故依然。买山漫羡巢由隐，已典濒湖一顷田。（近以贫，典田与人）"

12日　《申报》第16278号刊行。本期《自由谈》"诗囊"栏目含《和天虚我生〈四十初度〉元韵》（四首，临海杨镇毅）。

《戊午周报》第5期刊行。本期"文苑·诗录"栏目含《贺李密沅尚书（代冲宣）》（李维汉）、《寄也樵、石子成都》（前人）、《碧漪辞》（毛伊）、《绝句》（胡思敬）。

符璋作《后反游仙诗》四首。又，下午作诗钟至夜，孔则君在座。

张伯苓自巴克门返纽约。严修偕范源濂往华盛顿，顾维钧公使来迎，同至使馆茶话。

吴芳吉致信吴宓，此信有感于吴宓"牢愁抑郁"而写。略谓："吾自信中国白屋有一吴芳吉在，即日本美国欧洲亦各有一吴芳吉在，推而致于万方，入于冥粤，咸有吴芳吉在。此一吴芳吉死，彼一吴芳吉生。此一吴芳吉失，彼一吴芳吉得。此诸吴芳吉者，皆是中国白屋吴芳吉之一知己，中国白屋之吴芳吉是此诸吴芳吉者之一知己，吾复何恨？吴芳吉盈满天下，天下之事，便是吴芳吉之事，吾复何愁？吴芳吉囿冶人心，人心之理，便是吴芳吉之理。吾虽有美文章，大事业，未见芳吉之长；吾虽受饥寒，历困苦，亦不能暴芳吉一短。吾虽与仇雠接，终可胶漆相亲；吾虽在枕衾间，终使为天下共见。因此，知吾人立身，不当仅为人负责任，更当为神负责任。……休叹世无知心，实则知心满世尔。即不求人谅，自有人谅尔心，屈子贾生之伦，未免多事矣。"信末又建议："天人学会"应仅为通知接纳之组织，不应成为自我标榜之社会组织，如此则易见嫉于人，成为敌对者攻击对象，"诚恐君子未得相求，而奸回反以致怨，是救国适以误国"，重蹈元祐绍圣、东林复社之覆辙。

吴虞作《哀清翰林侍读王壬父诗》（六首）。其一："湘绮楼空楚水流，萧萧斑竹迥生愁。何如憔悴姜斋老，著罢黄书望九州。（王姜斋所著书，于种族之戚，家国之痛，呻吟呜咽，举笔不忘)"其二："少年抗志动湘淮，劝进文传素愿乖。白首就官非得已，剧秦当日亦诙谐。"其三："寂寞江山燕子飞，兴亡容易付斜晖。书生尽解谈王命，应怪夷齐怨采薇。"其四："文章留得晋阳秋（黎莼斋曰：'《湘军志》文质事核，不虚美，不曲讳其是非，颇存咸、同之真，近世良史也。'案：壬父四十已后始著《湘军志》。为其生平著述之有用者。后曾沅甫欲杀之，乃毁其版。今成都志古堂所刻《湘军志》，盖由杨叔峤借得壬父手写之原稿，未经删改者，诚可宝也），挟策从横感旧游。老共侏儒争一饱，滑稽方朔太俳优。"

孙介眉作《依韵和张景文午节诗》。诗云："楚王台榭虚无存，屈子悼怀酒正温。角黍年年垂纪念，湘波千古葬精魂。"

13 日 陈之达为《邓尔雅诗稿》作序。序云："东官邓子尔疋与余订交十六年前。其时君未弱冠，余甫成童耳。芸窗暇日，刻意吟咏，得间复唱和以为乐，相视而笑，莫逆于心。其后数十年间，东西南朔奔走问学，犹邮筒诗简络绎于道，以余等之于诗，好之深而为之切，每每流露于不自觉也。夫遭变而有黍离之悲，入梦而得春草之句。诗者，乃生于情而能发扬其情与学者也。故曰：'诗缘情而绮靡。'尔疋之诗，刚凉沈实，荡逸明华，合其殊观，均归壮肇。知其缘情寔深，且往往融化古意于融畅圆美中，又得力于学问者矣。岁甲寅，余自欧洲返里，与尔疋相见于逆旅中，娓娓谈诗，三日而别，濒行，约互序之。盖非余不能序尔疋诗，非尔疋不能序余诗，以彼此相知之雅，而篇章酬唱，十六年来，又未尝间辍也。息壤在彼，及今又四年于兹矣。文字关河，日莫途远，虽烟云月露之情、凄楚蕴结之感无异畴昔，而天涯烟树会合不知又在何时。今者尔疋以余诗稿之序远道见遗，复谓己将诗集编定，余乃述余两人交义及所知者为此玉。谓谣颂之兴，感由风运；骚雅之变，激始忧伤。今日之诗于何取经，则知诗者自能解之。乃自抛心力，勉作词人，人间何世，盖有同感矣。戊午端阳番禺陈之达序，时客济南。"

吴昌硕作《重午》诗，沈曾植和之，作《和缶庐〈重午〉韵》。和诗云："太一回精转五黄，老夫濯足卧沧浪。旧游漫记花之寺，大笔常悬静照堂。毕曜席谦重人梦，采丝角黍一衔觞。高楼日暮闻吹笛，何处伊州按侧商。"又，沈曾植作《戊午五日》。诗云："五月五日日午时，今年戊午还相宜。赤熛怒帝全王相，大焰肩佛相扶持。榴花一枝赠安石，蒲剑三尺抽中馗。野人满酌雄黄酒，不恨南风解愠迟。"

赵熙作《澡兰香·重五，梦窗韵》。词云："啼鸠送雨，小凤新花，一枕半年梦觉。朱符篆古，彩鹢波翻，老剩岁华如约。更何心风采萧家，人如菖蒲秀萼。楚粽厨空，负了香菰青蒻。　　不意仙风远送，上客能来，解衣槃礴。心圆似月，梦好于仙，喜气庚莲吹幕（圣传至自刘军）。是平生第一天中，狂引离骚痛酌。只怅断峡雨江云，天南吹角。"

陈隆恪作《端午》。诗云："支屋新晴自吐舒，簪门蒲艾绿如如。漫依旧俗能潦倒，应有冤魂笑袚除。镜折青溪歌吹外，香扶白发醉酣余。仰天剩抚盐荠腹，佳节江南欲老予。"

孙介眉作《端午晓起》。诗云："柝韵鸡声扰梦哗，邻家犬吠树啼鸦。村儿卖艾呼深巷，晓籁传潮耳鼓麻。门悬蒲剑艾枝斜，簪插灵符为避邪。祭案盘盛香角黍，无知稚子要先拿。"

赖和作《端午寄肖白先生》。诗云："自向天涯偶寄踪，人间佳节又天中。眼看蒲叶齐抽绿，泪与榴花共斗红。终古名流清浊判，只今举世醉醒同。自怜热血空腾沸，敢乞先生一扇风。"

14 日　徐树铮在天津诱杀直系将领陆建章。

《申报》第 16280 号刊行。本期《自由谈》"诗囊"栏目含《和舍弟见寄四首》（双影）。

符璋作诗钟至三更。

林苍作《端午后一日，天气放晴，范屋约赴西湖，彤余亦至，归途又遇雨，驱车入聚春园小饮》。诗云："一雨遂弥月，新晴无须臾。朅来湖上游，烟木清以疏。平波浩欲动，微风飘我裾。艇子人四三，远视如飞凫。言登镜湖亭，二客来于于。瓯茗足风味，花石充尔娱。历历城中山，一楼在北隅。暮天黯无色，时有云卷舒。归念悠然兴，振衣及未晡。路出宛在堂，沿栏步纡徐。过桥人影乱，滂沱随之俱。相将避入亭，喘息久始苏。回望阴霭中，寺阁多模糊。坐处落何许，恐已成沮洳。人生败意事，十有九不虞。去去勿复顾，醉饱真良图。"

15 日　北京国务会议决定继续"讨伐"西南。

《新青年》第 4 卷第 6 号刊行。本期"通信"栏刊载署名"南丰美以美会基督徒悔"信。信中批评钱玄同："余所望于钱君者，不赞成则可，谩骂则失之。如'选学妖孽，桐城谬种'，是不免无涵蓄，非所以训导我青年者。"钱玄同在答复中反驳："至于'桐城派'与'选学家'，其为有害文学之毒菌，更烈于八股试帖，及淫书秽画。……此等文章，除了谩骂，更有何术？"同一栏目中另一具名"崇拜王敬轩先生者"写信质问《新青年》编辑，略云："王先生之崇论宏议，鄙人极为佩服；贵志记者对于王君的议论，肆口侮骂，自由讨论学理，固应又是乎?"陈独秀在回信中则说，对于妄人"闭眼胡说，则唯有痛骂之一法"。又，陈独秀在本期通信栏中发表答读者来信三篇。在《答张镠子》信中，批评中国旧戏，认为"在文学上、美术上、科学上果有丝毫价值邪!""愚诚不识其优点何在也。"在《答崇拜王敬轩者》信中，认为讨论学理之自由是神圣的! 应反对"学愿"作风。他说："'学愿'者，真理之贼也。"此外还有《答南丰美以美会基督徒悔》来信一篇。

《申报》第 16281 号刊行。本期《自由谈》载"诗话"栏目。

《东方杂志》第 15 卷第 6 号刊行。本期"文苑·文"栏目含《〈彊村丛书〉序》(曹元忠)；"文苑·诗"栏目含《浴佛日雨中发南昌，抵靖庐上冢三首》(陈三立)、《出太平门视次申墓，归途望孝陵》(陈三立)、《哀小乙》(郑孝胥)、《题唐元素所藏黄忠端楷书〈孝经〉》(郑孝胥)、《正月晦日涉园偶成》(周树模)、《早起》(周树模)、《泊园春兴》(周树模)、《上海一品香旅次》(梁鸿志)、《赋秦始皇廿六年四字范残瓦量诏集墨》(姚华)、《岁腊卧疴，拔可、映庵存问稠叠、心白复来杭省疾，赋诗为谢》(诸宗元)、《极乐寺看海棠，是日至瘿公宅，见砚秋》(陈衡恪)、《夜宿独流镇，梦桓弟》(李宣龚)。

缪荃孙约杨钟羲至古渝轩小饮。

张震轩撰《苦雨叹》一篇。

朱大可《新点将五首》刊载于《天津益世报》。其一："困龙只合锁深山，敢伺南雄第一关。冰溃丙辰丁巳后，援穷百越八闽间。珠崖仿佛余灰烬，琼岛苍凉认血殷。此日楚歌闻四面，也应残甲掩羞颜。"其二："鹤唳风声遍皖城，八公草木亦倪旌。空闻定武归安武，未见淮兵胜楚兵。偏将行军惭李愬，旧人置酒恋梁清。那知款段都门后，从此中原路不平。"其三："衡阳万里溃狼烽，警檄飞章日几重。卷土金赀□敌利，刺天铜柱让人封。鸣钲击鼓原冰鉴，立马横矛岂玩供。身败家倾兵又折，何如解甲便归农。"其四："伫看云台建首标，汉皋驻马剧魂销。一篇乌鹊休惆怅，十斛珍珠慰寂寥。乔女居然锁铜雀，诸公那许夺金貂。夜来赤壁麈兵罢，可有飞章拜早朝。"其五："直趋虎豹入关来，霖雨苍生望可哀。铁骑连云劫秦岛，羽书似雪抵丰台。几曾韬略娴戎幄，未必兵权释酒杯。我为中原挥血泪，轮囷底事郁奇材。"

童保喧作《三望岭战役》。序云："初九占领水口山；初十出松柏关，过三望岭，为军激战之地，此役毙敌约四五十人。"诗云："天生关隘扼三军，两阵圆时日已醺。赖有偏师从侧道，万山草木逐奔云。"又，作《水口山战役》。诗云："戎旌深入粤南疆，山锁溪流敌阵良。夜半生机存一线，三军将士誓同亡。"

16 日 王国维致函罗振玉。略谓："时事山穷水尽，然尚未达穷途，必至国会不能成时或有变化。而现在二派竞争至烈，若一方势胜，一方必以消极法抵制之（即不出席,使不足法定人数)。恐将来结果必出于此,故此时或有戏看耳。"

《微言》第3期刊行。本期"艺林·诗"栏目含《复苏寄〈游日光诗〉索和,久未报,偶成一首简之》(静庵)、《挽桂伯华先生》(静庵)、《落红》(静庵)、《拟〈冬青馆宫词〉四首》(静庵)、《步郭外郊望》(伯严)、《题画》(畏庐)、《阿香曲》(畏庐)、《简一山检讨》(子培)、《北楼》(子培)、《次韵酬樊山赠别》(沈观)、《王旭庄置酒樊园,即席限屑韵七古,止相兼订桃源隐之约,并呈同社诸君》(涛园)、《忆福州家中蜡梅》(姜斋)、《过柯凤孙同年有赠》(姜斋)、《春尽日杂诗,示枚生、天遗、小云、无辩、棕舲、愈予七首》(石遗)、《郎州杂感》(弧尊)、《读义山诗》(哲维)、《绝句》(众异)、《瘿庵座中赠程砚秋》(晦闻)、《晦闻属题〈广雅图〉》(敷庵);"艺林·词"栏目含《缘意·鸟梦》(迥儒)、《蝶恋花·寒夜忆内》(亚庐)、《临江仙·有赠》(拜花)、《南柯子·别意》(拜花)、《过秦楼》(伯弢)、《新雁过妆楼·酒边闻歌》(彊村)、《浪淘沙慢》(子琴)、《瑞鹤仙·悼蔡烈士起蛰》(摩汉)、《长亭怨慢·香江赠别惜侬》(摩汉)、《水龙吟·题小照》(突灵)、《玉京秋·寄友》(丙临)、《壶中天·九日登高怀摩汉》(冠英)。

张元济访李家驹、梁启超。

符璋作《马车》七律一首。

张震轩作《题〈永嘉楠溪谢母陈孺人五十寿言〉册子》(十师毕业生谢国溪之母)。诗云:"楠溪有乔木,枝为慈乌韬。慈乌失其雄,遗雏声哀号。哺雏雏长大,一一丰羽毛。因思慈乌恩,反哺报劬劳。乌鸟犹知此,何况故家子。故家谢安裔,生居乌衣里。令祖文波翁,誉望驰朝市。宛宛双玉雏,凤毛看济美。造物太忌才,后先摧兰芷。翁老孙尚童,焉能免内讧。谁擅女娲巧,补缺夺天工。谢家有贤妇,系出太邱宗。知书且习礼,衔恤心忡忡。勖儿宜勤读,母贻乃翁辱。听香斋尚存,读书香可续。洁膳娱重闱,衰年忘局促。归而子职兼,母又父道属。综兹闺德良,允为谢族光。岁星值龙躔,妇寿大衍长。萱帏初设帨,亲友互称觞。哲嗣六七人,肄业列胶庠。长者精吏治,次三娴文字。四五诸郎君,各各璠玙器。静思顾复思,均出母之赐。制锦征祝词,聊娱莱衣戏。一篇述引陈,情挚语尤真。老夫惭衰朽,三复转含辛。吾家贤叔母,亦出谢氏姻。青年失所天,式谷爱吾身。吾身能建树,母竟蓬岛赴。苦节虽旌门,未享天伦趣。愿尔诸英才,养亲知孺慕。取譬孤浪舟,风帆幸稳渡。值此艳阳天,兰玉并随肩。宴羞王母桃,酒敌麻姑筵。媳女携孙曾,交拜阿母前。巾帼有此乐,须眉逊其贤。我制寿母曲,浮词删繁缛。反哺况慈乌,幺弦慰寡鹄。山瞻楠溪青,水怀楠溪绿。山水倘有缘,他年访高躅。"

17日 《申报》第16283号刊行。本期《自由谈》"诗囊"栏目含《读栩园、南湖唱和诗,次韵书怀》(四首,砚田)。

王大觉作《五月九日约亚卢小饮，酒半言凄之作》（四首）。其三：“落日中原一放歌，渡河誓墓雨蹉跎。明知无我飞扬路，看剑难禁泪又沱。”

18 日　《申报》第 16284 号刊行。本期《自由谈》“诗囊”栏目含《和栩园老友〈四十初度〉述怀》（四首，仁和章洛卿）。

张震轩撰诗二章赠毕业王翰、鲍刚两生。《赠鲍生（刚）毕业纪念册》云：“一粟才难起九原，却欣遗泽有文孙。六朝赋茗骚坛著，三载传薪祖砚存。愧我谈经疏学术，期君注策衍渊源。罗阳诗派兼文派，忆否齐名华录园。”

童保暄作《克饶平有感》。诗云：“雄狮七晚克饶平，城外溪流依旧横。风雨连天寒夏日，山河结爨近秋情。羞将战绩详军报，怕听生民吁苦声。两粤川湘千万里，几时同罢弟兄争。”

19 日　《戊午周报》第 6 期刊行。本期“文苑·诗录”栏目含《丙辰人日寄胡玉津》（赵熙）、《丙辰正月上九，得门人赵尧生侍御人日诗，用原韵和寄》（玉津）、《哀清翰林侍读王壬父诗》（吴虞）、《甲寅正月十三日，病院楼中对雪，赋寄成都诸友》（吴虞）。

张震轩撰律二首赠夏承焘、周景星，又代周孟由撰寿郑孟特之父嵩生六十寿诗一律。时夏承焘毕业于温州师范学校，张震轩《题赠夏生（承焘）毕业纪念册》诗云：“诗亡迹熄道沦胥，风雅欣君独起予。一发千钧维教育，三年同调乐相于。空疏未许嗤欧九，奔竞由来笑子虚。听尔夏声知必大，忍弹剑铗赋归与。”《寿平阳郑孟特翁嵩生先生六十》云：“理学文章溯伯熊，清标久仰菊山翁。天留此老真儒见，家有佳儿折狱工。宽厚足征仁者相，衣冠犹是古时风。逃名我已皈净土，怎比先生寿世功。”

20 日　林豪卒。林豪（1831—1918），字嘉卓，一字卓人，号次逋，福建金门人。负笈厦门玉屏书院，受教于庄牧亭。咸丰九年（1859）举于乡。越年至台湾，居艋舺。时戴潮春起事，林占梅奉命办团练，见而礼之，延主潜团。事平，撰《东瀛纪事》2 卷志之。同治元年（1862）受聘担任澎湖文石书院山长。同治六年（1867）淡水同知严金清聘修厅志，淡自开设以来，尚无志，虽竹堑郑用锡曾辑志稿二卷，颇多疏略，遂与林占梅商订体例，开局采访，凡 9 月，成书 15 卷，未刊。光绪十八年（1892）第三次出任文石书院山长时，在前任山长制定的“重人伦、端志向、辨理欲、励躬行、尊师友、定课程、读经史、正文体、惜光阴、戒好讼”10 条学规之上，续订学约 8 条：“经义不可不明也。史学不可不通也。文学不可不读也。性理不可不讲也。制义不可无本也。试帖不可无法也。书法不可不惜也。礼法不可不求也。”同年台湾议修通志，各厅县皆有采访，而澎湖自中法战争后，建设尤多，通判潘文凤乃再聘豪纂成之，凡 14 卷。嗣内渡，数上春官不售，著书以老，并续修《金门志》。光绪二十八年（1902）授连城县学教谕，以年老不就。1912 年南游新加坡。卒后，葬金门东洲后埯。临终遗命,题其墓曰"浯江诗人次逋林公墓"。著有《诵清堂诗集》(12卷)、《陶园求是录》(2卷)、《东瀛纪事》(2卷)、《瀛海客谈》(4卷)、《星湘见闻录》(2卷)、《海东随笔》《潜园诗选》《闽南俚谚俪句》等19种。连横《台湾通史·流寓列传·林豪》云其"博览史籍,能文章"。王松《台阳诗话(下卷)》云:"孝廉(林豪)又好集句,此题如满屋散钱,个个上串,惟其线索在手,故能以古人之词为我之词,随意掇拾,所谓不着一字,尽得风流者。"

曾熙与李谦六、姚芷皆、李瑞清(梅庵)同访郑孝胥。

刘师培在北京大学国史编纂处会议上提交编纂报告。

21日 《申报》第16287号刊行。本期《自由谈》"诗囊"栏目含《再题道衍为中山王所作山水卷后,并简犬养木堂、孙逸仙两先生二首》(南湖)。其一:"云烟入梦湿征袍,客馆疏灯气自豪。今日江山太无赖,可能一水限孙曹。"其二:"长风激浪蹴天浮,落日孤鸿何处舟。后五百年看奇画,钟山王气已全收。"

朱大可《〈大世界报〉一周纪念颂辞》(四首)刊载于《大世界》报。其一:"一纸风行遍大千,笔花灿烂墨花妍。西园东观何须数,此亦琅环秘府篇。"

张震轩作《赠潘生(旌)诗》(二首)、《赠孪生(芬)诗》(四首)。其中,《赠潘生(旌)诗》其一:"黄门工赋笔,声望压邹枚。古调今无和,新知校有才。同升茅拔茹,佳节雨肥梅。欲别还惆怅,高歌把酒杯。"其二:"家世多儒术,清才又见君。词工徐庾体,班厕鹓鸾群。大若岩钟秀,河阳泽衍芬。衔华还佩实,定可张吾军。"

22日 符璋夜作诗钟。

张元济访伍光建、高而谦、蔡元培、王宠惠、林纾。

郁达夫作《晓发东京》。后载本年7月9日日本《新爱知新闻》第9690号。诗云:"茅店鸡声梦不安,轻车又犯晓风寒。一肩行李尘中老,半世琵琶马上弹。白雪几能惊俗耳,青衫自古累儒冠。升沉莫问君平卜,襟上浪浪泪未干。"

张謇作《吴船谣四首(有序)》。序云:"公园买船苏州,既来,名之曰'苏来舫'。谣以记之,为可以徒而歌也。"其一:"浮送吴船到早潮,开筵灯火与波摇。榜人已受园人约,不过公园第二桥。"其二:"双桡稳健底平方,里老村童乍见狂。争上第三桥上看,华灯四照水中央。"其三:"第一桥边草色新,万流亭子亦船津。沉沉怪物灯光下,不是温犀不用憎。"其四:"风多濠阔浪横斜,第四桥南种藕花。待到花时花作壁,夜阑灯炮尽浮家。"

方守彝作《五月十四日迎江寺僧馔小集,和壁上东坡诗韵,简座上诸君》。诗云:"隔江云断山成画,满院桐高枝拂椽。作客郡城知闷甚,凭栏宝地与陶然。老仙有句揩晴看,古佛无言曲臂眠。座上几翁几年少,放怀谈笑各生妍。"

孙介眉作《雨蹊》。诗云:"纸伞油鞋趁软泥,没腰花木雨枝低。绕行幽处因防滑,草洗衣衫过小蹊。"

23 日　粤赣战争爆发。

《申报》第 16289 号刊行。本期《自由谈》"诗囊"栏目含《和天虚我生〈四十初度〉原韵》(四首,休宁金霭如)。

洪炳文卒。洪炳文(1848—1918),字博卿,号栋园,别署好述子、祈黄楼主、花信楼主人,浙江瑞安人。幼年遭兵燹,举家逃难,寄居外祖父张振夔家,遂从外祖父学诗文。年十四始归瑞安。先后师从林星樵、黄漱兰。年十八入邑庠,及至年二十五成禀生。一生中虽五试十荐,迄未能售。尝主诂善祠塾西席。年四十四,因年资而选贡。其间应从侄洪锦标之邀,出任江西余江县幕府。戊戌事变后任瑞安中学堂历史地理教席,后受聘至温州浙江省第十中学任教。光绪三十二年(1906)好友李遂贤之父李滨出任上江水师统带,驻跸金华,应邀为李滨幕府。宣统元年(1909)被授予浙江余姚县教谕兼训导,半年后辞官回乡。晚年与南社中人游,好作戏曲。一生制剧 36 种,含《电球游》《月球游》《悬岙猿》《白桃花》《警黄钟》《后南柯》《芙蓉孽》《秋海棠》《挞秦鞭》《木鹿居》《水岩宫》《无根兰》《晚节香》等,多为抄本。其戏曲剧本创作,始于甲午战争之后。尤为我国科幻戏剧之先驱。又有《花信楼诗稿》12 卷、《花信楼词存》1 卷、《花信楼散曲》1 卷、《花信楼楹联》1 卷、《花信楼文稿》8 卷(内含骈文 2 卷)、《栋园乐府》1 卷、《花信楼骈文》1 卷、《栋园杂著》《蛰存斋稿》《东瓯采风小乐府》《瑞志拾遗》等。又熟谙自然科学,著有《空中飞行原理》。

傅岳棻招饮,座有汪诒书、林开謩、樊增祥、沈曾桐、顾璜、顾瑗、张权、宝熙、王式通、杨熊祥诸人。

陈方恪陪陈三立往上海,住上海旅馆。胡琴初、郑孝胥、夏敬观、李宣龚、王聘三、刘洙源等在沪上都益处、会宾楼等饭店宴请陈氏父子。月底,陈方恪与梁鸿志、夏敬观等游杭州西湖。

郑孝胥至会宾楼一元会。

张元济访严复。

江子愚作《水调歌头·五月望日为休庵生日,和其自寿韵》。词云:"月是旧时月,人是隔朝人。料君家在临桂,明月是前身。载得西湖仙子,学得南朝仙尉,云鹤梦相亲。一堕鬘天劫,衣旧不如新。　是循吏,是骚客,是遗民。花下移宫换羽,风调是苏辛。海上筹添几许,只怕风吹海立,旗鼓闹孙恩。留取菖蒲酿,消恨美于醇。"

郁达夫作《山村首夏》。诗云:"四山涨翠昼初长,五月田家麦饭香。一事诗人描不得,绿蓑烟雨摘新秧。"

24 日　《申报》第 16290 号刊行。本期《自由谈》"诗囊"栏目含《和天虚我生四十感赋元韵》(四首,秦邮俞玉其)。

符璋作七律二首。

张元济访曾习经。

杨钟羲为升允（吉甫）借居一事与诸友相商。

黄宾虹参加广仓学会例行古物陈列会（由康有为值月）。其藏品"匈奴相邦"玉玺为王国维所见，极惊异，嘱拓数纸，函告罗振玉，并为撰文。

张謇作《刘宋挽词》。诗云："往事蜉蝣耳，人间五十年。母家宁可说，儿赴一凄然。瞑泪慈乌恋，羁魂客燕怜。平时滋间阔，况乃隔重泉。"

25日　南社社员陈耿夫在广州主编《民主报》。因揭露"政学系"，被杨永泰勾结桂系军阀杀害。"政学系"形成于袁世凯死后旧国会恢复时期，因旧国会中国民党名存实亡，该党议员中张耀曾、李根源、谷钟秀等联络欧事研究会成员及相同政见者组成政学系。

《申报》第16291号刊行。本期《自由谈》"诗囊"栏目含《和栩园〈四十初度感怀〉韵》（四首，皖泾朱砚田）。

《小说月报》第9卷第6号刊行。本期"传奇"栏目含《针师记传奇（续）》（北畴原本、瞿安润文）；"弹词"栏目含《明月珠弹词（续）》（瞻庐）；"文苑·诗"栏目含《和念衣约游洪山不果》（仁先）、《九月二十七日同苏生、仁先、昆仲步至黑窑厂望远有作》（沈观）、《九月集唐氏园》（沈观）、《叠前韵奉答笏老、仁先枉和之作》（沈观）、《丁巳除夕》（秋岳）、《都门九日》（子言）、《胡诗庐招饮图样山赁宅，赋赠》（子言）、《送诗庐游西山》（子言）、《题范藕纺金铺〈仕女采兰图〉》（子言）、《正月十三夜置酒斋中，贾郎璧云、梅郎兰芳、姚郎玉芙、尚郎小云、程郎砚秋并集，以诗纪念之》（掞东）、《园中有嘉木》（念衣）、《汉上阻雪》（念衣）；"文苑·词"栏目含《金明池·与客谈近事，写之以词》（中磊）、《绮罗香·东邻处子窥臣者三年，北方佳人遗世而独立，适次公见示此调两阕，因效为之》（次公）、《绮罗香·中磊见和旧作，托兴芳菲，渺渺兮予怀也，赋此答之》（次公）、《国香慢·病鹤赠虞山红豆，词以谢之》（次公）、《三姝媚·展孙花翁墓》（次公）、《瑞龙吟·和清真》（次公）、《高阳台·戊午春晚，偕新宁邝富灼、南海黄访书、吴兴周由厪、松江平海澜、同里程觉生游西湖遇雨作》（蕈农）、《陂塘柳·次公西湖书来，盛道与病鹤唱酬之乐，顷复与病鹤各以新词见贶，赋此却寄，兼订秋深西溪之约》（蕈农）、《齐天乐·虞山金病鹤贻次公双红豆，次公赋〈国香慢〉词纪之，顷承见寄，因忆昔年归君杏书亦以此为赠，怅触成吟，寄博次公、杏书一笑》（蕈农）。

王仁东卒。王仁东（1852—1918），字刚侯，号旭庄，晚号完巢老人，福建闽县人。王仁堪弟。超社成员。光绪二年（1876）举人，官内阁中书，为清流派中坚人物。光绪二十九年（1903），代理南通州知州，平反冤案，鼓励办学，实行保甲法，操办育婴，政声甚佳。宣统元年（1909），代理江西安徽督粮道台。翌年，代理苏松粮道台兼苏州关监督，不久卸任。著有《完巢剩稿》。卒后，陈三立作《挽王完巢翁》挽之。诗云："使君为政匹难兄，当世争归长者名。每以善心驯怒虎，独余隐痛纵长鲸。运移一息维忠孝，道在群流暖性情。吟席酒场悬古貌，怀贤惟有涕纵横。"郑孝胥作《哭旭庄》云："期许从童稚，君家伯仲间。平生心入土，往事梦如山。抱节残年尽，能贫晚遇艰。病中怀旧意，惟有泪相还。"沈曾植作《哭王旭庄》（四首）。其一："沧江无静浪，岂弟不回身。独坐成萧瑟，无言更苦辛。眼明宵见性，肝绝语无嗔。天上君亲在，知君乐友真。"其二："秋驾归何晚，相持一泫然。平心无刻论，失望感凋年。遂结膏肓诊，难将肺腑宣。三因吾定识，心史在诗篇。"

曾琦（慕韩）自日罢学归国，在京与王光祈会晤。

朱大可《亚凤巢随笔》之《黄摩西》刊载于《大世界》报。略云："定厂词跋扈飞扬、不可一世，仁和谭仲修拟之'飞仙剑侠''长爪梵志'，可为知言。近时和者，当推虞山黄摩西'非非想天'中人语（词名），琼思瑶想，直似羽琌。即以人论，定公固凤负狂名，摩西亦晚撄癫疾。声应气求，无足深讶。兹摘录其《虞美人》云：'一花低颤婿头绿，暗了敲诗烛。旧愁未减病新添，怪得踏青，双足软于绵。东风吹梦飞还堕，自伴疏花坐。垂杨生小便工鞶，可惜晓风、残月去无痕。'《太常引》云：'梦中天上醒人间，悄把绿衫看。衫袖洗应难，有无数，香斑泪斑。　是侬粗鲁，是侬疏懒，圆月弄成弯。情债积如山，只准备愁还病还。'《喝火令》云：'心比珠还慧，颜如玉不凋。研罗裙底拜云翘。立把刚肠英气，傲骨一齐消。　眼借眸波洗，魂随耳坠摇。低鬟一笑过花梢。可惜匆忙，可惜性情娇。可惜新诗无福，写上紫鸾绡。'《南歌子》云：'霞颊含嗔晕，山眉敛翠横。不知何事又干卿，任尔左猜右测负聪明。　胡乱赔花罪，慌忙指月盟。天生小胆是书生，为甚只禁欢喜不禁惊？'"

张謇作《喜怡儿归抵日本》。诗云："望子经年眼，归哉路弥漫。乐羊机好易，赵氏璧完难。周难怆兄弟，彭仇耻胆肝。家门差解慰，学士有新冠。"

方守彝作《五月十七日积雨小霁，追随檠君江上散步，遂登木簰观水势，檠君有诗，次韵》。诗云："凋零雁影不成横，鬓挂繁霜相向明。分手年光惊隔岁，伤心时事访衰兄。奈何愁绪邀临水，如此江流好洗兵。莫便乘桴东入海，三山更有黑云生。"

26 日　王光祈本日至 29 日会同曾琦、周太玄、张尚龄、陈淯、雷宝菁等六人，讨论修改由他起草的"少年中国学会"意见书，即《吾党今后进行意见书》。

《申报》第 16292 号刊行。本期《自由谈》载"诗话"栏目。

《戊午周报》第 7 期刊行。本期"文苑·诗录"栏目含《乙卯秋尽，泛舟西溪芦中望法华山，同游诸子咸有咏歌之思，予亦聊出兹篇，申其兴寄，潘子立三雅共斯集，因书以遗之，兼请属和》（马浮）、《丙辰雨水节寄胡玉津》（赵熙）、《寄玉津，乞视山腴督和》（前人）、《赠玉津》（前人）、《咏怀》（前人）、《再和尧生》（雨水节后）（玉津）、《又和尧生寄林山腴舍人三首》（前人）、《谒吴武壮墓》（诗盦）、《谁信》（黄侃）、《何处》（前人）、《书事》（前人）、《偶成》（惜芳）、《庭中丁香两株盛开，中夜披月独玩久之》（秋岳）、《偶得》（前人）、《闭门》（李思纯）、《顾印伯"老屋读书无世情"之句，余爱诵之，因成一律》（前人）；"文苑·词录"栏目含《宴清都》（黄侃）。

27日　《申报》第16293号刊行。本期《自由谈》"诗囊"栏目含《和栩园〈四十感怀〉原韵》（四首，禹航周拜花）。

符璋作《上洞天宴集》七律二首，《台城竹枝词》七绝十六首，皆为赤城诗社课题。

况周颐晤王国维，并告之较早前于北京以百元购得元本元印《史事指南》。

萧湘致函，拟荐吴芳吉至聚奎学校任教，年俸两百圆，吴决计应之。又，李宗武、罗奇芳访吴芳吉，罗奇芳叙川南匪事猖獗。

闻一多自清华归家，回浠水度暑假。暑假中作诗数首，含《夜泊汉口，将发，遇同学王君》："楚江夜泊正凄凄，旧雨欣逢直爪泥。两岸市声风力渡，一江灯火夜光迷。伤时贾傅空流涕，讽事淳于每滑稽。坐久不妨申酉尽，扁舟明日各东西。"《晚步湖上》："落日明湖上，闲身任放游；水云依树聚，山石带溪流。荏苒浮生事，艰难瘵庙秋。生涯堪自笑，似刻楚人舟！"《为陈甥画扇》："跳踉童甥赤凤雏，将来小扇索挥图。'黄鹂独领三春色，点染丹青合意无？'"《夜雨》："阴云一日酿，向晚斗增骄。星月昏残夜，雷霆斗九霄。四墙浸雨险，万壑趁泉嚣。强镇成微寐，犀惶赴魇邀。"《初起》："鱼钥朝曛上，披帏引步迟。晴心花共发，流意水相随。万里悲高燕，三更听子规。银钩犹未落，昨夜屋梁思。"《漫书》："负笈八年不称意，湖居二月鸟鱼亲。采莲未异求君子，待月真如望美人。豪气五车追日驭，闲情一曲拟天钧。士行寂寞成悲壮，'过尔优游'报国身。"《芦褐行》："芦洲秋光老，瑷花障碧空；育风自相喜，吹雪满山中。山妻装成褐，衣儿儿心恫；身寒不敢号，笑杀芦花风。父出儿为御，天风酿雪曙。指僵车绺失，问儿儿犹豫：'莫非苦疾病？莫非缺餍饫？儿形何尫瘵，儿步何卒遽？''非病亦非饥'，欣然挽车去。北风迎面起，褐翻轻如纸。四体颤不休；父呼儿其止。下车揽儿衣，太息知所以。'问尔二弟幼，得母服温美？'儿终不敢言，父怒已切齿。'二儿重棉罽，一儿寒凝髓，老妇宁非心，残酷胡乃尔！'报车复归来，屏营空除里，印首发长嗟，白雪如芦花。芦花纷纷落，寒风九霄恶，对此心犹寒，况乃儿身著？诏妻指绳枢，去此泄吾怒。儿惊踞父前，强谏泪如雨。'母在一子寒，母去三子苦；贱子实不存，母则无可数……'儿言何悲切，怒霁转欣悦，感痛抱儿啼，泪湿儿衣渍。北风吹成冰，儿衣一身铁；母留儿心欢，衣铁有余热。明年秋风凉，芦花依旧狂；游子归不得，高堂空断肠！"《答浦瑞堂三首》其一："君问生涯应鞅然，疏狂尤甚两年前。葱汤麦饭撑肠食，明月清风放胆眠；自是读书非学政，不妨接世类逃禅。寂寞荒村何所喜，盼来青鸟报吴燕。"其二："风波浮霭岂由期，奄忽相逾邈莫追。千里空争尺素短，五年悔失寸心知。淡交君子原如水，殷慕鲣生早向葵。为约断金崇令德，景光记取惜随时！"其三："忝许雕龙亦太懬，应知焚砚有君苗。遥知读毁苏秦股，应更吟癯沈约腰。敢为骊珠藏爪甲？漫将燕石引琼瑶。锦囊且待西窗夜，莫枉双鱼度渭桥。"《感事》："金火精神云汉鹤，几人嵇绍许吾侪。已羞龙首华歆席，又失神仙郭泰舟。忠信纵逃三省愧，苍黄能忽五丝忧？从今何处分清浊，濯足淘缨任女求。"《入都留题二月庐二首》："萧萧木落雁初鸣，未吐《阳关》泪已涔。书急故人图吾意，密缝慈母望归心。假中日月空流水，圣处工夫只愧衾。想见秋风悲卫玠，大江泷泷日西沉。"《抵都寄驷弟》："菇肥七泽木初落，联床又爽经年约。分飞鸿鹄各有志，庭纬何以慰寥寞！黄河九曲游子肠，旅途况值秋风凉；尺帛寄书意不尽，孤馆一灯归梦长。遥知此达应惊喜，展诵毋忘慰高堂。饱餐适卫兹不赘，千里看山征车忙。飞轮半日绕桐柏，羊肠蜿蜒干岩阎。峥崛怪战趋前蹲，四顾宇宙愁低窄。蒸岚歙歙结云气，危峰中断浮修白。车停移暑次新店，怪雨冥冥肓风劚。纷红骇绿天地迷，奔湍溅沫水石檄。鸟啼猿啸助悲酸，玉宇愁颜失常碧。鼓机更进家昏宵，十里黄河风露骄。羲和始出洪波浴，怪气紫赤相凌漂。轮高耀烈射波透，明灭翕忽群珠跳。锦收绮裂俄清朗，朝辉渐活群动器。此行千里乐无既，爽心悦目惜所未。龙门旧事信当复，麟阁功名焉足贵！弟蛰里闬见闻隘，盖井腰舟有余畏。读此应知慕高远，男儿由来尚志气。勉勉百年家国身，五车摩破索儒玲。读书不殊游山水，江河泰岱在必臻。"以上诗作后收入闻一多手写本《古瓦集》。

28日　《申报》第16294号刊行。本期《自由谈》"诗囊"栏目含《和栩园先生〈四十初度〉元韵》（四首，女士刘韵芳）。

符璋阁顾端文公万历丙子闱卷墨迹及顾晓亭刑部家传，各题七绝一首。

张元济访林长民、吴尚之、钱恂、王叔鲁、袁观澜等。

魏清德《送猪口凤庵先生归里》发表于《台湾日日新报》。诗云："相思花发满晴村，又送征帆返故园。十载论交惟道义，几时修禊共壶樽（宜园修禊，共欢迎籾山衣洲翁）。宦情君比陶元亮，诗格群推萨雁门。此去湖山凭管领，人间清福布衣尊。"

29日　闽粤战争爆发。

《申报》第16295号刊行。本期《自由谈》"诗囊"栏目含《和栩园老人〈四十自寿〉元韵》（四首，桐乡张心芜）。

张元济访章士钊、蔡元培、屠寄、戴螺舲、董懋堂、沈钧儒、马叙伦等。

沈尹默参加北大进德会评议员、纠察员第一次会议。

30日　王光祈与周太玄至曾琦住处，并约同陈淯、张尚龄、雷宝菁共六人，在顺治门外南横街岳云别墅张文达祠，商议正式发起成立"少年中国学会"。

《申报》第 16296 号刊行。本期《自由谈》"诗囊"栏目含《铁砚道人送石榴花一株，赋谢并简木堂二首》（南湖）、《简杨了公并示各省县参众两院初选当选诸公四首》（南湖）。

张元济访徐世昌、蒋百里、朱希祖等；曾刚甫、汪大燮、林长民等来访张元济。

朱大可《大世界新竹枝词百首》（一至十）刊于《大世界》报。其一："一纸风行遍大千，刘郎妙咏久流传。年来阿士无聊甚，敢把新诗续旧笺。"其二："林花掩映水萦纡，好鸟飞来总不孤。记取庐山此真面，不须蜡屐到香炉。"其三："飘芳妩媚翠芳娇，月旦从来未寂寥。试听花田错一出，彩声四座荡春潮。"其四："描金凤与双珠凤，多少弹词拨石槽。见说新来好弦索，南楼旧事溯倭袍。"其五："电影何年摄十方，花旗赛马好排场。郎君不信浑无用，飞骑翻教控女郎。"其六："铁鞋不踏踏钢轮，惯学蜻蜓点水滨。赢得大家齐喝彩，自由车上自由身。"其七："宝珠宝珊复宝珍，试看绝技尽惊人。中原自是多柔术，何必扶桑拾后尘。"其八："沐猴冠带未郎当，巫峡哀啼莫断肠。一笑当时孙供奉，起居但解侍君王。"其九："群猢不信也登场，未系金铃走彩疆。一事真堪成绝倒，居然犬子赐绯裳。"其十："鼻头吹出凤凰箫，联语阿谁夺锦标。我愧夜珠无好句，三千入选总难超。"

31 日 李叔同正式出家。本月底，他将所有财物分赠他人：将当年上海名妓朱慧百、李苹香所赠诗画扇页，以及他赠予金娃娃之词卷，所书"前尘影世"横额，一块金表，均赠与夏丏尊；将自己的油画、水彩画作品，寄赠北京国立美术专门学校；将自己的金石作品及所藏名家金石作品，赠给西泠印社；将画谱等美术书籍、《莎士比亚全集》及自己的几幅书画作品，赠丰子恺留存；将音乐书籍赠给刘质平；将文具、《南社文集》赠给王平陵；将钢琴等家产赠给日籍夫人；将一些衣物赠给校役闻玉。

本 月

杨度与薛大可等在京筹备创办《唯一报》。

北京大学组织入学试验委员会，蔡元培为会长，陈独秀为副会长，朱希祖为文本科国文科之命题及阅卷委员。

上海神州女中学校设立图画专修科，刘海粟和丁悚等应聘为教授。

《南开思潮》第 2 期刊行。本期"文苑"栏目含《送王朴山游学日本序》（皞如）、《〈浙江同乡录〉序》（朱有骞）、《送赵君钧陶旋里序》（杨凤喈）、《送孙君信三赴学金陵序》（张曰辂）、《读子书后》（菩睛）、《曾文正〈原才〉书后》（于冈桐）、《读韩愈〈师说〉》（严永豫）、《书诸葛武侯〈出师表〉后》（吴景林）、《读王介甫〈答司马谏议书〉》（吴景林）、《读〈信陵君列传〉》（吴景林）、《读〈孟尝君传〉》（吴景林）、《本校借居法校五月来布逻之梗概》（张学古）、《读周秦诸子》（姚葵皋）、《河堤散步记》（梁越蕴）、《雨后》（玉裁）、《偶成》（玉裁）、《甲寅七月十八日访陈师石遗，途经三海，北望有感》

（玉裁）、《晚眺》（玉裁）、《偶成》（玉裁）、《晚景》（玉裁）、《晨起看花》（玉裁）、《乙卯春感》（玉裁）、《古意》（玉裁）、《鹤》（玉裁）、《为严范师题〈水西庄图〉》（玉裁）、《白沟河阻雨晚眺》（玉裁）、《暮归》（玉裁）、《津沽晚眺》（玉裁）、《临河即目》（玉裁）、《游天坛作》（玉裁）、《幼梅见过赋赠》（玉裁）、《寄任执庸兄》（戴衍良）、《春日口占》（戴衍良）、《和固愚〈秋夜雨〉原韵》（戴衍良）、《春日黄昏偶成》（陈承弼）、《晚步》（胡维宪）、《秋夜雨》（胡维宪）、《送友人周子敬旋里》（胡维宪）、《中秋归自津门，时南运河决口，平野行舟，夜泊荒郊有感》（胡维宪）、《野望感怀》（张曰辂）、《胜芳舟中》（张曰辂）、《雨后，在苏家桥作》（张曰辂）、《李君新慧，余之良友也，客岁因水灾，本校移于法政，得同居半载，讲道论文，颇增益我。年假后，君移于五楼，以课事牵，相见颇疏。今君襄理思潮报务，朝夕相聚，欢同曩昔，因赋此志之》（张曰辂）、《咏桃花源》（张曰辂）、《月下独步有怀》（张曰辂）、《晚春有感》（冯旭光）、《读家书偶记》（冯旭光）、《春夜闻风雨有感》（冯旭光）、《二月十一日雨有感》（冯旭光）、《南柯子》（陈承弼）、《一箩金·留别彭城诸友》（陈承弼）、《蝶恋花》（叶香芹）。

《浙江兵事杂志》第 50 期刊行。本期"文艺·诗录"栏目含《夏节柬 GR 生索和》（奎腾）、《孤山杂诗》（奎腾）、《赠同庄》（奎腾）、《杭州农工银行开幕纪念》（奎腾）、《彭城怀古》（奎腾）、《航空学校作》（奎腾）、《咏几何四律之二》（奎腾）、《水野疏梅元直枉访赠诗赋答》（大至）、《通州江堤上，示约堂》（大至）、《夜宿芦泾港，待江舶赴沪》（大至）、《由燕赴晋即事》（天鹤）、《江亭晚眺》（天鹤）、《题友人小影》（可庵）、《贺友人留学海外军校回国》（可庵）、《南明，过桃花岭至永康郊外作》（可庵）、《宿闽安镇，怀颂亭》（阿亮）、《庸伯、培哥留饮，乡楼夜话》（阿亮）、《次韵答奎腾》（阿亮）。

《留美学生季报》第 5 卷第 2 期刊行。本期"文苑·诗录"栏目含《感别》（丁巳八月）（张孝若）、《江边》（同前）、《雪后月》（同前）、《游隔江小山》（同前）、《纽约中央公园》（同前）、《元旦有感》（同前）、《召夕列（有序）》（陈衡哲）、《秋意》（[美] 古德佳著，王天优译）、《游大西洋峤》（任鸿隽）、《感怀》（逸凡）。

《青年进步》第 14 册刊行。本期"文苑·诗录"栏目含《悼亡妻香祖诗二十首（未完)》（吴虞）、《舟过藻埠，游云蒙祠》（昨非）、《题顾程倚云女士临明季文枕烟仿古画册》（心渊）、《山塘重过五人墓》（古欢）。

《沪江月》第 3 期刊行。本期"艺林"栏目含《冻云阁诗话》（庄蔚心）。

李瑞清为郑文焯尺牍作题跋。

吴昌硕本月至次月间为后姚篆书"欧车归舟"七言联："欧车古源夕阳好，归舟渔浦杨柳深。后姚先生属，集猎碣文字。时戊午五月，七十五叟吴昌硕。"又，为王震跋《黄慎画》："五色不必迷其目，五音却可听之心。心无挂碍心光明，天籁过处风泠泠。胡笳之拍帐下舞，不盲之盲同媚妩。箫管弦索逢逢鼓，乐师本来寄之瞽。卖技得钱四三五,四句世有眸子瞭焉心不正。机心一发万矢进,射利射名羿且竞。丘明耻之佛亦悲,佛不忍睹攒双眉。盲者背佛面,佛在心头见。佛亦无多言,积善培心田。浮家剩我乏长策,形若木难抱聋癖。卖字皇皇标润格,直以秋豪作矛戟。静言思之笑哑哑,那及盲者对人露肝膈。所以聋者行行足还躄。一亭先生购得瘿瓢妙画,属吴昌硕涂之,希教正。时戊午五月,年七十有五。"又,为奚光旭绘《达摩》并题:"师来天竺,受法多罗。远泛重溟,乘贯月槎。慧可得髓,付与袈裟。一花五叶,结果自嘉。萧梁至今,万古刹那。翘首西望,海实多魔。魔假道德,机巧干戈。何不指麈,为扫尘沙。咸归清净,世界太和。我图师像,自古颜酡。心皈秋月,衣染朝露。焚香顶礼,对诵楞枷。懒访安期,食枣如瓜。萼铭仁兄雅属。戊午五月,吴昌硕年七十有五。"

孙达访王舟瑶问学。又,周烈亚自京访王舟瑶,留数日去。

杨其光访陈步墀(子丹)香港绣诗楼,并饫饷午。杨醉后成诗云:"习习熏风送午凉,绣诗楼上好晴光。一樽相醉红尘里,胜与刘侯叙荔香。花际谈诗笑靥开,素心人久订岑苔。肝肠近觉无些热,为有莲香煮茗来。"并以此诗写成信札一通,落款曰:"戊午五月,访子丹先生绣诗楼,承饫饷午,以荔枝、白兰地酒。醉后并用莲花沦茗,赋此谢之,即希商句。花笑词客杨其光肃草。"

周瘦鹃因中华书局改组而脱离。后应严独鹤之邀,转任《新闻报》副刊《快活林》特约撰述。

钱基博兼任无锡县立图书馆经董(馆长)。

陈方恪至南京家中,作《南旋三日寄规广五兄》寄北京诗友。诗云:"飞车若激矢,河岳为陆櫓。终朝行广衍,勃堀扬埃塿。蜚蝗尚蔽阡,乾荞已没土。哀哉中土民,连年忧脊偻。凌晨绝混流,稍稍乱洲渚。蒲柳渐满眼,青蔋粲介圃。婉娈江南山,梦影悬肺腑。到此谢畛蓘,不敢怀羁旅。振剧藏百罹,言归溪上墅。莫赋衣带缓,喜及秋花吐。海棠媚檐阴,老藤上桎梧。露葵杂芙蓉,交枝自媛斌。闾阎桂之华,丰茸罗游树。蛄蟖已结窠,螳螂犹振股。摊书坐东轩,静玩得真睹。安得赵昌手,一一讬纨楮。忆昔中秋夕,从子就海虎。诸昆皆人豪,各出就欢煦。惟我独与子,默对尽烛炷。投瓜闹里俗,撞锣闉巷堵。塞耳时复闻,气喝不得语。微起视中庭,四边浸银卤。顾我盍联吟,遣此月当昈。感子怜我厚,设意慰忧瘝。奉简不敢辞,埋头就思缕。脱手颇矜重,及欢乃丧沮。硙砆错明珠,爝火乱楹炬。执意滔坚锐,曳甲在一鼓。勃窣赴千寻,等视才累黍。而子于此时,橄劆以受娄。有如临淮壁,气象那敢侮。要自当韩豪,遮莫近次武。此乐殊未央,悠悠发梦咀。伊我本浪人,到死迷归处。自从离书册,弃日如旷弩。生涯画川陆,足迹乱吴楚。北辙轹幽燕,回车薄齐鲁。于时干戈后,兵气暗雕俎。尤无三宿情,中风仍蹈舞。素习在邱园,本不志簪笏。长勤徒蓼辛,归奉惭甘膴。纬纑共难迁,栖皇竟何补。长安居十年,醒醍那足数。悬命早赘疣,远讯梦佳侣。杜陵稷高身，下土高邱女。及此保荣华，吾欲从灵圉。"

胡适之妻江冬秀从绩溪至京定居，与胡适住南池子缎库后胡同。

郁达夫月初离校去乡间小住，后又至东京佣工维持生计，旋回名古屋。

老舍以优异成绩从北京师范学校本科第一部第四班毕业。

顾廷龙毕业于吴县县立第四高等小学。

邓思超生。邓思超，湖南东安人。著有《舜山集》。

邓星衡生。邓星衡，湖南洞口人。著有《白岩诗文集》《续集》及《白岩诗选》。

杨芃械等辑《小罗浮唱和诗存》(4卷，含《白门消寒分会诗》1卷，铅印本)刊行。集前有归安沈伻题签，又有于渐逵撰《弁言》，吴承烜作序，王承霖题词。卷首有《小罗浮社唱和诗存姓氏录》，并补录春生、钦甫、少卿、相玉四先生唱和旧稿四首，含《乙巳正月初二日，同王庆云守戎、周钦甫茂才、杨相玉明经、少京茂才、望渔上舍、范瑶甫上舍、施琴南广文饮于小罗浮》(潘履祥)、《小罗浮探梅，春生诗先成，次韵一首》(周时亮)、《潘春生、周钦甫、杨相玉三君枉顾小饮，次春生〈小罗浮探梅〉韵》(朱诒泰)、《随春生、钦甫二老同访少卿姨丈，即席口占，次春老〈小罗浮探梅〉元韵》(杨应环)。其中，吴承烜序云："春四时而不改，蝴蝶皆仙；秋七月而曾游，鱼虾亦侣。缅怀申浦，红烛歌楼；回首丁年，绿衣舞榭。美人何处，梦冷于烟；旧好难逢，情深似水。孤鸿渺渺，暮云昑断江东；双鲤迢迢，新雨感深沪北。有小罗浮吟馆，施君槁蟬与友题襟处也。施君步武愚山，希踪洛社，门多桃李，室有芝兰。一笑裙湘，海榴红映；几回衫渍，石竹青纤。争许邵先，品评月旦；继王俭后，弘奖风流。聚五百里之德星，联三十年之旧雨。猗裳联袂，客尽邹枚；送抱推襟，友为庄惠。感雪泥于鸿爪，俯仰流连；度云锦于鸳针，后先辉映。溯夫秋涛有阁，阅水成川，春涨无垠，隔江待渡。草封庭际，访茂叔而魂销(谓周藻凡)；花阴河阳，思安仁而腹痛(谓潘春生)。检到龟山剩墨，火已传薪(谓杨相玉)；帒来虹井遗书，楹皆凿孔(谓朱滁轩)。抚今感昔，已往难追；即景言情，未来易俟。兼霜葭露，思秋之吉士溯洄；芰雨荷风，消夏之名流游泳。得元琳为高弟，梦笔扛椽(指味羹侯城)；呼德祖为小儿，读碑赌绢(指瑟民昆仲乔梓)。同声相应，何分南鹓而北鹍；有感皆通，宁阻西鹣而东鲽。斯文未坠，吾道不孤；千里虽遥，一堂如接。上幕天而无际，下席地而相偕。莲花香远而益清，栂木枝连而自结。虽青霞气郁，不见龙门；然白雪曲高，犹闻雅什。东泽已删绮语，南华仍出卮言。走海驱山，分门别户。广苏梅之唱和，萃李杜之文章；搜奇青豆之房，遣惑赤花之舍。搜罗余稿，掇拾成编，得同人题咏之诗、唱酬之作若干首，而属烜序之。烜继渊明而入社，愧孝穆而为文，滥尘南郭而吹竽，愿祝东坡而携笛。空梁照月，远道停云；神移甫里之故祠，思绕平原之旧宅。飞彩云之五朵，竹俱报以平安；寄绛雪之一枝，梅且巡而索笑。听啾啾翠羽，记参横月落之时；盟脉脉素心，在雨晦风潇之顷。筝琶洗耳,笙磬同音;流水知希,高山仰止。过雷门而息鼓,不敢争鸣;绕云路而寻梯,相期联步。茸延草碧,讬骄雄以为媒;淞剪莼香,饷游鱼以作膝。十哲之名可附,颛孙尤重书绅;三都之赋既成,皇甫不辞撰序。丁巳端阳后二日歙县吴东园承垣拜序。"卷一为《丙辰消夏集》。含《小罗浮梅花溪畔,昔尝与里中诸名宿觞咏其间,自潘春生、朱滁轩两孝廉暨周钦甫师、杨相玉表兄先后凋谢,遂无问津者。今相玉后昆又集同志,赓续良会,王生味羹用春生先辈〈乙巳探梅〉诗韵倡咏一律,而余不胜黄墟之感矣,赋此以似瑟民、昆仲、乔梓》(施槁蟫)、《蟫师、虱民招结消夏社于小罗浮,口占一律,用潘春生从舅〈乙巳小罗浮探梅〉韵》(王鼎梅)、《五月十六日先慈十周忌辰,作佛事毕,招同人饮于小罗浮,叠前韵感赋》(王鼎梅)、《三叠前韵赠诸同社》(王鼎梅)、《小罗浮消夏,同槁蟫》(杨芃械)、《命海儿绘墨梅巨幅,悬小罗浮壁,叠前韵题端》(杨芃械)、《次小罗浮消夏韵,同虱鸣看雨作》(金其堡)、《小罗浮消夏,次韵联句》(杨敷)、《次小罗浮同社消夏韵》(杨寿昌)、《前题》(朱诒烈)、《前题》(钱衡璋)、《前题》(李钟瀚)、《前题》(马孟元)、《前题》(徐昌炽)、《前题》(李方来)、《前题》(朱增燮)、《前题》(金其源)、《前题》(朱世贤)、《槁蟫先生以小罗浮消夏诗索和,次韵却寄》(刘炳照)、《前题》(周庆云)、《前题》(王承霖)、《前题》(王承霖)、《前题》(陈观圻)、《前题》(王本德)、《前题》(曹其藻)、《前题》(何朝圭)、《前题》(何朝圭)、《前题》(俞如琼)、《前题》(徐公辅)、《前题》(徐公修)、《前题》(吴承烜)、《前题》(沈世泽)、《小罗浮观奕,用消夏初集韵》(金其照)、《小罗浮消夏诗即景》(二首,李钟宝)、《雨后过小罗浮》(施槁蟫)、《小罗浮话旧,叠前韵》(施槁蟫)、《小罗浮纳凉觅句,次蟫师韵》(金其堡)、《侯城以〈次槁蟫先生雨过后小罗浮韵诗〉见示,依韵和之》(钱衡璋)、《次槁蟫先生〈雨过后小罗浮〉韵》(二首,王承霖)、《小罗浮题壁》(二首,施槁蟫)、《小罗浮看雨题壁》(杨芃械)、《题小罗浮〈消夏图〉》(王鼎梅)、《黄梅苦雨》(二首,施槁蟫)、《次菽庄主人林尔嘉韵》(二首,施槁蟫)、《听人说粤西山水》(施槁蟫)、《寄怀小罗浮诸同社》(钱衡璋)、《次韵盦寄怀小罗浮同社韵》(朱保鸿)、《前题》(王承霖)、《前题》(孙肇圻)、《前题》(孔祥百)、《前题》(陈观圻)、《祝荷花生日,用小罗浮三字为韵》(杨芃械)、《前题》(施槁蟫)、《前题》(吴承烜)、《六月二十七日,同瑟民集小罗浮为荷花洗三,成二绝句》(施槁蟫)、《前题》(施槁蟫)、《前题》(二首,杨芃械)、《赠寄施槁蟫》(黄敬熙)、《读史杂感,用默庵见怀韵》(施槁蟫)、《朱啸松诒福以〈掷瓢图〉索题,赋此调之》(施槁蟫)、《百字令·小罗浮消夏题壁》(钱衡璋)、《前调·小罗浮消夏,次韵盦韵》(施槁蟫)、《前调·积雨生寒,鸥乡水长,潜阳不达,盛暑如秋,读蟫丈次和韵盦小罗浮消夏词,愀然生感,爰依调步韵,谱此两解》(王承霖)、《前调·罗溪吟社诸子寄示消夏〈百字令〉词索和,久而不报,适有所触,借韵抒感,不自知言之偏宕也,知我者印正之,中秋后二日语石词隐并记》

（刘炳照）。卷二为《餐英集》。含《秋暮寄怀瓯东皖北诸吟侣》（施槁蟫）、《次槁蟫先生秋暮见怀韵》（汪渊）、《前题》（二首，吴承烜）、《前题》（王承霖）、《前题》（洪炳文）、《前题》（薛钟斗）、《前题》（洪锦龙）、《虱民、颂张昆仲艺菊校园，拟待开时移置小罗浮，供客吟赏，率赋四绝，先为喤引》（四首，王鼎梅）、《校园丛菊渐开，味羹自小罗浮社柬诗索花，供客题咏，春初秋末花事齐芳，诚雅举也，命役移花五十本，媵之以诗，即次元韵》（四首，杨芃禾）、《次味羹预约小罗浮赏菊韵》（四首，朱诒烈）、《前题》（四首，钱衡同）、《前题》（四首，施槁蟫）、《前题》（四首，钱衡璋）、《前题》（四首，朱世贤）、《前题》（四首，施同人）、《前题》（四首，周兴炎）、《前题》（四首，吴邦升）、《前题》（四首，沈元熙）、《小罗浮茗话，赠朱丈芝坊，即次云巢〈访道纪游诗〉元韵》（四首，王鼎梅）、《季弟颂张萩菊校园，同社尾更拟待花时移至小罗浮，供客赏咏，先成四绝索和，为赋长歌》（杨芃械）、《海隅多暇，种菊消遣，对花自赏，颇怀故人，适奉到虱鸣〈咏菊〉长歌，知渭北江南同此逸趣，狂喜无状，次韵和之》（于渐逵）、《谢南屿先生惠蟹兼戏虱鸣、昆仲》（王鼎梅）、《味羹以耐友赠蟹移赠，拈此两谢》（施槁蟫）、《虱民以黄花石首鱼见贻，用前韵谢之》（施槁蟫）、《槁蟫先生以〈谢味羹馈蟹、瑟民馈鱼〉诗索和，借韵志感》（刘炳照）、《虱鸣群从与其诸子萩菊校园，花时移至小罗浮，饷客吟赏，味羹、仔传、二阮侑以酒肴，赋此纪之》（施槁蟫）、《仔传有抱孙之喜，借开小罗浮菊宴作汤饼筵，叠前韵贺之》（施槁蟫）、《十月既望，小罗浮赏菊，次蟫丈韵》（二首，杨芃械）、《小罗浮赏菊，敬次蟫师元韵》（三首，王鼎梅）、《叠前韵贺仔传抱孙之喜》（王鼎梅）、《小罗浮赏菊，同槁蟫先生作》（朱诒烈）、《前题》（二首，朱世贤）、《小罗浮赏菊，次蟫师韵联句二首》（二首，金其）、《小罗浮赏菊，余以惮于夜行未赴，槁蟫表棣以诗索和，即次元韵奉酬》（李钟瀚）、《次槁蟫先生〈小罗浮赏菊〉韵》（二首，王承霖）、《前题》（二首，陈观圻）、《前题》（何朝圭）、《小罗浮赏菊，同社属和颇多，叠前韵报之》（施槁蟫）、《柬虱鸣乞残菊》（金恩沛）、《陈丈起霞先生以壬子、丙辰息盦赏菊诗索和，谨依壬子韵奉酬，兼呈芝丈》（杨芃械）、《次起丈和曹君鉴秋赏菊诗韵》（杨芃械）、《读起霞先生叠和曹君鉴秋赏菊诗，依韵通欵》（二首，王鼎梅）、《味羹有诗见赠，次韵答之》（陈观圻）、《小罗浮饯菊》（二首，施槁蟫）、《和槁蟫先生〈小罗浮饯菊〉韵》（二首，王承霖）、《有感，和槁蟫饯菊韵》（二首，刘炳照）、《读小罗浮赏菊诗，画菊却寄并题》（杨敷海）、《水调歌头·中秋前一日，小罗浮赏月，兼寿钱丈南屿生日并谢惠画竹，用东坡〈丙辰中秋〉韵》（王鼎梅）、《百字令·重九登高，寄怀海上诸词侣》（钱衡璋）、《前调·次韵庵九日登高怀语石韵，兼寄晨风庐主》（施槁蟫）、《前调·和韵庵、槁蟫九日登高韵》（刘炳照）、《前调·和韵庵、槁蟫九日登高韵》（汪渊）、《前调·尾更以赏菊诗索和，拈蟫丈九日登高韵酬之》（王承霖）。卷三有《丙辰消寒集》《消寒第二集分咏食品》《消寒第三集戏咏五虫》。其中，《丙辰消寒集》含《小罗浮丙辰消寒第一集》（施槁蟫）、《消寒第一集，敬步蟫师元韵》（王鼎梅）、《次槁蟫先生消寒雅集韵》（王承霖）、《前题》（于渐逵）、《前题》（徐公辅）、《寒林晚眺，似有雪意，偶占一律》（施槁蟫）、《寒林晚眺，和槁蟫先生作》（杨芄械）、《前题》（朱世贤）、《前题》（于渐逵）、《小罗浮探梅，用蟫丈〈寒林晚眺〉韵》（朱世贤）；《消寒第二集分咏食品》含《冰豆腐》（施槁蟫）、《前题》（于渐逵）、《糟笋干》（施槁蟫）、《前题》（于渐逵）、《辣茄酱》（朱诒烈）、《前题》（王承霖）、《前题》（于渐逵）、《雪蕻薹》（朱世贤）、《前题》（王鼎梅）、《煨山芋》（王承霖）、《前题》（于渐逵）、《前题》（金其源）、《前题》（金其堡）、《炒米花》（杨芄械）、《前题》（王承霖）、《酒脚饼》（于渐逵）、《前题》（王承霖）、《摊面衣》（杨芄械）；《消寒第三集戏咏五虫》含《应声虫》（施槁蟫）、《前题》（吴承烜）、《寒号虫》（施槁蟫）、《前题》（朱世贤）、《寄居虫》（施槁蟫）、《前题》（王承霖）、《前题》（吴承烜）、《前题》（马孟元）、《前题》（朱世贤）、《叩头虫》（施槁蟫）、《前题》（王鼎梅）、《可怜虫》（施槁蟫）、《前题》（杨芄械）、《前题》（朱保鸿）、《丙辰除夕七十告存诗》（二首，刘炳照）、《次语石〈丙辰除夕七十告存诗〉韵》（二首，施槁蟫）、《丙辰除夕，翠楼饯岁》（二首，钱溯耆）、《次听邠老人〈翠楼饯岁〉诗韵》（二首，施槁蟫）、《再和听邠〈病榻度年〉，叠前韵一首》（施槁蟫）、《邠老以丁巳笺惠赠，敬次〈翠楼饯岁〉诗韵奉谢》（王鼎梅）、《丁巳岁朝试笔》（施槁蟫）、《次槁蟫先生〈岁朝试笔〉韵》（周庆云）、《前题》（汪煦）、《前题》（陆汶）、《前题》（金恩沛）、《前题》（徐公辅）、《前题》（于渐逵）、《敬次蟫师〈丁巳岁朝试笔〉元韵兼呈雅平、瑟民》（王鼎梅）、《小罗浮探梅，次蟫丈〈岁朝试笔〉元韵》（金其照）、《丁巳岁朝五十初度试砚口占》（二首，杨芄械）、《次虱鸣〈五十初度岁朝试砚〉韵》（二首，施槁蟫）、《前题》（二首，王承霖）、《前题》（二首，瞿昂来）、《前题》（二首，孙肇圻）、《前题》（二首，于渐逵）、《前题》（二首，强敦保）、《前题》（二首，陆汶）、《前题》（二首，朱世贤）、《前题》（二首，吴承烜）、《次瑟民大兄〈丁巳岁朝〉韵》（二首，杨芄朴）、《丁巳岁朝柬小罗浮社诸吟侣》（钱衡璋）、《次礼南〈岁朝〉元韵》（朱诒烈）、《次韵答礼南妹夫》（金恩沛）、《蛏圃先生以〈次和礼南元旦诗〉见示，依韵奉酬，即订小罗浮探梅》（王鼎梅）、《蛏圃先生以〈小罗浮唱和诗〉见示，次韵和之》（瞿昂来）、《五十初度写怀，柬小罗浮诸同社》（朱世贤）、《奉和雅苹先生〈五十初度写怀〉韵》（翁佚）、《前题》（于渐逵）、《前题》（王承霖）、《前题》（施槁蟫）、《前题》（杨芄械）、《前题》（王鼎梅）、《刘语石先生以丁巳先立春三日病殁，申江既为位而哭诸寝门之外，复约同社诸君子用其病前〈七十告存〉诗韵作歌以哀之》（二首，施槁蟫）、《前题》（二首，周庆云）、《前题》（二首，王承霖）、《前题》（二首，孙肇圻）、《前题》（四首，吴承烜）、《前题》（二首，程松生）、《前题》（二首，汪渊）、《前题》（二首，黄敬熙）、《前题》（二首，杨芄械）、《前题》（二首，王鼎梅）、《文昌诞日，集同社称祝，漫赋》（朱世贤）、《丁巳二月三日，疋平邀集同社重修文昌祀事，各赋五古一篇纪之》（施槁蟬）、《文帝诞辰，疋平邀同蟬师并小罗浮诸同社小集文宫，赋诗纪事，依体和之》（王鼎梅）、《挽陈起霞先生》（朱诒烈）、《前题》（二首，施槁蟬）、《前题》（二首，王承霖）、《前题》（朱世贤）、《前题》（王鼎梅）、《二月十七日同介民，颂张小罗浮访梅，九九将尽而花犹未放，即景口占》（王鼎梅）、《庆春泽·小罗浮消寒第一集，槁蟬同社赋诗属和，诗成，意仍未惬，续谱此解以寄》（王承霖）、《浣溪沙·得诗圃函，悉病仍未愈，同日又奉到槁蟬消寒诗，谱此却寄》（三首，吴承烜）、《前调·东园先生拈此调寄怀诗圃、槁蟬二老，索余和作，因次原韵得岁暮怀人三解》（王承霖）、《前调·答东园、睫盦见怀元韵，并寄槁蟬》（三首，汪渊）、《前调·答诗圃见怀并寄东园、睫盦》（三首，施槁蟬）、《玉漏迟·集句，题语石先生词》（汪渊）。卷四为《仓喈集》。含：《早春读〈香山诗集〉》（黄敬熙）、《用默庵韵，书〈香山集〉后》（施槁蟬）、《晚步溪上，见群鸥飞鸣，乐甚》（黄敬熙）、《次默庵〈晚步溪上〉韵》（王承霖）、《前题》（施槁蟬）、《春痕》（施槁蟬）、《春思》（施槁蟬）、《春声》（施槁蟬）、《春梦》（施槁蟬）、《前题》（四首，吴承烜）、《春痕》（朱世贤）、《春梦》（朱世贤）、《春思》（徐公辅）、《春声》（徐公辅）、《春痕》（朱家驹）、《春声》（朱家驹）、《春思》（于渐逵）、《春梦》（于渐逵）、《春情》（王承霖）、《春魂》（王承霖）、《春情》（杨芃棫）、《春意》（杨芃棫）、《闰花朝，分韵得四豪二首》（王承霖）、《闰花朝，分韵得五歌》（二首，金其照）、《闰花朝，分韵得七阳》（二首，钱衡璋）、《颂张招看芍药偶成》（王鼎梅）、《泰西欧司爱哈同君暨罗迦陵女士开耆老大会，于爱俪园行释奠仓圣礼并展览金石书画，侑以故乐，作诗纪之》（二首，施槁蟬）、《将进酒，同吴珥卿、金蛏圃作》（施槁蟬）、《演汉谚》（三首，施槁蟬）、《演汉谣》（四首，王承霖）、《听邻老人卧病久矣，不废吟咏，立夏日得第四孙，尝用东坡贺子由得第四孙诗韵志喜，既而绵惙，遽归道山，遂成绝笔，即用其韵挽之》（施槁蟬）、《与文冉共饮，不觉大醉，醒后戏作》（王大钊）、《五月初五相传为屈原自沉日，世多为诗吊之，戏反其意》（王鼎梅）、《五月十三俗传为关圣诞辰，是日得雨，谓之磨刀雨，可辟疫沴》（王鼎梅）、《六十自述》（钱衡同）、《阑干》（王承霖）、《前题》（施槁蟬）、《前题》（杨芃棫）、《前题》（杨敷庆）、《山居杂兴》（四首，施槁蟬）、《前题》（四首，杨芃棫）、《蝶恋花·秦淮饯春，用欧九〈春晚〉韵》（孙肇圻）、《前韵·和颂陀〈秦淮饯春〉》（二首，汪渊）、《前题》（二首，吴承烜）、《前题》（二首，程松生）、《前题》（二首，王承霖）、《前题》（二首，施槁蟬）、《前题》（二首，杨芃棫）、《前题》（二首，钱衡璋）。《小罗浮社白门消寒分会诗附录》含《丁巳长至日，邀集寅好同乡寓斋小饮，借小罗浮社探梅诗韵，偶成一律》（宝山金其照）、《左临先生作消寒会，即席赋诗，次韵奉和》（宝山朱鹤皋）、《小罗浮社为左临先生故乡宴游之所，唱和甚盛，今拟设消寒分社于白门，即席赋诗征和，次韵一律》（宝山李方锬）、《左临妹倩邀饮寓斋，作故乡小罗浮消寒分社，借本社诗韵赋诗索和，即席次答》（宝山沈世楷）、《即席次左临先生韵》（吴邦珍）、《左临先生以其珂乡〈小罗浮社唱和诗〉见示，并订九九消寒之约，先成一律，次韵奉和》（武进卜彦伟）、《步〈小罗浮社唱和诗〉盘字韵，并呈左临先生》（宝山王树榛）、《读〈唱和诗存〉书后，即用集中盘韵》（嘉定曹继昌）、《左临属题〈小罗浮社唱和诗存〉，即用集中〈探梅〉韵》（怀宁陈超衡）、《用集中盘字韵，奉酬左临先生》（江宁汤文镇）、《丁巳冬，金君左临约汪君伯轩、王君剑宾及余游明孝陵紫霞洞，以小罗浮社白门消寒分会诗见示，率成二律，次韵奉和》（海门季新益）、《白门消寒雅集，次和左临先生韵》（宝山钱保艾）、《白门消寒，用小罗浮社旧韵》（宝山李方来）、《丁巳寒九客白下，重修小罗浮消寒故事，仍用盘字韵赋之》（宝山钱衡璋）、《左临邀饮白门寓斋，作小罗浮消寒分社，仍用潘春生前辈〈探梅〉韵纪事，索同座次和。余固林下主人也，萍梗随飘，梅花又觌，分香续梦，花影寻声，故人有知，当笑我上家家团扇也，爰叠前韵以作尾声》（宝山杨芃械）、《左临宅相除夕由白门归，共饮亦庐，即席次盘字韵以贻之》（宝山朱世宾）、《左临内弟就宁垣寓庐招饮，杨瑟民、吴士翘、朱步兰、王剑宾、李厥安、枋驭、心佳叔侄、诸同乡并书，常内兄以〈小罗浮诗稿〉见示，即席赋此，用潘春生前辈盘字韵》（宝山王钟琦）、《敬和左临先生盘字韵》（江宁袁云庆）、《白门话旧，用盘字韵，赋寄瑟民》（太仓陆炳章）。

　　洪炳文撰《东瓯采风小乐府》编竣，是年由温州务本印刷局石印本刊行。集前有洪炳文作引言，集后有授觉禅师作跋。其中，洪炳文引言云："盖闻太史陈诗，首重辀轩之采；道人徇铎，更有艺事之规。由是下忱藉以上达，典至隆也，意至深也。吾瓯地处海滨，号称邹鲁，溯先王之开国，古迹犹存；记名宦之牧民，循声未泯。所虑长官苍止，风土未知，欲有兴革，其道无由。窃念问俗采风，为贤良所留意；兴利除弊，实致治之本原。蒙伏处篷茅，关怀桑梓，不揣梼昧，谨贡刍荛。越人越吟，词原同乎下里；变齐变鲁，意有望于秉钧。谨拟《小乐府》五十章，聊代歌谣，不訾时政。所有陈述，瑞事为多。自愧寡闻，诚多挂漏，伏希采纳，冀补高深。略叙数言，疏为短引。瑞安洪炳文棟园。"授觉禅师跋云："东瓯采风者何？东瓯之风俗利弊编为歌谣者也。小乐府者何？以别于郊庙之乐章，故称之为小乐府也。作小乐府者何人？瑞安洪炳文棟园先生也。闻先生少时，抱用世志而不遇于时，家居著述甚富，多未刊行。平时于邑中民风利弊，了然于胸，近撰为乐府，以香山之歌谣，代长沙之痛哭，为一邑之言，实不第为一邑言也。方今选举议员，原欲代表民意，民意所在，无非应兴兴之、应革革之而已。兹编所列，即民意之所在也。衲祝发空门，无心社会，越俎陈言，殊有未便。第念圣贤之饥溺，即吾佛之慈悲。佛家有过去、现在、未来三世界，劝人诵经、忏修净土，为过去、未来之功德，而于现在民间之疾苦无裨分毫。是儒家之主义阐释家之主义，狭也。普愿当世士大夫、现宰官身而为世说法者，手此一编，为民风利弊之考镜，胜于刍荛之询，与人之诵多多矣！衲向不识先生，去冬因禅友献诗为先生寿，近介友人乞诗序于先生，因得见此编。先生犹不欲示人，衲受而读之，知先生留心桑梓之利弊与时局之迁流，慨然有作，将为明夷之访录，菰中之随笔，待有心世道者采而施行，先生之意，其在斯乎？爰乞其稿，为之上石，以广流传，以告当道，造福斯民，同登乐国。衲虽在方外，愿志心顶礼，永矢弗谖矣。再者，风土之咏，有取方言谐俗之文，不嫌鄙俚，读者幸勿以辞害意可也。校印既竟，并为志其缘起如此。中华民国七年戊午夏五日，乐清老衲授觉头陀谨识于永嘉城西之上定寺，时年七十有三。"

龚其伟作《丙辰十月，省会重开，京江张君平子有〈五十述怀〉七律二首，其于劫后重逢言之，有余慨焉。张君索和于余者再瞬历年，余未有以应。今年戊午五月，复开临时会，感时局之益亚，忧来日之大难，爰次张君原韵奉答，并乞张君有以教我也》。其一："几年局外看残棋，百怪中原竞陆离。我辈重逢犹厚幸，斯民九死竟谁知。扶持国论千钧发，牢落春愁一卷诗。闻道樊川忧晚暮，鬓丝珍重花落时（君有《师竹轩诗》一册）。"其二："兰省朋簪欣又盍，无端悲愤与俱来。新亭从古流残泪，大陆于今遍劫灰。铁骑犹传江上发，铜驼谁念棘中哀。长蛇荐食忧非细，独对东风忆霸才。"

陈懋鼎作《李木斋六十》。诗云："九派浔江动地回，盘根仙李倚云栽。郗侯锁骨承天宠，掌武机谋作党魁。蕢蓂争知周甲换，榴花长为令辰开。沉吟小缩经纶手，百戏鱼龙入寿杯。"

林长民作《戊午五月，新桥花月楼，步济武韵》。诗云："金笺一折一回肠，墨沈长沾两袖香。看汝垂髫今长大，不知尘世几星霜。"

陈曾寿作《夏五月与憎仲同年北游，过天津，主沧老、浪公两家，浪公一夕梦至一处层楼复阁，琳琅满架，一老人以所书楼额视之，首尾为五楼二字，中覆以纸，问浪公曰：试射何字？曰：当是凤字。老人微哂曰：君知五凤楼耳？揭视，乃岳字也。浪公既志之，爰其名，属予归请太夫人书之，因题长句于后，邀憎仲同作且视沧老》。诗云："插天嵯峨起寸地，隐然不平为何事。浪迹七年江海人，心芒一片春坊字。名山学道望久绝，射虎残年傥可致。干公鱼壳为小鲜，益阳烹狗真异味。平生四海胡开州，悲来同作汗漫游。天门昼开䛣荡荡，侧足不得三日留。违天之血可为碧，违人万口嗔何求。高曾祖父服食地，今来姓字愁探喉。天下贤豪惟二李，安邱复壁恩难酬。髯也穷愁天地窄，浪公意气幽并秋。君梦仙人示神翰，大书五岳悬高楼。庄严百级出弹指，莲花日观云交浮。满堂丹翠扫不去，暂居一日真忘忧。邓楼卑凡不足道，汉武真形仍画稿。高怀恢宕移我情，梁月梦君颜色好。我居南山多白云，劳人夜梦空纷纭。山中黄石何齿齿，旷世难逢沧海君。"

汤汝和作《五月乘轮赴鄂，晓发长沙》（二首）。其一："船中多热客，窗外喜清幽。远岸灯光炯，征人水调讴。江声青港口，雨意黑云头。萧瑟传疏点，江城五月秋。"

周岸登作《庆春宫（填咽鸿都）》。序云："黟黄穆父士陵，光绪间游太学。时宗室盛昱伯希为祭酒，德清蔡千禾右年以学正管学，言于翁叔平先师，命穆父摹刻范氏天一阁宋拓《石鼓文》，嵌置韩昌黎祠壁。盛公予告去，千禾出倅城口。后来者颇訾其不完，令诸城尹彭寿补刻之。实则摭拾石本剥文断画，非有殊尤创获。而黄刻原本传拓至稀，世颇重之。戊午夏仲，穆父哲嗣少穆廷荣出示先德手拓初本，敬题。"词云："填咽鸿都，悲歌燕市，梦余万感春明。尘土无情，莺花多恙，廿年回首堪惊。旧游重省，更休说、风云上京。铜仙辞汉，清泪如铅，沾洒觚棱。　　当时太学诸生。云散星飞，江海飘零。彝鼎沦亡，诗书灰烬，会看十鼓埋荆。世传精本，好归贮、黄山万层。摩挲嗟叹，歌效昌黎，录补明诚。"

胡应庚作《同孟莼生、阮兰叔、徐养田游荔枝湾》。诗云："昔读东坡荔枝叹，今朝始访荔枝林。蒍田泛水塍塍绿，榕厦连柯树树阴。三百颗尝南海味，八千路隔故园心。莼鲈莫道秋风起，避地桃源不易寻。"

朱德作《题天台山》《战薄刀岭》《石公石婆》。其中，《战薄刀岭》云："古塞皇城踞险关，负隅一拒匪凶顽。围攻直捣登陴堞，遁迹潜踪窜各山。"《石公石婆》云："屹立千年共白头，几经沧海历春秋。狂风飒飒无心动，细雨霏霏汪泪流。似悯苍生遭战劫，谁怜二老守荒丘。青山绿水长相伴，难解胸怀万斗忧。"

谭延闿作《远道》（本年六月衡永一带抚集湘军）。诗云："远道无消息，传闻有是非。冥冥真愧负，惘惘独来归。白首盟犹在，丹心愿已违。愁思同绿水，无语对斜晖。"

程潜作《去郴州作》。诗云："膏肓尔无疾，二竖在其中。药物力不逮，和缓术终穷。伊予起衡阳，群俊欣景从。竢业倏三载，劳怨丛一躬。疑云东北来，毒雾西南零。能鲜惧事偾，德薄惭内讧。浩然谢重负，匪日藏良弓。寄言后来者，慎勿隳前功。"

［日］白井种德作《自题肖照，时大正戊午五月》。诗云："陈编聊得窥，卅载作人师。报国期犹远，头童敢道衰。"

◈ 夏 ◈

刘师培等计划复刊《国粹学报》《国粹汇编》，事未果。此举遭鲁迅《致钱玄同》斥责云："中国国粹，虽然等于放屁，而一群坏种要刊丛编，却也毫不足怪。该坏种等不过还想吃人，而竟奉卖过人肉的侦心探龙做祭酒，大有自觉之意。"刘师培曾为清廷暗探，又研究《文心雕龙》，故鲁迅讥其为"侦心探龙"。"然既将刊之，则听其刊之，且看其刊之，看其如何国法，如何粹法，如何发昏，如何放屁，如何做梦，如何探龙，亦一大快事也，国粹丛编万岁！老小昏虫万岁！！"翌年初，钱玄同致函鲁迅亦大骂"国故万岁！昏蛋万岁！！"

吴之英卒。吴之英（1857—1918），字伯𢎐，号西蒙愚者、渔父、老愚，四川名山县人。祖父吴文哲、父亲吴铭钟，皆饱学之士。幼承庭训，八岁能治文辞，年十五赴雅州府试，名列第一。光绪元年（1875）以茂才入选成都尊经书院，师事王闿运。精三礼，工书法，善骈文。与井研廖平、绵竹杨锐、富顺宋育仁被誉为院中四杰。李肇甫编修《四川方志简编》云："自王闿运来蜀，遂以博学穷经为士林倡，于是乾嘉之学大盛于蜀，一时文人蔚起，鸿硕辈出。廖（平）、宋（育仁）、吴（之英）、张（森楷），尤著令闻焉。"光绪八年（1882）以优贡入京朝考，名列二等。回川后，受聘资州艺风书院任教，与宋育仁、廖平等同为讲习。光绪十二年（1886）主讲简州通材书院。光绪十八年（1892）任灌县训导。《灌县志》载其"为人和易而峻洁，学尤深邃，卓然成家，迥迈流俗。居官廉介，训迪学子，文行兼备，获益者多，盖不徒以言教也"。光绪二十四年（1898），宋育仁长成都尊经书院，与廖平一道被荐为书院都讲。同年春，宋育仁在成都发起组织蜀学会，鼓吹维新变法，为该会主讲，并同宋育仁等创办《蜀学报》，任主笔。戊戌变法失败，宋育仁被黜，受牵连。六君子遇害，作七古长诗《哭杨锐》纪念亡友。经此事变生退意，有句云："因感莼鲈思旧乡，挂冠我逐归鸿去。"因归灌县原任，究岐黄之术。光绪二十七年（1901）《辛丑条约》签订，愤而作长诗《颐和园歌》斥慈禧卖国。同年归乡奉母，闭门著述。光绪三十四年（1908）出任名山高等小学堂校长，继而被乡人推举为县教育会会长。宣统二年（1910），四川提学使赵启霖在成都设立存古学堂，受聘讲授词章之学。刘师培《国学学校同学录序》云："前清宣统二年，四川总督请于朝，则设存古学校……于是，耆德故老吴之英、廖平之伦，潜乐教思，朝夕讲习，善诱恂恂。"辛亥革命后，四川军政府设立枢密院，廖平为院长，出任院士。1912年初，枢密院改组为国学院，被聘为第一任院正。弟子吴虞后来为国立四川大学专门部同学录作序时云："国学专校，创自民国。其时吴伯𢎐师，廖平前辈，刘申叔、谢无量诸公，聚于一堂。大师作范，群士响风，若长卿之为师，张宽之施教，蜀才之盛，著于一时。"1913年辞职回乡，又以多病之躯，继任本县高等小学校长。1918年初，县中议修县志，粗举凡例而尚不及入细，于是年夏病逝。乡人特在县城西乡梨花岗树立"伯𢎐先生教泽碑"。卒后，次子吴铣等鬻产并集资，于1919年至1920年冬，选取编刻成《寿栎庐丛书》10种73卷，约200万言刊行于世。含《仪礼奭固》《礼器图》《礼事图》各17卷、《周政三图》3卷、《汉师传经表》1卷、《天文图考》4卷、《经脉分图》4卷、《文集》1卷、《诗集》1卷、《厄言和天》8卷。此外已散佚之著述有《诸子通俤》15册、《中国通史》20册、《公羊释例》7册、《小学》4册、《以意录》4册、《蒙山诗钞》1册、《北征记概》1册。宋育仁作挽联云："拜母犹忆升堂，异境不消千古恨；故人实伤陟岵，重行遥帐九秋情。"曾作有《暮春，同吴伯𢎐作》云："客心惊日夜，忽听子规啼。细雨花仍落，新阳柳渐低。暮寒方病酒，春梦定如泥。

芳草蒙山路，偕君愿隐栖。"颜楷英作挽联云："义蕴阐高堂，制待五百年来重熙礼乐；典型存石室，窃随三千人后共拜衣冠。"吴虞作挽联云："品节在严、郑之间，白首孤行，自有千秋型蜀士；文学继卿、云而后，玄亭重过，空悲一国失人师。"又作《名山吴伯竭先生之英》诗云："巍然谁是鲁灵光？沧海横流实可伤。不见延陵吴季子，肯言天下有文章。"赵正和作挽联云："蜀士号能文，自扬马而还，旷世逸材人几个？名山留胜迹，览蔡蒙毓秀，南州冠冕独先生。"王炳阳作挽联云："知交零落，旧雨难忘，对我体恤周旋，一年提携紫霞舍；斯道将亡，老成凋谢，如君文章德行，千秋不朽寿栎庐。"

王国维应沈曾植之请编抄本《履霜词》。内收王国维词24阕。王为此集作跋云："光宣之间，学为小词，得六七十阕。戊午夏日，小疾无聊，录存二十四阕，题曰《履霜词》。呜呼！所以有今日之坚冰者，非一朝一夕之故矣。四月晦日国维书于海上寓庐之永观堂。"含《少年游（垂杨门外）》《阮郎归（美人消息隔重关）》《蝶恋花（昨夜梦中多少恨）》《虞美人（碧苔深锁长门路）》《浣溪沙（六郡良家最少年）》《点绛唇（厚地高天）》《蝶恋花（满地霜华浓似雪）》《蝶恋花（斗觉宵来情绪恶）》《蝶恋花（百尺朱楼临大道）》《蝶恋花（黯淡灯花开又落）》《浣溪沙（掩卷平生有百端）》《清平乐（垂杨深院）》《浣溪沙（漫作年时别泪看）》《谒金门（孤檠侧）》《苏幕遮（倦凭栏）》《浣溪沙（本事新词定有无）》《蝶恋花（袅袅鞭丝冲落絮）》《蝶恋花（窗外绿荫添几许）》《点绛唇（屏却相思）》《清平乐（斜行淡墨）》《蝶恋花（月到东南秋正半）》《菩萨蛮（回廊小立秋将半）》《浣溪沙（已落芙蓉并叶凋）》等。其中，《浣溪沙》云："已落芙蓉并叶凋。半枯萧艾比墙高。日斜孤馆易魂销。　坐觉清秋归荡荡，眼看白日去昭昭。人间争度渐长宵。"

王易与胡先骕、汪辟疆、王浩等人游湖泛舟。胡先骕作《木兰花慢·偕耿庵、辟疆、简庵、然父、石君泛湖有作，即赠耿庵旋里》。词云："万荷香泛处，箫鼓涨，木兰舟。看柳线藏鸦，菱丝匿蝶，翠湿烟浮。风飘满湖笑语，更何人隔水度清讴。一棹银波荡瞑，几家琼月当楼。　休休。待数前游。哀乐话，总牵愁。记俊赏年光，雪鸿影事，都付东流。幽忧。等闲漫理，算今宵、短景许淹留。莫唱阳关怨曲，沧江容约盟鸥。"又，胡先骕仍在南昌任实业厅技术员，尝偕诗友数人往南昌近郊西山游，览湖山之胜，有《移情雅集纪事》。诗云："春阑绿阴浓，风暖鸟声喜。劳生如张弓，幸得一日弛。朝阳满堤岸，柳影时拂水。暂来心颜开，湖色涤尘累。初携二三子，笑语沁肌髓。渐闻轮蹄喧，髦俊齐茇止。一堂聚裙屐，胜事谁与拟。清谈兴倍赊，雅谑妙无似。眼前盛风物，城市历可指。西山尤媚妩，翠巘夹烟紫。既饶湖山胜，况有书画美。触目尽琳瑯，嗟赏讵容已。就中程子藏，瑰异震遐迩。一卷潇湘图，烟水收片纸。蓬心老弥健，造化生腕底。翁题更绝伦，下笔龙蛇起。余品亦精绝，两目迷灿绮。燕谭不知时，午日坐移暑。余情寄银箫，幽韵转宫微。或据一抨弈，墨守严阵垒。兴阑偕汪王，解彼柳下叙。一棹破新碧，倒影弄清泚。湖阴峙佛刹，新构耸芳沚。梵呗得暂闻，妙理彻生死。日斜缓步归，归路历花市。千红杂众绿，偃仰迎屧齿。人生逝飘忽，如日取半棰。但穷游观乐，何惜岁月驶。还家心神怡，苦茗美且旨。率尔成短章，踪迹傥可纪。"王浩作《隔舍，与忏庵》（四首）。其一："过墙邻叶绿婉婉，手种小桃行看红。郊原不待新经雨，春事吾将困老农。"其二："剩欲百年云云雾，世间无得此人双。鸟鸣日缓四围静，转面春风在酒缸。"其三："乳桃著雨绿可捻，骄笋厌墙黄未伸。输与牡丹朝万萼，始知春是最闲身。"其四："刮毛龟背未渠尽，佳味何殊所脔鱼。想得归来共欢喜，昏灯持照数行书。"

金松岑女弟子俞锦心卒，金氏为作《双锦传》。高燮尝作《端正好·题俞锦心女士〈端正阁诗〉》。词云："帘痕叠叠香痕篆。顿钩起、锦囊句满。兰闺镇日清如洗，闷还借，诗排遣。　簪花小字蚕眠展。钟王格、自添幽媚。斯才惊绝休轻羡。定不是，寻常选。"

黄节送刘栽甫南归广东，后赴上海，重晤邓秋枚、黄宾虹、诸贞壮等。后与黄宾虹至杭州游西湖。又，黄宾虹作《戊午夏日题画》。诗云："此山深处我曾游，游罢归来楼上头。泼墨零星写烟树，波光峦影画中收。"又，杜燕慕名访黄宾虹，谓"炎华境界，得此惬意清淡，真不啻一服清凉散"。

高旭再度赴粤，参加孙中山所召集非常国会，遐时出游当湖公园、荔湾公园，后作《荔湾载酒图》。

吕碧城料理西渡赴美诸事毕，忽染时疫，迁延达两月。致函费树蔚，有云："果不久物化者，拟葬邓尉，购广地于湖山胜处，碑镌客春探梅十首于上，植红绿梅多本，使常得文人酹酒吟吊吾魂。"费树蔚接函，作《答碧城，时碧城剧病初起，欲居山林或滨海习静，故及之》诸诗慰之。

李岐山在京被阎锡山派人捕押。年余始释。狱中作《铁窗吟草》，民国十八年铅印出版。其中，《淑林临赴陕，余为饯别，去后思不置，戏作百五十言赠之》云："相识在网罗，相友在醉乡。我醉我不觉，君醉古之狂。手舞足又蹈，神力勇英当。一啸可欺虎，杯盘藉如狼。欲眠不择地，欲言倾肺肠。咥非陈仲子，酒痕满衣裳。呕若李张吉，醉笔妙锦囊。身颠似乘船，眼底无强梁。醒后问知否，答云已全忘。酒真破愁兵，愁来便举觥。思君无聊吟，吟如君在旁。长安有醇醪，山峰亦识香。八水尽东流，运来几船尝。索酒由来远，非我破天荒。君醉一宿醒，我醉愿久常。"《过雁有感》云："雁群那知人暗猎，上关弓箭下张罗。一随弹落立时死，一系笼中毛羽磨。余者惊飞已断行，天寒不敢向衡阳。世间祸福何常有，意外风波岂可防。"《读元遗山〈雪香亭杂咏〉书后》云："国破名山著述传，回天心事哭残年。六经惟管书生下，阔剑长枪敢若然。谁能致用不为奴，敢说古今一个无。嗟我空投毛锥子，时艰无补作囚夫。"

王海帆因监督选举事到凉州，作诗数首。其中，《凉州道中》云："霸气横千古，风光荡客愁。远山随鸟没，涧水拖云流。健鹘盘深草，苍烟落戍楼。胡尘烽燧息，千里好凝眸。"《城东北隅大云寺中有西夏碑》云："随着钟声入梵宫，砖塔千尺摩苍穹。石级层层拾衣上，西山雪色落望中。凭窗四顾偶回首，天上乱云东西走。平原莽莽沙漠漠，龙城霸气吞八九。瑰奇早闻西夏碑，非龙非蛇认蝌蚪。此儿颇有制作才，历年四百知非偶。千年遗迹动古愁，摩挲欲吊还复休。英雄都已成黄土，明月依稀古凉州。"

莫永贞题石涛《墨竹图》。诗云："老衲空山意兴豪，悦人风味在挥毫。不须采得西山蕨，疏竹亭亭笋自高。寂寞园林似旧时，江村水郭足栖迟。茅堂添得新茶味，闲日长消一局棋。石涛僧，有明楚藩之后，国亡身隐，前人所为比之赵彝斋，谓可颉颃西山之饿夫者也。其题画诗有云：'水郭江村首夏渔，绿阴深处旧茅堂。新茶嫩笋消闲日，更爱荼蘼落雪香。'盖其兀兀自喜，浩浩落落之致皆见于尺幅间矣。戊午夏五，为庭蓉仁兄题。莫永贞。"

郁达夫作《盛夏闲居，读唐宋以来各家诗，仿渔洋例成诗八首录七》。此为作者罢课离校后，仿王士祯《论诗绝句三十五首》渔洋例所作。其一《李义山》："义山诗句最风流，五十华年锦瑟愁。解识汉家天子意，六军驻马笑牵牛。"其二《温飞卿》："词人自古苦销沉，中晚唯君近正音。今日爱才非昔日，独挥清泪吊陈琳。"其三《陆剑南》："慷慨淋漓老学庵，请缨无路只清谈。石帆村里春秋祭，忍说厓山浪满潭。"其四《杜樊川》："吊绿啼红近六朝，韩文杜句想丰标。销魂一卷樊川集，明月扬州廿四桥。"其五《元遗山》："遗老功名剩稗官，河东史笔未摧残。伤心怕读中州集，野史亭西夕照寒。"其六《吴梅村》："斑管题诗泪带痕，阿蒙吴下数梅村。冬郎忍创香奁格，红粉青衫总断魂。"其七《钱牧斋》："虞山才力轶前贤，可惜风流品未全。行太卑微诗太俊，狱中清句动人怜。"

王浩游庐山，登牯岭、五老峰，作《登牯牛岭》《庐山旅居，其盛夏似袁山秋日，末语因及之》《登五老峰》。其中，《庐山旅居》云："山色溪光晓镜开，小窗茶力上村醅。鸡声人语异时路，深巷远钟何处雷。风定岩花红自落，泉通午枕梦初来。旧家松石苍颜在，知傍云根长暗苔。"

朱复戡书石鼓文集联云："赋是扬雄敌，诗传谢朓清。"上联钤朱文"紫阳后裔"起首印，落"集北宋本猎碣，戊午年夏"款，左下钤白文"雄翰"印；下联落"子训朱义方"款，钤朱文"义方之印""子训金石书画"。

李劼人应成都昌福印刷公司约请，在四川《群报》被封后，另行主办《川报》。王光祈受聘担任《川报》驻京记者。

唐受祺作《夏雨》。诗云:"三日为霖属望齐,有澺今幸见凄凄。风驱云影连天墨,雨压雷声出地低。屋角忽看虹蜺吐,林端遥听鹧鸪啼。定知宙合歌沾足,一瞬晴光映隔溪。"

曾习经作《夜起海棠花下作》。诗云:"月气冥蒙罩海棠,偶然沾醉绕回廊。似闻德祐编心史,颇讶希夷得睡方。久闭亦嫌吾眼懒,独居遂觉老怀长。此花只与春阴便,雨砌明朝有坠芳。"又于夏秋间作《静中偶述》。诗云:"何物能令公喜怒,此中更与我相忘。久供盆石饶云气,略整瓶花近日光。万化入机先自定,尺棰取寸亦殊长。膏肓有病应名懒,海上无劳寄药方。"

俞明震作《暑夜雨初过平明,泛舟出南湖》。诗云:"昨夜南山雨,雷峰净如拭。澄波倒天影,云来满湖石。石底一星明,余光随桨没。忽惊鸥背红,荷边上初日。曙色分远近,湖光有明灭。渐觉东方高,市声出烟隙。日计在一晨,生事纷如发。蜕世吾何曾?替人愁午热。万事不如归,南湖风猎猎。"

曾广祚作《夏日闻山贼窃,发示治兵者》《夏夜从兄重伯来斋,极称余文,醉赋以谢》《朱夏》。其中,《夏日闻山贼窃》云:"九天承八柱,何待杞人忧。神算丸弹鹊,繁音刃解牛。蓬蒿长翳径,黍稷渐盈畴。幡举黄巾退,名同北海留。"《醉赋以谢》云:"乡名上相数文章,谁逐轩台凤羽翔。万古云霞铺锦彩,九天日月换灯光。莲壶叶转宵将半,蒲剑花开夏正长。法获僧弥清兴发,琼酥绿酒共飞觞。"

黄瀚作《长夏苦雨》。诗云:"田畴一望失陂塍,雨脚粗犹似乱绳。最厌堂除走鼃黾,却欣几榻断蚊蝇。未秋靳簟寒先畏,昨夜吴绵暖要增。顷刻炎凉自天意,人间多事炭和冰。"

孙介眉作《夏雨》。诗云:"风来小院摆花尖,顿觉神清却暑炎。云脚斜垂低欲坠,水纹圆泛去还添。光冲一线雷惊地,瓦滚千珠雨瀑檐。隔岸青山呈变幻,墨阴浓处老龙潜。"

汤执盘作《念奴娇·戊午夏,与陈云峰孝廉相遇于章宅之荷亭。偶以所作词示之,陈即以诗见赠并索和。后数日赋此以酬,用东坡〈赤壁怀古〉韵》。词云:"青衫游倦,算相逢谁是,词林人物。萍合云连堪忆处,惟有荷亭东壁。器宇初瞻,琼瑶暗诵,清润如冰雪。九嶷三楚,漫夸今古诗杰。　　遥想当日元龙,超然湖海,几度豪情发。千载高风今宛在,遗泽何曾湮灭。世事沧桑,光阴石火,容易惊华发。一樽别后,甚时重醉明月。"

宋作舟作《戊午夏,因作鲁仲连,由龙门回江,与辛九丹县尹同行,朝发兴隆村途次》《题五大莲湖》(湖在龙门界,戊午夏由龙旋省而作)。其中,《朝发兴隆村途次》云:"晓起西行奉使回(古道晓征),匆匆并马踏尘埃(埃头飞马)。一湾绿水连天际(水流似带),十里青山拂面来(山势如屏)。野鸟怕人穿树起(飞鸟有知),山花无主为谁开（落花无主）？风光艳说莲湖好（天光云影），不有严陵有钓台（钓父鱼矶）。"

胡应庚作《夏夜泛小艇，观珠江水寨》。诗云："珠江放棹送残阳，容与中流趁夕凉。载酒游人杯浸月，凌波姹女足如霜。万家火树开新宴，一片云鬟竞晚妆。更有小娃能荡桨，黄蕉丹荔满船香。"

沈其光作《夏日杂诗》（七首）。其一："叠罢轻罗换葛缔，园亭行处暑风吹。林阴满地桐花落，政是黄梅雨断时。"其三："屋后人家插绿禾，城南畦陇占清波。柴门闲静如村野，日午风传秧马歌。"

陈隆恪在南京作《夏夜偶成》。诗云："天垂屋脊篆星辰，科跣迎风托幸民。蚊蚋应无争席分，嘤嘤何事苦撩人。"

曾慕韩作《归国》。序云："民国七年夏，予因反对中日军事协约，由日本辍学归国，途中赋一律，示友人张梦九。当予去国时，正袁死黎继之日，海内方庆统一。比归国，则南北重演分裂，国事益不堪问矣。"诗云："去国嗟何补，同君带泪归。海山惊破碎；天地讶倾危。忍见蜗牛触；愁看落雁飞。犹存精术志，一为话心期。"

俞平伯在京作《忆江南》（四首）。其一："江南好，长忆在西湖。云际遥青多拥髻，堤头腻绿每皱螺。叶艇蘸晴波。"其二："江南好，长忆在山塘。迟日烘晴花市闹，邻滩打水女砧忙。铃塔动微阳。"其三："江南好，长忆在吴城。门户窥人莺燕懒，日斜深巷卖饧声，吹彻杏花明。"其四："江南好，长忆在吾乡。鱼浪乌篷春拨网，蟹田红稻夜鸣榔。人语闹宵航。"

李思纯作《残夏夜坐》。诗云："残暑渐如客，明河初上天。微吟过六月，寂坐有千年。青李沁可味，红荷香自怜。蝉纱映肌雪，玉女想娟娟。"

罗长铭作《夏梦》。诗云："江南春已归，蝴蝶不随去。却同薰风飞，入我梦中住。"

[日]关泽清修作《夏日书怀，限韵》。诗云："苔气侵帘久雨晴，槐阴嫩日午风轻。惊回一枕南柯梦，时听新蝉嘒嘒声。"

七 月

1日 《尚志》第1卷第9号刊行。本期"诗录"栏目含《遗爱集（未完）》（袁嘉谷）。

《言治》季刊第3册刊行。本册"文苑·会员诗文录"栏目含《直隶公立法政专门学校法律第三班同人毕业祝辞有序》（王宣）、《疯先生墓田记》（孔宪熙）、《与林畏庐书（丙辰）》（郁嶷）、《复林畏庐书（丙辰）》（郁嶷）、《黄孺人墓志铭（丁巳）》（郁嶷）、《自津沽赴沪，海行口占》（白坚武）、《守常北行，赋此送之》（白坚武）、《民国六年十二月十日有粤桂之行，海行纪感》（白坚武）、《十一日航行无风，徘徊轮顶，兴来口占》（白坚武）、《自广州乘江轮赴南宁舟中作》（白坚武）、《自南宁赴武鸣途中望山》（白坚武）、《小住武鸣，陆公干卿饭后约登平台，台在陆氏庭院，地势甚高，江流山色俱在望中》（白坚武）、《南宁督署，旧为狄武襄镇署，观武襄遗碣赋此》（白坚武）、《归途舟中》（白坚武）、《自梧州赴香港，海明轮中思亲，怅然有感》（白坚武）、《清明踏青》（白坚武）、《京汉道中》（万宗乾）、《京津道中》（万宗乾）、《重莅津门感旧三首》（万宗乾）、《贫交行》（万宗乾）、《黄金台》（万宗乾）、《陶然亭》（万宗乾）、《景山》（万宗乾）、《肆志》（万宗乾）、《岁暮寄胞弟稗新二首》（万宗乾）、《都门远眺》（万宗乾）、《送友人还家》（万宗乾）、《临江仙·美人》（万宗乾）、《西江月·无题》（万宗乾）、《黄金缕·丁巳岁暮感事》（万宗乾）、《复辟变后仓皇南下，侨寓沪上，惺亚时在赣江，赋此寄怀》（李大钊）。本期还刊登李大钊《东西文明根本之异点》，略谓："东西文明有根本不同之点，即东洋文明主静，西洋文明主动是也。""一为自然的，一为人为的；一为安息的，一为战争的；一为消极的，一为积极的；一为依赖的，一为独立的；一为苟安的，一为突进的；一为因袭的，一为创造的；一为保守的，一为进步的；一为直觉的，一为理智的；一为空想的，一为体验的；一为艺术的，一为科学的；一为精神的，一为物质的；一为灵的，一为肉的；一为向天的，一为立地的；一为自然支配人间的，一为人间征服自然的。""东西文明之互争雄长，历史上之遗迹已数见不鲜，将来二种文明果常在冲突轧轹之中，抑有融会调和之日，或一种文明竟为其他所征服，此皆未决之问题。以余言之，宇宙大化之进行，全赖有二种之世界观鼓驭而前，即静的与动的，保守与进步是也。东洋文明与西洋文明，实为世界进步之二大机轴，正如车之两轮、鸟之双翼，缺一不可。而此二大精神之自身，又必须时时调和，时时融会，以创造新生命而演进于无疆。由今言之，东洋文明既衰颓于静止之中，而西洋文明又疲命于物质之下，为救世界之危机非有第三新文明之崛起不足以渡此危崖。"

《诗声》第3卷第7号于澳门刊行。本期"笔记"栏目含《雪堂丛拾（十四）》（澹於）、《水佩风裳室笔记（廿四）》（秋雪）、《乙庵诗缀（十八）》（印雪）；"诗话"栏目含《心陶阁诗话（三）》（沛功）；"词谱"栏目含《莽苍室词谱卷三（五）》（莽苍）；"词苑"栏目含《水调歌头（腰缩黄金印）》（珮躬）、《蕉窗二首》（在校舍作）（同前）；"最录"栏目含《与方甫君论诗书（续）》（蓬庐）；"去雁"栏目含《覆广州梁应涛书》（晦厂）、《告梁应涛》（秋雪）、《报梁应涛书》（乙庵）。另有其他篇目《雪堂诗课汇卷消息》《雪堂第四十五课题》《雪堂通信处》。其中，《雪堂诗课汇卷消息》云："兹将第四十一、四十二两课汇卷付刊，与本《诗声》同时分发。凡属社友，幸希留意。雪堂启。"《雪堂第四十五课题》为《雁字》，要求"古今体诗，准旧历戊午年八月收齐"。

张元济访曾叔度、邓邦述、钱阶平等，购《黔阳县志》《分宜县志》。

朱自清放暑假，从北京大学回扬州度夏。

阎学增生。阎学增，山西屯留县人。著有《一个老八路的诗词人生——阎学增诗词选》。

朱大可《亚凤巢随笔》之《顾佛郎》《瘿木和尚》刊于《大世界》报。《顾佛郎》云："顾佛郎邮示《谢庭雪》杂剧，自跋谓：'有三五素性人，聚绿梅花下，按冰弦檀板歌之，当有一缕曲魂、冉冉从暗香疏影间出也。'巴曲迭赓，郑声未放，佛郎此谱，弥可珍矣。佛郎尝和东坡《北台题壁》诗韵，盐字一联云：'咏絮人家微中酒，餐蔬风味胜调盐。'花字一联云：'新味篱边肥蕨菜，冷香屋角瘦梅花。'并为许苏民师门所赏。"《瘿木和尚》云："瘿木和尚者，疯僧亦诗僧，携一犬，行亦行，止亦止。或诘之？辄以'犬子有佛性'对。尝题天童寺破壁云：'飘摇词笔张三影，薄悻风怀李十郎。落日黄花岗上望，伤心七十二鸳鸯。银汉微云隔渺茫，一声何满太郎当。陆郎憔悴徐娘老，画角琴心村夕阳。'"

2日 《申报》第16298号刊行。本期《自由谈》"诗囊"栏目含《和天虚我生〈四十初度〉原韵》（四首，魏塘张病风）。

徐悲鸿随西山旅行队赴西山避暑，主持西山图画部。参加同学有杜岑、黄耀华、钟劲柏、曾同春、周德昌、周吉春、梁彬文、潘之秋、蔡镇瀛、陈君慧、吕炳水、林飞熊等20人。

张元济上午访许吕肖、熊希龄、林万里、严璩、蒋维乔、胡石城、王搏沙、萧秋恕、林宰平等；下午访胡文甫、汪大燮、伍光建、陈汉第、胡适。晚饭后冒广生到访。

3日 郑孝胥阅丽泽文社课文。

杨匏安《下山小饮》载于《广东中华新报》。诗云："山腰日气莽苍苍，羁客凭高怯望乡。九万里天通呼吸，五千年事费平章。风帆远掠寒林过，云兽纷拏绝壑藏。采得杂花归去晚，酒家尚有松醪香。"

朱大可《亚凤巢随笔（续）》之《黄韵珊跋张公束词》刊载于本日《大世界》报。文曰："黄韵珊跋张公束词，可谓'不惜金针度与人'。第一跋云：'雅驯秀洁，自是隽才。诵之欢喜无量、再求沉着幽警，以防走而不守之失，君家玉田词如行云流水，不染一尘，其清空缥缈之气，非俗颖所到，世之学者，往往得其形似，而遗其神情，便有虎贲中郎之别。此中消息极微，不可不辨。素性愚直，不作浮词，于文字尤甚。砚虹我旧游，携此相质，敢陈刍献，俟高明审择焉。'第二跋云：'合观两册，笔姿清秀，非庸俗所能，词之根苗具矣。至于缠绵沉着，幽彻曲折之境，均尚未到。宜多选宋词，细加体会，久自有得。其粗率浅滑处，乃词中大病，已略略点出，急宜洗汰为属。辱承见商，故质言之。若以谀词取媚，恐误学者，且非所以待知爱也。此事作者固少，而识者亦不多，真可为知者道耳。'第三跋云：'词宜细不宜粗，宜曲不宜直，宜幽不宜浅，宜沉不宜浮，宜蓄不宜滑，宜艳不宜枯，宜韵不宜俗，宜远不宜近。宜言外有意，不宜意尽于言。宜寓情于景，不宜舍景言情。以上各条，合之则是，离之则非。合之则为雅音，通于风骚；离之则入于曲调，甚或流为插科打诨、村歌里唱矣。此中界限，切宜细辨。若随题布置，信笔直书，则积弊终不能洗净也。'"

4日 《申报》第16300号刊行。本期《自由谈》"诗囊"栏目含《和栩园〈四十初度〉元韵》（四首，歙县吴东园）。

郑孝胥、朱古微、王聘三、胡琴初、陈仁先同至会宾楼晚宴。

朱大可《亚凤巢随笔（续）》之《黄韵珊跋张公束词（续）》刊载于本日《大世界》报。文曰："第四跋云：'综阅全卷，清洁雅澹，一空俗障；然总欠酝酿沉着，味之殊少深趣。宜以白石之苍峭，梅溪之幽隽药之，当更有进境。否则轻清上浮，终无以回越时辈也。近时词客辈出，然袭取皮貌者多。作者英年慧质，予之所期望者远，故欲进而益上，勿以为苛责。嗣后每作一调，必先定其命意之所在，或言外感慨，或借端寄托，则此中有胆。凡似是而非，描头画角之语，自无从绕其笔端，且须音在弦外，不可意尽句中。收处尤宜缥缈无迹，其线索关合，须在有意无意之间，方能不着迹相，盖一着迹，便无深趣也。其中大有禅味，非浅人能解，足下慧根人，又虚中下问，故约略言之。其实文之有柱义，诗之有旨趣，其理一贯，只音调、词藻不同耳。予近悔绮语，已不复作词，然此中甘苦，领略极深，故阅人之词，往往多否少可。其实自问所作，亦不逮所言，特不敢以谀词误知爱也。'"

5日 《学生》第5卷第7号刊行。本期"文苑·诗"栏目含《观海歌》（山东诸城县立高等小学校毕业生祝诤）、《书怀》（前人）、《游白洋淀》（直隶保定育德中学四年生刘培周）、《村居四咏》（浙江杭县之江中学部三年生陈克柔）、《避暑》（江苏泰县坂塄市圊文专修社甲班生朱式良）、《蜘蛛》（前人）、《浮萍》（前人）、《夏日即事》（江苏如皋县立师范学校学生陆绮）、《夏夜野游》（奉天法库县中学校三年生高甲三）、《画竹》（安徽绩溪胡氏学校高小三年生胡竹林）、《泛舟新安江》（前人）、《和叶师〈红桥钱春〉原韵》（江苏省立第五师范三年生邵爽秋）、《苏门杂咏》（前人）、《课余杂感》（广东大埔县立中学校三年生陈一公）、《江上送友人》（湖南长沙师范学校二年生陈涤前）、《湘城独眺》（前人）、《夏夜遣怀》（前人）、《鸡冠花》（福建永定三省堂国文专科生黄培旦）、《结交行》（凌屏藩）。

《妇女杂志》第4卷第7号刊行。本期"文苑"栏目含《祭母文》（附周太恭人曹淑安女士像）（朱周国真）、《祭侄女易娴文》（己酉四月）（易瑜）、《浙江玉环贤母曹府陈太孺人墓表》（闽侯林传甲奎腾）。

6日 《申报》第16302号刊行。本期《自由谈》"诗囊"栏目含《和栩园〈四十初度感怀〉元韵》（四首，江左谢健）。

符璋得刘次饶复函，并附一诗。又，夜作诗钟。

吴芳吉寄吴宓、童季龄、刘泗英《道学正宗》各一本。

7日 《戊午周报》第8期刊行。本期"文苑·诗录"栏目含《为高颖生题环翠楼》（陈伯严）、《葛岭憩初阳台》（前人）、《自灵隐登韬光》（前人）、《赠玉津》（赵熙）、《秋史、道穆两先生》（胡玉津）、《与尧生用明信片唱酬》（前人）、《珠巢二首》（不见三年矣，故出之惊喜）（山腴）、《乱后花市二首》（前人）。

严修在纽约。同住者有李广钊、袁复礼、智开。

符璋致高潜子一函，附诗一首。

张謇作《药王庙》。诗云："臣叔家何许，遗贤迹欲迷。城存期鹤返，树古爱鸡栖。础薛疑新绣，墙圬失旧题（童时曾写四大字于墙，阅卅年，今失）。正宗得净友，易代揖洄溪（徐灵胎纠正陈实功《外科正宗》极精善，徐号洄溪道人）。"

8日 李审言六十生辰，上海淞社诸友畅饮觞咏于酒楼，阳湖吕幼舲太守与李审言同庚同月同日，一时并寿，淞社诸友祝寿时由吴昌硕执爵致颂，缪艺风久病初起，亦来预宴。刘承干《求恕斋日记》："晚大雨，至品香楼，以淞社同人公祝李审言六十寿。到者缪小珊、吴昌硕、吕幼舲、张让三、陶拙存、褚礼堂、徐积余、杨芷姓、恽季申、瑾叔、徐仲可、周湘舲、孙益庵、醉愚、钱履楙、白也诗、夏阁丞。"其中，周庆云作《寿李审言六十》（二首），同人和作：李详《梦坡赐诗为寿，敬和原韵奉谢》（二首）、沈焜《寿审言，用前韵》（二首）。李详作《淞社诸君子为祥补作生日，期于六月朔，集品香楼，敬赋二诗志谢，且为致师之请，若承赐和，有余幸焉》（二首），同人和作：周庆云《审言既和予诗，复成二律，索淞社同人和，次韵酬之》（二首）、缪荃孙《寿审言六十，次前韵》（二首）。李详《淞社诸君子为祥补作生日》其一："六十颓然一秃翁，良辰集彦致群公。摄衣自惜侯生老，命驾初非阮籍穷。社比月泉题甲乙，气凌海蜃吐青红。未知金谷兰亭会，逸少还堪敌石崇。"沈曾植作《审言今年六十，余欲为寿言，无缘以发，审言忽以"西城员外丞"请如其意为之》。诗云："我昔少庸妄，志观天壤奇。文章揽绨绣，珍异搜和随。杞梓梗楠极，犹思邓林披。凤麟在郊薮，雅诂诹黄黑。纵意信古言，列仙亦人为。十洲不迁怪，佛迹朝那窥。允姓月支王，塔婆发倾斂。谓当竭耳目，安用嗟瑕疵？快意时一得，秦楼捋须髭。万汇不可量，人伦抑多歧。九皇八八民，邱索饶参差。诸子哄名墨，六书变籀斯。聘用谷王尊，周惟人籁吹。完然一家言，文富皆高赀。汉学腻颜恰，晋风宁馨儿。春秋异裘葛，左右掩雄雌。才性亦既殊，类流会当知。见谓广大主，理岂无垠埵。文德懿中兴，湘乡施南皮。翁潘古韦平，好爵儒林麾。讲肆刘陈俞，群流令呵扨。绝学顺德老，斑斑鼎俎奇。相从蹑月窟，益用张星施。缉缉鸟翻堕，荒荒羊胛炊。同行人莽眇，各自通俹离。觥觥删编修，天马无衔羁。来参装秀图，说士甘于糜。淮楚族科别，徽扬学高卑。某史某经神，某文凿嵚崥。乃不聆君名，君方蟠伏池。牛虎龙儿年，《摭言》极弸迤。我从别火署，归沐觇鸳螭。"

四士海陵诤，四君《吴录》披。蜀才宋廖纵，湘藻曾李摛。谈说齐貌辨，幽潜陆季疵。公车骆驿起，巧算难分衰。三耳藏坚白，五行駮心脾。大官颇怪疑，我宁震失匙。太岁在摄提，论与威弧移。五龙忽拘绞，十晕贯虹弥。士气积摧剥，骎骎下稷曦。浸被伊川发，或吹吴市箎。矧复拜夷隶，狗曲将歌骊。芳草化萧艾，贯头代祎缡。幸自脱钩党，安能偭绳规。长揖顾及间，江干屏一麾。佛社桂李黎，如如出言卮。文儒方马姚，井井忧瓶羸。发短心不长，舌存齿先危。清秋灞阁邮，发见书襹褵。譬久髀肉生，忽得天马骑。翻翻不去手，鸟翼黏竿黐。此士竟不知，耻如大堤隳。努力勉致之，上尊贵莎牺。《选》学愿得君，高犴曹李驰。赋者愿得君，荣造卿云骴。诗者愿得君，教射曹刘仪。君至我将行，握手王事裨。谓当古是式，岂曰言非宜？谁谓天不庸？程逝朱耄罢。亡君五车书，罗刹戈盱睢。再见如隔世，流人不繇赀。君为上座师，我病潜僧袛。海日晨照楼，海潮夜春篱。秋听叶慅慅，春解流澌澌。步屐偶相过，蒲荷泽之陂。寄生海上沤，蒿目燕南垂。时时策古事，慰我愁孤羁。盘马健无絷，漉盐敝无箄。响泉鱼育育，变《雅》学提提。侈君武库诸，矢和弓必倕。质疑莛一撞，矢口靡喔斯。与子连巨鳌，海筹测弥弥。与子共贞疾，不死为卷葹。养生枢得环，守意城增陴。三岁我且行，觉禅喜禅猗。为我制诔词，哀我逢百罹。为我写心容，昭文不成亏。蒯侯例先具，沈君理亦齐。再世君期颐，我童方佩觿。还将圯桥履，更折留侯支。”

《申报》第16304号刊行。本期《自由谈》“诗囊”栏目含《和栩园〈四十初度感赋〉元韵》(四首，海陵缪则均)。

王光祈毕业于中国大学。居处题名“蓬庐”。李大钊、陈独秀、高一涵等常到此与王光祈晤谈。

吴芳吉应永宁中学校长蒲铁崖邀，到该校任英文教员，月俸五十圆。

陈夔龙作《六月朔日焚寄亭秋夫人》。诗云：“今岁月逢午，我无自寿诗。去日已苦多，来日空嗟咨。侵旬未匝月，届君初度时。儿辈昨入杭，荐福集禅缁。泉下有真乐，奚事祈祷为？聊尽生者意，营斋礼亦宜。朝来一樽酒，浣手奠灵帏。绛蜡列芳筵，盈盈双泪垂。魂兮早归来，应鉴余心悲。举案感畴曩，吉语齐鸿眉。宁知一刹那，人天永别离。丙舍适落成，慰情惜已迟。勉副吾皇语，茂悦无穷期(夫人曾荷御书‘松茂柏悦’扁额，今右台丙舍落成，余敬题曰‘茂悦山庄’，盖纪实也)。郁郁松柏姿，幽明理莫歧。我倘健腰脚，日诣西湖湄。持此作息壤，九原知不知?”

9日 蔡元培召集座谈会。朱希祖、沈尹默等参加。二人先与商务印书馆张元济商谈编纂教科书等事，后和与会人员共同倡议发起成立“世界图书馆”。

《申报》第16305号刊行。本期《自由谈》“诗囊”栏目含《和栩园〈四十初度〉原韵》(四首，定海武维祺)。

符璋作五律二首，七律一首。

魏清德《林薇阁先生将游支那大陆暨南洋诸岛,赋此赠别》《问渔先生将游沪上,赋此赠别》《林明德先生之沪上》发表于《台湾日日新报》。其中,《林薇阁先生将游支那大陆暨南洋诸岛,赋此赠别》云:"翩翩浊世迥非凡,壮志图南试远帆。待辟扶余天一角,宝刀截断碧巉岩。"《问渔先生将游沪上,赋此赠别》云:"千金越海事探奇,不向申江买艳姬。料得压船诗百首,归装添载古隃麋。"《林明德先生之沪上》云:"大陆风云总可哀,惜君孤岛隐雄才。何当拂袖同舟去,日上留园醉十杯。"

周庆云作《戊午六月有二日,自申浦乘新宁绍轮船赴普陀,初微雨,比起碇即呈霁色,入夜凉飙侵枕,奄有秋意,醒后拈此》。诗云:"破晓双轮缀四明,旧游几辈为将迎。略将风景论今昔,仙侣同舟听水程。"

10日 大中华民国学生爱国会在北京成立。邓中夏、许德珩、黄日葵等被推选为负责人。旋改名"大中华民国学生救国会",并决定出版会刊《国民》杂志,宣传反帝爱国思想,推举邓中夏等人负责筹办。

《申报》第16306号刊行。本期《自由谈》"诗囊"栏目含《和栩园〈四十感赋〉原韵》(四首,湘中朱尊我)。

11日 《申报》第16307号刊行。本期《自由谈》"诗囊"栏目含《和栩园〈四十初度〉元韵》(四首,吴门朱枫隐)。

12日 《申报》第16308号刊行。本期《自由谈》"诗囊"栏目含《和栩园〈四十初度〉元韵》(四首,湘潭聂管臣)。

王光祈邀约周太玄、曾琦、陈淯、张尚龄、雷宝菁等在中央公园继续讨论由他起草的《少年中国学会规约》,至十时始散。

夏敬观三送《夷坚志》予缪荃孙,此与旧钞本合,多序三篇。

吴芳吉寄信吕谷凡,告以将冒险赴永宁中学任教,请其再勿汇钱接济。萧湘致函吴芳吉,信中颇有英雄迟暮感。

徐嘉瑞作《金缕曲·月夜》。词云:"月上阑干矣,乍回眸,灯光红射,矮窗白纸。如此灯光如此月,照人阑内独倚,说不了当前恨事。信使他年能作佛,要大千微雨都成泪,都贮在,吾心里。 人生况味才如此,更不必,金经贝叶,再翻真谛。苦即是欢欢是苦,颠倒拉杂无据,最好是寂寥独自。一二闲人时往来,亦寻常应酬虚文耳,灯似霞,月如水。"

13日 《申报》第16309号刊行。本期《自由谈》"诗囊"栏目含《和栩园〈四十初度〉元韵》(四首,绩溪汪诗圃);"游戏文章"栏目含《都门竹枝词》(却赠)(十首,莘田)。

梁鼎芬六十生辰。逊帝溥仪面赏绿玉朝珠,寿扁、寿联、银两,敬懿皇贵妃等亦各有赐赍,梁鼎芬上摺谢恩。陈三立、陈宝琛、郑孝胥、陈曾寿、何藻翔、曾习经、罗惇羃等有诗贺寿。其中，陈三立《梁节庵师傅六十生日》云："往跻知非年，献颂代招隐。迷离更十霜，长髯欲白尽。禹甸陷污池，八儒飘为梗。天遗狂疑士，于世作赘瘿。望桑泪成河，种松瘕成岭。吐腹干莫铓，决荡万魔境。依光北辰下，凭几顾而整。说书声动天，深念余耿耿。绮角一旦爽，千春羽翼影。定命岁寒堂，初暾媚煮饼。"陈宝琛《梁节菴六十寿诗》（三首）其一："伏波有名言，穷老益坚壮，交君垂卅载，晚顾际板荡，平生尽信书，自笑不知量，只赢方寸地，未逐东去浪，君乎云龙从，共此葵日向，危冠众所怪，一蒉不辞障，今年吟耳顺，令节正天贶，吾皇题其堂，赐赍出内藏，岂惟宠稽古，多难识忠谅，回思陵下庐，风雪四番抗，沾沾国士报，自昔鄙豫让，生三义匪他，长留作人样。"其二："拜赐出禁闼，万荷香袭衣，芳华倾路人，心苦谁与知，百昌遂所性，岂不在及时，憒憒海西庵，坐送白日驰，孰云致身早，一斥看群飞，圣颜幸再瞻，风汉终尔疑，明楼声彻天，惜诵余郁伊，心知霜霰至，兰艾等一萎，露根不改香，大钧庸有私，故当侪塞松，无为伤枯葵。"其三："荔湾一尊话，未壮君已髯，服官却复辞，山泽甘终淹，相思千里会，淞波摇明蟾，岂图温室中，长岁如鹣鹣，劝讲日不给，遑暇忧苍黔，归沐就庭楸，借书互校签，元祐邈隔世，唏嘘说垂帘。朝贵骨尽尘，谁德谁怨嫌，时于酒垆侣，襟泪还一沾，河清倘可俟，火井宁竟熸，醉卧北窗下，风来忘凉炎。"郑孝胥《梁星海六十生日》云："危书且危行，初不求自全，今年君六十，得全岂非天，世乱安所归，麻鞋直经筵，君臣幸相保，忧患犹无边，老来益强固，劲烈逾壮年，中兴可立待，会使国命延，寿考兼令名，青史已足传，苟生彼何取，期颐嗟褚渊。"陈曾寿《梁节庵师傅六十初度》（三首）其一："磊落平生志，常忧莫致身，泪枯沧海变，任重白头新，龙德当潜跃，天骄费扰驯，至难真幸尔，辅翼仰高宸。"其二："辛苦湖堂语，苍凉已十年，锄奸终遂志，留命似符天，昨扫铜驼棘，曾开角黍筵，长看松柏健，忽觉岁时迁。"其三："才老天心见，身肥义战强，先师有遗句，晚节淬刚肠，种菊承余露，倾葵耐曙霜，平生苏太史，兼爇后山香。（先师关季华先生赠节庵师有'身肥义战胜，才老天心奇'之句）"何藻翔《寿节庵师傅》云："君不见日观秦松郁葱蒨，岿然劫火排雷电，蜀庙汉柏冥孤高，森然大节凌霜霰，根柢槃厚黝然苍，沧桑阅尽老不变，沐浴日月元气全，槎枒陵谷群阴战，人中松柏古所难，荣枯瞥眼春华贱，泠泠谡谡穆如清，松风阁忆携赏掾（前赐穆如清风阁额），轮囷不愧后凋材，御笔真为寿征券，于戏先生柏台彦，十年樗散江湖遣，乔木空生故国思，劲草不为疾风颤，清时薄植滥棘槐，大厦危支须桢干，摇落汉南杨柳悲，托思山下蘼芜怨，读到南山荟蔚诗，牢耶石耶犹扼腕，昨日东陵种树归，补松十万余悽恋，紫乙沉沉帝座昏，朱鸟芒芒南极见，贝多经写瘥礼禳，灵寿杖颁腰脚健，采薇遗老紫芝翁，看云同到慈仁院，苍髯拂拂笑如戟，鳞甲森森铦似箭，未免斤斧得天全，叠遭盘错令人叹，洞幽只有蛰龙知，试火不妨良玉锻，孤根入地茯苍生，浮蕊蔽天萝茑缠，金鳌旧梦松云迷，白发苦心冰蘖咽，吁嗟乎！铁石肝肠人几见，蛟饥虬瘦神醇炼。混沌元黄争一线，此心不转天终转。"曾习经《寿节庵师》云："品目寒松天语优，遂良须鬓照千秋，手栽陵树成新荫，想对薰弦散郁忧，绝世明姿韬未得，中朝儒效仅能收，七旬太保方承赐（陈弢庵太保），同向耆英社里游。"罗敦曧《寿梁节庵师傅六十》云："陵树栽成已作阴，在天常鉴老臣心，共知纳海忠难并，敢谢回天力不任，细数平生留节在，每于文字见情深，黄封猎得沾新赐，及庆朋觞对酌斟。"另有杨钟羲作《节庵六十寿诗》、陈夔龙作《寿节庵同年六十》。林纾《髯公六十寿序》云："髯以忠孝节义高天下，复佐之以文章，余年垂七十，阅人多，固无如髯之超群绝伦也。髯一生知有君父，不知有祸福，所上谏疏，摈权相，弹骄王，争国本，攻篡贼，去死岌岌，髯坐镇如山岳不为动。如是峻绝之品，而纾居然得而友之。又见其平安即于老暮，天相吾党之善人，良有其可按者尔。戊午六月六日，为髯六十诞辰，纾胸中有无穷之言，若怒潮之凑危峡，梗而莫出，累欲书而累止者数矣。今姑撷其琐琐者言之，纾之文字，固不足以形髯之懿也。纾亦谒崇陵，四止髯之葵霜阁。国忌之日，亦髯之家忌。髯既哭陵，下退，易素服茹素，拜其二亲遗像于密室中，纾亦寻迹而私朝之，不禁凄然感髯之忠孝也。髯视我如兄弟，未尝有奖拔之书。一日，忽视壁间纾所绘《永愿庵图》，题其背曰：天下第一流人林纾画。纾骇叹谢曰：天下第一流人吾髯尔，此何物，敢有是称？髯笑。自是以来，纾之畏髯如畏师保。防一坠检见屏于髯，将不名其为人矣。髯大病之后，精神日益健旺，必可臻于大耋，上傅皇帝，下足为纾余年之师法。纾生平敬天，笃祷必有验。今为髯祷，亦敬谨为皇帝祷也。"

杨钟羲赴倚虹楼淞社之雅集。

夔生《新本事诗》（四首）刊于《南洋总汇新报》"诗界"栏目。其一："繁华勘破等轻埃，懒整罗衣下镜台。间向东风听啼鸟，天津桥上杜鹃哀！"

14日 《申报》第16310号刊行。本期《自由谈》"诗囊"栏目含《和栩园〈四十述怀〉元韵》（四首，奉贤朱家驹）。

《戊午周报》第9期刊行。本期"文苑·诗录"栏目含《送万慎》（王芝）、《景文洞》（胡玉津）、《小有洞》（前人）、《鹭澜洞》（前人）、《华萼洞》（前人）、《雨中排闷，戏寄呈玉津师并示山腴》（赵熙）、《南望》（培甫）、《山腴以新作见示，次韵奉和》（吴虞）、《再用前韵，戏赋呈山腴》（前人）、《题辜云若大令（培源）〈竹西精舍〉图卷》（慧修）、《送严以超孟班之官乌梁海》（君毅）。

吴芳吉致信李宗武，对局势持乐观态度。信中倡议成立两个团体：一为"文化研究会"，"考察古今文物礼教因果于吾人心性者而保存之"；一为"布衣会"，"蔚成朴质忠毅之风"。信中认为若能成立此二学会，可以"努力阐明中庸之理，谋大同之生活，建和平之坦途"。

魏清德《送朝煌社兄归里》发表于《台湾日日新报》。诗云:"一年一度展归轮,不是天涯羁旅身。蒿目洛阳兴废感,羡君仍作两家春。"

15日 《新青年》第5卷第1号刊行。本期刊登陈独秀《今日中国之政治问题》《自由正义与和平》《科学与神圣》《学术独立》以及汪懋祖《致〈新青年〉的通信》。汪信中对《新青年》倡导新文学而不许反对派"讨论是非"表示不满。胡适有《答汪懋祖》作复。

《申报》第16311号刊行。本期《自由谈》"诗囊"栏目含《和栩园〈四十初度〉原韵》(四首,山阳宋焜)。

《东方杂志》第15卷第7号刊行。本期"文苑·诗"栏目含《祷雨诗》(陈衍)、《岁暮园居杂感》(俞明震)、《喜众异北来见过》(周树模)、《屏风》(曾习经)、《游戒坛寺》(陈曾寿)、《丁香,和哲维韵》(杨毓璋)、《题陶月如所藏大周国宝》(冒广生)、《吴下书来,云庭花盛开,感寄家人》(诸宗元)、《送子言度陇》(诸宗元)、《五月十二日赋雨》(诸宗元)、《看花极乐寺,映庵、疢斋有诗纪游,余亦继作,并邀定之补图》(吴用威)、《咏河北近事》(陈诗)、《戊午元日晓起,乘车至长辛店》(黄节)、《上冢》(夏敬观)、《感春》(夏敬观)、《偕冒鹤亭、吴董卿、汤定之寻极乐寺海棠》(夏敬观)、《题吉林成竹山〈澹庵图〉》(夏敬观)、《沈小沂挽词》(夏敬观)。

《太平洋》第1卷第10号刊行。本期"越风"栏目含《仓山诗录(续)》([越南]绵审仲渊)、《仓山词录(五阕)》(前人)、《菊堂诗钞》(十四首,[越南]潘併)。

[韩]《天道教会月报》第95号刊行。本期"词藻"栏目含《花月夜登楼》(香山车相鹤)、《蝶》(香山车相鹤)、《雨后浴三清洞》(夜雷李敦化)、《三清洞围棋》(夜雷李敦化)、《三清洞围棋》(刚斋申泰炼)、《三清洞围棋》(二首,汨堂刘载丰)、《与芝兄相期出芝洞》(敬庵李瓘)、《妙莲游赏》(敬庵李瓘)。其中,敬菴李瓘《与芝兄相期出芝洞》云:"渊鱼无日不思江,中谷深深苦掩窗。与子相期城外步,骆山东畔下双双。"

吴昌硕应周庆云嘱为徐孟硕题《刘忠介公遗像》。同题有:周庆云《题刘忠介公遗像》(二首)、李详《梦坡属题刘忠介画像》(二首)、杨钟羲《题刘忠介遗像》、王国维《梦坡属题刘蕺山先生遗照》、缪荃孙《奉题刘念台先生遗像》、吴庆坻《题刘忠介公遗像》、吴士鉴《敬题蕺山先生遗像》、潘飞声《梦坡出刘忠介公遗像,敬观谨赋长句跋》、恽毓龄《谨按:十世祖讳日初,字仲升,晚号逊庵,为忠介公门人。忠介去总宪,公拟进〈论道疏〉,忠介自潞河舟次贻书止之。及忠介扼吭逝,又为〈闵哲篇〉吊之,寻撰次〈忠介行述〉万余言,发挥微言大义以传不朽。逊庵公自染衣西归,坐卧小楼,自比殷顽,不履周土。聿数祖典,无敢或忘。今瞻仰忠介公遗像,敬述渊源,为五言一章》、恽毓珂《奉题刘忠介公遗像》、崔永安《敬题刘忠介公遗像》、喻长霖《敬题刘忠介公遗像》及白曾然《八声甘州·为梦坡题所得刘蕺山先生画像》、王蕴章《鹧鸪天·题刘忠介公遗像》。其中，王国维诗又题作《题蕺山先生遗像》。诗云："山阴别子亢姚宗，儒效分明浩气中。封事万言多慷慨，过江一死转从容。大千劫去留人谱，三百年来拜鬼雄。我是祝（开美）陈（乾初）乡后辈，披图莫讶涕无从。"吴士鉴诗入集题作《题刘蕺山先生遗像》。诗云："北都破碎南都覆，垂白孤臣独尽伤。终古英姿留浩气，讵甘偷活老穷乡。黎洲讲学承家训（黎洲先生承忠端，命从游先生之门），梅市成仁并国光（祁忠敏公居梅市，与先生同殉国难）。瞻拜幅巾有余忾，海天浴日恨苍茫（先生遗砚镌'海天浴日'四篆字）。"

符璋接初一日（8 号）家信，内附陈子曼函、诗。

16 日　《申报》第 16312 号刊行。本期《自由谈》"游戏文章"栏目含《时人新咏》（秋梦）：《调寄〈菩萨蛮〉·某元老》《调寄〈虞美人〉·某总理》《调寄〈踏莎行〉·某副座》《调寄〈鹧鸪天〉·某总统》，《赋得经略南征·得威字〈无言〉八韵》（秋梦）；"诗囊"栏目含《和栩园〈四十初度〉原韵》（四首，小孤山人周永济）。其中，《调寄〈虞美人〉·某总理》云："女儿生就虺蛇性，破败非关命。豆萁一本忍相煎，旧事不堪回首七年。　雏鬟十五工挑拨，贯把家人说。惹他积忿满胸中，不恤家资散尽血流红。"《调寄〈鹧鸪天〉·某总统》："如玉温柔本性成，大家风范女儿身。一朝嫁作名门妇，四德三从训久遵。　虽怯懦，却贤明，可怜强暴忍相侵。无端化作沾泥絮，粉泪偷弹直到今。"

17 日　《申报》第 16313 号刊行。本期《自由谈》"诗囊"栏目含《和〈栩园四十感赋〉原韵》（四首，英山汪汲青）。本期《老申报》"咏史诗"栏目含《纪彭侍郎辞官事》（魏唐道人，壬申年十一月初三日）、《静妙山房吊江阴阎典史》（二首，见甲戌年十二月十二日本报）。

朱大可《海上大世界俱乐部开幕一周纪念祝辞并引》刊载于《大世界》报。文曰："治舆学者，每分东半球为旧世界，西半球为新世界，合而言之，则曰：'大世界'。故大世界者，实萃东西之大观，而集新旧之优点者也。去年今日，海上大世界俱乐部开幕伊始，客或难之：'以为此大世界，置之彼大世界，沧海一粟，宜若小然。'予谓不尔：'须弥纳芥子，芥子亦纳须弥。既谓彼大世界，能容此大世界；安在此大世界，不纳彼大世界？'试一取证，当可恍然。客请其说。予作而曰：'子不见夫袍笏从容，须眉赫奕，五千余年，二十四史；此大世界之新旧大剧场也。伦敦胜市，巴黎花都，层楼杰阁，车水马龙；此大世界之上下影戏场也。石梁逶迤，泉水飞腾，樱花春丽，枫树秋妍；此大世界之小蓬山也。五都贾客，万国商标，珍奇名贵，光怪陆离；此大世界之大商场也。燕士悲歌，吴侬软语，大鼓声渊，么弦响细；此大世界之杂耍台、说书场也。三岛术人，五洲技士，天女散花，大魔献舞；此大世界之东洋班、西欧团也。盏衔鹦鹉，鼎举凤凰（皆技击术语），健儿身手，柔术工夫；此大世界之少林会、柔术团也。机器跑马，电线飞船，梁非鸟鹊，道是骅骝；此大世界之飞机船、跑马场也。他若升高轮登，不灭仙升白日；跑冰鞋试，无殊险探南洋；小憩茶厅，享共和之幸福；偶吸烟卷，获小囡之奇珍。虎兕入柙，合唤将军；猢狲登场，宜锡供奉；雕笼鹦鹉，能解人言；锦沼鸳鸯，善窥客意。莫不备中外之异观，极人物之能事。庶汇咸集，万象森罗。五千年之史乘具备，九万里之舆图完全。'客曰：'有是哉！信乎大世界之为大世界矣！！'二仪不居，一周倏届。爰纪扬雄解难之言，藉为张老善颂之引，谨合十而致词曰：'愿大世界芸芸众生，皆大欢喜，无复愁苦，欢喜无尽，大世界亦无尽。'"按：报之中缝广告语有云："大世界俱乐部，自去岁阳历七月十四号开幕，迄今瞬已岁星一周。"

陈三立患血痢，此后卧床者弥月，月余渐愈。病中作《病中作》《立秋夕卧病见初月》《方儿省疾别入都》《答人问病状》《病起后始饭食》《起疴始观俞园》等诗。其中，《病中作》云："腐肠暴下薄秋期，内食阴阳鬼瞰之。云片常笼延息榻，蝉声渐落挂魂枝。如痴万态纷相改，敢死孤衷祇自知。久断嚣埃沈战耗，卧呻剩寄太平时。"《方儿省疾别入都》云："终昂羸骨鉴苍穹，梦抱钟山一秃翁。去接阿兄阿弟语，扶衰盂粥有新功。"《答人问病状》："作魔藏腹安灵液，脱死形骸隔饱餐。合眼床敷江海倒，如丝魂气月中寒。"

吴芳吉为邓绍勤改《枕上口占》诗。总评其诗云："境界未辟，而神韵则佳。学力未工，而章法得当。江湖鄙气尚少，可望入正宗也。"

翁斌孙作《题章仲迁（之节，前山西知府，甲午荐卷门人）〈西湖泛月图〉》（三首）。其一："太行山下尘轨远，明圣湖边灯火凉。春水桃花随处是，不愁迷路问渔郎。"其二："世界更无干净土，江湖且赋小游仙。波光月色空明里，梦落苏堤第几船。"其三："旁人错讶朱颜改，着墨微多笑画师（李君写仲迁照，渲染太黑）。十顷玻璃照清影，丰神知似少年时。"

18日　《申报》第16314号刊行。本期《自由谈》"诗囊"栏目含《和〈栩园四十感赋〉原韵》（四首，女士李漱石）。

符璋致一函与陈散原，附诗四纸。

19日　《申报》第16315号刊行。本期《自由谈》"诗囊"栏目含《和天虚我生〈四十述怀〉》（四首，云间方棱）。

张震轩作《在十师与校长王某不合，拂衣归，赋此见志》。诗云："文字由来不送穷，钱奴偏与我争功。三年馆谷餐无味，五柳家园膝尚容。化雨未能多士被，蛮风竟让大王雄。平生得失忘怀久，安分随缘号塞翁。"

白坚武作《葫芦行》（白话体）。诗云："我今不乐复何如？为着一个闷葫芦。横不见头竖没尾，您说怎么不糊涂？人人见他都气闷，惟有打破气乃舒。世间好物由改造,死抱葫芦何其愚!常说里有好药提,其实价值算臭泥。臭泥之臭非小可,连皮带里无东西。当破不破宁有怪,结局就在人发迷。我逢小儿语其故,小儿哈哈拍肚脐。儿言好人办好货,铁拐为人最劣低。三分像人七分鬼,看来没有好品题。我闻儿言良太息,痛心殊为铁拐啼。汝与葫芦为甚不可解,落得个冤魂四塞、怨恨咒骂比天齐。"

20日　《申报》第16316号刊行。本期《自由谈》"诗囊"栏目含《和〈梣园四十感怀〉元韵》(四首,海宁汪闲闲)。

《商学杂志》第3卷第4、5期合刊行。本期"文苑"栏目含《述感(并序)》(冯葆祺)、《怀人》(冯葆祺)、《杂感》(冯葆祺)。

魏清德《水帘》(限盐韵)发表于《台湾日日新报》。诗云:"无须剖竹与裁缣,点滴自成百尺帘。谁识洞天三十六,几时齐上月钩纤。"

张震轩作《观近时选举有感》(四首)、《再赋二章》。其中,《观近时选举有感》其一:"世界真成大市场,黄金巧铸姓名扬。滑头各有弹冠想,妙手争夸舞袖长。举国猖狂膻附蚁,薰天富贵粪搏蜣。笑他热恼当长夏,辜负南风一味凉。"其二:"行举言扬秉至公,共和三代有淳风。不图千载虚名误,赢得终南捷径工。几辈党员输货币,一般团体角雌雄。便宜旅馆生涯盛,大肉肥鱼尽醉翁。"其三:"士行如铜重古贤,而今铜不敌金坚。两番手续分贫富,三字头衔值万千。无闷箪瓢空乐道,有缘鸡犬亦登仙。升沉莫说都由命,第一功名只选钱。"其四:"大开民智广搜罗,进化其如退化何。珊网未能收杞梓,铜山先自起干戈。王良诡御初心昧,卜式输财负债多。从此云台空著议,更谁司直咏羔䍐。"《再赋二章》序云:"闻某生为选举事甘受辱骂,朱柏庐云:'重赀财,薄父母',世风如此,奈何!奈何!愤不能已,再赋二章。"其一:"纷纷上下利交征,一举翻成竖子名。海角龙蛇方战斗,檐牙燕雀竟飞鸣。脂膏各染鼋羹指,笑骂甘蒙狗曲声。太息金钱魔力大,顿教天属尽忘情。"其二:"衰年雅不喜逢迎,杜隐门墙似水清。方喜论交敦士品,那堪吾党丧乡评。网罗四布心机巧,垄断先登骨格轻。安得花奴来解秽,重挝羯鼓学正平。"

21日　《申报》第16317号刊行。本期《自由谈》"诗囊"栏目含《和天虚我生〈四十感怀〉》(四首,淮安周剑青)。

《戊午周报》第10期刊行。本期"文苑·诗录"栏目含《题画四首》(肖佛裔为张参谋画)(赵熙)、《中衢》(胡玉津)、《赠马一浮诗》(癸丑钱塘作)(潘大道)、《戊午春末,偶至丞相祠堂,徘徊池上,见壁上题字漫漶,惟"云湿压城低一语"可辨,竟不知谁作也。后与子穆丈谭及,始知为顾印伯先生四十年前手笔,并为举其全篇,嗟指爪之偶存,惜风流之顿尽,爰用其韵,聊书所怀》(附原作)(培甫)、《胡玉津老人见过赋赠》(吴虞)、《朱苕煌、刘泌子见过赋赠四首》(前人)、《二月十六夜克敌于顺江桥》(袁焕仙)、《春夜激战卭崃城》(前人)、《春日微雨,凯旋经郫县之南,立马望青城山》(前人)、《赠某君凯旋口号》(前人)、《送李炳英还里三十六韵》(毛伊);"文苑·词录"栏目含《孤鸾·赠陈朝华,呈爱智先生》(蕴华)。

郑孝胥赴会宾楼一元会。

朱同岳托张震轩代撰挽洪博卿联对。

朱大可《〈诸将〉,用工部韵》刊载于《大世界》报。此诗因和求声诗社第十八集社题"杜甫《诸将》韵"而作。其一:"衡阳万里起狼烽,警电飞章日几重。卷地金旗资敌利,蠹天铜柱让人封。傅周王范留车鉴,钟鼎旗常岂玩供。身败家倾兵又折,何如解甲便归农。"其二:"功建云台第一标,汉皋驻马剧魂销。一篇乌鹊增惆怅,十斛珍珠慰寂寥。乔女果然锁铜雀,诸公那许夺金貂。夜来赤壁麋兵罢,可有飞书达早朝。"其三:"直驱虎豹入关来,霖雨苍生望可哀。军备连云劫秦岛,羽书似雪抵丰台。几曾韬略娴戎幄,未必兵权释酒杯。我为中原挥血泪,轮囷底事郁奇材。"

林志钧作《六月十四夕听经归,月下独步》。诗云:"檐卜香中月满廊,花香月色两相忘。法源寺里钟声动,今夜听来特地长。"

22日 《申报》第16318号刊行。本期《自由谈》"诗囊"栏目含《和栩园〈四十感赋〉元韵》(四首,馥菁金文森)。

符璋作和成玫伯一诗,函寄黄岩。

王国维为罗振玉撰《〈雪堂校刊群书叙录〉序》。略谓:"近世学术之盛,不得不归诸刊书者之功。刊书之家,约分三等,逐利一也,好事二也,笃古三也。前者勿具论,若近世吴县之黄,长塘之鲍,虞山之张,金山之钱,可谓好事者。若阳湖孙氏,钱塘卢氏,可谓笃古者也。"

林志钧作《十五日凉雨如深秋,饭后散步又得一绝句》。诗云:"昨宵看月今朝雨,看雨还同看月人。更看庭除好花草,随宜景物总堪亲。"

23日 《申报》第16319号刊行。本期《自由谈》载"词话"栏目,撰者"祖靖亚"。

徐悲鸿指导学员写生,作品中有《晴岚翠嶂》并题诗云:"晴岚翠嶂暑蒸腾,山径沉沉气欲昏。世外人家幽乐甚,长林万尺不开门。"

魏清德《寄怀儿山先生》《题画》发于《台湾日日新报》。其中,《寄怀儿山先生》云:"七月台阳景,风薰楝子青。断虹天外寺,微雨水中亭。早谷才登市,新筼恰上屏。怀公隔云海,题句寄重溟。"《题画》云:"与木石居殊不恶,结茅自择向山隈。卧看众鸟高飞尽,时有闲云过岭来。"

24日 《申报》第16320号刊行。本期《自由谈》载"词话"栏目,撰者"祖靖亚";"游戏文章"栏目含《选举竹枝词》(六首,溱湖寄客)。

孔则君祥柯以《吊吉黑两省林木》七古寄示符璋,符璋亦成七律二首,交九铭寄答。又,符璋成七绝四首。

郁达夫致孙荃书谓："留学生归国事起，又逃赴乡间小住。后因财竭，遂赴东京为佣工。"

姚鹓雏《星洲杂忆，寄海上故人五首》刊于 [马来亚]《国民日报》"诗选"栏目。其三："澹云微雨过清明，被酒年时惯夜行。记得起云桥畔路，半街星月画江城。"其五："拂槛星河夜已阑，自添半臂为新寒。遥知旧日清娱侣，也把欢情隔世看。"

25日　《申报》第 16321 号刊行。本期《自由谈》载"词话"栏目，撰者"祖靖亚"。

《小说月报》第 9 卷第 7 号刊行。本期"传奇"栏目含《针师记传奇（续）》（北畴原本、曘安删订）；"弹词"栏目含《明月珠弹词（续）》（瞻庐）；"文苑·诗"栏目含《题叶天寥戴笠遗像》（俞樾）、《前题》（郑孝胥）、《前题》（朱祖谋）、《前题》（叶德辉）、《前题》（沈曾植）、《岂有》（石遗）、《招梅生看木笔、海棠》（石遗）、《最喜》（石遗）、《后公奕行（并序）》（甦峰）、《新宫词十六首》（中磊）；"文苑·词"栏目含《清平乐·用〈樊榭续集〉词韵，题子用〈溪楼延月补图〉》（复堂集外稿）、《梦芙蓉·西溪过荄芦庵，用梦窗韵》（次公）、《陂塘柳·送病鹤还虞山》（次公）、《高阳台·湖上，同次公》（病鹤）、《鹧鸪天·题戴山刘忠节公遗像》（蓴农）、《雪梅香·春感》（蓴农）；"余兴·俳体诗"栏目含《咏海陵婚嫁风俗》（朱右拳）、《咏五河婚嫁风俗》（五河谭枥佣）、《苏州婚嫁风俗诗》（望屺）、《易涞一带婚嫁风俗十咏》（范阳侨客）、《咏宁垣婚嫁风俗》（潮生）。

26日　《申报》第 16322 号刊行。本期《自由谈》载"词话"栏目，撰者"病凤"。

陈宝琛、郭曾炘、卓孝复、张元奇、林开謩、黄懋谦、王允晳等游戒坛寺、潭柘寺。陈宝琛作《六月望后，匏庵、芝南、珍午、贻书、幼点、默园约为戒坛、潭柘之游，予先一日至，三宿而归》五古联章体诗六首。其一："八年不到山，间阔抵卅载。眼明对松栝，世换怜我在。辽金岁且千，曾不柯叶改。皎然受命正，未死终磊磊。嗟予有涯生，少留玩桑海。每忧象教替，斤斧谁庇乃？托根远尘土，得地复何悔。明明去来今，无用叩真宰。"其二："北院衮以深，积苔试孤步。九龙拱揖客，风过振韶濩（九龙松实栝也）。唐刹辽始坛，偻指只旦暮。经幢与塔石，可以证此树。浑河日夜淘，滚滚送沙数。爪香搔带沥，衣绿坐含雾。难得半日闲，无人自来去。"其三："吾漳子黄子，常为松写真。伟兹石墀侧，龙德妙屈伸。隆中不遇主，偃仰谁能臣？当年香山游，卢沟失问津。坐遗郁盘林，不为画苑珍（忠端于西山仅游碧云寺）。拂素貌神物，愧非千载人（偃松称卧龙，最奇，见辄写之）。"其四："邂逅松下风，王孙皎如玉。七年不入城，饮涧饫山绿。所居树石净，听涛旧信宿（前游宿处，恭忠王罢政时所营，王孙溥儒近居此）。壁诗媲鸥鹣，悃款难卒读。郊迎恨不早，谁实任沈陆？心知大贤后，龙种讵偶俗。豪吟慎出口，轻薄易翻覆。难兄久居夷，何日复邦族？下弦月已高，相对但谡谡。"其五："幽寻缘避炎，远涉正当暑。僧房午炊具，倚树久延伫。朋来先就松，静籁入笑语。连山绕东际,登阁共一俯。目力随所穷,烟埃忍终古?天云倏变色,飞雹挟冻雨。刹那亦自休,林月迭吞吐。凉辉足忘眠,矧此清净土。"其六:"潭柘亦宿游,得伴更一诣。舆轿晓逾岭,百转始到寺。银杏汝何修,及见祖宗世。翠华一再幸,挺干献灵异。至今沿尊称,长有郁葱气。可咍野人语,强指配统系。看竹仰宸题,弄泉诵御制。欲行却复回,爱树重所憩(殿左银杏高十数丈,圣祖临幸时傍生一株,高宗临幸时复生二株,皆数丈,寺僧因称帝王树)。"

吴芳吉复信何树成,辨"文弱"之义。

27 日 童保暄作《饶平夏日》。诗云:"夏日如年永,山城入夜凉。层云连列嶂,骤雨锁斜阳。战士长征苦,农家新获忙。帐间虚依剑,挥把杀机忘。"

28 日 《申报》第 16324 号刊行。本期《自由谈》载"词话"栏目,撰者"黑子"。

《戊午周报》第 11 期刊行。本期"文苑·诗录"栏目含《赵笠珊招同白季、雨人、止闻、豫波、公达、蔡云、勰修自升仙桥泛舟南浮崇阁,溯江上游,川原澄絜,眉云日之姿,城郭四斜,极水木之致,高塔蔽日,流莺乱飞,锦幔徐张,木叶丛下,爰赋俚句,以纪斯行》(胡玉津)、《恽南田蔬果长卷》(前人)、《无题》(天云)、《枕上》(毛伊)、《夜雨口占》(前人)、《还山吟》(前人)、《甲寅八月卅日纪事》(时病居武昌,将归故里)(前人)、《留别张玉成》(前人)、《济周约同玉叔、仁甫、继周诸君游江楼》(吴虞);"文苑·词录"栏目含《解连环·感春,和路金波》(胡玉津)。其中,吴虞《济周约同玉叔、仁甫、继周诸君游江楼》云:"载酒城东去,扁舟兴倍豪。好寻《高士传》,慎勿反《离骚》。乱世悲诸葛,芳名剩薛涛。风流谁节度,应不让韦皋。"

赵熙作《天香·六月廿一寿闺人,次梦窗寿筼塘内子韵》。词云:"红荔风香,金萱露醉,银河影挂珠斗。十载从官,两朝经乱,算抵半生知旧。故乡梦远,微记得柯山晴岫。多病娇儿自乐,凉鞋寿星亲绣。　　牵萝费卿素手。愧荣华,肖他天秀。笑指小星,三五夜凉占候。何处芝田蕙亩。且伴我齐浇赵州酒。春在瑶池,桃花耐久。"

29 日 《申报》第 16325 号刊行。本期《自由谈》载"诗话"栏目,撰者"栩园"。

冯煦往游莲花社观荷,作《高阳台(高柳吹凉)》。序云:"戊午六月二十二日,均轩舣小舟招同毂村、绍伊、欣木、忆劬、镜川、庶侯、翊清,并挈慕孙至莲花社观荷。往在辇下,雅复似之,赋此示周游诸子。"词云:"高柳吹凉,丛芦沁碧,扁舟共溯南湖。十载前尘,故人强半黄垆,荷衣芰制灵均服,未西风、先已凋疏。剩梧阴,咽露哀蝉,尚识荣枯。　　吴宫幽憩浑如梦,问液池清晓,仙佩来无。断梗栖烟,前身曾到蓬壶。亭亭青盖应无恙,算输他、冷鹭闲凫。更何堪,倦羽重经,酹酒平芜。"

陈衡恪《咏牵牛花》发表于《大公报》"文苑"栏目。诗云:"晓试明妆不及晡,娇羞无力要人扶。小才自可供盆盎,秘色还教入画图。偶尔得名樵子谷,未容留手女儿肤。东邻巧笑寻常见,浪说而今意态殊。"

30 日 北京大学发布进德会启事，沈尹默等为"守本会基本三条戒约者"。

《申报》第 16326 号刊行。本期《自由谈》载"词话"栏目，撰者"祖靖亚"。

林纾《寄湖南督军张勋臣将军》刊载于《公言报》，自署"畏庐"。诗云："初闻陷巴陵，勋敌遽剪扑。骄将失篡勒，望阵慑草木。兵锋震吴鄂，裹足避蛇蝮。岳岳张徐州，崭然见头角。怒马趣烽燧，卷甲骤平陆。临湘指顾收，平江以次复。牙旗三丈黄，倒映洞庭绿。横槊睨熊湘，兀若俎上肉。长缣署功捷，转栅千里速。所向寡坚对，全楚归钳束。痍伤被郊甸，呻楚宁堪触。敛兵自抚驯，膏雨及时沐。左顾琐交广，前望威巴蜀。同时称浑马，乃得吴子玉（吴将军亦所向克捷）。潇水向我流，未敢施一镞。属闻斩彭宠（喻彭寿松也。废乱闽中，杀人如麻，白昼戕人都市，莫敢问者。既而敛金逃汉上，复入楚谋变，伏诛），尤足畅心目。彭氏讧七闽，厚集椎埋族。黑衣养刺客，囊剑日寻逐。杀人洗血手，相顾敢摄录。风僧犯前马，克日枭高纛。声影皆捕治，巧为无证狱。饱扬足金帛，襄汉久通伏。痴心忽谋楚，篝火骇奴畜。将军奋武怒，颈庚加显戮。徐子自南来（又铮以书寓纾，言其事），详我经尺牍。执虑诚术术，祥刑岂冤酷。天心怒蕴恶，凶蠹宁所福。迷悯使南行，万鬼蹑其躅。天假将军刃，勿使一路哭。我老悲乡井，悯乱颇频蹙。妖党且狂攘，雄渠尚横暴。安得悉楚锐，晨气荡鼯蝠。贝州平亦易，所望文潞国。"

童保喧作《夏日得雨偶占》。诗云："回风驱屋暑，初雨带晴香。谁识山城趣，帐中午梦长。"

31 日 《申报》第 16327 号刊行。本期《自由谈》载"词话"栏目，撰者"栩园"。

吴钟善客中逢四十寿诞，作《四十初度述怀》（八首）。其一："我与荷花同日生，先期十日筮归程。冰霜饱阅人难老，崖岸潜移世已轻。别席笙歌喧北里，孤篷风月下东瀛。埋忧恨不州沉陆，又落名场角酒兵。"其二："客中胜事百家居，久客还家兴有余。怀友恨难投缟纻，课儿曲为譬龙猪。残碑没字犹张壁，行橐余金更买书。最是野人工寿我，吉祥意美托双鱼。"

徐珂作《戊午（中华民国七年）荷花生日，招淞社同人会饮，为三十四集》。诗云："一花一世界，此界苦喧黩。滔滔今何时，天下惜沉浊。铺啜非所甘，惧为俎上肉。小人道日长，救世果谁孰。坐对君子花，内省我自恶。杜门习心斋，屏除耳目欲。小饮初无名，今姑借花祝。为花作主人，折束招近局。层楼高倚虹（会饮之所曰'倚虹楼'），窥天乃亦跼。相期开心胸，喧呼覆杯醁。醉乡日月长，寿不使花独。松柏共岁寒，奚忧炎蒸酷。留眼观沧桑，及时且秉烛。"又作《戊午六月，招集淞社同人会饮于倚虹楼，沉醉愚未至，作此柬之》。诗云："荷花生日启清宴，座无车公为损欢。酒人倚虹吐奇气，诗客吟风开醉颜。未尝拒杯乃避席，想见著书方掩关。会当寻秋一访子，相从觅句菰芦间。"

赵熙作《解语花·荷花生日,记宣统三年游西湖,以是日迁驾涛新馆,蛰仙约也。其冬国变,今蛰仙又蘦一年矣》。词云:"凉云透绿,画阁延秋,人病壶天醉。寿华厄里。苏堤路、一舸闹红犹记。衣香舵尾。西子样、南高眉翠。楼外楼、山外青山,领尽杭州味。 门对钱塘江水。望西兴红树,潮信风起。驾涛新里潜庵在,共数欧阳遗事(是日六一生日)。三秋桂子,果送到、冬青无地。荷又花、人化长星,嗟万方如此。"

本 月

孙中山致电列宁和苏维埃政府,愿中苏两党团结、共同斗争。

参政两院选举揭晓、安福系控制各地选举,获百分之八十选票。

《仓圣明智大学学生杂志》(半年刊)于上海创刊。上海"仓圣明智同学会"辑部编辑,仓圣明智同学会发行,仅存创刊号1期。主要刊发论文、诗词、散文、美术、篆刻、书法等作品。主要栏目有"论著""字学""科学""文苑""记载""说部""附录"等。

《浙江兵事杂志》第51期刊行。本期"文艺·诗录"栏目含《题〈圖山扪碑图〉》(陆振)、《登秦驻山望海歌》(陆振)、《咏史》(陆振)、《读元史有作,柬国民外交后援会》(奎腾)、《对德奥宣战请愿从军四首》(奎腾)、《游青岛威廉大码头(今名大正码头),送出洋华侨》(奎腾)、《怀人》(思声)、《湖上纪游》(思声)、《浙江先烈祠》(思声)、《前题》(大至)、《前题》(问因)、《前题》(阿亮)、《高庄》(阿亮)、《前题》(大至)、《前题》(大至)、《前题》(问因)、《前题》(思声)、《前题》(阿亮)、《葛岭》(大至)、《前题》(问因)、《前题》(阿亮)。

《青年进步》第15册刊行。本期"诗录"栏目含《悼亡妻香祖诗(续完)》(吴虞)、《城北卜居》(吴季穆)、《夜登匡庐绝顶》(吴季穆)、《暑雨》(吴季穆)、《励志》(杨悟尘)、《丁巳六月雨中过羊栈岭》(在徽州黟县)(程昨非)、《有感,用佁愗答胡生俊闽中韵》(天觊)、《包君素痴以购得董文敏石刻自深州远道寄示,属题其上,漫成二绝句》(古欢)。

《复旦》第6期刊行。本期"文苑·诗"栏目含《挽旧同学史君景鱼》(狄侃)、《渡江》(罗家伦)、《塞外》(罗家伦)、《登景山望清宫有感成二绝》(罗家伦)、《乙卯冬赴杭游湖,时当雪后》(贺芳)、《秋柳》(贺芳)、《吊桃花》(贺芳)、《民国七年五月九日感咏》(贺芳)、《杂吟》(二十首之十一)(何寿嵩)、《无题》(集唐人句)(何寿嵩)、《碧玉》(何寿嵩)、《和外祖〈秦淮放舟〉诗》(何寿嵩)、《除夕小乐府二章》(何寿嵩)、《春日杂咏》(何寿嵩)、《感时》(何寿嵩)、《苦雨》(何寿嵩)、《书愤》(何寿嵩)、《别内》(何寿嵩)、《丙晨客沪,得内来书并赠织物,赋此却寄》(何寿嵩)、《春闺怨》(何寿嵩)、《爱国歌》(程学愉)、《题〈陆剑南集〉》(程学愉)、《玉兰》(邢志明)、《春日杂咏》(邢志明)、《夏日杂咏》(邢志明)、《新秋闺怨》(吴兴陆思安)、《秋夜感怀》(前人)、《春闺即事》(前人)、《挽表兄潘君少重》(前人)、《冬日咏老农》(前人)、《咏燕》

（陈宗棠）、《又作七绝二首》（陈宗棠）、《即事杂感》（陈宗棠）、《家居》（秦光煜）、《除夕感怀》（秦光煜）、《秋闺怨》（秦光煜）、《〈春江唤渡图〉题辞》（秦光煜）、《友人示余圆明园摄影，阅之慨然成一律》（陈宗棠）、《泛舟赴锡城途中口占》（陈宗棠）、《蛙箴》（李安）、《春日薄暮远眺有怀》（李安）、《赠何君子元旋里及游美诗》（李安）、《山中客至》（李安）、《春宵望月》（李安）、《送春》（李安）、《余家畜一猫，系青州产，鸳目狮毛，望之令人可爱，得有此矛，一时鼠辈尽藏头矣，一笑》（刘剑夫）、《题赵子昂〈八骏图〉》（刘剑夫）、《花朝在校园口占二绝》（刘剑夫）、《清明往龙华看桃花得一律》（刘剑夫）、《牡丹》（刘剑夫）、《杜鹃》（刘剑夫）、《戏题丁悚美女画四》（刘剑夫）、《六月二十九日，小饮罗星洲，集句题壁，再用晦庵韵》（金明远）、《戊午春集温庭筠句》（谢季康）、《又集王次回句得四绝》（谢季康）、《新秋》（黄润章）、《春日杂咏》（黄润章）、《小园》（黄润章）、《赠道权方丈》（黄润章）、《过小姑山作》（刘慎德）、《感时》（刘慎德）；"文苑·词"栏目含《解连环·落花》（甘沄）、《一尊红·落叶》（甘沄）、《南楼令·梨花》（甘沄）、《虞美人·芭蕉》（甘沄）、《浪淘沙·登皖江大观亭侧望华楼》（桂林李巏）、《一剪梅·惜春》（桂林李巏）、《清平乐·晨起书怀》（桂林李巏）、《鹧鸪天·春睡》（桂林李巏）、《菩萨蛮·慨时》（桂林李巏）、《离情·调寄〈桃源忆故人〉》（邢志明）、《戍妇秋思·调寄〈如梦令〉》（邢志明）、《虞美人·感怀》（秦光煜）、《苏幕遮·第二体》（刘慎德）、《忆江南》（马孝安）、《浪淘沙·暮春》（马孝安）。

《沪江月》第4期刊行。本期"文苑"栏目含《餐菊》（吴瘿安）、《闻筝感怀》（鹦哥）、《谐乘》（燕子）、《樟桐呑诗》（陈企白）、《金人捧露盘·怀人》（非非）。

"大元帅制"改为"七总裁制"，唐继尧被推为总裁之一。赵藩时任省图书馆馆长，唐继尧电请赵藩作代表赴广州出席政务会，赵藩赴广州前赋《将于役岭南，怅触有作，示河阳君》（六首）。其一："争地争城战血腥，袁家遗孽祸生灵。断鳌立极今谁是，万里愁云黯北庭。"其二："群雄齐奋鲁阳戈，征迫衰庸谢薜萝。代斫能无伤手虑，踟蹰腰斧盼庭柯。"

吴昌硕为金绍堂篆书"城原潮渊"七言联云："城原棕柏秀而朴，潮渊鲠鲔乐其深。仲廉仁兄大雅正之。戊午长夏，集石鼓字，七十五叟吴昌硕。"又，为周庆云行书自作诗轴："琴抱闲修到，诗谈老自安。君能徽对语，我亦研加餐。梦蝶来呼酒，维鱼想钓磻。蜃楼高百尺，其奈倚阑干。小诗就梦坡先生指教，戊午六月。吴昌硕。"又，为箕轮绘《柳荫看云图》并题："风色横秋五柳开，乃瞻衡宇隔苍苔。白阳魂魄谁拘得，随看泉明涉趣来。箕轮先生属，画于去驻随缘室中。戊午六月，吴昌硕，时年七十有五。"又，为伯元篆书"朝阳夕阴"七言联："朝阳出车驾黄马，夕阴射户蒸白鱼。伯元仁兄雅属，为集猎碣字。时戊午夏，七十五叟吴昌硕。"为伯泉篆书"鲤鱼麋鹿"七言联："鲤鱼出水荐鲜硕，麋鹿鸣园乐康平。伯泉仁兄属篆，集北宋本猎碣字。时戊午夏，七十五叟吴昌硕。"为伍思业绘《墨竹轴》并题:"数竿修竹不受暑,一片软红难入门。戊午夏,吴昌硕年七十五。"为蓉塘绘《梅花图》并题:"颜色孤山嫌太好,夕阳扶影自徘徊。写为蓉塘仁兄属,拟十三峰草堂笔。戊午夏,吴昌硕。"

况周颐本月前后嘱朱祖谋为题所藏《新莽残量》拓片。

胡俊本月前后作《夏夜牛首山中呈散原老人》寄示陈三立。诗云:"苦吟不得句,赤脚独闲行。松密月如死,塔狞天欲惊。夜萤一两点,寺犬十余声。海内陈夫子,应怜此夕情。"

邓镕以硕学通儒在中央选举会第一部当选为参议院议员。

吴钟善子普霖月末经澎湖至厦门,再由厦门舟行至家。时陈炯明率粤军入闽,闽粤战争爆发,吴钟善作《悯乱篇》述泉州一带兵燹之害。诗云:"官如鼠,民如蚁。兵如狼,寇如虺。十室九空,十人九鬼。永春春不永,德化化为匪。南安民,怨且唏。干净土,尚余几?县令守空衙,附城无十家。六月九日玉皇诞,中夜爆竹声喧哗。梦中惊起大老爷,绕城出走行泥洼。官如是,民胡恃?山都海都亘百里,贫者死,富者徙,远蜇腊滨近鹭水。人人心中草木兵,哄然吹入刺桐城。刺桐城,坚如铁,濠环如带完无缺。千人驻防严未撤,镇之以静势有余。胡为乎官不暖其席,民不安其居?四城门首厉门禁,行人有如投网鱼。二八新嫁娘,仓皇为降舆。施衿结褵俗非乍,腹笥便便翻可诧。岂其中藏十万兵,诘哉老妪巧致谢。堂堂白昼天为昏,一日半日城无门。城开竞进头如鼋,不幸又遭兵更番。捉将去者谁家儿?父不知,母不知。负之戴之牛马驰,可南可北逢路歧。黠者跳而逸,愿者饱鞭笞。呜呼!吾乡生事不可说,廿年疬疫山无穴。水旱频,风火烈。天灾稠,戾气结。芳塍万顷无人耕,蔓草萋萋腥战血。将军山,彩云间,坐镇依然铁甲攒。昔时语谶犹在耳,忍负吾民长城倚!"

方树梅以先君《盘龙山纪要》祈赵藩序,并祈撰先君墓表,蒙赐序一、表一。

俞钟銮题赠胡石予《近游图》五言长律一首。

陈元白(裕时)到普陀山。太虚大师与谈佛法,乃舍同善社归佛。

朱大可寄居沪上,以舌耕笔耕为业。课余之暇,以诗自遣。因诗作而得游学于曾农髯、冯万叟、郑苏戡等门下。

吴芳吉拟发起"骷髅会"。

郁达夫入东京帝国大学经济科学习。

夏川生。夏川,学名卢镇华,笔名白炎,河北平山县人。著有《夏雨集》《雪域放歌》。

翁万戈生。翁万戈,翁同龢五世孙,上海人。著有《莱溪诗草》(1函2册)。

陈新谦生。陈新谦,笔名卓吾、辛弃彦,湖北汉阳人。著有《新谦绝句选》。

梅社编辑《梅兰芳》由梅社发行、上海中华书局印行。之后再版、三版。书分上下编，各五章，汇集梅兰芳早年史料颇丰。下编第十章《咏梅诗词》，诗部含《咏梅四首》（过客）、《天女散花曲，为梅郎作》（樊樊山）、《和天琴老人〈散花曲〉》（易哭庵）、《梅花诸咏》（《梦梅》《探梅》《供梅》《对梅》《问梅》《画梅》《咏梅》）（芳杜）、《题梅畹华相片》（芳杜）、《观梅兰芳〈天女散花〉》（罗瘿公）、《赠梅兰芳》（吴天放）、《剧界大王梅兰芳》（净意轩主）、《梅兰芳》（嘉邑楚屏）、《剧界大王梅兰芳》（梁恨生）、《赠梅兰芳二首》（非毒）、《咏梅兰芳》（忍仙）、《赠剧界大王梅兰芳》（鹤顶格）（太上余生）、《贺梅兰芳当选剧界大王》（片石）。词部含《虞美人·祝梅兰芳》（失名）、《西江月（梅占百花魁首）》（嵩嵒）。祝辞含《祝梅兰芳当选剧界大王》（石溪居士）、《祝梅兰芳》（忏红女士）、《梅郎畹华当选，书此祝之》（天心）、《剧界大王梅兰芳当选祝词》（湘奴）。其中，罗瘿公《观梅兰芳天女散花》云："霓裳一曲拼千古，此是玉环得意语。可怜多肉任风吹，宁问汉宫飞燕似。翾风善舞未能歌，绛树能歌不解舞。并娴歌舞定何人，日下梅郎故绝伦。天与腰支便旋折，容歌满舞并一身。是谁幻遣作天女，小李将军心力聚。（此剧为闽县李少将释堪制）自言一剧压千场，奔月葬花安足数。欲知天女竟何状，梅郎正在氍毹上。云鬓峨峨巧样梳，修裾不卷随风扬。虽然妙色本来空，梅郎便成其实相。楼前仕女竞妍妆，默对梅郎色惆怅。天风海水方喧豗，共看天女驭风来。时攘皓腕双鸾带，旋舞低昂去却回。瑶笙云璈不知晚，华灯五色光成堆。病榻维摩久凝坐，丈室纷纷花雨堕。香尘散落坏色衣，四座风光同澹沱。若非居士守禅寂，难免妄念风轮簸。千姿万态却分明，舞袖低时云欲生。三百年前王紫稼，见此自失谁敢争。剧中谁是填词者，老去王郎擅风雅。词名一世只自珍，晚成此曲真无价。长安贵游车马狂，无人不道看梅郎。十方士女皆欢喜，尽散天花作道场。"

康有为作《戊午六月作》（三首）。其一："鹬蚌相持渔得利，力求亡国忍难禁。兄弟阋墙援外助，追摹印度见于今。"

汪曾武作《买陂塘》。序云："戊午六月，遂臣招饮十刹海。回忆乙未孟夏道希、连生、伯羲、仲弢诸君更番招饮，觞咏于斯，今则墓门宿草，不独沧桑之感也。"词云："最销魂、陂塘杨柳，萧疏今已如许。重来燕似曾相识，风景那同前度。空自语。问鹭约鸥盟，梦醒知何处。予怀欲诉。奈书剑飘零，江湖冷落，身世逐飞絮。　　盈盈步。细认长堤旧路。嫣红依约如故。当年醉岸花前帻，回首骚坛无主。愁万缕。且莫把清尊，怕惹相思苦。伊人慢溯。怅鸿迹难寻，欢情易坠，忍谱断肠句。"

黄侃作《驱蝇》。诗云："人生切莫逢羁贫，所居乃与圊溷邻。南风排墙送暑至，中挟异臭兼污尘。苍蝇万数尤可厌，岷虹虽小能欺人。喧耳坏衣嘬肤血，昼疲思夜昏思晨。水沉龙脑复何有？蒲葵尘尾不足珍。惘然独坐息怒嗔，谁令卜居与彼亲？彼之来扰亦有因，正苦饥渴侵其身。我寡彼众驱难频，即能尽歼亦不仁。会待凉飔拂秋旻，彼虽有翼不复振，我乃安坐舒眉釐，且县斗帐铺霜筼，起视招摇将指申。"

方君璧作《采莲》。诗云："采莲船上盈盈女，采莲湖中笑相语。为爱波光似镜明，朝朝不避风和雨。"

※ 八 月 ※

1日 《尚志》第1卷第10号刊行。本期"诗录"栏目含《遗爱集（续）》（袁嘉谷）。

《小说季报》第1集刊行。本集"报余丛载"栏目含《〈四悔草堂诗草〉别存：读〈红楼梦〉诗》（潄芳朱瓣香遗著）、《史绎（未完）》（诸暨冯至遗著）。

《诗声》第3卷第8号于澳门刊行。本期"笔记"栏目含《雪堂丛拾（十五）》（澹於）、《水佩风裳室笔记（廿五）》（秋雪）、《乙庵诗级（十九）》（印雪）；"诗话"栏目含《霏雪楼诗话（十）》（晦厂）、《心陶阁诗话（四）》（沛功）；"诗格"栏目含《雪堂诗格甲卷（六）》（续第3卷第5号）；"词苑"栏目含《玲珑四犯·檐铎》（沛功）、《山花子·菊茶》（同前）、《纪事，集次回句，七章》（秋雪）；另有《雪堂覆瓿外集》：《秋零、秋心哀辞择尤（六）》，含《哭秋零、秋心二姊》（二首，魂觉）、《秋零、秋心哀辞》（蕴素）、《秋心、秋零挽词》（苍雪）、《哭扶庸、务芬二君》（三首，连城）；"去雁"栏目含《覆谭愁生君》。另有《雪堂紧要启事》云："本社诗课，自今年起，社友多不依期交卷，致汇卷多延搁未刊。今与诸君约，其第四十三、四十四、四十五课未赐交者，请于旧历十一月十五以前，一律补交，迟恕不侯，准十一月底一律清发，特此通知。"《雪堂第四十六课题》为《敲诗，读画，听琴，品茗》（谭愁生拟）。要求"每题一首，不限体韵，旧历十一月底收齐"。

顾颉刚丧妻。是月下旬，叶圣陶回苏州安慰顾颉刚，邀其至角直小住。

魏清德《新竹》发表于《台湾日日新报》。诗云："露粉风枝最可怜，离离梢放雨余天。似栽嫩柳初舒眼，移傍夭桃恰比肩。穴凤栖来应有日，箨龙化去待何年。曾当买屋东湖上，岁晚相期节愈坚。"

翁斌孙作《寿黄小农六十》（七月五日生辰）（三首）。其一："白云亭畔旧从官，持法行仁政尚宽。闻道平反供一笑，北堂慈母许加餐。"其二："坐领湖湘镇上游，老臣爱士广甄收（谓张文襄）。武昌自是人才薮，江夏争推第一流。"其三："南极双星瑞应殊，初秋佳日庆悬弧。不知可有东园笔，重写《晴川揽胜图》（恽南田有《晴川揽胜图》，为寿其叔作）。"又作《寿黄小农六十双寿》（夫人韩，七月五日生辰）。联云："萱堂日永，纸阁风清，更喜三珠皆国士；鹤笛云回，鹦洲秋好，恰先七夕降天孙。"

2日 李维格卒于沪上，陈三立为其作家传。

赖雨若作《哭父诗》（戊午阳历八月二日酉刻、阴历六月二十六日在东京接到先考之讣）（十三首）。其一："忽来急电碎儿心，捧读灯前泪湿襟。不报平安偏报讣，客中最忌此乡音。"其三："早知亲老暗含忧，拟此初冬驾返舟。孰意炎阳才六月，严君竟去不回头。"其四："纵能衣锦归乡日，须在严亲未殒前。况复成功无可必，累爹抱憾入黄泉。"其五："临终侍侧弟和妹，独我飘流不在帷。如此遭逢如此惨，借谁灵笔写儿悲。"其七："昼夜奔丧渡海归，显亲有志事偏远。舟车走急经周日，刻刻伤心泪暗挥。"

4 日 《申报》第 16331 号刊行。本期《自由谈》载"诗话"栏目，撰者"竹轩"。

《戊午周报》第 12 期刊行。本期"文苑·诗录"栏目含《喜又陵先生见过》（胡玉津）、《瘦石》（前人）、《戎葵》（前人）、《墨菊》（前人）、《老少年》（前人）、《横溪阁》（前人）、《寄范茝海（祁）上海》（吴虞）、《寄郑澹成（言）北京》（前人）、《呈廖季平先生》（金天翮）。其中，吴虞《寄郑澹成（言）北京》云："郑虔吾老友，不见已多时（澹成见君毅，殷情道旧，如不胜情）。东海红樱发（丙午在日本，同学法政），南城绿柳垂（二十年前予与澹成、伯完同住南门文庙前街）。旧游明月在，心事古人期。却感陈公子，歧途泣素丝（伯完挟妓饮酒，故态不改，然意境萧条，非复昔日豪华矣）。"吴虞《寄范茝海（祁）上海》云："举世非何害，孤怀迥不疑。苍凉悲旧学，艰苦发新知（章行严、胡适之盛称予之学术思想，谓不似多读旧书者）。大道谁先觉，横流叹此时。辛勤怜海上，相赏有钟期（茝海于予有'蜀中多奇才，此老其选矣'之句）。"

林之夏作《八月四日纪事》（六月廿七日）。诗云："媒蘖居然暗里生，黔驴技尽已分明。故山谁慰王陵母，敌国犹容葛亮兄。星火冤雠三字狱，风云谈笑一杯羹。英雄总有家庭憾，只是难忘手足情。"

5 日 《申报》第 16332 号刊行。本期《自由谈》"词话"栏目，撰者"竹轩"。

《妇女杂志》第 4 卷第 8 号刊行。本期"文苑"栏目含《朱母沈太夫人诔（附像）》（蒋维乔）、《女瑜桂葬铭》（慈利吴恭亨悔晦）、《恭挽海盐朱母沈太夫人》（蔡元培）、《蓻水山房诗（未完）》（金山磐山女史庄泰）；"杂俎"栏目含《闺秀诗话（续第 3 卷第 11 号）》（亶父）、[补白]《谜画悬赏》。

《学生》第 5 卷第 8 号刊行。本期"诗"栏目含《飞行机歌》（四川郫县高小三年生郑庸）、《题〈寻诗图〉》（安徽贵池乌沙峡同文书社学生刘锦标）、《流莺曲》（前人）、《长城歌》（浙江省立第七中学校二年生徐炳辰）、《望月歌》（前人）、《登枫山有感》（浙江省立甲种水产学校渔涝科生宜尧火）、《别友》（直隶正定中学学生范颖洲）、《雨后山行》（四川宁远西昌县联合中校一年生聂文泮）、《消夏绝句》（福建洞湖培英高小国文专修生陈楷）、《雨夜不寐》（前人）、《落花》（浙江省立第七师范学校二年生潘怀锦）、《游台湾岛》（前人）、《偶成》（福建省立第六中学校毕业生龚赞成）、《读史偶咏》（浙江省立第三联合师范讲习所毕业生朱笑迷）、《沧浪亭怀古》（江苏省立第一师范学生沈达时)、《宿长江上,寄冈城诸子》(广东新会县立中学校毕业生莫泇灔)、《文公十二韵》(浙江第三师范学校预科学生朱乃基)、《柳花》(前人)、《陈抟》(扬州安徽旅扬公学高等班毕业生王以经)、《宗泽》(前人)、《谒红拂墓》(国立武昌商业专门学校学生刘先齐)。

6日 《申报》第16333号刊行。本期《自由谈》载"诗话"栏目,撰者"栩园";"游戏文章"栏目含《新乐府》(栩园):《七十万》《二斤半》。

符璋发章一山信,附诗稿五纸。

郑孝胥阅丽泽文社课卷。

7日 《申报》第16334号刊行。本期《自由谈》载"联话"栏目,撰者"王南锌";"游戏文章"栏目含《新十索诗》(为南征诸将作)(秋梦)。

吴芳吉与张恕熙相议创办"布衣会",以维系蜀中向学诸友。

8日 《申报》第16335号刊行。本期《自由谈》"游戏文章"栏目含《新诸将五首》(用杜工部〈诸将〉五首原韵)(半仙)。

陈三立与康有为、王聘三、胡琴初、陈曾寿、黄同武游常熟虞山。回南京后,病血下泻之疾再发,陈方恪随侍病榻左右。此时,俞明震亦卧病沪渎。

张震轩代瑞邑知事李阶荪(瑞年)撰《寿青田知事张南溟令堂萧夫人七十》寿诗。因借机写函上李知事,要求躬亲履勘荒歉缓征,并附《选举感时诗》四章呈阅。《寿青田知事张南溟令堂萧夫人七十》诗云:"青田山,山瑶岑,王母开筵舞青禽。青田水,水碧玉,玉女捧觞骑白鹤。蓬莱小谪鸾軿移,戏彩庭阶森琼枝。使君有民歌德政,使君有母曜慈仪。人言使君家世美,孝友风清传闾里。赠公懿行式儒林,夫妇偕庄歌燕喜。南极星陨婺星辉,栽培兰玉倚萱闱。俭朴务农聪颖读,扶桑官学骖征骓。一朝上书动北阙,百里花封荣簪笏。板舆侍膳姿婴娱,珠岛慈云护明月。设帨欣逢古稀年,宾僚竞祝擘鸾笺。愧予亦作风尘吏,未偕拜母琴堂前。犹幸括瓯闻击柝,仁看酒筹添海屋。白头受福即神仙,腰笛愿奏南飞曲。"

李健吾京城探监。李岐山作《立秋日,次子健吾送酒食书物》。诗云:"夏去秋来衾觉寒,平明稚子适来看。手持美酒古书并,口报家人问我安。开瓶立饮百忧消,展卷朗吟意气豪。席地幕天同造化,窃观泰山等鸿毛。"

赵熙作《玉簟凉·立秋》。词云:"天又新凉。似久别故人,喜会他乡。梧桐知信息,便暗响银床。吟蛩深夜咽碧,透断砌、草露闻香。仙梦冷,共画屏无睡,牛女河梁。 吟商。年徂扇底,人老镜中,双鬓色半如霜。西风催画角,赖大野云黄。荷花应做怨女,算此后,日褪红装。将进酒,当早莺、迎到春光。"

陈隆恪作《立秋日闻蝉》。诗云:"凄咽摧残血气伦,抱持日脚入秋晨。极知得失螳螂后,树树西风托病呻。"

9日 于右任在三原正式就任陕西靖国军总司令。治军之余，大力兴办学校。至1919年，在学古书院旧址创办渭北中学，又创办渭北师范和地方自治讲习所，并以总部名义，命令各乡村利用庙宇开办学校。

《申报》第16336号刊行。本期《自由谈》载"词话"栏目，撰者"棣华馆主"。

郑孝胥为宁波曹兰彬作《济众亭记》。

李岐山作《关某与余同待罪军署，八月九日判决送狱有感》。诗云："凄风余暑互吞吐，痴蝶落花相逐舞。路转峰回不见人，鹊啼云树红秋雨。"

10日 《申报》第16337号刊行。本期《老申报》"墨余"栏目含《杭城冬日杂咏》（十二首，见甲戌年十二月二十六日报）。

吴芳吉得黄介民信，赠言吴须"常存赤子心，勉为天下士"，并称吴所作《重九赋》《祀孔记》颇有古调之风。又，委托吴芳吉与其子黄道梁通信联系，介绍谢扶雅与之相识。

《虎丘竹枝词四首》（佚名）刊于《南洋总汇新报》"诗界"栏目。其一："塘横七里路西东，侍女如云踏软红。才到寺门欢喜地，一时花下笋舆空。"

郁达夫作《题写真寄荃君三首》。其一："文章如此难医国，呕尽丹心又若何？我意已随韩岳冷，渡江不咏六哀歌。（答问呕血者也）"其二："乱世何人识典谟，遗民终老作奚奴。荒坟不用冬青志，此是红羊劫岁图。（答问佣工者也）"其三："儒生无分上凌烟，出水清姿颇自怜。他日倘求遗逸像，江南莫忘李龟年。"

11日 《戊午周报》第13期刊行。本期"文苑·诗录"栏目含《和张船山先生〈题常侍御为人四箴后〉原韵》（老鹤）、《移居，和陶二首》（前人）、《晨眺》（前人）、《晚游》（前人）、《婺川申四共晨夕两年，以仲冬归娶，明知小别不能无所纪，因赋长句兼呈龚子壁光》（聂正瑞）、《寄孙癯蝯上海》（吴虞）、《二月九日病小愈，偶步中庭，见月感赋》（毛伊）、《春夜闻雷》（前人）；"文苑·词录"栏目含《荣州万景楼·为尧生侍御题》（胡玉津）。其中，吴虞《寄孙癯蝯上海》云："谬有非儒论，空传海上名。相思惟范岫，卓荦感刘桢。辟世惭箕颍，偏人见性情。何须谈治乱，外物本来轻。"

[日] 白井种德作《七月五日书喜》《戊午七月初五，东宫行启岩手县（种德）列高等官末，辱赐谒于县厅，恭赋七绝一章，以纪荣》（二首）。其中，《七月五日书喜》云："甚欢霖雨忽然晴，毕竟天人岂异情。今日杜陵迎鹤驾，朝来无复片云横。"《戊午七月初五，东宫行启岩手县（种德）列高等官末，辱赐谒于县厅，恭赋七绝一章，以纪荣》其一："肃雍鹤驾向瑶坛，郁郁庭松呈瑞寒。偏感储皇恩遇渥，正听赐谒及微官。"

12日 民国"正式国会"成立，因其由"安福俱乐部"一手包办选举产生，故称"安福国会"。同日，冯国璋致各省督军、省长通电，表明告退之决心。

黄节作《粤俗乞巧以六夕，戊午七月六日为阳历八月十二日。是夕，宣南灯火灿然,不缘乞巧。予记以诗,分寄贞壮、宾虹》。诗云:"郁郁奇情人怨思,初秋风露已凄其。更无可语今宵事,剩欲新题别后诗。北俗岁时异荆楚,南城灯烛动车旗。未殊作兴缘嘉会,惟有键关倦客知。"

13日 广东地区南社社员雅集于禺楼。高旭作《禺楼第三集,分题得"芳华苑"》(二首)。其一:"玉龙泉畔余芳草,百佛寺前冷夕曛。隔水桃花二三里,豪华艳说宴红云。"其二:"鼓吹喧阗兴亦狂,无愁天子笑刘郎。琼姬老去蟾妃死,弹指春华霸业荒。"

吴昌硕为商言志题其所藏任颐《九鸡图》,作《伯年任子画鸡》。诗云:"唯新可美臭可逐,掉三寸舌盲两目。人无可谈与鸡谈,我非鹤立鸡何独。画张素壁茅檐低,雌者羸羸雄者啼。其色斑斓数有九,不栖于埘肘左右。割而烹之可下酒,伸手欲缚力何有。任子下笔无点尘,梦醒宛若鸡司晨。闻声起舞虚无人,摈斥气节扪金银。金银入手气如吞,炰龙炙凤燔麒麟。醉倾碧海眠红裙,其视天下如鸡之肋如游魂,弃无可惜存或供食贫。大鸡大敌勇谁赴,小鸡小敌怯勿顾。好诗孤负昌黎赋,但见债假不成有如涸辙鲋。兵谁敢将将脱兔,那及木鸡养成斗不仆。斗不仆,如撼山。纵不能陈仓暗入阴平攀,古有一效鸡鸣与客同渡关。"

陈三立作《病榻逢七夕》。诗云:"雨底生秋楼观凉,挫针灯火药炉旁。双仙照笑银河水,乞引微潮浣此肠。"

赵熙作《夜飞鹊·七夕》。词云:"微云淡河汉,庭树鸦栖。红烛点尽深闺。年年一度美人怨,人间天上相思。西风拜花下,叹秋生凉早,夜短来迟。痴心送巧,做双星仍是分离。 桥上问谁先往,瓜果到如今,应换佳期。谁信桑田千变,仙家作梦,才过些时。一般命薄,料长生、有个人知。笑闲心休管,鸳鸯帐底,月挂蛛丝。"

基生兰作《和黎观察〈戊午七夕〉,用谢法曹韵〈咏牛女〉诗》。诗云:"皎皎新秋月,清晖照帝椷。披衣下空阶,飒飒起凉风。当庭陈瓜果,乞巧向苍穹。今宵银汉间,双星来过从。意欲长相聚,天地竟不容。会少苦离多,隔水莫追踪。羡煞比翼鸟,飞鸣自成双。如何仙眷属,岁岁说离悰?抑知牛与女,都觉色即空。见首不见尾,变化若神龙。堪笑唐天子,徒劳意万重。"

熊希龄作《戊午年香山七夕,和赵式如原韵》(二首)。其一:"废织都缘乐胜流,始知织女误牵牛;神仙应悔余痴爱,一念相缠岁岁酬。"其二:"夜半私盟岁岁同,岂知一夕亦成空;由来色相皆虚幻,谁信天河与海通。"

廖道传作《武城秋词寄闺》。诗云:"去年今夕珠江月,照见离人江上别。别来容易一年秋,又见天边月如雪。月如雪,在武城,武城屡见秋月明,银云如雪桂子馨。旧时鱼幰嬉遨处,今夕银河空复情。情何处,珠江去。玉臂辉,云鬟雾,花枝照月嫦娥妒。把酒问嫦娥,含愁有几何?光浪所到处,人皆生情波。嫦娥笑答言,情多愁自多。年年岁岁月光好，岁岁年年人不老。"

林苍作《七夕》。诗云："人间离合一流萍，老去秋风又几经。绝爱西家儿女子，倚栏微笑说双星。"

胡雪抱作《七夕，仿昔人体》。诗云："明星垂一笑，艳语满江南。小女名纨素，秋盘荐乳柑。焉知迟暮思，更甚此儿憨。吉梦香前卜，仙心烛底参。簟云红欲腻，衣露碧初酣。起弄秋千镜，眠安翡翠簪。欢年犹善触，别味况深谙。待取人归日，倾樽话苦甘。"

陈隆恪作《七夕》。诗云："花外惊秋落寸阴，逶迤云幄自相寻。九霄耕织三皇世，万古衾裯一夜心。支鹊灵河光细细，飘萤阿阁梦沉沉。含情下预人寰事，斗巧针头误到今。"

贺次裁作《七夕》（二首）。其一："乞巧年年巧未加，漫言银汉泛仙槎。今宵又是双星会，聊向庭前设果瓜。"其二："银汉曾无万顷波，却烦乌鹊共填河。仙家一日人间岁，牛女何须别恨多。"

冯振作《七夕寄兰言》。诗云："怅望家家乞巧丝，人间天上又秋期。不须织作回文锦，便是神仙也别离。"

[日] 佐治为善作《七夕》。诗云："盈盈一水思悠悠，天上双星今夜秋。儿女无心争乞巧，银河斜挂曝衣楼。"

14日 《申报》第16341号刊行。本期《自由谈》"诗囊"栏目含《七夕词》（十首，浔江笛渔）。

郁达夫应日本友人服部担风之邀作《题〈织女春思图〉》《题〈红闺夜月图〉》《题〈杨妃醉卧图〉》等诗。其中，《题〈织女春思图〉》云："朝织巫阳山，暮织潇湘渚。暮暮复朝朝，郎今到何处？"《题〈红闺夜月图〉》云："楼上月徘徊，泪落芭蕉影。荡子不归来，忆煞当时景。"《题〈杨妃醉卧图〉》云："酒晕醉东风，肌透秦川锦。海上有仙山，梦压鸳鸯枕。"

姚鹓雏《星洲杂赠诗》（十三首）本日及次日、16日刊于 [马来亚]《国民日报》"诗选"栏目。序云："羁栖兹土，数阅盈虚，俊游未阑，归欤忽赋。属抱微恙，须涤烦襟，身本吴牛，见月而喘，南方炎皓弛服解簪，犹须饮冰一升，始许扑尘三斗也。端居独念，海上斯时，霖雨送秋，轻寒迎节矣。摩空黄鹄，识天地之圆方，上水银鲈，信田园之可乐。而故交新侣，送抱推襟，一江春日之云，千尺桃花之水，渍崖返矣，情何能忘，各缀数语，用为信券，盖将学冬蛰，期以来春，一苇可航，重来有日也。"

15日 《新青年》第5卷第2号刊登易乙玄《答陈独秀先生〈有鬼论质疑〉》及刘文典回应之作《难易乙玄君》。掀起"灵学"讨论大战。刘文典《难易乙玄君》前有小序云："陈独秀先生作《有鬼论质疑》。易乙玄君驳之，辨而无征，有乖笃喻，爰作此文，聊欲薄易子之稽疑云尔。叔雅识。"在驳文末，刘文典云："呜呼！八表同昏，天地既闭，国人对现世界绝望灰心，乃相率而逃于鬼。有鬼作鬼编而报资不收冥锸之杂志，有荀、墨降灵而诗文能作近体之乩坛，害之所极，足以阻科学之进步，堕民族之精神。此士君子所不可忽视，谋国者所当深省者也。韩非子曰：'用时日事鬼神，信卜筮，而好祭祀者，可亡也。'前者吾国亡征毕备，唯未有此。今既具焉，亡其无日矣！"本期又刊登任鸿隽致胡适信《新文学问题之讨论》。任信略谓："要承认杜工部的《兵车行》《石壕村》是好诗，大约也不能不承认《诸将》《怀古》《闻官军收河南河北》……等是好诗。但此等是诗不但是文语，而且是律体。可见用白话可做好诗，文话又何尝不可做好诗呢？不过要看其人生来有几分'诗心'没有罢了。再讲韩昌黎的《南山》诗，足下说他是死文字。比起《木兰行》《石壕村》等来，《南山》诗自然是死的。但是我想南山这题，原在形容景物，与他种述事言情的诗不同。《南山》诗共用五十二个'或若'，把南山的形状刻画尽致，在文学上自算一种能品，用要白话去做，未见做得出。岂可因其不是白话，反轻看他呢？以上各种说法，并非与白话作仇敌，也非与文话作忠臣，不过据我一个人的鄙见，以为现在讲改良文学：第一，当在实质上用工夫；第二，只要有完全驱使文字的能力，能用工具而不为工具所用就好了。白话不白话，倒是不关紧要的。"又说："实在讲起来，古人留下来的诗体，竟可说是'自然'的代表，甚么缘故？因为古人作诗的时候，也是想发挥其'自然'的动念，断没有先作一个形式来缚束自己的。现在存留下的，更是经了几千百年无数人的试验，以为可用。所以我要说，现在各种诗体，说他们不完备不新鲜，则可，说他们不自然，却未必。"胡适回信说："《闻官军收河南河北》一首的确是好诗。这诗所以好，因为他能用白话写出当时高兴得很，左顾右盼，颠头播脑，自言自语的神气。第三、四、七、八句虽用对仗，都恰合语言的自然。五、六两句，'白首放歌须纵酒，青春作伴好还乡'，便有点做作，不自然了。这可见律诗总不是好诗体，做不出完全好诗。"又说："总而言之，四言诗（三百篇实多长短句，不全是四言）变为五言，又变为七言，三变为长短句的词，四变为长短句加衬字的曲，都是由前一代的自然变为后一代的自然。我们现在作不限词牌，不限套数的长短句，也是承这自然的趋势。至于说我们的'自然'是没有研究的自然，那是蔽于成见，不细心体会的话。"

《东方杂志》第15卷第8号刊行。本期"文苑·诗"栏目含《题耐寂〈种菊图〉》（王潜）、《题耐寂〈种菊图〉》（梁鼎芬）、《次韵答宗武枉过见诒》（陈三立）、《次韵宗武寓园即兴》（陈三立）、《瘦唐属题所藏谢文节公小像》（陈三立）、《携家寻灵谷寺石径，格车不得进，步行里许，遂憩观音寺，瞻方石屏而还》（陈三立）、《登拂水桥》（俞明震）、《重游灵山寺，睹松禅师遗墨感赋》（俞明震）、《止翁氏墓庐，谒常熟师墓》（俞明震）、《福孙表兄以心疾居山寺中，屏妻子，不茶不饭，身备诸苦，往视谈竟夕，别去途中感赋》（陈曾寿）、《冬夜散原先生过谈》（陈曾寿）、《舟夜》（陈曾寿）、《秋日同李伯虞侍郎、笏卿给事、苏生侍御、仁先比部往太清观寻菊不得，遂至龙泉寺》（周树模）、《郑叔问舍人挽词》（夏敬观）。

[韩]《天道教会月报》第96号刊行。本期"词藻"栏目含《一可亭旧墟》（敬庵李瓘）、《又》（芝江梁汉默）、《加资谷雅集》（敬庵）、《又》（芝江）、《青莲菴即事》（夜雷李敦化、南隐卢宪容、我铁郑广朝、玉泉吴尚俊、凤山李钟麟、汨堂刘载丰、竹轩金重基、菊堂黄锡翘）、《浴中灵江》（汨堂刘载丰）、《又》（临汕李教鸿）、《心工》（枰庵金泳彦）、《心工》（源庵吴知泳）、《又》（聋山申明熙）、《南阳行》（悟堂罗天纲）。其中，临汕李教鸿《浴中灵江》云："东去长桥水上浮，浴人渔子赴争头。避暑此游清趣足，江肴村浊可消愁。"

吴芳吉与张恕熙赴竹林山庄纳凉，同往者尚有张恕熙成都高等师范同学六七人。

祁世倬作《七月九日云龙宴集，田绍白观察即席赋诗，用萧肴韵分和二首》。其一："意气如云薄绛霄，况兼垒块酒能浇。阑干遍倚花光近，城郭平临树色遥。客到归时行复缓，山当高处暑先销。夕阳蝉噪繁声歇，又听钧天奏九韶。"其二："不薄夔皋爱许巢，山人曾此结衡茅。高轩岂少筵前客，空谷独寻方外交。世上棋枰经几变，袖中诗卷未全抛。公来暂喜烟尘静，舆诵依然赋乐郊。"

16日 《申报》第16343号刊行。本期《老申报》"墨余"栏目含《沪上竹枝词》（二十首，见甲戌年四月二十九日报）。

熊希龄作《醉桃源·戊午七夕后三日，携儿辈赴香山志感》。词云："万松深处半山亭，松山相映青，商量携手上山行，喁喁儿女声。 残照里，晚烟痕，重重迷禁城。穿枝斜月影纵横，凭栏无限情。"

17日 《申报》第16344号刊行。本期《自由谈》载"诗话"栏目，撰者"栩园"。本期《老申报》"墨余"栏目含《沪上竹枝词》（十首，续）。

张恕熙以所撰《经学平义》求正。吴芳吉对其书中重道义、轻形质倾向，提出疑义："道义固不可少，然形质之学，岂可偏废？不然，人挟其形质以临我，无以形质御之，势必召亡，亡则道义焉传？"主张固有之学勿使其颓，然西洋文明优势，尤其不应全然否定。

郭汤盛生。郭汤盛，号商君，字梓材，别署留园居士，广东大埔县人。著有《留园乔梓集》《留园诗草》《留园诗选》《留园酬唱集》。

18日 《戊午周报》第14期刊行。本期"文苑·诗录"栏目含《登青城第一峰绝顶放歌》（老鹤）、《银杏歌》（前人）、《游离堆并谒二王庙，登老君山绝顶》（前人）、《书何子贞先生〈东洲草堂诗集〉后》（前人）、《古柏图·为胡玉叔题》（吴虞）、《谒十三陵》（曹经沅）、《汤山即事》（前人）、《车中望居庸》（前人）、《悼亡》（毛伊）、《过赵宅看海棠不遇》（前人）、《闻莺感赋》（前人）、《乙卯四月二十七日》（前人）；"文苑·词录"栏目含《金缕曲·惜春》（赵熙）。

陈三立病初愈，闻俞明震卧疾沪上，而未能践过访之诺，赋诗《候恪士不至，闻亦卧疾海上，占此讯之》。诗云："传札迎江造敝庐，依稀同病海吹裾。人生借卧十日雨，神马应能悟子与。"本日，携子隆恪往沪上探视俞明震疾，陈隆恪作《七月十二日抵沪视大舅疾，宿三舅园馆》。诗云："驻颜知早计，缩地叹多方。极目台城路，回灯舅氏堂。成亏非自料，衰病迫相将。入世元如此，听虫竞夜长。"

毛泽东与罗章龙作《魏都怀古联句》。诗云："横槊赋诗意气扬（罗），自明本志好文章（毛）。萧条异代西畴墓（毛），铜雀荒伦落夕阳（罗）。"

19日　毛泽东、萧子升、罗学瓒、罗章龙、陈赞周等二十多名准备赴法勤工俭学的青年到北京。此为毛泽东第一次到北京，后于10月经杨昌济介绍认识北京大学图书馆主任李大钊。征得蔡元培同意，毛泽东被安排在图书馆当助理员。其间与在京新民学会会员邀请蔡元培、陶孟和、胡适分别在北大文科大楼叙谈，并同杨昌济女儿杨开慧成为挚友。

胡适致信张谬子（厚载），就其所发表戏评文章提出批评。张氏反对改良戏剧，废唱用白。此信本月22日至24日发表于《晨钟报》。略云："第一，我且先贺我们提倡白话的人，足下虽不赞成我们的剧论，却肯宣言以后要用白话作剧评，这是我们所极欢迎的。第二，足下的'废唱用白的绝对的不可能'论，此次所出只有两层理由，拿现在戏界情形论，却是绝对的不可能，那么将来到底可能不可能，是一个很可疑的问题了。依此看来，足下已取消'绝对的'三字，但可说'现在不可能'，或是'暂时不可能'，可不是'绝对的不可能'了（绝对的含有'无条件的'之意），我的意思也以为现在的戏界情形很不配发生纯粹新戏，但是戏剧改良的运动，不能就因此中止，戏剧改良运动的目的，正在改良现在戏界情形，凡是改良，都是要改良现在某界情形的，所以足下这个理由，似乎不能成立。我们现在正当研究（现在戏界情形），有多少层是应该改良的，我所讲的'废唱工，用说白'，不过是这些应该改良许多事之中的一桩，若因为现在戏界情形不适宜于纯粹新剧，就说是凭空说白话，不肯去研究改良这些现在情形的方法，那就是守旧的议论了，足下以为然否？足下的第二个理由，是'戏剧与音乐，虽不可并为一谈，然戏剧却非借音乐的力量，不能叫人感动……要叫社会容易感动，也有不能废唱而用说白之势'，这个理由，依我看来，也不能成立，我在外国看了许多很动人的戏，如 Haudtmann 的'织工'，当场竟有许多人哭，但是这都是说白的戏。""最感动人的戏，都是说白和做工的戏。""所以我的意思，以为诸位评戏的人，若真要替唱工戏作辩护士，应该老实说唱工戏唱得好的，颇有音乐的价值，不该说唱工戏是最能感人的，其实唱工戏懂得的很少，既不能懂得，又如何能有感化的效力呢？足下把说白戏比演说，这又错了，戏不单靠说白，还须有做工，说白与做工两项还不够，还须有情节，即如《四进士》一出戏，情节是好的，若全改为说白，加上一个有做工的宋士杰，自然更会感人的。演说的力量，所以不如戏剧，正为演说的人，不能加入戏台上的做工，他的题目，又未必有戏的情节，故不如戏之动人。若如足下的话，难道把演说都改成了二簧西皮，便可感动人了吗?"

符璋作七古《醉歌》一篇。

郑孝胥阅丽泽文社课卷。

李叔同于杭州跑虎寺剃度落发。时值相传大势至菩萨圣诞。

白坚武接李守常（大钊）函，记其白话诗《山中即景》三首。其一："自然的美，美的自然。绝无人处，流水空山。"其二："人在白云中，云在青山外。云飞人自还，依旧青山在。"其三："一年一度果树红，一年一度果花落。借问今朝摘果人，忆否春雨梨花白？"白评其"佳处颇有司空图《诗品》风味"。白坚武作《悲犬》。诗云："我初入山，犬狂吠门前。我既入山，犬摇尾乞怜。犬哉犬哉！何前倨而后谦？"

20 日　鲁迅致许寿裳信，略谓："历观国内无一佳象，而仆则思想颇变迁，毫不悲观。盖国之观念，其愚亦与省界相类。若以人类为着眼点，则中国若改良，固足为人类进步之验（以如此国而尚能改良故），若其灭亡，亦是人类向上之验，缘如此国人竟不能生存，正是人类进步之故也。"

魏清德《送蓬城恩师东归，即次其留别瑶韵》（二首）发表于《台湾日日新报》。其一："廿载宦游意若何，此台胜概几经过。临行惜墨如金笔，偏向天南着墨多。"其二："桃李门墙别绪索，挽留无计总伤情。输他对五山房月，解送归人万里程。"

21 日　刘海粟当选为江苏省教育会干事员。

汪赞纶（作黼）八十寿辰，各地人士纷纷相贺，计198人作贺诗192首。汪赞纶被民国大总统徐世昌誉为"模范缙绅"。金武祥、吕景端、蒋绍彝、黄元吉、徐寿基、周福臻等贺诗、贺辞、对联均收入本年刊印《毗陵汪作黼先生八十寿言汇录》。此书由吕景端题书眉，曾熙题贺词，苕溪姚鸿淦贺词，曾熙、李瑞清、齐耀琳各为汪作黼像题词，李瑞清与曾熙分书大幅"福寿"字，胡士廉赠寿章一百枚。

符璋得章一山十四函，即发一信，附诗三纸。

熊希龄作《卖花声·戊午七月十五，与淑雅夫人携儿辈至看云起观月》。词云："携手上新亭，山月随人。月光山色不分明。大地茫茫云雾里，似醉非醒。　　隐约断峰横，灯影车声。溟蒙山下有人行。无奈且凭弦管力，吹破天青。"

廖道传作《龙州盂兰会词》（四首）。其一："香馔伊蒲供素斋，都无肉食客徘徊。渊明且喜仍饶酒，不碍攒眉入社来。"其二："土伯庞峨九约身，烟销万锱灿金银。昌黎休更将文送，穷鬼腰缠已傲人。"其三："秋色装成艳粤娃，锦鞍绣镳映风华。应教菩萨低眉笑，天女缤纷遍散花。"其四："荆山冷玉琢三星，国宝流传出内廷。合想清官祠太乙，曾陪王母列云屏（陈列有白玉制福禄寿三星像，高四五寸，前清大内之物）。"

[日] 白井种德作《古中元》。诗云："初凉未冷满窗风，唧唧虫声苔径中。政是中元幽味足，寂然坐月竹轩东。（杨诚斋诗：'一年没赛中元节，政是初凉来冷时。'余所爱诵此诗，取其字句。余水患前侨居号竹轩，今之居亦种竹于东窗下。今兹戊午，新脱箨者蔚然成丛，故又命室之面东者曰竹轩）"

22日 符璋作《金陵秋兴》七律八首。

王舟瑶作《七月既望，招诸友集饮小园玩月》。诗云："蛮触相攻苦未平，东南愁听鼓鼙声。生当乱世休辞醉，老去知交倍有情。到眼浮云惊变幻，照人孤月自澄清。不须夜久嫌风露，辜负中天竟夕明。"

[日] 久保得二作《北浦泛舟看月，时阴历七月既望也》。诗云："鼓浦东去北浦阔，雨后山色如墨泼。残霞犹染鱼尾赪，西风起自青蘋末。快受凉气吹上襟，双桨荡破烟水深。露葭苍苍一汀暝，秋入眠鸥睡鹭心。须臾圆月当空挂，碧云一片妍于画。清光莹彻辨织毫，仿佛水府照灵怪。渔郎相见短笛横，一吹便成裂石声。君山老父堪可拟，曲半怕变蟾影明。红露碧筒笑倾酒，醉余扣舷吟啸久。独喜江湖漂泊身，免与风光辄孤负。坡公千古传妙辞，扁舟赤壁兴酣时。高怀浑忘迁谪苦，风流洒落亦吾师。明月遍观今古了，问之不答空悄悄。昆陵一去魂难招，目断紫霄瑶阙杳。三更四更宵已残，玻璃世界忽生寒。仙愁缥缈何处尽，鱼龙得气起微澜。墅火依稀连水驿，鹿洲祠树澹烟隔。风露萧萧湿苎衣，河汉西流匹练白。幽赏未毕客心孤，维舟岸头尚跰蹦。仰看高高青天顶，依然明月如可呼。"

23日 《申报》第16350号刊行。本期《自由谈》"词苑"栏目含《水调歌头·咏蝉》（东园）、《浪淘沙·沪上秋夜书感》（东园）。

张元济至北大辞行回上海。

柳亚子作《分湖看月词，八月二十三夕，陶冶禅院作》（十首）。其一："一棹分湖载月来，碧波凉浸好楼台。无言悄傍阑干立，肯为宵深露重回。"其三："直上元龙百尺楼，云阶月地豁双眸。明珠老蚌浑无据，可有宵光起渡头。"其六："味莼园畔一灯红，影事难忘旧寓公。输与分湖三十里，鸥波围住水晶宫。"其九："看月终怜月易沈，侬心随月坠湖心。湖心闻道深千尺，那及侬心深复深。"

24日 《申报》第16351号刊行。本期《老申报》"墨余"栏目含《张太史巧对》（见甲戌年十月十九日报）。

符璋得章一山长函论诗，即答一函。

25日 《小说月报》第9卷第8号刊行。本期"传奇"栏目含《针师记传奇（续完）》

（北晹原本、瞿安删订）；"弹词"栏目含《明月珠弹词（续）》（瞻庐）；"文苑·诗"栏目含《题叶天寥笠屐遗像》（吕景端）、《前题》（瞿鸿禨）、《前题》（冯煦）、《前题》（叶昌炽）、《二月初一雪中作》（太夷）、《童孙》（石遗）、《僦居郑州作》（王乃征）、《嵩阳观汉柏》（王乃征）、《伊阙佛龛》（王乃征）；"文苑·词"栏目含《雪梅香·春感》（映盦）、《南浦·湖上》（彦通）。

《戊午周报》第15期刊行。本期"文苑·诗录"栏目含《潘法曹惠诗，久而不能答，今临当归，略宜鄙怀，敬酬前贶，即以赠其行》（马浮）、《题李亚衡大令〈蓉溪访古图〉》（陈潿）、《夜宿天师洞》（老鹤）、《听天师洞道士弹琴》（前人）、《秋兴》（抱山）、《舟夜读梅郎中曾亮文集作》（龙慧）、《题王梧生全醉堂诗卷》（前人）、《文君井》（抱山）。

《沪江月》第5期刊行，是为终刊。本期"文苑"栏目含《与舒君向梅、杨君秋心粤南楼品茗，继之以酒席间口占，仍用壁间韵》（天民）、《吴歌》（范君博）、《舞节偶吟》（非非）、《落花》（枕绿）、《禅粹》（燕子）、《春望有感》（襟亚）、《误佳期》（骏乎）、《沁园春·题〈美人笑花图〉》（郭血夷）、《长相思》（若渠）。

郑孝胥至会宾楼一元会。

27日　《申报》第16354号刊行。本期《自由谈》载"联话"栏目，撰者"棣华馆主"。

朱祖谋六十岁生日，况周颐、朱祖谋等友游杭州西泠，并为朱氏庆生。况周颐作《太常引》词云："翩然便出软红尘，来相伴，避秦人。幽路称栖真。问能几，高花淡筠。天机栩栩，孤芳采采，卿月证前身。杯酒莫逡巡。与重话，春明旧春。"吴昌硕作《彊村先生六十寿》。序云："同人拟《霜花腴》填词，缶不能倚声，勉成一律。"诗云："落英餐处天难问，酒漉杯停语日邪。雨歇凭栏多慨慷，词陈折槛见风华。渔歌西塞谐流水，棋局东山劫乱麻。画佛寿公腴自赏（曾为画佛），只拈禅意不裂裟。"

魏清德《次韵答寄庵词长》《寄园小集》发表于《台湾日日新报》。其中，《寄园小集》1924年又刊于《雅堂丛刊诗稿》；1927年2月17日又发表于《台北州时报》。《次韵答寄庵词长》云："客路连彰驿，轮蹄不自由。心期鲍俊逸，指屈范清遒。反照明还暗，崩云断复流。怀君杯酒夕，啸咏入新秋。"《寄园小集》云："小辟园林地，清谈集友生。吟诗争一字，坐月过三更。旷野连云气，新秋入杵声。无因幽思发，起舞散余情。"

郁达夫作《赠吉田某从征》（二首）。自记云："吉田某来，谓将赴满州去云。拟予三十日晨送之入营。并欲送以从征诗若干首。"后因不能相送，别时另赠一诗，题为《赠别》。其一："也识燕然山铭壮，其如民意厌谈兵。劝君一战功成后，早向胡天罢远征。"其二："刁斗声中塞月凉，黄沙千里断人肠。君行倘向辽阳过，为我陈诗吊战场。"

28日　《申报》第16355号刊行。本期《自由谈》载"词话"栏目，撰者"陈兆元"。

释永光 (海印上人) 作《戊午七月二十二日自长沙入沩山，途中杂感》(四首)。其一："晨兴理筇屦，扁舟弄清沚。霭霭橘洲山，遥遥隔湘水。渚阴沙柳青，岸碛藤花紫。何处闻棹歌，苍茫水云里。"其二："朝发沧浪亭，暮宿香山岭。沩山古招提，水木澄清景。罡风劫外来，鬼雨纷驰骋。崖阴敛襟坐，清溪鉴孤影。悠悠十年间，回首皆幻境。忍泪哭天童，无言自悲哽 (沩山密印寺建于唐大中间，天童八指头陀曾主此山。癸丑九月，招余北游，同住京师法源寺，十月公寂世，忽忽十年，追念昔游，不胜凄怆)。"其三："飞虹玉潭清，荒祠伍公烈 (沅江伍海门殉难玉潭桥)。江枫一夜霜，乱洒苌宏血。一径入松林，龙象纷罗列 (谓翊法禅林)。招提散清梵，香积参禅悦。静公开莲社，高贤复萦结 (静尘上人开莲社，仿东林故事)。我来访遗迹，兵火搜残碣。芳踪不可攀，冷踏空山月。"

29日 《申报》第 16356 号刊行。本期《自由谈》载"诗话"栏目，撰者"谿庵"。

陈曾寿作《戊午七月廿三日，苏庵招同彊村、长刬、澍斋游龙井登棋盘山有诗，奉和一首》。诗云："湖堂扇残暑，山中凄已秋。楼栏下黄叶，新悴故不留。惊烽隔旦暮，尘语破岩幽。死生一大事，历劫成虚舟。荒龛出盘磴，袖底长江流。海云足疮雁，息机怪闲鸥 (时有西人僦居棋盘山)。境地范身世，旷愤皆妄浮。清游拟佳梦，暂蝶吾希周。"

郁达夫作《赠别》诗题又作《赠别吉田某》。诗云："马上河桥月上门，秋风杨柳最销魂。伤离我亦天涯客，一样青衫有泪痕。"

30日 孙中山准备改组国民党。

《申报》第 16357 号刊行。本期《自由谈》载"诗话"栏目，撰者"惜馀"。

张謇作《沈堤》。诗云："沈公堤接范公堤，说范人人说沈迷。堤下潮痕堤上草，未妨早晚有高低。"

31日 段祺瑞致电各省军政长官，表示政府改组后决定"引退"。

《申报》第 16358 号刊行。本期《自由谈》载"联话"栏目，撰者"知非"；"游戏文章"栏目含《新秋兴八首》(用杜工部韵)(半仙)。

徐世昌偕九弟、王茂轩、徐敬宜、朱铁林同到淀北园游眺，敬宜具酒食。饭后同游香山、玉泉山，到玉泉旅馆坐谈良久。

魏清德《次林菽庄京卿瑶韵》发表于《台湾日日新报》。诗云："字字珠玑吐属圆，霓裳领袖大罗天。论文海上庄名菽，灭火心头钵咒莲。又向江关怀庾信，更从魂梦话龟年。故园几度重回首，一样龙蛇感遇篇。"

本 月

《文学杂志》由上海中华编译社杂志发行，"以诱进天下学者"学习古文。该杂志由苦海余生 (刘锦江) 编辑，林纾与郑孝胥、马其昶、姚永概、陈衍等 24 人任撰述。

《世界画报》创刊。由生生美术公司发行，月出一册，刊行数十期。孙雪泥编辑。

《浙江兵事杂志》第52期刊行。本期"文艺·诗录"栏目含《咏物》(济时)、《银和曲》(大至)、《祝克威将军暨德配刘夫人双庆》(顾乃斌)、《衡山行》(GR生)、《苏州别吴颖芝》(奎腾)、《雨花台東太平洋人姚孟塽》(奎腾)、《孝陵怀古》(奎腾)、《方正学血迹碑》(奎腾)、《秦淮赠陈祖濂》(奎腾)、《镇海登舟大风口占》(从戎)、《由胡陈至宁海》(从戎)、《发宁海》(从戎)、《拗岭》(从戎)、《楼橹》(从戎)、《题爱园壁上》(从戎)、《抵坎门寄友》(从戎)、《蒲壮》(从戎)、《镇下关》(从戎)、《清议》(从戎)、《飞云江》(从戎)、《寄怀樊大临安》(从戎)、《形势》(从戎)、《游交芦庵，和白翔韵》(庐球)、《人日拜五兄墓》(皀父)、《夜阅五兄遗集，泫然有作》(皀父)、《新秋》(周月僧)。

梅光迪与吴宓在美国相遇，因谈话投机而相约回国后与胡适再战。《吴宓自编年谱》云："宓初到，施济元君即告宓：有清华公费生梅光迪君者，1911年来美国，先在西北大学毕业，又在哈佛进修，治文学批评，造诣极深。彼原为胡适之同学好友，迨胡适始创立其'新文学''白话文'之说，又作'新诗'，梅君即公开步步反对，驳斥胡适无遗。今胡适在国内，与陈独秀联合，提倡并推进所谓'新文化运动'，声势显赫，不可一世。故梅君正在'招兵买马'，到处搜求人才，联合同志，拟回国对胡适作一全盘大战。按公(指宓)之文学思想态度，正合于梅君之理想标准，彼必来求公也。云云。梅君时寓哈佛大学神学院宿舍，极幽静舒适。梅君亦闻施君之言，八月初，遂来访宓，并邀宓至其宿舍，屡次作竟日谈。梅君慷慨流涕，极言我中国文化之可宝贵，历代圣贤、儒者思想之高深，中国旧礼俗、旧制度之优点，今彼胡适等所言所行之可痛恨。昔伍员自诩'我能覆楚'，申包胥曰：'我必复之。'我辈今者但当勉为中国文化之申包胥而已，云云。宓十分感动，即表示：宓当勉力追随，愿效驱驰，如诸葛武侯之对刘先主'鞠躬尽瘁，死而后已'，云云。"

吴昌硕为蔡靖绘《秋菊图》并题："荒崖寂寞无俗情，老菊独得秋之清。登高一笑作重九，挹赤城霞餐落英。逸民仁兄雅属。戊午秋七月，吴昌硕，年七十五。"为品澄绘《牡丹图》并题："高居香国号花王，绿叶扶持压众芳。纵得嘉名难副实，不如菊有御袍黄。缶。品澄仁兄雅属。戊午新秋，吴昌硕，时年七十五。"又，姚景瀛设筵合祝宋尊望、缶翁百五十寿，吴昌硕有诗志之云："有宋梅花君且读，古吴山色我能移。寿宜西子千秋祝，才岂东坡二客奇。碧月尊前将进酒，苍生天下待围棋。兵车行与无家别，吟罢还来食蛤蜊。"诗后跋云："子鹤与予同甲辰生，虞琴扯祝百五十年寿，梦坡先生先有诗，草率和成，即薪正可。戊午新秋，吴昌硕草草，时年七十五。"吴诗入集，庶几全改，目作《宋子鹤与予同生甲辰，虞琴姚君拉作百五十寿，时戊午秋》。诗云："赋读梅花君有学，斧惩桂树我何痴。病如杜甫孤舟托，人岂东坡二客奇。

汉皋瑞图芝簇簇，周衰悉见黍离离。酒杯在手过今日，谓我何求我不知。"周梦坡作《宋子鹤（尊望）、吴仓硕（俊卿）二乡老，皆七十有五，姚虞琴设筵合祝百五十寿，即席有赠》，潘飞声亦有同题诗。其中，周诗云："间侍高贤策杖游，眼消劫火释幽忧。赋梅久已标风格，伐桂何妨作酒筹。天遣岘山遗二老，人怀洛社并千秋。相看未得归林下，剪取淞波共狎鸥。"

符璋作七律三首、五古一首。

唐文治在上海工业专门学校发起创办校役夜校（即工人夜校），报名入学者三十余人，以提高在校工人文化程度为宗旨。开设课程有修身、国文、英文、珠算等四门。

萧瑞麟赴渝，与各军会议。

张寿镛奉令调财政部，任财政部秘书上行走。作《闲散》云："风尘愁万解，簿书叹久荒。一年落拓惯，重登政事堂。冷官事偏杂（秘书上行走，本属闲官。龚君仙舟长部，以余不辞劳，事多垂诿），平衡太渺茫（部中出入不敷极钜）。司农成债帅，趁趋荆棘场。奇突传凶闻，良友忽蒿邙（三女为蒋菱洲媳。菱洲送我行后游庐山，大风雨墙倾死焉）。人生莫可测，使我心低昂。海王村彳亍，洵为医俗方（余搜求旧书实自是冬始）。又复登泉府，闲散何足伤（时又兼币制局秘书，亦闲散职也）。"

圆瑛大师在"一吼堂"讲经，并述"一吼"命名之由来。略谓前在天宁、天童二寺，经冶开、寄禅二位大德培育，宗下功夫已有基础，于是发心精研教义，通经通论。又，听通智、祖印、谛闲、道阶诸法师讲演台贤教义，于《法华》《楞严》等经造诣日深。

林献堂偕秘书施家本赴日本东京卜居巢鸭，自署其别墅曰"雨声庵"。

柳亚子为乡先辈周梦台（叔斗）所撰《茶瓜轩词》抄本作题记。题记云："此集祖本藏陈祥叔家，以嫩油纸写成，笔势欹斜，疑叔斗先生亲笔。余先从陈赓南处假得副本，觅人抄出，复以陈本对勘，计比此少《秋霄》《沁园春》两阕，盖赓南自《红梨社诗钞》补入者。又许盟孚云此集乃叔斗中年所作，并非完帙，其言度有所本也。中华民国七年秋八月，邑后学柳弃疾校毕并记。"

太虚大师偕昱山、元白等出普陀，游天童、育王，至宝严寺谒奘老。时宁波佛教孤儿院成立，太虚与圆瑛并任院董，陈屺怀（玄婴）主其事。又，太虚大师与陈元白等抵沪，商诸章太炎、王一亭、刘仁航（灵华）等，创立觉社，推蒋作宾任社长以资号召，开始弘扬佛法之新运动。太虚大师时寓爱多亚路，与章太炎庐为邻，因时相过从。

汪东在象山知事任，复函宁波旅沪同乡会，赞成其禁止运销烟土提议。

吴湖帆访叶德辉于苏州寓所，翌日叶德辉回访，又为吴湖帆藏吴大澂遗作题跋。

叶荣钟受林献堂资助赴日留学，入东京神田正则英语学校及研数学馆两预备学校就读。

成舍我经陈独秀、李大钊荐举，考入北京大学国文系。后由李大钊介绍，课余在

《益世报》北京版任主笔、采访主任、总编辑，并试办小型报纸《真报》。

缪钺考入直隶省立第六中学。

黄养之考入江苏省立代用商业中学，校长为古文大家、冶春后社诗人陈懋森。

张树人生。张树人，广东汕头人。著有《香港回归纪事诗》《剩馀集》。

连横撰《台湾通史》脱稿。《自序》略谓："夫史者，民族之精神，而人群之龟鉴也。代之盛衰，俗之文野，政之得失，物之盈虚，均于是乎在。故凡文化之国，未有不重其史者。古人有言，'国可灭，而史不可灭'。……然则台湾无史，岂非台人之痛欤？……横不敏，昭告神明，发誓述作，兢兢业业，莫敢自遑。遂以十稔之间，撰成《台湾通史》。为纪四、志二十四、传六十，凡八十有八篇，表图附焉。起自隋代，终于割让，纵横上下，巨细靡遗，而台湾文献于是乎在。洪维我祖宗，渡大海，入荒陬，以拓殖斯土，为子孙万年之业者，其功伟矣。追怀先德，眷顾前途，若涉深渊，弥自儆惕，乌乎念哉。凡我多士，及我友朋，惟仁惟孝，义勇奉公，以发扬种性，此则不佞之帜也。"

周剑云主编《鞠部丛刊》由上海交通图书馆出版。

康有为作《夜宿海会寺（并跋）》《金轮铁塔（并跋)》《开先寺（并跋)》《戊午七月偕刘行谦、熊季贞、陈默登黄严寺，题付寺僧》。其中，《夜宿海会寺》云："五老排云待我回，似曾相识客重来。莲社远公圆塔出，祇园须达化城开。山色湖光尚清净，竹林松径再徘徊。追思三十年前事，旧墨笼纱只自哀。"跋云："吾以光绪己丑游庐山，住海会寺。寺僧至善和尚高行耆年，当赠以诗。吾经浩劫，久居海外，戊午七月，不意能再宿海会，则寺僧圆寂久矣。临终尚命保存，吾诗尚挂壁间，而寺益增大，俯仰兴感，再题此诗。南海康有为。"《金轮铁塔（并跋)》云："千年铁塔抗金轮，云气光明护此城。风雷万劫不动转，烟霄百丈矗飞惊。墨池犹在风流远，栗里为邻基址平。只有鸾溪清净水，卅年又复听泉声。"跋云："吾以光绪己丑十月游归宗，戊午七月再游。远望铁塔，庄严于金轮峰顶，云气绕之，此中国之瑰宝，庐岳之镇物也。赋此写付寺僧。"《开先寺》诗云："龙潭枯矣少飞泉，无复银河落九天。三十年前寻旧迹，读书台上话开先。"跋云："庐山向以瀑名，自太白、东坡以还，名士如鲫，佳句如林，皆称开先寺青玉硖瀑之大。吾以光绪己丑来游，瀑已不大，然飞流于石壁上。今阅三十年重游，旁流溅溅，壁无飞瀑，岂古今之异耶？感叹题此，戊午七月。"又跋："阅九年，丙寅六月偕吴题臣将军、门人陆游君、两儿同箴、同凝再游，并瀑无之，感叹而题，有为记。"《戊午七月偕刘行谦》云："峭壁峨峨双剑峰，巉崖杉竹绿茸茸。俯下激湍飞夏雪，上飞云气掩岩松。"

严复作《题孙师郑〈感逝诗〉卷》（五首选二）。其一："寥亮山阳笛一枝，子期新赋极凄其。感音不独悲萧吕，亦为当涂悯黍离。"其二："大错惊心铸六州，土崩何日奠金瓯？只余野史亭中语，落日青山一片愁。"

释永光作《戊午七月，幔亭先生以开福寺碑文见示，赋此奉谢》(二首)。其一："开福道宁犹有碣，马王亭榭更无辞。兰成老去夸文藻，为写头陀寺里碑。"诗后有跋："开福寺建自五代，宋高僧道宁中兴。"

骆成骧作《夜堤行，赠曾月亭孝廉》。诗云："西楼送日日已没，东楼望月月未出。众星满天光已微，时有乱云高下飞。疾风翻池鱼乱走，曳履随君把君手。朝夕盘游百丈堤，今夜举足无东西。群蛙争叫雷公怒，飞电一惊趋一步。此时尚有远征人，茫茫天涯迷归路。昆仑绝地无由通，沧海横天哪可渡。不胜大愿东方生，愿束风云待清曙。"

陈懋鼎作《和严几道〈梅〉〈兰〉〈竹〉〈菊〉，以"清风徐来"为韵》(四首)。其一："等闲事业付和羹，几见朝阳照九英。岁运贞元存数点，山中雪月得常清。南枝暄暖春先动，翠羽喁啾梦不成。一笛无端吹五月，至今哀怨满江城。"其二："重叠骚痕九畹中，国香梦自与天通。露根敢恨无完土，服艾都宜在下风。幽谷四时能独秀，素心十步若为同。可伤最是尼山操，只惜昌黎拟未工。"其三："荫密何妨节稍疏，凉风常傍此君居。含清可与人医俗，吹籁微闻乐出虚。三径羊求悲胜舍，一林向阮笑应徐。平安护取宠孙长，头角休夸解箨初。"其四："蝶魂瘦断雁声哀，冷艳扶登九日台。故国几回秋兴发，东篱多事白衣来。格收霜杰归诗卷，寿阅河清仗药材。不着阳和恩一点，晚花毕竟为谁开。"

冯开作《初秋自西乡归舆中口占》。诗云："众山掩映夕阳红，舆轿苍茫入画中。一路稻香吹不断，坐消三十里秋风。"

陈宝泉作《初至大觉寺》。诗云："深入西山七十里，旸台古刹任勾留。蝉依高树嘶嘶语，泉绕空阶瀄瀄流。新学商量联旧雨，南冠风味感西欧。雪泥鸿爪嗟何定？且礼空王事冥搜。"

陈曾寿作《太常引·戊午七月，太常仙蝶来苍虬阁中，二日始去。时病山、彊村二老适来，约同人赋词记之，龠庵作图》(二首)。其一："铢衣翩影堕轻埃，怜我梦秋斋。一片落花哀，问清浅、而今几回？　料应天上，巢痕倦扫，偶忆故人来。万劫付琼杯，剩一寸、相思未灰 (彊村老人数见之，每祷辄至)。"其二："朝盟烟水暮清都，归去渺愁予。寂寞水堂虚，待重整、留仙旧裾。　虫天身世，飘零一叶，还自托秋枯 (相传仙蝶有不愿见者，则化为枯叶)。一笑本来无，倪无恙、春风画图。"

刘景晨作《送金华钱知事友夔移官鄞县》(二首)。其一："卅六芙蓉古洞天，天教管领吏还仙。种成满地桃花树，亲见花开已五年。"其二："鹤谢旧巢骞健羽，琴移别案谱新声。此行又典名山水，快洗秋瞳看四明。"

唐继尧作《戊午秋七月赴渝督师大定途中》《黔西》《永宁》。其中，《戊午秋七月赴渝督师大定途中》云："敢赋人间行路难，欲从急峡障风湍。凤鸾始觉天能远，松柏安知岁有寒。羽檄西驰秋黯黯，关河北望恨漫漫。神州会有英雄在，拂拭牙琴一再弹。"《黔西》云："残月穿林叶已稀，新霜被野稻初肥。心头忧乐无今古，眼底干戈有是非。鼙鼓犹闻思猛士，疮痍欲抚愧戎衣。河山大好须收拾，忍扫闲云上钓矶。"《永宁》云："森森云树直参天，万水千山拜眼前。识透人情聊玩世，睡醒尘梦漫谈禅。汉相莫讳三分国，吴沼宁须二十年。纵览中原谁是主，从容策马到峰巅。"

韩德铭作《戊午七月中旬入对居仁堂（总统觐见文武处，前袁总统所建也），退而感赋》。诗云："创局提华夏，投星亦此堂。沉沉今府第，奕奕昔威光。继武堪持变，雄猜愿早亡。如何霸朝后，三载数仓皇。"

孙介眉作《老大》。诗云："老大自豪学问深，鹦哥语巧不离禽。蠹鱼饱咽书中字，食古未消直至今。"

黄侃作《绝句》《感兴》（六首）、《南望篇》《至武昌，寄北京大学文科诸生》。其中，《绝句》云："哀蝉将落叶，无处不心伤！何用嗟迟暮，人间亦夕阳。"《感兴》其一："地游有定辙，暑景殊短长。同居一员舆，此露彼甫霜。日夕坐檐下，飒然风已凉。遐想北户南，兹时方载阳。春秋总非我，欣戚宜全忘。如何叹摇落，岂识理之常？"《南望篇》云："浮云邈南征，日夜不曾息。我欲附之行，身微无羽翼。圣远益悲思，国乱灭法则。诚知劳者心，周游泪沾轼。强聒虽不舍，听者称疲极。老向沧江旁，牢落无人识。岂无济时怀？先觉资玄德。独唱警群聋，华戎自分别。秦俗难遽平，攻之恐遗力。遂令妒者怨，幽絷相凌逼。明夷入地中，三日叹不食。斯世皆委靡，赖有此强直。奸回不敢害，飘然离危国。有席未肯暖，远适烟瘴域。书生发高言，劲卒目或侧。取舍本异心，谁云同标帜？深知亚父愤，撞斗气填臆。角犀彼所弃，顽嚣彼所即。何用假仁义，楚失齐岂得？闻当遂入山，此讯恐未实。爱人本无已，弛担畴尽职。长咏扶风歌，夕阳未西匿。所愿珍玉躬，鼓缶及日昃。却秦与藩魏，雷声出渊默。我为斯世忧，无善心所恻。旧恩何时酬，国难日方棘。展转夜将半，梦稀阻颜色。"《至武昌，寄北京大学文科诸生》云："深渊有回澜，嘉卉向故根。宿心既云慰，万事何足论。驰车武阳外，日夕归修门。江汉自安流，南纪今弥尊。追惟毚乱功，始信危能存。虽幸楚风远，犹怜秦俗昏。微躯感萍蓬，累岁怀兰荪。乡党不见遗，承命载欣奔。早怜朔野寒，晚爱江乡温。誓将息纷华，专志馨饔飧。登楼望蓟丘，慷慨怀旧恩。谈宴且轸念，况乃托弟昆。久要贵不忘，薄终义匪敦。徒恐燕雀辈，昂首讥翔鹍。离别诚独难，思之尚消魂。"

沈其光作《新秋晚步后圃》（三首）。其二："一角残霞绚晚晴，我来小径踏莎行。风吹宿雨还成阵，林际时闻飒飒声。"

胡适作《如梦令》。序云："今年八月与冬秀在京寓夜话，忽忆一年前旧事，遂和前词，成此阕。"词云："天上风吹云破，月照我们两个。问你去年时，为甚闭门深躲？

'谁躲？谁躲？那是去年的我！'"后发表于《新青年》第5卷第4号。

王芃生在东京作《鹧鸪天·胞弟莪生遇险得救，并序》。序云："戊午夏，北兵犯醴陵，义民蜂起反抗。胞弟莪生于板杉馆被捉，同难二十余人，监押于龙王庙，苦刑逼供，已枪毙十余人。胞弟适见家父及门弟子朱武成君行经该地，因告急。朱君即日进县，走告康三公、道源叔及家岳张铭惕公等，四出奔走。幸县长王伟彤先生贤明，得以生存者提解县署审讯，均获释免。时家父携长妹佩芬、二妹佩芳就养于东京旅次，得信悲喜交集。因赋一阕，并志营救原委，以彰盛德，永感不忘。"词云："乱世生涯特苦辛。人如鸡犬命犹轻。行将及我偏怜汝，有梦还家未是真。忧国泪，救乡心。两般愁恨几时伸。难瞒老父书先得，幸有仁人善解纷。"

[日] 白井种德作《初秋夜坐》《初秋即事》。其中，《初秋夜坐》云："客去黄昏独对庐，幽丛带露蛩声滋。尤怜西嶂一痕月，随下林间影益奇。"

九 月

1日 《申报》第16359号刊行。本期《自由谈》载"联话"栏目，撰者"汪汲青"。

《戊午周报》第16期刊行。本期"文苑·诗录"栏目含《藏经楼谒志公像次前韵》（龙慧）、《冬夜感怀》（丁巳）（抱山）、《送胡子卿归渝州》（老鹤）、《乙卯元旦》（前人）、《敬次唐荫廷师和范仲芬观察〈八秋吟〉元韵》（何震熙）、《秋日杂诗》（抱山）。

《诗声》第3卷第9号于澳门刊行。本期"笔记"栏目含《雪堂丛拾（十六）》（澹於）、《水佩风裳室笔记（廿六）》（秋雪）、《乙庵诗缀（二十）（未完）》（印雪）；"诗话"栏目含《霏雪楼诗话（十一）》（晦厂）、《心陶阁诗话（五）》（沛功）；"词谱"栏目含《莽苍室词谱卷三（六）》（莽苍）；"词苑"栏目含《过荒园有感》（沛功）；另有《雪堂覆瓿外集》：《秋零、秋心哀辞，择尤（七）》（昙花一现，罡风扬十丈之尘；兰蕙双摧，霜雪起无穷之劫。大招谁赋，难反精魂；长恨欲歌，痛连骨肉，竟长已矣，能勿悲乎？秋零、秋心，余朋余友，有北宫婴儿之志，秉南国佳人之风。嫉举世妖魔，灵均多感；念身家飘泊，仲宣工愁。幽情渺渺，憔悴还有斯人；来日茫茫，干净竟无片土，是以甘迹彭咸而不悔也。今夫青山红粉，恸流水以无情；白马素车，望西风而洒泪。山笳城鼓，凄凉夜月之魂；地角天涯，惆怅暮云之思。呜呼，吾悲其有尽邪？其无尽邪？谨为辞八章，倚以哭之）（八首，影鬟）。另有《雪堂启事》云："雪堂诗课未刊卷太多，公议暂停一会。"《社友通讯》前注："为利便同志起见，特设是栏，凡属社友暨定阅《诗声》者均能享此权利，惟每次以三十字为限。"其一："遂良兄鉴：月前上省，趋候匆匆，不遇怅怅，岂一面之缘亦有前定邪？秋雪。"其二："哲梅、遂良两君鉴：本社月课幸毋中辍，其未作者可即补作寄来。雪堂。"《雪堂紧要启事》云："本社诗课，自今年起，诸君多不依期交卷,致汇卷多延搁未刊。今与诸君约,其第四十三、四十四、四十五等课未赐交者,请于旧历十一月底,一律补交,准十二月底刊印清发。"

汤化龙于加拿大温哥华遇刺身亡。汤化龙(1874—1918),字济武,湖北浠水人。光绪三十年甲辰(1904)进士,授法部主事、山西大学堂国文教习。历任湖北谘议局议长、湖北军政府民政总长、南京临时政府陆军部秘书处处长、北京临时参议院副议长、众议院议长、教育总长兼学术委员会会长。与立宪派首领梁启超往来密切。1918年3月,汤化龙决定赴日本和美国考察,临行前回到故乡浠水,作诗有句云:"挥泪看山非眼福,抽身出世悟神通。"遗著有《蕲水汤先生遗念录》。生前为国民党人所深责,斥之为"袁之走狗、段之帮凶"。国民党刺客王昌遗书云:"我不忍坐视国亡,实行铁血主义。"汤氏灵柩运回北京,梁启超撰挽联云:"一卧沧江惊岁晚,几回青锁点朝班。"黄群作《挽汤化龙联》云:"哭君有万语千言,笔秃声嘶写孤旨;吾党记九月一日,风号海泣是何时。"饶汉祥作挽联云:"端门刻石,洛蜀同残,爱憎犹树朋徒,况今百郡胡尘,谁向九原分曲直;筚路关山,风云竟歇,祸福自关运会,但得万家汉腊,莫从三户问兴亡。"

魏清德《寄园会心南、薰南二君》发表于《台湾教育》。诗云:"寄园园外月华新,杯酒论文有故人。长记年年三月里,落花时节话残春。"

沈其光作《七月二十六日楼上作》。诗云:"目极平皋野色昏,离离烟树著秋痕。断虹却挂斜阳外,雨在前山何处村。"

2 日　恽毓鼎卒。恽毓鼎(1863—1918),字薇孙,号澄斋,江苏阳湖县(今常州武进)人。生于官宦家庭。光绪十五年(1889)进士,为翰林院庶吉士,翌年由散馆授翰林院编修。光绪二十年(1894)翰詹大考,以詹事府赞善升用,后任詹事府右春坊右赞善、右中允,左春坊左中允,司经局洗马,日讲起居注官,翰林院侍读学士,国史馆提调,咸安宫总裁,武英殿纂修处总办等职。同时充光绪二十一年、二十七年、二十八年会试同考官。平生为学,喜讲经世致用。庚子之乱,八国联军入侵,偕董康等往晤兵官,力争主权,创设协巡公所,保卫商民。诏行新政,条陈用人理财之道,前后封章数十上。因得罪权臣,一直未被授予实职,被誉为直臣。光绪二十七年(1901),翰林院设局编纂《各国政艺通考全书》,充总校兼总纂。辛亥后,杜门不出,隐居北京。精医学,擅书法,喜诗文。书法宗苏东坡,曾手书常州人民公园内"落星亭"匾额。尤好杜诗,主张作诗以"抒发真情为贵"并要守法度。何润发称其诗"用心苦、工夫深、律细、字响"。著作甚丰,有《澄斋奏议》4 卷、《澄斋诗钞》3 卷、《澄斋文稿钞存》1 卷、《三国志译林》(一说《三国志评林》)、《崇陵传信录》1 卷、《云峰书院励学语》1 卷、《金匮疟疾病篇正义》1 卷、《澄斋医案》和《澄斋日记》37 册。汪辟疆《光宣诗坛点将录》将其列入"军中走报机密步军头领四员"中之"地乐星铁叫子乐和",

并评云："衣冠而优孟者也。（湘绮楼甲寅日记：'三月十六日，梁卓如为父祝寿，与杨生同至虎坊桥湖广会馆，坐待侗厚斋出台，又见恽薇荪串戏。子初散。'）"

黄谷荪五十五岁生日。作诗云："嗟予五十余年事，愁绪茫茫感不禁。入世偏难容我直，半生大悔信人深。读书未得销魔身，清夜还能养道心。艰巨更休思大局，诗怀恐作不平吟。"

黄侃因炮火连天，家中十余弹，遂作《书七月廿七夕事》。诗云："室小不能一春宽，方夏苦热秋先寒。全家得庇出望外，岂有异患来相干。夜凉饭罢当空坐，忽有奇声能吓我。儿童亦知辨奇声，便恐飞丸自天堕。老人倚杖向天祝，儿童惊惧掩面哭。秋星照庭光摇摇，我步庭中行踟躇。去年象魏见兵缠，歼击南池火接天。吾庐堕弹以十数，皮肉未损墙已穿。老人手颤今尚尔，稚子湿疾殇弥年。即今讹言犹未息，纵得名酒难酣眠。心知危邦不可入，其奈饥火从中然。神州万里皆榛莽，岂能归去耕山田？儿童汝毋掩面哭，生居中夏宁非福？不见西方方战争，以泽量尸犹未足。大地真如羿彀中，杀机遍布毋轻触。寄生且作苕上鸠，未死还须议馔粥。浙浙飕飕林际风，凄凄切切床前虫。枪声不起儿亦睡，老子独对书灯红。晨钟一动喜欲踊，昨夜无端受惊恐。"

郁达夫应日本友人服部担风之请，作《题〈文姬归汉图〉》，合八月十四日所作三首，总题为《题〈仕女图〉四首》。《题〈文姬归汉图〉》云："朔风度雁门，雪没明驼足。妾自恋胡儿，何烦千金赎？"

魏清德《北投无月》发表于《台湾日日新报》。诗云："浴罢温泉思渺冥，暗风吹送夜冷冷。惜无明月天心白，来照奇峰槛外青。七寸溪鱼双上箸，九霄云路独归翎。此生未遂匡时策，肠断伊州带醉听。"

张謇作《候台怀远》。诗云："落日千林隐，高台万里收。东南无地坼，西北有云浮。渺渺仙灵瑟，峨峨别院楼。怀人无限感，风引白苹秋。"

3日　陈逸士《盂兰》（四首）、成南《自感》（四首）刊于［马来亚］《槟城新报》"文苑"栏目。其中，成南《自感》其一："江湖潦倒叹年年，逆境频来恨万千。触目伤心真五噫，狂歌起舞泪涟涟。"

吴放作《戊午七月二十八日，为苕岑吟社一周纪念，谨赋一律，录请海内诸同社赐和》。诗云："蟋蟀吟秋又一年，今朝开社会群仙。但论缟带交深浅，不问干戈祸结连。文字有缘千里共，琴书无恙四时迁。洛阳纸价传新帙，槐子初黄八月天。"

4日　安福国会选举徐世昌为大总统。

黄群、王敬芳、梁善济、籍忠寅等51人联署提出《缓举副总统意见书》。6日，黄群、籍忠寅、蓝公武等24名议员又联署提出《质问政府书》。

《申报》第16362号刊行。本期《自由谈》载"诗话"栏目，撰者"健公"。

严修作《和槐亭寄诗原韵》（二首）。其一："几番回首望中华，万里舟连万里车。稍悟文章经国事，悔从故纸觅生涯。"其二："左右均能望故乡（在美与中国人足相对），东瞻西顾思茫茫。如今万里犹庭户，别意何须算短长。"

5 日　徐世昌发各函电辞当选之大总统。

《妇女杂志》第 4 卷第 9 号刊行。本期"文苑"栏目含《李母孙太宜人八十寿序》（秦树声）、《吴咏裳之母刘孺人五十寿序》（慈利吴恭亨）、《蓻水山房诗（续）》（磐山女史庄秦）、《绍兴陈烈女挽诗》（徐珂仲可）、《纪绍兴陈烈女殉夫》（武进于定一）、《绍兴陈烈女挽词》（蓴农）；"诗"栏目含《踏青》（限韵）（明光胡素云）、《踏青（步和李秋霞韵）》（前人）、《踏青（步和童素波原韵）》（前人）、《春日偶成》（前人）；"杂俎"栏目含《闺秀诗话（续）》（亘父）。

《学生》第 5 卷第 9 号刊行。本期"诗"栏目含《新秋漫兴》（奉天法库县立中学生高甲三）、《秋云》（广西桂林中学校毕业生朱炳煌）、《秋日偕友人看西施柳》（广西北流新墟四里高小学生蒲益智）、《有感》（集杜工部句）（广东潮州中学校四年生林醉陶）、《家居》（前人）、《自题〈释装图〉》（前人）、《秋柳》（安徽省立第二甲种农业学校方燕适）、《秋桐》（前人）、《秋夜闻笛》（前人）、《题〈秋日山居图〉》（江苏省立第三中学二年生顾达人）、《秋风》（前人）、《佛手柑》（江苏如皋县立师范学校学生陆绮）、《秋日村居》（直隶宁晋学生范颖洲）、《醉后口占》（河南杞县师范讲习所学生尚育东）、《荷笔》（前人）、《榆钱》（前人）、《天津灾民待赈歌》（江苏珠溪私立陈氏小学四年生陈剑峰）。

吴芳吉接荣县谭育淳来书，称赞吴有"慨夫世道衰微，而欲持乎人心"之志。

郁达夫作《感时》。诗云："和战何年议始成，荆襄封戍尚连营。谋倾孤注终无补，乱到萧墙岂易平？南渡君臣争与敌，中原父老厌谈兵。题诗大有牢骚意，泣上新亭望帝城。"

[日]白井种德作《九月五日直舍监室有作》。诗云："候虫唧唧听愈嘉，雨洗残炎秋气加。此际校园多韵致，有观音菊有茅花。"

6 日　《申报》第 16364 号刊行。本期《自由谈》载"诗话"栏目，撰者"兰征"。

陈宝琛《小雄山斋》刊登于《大公报》"文艺丛录"。

魏清德《戊午秋东渡，陪瀛社诸园长寄园小集，率此告别》发表于《台湾日日新报》。诗云："高树悬灯照，园林接素秋。怜君游子意，为我故人留。虫与宵同迥，江难石共流。茫茫问前路，一笑解吴钩。"

汤汝和作《八月二日与会英散步河干，时犹未暝，归途忽因戒严，为军士呵阻，乃假宿人家，诘旦入城，率赋长句》。诗云："长沙城头吹暮笳，长沙城外踏汀沙。良朋作伴眺江景，秋水长天蔼绮霞。金吾忽传戒严令，归途军士相要遮。有如李广出犯夜，灞陵醉尉语横加。又如送人晋罗友，道旁辄遇鬼揄揶。不许雷池越一步，游踪顿阻水之涯。两人行止成蛮蜑，三匝飞鸣类鹊鸦。土屋茅檐灯火露，一床假宿居人家。禁令霎时何出此，岂因风鹤偶嚣哗。永夜彷徨不成寐，忧时心绪纷如麻。破壁秋声吟蟋蟀，地偏莫辨鱼更挝。天明入城急趋视，城里人家无恙耶？"

7 日　《申报》第 16365 号刊行。本期《自由谈》载"联话"栏目，撰者"南铮"。

符璋发章一山函。又，得褚九云七月廿七函，附来社课诗六首。

黄节致信黄宾虹，催黄宾虹撰《优昙花影序》，并告所托转交之印谱与画已交陈师曾等人。信后附 8 月 12 日所作《粤俗乞巧以六夕，戊午七月六日为阳历八月十二日，是夕，宜南灯火灿然，不缘乞巧，予记以诗分寄贞壮、宾虹》。

8 日　《申报》第 16366 号刊行。本期《自由谈》"游戏文章"栏目含《滑稽联语一束》(喋琐)。

《中华美术报》第 2 号刊行。本期"词林"栏目含《论画绝句 (续)》(宋荦、朱彝尊)。

《戊午周报》第 17 期刊行。本期"文苑·诗录"栏目含《反招隐》(隐隋)、《为高靖孙题其先大父伯平先生〈归航载书图〉》(龙慧)。

台州社题为"僧房西施菊，屠肆罗汉松，闺门科名草，道院美人花"，符璋作四律。

[日] 那智惇斋作《戊午八月初四日，松门同人会饮于大森松浅楼，中洲夫子龄正八十有九，犹矍铄来临，有诗见示，乃奉次其韵》。诗云："枕海高楼宜举卮，温容临座见颐支。潮风宛与春风似，正是同门奉寿时。"

9 日　刘大同携平民诗社诸友赴黄花岗祭拜七十二烈士墓。

符璋改定社课。又，作《东湖消夏》四绝。

10 日　叶楚伧发表《小说杂论》。评论姚锡钧、包天笑、苏曼殊、陆曾沂、王蕴章、胡怀琛、李煮梦、曾朴等人小说。诸小说家亦多以诗名。

符璋依社题作成《秋兴》八首。

张元济、施永高夫妇与友人在寓晚餐。

吴芳吉致信吴宓。谈及 (一) 扩充人类生命之必要；(二) 文字无关于学问；(三) 入世、自处须带宗教性质。又，上旬，吴芳吉赴叙永县永宁中学任教。

11 日　《申报》第 16369 号刊行。本期《自由谈》载"诗话"栏目；"联话"栏目，撰者"聋女"。

符璋发褚九云信，附诗五纸十六首。

黄群担任北京"汤公 (化龙) 治丧事务所"干事。

12 日　童保暄作《由诏安赴铜山 (东山)》。诗云："军退诏安道，行旌对早晞。潮迟为港曲，山瘦觉云肥。风劲蝉鸣树，舟轻浪袭衣。今宵铜岭月，海上满清辉。"

13 日　溥仪颁中秋节节赏,受赏者有那彦图、载沣、溥伦、载润、陈宝琛、伊克坦、宋益藩、梁鼎芬、宝熙、郭曾炘、袁励准、绍英、耆龄等人,耆龄得节赏银千元。

王易三十岁生日,作诗数首。其中,《感遇十章,三十初度作》其一:"万化托冥漠,畴能识其端。草木共毛羽,所处各遂天。我躬来何从,堕地三十年。孩提及儿嬉,历历森目前。皮骨抵坚强,布粟费万千。为功不逮禄,山海同埃涓。来日纵莫知,黾勉砺肺肝。"其二:"鸡鸣梦乍回,百感集纷乱。胡为识字年,使我入忧患。韩檠声琅琅,阿父展颜看。弱弟坐随肩,言笑一何晏。千金未知贵,此乐永垂念。"其三:"驱车大梁墟,黄沙蔽崇墉。北辕指上京,离黍伤王风。流光十载余,迁革乃无穷。徒令秋士悲,不驻春华秾。闲寻蓟子训,太息长安东。"其四:"风霜日催老,仕隐聊食贫。常言万事足,有子堪负薪。岂期乔木摧,难酬顾复勤。平生誉儿心,所得但苦辛。邈矣袁山原,秋阴障层云。"其五:"桐根半死生,嶰竹尚哀语。恍焉吾仲来,相道别离苦。方春各少年,庭下弄筝柱。修修绿鬓人,去作泉下土。一卷寒琼诗,秋床涕成雨。"其六:"枉禄士所羞,被褐甘草野。卑贫服常职,何间抱关者。一朝树风声,谻谻动天下。得时不足骄,困亦靡所诧。鄙哉张禄君,菽豆供须贾。"其七:"摩诘负高致,画诗有遐托。偶然郁轮袍,千载留愧怍。文章自娱物,道胜等糟粕。况乃童子雕,宁被休儒谴。呕心终太痴,置身良已薄。"其八:"野云招不来,白日驱易往。昨夜梦江湖,得醉卧孤榜。生本未解饮,觉来颜亦强。渊明体味深,伯伦终放荡。持此别圣狂,何殊指诸掌。"其九:"年光卅六旬,乐事多于秋。何缘城市喧,得邻羊与求。古来隐居士,乐复有此不。冥搜到丘索,差与羲轩游。所欠入户山,窥予起清讴。念彼覆车客,岂必俱王侯。"其十:"荏苒今日期,歌呼一尊酒。门庭自融融,天胡独予厚。阿母诃儿壮,去抱觉未久。阿弟再拜言,愿兄千万寿。既欣识字儿,亦顾右春妇。及兹尚能豪,幸不成老丑。含笑谢西风,留取黄花后。"组诗后刊于《学衡》1922 年第 10 期。

童保暄作《访黄石斋先生故里》。序云:"同一秋访黄石斋先生故里。铜山为一悬岛,旧隶诏安,民国设县。明末三忠臣黄道周、陈宾、陈士瑜均铜山人。"诗云:"倥偬走马拜先生,故里苍凉在海城。三百年前君国事,秋潮犹作恨亡声。留有先生亡国恨,闽浙何地不哀声。"

14 日　《北京大学日刊》公布本学期课程表,朱希祖于中国文学门讲授"古代文学史 (上古至建安)"(必修课),于英国文学门、法国文学门讲授"中国文学史大纲"(选修课)。

赵炳麟作《戊午八月初十日在大同勘矿,与张汉杰镇守使、许海澜道尹、曹明夫、吴扶青两司理、冯鼎丞县尹、梁叔纶、成国丞诸君登云冈,赋此记之》(云冈即魏石窟寺)。诗云:"我闻徐常拔剑江南来,平夷斩贼烽烟开。又闻雁门将军孤忠炳天日,浩然正气终不摧。先贤成败虽有数,中原史册称奇材。我辈皆具身七尺,平生抱负安在哉？今日同登云冈顶，苍茫四顾舒襟怀。几时神工与鬼斧，凿此混沌标新裁？因石为佛露头角，石耶佛耶万象赅。武力曾记拓跋魏，大同宫阙郁崔嵬。英雄割据今已矣，玉鱼破碎铜驼埋。南朝北朝果谁在，河山泡影真堪哀。留此遗像在岩穴，雨零日烁生苍苔。我辈摩挲恣谑浪，一笑今古同齐谐，俯视二万八千里，神州泱漭飞尘埃。禹鼎长此苦腾沸，吁嗟黄族皆劫灰！在昔襄阳羊叔子，轻裘拾翠岘山隈。一策能救生民戚，心如皎日名如雷。我辈皆当励此志，安知天意终不回？匹夫立志不可夺，愚公尚有移山才。我辈当以伯禹为兄契为友，安内攘外绥艰灾。吁嗟兮！我辈抱负安在哉？毋使黄族为劫灰！（在大同得岑西林书，即赴京见徐东海，赴粤调停时则）"

15 日 陈独秀《质问〈东方杂志〉记者》发表在《新青年》第 5 卷第 3 号上，批判《东方杂志》记者鼓吹定孔教于一尊。陈又于次年 2 月在《新青年》上发表《再质问〈东方杂志〉记者》二文，对伧父（杜亚泉）等进行严厉抨击。杜亚泉于 1918 年 12 月在《东方杂志》发表《答〈新青年〉杂志记者之质问》予以回驳。因商务印书馆当局顾虑与主流新思潮相冲突会影响该馆声誉及营业，遂竭力劝杜亚泉改变观点，停止反驳，并决定改换《东方杂志》主编入选，杜被迫于 1919 年底辞去《东方杂志》主编之职。

黄群《哭济武先生并述其主义于同人》发表于《晨钟报》二版"论说"栏目。文章认为"吾国政治之团结，乃形成三角的方式，一旧派，一新派，而吾党（立宪派）则以平和的进步的目的左右于二者之间"。

《申报》第 16373 号刊行。本期《自由谈》载"联话"栏目，撰者"愍"。

《东方杂志》第 15 卷第 9 号刊行。本期"文苑·诗"栏目含《上巳后二日携家至钟山天保城下，观农会造林场，憩茅亭，赋纪十六韵》（陈三立）、《过徐中山王墓》（陈三立）、《哀郑叔问舍人》（陈三立）、《宗武见过，时方执役通志局》（陈三立）、《韬光寺》（俞明震）、《游花坞至白云堆僧舍午饭》（俞明震）、《同宜甫、彝俶游杭州，遂偕刘崧生、林鲁生携妓至富春，归憩云栖寺》（沈瑜庆）、《偕贻书、崧生谒严祠，登钓台、西台，观谢皋羽先生痛哭处》（沈瑜庆）、《落花十首》（陈曾寿）、《子言濒行，出所著述及芸阁、伯严二诗集见遗，因题》（宋伯鲁）、《题〈觚斋诗集〉》（宋伯鲁）、《水榭晚成》（黄濬）、《汤山道中》（黄濬）、《由沙河纵游玉泉山作》（黄濬）、《送澄意航海入都》（陈诗）、《汤山》（夏敬观）。

《戊午周报》第 18 期刊行。本期"文苑·诗录"栏目含《上留田行》（黄侃）、《效陶》（隐隋）、《山中行》（前人）、《秋夜有怀典存，诗以赠之》（聂正瑞）、《昨与乡人谈及将立倍阳国学保存社，亚衡苴绵，访古得造像多种，愿资石画以作护持，特简此诗，用当喤引》（陈潩）、《万寿寺》（为昭烈祝嘏处）（前人）、《河航杂咏》（龙慧）。

《中华美术报》第 3 号刊行。本期"词林"栏目含《论画绝句（续完）》（宋荦、朱彝尊)。

[韩]《天道教会月报》第97号刊行。本期"词藻"栏目含《挽香山》(沃坡李钟一、我铁郑广朝、菊堂黄锡翘、刚斋申泰鍊、夜雷李敦化、竹圃金义凤、南隐卢宪容、慧山金永伦、临汕李教鸿、一青林明洙、石溪闵泳纯、又天白乐贤、顾轩崔俊模、唔堂罗天网)。其中,唔堂罗天网《挽香山》云:"报馆迩来不见君,汉城昨夜动悲云。香山高节今安在,长使道家传妙文。"

魏清德《画龙》(二首)发表于本日及次日《台湾日日新报》,后又刊于1934年3月30日《东宁击钵吟前集》。其一:"十丈烟云素壁横,胸中头角自峥嵘。画蛇几辈还添足,笑我名山未点睛。"其二:"久蛰真然扰不惊,丹青惨澹入神明。只期为雨兴云去,破壁飞腾济众生。"

郁达夫作《寄荃君》。诗云:"芳草何时恨却休,王孙乞食尚飘流。去年今日曾相见,红粉青衫两欲愁。我久计穷朱亥市,君应望断绿珠楼。生前料已无欢会,早作刍粱地下谋。"

16日 《尚志》第1卷第11号刊行。本期刊载朱希祖文《论古人的言文合一》。本期"诗话"栏目含《海月楼诗话(续)》(袁丕钧);"诗录"栏目含《遗爱集(续)》(袁嘉谷)。

17日 《北京大学日刊》第208号刊登"文预科七年度第一学期课程表"。刘文典担任模范文课程教员。一年级甲班教员为刘季平,乙、丙、丁三班为程演生。

符璋作《无题》四律。

褚辅成当选为众议院副议长。

孙介眉作《秋风秋雨夕》。诗云:"西风逐雨来,暮色昏天地。群树吼涛声,奔腾似万骑。时正八月天,如闻浙潮至。仓遑途中人,淋漓何所避。战阵壮男儿,灌挫雄猛志。旅况客飘零,对此更愁思。茅屋一野翁,静居不问世。课子夜读书,挑灯作诗记。"

柳亚子作《中秋前二夕示十眉》。诗云:"汐社盟寒残客散,剩君此夕尚能来。盛衰转毂阅枯蜡,恩怨填胸郁怒雷。沸地笙歌非我意,摇天星斗为谁开。风云才略年时尽,不信风华亦化灰。"

18日 吴昌硕为周庆云篆书题《梦坡画史》。

符璋发章一山函,附诗三纸。

易孺作《霜叶飞·戊午秋社,晨饮宝汉茶寮,待绾郎不至,次清真韵》。词云:"澹烟依草。山杨半,萧萧斜护华表。路莴田穗正熹微,最恼人心悄。看瑟瑟、惊飙转晓。轻襦偏障新阴小。数近来芳信,便万叠、浓云乍起,日罅偷照。 无睡更出层城,哀歌如管,尽觉遥步初到。旧游群袂剩孤欢,试绮年幽抱。警一掷清尘梦了。连冈吹下樵风调。谩怅忆、江南恨,留燕青芜,故园秋少(是日,执绋送李霭翁殡)。"

赵熙作《月中桂·八月十四夜月,介庵韵》。词云:"又老三年,记中秋未中,酒半伤别。花潭梦冷,是一般归燕,西风如客。小山丛桂发。认不定秦时旧月。休说人间世,青天碧海,呼影醉瑶席。　姮娥近应犹昔。问河山镜里,今是何夕。狼星扫未,到八荒无事,乌头先白。露凉知夜久,伴角枕、新添鬓雪。渐渐乌云上,情知雨声催曙色。"

柳亚子作《中秋前一夕再示十眉》。诗云:"秋灯沸箫管,盛事传梨花。迎神诵楚词,媚妆炫吴娃。奔走举国狂,浩浩如雀雅。而我素心人,朋簪借挦沙。文宴追兰亭,秋禊称非夸。峨峨朱雀舫,书画俨米家。镜湖清且平,中流恣喧哗。庶几铁笛游,不羡博望槎。盟沤受约束,三度期及瓜。岁岁乐中秋,豪气元龙加。岂期人事变,倏若风吹霞。蒯子病消渴,厄运嗟龙蛇。黄生困饥驱,憔悴羁京华。伤离复感逝,已矣长咨嗟。亦有江湖侣,秋水隔兼葭。伊人不可即,弃我乃如遐。填胸尽恩怨,万感愁槎桠。誓将闭蓬荜,不许人轻挝。冷眼谢热场,此愿颇复奢。繄君何选事,一棹不辞赊。闯然扣门入,拉我观群葩。感君硕果心,纨扇面弗遮。狂走踏香街,曲意伺钿车。帕首经赵李,年少疑狎邪。长日唯颂酒,深宵犹吃茶。如云岂我思,此非为君耶。倥偬倏两夕,豪兴未有涯。如何欲辞我,径返斜塘斜。一笑我谓君,此计毋乃差。苍苍未厌乱,四郊兵如麻。吾侪幕上燕,何异操刀剕。行乐当及时,击缶歌铜琶。岂宜苦局促,子阳陋井蛙。吾躬尚不恤,遑计人疵瑕。劝君整全神,且住毋纷拏。吾诗庶有灵,尼汝东归艖。"

19日　胡嗣芬过访陈三立别墅,并示中秋所作新诗。又,陈三立为孙雄题《郑斋感逝诗》卷,并作书寄之。《〈郑斋感逝诗〉卷题词》其一:"各成名去复追还,纸上如亲故旧颜。一事在天应堕泪,暂无福作殷顽。"其二:"阅世都随蓬藋飞,笑啼终古梦相依。可怜秃管同邻笛,哀满关山雁不归。"又,陈三立往俞园小试腰脚,作《起痁始观俞园》。诗云:"闭置移温凉,俯啄笼中雀。邻园桂欲花,强步试腰脚。当门三两株,蕰小孕香薄。墙柳则扶疏,扬丝列帷幕。新竹腾长蛇,出屋孰能缚。陟亭带原野,烟岚垂漠漠。溪色青琉璃,山光紫芍药。夹日万象翻,精眩营魄跃。北望载鬼车,长驱肆其虐。豺虎连辈群,何地脱吞嚼。防师遮江岸,悲笳向我落。病夫一腐儒,凭槛还铸错。"又,陈三立夜对月小酌,诵王乃征所寄《病中作》和诗,复次韵作《病山同年和病中原作韵见示,时值中秋,于月下诵之,复次韵却寄》。王乃征《散原遘腹疾甚剧且久,既愈,寄示新诗十余篇,皆病中作。有西医言,君心部元气充实如童子也,因次其律句韵》云:"道能儿子宜无疾,鬼瞰高明信有之(用原作语)。因就酸呻研句律,欲忘病骨化枯枝。酒犹不足未当死,天假以鸣宁自知。沈痛输君忘世语,直贪伏枕是良时。"又,陈三立作《中秋夕看月》:"冷风改炎景,卉木凋繁枝。当夕流素月,灿灿盈阶墀。羁乌护故巢,鸣虫扬其悲。病骸损气力,穿牖披余辉。汤饼应节候,复陈果瓜为。起死保妇子，安问止泊期。皓首遭颓运，顾影恋须臾。岁时久止酒，自媚挥一卮。微醺循栏干，苍然南斗垂。"

吴德功偕友人登彰化太极亭赏月赋诗，作《戊午中秋登太极亭观月，此亭原杨大令桂森建，在县署后，名丰亭坐月，为彰八景之一》。诗云："诗坛遥傍故城楼，节近中秋瑞气浮。更上一层穷远瞩，汪洋大海月波流。"

叶德辉为吴湖帆藏吴大澂遗作撰《〈两汉名人印考〉序》。

汪东卸任象山知事，其重修文庙之创议，未及兴工。

朱大可为《鞠部丛刊》题诗载于《民国日报》。诗云："银蒜帘前夜未央，江南秋梦在歌场。李家弦索黄家板，珍重风华细品量。一阕新声唤奈何，桓元未老怕闻歌。我来别有新亭泪，洒上香衫总不多。"

汤汝和作《中秋月出为浮云所掩，时病左目，感而作歌，慨之乎，抑祝之也》。诗云："明月与天同不老，金鉴出为天下宝。况今佳节逢中秋，蟾魄宜增十分皎。无端厉气横空来，一朵浮云四环绕。云虽与月两无心，偶然相遇九霄表。月似为云苦相厄，尘氛上掩清光少。河山似入郭熙图，三远莫分人物渺。是岂春秋说晷征，诸侯变起生爪牙。抑因朔望见凶灾，东方侧匿西方朓。广寒门远遮屏障，屡照镜疲失品藻。吾闻女娲之石神农草，天可补兮命可造。阴阳阖辟通医道，五夜焚香向天祷。何不传呼巽二与飞廉，吹散浮云现晴昊。太清渣滓不少留，爽气沆砀溢西颢。玉阙频烦玉斧修，金风当作金篦扫。轮复望舒圆，药看灵兔捣。长明灯照古今秋，不夜城开河汉浩。千潭止水同清澄，百里秋毫辨忽秒。并日重光成两仪，摩尼珠朗万年好。吁嗟乎，吾身具有小天地，双目莹然日月皦。一朝云翳掩青晴，偏盲恐近左邱眇。何时得与月同明，龙宫方验孙思邈。"

林之夏作《中秋夜得舍妹函，知家人避兵沪渎》。诗云："奥宇秋居掩寂寥，书来破梦壁灯挑。连兵乡国忧来日，独枕湖山惜此宵。大月初斜沉万籁，纤云尽卷洗层霄。天时人事犹如此，百感平生未易消。"

姚倚云作《故里中秋感赋，示直之、翁望两侄》。诗云："佳节年年有，故乡月更明。白头萌别思，青眼感亲情。游伎皖江乐，兵戈辽海生（时倭寇已占东三省）。如何一樽酒，浇此不平鸣。"

林苍作《中秋》。诗云："还乡已是七中秋，几度闻兵集百忧。家室累人生事拙，河山易代一官休。风尘澒洞无佳节，豺虎纵横满九州。明月今宵浑不似，心伤水调旧歌头。"

陈浏作《戊午中秋》。诗云："穷极无归路，幸兹皓月圆。楼高灯赛电，梦还海连天。老态憎书剑，哀歌杂管弦。出门情惘惘，夜气尚澄鲜。"

曾广祚作《乡经兵燹，至八月望夜月下始作诗》。诗云："渔阳鞞鼓震湘天，乐曲霓裳久不传。家没东西娴魏语,地无南北著庄篇。精魂各有三生石,锋锐谁为一割铅。只慕中秋娥影艳,瑶台飞下镜光圆。"

叶心安作《中秋月》。诗云:"最爱今宵月,家家共此看。银河平地涌,玉宇竟天寒。举目疑霜坠,关心照泪干。遥怜怀远者,只解忆长安。"

基生兰作《戊午中秋对月有感》。诗云:"去年月出迟,今年月出早。迟则望眼穿,早又疑心抱。此中有深意,坐久已探讨。可为知者言,难与俗人道。去岁南北争,治安竟难保。兵气连长空,妖星横苍昊。夺此皓魄光,素娥心如捣。缓步出蟾宫,应是多烦恼。今值元首更,定卜欃枪扫。日月期复旦,乾坤冀再造。嫦娥心窃喜,分外呈娟好。不待黄昏时,清辉便皓皓。玉镜十分圆,感应充鱼脑。万山不能隔,月圆人寿考。嗟嗟我小民,从此乐熙皞。兴来惯举杯,不觉玉山倒。"

李宣龚作《八月十五夜滨江车中》。诗云:"牛溲马勃共悠悠,不信窥边意已休。万里秦关随汉月,鼓鼙声里过中秋。"

陈树人作《苏必略湖中秋对月》(三首)。其一:"久客乡怀冷似霜,催人节候未全忘。自怜对此中秋月,十六年间地异方。"其二:"澄江如练月如瓯,不奈征人起远愁。绕过苏湖三百里,汽车和梦度中秋。"

陈隆恪作《中秋夜望月俞园》。诗云:"踯躅玲珑夜,庭园竹荫凝。依栏漾碧水,漏屋冷青灯。袖手无偏忌,蠲情有未能。尚欣佳节赏,赢得醉薨薨。"

黄濬作《中秋对月,示众异》。诗云:"流天一影万悲欢,尘海仙霄思渺漫。后约欲要青天案,闲身真对水晶盘。屏风连夕传寒意,沈水何人爇夜阑。莫恨吴头千里隔,圆姿也当镜中看。"

赖和作《中秋寄在台诸旧识》(四首)。其一:"乱世奸雄起并时,中原残局尚难知。茫茫故国罹烽火,飒飒西风陨旧枝。万里客怀伤寂寞,百年大局费支持。亚欧变幻良宵月,定入樽前感兴诗。(古月吟社诸公)"其二:"莽莽神州看陆沉,纵无关系亦伤心。回天有志怜才小,填海无功抱怨深。萧瑟客途秋复半,凄迷庭院月初阴。乱离世界良宵景,料定先生有壮吟。(肖白先生)"其三:"世间何处着闲身,天地空生疣赘人。万里邀游惟一我,百般烦恼累双亲。梦中风鹤宵宵警,江上蒹葭日日新。绝好海滨凉月夕,戍楼鼓角送声频。(克明先生)"其四:"即今无地可埋忧,烽火交加五大州。明月不因离乱异,西风犹送古时秋。"

潘光旦作《中秋偕弟约黄君昆仲步月》。诗云:"佳节月团栾,人间岂独看。故人今夜约,兄弟客中欢。露泄清胸臆,云开示肺肝。莫言世事尽,万里共图难。"

刘克明作《戊午中秋赏月》。诗云:"一轮光满又中秋。携酒登临百尺楼。共爱长天圆宝镜。谁怜大陆缺金瓯。风骚记曲当年事。壮志梯云几日酬。今夜嫦娥应不寐。终宵耐冷伴幽忧。"

刘约真作《戊午中秋对月寄怀友人》。诗云："角声犹自咽南天,独倚山楼思悄然。千里几人共明月,十年三见变桑田。未妨玉露侵衣湿,倘许金瓯照影圆。一雁横空啼正苦,似惊到处有鸣弦。"

汤忠鑫作《戊午中秋感赋》。诗云："自向秋风度岁华,不随猿鹤变虫沙。历来好境无如梦,看尽名姝谁似花。破碎河山怜逐鹿,经纶雷雨望惊蛇。嫦娥对我应含笑,底事今宵苦忆家。"

陆维钊作《与同学诸子登宝石山》(二首)。其一:"云淡星稀玉笛清,一山歌唱动秋声。总缘怕负团栾节,特向西湖拜月明。暮烟开处月华新,独唤轻车驻水滨。曾记狂吟登绝顶,万山青拥一诗人。"

[日] 久保得二作《中秋鲛洲赏月,偕榴杜诸同人席上分韵》。诗云:"海峤高悬月,清辉照醉颜。潮来亭榭下,秋满水云间。胜宴频称快,老天终不悭。鱼龙欲飞舞,啸咏半宵间。"

[韩] 申奎植作《戊午嘉倍日忆弘师》。诗云:"光阴容易又中秋,讳日居然度两周。更阅遗书天日暗,空怀道范岳云悠。神灵降鉴应垂悯,尘世谱缘谁与训。子影天涯无限恨,心丧未了又丁忧。"

20 日 陈基六、蔡惠如与其乡友创吟社曰"鳌西诗社",拟开大会,即由惠如倡开栎、鳌联合会,会于鳌峰惠如之伯仲楼。栎社友 11 人,即陈基六 (锡金、垫村)、王学潜 (卿淇)、陈瑚 (枕山、沧玉)、郑少龄 (玉田、汝南)、陈贯 (联玉、豁轩)、林望洋 (载钊)、林南强 (林资修、幼春)、庄嵩 (伊若)、陈怀澄 (槐庭)、傅锡祺 (鹤亭) 及主人蔡惠如 (铁生) 等;鳌西社友有郑邦吉、蔡诒祥、蔡念新、李玉斯、杨肇嘉、周步墀、杨焕章、杨丕若诸君外数氏;客则有新竹郑养斋、郑虚一、林荣初、张息六、张镜村、曾宽裕及台中陈若时、黄尔竹诸氏,计约 30 人,堪称盛会。诗题有"盆松""电灯""步月""红叶"等。是会决议四项,作决议录。席上蔡惠如深慨汉文将绝于台湾岛,倡议设法维持。傅锡祺作《戊午八月十六夜伯仲楼雅集》。诗云:"广寒初减一分秋,裙屐联翩上庾楼。玉敦珠槃新契合 (会与该地鳌西社合开),红灯绿酒旧交游。共倾怀抱论风雅,转惜光阴易葛裘。劫后斯文成弱线,忍将绝续任悠悠。"

朱自清升入北京大学中国哲学门二年级。课程有胡适《西洋哲学史大纲》,杨昌济《伦理学》,马叙伦《中国哲学》,陶孟和《社会学》《社会问题》,陈大齐《心理学试验》,李煜瀛《生物学》,以及英语、德语等。

吴宓日记载:"又碧柳 (吴芳吉) 来函,其中狂骚之情、郁激之感,颇与卢梭等相类,予殊为惊忧,即致书规劝。……然若碧柳误入魔障,则不惟碧柳一人之损,亦吾侪之大失。深望其能改进也。"

[日] 白井种德作《古历八月十六夜,佐藤猊岩来访》。诗云:"太喜良宵嘉客过,

聊将樽酒助吟哦。莫尤盘上乏殽核，月色虫声幽味多。”

21日 张震轩作挽项性秋之母联。联云："相夫振儒素门风，淑慎其仪，足勒贞珉光女史；有子作名家教育，显扬未遂，心伤韦幔失宣文。（故姻嫂项母贾老儒人仙逝，夫表弟张震轩率男等同挽）"

陈夔龙作《中秋后二日湖上遣兴》（四首）。其一："秋晚意如何，临风发啸歌。寒烟锁疏柳，败叶长新荷。此地湖山好，吾生涕泪多。草堂粗筑就，戢影慰蹉跎。"其二："隐隐路三叉，盈盈水一涯。波平初放鸭，林密早藏鸦。江月随筇远，岩花拂帽斜。沿堤秋稻熟，把酒话田家。"

夏敬观作《八月十七夜自杨庄泛月，出西泠桥还复登葛岭》。诗云："杳杳虚澜起槛东，清光旋满绿杨中。小桥转面湖吞月，匹练迎头水得风。壁粉自明缘背暗，盘珠无定欲行空。向来未信烟霄迥，秋屐沿山夜不同。"

吴德功作《戊午八月十七夜公园观月会》。诗云："年年秋中月玲珑，万里无垠连长空。庾亮此夕宴南楼，主宾酬唱乐和雍。今隔中秋才二日，官民会集公园中。弄狮演剧肆华筵，举杯共赏兴蓬蓬。姮娥掩镜弗见面，黑白浮云罩溟蒙。未几冰轮忽吐出，长歌短歌曲未终。"

22日 《中华美术报》第4号刊行。本期"词林"栏目含《枫江渔父小影题咏》《原序一》（张尚瑗宏蘧氏）、《原序二》（毛际可会侯氏）。

《戊午周报》第19期刊行。本期"文苑"栏目含《重阳前一日，渡江至京口，游竹林寺》（龙慧）、《屠龙吟》（隐隋）、《夏日偕陆绎之诸君往丞相祠消夏，午后宴集枕江亭，席间遇雨，喜而赋此》（老鹤）、《亚衡招泛西溪，集饮交芦庵，有诗，越数日，复招同看荷里湖，既和前作兼以送逊甫北行》（民风）、《春游杂兴》（隐隋）、《写定楼遗诗》（冯江）。

张元济访缪荃孙、恽孟乐、俞恪士、俞明颐。

符璋拟辑古今咏明妃事者为一编，又采近世诸家《无题》七律数十首为1册。

周庆云再游普陀山，寓善慧寺，由庵僧同游一周，赋诗集，翌年刊《海岸梵音》。

李详（审言）为周庆云辑梦坡氏藏版《晨风庐唱和诗续集》（12卷，刻本）作序。该书内有吴昌硕、王国维、冯梦华、李审言、缪艺风、周庆云、夏敬观等人诗。集前有萧蜕题签，李详、戴振声题辞。12卷中，每卷前均有该卷所收唱和姓氏录。其中，李详序云："余友周君梦坡有超世夷旷之致，虽生长华腴，轩轩焉如修鹤之避鸡群。昔于稠人广坐中一见，洒然异之。定交五年矣。梦坡为淞社领袖，社诗经君督刊印行，即今所传《淞社甲乙集》。是又自编与友人唱酬之作，为《晨风庐唱和诗初集》。刊于甲寅，今复锓其续集，征序于余。因叩其命名之义，答以魏桓范与管幼安书：'请见于蓬门之侧，承训诲于道德之门，厥途无由，托思晨风。'今景仰贤者，故以名庐云云。嗟乎！此犹是秦风，钦钦思贤之心，梦坡独寄思幼安，意其有在乎？窃谓有北林之郁，而后有晨风之集。雕鹗厉霄，何所不可？其软彼者，必有所以致之。君好贤，如缁衣、权舆、大具、宿老、放士，岁必数预君宴。如余之衰病偓蹇，亦以末至授简为乐，故余诗亦附焉。往尝私论梦坡如马嶰谷，行庵之客多附韩江雅集以传，而以君乡浙人为最，樊榭、鲒埼、董浦皆天下士也。君业蹉，与嶰谷等。所致宾客，在今季世亦殊有名。自为诗，又不减沙河逸老，梦坡其嶰谷后身耶，不然何以好事如此？念嶰谷当乾隆盛时，君不幸，际方州幅裂，焦然无所附丽，偷息一隅，仍以仄席幼安，寓其思贤之意。士之抱一节之行，有不从君游者，则可谓之无识。彼桓氏虽名智囊，梦坡视桓，其亦貌同心异也与？昔魏太子击诵晨风，而文侯谕其旨意，太子以讽文侯之忘。梦坡志在思贤，断章取义，各有所在。而余终以吾辈即不如幼安，若韩江雅集上中之辈，尚可与之为齐盟之狎主。然则梦坡无为，远慕幼安，且日谋种树，郁然以待蟨鹗鹰隼之集，则于此诗将有再续三续而不已者。请以余言，为左契可乎？戊午中秋后三日，扬州兴化李详。"李详《晨风庐唱和诗续集》题辞云："晨风诗续玉山吟，老铁倪迂结素心。肝蠥潜通坡梦协，江湖钩取谷音沉。子云嗜好唯携椠，中散平生善赋琴。吴李论交俱白首，蹇修难喻此情深。"戴振声《题辞》（二首）。其一："一编唱酥续联吟，托咏晨风寄意深。珍重先人遗墨在，得君笙磬叶同音。"其二："起视晨星渐渐疏，古今代谢意何如？纪群我愧论交契，徒恸人琴读父书。"《晨风庐唱和续集卷一姓氏录》含海宁许湝祥子颂晚号狷叟、乌程周庆云湘舲别号梦坡、太仓钱溯耆伊臣别号听邠、太仓钱绥槃履樛别署拂衣山人溯耆子、宝山施赞唐琴南别号槁蟫、无锡汪煦符生别署西神山人、番禺潘飞声兰史、阳湖恽毓龄季申别署灵萱、阳湖恽毓珂瑾叔别署瘦兰又号俟庐、无锡王蕴章莼农别署西神残客、海宁管鸿词仙裳别署嚼梅山人、通州白曾麟石农、襄平徐子升鲁山别署鲁道人、乌程陈诗桂题、丹徒戴启文子开、安吉吴俊卿昌硕号缶庐又号苦铁、崇庆李德潜子昭、宝山杨芃械瑟民、江都王成霖睫庵、宝山王鼎梅味羹、绩溪汪渊诗圃、歙县吴承烜东园、宜丰胡思义幼胈、通州白曾然也诗又号道文曾麟弟、仁和诸以仁季迟、丹徒吴庠眉孙、归安徐鸿宝森玉、淳安邵瑞彭次公、秀水高濂蟾伯、兴化李详审言、江阴缪荃孙小山别署艺风、昆山李传元橘农晚号安般、仁和冯祖荫孟余、秀水陶葆廉拙存、仁和徐珂仲可、石门沈焜醉愚、仁和叶希明璋伯、无锡秦国璋特臣、咸阳李岳瑞孟符、上海姚文栋志梁又号东木、黄岩喻长霖志韶、鄞县张美翊让三、乌程金理厥声；《晨风庐唱和续集卷二姓氏录》（已见前者不录）含泾县朱锟念陶、嘉兴钱骏祥新甫、海昌查光华子春、广州崔永安磐石、海宁章梫一山、尼堪杨钟羲芷姓又号圣遗、乌程刘锦藻澂如、南陵徐乃昌积余又号随盦、新建夏敬观剑丞别署映盦、钱塘吴庆坻子修又号补松、仁和顾浩养吾、奉节张朝墉北墙；《晨风庐唱和续集卷三姓氏录》（已见前者不录）含仁和高云麟白叔、奉化孙锵玉仙又号玉叟、秀水金蓉镜甸丞、海宁王国维静庵、钱塘吴士鉴綱斋、元和曹春涵恂卿一号蘅史、嘉兴方通景来又号逪盦、长沙劳启扬于庭、江阴郑光裕觐文、仁和姚景瀛虞琴、香山林翰芬守一、丹徒戴振声嚚皋启文子、阳湖吕景端幼舲一号蛰盦、宁远杨宗稷时百、钱塘张荫椿砚孙别署印瓠居士、泾县胡韫玉朴安、乌程刘承干翰怡、仁和吴昌绶印丞、汾阳王式通志盦、新城王树枏晋卿;《晨风庐唱和续集卷四姓氏录》(已见前者不录)含乌程张钧衡石铭、归安许文濬玉农、震泽徐云禹平、乌程蒋文勋殿襄、嘉兴汤安邻石、武进史悠康叔起、仁和邹安景叔别署适庐原名寿祺、江阴金兆芝伯豫武祥子、海宁许保诗松如湉祥子、崇明童大年心安又号性涵;《晨风庐唱和续集卷五姓氏录》(已见前者不录)含石门籍释太虚、定海汤潆字尔规别号遁庵、歙县鲍祖德、吴兴张孝曾、瑞安项骧字渭臣、金坛于渐逵字吉谊、德清许炳堃字缄甫、吴县顾柏年字子虹、宝应朱崧生字峻夫、金华蒋邦彦字晋英、吴兴沈金鉴字叔瞻、绍兴王家襄字幼山、汉阳赵润字种青、栖水唐人寅字临庄、吴兴屠维屏字辅青、皖江李令先字凤池、崇明曹炳麟字钝甫、杭县钱锡寀字亮臣、瑞安孙诒泽字仲闿、吴县邹嘉来字紫东、吴县张茂炯字仲青、嘉兴钱锦孙字伯愚骏祥子、海宁马汤楹字绪卿、归安陆树藩字纯伯、金坛段炳元字绳伯、吴兴李宗贤字希民、桐乡郑衔华字佩之、吴兴邢塽字穗轩、震泽张晋绅字少湘、大兴傅宛女士、吴县孙德谦字益庵、吴兴王震字一亭、杭县叶铭字品三、杭县方敬舆字佩绅、鄞县梁秉年字廉甫、崇明施淑仪女士、吴兴沈宝铺字子馀、杭县汪嵚字曼锋、丹徒陈邦福字墨簃、金坛冯煦字蒿盦、桂临况周颐字夔笙、归安朱祖谋字古微更名孝臧又字沤尹;《晨风庐唱和续集卷六姓氏录》(已见前者不录)含吴江陆周鼎字承智、仁和叶尔良字仲房;《晨风庐唱和续集卷七姓氏录》(已见前者不录)含缙云楼村字辛壶、常熟归曾祁字杏书、番禺姜凤章女士、长沙王礼谊字叔良;《晨风庐唱和续集卷八姓氏录》(已见前者不录)含湘潭袁思永字巽初、乌程纪支第字泩舫、平江李实藩字伍云、海宁张宗祥字阆声一号冷僧、丹徒赵祖望字渭舫、甬江洪曰湄字左湖、乌程金宝禾字熙丞、归安蔡世鋕字德邻、平湖葛嗣浵字词蔚、江右李之鼎字振唐、香山甘作蕃字翰臣、南通徐鋆字贯恂、浦城黎黄松女士字渔仙、闽侯黄赞熙字翊昌、归安蔡莹字正华、武进邓澍字春澍;《晨风庐唱和续集卷九姓氏录》(已见前者不录)含归安朱廷燮字莲夫号匏庐、余杭朱贻孙字谋丞、日本桥本字关雪;《晨风庐唱和续集卷十姓氏录》(已见前者不录)含安吉吴涵字子茹别号藏盦俊卿子、定海汤铭策字简香、黟县黄质字宾虹、汉阳陈曾寿字任先别号苍虬;《晨风庐唱和续集卷十一姓氏录》(已见前者不录)含诸暨周大封字辨西、庐江陈诗字子言别号鹤柴;《晨风庐唱和续集卷十二姓氏录》(已见前者不录)含商城景崧字毓华、慈溪陈训正字无邪号天婴一号屺怀、番禺杜纯字枚叔别号了盦、海昌吕万字十千号选青、金陵高朔字敉志、闽侯林君健字仲堪、南通王贤字启之号个簃、桐乡吴宝清字肖桐、乌程周世选字鼎三、仁和姚寿慈字竹轩、山阴马一浮字湛翁、庐江刘体蕃字锡之。

陈夔龙作《十八日右台山扫墓，计内子亭秋之逝已二周矣，为之潸然》（六首）。其一："平分秋色点莓苔，泪洒西风土一坏。自有心潮平不得，此行不为看潮来。"其二："委化先余愿竟偿，长眠不共阅沧桑。星星白发吾衰矣，挑尽残灯夜未央。"其三："两载拼离负耦耕，米盐琐屑费经营。追思患难因依日，肯博寻常伉俪名。"其四："丙舍新成对远峰，栽花近傍墓门松。竹园可是皋桥庑，辛苦当年感赁春。"其五："次第看花兴已阑，吟秋无句惜芳残。何当明月清风夕，锦字催成墨未干。"其六："呜咽蝉声四壁秋，百年郁郁此松楸。濒行回顾前仍却，且作山中半日留。"

23 日　顾颉刚应叶圣陶、王伯祥之邀，到甪直住一周。是时，吴嘉锡任甪直吴县县立第五高等小学校长，王、叶二氏于该校任教。

白坚武搭日船"襄阳丸"赴汉口，船行中远瞻衡岳，因成一首。诗云："衡岳连天处，蟠云郁石开。骏姿思远道，鬼语破雄才。晓梦涛声侣，明星曙色催。漫闻豺虎势，未可久徘徊。"

24 日　日本完全取代德国在山东权利。

广州非常国会以袁世凯称帝 80 日，不应加入总统任期内，决议自 10 月 10 日延长总统任期 80 日，仍以副总统冯国璋代行总统职权。

陈笑红《中秋节杂咏》（八首）刊于 [马来亚]《槟城新报》"文苑"栏目。其五："昔年浮海赋南游，几载栖迟只是愁。怆忆故园频怅望，无心客里赏中秋。"

[韩] 金泽荣作《八月二十日士元率光高至南通志庆示光高》。诗云："吾弟兰荪质，能生酷肖儿。衰门胡得此，高祖实为之。鈇钺遗山史，江山宋玉词。如今都付汝，且可引深疤。"

25 日　《小说月报》第 9 卷第 9 号刊行。本期"弹词"栏目含《藕丝缘弹词（未完）》（瞻庐）；"文苑·诗"栏目含《人日放晴，出游未果，枯坐成句》（散原）、《晓暾公约相过》（散原）、《大雾登乌鞘岭》（舣斋）、《耐寂种菊诗十首》（清士）、《安乡水次，长句寄怀无畏》（伯弢）、《西湖泛舟一首》（瓶斋）、《宋铁梅寄示病起之作漫答》（沈观）、《次韵和樊山陪弢斋相国泊园游宴之作》（沈观）、《素心兰》（仁先）、《富川官舍》（念衣）、《鸡鸣尖古松》（鸡鸣尖为罗田最高之峰）（念衣）；"文苑·词"栏目含《眉妩·赋河东君妆镜》（仲可）、《烛影摇红·咏荷，同彦通作》（伯揆）、《曲游春·与彦通游徐园，时彦通将北行》（伯揆）、《绿意·荷花生日赋呈涵尹师中垄》（次公）、《玲珑四犯·杭州秋别》（次公）、《霜叶飞·遥和春音诸子天平看叶之作》（次公）、《渡江云·戊午秋夕，梦坡、中磊、蕈农饮酒江楼，当歌记梦，促拍成词》（次公）、《雪梅香》（次公）、《绿意·荷花生日》（蕈农）；"诗话"栏目含《藤花馆诗话》（续第 8 卷第 12 号）（西云）；"奕话"栏目含《绎志斋奕话（未完）》（胡先庚）。

刘文典出席北京大学编译处会议，商议与中国科学社合作事宜。

杨杏仙《中秋夜有感》（六首）刊于［马来亚］《槟城新报》"文苑"栏目。其一："月到中秋色倍清，高吟触起故乡情。嫦娥也解征夫意，闲伴离人到五更。"其二："客中佳节未成欢，辜负香衾不忍看。却忆前年明月夜，共卿游赏怯秋寒。"

26日　陈三立本日前后接陈曾寿西湖寄书，赋《仁先西湖寄柬，云重九前可相访，缀句奉报》。诗云："不死贪重见，初归孰与亲。荷湖沾醉艇，桂墅饮香人。多难吟能救，孤愁病愈真。吾庐半规月，留映笑啼新。"

魏清德《次韵呈剑花词兄》《次韵戏赠某君》发表于《台湾日日新报》。其中，《次韵呈剑花词兄》云："匹马燕京百雉城，如虹意气讵知名。谁怜急劫残局后，风雨名山著作情。"《次韵戏赠某君》云："卞家宝玉价连城，三圆当年擅美名。座客何人还眄柱，冲冠一怒有深情。"

［日］白井种德作《八月念二日访山口刀冈》。诗云："麦面为羹洵澹泊，鲛冰作脍也珍奇。郊墟雨霁新凉人，杯酌此时奚复辞。"自注："曝干鲛肉制如白纸者，贾人号曰鲛冰，韩（愈）诗：'时秋积雨霁，薪凉入郊墟。'余疾患后用酒极少，是日饮差多，结句故及。"

27日　张元济辞商务印书馆编译所所长职，由高凤谦接任。

28日　符璋作《绿端研歌》七古三十二韵。

29日　《中华美术报》第5号刊行。本期"词林"栏目含《〈枫江渔父图〉题咏（未完）》。

《戊午周报》第20期刊行。本期"文苑·诗录"栏目含《拟古》（隐隋）、《亚衡招同力山、民甫、帆夫泛舟西溪，集饮菱芦庵，次其前游诗韵，并索同游诸子和》（龙慧）、《亚衡将返蜀中，感别言怀，再次〈西溪游诗〉谊、留两韵赠之》（前人）、《春末，逊甫招同泛舟至白云庵，楼望有感》（民风）、《写定楼遗诗》（冯江）、［补白］《再评金券》（悲观）。

30日　时任国文研究所主任朱希祖出席蔡元培所召集北京大学各学长及研究所主任会议。讨论（一）组织研究所联合会事；（二）编辑《北京大学月刊》事。第一事议决暂缓；第二事议决自1919年1月起，编辑发行《北京大学月刊》。第1期由朱希祖总编。

吴昌硕为吴涵绘《郭吴村图》并题诗："玉花峰抱天梯入，石马岭登樵径通。川涌似翻斜谷出，村墟还堕劫灰中。耕桑叱叱驱晨犊，倚树沙沙落晚虫。秋照苍凉吟不得，年年栖凤失梧桐。戊午秋仲，偶写郭吴村即景付涵儿家藏。"

杨钟羲赴丁宝铨之约。

本　月

北京政府组织国会，选举参、众两院议员，继冯国璋之后，徐世昌就任民国第五任大总统，特别支持赵元礼当选参议院议员。此时孙菊仙享誉正隆，孙号菊仙，徐号菊人，或作《菊仙菊人歌》。歌曰："戏子号菊仙，总统号菊人。一个升青天，一个落红尘。歌舞逍以遥，名利疲而奔。总统千八日，神仙八千春。苦乐何相异，云泥亦两分。菊人语菊仙，天下惟我尊。菊仙语菊人，富贵如浮云。总统如有悟，不如听我云。逃出太和殿，溜进戏园门。"刘成禺《樊樊山之晚年》云："民国七年徐世昌任总统，樊山等又为贺表，以媚水竹村人，徐乃按月致送薪水。京师遍诵其贺函，且目为三朝元老。予友陈诵洛，搜集北京旧物之有关掌故者，曾在徐家获得樊山亲笔贺文，并縢以诗云：'明良元首焕文阶，会见兵戈底定来。四百余人齐署诺（两院议员四百余人），争扶赤日上金台。''南北车书要混同，泱泱东海表雄风。七年九月初三夜，露浥盘珠月帐弓。'曲尽颂扬之能事。"（《世载堂杂忆》）

《梨影杂志》创刊。至1919年6月共出5期。第1期"杂俎"栏目含《戏拟少爷党缘起》（大公）、《剧场人语》（听闻）、《劝戒鸦片歌》（本公）、《莺粟词》（南海梁博珍）、《庇能赠某女伶诗》（杜鹃）、《刺新剧诗》（进）、《某女校观剧歌》（痴）。

《浙江兵事杂志》第53期刊行。本期"文艺·诗录"栏目含《祝王太夫人七十寿》（郝国玺）、《钱江观潮口占》（瘿公）、《送杨昀谷之官川中》（瘿公）、《共胡大夜坐》（瘿公）、《七月二十六团栾家人游湖，用亮生致虞高庄联韵》（后者）、《秋叶再入幕，歌长句以赠》（后者）、《同邹慎斋、卢若虚游西泠印社，登隐闲阁》（后者）、《将归遇雷雨，复得一首》（后者）、《园游，默示孝岩》（大至）、《四月三日哀迈》（大至）、《四月二十八日发南通至上海，夜赴天生港待船，却寄诸同人》（大至）、《视殡》（大至）、《送南归者》（大至）、《宵雨不寐》（大至）、《题师曾槐堂，堂为张棣生所筑，以居师曾者》（大至）、《简无畏》（思声）、《读史四首》（初白）、《穉兰三十初度》（初白）、《夏正七月初五日，为克威将军浙江督军杨公暨德配刘夫人六旬双寿，爰集袁随园句缀成一律，借表祝贺之微忱》（邹怀渊）、《登吴山有感》（周月僧）、《寄怀海天横涕楼主人》（悦诵）、《江行之漳州》（悦诵）、《述难》（天赋）、《酒集》（大觉）、《感昔》（珽瑜）、《后者附诗，次韵报之》（秋叶）、《早秋雨夜》（秋叶）、《再入幕，奉瘿公》（秋叶）、《瘿公示〈观潮〉诗，次韵》（秋叶）、《中秋夜得舍妹函，知家人避兵沪渎》（秋叶）。

《留美学生季报》第5卷第3期刊行。本期"文苑·诗录"栏目含《海外杂感四首》（朱经农）、《深夜望月偶吟四绝》（朱经农）、《寄石云》（张孝若）、《中秋思家》（张孝若）、《重阳思家》（张孝若）、《答家书》（张孝若）、《游熊山》（张贻志）、《嘲白话诗》（张贻志）、《夕照山暮望》（陈衡哲女士）、《太平洋中杂感》（吴宓）。

《安徽教育月刊》第9期刊行。本期"文艺·诗"栏目含《戊午重九日皖城迎宾馆小坐感时》(高亚宾)、《重九日登振风塔作》(黔南李忏尘)、《和忏尘〈重九日登振风塔作〉原韵》(虔州黄仿鲁)、《步李忏尘〈重九日登振风塔〉韵》(盱眙徐宝树)。

王舟瑶游天台，娄县张师石、崇明吴采纯自沪来访，遂与同游，作古风24首。

林开謩自京师南归，过金陵，访陈三立于散原别墅。陈三立作《林诒书去都，南归见过，二首》。其二："师友堂堂望两乡(游旧多居京师及沪上)，数能来去宠壶觞。悲秋谁救相如渴，里饭应空海上方(闻涛园于沪居病甚，君亟趋视)。"又，李宣龚至金陵，过访陈三立寓庐，作《金陵视伯严丈并访鉴泉观察》(二首)。其一："一病能教万虑空，独行犹作百夫雄。穿城绕竹知谁见，只有钟山与长翁。"其二："青溪鸥鹭散无踪，放棹临流意亦慵。识面吴园数株柳，真成未死复相逢。"

杨圻(云史)嫁四女归朱氏，作《病虐，赠妇诗》。序云："父母之道，愁苦而已。余行年四十，婚嫁四五。戊午八月，四女归朱氏，牵羊嫁女，酷暑载途，颓然病瘵。知我忧、分我劳者，妻耳。江波湛然，绿枝微脱，病床对语，未免马周身世之感，更增杜陵家室之慨，率成一律。"诗云："杜陵家室在江城，江月帘栊玉臂清。久客累君将半老，当关知我未成名。赋中云气轻杨意，床上牛衣爱仲卿。方寸由来同五味，半生甘苦各分明。"

王国维日本友人内藤博士欲延其至日本大学任教。又，与黄宾虹商榷金石之学。

林献堂任台湾制纸株式会社取缔役(董事)。

傅熊湘重至长沙，又于12月与文湘芷赴沪，请愿南北和平会议。

吴梅迎眷北上，住京师斜街。

顾颉刚丧妻后随父到杭州游散数日，作《过西湖月下老人祠》。

胡先骕到南京高等师范学校任教。校长郭秉文设宴于梅庵，欢迎新聘教员，梅庵遂成胡先骕终身难忘之所。胡先骕作《出门》(三首)纪南京之行。其一："在家俟年余，千里复此逝。乡关渐去目，引我数行泪。去之何决然，一念不可置。微官效趋走，所学竟何事？秋红上柏叶，野色漾空翠。纵目忘尘纷，已自快心意。人事固难料，亦觉太轻弃。得失且莫问，但别义与利。"其二："十五二十时，出门不回顾。只身涉沧海，屡犯水灵怒。胡为此短别，乃觉有余慕。行囊已打叠，欲去复旋步。无亦饱忧患，倍有离别惧。异国为孤儿，大错已永铸。此身久如叶，余恋系妇孺。终为贫所迫，不得在家住。临歧无多语，眠食善珍护。千里岂云遥，精魂通寐寤。"其三："幼时颇慧黠，极为父母爱。七岁能作诗，便有成人态。金以远大期，廊庙曳鸣佩。何期丛家难，严父早见背。吾母抱冰蘗，心力极殚瘁。亦望早树立，始不负慈诲。胡为久蹉跎，猎食等凡辈。阿爷知已熟，穷达命有在。乱世横祸机，身命倘相贷。躬耕可自活，处约吾不悔。"到南京后，始与乡贤陈三立游，得提携。陈三立题识胡先骕诗稿云："摆落浮俗，往往能骋才思于古人清深之境。具此异禀，锲而不舍，成就何可量。陈三立读,戊午九月。"又云:"意理气格俱胜。三立再识。"

吴宓受梅光迪影响,转入哈佛大学。

施蛰存考入江苏省立第三中学,为四年制走读生。

罗忼烈生。罗忼烈,广西合浦人。著有《两小山斋乐府》《两小山斋杂著》。

朱祖谋撰《彊村乐府》与况周颐撰《蕙风琴趣》合为《鹜音集》(1册,2卷,铅印本)由元和孙氏四益宧刊行于香港。沈曾植(寐叟)署签,孙德谦作序。其中,孙德谦《〈鹜音集〉序》云:"归安沤尹侍郎、临桂阮庵太守,今之词坛宿老也。两先生刊有词稿,传之其人,故以孝穆密裁,藏家成诵;耆卿妍唱,饮处都歌矣。近者侍郎删存若干阕,太守亦重加理董,严选楼之格,撷文苑之英。此如北海传经,礼堂写其定本;东山订谱,乐府寓其新声。魏丁敬礼有言:'文之佳恶,吾自得之,后世谁相知定吾文者?'意者两先生同此旨乎?盖得失惟悬寸心,笔削乃见归趣也。夫词之为学,上祖风骚,陈古以刺今,意内而言外,其道尚已。放者为之,竞趋淫丽。或寒花发咏而不解牢愁,或芳草萦怀而非关旅思。殆休文所叹,此秘未睹者欤?两宋词人微婉成章,断漏孤栖,子瞻郁其幽恨;长门空诉,幼安触其离忧。类皆附物造耑,切情环譬,以抒其家国之感。两先生特工绮语,长于讽喻。咏白石之梅,则疏香嗟老;赋碧山之桂,则旧影思还。因寄所托,动涉身世,宜其趣流弦外,誉馥区中矣。岂矫伟长抱质,抗志箕山;邺下昔游,独称传后。词家如玉田、草窗辈,残灯瘦倚,惟记梦华;翠袖孤吟,深悲离黍。甘是埋暖,无惭逸民。今两先生绝景穷岩,蔽名愚谷,超世高蹈,斯文自娱,则其词之竦韵锵流,灵芬艳发。梁简文所云'文章未坠,必有英绝领袖之者',抑亦襟宇旷逸,素所蓄积然也。往者两先生客居京师,与半塘老人渔谱齐妍、樵歌互答。半塘之词深文隐蔚、高格远标。雕琢曼辞,蹈入夸饰,则不屑染其烟墨也。今读两先生词,亦复道林造微,参轨乎正始;泉明指事,植体于比兴。东莞论文,标举才略,以阮籍命诗、嵇康遣论,谓其殊声合响,异翮同飞。吾于两先生,今亦云然。半塘别字鹜翁,因以'鹜音'题其集,授之削氏,为序其简端云尔。戊午七月朔元和孙德谦。"

赵崧撰《含光石室诗草》(1册,4卷)刊行。陈夔龙、冯煦作序,莫棠作跋。其中,陈序云:"吾黔僻处万山中,去上京绝险远,风气号为陋啬。士生其间,率多质直沉静,不屑屑走声逐影,务以艺鸣于绮靡浮嚣之世。国初,桐野周宫詹通籍承明。时当文治极盛,始抗手辇下,与诸名宿争长坛坫。咸同之际,海内方夷寇乱,而子尹郑征君独能殚精造述,蔚为西南宗匠,其大较然也。余夙嗜两先生诗,比年既荟珂征君遗著,顷更检《桐野诗集》重付剞劂。莫楚生观察稔其好事,手遵义赵君筱蓉《含光石室诗稿》四卷授余。余展诵再过,知君为郑征君戚属,又久从邵亭莫先生昆季游。幼随其尊人伯庸太守宦游大江南北,犹及见承平盛况,所交契多一时黄俊。中间曾一归乡里,五试京兆不第,旋弃去举业,因漫游鸡林绝塞,仍时往来春申、维扬诸地。

举风土之殊异,疆舆之广袤,闻见之恢奇,交游之俊伟,一一托之于诗,所诣实乃愈进。金坛冯嵩叟同年,为君五十年前旧游,当日序君诗,已'叹诧为不可及'。信乎!君为吾黔近代诗人之一,未可听其淹抑不传也。辄属嵩叟与王雪澄廉访为之点定编校,而余捐资刊行之。嗟乎!元黄载变,横流日急,余与嵩叟华颠避地,顾犹斫斫于君身后之名,视君昔年客吴中时,文物江山,邈如隔世。其龙钟感怆,怀抱为何如已。戊午九月贵阳陈夔龙。"冯序云:"予少嗜诗,尝以诗求之天下士,于江西得长宁曾先生二泉与其兄子蘋湘,又因蘋湘得贵州遵义之赵子晓蓉之言曰:'诗非多读书、多游佳山水不必作,作亦必不至。乾嘉而降,海内言诗者,绳尺之见,局于方隅。目不窥汉魏之墙,足不履南北朝之席,又忌唐之大且精,非所以自便,乃一出其空疏滑利之诗,以召海内之不学者。于是儿童走卒与屠狗贩缯者流,莫不操三寸不律,率其胸臆之所欲言,嚣嚣然以诗鸣于世,而诗亡矣!后之学者,又或征异书,搜古文奇字,故为新涩奥衍之句,以聋瞶一世之耳目。虽非不学者所得为,然凌厉之气,直欲抉古之藩篱而破之,风骚有作,殆将无归,而诗益亡矣!'晓蓉之言如此,此予学诗十年,蓄于中而不敢发者,得晓蓉一吐之也。晓蓉通侻隽爽,不羁过于人。人视世之龌龊无所短长者,唾若腥腐,独追古诗人,与之俯仰揖让。间与蘋湘及予相过从,议论蜂起,衮衮不自休,一坐尽倾意。或有所不可,张目攘臂,绕屋大叫呼,甚则面嫚人,使不自容。人亦以是目为狂,并其诗诋之。然予与之交五年,所为诗去晓蓉远甚,而意未尝有所不可,亦未见所为狂也。晓蓉来江南久,曾一归遵义,往返几万六千里,又尝再游金台,落落无所遇。而天时之明晦,山川之夷险,人事之迁变,一发之于诗。故其诗雅而醇,闳而不肆,不主一家,而声应节赴,诉合于古,无一语及唐以下者。当予初交晓蓉时,尝欲同二泉先生与蘋湘、晓蓉晨夕相切劘,冀于诗少有所得,而一署客民,卒卒未暇。今二泉先生墓草已宿,予与蘋湘亦意绪牢落,几废诗不复为,独晓蓉耆之竺,所造日益深。予之荒芜,曾不足望其万一。虽能诗如蘋湘,亦将为晓蓉下。昔者共学之志,忽如电谢。得晓蓉诗,益叹诧为不可及。因举其学诗之勇,与夫论诗之强直,敢大言不詟惑于百年之风尚者,著之于篇。癸酉夏六月晦金坛冯煦。"莫跋云:"《含光石室诗草》四卷,遵义赵君筱容之所作。尊人伯庸太守讳廷铭者,以道光丁未进士分江苏,授句容令。粤贼陷县城,罢官留军中。同治甲子江宁平,复原官,擢知府,历代扬州江宁府事,署徐州府。殁葬雨花台畔。君髫龄侍宦,来江南,犹及见承平时盛况;嗣避兵转徙,一反里门;乱后,复流寓句容。凡五试京师,不售。光绪乙亥以后,依先君于海上;甲申偕黎祝衡游吉林;满岁还,仍馆沪渎。晚年至吴门,常主余兄弟;庚子归句容,以疾卒,年六十有一。无子,以弟之子为后,附葬徐州墓侧。君为人质直,不缘饰,罕谐于俗。处境未尝少丰,中岁益困,以至于老,且死不异。顾无时或废吟诵,颇嗜六书训故、金石文字之学,然未有造述,盖其博精壹志于诗者,有独至也。客吴下时，出所为诗稿付写人。余曰：'盍以授我，他日或为君传之。'余滞岭表十余年，辛亥旋吴山庐，故书往往散逸，而所授稿犹存。顷岁，贵阳尚书庸庵陈公重刻周渔璜、郑子尹两先生集成，因执其稿以请。尚书欣然许付剞劂，金坛冯梦华中丞煦、华阳王雪澄法使秉恩为点定编校，于是君诗之可传者，遂卓然表见于世，为吾乡近代诗人之一。而余畴昔之言，力不能覆，庶亦幸克践焉。微尚书之惠，曷及此？君生平好论时事。甲午日本辽东之役，每抚膺太息，一夕梦得句云：'那堪握槊听金鼓，都下人家少爨烟。'相与述异欷歔，恐有陆沉之厄。讵君则完然以殁。余独遭世变，流离穷蹙，尚复涊涩为生。勘君诗，不知涕之何从已。戊午三月丙午独山莫棠。"

胡石予作《读〈论语〉》五言长诗。

陈汉章作《戊午八月，钞币价跌太甚，月薪暗亏，同人有请余名，共请教育部发现洋者，诗以答之》。诗云："砚田逢恶岁，呼呈碧翁翁。杲日歌其雨，云睨属望同。来件有吾辈，舌耕之徒雍，食飧不继语。"

毛昌杰作《寿丁液群尊人仁山先生暨德配戴夫人六旬双寿》（戊午八月，丁云南人）。其一："洱海滇池万里天，此中避地有高贤。渊源易衍田何学，赠答诗酬子建篇。皓首仲淹勤教士，庞眉德翟与齐年。伫看游子归来日，银烛金樽敞绮筵。"其二："清才幕府有丁仪，回望南云剧慕思。世难不辞沧海远，归期约在菊花时。黄鱼紫蟹双杯酒，翠竹青松百岁姿。我欲跻堂同献寿，点苍山色极天涯。"

杨庶堪作《戊午八月得归渝州，感赋十首》。其一："五载家山半梦中，蜀音今喜听儿童。莫言辽鹤归来晚，魂断沧桑几度逢。"其四："姑娣天亲有泪行，今朝惊喜见诸郎。关心死别生还日，海外漂零定几霜。"其五："半亩田园黯就荒，邻翁争过说凄凉。诸君幸有安时策，头白何年见小康。"其九："别有销魂杨柳湾，十年埋玉骨应寒。同居若忆长千里，春化哀鹃傃夜还。"其十："城郭人民访是非，国殇新故冢垒垒。青磷白骨堪愁绝，犹报巴巫未解围。"

张默君作《戊午仲秋秣陵早发》。诗云："凉飔扶残梦，融车破晓秋，坰轻岚翠合，潭静月光浮；正气盈平旦，初心涵万流，问君何所适，天外有神州。"

黄侃作《偕鹰若三贝子园晚坐》《长歌》《漫成》（六首）、《杂兴》、《代薤露》《读〈荀爽传〉》。其中，《漫成》为论诗绝句，其一："寓目曾无得句心，奚囊何用苦搜寻？三年两句诗情窘，未解流泉是妙音。"其二："江山云物古今同，比拟雕镂术已穷。要识胸情宜直举，后人何必怯争锋？"其三："作奏诚宜去葛龚，矫情独造亦无功。候人破斧沿前制，始识文章有至公。"其四："忧生悼世感无端，篇什原宜当史看。泪没真情拟风雅，可怜余子羡邯郸！"其五："文章何苦较崇卑，兰菊英薤各一时。上采风骚下谣谚，果能真挚尽吾师。"其六："歌咏终须本性情，三年刻楮费经营。杜韩同有文章在，只惜《南山》逊《北征》。"《读〈荀爽传〉》云："中岁藏名向汉滨，晚来濡迹亦何因？申屠不屈康成隐，只合慈明作辅臣。"《杂兴》云："一智不能胜群愚，一勇不能胜群怯。被褐怀玉韬其光，尚须济之以兢业。振辔长驱人所恶，濡弱又恐遭凌躐。日以心斗无时休，坐令精强变疲茶。入山畏与樵拾伍，入市畏与贩夫接。何况遨游名势间，岂能一夕求宁帖？静寻蠹简常得侣，独步醉乡何所慑？灯前繁虑如循环，明朝霜鬓又须镊。"

[日] 田边华作《戊午八月拟〈出塞行〉》。诗云："朔方八月阵云堆，丞相传宣兵仗开。天皇御在晃山阙，白发元戎授钺回。"

<h2>秋</h2>

北洋政府利用俄国十月革命后边务松懈，成立"西北边防筹备处"，徐树铮任处长，伺机收复外蒙古。

北平新学会成立。发起人有梁启超、蒋百里、张君劢、张东荪等人。其宗旨为从学术思想上谋根本改造，以为新中国基础。翌年9月，张东荪、俞颂华等人以北平新学会名义创办《解放与改造》杂志，以"解放自我、改造自我、解放世界、改造世界"为办刊宗旨。

武进苔岑吟社成立。发起人为吴放，社员有余端、钟大元、徐养浩、金廷桂、徐琢成、罗焕藻、方泽久、吴承烜、姚文栋、朱家骅、朱家驹、徐桂瑶、汪赞纶等人。据余端《苔岑丛书》序云："苔岑吟社始轫于戊午岁之秋，为吴子剑门所发起，寸心千里，声应气求，当代文豪，词坛巨子，罔不闻风兴起，联袂偕来，集四海人文，成一时佳话。"又据顾福棠《武进苔岑社丛编》序云："吾社之设也，丁巳之秋，吴子剑门与余子希澄、钟子冕夫同作《蟋蟀吟》，词高而旨远，一时和者至数十人。金曰：异苔同岑，少长咸集，一若山阴诸子之会于兰亭焉。及其继也，徐子养浩自青溪来，金子染香自虞山来，徐子钰斋自澄江来，罗子佩芹自浙来，方子佛生、吴子东园自皖来，姚子东木与朱子粥叟、遁庵自沪来，吾邑之徐子桂瑶、汪子琢黼亦偕来。"盖丁巳之秋滥觞，戊午之秋正式成立。

沈曾植移居威海海微路211号。题寓楼曰"谷隐楼"，自号谷隐居士。

郭曾炘与孟纯等人同游北海，秋暑索居，郭重读顾炎武等人诗集并作诗文。

曾习经带女振绮（玉漪）拜陈衡恪（师曾）为师，随其学画。又访罗惇曧（瘿公），晤程艳秋（玉霜）于顺德会馆，作《瘿公寓斋与艳秋同饭，戏赠》（二首）。其一："万花敷地久成尘，露颖烟蕤的的新。末世文章工峭蒨，要知薄媚足精神。"其二："敢望清歌佐酒尊，偶观哺馔亦承恩。从今到处逢人说，一饭真成费讨论。"又，杨增荦应曾习经邀，为题《辛亥诗社崇效寺雅集长卷》。诗云："当君赏花枣花寺，我避粤乱苦无地。八年得读一卷诗,疑是仙人此游戏。"

冒鹤亭晤邓邦述。邓以所藏先巢民征君《滋兰轩图册》出示,冒鹤亭爱未释手,欲出金购置,邓未允。图共三帧,第一帧为姜实节画,第二帧为傅山画,第三帧为金玥画。后附宋拓米芾兰花帖,帖内有先巢民征君及蔡含、金玥两夫人印,再后附杨文骢、刘原起墨兰各一帧。应邓之请,冒鹤亭作《先巢民征君〈滋兰轩图册〉,为邓孝先题》。又,冒鹤亭晤成澹堪(多禄),相谈甚欢,作《次韵答成澹堪》。又,俞彦文自宜昌寄其母傅苑所撰《桑青梨自轩诗草》稿本,请冒鹤亭作跋。又,秋冬间,冒鹤亭同闵葆之(尔昌)、吴董卿游龙树院,吴董卿作《同葆之、鹤亭过龙树院,适抱永堂新构落成》。

陈去病离杭泛海去粤,参加护法,海上作《泛海》。抵广州后任参议院秘书长等职,又作《秋感》。其中,《秋感》云:"居闲长自拂吴钩,十载谈兵志未酬。事有难言惟纵酒,身无可托独含愁。隆中讵令纶巾老,彭泽何堪斗米求。准拟乘云破空去,大风腾啸海天秋。"

奚侗重游南京,作《九月登北极阁》。诗云:"丛林翳翳掩城阿,延赏寒空又一过。野气苍凉秋日瘦,山灵憔悴劫灰多。五年抗迹欺云壑,何处高翔避罻罗?照影分明后湖水,心池犹恐有风波。"

汪东作《忆帝京》词寄黄侃,时黄侃在北京大学任教。词云:"曲池小槛生秋气。最怯客中情味。徙倚水精帘,遥夜何曾睡。北斗近京华,极望劳终岁。　　几时更、陌头连辔。叹淹滞、未成归计。万缕垂杨,千重芳草,远梦历历分襟地。暗想擘笺时,定有沾衣泪。"

王易因感于吴端任、胡以谨等人早逝,作《临江仙·昔陆平原作〈叹逝赋〉,深致哀于春华朝露,以为松茂柏悦,芝焚蕙叹,气类之亲,固宜若此。余年仅五十,亦时有故旧凋落之感,新秋坐雨,默默追忆,不胜恻然,率拈数解,或不减邻笛之感也》(四首)。其一:"白雪满头高意气,诗名四十年前。袖间云物幻千缘。衣冠迷世外,哀乐寄吟边。　　一梦红桑惊换世,雨余尘榻萧然。老仙归后剩苍烟。故江枫叶乱,空吊载书船。(九江熊香海先生光)"其二:"谁倍长卿惟四壁,乱山残雪归来。征车辘辘困风埃。高歌随铁板,挟策向金台。　　白酒新亭家国泪,繁忧何地堪埋。援琴无限广陵哀。屋梁惊落月,秋雨冷莓苔。(都昌吴端任之纪)"其三:"结客少年裘马盛,唾珠椽笔纵横。柳边花底静闻莺。举杯天共醉,把剑月同行。　　一病文园成永逝,解兰空恨尘缨。三千里外夜魂青。传家留一砚,谁与问玄亭。(安义胡湛园以谨)"其四:"策马芦沟茸帽侧,惊沙朔雪匆匆。归来社燕又相逢。一廛高隐地,三径旧家风。　　乔木久悲霜后影,清谈惟共阿戎。园林人去认残红。忍忘三步约,鸡酒拜桥公。(清江蒋峻清用钦)"后载于《学衡》1922年第11期。

王浩应饶孟任之聘,赴京任职。时有诗《冷曹》,感慨官闲无事。诗云:"冷曹驼坐日去久,病树虫眠叶堕香。安得风帆三百顷,梦从雷雨濯沧浪。"

胡先骕在南京高等师范学校与王伯沆、柳翼谋过从亦密。

林散之临沈石田《洞庭秋色》长卷,积劳成疾。作《戊午秋日,作〈洞庭秋色〉长卷未竟,一病几危。濒殆时,犹念念若卷不置,枕上成绝命诗二首》。其一:"此夕皋兰尘梦远,他年湘竹泪痕多。末成风雨溪山愿,半卷飘零可奈何。"其二:"病里犹思湘水月,梦中苦忆洞庭波。画缘未了今生愿,墨债留为来世磨。"

夏承焘任教永嘉县立任桥第四高等小学。

顾廷龙考入江苏省立第二中学。因地近草桥,简称"草桥中学"。

松江修暇社辑《松江修暇集》于吉林刊行。此集为松江修暇社社员宴游、酬唱、赠答诗集。成多禄题签。前九集有五七言古风43首,五七言近体律绝122首。集前有《松江修暇社启》云:"榆塞迤东北陆,兴安上腴之国,自周秦来,视同瓯脱。清季同轨泰西,通道荒远,畾莫千程,如涉门阤矣。吉林虽僻尔东陲,而铁道交衢,衡轸连接。省治船厂,南面松江,山水清隩,富有瑰宝,固天然一佳都会也。夫稷慎之虚,东方古国,开化最先。汉郡唐州,变置部落,金元京路,文野进退,及明羁卫所,清以开国皇伯之风,泱泱可表。居游兹土者,俯仰衰盛,允有藻缋以兼咏歌矣。文献不足,风习自锢。筦邴芳躅,仅及辽东。丁白羽流,徒寄凫鹤。则如宋代张洪持节北徙,于史有光。然会宁讲舍,冷山流馆,故迹久湮,罔可指识。明清之际,友声汉槎,宁古塔之戍诗,长白山之赋制,诡形异域,怀归弗宁。漠天无垠,吁其已瘁。尝翻此邦志乘,所举耆旧,如乌雅氏庆福有独行,萨英额张吉夫有撰述,马藩、牛化麟、于凌奎等有惠绩,其它内行或以名业显者,大抵皆清人,前此无闻焉!岂非以山川阻远,礼莫能征与?今世交通,风目呼吸,遐迩宴笑,不复有荒徼之畏,性习之猜。丁时共和,黄农非远,寤歌莽苍,适兹乐国,此诚千载一时之会也。夫难逢者遇易失者时,万方多艰,沴未解,旁皇文宴,庸讵有尚?但亭伯达旨,茂先励志。昔先明夷恒存谈艺无庸之学,罔罗放失,将以答贶天人,资镜流尘,宁为泰乎?时日有暇,开径望益,摅昶天籥,殊趣同归。或好梁父之吟,或负塞下之书,或兴广武之叹,或发苏门之啸。其在《诗》曰:'风雨如晦,鸡鸣不已。'言礼乐由人而作,不可以颠沛寝也。师鲁仲曰:'不有博弈者乎?为之犹贤乎已。'言士大夫之不可终日无执也。同人等窃传其义,因地抚时,拟名曰:'松江修暇社'。其视博弈殆犹有愈,抑庶效风雨鸡鸣之节,诸君子末不亦有乐于此者乎!是诚甚所愿也,是诚甚所愿也。湘南雷飞鹏谨启,时民国六年七月日。"第一集含《早赴北山,待臣庵使君暨同游诸君不至》(艾室雷飞鹏)、《夏日赴约登北山》(睡石栾俊声)、《和艾室韵》(臣庵邹宗熙)、《北山纪事》(非园瞿方梅)、《北山吟呈臣庵节使暨同游诸君》(酌笙王闻长)、《和艾室韵》(檋渔成本璞)、《和睡

石韵》(前人)、《用艾室韵奉呈臣庵节使、睡石厅长暨同游诸君》(子健李葆光)、《前题》(润斋阚毓泽)、《和非园》(臣庵)、《北山雅集,呈臣庵使君兼酬非园、艾室、睡石、櫂渔、酌笙、润斋、子健诸君》(澹堪成多禄)、《和睡石韵》(艾室)、《北山醉归口占》(臣庵)、《和澹堪韵》(臣庵)、《和睡石韵》(臣庵)、《和澹堪韵》(艾室)、《前题》(睡石)、《和睡石韵》(酌笙)、《和非园韵》(前人)、《和臣庵节使〈醉归〉》(前人)、《和澹堪韵》(櫂渔)、《次韵赠澹堪》(前人)、《次臣庵节使韵,奉呈四首兼酬艾公》(四首,前人)、《和非园韵》(前人)。第二集含《北山书感,呈臣公暨同社诸君》(澹堪)、《立秋先四日雨后集北山》(睡石)、《和非园〈北山纪事〉》(前人)、《题澹堪〈香雪寻诗图〉》(前人)、《闻寺檐鸣虫》(非园)、《题澹堪〈香雪寻诗图〉》(二首,子健)、《补和澹堪〈北山雅集〉韵》(子健)、《松江览古》(二首,润斋)、《题澹堪同年〈香雪寻诗图〉卷》(酌笙)、《北山遇雨,幸达寺阁,呈先到诸公》(艾室)、《从非园散步,山后得卧虎沟,寓目野趣,倏然释尘》(艾室)、《北山联句》《和澹堪〈北山书感〉》(酌笙)、《和非园〈闻寺檐鸣虫〉》(前人)、《和睡石〈立秋先四日雨后集北山〉》(前人)、《和澹堪〈北山书感〉韵》(睡石)、《和澹堪〈北山书感〉韵》(臣庵)、《和艾室〈从非园散步,山后得卧虎沟〉韵》(前人)、《短歌,和酌笙〈北山吟〉韵》(前人)、《和澹堪〈北山书感〉》(子健)、《立秋日书怀,同前韵》(前人)、《和非园〈闻寺檐鸣虫〉》(前人)、《和睡石〈立秋先四月雨后集北山〉韵》(前人)、《和非园〈闻寺檐鸣虫〉韵》(润斋)、《步睡石〈立秋先四日雨后集北山〉韵》(前人)、《步澹堪〈北山书感〉韵》(前人)、《登北山遇雨,次澹堪韵呈臣庵节使》(二首,櫂渔)、《和非园〈闻寺檐鸣虫〉》(二首,前人)、《补和非园第一集〈北山纪事〉韵》(前人)、《和睡石〈立秋先四日雨后集北山〉韵》(前人)、《补和酌笙第一集韵》(前人)、《再和澹堪〈北山书感〉韵》(润斋)、《和非园〈闻寺檐鸣虫〉韵》(澹堪)、《前题》(臣庵)、《立秋日坐雨,用非园〈闻寺檐虫鸣〉韵》(睡石)。第三集含《立秋后四日,从同社诸君渡江,口占二绝》(臣庵)、《大水渡江,寻秋农场,臣庵节使先有诗,即用诗中"一棹晓横江,诗人自来去"十字,分韵得一字》(子健)、《分得棹字》(润斋)、《分得横字》(艾室)、《分得江字》(睡石)、《分得诗字》(酌笙)、《分得人字》(臣庵)、《分得自字》(澹堪)、《分得来字》(非园)、《分得去字》(櫂渔)、《秋集农场先占一首》(非园)、《敬步臣庵节使〈立秋后四日渡江〉韵二绝》(润斋)、《古意,和非园〈秋集农场先占一首〉》(艾室)、《和臣庵节使〈寻秋农场,人字韵〉》(前人)、《和臣庵〈渡江〉韵二截》(睡石)、《前题》(子健)、《归涂晚渡口占》(二首,酌笙)、《和臣庵节使〈寻秋农场,人字韵〉》(櫂渔)、《和臣庵节使〈渡江〉二绝》(前人)、《归舟晚眺,再次前韵》(櫂渔)、《和非园〈秋集农场〉韵》(前人)。第四集含《舟中望小白山》(睡石)、《舟过圃山微雨》(櫂渔)、《泊尼什哈山麓渡口》(麓樵廖楚璜)、《龙潭》(湘梅范景荣)、《前题》(麓樵)、《前题》(艾室)、《神树歌》(臣庵)、《前题,和臣庵节使韵》（艾室）、《前题》（麓樵）、《登南天门歌，呈臣庵节使暨同游诸君兼寄澹堪翁京师》（艾室）、《行尼什哈山，憩绿阴深处》（子健）、《泉声禽语自深树中出》（思睿程嘉绂）、《山麓采马兰歌》（酌笙）、《行枫林中有怀岳麓清风峡》（非园）、《雨歇过雨旸时若坊》（润斋）、《臣庵节使酒集尼什哈山寺，即席赋呈兼酬在座诸君》（酌笙）、《贤良寺寓中奉怀臣庵节使并寄松江修暇社集诸君》（澹堪）。第五集含《阳历九月九日北山高会，拈韵得"千年烟边田"五字分赋七律，用重九登高故事》（十五首，幼谷孙葆瑨、酌笙、臣庵、非园、未丹洪汝冲、睡石、麓樵、润斋、湘梅、子健、思睿、艾室）、《是日随非园、麓樵穷行山后，依前韵即景》（前人）、《和前作》（麓樵）、《是日幼谷翁新入社，适余忝作主人，先成一章以志》（酌笙）、《和前作》（幼谷）、《和澹堪京师见寄》（睡石）、《前题》（子健）、《寄和王酌笙〈尼什哈山采马兰歌〉》（澹堪）。第六集含《北山看红叶》（八首，非园、艾室、酌笙、子健、润斋、睡石、臣庵、麓樵）、《北山看红叶，学新体二首》（思睿）。第七集含《北山晴雪，陪臣庵节使高宴，食松江白鱼》（十首，润斋、子健、酌笙、非园、睡石、从耘郑家溉、艾室、未丹、臣庵、麓樵）。第八集含《立夏前日，饯春山寺，见杏花盛开》（九首，臣庵、非园、睡石、艾室、未丹、从耘、麓樵、润斋、子健）、《重游北山，补和同社饯春之什》（幼谷）。第九集含《四月三日展禊江曲》（四首，睡石、从耘、非园、濂周胡大华）、《和濂周韵》（三首，艾室、未丹、子健）、《又和濂周韵》（二首，子健、幼谷）、《自江曲农场归，感病有作》（臣庵）、《和臣庵节使〈感病有作〉》（二首，幼谷、艾室）。《松江修暇社诗余》含《调寄〈南浦〉·题澹堪〈香雪寻诗图〉》（臣庵）、《倒犯·北山寓集，赋呈在座诸君》（未丹）、《雪梅香·松江酒楼》（未丹）、《石州慢·题澹堪〈香雪寻诗图〉，用卷中大鹤韵》（未丹）、《前题》（櫂渔）、《玉楼春·时雨初霁，棹小舟渡松花江入农场，与诸同社诸公会诗，时值新涨，万绿迷烟，风物撩人，江山如画，仿佛身在江南也，予分得晓字，辄倚此代之》（未丹）、《玉楼春·和未丹韵》（櫂渔）、《倒犯·和未丹〈北山宴集〉韵》（櫂渔）、《雪梅香·雨后饮松江酒楼，次韵和未丹作》（前人）、《声声慢·微雨，舟过团山，至龙潭山寺》（櫂渔）、《夜飞鹊·晓泛至龙潭山寺，限支字，因用清真韵》（未丹）、《秋思·七夕，同櫂渔作，次梦窗韵》（前人）、《和前调》（櫂渔）、《安公子·丁巳阳历九月九日值休暇，陪同社诸公登北山赋诗，旧节新时，古欢今约，为谱此解，感嘅因之，塞上风高，即印此为龙山之会矣》（未丹）、《阳台路·怀湘社诸子》（前人）、《霜叶飞·红叶》（前人）。

　　黄协埙（梦畹）撰《鹤窠村人初稿》（1卷，附《宾红阁艳体诗》1卷）"戊午秋付国光书局排印"。封面癸丑上巳錬百题岢，扉页静园居士署签，于邠作序。《宾红阁艳体诗》前有蒋寿祺作序，集后有黄协埙、汤云轩题诗。其中，于邠序云："吾里无风人久矣。梦畹之来，又从事于歌咏，空谷足音哉。梦畹以近所作写一卷见示，曰《鹤窠村人诗稿》，且属序其端。邠惟吾里自宋储氏兄弟以诗提倡，后至于国朝康乾以前，著诗名者实多。蔡竹涛（湘）以一监生游京师，即席赋〈晋阳龙起〉一章，群公搁笔，尤世称艳。其继有冯墨香（金伯）、棉庄（家树）、玉芬（兰因）父子兄妹能诗，竹涛之裔有蔡晓峰（钢）、朱爱秋（庚）夫妇能诗余。若方倩唐（思信）、丁书圃（许秦）、祝晋川（文澜）、张海珊（庭树）、姚瀛仙（愚堂）、计芥生（渤）辈，高风按踵，及邑所见张啸山先生（文虎）以经学兼词章。当腊月东坡生日，招诸名流觞咏，其时邑年最少，亦得与焉。姚吉仙女史（其庆）受先生讲画最多，自是厥后，先生移居郡城，旋卒，吉仙亦归浦南，丁氏诸老辈辰星渐落。至于今日盖垂四十年矣，而无复继起者。梦畹生石笋里，早岁有声于世，人争聘之，橐笔沪江亦三十年，道穷而归。归不于其故居，而僦于吾里，殆吾里诗学有复兴之兆欤。顾梦畹夙以诗鸣，而所以重梦畹诗，又不足尽之。当梦畹主《申报》笔政，慷慨谈天下事，倾动四陬。日本人招之去，称曰'江苏大名士'，一时声价诚无与伦。何意近在数年之间，风气倏变，作放诞之说，目为豪杰；造颠倒之论，自诩英流。梦畹思以一人力抗制其间，持之者亦有年。终以世衰道微，孤不敌群。甚有衔恨之至欲得而甘心者，兹梦畹所以穷也。虽然，其穷自穷也，假使梦畹能稍贬志，则今日犹故日，何至于此！然而梦畹卒不肯略假借以易其操者，斯岂犹是诗人之徒欤。抑邑之说，梦畹以重伦斥邪、正世端本之道，与今日天下争，其志则可嘉，其事卒无小效。意曷若风雅雍容，以诗教授吾里子弟，俾吾里子弟知诗者多，岂徒嗣诸先辈余绪弗坠。二三十年后，此道殆渐灭，而犹留一线于东乡，岂非梦畹之功哉？且夫诗非无济物也，将以激人之善心，创人之佚志，于重伦斥邪、正本端世之道，固诗之能事。古之诗人，未有不本于是而发之者，然则谓诗足尽，梦畹可也。梦畹诗颇讲家数而运之以性灵，济之以炉火，摹拟而不见其迹。感事伤时，时亦有焦桐爨下之音，而尊君亲上之忧，乐道安贫之意常流露行间。至于柔情旖旎之篇，尤梦畹所夙擅，而今已寥寥矣。里子弟而能是也，因诗以求志，学梦畹诗而并学其人，不亦伟欤？邑少事朴学，不经意于词章，追悔奚及，今亦老矣。不然请先执弟子礼于梦畹前也。光绪三十三年十月，于邑香草。"蒋寿祺序云："光绪戊申端午，与香草别于淞滨，越十日，书来，以黄子梦畹〈宾红阁艳体诗〉伴函相示，属叙其端。名香一炉，绮藻三复，展卷卒诵，动魄悦魂，是其斐然足以感矣。夫吹叶嚼蕊，无取蘷吼雕争也；停云绕风，不必号钟滥胁也。观于摘艳裁句，薰香命篇，有怀则情根苗言，无题则荸甲新意。开府身世，玉溪风情，缁豪有神，符节若合。至于看朱成碧，纷绮绪于十红；纸醉金迷，衍流波于十艳，则岐王崔九，尘迹依稀；香雾清辉，泪痕仿佛。杜陵诗史，谢傅中年，以此言情，庶乎近道。况乃感蕣英之易谢，轸风絮之漂流。耨达池头，证兰因于已往；华鬘天上，悟絮果之皆空。是以石上参禅，则超超乎其解脱也；美人白发，则恓恓乎其思深也。要皆刿鉥心神，疏瀹灵府，蝶不堕于马腹，雅不类于虎贲。嗟嗟！慧业胡多，想廿四番真灵之座；情缘靡已，量五百车欢喜之丸。拟于其伦，复乎莫尚。韩非云艳采辩说，扬子云绿衣三百，色如之何？黄子此诗差无愧已而！或者谓小技虽擅，壮夫不为，胡弗以歌诗高厚相绳，引开卷王昌为戒。不知宓妃娥女，三间雅托诞词；浩水育鱼，宁戚间传丽语。昌黎银烛，广平梅花。大范之浊酒残灯，司马之铅华宝髻。自余人杰，不讳情怀。是则结想幽遐，皆灵均正则之旨；寄通绵渺，即国风好色之心。谲喻藻词，又何惑焉？仆晓无一孔，契有三生，诉沪北春风茵凭，屡奉话浦东旧雨，粉墨亲承（十年前冶游沪上时，君主笔《申报》馆，时时相见。去年四月访香草浦东，晤于席次，曾以所辑《粉墨丛谭》见惠），别有经年，思如积皋，忽百篇之教惠，致一辞之赞穷，爰贡謦言，聊为秕导。乌乎！丸弹圣手，君岂顾曲之周郎；粪著佛头，我愧丽情之元晏。质之香草，即以为叙云尔。光绪三十有四年六月下浣，弟青浦蒋寿祺拜叙。"黄协埙《辑〈宾红阁艳体诗〉成，自题二律于后》其一："春风吹雪白盈颠，渐觉邱迟锦不鲜。偶吐笔花传绮恨，闲排筝柱数华年。樱桃写影屏山曲，豆蔻缄愁镜月圆。任住佛桑香世界，岂因啼鸟破清禅。"汤云轩《题梦畹生〈宾红阁艳体诗〉后》（二首）其一："拈来红豆记相思，绝妙香奁笔一枝。古锦回文织鸳牒，珍珠密字写乌丝。常将转绿回黄恨，付与裁云镂雪词。为是巫山赋神女，至今宋玉惹人疑。"

陈三立作《秋夜》《秋尽日阴雨》。其中，《秋夜》云："西风凉户牖，灯火一瓢存。秋满斗牛夜，吟藏蟋蟀魂。隆污安问道，忧乐已无痕。莫倚槁梧暝，钟音断又喧。"

易昌楫作《将赴南洋，留别广州诸友二首》。其一："有人挟矢射长庚，无怪贪狼分外明。朋旧萧条乡井远，鱼龙寂寞海天清。空言急难舟何补，不计成亏地可平。国事安危公等在，我游岂是为私情！"其二："整顿精神泛大洋，九重从此见三光。濯经江汉流嫌短，阅尽沧桑劫恨长。从我仲由何磊落，依人王粲太荒凉！无边天地无边水，倚剑船头看夕阳。"

陈步墀作《戊午秋日同姚俊卿广文，家子砺方伯师、张汉三廉访、赖焕文编修、姚仲衡茂才，游曾氏畅和室，食池鱼有赋》（八首）。其一："几字畅和室，清泉符子琴。故人不可见，一树自萧森。"其三："菊盏映篱落，柴门掩夕晖。高吟不觉暝，山月送人归。"其五："为采芙蓉再涉江，主人新放木兰艭。秋风莼菜怜张翰，不得鲈鱼心不降。其八："中有离忧钓渭年，归来先唱打鱼篇（姚广文诗先成）。少陵已去麟凰杳，犹见人间并蒂莲（曾氏池中连年得并蒂莲）。"

熊希龄作《戊午秋双清观月，与淑雅夫人联句》。诗云："万松深处凤凰栖，戢翼归来日渐西。明月有情知我意，长留圆影照山溪。"

章梫作《戊午秋游天津，主陈诒重侍郎同年，赋赠四首》。其一："秋花不落又经春，故是兴元草诏人（丁巳复辟，诏檄多由君出）。桑下定谋缄在口，芦中觅渡剑随身（壬癸甲乙之间，只身往来南北，迭经艰难，卒皆坦夷）。虞渊扶出团团日，京阙惊看莽莽尘。此局已成输一着，津桥风雨泣孤臣。"其三："鬼狐得计若天骄，射影含沙喜夜遥。大造精勤一时倦，太阳临照万魔销。运回岁稔农同力，流顺帆轻舵不摇。知补羊牢今未晚，远防毁室有鸱鸮。"

林苍作《秋日书感》《湖上秋晚》《秋尽》。其中，《秋日书感》云："兵间已分填沟壑（辛亥在南昌），归后空知阅岁年。赊死至今真幸事，感时有泪辄凄然。书生身命鸿毛耳，梦里关山虎口前。劫火判教同一烬，且携杯酒看高天。"《湖上秋晚》云："芙蓉娇艳柳飘萧，一片风喧隔画桥。目断湖波鸥四五，黄昏人意总无聊。"

曾广祚作《秋兴》《独夜秋树根赋》。其中，《秋兴》云："风拂羽人衣。孤云脚底飞。高秋微有兴，易代不知非。白菊香盈掬，青松长几围。暮吹藜杖火，凉翠扑岩扉。"《独夜秋树根赋》云："冀马南行万匹强，黄巾竟入郑公乡。独惊秋色横空树，微逗蟾光照鬓苍。"

叶心安作《九秋》。诗云："丹青写出欧阳赋（欧九），腕底风生飒飒凉（凉秋九月）。未到清砧催木叶（九月寒砧催木叶），独留寒馥殿芬芳。簪花数合香山老（香山九老），度曲歌翻宋玉章（宋玉《九歌》）。岂是餐霞逢羽客（九霞），顿教黄叶染红霜。"

黄仲训作《远而亭，为忆弟仲赞所作，戊午秋落成，赋此志感》。诗云："小筑新亭号远而，断章取义本风诗。乐丘结伴先营窀，磐石铭勋当纪碑。一枕梦魂萦海外，万家灯火瞰江湄。相思只合栽棠棣，留待君来话别离。"杨家栋作《次〈远而亭〉韵》。诗云："总角论交我与而，园居喜赋落成诗。争传双绾嘉禾绶，知有重镌棠棣碑。梅鹤闲亭孤屿上，草鸡故垒大江湄。天然四面真图画，金碧楼台共陆离。"李增霨作《戊午秋日，次瞰青主人原韵》。诗云："大厦将成来意而，嘉宾集贺竞新诗。林园合继平泉志，棠棣争铭洛邑碑。杯酒不谈天下事，棹歌遥听水之湄。此间即是神仙窟，何用忧思赋黍离。"来玉林作《敬次仲训先生〈远而亭〉韵》。诗云："太息纷纷曷已而，大堪风世此亭诗。巍巍俯视万皆壑，铧铧争夸两可碑。四面天光收眼底，隔江弦韵渡云湄。果能借与醉翁醉，醒目无须睹乱离。"

朱德作《题护国岩》《军次云谷寺，晓行书所见》（二首）。其中，《题护国岩》云："曾记项城伪法苛，佯狂脱险是松坡。清廷奸佞全民忌，专制淫威碍共和。京兆兴妖从贼少，滇南举帜义军多。风流鞭策岩门口，将士还乡唱凯歌。"《军次云谷寺，晓行书所见》其一："翠叠层峦曙色融，如珠晓露滴梧桐。浮屠矗峙浮云外，古刹深藏古树丛。风漾田波翻碧绿，日烘榴火闪新红。天然一幅佳图画，费尽苍天点缀工。"其二："星落人稀鸟自忙，枝头百舌巧如簧。晴光绚烂朝霞赤，露气激清宿草苍。败屋参差幽径曲，垂杨稠密野堤长。出没匪徒无雅趣，争离美景鼠奔忙。"

江子愚作《秋霖》《成都秋感》。其中，《秋霖》云："风卷银河泻，云昏玉宇寒。漏天无计补，后土几时干。弱水三千里，长江十八滩。布帆无恙在，去住两艰难。"

柳亚子作《自海上归梨湖，留别儿子无忌》。诗云："狂言非孝万人骂，我独闻之双耳聪。略分自应呼小友，学书休更效而公。须知恋爱弥纶者，不在纲常束缚中。一笑相看关至性，人间名教百无庸。"

谢国文作《戊午秋，东渡陪瀛社诸词长寄园小集，率此告别》。诗云："年来频作淡江游，又是泥鸿爪迹留。开府有词哀故国，司勋无梦过扬州。微风小屋浮花气，冷籁疏桐挂月钩。悟得主人寄所寄，鹭鸥闲散我登舟。"

沈其光作《秋兴八首，次杜工部韵》。其一："濩落频年守故林，更堪秋气又凄森。樵归溪树生寒霭，客去山窗暗夕阴。三径茶烟苏鹤梦，半阶蕉雨碎蛩心。萧斋孤坐浑无那，愁绝荒城几杵砧。"其二："暂出城南夕景斜，且凭残醉答韶华。生涯每却胡奴米，壮志空怀海客槎。坏塔依依邻古刹，危谯袅袅堕清笳。伤心欲话沧桑事，断碣纵横卧藓花。"

黄濬作《秋日纵游汤山、翠微、玉泉诸胜，得诗十五首》。其一："凌晓膏车款翠微，秋光如黛泼人衣。不愁目力疲空阔，为有修杨夹道飞。"其二："排云旧殿俯郊扃，西倚屏山一逻青。忽有惊雷通辇道，乱鸦啼上廓如亭（廓如亭在昆明湖畔文昌阁南）。"其四："败荷疏柳酿秋声，碎石方塘镜样清。此是云林真稿本，苦营亭馆么么生。"其八："穿林扪磴陟韬光，上界松声入袂凉。惭愧多生余绮郭，荒龛回愿忏空王。"其十："独爱禅关偃盖松，松阴长著玉玲珑。寒潭龙气呼难起，摇暮聊迟一杵钟（龙王塔）。"十三："塔影蘸波山压萍，离宫泉石尚能清。平生瓢饮真吾愿，持向名场解宿醒。"十五："自有闲情世未知，小廊回合梦多时。何因得挈维摩伴，红叶千崖照写诗。"

姚光作《初秋纳凉》。诗云："节序已惊秋，四壁虫声语。趿不绕庭前，雨余带残暑。欲待月华生，空阶久延伫。"

宋小濂作《寿徐敬宜（鼐霖）五十四生辰》。诗云："莫恨论交晚，闻声早写诚。筹边参幕府，倾盖结心盟。臭味幽兰契，襟怀淡水清。久要坚一日，合座集群英。报国期无负，和衷与有成。艰难从不畏，忧患几曾更。绝塞天荒辟，频年宿莽平。疆圻吾乍领，桑海变堪惊。世乱同支拄，时危共死生。挺身当大难，决策慑奸萌。正喜妖氛靖，无端虏气横。失辞非自我，寻衅竟何名。讵肯邻交破，都缘国体争。仓皇携手去，曲直任人评。朝市权偕隐，乡园约耦耕。十年忘旧梦，万古发奇情。大地江河下，中流砥柱撑。风姿看爽飒，神骨屹峥嵘。岳降逢嘉会，松龄祝寿贞。介眉无别物，伐木赋嘤鸣。"

陈闳慧作《秋家风雨亭》《秋日游西湖口占》（二首）。其中，《秋家风雨亭》云："秋风秋雨夜漫漫，终古难将恨海填。一样冤沉三字狱，秋亭好傍岳坟边。"《秋日游西湖口占》其一："平湖斜日里，鸥鹭浴晴波。指点停桡处，秋山红树多。"

高宪斌作《七年秋赴北京途中》。序云："去冬毕业返米。地方当局邀任第一高小教员，约定义教半年，资助升学。后竟食言不遣。乃多方告贷，始得成行。途中偶忆《后汉书·南匈奴传》明妃辞汉事，不禁有感，因赋一绝。"诗云："自向掖庭令请行，多因负气不能平。秋风驼背琵琶语，重拨朱弦恨转生。"

王统照约此时作《杂感》（二首）。其一："砧杵频惊雁影疏，一宵惆怅鬓华虚。萧条城郭终何事，历乱风花孰起予。故里犹闻横寇盗，中原今更少储胥。闲愁莫付霜毫写，收却狂禅读道书。"后发表于《中国大学学报》1919年第1期。

常燕生作《秋意》。诗云："三伏重金气，长夏不知暑。一夕秋风来，节序始可数。家居临小园，开门见场圃。侵晨披衣坐，凉意在肺腑。离离园中枣，纂纂实当户。瑟瑟起微飚，萧然振万舞。虽无一叶落，零乱势已睹。晴空缀白云，一羽到南浦。下有伏蟋蟀，鸣声渐凄楚。始知夏纵凉，终竟非秋伍。荣枯随时异，日月驰难阻。悠悠南山椁，觅此意可抚。何再当彩鸾，一往无今古。"

闻一多作《戊午秋日惩志，七十七韵》。诗云："高斋月三望，埋头更夕昼；肝肠一荡涤，六凿忽通透。黄昏坐陈编，绿发感秋飅；检点廿年事，翘首愧屋漏。忆音犹童骏，燕颔挺轩秀。强勉学诗文，夏楚疲师授。入塾数因循，分食勇攫斗。曚昧遂伏腊，对镜失冲幼。开轩临门野，仰俯悼宇宙；翡翠巢高堂，麒麟卧幽枢。金匮垂史册，畏垒列俎豆；男儿百年事，首当五车富。负笈走鄂渚，敦敦家四候。舆算尽粪土，文章侈钉饾。倏焉岁云秋，曷尝改昏瞀？浩劫大运转，豪杰万方凑。紫氛郁云霄，华城灼熏橘。避难窜家村，饱暖惭赘瘤。造次试清华，承乏傥入彀；已暗朱蓝染，复废大小扣。三余度等闲，两载亦纠缪。鹙鸽已先鸣，百草失芳茂。灭裂误播耕，努力事耘耨。攘臂领级事，锐意图急就。独力扛龙文，未敢爱颈脰。往往值烦剧，后钝瞋恂愁；时或举艰巨，腐谈叱迂狃。鏖文战辩说，一虎敌诸狄。积疑布腾沸，众疳生肤腠。群口嘘赤熛，吹毛求疵瘗。因之成怪民，未免讥槛兽。贾生抱丹诚，乃贾绛灌诟。由来忠信事，霾没天莫佑。吾则匪圣贤，敢勿伍訕谀？鷇鷇未成羽，奋翅摩宗廇。颠倒落泥淖，贻笑群飞鸽。根本苟不立，隙越适自构。人言实不诬，益吾亦良厚。寒扉设罽罗，空谷喜咳嗽。良朋进药石，渐释茅塞陋。南归值夏假，辞别捐樽酹。相将莅澄潭，踟蹰践柔茨。众星相向明，死魂不升岫。默然意常多，欲言复夷犹。'旷代有相感，恨不成邂逅。管、华久共席，一朝判玉琇；君子隆异趣，同心有兰臭。羲和鞭白日，朝曦不我留。得毋共隐忧，寂寂朽岩窦？往者不可谊，来者犹可救。矢志作肥遁，铩翮甘雌伏。汲古拾修绠，游艺就繁囿；不必名山藏，未竟酱瓿覆。经冬见松柏，逾淮变橘柚。会当薰莸分，岂终苗莠糅？'感此肺腑言，泪堕如摧溜；'廿载去堂堂，屡误岂容宥？敢不悛前非，岬岬加勉懋？'平明判袂去，沸汽鼓群辏。飞轮无时休，千峰呀颠仆。夜渡见黄沙，游波忽惊吼。轰隆余喑呷，空响戴孟镞。寂寞生悲酸，恫恻沾袼袖。狂澜日东下，一身丛百谬，何由沧溟志，稍惬慰朋旧！归来卧蜗舍，闭户谢亲媾。读书六十册，金石碎琢镂。吟诗三十首，咿哑焦鸣嚼；夜坐馨兰膏，晨兴见牛宿。投股慕苏痴，握臂骇沈瘦。守拙矫狂悦，畏讥誓诇谪。一笑释仇怨，三省创昏疢。寄书骄故人，勤惰孰先后。披幌望田亩，太息见秋收。玉鏉折钻研，缃帙敝磨究。吾学犹未成，日月亦何骤！"又作《清华园秋日》。诗云："清华古园溪山好，白波青嶂非人间。十步一桥五步磴，九月霜高花满山。寒犀瘦菊斗秋艳，涧松岩柏矜苍颜。径萝挂壁剥古画，垂杨夹道飞烟鬟。封姨素女弄秋色，堆金裂锦成澜斑。朱薁半烔朝曛煜，池光上树噪群鹙。青松日暖荡惊涛，广苑隔山喧蹴鞠。六龙忽匿天风吼，欲雨未雨阴云逐。千柯万条战寒飙，古镜飘黄浮大橛。乱山残照喧村鼓，落叶阶前一堆斛。清歌哀吹寒露濛，满园灯火万窗红。印观流景感今昔，课斋静夜多悲风。"

李如月作《戊午秋旅沪，柴连复先生夫妇设筵款待，赋此诗纪念》。诗云："两地神交会一筵，方知翰墨有因缘。愧予未受江淹笔，安得如君锦绣篇。酒绿灯红盛宴开，安排珠玉入堂来。自怜咏絮难如谢，握菅叨从末席陪。"

刘华钰作《戊午秋再赴唐伯昆家观菊》。诗云："每到君家笑眼开，篱边遥望锦成堆。酿清欲并郦潭饮，香晚休烦羯鼓催。罗种聊张高士袖，吟诗愧乏左嫔才。明年愿定重阳约，老圃还须看意培。"

吴曾源作《桂枝香·戊午秋，游天台，过舟山，登城望海，用王荆公〈金陵怀古〉韵》。词云："凭高纵目。正海国秋深，雨柔风肃。万派涛澜滚滚，帆墙簇簇。孤城屹立沧溟外，看群山、奇峰青矗。矶头渔网，海滨蜃市，生涯饶足。　念当日、楼船角逐。叹戟断沙沉，泪珠续续。一棹闲游到此，难忘奇辱。兴亡遗恨付渔樵，望遥天、髻鬟仍绿。金瓯何日完全，欢奏铙歌声曲。(道光季年，提督葛忠壮公战殁于是)"

杨尔材作《戊午初秋卧病床上口占》《戊午初秋游关子岭温泉》(二首)。其中，《戊午初秋游关子岭温泉》其一："着屐来游关子岭，羊肠折坂不辞艰。欣闻野鸟时相唤，万壑千岩水一湾。半为游山半养痾，踏残黄叶听樵歌。提壶拉友寻幽径，逸兴分明此地多。登楼欹枕听泉声，不断清音昼夜鸣。更喜相逢林处士，同游此地结鸥盟(谓台中街长林耀亭先生)。"其二："晓起频登听水庵，冈峦罗列竞相参。玪琮入耳如清磬，胜迹千秋播美谈。扶筇拾级上崔嵬，云绕征衣拨不开。俯瞰千寻岩壑底，尚留题石绣苍苔。闲云桥下水潺湲，湍急浑如万马奔。一望无涯三倒峡，游人欲渡暗销魂。去病灵泉久擅名，一泓浊水一泓清。东西鼎峙三宾馆，客至争先倒屣迎。洗净身心快欲仙，我来眺望倚楼前。眼中景物山中雨，涤尽诗肠句句妍。一条瀑布岭头悬，越壑穿岩入大川。任彼狂风吹不断，飞云喷石自年年。温泉如沸火长然，活水还兼活火煎。入夜辉煌三五点，悬崖绝壁起烽烟。淙淙桥过逢仙桥，隔断红尘绝市嚣。莫怪游人频到此，佳名泉石景偏饶。从今愿蓄买山钱，来隐高峰第一巅。茅屋三闲此身老，清闲清福胜天仙。"

[日] 关泽清修作《秋晓,分韵》。诗云:"虫声满地晓风微,蚤起中庭独摄衣。池畔仍留凉影在,白莲花上月依稀。"

[日] 白井种德作《秋日雨中运甓词宗来访,酒间赋似》。诗云:"吟友来敲薜荔门,绝无旨蓄伴壶樽。庭前赖有观音菊,风雨连朝花尚繁。"

[日] 佐治为善作《秋声》。诗云:"藤床坦腹见云行,梧叶翻风片片轻。何处凉天金铁响,读书窗外已秋声。"

[日] 久保得二作《秋夜江上,限韵》《西郊秋兴》。其中,《秋夜江上,限韵》云:"银河一道划天斜,泄作江波浸月华。半夜凉风香不断,水心鱼跃碎蘋花。"

十 月

1日 《尚志》第1卷第12号刊行。本期"诗话"栏目含《卧雪堂诗话》(袁丕钧)、《海月楼诗话(续)》(袁丕钧);"文录"栏目含《〈滇南名胜图〉序》(由云龙)、《许苴山先生墓表》(钱用中)、《〈云樵遗集〉序》(钱用中)、《遗爱集〉序》(任寿彭)、《祖母徐太夫人画像赞》(袁丕钧);"诗录"栏目含《不冷堂诗集》(石屏张舜琴)、《送五叔还滇二首》(袁丕钧)、《沪上与彤宜外舅相别,赋诗一首》(前人)、《秋阶夜坐》(前人)、《季安同学以其伯兄衢亨遗稿见赠,题诗一首》(前人)。

《诗声》第3卷第10号于澳门刊行。本期"笔记"栏目含《雪堂丛拾(十七)》(澹於)、《水佩风裳室笔记(廿七)》(秋雪)、《乙庵诗缀(廿一)》(印雪);"诗话"栏目含《霏雪楼诗话(十二)》(晦厂)、《心陶阁诗话(六)》(沛功);"词苑"栏目含《恭祝吴公镜渊、镜彝暨同佛学会镜予大居士令堂伯母程太夫人寿》(张玉涛)、《莺声绕红楼·马交石纳凉》(沛功)、《长相思·湖楼春望》(同前)。另有《雪堂紧要启事一》云:"本社月刊《诗声》,同人拟将第三卷赶于月内出全,下月刊行第四卷。故将十、十一、十二三号少印一页,以便从速竣事,同志谅之。"《雪堂紧要启事二》云:"本社诗课,自今年起,诸君多不依期交卷,致汇卷多延搁未刊。今与诸君约,其第四十三、四十四、四十五等课,未赐交者,请一律补交。"《社友通讯》(二则)其一:"广州卷葹女史鉴:别后瞬将周岁,近何作,胡竟寸缣不获,岂尊寓已他徙耶?乞见示。秋雪。"其二:"广州莫远公鉴:阅报悉足下在社会党任务良用,惬然大著诗话,乞源源见寄。雪堂。"

白坚武口占一绝,赠吴子玉。诗云:"竞到南风血已干,高峰勒马问雄关。将军有泪挥黄海,奇石不镌衡岳间。"

陈师曾《谒明成祖陵》发表于《大公报》"文苑"栏目。诗云:"龙盘山势十三陵,野殿崇阶此一升。奠席承平资盛业,建瓴形胜想威棱。古松翠偃金凫寂,茂草遥连石马蹄。太息纯皇题笔在,丰碑遗迹两朝征。"

4日 杨杏佛与任鸿隽等同乘海轮"骚访丸"号从美国启程归国。

5日 《申报》第16393号刊行。本期《自由谈》"游戏文章"栏目含《斗蟋蟀行》(寒枫)。

《广东省会学生联合会月报》第1期刊行。本期"文苑"栏目含《暴风歌》(赵九畴)、《演讲队员出发欢送歌》(卓冠英)、《演讲队员回省欢迎歌》(卓冠英)、《夏夜独坐》(伍云章)、《越王台怀古》(杜宣明)、《雪里行车》(杜宣明)。

《妇女杂志》第4卷第10号刊行。本期"诗"栏目含《绍兴陈烈女挽诗》(易瑜)、《蔡母王太夫人六十寿诗》(代云南高审厅唐厅长)(慈利张权心量)。

《学生》第5卷第10号刊行。本期"诗"栏目含《秋怀》(安徽贵池同文书社学生田仲文)、《听雨不寐口占》(广东潮循道旅潮高小毕业生陈益光)、《秋声,次伯瑜韵》(前人)、《赋蚊》(江苏盐城愿学书社学生司毓骏)、《漱芳园秋色》(前人)、《秋声》(前人)、《和沈兴苍夫子〈登暖叟楼寄怀暖叟〉一绝,恭步原韵》(四川顺庆联合中学校学生伍麟)、《秋窗分韵》(四川李道鸿)、《读〈郑康成传〉感赋》(南京高鹏起)、《折杨柳词》(安徽贵池同文书社甲级生刘锦标)。

鲍心增作《九月初一夜哭三弟》。诗云:"恸绝江滩讼,艰难未定天。嗷肤金不铄,捍侮甲逾坚。挈产还孤寡,偿逋了合田。今宵千滴泪,可得到重泉。"

6日 江苏省教育会美术研究会成立于江苏南京。由刘海粟倡议发起组织,沈信卿任会长,刘海粟任常务副会长。选举黄炎培等12人为评议员,选举丁悚、沈伯尘等12人为编辑。本年8月21日,上海图画美术学校发起人刘海粟当选为江苏省教育会干事后,即致函教育会请求组织美术研究会,得到黄炎培、沈恩孚(信卿)等人赞同。同年9月3日,江苏省教育会干事会议决定组织美术研究会。1925年美术研究会改组,刘海粟出任会长。

《中华美术报》第6号刊行。本期"词林"栏目含《〈枫江渔父图〉题咏(续)》。

《戊午周报》第21期刊行。本期"文苑·诗录"栏目含《和王仲宣〈七哀诗〉》(隐隋)、《秋柳》(用渔洋老人韵)(平云)、《题赵古泥自绘其尊人卖药小像卷子》(龙慧)、《北郭水阁》(前人)、《写定楼遗诗》(冯江)。

沈瑜庆卒于沪上虹口寓所。沈瑜庆(1858—1918),字志雨,号爱苍、涛园,福建侯官县人。晚清两江总督兼南洋大臣沈葆桢第四子。娶刘齐衔之女刘拾云为妻。清光绪五年(1879),父死,恩赏为候补主事。回福州,购入明朝许友"涛园"故址,建沈葆桢专祠,并自号"涛园"。光绪十一年(1885)中举人,对副主考官翁同龢执门生礼;后因政见相同,交谊甚深。翌年,会试落第,以恩荫签分刑部广西司行走。经李鸿章荐举,任江南水师学堂会办。光绪十八年(1892),委办宜昌加抽川盐厘局。张之洞移督两江，请为督署总文案兼总筹防局营务处。光绪二十年（1894），北洋水师在甲午战争中惨败，诸将多被革职。沈氏勉力开脱，为海军再起保存力量。光绪二十五年（1899），主办上海吴淞清丈工程局。庚子拳乱，上书两江总督刘坤一，畅言东南互保。光绪二十七年（1901）秋，任淮阳兵备道，办学堂、兴市政、设农事试验场、修马路。旋护理漕运总督，又兼淮安关监督。同年升任湖南按察使，改顺天府尹。入京后，奏请兴修京城马路，办测绘学校及大量兴建学堂，厘定度量衡制。光绪三十一年（1905），调任山西按察使，不久调任广东。翌年任江西布政使。同年12月护理江西巡抚，扩充方言堂，改建罪犯习艺所，设立调查局，为实施宪政准备。光绪三十四年（1908）八月回任布政使，因拒用库款买贡品，遭中伤革职。宣统元年（1909）起任云南布政使。宣统三年（1911）调河南布政使，未上任，升贵州巡抚。入民后，避居上海，以遗老自命。汪辟疆《近代诗人小传稿》称其"平生最熟《左传》、苏诗，引吭高歌，声出金石。及落笔为诗篇，遣词铸语，比类达情，罔不镕铸二家，奔赴腕底。诗成讽诵，殊不见其裁合之迹。斯其过人者也。抚黔年余，即值辛亥光复，乃徙居海上，以诗人终老。民国七年（1918）卒，年六十一。有《涛园集》"。汪氏《光宣诗坛点将录》点其为"天微星九纹龙史进"，略谓："进于史矣，是为诗史。涛园之言如是尔。（涛园《题崦楼遗稿》云：'人之有诗，犹国之有史。国虽板荡，不可无史。人虽流离，不可无诗。'崦楼名鹊应，字孟雅，瑜庆女，林暾谷妻）"赞云："异代相知野史亭，燎原终感是星星。平生自有征南癖，秘记金銮绝可听。"又云："爱苍名父之子，熟于《左》《史》。其诗结束精严，尤多名作，其小序可备掌故。"卒后，陈三立作《挽涛园四首》。其一："首夏翔海壖，屡问维摩疾。楼廊安藤床，絮语久未出。临分召辈俦，截句睨把笔。亦复哦七字，落纸犹无匹。引还移病魔，延息药香室。太虚通顿呻，游魂对捉膝。袅袅秋风深，我苏公已失。伶俜起为人，仇欲鬼伯叱。半岁覆三豪（兼谓瞿文慎公、王完巢翁），天伐操何术。"其二："巍巍文肃烈，九土归彦圣。家有千里驹，公才信后劲。谈兵捭阖场，等闲树佳政。出补父兄处，绩并庆州盛。照影东湖漪，豚韭察利病。绸缪苞桑计，郑重流水令。官阁百步廊，休暇昵朋咏。龃龉去卧虎，坐纵狐貉横。至今谈父老，风度想辉映。"其三："咄嗟遘崩倾，蜂起帕首徒。祸伏肘腋下，忍睹坐相屠。掷节脱岩疆，召援稽天诛。雄图销厄运，自挝七圣途。狼狈穿巢窟，对泣穷海隅。其地流人满，踯躅互呴濡。稍稍劳酒食，棋槊纵歌呼。大恨悬蜃楼，天视焉可诬。聊付蛮触争，留作山泽癯。"其四："鲍系更岁年，赁庑错邻巷。辰昏袖吟纸，叩关证背向。公翘章檄手，耽艺厉孤唱。夙升苏髯堂，藻思赡而壮。书势亦劲逸，自适见真放。耆旧续汐社，文酒寄微尚。据坐瀺灂人，得公俱神王。于余习父子，扬激倒腑脏。一瞬酣歌外，寻泛青溪舫。跣足欹风榻，此乐谓天上。世乱士益孤，又死不可让。惘惘抚余龄，接梦海如盎。"张謇作《侯官沈涛园君挽词》。诗云："当年文肃重岩岩，疆吏威风不可镵。继武早推公子最，弃官未便使君凡。能诗对敌吾犹怯，醇酒余生彼岂馋。曾约秋山同近局，自今望断过江帆。"陈诗《挽沈涛园中丞》云："敬慎承先绪，艰虞冀晚成。深储左传癖，早被伏波名。荣戟崎岖路，舣船醒醉情。孤芳慨摇落，江海正秋声。"郑孝胥《哭爱苍》云："共推左癖如元凯，酷慕诗流必老坡。失路江湖空愤慨，戕生陵谷坐销磨。向来天际真人想，昨日寒斋一梦过。垂死挚来虽莫逆，鼠肝虫臂奈君何。"陈蘷龙作《沈敬裕公瑜庆挽诗》、李宣龚作《哭涛园祖舅》、黄濬作《挽沈涛园先生》（四首）、陈隆恪作《挽沈涛园丈》。郭曾炘作《重九前四日，风雨昼晦，偶览〈樊榭集〉，有〈病中〉诗三首，皆以"满城风雨近重阳"为起句，枯坐无聊，亦效为之》，伤沈瑜庆亡。其一："满城风雨近重阳，万事年来付坐忘。玉垒浮云经几变，虞渊坠日久无光。国人望岁诚知急，热客乘时各自忙。见说黄金能买斗，二矛河上尚翱翔。"其二："满城风雨近重阳，愁眼登台怕望乡。佳气三山传福地，名城十郡峙严疆。兵端谁造红羊劫，霸业犹思白马郎。万落千村鸡犬尽，避灾难问费长房。"其三："满城风雨近重阳，援笔还成感逝章。海上寓公渐寥落（今年旭庄、涛园继殂谢），宣南陈迹剧思量。越吟此后邀谁和，郢质吾生亦久亡。目极愁云昏八表，大招歌罢独悲凉。"

符璋见桂花尽开，作七律一首。

胡嗣芬数以诗相示陈三立，陈氏次韵和之，作《次韵宗武〈秋夕书怀〉》《依韵和宗武见贶》《次韵宗武〈园居杂兴〉》《次韵宗武〈九日游雨花台归酌淮榭〉之作》。其中，《次韵宗武〈秋夕书怀〉》云："江上听潮非一朝，惊蓬断角共飘飖。疏林乌鹊衔晴出，荒径豺狼得食骄。夜气养灯违对菊，愁丝织句欲题蕉。旄头未落心俱死，漫有寒齑百瓮饶。"

赵熙作《庆春泽·九月二日，雨窗思饮，阃人误斟石炭酸，既吸而觉。西医言，死法也，迄无恙。戏纪》。词云："香劫回春，罡风渡海，安然中垒余生。苦尽仍甘，思量竟死何名。蓝桥不换神仙骨，笑求浆、微戏云英。惜惺惺、元自多情，偏似无情。　平时共命迦陵。怕真埋锸下，苦劝刘伶。噩梦何堪，误书虽适犹惊。菊花留得渊明在，似仓庚、疗妒无灵。乞卿卿、还为髯兮，储就双罌。"

7日　《华铎》第1卷第8号刊行。本期"文苑"栏目含《七夕感牛女事》（怀庐）、《七夕夜坐置酒》（前人）。

8日　杨钟羲赴刘承干处参加淞社第37次雅集。

沈曾植致函金蓉镜。《与金蓉镜太守论诗书》云："来教披读两次，公出与社会周旋，归与古人稽，孜孜不倦如此，真健者也。见和拙句，理解精深，未免稍有吃力处，得非真俗空有理事之际，尚有融之不尽者耶？'佛法'两句，过誉何敢当。胸中磊块，正苦消除不尽，政恐往生时，品转在村媪下耳。君亲报答，却是助道品，亦即净行真如，虽着迹，无障碍也。《樟亭记》太无力，公诗太有力，马君诗虽未见，想有简雅风致。吾尝谓诗有元祐、元和、元嘉三关，公于前二关均已通过，但着意通第三关，自有解脱月在。元嘉关如何通法？但将右军兰亭诗与康乐山水诗，打并一气读。刘彦和言：'庄老告退而山水方滋。'意存轩轾，此二语便赚齐梁人身。须知以来书意、笔、色三语判之，山水即是色，庄老即是意；色即是境，意即是智；色即是事，意即是理；笔则空、假、中三谛之中，亦即遍计、依他、圆成三性之圆成实性也。康乐总山水庄老之大成，开其先支道林。此秘密平生未尝为人道，为公激发，不觉忍俊不禁，勿为外人道，又添多少公案也。尤须时时玩味《论语》皇疏（与紫阳注止是时代之异耳），乃能运用康乐，乃亦能运用颜光禄。记癸丑年同人修禊赋诗，鄙出五古一章，樊山五体投地，谓此真晋宋人，湘绮毕生何曾梦见。虽谬赞，却惬鄙怀。其实止用皇疏川上章义，引而申之。湘绮虽语妙天下，湘中《选》体，镂金错采，元理固无人能会得些子也。其实两晋元言，两宋理学，看得牛皮穿时，亦只是时节因缘之异，名文句身之异，世间法异，以出世法观之，良无一无异也。就色而言，亦不能无决择，李、何不用唐后书，何尝非一门法（观刘后村集可反证）！无如其目前境事，无唐以前人智理名句运用之，打发不开。真与俗不融，理与事相隔，遂被人呼伪体。其实非伪，只是呆六朝，非活六朝耳。凡诸学古不成者，诸病皆可以呆字统之。在今日学人，当寻杜、韩树骨之本，当尽心于康乐、光禄二家（所谓字重光坚者）。康乐善用《易》，光禄长于《书》（兼经纬）。经训菑畲，才大者尽容耦获。韩子因文见道，诗独不可为见道因乎？（欧公文有得于诗）鄙诗蚤涉义山、介甫、山谷以及韩门，终不免流连感怅。其感人在此，障道亦在此。《楞严》言'纯想即飞，纯情即堕'，鄙人想虽不乏，情故难忘。橘农尝箴我缠绵往事，诚药石言。'宏雅有治才，浮侈多薄行'，见道之言，即此已。谢傅'远犹辰告'，固是廊庙徽言；车骑'杨柳依依'，何尝非师贞深语。鄙近尝引此旨序止庵诗，异时当录副奉教。古韵溯源顾、江，中权戴、段、孔、王，最后严、张、姚、江，皆正鹄也。道咸诸家稍嫌浅薄。傅氏书曾在厂肆一翻，未穷其蕴。《古音谐》舍间无之。公有意此学，宜先就戴、段、孔、王书求之。等韵家比埒五音二变，已不自然；古音家比埒之音，益为枝蔓矣。闇斋先生阁下。九月初四日。寐叟上。"此函中，沈曾植首次明确标举"三关说"。早在1899年，沈曾植、陈衍、郑孝胥三人论诗时，陈衍即有"三元说"、沈曾植则有"三关说"。沈曾植有《寒雨积闷，杂书遣怀，襞积成篇，为石遗居士一笑》记其事，二人论诗语略具其中。陈衍"三元说"即学诗应以盛唐开元、中唐元和、北宋元祐诗人为楷模。沈曾植"三关说"谓学诗应打通"三关"，即宋之元祐、唐之元和、晋之元嘉。沈曾植《寒雨积闷》云："寒云如覆盂，漏天不可补。曜灵避面久，畏客牢键户。黮霮江海蒸，襂缡霡霄聚。闭关且何事，卧听檐溜沪。断续缀残更，哐喤轳虚釜。失行雁濡翼，嗦晓鸡上距。水官厉威严，雨师从吕钜。尽收天一气，并作

中国现代旧体诗词编年史

银潢抒。代云不成马，卫蛛空饮瓶。河亡九里润，海溢万家沪。南朔相倚伏，亢霖不均普。物物固难量，笾天奈何许。雌风四维来，龙具不能御。了无喝于唱，亦不土囊怒。禽习惯投隙，披拂仅如缕。俄焉目中曈，怳若负尸疰。老妻颇多智，装棉剂吴楚。臧姅燕赵产，缩胸甚饥鼠。固知广川谷，实有异寒暑。荆南五月来，炙热剧烹煮。伏金骨俱烁，秋暴背其腐。商飙一泠汰，暂得宽肠肚。宁复此愁霖，而兼湿寒茹。不忧灶生蛙，将恐皿为蛊。橘枳改柯实，蜃爵纷介羽。嗟惟人不化，何用适风土。孤裘故黄黄，掩形不如褚。清川浴垢疥，焉事资章甫。西园蕃草木，花叶故举举。蜡花实非梅，滇茶讵能苦。瑳瑳老楮树，占地冻不瘇。旁有南烛实，浪称仙饭糈。名虽疏药录，味不厕菱菇。鲜鲜若新沐，风槛群媚妩。兹族畏霜乾，徼幸且濡湑。宁知膏泽赢，蝎蝎益孳乳。穷阴未肯释，蹙頞唏老圃。陈君泥滑滑，税舆践今雨。幽室共槃辟，高吟忽扬诩。长舒汲古绠，高弣克敌弩。相君笔削资，谈笑九流叙。乃知古诗人，心斗日迎拒。程马蜕形骸，杯盘代尊俎。莫随气化运，孰自喙鸣主。开天启疆域，元和荆州部。奇出日恢今，高攀不输古。韩白柳刘搴，郊岛驾籍伴。四河导昆极，万派播滇渚。唐余逮宋兴，师说一香炷。勃兴元祐贤，夺嫡西江祖。寻视薪火传，晰如斜上谱。中州苏黄余，江湖张贾绪。譬彼鄱阳孙，七世肖王父。中泠一勺泉，味自岷觞取。沿元虞范唱，涉明李何数。强欲判唐宋，坚城捍楼橹。咄兹盛中晚，帜自闽严树。氏昧苟中行，谓句弦俪矩。持兹不根说，一眇引群瞽。丛棘限墙闉，通涂成岨峿。谁开人天眼，玉振待君拊。啁嘻寄杨榷，名相递参伍。零星寒具油，沾渍落毛尘。奈何细字札，衔袖忽持去。坐令诵茗人，倍文失言诂。郑侯凌江来，高论天尺五。画地说三关，撰策筹九府。癯颜载火色，烈胆执雕虎。荡胸万千字，得句故难住。梁鸿瓜庐身，礼殿击鼍鼓。沧海浩横流，中嶂屹砥柱。可怜灌灌口，味肉失胭脯。那复问尖叉，秋虫振翅股。怀哉海陵生，江草冒柔橹。痏痏济阳跛，海燕对胥宇。季子踏京华，尺书重圭组。太阴沈暮节，病叟局寒女。出户等夜行，焉将燎庭炬。百忧中缴缭，四望眩方所。赖君排偪侧，冰窟日谪逋。消此雨森森，蠲彼愁处处。天门开诀荡，曷月日加午。城隅卓刀泉，中有铁花黇。杉栝百千株，夹道俨围箁。樊口渺东望，松风冷相语。千载漫郎游，招招若呼侣。东坡眠食地，固是余所仁。郁没老涪皤，赭山畴踵武。兴来舴艋艇，径欲掠江浒。政恐回帆挝，商羊复跳舞。"

太虚大师于杨子街寄庐（王国琛家）开讲《大乘起信论》，并编出《大乘起信论略释》，23日讲讫，摄影为念。太虚大师纪之以诗云："飞梦汉江尘，一谈微远因。影中同现影，身外独呈身。了了心无住，澄澄意更伸。随流得其性，来往海之滨。"

郁达夫作《张碧云》。诗云："几年萧寺梦双文，今日江南吊碧云。人面桃花春欲暮，情中我正似刘蒉。"诗后自记云："东京丁豫书来，必欲使作张碧云诗，不得已欲作绝句一首答之。"诗成后又云："然诗太轻薄，非所以慰死安生也，故不寄。"

9日 段祺瑞正式向徐世昌递交辞呈。

谭育淳致书吴芳吉，极称许吴之"迷信不可不破，不破无以见性理之真。不可全破，全破无以见性理之灵"之说，称其堪为"基督门人"。

魏清德《云年社兄买屋京辅，惠示近什，赋此志贺》发表于《台湾日日新报》，又刊于1920年5月《环镜楼唱和集》。诗云："事业文章两绝伦，匠心独运几秋春。能探炭脉金层富，一洗箪瓢陋巷贫。买屋安居京辅地，吟诗长啸葛天民。他年台岛重修史，《货殖传》中第一人。"

10日 北府大总统徐世昌在北京宣誓就职，特任内务总长钱能训署国务总理。民国政府在怀仁堂举行前任总统（时由冯国璋代理）届满，继任总统（徐世昌）就职仪式，溥仪特派贝勒载润前往祝贺。次日上午10时，溥仪又在养心殿接见徐世昌所派答礼使节黄开文。内务部总长钱能训、大礼官黄开文率诸人迓徐世昌进府行就任礼。

南社社员接受柳亚子建议，改选姚光为主任。

《申报》第16398号刊行。本期《自由谈》"祝词"栏目含《双十节〈申报〉馆新屋落成赋》（景）。

张公略作《戊午十月十日游潮阳东山》。诗云："群雄事割据，争斗不遗力。小民苦聚敛，水火相煎迫。藐兹一躬闲，何幸得游息。乘兴登东山，林泉遍物色。佳景与良辰，时乎难再得。爱兹涧壑幽，登峰且造极。中州不可望，秋雾蔽天黑。四顾何茫茫，昭阳欲逃匿。风物似全非，世事空追忆。悄然思虑迁，不觉泪沾臆。国庆理当欢，何为心测测。可奈秋容凄，天地返否塞。欲来长风行，自恨无羽翼。孤鸿飞冥冥，世人何所弋。"

刘大同作《戊午年国庆日》。诗云："明知言战原非易，说到和时和更难。国庆八年风烛险，最伤心处是偏安。"

11日 《申报》第16399号刊行。本期《自由谈》"颂词"栏目含《双十节颂》（一子）。

符璋作《李相府题壁》七律一首。

章太炎返沪。

郭则沄以铨叙局局长职兼代国务院秘书长。

12日 《申报》第16400号刊行。本期《自由谈》"祝词"栏目含《民国七年国庆纪念，适值〈申报〉新屋落成之期，歌以纪之》（芳草）。

陈曾寿自诵所作《孤山、白堂、苏堂，集苏联句》。其一："两株玉蕊明朝暾，定是香山老居士；一盏寒泉荐秋菊，仍呼我辈不羁人。（白公祠）"其二："故乡无此好湖山，公如鸾鹤偶飘堕；何人更似苏夫子，肯与梅花作伴来。（苏公祠）"

13日　重阳节,刘大同偕平民诗社诸友赴黄花冈致祭七十二烈士墓。归后作《岭南吟》一百二十首。刘大同《岭南吟小引》云:"戊午秋九月九日,余偕平民诗社诸友,赴黄花冈致祭七十二烈士墓。至时日已西,黄花满地,无限苍凉。白骨成丘,弥增悲感。买纸无钱,愧对英魂于九地;借花献佛,来参诸烈于重阳。哭壮士不再生,齐声泪下;恨国事犹如昨,到处神怆。别来八载,幻梦一场;国立七年,戎衣三着。欲知失败之原因,端由媾和之贻误。空掷无数头颅,狂澜莫挽;妄费许多财产,国脉徒伤。直令人悲之不胜悲,哭之不胜哭,一腔血热,满腹冰凉矣。可怜党人零落,如晨星之在天;唯望烈士有灵,作厉鬼以杀贼。噫吁嘻,悲夫!风萧萧兮珠江寒,雨泠泠兮梅岭酸,月沈沈兮榕寺钟,木阴阴兮龟冈烟。温生之墓在其旁,史子之祠在其前,莽莽苍苍,曲曲弯弯,累累荒丘,高下其间。今日黄花冈,依旧北邙山,既不得见昌黎,又不得见坡仙,谁能大书特书不一书,以褒我前贤?所恃正气长存,死者不死,伤心枯坟如故;哀乎不哀,任他铁板敲残,唱大江东去。不信杜鹃声里,看天道北行。归后感作《岭南吟》百二首,以歌当哭,不计工拙。中华民国七年秋上上老人刘大同识于黄花冈右。"其一:"步出东邪门,累累烈士坟。烈士不得见,何以慰我心。西望珠江月,东望龟山云。史祠碑屹立,榕寺木萧森。黄花开满地,九月温如春。于乎七二子,正气塞乾坤。多半不相识,其中有故人。欲书无史笔,欲祭无诔文。我吊君不知,我哭君不闻。别来今八载,国事犹纷纭。同志相继死,吾党冤沈沈。含泪不敢洒,泪洒悲英魂。国仇犹未报,愁作岭南吟。"其二:"买舟日南下,万里访故人。故人心不见,悠悠岭上云。南山多怪石,北山多荆榛。阴霾漫天日,惨澹失昏晨。不见黄河清,但见江水浑。幽燕无枯骨,川湘多冤魂。斧柯不我假,避鲁如避秦。愁多恨夜长,况此老病身。浩歌以当哭,煮酒与谁论。归难见部曲,留亦少同群。恨无凌霄翅,飞过东海滨。"其三:"遥望浮山云,容容如车盖。岭南美人多,酣歌迷下蔡。欢尽不知春,何夕而何晨。千金买一笑,万金买一颦。座上珠履客,半是南渡人。财多任意挥,民瘦官自肥。官肥固云乐,民瘦不胜悲。"其四:"郭隗胡为来,为筑黄金台。不筑黄金台,难收天下才。今人何如古,燕王安在哉。"其五:"君子尚道义,小人重权利。权利薰于心,道义坠于地。骨肉自相残,杀人如儿戏。窃国与窃钩,存心抑何异。搔首问青天,悠悠不可思。"其六:"鸳鸯苦独宿,胡马悲失群。鸟兽尚有情,况兹远离人。平生厌戎马,胡为劳风尘。星星白发疏,征衫惭不如。从军廿余年,胜此百战躯。侵晨渡梅岭,日夕过海珠。草木含清晖,花花艳如荼。岭南一片月,照见流民无。"其七:"海上白云飞,一雁带秋归。北地草已枯,岭南稻正肥。九月未见霜,宛如二月时。朔风吹不到,何须寄寒衣。"其八:"澹澹曲江水,阴阴荔枝林。结交悲晚近,尚友论古人。葛天氏之志,无怀氏之心。羲轩人近古,巢许性犹真。降至三代下,扰扰乌足云。薰心于利禄,大德久沉沦。名足盖当世,勇足冠三军。若问其存心,不如一平民。"其九:"除恶务除尽，攻敌贵攻心。幽燕失其政，阴霾夜沉沉。西南起义师，名将据要津。不捣黄龙府，失算怨何人。徘徊复徘徊，独步珠江隈。时机难再遇，水逝去不回。人心不可知，我心永不灰。"其十："蜻蜓撼石柱，终身徒自苦。蝼蚁上枯梨，何时能疗饥。人生贵知足，夜行须秉烛。秉烛何如昼，不寐听晓漏。"一一一："泰华虽不高，日月不能消。河海虽不深，寒暑不能侵。人生两大间，胡为止百年。古人寿者稀，今人尤可知。机心不可生，机事不可行。希天与希圣，终身不失正。"一一二："百川不西流，日月岂东落。鹏飞九万里，乌能偕燕雀。列宿罗胸中，举笔摇山岳。立言当不朽，聊以觉后觉。"一一三："海上落残霞，岭南放梅花。骀宕春意足，游女陌上歌。若者弄玉笛，若者弹琵琶。不识曲中意，但见舞婆娑。迎风举长袖，对柳蹙双蛾。感人无尽意，客愁添如何。愁肠涤不净，怅怅望天河。"一一四："日出众星没，云郁山容肥。曳杖过堤北，清风吹我衣。岭南十月尽，蛱蝶自飞飞。禾稻满阡陌，桔槔声在西。借问谁家圃，菜花黄四围。摘蔬不盈掬，清馥逼须眉。此中有真味，傍午乐忘归。"一一五："国乱将军多，嗜杀惨如何。性根既薄弱，自诩知兵家。颇牧今已矣，卫霍去无涯。于今庸碌辈，何可假斧柯。胡为执政者，恃其作爪牙。"一一六："十里木阴阴，日落不知昏。泉流石有韵，明月瞰行人。"一一七："门前碧珊瑚，上有白头鸟。夜来风兼雨，不知失群无。"一一八："西山夷饿死，东陵跖寿终。善恶无报应，造物何梦梦。君子修其德，何事感飘蓬。焚香悟妙道，煮茗理焦桐。有时浮于海，二三弟予从。有时霏玉屑，四座沐春风。著以步云履，扶以入山笻。优游于世外，天地亦空空。"一一九："唯湘有兰芷，采采涉素波。唯荆有璞玉，剖之意如何。结交重道义，知音不在多。江水何汤汤，云山何苍苍。美人不得见，各在天一方。我欲从之游，何患风与霜。"一二〇："山青江水碧，四序皆春色。草木冬不凋，岂独松与柏。曳杖东山麓，过我老友屋。酌以北海樽，餐以东篱菊。微醉解诗囊，馥馥带古香。大笔书颉籀，小笔挥草章。杯未尽三百，奇字两千行。四座惊相告，此老老尤狂。列宿填其胸，丘壑充其肠。道高万千丈，睥睨古羲皇。悠悠行路人，谁能识我心。"

陈夔龙招花近楼重阳雅集。集者有：陈夔龙、陈夔麟、陈邦瑞、邹嘉来、王秉恩、余肇康等人。陈夔龙作《重九日偕少石兄柬约瑶甫、紫东、尧衢、雪程、静庵诸同年花近楼雅集，迟梦华不至，一席清谈，万方多难，抚时感事，茫茫百端，得诗二律，应教乞和》（二首）。其一："荒斋投辖当携筇，小隐明陪绮皓踪。绿酒未妨今日醉，黄花非复淡时容。垆边旧雨成新冢（沈爱苍新逝），槛外浮云似远峰。勉与群公酬令节，一樽相对慰疏慵。"其二："前游回忆虎山遥，白首冯公喜见招。（客岁约梦华游虎丘）此会今年谁更健，他乡作客意无聊。一枰黑白悲残局，四纪开天话旧朝。秋色上楼晴倍好，满城风雨未潇潇。"

周庆云沪上招重阳小集，依旧例登高，许湛祥出示先人《重九诗》。周庆云作《重阳小集，许狷叟出示先德珊林先生和陈浣江〈九日山斋诗册〉索题，敬步元韵》。同人和作：杨钟羲、崔永安、恽毓龄（二首）、恽毓珂（二首）、白曾然、吴俊卿、刘锦藻、潘飞声、徐乃昌、沈焜、王蕴章、恽毓嘉（二首）、缪荃孙。其中，周庆云《重阳小集》云："称情思浊酒，我意亦陶云（'何以称我情？浊酒且自陶。'渊明《九日》句也）。往迹留鸿雪，新愁寄雁云。市楼还揖客，祭酒合推君（是日会者一十四人，狷叟七十八龄，齿最尊）。诗教承先德，骚坛领异军。"杨钟羲《重阳许子颂同年出示珊林年丈嘉庆丁卯九日诗册，依韵奉题》云："自古名堪爱（陶诗'日月依辰至，举俗爱其名'），胡今异所云。百年仍令节，五字护秋云。丁卯能传子，庚申尚有君。临文搔短发，惭愧属珊军。"白曾然和云："多难登临客，伤时与孰云。雁声凉带露，蜃气晚嘘云。摩手几铜狄，随身无铁君（狷叟年近八袠，腰脚犹健）。百年怀旧德，诗垒继前军。"吴昌硕第六唱云："路歧古所泣，而我亦云云。人健当今日，楼高看好云。山空薇作饭，变剧狄无君。叔重诗琼璧，吾曹张一军。"缪荃孙《戊午重九独居鲜欢，闻徐积余诸君循登高旧例，许子颂并出视先德珊林年丈〈重九诗〉，各有和篇，因次其韵，录呈梦坡》云："佳节重阳到，登高古所云。樽前今旧雨，帘外往来云。小隐惭徐稚，论文共许君。自惭衰落甚，未足继前军。"

朱祖谋、王病山、陈曾寿、胡嗣瑗等焦山登高。朱氏作《紫萸香慢·焦山九日同病山、仁先、愔仲》云："避尘尘、重阳杯斝，山灵肯惜吾曹。是悲秋扶病，办腰脚、一登高。送尽西风鸿阵，又天边霜信，骤薄青袍。剩松寥片石，乞与客题糕。问块垒、可能酒消。 无聊。且话南朝。风落帽、手持螯。怕黄花冷觑，高城急雨，著意明朝。眼前插萸人瘦，尽流恨、去来潮。倚樵柯、上皇山路，暮云低尽，玄鹤不许人招。霜鬓自搔。"沈曾植作《紫萸香慢·和彊村九日焦山登高词》云："折茱萸、焦岩招手，词人共是仙曹。泛凌江单舸，灵胥眼、海门高。风雨年年重九，甚今年残照，与暖霜袍。对江山摇落，不是旧题糕。关塞路、影消梦销。 松寥。阁自前朝。呼旧酒，炙新螯。望南出不见，寻寻觅觅，暮暮朝朝。雁来数行题字，回帆摇、荡归潮。尽人间、难开笑口，桑田掷米，新句得怎相招。愁重痒骚。"陈曾寿作《九日同彊村、病山两侍郎、愔仲阁丞、强志弟焦山登高》云："漫游选地作重九，焦山佳处曾留庵。载梦扁舟候惊起，压篷秋翠堆晴岚。松寥阁开置床席，持螯呼酒江动帘。我难破戒继山谷，旧京风味题糕谙。归来有盦祀忠敏，严装屹立如遐瞻。当年陪宴盛宾客，招魂一老摧霜髯（盦为节师所建）。抱岩娜嬛信幽步，极目烟树穷淮南。僧房隐几待落日，江声上引风雷酣。晚铺重云献日脚，海门深宵开镜奁。横天一抹展奇翼，飘飘赤凤仙人骖。浮生万事此不负，逢辰一笑良非憨。归山我无真实意，但剽绝景供迟淹。暝楼归倚荡明灭，幢幢余影摇灯龛。"冯煦作《紫萸香慢》。序云："戊午九日，沤尹前辈同病山、愔仲、仁先焦山登高，赋此记之，怅触予怀，亦成此解。"词云："甚茫茫、江山如此，登临共续前游。问奔涛千尺,可流尽,古今愁。漫抚焦仙残碣,只亭传三诏,倦鹤应羞。向霜天、起舞万象本云浮。且与狎、海边野鸥。　　淹留。莫豁尘眸。丛菊泪、浊醪篘。况青袍草暗,黄垆笛冷,顾影无俦。甚时倚栏重睇,陆沈到、旧神州。忆携筇、凤城南去,苇花吹雪、残照尚挂层楼,孤雁送秋。"

碧湖诗社于长沙开福寺雅集。海印上人 (释永光) 主持开社。许崇熙作《戊午九日修复碧湖社集呈同席诸老》。诗云:"一度重阳一举觞,山中又换七重阳。孟嘉久废登高兴,惠远新开选佛场 (本年三月开福寺被毁,湖社及古被禊亭幸未殃及,海印上人稍稍修葺,是日始得开社)。拂面尘沙初过雨,称心松韭已含霜 (是日斋厨甚佳)。茱萸料简兵戈里,不负寻诗到草堂。"海印作诗《戊午九日社集,许九先有诗,因次韵》云:"乱后有诗寻洛社,篱边无菊过重阳。两僧踏雨能陪座,七子征题各擅场。支遁破关犹见客,许询吟鬓已如霜。马湖木叶萧萧晚,者旧分携冷梵堂。"

《中华美术报》第 7 号刊行。本期"词林"栏目含《〈枫江渔父图〉题咏 (续)》。

《戊午周报》第 22 期刊行。本期"文苑·诗录"栏目含《丙辰七月与谢无量、邓惺庵同游普陀山,晤法雨寺寓僧印光,归纪一首》(病山)、《李母孙贞女诗》(前人)、《丁巳守岁忆亡儿阿瑄》(前人)、《次韵答仁仙惠游山诗》(前人)、《写定楼遗诗》(十九首,冯江)。

吴庆坻妻花夫人卒,冯煦、陈三立作联挽之。陈联云:"懿行以佳话传,辅佐老泉兴轼辙;耆龄遂偕隐愿,同符德曜抗元崔。"

俞明震病愈至金陵,偕饮于散原别墅,作《戊午重九日病起,至金陵旧居,和散原见赠之作》。诗云:"南高峰晴北峰雨,攀天几度悲重阳 (苍虬去年《登高》诗有'六重阳'之句)。今年重阳两病叟,闭门与世殊沧桑。园木自涓生意在,纷纷野卉争秋光。惯将歌哭托酩酊,因病止酒天主张。由来老至各异境,淡处得趣皆芬芳。菊前桂后天清旷,无主钟山屹相向。何必登高看晚晴? 青溪自古多惆怅。疮雁南来事又新,斜日满城无故人。结邻与子共花竹,天许江湖作幸民。"陈三立作《恪士病愈自沪至二首》。其一:"相见都为复活人,亭亭皮骨杂埃尘。兴来照影青溪上,添一渔竿钓锦鳞。"又作《九日对恪士茗饮》云:"溪山寂寂过重九,闭关箕踞两病叟。远寺微传钟磬声,吟堂对茗相媚妩。阶前稚菊怯未放,屋上闲乌晴自舞。邻园桂枝虽烂熳,可怜避作风光主 (恪士下榻敝庐,不居园宅)。忆昔登高海上楼,庞眉野服从胜流。啸歌荡漾蛟蜃气,云木参差鸿雁秋。几岁乖离负佳节,涕泪况倾者旧折 (瞿止庵相国、王完巢翁俱物故)。万国兵戈浩纵横,九霄氛祲且蟠结。吾侪呼吸敌疮痍,缓死何颜尸养拙。犹闻残侣宿焦岩,波上藤萝缺月衔。擎杯莫恋临无地,须汝开愁兼破睡。(仁先书告:偕海上旧游三四人于焦山作重九,隔日过访白下)"

吴昌硕绘《松石灵芝图》,又绘《花卉果品》四条屏并题,绘《竹石》四条屏并题。

其中，《竹石》第二屏题诗四首其一："菜根咬不饱，枯肠生杈枒。吐向剡溪藤，即作罗浮花。"其二："罗浮山隔数千里，顷刻飞来雪色纸。铁虬屈曲蟠墨池，缟衣翩舞仙子。"其三："老夫画梅四十年，天机自得非师传。羊毫秃如毕墙帚，圈花颗颗明珠悬。"其四："写成换得玉壶酒，醉看浮云变苍狗。明朝更写百尺松，海上风来怒涛吼。戊午九月，七十五叟吴昌硕。"第三屏题诗云："石头顽似此，天上谪逸星。落落丈人行，离离秋海萍。护寒一抹屋，凿空万山青。独抱秋心卧，谈禅不耐听。戊午九月五日，偶学盲道人泼墨，大聋吴昌硕。"第四屏题诗云："竹竿籧籧水潺潺，画法通灵指顾间。一片雨声茅屋底，胜他烟雾起江山。戊午九月九日，登芦子城归，倚醉涂此，并录旧句。吴昌硕，年七十五。"

王易与三弟王浩、汪辟疆、萧纯锦游南昌青云浦。王浩作《九日同大兄、辟疆、叔綗游青云谱，道士接对甚恭，出纸索书，写诗而去》。诗云："已断烟尘十里南，来披苍径看秋岚。山花未落作重九，凫子欲眠声两三。得命文书真夺气，一原风竹坐新庵。他年未用寻佳约，茱菊相逢满意簪。"

胡先骕独游北极阁，伤诗友吴端任早逝，作《独登北极阁感赋》，后以此诗呈王浩。诗序云："去岁重九，偕王简庵、然父昆季与龙吟潭、吴端任登市中酒楼，歌呼竟日。自是遂不见端任，而今夏端任死矣。异乡佳节，独登北极阁，感而赋此。"诗云："一岗高据势腾骞，照眼山川撩梦痕。槛外淡烟迷野树，菊丛寒蝶抱秋暄。畸身剩作江南客，世变频惊后死魂。苦忆西风吹泪句，忍持茱酒奠荒原。"王浩作《得步曾九日登北极诗，却寄短句》。诗云："著我高楼事亦微，旧山松菊已成围。江南不是惊秋旅，十月青霜雁背飞。"

吴芳吉复张恕熙信，以作诗妙诀相告，曰："新、真、仁、神。"又言："吾信吾诗必传，为中国新文学界正宗也。"

符璋日记载作五古一首。

魏清德《秋宵小集即事》发表于《台湾日日新报》。诗云："小集灯红酒绿天，秋光容易感年年。迷花醉月寻常有，几个风流孟浩然。"

金武祥作《戊午重九，偕樗园、诵先、晓卿、竹初出东郭至万寿亭遗址登高，昔时亭前桂花极盛，有看桂花吃熟菱，口号》。诗云："谁把山中日历编，四时节序总茫然。义熙甲子何心纪，且看黄花又一年。"

祁世倬作《九日与杨盍愚、杨柳门、杨勉齐同游东郭村市小饮，用王无功〈野望〉韵》。诗云："散步东皋上，良朋好共依。山犹横近郭，人自立斜晖。风急惊沙起，林深倦鸟归。晚来容一饱，莫问首阳薇。"

王舟瑶作《偕同人九峰登高》《偕俌周、益勇、子辛至九峰看菊》。其中，《偕同人九峰登高》云："丧乱归来后，重阳已七经。尚遗几老友，同上仰高亭。短发逐年白，空山依旧青。一杯黄菊酒，能否驻颓龄。"

梁鼎芬作《戊午九日遥集楼》。诗云："细玩黄花比旧同，千秋寥落揽予衷。高楼有酒人皆醉，佳节无风日正中（此深慨于丁巳五月事也）。得句渐违方觉老，种松当暑尚成功（张文襄公入觐日于北学堂后种松，时方六月，皆云不宜，公云：'人定可以胜天。'遂种之。丙午鼎芬来京临行日，记得看六月松活几树。及来，看报之曰：'松都活矣。'公大喜，以示鲜庵，此松事也。来者或不知公所种且在六月，故详记之）。死生聚散都如此，不见当年六一翁。"

曾福谦作《九日，陈哲甫、朱谦甫邀集同人于净业寺涵碧楼登高。归途过普济寺，登日下第一楼晚眺》。诗云："年年辜负茱萸节，键户客心时蕴结。今年胜侣约登高，雅集丛林聚车辙。积水寒潭深复深，曦轮卓午消秋阴。僧房十笏隔人境，满地凉痕何处寻。一篇联句一壶酒，十数吟朋两禅友（谓端光慧安上人）。陶然亭上说题糕，往事不堪一回首。余兴携归犹未阑，更来普济寻斋坛。独登弟一楼头望，身世苍茫百感攒。倦游卅载离乡国，头白天涯归不得。黄花相对淡无言，寄人篱下少颜色。"

施景崧作《戊午九日》。诗云："何处登高地最宜，里门山好似儿时。吾侪结习知犹在，岁岁重阳例有诗。"

汤汝和作《九日城头远眺》。诗云："城头极望岳云西，一路吟鬟负小奚。家寄三湘成泛梗，诗逢九日是佳题。骚人抱共秋天爽，远树看随夕霭低。欲继大临风雨咏，衡山绝顶彩毫携。"

方守敦作《九日偕绥园出郭，饮吴竹淇家，遂登月山，归过方氏莱园茅亭小坐，复访竹虚，观所藏惜抱、梦楼诸先生遗墨》（四首）。其一："二老金罍照古颜，百年九日兴偏闲。苍茫古墓寻秋晚，不是登高上月山。"其四："一日清游聊可纪，万方摇落正堪悲。行吟月下归来晚，无限秋怀孰与知。"

刘绍宽作《戊午重阳寄鲍中勣》。诗云："七度重阳七寄诗，年年捻断几吟髭。侧身沧海横流地，极目江山摇落时。秋色渐于枫叶觉，霜风欲逼菊花知。吾侪抚节原多感，料尔登临无限思。"

赵熙作《霜叶飞·九日，清真韵》。词云："病如秋草。惊霜信，双溪长梦霞表。去年重九又今朝，为故人心悄。记霹雳千山破晓。腥云三面孤城小。望乱鸦茫茫，醉帽落、西风万感，不禁残照。　依旧令节萸香，音书天远，甚日飞雁重到。镜中人老似黄花，碎子山怀抱。唱落叶哀蝉未了。吹箫声谁同调。但暗祝、明年会，尊酒人间，战癍红少。"

陈懋鼎作《林皓农七十》（二首）。其二："清门常侍德相传，十策谁知擅计然。隐市饱观尘世局，杖家修到地行仙。岭梅烂漫春常早，乡树婆娑荫自偏。人海光阴贤季共，愧无好语介宾筵。"

基生兰作《戊午重九黎观察南山寺赐宴》。诗云:"布衣与宴荷恩殊,自愧无才比老苏。诗酒重阳称胜会,风云万状慨前途。公来曾赏东篱菊,我亦滥吹南郭竽。今日湟中真乐土,登高不复佩茱萸。"

熊希龄作《戊午重阳日,挈家游香山登高,赋此志感》(二首)。其一:"惊心风物逢重九,此地重来泛菊觞;骨肉家山思远道,人民城郭怅斜阳;万峰合处云俱碧,三径荒时草未黄;独把茱萸看仔细,年年端为避灾忙。"其二:"登临高处倍思乡,望楚山连万里长;欲就落英持紫蟹,那堪浩劫泣红羊;哀鸿惨泪资新主,戏马悲歌吊愤王;故里可怜鸡犬尽;更无人问费长房。"

曹炳麟作《重九上鳌峰,为登高之约,乘月归,赋示同学诸子》(二首)。其一:"七年重九两登高,风卷霜花入鬓毛。此地尽弹名士泪,余愁且付大江涛。无端落叶衣襟满,为赌斜阳酒力豪。暮色逼人归路黯,长歌催月出林皋。"其二:"聊借新醪沃古愁,不堪乱世又逢秋。天留佳日开寒雾,地有神山结幻楼。东海谁鞭秦帝石,南冠我泣楚臣囚。漫吟晞发阳阿句,落帽风来已秃头。"

罗惇曧作《戊午九日,岳云别业畿辅先哲祠,并作登高之会》。诗云:"去年风雨劫重阳,今岁晴暄酒满觞。各有楼台见山色,能将歌咏答秋光。佳辰作健从诸老,旧事衔杯话两张。漫感风林摇落意,初英黄菊满新霜。"

黄节作《九日卧病,时甫自津沽归,道遇故人南来》。诗云:"倦客无家病失依,孤斋九日正添衣。登高坐废江亭约,访旧才从沽上归。秋后风怀人比菊,梦中乡事柳成围。何嫌药里非良饵,自惜闲身昼掩扉。"

陈篆作《戊午重九,敔氏林九以淡定轩落成征句》。诗云:"丁年冠剑畅乘槎,沧海归来鬓未华。解绶一心盟白水,开轩九日见黄花。谁知处士山中鹤,来种故候门里瓜。场圃岂容长笑傲,清秋万帐正闻笳。"

唐继尧作《毕节》(二首)。其一:"走马看山兴若何,浮生大梦肯蹉跎。剧知天意分明见,重惜人材枉用多。创霸桓文新事业,纷争楚汉旧山河。静中自觉心源定,卷地风来总不波。"其二:"川济需舟旱作霖,独居深念发狂吟。现身高朗层空月,盟志坚贞百炼金。千古惟推文叔量,三分宁是武乡心。步兵广武成长叹,竖子英雄昔视今。"

张良遁作《九日自麻河还城,经虺隤山石门望见山楼二首》。其一:"凭栏望石门,缥缈压云根。今日登危巘,高寒斗可扪。水通严子濑,山对谢公墩。老圃花应放,迟予倒酒樽。"其二:"地接茱萸畔,人归桑苧村。望中淮甸阔,袖里菊峰尊(菊花尖在左侧)。佳节无今古,迎门有子孙。题糕留石壁,意气自雄浑。"

章梫作《重阳至京视亡儿,以续浅葬处,寄示灾儿以吴天津》。诗云:"我身百劫尚偷生,儿早先驱入九京。未见兵戈犹是福,可怜骨肉忍忘情。童年相汝疑妨寿,及冠如予独爱名。方喜神龙能变化，谁知雏凤遽哀鸣。一棺白草秋风紧，九载青磷夜火明。尔弟葬吾夫妇日，迁坟南北待经营。"

林苍作《重九日宛在堂秋祭，公议择日奉涛园先生入诗龛，书示观生》。诗云："岁岁登高问水湄，催租兴败却无诗。西湖玉局今谁付，九日樊南独有思。近代不闻秋柳笔，伊人合佩水仙祠。瓣香敢卜明年健，一角残山满涕洟。"

曾广祚作《九日与葛心水登白云峰禅林，乘马夜归，感赋八首》。其一："长吟梁甫忆阳春，秋屐登高百感新。古刹金人空有梦，夹门剑侠漫相亲。云中鸡犬含仙气，海上蛟龙耸怒鳞。抚罢素琴频述酒，兴亡满眼泪沾巾。"其二："神农已没我何归，太乙星光暗紫微。江浦朱颜拈荇带，沙场白骨掩苔衣。马来兖郡悲笳动，雁过衡阳急箭飞。佳节偏呈离乱象，下山溟觅钓鱼矶。"

汪兆铭作《重九日谒五姊墓》。诗云："仓猝别吾姊，从兹生死殊。风尘久憔悴，魂梦屡惊呼。荷锸忧仍大，闻砧泪易枯。斜阳趣归去，回首断坟孤。"

江子愚作《九日忆旧游》。诗云："陶然亭上旧登高，七度重阳恨未消。见说如今亭子外，西山无恙似前朝。"

刘栽甫作《戊午九日登白云山》。诗云："霜高独起上嶙峋，漠漠白云侵角巾。开眼但知天可望，入山何恨四无邻。一杯浊酒胸中事，数点黄花野外亲。更仰东隅史夫子，直将英气付何人。"

陈隆恪作《九日偕喻相平兄弟俞半江同登四十八窝山巅，憩农家，越瓶子横而还》。诗云："层峦陡作回澜势，循径攀援绿海中。未有心情问苍莽，自矜毛发辨鸿濛。老藤挂壁龙蛇蛰，丑石当关虎豹雄。梦入承平田舍乐，寒泉野菊荐秋风。"

黄濬作《九日游玉泉山登玉峰塔》。诗云："孤策凌秋意可哀，冲风鬓袂对裴徊。山余龙势崛相枕，河挟雁声凄欲来。酩酊已成天共醉，苍茫终恨世无才。平生迈往何曾悔，却为幽花首重回。"

乔大壮作《戊午九日纪游》（六首，含《玉泉山》《靓宜园》《碧云寺》《大悲寺》《秘魔岩》《师子窝》）。其中，《玉泉山》云："玉泉如好女，玉立善窈窕。近城不入市，严妆媚秋晓。客为沧浪来，小憩得台沼。乳窦溅山椒，塔院挂林表。平生山水情，蜡屐志幽窈。会心方有得，枕流坐自了。甘寒不盈匊，洗此百忧绕。何必藐姑射，魂梦蹑飞鸟。"《靓宜园》云："凤皇池上有鱼罾，岂但名园阅废兴。照影寒波事滪被，燔天劫火想凭陵。颓垣试觅蓬蒿径，华屋仍迷荠麦塍。年苦孤筇斜日外，为谁危涕立沾膺。"《碧云寺》云："经过信宿题诗处，漫尽落书二十年。偶办苴蕧酬令节，又扪萝磴仡飞仙。参天如故门前树，彻耳相忘涧底泉。何日团瓢遂栖隐，渐惊流水照华颠。"《大悲寺》云："山中秫酒发新笋，及荐壶觞九日游。别院醉采啼鸟枝，草花红过海棠沟。"《秘魔岩》云："若与云蓝践旧盟，殷勤驴背望飞甍。病从屐齿论今昔，枉向岩扉署姓名。九日山中桑落熟，十年石上藓纹生。人间后约无期准，一晌沉吟去住情。"《师子窝》云："野槛茱萸酒，寒山薜荔墙。岸沙明远水，林叶绚初霜。快俯三层阁，迟留百步廊。尘劳费思忖，归路定何乡？"

李思纯作《戊午九日》。诗云："冶春无计极游嬉，坐负青骢陌上嘶。迎送流光歌吹里，追寻欢绪太平时。虚名牛后浮云逝，小雨龟城弱柳垂。便引屠苏供退卧，眼前生事一年诗。"

李笠作《九日与王达民诸君登万松最高顶》。诗云："东山屐迹旧勾留，此日重登最上头。万籁敲松延客爽，一泉枕石逼人幽。村边夕照怜黄叶，江际闲云养白鸥。插罢茱萸归去也，秋风潇洒送樵讴。"

吴芳吉作《永宁重阳》（四首）。其一："万壑压城头，双江拥翠流。人间谁适意，酒后更添愁。历历兴亡运，冉冉岁月遒。赖有丹岩好，平分一段秋。"其二："拨火试新茶，空山乐事赊。惜阴聊报国，做梦当还家。冠盖人如鲫，风尘眼欲花。此心惟不死，恬淡绝声华。"

罗长铭作《九日载酒龙山庙》。诗云："衡阳风急雁声哀，落木萧萧自往回。几片闲云随岫展，三分秋色逐溪来。龙山飞去参军帽，胜友同登戏马台。身世苍茫何限恨，仰天长啸且衔杯。"

谢铭作《登老鸦城野望》。诗云："登上荒城望，风光九日幽。叶红烟浓淡，沙白水低流。报赛人神喜，经霜草木愁。何来香暗度？转眼菊花稠。"

14日 《申报》第16402号刊行。本期《自由谈》"祝词"栏目含《申报馆新工筑落成致贺》（诗者瘦鹃、词人酒匀邹弢）。

陈曾寿作《重阳后一日同人定慧寺山门夜坐》。诗云："晚上峰头观落日，霞表诗情极孤纵。夜来山门踏明月，呼吸风雷转空洞。松杉挂月是何年，写影惊涛法梁栋。千洄万激声合时，门内霜钟初发瓮。坐阶五人相对闲，抚掌山灵撰幽梦。欲诉烦冤访彭屈，倪出琴高波裂缝。明月清风孰为我，颠倒悲欢笑抟控。不如遗世老磐陀，镇卧奔腾了宾送。"又，本日前后，作《定慧寺山门看月，与彊村同作》。诗云："天水与阶平，山门坐月明。墙灯移殿影，虫响出江声。语寂钟初发，宵寒茗更清。浮生苦劳转，净业羡支更。"

15日 朱祖谋、王乃征、胡嗣瑗、陈曾寿、陈曾矩等从焦山归南京，宿于散原别墅。陈三立作《沤尹、病山、琴初、仁先、絜先自焦山至，接语联吟四宿而别，赋纪十六韵》。诗云："染寐江南山，隔云青未断。野饭荡车尘，鬓侧雁行伴。相哀逃虚空，户外足音满。瘦罢起绝倒，光精溢孤馆。暖暖菊意存，浮浮桂馨暖。影事叠嵩华，悲肠丐濯瀚。岂无揽胜区，鞭追士牛懒。昕夕抵掌席，群嬉寄枯管。丽栋星辰飞，幽扃鬼神款。镞利箭锋值，斤斫垩漫悍。窃晒鼠搬姜，俨为鸡伏卵。情往浊世遗，思狃太古诞。十年老兵戈，坠欢拾缝窭。端恐梁父吟，且成广陵散。贤豪不常聚，梦境嗅酒盌。摩垒偃旌旗，抱独用其短。"陈曾寿作《同人登高后至白下访散原老人》。诗云："闻翁止酒吁不乐，得见开尊病却忘。老屋拈诗妨烛短，邻园分榻破苔荒。剧怜燕蝙朝昏促，喜近须髯意义长。还约湖州载诸老，万梅深处补秋觞。"又作《焦山纪游杂诗》（八首）。其一："朱老悲秋强陟临，病翁题壁感重寻。孤吟已忏贪多习，百劫难灰爱好心。（松寥阁中悬病老十年前所书楹帖，坚欲易之）"其四："枇杷可啖书可读，欲伴海西寒病僧。闲拓残碑易香饭，暮江声里隐登登。"其七："心游碧落睨蛛窗，定入枯禅背佛缸。为欠联吟散原老，苦摹涩体入西江。（同人戏仿散原体联句，惜仲有'睨客悬蛛就纸窗'之句）"其八："魂梦山楼恋夕晖，前生结习是还非。横身沧海沉忧患，一去名山更不归。"时陈衍因疟疾未同行，作《仁先约同古微、病山诸人焦山登高并视伯严，疟作不与》。诗云："年年不肯负重阳，今岁重阳忒可伤。避乱携家离故里，登高约伴聚他乡。明朝稳上焦山顶，后夜还过白下堂。却被罡风吹散了，疟寒疾作卧匡床。"

《申报》第 16403 号刊行。本期《自由谈》"时谈"栏目含《感时联》（樵隐）。

《东方杂志》第 15 卷第 10 号刊行。本期"文苑·诗"栏目含《虞山纪胜三篇，康更生、王病山、胡琴初、陈仁先、黄同武同游》（陈三立）、《世乱五首》（陈锐）、《挽孝觉》（曾习经）、《众异新诗见示，有"长负鬓鸦"之语，赋此调之》（杨毓瓒）、《入山》（诸宗元）、《与汤定之登八达岭古长城最高处》（陈衡恪）、《重游戒坛、潭柘二寺，得诗八首》（黄懋谦）、《汤山》（黄濬）、《宿汤山行宫遇雨》（黄濬）、《京寓贤良寺，寄社中诸子》（成多禄）、《大水渡江寻秋》（成多禄）、《崇效寺对牡丹作》（黄节）、《七夕》（黄节）、《和瘿公〈自在〉一首韵》（黄节）、《病起示家人》（李宣龚）、《病院早起》（李宣龚）、《题徐仲可〈纯飞馆填词图〉》（钱智修）、《步韵和采芝成审，即以为别》（黄有书）、《秋来东美，杂书赠汪子芎潭四首录（一）（二）》（张志让）。其中，陈衡恪《与汤定之登八达岭古长城最高处》云："北捍胡儿不敢南，藩篱设险倚巉嵌。销锋似可秦边静，断臂终劳汉使探。铁马千秋争腹背，长蛇万里控崤函。振衣试与凭高瞰，面面芙蓉涌翠岚。"

［韩］《天道教会月报》第 98 号刊行。本期"词藻"栏目含《中秋凤凰阁》（苇沧吴世昌三首，芝江梁汉默，敬庵李瓘三首，我铁郑广朝二首，于泉李会九、古友崔麟、莲游尹龟荣、凤山李钟麟）。其中，我铁《中秋凤凰阁》其二："雨声偏急牛溪秋，几度招呼作此游。红叶黄花多少里，不和何处有仙楼。"

16 日 《申报》第 16404 号刊行。本期《自由谈》"慨时诗"栏目含《游丹山》（二首，耐寒）。

俞平伯针对新诗、旧诗之争答记者问，作《白话诗的三大条件》。后刊于 1919 年

3月15日《新青年》第6卷第3期。开篇云:"《新青年》提倡新文学以来,招社会非难,也不知多少。大约无意识的占据大半。我们固然应该笃信我的是处,竭力做去,决不可浮荡无根,轻易存退缩心思。鄙人意思,完全同诸位一样。而其中独以新体诗招人反对最力。我们对社会这种非难,亦应该分别办理。"其中第二个条件云:"音节务求谐适,却不限定句末用韵。这条亦是做白话诗应该注意的。因为诗歌明是一种韵文,无论中外,都是一样。中国语既系单音,音韵一道,分析更严。现在句末虽不定用韵,而句中音节,自必力求和谐。否则做出诗来,岂不成了一首短篇的散文吗?何以见得它是诗呢?做白话诗的人,固然不必细剖宫商,但对于声气音调顿挫之类,还当考求,万不可轻轻看过,随便动笔。"

张元奇作《重九后三日独游陶然亭》。诗云:"江亭如故人,别久思一至。抽此尘中身,重寻林际寺。盲僧已荼毗,爪迹落初地。吹尽秋芦花,头白阅世事。西山手可招,相对如梦寐。禅房一瓯茶,尚自可人意。循廊欲觅诗,夺眼忽得泪。清净本佛法,孤行亦无累。"

17 日 《申报》第16405号刊行。本期《自由谈》"慨时诗"栏目含《雁来红》(严廷基)、《美人蕉》(严廷基)。

魏清德《瑞芳、金山诸氏为云年社兄立颂德碑落成,以报务不获趋陪,赋此遥祝》《重九前一日,偕友人登圆观台》(二首)发表于《台湾日日新报》。其中,《瑞芳、金山诸氏为云年社兄立颂德碑落成》又发表于1920年5月《环镜楼唱和集》。诗云:"男儿无处去铭勋,耳热伴狂酒半醺。难得词人颜仆射,竟同铜柱马将军。金山草木沾恩泽,沧海蛟龙得雨云。笑我穷年恒兀兀,雕虫覆瓿总虚文。"《重九前一日,偕友人登圆观台》其一:"五年四上圆观台,猎猎秋风响若雷。长记题糕前一日,共临醴酒醉千杯。无边节序催时去,大好江山向晓开。明岁不须申后约,人生聚首且徘徊。"其二:"萧萧落木暮生寒,石壁哀猿啸急湍。拾级同登凌绝顶,一台回顾自圆观。淡江天外如银白,屯岭樽中对酒宽。坐到二更风露湿,婵娟弦月照骖鸾。"

19 日 朱祖谋、王乃征、陈曾寿、胡嗣瑗等还沪上。众人别后,陈三立致书王乃征,附金陵聚会纪兴之作。王乃征作《戊午九日偕彊村、仁先、惜仲游焦山,第三日赴金陵访散原先生,留连四宿而别,先生旋有诗至,和其韵》。诗云:"延息贪佳游,好秋怯梦断。伸眉故人书,远仵呴濡伴。啸傅美风日,江山写怀满。既棹京口屿,遂驾石城馆。凌云诗仙居,劫后席重暖。栋牖天护持,园花露漱瀚。聚欢图新惊,离悲述从懒。怪居起危疢,叠什秃几管。衎宾初试觞,富致良酝欻。移军张吟嬉,群伏老将悍。皎皎中天月,见照栖鹘卵。连夕振吾惫,时亦吐恢诞。哀生焉所逃,乾坤此虚窾。相期无为徒,奚病人也散。愿言葆幽姿,岁岁竹叶碗。唤天霜鹤声,希答怍陋短。"

周庆云作《九月望日,花间小饮,狷叟因有小极,期而不至,赋此调之》(二首),

许湛祥和作《戊午九月,自杭来就梦坡社长菊花会,饮于酒楼最高处,诚凌云绝顶也。越日,又设宴于歌廎,余病作,未能赴约,为之歉然,承示读二绝,依韵奉和。病中之作,不计工拙也》。其中,周庆云《九月望日》其二:"盼断春宵又送秋,座无寿客为生愁。他时罚例依金谷,一曲清歌酒一瓯。"许湛祥《戊午九月》其二:"不剪吴淞直到秋,重来拼以酒浇愁。天公独靳杯中物,茶熟香温药一瓯。"

姚华与友朋会于江西会馆,钱稻孙与陈衡恪竞相为作画像。陈衡恪所作得其神似,装成条幅征得各家题咏。

叶德辉在上海旅寓跋万历本《湖湘校士录》。

童保喧与幕友张仲纯、陈汝舟、石钟素、孔逖父、林百藏、王惟及等作《联句》。序云:"上午六时起,为余娶昭容陆氏证字,诸幕友联句。"诗云:"军次厦门岛,旌旗海上扬。(童)柳营刁斗肃,鼍幕角弓藏。(张)雁羽风搏力,旄头夜敛芒。铙歌欣得宝(陈),彩笔赋催妆。春满黄金屋,樽开绿野堂。八鸾迎蹴里(石),千骑拥东方。共晋葡萄酒(张),双栖玳瑁梁。横波娇不语(孔),姗步语添香。(石)公干任平祝(张),司勋欲纵狂。鹊桥仍七夕(林),鸿案庆三阳。樛木云妃迷(石),苹叶委女将。月星交掩映(张),经素费平章。艳福妇名将(林),温柔让此乡。容华鲜翡翠,福禄集鸳鸯。方略闽南展,英声副北翔。(孔)生涯凭马上,娶妇似蕲王。(童)"

闻一多在清华同学孙作周追悼会上诵祭文。后以《代清华全体同学祭孙作周文》为题,发表于1919年5月《清华学报》第4卷第6期。祭云:"维中华民国七年七月,孙君作周殁于天津。十月十九日,清华全体同学始克开会追悼,并致清泉庶核之奠,为位而哭之曰:云火孕劫,豺狼集庐,噬窬喰膏,遂滋疮痍;澶渊却币,阿房遗墟,鸠工麋集,群士是居。于中有人,维吾作周,浑刚其德,复厉其修,土气之卑,言甘貌柔。君企古人,砭失针尤,凡吾顽驳,孰敢且偷。铜驼寂寂,麦秀离离,有触君目,太息嗟咨;亦憾彼贼,亦哀此虫,烹桑祸鼍,及我何时?前车之鉴,念兹在兹;感发愤励,苦研湛思;灌新沃旧,蔚为华滋;学则锐进,身先年衰。凶征凤观,发斑鹹鹺。析津度假,诸父是依,胡为一病,溘然永辞。呜呼作周!天脱骏骥,聊浪九野,半驾而蹉,纵不君恸,谓邦国何!君器未利,君学方始,匪曰邦国,惟君是倚;有生虽众,庸庸难恃,卓卓如君,远大可企!怀才不伸,而竟以死!昊天冈极,吾悲曷已!岂惟悲君,兼悼吾类。自君之殁,继逝者二。济济清华,数百同辈,七年于兹,死亡相逮。死也曷既,生者有涯。生我父母,育我国家,师迪友耆,后望正奢。匆匆一逝,万古长嗟,藏舟亡壑,痛孰有加!死者死耳,君则何恫,惟君英灵,宜为鬼雄。夷氛日逼,鹬蚌方讧。相国毋乱,惟君之忠。呜呼哀哉!尚飨。"

廖道传作《旧历九月望夕,与家鸣珂、劲民泛舟邕江》(二首)。其一:"暝色薄林烟,新凉好放船。升沉看日月,俯仰有江天。遂棹鱼游乐,流空鹤唳圆。冰心如共照,尘抱洗秋鲜。"其二:"病中失重九,客里阁中秋。爱此清江泛,如同赤壁游。青山添冷态,银汉邈良俦。箫鼓天南北,羁踪漫足愁。(此游补中秋、重九也)"

郁达夫作《曼兄书来,以勿作苦语为戒,作此答之》。诗云:"非将苦语诉同群,为恨幽兰未吐芬。不遇成都严仆射,谁怜湖郡杜司勋?富春人物无多子,东海鱼盐惜此文。号召中原今已矣,秋风愁绝宛丘君。"

20日 学生救国会于北京大学成立国民杂志社,蔡元培、邵飘萍等出席成立会。杂志社自称是一般青年学子之公共言论机关,以"增进国民人格""灌输国民新知识""研究学术""提倡国货"为四大宗旨。邓中夏、许德珩、陈钟凡等当选为编辑股干事。

郑孝胥至会宾楼一元会。到者朱古微、王聘三、唐元素、邹紫东、宋澄之、张诜侪、余尧衢。

《中华美术报》第8号刊行。本期"词林"栏目含《题〈戒烟图〉》(吴昌硕)。

《戊午周报》第23期刊行。本期"文苑·诗录"栏目含《送郑三敬舆之成都》(隐隋)、《戊午元旦试笔》(子充)、《紫芸诗十首》《笃斋诗四首》《穉澥诗十六首》《〈民信日报〉缘起》。

郁达夫作《遇释无邻,知旧友某尚客金陵,作此寄之》。诗云:"昨遇南朝旧院僧,知君还自客金陵。板桥夜梦钗多少,淮水秋潮浪几层?食子只今迷日月,铜人应更泣觚棱。横流将到桃根渡,一叶轻航买未曾?"

中旬 李叔同于灵隐寺受比丘戒。

21日 《申报》第16409号刊行。本期《自由谈》"祝词"栏目含《恭贺申报馆新屋落成之喜,用朱佩珍、沈镛二公元韵》(听猿吴耳似敬祝);"杂录"栏目含《暮秋》。

魏清德《渔灯》(限灰韵)(二首)发表于《台湾日日新报》,后又发表于本月23日《台湾日日新报》。其一:"荻花风里棹歌回,明灭灯光渡水来。合共客星依古岸,夜深双照子陵台。"其二:"罢钓归船暮景颓,疏灯斜照水云隈。江枫许我重来泊,不照愁眠照酒杯。"

22日 符璋抄录诗作成1册,曰《江南集》,欲与《江东集》相配。

张震轩作《胡蓉村夫妇六十双寿》。序云:"老友胡蓉村大令,本年夫妇六十双寿,曾有寿诗四章索和。不料开贺之日,其夫人竟于是日仙游,于是乘兴去者皆扫兴回矣,因作诽谐体以调之。"诗云:"桑海功名付劫灰,一肩宦囊怅归来(君在宝山县,为庚子革命,宦囊几被罄掠)。光宣朝局难回首,洪宪时闲浪费财(袁氏帝制时,君运动参议员,约费数千金,而袁氏死)。爱妾尚留金屋贮(君之如夫人乃金某之配,归君后,近犹往来于金氏处),好官空说宝山回。可怜六十齐眉妇,贺客翻成吊客哀。"

赵熙作《风入松·九月十八日怀江叔老》。词云:"病中无客款秋香。花冷古重阳。

十年此日桑乾路，纳松风、石景僧庄。小市橐铃声里，一鞭驴背山光。　　　西风如梦海生桑。明月照流黄。白头江令今应健，奈归人、卧老清漳。枕上孤鸿落叶，天边绿树红墙。"

23 日　熊希龄、蔡元培、张謇等人发起组织"和平期成会"。

张謇作《九月十九日观音院陈列画绣诸像礼佛歌》。歌云："南无观世音菩萨摩诃萨。住相不碍空，大会无遮阔。千百亿身兮千百亿相，光明大照僧伽塔。妙吉祥云香海发，天乐和鸣箫鼓钹。有无量数善男子兮善女人，来随八部天龙合掌礼莲钵。南无观世音菩萨摩诃萨。南无观世音菩萨摩诃萨。"

24 日　梁鼎芬患中风晕厥，入德国医院。

符璋抄 3 月以后诗竟，命曰《江南集》，入录者一百七十首。

25 日　《小说月报》第 9 卷第 10 号刊行。本期"弹词"栏目含《藕丝缘弹词（续）》（瞻庐）；"文苑·诗"栏目含《垞兴十首》（张謇）、《寄内子并示诸姬九首》（张謇）、《即事，限盐韵》（樊山）、《彦通以沪归，夜作〈有感〉诗见示，次原韵》（杨杏城）、《七夕翌晨访姜郎，观所植牵牛花，为作此歌（并序）》（春柳旧主）、《试茶二绝句》（樊山）、《日课》（樊山）、《与九次公先后自浙中来，以龙岩淳安新茶见贻，赋谢一首》（樊山）、《樊山师见谢饷茶，赋诗属和，次韵》（次公）；"文苑·词"栏目含《甘州·裂帛湖秋词，同斋》（次公）；"文苑·词话"栏目含《铜鼓书堂词话》（恂叔）；"文苑·奕话"栏目含《绎志斋奕话（续）》（胡先庚）。

杨钟羲至沈家湾祭沈瑜庆。

27 日　《申报》第 16415 号刊行。本期《自由谈》"讽时诗"栏目含《咏菊》（三首）。

《戊午周报》第 24 期刊行。本期"文苑"栏目含《广行路难》（六首，隐隋）、《春兴》（左庵）、《九月望九，辛老约游李杜祠，使谒蓉溪诗老墓，补登高会也，届时以潦雨泥泞未果，因叠前韵贻之》（紫云）、《和友人九日登高诗，即叠元韵》（前人）、《再题〈蓉溪访古图〉，即步诗蠹元韵》（陈漳）《穉瀰诗集》（仁寿毛澂）。

符璋偕庐达夫至清凉山一游，作七律二首。

28 日　林之夏子杭儿殇，林之夏作《哭杭儿》（一百首）纪其事。序云："戊午九月，儿殇。余病未愈，思儿之痛，长歌当哭，拉杂书之，得百首。"其一："五年朝暮不相离，兄姊厅廊作队嬉。今夜孤棺殡荒馆，衰灯照泪念吾儿。"其二："一病至殇才四日，求医无术药无灵。寒家门祚衰微久，安有余庆长宁馨。"其三："性禀聪明体格端，庭阶携手有余欢。即今风日都如昨，日苦风酸一倚栏。"其四："五日之前祸未胎，忽然作病自吾来（举家病遍）。举家犹有团圆望，儿独天昏地老哀。"其五："千秋万岁一微尘，怀袖昙花认未真。汝父为儿信因果，吾儿定有再来身。"

29 日　《申报》第 16417 号刊行。本期《自由谈》"杂录"栏目含《〈东游草〉题词五首》(孙寒厓)。

杨士琦卒于沪上。杨士琦(1862—1918),字杏城,晚清淮安府山阳县人。光绪二十五年(1899)为两广总督李鸿章重用,与兄士骧同赴广州效命。后李迁北洋大臣,兄弟同回北京参预机密,双双青云于北京幕府。光绪二十七年(1901)李鸿章卒,转投袁世凯,被袁视为心腹,素称智囊。光绪三十二年(1906)袁世凯责任内阁制失败,主动设计助袁排除异己瞿鸿禨、岑春煊。辛亥革命告成,力劝袁世凯迫清帝退位,与南方议和。1916 年极力拥戴袁氏登基。旋再迁升政事堂左臣,凌驾于国务卿徐世昌之上。有传杨氏遇毒身亡。卒后,陈三立撰《挽杨士琦联》云:"兴托孟韩,联句城南存想象;道兼夷惠,移情海上见生平。"易顺鼎作挽联云:"风格在韦左司王右丞之间,当代惜斯人,第五声名,公齐骠骑;诗才以李供奉杜拾遗相许,平生感知己,三千宾客,我愧侯嬴。"

白坚武宿古金沙寺。衡永道中,口占一首。诗云:"径石崎岖逶迤峰,万山千曲穴中通。北南人地天为限,竖子穷兵气尚雄。"

吴芳吉得吕谷凡信,告之又汇来四十圆,以供家中岁暮之需。又致日本刘泗英、何启泰一长函,表示东渡之志,时刻未忘。留学事大,可宏大气宇,读尽天下活书,"以刺激愤兴之故,多得几人解识国家正义"。于刘泗英组织"救国团"失败,加以劝勉:"失败一度,其心必愈壮,志必愈坚,建设必愈有道。千锤百炼而后真人物出焉。"致信邓绍勤、邓成均云:"两弟之病,要在浮而不实。以故观理不精,度宇不广。吉望两弟终能自拔流俗,跻于高明,真知灼见,不为身外一切所被。痛戒悠忽,力勉于道,勿言力所不逮,便诿却之。惟其力有不逮,而偏欲行逮之者,乃能尽情尽性,为一完人。古今贤达,谁非由此得来?章太炎谓蜀人多小智自私,小器自满。又雨僧来书谓吾曰,在中国视碧柳为天生之诗才;在美国,视碧柳为堕落之顽童耳。此语皆吾当头棒喝,时为汗下。今弟等亦有同慨,试去参之。"

林苍作《九月二十五日作》。诗云:"瓦解江南始戊辰,由云飞处念先亲。岂知七载还家祭,未得西湖作□民。泉下忍闻离乱苦,年来别有感伤新。饥驱老弟归何日,荐菊秋前只一人。"

30 日　袁思亮致函梁启超,除论和平运动外,力劝梁氏乘时联合同志从事讲学事业。

王浩在京任职,有还家之想,作《九月二十六夜梦赋别意三首,起而忆之,以为似秦少游矣》,遂返回南昌小住。其一:"飘阶落叶已可扫,堆径野花浑是香。去日光阴无一是,傍床闲剪紫罗囊。"

白坚武感上下熊罴岭为南北血战之所,口占二首。其一:"峭壁巉岩半日行,欢迎欢送志云程。出家廿里两三点，但听回溪流水声。"其二："京国阴霾杀气开，白宫载鬼独夫来。同胞血战熊罴岭，往者伤心后此哀。"

31日　《申报》第16419号刊行。本期《自由谈》"杂录"栏目含《秋兴》（宋焜）。

张謇为雪君题所绣《寿萱图》寿李诚母。诗云："宜男宜有好男儿，八十忘忧上寿时。百岁从容萱自好，安排更买两回丝。"

白坚武过黄姑山，口占一首。诗云："俯行楮血红泥地，仰看羊脂白玉天。历劫丹砂闻祸水，黄姑何日可飞仙？"

吴芳吉接萧湘信，萧湘以诗《与人慨论时事，有怀碧柳。碧柳尝决言：中国不亡。叩其故，则以海内外尚有诚笃英年在。碧柳言时，亦颇自负，故每思之》相赠。诗云："劫火横烧已上眉，笔花舌剑尚纷驰。狂波万派无南北，朽骨千年有是非。名士望尘先膜拜，老夫余泪向谁挥？每当感慨悲歌日，一念英才一解怀。"

梁秋岚《秋宵旅感》（四首）刊于〔马来亚〕《槟城新报》"文苑"栏目。其一："秋风落叶鸣萧瑟，四壁虫声倍凄恻！皎月无情照旅人，家乡万里云山隔。"

〔日〕白井种德作《戊午天长节祝日恭赋》。诗云："欣欣草木亦呈祥，何啻群黎奉寿觞。请看秋庭好风景，霜枫增色菊增香。"

本　月

徐世昌经皖系操纵之安福国会选举为总统后倡导"文治"，组织晚晴簃诗社。林纾、樊增祥、易顺鼎、柯劭忞、华世奎、王式通、严修、赵湘帆、高步瀛、吴廷燮等人同为晚晴簃诗社成员，常以诗会友。林、樊二人合作一幅书法成扇水墨纸本《青山图》。

台湾文社初创。1919年10月19日正式创立。由栎社同人林南强（资修、幼春）、蔡惠如（铁生）、陈瑚（枕山、沧玉）、林献堂（灌园）、陈基六（锡金、垫村）、傅锡祺（鹤亭）、陈怀澄（槐庭）、郑少肪（玉田、汝南）、陈贯（联玉、豁轩）、庄嵩（太岳、伊若）、林望洋（载钊）与林子瑾（大智、少英）共同发起倡设，社址设在台中花园町五丁目五六番地事务所。1919年1月1日，台湾文社发行《台湾文艺丛志》（后更名为《台湾文艺旬报》《台湾文艺月刊》），是日据时期第一份由台湾本地人士创办的汉文杂志。台湾文社创作活动持续至民国十五年（1926）。台湾文社由傅锡祺总理社务，并在各地设立有支部。该社社员依据交纳社费之多寡及学术名望之轻重，分为名誉成员、特别成员与通常成员三种，另设置理事及评议员若干名。该社创立之初即有名誉成员林烈堂、林子瑾、林熊征、郑拱辰、林献堂、林阶堂、林幼春、蔡惠如、蔡敏庚、蔡诒祥，特别成员陈若、杨肇嘉、蔡念新、蔡逊庭、蔡柏初、蔡淑仑、蔡衍三、郑邦吉，通常成员江登鱼、沈梅岩、江涤生、袁锦昌、林瑞仲、傅春魁、廖登球、蔡川流、蔡品三、陈明贤、萧永东、吴萱草、李心桂、蔡敏庭、王奇谋、蔡永昌、蔡年亨、周定国、李玉斯、林克明、王宝藏等，评议员有洪以南、洪以伦、洪月樵、施梅樵、施寄庵、苏云英、吴驾旂、吴德功、陈基成、陈百川、陈家驹、颜云年、连雅堂、王箴盘、张麟书、张元荣、庄赞勋、黄子清、黄利用、黄赞钧、曾逢辰等。台湾文社诗钟活动主要有三种：一是通过机关刊物《台湾文艺丛志》面向全岛征募诗钟，至少开展过11期，所征钟题有《汉、文，凤顶格》（第五期）、《图书馆、甘蔗，分咏格》（第六期）、《海鸥群，鼎足格》（第七期）、《晏婴，合咏格》（第八期）、《荷、珠，魁斗格》（第九期）、《夜、学，蝉联格》（第十期）、《秋扇、盂兰盆会，分咏格》（第十二期）、《金、长，第一唱》（第三十五期）、《石、人，第二唱》（第三十五期）、《郑成功、潜水艇，分咏格》（第四十二期）等。二是文社总部举办诗钟雅集活动，如墩东诗钟小集等，所作钟题有《烟、石，鹤顶格》《酒、流，鸢肩格》《斗鸡、阅报，分咏格》等。三是文社所属各支部开展诗钟课题及雅集活动，所出钟题如《灯、花，第一唱》《人、梦，第二唱》《酒旗风，鼎足格》《猿、元旦，分咏格》《火炉、柳，分咏格》《蝇、孔明，分咏格》《燕、曹操，分咏格》《莲、屈平，分咏格》《美人、猿，分咏格》等。

《京报》在北京创刊。由邵飘萍主编，宣传新文化思潮，出版"马克思纪念特刊"，并发行《小京报》（以戏剧、诗文、小说为主）作为附件。

《新青年》第5卷第4号推出"戏剧改良专号"，刊登胡适、傅斯年、欧阳予倩、张厚载等人讨论改良戏剧文章。胡适《文学进化观念与戏剧改良》强调"文学进化的观念"，胡适认为中国戏剧须从西洋戏剧中吸取益处，如"悲剧的观念""文学的经济方法"，而"现在的中国文学已到了暮气攻心，奄奄断气的时候"，须"赶紧灌下西方的'少年血性汤'"。傅斯年《戏剧改良各面观》则针对中国旧戏指出，"真正的戏剧纯是人生动作和精神的表象"，"不是各种把戏的集合品"。"中国戏剧里的观念，是和现代生活，根本矛盾的。"中国旧戏缺乏"美学的价值"，"颇难当得起文学两字"，"文章里头的哲学是没有的"，因此必须改革旧戏、创造新剧，启发国人的觉悟。在旧戏改良方面，提倡"改演'过渡戏'"，旧戏要"改变体式""退到歌曲的地步"。而新剧在新剧创造的预备时代，要参考西洋剧本发展中国的编剧，进行新剧主义的鼓吹。需要改良中国戏评界"不批评""不在大处批评""评伶和评妓一样"等弊病。欧阳予倩《予之戏剧改良观》认为在世界艺术界，"中国无戏剧，故不得其位置"。"须组织关于戏剧之文字""须养成演剧之人才"。"剧本文学为中国从来所无，故须为根本的创设"，"正当之剧评者，必根据剧本，根据人情事理以立论"。张厚载《我的中国旧剧观》反对"中国旧戏是假相的"，并对中西戏剧进行比较研究，指出两种戏剧体系之区别，肯定中国戏曲"指而可识""假象会意""一切唱工做派多有一定的规律""很有游戏的兴味和美术的价值""是中国历史社会的产物，也是中国文学美术的结晶"。

《国学丛选》第10集刊行。本集"文类·文录"栏目含《说归来庵》（新宁马骏声小进)、《〈优昙花影〉序》(歙县黄质宾虹)、《谒石斋先生读书石室记》(泾县胡韫玉朴安)、《〈知北游草〉序》(前人)、《书徐国秀》(昆山胡蕴石予)、《书张洪谟》(前人)、《陶聘三家传》(前人)、《浔阳与天遂书》(吴江金天翮松岑)、《林屋对床图记》(前人)、《张君瑛如传》(金山叶秉常观复)、《郭君同舟传略》(前人)、《〈云中游草〉序》(金山姚光石子)、《刘君道生家传》(金山高燮吹万)、《〈峰泖题襟集〉序》(吹万居士)、《〈燕蹴筝弦录〉序》(吹万居士)、《丁母魏太夫人七秩寿序》(金山高燮)、《删定〈复庐文稿〉弁言》(吹万居士)、《〈珠沈泪影〉弁言》(前人)、《韩佩青家传》(前人)、《钱友梅先生墓志铭》(前人)、《〈姚氏遗书志〉序》(前人)、《周芷畦〈探梅游草〉序》(高燮);"文类·诗录"栏目含《大日奈屏主歌,题〈亨利第六遗事〉说部后(并序)》(扬州王承霖睫盦)、《丙丁两岁冬令奇寒,地学家谓巴拿马土腰潴通赤道暖流改向所致,然否未敢遽信,爰就管见,漫赋一章》(前人)、《巴拿马运河歌》(前人)、《题汪诗圃〈眛菜堂诗集〉》(前人)、《和尔雅〈夜访水榭〉原韵》(顺德蔡守哲夫)、《八月十五夜望月》(前人)、《和陆更存〈移居〉原韵》(前人)、《山窗中酒,和石予寄诗原韵》(前人)、《屯艮嘱题〈环中集〉》(前人)、《题〈闲闲山庄图〉》(前人)、《吹万社长闲闲山庄落成,诗以祝之》(东莞邓溥尔疋)、《内子五十》(四则)(昆山胡蕴石予)、《朝行》(前人)、《人事》(前人)、《为农》(前人)、《十年》(前人)、《细雨》(前人)、《一舟》(前人)、《老怀》(前人)、《百感》(前人)、《亦有》(前人)、《途中口占四首》(前人)、《茫茫》(前人)、《土木驿吊古》(泾县胡蕴玉朴庵)、《过宣化望沙岭》(前人)、《登张家口大境门》(前人)、《望云泉山》(前人)、《柳絮》(前人)、《白登山吊古》(前人)、《大同夜宿》(前人)、《登大同华严寺崇台》(前人)、《出得胜口》(前人)、《登丰镇城北土山看落日》(前人)、《天寿山谒长陵,归谒思陵,遂观王承恩墓》(吴江金天翮松岑)、《张家口大风雨作歌》(前人)、《车中望居庸关放歌》(前人)、《颐和园,同游者鄞县王镂冰瑾》(前人)、《临榆双节祠,为田蕴山都统赋》(前人)、《自阳高县抵大同》(吴江陈去病巢南)、《晚抵丰镇》(前人)、《丰镇见雪》(前人)、《自居庸关南骑行入口漫成》(前人)、《出南城游烂柯山,探石梁、日迟亭、一线天诸胜》(绍兴沈钧业复菴)、《夜宿莲华庵》(杭县卫锐锐锋)、《至衢州舟中作》(前人)、《严陵山中,题逆旅主人壁》(前人)、《周梦坡丈贻书并精印〈灵峰探梅、补梅图〉,展赏发兴,用册中杨雪渔先生原韵补题》(南通徐崟澹庐)、《与香玉偕隐青山,舟中作此》(新宁马骏声小进)、《听泉亭饮酒》(前人)、《即事二截句》(前人)、《西濠小住,蔡寒琼、潘致中夜深过访》(前人)、《与天梅、辛斋、哲夫、锡圭诸公泛棹珠江,拉杂成此》(前人)、《和天梅、哲夫〈荔湾赏雨〉四绝》(前人)、《和霞公〈中秋见月〉二绝》(前人)、《三月十三日玉甫招集江亭作展上巳会,分韵得天字》(前人)、《奉题吹万先生闲闲山庄》(前人)、《团扇曲》(梁溪蒋同超万里)、《题潘兰史〈出关图〉》(前人)、《吹万先生赏菊闲闲山庄,不能赴召，书此寄之》（昆山余天遂疚侬）、《吹万先生闲闲山庄落成，诗以贺之》（开平周明亮夫）、《为吹万先生题闲闲山庄》（前人）、《闲闲山庄歌》（松江张端瀛醉心）、《送陈陶遗返东井公司，用沈思齐先生韵》（松江李维翰苣香）、《题费龙丁〈甕庐印策〉》（松江姚锡钧鹓雏）、《竹隐庵先太夫人墓下作》（前人）、《小有天饮席》（前人）、《海上示陈生》（前人）、《七日有作，示野鹤索和》（杨锡章）、《丁巳一阳月，访闲闲山庄主人赋赠》（前人）、《闲闲山庄歌，为吹万先生作》（金山李铭训伯雄）、《陈山寺谒李介节先生祠》（金山叶秉常漱润）、《闲闲山庄歌，为吹万居士作》（前人）、《丁巳腊日步闲闲山庄〈偶述〉原韵》（前人）、《闲闲山庄歌》（金山俞宝琛天后）、《不碍云山楼怀古》（前人）、《秦山吊侯将军端墓》（金山姚光石子）、《吹万我叔建精舍落成，取〈诗〉"桑者闲闲"之意，颜曰"闲闲山庄"，集黄山谷句，得长古一章奉贺》（金山高旭天梅）、《闲闲山庄歌》（金山高增佛子）、《重九放晴，偕九思、仲雍秦山登高，次散原集中韵》（金山高基君定）、《闲闲山庄遇述》（金山高燮吹万）、《次韵答邓尔疋闲闲山庄落成见赠之作》（前人）、《蔡子哲夫绘〈闲闲山庄图〉并系诗见赠，次韵奉答一律》（前人）、《倾城夫人绘赠设色菊花，系有一诗，谨依韵答谢》（前人）、《丁巳六月，丁澹轩女史绘〈闲闲山庄图〉见赠，答谢一律》（前人）、《朱遁庸先生以闲闲山庄诗见赠，还答一律》（前人）、《为钱君文渊题重绘〈小万卷楼图〉》（前人）、《秦山谒侯将军端墓》（前人）、《属徐子百梅为蔡哲夫、张倾城伉俪绘〈校勘明拓汉嵩山三阙铭图〉因题》（前人）、《寿薛储石之母陈宜人》（前人）、《伯埙以旧藏〈青绿山水〉长卷属题，为书四绝》（前人）、《有怀胡子石予并谢画梅》（前人）、《乞天梅分芭蕉》（前人）、《患痢疾断食十有三日作》（前人）、《春夜大雨，和季鹤》（金山高圭介子）、《哀俄皇》（前人）、《戊午七月初十夜，与弟筠侍家大人疾，至天曙共步中庭有作，即以示弟》（前人）；"文类·词录"栏目含《忆秦娥·答罗瘿公》（台山马骏声小进）、《浣溪沙·集天真阁句别翠玉，从此不为伊人填词矣》（前人）、《长亭怨慢·用思齐〈题水村第五图〉韵题筱墅〈沙湖烟波钓月图〉》（魏塘周斌芷畦）、《忆旧游·依草窗体，寄林叔臧厦门》（扬州王承霖睫盦）、《百字令·积雨生寒，鸥乡水涨，潜阳不达，盛暑如秋，读槁蟫〈次和韵盦寄怀小罗浮同社〉词，愀然生感，倚调步韵，潜此二解，为同社诸公词》（前人）、《踏莎行·用碧山题草窗词韵题诗圃〈麝尘莲寸词集〉》（前人）、《百字谣·金左临同社属题迦陵先生〈维摩室填词图〉拓本，用吴谷人先辈题句韵》（前人）、《念奴娇·集彊村词》（松江杨锡章了公）、《减兰·集彊村》（前人）、《菩萨鬘·集彊村》（前人）、《念奴娇·集彊村》（前人）、《点绛唇·集彊村》（前人）、《蝶恋花·集彊村》（前人）、《金缕曲·集彊村》（前人）、《清平乐·集彊村》（前人）、《卜算子·集彊村》（前人）、《齐天乐·集彊村》（前人）、《蝶恋花·感事》（金山高增卓庵）、《点绛唇·卧病惊秋》（金山高燮吹万）、《十六字令·题刘筱墅〈沙湖烟波钓月图〉》（华亭顾保璿婉娟）、《虞美人·题〈浮梅再泛图〉》（前人）。

《浙江兵事杂志》第54期刊行。本期"文艺·诗录"栏目含《樊谏议附祀白公祠，同人征文，因赋诗以献》（孙树谊）、《前题》（周家英）、《先谏议公附祀白公祠，谨赋七绝》（樊镇）、《赠惺吾》（蒋振麟）、《祝惺吾舅父四十寿》（蔡德强）、《赠友》（无畏）、《思声贻诗，次韵答之》（无畏）、《同若虚登隐闲阁》（邹可权）、《题画》（思声）、《慰友》（思声）、《葛岭远眺》（初白）、《重九节暮抵峡石》（初白）、《食蟹》（初白）、《观鱼》（初白）、《题晓山亭》（周月僧）、《栲栳山怀古，明郭登败瓦剌处》（阿亮）、《杂咏》（阿亮）、《拟杜少陵〈秋兴〉，用原韵》（小卒）；"文艺·词录"栏目含《金缕曲·四十自述》（斯良）、《金缕曲（有序）》（张相）。

《安徽教育月刊》第10期刊行。本期"文艺·诗"栏目含《挽胡絜轩先生》（亚宾）、《寄蔡病侠苏州，时客太湖县》（缪海秋）、《入世四首》（楚卿）。

《青年进步》第16册刊行。本期"诗录"栏目含《读唐赓虞联帅〈毕节行营感事〉之作有感，即用其韵成诗二章》（王天士）、《天国》（王天士）、《题徐君照》（心渊）、《自京至东陵作》（陈宝瑛）、《寄䓛海先生上海》（吴虞）、《答成都吴爱智先生惠诗，即步元韵》（䓛海）、《俞君梦池自廉州归，以天涯亭东坡先生〈笠屐图〉石刻见贻，因题数语》（䓛海）、《江皋小集即事》（䓛海）；"笔丛"栏目含《古欢室炳烛录》（古欢）：《钤山堂诗》《范太朴与梁孟敬》《理寒石集》《金正希传》。

《梨影杂志》第2期刊行。本期"杂俎"栏目含《月饼赋》（我）、《影戏场中之情书》（进）、《新出叹五更》（苦）、《书所见》（音）、《十婆诗》（上人）、《新闻中十二曲》（一半儿调）（如）、《拜月新谣》（进）、《香烟打油诗》（大佬）。

［韩］《朝鲜文艺》第2号刊行。本期"诗坛部"栏目含《本社第一回创立记念祝宴》（得玉字）（愚山吴命焕）、《本社第一回创立记念祝宴》（得壶字）（晦堂申冕休）、《本社第一回创立记念祝宴》（得买字）（秋塘宋荣大）、《本社第一回创立记念祝宴》（得春字）（海屋丁熹燮）、《本社第一回创立记念祝宴》（得赏字）（小溟姜友馨）、《本社第一回创立记念祝宴》（得雨字）（见山赵秉健）、《本社第一回创立记念祝宴》（得茅字）（心石金容观）、《本社第一回创立记念祝宴》（得玉字）（杞泉罗纪学）、《本社第一回创立记念祝窑》（得座字）（石南赵学元）、《本社第一回创立记念祝窑》（得中字）（兰坨李琦）、《本社第一回创立记念祝宴》（得佳字）（云山白润洙）、《本社第一回创立记念祝宴》（得士字）（梅下崔永年）、《本社第一回创立记念祝宴》（得左字）（初园徐相勋）、《本社第一回创立记念祝宴》（得右字）（茂亭郑万朝）、《本社第一回创立记念祝宴》（得修字）（逎堂朴彝阳）、《本社第一回创立记念祝宴》（得竹字）（晦窝闵达植）、《本棘第一回创立记念祝宴》（得白字）（蓉初朴承金赫）、《本社第一回创立记念祝宴》（得云字）（葵园郑丙朝）、《本社第一回创立记念祝宴》（得初字）（于堂

尹喜求)、《本杜第一回创立记念祝宴》(得晴字)(惠斋鱼允迪)、《本社第一回创立记念祝宴》(得幽字)(海愚贝瓒书)、《本社第一回创立记念祝宴》(得乌字)(川云鱼潭)、《本社第一回创立记念祝宴》(得相字)(秋堂金商穆)、《本社第一回创立记念祝宴》(得逐字)(默斋郭翰镕)、《祝朝鲜文艺社》(五首,蕙山柳兴韶)、《农家四时乐》(古诗二百韵长篇)(梅下山人)。其中,默斋郭翰镕《本社第一回创立记念祝宴》(得逐字)云:"创社号文艺,岿然出大陆。文风动奎躔,社运永地轴,千百同志人,源源好相逐。盛事起太平,斯文正郁郁。雅会招耆英,乐意施教育。鲰生今始知,欣然共追逐。季夏日初五,高会一亩屋。门立大夫松,庭留处士菊。琼琚烂成章,驽骀恐未逐。""月朝部"栏目含《秋月》(黄博渊、李熙辙、李熙黻、金孝灿、石琼焕、韩准锡、曹埈用、李达元、宋瑀用、李中瓒、梁在国、金滢植、梁在日、权容晃、权泰铨、李宰求、尹炯观、严柱孝、苏祥永、李宗翼、朴茂永、具琬、梁承礼、张锡祐、元显弼、赵学元、李范和、尹炳基、白道源、罗纪学、金德洙、李鼎薰、姜闻馨、金学永、李昌渊、姜有会、元光镇、李世和、张锡建、金奎亭、梁承务、梁敬锡、崔锡柱、宋茂用、金大兴、宋兴顺、金昇默、朴时缵、金文准、梁珉锡、郑寅焕、郭璋佑、李世镇、李相基、郑镇俗、金教泓、朴震华、金永瓒、梁华锡、郑洪谟、梁瑨锡、金瑢桂、李庚雨、高时佐、朴济轮、高定勋、梁斌锡、郑大福、裴明善、金演斗、高昌宽、梁根锡、权阳采、姜景昊、曹相雨、郑礏基、裴锡亨、李珽仪、元光镐、赵廷父、郑源驲、金恒济二首、郑用谟、柳滢佑、郑寅皞、梁承瑚、梁承寿、张允中、赵世衍、高圣禹、边硕灿、赵持刚、郑南晨、郑升谟、郑瑗谟、郑元朝、高允极、金大兴、郑用洛)。其中,郑用洛《秋月》云:"秋气晶晶月正凉,碧天无际绛河长。磨来玉镜开沧海,拭尽冰壶彻晓霜。盛世明王如可遇,故人今夜未相忘。渔翁满载孤舟返,十里芦花水一方。""诗坛部"栏目含《第一回新春集诗》(一堂李完用、琅田赵重应、响云李址镕、东农金嘉镇、经农权重显、诗南闵丙奭、荷亭吕圭亨、于堂尹喜求、晦窝闵达植、桂堂李熙斗、川云鱼潭、小溟姜友馨、迪堂朴彝阳、葵园郑丙朝、晦堂申冕休、小湖金应元、伊堂尹政求、素湖郑镒溶、老庵金东瓒、漳隐元泳义、石南赵学元、松溪李圭璇、海愚具瓒书、油隐宋绮用、竹庭朴穉恒、白松池昌翰、惺石金廷淳、尚玄李能和、莜亭朴珽焕、洌农金近永、退耕权相老、黄崑李夔在、明农洪钟翰、橘园洪钟佶、圭园朴容南、少翠李庚稙、晚松韩敬泽、秋观李谦承、厥隐刘秉泌、响山金永七、秋塘宋荣大、蓉初朴承赫、海冈金圭镇、几堂韩晚容、松下孙昌洙、初园徐相勋、松斋吴汪根、敬堂洪肯燮、紫泉徐相春、愚斋李世基、春坡金□鍊、篠南李升铉、槐庭赵汉升、见山赵秉健、海屋丁喜燮、兰坨李琦、九堂李秀一、春汀李寅荣、东渊金星斗、翠岩洪在皞、斗山郑寅焕、蕉庭李完教、河阴朴吉焕、海槎权纯九、心石金容观、翠阴权重冕、云山白润洙、弥山沈钟舜、琴南金熏、又黎韩镇昌、明桥尚有铉、蕙养李民溥、茂亭郑万朝、梅下崔永年、松观吴克善)。其中,《第一回新春集诗》(一堂李完用) 云:"满座无人不故人,醉中相对和诗新。东风今夜从何处,吹作太华第一春。""文艺"栏目含《春草》(李熙辙、张锡佑、洪淳龙、金容调、于冈李达元、南坡金孝灿、朴昌教、金禹范、金毅汉、白东申铉周、小坡韩准锡、玄下李炳烈、尚玄李能和、金近永、白松池昌翰、圭园朴容南、金擎云、刘元杓、退耕权相老、宋瑀用、响山金永七、松下孙昌洙、醉云李宰求、梁华锡、徐丙熙、心石金容观、金滢植、李镐翼、赵学元、翠阴权重冕、小泉石琼焕、李中瓒、吴泰铉、李庚雨、金明洙、莜亭朴珽焕、一观李鼎薰、晚下郑泰桓、张基昶、文镛焕、梁根锡、瀛轩金大兴、宋载淑、韩琦东、张锡建、许壹、韩渭东、具弼会、梁承守、梁国锡、梁在日、虚心子金涎、韩基泽、朴启阳、梁承武、梁在国、元显弼、郑载德、李康汉、卢夏容、金容调、车肯来、元用河、崔鼎夏、金秉模、学山金奎亨、朴瑾英、高珠澈、文宗焕、李龙珪、李根永、丁奎兴、李相讃、申声均、沈亨泽、朴基馨、李鼎珪、赵载坤、同山郑雁心、吴汉锡)。其中,吴汉锡《春草》云:"江楼人倚暮春时,嫩绿含辉白日移。书欲带来郑令宅,韵将收续屈原辞。风雨一年寒食际,烟花三月向阳湄。周子窗前观理是,谢公池上梦坏谁。斗戏江村归采女,笛声山路下樵儿。东园闺恨低飞燕,西涧幽怀上有鹏。青门流水牛鸣近,绿野斜阳马去迟。年年绿恨王孙泪,日日愁生杜子诗。青山麛过生香处,古洞蛙鸣乱鼓池。汉水洲边鹦鹉去,越王台上鹧鸪悲。雪未消时生已早,风将疾处劲能知。埋吴宫迳人怀古,看杜陵花客去厄。牛薄烟痕俄涨落,入深雨色更参差。虞美原头余旧恨,班姬宫里怨相离。渐看长是天功妙,不可名斯物亦奇。踏青游子新治履,拾取佳人更画眉。翠色连天云漠漠,芳香满地雨垂垂。要路寒门共春得,由来天道浩无私。"

　　吴昌硕为李国松题徐渭《山水人物花卉册》签并跋。签云:"徐天池墨笔山水人物华卉册。戊午秋九月,安吉吴昌硕老缶书签。"跋云:"昔读武梁祠,隶古画其次。衰年颇学画,画知墨不(异)易。青藤画中圣,过眼神愕眙。木公继春湖,李氏世清秘。游者沤若盟,隐者酒谁寄。读书卷破万,行道志不二。渔者村者流,穷庐天所界。裘脱非钓名,背相宜荷蒉。与我有同好,见之常梦寐。赌棋二客在,不缀东山伎。一骑谁飞来,报捷张红帜。两童又何因,卧地枕以臂。独醒古有人,何日此大醉?想其未醉时,迎客或拥彗。百丈牵游丝,双手如掌翅。荒嬉儿习惯,逃学诳如厕。书法逾鲁公,骨重不取媚。伐石深刻成,压死千赑屃。惜无功可纪,功或由于利。看天且闭门,满眼尽魑魅。笔华忽吐艳,梦岂江淹示。色空天洗红,味辨在人鼻。著想卦一变,蔬果竞寒翠。缚作持螯兴,若解老饕意。黄花独不画,妒恐彭泽吏。李侯癖痂甚,索诗敢游戏。家学谪仙传,坐我谈瀛地。邀月如再吟,吴刚倚丹桂。木公诗人出示青藤山水人物花卉册,墨趣可掬,神在个中,涂抹归之,即薪指教。时戊午秋杪,吴昌硕,年七十有五。"又,为锦榆篆书"左阪橐弓"八言联云:"左阪右原驾吾二马,橐弓执矢射彼大麕。锦榆仁兄雅属,为集猎碣字,戊午九秋,客海上禅甓轩,七十五叟吴昌硕老缶。"为骧孙篆书"好持多猎"七言联云："好持弓矢射左右，多猎辞章求异同。骧孙二兄雅属，为集石鼓字即靳指讹。戊午秋，安吉吴昌硕。"为梅伯篆书"花角鱼中"七言联云："花角树幡出深秀，鱼中寓帛道平安。梅伯仁兄属，集旧拓石鼓字。时戊午秋，七十五叟吴昌硕。"为诗庭篆书"敬夙受福"五言联云："敬夙夜勿废，受福寿无疆。诗庭仁兄大雅属句。时戊午秋杪，七十五叟安吉吴昌硕。"又，费砚《罋庐印策》刻成，吴昌硕为之篆书"罋庐印策"四字，并题二绝句。其一："心醉摩崖手剔苔，臣能刻画古英才。依稀剑术纵横出，何处蝯公教舞来。"其二："皇皇吴赵耻同风，周玺秦权汉铸钟。感事诗成频寄我，似谈印学演藏锋。龙丁《罋庐印策》刻竟，为书二绝句。戊午秋，吴昌硕，年七十有五。"又，为顾麟士题《祁文瑞鹤庐手书》。

齐白石为樊增祥绘《闭门听雨图》，并作《题画寄樊樊山先生京师并序》。序云："壬寅冬，樊樊山先生增祥与余相见于长安。癸卯春，余游京师，樊君约以后至，至则余返湘矣。丁巳夏，余重到京师，适有战事；朋旧多散亡，独樊君闭门听雨。君为余叙诗草云：'今吾幸于昆明劫灰之余，闭门听雨。'感念今昔，往往见于言笑之间。是年秋，余归，樊君相赠以言。戊午秋，余画《闭门听雨图》奉寄，图成心有所感，因题短歌。"诗云："十五年前喜远游，关中款段过芦沟。京华文酒相征逐，布衣尊贵参诸侯。陶然亭上饯春早，晚钟初动夕阳收。挥毫无计留春住，落霞横抹胭脂愁（癸卯三月三十日夏寿田、杨度、陈兆圭在陶然亭饯春，求余为画《饯春图》以记其事）。琉璃厂肆投吾好，铁道飞轮喜重到。旧时相识寂无闻，只有樊嘉酒相劳。酒酣袖手起徘徊，听雨关门半截碑。尘世最难逢此老，读吾诗句笑颜开。笑翻陈案聊复尔，鼓手歌喉入旧史。佳话千秋真戏场，伶人身重并天子（京师谚云：戏子天子。前朝慈禧太后，喜小叫天、王瑶卿演剧，君王比登场打鼓，孝钦训政，叫天、瑶卿皆赐六品俳衣，供奉内廷）。不独今无听戏人，瑶卿沦落叫天死。近来争战遍人寰，刀枪不毁旧河山。满地黄沙城郭在，四围红叶风雨还。颐和园里昔人去，凌霄阁上功臣闲。芙蓉集裳真堪著，秋菊落英殊可餐。我问寒蛩秋唧唧，复触此言长大息。我本天涯坎壈身，离乱重逢合沾臆。燕城旧约一相违，销尽轮蹄汗总挥。春草伤情南浦别，好山看厌桂林归。庾岭有梅车屡倦，虎丘无月马非肥（己酉八月十五夜，携儿辈同游虎丘，是夜无月，借人瘦马，几惊危险）。细雨横风宾客老，轻裘缓带故人非。可怜身世寒蛩似，号向人前听者稀。何若老樊闭门居，春风不得入罗帏。欲查日记翻诗卷（樊君有'将诗为日记'之句），因避时贤隐画妃（'画妃'亭名，余曾为刻'画妃亭'小印）。五车书存课孙读，一项田芜应鹤饥。我欲借公门下住，秋雨打门红叶飞。"

林纾受聘为上海中华编译社印行之《文学讲义》撰述人，并于本年11月重订本第2期"附录"部分发表《与本社社长论讲义书》《再与本社社长论讲义书》。另在《文学讲义》上刊发林氏《史记讲义》《文章流别》《文学史》。

李绮青（汉珍）从东北至北京，晤冒鹤亭。李为冒氏广州旧雨，亦为词友。以其所作《草间词》出示，嘱冒鹤亭序。冒鹤亭曾作《忆少年·寿李汉珍》。

何藻翔电劝徐世昌恢复资政院章程十九条，仿行虚君联邦政制。

曾习经慈母李太夫人八十三岁寿辰，林敏琳（清扬）为其作《曾母李太夫人八秩晋三寿序》。又，林廷玉（醉仙）到京访曾习经，呈赠与其父林家浚（剑泉）合著《桥梓诗林》十余部，请代赠京都诸诗家。林廷玉在京时，曾多次访曾习经，林在《仙溪杂俎初集》纪此事云："余游南北二京，抵都门，访曾刚甫先生，晨夕过从，倾谈畅叙。余索诗稿见示，敦促再三，曾公始将诗稿携出。余沉吟往复，觉其诗非规韩抱杜者比，而天怀高淡，别具陶谢风情。归后为吟七绝一首赠之，句云：'非韩非杜亦非苏，恍惚渊明五柳图。一种风情高淡处，如悬秋月照平湖。'"此间，曾习经招林廷玉宴，林作有《玉楼春》词云："西风瑟瑟摧红叶，蒿目山河愁百结。先生招我赴琼筵，满座宾朋同醉月。　郇厨最美金炉鸭，盏泛黄花贞晚节。凉秋天气客长安，酒后为公吟白雪。"林廷玉返惠来后，作有《自都门归后，寄曾公蛰庵左丞》（二首）。其一："公是天南一伟人，朝衫脱处见天真。卅年枫陛襄皇业，一旦桑田寄此身。预识神州成苦海，早寻宝筏渡迷津。眼前禹甸滔滔是，欲向如来问旧因。"其二："闻公久课白云耕，老圃老农惯送迎。爱国心含精卫恨，忧时诗有杜鹃声。黄粱绕屋余真趣，绿水环田洒性情。我过津门经两度，偶逢茅屋忆先生。"

熊季贞北上过金陵，宿于寓园，临别时，陈三立赋诗赠行。《熊季贞过宿赠其北行》云："乡里佳少年，劝学磨奢早。十载婴锢疾，一旦起枯槁。犯江止海隅，访旧获意表。吐腹儒墨蕴，烧灯供绝倒。器业匹难兄，青眼速吾老。北向风云杂，鹰高鸿雁小。经过古战场，但吊王保保。"

陈方恪寄书给时居苏州诗友杨云史，约其小聚，杨因有诗《得彦通书却寄》。诗云："西山有鸾鹤，衔书云水隈。寄诗且招饮，令我心徘徊。秋月若夜雪，白花山桂开。微闻清露落，疑是幽人来。绿云流凉簟，清光何悠哉？对此发遐想，佳期谁为媒？"

丁量生。丁量，字志澄，河南罗山人。著有《心声吟》《心声韵语》。

谢无量撰《中国大文学史》由中华书局印行。至1932年9月已17版。共分5编63章160节。范围扩及经学、文字学、诸子哲学乃至史学和理学；体制楷式上融流派、宗派、法律、纪事、杂评、叙传、总集七种体例为一体；论述上远溯起始，述其源流，叙其盛衰，绍介其人其事其作，体制庞大、内容广博。吴兴王文濡为撰序。

黄节撰《诗学》（1册）由北京大学出版部出版。初稿名《诗学源流》，清宣统二年（1910）由粤东编译公司铅印出版。民国六年（1917）黄节任教北大，将此书用作课程讲义，曾两次修订，民国七年、八年、十年、十一年、十四年五次重版。全书共七篇：诗学之起源、汉魏诗学、六朝诗学、唐至五代诗学、宋代诗学、金元诗学、明代诗学。

张慎仪作《齐天乐·戊午九月，同王咏斋、张子高仿行宋文潞公丙午同甲会》。词云："人生知己从来少，笑我交游更寡。况是衰龄，适丁危季，同甲问谁属马。天缘幸假。有丙午三人，又娴骚雅。寄兴闲园，望云依恋潞公驾。　　石湖亦驰名者。诗注熙朝事，播为佳话。月后销沉，岂知今日，再见吟述联社。暮秋清暇。正酒绿灯红，连宵未罢。醉墨淋漓，补当年图画。"

祁世倬作《九月初小病新起，桂开感赋》。诗云："莫道金秋花事迟，秋来风雨更愆期。不眠吴质仙难学，招饮刘安赋可为。香冷渐看金粟满，影斜忽讶玉钩移。广寒旧梦何堪忆，憔悴人间两鬓丝。"

刘栽甫作《戊午九月寄晦闻》。诗云："培风一息已三月，寄雁传诗各未曾。中酒茫茫思祖褐，出郊蹩蹩搔鬖髻。长歌待解南风愠，高卧将忘北海冰。千里月明共秋客，独留佳句照青灯。"诗后自注："《尸子》：舜操五弦琴以歌南风。其诗曰：'惟南风之薰兮，可以解吾民之愠兮。'"

任可澄作《自津而沪而港，并海行。自港乘江轮溯西江至梧州，易小轮至融县北长安司。更乘苗船溯融江返黔，即古牂柯水也。舟小如叶，诗以纪之》。诗云："沿海复入江，江尽行未已。买舟长安司，一棹牂柯水。舟小经未尝，汛汛真一苇。身首稍丈强，高度裁尺咫。受怡两人堪，专乃一罋比。忽然落井眠，自笑观场矮。进如入窦蛇，转如旋磨蚁；行如鳊缩项，动如狐濡尾。欠伸辄打头，伸脚犹妨骸。坐卧穷卯酉（查嗣瑮《过连滩》诗：'一弰不盛丈，兀兀坐卯酉'），麻痹不得起。直躬尔岂能，折腰吾亦每。蹢躅天地间，毋乃长如此。峡险惧镰刀，滩长惊十里（镰刀峡，十里长滩，均险滩名）。高浪忽驾天，迅奋逾激矢。惊波跳满船，衣被湿如洗。王君江海客（同行王君有兰），昔游轻欧美。坐此成愕眙，对酒不能旨。君无轻沟渎，有时艰江海。蜷曲七日间，艰苦万里似。望望榕江城，前路尚余几。"

饶汉祥作《高州路》。诗云："经环资敌不知数，相公又卖高州路。相公首召朱三来，中坛变帜潜相催。仓皇解组列四友，至今漏网为祸灾。旧家大奴承指示，始放清河终废志。同时嗾盗夺宫门，明辟未还元帅置。西南战血赤城池，阴谋掉阖人不知。神奸欲取故先予，万金一掷轻铢锱。高徐之路盍足贵，济顺嚣人真可畏。但得徐娘半面妆，卖儿贴女宁辞费。"

孙介眉作《秋江满秋色》（二首）。其一："赭尾鲈鱼乐钓翁，碧云连水水连空。平堤衰柳风翻白，远岸寒林霜染红。"其二："雁书蓝纸晴天上，人醉黄花落照中。暮色烟光山凝紫，归鸦黑掩半江枫。"

刘善泽作《丙辰九月王船山先生生日释菜礼成》。诗云："峨峨衡岳高，淳淳洞庭静。至道无端倪，元灵于焉孕。鼎立惟船山，湖外允辉映。浩然气与参，大钧不能宥。岁寒见松贞，风疾知草劲。中原昔板荡，炎精歇明运。芳躅岩壑邃，一往成独行。心抱越石孤,学希横渠正。探籥得邹鲁,发蒙补贾郑。六经开生面,百家辟蹊径。汲深缘绠修,道肥乃义胜。时变嗟靡常,纲维赖公振。旷哉末世师,不死天所愁。像设严衣冠,果熟荐盘钉。流风激顽懦,瓣香矢恭敬。载拜将吐词,中怀郁难馨。乾坤清淑多,得者要云仅。岂伊天赋偏,独于吾侪靳。殇寿自人为,畴能司其柄。始知忠与孝,只是全本性。呜呼此心同,贵以精诚印!思公读遗书,光耀惊照乘。今予去公世,忾闻接逿听。钟欲寸莛撞,振聋破聩聤。悠悠三百年,亮节待谁并(丙辰船山年三百岁)。"

黄侃作《读〈尧典〉》《伤某君》(二首)、《送绍宾》。其中,《伤某君》其一:"武昌昔发难,驰檄尽知名。轩轾文游智,纵横主父精。门高怜鬼瞰,权重识生轻。今日歌蒿里,犹深共郡情。"其二:"昔年伤逝泪,曾为宋生抛。利害悲斯世,荣枯愍旧交!覆车怜尔继,陈事任人嘲。欲奏箜篌引,西风动白茅。"《送绍宾》云:"洞庭秋波日夜起,有客京华忆乡里。临行要我赠一言,携来一幅宣城纸。世事悠悠哪可论?姑溯与子论交始。讲堂肆版三十人,我于众中识吾子。状貌温温兼肃肃,望表已可知其里。时论渐欲烧诗书,吾心何敢轻丘耳。嗟余专固守前说,抱残守缺聊自喜。宁敢抗颜为子师,特因一饭较年齿。犹劳奇字问扬雄,草玄作赋皆倦矣!田巴高拱避鲁连,此口一杜无开理。惟应携酒吊荆高,且以歌声动燕市。横术广广初无人,贵贱是非焉足纪?折杨皇华方得职,莫问引商与流征。九流百家皆扫却,谁能区区枕经史。上庠三岁如一瞥,使换头衔称学士。讶君磊落出侪辈,宛如白璧映泥滓。逐俗随声病未能,道在何伤不吾以。湘中近世号文林,归采芳香袭兰芷。我亦楚人归不得,方秋送归情曷已!愿子屹然厉岁寒,当世横流尚无底。此后相思在何处,兼苍露白水中沚。"

康白情于北京作《题仕士绣帧》(为刘天全世姊)。诗云:"蝶态翩跹草意荣,天然逸趣趁晴生。端详小步临风立,一任杨花上下轻。"

十一月

1 日　鲁迅作《随感录三十五》,批判辜鸿铭、刘师培等宣扬"保存国粹"。又作《随感录三十六》,批判国粹主义及国粹派。均载《新青年》第5卷第5号,署名"唐俟"。

《诗声》第3卷第11号于澳门刊行。本期"笔记"栏目含《雪堂丛拾(十八)(未完)》(澹於)、《水佩风裳室笔记(廿八)》(秋雪)、《乙庵诗缀(廿二)》(印雪);"诗话"栏目含《霏雪楼诗话(十三)》(晦厂)、《心陶阁诗话(七)》(沛功)、《饮剑楼诗话(一)》(观空);"词苑"栏目含《戊午元旦后二日口占》(晦庵)、《学医》(同前)、《新春晓起》(沛功)、《客岁除夕漫题》(荔庵)、《借区君原韵,代雪梅女士留别》(观空)。另有《社友通讯》(二则)其一:"广州梁应涛君鉴:示悉君子之过,如日月之食,可毋芥蒂于心,仍续社交可也。雪堂。"其二:"絮因君鉴:《诗声》三卷一至十号,现尚存有,如要可惠邮票四十分,当即寄奉。雪堂。"

符璋日记载作诗五律四首。

金湜生至上海访沈曾植。

郁达夫病愈作《口占赠某》,诗题又作《赠看护妇某》。诗云:"露滴红蔷十字娇,为侬甘度可怜宵。不留后约非无意,只恐相思瘦损腰。"

翁斌孙为沈爱苍作挽联一副,次日寄出。联云:"两代政书成绝学,一编诗史是传人。"

魏清德《九月二十三夜寄园小集》发表于《台湾日日新报》。诗云:"楼上鸣筝夜正深,悄无言语独沉吟。江蓠咏罢还长叹,风雨萧萧孰赏音。"

张元奇作《皥农同年九月廿八日寿辰,今年七十,不愿人以文为寿,余但记述往事,作一诗祝之》。诗云:"里中高会记城南,真率过从月二三。同榜尚余诸子在,踞床能作老生谈。岂知飘泊成巢燕,犹得追随及靮骖。今日更因君起舞,黄花绕座酒盈瓻。"

2日　魏清德《画中十哲歌,谢毛胆、岳阳、竹坞、得堂、瓮洲、奇石、天鸡、得山、琴浦、竹阴诸先生惠画》发表于《台湾日日新报》。诗云:"毛胆先生世无伦,识高于顶胸经纶。众芳凡艳相沿因,秋山自赏骨嶙峋(毛胆)。岳阳仙史岸绩巾,白头韬晦甘沉沦。吟诗学画年五句,试为埋骨山水滨(岳阳)。竹坞刀圭术有神,仓公扁鹊是前身。平生下笔谁最亲,爱写丽县菊潭春(竹坞)。得堂墨化何精醇,溪云初霁红叶新。渲染轻黄淡绿匀(得堂)。瓮洲米点面目真,一塔独立碧鳞鳞。遥山一道白如银,上接玄武与钩陈(瓮洲)。画家女史号采苹,草虫花鸟时人珍。吾曹卜筑居择邻,奇石端合配灵筠(奇石)。天鸡落落披麻皴,松杉夹路郁轮菌。孤帆远影白云津,吾欲因之穷天垠(天鸡)。谁仿云林笔意驯,秋江垂钓绝嚣尘。饶他买醉酬双缗,得山人是葛天民(得山)。琴浦湖山对石粼,晚晴林屋阒无人。无端匆忆故乡□,结茆何日诛荆榛(琴浦)。竹阴老手妙斫轮,篆刻变幻寿山珉。中年吏隐气益振,未尝作画妻孥嗔(竹阴)。"

3日　和平期成会在北京虎坊桥湖广会馆正式成立。到会300余人,举熊希龄为会长,蔡元培为副会长。

《戊午周报》第25期刊行。本期"文苑·诗录"栏目含《广行路难》(隐隋)、《送冯大令还成都》(陈漳)、《元日湖上》(民风)、《偶题廨壁》(前人)、《穉瀬诗集》(仁寿毛澂)。

任鸿隽自美归国,在上海致信胡适,谈其《新青年》读后感。略谓:"兄等的白话诗(无体无韵)绝不能称之为诗。"他对胡适、钱玄同在驳斥反对言论时,把八股、专制、发辫、小脚等等都扯进来,颇不谓然。尤不赞成钱氏文章常作骂人语。他认为:"第一，要洗涤此种黑脑筋，须先灌输外国的文学思想，从事谩骂是无益的。第二，谩骂是文人一种最坏的习惯，应当阻遏，不应当提倡。"

庞俊作《九月三十日江上送秋，寻去年醉处不可得，惘然有作》。诗云："荒原秋尽野鸟飞，望去千家叶拥扉。酒贱却无狂客醉，雨多翻使菊花稀。疏钟一动摇摇暝，旧事重寻种种非。便有北风酿初雪，江头寒色忽侵衣。"

4 日 《申报》第 16423 号刊行。本期《自由谈》"杂录"栏目含《谭剑室杂缀》（姚彝伯）。

[日] 土方久元卒。土方久元（1833—1918），号秦山，日本土佐人。安政四年（1857）游学江户，拜在儒者大桥讷庵门下求学，倾向尊王攘夷。文久元年（1861）回归藩国，与人结土佐勤皇党。明治元年（1868）历任军监补助、江户府判事、江户镇台府判事、镇将府判事、开市御用挂、东京府判事、镇将府弁事、东京皇居御造营挂等职。明治十七年（1884）任中央卫生会会长、日本药局方编纂总裁，既而任参事院议官，又任太政官内阁书记官长、太政官会计并庶务主管，后兼理内务部勤务。明治十八年（1885）兼任文书局监督，后任元老院议官。明治十九年（1886）任宫中顾问官。生平多次履任宫中职，倡导皇权伸张，属宫中保守派。明治二十年（1887）任第一次伊藤博文内阁农商务大臣，担任宫内相长达 11 年。明治二十一年（1888）兼任枢密顾问官。晚年出任宫内省帝室制度取调局总裁、皇典讲究所所长、国学院大学长、东京女学馆馆长等职，从事教育，作圣德讲话，致力国民教化。大正三年（1914）任临时帝室编修局总裁，致力于《明治天皇纪》编纂。著有《欧美游草》《秦山遗稿》等。

严修偕范源濂、张伯苓自纽约首途归国。

缪荃孙作《十月朔闻雷》，周庆云作《和缪艺风〈十月朔闻雷〉诗韵》。其中，缪荃孙诗云："炎炎临十月，堙郁怕成灾。大地飞灵雨，长空震瑞雷（见《唐书》）。人心犹愤懑，天意漫疑猜。我独寻幽趣，流观菊到梅。"周庆云和诗云："先生原柱史，每志五行灾。豹隐方藏雾，鸿蒙忽扇雷。偶然威一震，犹觉意群猜。欲起天龙蛰，春回早放梅。"

5 日 《学生》第 5 卷第 11 号刊行。本期"文苑·诗"栏目含《秋感》（广东商州中学校学生朱潘）、《登校园土假山茆亭有感》（江苏省立第一工校电机三年级生顾赓均）、《拟东坡〈金山放船至焦山〉诗》（江苏上海沪江大学四年级生厉存彝）、《竞渡歌》（前人）、《丁巳初度日作（附作者小影）》（江西省立第四中学校毕业生阳贻经）、《古寺》（江苏南通师范学校谢群）、《接家书》（前人）、《飞絮》（广东广州珠江中学二年生李满豪）、《不寐》（直隶丰润中学一年生张兰芳）、《墙隅盆菊初放有感》（湖北宜昌卢氏改良私塾学生卢永新）、《咏史》（前人）、《颐和园》（河南杞县师范讲习所学生尚育东）、《残菊》（前人）、《冬日感怀》（江西第一师范学校一年级生叶有藏）、《同杨君砚田夜饮即事》(前人)。

《妇女杂志》第4卷第11号刊行。本期"国文范作"栏目含《诗》(安徽明光女塾学生李秋霞) 等。

符璋日记载作七律二首。

6日 吴芳吉致信何树成、刘雨若,略谓:"一方提携自己,俾己之脚跟立稳,一方更提携他人,俾人亦得振拔。故交游之中,有天性高尚、志愿光明、可资大造者,即宜深与结纳,以国家天下相期勉,并通告吾人介识之也。"

陈衮龙作《十月二日宗武观察雨中枉过,留饮尽欢。越日,以诗见示,依韵奉答》。诗云:"最难风雨客中觞,倒屣逢君喜欲狂。却对盘飧惭杜甫,早从枳棘识仇香。百年文献搜江左(江南通志局君董其役),万里乡心绕筑阳。持取一樽相慰藉,感时容易鬓丝苍。"

7日 《申报》第16426号刊行。本期《自由谈》"杂录"栏目含《醒园诗钟谈》(翟醒园)。

大雄《蚊》(十四首) 本日及次日刊于《南洋总汇新报》"诗界"栏目。序云:"鸣呼!巡逻搜刮,无孔不入,纷纷扰扰,吃吾膏血,非今日吾国政界之现象耶,岂独蚊乎哉!"其二:"毫无腹笥有文名,得意纷纷各自鸣。真个如雷名贯耳,穷郊僻巷尽蜚声。"

赵熙作《百字令·地震》。词云:"谁摇大块,忽壁声戛戛,四闻噫气。恍自东来西北去,新鼓洪炉大鞴。千幻生愁,五行志怪,睛转灵鳌地。令人肉颤,杞忧难怪天坠。 万世陵谷谁知,景皇中叶,蜀道长如此。火在地心成海啸,一例洪荒前事。石缝蛩啼,灯头花烬,久病人无寐。记将夜半,冬前十月初四。"

8日 《申报》第16427号刊行。本期《自由谈》"杂录"栏目含《醒园诗钟谈》(翟醒园)。

符璋日记载作七律数首。

郑孝胥阅丽泽文社课卷。

赵熙作《四犯剪梅花·立冬》。词云:"吹老西风,乍开门、又是一番天地。一色同云,换千山秋气。黄花病里。镇长守、药炉风味。宵梦惊回(地震),岭梅胎玉,嫩红香里。 年年是春阳信暖,甚冬心乍抱,雪天霏絮。夜柝空村,奈无衣何计。新霜雁尾。送哀角、八方寒吹,鹬蚌还持,鸡虫未了,岁华如水。"

9日 郁达夫在日本三次访服部担风,作《病后访担风先生有赠》。诗云:"冉冉浮云日影黄,人从病后气苍凉。烽烟故国家何在?知己穷途宜敢忘。薄有狂才追杜牧,绝无功业比冯唐。最怜末世河东叟,客里星星鬓欲霜。"又,致兄嫂家书,认为古体诗"盛唐不及中唐,中唐不及晚唐",写诗"失之粗俗,宁失之纤巧",并谓女子学诗

"李杜诗竟可不读",因"女人究竟不应作欲上青天揽日月之语",故女子学诗,入手即应诵温李二家。郁达夫在信中劝兄嫂于宋人中诵欧阳永叔、曾南丰、陆剑南诸家诗,并读些元明诗,然王世贞、李东阳诸家诗,却"不合使闺阁中人模仿",清代诗樵《王渔洋全集》可诵。信中还称吴梅村诗"风光细腻"。至于"沈归愚喜用好看字面",昔人谓之"至宝丹",郁达夫认为此于女流诗人"正不可少",因"究竟堂上夫人较庵中道姑为愈耳"。信中还谓赵瓯北、袁子才诸家诗瑕不掩瑜;樊樊山、陈伯严诸人诗为画虎不成之狗,云云。

10日 《申报》第16429号刊行。本期《自由谈》"感时诗"栏目含《咏菊》(枫隐)、《咏蟹》(枫隐)。

《戊午周报》第26期刊行。本期"文苑·诗录"栏目含《秋风引》(隐隋)、《杂诗》(前人)、《舟泊江阴,登君山玄天宫》(龙慧)、《泊江阴两日,欲访严典史墓之得》(前人)、《送段纯青之广州》(陈漳)、《楚雨堂遗诗》(顾印愚)、《穉瀞诗集》(仁寿毛澂)。

梁济卒。梁济(1858—1918),字巨川,一字孟匡,别号桂岭劳人,以字行,广西桂林人,生于北京。梁漱溟之父。1901年奉敕预修皇史宬书。1902年赞助彭翼仲在北京创办《启蒙画报》。1905年任北京外城巡警厅西局委员,外城教养总局、分局总办委员,同年自撰剧本《女子爱国》演于北京,为新剧首创。1909年任京师高等实业学堂斋务提调。复辟之议初起时,致书张勋,加以劝阻。1918年取陕西易俗社剧本为之增削点窜,成《好逑金鉴》《暗室青衣》《庚娘传》三种,于是年排演。10月写毕《敬告世人书》。本日晨,投身积水潭自杀殉清。清废帝溥仪予谥"贞端"。死前数日作《敬告世人书》云:"吾固身值清朝之末,故云殉清。其实非以清朝为本位,而以幼年所学为本位,吾国数千年,先圣之诗礼纲常,吾家先祖先父先母之遗传与教训,幼年所闻,以对于世道有责任为主义。此主义深印于吾脑中,即以此主义为本位,故不容不殉。"身后有《桂林梁先生遗书》行世。林纾挽联云:"不忍偷生,李怀麓无此勇决;居然蹈海,鲁仲连尚属空言。"易顺鼎挽联云:"右江道谢恩摺奏,曾借重法书,癸卯年初与我题襟,介绍人桂林侍郎于晦若;广德楼改良剧文,皆有裨风化,庚娘传更推君绝笔,私淑者梨园女子鲜灵芝。"又联云:"古愚也直,古矜也廉,百年不祧,闻伯夷而兴起;众浊独清,众醉独醒,九天为正,从彭咸之所居。"林志钧作《十月初七日闻梁巨川翁之丧,翌晨唁漱溟、昆仲于缨子胡同宅,读翁遗书数通,墨迹在手,灵椟在室,俯仰感怆,不知所云。漱溟泣谓吾子必有言纪之,既归,追记书中语,杂缀成诗,凡五篇,所怀万端,来能尽耳》(五首)。其一:"精异梁桂林,张义如张弓。群丑纷跳踉,一发丑血红。顿令众象豁,坐见两曜通。百世此一人,吾道已不穷。洪水猛兽患,乃待神禹功。人心死复苏,此功当归公。凡有血气者,有心岂不同。人死等培塿,道立齐邱嵩。"其二:"寒潭一湾水,万斛京洛尘。昔看潭水陈,今知潭水新。

潭水不遽冻，留待君子人。彭咸去已遥，名义徒斲斲。柳根不见心，还能铭公仁。公云吾不死，何以对先民。我云公犹生，一发悬星辰。干净留片壤，微茫开千春。"

夏敬观偕吴昌硕、汪康年、袁思亮、周庆云等同游半淞园赏菊，遇郑孝胥父子。

杨钟羲赴唐晏之约。

11日 德国战败投降。第一次世界大战结束。严修归途过美国盐湖城，乘电车至新屋旅舍。散步街头，正值德国投降，欢呼之声，高达云霄。

禹楼清尊集第四次雅集，以果品为题，参加者7人，以水果名称为题，诗词不拘。高旭得荔枝。高旭作《禹楼第四集，分题得"荔枝"》。诗云："昌华苑变云水乡，熏风百里吹异香。炎方作客闷欲死，载酒言寻十八娘。襦红肤白娇无那，每一相亲颐为朵。只愁馋吻逊坡仙，未能日啖三百颗。"俞剑华拈得黄皮，作《黄皮》云："善价难期负贩儿，星星一任缀高枝。小疑龙眼初成实，滑似鸡头新剥时。蕉萃风尘多汝弃，光明心地少人知。愿辞市上论斤卖，来佐天南旧酒卮。"

姚锡钧（鹓雏）撰《宋诗讲习记》发表于11日至14日《民国日报》。自述学宋经过，批评学宋之流弊。《宋诗讲习记》云："鹓雏治诗，始十年前，岁己酉入都，交友中有侈言宋诗者。从林浚南许假得《海藏楼诗》，三复毕业，笃好弥至。于是始知有宛陵、半山、后山、简斋，与乎近代同光体诗之名。顾泛滥出入，未有专主也。旧时诵诗，于少陵尝卒业一二卷，昌黎、东坡略涉猎而已。近人则随园、瓯北、心馀、仲则诸家，稍有成诵。默惭暗陋，无所取裁。顾亦微厌浮华，能味枯槁。治北宋后，偶有所作，浚南、笠云激赏弗置，因亦自喜，肆力为五言古，月成五六十篇，相约付刊，名《太学集》。光复后，先后南下，斯事遂辍。然刻意为诗，则自此矣。元年居沪，柳安如介之入南社，始得尽睹东南诗人篇什。旋读厉樊榭、钱箨石、王谷原、龚定庵诸君集，于浙派诗旨，小有悟入。所作微变其故步，然仍时时依违于范伯子、陈散原之间，得诗亦最富。二年在里中，长夏无憀，绿阴清昼，与杨了公先生相约为七绝，专取风神。为渔洋、竹垞，遂至樊山、实甫各集，无弗浏览。可一月许，仍弃去，复为宋诗，而里中吴遇春、朱鸳雏辈皆从之。稍后有闻野鹤，咸称北宋弗去口矣。概南北宋言诗约数派：庐陵、荆公咸宗韩、杜，而半山骏发高亢，独开一宗。坡公兼容并包，海涵地负，而天才英荡，后无来者。山谷直接义山，宛陵仿佛东野。南渡而后，承宛陵者简斋，其极至于四灵。承东坡者剑南，而傍溢于韩、杜。若诚斋、石湖、白石诸君，咸能自树。顾今之所谓宋诗，则遗落其他，独取山谷、荆公一派，为高亢遒炼，与后山、简斋一派，为清微深至而已。《石遗诗话》谓：'同光体中，太夷、伯严为两大宗，太夷自大谢、柳州、韩偓、唐彦谦、姚合而入荆公。间有出入简斋、四灵者，高亢深微，殆足兼之。伯严则自古诗谣、乐府而入山谷，终为西江宗派之诗，而诙怪博丽，犹或过之。'此说是也。特东坡、剑南二家，鲜道及者。盖偏于涩味之说，专取僻径，亦一蔽矣。近来陈石遗、罗掞东颇称剑南,诸贞壮则浸淫东坡,得其神味,特面目稍变尔。读者犹或未信异已。太夷诗高者纯在兴象名俊,选意精深,如《濠堂》之'惜哉此江山,与我俱不偶',《钟山》之'科头直上翠微亭,吴甸诸峰向我青',《怀宝竹坡》之'沧海门生来一见',皆可谓兴象独超者,《挽忍盦、陈幼莲、顾子云》诸首,皆可谓选意独深者。盖守遗山字字作之言,复以高怀远旨益之,宜其绝人也。近诗微颓,然自是一家言。立定脚根,以待后世者矣。陈散原专于字句用力,诙丽有味外味。特五言微恨僻碎,意境亦复平易。后生每于诡怪求之,其失何啻千里!石遗室诗兼取香山,思于意境中别开生面。谈者乃亦称其僻涩,一何谬也!大抵近来言宋诗者,类袭前人已成局面,不肯下透过一层工夫(不但不肯,实所不能)。譬如兵家死读十三篇,恰未曾辛练一卒。及至韬符入手,事事寻古人脚跟,却件件非自己家当。张颠见担夫争道,而悟书诀,临池者便日就担夫求之。禅师见桃花悟道,初行学人,便日日以桃花作饭,可谓全没干涉也。然此犹其上焉者,极其工,则唐临晋帖;极其敝,则王朗学华子鱼而已。若夫平日读书,章句疏解,半所未通。目未见《全唐诗》,辄欲衙官李、杜,奴仆温、韩。喜宋诗之僻冷空淡,可以藏拙(初学不审章法,不求理解,炫一二僻字冷语,自是藏拙之一道)。于是家后山而入宛陵,口手并瘏。其实引义无当,用典失据。语景则冬暑一室,言情则壮老交篇(忽春忽秋,如病寒热。非病而呻,如听留声)。譬之衣匠,杂取裘葛缯彩,裁成一衣,诚陆离矣。如非衣何是,盖扯掊小生,无当大雅。永屏门外,可为鉴戒者也。或谓近为宋诗者,好为咨嗟,自状颓暮。及接其人,濯然少年也。诗能老人,抑何至此(昔贤恒谓诗能贫人,今则能老人矣,亦世变之一端也)!答曰:'心为人役,言非心声,目所见者,前人已刊之集。其人率垂垂老矣。苟拟句袭而字扯之,虽少年,安得不老?不老,不肖也。优孟登场,孙叔敖矣,非优孟矣,胸中无自己一段真意境,安得曰诗?'或谓近人诗且有多过古人、工过古人者。李、杜、韩、苏,日月行天。集中工者,十七八耳。近人一效便似,似聪明有过古人者。(仆尝闻杜诗为今之后生指摘无完肤。元白以下,几不投之秦火。生今之世,难乎其为诗人哉!然则古人得名,其无佛称尊,偶尔侥幸耶?一笑)。答曰:'古人垂后,蹊径独寻。其荜路蓝缕之功,诚耗心力。今人袭其成局,应手而得。譬之子承父产,富则有之,非所自创也。奈何欲以纨袴骄人乎!'"

傅熊湘作《生日书感,并与佑云》(三首)。其三:"陈郎谈艺每相望,乱后重逢意倍长。白发未妨欺短鬓,黄花还与傲秋霜。长余三百凭呼弟,相待他年更举觞。各有清愁动寥廓,莫教风雨负重阳。"

12 日 北京国务会议讨论时局问题,议决开南北和平会议。

《申报》第 16431 号刊行。本期《自由谈》"杂录"栏目含《醒园诗钟谈》(翟醒园)。

黄宾虹启程,取道新安江,返潭渡故里。19 日舟过天王滩,巧遇邻船中作黄山游之蒋叔南，遂同行，至潭渡怀德堂招饮，又设法为觅导游者。回歙后，访悉族中义田被“豪富盗卖、奸细占夺”，为昭示后人，作《任耕感言》，述垦复义田始末。

13日 章太炎与吴承仕书。略谓：“天地闭，贤人隐，诚如来旨，乱世恐亦无涉学者。颇闻宛平大学又有新文学、旧文学之争，往者季刚辈与桐城诸子争辩骈散，仆甚谓不宜。老成攘臂未终，而浮薄子又从旁出，无异元祐党人之召章、蔡也。佛法义解非难，要有亲证。如是下则近之，季刚恐如谢康乐耳。”

魏清德《挽社友王君采甫》《挽社友沈君相其》《挽社友陈君润生》《挽凤山王君坤泰》发表于《台湾日日新报》。其中，《挽社友王君采甫》云：“瘦躯似鹤骨嶙峋，长夜风销□尾尘。末世交游论道义，平生孝友见斯人。”《挽社友沈君相其》云：“书生戎马廿年前，叱咤曾挥断水鞭。遗恨劫余消遣法，老来酒令与诗权。”《挽社友陈君润生》云：“身后何论一卷诗，遗孤剩寡最堪悲。哭君泪比基津水，泉下茫茫未必知。”《挽凤山王君坤泰》云：“图遍仙山总杳茫，新诗哀艳断人肠。问天肯假春秋富，姓字何难继四王。”

14日 北京各校提灯游行，北大校长蔡元培演说。闻一多与清华师生同赴天安门，参加畿辅学界庆祝第一次世界大战协约国胜利之集会。夜，闻一多作《提灯会》，发表于次年五月《清华学报》第4卷第6期，署名“闻多”。1921年7月收入手写本《古瓦集》。文字略有改动。《提灯会》序云：“德虏既克，寰区额庆。京师学生万五千人，以某月某日之夜，提灯为贺。是夜吾校亦有提灯游海淀者，吾弗与焉；俯思国难，感而成韵。”诗云：“朔云荡高天，风雷鸷隼资。半世望三台，时乱枭雄倛。剑龙夜叫亟，千烽赤海湄。流星骇羽檄，涌雾腾旌旗。摇戈叩四邻，待食决雄雌。呜喑致云雨，践踏滋疮痍。遂使五国师，望风频觇窥。奋格累四载，虚縻巨万赀。所愿晷刻淹，抵死殚莫支。狂虏倍猖獗，血肉为儿嬉。两耀惨晶光，寰区共愤訾。铁骑西方来，神勇见仁慈。长驱窜豺虎，枯萎蒙渥滋。妖渠遁冥僻，群丑亦魄褫。欢声震欧陆，普天毕颔颐。共言销兵甲，升平始今兹。万邦申庆典，吾华亦追随。嫉恶人同心，祸至人同罹。虏挫大难戢，吾忭宁非宜？但使试内顾，得毋泪涟洏！豺貔本同类，猜意肇残訾；失性沸相噬，绝脰决肝脾。觊觎慰饥豹，忍待涎已垂。两伤饱强狼，祸迫岂不知！恃气耻先屈，孰计安与危？吁嗟众黄口，大患方燃眉；涕泣且弗遑，奈何饰愉怡！人心有哀乐，至情不可移。孰肯背其真，徇人作嚅睨？我闻都人士，踊跃举盛仪。狂花烧觚棱，千火灿迷离。清华位遐僻，脞会犹同期。吉金铿尘圜，我听思斗鉦；华灯耿黑树，我睹疑磷爔。孤怀厌喧嚣，彼乐增我悲。幽思坐冥独，愁魂忽南驰。峥嵘跋肉卓，浩汗涉血池，菑疫相为弄，杀气翻天时。昨闻和议隳，夜班百万师？诸将喜跳踉，杀人市皋比。田禾灼涂炭，中藏老农尸；饿鸱唤不醒，饱餐还哺儿。思此肝腑裂，仰天泪淋漓。何当效春雷，高鸣振聋痴。剖疑释仇怨，载橐图绢绥。文教坐布敷，薰风动和吹。然后远近来,共登春台熙。视此区区欢,奚翅百倍之？茫茫大千内,孰不报啜醨！燃箕泣煎豆,同怀属伊谁?！"

缪荃孙至杨钟羲处,取回《旧言集》。

黎尚权年九龄,其父视读诗句,对曰:"诗不要怕,我晓得做。"父命以《夜闻弹琴》为题作诗,遂即诵一首云:"今夕琴声起,不知何处弹。灯前仔细听,不觉夜将阑。"

魏清德《寄园夜坐似学三翁庵篁村诸友生》发表于《台湾日日新报》。诗云:"尚未名山老著书,寄园可寄即吾庐。共君榻上谈如昨,伴我灯前味有余。木落秋容惊发短,江回夜气入窗虚。十年回首都非旧,赖此心源是本初。"

15日 蔡元培本日至17日为庆祝第一次世界大战结束,宣讲"公理战胜强权",提出"劳工神圣"口号,在中央公园和天安门前组织演讲会。高一涵亦发表演说。

《新青年》第5卷第5号刊行。本期载有周作人《论中国旧戏之应废》、李大钊《庶民的胜利》《BOLSHEVISM的胜利》等文章。其中,周作人《论中国旧戏之应废》声称"中国旧戏没有存在的价值"。因为"第一,我们从世界戏曲发达上看来,不能不说中国戏是野蛮","在现今时代,已不甚相宜"。"旧戏应废的第二理由,是有害于'世道人心'","内中有害分子,可分作下列四类:淫,杀,皇帝,鬼神","在中国民间传布有害思想的","还要算戏的势力最大"。"至于建设一面,也只有兴行欧洲式的新戏一法","既然拿到本国,便是我的东西,没有什么欧化不欧化了"。同期通信栏刊有鲁迅《渡河与引路》。认为"灌输正当的学术文艺,改良思想,是第一事",不必过多纠缠于"世界语"问题。约两月后,周作人在《每周评论》第11号发表《思想革命》一文指出:"我想文学这事务,本合文字与思想两者而成。表现思想的文字不良,固然足以阻碍文学的发达。若思想本质不良,徒有文字,也有什么用处呢？……这单变文字不变思想的改革,也怎能算是文学革命的完全胜利呢?""文学革命上,文字改革是第一步,思想改革是第二步,却比第一步更为重要。我们不可对于文字一方面过于乐观了,闲却了这一面的重大问题。"李大钊《庶民的胜利》指出,一战是"全世界的庶民"的胜利。大战的政治结果,是代表专制、用强力欺压他人的"大……主义"的失败,是民主主义的胜利。大战的社会结果,则"是资本主义失败,劳工主义战胜"。这两者都是庶民的胜利！《BOLSHEVISM的胜利》指出,"这次战局终结的真因","乃是德国的社会主义战胜德国的军国主义","是民主主义的胜利","是社会主义的胜利","是世界劳工阶级的胜利","是廿世纪新潮流的胜利"。"Bolshevism就是俄国Bolsheviki所抱的主义","是革命的社会主义","奉德国社会主义经济学家马客士(Marx)为宗主","要联合世界的无产庶民,拿他们最大最强的抵抗力,创造一自由乡土"。文章高呼"试看将来的环球,必是赤旗的世界！"

《东方杂志》第15卷第11号刊行。本期"文苑·诗"栏目含《病中作》(陈三立)、

《答人问病状》(陈三立)、《病初起》(陈三立)、《候恪士不至,闻亦卧疾海上,占此讯之》(陈三立)、《病起后始饭食》(陈三立)、《题宋铁梅将军〈兴安立马图〉》(周树模)、《题〈晚学斋图〉二首》(周树模)、《次韵止庵〈岁寒泊园过谈有感〉之作》(周树模)、《夜雨待萧稚泉不至》(俞明震)、《早泛清溪》(俞明震)、《偶成》(俞明震)、《萍衫避乱,侨居武陵,乃其往年备兵地也,与诗人陈伯弢以书酝相劳苦,报赋有句,次韵寄之》(朱孝臧)、《东阿道中》(朱孝臧)、《丁巳七月乱后,至校检点残书,率成一首》(林纾)、《凭石遗寄海藏楼》(赵熙)、《寓楼夜起感题》(姚永概)、《罗喉岭》(张元奇)、《岫云寺》(张元奇)、《大暑后二日偕弢丈、芝南、姜斋、夷叔、又点、嘿园、行陀为戒坛、潭柘之游,再宿始归,杂忆所历,率成四章》(郭曾炘)、《得瘿庵书,知寒云重来京师,云史、瑟君于其生日觞之,感念前尘,先柬以诗》(黄濬)、《玉甫招集江亭作展上巳未至,分韵得初字》(黄濬)、《晚春》(黄濬)、《同亮生、贞壮游花坞,至白云堆而返》(李宣龚)。

吴昌硕与诸宗元札,附一诗,后改题为《苦吟答长公》。诗云:“长公遥寄语,人海路岖嵚。坐取读书乐,饮凭湖水深。凌霄胸有竹,锄地眼无金。岂我良朋在,怀哉不苦吟。”

16日 徐世昌发布停战令。广州军政府响应南北双方停战。

李大钊在天安门庆祝协约国胜利讲演会上以《庶民的胜利》为题发表演讲。

《申报》第16435号刊行。本期《自由谈》“杂录”栏目含《醒园诗钟谈》(翟醒园)。

郑孝胥作答叔伊诗一首,携往视之,因与偕访何梅生。

林之夏作《杭儿殇已兼旬,余哀痛不少杀,盖以儿病由余传染也。十月十三夜,梦儿告余曰:“父病时,实远儿;有女客病,卧儿房累日;儿之病,染自客,于父何与?”醒之,追纪其事。呜呼!事实如此,吾何梦耶?》(四首)。其一:“奇哀郁成梦,梦醒泪沾衾。汝计亦何毒,吾灾非自寻。睡鼾邻榻近,病染举家深。为少同心者,空知利断金。”其二:“巢燕聚雏乐,忽然来一鸮。雏因遭惨死,巢亦破崇朝。祸起非无觉,情多遂自招。天乎今至此,罪恶极人妖。”

17日 《戊午周报》第27期刊行。本期“文苑·文录”栏目含《名山吴伯竭〈仪礼训故礼事图诗文集〉序》(宋育仁);“文苑·诗录”栏目含《归下欢喜岭舟宿作,三次前韵》(龙慧)、《题樊稼田所藏董东山〈松泉图〉》(前人)、《陈希虞处听萧仲仑弹琴,同刘泌子》(吴虞)、《偕友人游烟霞洞叠韵》(民风)、《穉海诗集》(仁寿毛澂)。其中,吴虞《陈希虞处听萧仲仑弹琴,同刘泌子》云:“矮屋炉烟静,鸣琴识雅声。感时思洗耳,怀古自移情。流水弦中落,秋心指上生。蓬莱如可到,更欲刺船行。”

郑孝胥至会宾楼一元会。

张謇作《西山闲行》。诗云:“行山回曲处,山外似山中。川势纡徐合,林阴窈窕通。

迎人惊石好，鏟地爱僧穷。尚拟营梅坞，逍遥养浪翁。"

18 日 《申报》第 16437 号刊行。本期《自由谈》"感时诗"栏目含《闻德奥宣布共和感赋》（二首，宋焜）、《代合肥送小徐》（二首，宋焜）。

［韩］《天道教会月报》第 99 号刊行。本期"词藻"栏目含《中元日常春园》（芝江梁汉默、敬庵李瑾、源庵吴知泳、心石李骏锡、汨堂刘载丰、西湖金健植、枰庵金泳彦、夜雷李敦化、竹轩金重基、松石金完圭、凰山李钟麟、于泉李会九、观三金教庆）、《谏香山》（云溪金洙玉）、《龙山闻天字歌》（石溪闵泳纯）、《过金塘湖吟》（花冈朴思稷）、《甲朝自感》（辛精集）。其中，花冈朴思稷《过金塘湖吟》云："金塘湖水一面平，深碧连天海样成。万鲸争吸不敢竭，百鳄欲澜亦犹清。红藏新月淡如镜，青落远山屹似城。若便带风夕潮起，波波相冲动地声。"

黄介民赴上海主编《救国日报》，邀请吴芳吉，并以诗《粤游百韵》寄吴芳吉，吴芳吉称叹此诗为皇皇大篇，可与吴宓《石鼓歌》媲美。

陈隆恪作《十月十五夜步月阶下》。诗云："寂寂人留影，遥遥犬吠声。乾坤初入定，星月已成盟。丧乱持文字，周旋役性情。啜醨能共醉，何以报平生。"

曾广祚作《十月十五夜感作》。诗云："去年今日上灵歌，菊落梅开世变多。寒月愁云无笛筑，尺天寸地尽干戈。千家不寐银釭灿，一老空思王烛和。散发明朝回鹢首，波涛卷幔狎蛟鼍。"

19 日 严修往加利福尼亚大学访韦廉士及江亢虎。

吴芳吉致信黄介民、谢扶雅、曾琦。信云："中国灭亡之祸，今已过去。中国若亡，当于十年前亡之。今中国少年醒矣，中国可亡，中国少年未可亡也。"嘱友人联络全国心志中正之少年，以为他日共赴国难之储备。并托购黄公度诗集，介绍吕谷凡与三人相识。

20 日 《商学杂志》第 3 卷第 6、7、8 期合刊行。本期"文苑·诗录"栏目含《易可庄恒过论诗，赋长篇赠之》（孟龛）、《春雨晚眺》（蕴声）、《黄雀啄苗被获》（前人）、《步四叔父〈过黄家湖〉原韵二首》（前人）、《春日过黄家湖咏雾》（前人）、《秋怀》（孟龛）、《赠敬波》（孟龛）、《寄存斋子睿》（孟龛）、《可庄有诗送吾行，明日发程，书诗奉答》（前人）、《连理亭书怀，示耀廷》（前人）、《别闰甫巨庄》（前人）、《别齐励学》（前人）、《可庄夜过寓楼》（前人）、《连理亭，答可庄即步原韵》（前人）、《忆家兼呈温甫兄德州》（励学）、《题画》（前人）、《赠孟龛兄志别》（前人）、《忆友二首》（克明）、《怀家》（可庄）、《奉呈振德伯母大人》（前人）、《感成二首》（前人）、《有赠》（前人）、《贺小友洗君倬文周岁》（前人）、《得表兄陈叔明书奉寄》（前人）、《告男学生》（前人）、《告女学生》（前人）、《答孟龛即步原韵》（前人）、《游连理亭口占赠孟龛》（前人）、《鹧鸪天》（孟龛）。

沈曾植致信罗振玉云："冬雨为霖，平生所未见。新居如在壑谷之中，坐井观天，名之曰'井谷'，不复得称'海日楼'矣。公有暇，试为吾作《井谷记》以遣闷何如？"新居与陈衍寓所密迩，陈作《谷隐记》以纪其事，沈遂改号"谷隐""谷隐居士"。

胡适之致梁启超一书，论墨学并道求见之意。

张謇作《林溪鹤逸其一，诗以送之》。诗云："本不供人耳目娱，沧波偶尔落罝罛。时来任自还初性，饱后何须惜故笯。"

沈曾荫作《戊午孟冬十七日为陆放翁生辰，谨依钱塘邵蕙西〈半岩庐集〉中〈寿放翁〉诗体，赋诗为寿，即步原韵》（五首）。其一："剑南诗品古今无，万首琳琅见道腴。体秉性灵乏叮囮，风传争诵盈皇都。"其二："一代正宗若昆卢，丽句昭然列玉瑚。心存爱国义尤正（近世称放翁为爱国诗人），愧我追禅近野狐。"其三："诗清采饮茶多株，词雅欢携酒满壶。须知放翁本豪放，梅花万树傍仙躣。"其四："幽兰既杳感丘墟，祭筵追设众俱祖。家家今尚持团扇，诞辰齐画放翁图。"其五："我生同日良非虚（余以前清光绪乙酉年十月十七日生于蜀北蓬溪），异代私淑其然乎。安得执鞭逢此际，也随踏雪趋南湖。"

中旬 陆碧峰以噩音告谢玉岑，知许佛迦在杭州死且二十日。许紫盦（？—1918），字佛迦，浙江钱塘人。著有《紫盦词草》《怀瑜馆诗词》。

21日 张震轩撰挽南湖叶宅诸亲数联。其中，挽叔炳先生："呼天抱疾，一生与茶铛药臼为缘，幸年来花甲方周，不慕鼎钟荣，三炷香热，只向个中参妙谛，遍地张罗，几人逃复壁柳车之厄，独公也含辛茹素，脱离烟火劫，九秩露冷，超然物外赋游仙。"挽菊秋夫人："勤劬率下，俭朴持躬，明达且识算知书，羡一门慈竹长青，辛苦成家，倘教女史书传，不愧少君称淑行；相夫扬名，勖儿励学，择婿更联镳竞爽，奈片刻堂萱失荫，团栾诀别，只恨京华道远，累他季子泣奔丧。"挽叶聘三："哭子正哀多，那堪手足遭伤，更有谁步障解围，鸰原急难；亲朋又丧一，从此室庐空过，只凭吊烟霞逸士，风月闲人。"

张謇作《悼鹤》。诗云："昨逸一鹤忽得两，筊笼贻自新州将。颇思闻唳霜矶边，联翼云胡复凋丧。林溪亦有郁洲山（鹤，灌云产），今年未必尧年寒。鱼虾稻粱非汝悭，瘵汝主人心作恶。主人无福汝无福，山空水流云漠漠。"

李如月作《一九一八年十一月二十一日因事居沪，同柴刘凤笙夫人游新世界，观协约国庆祝欧战胜利有感》。诗云："世界重新不夜城，欧风美雨庆升平。大同景象从今起，小憩亭园细品评。才扶伴侣过危桥，回首惊心魂欲销。一览大千速去向，眼前觉有路条条。"

22日 胡适应天津南开学校邀请前往演说。次日谒梁启超于其津寓，二人首次见面。

张震轩为叶季澜代撰叶叔炳挽联。联云："以多愁多病之身，值履尾履冰之险，避地无方，幸福何如归乐国；诵救苦救难之咒，施济人济世之功，胡天不吊，吾宗竟尔失良医。"又代撰叶菊秋妻挽联。联云："为持家健妇，为逮下慈姑，一事识尤超，太学求名，曾遣娇儿游杏苑；是巾帼丈夫，是德门贤母，三秋人不见，宗昆丧偶，忍看老泪哭梅花。"

林纾作《戊午十月廿一日景庙忌辰，纾于十九日至涞水，约毓廉同谒崇陵，宿其寓斋，即席赋赠》，后刊载于本年 12 月 10 日《公言报》，自署"畏庐"。诗云："心向葵霜小阁前，先来涞水访诗禅（毓之别号）。驴鞍趣县刚三里，龙驭宾天过九年。语到无聊唯对烛，事难逆料却凭天。明朝梁格庄头路，一望觚棱一惘然。"又，林纾《题画杂诗》（四首）、《为太夷作画二首》本日刊载于《公言报》，自署"畏庐"。其中，《题画杂诗》其四："长日松声聒枕头，何人来上水边楼。年年供菊兼储酿，樊榭祠南过一秋。"《为太夷作画二首》其一："曾从留下过秦亭，无数云松作队青。饱饭僧寮无别事，长廊坐看少微星。"

陈元光《槟城打油诗》（四首）刊于 [马来亚]《槟城新报》"文苑"栏目。其一《戏院》云："声声锣鼓上灯时，齐向建安戏院驰。闻说今宵靓白果，登台拍演卖胭脂。"其三《酒楼》云："开厅最好新南记，电火层层景物奇。歌妓莺喉声呖呖，二簧唱了又西皮。"

李宣龚作《十月十九夜上海书所见》。诗云："一役难图霸，连栖竟反攻。人情终恶死，大道欲为公。玉宇消愁渗，银河涤战功。君看漂杵血，尽作万灯红。"

23 日 《申报》第 16442 号刊行。本期《自由谈》"杂录"栏目含《醒园诗钟谈》（翟醒园）。

严修偕范、张、孙三人离旅馆乘车至港口，登威尼油拉（Venezvla）轮。朱、谭两领事，陈清华、瓦君及沿路警探三人，均送上船。严修游美期间作有《游美竹枝词》（十一首）。其一："慈母深宵睡不成，两军连日正争城。朝来速取新闻看，先检沙场死姓名。"其二："壮士从戎誓不回，就中亦有不材材。颇闻入境欧西客，为避征兵渡海来。"其三："飞机闻戒每虚惊，未许连开不夜城。昨夕漫游逢土曜，满街加倍放光明。"其四："杰阁嵯峨亘九霄，元龙百尺讵称豪。不因限制难逾越，早过巴黎铁塔高。"其五："地上地中纷轨辙，更开复道驶高车。试从百十街头看，去地高悬五丈余。"其六："伯夷耻与乡人并，乡人亦畏伯夷圣。彼如轩冕遇缁尘，此似媒盐对明镜。不如劳燕各西东，各遂其天适天性。"其七："琴瑟和谐是正声，双双携手不胜情。近来少壮从军去，只见翁偕媪并行。"其八："尝胆何知句践事，但将辛苦念沙场。今年八月新功令，月限人惟两磅糖。"其九："计日郎君事远征，纷纷迫吉缔鸳盟。杜陵错赋《新婚别》，得偶军人毕世荣。"其十："无议无非世所讥，宁甘雌伏让雄飞。试看裙履翩翩队，亦着军人粟色衣。"十一："童男童女踏冰鞋，夹道宽平白石街。莫怪晚年腰脚健，幼时先已练筋骸。"

张震轩代叶镐姆撰挽继父叔炳联。联云："六十载抱病居家，服药延年，那堪晚景桑榆，失意频遭禁网惨；七千里奔丧返棹，凭棺一恸，纵使显扬补报，何颜再读远游章。"又代镐姆挽母联。联云："生我何为，原望终身能养母；奔丧不及，悔从万里去求名。"又为张荐秋改挽叶聘三联。联云："青毡坐困，我方糊口珂乡，不图适馆一年，哀响频闻邻舍笛；黄菊丛开，翁竟游神紫府，忍看肯堂二子，少年苦掌大家权。"

胡适之母病故。胡适于25日携眷回绩溪奔丧，以古文撰《先母行述》云："先母冯氏，绩溪中屯人，生于清同治癸酉四月十六日，为先外祖振爽公长女。家世业农，振爽公勤俭正直，称于一乡；外祖母亦慈祥好善；所生子女禀其家教，皆温厚有礼，通大义。先母性尤醇粹，最得父母钟爱。先君铁花公元配冯氏遭乱殉节死，继配曹氏亦不寿，闻先母贤，特纳聘焉。先母以清光绪己丑来归，时年十七。明年，随先君之江苏宦所。辛卯，生适于上海。其后先君转官台湾，先母留台二年。甲午，山东事起，先君遣眷属先归，独与次兄觉居守。割台后，先君内渡，卒于厦门，时乙未七月也。先母遭此大变时，仅二十三岁。适刚五岁。先君前娶曹氏所遗诸子女，皆已长大。先大兄洪骏已娶妇生女，次兄觉及先三兄洪驹（孪生）亦皆已十九岁。先母内持家政，外应门户，凡十余年。以少年作后母，周旋诸子诸妇之间，其困苦艰难有非外人所能喻者。先母一一处之以至诚至公，子妇间有过失，皆容忍曲喻之；至不能忍，则闭户饮泣自责；子妇奉茶引过，始已。先母自奉极菲薄，而待人接物必求丰厚；待诸孙皆如所自生，衣履饮食无不一致。是时一家日用皆仰给于汉口、上海两处商业，次兄觉往来两地经理之。先母于日用出入，虽一块豆腐之细，皆令适登记，俟诸兄归时，令检阅之。先君遗命必令适读书。先母督责至严，每日天未明即推适披衣起坐，为缕述先君道德事业，言：'我一生只知有此一个完全的人，汝将来做人总要学尔老子。'天明，即令适着衣上早学。九年如一日，未尝以独子有所溺爱也。及适十四岁，即令随先三兄洪驹至上海入学，三年始令一归省。人或谓其太忍，先母笑颔之而已。适以甲辰年别母至上海，是年先三兄死于上海，明年乙巳先外祖振爽公卒。先母有一弟二妹，弟名诚厚，字敦甫，长妹名桂芬，次妹名玉英，与先母皆极友爱。长妹适黄氏，不得于翁姑。先母与先敦甫舅痛之，故为次妹择婿甚谨。先母有姑适曹氏，为继室；其前妻子名诚均者，新丧妇。先母与先敦甫舅皆主以先玉英姨与之，以为如此则以姑侄为姑媳，定可相安。先玉英姨既嫁，未有所出，而夫死。先玉英姨悲伤咯血，姑又不谅，时有责言，病乃益甚，又不肯服药，遂死。时宣统己酉二月也。姨病时，先敦甫舅日夜往视，自恨为妹主婚致之死，悼痛不已，遂亦病。顾犹力疾料理丧事，事毕，病益不支，腹胀不消。念母已老，不忍使知，乃来吾家养病。舅居吾家二月，皆先母亲侍汤药，日夜不懈。先母爱弟妹最笃，尤恐弟疾不起，老母暮年更无以堪；闻俗传割股可疗病，一夜闭户焚香祷天，欲割臂肉疗弟病。先敦甫舅卧厢室中，闻檀香爆炸，问何声。母答是风吹窗纸，令静卧勿扰。俟舅既睡，乃割左臂上肉，和药煎之。次晨，奉药进舅，舅得肉不能咽，复吐出，不知其为姊臂上肉也。先母拾肉，持出炙之，复问舅欲吃油炸锅巴否，因以肉杂锅巴中同进。然病终不愈，乃舁舅归家。先母随往看护。妗氏抚幼子，奉老亲；先母则日侍病人，不离床侧。已而先敦甫舅腹胀益甚，竟于己酉九月二十七日死，距先玉英姨死时，仅七阅月耳。先是吾家店业连年屡遭失败，至戊申仅余汉口一店，已不能支持内外费用。己酉，诸兄归里，请析产，先母涕泣许之；以先长兄洪骏幼失学，无业，乃以汉口店业归长子，其余薄产分给诸子，每房得田数亩，屋三间而已。先君一生作清白吏，俸给所积，至此荡尽。先母自伤及身，见家业零败，又不能止诸子离异，悲愤咯血。时先敦甫舅已抱病，犹力疾为吾家理析产事。事毕而舅病日深，辗转至死。先母既深恸弟妹之死，又伤家事衰落，隐痛积哀，抑郁于心；又以侍弟疾劳苦，体气浸衰，遂得喉疾，继以咳嗽，转成气喘。时适在上海，以教授英文自给，本拟次年庚戌暑假归省；及明年七月，适被取赴美国留学，行期由政府先定，不及归别，匆匆去国。先母眷念游子，病乃日深。是时诸兄虽各立门户，然一切亲戚庆吊往来，均先母一身撑拄其间。适远在异国，初尚能节学费，卖文字，略助家用。其后学课益繁，乃并此亦不能得。家中日用，皆取给于借贷。先母于此六七年中，所尝艰苦，笔难尽述。适至今闻邻里言之，犹有余痛也。辛亥之役，汉口被焚，先长兄只身逃归，店业荡然。先母伤感，病乃益剧。然终不欲适辍学，故每寄书，辄言无恙。及民国元二年之间，病几不起。先母招照相者为摄一影，藏之，命家人曰：'吾病若不起，慎勿告吾儿；当仍倩人按月作家书，如吾在时。俟吾儿学成归国，乃以此影与之。吾儿见此影，如见我矣。'已而病渐愈，亦终不促适归国。适留美国七年，至第六年后始有书促早归耳。民国四年冬，先长姊与先长兄前后数日相继死。先长姊名大菊，年长于先母，与先母最相得。先母尝言：'吾家大菊可惜不是男子。不然，吾家决不至此也。'及其死，先母哭之恸。又念长嫂二子幼弱无依，复令与己同爨。先三兄洪驹出嗣先伯父，死后三嫂守节抚孤，先母亦令同居。盖吾家分后，至是又几复合。然家中担负增，先母益劳悴，体气益衰。民国六年七月，适自美国归。与吾母别十一年矣。归省之时，慈怀甚慰，病亦稍减。不意一月之后，长孙思明病死上海。先长兄遗二子，长即思明，次思齐，八岁忽成聋哑。先母闻长孙死耗，悲感无已。适归国后，即任北京大学教授；是年冬，归里完婚，婚后复北去，私心犹以为先母方在中年，承欢侍养之日正长；岂意先母屡遭患难，备尝劳苦，心血亏竭，体气久衰，又自奉过于俭薄，无以培补之；故虽强自支撑，以慰儿妇，然病根已深，此别竟成永诀矣。溯近年先母喘疾，每当冬春二季辄触发，发甚或至呕吐。夏秋气候暖和，疾亦少闲。

今冬（七年）旧疾初未大发，自念或当愈于往岁。不料新历十一月十一日先母忽感冒时症，初起呕逆咳嗽，不能纳食；比即延医服药，病势尚无出入；继被医者误投'三阳表劫'之剂，心烦自汗，顿觉困惫；及请他医诊治，病已绵惙，奄奄一息，已难挽回；遂于十一月二十三日晨一时，弃适等长逝，享年仅四十有六岁。次日，适在京接家电，以道远，遂电令侄思永、思齐等先行闭殓，即与妻江氏，及侄思聪，星夜奔归。归时，殓已五日矣。先母所生，只适一人，徒以爱子故，幼岁即令远出游学；十五年中，侍膝下仅四五月耳。生未能养，病未能侍，毕世劬劳未能丝毫分任，生死永诀乃亦未能一面。平生惨痛，何以加此！伏念先母一生行实，虽纤细琐屑不出于家庭闾里之间，而其至性至诚，有宜永存而不朽者，故粗叙梗概，随讣上闻，伏乞矜鉴。（此篇因须在乡间用活字排印，故不能不用古文。我打算将来用白话为我的母亲做一篇详细的传）十，六，二五（一九二一年六月二十五日）。"

叶德辉应福建晋江侨商黄秀烺之请，为古檗山庄题五古四首，名《题〈晋江黄氏古檗山庄图〉》。其中一首云："一片青山影，泷阡广孝思。犹传买地莂，不见丽牲碑。道里庚邮近，规模丙舍遗。龙瞑图义训，檗谷亦吾师。"

林纾作《廿日同毓清臣至梁格庄，居梁髯之种树庐，时髯病，未能兴也，刘葱石参议继至，赋呈二公》。诗云："岁岁朝陵住此中，旧时日影射窗红，翠华莫莅长年静，黄叶无情是处风，触目饥寒悯陵户，回头衰病念髯公，此来共搵遗民泪，三子宁云道不同。"

张良遐作《小雪日邀遁叟同陈郅希、洪芩浒两大令、周质夫茂才、柯宾谷西席小饮横溪别墅，因留宿草堂作竟夕之谈，别后遁叟以七律二首见赠，因次其韵并示诸君子》（二首）。其一："世外蜗牛小结庐，招邀肯报故人书。呼童预扫陈蕃榻，有客来寻扬子居。出水池鱼流七滑，带霜篱菊掇英初。云安曲米柴桑秫，老阮兵厨恐不如。"

24 日 《戊午周报》第28期刊行。本期"文苑·诗录"栏目含《游灵岩》（问琴）。

林纾七谒崇陵，并作《二十一日四鼓至陵下，礼成志悲，于是纾凡七谒矣》，后刊载于本年12月12日《公言报》，自署"畏庐"。诗云："山史天生哭攒宫，千秋蓝本偶然同。一泓野水过赢马，半夜朝房礼上公（时主祭者为奉恩护国公毓烒，字星阶，人至谦谨）。月黯却看鸱尾迥，殿深微辨烛光红。丹墀风紧霜威重，万种悲含九顿中。"

刘山农《四十述怀》（四首）刊载于《大世界》报。其一："百劫余生鬓渐霜，韶光逝水太匆忙。茂陵卖赋嗟多病，潘岳闲居赋悼亡。秋老犹存三径菊，岁荒补种百株桑。壮游如我今知倦，强仕年华懒自强。"

25 日 徐世昌在怀仁堂给曹锟、倪嗣冲、张作霖、陈光远、卢永祥授勋位。

《小说月报》第9卷第11号刊行。本期"弹词"栏目含《藕丝缘弹词（续）》（瞻庐）；"文苑·诗"栏目含《题〈虞山姚氏联珠集〉》（樊山）、《淞社荷花生日题，和仲可韵》（缪荃孙）、《端午夕有作，送铁崖归国》（宛君）、《端午杂诗》（宛君）、《有怀冒鹤亭先生，集唐句，书寄海上》（于去疾）、《南归过居庸关口号》（于去疾）、《赠朱颖叔先生并索和》（于去疾）、《饮虎跑泉，寻烟霞洞》（朴安）、《登南高峰》（朴安）、《灵隐寺访弘一和尚》（朴安）、《明故宫》（君弌）；"文苑·词"栏目含《洞仙歌·阿靖亡十日，词以哀之》（次公）、《高阳台·湖上》（次公）、《浣溪沙·秋暮》（次公）、《高阳台》（倦鹤）。

邓绍勤寄吴芳吉杭绫所书飞白一联云："常存赤子心，勉为天下士。"上款题"碧柳学长雅鉴"，下款题"江西黄觉赠言，白沙邓立圭书"。

魏清德《晤陈基六先生赋呈》《晤郑作型君赋呈》《题许蕴白先生诗卷》发表于《台湾日日新报》。其中，《晤陈基六先生赋呈》云："摇落深秋万象时，断肠怕读晚云诗。生成哀乐无端世，歌泣茫茫欲向谁。"《晤郑作型君赋呈》云："诗酒南园旧著名，北来相见酒杯倾。惭余病后才华减，未得从君咏八瀛。"《题许蕴白先生诗卷》云："白首图南事远游，诗星一夜落棉州。万般撒手空空去，剩有窥园留草留。"

26 日 钱玄同致陈独秀、刘半农、胡适、沈尹默、陶孟和等《新青年》同人信，商谈杂志排版、印刷等问题。

吴芳吉将邓绍勤所赠对联转赠吕谷凡，以之为"天人学会"公物，激励士气。并复邓绍勤函云："弟从吾授诗极佳，古之传学以师，今之传学以友。雨僧与吾友也，吾与弟友也，其自努力，他日为中国新文学派砥柱，此吾三人任也。"

韩德铭作《舟中见湖南北界山》。诗云："一水通湘鄂，连山对岸长。岚青浮列树，江赤荡斜阳。黑月三关路，中宵大别航。南征几千里，游兴此初偿。"

27 日 陈独秀、李大钊、高一涵等在北大文科学长室议创刊《每周评论》。

符璋得杨淡风和诗一首、别赠诗一首，即次韵和答。

张元济于寓所宴请严复。

28 日 徐世昌在庆祝第一次世界大战胜利大会上致词，宣称"公理战胜强权"。徐乘礼车入天安门，阅军队，至太和门下车，各国公使、本国官吏迎迓，阅军队，至太和殿行协约各国战胜庆贺礼，协约国军队、国旗均来陈列，宣词。本国官吏行庆贺礼，并约各大埠中外商民、实业、工业、新闻各界同来茶会，学生、商民均准参观，共约二万余人。

《日新杂志》第 3 期刊行。创刊于本年 5 月 24 日。本期"文苑·诗"栏目含《晚步》（洁庐）、《前题》（洁庐）、《怀张梅孙、鲍漱泉二君》（张玉延）、《春雪》（前人）、《初夏郊行》（冯炎）、《赏雪》（严秉）、《又》（前人）、《观渔》（剑沧）。

符璋作和王亦聆一诗。又得 23 号九铭信，索寄诗册。又得 19 日、23 日章一山两函，见和七律两首，另示七十首。符璋即答一函，附《绿端石研歌》一篇。

冯煦偕朱学程过淞西二园，作《紫荑香慢》。序云："戊午孟冬二十五日，同绍伊过淞西二园，景物凄寂，游屐罕至，慨然有作。"词云："悄无人、闲循幽砌，荒荡一碧恹恹。算人间何世，又摇落，到而今。几度风漂车揭，剩数丛衰菊，一抹凋林。语尧年残雪、不见古胎禽。且独自、据梧涧阴。　　霜侵。池馆萧森。皋羽研、水云琴。奈商山芝蚀，淮南桂杳，旧隐难寻。有人欲招灵琐，与同证、楚骚心。莽神州、侧身无所，倚天长剑，清夜尚作龙吟。谁使陆心沈。"

魏清德《秋扇》《秋砧》《秋灯》《秋衾》发表于《台湾日日新报》。其中，《秋砧》《秋衾》又刊于1936年5月19日《东宁击钵吟后集》。《秋扇》云："湘竹齐纨月样圆，夏来摇动使人怜。而今半杂巾箱里，尚未全抛画阁前。但愿风凉能再热，便同灰死得重燃。请看鸟尽弓藏事，一例遭时易见捐。"《秋砧》云："瑟瑟西风漠漠秋，砧声激楚杂离愁。谁将古戍三更月，独照空闺几处楼。白帝霜清闲捣练，秣陵叶落未归舟。不须梦觉还凄绝，昨有征衣寄到邮。"《秋灯》云："兰膏如穗梦难成，摇影西风百感生。玉辇不来秋寂寞，红妆照到泪纵横。怕闻落叶萧萧下，有恨怀人故故明。输与梧桐深巷里，疏星光拥读书城。"《秋衾》云："寂寞秋闺掩昼门，罗衾如水夜黄昏。虫吟独吊愁边影，雁唳初回别后魂。斜衬中单红贴肉，冷侵残梦碧无痕。几时覆处成双宿，春入兰房笑语温。"

29日　《申报》第16448号刊行。本期《自由谈》"杂录"栏目含《醒园诗钟谈》(瞿醒园)。

夏敬观代张元济宴请陈僖宇、章行严、谭大武等人于古渝轩。

30日　符璋作和章一山绝句十首，录寄之。

本　月

寄鸿吟社于台北板桥别墅创立。创立者为林尔嘉从弟林鹤寿，社员包括林鹤寿、林柏寿、龚亦癯、陈蓁、苏镜潭、吴钟善及其子吴普霖，号称"寄鸿七子"，所作辑为《泛梗集》。

靖国军第一路机关报《捷音日报》创刊。党晴梵任社长。

《秋声杂志》(月刊)于浙江杭州创刊。刘葭园编辑，仅存1期。主要栏目有"名著""文艺""诗词""笔记""闺声""剧谈""小说""译丛""余兴"等。主要撰稿人有陈篮、黄炎培、刘哲庐、刘景福、无春、潘鸣剑、高霁初、陈仙影等。

高燮编《春晖社选(第二集)》(铅印本)由著易堂书局刊行。集前有《〈春晖社选第二集〉序》(金山高燮吹万)、《〈春晖社选〉序》(太仓王昀舒沪生)、《序二》(瑞安薛钟斗储石)、《序三》(连平曾式铭又新)、《〈春晖社选第二集〉序》(金山高圭君介)。又有题词：《奉题〈春晖社选第二集〉，谨步高吹万先生原韵》(宜黄余其选子铨)、《〈春晖社文集〉题词》(歙县吴承烜东园)、《题〈春晖文社第一集〉》(青浦徐公修慎侯)、

《〈春晖社选〉题词》(江都王承霖睫庵)、《赠云间张近盦先生，即题其〈春晖社选〉》(高邮俞琪玉先)、《〈春晖社选二集〉题词》(嘉善朱锡柜卤香)、《奉和〈社中八杰歌〉》(嘉善朱锡柜卤香)、《奉和张近盦〈八杰歌〉》(奉贤朱家驹昂若)、《题〈春晖社选〉》(青浦徐公辅天民)、《题〈春晖社选〉》(青浦徐邃信余)、《题〈春晖社选二集〉》(江都张嘉树谷臣)、《奉题〈春晖社选〉》(青浦方仁后)、《〈春晖文集〉题词》(定远方泽久佛生)、《题〈春晖社第二集〉》(古华雷补同谱桐)、《题〈春晖社第二集〉》(古华耿道冲伯齐)、《题〈春晖社第二集〉》(古华杨锡章了公)。"文录"栏目含《丙辰春第十六次甲课：魏武帝昭烈帝吴大帝合论》(松江张作楫瘰盦两篇、金山王鸿逵杰士、松江周大烈迪前、金山叶雷默默声、金山周尚宽平泉、金山周尚惠璞华)、《丙辰春第十六次乙课：太史公列项羽于本纪论》(松江张作楫瘰盦四篇、松江张作磐巩宇、金山叶雷默默声)、《丙辰秋第十七次甲课：明德亲民说》(金山叶雷默默声、松江封璋炜用晦两篇、松江张本良近盦)、《丙辰秋第十七次乙课：殷三仁论》(松江周大烈迪前、金山高增卓盦、松江张本良近盦、松江封璋炜用晦、松江盛旦景葵、金山高珏君介)；《丁巳春第十八次甲课：读〈宋史·道学传〉》(金山王鸿逵杰士、松江周大烈迪前、金山叶雷默默声、松江张作楫瘰盦两篇)、《丁巳春第十八次乙课：拟燕太子丹祭樊于期文》(金山朱德明君亮两篇、芜湖谢慎修永思、松江张本良近盦、金山高增卓盦)、《丁巳夏第十九次甲课：赠高吹万先生北游序》(松江张作楫瘰盦、松江周大烈迪前、宜兴黄道存静一、松江黄石金垣、东台袁绮园鸳痕、松江张本良近盦)、《丁巳夏第十九次乙课：祖逖渡江击楫誓清中原论》(松江张作楫瘰盦两篇、青浦张兆珣保庸、松江张善韶琴南两篇、松江张本良近盦)、《丁巳冬第二十次甲课：读〈郑风〉》(松江周大烈迪前、松江张作楫瘰盦四篇、江都王承霖睫盦、瑞安薛钟斗储石)、《丁巳冬第二十次乙课：拟毕卓邀竹林七贤往金谷园持螯赏菊启》(松江张作楫瘰盦、青浦徐公辅天民、歙县吴承烜东园)；"诗录"栏目含《丁巳夏第一次：闲闲山庄歌》(嘉善朱锡柜卤香两首、奉贤朱家驹遁庸三首、金山高增卓盦、青浦徐公辅天民、江都王承霖睫盦、青浦徐邃信余、青浦徐公修慎侯、松江张端瀛蓬洲、松江张本良近盦、金山高基君定、金山高珏君介、青浦叶春行百、金山俞宝琛天石、松江张宗华忍百、松江张端寅仲麟)、《丁巳冬第二次：咏美人蕉》(丹阳荆祖铁梦蝶、松江孙家相宅甫、青浦徐公辅天民、江阴徐琢成钰斋、泰兴陈廷鏊雨生、青浦黄永清海樵、嘉善朱锡柜卤香、松江张端瀛蓬洲、嘉善李钟骐瘰梅、青浦徐松蟾君、阜宁王炳焕蔚亭、元和陈世垣季蕃、阳湖吴闻元德声、上海仲慕由干青、青浦徐邃信余、丹阳荆祖铁梦蝶、松江邓详生慎侯、松江沈世编叔蕴、青浦徐公修慎侯、高邮卞汝舟济川、青浦邹尊莹湛儒、元和陈世垣季蕃、宜黄余师尹觉民)；《丁巳冬第二次：咏蟹爪菊》(丹阳荆祖铁梦蝶二篇、松江孙家相宅甫、青浦徐公辅天民、江阴徐琢成钰斋、青浦张兆珣保庸、松江张端瀛蓬洲、嘉善李钟骐瘿梅、阳湖吴闻元德声、高邮卞汝舟济川、丹阳荆凤冈梧栖)。

《浙江兵事杂志》第55期刊行。本期"文艺·诗录"栏目含《发长沙,军行无次,一叹》(龙城飞将)、《入长沙城》(龙城飞将)、《洞庭湖舟中岁暮忆家》(龙城飞将)、《点兵既竣,回舟慨然》(龙城飞将)、《风雨登岳阳楼》(龙城飞将)、《武昌舟次对月》(龙城飞将)、《舟居夜望汉口》(龙城飞将)、《鄱阳湖舟次》(龙城飞将)、《江右别蒋乖厓》(龙城飞将)、《步任介梅送别原韵奉答》(龙城飞将)、《去江右留别部曲》(龙城飞将)、《夜泊采石矶》(龙城飞将)、《恍然》(龙城飞将)、《送友》(龙城飞将)、《樊绍述先生附祀白公祠纪事》(黄元秀)、《答吴缶老菊问诗》(大至)、《沈涛园挽诗》(大至)、《此时》(大至)、《一室》(大至)、《乱世》(小卒)、《乱世后作》(小卒)、《去髭》(GR生)、《所见》(GR生)。

《梨影杂志》第3期刊行。本期"杂俎"栏目含《出风头歌》《麻雀讲习所简章》《叉麻雀五更调》《花烛词》《文明结婚竹枝词》《题〈美人心〉新剧》《闺怨十首》《赠沪上某新剧家》《卷土重来解》《戏拟十绝》《女伶李雪芳并序》《题李雪芳小照序》。

《安徽教育月刊》第11期刊行。本期"文艺·诗"栏目含《赠湘乡成琢如先生》《偶怀》《民国七年十月咨议局同人集宴义渡局感赋》(江辛)、《寿洪朗斋先生暨毛夫人七秩双寿诗》(桓柯邃芬女士)。

《青年进步》第17册刊行。本期"文苑·诗录"栏目含《秋日薄暮》(浙江崇德吴贞惠)、《溪上晚眺》(前人)、《昼寝》(前人)、《秋夜寄仲若二弟,时客义宁》(前人)、《辛亥丁巳之际杂诗》(浙江崇德吴贞懿)、《与友人子青月下纳凉》(张维思)、《消夏杂诗》(张维思)、《某君赴美游历,期以三年,同人祖行赠国旗,余佐以唐诗一部,漫题》(莳海)、《浦滨闲步》(莳海)、《游杭州新市场感赋》(莳海)。

萧湘病逝于江津,吴芳吉闻讯大恸。

林损以外祖父琳山公丧归,作《守井殇词》,后又作《闵殇赋》。

沈曾植新居与陈衍寓所密迩,两人唱和颇多。

陈夔龙与朱荣璪、廖竺生小住茂悦山庄。陈夔龙作《茂悦山庄小住三日,临行作癸光之游,简同游朱晓南、廖竺生》(四首)。其一:"朔风知我行,吹送篮舆前。吴越一千里,带水清且涟。晨税春申驾,午泛西泠船。丙舍甫落成,万峰环一椽。愧非午桥庄,亦匪李平泉。子荆室苟完,聊以息游焉。喜近山妻墓,祭扫来往便。墓左曲园翁,哦诗魂梦牵。野老爱山居,不知世变迁。庄生齐物论,此意非徒然。"其四:"南北两峰峙,北高峰更高。灵隐在脚底,韬光隐山腰。屐齿昔未到,兹游良足豪。一线指鼋赭,汹汹起怒涛。钱江数估帆,奔驶为泉刀。天风撼林木,隔岸越山号。一一挂吾眼,感时首频搔。侧闻朔方兵,闽海多驿骚。假途幸不扰,此福乃天邀。我辈遂初服,安居乐陶陶。"

萧瑞麟奉委署理顺宁县知事，即赴任，作《成都道中》（二首）。其一："新秧密密雨疏疏，暧暧烟村远远无。莺语关关鸠谷谷，浓浓淡淡绿阴初。"其二："崔苻不靖强从军，行李萧萧踏暮云。灯火黄昏投宿处，主人卧榻要平分。"

曾习经书宋代黄庭坚（山谷）诗轴。

田遨生。田遨，山东济南人。著有《红雨轩吟稿》。

李真生。李真，江西永新人。著有《李真诗稿》《李真诗词选集》。

陈三立为濮文暹撰《见在龛集》作序。序云："唐之诗人称极盛，开来继往，卓荦自名，殆不可胜数，独元道州、白太傅所为诗，切挚温淑，探综性本，有德人儒吏之风。后之承流兴起者，必其情款机趣，当官制行，冥契同符，庶几胎息自然，不汩其真，非拘拘声容体制之末所可诡袭而轻蹈也。溧水濮青士先生，久官刑部，以风节自见，及出守河南，所至绥辑干理，出俗吏上，声续播一世。遭母忧，还居金陵，不复出。光绪中，余始为侨人，获从先生游。于时先生年垂七十矣，形貌清癯，神致疏朗，音吐坦率无城府，所居擅园池，高柳千株，每造先生，踯躅其下不欲去。先生故工诗，富于篇什，凡有作，天才照烂，悱恻而委备，不假雕饰，文亦融情敷理，哀乐相副，尝叹为元、白二贤遗轨未坠，所谓维其有之，是以似之者耶？既就养山东，登八十，用天年终。未几，方宇沸扰，遂改国步，余亦窜海隅，历四五岁乃返故居。俯仰之间，耆艾殂落，故旧流散，骤起小生骁校，布列市屋，角出作气势，至拒户避匿，不敢过而睨之。若夫支筇命棹，一觞一咏相与娱游，匪仅求如先生其人，邈不可得，而运殊数极，大雅不作，文武道尽，盖有独立苍茫，安能忍与终古之感矣。今岁秋，先生之孙良至自京师，刊寄先生《见在龛诗文》凡二十二卷，责一言，语曰：'虽无老成人，尚有典型。'因举推论元、白、夙所窥测于先生者，缀于篇，竢后世称引先生政事文学以折衷焉。戊午十月。"又，作黄忠浩神道碑《清故署四川提督奉天副都统右江镇总兵黄公神道碑》、严良勋墓志铭《诰授荣禄大夫福建泉州知府严君墓志铭》、李翊煌墓表《清故三品衔河南候补道李君墓表》、陈家述墓志铭《诰授荣禄大夫湖南候补道陈君墓志铭》。

方树梅为王汝舟撰《半园吟草》作序。序云："吾邑济川王先生与赓卿何少司农幼同肄业五华书院，即名噪一时，长同举道光癸卯乡荐，同登甲辰进士。赓卿由翰林官至少农，恩遇之隆为滇南儒臣冠。滇回乱，外放团练大臣，抵渝道梗，遥领军务兼主讲书院，以忧劳卒。生年著作获一面缘，新繁龙藏寺僧雪堂刊印。传本据夥，许五塘选诗一百三十二首入《重光集》，今丛书馆复刊其遗稿。济川先生以名进士出宰苍溪知县，因案忤上峰，罢官，贫不能归，授经泸州纳溪铜梁，垂十余年。蜀中清业者六七百士，成就甚众。晚年亦主讲巴渝书院，以瘁卒，而遗著无人搜刊，仅已刊之《知白斋时艺》，川滇攻举业者几各手一编，而卓卓可传之古今体诗反埋没而不彰，其幸不幸，何大相径庭耶。余今秋有修志之役，收《赓缦堂全集》入《艺文传》，少农于文苑而先生时艺，按例弗能著录，搜遗著于其家又弗能获，遂并入文苑，亦志忐而莫决。嗣闻遗著为昆阳段鹤村茂才携去，乃促先生文孙体廉往觅，共得三册，签题《半园吟草》，纸墨黝晦，古香馥若。邑志艺文又生一色，而先生乃文苑后劲矣。读竟，罢官后作十而八九满腔哀怨，一寄之于诗。凡物不得其平则鸣，读者可想象先生之际遇也。先生与少农幼同学同谱，长同甲乙科，先后同主一书院，才同贫同劳同死于渝同，而遗著可同传而不传。迄兹吟魂有灵，俾不同传者竟可以同传，德不孤必有邻，其先生与少农之谓矣。爰为之编次，成上下二卷，先铅印百部分享同人，并寄丛书馆采刊，公诸同嗜，因抚先生同少农概略而书其卷端。孔子二千四百六十九年戊午十月同里后学方树梅谨撰于学山楼。"

太虚大师主编《觉社丛书》出版，其《整理僧伽制度论》亦开始发表，并宣布《觉社意趣之概要》《觉社丛书出版之宣言》。又，闻华山于乐清逝世，悼之以诗，为作《华山法师辞世记》。记略云："秋间游杭之西湖，遇师返自都中，与予商量题冷泉诸胜，尝殷殷邀予于来岁偕往北方。谓南方软暖，祇成疲顽，必投之苦寒，乃能玉成坚刚粹美之道人风格。不图别未数月，奄尔顺无常世相，哀哉！师生同治庚午年月日，卒民国戊午年月日，世寿四十有九，僧腊如干，得法者如干人，得戒者如干人，得度者如干人，著有诗如干首，笔语如干首，均未成编次。白鹤寺住持净源，走告予于明州佛教孤儿院，乃摭予得之闻见者，述师生平如左，以告慕师者。"

汪太冲编《章太炎外纪》（1册，铅字排印本）由北京文史出版社刊行。1924年2月再版。分"治经时代之太炎""论文时代之太炎""《时务报》中之太炎""排满思想之太炎""著作《訄书》之太炎""《苏报》时代之太炎""《民报》时代之太炎""讲学生活之太炎""比辑方言之太炎""革命时代之太炎""政治生涯之太炎""筹边专使之太炎""沪上结婚之太炎""幽囚北京之太炎""哀思亡女之太炎""恢复自由之太炎""太炎人物之批评""太炎逸事之鳞爪""丙午到日之演说"等节目。吴更始《序》称："取材于太炎著书者有之，取材于太炎耳者有之，取材于友朋传说者有之。"

谢无量撰《诗学指南》由上海中华书局出版。吴兴皞皞子作序。分"诗学通论""古诗""律诗"三章，囊括诗论、诗体、诗法等方面。1935年10月再版。

吴梅校勘、东海郁蓝生撰《曲品（附〈传奇品〉）》由北京大学出版部出版。

黎承礼作《戊午十月以事之会垣，袁叔舆见示〈潜园看菊〉诗兼约社集，次韵奉答》。诗云："中原烽火尚连天，井堠秋余龙喜烟。斫地高歌同浩浩，入江残濑自涓涓。蹶张不尽飞腾兴，割据还思窈窕贤。争载山翁看霜菊，鸥盟知共岁寒坚。"

顾燮光作《戊午孟冬访碑安阳，邑令戴君索绘横幅，系之以诗》（二首）。其一："苍松森郁岁寒时，梅占先春花满枝。一幅芳菲谁着笔，晴窗日暖试燕脂。"其二："羡他万卉有花王，国色如今孰擅场。富贵神仙饶膺底，写生侬愧学徐黄。"

赵炳麟作《怀太原诸君子》（戊午十月在广东作）（二首）。其一："一载流光似水漂，云山回首路迢遥。钟仪滞晋非长策，士会离秦恋旧交。黑白残棋怜劫运，玄黄战局恤中朝。欲知别后相思事，春雨湖滨种柳条。"

唐继尧作《威宁》《沾益》。其中，《威宁》云："解甲归来兴更赊，枫林落叶送征车。冰霜绝徼饶风景，尘土浮名负岁华。中泽初看集鸿雁，狂流犹怵走龙蛇。五年薪胆平吴计，且课园丁学种瓜。"《沾益》云："朔风吹送过山城，百里郊原入望平。几处军书回雁讯，有时雄剑作龙鸣。警迷自是资先觉，敌忾勿忘励后生。行馆挑灯聊觅句，忙中也复寄闲情。"

黄侃作《钞票歌》。诗云："参连印书失所始，鹿皮为币著汉史。唐来乃有飞钱名，宋称交子或会子。明禁金银用宝钞，其实一纸而已矣。暴君污吏弊万端，惟有兹事首屈指。以鹿为马黑为青，虽曰乱名质相拟。画地为牢木为吏，徒以积威恐民耳。或言商贾贪利便，卷握万金行万里。或言泉府通有无，将以轻重平俭侈。如持左契责负贷，刻期取偿景不徙。如彼勇士重然诺，尺璧二目无谰抵。亦知赫蹄非三弊，所贵信实为纲纪。匪信匪实民不从，徒以恶法敲骨髓。横征苛敛古所无，十而税五犹未止。自从贼臣觊神器，域中戈矛相簇起。转饷赂师数大万，少府用钱若流水。奸回抵掌陈秘计，遂以空券软闾里。钞价日绌民日贫，几辈富人出此此！但今贪婪饱囊橐，岂顾穷阎有饿死。但使执政暂恣睢，莫问圜法永倾圮。尔来乱政思匪夷，竞向邻国呼庚癸。竭泽而渔鱼已劳，裔焉大国皆赪尾。《硕鼠》诗成念憔悴，不为贫居匮盐米。安得地宝忽然空，世无真金徒有纸。不然四国同日灾，瓦石南金与人一时毁！钱神钱神汝勿喜，斯民剿绝谁祭尔？"

曹广权作《马积生同岁生，长二月，戊午十月以生日见贶集句二十章，次韵答谢》。其二："偶吹黍谷律，听似淮南曲。遂令小山桂，然作照海烛。"其六："莫道初见时，揽鬓俱不玄。悠悠十年事，挂眼顿虚悬。"十二："为邦时用夏，何事征之杞。童谣改帝醉，玉女说天喜。"十四："秋风不破屋，夜月堪荷锄。回望五云中，淘美上清居。"十九："赓歌匪言报，学唱人间好。登山无八公，轻汉有四皓。"

杨晨作《戊午阳月生辰自述》（八首）。其一："丰芑贻谋近百年，行看七叶衍瓜绵（先祖于道光初，迁居路桥河西）。双峰恰对双桥立，中有米家书画船（敝宅地如舟形，四面环水，东西有桥）。"其二："五十归田老月河，但凭忠信涉风波（戊戌创行轮舟）。也知传舍原如梦，聊自经营安乐窝。"其四："消磨岁月校奇文（近校刻先哲书籍约二十余种），行药园池日易曛。闲与孙曾课耕稼，不知世上有风云。"

[日] 加纳正治作《戊午小春吊飞敷奖君墓》（九首）。其一："墓门松柏号斜阳，白发重来吊寿藏。我识君君知我否，凤缘相结几星霜。"其二："迥吊幽魂南总乡，青山白水共啼妆。爷先子子追爷去，泣语宿缘无限长。"

1日　觉社假李佳白之尚贤堂开佛教讲习会,太虚大师与章太炎等讲习。

《春柳》(月刊)于天津创刊。李涛痕主编,《春柳杂志》事务所编辑发行,栏目内容包括"翰墨""旧剧谈话""新剧谈话""名伶小史""名伶家世""戏场杂评""旧剧剧本""文苑""小说""杂事轶闻"等。文苑主要刊登旧体诗文。黄节、陈三立、林纾、梁鸿志、柳亚子、罗惇曧等皆有诗发表。次年10月停刊,共出版8期。创刊号"文苑"栏目含《哭汪笑侬二首(选)》(寒云主人)、《答林山腴自成都书来询程郎艳秋近状》(瘿公)、《张公权斋中紫藤花盛开,程郎徘徊叹赏其下,对之成咏》(罗瘿公)、《公园赛菊会,一株特奇丽,名曰艳秋,人争以程郎呼之,赠花二绝句》(罗瘿公)、《赋牵牛花(有序)》(罗瘿公)、《七夕翌晨,访姜郎观所植牵牛花,为作此歌(并序)》(春柳旧主)。

《尚志》第2卷第1号刊行。本期含由云龙、袁丕钧题辞。"诗话"栏目含《海月楼诗话(续)》(袁丕钧);"文录"栏目含《〈财务行政通诠〉序》(由云龙)、《〈云南温泉志补〉自序》(童振藻)、《〈昆明十一属联合中学第一班同学录〉序》(童振藻)、《赠杨级三君序》(夏廷绍)、《〈思亭诗钞〉序》(杨高德)、《〈云南首义拥护共和始末记〉序》(章炳麟)。另有《兰芷庵先生未刊诗稿》《贾东畬先生未刊诗稿》。

《诗声》第3卷第12号于澳门刊行。本期"笔记"栏目含《雪堂丛拾(十九)》(澹於)、《水佩风裳室笔记(廿九)》(秋雪)、《乙庵诗缀(廿三)》(印雪);"诗话"栏目含《霏雪楼诗话(十四)》(晦厂)、《心陶阁诗话(八)》(沛功)、《饮剑楼诗话(二)》(观空);"词苑"栏目含《西湾待月,同无庵,寄摸鱼儿》(沛功)、《清平乐(惝惝荒苑)》(秋雪)。另有《〈诗声〉第四卷豫告》云:"本社刊行《诗声》,业经三载,差幸同志不弃,销流日广。现第三卷已刊完,续于下月出第四卷第一号,内容字数较前多四分之一,且得黄沛功、邝饮剑、伍晦厂三先生切实担任著述,内容更为精美,并力矫前弊,按月依期出版,同志诸君,请拭目俟之。"《社友通讯》云:"同志诸君鉴:本社现将第三卷《诗声》一至十二号合订,精装一册,收回邮费、订装费共八角。书存无多,如要即将银或邮票付来,当即寄奉。雪堂诗社。"

《戊午周报》第29期刊行。本期"文苑·诗录"栏目含《桂林山答南皮师问》(问琴)、《清晨篇》(季刚)、《桃花》(季刚)。

2日　英、美、法、日、意五国驻华公使劝告徐世昌,希望中国息战和平。

黄群与《国民公报》负责人蓝公武、孙几伊在颐和园清晏舫举行茶话会,招待上海新闻(代表)团史量才、狄楚卿、余谷民、孙叔子、张春帆一行,特邀梁启超、林长民与会。黄群致开场白，史量才致答辞，梁启超介绍欧行计划。

吴芳吉得汤用彤信，谈与美国人交往态度，略谓："首当报之以礼，次当发扬国光，使美人知中国之真价值，国力虽不平等，总期其精神上文化上之不卑视我，两国提携，当为携手同行，而非耳提面命也。"

陈去病夫人唐安霞周年忌辰，陈去病作《内子安霞死一年矣，于其忌日感成三律》。其一："叵耐心头刺刺酸，去冬时节过来难。黄肠无地理遗蜕，白发他乡忆佩珊。万里崎岖仍战伐，廿年盟好付汰澜。遥知儿女霜帏里，泣尽寒灰抵漏残。"其二："无分双栖比凤鸾，祗携瑶瑟谩轻弹。生刍一束临朝奠，绣榻孤悬守夜寒。信有渠侬存弱息，可毋遗恨托秋纨。由来离合寻常事，只学蒙庄付达观。"其三："后事茫茫苦系思，更何长策迪诸儿。飘零一剑余肝胆，错落三霄振羽仪。只与英豪提旧梦，每从骚雅结新知。黄花憔悴西风紧，瘦尽腰肢不自持。"

张謇题候亭。有《题候亭外石门》。联云："于时离别，赠之以芍药；游我郊薮，吁嗟乎驹虞。"又有《题候亭内石门》。联云："未见君子，既见心则喜；客歌骊驹，主歌无庸归。"

3日　吴昌硕为表兄莫子培八十寿绘《无量寿佛图》，并题贺词云："师来天竺，受法多罗。远泛重溟，乘惯月槎。慧可得髓，付与袈裟。一花五叶，结果自嘉。萧梁至今，万古刹那。翘首西望，海实多魔。魔假道德，机巧干戈。何不指塵，为扫尘沙。咸归清净，世界太和。我图师像，足白颜酡。心皈秋月，衣带朝露。焚香顶礼，对诵楞伽。或学面壁，寿等羲娥。懒访安期，食枣如瓜。片纸金石，历劫不磨。子培老表兄大人八秩大寿，写此奉祝。戊午十有一月朔，七十五岁表弟吴昌硕。"

吴芳吉致信吴宓，谈留学生应促进中西文化交流。

陈雪楼生。陈雪楼，别署春风楼主，晚字雪翁，又号觉翁，祖籍四川合江。著有《陈雪楼诗联六百选》《陈雪楼嵌名联语》。

杨匏安《同无庵都休饮酒》刊载于《广东中华新报》。诗云："把酒乐斯须，偷闲静里娱。相逢皆作客，不醉且行沽。听雨添寒意，寻诗怯影癯。无妨败雅兴，任彼自催租。"

4日　陈仲陶以《剑庐诗册》乞题，符璋为题二绝。

[日]白井种德作《戊午十一月初二日，北谷翁招饮，席上得三首》。其一："晚秋风物自凄如，谁识此筵欢有余。主客剧谈膏继晷，岂唯高兴酒兼鱼。"其二："灯火微明竹树间，石泉淅沥夜方闲。黄尘十丈胡衕里，幽邃何图有此寰。"其三（次主人所示诗韵）："瓶里菊花放异香，壁间书幅有余光。高堂雅宴无涯趣，不独畅情存酒觞。"

[日]久保得二作《十一月初二送学圃葬于护国寺》。诗云："死别便吞声，与君如弟兄。江湖一尊酒，翰墨卅年名。丛菊为谁发？断鸿只自惊。遥遥帝之所，直趁赤

虬行。"

5日 《妇女杂志》第4卷第12号刊行。本期"文苑"栏目含《焦节母周太君传》（叶玉麟）、《琴外诗钞》（十首，青浦许淑慧定生）。

《学生》第5卷第12号刊行。本期"文苑·诗"栏目含《岁暮杂感》（上海南洋公学学生王冲）、《雪梅》（江西黎川高等小学毕业生邓凌霜）、《风竹》（前人）、《咏梅》（湖南省立第三师范学校学生杨霖）、《三冬杂感》（福建省立第二中学校学生饶雍）、《登龙角山》（四川顺庆六属联合县立中学校学生伍麟）、《咏史》（附作者小影）（安徽贵池同文书社乙级学生刘亚伶）、《杂感》（集定盦句）（江西省立第四中学卒业生阳贻经）、《哀武穆》（江苏省立第六师范学校学生张震桢）、《读史杂咏》（前人）、《感时》（广西省立第二中学学生虞文灼）、《生查子·晚步》（江苏省立第三中学学生秦之济）。

张震轩作挽侄婿胡小岩联。联云："干戈劫运，少年争陇上辍耕，惟君能注意实业，刻苦务农，种植兼牧羊，瓯海甘为卜式隐；安定故家，几辈处斋中治事，幸尔有绕膝佳儿，才华跨灶，康娱应侑爵，婿乡忍听礼魂歌。"

何梅生访郑孝胥。何言即日归福州，赠郑孝胥诗云："读书希昔人，积念常无极。大贤生并世，安可失一觌。先生准孟氏，浩气天地塞。植躬正无枉，与人温可即。高楼压尘境，沈冥养龙德。廊菊流古馨，庭栝肖孤直。众废有独存，潜持见道力。微吟抱膝余，元音破啾唧。座隅穷问难，溟滓孰窥测。深樽泻月明，归舟载颜色。"郑孝胥语梅生曰："君为志局，能将近城名胜古迹别辑一书，可合同志数人题诗，摩刻使之流传于外，乃佳事也。"

符璋以七律一首寄章一山。

6日 《申报》第16455号刊行。本期《自由谈》"杂录"栏目含《停战曲》（四首，隐吾）。

蒋叔南游历黄山返里，途经建德，至严东关，避风候船之际，作书致金华刘景晨。刘景晨旋作《题雁宕山人蒋叔南〈黄山游记〉》。诗云："君游黄山何所慕，初闻是山多好峰。入山益见多奇石，俯仰掩映青芙蓉。荫峰被石杂树鲜，迎客送客多怪松。黄山多峰峰之海，劈天涌出争玲珑。黄山多石石之海，锤凿万古凭神功。亦复松海足涛籁，昼夜谡谡行长风。君今意外得奇赏，直将浮海山之中。芒鞋竹杖一身健，入海不用舵与篷。汗漫直攀莲华顶，云梯百级跨飞虹。狮子林中晚钟动，瘦日渐淡霞不红。万松亿石失所在，云气布塞何蓬蓬。须臾峰脚皆沉没，一一鳌背浮太空。方壶圆峤不可到，谁能挟取东海东？吁嗟云海得未有，恣君睥睨双精瞳。吾昔闻之观海者，大观未若登岱宗。君独黄山骋灏瀚，观无有异海不同。鸡鸣出日扫云片，放眼又见峰重重。又见群石蹲且攫，松荷圆绿遮吟筇。毋乃沧桑太容易，毕竟狡狯还化工。

天海六月冰滑磴，君行奈何况隆冬。天都积雪徒兴叹，举头咫尺承苍穹。松谷云谷皆幽秘，君则纵览宁匆匆。自是君生有奇气，嘘吸河岳恢心胸。迩来足迹遍灵境，提笔洒洒穷形容。自言兹游最快意，从者却顾心怔忡。天设奇险投所好，九潭九瀑扃篸丛。一潭一瀑见真面，君之前无游者踪。霞客眉子记未备，待君笔底开鸿濛。黄山山灵独君厚，谓君雁宕贤主翁。不然定师宁好事，导者神实诱其衷。出山回首一长啸，洗尽尘浊来帝宫。丘壑名异那得尔，天台武夷真附庸。岿然地表孰与并，西岳疑复非尊崇。明年试访巨灵去，三峰天矫拿虹龙。名山能到本凤命，君之眼福天所隆。吾生亦是浪游子，东西南北随征鸿。世途何处不倾仄，束缚驰骤无英雄。径须就君分一策，平视二岭卑九嵕。乃今读罢君游记，几席突兀惊夏虫。题诗报君与君约，祝吾太华能相从。"蒋叔南作诗云："三年思贞晦，周旋于法吏。吾侪知之深，感激为裂眦。尝游黄山回，挥斥松云閟。缄与金华狱，且用慰退思。还答七言诗，五百六十字。"

7日 《申报》第16456号刊行。本期《自由谈》"杂录"栏目含《浣山诗话》（筱斋）。

徐琪卒。徐琪（1850—1918），字玉可，号花农，浙江仁和人。书室名或笔名有九芝仙馆、瑞薇轩、玉可庵、香海盦及青琅玕馆等。徐珂堂兄。朴学大师俞樾（曲园）弟子，工书画诗词，其花卉神似恽南田。光绪三年（1877）发起为恩师俞曲园在杭州西湖孤山南麓建造俞楼，号称"西湖第一楼"。光绪六年（1880）进士，改庶吉士，授编修，历官内阁学士，署兵部侍郎。卒于北京金井胡同邸舍南斋。著有《日边酬唱集》《粤轺集》《花砖日影集》《玉可庵词存》《云麾碑阴先翰诗》《鸾纶纪宠诗》《冬日百咏》《留云集》《墨池赓和》《葡萄征事诗》《广小圃咏》《花农杂诗》《清画家诗史》《苏海宗波》《南斋日记》《粤东葺胜记》《墨林挹秀集》《寒松阁谈艺琐集》《汉书五行志注》《理学卮言》等。此外辑有《诵芬咏烈编》《名山福寿编》等。俞樾《〈玉可庵词存〉序》云："无骫骳之音，无聱牙之句，圆美流转如弹丸，想见张绪少年时风致。盖其所为词与余论词有暗合者。昔人称秦七词情辞兼胜，又称梅溪词有清新闲婉之长，无诡荡污淫之失，余于花农词亦云。"徐珂作《戊午（中华民国七年）十一月初五日花农兄卒于京师，赋此哭之》（五首）。其一："岁今在龙蛇，亲故纷就木。鬼伯方攫人，深惧及吾族。秋来知兄疾，闻声即疑鹏。谛听为断雁，悲鸣叹孤独。朔风凄以厉，不腊奚待卜。仲冬果得赴，北望三日哭。"

张震轩撰挽陈介石封翁九十四联。联云："治家严肃，白首偕庄，欣看兰桂齐芳，北阙频承新雨露；良友沦亡，黄垆抱痛，忍听埙篪辍响，南天又殒老人星。"

张元济托夏敬观约况周颐，拟请其编次《金石苑》。

8日 《申报》第16457号刊行。本期《自由谈》"杂录"栏目含《浣山诗话》（筱斋）。

《戊午周报》第 30 期刊行。本期"文苑·诗录"栏目含《和张鹿秩知事〈留别县阳各界并柬吕汉群师长〉一首》(曙南)、《陪熊总司令游慧义寺》(李难)、《游慧义之次日再陪熊公登东山绝顶》(李难)、《和夏楚稣〈感怀〉》(隐隋)、《赠王松生先生，因以为寿》(抱山)、《酬民父过谈竟日，即坐诵贞长近诗之作，次〈元日湖上，翁字韵〉》(龙慧)、《叠韵赠贞长》(前人)、《稗瀣诗集》(仁寿毛澂)。

郁怀智卒。郁怀智(1853—1918)，字屏翰，号素痴，上海人。肄业方言馆，嗣以家贫弃学就商，创郁良心堂国药店，并经营棉业，遂致富，为沪上钜商。以商业耽嗜文学，热心公益，设学校多至数十处。邑人谥曰敦惠，能诗，善书画，书宗颜、米，山水仿倪瓒。著有《素痴老人遗集》《郁敦惠先生芜振日记》。

9 日 朱希祖于《北京大学日刊》发布《文科国文学研究所启事》。邀集所中同人于 12 月 14 日开会，商讨研究所"进行方法"。

符璋发章一山函，附本日一诗。

萧楚女《寄孙问梅兼示泥清、仲宣》刊载于《汉口新闻报》。诗云："北风吹寒雨，夹势如飞镝。飘然天涯来，萧飒满园湿。广陌叶声繁，穷巷泥涂积。卷帘望秋色，洒扫无遗迹。幽人悲岁暮，念此百感集。初与君别时，何言日月疾。天时不我与，人事犹如昔。历历西窗下，熠熠秋灯侧。檐花落细雨，秋声绕虚室。载饮我浊酒，载豁我胸膈。赋诗准曹刘，谈话拟卫霍。少年俊迈气，壮志未肯息。及今蓬发改，三十不能立。酒醒中夜起，抚剑涕横臆。相知遍海内，此怀何由说。病叶先衰殒，枯鱼过河泣。凄悯箜篌引，饱蠹不忍读。落落肝胆交，维君崇令德。相视何所赠，炯然此莫逆。秋花含红泪，淋漓频首滴。狼藉庭阶前，慰君他乡忆。"

郑孝胥作《寄一诗与星海》。诗云："病中得梦又能诗，未是吾侪撒手期。祇乞藏山二十载，共看大义再申时。"

10 日 张謇与雪讯、怡儿讯，附雪诗："海雨急东风，颇似濠阳夜。愁病复如何，听雨寒灯下。"

张元奇作《十一月初八夜，梦中得"扫除残叶"二句，醒足成之》。诗云："梦里题诗醒自猜，料应黍谷有春回。扫除残叶成新岁，突兀中原见此才。失鹿世休秦地逐，坠驴人自华山来。客星不改狂奴态，一领羊裘老钓台。"

上旬 教育部正式批准徐悲鸿以官费生资格赴法留学。

11 日 国务院委任南北和议代表，朱启钤为北方代表团总代表，吴鼎昌、王克敏、施愚、方枢、汪有龄、刘恩格、李国珍、江绍杰、徐佛苏为代表。其中吴鼎昌、汪有龄、李国珍、徐佛苏四人为原进步党人，李又是宪法研究会会员。该会同人于 20 日在未央胡同本部集会，为即将赴欧之梁启超饯行，同时欢送李国珍南下议和。出席会员 80 余人，梁、李分别演说，黄群即席发言，认为代表责任在于"体察国民之好恶，审别国家之利害，决定一主见"，希望"实行本党所主张之永久的国民的和平统一，以为吾民国历史上之新纪元"。

《申报》第16460号刊行。本期《自由谈》"杂录"栏目含《浣山诗话》（筱斋）。

张謇作挽陆某联。联云："过而能补，善亦能为，综溯一生，不失为长者；道不可诬，名胡可假，终期诸子，勉近于好人。"

童春作《添筑小室，索人和》。诗云："户对西南续两楹，天公最喜雨中晴。室能容膝何妨陋，园可栽花不计名。逐末生涯羁笔砚，治工仲氏费经营（忝长锦校，未遑赋归，工事属胞弟东嘉、从弟升治焉）。来年儿子成婚日，欢为诸君倒屣迎。"

12日 《新城端风团年刊》创刊。至1919年共出2期，第2期刊名《端风》。创刊号"杂俎"栏目含《周母刘太夫人八十岁寿序》（谢玉立）、《廖友善堂跋》（廖懋桢）、《白葭居士属题〈精忠柏断片图〉》（康有为）、《前题》（严复）、《篝灯纺读图》（张謇）、《前题》（严复）、《代祝蔡华庭先生七秩大寿》（谢生癸）、《醉后作》（谢生癸）、《叹小脚》（朱肇干）、《学徒苦》（刘半农）、《苦—乐—美—丑》（林损）、《耕牛》（沈尹默）、《西洋名歌》（丁尼逊）、《湘江渔父歌》（全哲）、《田父歌》（全哲）、《观八歌诀》（朱肇干）。

周作人代沈尹默寄佛语普及会款。

吴芳吉得吴宓寄自哈佛大学一书，谏言数条，云："一、志业纯正着实，力戒浮妄、偏激之语，讥毁留学生之语大可不必；二、多作诗，少作文，日记宜简而精；三、多读书，少发议论，'性命'之说、天圆地方之论皆空泛至极，宜速弃；四、催眠术亦不应学，'宜学为真正之圣贤，如中国之孔孟及韩愈、曾文正、印度之佛祖、希腊之古三哲，以中和为主'，勿堕入中国老庄、西洋卢梭、托尔斯泰等人的魔障，此一类人'皆无行之小人，妄倡瞽说而害世，有甚于洪水猛兽'；五、专学英文，以能遍读西书，否则彷徨迷误，一无所得；六、虽有天才之资，更宜雕琢，勿流于骄慢、学而不思。"

13日 同兴楼一元会。到者王聘三、邹紫东、冯梦华、杨子勤、唐元素、王叔用、余尧衢、章一山、张诜侪、宋澄之。

《申报》第16462号刊行。本期《自由谈》"杂录"栏目含《浣山诗话》（筱斋）。

杨杏佛自上海往汉阳铁厂工作，途经南京，访问南京高等师范学校，与中国科学社同人谈《科学》杂志编辑人选事宜。推定仍以钱崇澍为总编辑，胡先骕、王季梁为副编辑。

谢玉岑《哭许佛迦》（四首）刊载于武进《晨钟报》。其一："买醉金尊海上来，异乡情好感邹枚。他年载酒钱塘去，忍道山阳作赋才。"其二："曾索涂鸦尺纸贻，临川敢避大忙讥。挥毫终悔迟时日，挂剑千秋季札悲。（君曾索予书，书成未寄而君死）"其三："沧桑劫后事凭迁，寥落骚坛太可怜。流涕晓风残月句，谁人仙掌吊屯田。（君有《紫盦词草》）"其四："抱玉长怀刖足愁，怜君壮志未曾酬。平生文字无人识，此去应登白玉楼。"

14日 严修抵日本横滨，九时登岸，华裔往迎。

谢玉岑《哭许佛迦》刊载于1918年12月14日《晨钟报》。文曰："孟冬中旬，佛迦死且二十日，中表陆子碧峰始以其噩音来告。又越十日，谢子乃挥泪抽管为文以哀之，而使巫阳招焉。曰：呜呼！君果死邪，君果奚为而死也？碧峰之书则以君为不遇，郁郁而卒，君竟死于不遇郁郁乎？不遇郁郁之足以死人哉？呜呼伤矣！君好礼，多才思，尤敏于事。平素有大志，日常念陆沈之无日，民生之不得安也，怒然有漆室之叹、嫠妇之悲。及念天下治乱，系乎有人，则又慨然有舞剑闻鸡、挽戈挥日之思。顾睹夫天下贫病，仓廪空虚，知为国不能作无米之炊，于是决然以理财为急，独致力于夷吾管氏之书，而益多用世之想矣。君以甲寅入商校，丙辰夏业卒学成而出，急欲有所表禄，遂悉调平日所虑得失及郡国利病成万言，手长书而叩当事之门。顾时方尚利，重阀阅，轻新进之士，以少年短经验，不得用。丁巳留春申半年，终不得志，欲北游燕魏，列抵诸侯，以亲老不敢远游而止，怏怏返浙。今春有裴禹铭者，君与余之同学也，亦以浊世愤不得用，自山阴走西子湖灵隐为僧，君知之，与江阴陈玉书勉劝之归。君贻书予曰：'多才如裴子，尚以不得用而依古佛，宁不令人气短？然事真不可为，吾亦且闭户填词终欤！'书中辞意多抑塞，似不能尽晓。然读其词则又侧艳缠绵，在绿肥红瘦之间，殆屈灵均牢骚憔悴之思，一寓之美人香草者邪？予因为书，力慰之，而举《易》'遁世无闷'及《孟子》'养气'之说，以广其意焉，并曰：'士君子读书明理，贵乎守道，是以令则用，舍则藏，无所强也。今日何日，非君子固穷之时乎，非舍则藏之时乎？何为戚戚乎锱铢进退，顾效卞和之愚，两刖足不悟，尚抱玉痛哭也。且时事信不可为，吾辈亦当求心之所安。君处武林之胜，春秋多佳日，正可学韩王载酒骑驴，逍遥湖上，迎青山而送白日。以乐观当时，又何为自苦多愁也。'乃此书去尚未得覆，而君已长辞，使下走之言终未克获益于故友。而天下抱不遇之感，与君有同病之悲，如裴子者，且当为君涕泣伤心而无已矣。嗟乎！世风之微久矣。小人突梯脂韦之徒，竞媚趋进，粪壤充帏，既不知人世有羞耻事，而士君子抱卓识，走山林，不肯喔咿嚅呢以与鸡鹜争食而受物之汶汶者，又忧伤憔悴不得为《易》之无闷，为《孟子》之养气，终且以郁郁损其天年，是又悲不胜悲者也。虽然，君诚古之人矣。君事亲孝，与人谋忠，见有贫苦流离者，则恻隐之情见乎颜表。每以好理人事为同列诟病，目之曰痴。顾君终不懈曰：'吾尽吾心，诟何足虑？且痴名亦大不恶。'君先娶吴，早死，君深悼之，故剑之思，未尝一日去怀，有王维三十年不娶之意。然君单传，吴无出，不能无续，于前岁重婚于姚，非君愿也。然君死竟无嗣，伤矣！故夫就君之才与德观之，使君不死，其他日所到，宁可限量？且君能不负父母，不负朋友，不负妻孥，即知君他日之能不负天下也。今日之人，谁有心肝，视天下国家如越人视秦人之肥瘠，途穷日暮，逆施倒行，其视君之不负良心者，能不愧死也耶，能不愧死也邪！予与君交四年，别一年，四年之交不可复续，一年之别遂尔千秋，天长地久。谁谓与君交只四年之短而别如是之长也。呜呼！他日重过沪江，访旧时游迹，黄公炉在，邈矣山河。再欲与君登酒家楼，望黄歇浦，酒酣而赋四声，快意而谈得失，朝听潮而夕听雨者，自非梦中，岂可复得也？君去千年，我思终古，君亦果何以为情哉！君擅倚声，词虽不逮古作者，然其合者亦庶几入宋人之室矣。君今已死，不知其家人知为之珍藏护惜否耶，则佛迦虽夭不夭，虽死不死，当于此一编遗草卜之矣。虽然，陵谷迁矣，昨白云而今苍狗，世事之变幻有不可测如今日者乎！则天下且未可知，吾又安能为一故人悲哉，吾又安能为故人之零星翰墨悲哉！呜呼伤矣！"

徐珂作《自题〈衔杯春笑图〉》。序云："戊午十一月十二日五十初度，汪鸥客为作《衔杯春笑图》，盖杜牧诗'笑向春风初五十，敢言知命且知非'之意也。"诗云："侨沪垂廿载（清光绪辛丑居沪，至今十八年），久负西湖春。壮年亦离乡，南北驰风尘（昔以中书需次内阁，且尝从军宁波，参校广州，又从袁项城于天津小站，从苏子熙宫保于广州湾）。钓游溯童卯，客居姚江滨（长于余姚，时先大夫印香府君方为余姚校官）。百岁今已半，犹为羁旅身。所行半歧路，失学缘因循。昏昏醉梦中，直欲忘宵晨。孤山梅有知，将毋冷笑人。沪居且不易，言之眉为嚬。闻道固悔晚，颇自安贱贫。有酒觅一醉，喜见景物新。且酌且读书，意味还津津。学佛愧未专（夏剑丞贻诗为寿，有'磨砖至竟须成镜'句，盖励予学佛也），酒肉时杂陈。依然故吾耳，陶然返其真。胸次有春意，造物终能仁。"

15 日　《新青年》第 5 卷第 6 号刊行。本期发表周作人《人的文学》、高一涵《非"君师主义"》、沈尹默《刘三来言，子谷死矣》、沈兼士《山中杂诗》（二首）、读者"张寿朋"来信《文学改良与孔教》等。其中，周作人《人的文学》提出："我们现在应当提倡的新文学，简单的说一句，是'人的文学'。应该排斥的，便是反对的非人的文学。"他把"人的文学"定义为："用这人道主义为本，对于人生诸问题，加以记录研究的文字。"这种"人道主义"并非"慈善主义"，而是"一种个人主义的人间本位主义"。沈尹默《刘三来言，子谷死矣》云："君言子谷死，我闻情恻恻。满座谈笑人，一时皆太息。平生殊可怜，痴黠人莫识。既不游方外，亦不拘绳墨；任性以行游，开心惟食色。大嚼酒案旁，呆坐歌筵侧。寻常觉无用，当此见风力。十年春申楼，一饱犹能忆。于今八宝饭，和尚吃不得！"沈兼士《山中杂诗》其一："脑弱失眠宵洗脚，眼疲抛卷午浇头。爱他冷冷清清的，傍着梅边自在流。"其二序云："西风大作，温度斗降，桥边散步，写所见。"诗云："五更山雨振林木，晨起凉意先上足。野猫亲人去又来，残蝉咽风断难续。赤膊小孩抱果筐，晌午桥头行彳亍，为言'今日天气凉，满筐果子卖不出。卖不出，不打紧，肚里挨饿可难忍！'"

《申报》第 16464 号刊行。本期《自由谈》"杂录"栏目含《浣山诗话》(筱斋)。

《东方杂志》第 15 卷第 12 号刊行。本期"文苑·诗"栏目含《沈涛园先生遗诗》(沈瑜庆)。

《戊午周报》第 31 期刊行。本期"文苑·诗录"栏目含《青城诗》(问琴)、《寄题周美权鹪园》(龙慧)、《春日偶成》(隐隋)、《穉澥诗集》(仁寿毛澂)。

[韩]《天道教会月报》第 100 号刊行。本期"词藻"栏目含《祝月报百号纪念》(柳泰洪)、《祝》(朴振采、朴宪卿、崔硕连、廉昌淳、崔之鹏、刘汉基、金镇八、白重彬、金仁泰、金命熙、金允焕、申明熙、朴性翊、李荣绪、李炳宪、金衡国、金明熺、李楚玉、朴官河、罗瓒奎、元明溶、金基洛、金斗华、郭景琡、金大植、池泰谦、金应琎、河铖容、金商说、桂渊集、曹昌熙、西问岛教区)、《寿沃坡六十一寿》(春庵、仁庵洪秉箕、正菴李钟勋、忱堂权东镇、我铁郑广朝、潼庵李钟奭、泷庵金薲培、西湖金健植、菊史朴振采、观三金教庆、汨堂刘载丰、源庵吴知泳、玉泉吴尚俊、敬庵李瓘、芝江梁汉然、南隐卢宪容)、《祝》(辛精集、朱明得、韩寅杰、崔岐凤)。其中，西湖金健植《寿沃坡六十一寿》云："六旬有一正今年，斑袖瑶琴会席圆。报笔多时同月在，其寿必长与后天。"

张謇作《喜闻雪君病愈》。诗云："尊素堂前甫下车，割鳞昨日雪宧书。不知药盏香炉畔，清损容颜几许余。"

16 日 《申报》第 16465 号刊行。本期《自由谈》"杂录"栏目含《浣山诗话》(筱斋)。

《华铎》第 1 卷第 18 号刊行。本期"文苑"栏目含《菊》(盛棨东)、《竹》(前人)。

沈尹默受周作人委托，转交胡适母丧赙银一元。

陈夔龙作《十一月十四日亭秋夫人升祔礼成志感》。诗云："一别遂千古，三年系我思。薄营斋奠礼，应有梦魂知。输尔先鞭着，增余故剑悲。祖堂今日祔，庙见未嫌迟(于归日深以未获拜见慈亲为恨)。"

17 日 《申报》第 16466 号刊行。本期《自由谈》"杂录"栏目含《浣山诗话》(筱斋)。

林纾《为姜斋题〈知稼轩图〉》载《公言报》，自署"畏庐"。诗云："诗人昔建陪京节，退食恒思稼穑难。今日归耕宁便得，故园烽火路漫漫。"

18 日 严修访章公使道谢，并请护照。在日南开同学会借中国青年会请二张(张伯苓、张锡三)演说，留严修旁听。翌日自东京启程归国。

符璋发章一山函，附诗一纸。又得刘次饶诗文一册，为评一纸，函答之。

吴芳吉复丘儒宗一函，内云："蜀人号称七千万，皆溺功利者耳。求弃绝声华，以游心学道，殆不可得。所望吾侪布衣之士，有以振发其先，为之弟一流也。"

19日 《申报》第16468号刊行。本期《自由谈》"杂录"栏目含《浣山诗话》（筱斋）。

林纾《梁髯构别业于种树庐后之山麓，意将家焉，余登眺久之，即题其壁》刊载于《公言报》，自署"畏庐"。诗云："乾坤纳纳此菟裘，摄取龟山一半秋（门侧对龟山）。无尽碧中辨陵树，不多红处出明楼（隆恩殿之楼曰明楼）。岂关胜概安书剑，果得同心定唱酬。拊遍楹轩凄恋久，祝公宿疾早时瘳。"

20日 《华铎》第1卷第20号刊行。本期"词苑"栏目含《春柳》（疚斋）。

《商学杂志》第3卷第9、10期刊行。本期"文苑"栏目含《感录》（北洋大学学员张毓桂）、《汉高祖与匈奴和亲论》（李端绅）、《拟商学会欢迎南北联合会开会词》（子皋）、《寄颖斌妹》（蕴声）、《感成三首》（前人）、《哀景叔早逝》（前人）、《卧病得捧家书》（前人）、《思亲》（前人）、《示内》（前人）、《秋兴》（前人）、《梦中得二句，醒后续成之》（孟龛）、《呈丁步洲文》（前人）、《壮哉行五首》（前人）、《时势有感咏》（少俊）、《赠孟龛》（可庄）、《述怀》（前人）、《寄内二首》（前人）。

21日 《申报》第16470号刊行。本期《自由谈》"杂录"栏目含《浣山诗话》（筱斋）。

符璋得章一山诗函，即答数语。

22日 《每周评论》（周刊）于北京创刊。陈独秀、李大钊等编辑，第26期起胡适任主编。陈独秀以"只眼"笔名发表创刊词称："我们发行这每周评论的宗旨，也就是'主张公理，反对强权'八个大字"。王光祈为创刊号撰写社论《国际社会之改造》。

《申报》第16471号刊行。本期《自由谈》"杂录"栏目含《浣山诗话》（筱斋）。

《戊午周报》第32期刊行。本期"文苑·诗录"栏目含《题耐寂〈种菊图〉》（病山）、《题〈峨眉纪游〉，为楼廧庵同年作》（问琴）、《河舟晓起》（龙慧）、《守风福山港，因登福山》（前人）、《穉瀣诗集》（仁寿毛澂）、《挽杨太翁晖之联》（仁寿毛澂）。

曾习经题顾春（太清）《消寒》诗遗墨七绝一首并跋，反驳冒广生（鹤亭）谓龚自珍（定庵）与顾春有染之说。诗云："惜哉其人美且才，断肠漱玉例堪哀。太平湖畔丁香树，轻薄为文莫浪猜。"跋云："太清一代才女，而世多微词，率影射龚自珍诗语。近岁冒钝宦刻《太清残集》，自序称多闻太清遗事。而案语中'如此亦长安一俊物'及'太平湖畔太平街，丁香花发一低徊'等说，意中有定庵在耳。定庵狡狯甚于云伯（太清集中有诋陈云伯诗），其言可信耶？太素死三月，太清移居邸外，自注谓西城养马营赁房数间，则太清寡居并不在太平湖矣。此《消寒》六首，为道光丁未所书，太清晚年笔也。今集中无此诗，或在缺卷中，或以诗不甚工，编集时弃去，未可知也。集中有《红雨轩独坐阅〈清阁阁集〉》诗。戊午岁冬至节蛰庵居士题记。"

严修登车，大连满铁医院院长河西博士同车，以所著《汉学复古论》送严修并赠诗。

王国维以《戊午日短至》诗示沈曾植，沈氏和韵二首，王国维再叠一章。王国维《戊午日短至》云："常雨常阴下都，佳辰犹自感瞑孤。天行未必愆终始，云物因谁纪有无。万里玄黄龙战野，一车寇媾鬼张弧。烬灰拨尽寒无奈，愁看街头戏泼胡。"沈曾植和诗《静安录示短至诗，和韵奉教》其一："月当头夕影模胡，万里云罗雁孽孤。欲敏天关藏九雏，自斟玄酒礼三无。神丛箫鼓迎诸布，雨妾缠绵脱后弧。独有泽农忧岁苦，麦滕谁与鼓咙胡。"其二："夜久朝元到紫都，钧天散后客星孤。壬辰降岁犹迟待，大乙神光乍有无。北晓冥燃龙伯烛，南星秋合老人弧。低徊五百年间事，散尽娲沙问老胡。"《东轩老人两和前韵再叠一章》云："缁撮黄裳望彼都，报章稠叠慰羁孤。蹉跎白日看时运，骆驿行云半有无。搏土定知非妙戏，射妖何意失阴弧。国中总和元规乐，谁信文康是老胡。"

刘半农在东安市场中兴茶楼举行晚宴。同席有鲁迅、周作人、沈尹默、徐悲鸿等。

陈寅恪将赴美游学。陈隆恪作《十一月二十日，六弟将自沪之美国，晨起寄怀》。诗云："夜梦趣还家，明发魂不守。邂逅终无常，缱绻复何有。推窗冻雪凝，结念寒光剖。慨想浮槎人，三釜承欢久。"

徐自华作《长至日独坐有感和韵》书感，所和之诗为陈去病《有望》。《有望》云："一声哀角动西风，万里依然叹转蓬。鲁望遥吟余晚菊，周颙清啖只秋菘。谁家春暖花先发，故国天寒袖欲笼（路人有折一枝梅者，乃家人书至，又道江南早寒）。怅望江南不归去，玉颜何处诉情衷。"《长至日独坐有感和韵》云："酿雪连朝吼朔风，畏寒妆懒鬓飞蓬。篆纹烟袅香篝润，冻墨书成绮袖笼。佳节阳生回谷黍，清餐味饱剩园菘（每日盘餐，菘菜甚多）。买山何日能归隐，忆远伤时感寸衷。"

鲍心增作《冬至灯下感赋》（四首录二）。其一："有子恂恂耐授蒙，两孙头角亦巃嵸。九泉虽阙含饴乐，遗志犹应慰阿翁。"

沈其光作《冬至夜饮，同葆荪、慎侯》。诗云："人间落落数交期，尔汝忘形总不疑。坐上春回寒谷律，袖中诗拟玉台辞。小楼竹火煎糜夜，晚市霜溪漉蚬时。痛饮狂歌便终日，此情惟有短檠知。"

林苍作《冬至日寄彤余》。诗云："自忘清寒念故人，岁阑作计各因循。一枝托命忧风雨，七字书怀叹凤麟。读史心倾游侠传，还山坐老乱离身。黄昏闭户过长至，消息西湖断几旬。"

叶心安作《冬至口占》（二首）。其一："浃旬阴雨乍晴光，喜见穷冬转一阳。只是蓬门贫女恨，年华苦短线愁长。"其二："一年二气迭乘除，华世穷通数满虚。举室喁喁长至夜，短檠还自读吾书。"

冯振作《冬至》。诗云："万里蹉跎华绿发，一年乃尽逼青阳。归心几度迷长夜，佳节空来客异乡。永忆寒梅发新萼，独随残竹傲清霜。弟兄今日频回首，怅望天涯把酒尝。"

23 日　梁启超由北京动身开始游欧计划。同行者有蒋百里（方震）、刘子楷（崇杰）、丁在君（文江）、张君劢（嘉森）、徐振飞（新六）、杨鼎甫（维新），到欧洲后常聚一起者，另有夏浮筠（元瑮）、徐巽言（譔）。

张元济寄《稽神录》《龙川别志》《归田录》校稿，请夏敬观复校。

24 日　俞明震卒。俞明震（1860—1918），字恪士，又字启东，号觚庵，祖籍浙江山阴斗门，生于湖南。其父俞文葆，咸丰辛亥年（1851）举人，曾任湖南兴宁、东安知县，侨居湖南善化县。其弟俞明颐，娶曾国藩孙女曾广珊为妻。其妹俞明诗，嫁陈宝箴之子陈三立为妻。俞氏与曾氏、陈氏联姻，在湖南名噪一时。俞明震少年能诗，光绪十六年（1890）中庚寅恩科三甲进士，改翰林院庶吉士。十八年（1892）散馆，授刑部主事。甲午战争爆发后，奉台湾巡抚唐景崧奏调，出任台湾布政使。《马关条约》割台后，与唐景崧、丘逢甲等组织守军抗日，成立台湾民主国，出任内务大臣。后兵败离台，内渡厦门。戊戌间支持康梁变法，参与湖南巡抚陈宝箴推行新政。变法失败，转任南京江南水师学堂兼附设矿务铁路学堂总办。其时妹夫陈三立适移家江宁，遂时相过从，与东南名士李瑞清、樊增祥、夏敬观、朱祖谋、王伯沆、陈伯弢等优游于六朝烟水间，诗酒流连，殆无虚日。鲁迅《朝花夕拾·琐记》回忆入读江南陆师学堂附设矿路学堂读书时情形，云："但第二年的总办是一个新党，他坐在马车上的时候大抵看着《时务报》，考汉文也自己出题目，和教员出的很不同。有一次是《华盛顿论》，汉文教员反而惴惴地来问我们道：'华盛顿是什么东西呀？'"被鲁迅目为"新党"之总办即俞明震，《鲁迅日记》尊其为"恪士先生"。光绪三十三年（1907）转任江西赣宁道。宣统二年（1910）任甘肃提学使，三年（1911）代理布政使。民国初年任平政院肃政使，旋辞归故里。晚年寓居上海、杭州等地，卒于杭州俞庄，葬杭州。著有《觚庵集》《觚庵诗存》《觚庵漫笔》《台湾八日记》等。编有《俞氏藏书楼目录》和《收藏纪事册》。卒后，陈三立携眷赶赴杭州吊丧。丧事毕，携遗诗稿回南京，审订后定名《觚庵诗存》刊行。陈三立作《哭恪士三首》。其一："一榻易一棺，来殉苏公堤。坐蜕聋仆手，倚户独子犁（时沤尹留寓湖宅视属纩）。络绎抚弟妹，风湖入寒啼。安及拔鬼录，血泪非刀圭。子初脱沉疴，诀我寻幽栖。嬴骨偶象罔，中创取倾挤。亭亭觉后心，翻如到死迷。魂有山水痕，所得面目黧。遗恨丛敛具，孤筇未与携。"其二："通籍背怙恃，三釜痛靡及。门户存二难，护妹宛依膝。蔼然孝友怀，弥纶宦成日。我索形骸外，异同忘道术。才行或脱略，观变许达识。乱作荒徼归，身世移恍惚。庶陶虽未能，帝秦亦不屈。策勋穿筑地，好事收遁迹。终自惜羽毛，竹林无俗物。"其三："丧乱不可回，哀郁散物表。屡宿塔下庐,舆舫伴穷讨。手种梅与竹,千顷浮一岛。结邻陈居士,馨传癯寐好。稍稍就吟篇,澹秀出天造。平生蹑简斋,余辉夺其宝。命为后死人,傲我万缘了(君绝笔诗有'回首万缘空'之句)。重寻添入眼,魂气湿墓草。空悬杜陵愿,来往成二老。"郑孝胥作《挽俞恪士》。诗云:"结茅山水窟,哀此荷锸志。瓣香为简斋,自忏一生意。贞疾恒不死,冀子当久视。遗形呼吸间,得尔亦岂易。如闻人琴恸,不减征之挚(谓其弟寿丞)。平生盛自许,诗卷肯相质。奈何海藏图,负我靳一字。行藏各有素,抱憾遂入地。湖庄波渺然,满眼故交泪。"陈衍作《挽恪士二百二十言》。诗云:"入秋丧涛园,入冬丧确士。龙蛇岁已过,此厄尚未已。前月登我楼,病体已健伟。肴蔬能饱啖,羊戬称最美。尚约访散原,襆被青溪涘。再约宿君庄,看雪弄清泚。匆匆遽先往,湖庄久不理。瘿公忽南来,彊村方失子。相将就君去,相见定惊喜。谁知数日聚,行窝变蒿里。瘿公早北还,彊村尚在彼。老怀本甚恶,老泪更铅水。散原闻奔赴,耐寂适同轨。人生不相见,旬月隔生死。人生便相见,顷刻诀人鬼。君诗非东野,孤槎寄旅邸。君诗味杜陵,垂死傍洲沚。念君亲我意,有作必见视。殷殷索评点,处处待臧否。钞录百十首,藏我箧衍里。此才弱一个,防御百夫抵。他时过南湖,腹痛何能止。"沈曾植作《哀恪士》。诗云:"食肉石遗庐,见君最后身。病余意舒泰,气乃温温春。贞疾恒不死,谓君易占云。吾衰心病乘,或居后来薪。前日坐上客,今为松下人。行前大笑乐,岂必非佳因。吾诗不但化,叹君返其真。而吾犹为人,鬼伯诃逡巡。"王瀣作《挽舻庵》(二首)。其一:"兀兀高斋梦不回,冲风飘泪几人来。生疑语鹤依桥冷,清似丸蜣付世猜。接席湖光侵病骨,盘云诗思夺天胎。渔樵旧侣知相忆,岁晏空波起百哀。"其二:"自有余酸未退胸,垫巾孤似郭林宗。把君乳酪三旬别,夸我西湖百态浓。江海照人鸥梦散,图书惊眼蠹尘封。青溪又是梅花发,忍挂霜镡吊冷踪。"陈曾寿作《舻庵先生挽诗》(四首)。其四:"知君有遗恋,南湖与青溪。乱后归草堂,藤竹当路迷。苍莽度陇悲,暂洗青玻璃。万事余挂眼,手植牡丹畦。常约当花时,一醉烂若泥。对宇散原翁,悬寐荒城鼙。携酒邻园花,吟入万方啼。从兹断经过,残阳付乌栖。结邻亦何好,同此积惨凄。今秋重九辰,偕朋破幽蹊。两翁清若鹄,静影相扶携。暂榻尚余梦,陈迹安可犁。翁当序君诗,契分欧梅齐。报君我何有,触泪书新题。"陈诗作《挽俞舻庵先生》云:"陇峤归来后,沧桑感慨多。逢春花落砌,断酒雨鸣河。白下空侨宅,湖南未止戈。子规君莫唤,投老一渔蓑。"又作《忆舻庵方伯,复得十绝句》。其二:"斥卤稀林荫,清泉亦复艰。登山骑健马,盘道上萧关。"其四:"玩水知生理,凉州复夏州。唐渠看四达,陇稻竞宜秋。"陈三立《〈舻庵诗存〉序》称其诗"感物造端,摄兴象空灵杳霭之域。近益托体简斋,句法间追钱仲文。"陈衍《近代诗钞》称其"度陇后所作,则工力甚深,苏堪所谓得杜味者。"汪辟疆《光宣诗坛点将录》赞云:"陇头黄雾不成春,如见周憨涕泪人。七字吟成心万转,一廛冀作太平民。"

评云："恪士诗在柳州、简斋之间,纪行诗尤多可诵。尝言:'诗人非有宏抱远识,必无佳构。'颇为至论。诗见道语极多,王冬饮乃颇訾之,立论固不必强同也。"钱仲联《梦苕庵诗话》云:"山阴俞恪士明震《觚庵诗》,于海藏、散原二派外,独出机杼,自成一宗。其诗初学钱仲文,后由简斋以规杜,淡远幽深,清神独往。惟变态无多,出笔不广,是其病耳。"

严修车抵天津。亲友及南开学生来迎。赵幼梅等伴送严修归宅。

杨钟羲请郑孝胥题《雪桥诗话图卷》。又,赴周庆云消寒第一会。

符璋作和章一山两律,即寄与,并附他诗七八首。

25 日 《小说月报》第9卷12号刊行。本期"弹词"栏目含《藕丝缘弹词(续)》(瞻庐);"文苑·诗"栏目含《题刘健之〈蜀石经斋图〉》(闇公)、《行年三十一感二毛之作》(诗庐)、《大白渡》(太岳)、《题冯申甫〈兰陵返棹图〉》(密昌墀丹阶)、《游翠微山题归来厂》(易实甫)、《题匋斋丈归来厂,步石父韵》(袁规盦)、《戊午七夕后二日游翠微山,用石父〈题归来厂〉韵》(袁规盦);"文苑·词"栏目含《高山流水·梦坡斋中有宋徽宗风入松琴、赵子昂松风琴》(映庵)、《洞仙歌》(次公)、《虞美人》(次公)、《征招·秋郊,和倦鹤》(次公)、《征招·九日登高天宁寺,循银湾而归》(倦鹤)、《八声甘州·裂帛湖秋词,和次公,用梦窗韵》(倦鹤)、《减字浣溪沙》(莼农)、《采桑子》(莼农);"诗话"栏目含《绎志斋脞录》(东台胡先庚);"文虎"栏目含《北平射虎社蕘园隐语》(古闽张起南)、《寒山社诗钟(续)》(诗钟)。

陈隆恪陪日本汉学家金关天彭到上海访郑孝胥。

郁达夫作《自述诗》(十八首)脱稿。序云:"春风秋雨,感逝水于流年;檀板金樽,忆繁华于昨梦。自来海外,屡见霜飞;检点平生,不无泪落。况托生箕口,飘零有王右掾之悲;作客江亭,流落感韦中郎之遇。辽东只鹤,栖近鹬鹣;光范三书,曲终流水。嗟乎,人非木石,谁独无情? 我纵猖狂,天何太忍! 盖闻日斜庚子,贾生陈伤鹏之辞;陬正摄提,屈子有怀沙之赋。题诗答问,青莲已创作新声;自述成篇,小子徒追随后武而已耳。"其一:"江湖流落廿三年,红泪频揩述此篇。删尽定公哀艳句,依诗粉本出青莲。"(诗后注:"予以十一月三日生。先父常曰:'予育汝辈,犹王公之植三槐也。'")其二:"前身纵不是如来,谪下红尘也可哀。风雪四山花落夜,窦家丛桂一枝开。"其三:"王筠昆仲皆良璞,久矣名扬浙水滨。生到苏家难为弟,排来行次第三人。"其四:"家在严陵滩下住,秦时风物晋山川。碧桃三月花如锦,来往春江有钓船。"其五:"人言先父丧亡日,小子膏肓疾正深。犹忆青灯秋雨夜,虚堂含泪看兄吟。"其六:"九岁题诗四座惊,阿连少小便聪明。谁知早慧终非福,碌碌瑚琏器不成。"其七:"十三问字子云居,初读琅嬛异域书。功业他年差可想,荒村终老注虫鱼。"其八:"左家娇女字莲仙,费我闲情赋百篇。三月富春城下路,杨花如雪雪如烟。"其九:"一失足成千古恨，昔人诗句意何深。广平自赋梅花后，碧海青天夜夜心。"其十："二女明妆不可求，红儿体态也风流。杏花又逐东风嫁，添我情怀万斛愁。"十一："几度沧江逐逝波，风云奇气半消磨。扬州梦醒无聊甚，拼向旗亭学醉歌。"（诗后注："是岁冬，题诗春江第一楼壁，诗不存集中，有'惜花心事终何用，一寸柔情一寸灰'句。"）十二："吾生十五无他嗜，只爱兰台令史书。忽遇江南吴祭酒，梅花雪里学诗初。"十三："儿时曾作杭州梦，初到杭州似梦中。笑把金樽邀落日，绿杨城郭正春风。"十四："欲把杭州作汴京，湖山清处遍题名。谁知西子楼台窄，三宿匆匆出凤城。"十五："鸳湖旧忆梅村曲，莺粟人传太史歌。日暮落帆亭下立，吴王城郭赵家河。"十六："离家少小谁曾惯，一发青山唤不应。昨夜梦中逢母别，可怜枕上有红冰。"十七："鼙鼓荆襄动地来，横流到处劫飞灰。秣陵围解君臣散，予亦苍茫出马嵬。"十八："苍茫又过七年期，客舍栖栖五处移。来岁桑干仍欲渡，别离应更有新诗。"诗后跋云："二十三岁夏五月初作，十二月二十五日脱稿，前后共十八首。十七岁以后诗无暇详作，当待之他日耳。文识。"

26日 张震轩为李尊甫代书送静居寺开光楹联数对。

27日 梁启超在沪与张东荪、黄群等讨论通宵，约定脱离政治，致力文化事业。这是梁出国前夕与宪法研究会骨干的一次重要会晤，事后回忆："是晚我们和张东荪、黄溯初谈了一个通宵，着实将从前迷梦的政治活动忏悔一番，相约以后决然舍弃，要从思想界尽些微力。这一席话要算我们朋辈中换了一个新生命了。"（《欧游心影录》）

符璋作挽林甄宇诗联，成七律两首，联二副。

林纾《为成竹山作〈澹庵图〉毕，并题一诗》刊载于《公言报》，自署"畏庐"。诗云："遥山泼黛水拖蓝，一道松阴入澹庵。塞北诗人栖隐处，披图莫误作江南。"

何维武《香港竹枝词》（七首）刊于《南洋总汇新报》"词苑"栏目。其五《愉园》："迷蒙香雾障丹枫，飘落愉园玉满终。终夜管弦金缕曲，曲声散入广寒宫。"

28日 梁启超、蒋百里、丁文江、张君劢等七人由上海乘日本邮船会社之横滨丸号启程，张元济、黄群等人送行。一行经香港、新加坡、锡兰，穿印度洋而入红海，经苏彝士运河，横断地中海，过直布罗陀海峡，于1919年2月11日抵达英国伦敦。行舟中作《楞伽岛》《夜宿坎第湖》《楞伽岛山行即目》《苏彝士河》（三首）、《大西洋遇风》。其中，《楞伽岛》序云："锡兰岛本名楞伽，佛说楞伽经处也，土人曰星格里种。其酋一姓，相承二千余年，盖日本之亚矣。其刺绣、雕刻、绘画存博物院中者，斐然可观。明永乐中，郑和往游，酋不礼焉，吾师俘之，置新君而去。自是修职贡于我。五十余年前葡萄牙、荷兰盛时，皆尝服属之，最后为英所灭，酋统乃绝，实维也纳会议之岁也。山中拔海三千尺，有胜区曰坎第，有湖作牛角形，周遭可十里，故宫在焉。宫外一寺，《人境庐诗》所咏卧佛，即供养此中。岛中最高峰突出如方城，上有佛迹，长可二尺。土人往往于鸡鸣时攀跻瞻礼，谓可消灾难，殆即佛说经处矣。吾以戊午腊月十四日夜宿湖畔，似中秋看西湖月也。去后为长歌纪之。"诗云："须弥之南铁围东，一岛槃礴重溟中。平分四序但夏令，吐纳三面皆雄风。千年聚族有大长，在昔于我为附庸。其俗虽僿亦未恶，颇有礼让扶屯蒙。绣文彩栋与画壁，遗迹随分能丰容。尔来海通四百岁，螳雀递夺更三雄。城下盟成社终屋，虚号并斳山阳公。剥肤方与陨周俱，恤属遑问存邢功。我来湖山胜绝处，搜古始得故行宫。暝烟笼水可怜碧，晚花缀树无赖红。千门已闭剑佩影，一刹尚宝檀施工。因思此地佛所愍，三度飞锡临灵峰。更留巨武作别记，迹所印处成崇墉。想见湖音说法时，修罗干闼人天龙。恭敬围绕千百匝，十方花雨来空芄。大慧善问百八句，一咄忽作三日聋。遗经义喻者少，故与震旦弘心宗。吁嗟末法今千年，遍五天竺成魔丛。山中卧佛出定未，三界尘劫空复空。遥岑响夕纤云卷，水月相照磨双铜。久坐领略夜气静，踵息欲与神明通。山灵对人眼能白，阅世笑我心尚蓬。明发还逐出山水，影事付与谈天翁。"《夜宿坎第湖》云："我行所涉忽万里，此地昔游垂念年。残腊别留秋半月，梯山来看水中天。夜回兰棹餐湖渌，晓趿芒鞋踏岭烟。一半句留容我否，梦云回首转茫然。"《楞伽岛山行即目》云："戴盆姹女黑可鉴，缭树高花红欲然。处处榕阴堪憩马，家家椰树不论钱。"《苏彝士河》其一序云："腊不尽三日，舟过此河。三年前英人与突人战于距河六十里许，壕垒铁网，俨然尚存。"诗云："险凿张骞空，绕通郑国渠。潮来沙刷岸，日落水归墟。天下仍多事，当关慎一夫。莫令形胜地，再见血模糊。"其二序云："除夕前二日，横断地中海而西，舟行一来复，《后汉书·西域传》中之西海，即其地也。"诗云："三州所拱环，兹海实地肺。累累史中迹，吐纳供一噫。惜哉甘英葸，竟返临津浉。不然或此间，分我回旋地。我来正战后，宿严解犹未。覆舟露半樯，一日已数四。想见喋血时，众生命如芥。短景催阴阳，一夕忽改岁。我行殊未已，怀役转凄悴。天公亦好弄，吹万出殊态。放暄偶霁温，挟雨蓦威厉。昨夜戏鱼龙，轩然舞澎湃。群汇助核号，接席成梦悸。我本风波民，一笑行何畏。"其三序云："己未正月五日渡直布罗陀海峡，地中海之西极也，南岸与摩洛哥之 Ceuta 相望，海幅仅十三里，旧为西班牙西塞，一七〇四年，英人与班人血战三年略取之，班人海权尽矣。"诗云："西海海西头，横出峡如束。谁盗帝息壤，埋此大瓠腹。浪激六鳌忙，石突一狮伏。飞雷列千炮，驾山屯百舳。谈笑封丸泥，万夫敢余毒！海东指苏士，壮波森相属。虎牢与渑函，天险两绾毂。泱泱海王国，百川合臣仆。却忆百年前，战骨高于屋。寸土争荣枯，吁嗟彼弱肉！"《大西洋遇风》云："云海黝黝同一形，水风猎猎同一声。穿雾黄日出瑟缩，贴浪墨烟蟠狰狞。一低一昂十丈强，我船命与龙鼋争。摘埴孤往日三夜，噩梦呼起犹营怔。南溟一月乐已极，天道岂危陂与平。明朝伦敦落我手，楼台烟雨阒春城。洗眼却望来时路，海日生处孤云横。"

章士钊在北京大学二十周年纪念会上作《进化与调和》讲演。

张震轩接南湖叶婿信一封，托撰其母及弟妇双节亭楹联。其一："境厄冰霜，千古湖山双亮节；名标绰楔，一家姑媳两完人。"其二："是桑梓女宗，叠见丹纶荣北阙；作闺门榜样，双悬皓魄照南湖。"

陈子万以《送刘》诗见示，符璋答之一律。

陈寅恪从上海启程，本拟重赴德国，因第一次欧战尚未完全结束，遂先赴美国。陈隆恪作《送六弟之美国》。诗云："当今八表同烽警，笑汝书生虱世间。铅椠苍皇霜叶落，海天颒洞酒厄闲。从知哀乐萦千载，竟有安危系百蛮。挂眼钟山挥不去，寸心终寄白云还。"

魏清德《凿井》（阳韵）发表于《台湾日日新报》。后又刊于1934年3月30日《东宁击钵吟前集》。诗云："十亩栽花灌溉场，辛勤穿凿汗如浆。我家旧有源头水，临渴无劳掘取忙。"

郁达夫作《奉寄曼兄》。诗题又作《寄曼兄》。诗云："谁从乱世识机云，兄弟飘零几处分。天下英雄君与操，富春人物我思君。如今功论尊经济，敢把文章托盛勋。记取当时灯下约，阿连有力净河汾。"

29日　北方议和代表团由京启程南下，1919年1月2日抵达南京。

《戊午周报》第33期刊行。本期"文苑·诗录"栏目含《随熊总司令行营纪行八首》（李难）。

符璋又作《送刘》一律。

30日　徐世昌总统约严修晤谈。

林纾《送正志学校诸生毕业归里序》刊载于《公言报》，自署"畏庐"。

李岐山作《七年十二月三十日，军法司看守所执事何品卿调差，余为饯别，赠余何蝯叟字一纸，感赋》。诗云："相聚一年别一朝，何时杯酒话通宵。知余最爱道州字，赠得龙蛇满纸跳。"

31日　清华学校游艺社在校内体育馆演出《鸳鸯仇》《黑狗洞》。其中，闻一多参与编写、排练《鸳鸯仇》。

杨钟羲赴钱履黎消寒二集之招。

本月

《晨钟报》改组为《晨报》。蒲伯英（蒲殿俊）应聘任北京《晨报》总编辑。《晨钟报》原本是以梁启超、汤化龙为首的进步党（后改为宪法研究会，即研究系）机关报。1916年创刊时即在第7版刊载文艺作品，属旧式副刊。1919年2月7日宣布改革第7版，增添介绍"新修养、新知识、新思想"的"自由论坛"和"译丛"两栏，副刊遂倾向于新文化运动。1920年7月第7版由孙伏园主编，1921年10月12日改版，由鲁迅拟就"晨报附刊"字样,报头题写为《晨报副镌》。1928年6月终刊。《晨报副刊》系北京《晨报》文艺副刊,为五四时期"四大副刊"之一。

《宗圣学报》第21号(第2卷第9册)刊行。本期"艺林"栏目含《高要陈母李太夫人六秩寿序》(赵戴文)、《陈母李太夫人六十寿序》(郭象升)、《皖泗杨公表颂》(常赞春)、《感时》(尹昌衡)、《雁宕杂咏》(柯骅威)、《雁宕放歌》(柯骅威)、《若秋弟五十初度》(黄巩)、《酬槎溪东木,仍用东坡〈九日黄楼〉韵》(徐公辅)、《怀太原诸君子》(赵炳麟)、《读灌叟先生〈时世谐诗〉有感,即步原韵》(沈水生)、《大成节谒圣》(毛存信)、《入洗心社有感》(薛登华)。

《浙江兵事杂志》第56期刊行。本期"文艺·诗录"栏目含《樊谏议入祀西湖白祠纪事》(周嵩尧)、《前题》(宋名璋)、《杂感》(思声)、《题息霜开士〈前尘影事〉卷子》(思声)、《戊午十月任职参谋,得诗一首,赠诸同僚》(老圃)、《哭成星平》(后者)、《赛马谣》(周月僧)、《登扫叶楼》(周月僧)、《读史》(初白)、《胜德庆祝会》(初白)、《由嘉兴入乍川途中偶成》(榕园)、《乍浦镇》(榕园)、《石门》(榕园)、《钱唐怀古》(榕园)、《移居》(小卒)、《寿郑大肯岩,次原韵》(小卒);"文苑·词录"栏目含《百子令·思齐贺得子,即韵答之》(瘿公)、《沁园春》(瘿公)、《台城路·阑干》(周月僧)、《望江南·送客》(周月僧)、《生查子·渡江》(周月僧)。

《留美学生季报》第5卷第4期刊行。本期"文苑"栏目含《送恭寅兄五月回国》(赵讱)、《和槁蟫〈戊午岁朝〉原韵》(林甄宇)、《饯别王君伟祉十律》(前人)、《赴乡间避暑,留别张君季隆六首》(前人)、《十七字诗十八首》(赵元任)、《太平洋主人读书杂记(续第五卷第一期)》(卢锡荣)。

《复旦》第7期刊行。本期"文苑·诗"栏目含《褒璞斋诗》(瞿宣颖)、《陪同学诸君游龙华寺》(瞿宣颖)、《别母校同学四首》(刘慎德)、《太平洋舟中杂诗》(刘慎德)、《游汉鲁奴奴得一首》(刘慎德)、《舟中眺海景有作》(刘慎德)、《次黄君觉韵》(刘慎德)、《赠友》(裴配岳)、《春游》(裴配岳)、《冬假回里舟次》(裴配岳)、《短别纪言》(见《疑雨集》有此题)(谢季康)、《清和下澣与仲禹联句》(谢季康)、《蚁战》(李安)、《早起读书》(李安)、《上海法国国庆纪念日感赋》(李安)、《喜同乡友人来沪同学》(李安)、《秋日远足即景怀乡》(李安)、《暑假校居偶吟》(李安)、《登大世界大观楼》(李安)、《闻校长李夫子南洋募款回沪,率成五首》(李安)、《小池深夜》(李安)、《鼠子》(李安)、《途中行蚁》(李安)、《傲斋诗杂选》(洪嘉言)、《谒岳墓》(洪嘉言)、《咏琵琶行》(洪嘉言)、《怀故人江右汪君汉槎》(洪嘉言)、《雪声》(洪嘉言)、《和逸庐主人〈春日杂咏〉》(洪嘉言)、《晓望》(洪嘉言)、《和逸庐吟主〈感怀〉》(洪嘉言)、《傲斋集句选》(洪嘉言)、《秋感六首(选五)》(李德门)、《题魏颂予〈秃笔吟诗稿〉》(李德门)、《补〈南明乐府〉(有序)》(李德门)、《秋感续作四首》(李德门)、《题东园师诗稿,应〈邗江杂志〉之征而作也》(李德门)、《采菱歌》(魏诗其)、《倚楼》(魏诗其)、《申江醉作,和李子翕园》(魏诗其)、《示十九弟》(魏诗其)、《客夜回文》(魏诗其)、《咏怀》(魏诗其)、《即事》(魏诗其)、《有忆》(魏诗其)、《春绣》(魏诗其)、《戊午秋日寄长沙可予三哥及芜城起予十一哥》(魏诗其)、《人日燕居,奉家大人命,即景联句》(秦光华)、《秋蝉》(秦光华)、《秋月》(秦光华)、《秋江》(秦光华)、《秋笛》(秦光华)、《端阳有感》(秦光华)、《重九即事》(秦光华)、《送刘养源赴美留学》(孙镜亚)、《饯刘君养源游美》(曾修龄)、《又送至江海关,临别一首》(曾修龄)、《感时(频闻唯亭严家桥等处盗劫)》(秦光煜)、《秋夜》(秦光煜)、《七月下澣赴申前一日步园中二绝》(秦光煜)、《梦游西湖》(浔溪邢志明)、《忆孟秋由禾返申途中即景》(前人)、《忆虎丘访友事》(前人)、《夏日闻蝉声有感》(前人)、《游愚园登怀白楼远眺,怅然有感》(程学愉)、《秣陵怀古》(程学愉);"词"栏目含《惜黄花》(刘慎德)、《雨中花》(刘慎德)、《金凤钩·暮登卜忌利山,望旧金山全景有作》(刘慎德)、《过松岗湾母校故址·调寄〈踏莎行〉(并序)》(秦光煜)、《惜分钗·送春》(洪嘉言)、《一剪梅·春日苦雨》(洪嘉言)、《玉树后庭花·春燕》(洪嘉言)、《减字木兰花·春兴》(洪嘉言)、《柳梢春·戊午清明日作》(洪嘉言)、《风入松·题〈红袖添香夜读书〉,某公席次出其藏画示余也》(洪嘉言)。

《南开思潮》第3期刊行。本期"文苑"栏目含《〈南开第十二次毕业同班录〉序》(子甘)、《其二》(湛波)、《本校追悼严约冲先生文》(文波)、《津门大水,病中南旋日记》(文波)、《送李新慧之香港大学序》(睇颜)、《送四年一组诸同学毕业序》(王夔身)、《三人烈碑记》(梁越蕴)、《李蟒岩记》(狂生)、《文英姊传》(章文炳)、《赵母王夫人墓志铭》(叶香芹)、《小园记》(陈承弼)、《哭说》(蒋善国)、《暮春寄友》(陈承弼);"文苑·诗"栏目含《慰别歌》(李得温)、《李堃传》(王宝琳)、《南开学校四斋十号年假乐天会序》(董绍昌)、《送友人杨君归乡教授序》(王捷侠)、《卖儿行》(楚狂生)、《卧病》(文波)、《游玄武湖六首》(文波)、《晓山》(文波)、《鸡笼山夜月》(文波)、《平明赴江干》(文波)、《月夜江上》(文波)、《戊午春游颐和园》(文波)、《玉澜堂》(文波)、《排云殿》(文波)、《佛香阁》(文波)、《转轮藏》(文波)、《谐趣园》(文波)、《江干行(并引)》(狂生)、《不寐》(狂生)、《六年三日予客京邸,暮雨既霁,斜日半竿促装,濡翰小志鸿泥》(狂生)、《寄杜燕骥》(狂生)、《雨后晚眺》(狂生)、《秋日即事》(狂生)、《秋日闲吟》(高镜芹)、《南村春晚》(高镜芹)、《新秋南村闲眺》(高镜芹)、《题偏凉汀行宫二首(在滦县城北五重)》(高镜芹)、《同张少洲游芦菔河上作二首》(高镜芹)、《题〈灌园图〉》(高镜芹)、《寄张少洲二首》(高镜芹)、《观棋有感》(高镜芹)、《秋夜书斋独坐》(高镜芹)、《薄暮长凝,舟中作》(高镜芹)、《春来》(陈承弼)、《自题小影》(陈承弼)、《秋夜起坐》(陈承弼)、《即时》(鲁直)、《易水怀古》(鲁直)、《月下忆西湖》(鲁直)、《七夕》(鲁直)、《和楚狂生》(鲁直)、《登泰山》(鲁直)、《油然作云》(鲁直)、《沛然下雨》(鲁直)、《蓬莱阁(在烟台)》(鲁直)、《春日野望》(鲁直)、《春阴野望》(鲁直)、《人影在地》(鲁直)、《乐琴书以消忧》(鲁直)、《木樨》(姚毅)、《杜鹃》(姚毅)、《观斗蚁》(姚毅)、《读〈项羽本纪〉》(姚毅)、《落叶》(姚毅)、《春夜偶作》(姚毅)、《自励》(姚毅)、《翠云草》(姚毅)、《听莺》(姚毅)、《长夏酷暑,阴雨连日,萧然有秋意》(姚毅)、《哭李纶襄君》(姚毅)、《丁巳秋,津埠大水,校舍为没,今夏返校,见礼堂左隅荷花盛开,而毕业生手植之纪念树已皆无有,只余一两株独立夕阳中耳,盖已为水所淹而枯也,因感赋一绝》(蒋善国)、《回校偶吟》(蒋善国)、《偶成》(蒋善国)、《得家书偶成》(蒋善国)、《七夕降雨,俗为牛女哭,感而赋此》(蒋善国)、《即景》(越溪)、《河干晚眺》(越溪)、《村居即景》(越溪)、《秋夜》(越溪)、《吊忠义墓》(越溪)、《村居》(越溪)、《夏日初晴》(越溪)、《秋夜》(越溪)、《床前月》(越溪)、《秋晓》(越溪)、《三小吟》(秋砧)、《老樵》(秋砧)、《老僧》(秋砧)、《夏假南旋杂咏》(王维城)、《秋感》(冯旭光)、《咏菊》(冯旭光)、《怀立夫弟未来书》(冯旭光)、《寄景明兄及天羽弟,均此》(冯旭光)、《岁暮留别同人》(冯旭光)、《游东陵有感》(唐柏心)、《游九华山》(李得温)、《郊游》(李得温)、《滴滴金》(陈承弼)、《离亭燕》(陈承弼)、《菩萨蛮·滦江秋霁》(高镜芹)、《如梦令·晚眺》《长相思·寄友》(叶香芹)。

《青年进步》第18册刊行。本期"文苑·诗录"栏目含《题祝君心渊〈石室学易图〉》(瘦庵)、《赠别陈柱尊、冯振心诸子》(钟震吾)、《安分》(餂诲);"文苑·词录"栏目含《满江红·伤乱》(王天士)、《金缕曲·游半耕园题壁》(王天士)、《玉楼春·歇浦送别林僧》(界民)。

《安徽教育月刊》第12期刊行。本期"文艺·诗"栏目含《杂感十首》(许恩冕)。

李庆芳(枫圃)与岳嵩岑、谭宝璘、熊正琼等于陶然亭雅集唱和。此后又多次雅集酬唱。李氏遂辑诗友诗作为《陶然诗集》(铅印本)印行。岳嵩岑作《戊午冬月偕友人陶然亭雅集即事》云:"晨钟乍鸣林乌啼,石碑巷深闻曙鸡。行人逐利竞轮蹄,余亦乘车来城西。城西有亭名陶然,蒹葭匝地树参天。禅房阒静少尘翳,巍巍一阁临风前。入门未识路西东,碑额斑斓万籁空。朋辈围炉相问讯,欢娱四座生春风。楹联遒劲费评章,墨迹淋漓字亦香(是日,同人各携珍玩,推李枫圃先生所携祁相国楹联为最)。汉瓦元瓷竞罗列,珍奇错落玉琳琅。寻幽又过亭东隅,短碣依然塚模糊。碧血已干馀荒草,长埋灵鸟伴香躯。凌风造像立庭阶,多士联翩如雁排(是日,同人合拍一照以作记念)。沧海桑田每变幻,好留鸿爪记同侪。绮筵开处倒金樽,襟袖频添污酒痕(席间,张芷庵、余子茂、熊葆庄三先生二次翻酒污衣)。畅饮高谈添豪兴,向谁借箸画中原。褐裘公子太原人,对客联吟得句新。元龙摩诘如椽笔,续得新诗句更神。(同游李枫圃先生之令郎，晋人也，年甫十龄。与陈向园先生、王平山先生口占五绝一首) 酒阑吟罢赋行行，远火寒山倍有情。海王村畔一回首，夕阳西下暮烟横。"仁和谭宝璸作《戊午冬月陶然亭小集，步嵩岑元韵》。诗云："孤松寂寂鸟不啼，空谷足音惊山鸡。寻幽问讯锦秋墩，行人遥指白云西。白云深处阁巍然，老树枒杈欲破天。断碑荒凉半磨灭，江亭韵事记从前。登临长啸仝亭东，裦带飘飘四顾空。龙泉古刹接云表，城堞参差作屏风。北邙残碣勒短章，美人埋恨塚埋香。友朋联袂来凭吊，瘗花铭读声琅琅。菩提璀璨列殿隅，灵机破我梦迷糊。木鱼清磬琉璃碧，辉印光明仗八躯。摄衣从容下石阶，牙签玉轴如鳞排。山阴长洲书画绝，寿阳翰墨冠时侪。(是集各携名人墨迹，惟湘石中丞所藏宋拓兰亭、文征明画卷及枫圃先生所藏祁相国联为最精) 我醉葡萄酒百樽，犹似杭州襟上痕。座中异客才十岁，自言少小家太原。(襄垣李公枫圃文郎法公，号冶亭，十岁能诗) 好将一粲博同人，信口呵成句亦新。须眉意气留色相，同生妙法镜传神。酒阑欲行不忍行，当户西山无限情。归途明月还相送，梅花一枝窗外横。"南昌熊正琼作《戊午冬日陶然亭小集感赋》。诗云："挈榼城南集胜流，江亭景物望中收。风生座上倾谭笑，酒困樽前费唱酬。燕市悲歌伤醉郭，美人碧血剩荒邱。茫茫世事何劳问，但使心闲只合休。"《陶然诗集》由"拙庐"题嵩，集前有杨少欧序及李庆芳自序。其中，李氏自序云："羲农作瑟琴而有韵文，惜传无可稽，白帝、皇娥二歌疑出伪撰。后世言声诗者，大抵以《康衢》《击壤》《伊耆氏蜡辞》为权舆。虞夏商之诗，淳茂渊朴，与陶唐并盛。周诗无虑数千，孔子删为三百篇。其意微，其体赅，管弦可被，而瞽蒙可讽诵，淘吾人之菽粟也。《论语》载'子所雅言'，诗先于书礼。其教伯鱼则曰：'不学诗，无以言。'又曰：'人而不为《周南》《召南》，犹正墙面而立。'其教门人则曰：'小子何莫学夫诗。'《韩诗外传》载子谓子夏曰：'《关雎》之事大矣哉！冯冯翊翊，无思不服，子其勉强之，思服之。'夫所谓学与为，所谓勉强与思服，卷之为吾人修辞理性情之极则，放之有化民成物之功。是岂唐宋后骚人墨客以诗为遣兴弋名之具所可同日语哉！余少为诗文，多忧伤愤郁，而气质言辞与心绪较诗文尤甚。如处荆棘，弗克振拔。尝有学诗为诗之志而无其门，每引为戚憾。戊午冬，朋好廿余人，宴集陶然亭，偶有酬唱，胥率性真。自兹以后，赠答愈夥，仅五阅月，都二百余首。声调格律，讹漏知所不免。付之剞劂，非以公世，备不忘也。海内大雅，不闷金玉，惠然赐教，则《陶然诗集》之刻，又无异齐东野之献九九也。是为序。枫桥李庆芳。"

陈三立读欧阳渐所拟支那内学院章程，为跋其后。又，为余肇康题《余尧衢同年〈章江送别图〉卷子》。诗云："川涂映伖离，烽燧各呼吸。魂萦接坐欢，道存入林密。会遭相公丧，叹逝海水侧。公亦哭其私，脱影群盗窟。崩坼初避近，百态并呜咽。当年枌榆乡，提刑公持节。凤秉龚黄治，期恢蕃嶭烈。纷变综纲纪，孤茕煦濡沫。濟湖波通源，缮道石戴辙。从祖课士堂，举坠明经术。间井起讴吟，仰项待公活。忽有妖教狱，县令毙仓卒。挺刃户阃间，血殷神父席。空巷喧万人，雠得掊而殪。义愤无反顾，公临为之泣。浸寻出夷酋，奉使势煊赫。罗织足绅袊，章条恣附益。维公迭抗议，舌敝佐面折。徐悟不可犯，责难涣然释。廷臣习侧媚，移决理官室。曲徇絷爱书，连坐公竟斥。氂弱走呼号，缨绂眦欲裂。老守奋陈状，请代论如律（时沈乙庵翁方守南昌）。公仍拂衣去，功罪成一别。嵯峨滕王阁，其下维船楫。衣冠勤祖饯，云壑晦颜色。孰窥休戚怀，犬随翔乌昵。画手赵、程辈，万景赴枯笔。今开送别图，感旧犹历历。章贡水上城，世隔眇人物。迹迷徐孺亭，梦染苌宏血。佳晖荡恶氛，忍传故老说。偃仰眩覆载，留卷察海月。生逢俱飘零，何山掘芝术。"

吴昌硕为中村绘《儒坐论道图》并题："天忧沉转后，儒坐未阢初。望道抱吾一，固穷藏有书。径稀求仲屐，畦妥幼安锄。此意冯谁晓，闲云共卷舒。脱胎白石翁而用笔未能古穆，滋愧滋愧，中村先生教之。戊午冬仲，吴昌硕，年七十五。"又，绘《墨梅图》并题："梅溪水平桥，乌山睡初醒。月明乱峰西，有客泛孤艇。除却数卷书，尽载梅花影。中村先生正画。戊午冬仲，吴昌硕，年七十五。"又，为程璋作《梅花图》并题："自笑春风笔底温。尚留洁气满乾坤，何时结屋空山里，万树寒香独闭门。瑶笙老兄正画，戊午冬仲，吴昌硕，年七十有五。"又，为联承绘《神仙富贵图》并题："神仙富贵寿而康，多子多孙聚一堂。清供岁朝谁享得，满床笏坐郭汾阳。联承先生雅属。戊午十一月，吴昌硕老缶，时年七十五。"

弘一大师应马一浮之招至杭州海潮寺打七，后至玉泉寺度岁。

赵藩有诗作《题大观楼》二首寄昆明。

郑逸梅试作诗，撰《凝香词》百首，就正于张丹斧、朱天目，陈巢南为其题签。郑逸梅为《世界画报》《小说季报》撰稿，画报上并载胡亚光弟同光为郑逸梅所画肖像。

王统照赴北京，考入中国大学英国文学系，寓司法部街。怀念潍县诗友丁东斋，作诗云："人物谁称最，丁生气自豪。蚕丝传顾卫，笔瘦貌鄂褒。长啸情无极，谐谈客礼叨。岁寒思托契，何日醉松醪。"

俞大维由沪乘船往美国哈佛大学留学。

沈曾植署旧所作词集为《僾词》并作自序。《僾词》序云："九年立宪之诏下，而乾坤之毁一成而不可变，沈子于是更号曰睡翁，不忍见，不能醒也。而所闻于故人，所谓'缓得一分，百姓受一分益'者，晨夕往来于胸臆。又时时念逊荒古训，自号曰逊斋。缓之而不可得，强以所不欲为而不能，太息请解职不遂，而仍不免捶床顿足，扬眉眴目之责，睡与逊两不称矣。清宵白月，平旦高楼，古事今情，国图身遇，茫茫然，惘惘然，瞿瞿盱盱然，若有言，若不敢言。夫其不可正言者，犹将可微言之，不可庄语者，犹将以谲语之，不可以显譬者，犹将隐譬之。微以合，谲以文，隐以辨，莫词若矣。张皋文氏、董晋卿氏之说,沈子所夙习也。心于词,形形色色无非词,有感则书之,书已弃之,不忍更视也。越一岁而世变,飘摇羁旅,久忘之矣。丁巳春,儿子检敝簏得之,写出之,屏诸案几,犹不忍视也。戊午移居,复见之,乃署其端曰《偃词》。'如彼溯风,亦孔之偃。民有肃心,荓云不逮。'其当日情事耶?次其年,其事可见。然终不忍次,非讳也,悲未偯也。戊午十一月,谷隐居士。"

毕景岩《阙里林庙通纪诗》(曲阜理东堂毕氏藏版)刊刻印行。由"任我游子"封面题耑。前有关韵成作《曲阜毕景岩先生〈阙里林庙通纪诗集〉序》。关序略云:"客有从阙里来者,相传余友毕景岩先生,重孝友,寡交游。虽年逾古稀,诗文极工雅。其以有文为富,集诗成帙者,直从心性中流出。君其知之。"落款曰:"丁巳冬仲藕香馆主人任我游子关中古万年琴轩氏通家小弟关韵成谨序。呵冻并隶于陇上古枝阳寄寓之五琴十砚山房。"

吴梅校勘宋代张炎撰《词源》由北京大学出版部出版。

张謇作《题〈竹洲泪点图〉,旌人子之不忘寡母也》(二首)、《书〈朴巢诗集〉后》(二首)。其中,《书〈朴巢诗集〉后》其一:"高张社帜命风骚,天假巢民一朴巢。尽读当时同辈集,始知公子易为豪。"其二:"兴亡常系绮罗丛,梅蒨松妍水绘中(谓董小宛、蔡女萝)。三百年来谈艳福,娟娟裙带有回风。"《题〈竹洲泪点图〉》其一:"洲竹当家雪泪零,一林风雨战秋声。不辞木石同禽苦,望有笙箫作凤鸣。"其二:"报母家儿总画图,竹洲孝感岂能无。慈恩倘在霜筠外,要听林端夜夜乌。"

冯煦作《如此江山》。序云:"题宗湘文《江天晓角图》,用卷中自题韵。图成于咸丰戊午,今甲子一周矣。世变沧桑,不堪回首。卷中诸老,零落都尽,倚灯谱此,不自知其辞之怨抑也。"词云:"角声凄咽荒烟际,牢愁又还吹起。乡树云迷,戍楼月暗,不分飘萧如此。颓然老矣。甚雁杳江空,尺书难寄。独自披图,一襟羁思澹于水。　　西津峭帆曾倚,算沧桑换后,词客余几。鹤反孤城,鹃啼故国,剩有孤羁身世。不知许事。只残梦寻难,徂年逝易,莫话前游,黄芦栖断垒。"

夏曾佑作《寿关嗣堂丈八十》。诗云:"曾陪杖履遍林泉,当日心期谓偶然。自忆云山役魂梦,便疑着旧即神仙。孙曾手植千章木,花月尊前四十年(君筑书堂,颜曰'亦有花月'。居此四十年,未尝他往)。布袜青鞋从此始,明年同上米家船。"

罗惇曧作《奉题沤尹先生校词图,时同游西湖》(三首)。其一:"水磨坊前旧隐居,红梅阁下小精庐。花前负手微吟歇,笼箪疏帘自勘书。"其二:"四印精刊有鹜翁,王朱前后此心同。樵风逝后谁商榷,零落丹铅感慨中。"其三:"遗稿丛残粤两生,感君风义重生平。披图我有交亲涕,暮雨寒灯共此情。"

韩德铭作《湘东行》(戊午十一月自长沙至攸县作)。诗云:"湘江一线无涯青,江上群山错锦屏。蔚蓝天际白龙滚,汽车烟扫江山行。长沙趣行数十里,轨道双方涣明水。俯玩清漪忽见山，碧树丹原波面起。陡失湘流路愈巉，晴岚叠岫卷舒间。断续岩坳缀村落，分张图画百千湾。过醴肩舆易汽车，风光逼近益无遮。丸丸山麓松扬盖，历历陂前茶吐花。新市舍舆乘画舫，眼底山川落惚恍。风风雨雨逗寒烟，红叶青峦如罩网。清波容与接龟峰，峭壁摩云竖水冲。绝顶开凹含古庙，苍崖裂罅挂长松。故人迎入攸舆市，攸长所历程程记。毫端不犯劫灰痕，老慰清游怯时事。"

冬

李大钊于北京大学组织"马客士主义研究会"。高一涵加入该会。

柳亚子与薛公侠（凤昌）等发起组织吴江文献保存会，全力收集吴江文献，志在"纠合同志，各示所藏"，"冀回既倒之澜，而存桑梓子百一"。沈昌眉有《得徐双螺残稿，蠹蚀破碎，不可读者过半，为掇拾补缀一月余，始成两册，即题其后》《题灵芬少作墨迹，为薛公侠（凤昌）赋》《征访乡里文献，感赋一律》《亚子觅沈达卿前辈〈敬止堂文〉定本久未得，一日忽由范君赘叔携至，云得之字库中。亚子狂喜，驰书相告，诗以贺之》等诗记之。其中，《得徐双螺残稿》云："金粟老人自佳耳，其诗何救汝饥寒。炊烟明日不知断，却喜残编今补完。"《亚子觅沈达卿前辈〈敬止堂文〉定本久未得》云："光芒照眼赫然存，中有东阳未死魂。去一炬间仅以寸，传千秋物不能燔。定知神鬼终年护，毕竟文章此老尊。却忆屯田搜访苦，几回踪迹遍吴门（亚子尝遍访吴中书肆觅其版，不可得）。"

伦明当选为北京东莞学会会长。由原东莞学生会改组成立。该会颁布《北京东莞学会章程》，宗旨为"以研究学术，联络乡谊，增进公益"。

同声社于福建同安成立。起于徐原白（元白）应友人之邀，到童保喧浙军第一师第四团"相助笔政"。第四团驻防同安，多有文人，能诗善文，遂发起组织军中诗社，取名"同声社"，于军中相酬唱。后由徐氏将诗稿选辑刊行，署名《同声集》。徐原白《闽南客感》在《同声集》中多有应和之作。徐氏《闽南客感》其一："从征南下寄边城，风雨萧萧感此生。万里飘零抛骨肉，十年奔走误功名。者般时局何妨醉，如此江潮不可行。极目烽烟腾黑气，客中担尽许多惊。"其二："逖听边防警耗纷，龙蛇起陆刮尘氛。邦基飘似残秋叶，民气浮于薄暮云。狐假虎威常扑物，鼠争人食每呼群。滔滔江水东流去，激楚歌声静夜闻。"其三："五色旗翻惨淡风，鹭江花放可怜红。民膏吸尽扶桑日，国运遭残磨蝎宫。痛哭泪花浮酒盏，哀吟心血滴诗筒。即今横海风波恶，谁挽狂澜既倒中。"其四："磨砻岁月不停留，飘泊江湖志未酬。浊酒借浇心上恨，新诗寄写客中愁。伤时有泪成虚滴，报国无能赋远游。太息一般鼷鼠技，戈操同室未曾休。"杨超《和徐子原白〈闽南客感〉韵》其一："凄风苦雨遍江城，时事离奇百变生。

举世谁能尚节气，误人毕竟是功名。关怀塞北吟诗苦，落魄天南载酒行。如此潮流如此势，支持无术暗担惊。"其二："蒿时有泪堕缤纷，遍地龙蛇簇恶氛。碧海未曾平骇浪，黄山忽又幻奇云。擎天谁挟屠龙技，市骨人争索马群。到底得车输舐痔，歌声哀怨大江闻。"其三："从戎敢说不雄风？血渍征袍暗染红。国运横遭烽火劫，剑光试射斗牛宫。冀逢侠骨飘湖海，为绘须眉买画筒。自顾头颅还自笑，鬓丝斑白乱声中。"其四："韶华逝水去难留，剑匣空悬恨未酬。千古聪明多历劫，百般怅触是离愁。非将黑海余腥濯，安得名山快意游。大地茫茫归未得，此生合与国同休。"

吴昌硕为敬垣绘《桃实图》，为苏曼殊绘《墨荷图》，为宾庭绘《山水图轴》，为严履安绘《梅石图》。又为召憇绘《乾坤清气图》并题："一枝清气满乾坤，玉骨冰肌不染尘。俯视人间闲草木，空山高卧不知春。人间乾坤地无多，欲结孤根奈尔何。写入图中悬素壁，春风日日在岩阿。召憇仁兄雅属。戊午冬，吴昌硕，年七十有五。"又，为西园寺公望行书自作诗轴："潮声如打暮天钟，帘倚孤云欲荡胸。泪比听猿逢杜甫，欢徒回马说玄宗。斜行潦草诗编岁，醉墨淋浪酒御冬。侠骨棱棱谁倚汝，宝刀鸣处合书锋。陶庵先生属，录近作。戊午冬，吴昌硕。"又，为上岛绘《双松图》并题："僵卧已如龙蜕骨，后凋不比凤栖梧。岁寒矫矫凌霜雪，肯受秦封作大夫。拟清湘泼墨。上岛先生雅属。戊午冬抄，安吉吴昌硕，年七十有五。"又，题吴征《山居图》诗堂云："空山万株木，霭霭秋多晦。屋在白云中，人归白云外。戊午冬十日，衰钥居士吴征。"

林纾作镜片《桃园记》（又名《桃花源记》）。题识云："画中风物是桃源，亡国陶潜特寓言。今日避秦避何处，那从幻境立家园。桃源一记直荒渺之言，人间哪得有此。生逢世变亦往往好读其文，是以见吾心之悲矣。戊午冬日，纾记。"

陈荣昌因明夷河道匪患四起，仍回翠湖旧宅，杜门谢客，以卖文卖字为生计。其故宅在翠湖西北滨，旧日大门联书"彩云南现；紫气东来"。遭匪患归来，大门改于侧，甚狭窄，门联云："易学传于少年室；众星聚在太邱家。"又，忆明夷山庄有诗云："明夷河畔旧山庄，翠柏如云覆短墙。一道河流分左右，吾庐恰在水中央。"

汪兆镛被邑人推举为《番禺县续志》分纂，承任人物、古迹、金石三门。

冒鹤亭调任镇江关监督兼外交交涉员，北京同人为其钱行。时梁节庵因病未果。据冒广生《哭节庵四首》（《东方杂志》第 17 卷第 9 号）序云："戊午客京师，与公结生日会。残腊来润州，同人为余钱行。公已病废，犹嘱家人制素食，专足飞书送沈子封丈家，谓使鹤亭食之，如与病夫对坐。"

汪东在浙江於潜任知事，尝偕临安知事李照忱游东西天目山。

曾玉芳生。曾玉芳，笔名寂寞，湖南汉寿人。著有《夕香集》。

冯金伯、黄协埙编《海曲诗钞》由上海国光书局上海出版。集中含《海曲诗钞》16 卷、《补遗》1 卷、《二集》6 卷，为清代冯金伯辑；《三集》12 卷，附《香光楼同人唱和诗》1卷，为近人黄协埙辑。三集共收录浦东自北宋至清末诗人813家，诗作4246首。《海曲诗钞》集前有静园黄树仁题签，冯金伯作序，《二集》前有冯金伯作序，《三集》前有黄协埙、黄报廷作序及梦畹《海曲诗钞三集例言》。其中，黄协埙《〈海曲诗钞三集〉序》云："南邑夙称海滨邹鲁，家诗书而户弦诵，文教盖甲于东南焉。诗自宋储氏华谷昆季开其先，而明之王玠右、吴日千，清之蔡竹涛诸氏，后先接武，辉映词坛，历康雍乾嘉道咸同数朝，先哲遗风久而弗替。自欧美蟹行书流传我国，少年子弟谓非此无以致通显、立功名，举五经四子书，然且束之高阁，更遑问陶情淑性、弄月吟风乎！我宗祖安明经，惧诗教凌夷，民风必渐趋于浮薄，时与不佞言及，思有以振兴而挽回之。一日，以书督责曰：'我邑自嘉庆初元墨香冯氏选刊《海曲诗钞》后，阅百余载无踵行者。中更丧乱，向之觥觥大集，半化劫灰，即仅有存者，或子孙不善保持，渐至尘封蠹食。续选之举，子其毋辞，仆当任搜采之役。'（不佞）虽不敢自谓可与言诗，然累世侨寄此邦，熟闻数十年前风雅之盛，而并世诸师友平日又多赓唱迭和、觞咏流连，爰诺其请。相与网罗散佚，择其尤雅者，编为《诗钞三集》。体例一遵《冯选》。篇什亦无甚差池。是役也，经始于乙卯孟夏，告蒇于丁巳仲冬。搜集至三百余家，分卷为一十有二。各于姓氏里居下，节录序跋题词，或撰诗话以表张之，犹冯志也。其与《冯选》异者，附采名宦寓公诸诗于后，并以铅锡易枣梨。编辑既竣，则举冯氏初、二集合付手民。我固不敢袭迂谬之谈，劝少年子弟之趋时者舍欧西蟹行书，一意从事吟咏，亦惟曰诗教之盛衰，关于风俗之淳否，莘莘学子毋徒务致通显、立功名，而将我数百年先哲之流风余韵一切尘芥视之也。戊午季夏之朔上海黄协埙序。"《香光楼同人唱和诗》集前有顾忠宣撰《香光楼祭南邑诗人记》。集内含黄报廷《梦畹先生续选〈海曲诗钞〉成订，六月十五日择香光楼公祭邑中诗人，借赏荷蕖韵事也，率成一诗，以志良会》、胡世桢《香光楼即事》、胡祥清《〈海曲续诗钞选〉既竣，祭诸诗人于香光楼上，不佞得参末席，赋此纪之》《丁巳六月之望，祭邑中诗人于香光楼上，一时骚人韵士，杯酒联欢，选韵鏖诗，焚香读画，洵可乐也，率成七绝四首纪之》、秦始基《丁巳六月之望，同人集城南香光楼，开祭诗社，踵张野楼先辈韵事也，基以小极，未赴盛筵，孤负良辰，惆怅累日，偶成俚句，付之诗筒》、倪绳中《香光楼祭诗歌》、谢其璋《丁巳六月望日，梦畹黄君以续选〈海曲诗钞〉告成，集同人于香光楼，致祭邑中已故诗人韵事也，赋此志之》、王荣黻《式老续编〈海曲诗钞〉成，祭告邑中前辈诗人于香光楼上，华灯既张，盛筵斯设，即席拈韵，以志鸿泥，时丁巳六月望日》、胡洪湛《香光楼雨中即事》《香光楼记事，用佛花韵》《祭诗礼毕，同人张宴香光楼，即席复成二律》、费毓麟《丁巳季夏之望，鹤沙名流云集香光楼，致祭吟坛前辈，为续选〈海曲诗钞〉告成兼设盛筵，作消夏之举，率成长律，以侑清尊》、徐守清《丁巳夏日，梦畹词人集社友于荷花坞上，祭海曲前辈诗人，率赋一律》《董楼祭诗纪事十四绝》、叶寿祺《梦老续选〈海曲诗钞〉事竣，丁巳六月十五日，祭诗人于香光楼上，因病未赴，赋此寄呈》、朱家让《题〈续海曲诗钞〉》、宋家钵《丁巳六月之望，梦畹先生选〈海曲诗钞〉成，招集阖邑知名士，设席香光楼，致祭前辈诗人，用赋小诗，以志盛事》、严惟式《同人集香光楼，祭董思翁及邑中已故诸名士，率成一律》、顾宪融《丁巳长夏，香光楼宴集，兼祭邑中前辈诗人，赋此记事》、陈檄《香光楼即席作》、陶元斗《同人集香光楼，致祭往代诗人，赋此以志景仰》、唐斯盛《续选〈海曲诗钞〉成，设席香光楼，祭告先代诗人，因疾未与，赋此遥呈》《书〈续海曲诗钞〉后》、王绍祥《〈续选海曲诗〉成，设位香光楼上，祭告入选诸诗人，事阻未及躬临，赋此遥寄》、顾家莹《香光楼下，荷花盛开，同人相约，设祭诗社，爰成俚句，以和瑶篇》、唐其寅《丁巳长夏，致祭前辈诗人于香光楼，勉成二绝句》、张寿湜《香光楼即事》、顾金佩《丁巳六月十五，式老约诸同人，设位香光楼，致祭海曲诗人，晚复开尊花下，即席成诗》、张学义《岁丁巳，梦畹先生〈续选海曲诗钞〉竣事，为位于香光楼祭告诗灵，不佞幸瞻斯盛，诗以咏之》、黄协埙《丁巳六月之望，同人约集香光楼，祭南邑前辈诗人，歌此以代〈神弦曲〉》等。其中，顾忠宣《香光楼祭南邑诗人记》云："丁巳季夏之望，黄子梦畹选《海曲诗钞三集》既葳事，为位于邑城香光楼祭邑先辈之以诗鸣者，盖告成也。我邑虽滨海弹丸地，然骚坛吟社代有闻人。清乾嘉间，邑人冯墨香先生爰有《海曲诗钞》初、二集之刻，距今百余祀，梦畹乃踵而行之。时则荷风送香，湘纹如水，轻衫团扇，裙屐偕来，名香始升，鞠跽成礼。其祭也，屏羶肴，捐酒醴，惟陈列古彝鼎及名人手迹，媵以冰桃雪藕、茗碗炉香，不欲以腥膻荤秽渎诗灵也。其闺媛之工诗者，则位于楼下西南隅太乙蓬舟，别延徐女士素娥主祭。张君侣笙，古嘐风雅士，是日欣然携琴至，抚《平沙落雁》一曲。此外黄君祉安，徐君耐冰，陶君寅初，谢君企石，唐君志陶，费君芝田，顾君堂钧、佛花，胡君幹生、涤仙、砚锄，或敲诗，或读画，或垂钓，或下棋。梦畹则按谱填词，为迎神送神之曲，哀感顽艳，俯仰低回，尤不胜今昔之感焉。夕阳欲下，赓甫陈君携洞箫棹瓜皮艇，入荷花深处，临风三弄，与水禽格磔声相应答，雅人深致，益令听者移情。入夜，就楼上下设筵款客。酒半，急雨骤至，万荷跳珠。未几，即云破月来，水天一色，而客亦歌缓缓归矣。闻之墨香选诗时，邑先哲张君野楼，李君吟香、顾君澹园、酉山，陈君云庄，曾相约祭诗人于兹楼。韵事流传迄今，犹有道者。今则文献凋零，诗教坠地，我不知诗钞之选，此后尚有人焉赓续成之否？更不知今日致祭诗人之举，尚有人焉踵而行之否？寻坠绪之茫茫，增余怀之渺渺。诵企石'请看今日祭诗人，他年更复凭谁祭'之句，辄不禁悲从中来，临风陨涕已。是日与祭者卅有一人，约而未到者二十八人。锡山秦君振卿、苏君仲斋，适有事于南，因亦邀之入座云。"胡洪湛《香光楼雨中即事》云："城郭晚苍苍，浓烟锁绿杨。雨来天欲暝，风过竹生凉。鹤避茗烟湿，鸥贪花萼香。芳时且行乐，莫问世沧桑。"唐斯盛《书〈续海曲诗钞〉后》云："劫火焚余幸保存，搜将珊网细评论。续成今日新诗本，得证前生宿慧根。风雨三更频剪烛，推敲一字亦寻源。凭君青简留名姓，衔结应知到九原。"黄协埙【北商调·新水令】《丁巳六月之望，同人约集香光楼，祭南邑前辈诗人，歌此以代〈神弦曲〉》云："【新水令】猛无端，乾坤龙战血玄黄。眼睁睁，看神州板荡。残春啼杜宇，败壁絮寒螀。酒社词场，一例的草蔓烟荒，增满眼凄凉况。【驻马听】鹤渚波凉，万轴牙签沦宿莽。琴轩草长，一编《心史》泣斜阳。几家锦绣好文章，只落得，马蹄蹴踏蛛丝网。真凄怆，听青枫夜雨，哭秋坟上。【沉醉东风】俺呵！采灵珠招来象罔，拨残灰检出缣缃。有的是清才玉笋联，有的是艳体金荃仿。更有那唾绒窗绣罢鸳鸯，七字吟成翠墨香。都收入珊瑚铁网。【折桂令】趁今朝畅好时光，月满银塘，露滴银床，烧一炉笃速名香，曲奏《霓裳》。杯奠椒浆，邀天上诗仙，鹭降向人间。酒国相羊，花也么芳，风也么凉，管甚么世界沧桑，且消他花月壶觞。【离亭燕带歇拍煞】亭台历劫仍无恙，天付与闲人暂主张。莫怀古，凭阑惆怅。你看那招鹤轩琴尊歇，放鹇亭瓦砾高，狎鸥池烟波漾。只香光一角楼，有绣佛疏寮，敞容我辈词人跌宕。便月来时弄蕉阴，笛风来时披柳外，襟雨来时打花边。桨瓜浮碧玉，缸茶沦青瓷。盎上虹月，米家诗舫。制一曲吊吟魂，向荷花深处唱。"

汪兆镛撰《澳门杂诗》排印刊行。作者自序云："澳门自乾隆间宝山印氏、宣城张氏撰《澳门纪略》一书之后，又百余年矣。其中日异月新，今夕不同，而续纂阙如，靡资考镜。辛亥之变，避地于此。暇日登眺，慨然兴怀，拉杂得诗数十首。征引故实，分注于下，仿宋方孚若《南海百咏》例也。行箧无书，恐多疏舛，大雅宏达，幸匡正之。丁巳小除夕慵叟识。"《澳门杂诗》含《杂咏二十六首》《澳门寓公咏》(八首)、《竹枝词四十首》。其中，《杂咏二十六首》之《关闸》云："互市濠镜澳，聿自嘉靖始。设关官守之，启闭候符使。如何百年来，彼族顿增垒。旁行斜上书，突兀闸前峙。我来长太息，畴为志疆理。"《莲华迳》云："北自前山来，沙堤平而直。路南一山耸，俨如莲茎植。趺萼连蜷中，秀采森崒嵂。怪石高逾寻，惜乏文字泐。裴寰一瞻眺，天然树封域。"《万里长城》云："澳城固而庳，明代已毁坏。基阯犹可寻，纤儿昧边隘。地志亦有言，倚水以为界。长城称万里，自大诚狡狯。安得张许才，微棱慑中外。"《青洲》云："青洲旧隔水，倏忽海岸连。松杉绿如雾，荡漾晴霞妍。蕃寺有兴毁，可考天启前。新制士敏土，机厂崇且坚。只惜佳蟹绝，持螯空流涎。"《议事亭》云："提调郡县丞，前代有故衙。让畔敦古处，荒圯奔麇麚。尚余议事亭，崇敞飞檐牙。从来乡校法，亦不废边遐。权衡孰持平，愧矣吾中华。"《学塾》云："学童禁读经，中土新建议。此邦老塾师，犹不旧学弃。弹丸一海区，黉校已鳞次。雅颂声琅琅，到耳良快意。礼失求诸野，宗风倘未坠。"《澳门寓公咏八首》序云："海壖僻区，市尘坌集。然浏览群籍，不乏寓贤。虽遗迹多湮而流风可溯，爰考梗概，纪以短章，怀古茫茫，聊志向往。"其一："咸陟遗堂莫可寻，宗风衰歇怅而今。山河悟彻微尘耳，但得安居便死心。"诗后跋云："但得安居便死心，迹删和尚寓澳时句也。《番禺志》：方颛恺，字趾麟，隆武时补诸生。平靖二王入广州，督学使者檄诸生，不到试者以叛逆论。颛恺誓死不赴，削发为僧，名光鹭，字迹删，后易名成鹫，躬耕罗浮。母殁奔丧，饘粥苦由，一遵儒礼。蓺日负土筑坟，痛哭而后别。俗僧笑之弗顾也。晚掩关大通寺。康熙元年壬寅年八十六卒。著有《咸陟堂文集》十七卷，诗集十五卷，诗文续集三卷，《鹿湖近草》四卷，《楞严经直指》十卷，《金刚经直说》一卷，《道德经直说》二卷，注《庄子·内篇》一卷，《鼎湖山志》八卷。"其二："北田高士记陈何，放废佯狂自啸歌。为访遗臣游海外，漫天风雨泣铜驼。"诗后跋云："何绛，字不偕，顺德人。布衣，好读书，淹通群籍。明亡乃自放废，与同里陈恭尹为澳门之游，复同渡铜鼓洋，访逃避诸遗臣于海外。晚与兄衡及恭尹、陶璜、梁连隐迹北田，称'北田五子'，见《顺德志·广东文献四集·独漉堂集》。"其三："世乱纷然道释儒，翁山痛哭泪将枯。双湾孤客凄凉甚，未是鸥夷泛五湖。"诗后跋云："屈大均有澳门诗五首，释名今种，道名灵一。见朱竹垞《明诗综》。"其四："画苑人推吴墨井，生当明季是遗民。三巴小集分明在，只惜图缣付劫尘。"诗后跋云："常熟吴墨井历，生于崇祯间，画名与恽草衣埒。见《琴川志》《画征录》。曾辟地澳门。著有《三巴集》。刻小石山房丛书，中自言寓澳门居三巴寺二层楼上，其诗画题识亦多言澳中风景。而遍访士夫家，均无收藏其画者，可慨矣。蒋光煦《东湖丛记》谓墨井晚年浮海至大西洋，盖未知即澳门也。"其五："吾宗白岸本清才，画品诗心有别裁。笺杜成书都散佚，只凭张（汝霖）印（光任）获琼瑰。"诗后跋云："汪后来，字白岸，番禺人。康熙间武举人，工诗善画，见《阮通志》《广东诗海》。所著《鹿冈集》《杜诗矩》已无传本，惟《澳门即事诗》数百首，采入《澳门纪略》中。"其六："晴霞万顷水晶宫，诗句奚囊字字工。琴剑南来已增色，况论风节更谁同。"诗后跋云："武进汤贞愍公，奉檄访缉逸匪至澳门。有'花发水晶宫，晴霞万顷红'之句，见《琴隐园集·卷九》。"其七："竟向青洲访故碑，斯人怀抱亦钦奇。画图可得谢公笔，空自低徊耆旧诗。"诗后跋云："道光间新会钟风石孝廉，有《澳门杂诗》十二首，自注云：'青洲山，明天启时闽贾寓此立庙，初问寺僧，不知。读碑，始知之。'又有句云：'思谢凭公笔，图画贮行胜。'自注：谢退谷，偕行善画。按：谢观生，字退谷，南海诸生。与兄兰生皆有画名，汤贞愍亟称之。"其八："山堂造砖赵博士，道场拓碣冯龙官。百年寓公足怀想，闲披诗札搜丛残。"诗后跋云："《楚庭耆旧遗诗前集》：赵均，字平垣，即阮文达公建学海堂，砖镌赵博士监造者也。有《自澳赴铁城》诗云：'龙官负儶才，家贫事母孝。'见《顺德志·严伦传》。罗定有唐龙龛道场铭，初未发见。龙官偕宜克中始访得之。题名刻石其下。余在澳冷摊中购得龙官手札数行，有匆匆自澳返岐语，皆濠上寓贤也。"《竹枝词四十首》序云："余为《澳门杂诗》，于此间风土，粗志其略。

尚有委巷琐闻，足资谭柄者，复得诗若干首。旅窗无俚，弄笔自遣而已。"其一："笑煞江郎论徙戎，种多白黑与棕红。中华民气休轻视，三百年来守土风。"其二："饮瓢喜有在山泉，傍海人家满载船。更向门前题井字，可应解唱柳屯田。"其三："依山高下起楼台，密簇蜂房户牖开。粉壁青红今异昔，几曾纯素绝纤埃。"其四："威容最是法王尊，衢路人知驾驷辕。一旦迁神歌薤露，黑纱素烛集诸蕃。"其五："竹石清幽曲径通，名园不数小玲珑。荷花风露梅花雪，浅醉时来一倚筇。"

陈三立作《冬晴游胡氏愚园》。诗云："离离苦竹夹寒塘，菊槛低嘘石气香。迤逦陂陀封败叶，参差亭阁点微霜。十年梦隔承平宴，万象晴翻啸咏旁。浇茗祇成穿柳去，残鸦残客共斜阳。"

释永光作《戊午冬日重集潜园，与傅九、梅根话别，归龙祠》。诗云："社堂仍葺径仍开，朋旧招携怆劫灰。十发有家归未得，渚亭黄叶雁声哀。"诗跋："程十发居士远客武昌。"

易昌楣作《抵槟屿，寄孙公中山》。诗云："浮海投荒别有由，难忘卅载弃材收。小儿几辈思倾国，大义唯公树本谋。北极星明光愈灿，南陬人远气终求。驮经携马归来日，虎帐重趋效借筹。"

刘大同作《戊午冬偕门人尧天、丹初赴海珠送子钦、敏唯两弟赴陇西，临别咏此赠之》。诗云："二子入秦州，壮怀万里游。勋名班定远，心事武乡侯。莫作偏安想，同筹统一谋。"

黄宾虹作《戊午冬月归里门，兴之所至，信笔作画》。诗云："遥山掩映溪纹绿，萝屋萧然依古木。篮舆不到王侯家，只在山椒与泉曲。"

魏元戴作《戊午冬日读〈舒梓溪集〉》。诗云："红深霜树昔贤居，手辟莱芜近结庐。温饱平生闻抗疏，表章经传见遗书。公犹有地容披沥，我已如云费卷舒。囊药经年频起死，却怜短发不胜梳。"

杨度作《雪中送郑、夏二公赴江南》。诗云："河北江南几千里，二君行脚从兹始。心似浮云自在游，身随白雪飘然起。人生踪迹似飞鸿，雪里看山处处同。石头城畔山无数，尽在茫茫一白中。午诒、叔进两公指正。"

姚寿祁作《冬夜忆叔申》。诗云："荒城更鼓夜沉沉，念子长眠涕满襟。落月犹疑照颜色，疏星永痛隔商参。低徊断梦留孤臆，掩抑深哀入短吟。幸有茂陵遗稿在，流传倘慰九原心。（君木为君编定遗集，方谋付梓）"

唐继尧作《戊午冬旋滇，宣威偶成》。诗云："父老香花夹道迎，门旗影里溢欢声。七年粗信即戎教，百战敢矜常胜名。天日恩光无远近，河山气象自纵横。去年风景重回首，杨柳依依送我行。"

张良遄作《冬日池上观浴鸭》。诗云："浴波踏浪乐融融，征逐清流嚼雪风。偶趁鱼暇钻石罅，不愁菱荇冒凫翁。南塘无自飞金弹，东野何须射柘弓。祇解呼名寻旧侣，肯从云路逐鹓鸿。"

曾广祚作《冬登两山伤兵事》。诗云："两山颇似潍车螯，神马如飞轮转尻。治圃筑城思白善，升天入地接庐敖。书来总道鱼冬泣，弓挽频闻乌夜号。菀结梅根堪作冶，世间战伐铸银刀。"

曹广权作《戊午冬，奉酬余倦翁〈南园记歌〉，次原韵》。诗云："汉家城阙未央宫，五陵佳气郁葱葱。胡为乎天王厄闰居门中，山川不祀废六宗。凌乱春仁与夏忠，遍地妖氛万甲衷。安得玉骨裹青瞳，驾乘紫烟游太空。忽惊照眼双鱼筒，海山仙人书一通。热血夜流海日融，窗纸曙色清昼同。心重如山莫与崇，长跪读书月正东，回望赤城缥缈之芙蓉。我齿未龀头未童，食蒲何用学韩终。长生有药心不穷（原唱有句：'圣不死心不穷'），多谢白云打睡翁。"

朱清华作《戊午冬日京寓自遣二首》（用随意自由四字）。其一："无事常虚静，身闲心亦安。林花随意发，窗雪自由寒。梅蕊添朝饮，菘根供夕餐。未能同世俗，适意复何难。"

贺耜穗作《戊午冬日六榕寺梅开三度，盛为文酒之会。杨居士寒庵、陈居士萝生介铁禅上人见招二首》。其一："斜日西城路，招提驻客鞭。物华逼徂岁，高抱濯清涟。细雨钟声湿，寒空塔影圆。六榕无复有，怀古独苍然。"其二："岭海兵戈后，扶轮大雅难。冻吟诗骨瘦，残腊酒杯宽。天与梅三度，堂栽竹百竿。主人珍重意，不问虎溪寒。"

夏宇众作《冬夜不寐，赋呈纪泊居师》。诗云："年来意马苦奔腾，此夕灯前万念凝。早恐悠悠感迟暮，只今碌碌愧师承！宵长抚剑心飞跃，世乱闻鸡舞未能；独醒好乘人睡尽，披衣还看月东升。"

王统照作《戊午冬日杂诗之六首》。其一："岂为文字渐飘零，犹忆童心曙后星。念载未能成独往，梦回赢得一灯青。"其二："云狗谁遣滓太清，猰貐豺虎更纵横。吾尘聊拼清狂死，不向人间乞冷羹。"其三："钗钿笳鼓满金城，上国风花缀旆旌。谁向重阳听雁语，东南辛苦未销兵。"其四："自成心史爱纵横，不走俗尘听琵筝。未挽颓波挥落日，且从跌荡斗心兵。"其五："罢曲清朝惨不欢，故园东望路漫漫。家山何日当归去，满地江湖不忍看。"其六："百年京国市朝昏，剩水残山梦未温。蚀尽萧心瘅剑胆，一秋风雨闭重门。"

❖ 本　年 ❖

海上印学社由易大厂、李尹桑二人于上海创立，易大厂任社长。该社以"研究印学"为宗旨，主要社员有易大厂、邓散木、宣哲、黄宾虹、李尹桑等。

戊午春词社由叶玉森、胡璧城（夔文）、袁天庚（梦白）3 人于安徽蚌埠创立。后将词友唱和所作集为《戊午春词》（石印本），并于安徽安庆刊行。张志署耑。卷首序云：“岁戊午，同客淮壖，警燧夕报，沸笳晨喧，一枰方危，寸莛莫叩，愁端忧隟，时触骚心。计得词若干阕，最而存之。虽缘饰近绮，为法秀所诃，而寄托于微，或中仙所许也已。”词调下所题词人，含茝渔、梦白、夔文三家。所录词共 33 首，另附樊山词一首，多为效白石体、和玉田韵之类。

梅花吟社于江苏常州创立。谢玉岑与邓春澍、唐玉虬、钱炜卿等六七人发起，简称“梅社”。谢氏《新建梅花吟社小引》云：“空山落叶，三更挂月之村；古树苔花，一抹冻云之地。冰痕劚碎，种玉谁记前身？泉影飞来，问鹤难言旧事。时则青阳节转，绿萼仙来，香雾铺庭，轻绡剪彩。石阑浸月，横斜竹外之枝；寒磬敲云，明灭山中之梦。读篱落水边之画，冷艳堪餐；入残钟断角之天，吟魂欲化。于是藤杖倚雪，桐帽簪花，弄影而鸦嘴锄来，织字则龙锄飞去。吹碎一枝玉笛，李謩曾偷；抚来满树云罗，放翁合化。金尊卧倒，林间翠袂如闻；玉宇窥寒，天半羽衣亦笑。更招胜侣，遣兹良宵。入坐钦断金之朋，高咏发联珠之唱。推敲门外，立损苍苔；斟酌心头，刻残绿蜡。风帘银烛，妆痕写上筠窗；冰镜瑶钗，雪魄招从花管。笔再呵其墨冻，琴三弄而春和。斗绿醑以飞声，走红笺则吟阅。春云绕腕，仙露淋毫。探古搜奇，无诗不瘦；裁霞嚼雪，有句皆香。是直鼓将东阁豪情，催作北枝开放也矣。客有感夫鸿爪雪泥，者番合记；鸡鸣风雨，今日何时。借寒花炼冰雪聪明，惟松柏知岁寒心事。乃联吟社，并刺芳名。写冷趣于半天，传风骚之一脉。素心同抱，旧雨无嫌；古调堪弹，焦桐自赏。松陵盛昔，敢希作者之风；节操标今，愿俪君子之末。繁华易歇，悯姹紫之先零；山泽颐光，祝冰姿之无恙。虞也敢言舞蔗，实愧滥竽。喤引强成，蛙鸣欲废。恐后者惊为陈迹，披雁头留邓尉之图；倘天涯愿受斯盟，执牛耳来葵邱之会。”

潜社于山东潍县成立。由丁锡纶（叔言）与王淑贻（叔言续妻、王统照长姊）、王统照、丁锡章、丁东斋发起组织，请傅丙鉴主持社政，并跟随傅丙鉴学诗。

新莺吟会约本年于台湾澎湖县创立。社员十余名，主要有陈春林、卢瑶亭、卢慧然、卢顺从、朱雪洲、陈人言、丁本昌、黄南薰、丁如斋、李秀瀛、陈笔奴、卢祖哲、陈滑稽等。新莺吟会课题击钵兼行，诗钟律绝并励。曾作《清、明，凤顶格》（第 12 期课题）等钟题，作品登载于《台湾日日新报》等报刊。

《南京高等师范学校校友会杂志》于江苏南京创刊。仅出第 1 期。江谦、郭秉文撰《发刊辞》。主要刊发校友间学术交流，校友生活图片，通讯、记述、诗词、传记、科学、文学等。柳诒徵《九日游雨花台》（二首）、《读阮籍之〈咏怀堂诗〉感赋》载于第 1 期。其中，《九日游雨花台》其一：“白雁黄庐万柳堂，去年京国作重阳。已拚横目渝魑魅，谁信劳生傲帝皇。入市顿惊湖蟹大，问天微憾日乌忙。乾坤浩荡容蓬转，又话西风石子冈。"其二："高冢丰碑吊国殇，江头犹有战云藏。鸡虫了不干人事，蛮触谁今画此疆。里社儿童翘彩帜，寺门箫鼓竞斜阳。遗民珍重升平景，三载疮痍取次忘。"

《进修津》（清华学校中等科学生毕业纪念册）印行。北京大学校长蔡元培封面署签。清华学校代校长赵国材、教员湘西饶德溥作序并题字。沈恩孚（学生潘光旦舅父）题字。贵筑姚华是年3月3为题"嘤鸣录"。潘光旦（潘光旦）早期诗文刊于《进修津》，含《感旧》《杂诗》（二首）、《中秋偕弟约黄君昆仲步月》《隋史》（二首）、《出西郭》《水木清华》《梦江南·乡思》《相见欢·本意》《一剪梅·圆明园》《行香子·归情》及笔记《檀山鬼董》。其中，《感旧》云："故园春事又阑珊，回首前情不忍看。绿柳垂时情绪乱，黄梅落候泪痕干。半城风雨听金柝，一载呻吟寄药丸。梦醒更回三五夜，空庭疏树月光残。"《杂诗》其一："人羡梅花品，春魁独占场。焉知寒傲骨，耐尽苦风霜。"其二："春花到此尽，莫作等闲看。凭借吹嘘力，便登百尺竿。"《隋史》其一："一朝泪洒广陵秋，大好头颅不我留。赢得一生功业大，遥追秦政近无愁。"其二："望夷宫夜月笼沙，何处芜城是帝家。故老艳传炀帝事，扬州三月看琼花。"《出西郭》云："飞舆出西郭，城开四面风。树随山色紫，天带夕阳红。野静闻班马，云高响远鸿。乡思无限恨，锦字总成空。"《水木清华》云："园居水木号清华，曾是侯封故李家。画栋红铺前岸树，微波青透隔窗纱。脂香缥缈花香袭，人影依稀月影斜。侧耳弦歌声响处，犹疑深院调琵琶。"《梦江南·乡思》云："风有信，吹不到家乡。冷落小庭人影静，桃花帘卷漏初长。皓月正如霜。"《相见欢·本意》云："去年记唱黄鹂，问归时，楼外杏花醉损瘦荼蘼。　收不住，来还去。是游丝，缠遍练川村渡有谁知。"《一剪梅·圆明园》云："萧瑟梧宫多少愁。歌舞频休，遗响谁留，胜朝皇气黯然收。风也飕飕，水也悠悠。　黍离麦秀罔心忧。当日层楼，今日崇丘，江山天地尽蜉蝣。瑶草烟浮，玉树云流。"《行香子·归情》云："一挂孤篷，两岸清风，弄咿哑绿树阴中。春光如许，转眼皆空。但对落花、对流水、对归鸿。　残照收红，凉雾初浓，叩舷头慢唱江东。行装卸处，不见吴侬。道有苦情、有愁恨、有离衷。"

《文艺杂志》第13期刊行。本期"诗录"栏目含《圭庵遗诗》（仁和吴观礼子隽）、《黄鹄云中曲》（丹徒丁传靖闇公）、《苇湾老人行》（前人）。"诗话"栏目含《香艳诗话》（晋玉）。"词曲"栏目含《勔堂乐府》（会稽顾家相季敦）。丁传靖《黄鹄云中曲》云："吴江锦浪接银潢，盖代功勋绝代妆。生就倾城刘碧玉，春风合嫁汝南王。家近琴川春水绿，翠袖天寒倚修竹。秘辛小录状难工，洛水名篇摹未足。女伴相逢识异人，仙云朵朵生裙幅。自是诸天谪降来，人间无此黄金屋。坤灵扇底影模糊，归妹爻成误彼姝。锦句淑真肠已断，银屏卓女梦还孤。洗面终朝唯雪涕，一天烽火愁无计。的的平生掌上珠，苍黄失散空牵袂。领军大索遍良家，别册抄名归邸第。和泪难匀堕马妆，飞蓬愁挽抛家髻。错怨秋来风雨多，谁知春到江山丽？亲贤开国马蹄劳，淮海南来仗节旄。叔父忠勤诸路定，天人光气五云高。帐中一瞥惊鸿影，剪烛停觞问乡井。东风着意惜名花，风自温存花自冷。泪雨红抛散不收，鬓云绿弹扶难整。为怜漆室恨方长，忍迫息妫妆便靓。扶归别院劝加餐，欲得婵娟破涕难。火急军符寻弱息，书来才得展眉看。此际啼痕断犹续，此时心事舒还蹙。何意哀蝉落叶声，恰成羯鼓催花曲。一笑先除白柰簪，两行照引金莲烛。枉住胭脂塞上山，才知罗绮人间福。彩云华月照朱楼，玉蕊琼枝喜并头。银蜡替流甄氏泪，翠螺轻扫宋祎愁。歌翻昆莫宫中曲，寒赐明妃马上裘。除却昭阳谁得似？笑人夫婿觅封侯。江海风清归节钺，香车并载朝金阙。棣棣山河翟茀光，垂垂雨露兰芽发。锦绷捧出印兼戈，金册颁来星替月。阆苑瑶花到处传，侯家钿毂争先谒。称觞圣母会朝参，特赐宫花手替簪。笑语金钗诸戚畹，果然春色在江南。当时陵谷沧桑变，天下骚然苦争战。勋门徐邓劫灰销，贵戚周田厮养贱。吴苑花娇鹿走残，隋堤柳嫩鸟栖遍。烟蔓埋香几处邱？风萍逐水谁家媛？玉树声凄璧月寒，上林红紫亦阑珊。天心独惜菶葹草，一夜风来化牡丹。此中消息谁能识？说与旁人增太息。一局全翻李易安，遗闻莫证樊通德。花落琴川水自斜，谁知此地产琼华。虞山村下残阳艳，犹照当年福晋家。"

　　[韩]《半岛时论》第2号刊行。"海东文苑"栏目含《老菊》(小溟、茂亭、秋塘、鹤山、春冈、梅下、心斋)、《老樵》(老樵、茂亭、梅下、川云、鹤山、春冈)、《老妓》(葵园、梅下、川云、鹤山、茂亭、海庭、春冈)。其中，春冈《老菊》云："经秋老菊似残春，再见今年解惜人。不忍风霜移入室，逼宜樽酒更沾唇。市声难信三传虎，圣世从来几获麟。犹有余香久不尽，故偕诗席暗藏身。"又，[韩]《半岛时论》第3号刊行。"海东文苑"栏目含《平济塔落照》(尹大荣、权沅、蔡阳锡、金烈济、李渭来)、《水北亭晴岚》(沈相鼎、黄庆变、李成来)、《扶苏山暮雨》(柳承烈、沈载瓒、沈承纶、尹范重)、《皋兰寺晓磬》(沈在淑、成乐贤、洪祐元、具惠祖)、《落花岩宿鹃》(尹滋喆、金英镇、曹秉奎、安琦善)、《九龙坪落雁》(崔永泰、李玄九、李崇求、金昌洙)、《白马江沈月》(李有来、郑寅晃、金仲汉、未详)、《窥岩津归帆》(尹善九、李膺植、柳观洙、柳基龙)、《欲歌》(梅下生)、《帘影》(茂亭生)、《扇坠》(蕙山生)、《苔钱》(茂亭生)、《苔钱》(梅下生)、《竹笋》(梅下生)、《竹笋》(茂亭生)。其中，茂亭生《帘影》云："蝶送翩翩鸟送歌，韶光全管管非他。一堂掩坐夏侯妓，半榻护眠春梦婆。小逗雨风凉折少，交垂林木画添多。镜轮一片玲珑月，呼客良如此夜何。"又，[韩]《半岛时论》第4号刊行。本期含崔炳宪、赵钟万、一堂李完用、具弼会、梅下崔永年、安往居、云溪梁柱三、申洪植、云养金允植、响云李址镕、金演局、苇沧吴世昌、青吾郑春沫、首阳山人崔圣模、刚菴李容植、玄锡七、毅庵孙秉熙、多山朴容喆、东农金嘉镇、金弼秀、经斋金仁全、荷汀李范来、赵秉教、石农李星会、渡边畅、李堈公、格轩梁甸伯、玉汀尹商铉、月南李商在、孙承镛、葵堂李乔荣、莲龟尹英烈、文哉工藤壮平、翠堂李源兢、石

颠朴汉永、碧云金润晶、见山赵秉健、愚堂沈承弼、金昌植、金钟宇、斗南李忠求、鹤云金重焕、子爵李埼镕、姜鸿大、素岩吕炳铉、梁弘默、兰陀李埼、吴台焕、洪肯燮、西隐张鸿植、解观李海朝、忧堂权东镇、晚松刘兴烈、荷亭吕圭亨、一峰赵炯九、琴云朴鲁学、偶丁林圭、厥隐刘秉珌、小汕沈宜性、东庵尹致旿、菊轩李承旭、兢齐俞星濬诗作。其中，赵炯九诗云："古甲花生已阅霜，春和瑞日去无忙。瑚琿称宝寻常事，道德传家求远光。琴曲满床三夜月，兰芽绕砌四时香。青蓊一束人如玉，为祝降陟陟彼堂。"刘秉珌诗云："广宣面教州星霜，救世忙于家事忙。弦续瑶琴调旧关，花开铁树美容光。酒到三蕉常戒饮，诗追两宋便生香。德门剩得珍阳乐，龙子麟孙自渐堂。"又，[韩]《半岛时论》第5号刊行。"海东文苑"栏目含《再用寒食韵志支艺社现况七首，呈社长郑茂亭，兼示奖学师诸君，乞赐斧正荐冀郢和》（梅下崔永年）、《朝鲜文艺社逢崔棠西锡夏，同诸社伴共赋》（梅下崔永年）、《朝鲜文艺社小集漫吟》（梅下崔永年）、《朝鲜文艺社小集漫吟》（茂亭郑万朝、弥山沈钟舜、逌堂朴彝阳、葵园郑丙朝、见山赵秉健）、《朝鲜文艺社夜会》（葵园郑丙朝、见山赵秉健、川云鱼潭、茂亭郑万朝、荷亭吕玉亨）。其中，赵秉健《朝鲜文艺社夜会》云："寒经瘦膲始轻微，梅对诗人亦不飞。吾社谈心今夕好，邻翁试健古年稀。群才方索名家笔，百衲将成宝佛衣。寄语世间休共笑，非因醉月却忘归。"又，[韩]《半岛时论》第6号刊行。本期含诗：《群山九老会》（为山赵秉承、松庵李建懋、兰溪李中稙、韦堂蔡春默、松史崔禹洛、何石金洪斗、野隐郑灿好、晚松尹相五、也园朴喆熙、锦隐吴渊相）。其中，《群山九老会》（晚松尹相五）云："嗟感人生未百年，追同九老学神仙。爱因巢鹤参耆曾，身伴沙鸥到海边。遣风随俗传诗画，科月开樽共醉眠。后视今犹今视昔，岂无次第隧前烟。"又，[韩]《半岛时论》第9号刊行。"海东文苑"栏目含《秋夜遗怀》（梅下崔永年）、《秋夜遗怀》（笑波崔承学）、《新秋咏怀》（蕙山柳与韶）、《新秋咏怀》（笑波生）、《新秋》（佚名）、《百合花》（茂亭郑万朝）、《百合花》（川云鱼潭）、《百合花》（梅下生）、《蛙声》（惠山柳兴韶）、《偶题》（梧山梁凤周）、《登降仙楼》（梅下生）、《登光鍊亭》（梅下生）、《新秋夜吟曙青》（梁在謇）、《涌金亭春游》（梅下生）、《苔钱》（茂亭生）、《苔钱》（梅下生）、《三角山》（梅下生）、《三角山》（笑坡生）、《游朴渊》（云溪芮宗锡），另有高桥直岩《夏杂永八首》：《大同江》《晚凉》《喜雨》《凉味》《登山》《夏趣》《农村》《农家》。其中，《新秋夜吟曙青》（梁在謇）云："秋风试拂芰荷衣，柱笏看山笑语稀。半亩江塘星在水，一帘草树月横扉。谁家玉笛来何暮，游子闲山且未归。大火西硫梧叶落，露华湛湛满空馨。"《苔钱》（梅下生）云："铜文渲绿篆文齐，东甫东边柳市西。荇叶水田千顷濶，菊花金埒十分低。青衣相赠神仙鸭，斑发如生子母鸡。无癖亦将收筲箅，挂筇高饮买山栖。"又，[韩]《半岛时论》第12号刊行。"海东文苑"栏目含《夏日山中》（权丙相）、《七夕》（禹天亨）、《中秋月》（金钟瀚）、《闻雁》（李秉植）、《落叶》(禹达命)、《落照》(权重瀚)、《立春》(李健雨)、《柳丝》(朴昌德)、《善竹桥》(金宏济)、《赏春》(金盖焕)、《落花》(王永斗)、《待雨》(朴懿镇)、《渔父》(张应天)、《红叶》(李章植)、《秋声》(李祇庆)、《田家乐》(吴鼎根)、《除夕》(金焕喆)、《除夕》(金晃烈)、《除夕》(朴在善)、《秋月(朝鲜文艺一等当选)》(李熙辙)、《秋月(朝鲜文艺一等当选)》(李熙黼)、《秋月(朝鲜文艺一等当选)》(黄博渊)。另有梅下崔永年:《贺闵子爵丙奭寿宴(戊午同庚)》《贺闵老川并浩君寿宴(戊午同庚)》《贺李子爵夏荣寿宴(戊午同庚)》《贺郑茂亭万朝学士寿(戊午同庚)》《挽闵秘书丞泳万君》《挽吴愚山命熄君》《挽金参领教先君》《岁暮寄水野疏梅君》。其中,黄博渊《秋月》云:"十分明洁七分凉,星漠迢迢碧落长。梧叶偏多晴后色,荷花添得夜来香。水壶迥彻如相识,玉宇应寒未敢忘。病夏余生苏有乐,谁教觅杵下神方。"

南洋公学交通大学每年祀孔,学生杨锡治为此谱成祀孔乐章,唐文治为其作序。《〈孔子圣诞奠乐章〉小序》与《孔子圣诞奠乐章》均刊于《交通部上海工业专门学校学生杂志》第2卷第2期。《孔子圣诞奠乐章》云:"大哉孔子,先觉先知。与天地参,万世之师。祥征麟绂,韵答金丝,日月既揭,乾坤清夷。予怀明德,玉振金声,生民未有,展业大成。俎豆千古,春秋上丁,清酒既载,其香始升。式礼莫愆,升堂再献,旬协鼓镰,诚孚塑缶。肃肃雍雍,誉髦斯彦,礼陶乐淑,相观而善。自古在昔,先民有作,皮弁祭菜,于论斯乐。惟天牖民,惟圣时若,彝伦攸叙,至今木铎。先师有言,祭则受福,四海黉宫,畴敢不肃。礼成告彻,毋疏毋渎,乐所自生,中原有菽。凫绎峨峨,洙泗洋洋,景行行止,流泽无疆。聿昭祝事,祀事孔明,化我蒸民,育吾胶痒。"

台中开灵山大会,请补陀高僧太虚法师携宝筏至。连横与晤面,并有唱和。连横友人洪绵亦曾寄诗太虚,太虚亦有答诗,且为介于国内硕儒,而目为海外遗逸。又,连横友人谢石秋因不满日本人在台诸般暴政,辞《台南新报》社职,只身东渡日本神户,创办凯南公司,并以时结交祖国旅日志士,资助大陆留学,连横有《送谢籁轩东游》赠别。诗云:"东山丝竹扩襟期,载笔蓬瀛眼界奇。搜索古书徐福墓,追怀战迹凑川碑。樱花晓日添行色,柳絮春风系远思。莫说袖中沧海小,揭来准读纪游诗。"

沈曾植拟创设亚洲学术研究会,复兴亚洲、复兴儒术。王蘧常《沈寐叟年谱》1918年条云:"公尝云欲复兴亚洲,须兴儒术。欲兴儒术,须设立经科大学。先当创设亚洲学术研究会。"但沈曾植又批评"儒门刻急":"儒门澹薄,容不得豪杰。此宋时某师之言也。今日儒门一味刻急,吾恐天下豪杰,将有望望然去之患也。止为儒者不能摆脱世缘,故风俗愈恶薄,儒者亦愈刻急。(《潜究室劄记》)"又谓"禅令人薄":"禅令人薄,学焉而知所不足可也。(《潜究室劄记》)"沈氏认为"近世禅学不振,由不读儒书之过":"近三十年,缁徒随世转移,重科学,轻儒学。儒学疏,而佛学亦浸衰矣。有俗谛,而后有真谛。有世间法,而后有出世间法。所谓转依者,转世间心理为出世

间心理。曹不识世间心理,将何从转之。"(《海日楼札丛》卷五)

　　周庆云于沪上雅集唱酬甚夥。吴俊卿作《〈江湖载酒图〉,为兰史征君题》,周庆云和《题兰史〈江湖载酒图〉》。又,查光华作《前以拙作〈咏古〉百篇求教,复承惠颂贤金玉诗文暨朋簪倡和诸作,赋此鸣谢》,周庆云和《和子春诗韵》。又,许湘祥作《归杭后,率成小诗,奉寄梦坡》,周庆云和《和狷叟韵,寄西泠》。又,周庆云作《纯飞馆即席有句,呈仲可》,徐珂和《偶集寓庐之纯飞馆,梦坡有诗纪事,因次韵为答》。又,汪渊作《年将七十,衰病侵寻,长行期不远矣,作生挽诗乞赐和,不拘体韵》,周庆云和《诗圃以〈年近七十作诗生挽〉,率和二章》。又,沈焜作《梦坡游补陀,长歌送之,即索和章》,周庆云和《予游普渡,醉愚有诗宠,行入山后,次韵却寄》。又,潘飞声作《摹樊榭先生小象,旁配丽姝,月上夫人也。题四绝句,乞湘公正和》,周庆云和《厉樊榭征君及其姬人月上画象,为兰史征君题》(二首)。又,吴俊卿作《即席赠梦坡》,周庆云作《和仓老韵》。其中,查光华《前以拙作〈咏古〉百篇求数复》云:"雨窗走笔本匆匆,咏史遑希左太冲。翻幸抛砖将玉引,会当护壁倩纱笼。埙篪趣洽天伦畅,樽俎情联地主隆。茂叔坐中初问道,便容弄月并吟风。"徐珂《偶集寓庐之纯飞馆》云:"穷居釜鱼甑有尘,草具邀客知我贫。酒乡今乃极乐国,茶语愿为无怀民。此间兵戈偶未及,何幸巾屦常相亲。醉余安得一剑舞,同是凭阑袖手人。"周庆云《予游普渡》云:"我乘飞航来泛茫茫之大海,中有莲花香自在。莲花座上佛千亿,历劫何曾容貌改。一登彼岸但见古木交叉蔽云霄,远山泻雪飞银涛。大地布金千步沙,无风有浪常盈篙。梵音颒洞禅心敛,奇石南天平亦险。我闻如是振宗风,不数南朝四百八十之梵宫。金银照耀日月出,淘尽万古奇郁烟尘空。磐陀二石一线分,大士说法二龟听。法开鸿蒙乞与杨枝水一滴,能令填海之禽、补天之石退处百无功。胜游天国洵极乐,还与瘦腰期后约,好著谢公双屐寻名山。佛前瓶钵饮清湍,回首朝阳鸿雪已成今昔观(宣统元年,仲兄、蓉史游兹山,归述胜览,拟题名朝阳洞,予亦寄题梧冈二字,乞讨汤君璞盦书之而携于摩崖。迄今石墨如新,而仲兄已归道山,不胜今昔之感)。人生一邱一壑且复聊适意,安能行愁坐叹凋朱颜。"

　　王祖畬卒。王祖畬(1842—1918),字紫翔,号漱山,晚号溪山老农,又号溪山饿叟,江苏太仓人。同治十二年(1873)中举,光绪九年(1883)中进士,改庶吉士,散馆选授山西崞县知县,改授河南汤县知县,调署中牟,未赴,丁父忧归,遂不复出。精研程朱理学,晚年主持总纂《太仓州志》。辛亥后,忧愤而终,门人私谥文贞。著有《溪山诗存》(2卷)、《王文贞先生集》(11卷)、《别集》(4卷)、《先文贞公手迹》(稿本)等。

　　孙正礽卒。孙正礽(1845—1918),字云伯,晚号蠖叟,江苏江宁人。布衣,晚年卜居凤凰台侧。著有《忆香词》(一名《水南草堂词存》)(1卷)。

曾国才卒。曾国才（1848—1918），字华臣，自号桔园，四川简阳人。世居江西，清道光、咸丰间迁于简州。《简阳县志》本传谓其尝游王闿运门，一生不求闻达，早岁为名诸生，惟讲学是务，主讲简阳凤翔、凤鸣两书院，弟子恒数百人。著有《桔园诗钞》（8卷）。

恽炳孙卒。恽炳孙（1854—1918），字季文，号石松，晚号澹翁，江苏阳湖人。湖南巡抚恽世临之子。九岁，母戴青即命其为诗，又曾师事俞樾，故诗学日进。光绪十一年（1885）拔贡，官内阁中书。后乞假南归奉母。著有《澹如轩诗钞》《澹如轩词钞》《澹如轩续编》。

严遨卒。严遨（1855—1918），原名祖馨，字德舆，后更字雁峰，号贲园，陕西渭南人。入尊经书院，投学于王闿运门下。后弃仕从商，经营盐业于成都，成巨富。光绪二十年（1894）入京，豪购古籍回川。途经西安，遇张氏藏书出售，又重金收购。建书楼3楹，颜曰"贲园书库"。张森楷作《贲园书库目录辑略》，记其共得书14145种，115230余卷，计45982册。严氏刻书以精善著称，英国大英博物馆、牛津大学图书馆均有其印本陈列。美国国会图书馆专辟有"渭南严氏精刻善本书籍室"。著有《贲园诗钞》等。

施赞唐卒。施赞唐（1856—1918），字琴南，别号四红词人，辛亥后易名槁蟬，江苏宝山人。诸生，曾任罗阳两等小学校长。著有《聊复轩诗存》《蜕尘轩诗存》《蜕尘轩诗余》《四红词》《施槁蟬先生集》（附《吴兴家粹辑存》）。沈其光作《宝山施琴南先生（赞唐）挽词》，诗云："经年消息滞书邮，忽漫人琴感素秋。无复清评为月旦，故应长逝叹风流。数行泪洒山阳篴，千载魂归海上洲。剩撷寒香荐清酌，早梅时节小罗浮（先生没，其故交杨芄械等私祭于小罗浮吟社）。"周庆云作《挽施琴南，用〈百老吟〉韵》云："昔慕施肩吾，介以刘莘老。数来海上游，握手即倾倒。诸子杂百家，触类尽通晓。淞水启诗坛，高吟寿梨枣。晨风赋消寒，长留甲乙稿。社创小罗浮，走也勉摘藻。身在里闫间，名振云霞表。当世正乱离，众生多苦恼。撒手弃缁尘，真灵位可保。"白曾然作《挽琴南，即用其〈戊午元旦试笔〉韵》云："天教抑塞困才人，重检章缝感革新。吴苑碧梧悽昔梦，罗浮绿萼写残春。郊麟见后应嗟凤，海鹤归来不似鹑。风雅祗今摇落尽，寒泉荐罢各伤神。"

李稷勋卒。李稷勋（1857—1918，另有生于1860年一说），字伯崱，号姚琴（或作瑶琴）、甓盦，四川秀山人。光绪十四年（1888）参加乡试中举。十六年（1890）任秀山凤鸣书院院长。同年冬始撰《秀山县志》，历时两年编竣。二十四年（1898）赴京会试，中进士，钦点传胪。后回秀山办矿务局，查勘锑矿，县人集资开采，被推举主其事。二十六年（1900）授翰林院编修。三十年（1904）充会试同考官。翰林院事竣，出任邮传部左丞参议。宣统元年（1909）赴湖北宜昌主持修建川汉铁路，任宜昌分公司总经理。辛亥后,定居宜昌,被商界人士推选为宜昌商务分会总理。著有《甓盦诗录》4卷。其诗深得李慈铭极赏。徐世昌《晚晴诗汇》录有其诗。《清史稿·列传·文苑》谓其"精衡鉴,重实学,颇得知名士","博学善古文,尝受诗法于王闿运,而不囿师说"。《秀山县志》云:"李传胪蜚声国内外,人才辈出,秀山真秀,名不虚传。"卒后有挽联曰:"铁因盦,撰述犹新,读劫后留碑,堕泪有同羊叔;津亭宴,风流顿息,对镜中遗像,买丝欲绣平原。"

熊应龙卒。熊应龙(1858—1918),字孟胪,号梦楼,又号碣潜居士,湖南浏阳人。同治举人,入两湖书院肄业七年,所学益进。后留学日本,南旋不复出。著有《碣潜室集》(民国十八年湘鄂印刷局铅印本)、《碣潜室诗文集》《两无闷庐杂俎》。张翰仪评其"所为诗渊雅有法度"(《湘雅摭残》)。

丁立棠卒。丁立棠(1860—1918),字禾生,号切庵,江苏东台人,原籍丹徒。丁绍昌子、丁立钧堂弟。工诗词,精医学。清末贡生,光绪二十五年(1899)东台青冰文会成员,二十九年(1903)东台能群书会成员,三十一年(1905)参与创办东台能群学堂。清末任东台县商会总理,辛亥革命东台光复后首任东台县民政署财政长、军政支部司令。著有《寄沤词稿》,后与杨世沅《止广词钞》合刊行世。

梁湑卒。梁湑(1861—1918),字琼仲,号又农,又号龙南种莱翁,广东东莞人。其居所曰龙南草堂。少孤,事母纯孝。早年习举子业,后弃学就商,以布衣终身。工诗、书、画、篆刻,世称四绝。日本大诗人、汉学家森槐南赋诗赞扬,认为中国诗人杰出者。番禺名流潘飞声与之缔忘年交,酬答甚多。著有《不自弃斋诗草》。与人合刊为《东莞三逸合稿》,黄日坡鉴定,含赵祉皆撰《听涛屋诗钞》、苏泽东撰《祖坡吟馆诗略》、梁湑撰《不自弃斋诗草》,清宣统三年(1911)黄佛颐粤东编译公司铅印本。

凌学攽卒。凌学攽(1862—1918),原名霄,字伯升,号溉泉,江苏无锡人。光绪七年(1881)附贡生,候选州同知。喜游历,通经史,嗜藏书。为文幽深峭拔,为诗以孟郊、李贺为宗,瘦峭奇崛,力避甜熟。著有《溉泉楼诗集》2卷附《溉泉楼词集》1卷。

潘欲敬卒。潘欲敬(1862—1918),字静庄,江苏常熟人。归钟麒继室。著有《梦草轩诗稿》、《蒔梅阁诗草》1卷、《词文》1卷、《旅沪吟草》1卷。

高翀卒。高翀(1865—1918),原名莹,字俊芬,号悞轩,别署太痴、侣琴、怅花、玉琴仙侣、漱芳斋主、云水山人、小窗金缕翠笺词客、爱与嫦娥分小影楼主等,晚号迟藏斋、清逸道人,江苏长洲人,寄籍上海。少年时擅长作诗填词,颇有文名。年二十任江苏按察司书记,后被辞退。次年为生计所迫,屈就厘捐局会计之职。后去天津任《时报》编辑,半年后返沪。受何桂笙师推荐,任《申报》助理编辑。光绪十六年(1890)离开《申报》,以卖字画为生,后进《字林沪报》当编辑,旋因与主编意见不合退出。二十二年(1896)春再进《字林沪报》任主笔,主持文艺性附张《漱芳诗选》编选工作,次年4月改就《苏报》之聘,出任主笔。半年后三进《字林沪报》,编辑出版中国最早文艺性副刊《消闲报》。二十六年(1900)《字林沪报》易主,接任《同文沪报》总编纂,次年春离开《同文沪报》。民国初年组织希社,自称"三十年前旧太痴",与报界老友诗酒唱和。后落魄以终。著有《百盆花斋词剩》4卷、《希社题衿词初集》、《千金诺》(言情小说)。

潘亨毂卒。潘亨毂(1876—1918),字仲衢,号子嘉,又号耐庵,江苏吴县人。清武英殿大学士潘世恩后裔,出嗣堂伯父祖同。著有《竹山堂诗稿》《耐庵诗存》1卷。

赵黻鸿卒。赵黻鸿(?—1918),字青侣,别号狷庵,满洲正白旗人汉军籍。光绪二十一年(1895)进士,授编修并赏侍讲。宣统元年(1909)任奉贤县令。入民后任常熟县知事。与铁琴铜剑楼主人有交。1915年10月17日,常熟县县立图书馆正式开馆,赵氏有多首吟咏唱和之作。如《乙卯九日参观常邑图书馆赋诗志喜》其一:"万卷楼成指顾间,一时寒士尽欢颜。明湖地胜文澜阁,葺玉天开策府山。海国宝书供众绎,洞府秘笈出尘寰。绛云汲古今安在,颇怪前贤意太铿。"民国《政府公报》1918年1017期刊布《国务总理呈大总统汇核请给江苏故员赵黻鸿等一次恤金文》。赵氏卒前为政府谘议。著有《狷庵诗抄》6卷。

黄孝觉卒。黄孝觉(?—1918),名文开,广东南海人。康有为弟子。京师译学馆肄业。光绪癸卯举人,官陆军部郎中。辛亥革命后,曾供职于民国政府司法部。1916年署理广东潮循道尹。1917年任广东财政厅厅长。徐世昌《晚晴簃诗汇》卷185录有其诗并有小传。卒后,黄晦闻作《挽黄孝觉》诗哀之:"三岁远君阙奇书,栖遑乡国竟何如。青云即附休论命,黄浦相逢独诧予。露坐宵谈将日落,别来凶问未旬余。盖棺为说虞卿传,太息生命作计疏。"曾习经作《挽黄孝觉》。诗云:"潘麦悠悠江水东,丛兰欲茂又秋风。正衾逆旅天胡酷,反袂辛园道始穷。此恨有灵哀柏实,何人揾泪与英雄。并时未或知君志,况向他年断简中。"刘乃勋作《挽黄孝觉道尹》。联云:"未竟厥施,强仕胡犹靳贤者;不可则止,全交终悔负良朋。"

[日]福井学圃卒。福井学圃(1862—1918),名繁,日本江户人。曾师事冈本黄石、长三洲,因不满森槐南星社诗风,为与之对抗,提倡汉魏诗风,于明治二十六年(1893)创立涵咏吟社。参加者有村冈栎斋、秋月天放、上梦香、丸山龙川、三谷耕云、胜岛仙坡、久保天随、冈崎春石、末松青萍、大岛怡斋等。小野湖山、向山黄村、岩谷六一、依田学海、信夫粲等也与此社往来。著有《学团逸民集》7册。

[韩]崔钟和卒。崔钟和(1859—1918),字凤汝,号松菴,韩国江华岛人。著有《松菴集》《江华崔氏三纲录》。其《满江红·谨次岳武穆〈满江红〉词》云:"击剑悲歌,高楼上、风雨未歇。□□□、□□□□,□□□□。百万生灵有肝胆,三千大地无日月。莫笑丈夫头发白,空凄切。 靖康耻,何时雪。岳爷恨,何时灭。□虐浪横跃,

吞舟鱼□，□□□□□□□，日夜沸腾满腔血。待旋天揭地定山河，朝旧阙。"

林纾从京中致函时在福州的陈衍，劝其食量不宜太大，陈衍答之以《畏庐书来，力劝省食，报之以诗》。诗云："平生自负沈家脾，数十年来已就衰。远道故人相切戒，屠门大嚼甚非宜。两餐牛液浓于乳，一饭鱼飧烂似糜。食愈省时身愈健，谨当如教审行之。"又，林纾作《题明湖〈小隐图〉》（三首）、《谐趣秋阴图》（四首）。其中，《题明湖〈小隐图〉》其一："东风吹恨上藤花，流水柴扉遗老家。时有济南名士集，情怀总不似乾嘉。"

吴昌硕为铃木篆书"执持词翰"七言联："执持朴真好乐古道；词翰渊异滋被后贤。铃木先生大雅之属，为集碣字。时戊午岁杪，七十五叟吴昌硕。"又为劳权绘《春花图》。又题费砚《瓮庐印存》七绝二首。其一："心醉摩崖手剔苔，臣能刻画古英才。依稀剑术纵横出，何处猿公教舞来。"其二："皇皇吴赵耻同风，周玺秦权汉铸钟。感事诗成频寄我，似谈印学演藏锋。"

徐树铮在江苏萧县创正志学校，延姚永概为教务长，姚永朴及林纾咸入是校讲学。

冯煦（蒿庵）出任江苏重修通志总纂，聘段朝端为淮属分纂。

王树楠在清史馆作成《学记笺证》4卷。

陈衍福州文儒坊住宅营建匹园落成，自撰联云："移花种竹刚三径；听雨看山又一楼。"请陈宝琛书。陈宝琛又题一联云："地小花栽俭；窗虚月到勤。"

康有为上海寓所写成挂轴一幅，落款"戊午花甲周日"。挂轴云："流离异域廿年春，逮捕频烦十死身。留取余生历花甲，或为大事整乾坤。天乎百亿万千劫，丘也东西南北人。中国存亡自关命，高歌醉酒笔弥神。"

况周颐为梅冷生父母撰《梅秀芝先生七旬双寿序》。

梁鼎芬代逊帝溥仪撰林赞虞（绍年）碑文，又撰《陈仲勉七十寿序》。

饶竹生家居，寄王葆心《咏怀》（五首）。其一："连宵风雨作重阳，牢落乾坤只自伤。两鬓萧疏今认雪，一林萧瑟昨经霜。眼花蕉鹿醒何梦，小影云鸿去未央。抛却诗书天际望，嗟余百感起苍茫。"其二："儿时束发忆趋庭，伊洛渊源示典型。元德教家勤积善，韦贤裕后重传经。要将著述留豪素，兼取勋名照汗青。岂识貌孤呼负负，贤关愿钦阻严扃。"其三："五载承明有直庐，惭将笺注事虫鱼。许身差可杜工部，匡主惟师陆敬舆。馆阁得窥中秘籍，瀛寰仍读未焚书。屠龙学得知无用，悔不当年赋遂初。"

夏曾佑重回教育部，在编纂处任编审员。

刘泽湘遭遇兵灾，避山中，几丧命，自庆再生，赋荆南长歌记之。

叶德辉将其于苏沪所为诗裒为《还吴集·戊午》。含《元旦》（四首）、《和蓼园老人近诗韵，步原韵》《戊午元旦口占》《人日》《感事叠前韵》《上元即事》《文襄祠隆园吟社》（四首）、《浩园宴集叠〈上元即事〉韵一首，踵韵和答曾编修广钧一首》《愉庄话雨》《令弟墨颠蜀中寄和》《仲春望前二日即事，叠前韵》《樗园夜月感赋》《为吴江费伯缘题采菊小影》（四首）、《费韦斋招同李谷遗、庄思缄两君游虎邱，作长歌二首纪事，同韵和答》《和谷遗老人吴苑茗坐一首，同韵兼呈韦斋》《韦斋补赠谷遗老人七律一首，同韵和作》《谷遗老人见赠一律，迭韵和答，并题其题画诗词卷首》《观费仲深枣花庐所藏秦汉印歌》《先琼章祖姑〈汾滨遗墓图〉，为印濂宗人作》《题石涛画〈苏小妹步行观书像〉立幅，即次原题一首韵》。

章太炎从四川经湖北，入湖南，有诗记之。其中，《巴歈》云："金鼓且勿喧，听我歌巴歈。人皇既荒昧，方志传鱼凫。自从嬴秦来，梁雍糅同区。天险固可恃，乘乱资枭渠。公孙早跃马，章武从后驱。狂狡逮诸李，王孟相乘除。明夏犹小垒，张公荡无余。七豪彼何人？及尔无葭莩。剑碧（谓剑合、碧口）地斗绝，瞿唐铁不逾。胡为行绝迹？郁然构皇居。哀哉江沱上，百县鲜完郛。守险一失道，良士皆成俘。族望无宋明，转徙僵路衢。同室勿相斗，相斗利豺貐。"《辰州》云："天道有夷险，神仙非久长。秦皇与避世，陵谷雨茫茫。熏穴兵符峻，探丸盗迹狂。中流值渔父，相对涕沾裳。"《桃源叹》（去辰州作）云："五溪天下险，丛桃何便娟？欣然里粮至，所求乔与佺。涉水患湍碛，登陆迷畦阡。役夫殊健饭，三升犹枵然。解滕到吏舍，诸偷方圜圜。长官日卷卧，黄金勒膺前。昨者起军府，罢癃不盈千。清浪虏已逼，山寇复揉挺。流黄一煎饵，沉瀣冲黄天。群仙获兵解，蝉蜕随飞烟。桃根斫斧尽，桃叶从风迁。已矣下濑去，清沉莽无边。"

袁嘉谷回云南石屏省亲，积极提倡革除妇女缠足习惯，亲临女子学堂演讲，动员学生参加"天足会"。

冒鹤亭在京，农商总长田焕亭（文烈）聘其任全国经济调查会会长，任期不及一年。临别时冒鹤亭作诗相赠，有"一语临歧谢武安，忏除文字勉加餐。近来日饮京江水，便有诗肠鼓吹难"之句。

曾习经（刚甫）题广东朱次琦（九江）祠堂。《寄题朱九江先生祠堂》诗云："陶潜归去来，凝凝清静退。一世风流照映人，不须更悯文章碎。大道多歧语不欺，河汾讲席至今疑。瓣香别有沉吟处，欲榜荒山孺子祠。"又，诗友赵熙（尧生）作《怀刚甫》。诗云："宁为首阳隘，眷眷北山薇。汐社诗中老，罗浮梦里归。悲秋故人尽，学道密宗微。万里无玱札，君边雁早飞。"

陈去病重过汕头潮阳县韩江，晤南社老友林一厂、谢良牧、邓尔雅等，作《重过韩江分赠》（七首），分赠诸友。又，复偕南社社友丘荷公（复）等登韩江楼，成诗一首。其中，《重过韩江分赠》其一："十年不过潮阳路，今日重来只梦痕。赖有故人情意好，新词催起旧吟魂。"其五："清标谁似谢司封，倒屣迎门几度逢。侬自松陵种松者，问君松口可栽松。"其七："风华跌宕足名家，门外争停问字车。我独愿君成狱史，夜阑秉烛记蚰蛇。"《偕荷公、小枚、愚真登韩江楼》云："九月天南暑乍收，相携同上最高楼。两行粉黛添情思，几辈轻狂足胜流。风雨不来人欲倦，山川能说我曾游。兵戈未靖江关远，赢得张衡动四愁。"

沈其光于陈高甸小园作《书怀》诗赠金松岑。又有《谣霖歌》《村居》（二首）记水灾。其中，《村居》其一："兴发展幽寻，遵涂无十里。秋高心逾旷，山远意频徙。弭棹恣流昑，且气澄余滓。溪竹净檀栾，汀莎被霍靡。风霜旦夕厉，急景无淹暑。蝉响沉故林，雁唳度清泚。曰余返衡沁，幽贞勖素履。高歌招隐篇，岸根落日紫。"

王易于南昌任教于多所中学。又，为胡先骕《瘖歌集》题辞。胡先骕亦为王易《镂尘词》题辞，作《喜迁莺·题王简庵〈镂尘词〉》云："苧衫草帽。惯马足关河，霜寒风晓。谯角鸣秋，边尘警戍，消得庾郎怀抱。天涯凭阑心事，都入无端啼笑。祇秀句，付鸾笺象笔。而今能道。　　愁悄，应记省，燕市冶春，绿鬓双年少。刹海浮舟，江亭按拍，几度夕阳归骤。吟情结余渐懒，怕听怨歌凄调。明月夜，待重翻旧谱，银箫低奏。"

王浩年初颇思念故去之父与仲兄，作《夕梦仲兄，醒而哭之》《袁山》《思袁山》。其中，《夕梦仲兄，醒而哭之》云："死别若远游，久阔梦归家。归来慰行役，阖户起欢哗。落日大梁秋，眉浓眼生花。逢迎及前门，母揽弟纷挐。上堂念行李，仆仆满尘沙。相抱不得声，欲笑涕已斜。客路何从来？但觉道里赊。登床挟鸣琴，握手颤齿牙。悲动左右心，顷刻转肠车。肠中千百语，烧铛趣成茶。蜩螗乃未已，霜响彻哀笳。爽然一瞥间，披衣久惊嗟。未知来地下，犹忘问阿爷。身前病为累，善卧不能加。春风书满床，虱盛浸搔爬。宁知血气衰，未似当年耶？当年告语地，痛哭到缌麻。祇今望松楸，雪山水明霞。死生未易为，一梦固所奢。百岁会归尽，此别岂有涯？"

伦明常与粤中藏书家徐信符、莫天一等赏奇辨异，交流心得。伦明在《抵家作》（六首）其六中云："冷寂东街路，年时访古勤。书林空旧架，肆友换新人。榕寺苔生殿，诃林栋作薪。只应徐与莫，赏析不辞频（徐信符、莫天一藏书最富）。"又，本年至1919年，为方便访书和购书，伦明于北京琉璃厂开设古旧书店——通学斋藏书处。

魏毓兰作《寿旷琢章六十双寿》《久不作兰，拾砚旁秃笔为赵燕豪偶成一幅》《题〈旷园诗历〉》《次张筱岑（育黄）见赠韵奉答》《答楞山，题〈龙城旧闻〉》。其中，《题〈旷园诗历〉》云："茫茫人海历浮沉，诗老方知阅世深。雪印塞鸿新注脚，云翻野鹊旧题襟。清词细嚼梅花读，醉兴狂酣竹叶吟（旷园豪饮）。我亦龙沙淹客迹，奚囊羞涩愧苔岑。"《答楞山，题〈龙城旧闻〉》云："踏得天荒破，穷边拾旧闻。爬罗古山水，剔抉今典坟。生面开从我，新诗宠谢君。采风如不弃，聊以慰辛勤。"

王国维兼任上海仓圣明智大学教授。又，日本友人富冈谦藏卒，王国维作诗悼之。诗云："摇落孤生本易伤，穷冬急景去堂堂。亲知聚散随流水，文献凋残到异方。豪气未应浇酒去，奇书须遣凿楹藏。海西一老同垂涕，千载唐音待报章。"自注云："去岁君游海上，东轩老人（沈曾植）属访日本所传唐代乐谱，昨闻君讣，为之太息。"

章嵚闻关外兵，亟劝室人率儿女旋杭。二月兵不至，眷口复入京。

陈焕章被推举为参议院议员。又，为"迦匿奇世界和平基金会"撰写《孔教经世法》24卷，力主和平，倡议组织世界政府。

弘一法师于出家前将自作歌曲《月夜游西湖归寝》发给学生以示告别。歌云："正红墙斜倚，天外笙歌起。更碧空无际，眼底哀欢里。故宫禾黍已成蹊，《清商》《水调》哀而属。剩有嫦娥停机窃笑：'天上人间异。'"又，旧友杨白民访弘一大师于玉泉寺，师写训言二则贻之并加题记。弘一出家前心境之转变，于其所作歌中——《落花》《月》与《晚钟》见之。其中，《落花》云："纷，纷，纷，纷，纷，纷……惟落花委地无言兮，化作泥尘；寂，寂，寂，寂，寂，寂……何春光长逝不归兮，永绝消息。春风之日暄，芳菲菲以争妍；既乘荣以发秀，倏节易而时迁。春残！览落红之辞枝兮，伤花事其阑珊；已矣！春秋其代序以递嬗兮，俯念迟暮。荣枯不须臾，盛衰有常数！人生之浮华若朝露兮，泉壤兴衰；朱华易消歇，青春不再来。"《月》云："仰碧空明明，朗月悬太清；瞰下界扰扰，尘欲迷中道！惟愿灵光普万方，荡涤垢滓扬芬芳，虚渺无极，圣洁神秘，灵光若仰望！惟愿灵光普万方，荡涤垢滓扬芬芳，虚渺无极，圣洁神秘，灵光常仰望！"《晚钟》云："大地沉沉落日眠，平墟漠漠晚烟残；幽鸟不鸣暮色起，万籁俱寂丛林寒。浩荡飘风起天杪，摇曳钟声出尘表；绵绵灵响彻心弦，幽幽幽思凝冥杳。众生病苦谁持扶？尘网颠倒泥涂污。惟神悯恤敷大德，拯吾罪恶成正觉；誓心稽首永皈依，瞑瞑入定陈虔祈。倏忽光明烛太虚，云端仿佛天门破；庄严七宝迷氤氲，瑶华翠羽垂缤纷。浴灵光兮朝圣真，拜手承神恩！仰天衢兮瞻慈云，忽现忽若隐。钟声沉暮天，神恩永存在，神之恩，大无外！"

刘大白于杭州作《书参议院、众议院（新国会）初选举调查单后》。时刘大白辞去浙江省议会秘书长职务，冯国璋、段祺瑞当国，举行新国会选举。调查员送参议院、众议院初选调查单请填，刘大白拒之而信笔题此绝句八首于纸背。其二："域中共怨红羊劫，宫里偷歌赤凤来。毕竟汉家延火德，万金祸水敢为灾。"其四："忍教风露苦宁馨，换骨神方竟不灵。空倩玉溪吟药转，翠衾归卧有余腥。"后受聘于浙江省立第一师范学校任国文教员，协助校长经亨颐大力推行教育改革，积极投身新文化运动。

侯鸿鉴由汴赴陕考察教育遇劫匪，又由京赴厦门任教遇兵火，后作《五十无量劫反省诗·戊午四十七岁》云："访碑嵩岳迷春雪（余任河南第一师范讲师者凡三月，并考察汴省教育，得游嵩岳，访汉三阙，过登封偃师，观镇嵩玉如意，得嵩阳碑，登玉柱峰顶。时方春雪迷漫，游兴殊佳），濯足苏泉趁晚晴（游河北汲县、辉县及苏门百泉之胜）。血溅华阴疑片牒（既游洛阳龙门伊阙之胜，即过潼关，入长安，探碑林雁塔之名胜，浴华清，过华阴被劫敷水，枪伤左股，死而复生，羁囚七日于大荔杨村，痛苦万状。盖疑我为军事间谍也），饥驱漂母泣余生（余既出险，乞食太和堡，走五十余里，仅得一孙姓妪食余以馒及汤，不禁为之泣数行下矣）。裹创勇踏掌峰碧（华阴秦知事留余宿署中养伤数日，派警导游华山，登仙掌峰，过千尺幢百尺厓，为兵所阻），归褐寒披关月明〔余与兵匪相周旋者凡十八日，秦知事派警兵护送，东过潼关，月明万里，短褐不完，至汴梁见蕴珊表姊悲感甚（表姊始闻余被劫即病，当日见余生还霍然）。吴耐人厅长赠余四十元为治行装计，自汴赴陕，往返四十八日，浩劫生还，不堪回首〕。一棹闽南兵火里（余由京返锡，拟应袁观澜先生之绍介赴奉天高等师范，适厦门陈君敬贤邀余赴厦门任集美中学师范校长，又值南北战争校舍在战线中，师生数百人渡海暂避），海滨未辍读书声（余偕周君六平、孙君雨苍、王君师梅、张君效良、徐东屏表侄及学生八人在校上课，而校中已为北军之司令部，枪炮声隆隆然不绝者，凡五日夜始熄）。"此系回忆所作。

李烛尘毕业赴津门，任久大精盐厂技师、厂长。

伍宪子本年至次年间与卢艺亭、符九铭等创办《唯一日报》。

郭则沄任国务院秘书长，参与徐世昌幕府，建议军民分治，并提出以第一次世界大战战胜国名义与各国政府改订条约，恢复一切主权。又在北京经济调查会任职。

张肖鹃受命以蔡济民之名义主稿"万言书"上孙中山，请以生平之主义，唤起国人，自办军校，培养军事人才，组织党军。

谢无量多次谢绝北京大学校长蔡元培、文科学长陈独秀邀请前往北大任教。因其时正忙于与孙中山商量北伐事宜，并为中华书局编撰书籍，故未前往。又，谢发表《文各有志》等多篇文章支持陈独秀、胡适等倡导白话文，提倡民主与科学。

吕碧城赴美国哥伦比亚大学留学，攻读文学与美术，兼为上海《时报》特约记者。

陈树人抵加拿大后，自西太平洋岸之温哥华动身，前往加属各地支部视察及开展党务工作。途中经苏必略湖，并观赏尼亚加拉大瀑布，东至大西洋岸哈利法克斯港，均有诗记行。归途中，经蒙特利尔怀古，三过落基山脉而返。先后作《观尼格拉亚瀑布》《哈利弗士港远眺》《漫游坎拿大归途口号》《密特慎赫公园咏黄叶》《沙士格寸河观渔》《片士亚拂访印蛮部落》《蒙特利奥怀古》《落机山下作》《漫游坎拿大归途感赋》等诗。其中《观尼格拉亚瀑布》其一："瀛寰绝景称尼瀑，蓦地相逢快若何。料得画师俱阁笔，玉龙十万戏银河。"其二："不断淙淙万古音，诗人艳说是天琴。烦嚣世界知无避，洗耳聊来此一寻。"其三："但教山水便娱魂，惟有飞流最可观。倘遂与民偕乐愿，匡庐他日作公园。（中山先生曾言拟以庐山作国民公园）"《哈利弗士港远眺》云："湖海飘零却为谁，孤怀从怕诉人知。大西洋岸迷茫处，雨晦风潇独觅诗。"《沙士格寸河观渔》其一："软尘千丈接天红，扰扰人寰醉梦中。谁道彼苍施泽溥，安闲惟许一渔翁。"其二："夹堤新绿未成苍，河水粼粼带浅黄。好事楝花风过后，鱼苗刚已及梳长。"其三："四五青青小小鳞，可怜上钓曝沙滨。不贪甘饵依深藻，刀俎何由烂此身。"其四："交非以利方成淡，物但忘机便可亲。抢攘廛间求尚友，渔樵而外恐无人。"《片士亚拂访印蛮部落》云："棕夷红狄复何存，迹说兴亡涕泪酸。榛莽纵横风雨急，不辞远道访蛮村。"《落机山下作》云："青毡世守寒儒业，自分蜗居寂闭关。不识几生修得到，一旬三过落机山。"《漫游坎拿大归途感赋》其一："万态风云愿总非，壮怀长与壮游飞。回车寂寞机山路，暮雨潇潇送我归。"其二："一代栖栖说孔丘，吾生何敢愿周流。精禽但识勤衔石，遄计能填东海不。"其三："词赋江关庾信悲，侧身天地任支离。太怜白了双青鬓，换得羁怀百首诗。"

吴梅仍在北京大学任教，开始兼任北京高等师范课。

夏莲居当选国会议员，又任齐鲁金石书画馆监督、山东佛教居士林林长。

党晴梵初入陕西靖国军郭坚军幕，作《凤翔东郊喜晤郭方刚将军》。诗云："喜雨亭前马若云，从天忽降飞将军。我来便挟如椽笔，为尔据鞍草檄文。"又有《归田》诗云："武乡治军时，每念成都田。行而不忘藏，斯世乃谓贤。天下尚纷纭，性命须苟全。惟明能虑后，惟智可防前。所以马伏波，惊心贴水鸢。又有张季鹰，感秋着归鞭。忆昔承平日，举止颇高骞。杜门乐诗易，终岁怀椠铅。黄浦初返楫，青门任讲坛。英才得教育，此乐将终焉。沧海忽横流，生民复沛颠。烽火迷三辅，干戈溢八川。不堪元气尽，谁念战云连。何处干净土，何人高枕眠。岂予有远略，争奈撞林泉。投笔匆匆去，聊与时势迁。王粲辞京国，陈琳在戎旃。承乏为记室，何敢云翩翩。复携牛与酒，西行作慰宣。汾阳（代指郭坚）居重镇，壁垒森奉天（乾州）。咨予当世务，契合实凤缘。擘画胸有竹，筹策幕生莲。右辅领八县，岐阳乃喉咽。名城如在握，下邑只橄传。大勇属仁者，钜任肯仔肩。旌旗一西指，斥堠息风烟。弭棹雍水滨，立马吴山巅。山川郁莽荡，经营历三年。国难虽未已，民病须医痊。庶富教三事，次第费斡旋。秋龥常平谷，春散水衡钱。白镪盈阛阓，黄云积陌阡。都邑有庠序，典章无忘愆。士人带垂厉，女子发且卷。岂知渔阳骑，忽破武城弦。战伐连麟凤，虔刘到渭沂。太白山失险，太白星失躔（去岁太白失舍）。长途旗猎猎，永夜鼓渊渊。浩劫经春夏，国殇已百千。城郭幸无恙，人心终固坚。方期收余烬，重为理市廛。奈何一疏忽，螳螂竟乘蝉。跃马长安去，征人不复还。玉帛伏祸机，流血傍酒筵。先轸元不归，竿头三日悬。勋业空陈迹，史简何人镌。侯门无仁义，天地一腥膻。长空高鸟尽，弓藏理或然。惟予知浩气，凌铄金石穿。为日星河岳，弥漫遍垓埏。此身为民死，此志为国捐。千万年以后，魂应化杜鹃。太息老宾客，残喘独苟延。望门频投止，草间任迍遭。间关归闾里，敝庐尚数椽。托庇即无虑,难禁涕泗涟。岂无弓旌招,何忍过别船。重阳伤令节,中秋妒月圆。行藏关世运,但愧昧机先。回首望歧阳,不尽意绵绵。"

黄侃仍于北京大学任教,作《宫渠败莲》《听钟鸣》《杂诗》《感事》(三首)、《咏怀》(十一首)、《浣溪沙(偶忆年时心字衣)》、《访秋》(二首)。又撰《广韵声势及对转表》《谈添盍帖分四部说》,后刊载于《制言》第 8 期。其中,《听钟鸣》云:"听钟鸣,钟鸣禁城北。霜寒笳咽夜难晨,愁人听此弥凄恻!游子恋故乡,遗臣思故国。易水衣冠送豪士,青楼弦管辞殊色。钟声一鸣断人肠,未若此时情闵默。暗别潜离少见期,人间天上誓言词。空闺少妇啼成血,远道羁人鬓比丝。每逢秋夜心如捣,每听钟鸣恨倍滋,听钟鸣,历九秋,秋宵万籁皆堪听,听到钟鸣最引愁!"《咏怀》其一:"青青松柏姿,凌霜未尝改。愿为茑与萝,附生至千载。桃李岂不妍?过时多所悔。岂敢骄春阳?荣瘁随玄宰。"其二:"京城何广广,抑为名势场。游子拙世用,终年思故乡。故乡远且艰,不在限津梁。松楸在何许?旷望心茫茫。"

邵瑞彭赴杭州访朱祖谋,执弟子礼。

高旭至叔父高燮所筑闲闲山庄,置酒赋诗。

郭延(丹隐)与邓耀衢同客居巴县。后作《什邡即事》云:"廿年梦想方亭路,今日方亭治赋来。雒水远从高景落,雪门深处讲堂开。边防警报三巴戍,名胜题须八咏才。乍见邓侯头已白,华阳北望使人哀。"诗后跋云:"雪门寺乃程子读书处。县人邓君耀衢,戊午同余客巴县。其夫人,予内子姊也,难产死于寒家,殡华阳城北,迄今未迁葬,而子已取损矣。"

周大烈陪同黄群游无定河边马市。作《题张家口无定河边照像(有序)》。序云:"无定河由塞外南流至东太平山,入张家口,明之马市在其西岸。戊午八月,永嘉黄溯初来游,同寻市地,倚大境门墙照此像。明日溯初返京,属题。"诗云:"与汝相携忆洛京,敝车昨岁到边城。南流无数门前水,共倚残阳听此声。"

张光厚(荔丹)归蜀,柳亚子诗以送之。又,柳亚子访叶楚伧、王玄穆于周庄,作《南湖草堂夜集》。诗云:"几点春星映草堂,云阶月地意茫茫。南湖松菊高人宅,北海衣冠处土觞。朋旧须眉倾接席,关山峰火奈肠肠。停杯不语何由饮,起舞还惭尺剑长。"

孔昭绶被迫辞去湖南第一师范校长职,作《城南留别》四绝赠同事、学生,欧阳梅生、方维夏作和。其中,欧阳梅生《和〈城南留别〉》云:"干戈遍野有鸿哀,浩劫沉沉挽不回。太息苍生谁是雨?剧怜故我强持杯。鲁连好洁登高去,陶令怀清袖菊来。江汉楚氛悲恶甚,未堪回首赫曦台。"方维夏《和孔昭绶校长》(四首)其一:"风雨城南几十年,摩挲残碣思依然。即今遥望朱张渡,犹是秋高月中天。"

黎锦熙为国语会拟定《国语研究之进行计划书》。

胡适任北京大学评议会评议员、《北大月刊》编辑，仍任哲学研究所主任，英文科教授会主任。又有《论句逗符号》《答黄觉僧君〈折衷的文学革新论〉》刊于《新青年》5卷3期，《庄子哲学浅释》刊于《东方杂志》15卷11—12期。

郭沫若于日本九州帝国大学医学部学习，开始新文学活动。在博多湾与留日同学初议创建文学团体（次年成立夏社），并筹办同人杂志，编辑《海涅诗选集》。

邓中夏加入北京大学进德会，为乙种会员。与毛泽东、王光祈、李璜、陈愚生、赵世炎、易克嶷等人聚会米市胡同便宜坊烤鸭店，李大钊以烤鸭宴请少年中国学会在京会员。宴毕，邓中夏作《即席留别》诗一首。

徐悲鸿作《山深云密图》并题诗曰："山深云密天河极，泉石清幽树木滋。尽是人间平坦路，只今惟见鸟高飞。"

胡先骕任教于南京高等师范学院。又，将去年至本年所作词编成《瘖歌集》。前有王易作《木兰花慢·〈瘖歌集〉题词》云："剩鸡床晓梦，渐回首，十年期。记馈玉怀香，沾花掬月，几度留题。颦眉，黯然去国，又秋风行李玉关西。老我莼乡煮脍，羡君海宇探骊。　　骚坛别样风规，赋馥丽，咏希夷。有浓香绕翰，柔情堕酒。却遣肠回。旋归，自看袖底，挟沧溟万里入新词。为语淋铃旧谱，正宜分付歌儿。"本集含《莺啼序·咏荷，用梦窗韵》《喜迁莺·题王简庵〈镂尘词〉》《大酺·舟中呈周癸叔先生》《莺啼序·中秋夜赋，用梦窗韵》《杨柳枝·和癸叔〈蓟门春柳〉词，仍借〈比竹余音〉韵》（十五首）、《秋霁·和简庵赠癸叔之作，仍次梅溪韵，律则从草窗》《解连环·甘棠湖秋泛》《宝鼎现·双十节浔城箫鼓甚盛，感赋》《解连环·半塘老人与彊村世丈均赋有〈鞦韆词〉，甚工。亦效颦一解》《满江红·读泮随陶》《惜秋华·读二窗词》《忆旧游·金风薄人，缅怀江亭旧游，和癸叔丙辰重九之作》《忆旧游·效梦窗体韵再和癸叔》《月下笛·用玉田韵和彊村》《陌上花·用蜕岩韵和彊村》《江城子·和癸叔〈滕王阁晚眺〉韵》《木兰花慢·重九日作》《齐天乐（老仙归后江山换）》《齐天乐·鸦》《庆春宫·同癸叔赋丁巳旧腊祀灶日立戊午春》《飞雪满群山·冬闺，用蔡友古韵》《春从天上来·和癸叔，再叠祀灶叶赋立春韵》《扫花游（冶春旧迹）》《高阳台·周氏园本曾宾谷先生故宅。丘壑有致，花木便娟，今沦为学校。抚今感昔，为赋此解》《三姝媚·忆加州》《木兰花慢·偕耿庵、辟疆、简庵、然父、石君泛湖有作，即赠耿庵旋里》《渡江云三犯·净社拈题，得雨意，限第八部韵，赓癸叔作即寄》《锁窗寒·和癸叔〈宵寒无寐〉韵》《木兰花慢·柏庐入京过宁，偕登北极阁，感赋》。其中，《解连环·半塘老人与彊村世丈均赋有〈鞦韆词〉》云："暮春池阁。飐垂杨万叠，暗遮红索。斗倩影、羞赌身轻，怕花外玉骢，傍墙依约。俊赏年光，尽消得、凤飘鸾泊。自香车去后，剩粉褪香，怨蜂狂扑。　　寻芳索盟误却。叹娟红瘦绿，都付零落。看絮语、雏燕娇痴，便欲诉相思，锦字难托。画板双双，任镇午、西园低络。向更阑、飐残泪烛，旧欢念著。"《惜秋华·读二窗词》云："锦字银笺，叹凋年、苦说芳华惊换。曲底泪痕，消他倦游心眼。匆匆梦冷春明，只赢得、天涯肠断。难重问，邛池桂海，烟波鸥伴。　　千里梦魂远，剩当筵赋笔，纫愁缄怨。迅羽逝，裘葛易、几番寒暖。临拜倒啼鹃，赋八哀、杜陵伤乱。谁管，寄闲情、舞衫歌串。"《齐天乐·鸦》云："暮秋如荠苍烟淡，翩翩万鸦飞舞。画堞箛哀，连营马动，极目荒寒如许。枝头对语。似惯说兴亡，坐观今古。塔影沉沉，半山残照又西去。　　中原劫灰见否？认隋堤怨柳，飘尽风絮。老柏鸣鸥，颓垣噪鹊，进入乱离情绪。天涯倦羽。恐遍绕南枝，定巢无处。只羡冥鸿，五湖堪寄旅。"

梅兰芳时被誉为"剧界大王"。某报刊登一首贺词，评其云："昆曲久绝，散同广陵。黄钟毁弃，瓦釜雷鸣。惟郎振之，雅于以兴。移风易俗，剧界风行。"

王小隐于北京作诗一首，回忆在津城大罗天观景旧事。诗云："欢意难如秋意满，灯光终逊月明多。眼前乐事轻尘梦，天外浓云忆大罗。"

王献唐于济南任《山东日报》《山东商务日报》编辑。

吴芳吉担任"天人学会"国内联络人，办理学会通讯、联络等事宜。作《白洽》《秧歌乐》《兵退，乃得观稼驴溪岸上，归日暮矣》《与同乡少年聚饮竹溪口》等诗。其中，《兵退》云："远墩尘飞报撤兵，西郊盼得过桥行。春泥沾履秧初出，野气横芜麦浪平。天地只宜诗客醉，利名让与俗人争。沿溪缓踏夕阳返，一路鹃声趁晚晴。"

杨匏安举家迁广州，和杨章甫寄居在司后街泗儒书室。作《钓》《秋夜，同无庵闲步》等诗。其中，《钓》云："收拾诗篇理钓竿，潺湲秋水辨微寒。居夷有此宁为陋，合辙于今倍觉难。霜叶争霞明水际，风帆向晚走云端。单襦皂帽萧条甚，老却天涯管幼安。"《秋夜，同无庵闲步》云："拂面西风病乍苏，柳堤行尽屐声孤。大江潮涌初园月，浅渚秋惊熟睡凫。借次清霜坚傲骨，拼将浊酒斗屠躯。多时不作还乡梦，旧种黄花尚有无？"

刘约真编定《戊午集》。其父刘泽湘题诗云："莫向昆明话劫灰，与君冰蘖互茹来。余生自分风中絮，九死遗留爨下材。狐火烛天曾未熄，燕云蔽日若为开。年年惯听鹃啼血，不及王郎斫地哀。"其弟刘鹏年作《题家叔〈戊午集〉》四首。其一："痎疾弥年消未消，可堪人事日萧条。更无净土容肥遁，闲遣巫阳赋大招。泪雨应随鹃血溅，朔风犹送马蹄骄。最怜青眼高歌意，人海茫茫知者寥。"《戊午集》含《感事七律一首》（有序）、《避乱萍乡，次酬瑾珊》（二首）、《再叠前韵》（二首）、《三叠前韵》（二首）、《答瑾珊见赠原韵》（二首）、《上云留别刘、黎二处士》《睡起》《杂诗》（十首）、《苦热行》《戊午中秋对月寄怀友人》《题钟介三〈趋庭受读图〉》（三首）、《戊午除夕》《除夕杂忆诗》（十二首）。其中，《避乱萍乡，次酬瑾珊》其一："阵云莽莽楚天低，乌鹊谁怜靡所栖。剩有亲朋萦梦想，已同劳燕各东西。浮萍历乱悲身世，大树飘零感鼓鼙。劫火故园纷未灭,反风默自祷重黎。"《上云留别刘、黎二处士》云:"世乱知何极,桃源若可寻。听鹏忘日水,拾橡入云深。三宿陈蕃榻,初调阮籍琴。行行且回首,长啸振高岑。"《苦热行》云:"哀哉子遗民,变色谈市虎。云何骄阳骄,乃似虎而乳。奔箭激中天,流金烁亭午。夜喘病吴牛,道渴死夸父。节序虽寖移,相煎弥以苦。夺我园中葵,燎彼南山楠。焦烟涌深溪,朱光灼绀宇。燕栖惊徙林,鱼游疑在釜。周道杳行车,高岑绝飞羽。岂无密云屯,畯鸟翳复吐。亦有清风吹,野马嵌还聚。赫赫热媐场,渺渺清净土。鼎沸悲神州,民艰那可数。烦悗不能寝,徘徊月在户。离毕或有时,愿言占灵雨。"

陈诵洛在浙江省立法政专门学校学法律。

顾随在北京大学英文系学习。

孙荃寄郁达夫诗二首。其一:"织罢回文懒上楼,年光容易又中秋。那堪一霎抛离去,奈此青天碧海愁。"其二:"一剪清风透碧纱,无聊推恨上琵琶。知音盼煞金龟婿,怪底秋深未返家。"

叶剑英在云南讲武学校读书。常与学友砥砺学业,砌磋诗文。作《夜宴》诗。

林散之为乌江邵馨吾作《狂道人图》,并作《题〈狂道人〉赠邵馨吾先生》。

吴玉如本年至1929年先后任黑龙江铁路交涉总局总办马忠骏秘书、交涉总局总务科长、中东铁路局理事会秘书、监事会秘书及秘书长等职。曾参加哈尔滨"松滨吟社"并成为重要成员。诗社其他成员还有前辈陈浏、成多禄、钟广生、张朝墉等。

陈颖昆入国立武昌高等师范学校,主修英国文学及教育学科。

张大千未婚妻谢舜华病故。两人自幼青梅竹马。大千闻讯欲从日本赶赴上海,回内江吊祭。因兵荒马乱,道路不靖,归途困难重重,旋奉二兄善子命重返日本。又,作《忆江南》云:"渐有蜻蜓立钓丝,山花红照水迷离,而今解道江南好,三月春波绿上眉。"

萧宏汉因闹学潮被捕,芮城邑人景耀月驰函当道剖白,方被释放。

滕固从上海图画美术学校附设技术师范科毕业。

龙榆生大病几死。虽闯过鬼门关,但入北大国文系求学宿愿落空。

刘云若随父由保定回天津,入扶轮中学就读。作剧本《结缡劫》。

金云铭入福州鹤龄英华书院学习。

吴白匋回扬州定居。与陈含光子陈康、冒广生子冒效鲁就读于美汉中学。

陈小翠从画家杨士猷、冯超然学画,擅长工笔仕女与花卉。

程千帆寄居在长沙外祖父家。母亲车诗,字慕蕴,江西南昌人。外祖父车赓,字伯夔,侨居湖南,以书法知名。

沈祖棻在苏州上私塾,兼习刺绣与西洋画。

沈云从、朱浩、朱骧、郑安国借寓杨霁园祠堂辟又园，共读诗书，切琢其间。

陶世杰考入国立成都高等师范学校国文部学习。校长吴玉章简拔其为学长，又获青睐于"五老七贤"，从徐子休、赵尧生、尹仲锡、向仙乔、曾焕如、刘咸荣、林山腴诸老游。

高旅生。高旅，学名邵元成，字慎之，江苏常熟人。著有《愿学堂诗存》《愿学堂词存》《北门诗抄》《危弦集》等。辑有《高旅诗词》。

赵地生。赵地，山西阳高人。著有《酸斋诗草》。

葛邑生。葛邑，原名育华，满族，北京人。著有《顽石斋吟草》。

郭莘生。郭莘，字大平，号半村，江苏宝应人。著有《画川诗词》。

徐艾生。徐艾，字梦桥，号梦园，四川新繁人。著有《梦园诗词剩稿》。

朱南田生。朱南田，浙江海盐人。著有《红雨润心庐诗稿》《野花集》。

宋槐芳生。宋槐芳，号怀黄，晚号陬溪，湖南湘阴人。著有《寸心吟草》及续集。

严慰冰生。严慰冰，原名怀瑾，江苏无锡人。著有《南冠吟草》。

关殊钞生。关殊钞，字少石，广东佛山人。著有《少石书室诗稿》。

余祥元生。余祥元，字善初，贵州毕节人，彝族，余达父次女。著有《挹梅楼诗集》。

章以荣生。章以荣，字子卫，江苏江阴城内高巷人。著有《晴翠草庐诗集》。

廖作琳生。廖作琳，号懿文，江西奉新人。著有《廖懿文诗集拾遗》。

沈启祥生。沈启祥，江苏海门人。著有《明心室杂吟稿》。

周庆华生。周庆华，号半陋簃主，江苏常州人。著有《半陋簃诗草》。

李维嘉生。李维嘉，重庆人。著有《冰弦集》。

潘镐澄生。潘镐澄，广东顺德人。著有《清芬馆诗词》。

吴端升生。吴端升，福建福清人。著有《杏园吟草》。

刘福祥生。刘福祥，字光军，笔名云山、白羊，湖南临湘人。著有《云山诗词集》《白羊诗词集白羊楹联集》。

潘大白生。潘大白，字白也，江苏宝应人。著有《近体诗格律要旨》《咏物香奁百首》，与赵文澜合著《白澜诗词选》《白澜浮想集》。

陈希夷生。陈希夷，青海乐都人。著有《咏青诗稿》。

陈海晏生。陈海晏，山西武乡人。著有诗词集《瓦釜金声》。

冯尧安生。冯尧安，重庆人。著有《鸿爪集》（诗联集）。

方子和生。方子和，笔名惠风，江苏镇江人。著有《惠风诗集》《惠风诗联唱和集》。

诸葛仁治生。诸葛仁治，温州瓯海人。著有《学诗拾零》。

汪兆镛辑《元广东遗民录》成书。自序云："九龙真逸辑《宋东莞遗民录》《明粤东遗民录》二书，已刊行矣。说者谓宋明二代主辱臣死，或躬采薇之节，大义魤魤，照耀史乘。元顺帝国亡北奔，其时宜少忠节之士，蒙窃以为不然。夫君臣之义，万古常昭，若时移世易，辄蹑迹新朝，腼颜而不知耻，甚至持谬说以自解，此何异倚门市倡，朝秦暮楚之为耶？元人不仕于明者，如杨廉夫维桢、王原吉逢、倪元镇瓒、徐方舟舫、吴朝宗海、丁永庚鹤年、钱思复维善、顾仲瑛瑛，皆《明史》有传。他如王用文翰、许如心恕、金德原涓、舒道原頔、李继本延兴、甘克敬复、鲁起原贞、顾彦章钰、李一初祁、贡友初性之、王子尚礼、吴庆伯会、沈元吉贞、吕则耕不用，亦入明不仕，见《元诗选》。其余尚多，第避地海上，仓皇逆旅，未及博采成书。兹就吾粤考之，已得五十余人。赵先生介与孙蕡、王佐、黄哲、李德于元季同结南园诗社，明初四子联翩出仕，赵独韬晦不出。德庆李先生穆与兄质、从子震，称三李。质、震皆仕于明，穆则远谢朝荣，栖迟终老，犹未人所难能。当时特立独行，岂有觊名后代之心，而百折不回者，诚以改柯易叶之深可耻也。俯仰古今，慨然兴怀，先录此编，表章吾粤哲，中原遗逸，俟续纂焉。嗟乎！元末大乱，群盗蜂起，曾不闻有以奇渥温氏为非我族类而丑诋之者。明初网罗遗逸，聘礼名儒，乃赵临清、黎秝坡、陈月溪辈，屡辞征辟，不旋踵而或被逮问，或遭谪戍，虽其事未详，当由明初忌讳志乘□焉弗载，以意测之，未始非因抗节不屈，遂媒孽而摧辱之耳。诸贤忍尤含垢，皭然之志，始终如一。固不必尽效宋明人所为，而乾坤正气常存于岭海间，足以后先辉映，岂持谬说所能混淆天下后世哉！"

吴芝瑛辑《小万柳堂丛刊》（10卷，铅印本）由上海聚珍仿宋印书局刊行。内收《鞠隐山庄遗诗》1卷附《禀稿》1卷（吴康之）、《南湖东游草》5卷（廉泉）、《剪淞留影集》1卷（吴芝瑛辑）、《潭柘纪游诗》1卷（廉泉）附《南湖集古诗》1卷（廉泉）。所收之书均为乃父吴康之（字宝山，号鞠隐）、外子廉泉（号南湖）及吴氏本人所撰或辑。其中，廉泉撰《南湖东游草》5卷由吴芝瑛题签并序，录廉泉东渡日本所作诗《甲寅稿》77首、《乙卯稿》50首、《丙辰稿》67首、《丁巳稿》66首、《戊午稿》122首，共382首。吴芝瑛序云："右诗五卷凡三百八十二首，外子南湖四度东游之作。芝瑛病久矣，枕畔移灯，夜不成寐，一一校理之。每默诵一过，辄有哀动于中，而不能自已者。虽宾朋酬燕之篇，山水登临之赋，极佳丽之文，寓悲凉之概。余独怪南湖年来遗世之想日高，而忧时之愤愈烈。不能于国内有所展布，独邀游瀛海，与彼邦所称懿贵耆硕上下其议论，以诗酒相往还。南湖之隐衷岂如此也。寒庐先生题词曰：'坐隅忽作无声哭。'悲乎！抑何能将南湖之心大写真如是？幸生并世，犹有若寒庐先生者，能知南湖。芝瑛窃自壮矣。中华民国七年双十节。"又，吴芝瑛辑《剪淞留影集》由吴芝瑛署耑。集前有贺涛作《小万柳堂图记》云："《小万柳堂图》者，金匮廉君惠卿因其先元赠太师文正公有万柳堂而意造其境，绘以为图者也。既自为序，以申其恉，又属涛为之记。自古俶傥豪隽之士，身处浊世，耳目所接构，辄拂忤于心。蹙蹙无所之，其愤嫉之意见于文辞者，往往虚构异境，神游其间，以蝉蜕垢秽而荡涤烦醒。若列御寇、庄周之所称道，非皆有激于中而托以逃世者耶！韩退之论《醉乡记》，则以学圣者得圣人而师之，汲汲每若不可及，不暇为昏冥之逃。其有托而逃若醉乡之徒，皆可悲也。廉君作图之意近于激而逃世者所为，其自序乃言儒者虽无所遇合，不敢少自暇逸，则与退之之悟相符。而其卒篇既自伤见遗于世，又言穷通虽殊，同归于澌泯，一若随吾身所遭，举不足系于怀，而欲与世相忘者，其激不尤甚邪？廉君有豪气，勇于任事，尝曰：'吾不为，谁为之者？'其不自暇逸，殆所谓汲汲若不可及者也，又安能与世相忘哉？而其言乃若此，吾恐其因有激而失其初意也，因其所自序而还而诘之。武强贺涛。"本集收诗：吴芝瑛二十八首，廉南湖五十一首，黄逸尘七首，盛昱三首，连甲五首，孙寒厓三十五首，吴观岱一首，汪兰皋二首，邵松年十二首，郑孝胥五首，杨了公二首，秦国璋二首，汪渊十首，陈诗四首，刘名誉一首，李经野一首，程明超二首，侯毅四首，徐世昌三首，梁启超一首，易顺鼎一首，潘飞声五首，樊增祥三十一首，沈曾植十二首，陈三立五首，方守彝十五首，李详二首，何震彝六首，丁汝虬二首，陆建章四首，严复三首，梁鸿志一首，刘瑞沖二首，姚鹏图四首，赵熙三首，夏时济一首，夏绍笙二首，方时涵二首，傅增湘四首，汪咏霞十一首，包兰瑛四首，冯煦一首，刘仁航一首，鲁坚二首，袁克文三首，袁克权四首，朱家宝一首，吕公望二首，蒋国榜二首。吴芝瑛作附记云："右主宾凡四十有九人，得诗三百十五首。自有草堂以来，朋好题咏可诵者多。外子南湖频年东西奔走，散佚过半，今就篋中所携者汇录之。此外如留东篋内所存，暨东友见赠诸作，又皆寄放神户寓楼，仅当留竢续编矣。嗟乎！追思曩游，倏焉陈迹；检校留墨，盡然悲膺。祭酒之墓木早拱，诗人之夕阳犹是。而乘时之彦，遁世之踪，以逮落落佳人、翩翩公子，靡不各露面目，具吐胸怀。停云影于片帆，翦淞波之一曲。景殊目感，境往情深，作已过之思量，有无涯之悲戚已。戊午重阳芝瑛。"又，廉泉《潭柘纪游诗》（戊午九秋野侯署签）集前有吴芝瑛作序，廉泉作《〈潭柘养痾图〉记》。其中，吴芝瑛序云："《潭柘纪游》一卷凡四十一首，外子南湖往年农部为郎日，假此养痾偶成者也。犹忆芝瑛侍疾山居，晓起汲清涧水，拾松间坠子添薪煎饮，日以为常。时群鸟方出林，振翅拍拍，嘤鸣上下，若与人甚相驯者。寺中晨钟方歇，山下人烟与一轮旭日罨抹缭映，作不可名状之殊观。倘遇雨辰，四山翁翳，衣袖间皆蓬莱出云，又一境矣。药炉余暑，南湖昼卧矣。芝瑛爇芸下帘，调朱写《莲花经》半叶，时尚习香光书也。计山居凡八阅月，而都门懿贵、南中亲故颇有闻声而络绎来游省视者。车骑喧阗，酬应无辍，此间不能久居矣，遂侍外子仍入都门，而外子所苦，适亦大健。今编此卷，觉往者之境悠然心目。卧病淞滨，经年弥月，追念曩昔，不知此生能再有此境否耶？末附南湖集古诗四十八首，佳句天成，妙手偶得，南湖殆亦别有会心欤。戊午立冬芝瑛。"秦宝瓒、盛宣怀、廉泉作题词。其中，盛宣怀《奉题〈潭柘养痾图〉》（二首）其一："长安人海一秋士，旧德先畴万柳堂。尽柘药炉经卷地，朝回拄笏看斜阳。"其二："禅榻维摩道气腴，寥天钟呗饭伊蒲。颇疑妙墨秦淮海，未补南昌写韵图。"廉泉《〈潭柘纪游诗〉自题四首》（丁巳）其一："食牛豪气已全除，犹觉狂谋百不如。为爱名山留画本，却缘多病集医书。春明走马醒前梦，芳草怀人感索居。欲乞江南今道子，柳边灯火写归渔。"其二："散发斜簪倚晚晴，异书坐拥似专城。虫沙阅世无今古，骨肉他乡隔死生。秋入莼鲈应有语，文移猿鹤讵寒盟。可堪箛鼓屯营地，抚栏沉吟带变声。"其三："江海飘零几荡魂，凄迷往事且休论。在山云懒无心出，走壑泉多入梦喧。闻道韩门有李汉，谁知漂母饭王孙。佳人天末残砧乱，肠断江南何处村。"其四："松关觅句且搜奇，嵇阮襟怀却少知。古木寒鸦同一适，秋风疏柳散千丝。妻能协趣催偕隐，友怕伤时戒作诗。向夜客心正凄迥，黄花又著去年篱。"

沈云撰《盛湖竹枝词》（1册，2卷，附杂录1卷，铅印本）由嘉兴沈氏于济南刊行。柳亚子、李世由、洪鹗、郑式如等筹资一百二十金刊印。前有柳亚子题七绝十二首，陈去病题七律一首，范烟桥题七绝四首，其后依次为陈次青、洪鹗、张嘉荣、简书勋、孙光文、李世由（时任吴江县知事）、徐佩青、曹咏絮等人所题诗词。李世由、唐佩金为之作序。沈云自叙称："我生不辰，适丁阳九之厄，乐郊缓得，籍避元二之灾。""观音弄口、永福桥边、呱呱坠地之时、牙牙学语之岁"。"今者倦飞之鹤复归华表，相识之燕重认乌衣。""一椽赁伯通之庑，十年下仲舒之帷。"《盛湖竹枝词》序二作者唐佩金云："余与君为文字交垂三十年，曩撰《闻川缀旧诗》及《闻川志稿》皆就正于君。""为人淡于名利"，"暇日闭户耽书，好为诗歌自娱，博塞呼卢之会，未尝或与。"《盛湖竹枝词》以竹枝词加上简明文字注释来叙述描绘地方人情风物。全书分上、下两卷，上卷101首专述历史内容；下卷99首皆为作者亲见亲历。沈云前后耗费十年心血撰成。其中，养蚕、纺织、销售市场、机户境遇以及相关民俗等方面竹枝词有12首之多，有诗云："吴绫自古夙称良，荡北浜南最擅场，云锦翻新名目夥，梯航远输达遐方。"自注云："凡邑中生产皆萃于盛泽，天下衣被多赖之，近且行销外洋焉。"又有诗云："贫妇生涯靡有它，低头夜织不停梭，新丝价贵生绡贱，蠹损双蛾奈若何。"自注云："民国纪元五六年间，时而革命时而帝制，屡次发生战事，绸货因而停滞而机户苦矣。"又有诗反映民风民俗，云："先蚕庙里剧登场，男释耕耘女罢桑，只为今朝逢小满，万人空巷斗新妆。"谴责诗作如"吴俗由来囿一隅，命求星算病求巫""女流百事与神谋，十庙烧香心愿酬""乞灵土木亦何因，偏有无穷求福人""时闻僻巷打牌声，扑克西来又盛行""菩萨也遭堕困劫，谁从苦海渡迷津"。亦有反映时代新变诗作，如"数声气笛碧波澄，估客往回兴倍增。一纸新闻争快睹，不愁隔宿易生憎。"自注云："小汽船往返嘉兴每日二次，沪上报纸因得当日寄到。"又如："欧式楼台傍水滨，岿然俯视九衢尘，夕阳西下光明放，簜火休劳燃蜡频。"

陈龙庆编《龙泉岩游集》刊行。集内辑录明嘉靖至民国初年近400年间有关粤东胜景龙泉岩诗词文。全书凡15卷。卷1为杂文,卷2至12为古今体诗,卷13为词,卷14、15为补遗。集前有陈龙庆作《自序》云:"谢太傅任高百辟,情惟一丘,庆何人斯,奚敢上方前哲。顾自前甲寅先考全德公由郡城迁居蓬洲,至今年恰周花甲。蓬洲西郭外有山曰龙泉岩,前明翁襄毅读书处,亦即余小子由少而壮,由壮而老游钓之处也。虽然无东山丝竹之情,而凭吊流连亦足骋怀娱目,故当春秋佳日,结伴游遨,每有良朋,尽多高咏,洵足壮山川之色,通声气之缘。庆自甲申岁始学为诗,迄今三十年,其关于斯岩之诗文积稿亦夥。今岁重阳日及重阳后五日,远近吟侣,惠然肯来,借从公之余闲,开登高之胜会,一觞一咏,一唱一和,莫不勾心斗角,尽态极妍。视从前什袭珍藏之诗篇约得十之四,亦云盛矣。汕岛同人题名勒石,李君耀宇又摄影以赠同人,更足为斯岩别开生面。庆前惧诗篇之散失也,业经编成三卷,抄录成帙,同人见而韪之,怂恿付梓。于是重加编次,广为搜罗,自明嘉靖甲辰起,迄今年甲寅止,相距三百七十一年,得诗若干首,以年代先后为次序,古作仅百分之一二,而近作特多。在前贤吉光片羽,固自可珍;在时贤钜制鸿篇,允堪共赏。庆不敏,得以砒砆错陈于美玉间,亦幸事也。昔随园不信佛学,而独于因缘二字契之最深。游人何缘而多佳作,巾箱藏之,梨枣寿之,虽他时聚散无常,而日手是编,千里有如一室,形骸虽隔,心志相孚,此中自有香火缘在。至是编,首以翁襄毅遗著,次以王湘潭石刻,风微人往,与余固无一面缘,然诵诗论世于数百年,而后是尚友之缘也。杨镜川、王寿岩、杨杏园、谢安臣、家名轩、杨小山诸君子先后归道山。悲宿草于墓门,扬余芬于诗册,是没齿之缘也。北窗一枕,俗缘皆空;清磬一声,万缘俱寂。独此文人结习,虽忏悔而不能除,虽痼痳亦不能舍,所谓文字因缘者,意在斯乎?意在斯乎?书将成,拟名着屐缘,旋以其近于纤巧也,拟改为名山缘,复以其近于宽泛也,乃商诸游侣,以《龙泉岩游集》名编,并志其缘起如此。甲申初冬陈龙庆序。"陈龙庆作《出版自题》(十首)。其一:"梨枣雕镌未有期,山灵笑我太稽迟。今朝羯鼓催花急,忙煞钞胥笔一枝。"其二:"毁校风潮事可哀,红羊劫火又东来。此间疑有神灵护,不把藏书付劫灰。"其三:"难得儿曹任校雠,鲁鱼亥豕不须愁。老夫阅罢掀髯笑,此是人间五凤楼。"其四:"坊本麻沙字态粗,聚珍新旧又模糊。细将点画分明认,洛出神龟马负图。"其五:"大衍称觞又一年,举杯邀月乐陶然。他年复有登临兴,再结名山未了缘。"其六:"百密何妨偶一疏,丹铅逐页下工夫。半红半黑相思子,南国春深采撷无。"其七:"贤咸不作竹林游,一笼青山万事休。太息弥留依病榻,频将试卷展吟眸。(此书逐日由《民甦报》附张出版,亡侄仲玙酷嗜之。病革时,犹手此不释)"其八:"铸印遥怜大使疏(清宫制有铸印局大使),那堪鱼目混明珠。楚材晋用雕镌巧,苏蕙停针织锦图(集中僻字铸就字粒所未备,手民镌刻尚难惬意。卷四之后,遇僻字则由《大风报》中某君加入印刷,时常停板以待)。"其九:"未刊目录首词章,颠倒上衣与下赏(例宜先目录,而后诗文,因投稿者源源而来,故将目录缓印)。不是绷儿苗振氏(用晏殊语苗振事),楼台倒影入池塘。"其十:"无限风光对酒时,禅房有客啖蹲鸱。鹊巢鸠占寻常事,留与后人一解颐(卷九第五页'门前报有乘槎客'句,初印无误,因有字字粒残旧,饬匠抽换,竟将无限之限字占入有字地位,而有字走入限字方面)。"

陈栩园辑《栩园倡和集》(3册)由交通图书馆刊行。先是陈栩园因年届四十而作《四十初度感赋》(四首)志感,诗作引得诸多师友后学唱和,陈氏将这些唱和之作裒以成集,即为《栩园倡和集》。陈栩园原诗载《申报》第16274号。参与唱和之师友后学有吴放、何公旦、武廷琛、缪文彬、宋静盦、敖振翔、何元杰、谢霖苍、吕肖夒、邢咽石、蔡云万、黄立三、小孤山人、李然昌、熊锦廷、南国红豆生、退叟、陈文孙、阮尚珍、熊泰封、刘述垚、严昌靖、李仲纯、刘庸功、杨笃盦、刘澍、吕祥瑛、穆子章、胡嘉让、郑熙绩、汪渊、程溁、宋焜、刘沅、许炳榛、吴悔生、李啸云、缪文煜、王泽、潘锷、倪书田、曹树勋、周思齐、陈尚煦、剑秋、钟景琦、汪国安、李潄石、孟勉等人。其中,邢咽石作《勉和栩园先生四十初度原玉并希斧政》(四首)。其一:"缘悭恨未识龟年,久仰才夸倚马前。著作精奇空眼界,文章忠厚出心田。平生只欠诗人债,到处还争酒令权。赢得碧筒沾一醉,囊中卖赋有余钱。"其二:"茂叔爱莲意洒然,而今又见一诗仙。笔端花艳如垂露,壁上纱笼似罩烟。觉世言情空即色,耐人寻味入于禅。扫眉才子闻风起,也署门生拜辋川。"其三:"诞祝灵椿岁八千,荷花生日廿天前。风吹柳绿眉频展,霞映榴红色倍妍。两鬓未衰先觉老,一轮无缺不成圆。几生修到清闲福,说甚荣枯说甚缘。"其四:"笔耕岂等乞人怜,昼睡休嘲边孝先。程氏门墙时酢哲,班家风范固昭贤。知君怕恼非真懒,笑彼趋炎亦太颠。仗有一枝管城子,消闲三万六千天。"熊泰封作《敬和天虚我生四十自寿原韵》(四首)。其一:"已阅繁华四十年,那堪烽火话当前。惊心日月成今古,过眼沧桑半海田。淘尽英雄天付与,问来消息孰司权。无边佳趣欣无恙,明月清风不论钱。"其二:"每观文字辄忻然,潇洒情怀敌谪仙。莫叹光阴同泡影,那知世事等云烟。品花品月浑如梦,谈果谈因即是禅。留得才人一枝笔,好教点缀旧山川。"其三:"裘马轻肥笑大千,风流未必胜从前。王侯事业嗟无主,优孟衣冠枉斗妍。空羡灯光同镜朗,最难荷露比珠圆。半生怀抱行吾素,岂向人间种孽缘。"其四:"如此头颅颇自怜,著书岁月让君先(封生于光绪壬午六月)。乾坤有意存吾辈,笔墨何缘福后贤。忧国长沙空陨涕,纵情海岳本来颠。残山剩水容回首,一任逍遥乐性天。"曹树勋作《蝶仙夫子大人函正》(四首)。其一:"范公忧乐志当年,天下滔滔醉梦前。难借清言醒浊世,已看沧海变桑田。即今公理存舆论,末造儒生剩笔权。太息英雄争价值,竟将铁血博金钱。"其二:"才华丰采两超然,潇洒如公品亦仙。酬世尽多新理想,挥毫犹涌古云烟。怕开醒眼惟中圣,惯误痴情欲问禅。海屋添筹何足数,等身著作寿山川。"其三:"水浅山阿路百千,侯邑问字忆从前。春风不弃葑菲质，朽木曾分桃李妍。自把歧途误南北，已抛明月几亏圆。何当解脱嚣尘累，重结师生未了缘。"其四："坠绪茫茫剧可怜，干城吾道孰能先。鲤庭诗礼皆麟凤，马帐弦歌半俊贤。博览异书尊国粹，爱谈名理析毫颠。鲁阳戈化如椽笔，较胜娲皇石补天。"钟景琦作《敬和栩园夫子四十感赋原韵并呈斧政》（四首）。其一："自有文章享天年，沉腰何碍瘦于前。甘缘诗酒添奇债，长替儿孙种福田。宦海羊头羞与伍，骚坛牛耳孰争权。酸辛世味都尝遍，料理看山买醉钱。"其二："读书真乐自陶然，身是菩提骨是仙。丝竹中年供啸傲，繁华过眼等云烟。世情变幻嫌多事，心地光明易悟禅。打破迷团真不惑，乞将智镜挂长川。"其三："悟彻恒沙即大千，等身著作已空前。南山桥梓经霜茂，东阁梅花映雪妍。恨海几人同委曲，心头千古永团圆。奢靡他路殊平坦，须焰摩天证宿缘。"其四："男儿不受俗人怜，屈指名场数后先。大块文章雅论价，太常家学信多贤。铸颜有恨知公晚，画虎无成愧我颠。吴下阿蒙客作伴，云中鸡犬乐尧天。"

余十眉撰《寄心琐语》刊行。刘三题尚，钝根署签。集前有柳弃疾作序及《胡女士传文》《胡女士别传》，王德钟撰墓碣。集后有王德钟作跋。其中，柳弃疾序云："昔贤竞称五伦，自共和肇建，君臣之桎梏已摧陷而廓清之。虽有神奸巨憝盗窃名义，终不为当世所容，则伦且降而为四。彼父子兄弟关于天性者靡论矣，若朋友夫妇之间，盖有难言者。夫朋友以义合，义乖则交绝。夫妇以爱合，爱疏而耦怨。苟非至情至性，孰能恒久不易，而况乎死生契阔之后，梦感巨卿，神伤苟倩哉？吾今乃得之魏塘余十眉。十眉与余论交数载，稔其笃于朋友之谊，顾犹未知其门内事也。去冬遭淑娟胡夫人之丧，十眉哭之恸，逾时而哀感弥甚。既集龚自珍句成《悼亡诗》二十绝，遍征海内人士为传志哀挽之作，冀垂诸不朽。复撰《寄心琐语》一卷，状其生平，索序于余。余读而悲之。按夫人与十眉少同里闬，及壮缔姻，未嫁而十眉适遭危疾，夫人忧之，至于僵卧不食者累日。盖已生死誓之矣。既归十眉，恂恂燕好，十余年无间言。性耽书史，能为诗歌，闺房之间，更唱迭和，文采斐然。尤嗜雅游，尝偕十眉泛舟南湖，登烟雨楼，朗吟竹垞《棹歌》，鬓影波光，逸情云上，见者惊为神仙中人，不数金瘦吟虎山故事也。每语十眉，他日结茅偕隐，当在西子湖滨，鹿车鸿庑，徜徉终老足矣。斯盖仲姬、卿子之流，澹志清才，旷世一遇，乃所愿未偿，盛年夭逝，岂不惜哉！夫以夫人之贤，固宜十眉之恋恋，然非十眉之呕心和泪成此一编，又孰能为夫人发潜德之幽光者？斯则十眉之笃于用爱，所由为不可及也。抑自世衰俗漓，夫妇道苦。《绿衣》黄裳之咏，《谷风》阴雨之意，文君致慨于白头，苏蕙腐心于锦字，滔滔者天下皆是，又安得使世之为人夫者，人人善葆其爱，以十眉为楷范哉？昔孙子荆悼亡有作，王武子谓读之使人增伉俪之重。吾于十眉此编亦云。中华民国五年秋八月，松陵柳弃疾叙。"王德钟跋云："右《寄心琐语》一帙，魏塘余君追记其夫人胡淑娟生平。字里花愁，行间蝶叹，极哀艳之致已。自巢民为《影梅庵忆语》，后世悼亡有作，辄援其例，而工者至鲜。以予所见，陈小云《香畹楼忆语》，沈三白《闺房记乐》以外，等诸郐下而已。杂记之文易就而难工，言简意赅，词短韵长，夫庸可以信笔得者？矧闺阁间事，艳不伤浮，逸不病佻，不尤难乎？《香畹楼忆语》惊才绝艳，而微欠神韵；《闺房记乐》笔曲而达，能言人所不能言，而时累佻巧。是帙秾丽不待言，玉烟珠泪，能于疏宕中见情致者，虽才气略逊水绘，要亦艺苑之精品也。丙辰二月，过君探珠吟舍，以是帙见示，小坐落梅窗，重剔笺诗灯，杏雨宵寒，风檐铎语，罗袜音尘，恍在想象指顾之间。掩卷谓君曰：'凄清此夕，庶许读《寄心琐语》也乎？'君迪尔而颔之。顷者属为一言，柳子已叙其指意，予遂据文辞为论，君意云何？戊午孟春，青浦王德钟。"

郑恭和撰《谏果书屋遗诗》（1册，铅印本）刊行。李滌署耑，戊午秋九月散木题签。集前有柳亚子作序，集后有郑慈谷作跋。其中，柳亚子序云："弃疾束发受书，即知吾邑有郑理卿、寅卿二先生，振奇人也。年少负经世才，治龙川、水心之学，间为诗歌，激昂有奇气。寿不中，身厥蕴，未宣而殁。每读所撰《王朴论》《说形》诸篇，辄为叹息者久之。及长，娶于郑。求二先生遗著《周官职官考》《畿辅屯田策》及所谓倡和诗词者，弗可得。于是妇翁二贻丈泫然谓弃疾曰：'慈谷少孤，不能守先人之遗书，盖流亡散佚尽矣。所幸而存者，仅先叔父寅卿府君《谏果书屋遗诗》二卷耳。延津双剑，一升一沉，是区区者，虽鳞爪乎宝之，当如球璧，已行将排比行世，子其为我叙之。'弃疾伏读既竟，作而言曰：甚矣，天道之难知也。生才实不易，即生之矣，弗培护之，以终底于有成，而摧之、折之，使僵仆于中道，坐令知人论世者欷歔凭吊，兴贤者不寿之嗟，果奚为耶？以二先生之才，使得遭际明时，从容建白，所就固何可量。即不然，驰驱戎马之中，如汤伯衡之筹笔南阳，如计甫草之上书阁部，功虽弗成，而修名闿已远矣。又不然，岩栖谷隐以老其才，著书立说传之后人，虽与余姚、昆山比烈可也。乃龙文甫耀、鹏赋遽悲、两到双丁、倏焉并殒。遂初先逝，谁传观复之书；灵芬已矣，孰定山矾之集？不徒经济事功付诸梦想，即欲托空言垂世，亦杳不可得，岂非志士之大哀，而文人之不幸欤！今寅卿先生此编，网罗于灰烬之余，收拾于丛残之后，盖传者未必其平生所得意，而得意者又未必传。要之灵奇光怪之气，不可终秘，必有烛霄汉而排阊阖者，虽见虎一文，亦足以窥其大略矣。至于帝辽沈、寇金田，此盖当时风气使然，固未容执忆翁、薑斋之绳墨从而议其后也。嗟嗟！《卷施》有言：'枯蝉欲化，犹振哀音；鸷鸟将之，思留劲羽。'斯集之行也，寅卿先生在天之灵，实昭鉴之，而理卿先生孔怀同气，亦庶几其无憾已！爰书数语简端，用答妇翁雅命云。时中华民国七年双十节后九日，邑后学柳弃疾谨叙。"郑慈谷跋云："先叔父寅卿公天资颖悟，幼有神童之誉，与先君理卿公称'二郑'。弱冠时，值庚申之难，仍闭户读书弗辍，尤潜心经世之学，冀得一当。暇则藉吟咏以见志。远近绩学能文之士，闻公兄弟名，咸愿折节论交。而陶子方、李辛垞、柳子屏诸先生及杨利叔、柳笠云两表伯尤称沆瀣。时局既宁，一应茂才试辄冠其曹，吴中冯林一先生一见，目为奇才。陆九芝先生则与订忘年交，并诏哲嗣凤石相国师事焉。乃天不永年，历春秋二十有四，遽以病殁。逾年先君又弃世，著述大半散佚。凌砺生先生辑《松陵文录》，求其遗文，仅得《说形》及先君《王朴论》各一首，他无传焉。遗诗较多，先君在日，曾录呈县叶调生先生，刊二十二首入《感逝集》。吉光片羽，聊存梗概而已。慈谷少孤，往岁求先君遗稿不可得，常引为大憾。公诗则先君手定本，所谓七十余首，前有弁言者，亦复弗存，仅存《辛酉诗草》一卷，计四十三首，今辑为《谏果书屋遗诗》。上卷编次一从其朔，其余零星草稿亦得七十一首，别辑为下卷，不敢湮没，用付梓人，备当世征文考献者采焉。同时耆宿唱酬哀挽之什甚夥，以遗箧沦亡，无从搜集，唯于陆九芝先生《岭上白云集》，袁青士先生《铜井山房类稿》、李辛垞先生《匏斋遗稿》中各得诗如干首。又有署名光佑者题词一律，弗详其姓名，今悉附存。闻公卧病，自知不起，辄延李辛垞、陶子万两先生至榻前，诀别殷殷。以士先敦品，吏先爱民为勖。至易箦时，犹口占诗数首，属先君手录之。其诗惜今弗可问矣。公无子，以先兄公若公慈崧为后，兄又早世，复以慈谷次子之蕃承其祧。今距公之殁已五十有二年，追维往事，不胜痛心，爰和泪述其始末，附于《遗诗》之后云。中华民国七年秋九月犹子慈谷谨跋。"

徐涛（江庵）撰《话雨楼遗诗》（2卷，铅印本）刊行。弘一题签，戊午正月大慈山佛子演音题耑。柳亚子跋云："少读《郭复翁集》，知乡先辈有徐江庵。又知江庵早世，吴云璈欲梓其遗诗，未果，而云璈亦殁。零星草本，遂不可问，每为於邑者久之。嗣于旧箧中得钞本江庵诗二十三首，卷端有题署曰：'此残编也，全稿在吴云璈处。'益信复翁之说不谬，而慨然于延陵遗泽之荡然也。曩岁有粤人某游燕市，亦得江庵诗五十六首，谓出复翁手写，邮以示余，余取校旧藏，互有同异，业并两帙，醵赀上石，俾广流传矣，顾终以非完璧为恨。今年夏，友人沈子长公以云璈《盉簪书屋诗》来，属余排比，云获诸陈丈祥叔家。盖丈之曾祖梦琴翁，固云璈当年吟侣也。余因疑江庵全稿陈氏或亦有藏弆，试求之，固赫然在，喜不自胜。爰更剞劂，与云璈诗并行，并志缘起如右。时中华民国六年冬岁不尽十日，邑后学柳弃疾记。"

莫友芝撰《邵亭诗钞》（铅印本）由贵阳文通书局刊行。集后有杨恩元作《〈邵亭诗钞〉跋》云："诗至明清两代，气味日趋薄弱，非特酬倡、击壤各派，半皆自郐之流。即著名诸家，不过偶有载入选本，足以脍炙人口。若以专集而论，实无可与唐宋抗行。初以为运会使然，非作者所能为力。及读吾乡郑、莫两公诗，而后知斯说之不然也。二公崛起边方，本以经学著。其为诗，宜若经生家言，质直无余味者，而乃能出风入雅，寄托遥深，醉茂渊懿之气，溢于言表，实为近代杰出之才，直能上追唐宋，此可为知者道，难与俗人言也。延宜华先生既印郑公遗稿，复取此本印出，仍嘱余详校。余案邵亭先生饱经辛苦艰难,与子尹先生同。子尹先生终老故乡,足迹不出里巷。而先生久处大江南北,交游遍名公巨卿,识曾文正于早岁,以学问相契合。当咸同大乱,曾公手握重权,使先生欲因以立功名,则外而封疆,内而台辅,直指顾间事耳!而独不近荣利,以道义自高,人品复绝如是。宜乎其诗品之超拔,非近代所能企及矣!校竟,略识数语,以表钦仰之忱,识者当鉴其非阿好也。戊午嘉平月安顺杨恩元谨跋。"

陈衍撰《朱丝词》(2卷,刻本)刊行。朱孝臧署签,沈曾植作跋,陈衍自跋。沈曾植跋云:"慧情冶思,欲界天人。正使绝笔于斯,不妨与晚明诸公分席。若为之不已,将恐华鬘渐凋,身香浸减。耆卿、美成晚作皆尔,达者当有味斯言。戊戌东湖庵主沈曾植记。"陈衍自跋云:"余本不工词,又雅不喜为无题诗。少壮日,偶有缠绵悱恻之隐,则量移于长短句,非必绝无好语,而举止生硬,不能烟视媚行,良用自憎。乙盦跋时已绝笔十余年,迄于今,盖绝笔三十余年矣。此卷久欲焚弃,以先室人写本,未之忍也。既而翻阅一及,则旧事历历上心,虽酸辛,尤足咀味,遂竟存之。著雍敦牂七月石遗老人记。"

陈荣昌撰《虚斋文集》8卷、《虚斋诗稿》15卷、《桐村骈文》2卷刊印。其中,《虚斋诗稿》15卷含卷一《持志集》61首,集前有序云:"诗者,志也,持也。故曰'诗言志',又曰'思无邪',持其志弗纳于邪也。予生咸丰庚申,至光绪己卯二十岁矣,未尝学诗。自己卯得优贡,从絜斋、敬甫、少庚诸兄入都途间偶为之,此其权舆也,厥后亦作辍无恒。至戊子凡十稔。乃删存数十首,名曰《持志集》云。虚斋自记,北上启行后感赋。"卷二《辅轩集上》76首,集前有序云:"予以光绪戊子秋八月拜视学黔中之命,十二月履任。至辛卯十二月受代入都,凡三年矣。途次闽中,有暇辄作。积数百首,删为上下二卷,名曰《辅轩集》,亦古者国史吟咏情性之义也。虚斋自记。"卷三《辅轩集下》86首。卷四《燕市集》217首,集前有序云:"予以壬辰三月抵京复命,仍供职馆垣。甲午东事起,京师震惊,乙未和议成。丙申七月,予乞养出都,盖由黔回京点朝班者四年有四月矣。中更忧患,不无慷慨悲歌之作。汇而存之,名之曰《燕市集》云。虚斋自记。"卷五《南归集》44首,集前有序云:"余以丙申七月乞终养掌院,徐荫轩师弗许也。于是以归觐请,既出都,纡道谒卞伍樵师于高邮三垛镇里第,遂溯江而上,历楚过黔,于十二月抵滇。母方卧病,见子归,喜而疾瘳。荣昌终养之志乃愈坚,爰哀途中诗为《南归集》,以乞养一篇冠之,示归志也。虚斋自记。"卷六《九龙池集上》121首,集前有序云:"九龙池在昆明城内西北隅,即翠湖也,一名翠海,风景绝佳。近年大府辟精舍于池上,予既归,遂延主请席,乃徒居焉。始丁酉迄壬辰六年之间所得诗删而存之,分上中下三卷,名曰《九龙池集》。虚斋自记。"卷七《九龙池集中》131首。卷八《九龙池集下》127首。卷九《五华山集》104首,集前有序云:"光绪癸卯改五华书院及悯忠寺为高等学堂。予自九龙池移砚于此,至乙巳春乃赴日本考察学务。盖居五华山者,凡两年矣。两年中所为诗删而存之,得一卷焉,名曰《五华山集》。虚斋自记。"卷十《东游集》157 首,集前有序云:"光绪乙巳三月,偕钱翊臣进士赴日本考察学务,并送生徒十余人往留学焉。六月东渡,十月返沪,取道越南,十二月还滇。是役也,所得诗删存一卷,名之曰《东游集》云。虚斋自记。"卷十一《后辅轩集》43 首,集前有序云:"昔予督学黔中,存诗两卷,名为《辅轩集》。光绪丙午夏四月,废提督学院改设提学使司,予方奉母家居,猥蒙特简复使于黔,六月履任。丁未正月八日,丁母忧去官。凡在黔七阅月,所为诗名曰《后辅轩集》。戊甲遭国恤,有《哀歌》二章,亦发于情之不能自已者,不成卷,聊附于此云。虚斋自记。"卷十二《昙华集》49 首,集前有序云:"宣统己酉夏四月,服阕将入都,不果。六月遂寄居昙华寺,诒孙从焉。课儿之暇,兼纂滇诗,颇有乐趣。未几,诸公敦促入城,复婴世事。然心恋恋昙华不置也。此一岁中所为诗因名曰《昙华集》云。虚斋自记。"卷十三《朝天集》140 首,集前有序云:"宣统庚戌四月三日,挈眷北上,七月十九日抵都,途中多暇,得诗一卷,名曰《朝天集》云。虚斋自记。"卷十四《尊孔集》200 首,集前有序云:"学部定为学宗旨,曰'忠君',曰'尊孔',曰'尚公',曰'尚实',曰'尚武'。奏请颁行天下,俾知趋向。宣统二年八月,荣昌拜提学山东之命,十月履任。念是邦为吾夫子故里,幸承乏其间,所为诗因名曰《尊孔集》。三年九月,谢病去官,避地沪上,偶有吟啸,不成卷附于后云。虚斋自记。"卷十五《海滨集》118 首,集前有序云:"予自山东避地沪上,久不作诗,惟填词以遣日耳。厥后不复填词,又偶为诗,名曰《海滨集》。自壬子之秋至癸丑之春得一卷云。虚斋自记。"

陈步墀撰《宋台集》(1 册,石印本)(绣诗楼丛书廿一种)刊行。集前有云僧(曾兆荣)题识,赖际熙书陈独漉联,刘扬芬作《宋台秋唱图》,冯文凤书岁寒堂为《宋台秋唱图》作题词,宋王台唱和照片三幅,另有韩希琦作序。陈步墀诗稿由番禺许振日东手书。后附东莞陈伯陶撰并书《侯王庙碑》、张辉庭德炳手书《宋台怀古》诗稿呈子丹先生、杨其光手书《春暮游宋王台》诗稿。其中,韩希琦序云:"陈君子丹,以诗鸣。《绣诗楼初集》之刻,余曾为文序之。以余曩就澄海文范学校席,尝与君以文字相往还也。已而南行,赴阇婆,从事侨界社会之役,为期近十载。自顾学殖荒落,执笔且不成文矣。是年五月,以慈命召归国,便送过香江,乃趋君寓,作契阔谭。君以《宋台集》近作诗见示,读之觉缠绵悱恻,似中有不得已而为之也。古人云,歌有思,哭有怀,庶几近之。因蹶然曰:'曩序君诗,曾言他日二三集继出,使余得执笔再为序文,必更踌躇志满。今果然矣。抑以宋台名集,岂所谓伤心人别有怀抱者然耶?'君笑而不言。时行李仓皇,未暇稍事藻饰,辄书此遗之序君诗亦以志萍踪离合之感也云尔。诏安韩希琦识于香江客次。"

延清撰《锦官堂诗续集》(铅印本)刊行。集前有戊午春二月济南张英麟题签,另有延清、张英麟题辞，朱寯瀛、丁传靖、王振声作序。其中，延清《戊午新年题丁巳岁〈锦官堂诗续集〉诗三首》其一："电掣流年七十三（齐己原句），春宵归梦到江南。千山遮目云横岭，一水澄心月印潭。老比绛人增蒜历，清如白传证莲龛。祇惭腰脚非顽健，对镜扶筇一笑堪。（用齐己《荆渚感怀》诗原韵）"其二："七十三翁旦暮身，梦中归路恋西津。留题苔寺谁希杜，送别蓉楼我念辛。望泽农争祈白雪，还乡伴待结青春。长安卅载居非易，偕老吾侪有几人。"其三："七十三年事事新（放翁原句），旷怀窃比葛天民。酒藏白堕难辞醉，书拥青缃不讳贫。顶上圆光千里月，胸中和气一团春。卧游高枕闲无扰，翻笑黄粱梦里人。（用陆放翁《七十三吟》韵）"张英麟《题辞四言二十八韵一首》云："诗以言志，依永和声。温柔敦厚，乃见性情。丹成九转，慧业三生。钵催响急，壶映冰清。坛争帜树，座使人惊。老人阁笔，欲隐其名。堂堂之阵，忽偃其旌。退避三舍，如晋用兵。偏师直捣，谁攻长城。矢音歌好，绮语戒明。蓄极必发，不平则鸣。见猎心喜，乃渝其盟。冯妇搏虎，负嵎敢撄。为士者笑，甘受讥评。高冈鸣凤，碧海掣鲸。骊珠独得，尘尾高擎。旗亭画壁，孰与争衡。东方锦夺，李贺囊盛。律老乃细，声大而宏。郊寒岛瘦，白俗元轻。一洗此耻，更达其萌。笔花振藻，春草敷荣。为风雅主，如野狐精。色丝齑白，屑玉镂琼。珠光璀璨，剑气峥嵘。如得麟角，如听凤笙。每读一过，能解朝醒。为斯语者，张子振卿。《锦官堂诗续集》题辞，济南张英麟呈稿，时年八十。"王振声序云："慨自王迹熄而风雅诗亡，圣道穷而春秋绝笔，莫不由遭逢世变，哀感心伤，殆有所不忍言也。迨时艰日亟，至于四维不张，三纲尽绝，乃悆焉忧之。思有所造述，藉以惩前而毖后，如五代有史，独行有传，则又不能已于言矣。余同年至友延铁君学士，当代诗人，著有《锦官堂集》行世。乃自辛亥冬迄今六载，未尝有诗。盖深慨夫改玉改步、变夏变夷，有不忍形诸词翰者，故常搁笔。近复稍稍吟咏，时有所作，又得诗百有余首。每感时即事，吊古兴怀，不能不长言而咏叹之。遂积成续集，虽多唱和投赠之作，特以抒其悲天悯人之怀，岂非怵心变乱，慨想隆平，情不自已，犹是少陵诗史之微意乎？将以起衰而济溺道在是矣！浣读一过，为揭其大旨如此。若夫燕许手笔，则全集久已脍炙人口，兹不复赘叙云。戊午二月中浣年愚弟王振声拜读并识，年七十又七。"缪润绂作诗跋云："名重锦官城，久贵洛阳纸。词锋轻万夫，锐甚毛锥子。挥洒意自如，殿前马可倚。临敌五十年，所向无坚垒。寒瘦薄岛郊，芬芳杂温李。时丁阳九阨，老人阁笔始。譬彼飞将军，戈甲全抛矣。种菜闲闭门，未免肉生髀。慷慨碎唾壶，壮心殊未已。一朝豪兴来，长虹光吐紫。气奋须髯张，蛇矛重握起。攘臂忙下车，毋乃冯妇鄙。谁知百战余，衔枚勇无比。充国精用兵，廉颇岂遗矢。晚景桑榆收，红霞满天绮。人笑公大愚，漏夜行不止。我谓公多才，聪强天所使。何况大合围，惊尘在眼底。健儿群韝鹰，中郎方射雉。咄咄矍铄翁，能无见猎喜。子澄词长，国变后不复为诗，自号阁笔老人，近六年矣。

去秋吟兴方发,比得书云,已得诗百余首,不禁拍案叫绝,为赋五古二十韵,聊代解嘲。未卜老斫轮见之,亦哑然失笑否。沈阳缪润绂东麟未定稿,戊午先立夏三日由岱阳云在山庄缄寄。"

邓鸿荃撰《秋雁词》(1册,1卷,刻本)刊行。宋育仁题签。集前赵熙作《叙》云:"余交休庵,不易岁知休庵审。休庵自好,有正操。重休庵者,仅以休庵词外休庵也。然休庵故工词,词之名曰《秋雁》。盖可见休庵身世。质休庵曰:'物之南北无家者,雁也。其鸣,听之尤哀者。秋也,今之秋非古之秋也。悲哉,秋之为气也。雁不知也。如休庵词,雁声邪?秋声邪?'休庵曰:'是犹不知休庵。'姑录为《〈秋雁词〉叙》。休庵,临桂人。清观察蜀中,姓邓名鸿荃,字雨人,词人王半塘妹婿。其所历又半塘所未历者,故颜其居曰休庵,人称休庵先生。荣县赵熙撰。"赵熙、况周颐、丹隐题词。其中,赵熙《三姝媚》云:"西京如梦短。剩金铜仙人,露盘辞汉。四壁成都,念五陵芳草,酒边肠断。故国骖鸾,魂一夜、簪山千转。乱后江关,无限生涯,一声秋雁。　　赢得中仙词卷。问细字如蚕,可书田券。按拍花前,赖小红知己,玉箫春暖。我亦愁乡,将半世、兰成同传。若问虚名身后,嵇康性懒。"况周颐《瑞鹤仙》云:"凤城悭旧雨。拌寂宽芳期,燕猜莺妒。同谁话幽愫。指梅边花外,更联吟侣。云笺按谱。论格调、苏辛法乳。却推敲、字字珠玑,未肯小红轻付。　　知否。红楼香径,只在而今,少人行处。春山别绪。漫萦得、寸心苦。盗雕琼换骨,裁云炼液,料想朱颜也驻。又何妨、剪烛深宵,共吟秀句。"

杨延年撰《椿荫庐诗词存》(2卷,铅印本)刊行。诗存1卷、词存1卷,词存由广桢题签。诗词集前有戊午孟冬之月何维朴署耑,长沙曾刘鉴、临桂况周颐作序。其中,曾刘鉴序云:"夫妙咏新妆,鸾台耀彩;代挥醉草,蜡照生香。病榻缄书,寄闺人之幽怨;回文织锦,写思妇之芳怀。是皆此赓彼和、小别终逢,以申意者。岂若九霄珠玉、一曲琅璈之绝调哉?而乃哀蝉有谏,莫招倩女离魂;苈箧余芬,俾富叶媛遗藻。散有生之膏馥,流后世之光焰,令名永久矣。此《椿荫庐诗存》所由刊也。淑人姓杨氏,讳延年,籍隶上湘,门承通德,清故总督石泉公之女孙,观察彦规公之长女。年十有八,归为湘阴左台孙部郎之元配。部郎乃侯相文襄公之公孙、方伯子异公之次子,刑曹供职,才冠六堂。信乎名贵清华,二姓媲美矣。而淑人中寿,未登瑶光掩采,是或造化忌福,劬学损神,有以致之与?淑人悲违慈侍,孝事严亲,七诫克循,四德无忝,在室为贤女,出闺为良妻。《礼》所谓'顺于舅姑,和于室人,而后当于夫',淑人有焉。淑人与予女为妯娌行十余年,井臼同操,羹汤共作,略无间言。郝夫人之法,有足多者。予昔同居省会,时接清言,淑人不自夸竞,而春悦秋戚,论月至雅,撒盐飞絮,评雪唯佳。逆知三生慧业,五言长城,虽不以诗鸣,实诗家语也,不期然乎?迨今秋,予避地申江,部郎由湘来,出淑人存稿见示,且以弁端相属。受而读之,诗如瞻大雅。勉缀数言以应之,有当与否,不自计也。戊午秋七月既望,长沙曾刘鉴叙于申江。"况周颐序略云:"龙城山水灵閟,风土清嘉。莲华毓秀则玉辉映发,铜井涵芬则璇源瀜邑。故有理学之门,风月资其吟弄;闺房之彦,冰雪净其聪明。至乃綵桢自谢,瑶蕙未渝,渊云无多,墨妙近属,庄姝鲍谢,徒骛词华,难方静变,于左少夫人椿荫庐稿见之焉。夫人诞组珪之邵族,式珩璜之雅度,植性醇粹,明心善窈,纱帏执经,如奇童之冠群纙,筭成教虽哲弟亦严事,可谓德颖振玉,矩芳握兰者也。婉婉秦婳,处淑女宗;秩秩鸿妻,出延媖道。时则台孙部郎任天下若小范,念江左无夷吾慷慨治安之策;蒿目时艰,奔走君父之忧。萍踪客路,夫人仔肩持门,劳何止于三岁;同心忧国,歌欲和夫《五噫》。东海可蹈,曾为愤激之言;泰山弥重,辄申黾勉之戒。凡兹卓识,易弁犹难,何必才名?""兹缥帙未尽大家良史之才,乞与青藜为续中垒列女之传。上元著雝敦牂重九日临桂况周颐序于天春楼。"

徐世昌撰《水竹村人集》(1函,8册,12卷,天津徐氏退耕堂刻本)刊行。1920年上海中新书局石印时,程德全题署"徐大总统诗集",又名《徐大总统集》(1函,6册)。此书收录徐世昌1915年至1918年春所作诗计1020首。柯劭忞《〈水竹村人集〉叙》云:"昔劭忞读宋韩忠献王《安阳集》。以为忠献功名之盛大,为一代之宗臣,而其诗工丽,不愧当时之作者。盖名世大贤出其学问之绪余,亦非寻章摘句之士所能及也。然忠献之诗往往于流连景物之际,寓平生之襟抱,隐然以济物安民自负也。窃疑贤如忠献,似犹未免震于功名之盛大者。甚矣,不矜伐之难也。自共和肇造,东海相公为中外上下所推仰,出任天下之事,又以道不合而去。然六七年来,宗祐之阽危,时局之棼乱,仍倚公维持调护于危疑震撼之中,其宏济艰难十倍于忠献无疑矣。及读公之近作,则优游而闲肆,简澹而清远,抒写性情,旷然无身世之累,一若布衣韦带之士,自放于山砠水滋者之所为,岂复以盖世之功名缨于神明之地哉?劭忞读公诗,然后知昔所疑于忠献者,或有当于知言之万一也。公别业在苏门山下,为太行之麓,百泉鬐沸,稻畎相望,其南则孙夏峰先生之故居也。春秋佳日,公往莅之,日与田父野老艺桑麻而占晴雨,熙熙然如庚桑子之居畏垒焉。盖公之近作发于山林之兴者,十居七八,故能超然于畦町之外如此。然则仁知山水之乐,公实兼有之。至于吟咏之工,度越前人,犹其余事矣。戊午春三月胶西柯劭忞谨序。"

袁克权撰《百衲诗存》(1册,1卷,铅印本)刊行。廉泉手书云:"袁克权,洪宪帝之第五子,端方之婿。结婚时,端方以宋百衲本《史记》为礼,因自号百衲斋主人。受业于吴闿生(吴汝纶先生之子)门下。沉静好学,喜吟咏,与二兄克文皆负诗名。寓天津小白楼,日课一诗,不予尘事云。戊午八月廿一日南湖记于神户旅次。"本集收诗起丙辰迄戊午,凡283首。集前有易顺鼎、夏寿田、陈方恪题辞。其中,易顺鼎

《题辞一（集句）》（四首）其一："伊人咫尺是仙洲，露冷甘泉泣玉虬。未必长戈挥狄道，偷将词赋动蓬邱。有娀自托高辛氏，生子当如孙仲谋。楚恨秦心聊复尔，七条弦下起清秋。"其二："歌哭无心购霸才，韩陵石下夜轀雷。博炉蜜蜡争销焰，若木扶桑已槁灰。穆满难回阿母醉，天弧畏避库娄开。尘冥不接人间世，入梦天花百二回。"陈方恪《题辞三》（四首）其一："带经风靡别中堂，琐碎西陂隐玉囊。枉费才人谈格调，百年绳武味和堂（高文良公其倬著）。"其二："朱弦疏越奏南薰，开国承家见此文。何似江南徐骑省，只归历数到残曛。"

　　杨振骧撰《匏园诗存》（4卷，铅印本）刊行。顾湘泉、朱家宝题耑。集前有作者《枕溪五十小影》并题诗二首。其一："不夷不惠一孤身，万物静观付笑鬘。白雪满头非所计，只愁沧海欲扬尘。"其二："知非岂是饰非人，观世何如观我真。秋在客中容易老，伊谁还认旧儒巾。"柳峰、陈白、倪承灿、汪炳坤、柴萼作序，杜询博、叶振铎、廉泉、温陵施、郑瑞图、朱仰沙、王寅基、汪炳坤题词14首，杨振骧自跋。其中，柳峰序云："《沧浪诗话》云'诗有别才，非关书也，诗有别趣，非关理也，然非多读书、多穷理，亦不能极其至'，斯言尚矣！顾多读书而不能诗，曾子固是；多穷理而不善诗，朱元晦是，未可概论也。盖词人骚客或赏玩风月，或感伤时事，或游览山水，闲得句投诸锦囊，无非借吟咏以寄托怀抱，抒写性灵耳。吾友枕溪先生嗜读工诗，自钱江东渡，馆于舞子吴氏之松海山庄，以文字交见恨晚。今以所著诗集见示，回环庄诵，觉庾开府无其清新，鲍参军逊其俊逸，付剞劂以公诸世不亦宜哉。盛唐诗兴趣之妙，在乎透澈玲珑，先生有焉。爰搦管而为之序。戊午元旦蓬山柳峰淑之氏谨序。"陈白序云："枕溪先生以四明之名士，作东国之寓公，朝登富士山，暮濯扶桑足。樱花烂熳，未忘篱落之情；藤柳萦葳，已疏轩冕之志。他乡风月，感触羁凄；有用文章，托诸比兴。高怀灌日，思尽波涛；顾影啼栏，文渲芍药。抒鲍庾之清新，更兼俊逸；写岛郊之寒瘦，逾觉玮奇。余读《匏园诗存》，感乃不绝于予心矣。夫拔山盖世之雄，头偕骓逝；艨艟蔽江之卒，魂绕鹊飞。狂生痛哭荒祠，泥神流涕；书生泛舟赤壁，铁戟沉沙。他如汉家箫鼓、宋代山河，转眼夕阳流水；遮莫吴宫花鸟、秦时马窟，莽余蔓草荒烟。彼谓才人笔墨，托月烘云，无非供英雄酒后茶余之消遣，岂知英雄事功、遗驼断碣，亦仅堪吾辈临风凭吊之资料哉。余知读《匏园诗存》者，能于灯阑烟地，手此一编，无殊国计民生，求其三绝也。戊午六月朔义乌陈白书。"倪承灿序云："诗至于今，丛矣杂矣。铅椠在手，腔调信心；蚓窍晨鸣，蛛丝暮织。自由韵语，已贼风骚；试帖腐词，又乖正始。淫啼浪哭，扪题都浮滑之腔；吊诡矜奇，险韵比强梁之盗。乃复窃风雅，薄推敲，敝帚自珍，灾黎罔顾。韵言略识，居然侧弁而哦；声律未谙，妄欲名山以寿。然而杂蛟螭以蚓蚯，难掩蟊螟；混萧艾于蕙兰，自分声臭，比比然矣。语其灵机七步，风格三唐，得句探骊，矢音翔凤者，盖无能数靓也。枕溪先生郧山擢秀，艺圃驰誉；人推海内词宗，我仰江上诗伯。兰成哀感，滴粉搓酥；太白才华，咳珠唾玉。近以髯都参军之略，远为渤海入幕之宾。东国从游，揽六十六州之胜；西园吟侣，广七十二岛之交。钟记室谭诗，嗜好成癖；邱中郎裁锦，光艳无伦。犹复人静公余，句吟客邸；灯红酒绿，笺擘宾筵。积骚些之名篇，乃哀然而成集。有时铜琶铁板，高唱于大江；有时禁体香奁，寓情于艳什；有时写生状物，并想化于秋毫。都是珠玑，界乌丝之十幅；浣来梅雪，根慧业之三生。而况舞子别庄，百千松风；须磨山社，亿万樱花。名胜既收，拾叟囊繁华，更渲染江管，宜其春风香径、妙句笼纱，不徒夜月红楼、新词拂袖已也。而先生匏园之名集，则又有进焉。溯鼓琴而乐奏由房；痛捣药而谶惊炊臼。哀思刻骨，骰子豆红；旧恨填膺，沧江苹白。烟水无从寻断梦，影事成尘；奠斋犹是哭天涯，啼痕宛在。所以多情奉倩，以索偶而益悲吟；垂老潘郎，以悼亡而镌哀什，则信乎神伤者思苦，语重者心长也。嗟乎，短歌当哭，凄凉乐镜之篇；雪涕成书，呜咽庄盆之鼓。为有情之眷属，迸此鲛珠；无可呕之心肝，只余鹃血。君原京兆，难堪画笔之投；我愧徐陵，僭作玉台之序。共和七年仲夏镇海倪承灿。"叶振铎题词二首其一："当年把臂入南徐，一别扶桑万里余。目极海涛吞吐罢，胸罗列宿发挥初。怆怀旧雨眠樽酒，快睹新诗寄尺书。咳唾随风珠玉落，鸡林声价重何如。"汪炳坤题词云："建安以后无作者，此语谪仙欺天下。白雪阳春虽和寡，何代学人无风雅。十步之内有杜若，造物生才非苟且。近世文运策驽马，礼失未能求诸野。侏俪文字乱华夏，团粹保存等破瓦。庸知斯文承天嘏，与天齐寿无须假。矧彼碧瞳之会社，亦不歌谣废陶写。足征国粹侔梧槚，不因樲棘而可舍。诗学昌明极挥洒，今古同流一炉冶。匏园诗集辞源泻，我为作序夜烛炧。意有未尽韵书把，长吟借以博噞喁。先生阅之倾玉斝，大笑一声振聋哑。"杨振骧自跋云："邶风之诗曰：'匏有苦叶，济有深涉'。余自宣统己酉拙荆没深渊后，即以匏园自名，盖所以志痛也。越六年，乙卯幕游日本，主舞子松海别墅。墅背海面，山门前公园长里许，中无杂树，数抱大松都千百株，望而知为数百年古物。园之南有山曰歌敷，登而望之，松与海若接连，而别墅中之移情阁，则高出于万绿丛中，颇饶佳景。每当风晨雨夕，上下左右，涛声四起，如舟历巨浸，又如万马犇腾，过余寓楼。此情此景，殆与欧阳子夜读时相髣髴。余初不善吟咏，特寄迹其中，未免有情，聊以见志，工拙非所知也。旋得廉君南湖、杜君苏伯、郑君祝三、汪君撷纯诸大词家相过从，始而诱掖，继而奖借，或竟代登报章，转相揄扬。集中计已录中外各报者，约占三分之一。然又以未窥全豹为憾，谫陋如余，滋惭实甚。戊午携稿南旋，示兰、荷两儿，其中悼亡词一篇，语语泣血，实不忍卒读。两儿乃垂涕言曰：'此真可以表暴吾母也。请付剞劂。'余因首肯，乃谨跋数语。俾爱我诸君，知我为匏园，并知我之所以名匏园者，其来有自。民国七年戊午夏，四明杨振骧枕溪自跋。"

李绮青撰《草间词》（1卷，铅印本）刊行。魏铖篆书题签，冒鹤亭作序、李绮青自序。其中，冒鹤亭序云："吾于归善得友二人。其一江孝通户部，其一则李汉珍太守也，二人者皆善填词。二十年前，孝通与吾各集李昌谷诗句为词。孝通既没，其遗稿之存亡不可得而问已。汉珍成进士，以知县官闽，已而调吉林。光宣间，始与吾相识于京师。然吾少时从番禺叶南雪先生学为词，则已知汉珍名。岁丁酉，吾两客福州，与傅节子太守、张韵梅大令日过从，独未识吾汉珍。比相见，道姓氏、询邑居，则又未尝不各嗟其晚也。当是时，梁伯尹吏部居韩家潭之芥子园。其地既饶木石之胜，士夫文酒恒集于园中。吾与汉珍，盖无一日不相见。国变以后，汉珍以贫故留滞周南。端居寡欢，则益肆力于词。自言南宋词人，如玉田、草窗、碧山及笕房兄弟，皆生际承平，晚遭离乱，牢愁山谷，无补于世，一以禾黍之痛托之歌谣。百世之下，犹想见其怀抱。颜其所作曰《草间词》，盖取梅村'草间偷活'之语以寓其感。然即置汉珍词于草堂、花间，固亦无愧赧色也。夫词者，诗之余也，本忠爱之思，以极其缠绵之致，寻源骚辩，托体比兴。自其文字而观之，不过曰塞修、曰兰荃耳。世无解人，而急功近利之徒盈天下。此天下所以乱，而《春秋》不得不因《诗》亡而作也。然则谓词之不亡，即诗之不亡，可也。吾数年以来，填词虽不如汉珍之多，独刺取古乐府，题为《拟古乐府》一卷，皆于时事深切著明。言者无罪，闻者足戒。自谓不似有明何、李强为无病之呻吟也。唱予和汝，汉珍能鼓勇为之乎？不必问后世之有无桓谭也。戊午十月，如皋冒广生。"李绮青自序云："余少耽倚声，中岁驱饥南北，此事遂辍，而结习未尝忘也。辛亥以来，端居噎郁，辄检宋人集，日手一篇，以吟以叹，有所感触，遂亦模效。江湖郢曲，未脱凡艳；病榻越吟，宁协音律。因思词人，如玉田、草窗、碧山、山村及笕房兄弟，皆生际承平，晚遭末季，牢愁山谷，无补于国，莫救于时，一以黍离之思，托之歌词，百世之下，犹想见其怀抱。余于昔贤辨律辨韵，实未能窥其一二也。而无补于国，莫救于时，空山偃蹇，假托咏歌，排遣永日，则与昔贤有同慨焉。爰检壬子以来所作，共得若干首，题曰《草间词》。谓如哀蛩自语，鸣蜩独吟，物候使然。非希世人之赏音，不必向其中论工拙也。戊午十月四日，倦斋老人序于天津听风听水庵。"

张元奇撰《知稼轩诗续刻》（1册，5卷，铅印本）刊行。薑斋自题。张元奇自序云："自癸丑三月刊余诗于福州，忽忽复六年矣，此六年中得诗只二百数十首，曰《南归集》，曰《孟庄集》，曰《试院唱酬集》，曰《辽东后集》，曰《榆园集》。丙辰、丁巳、戊午，罢官居都下，往来津沽，有山水之游、友朋之乐，诗亦较他集为多。岁晚无事，钞录付印，以继前志。明年余六十矣，人寿几何，不知终吾身尚有若干诗。元遗山谓'老来留得诗千首，却被何人较短长'，尚有短长之见存，余则但求多作诗耳。戊午冬至元奇识于京寓榆园。"

朱荪撰《壶山诗钞》（石印本）刊行。洪良绪作序。1925年再刊铅印本。洪序云："吾友朱劭选君，桐柏名士也。民国丁巳冬，获识于桐柏县长廖梅畔先生幕。言动见性真，同事半载，知君乃重行，而不欲以文见者。君性谨厚，尤笃于伦纪，以孝友著于乡。宣统庚戌岁，由选拔朝考，签官陕西。辛亥署理潼关同知。九月西安响应武昌。君知民气激发，继之者不止西安也。地方糜烂不堪，设想非武力不足以镇定之，颇有投笔从戎之概。时毕觐文太史抵潼关，与君系师弟，介绍入赵督军周仁先生幕府，襄助军务，经过之地，民悉以安。民国元年，河南提法使俞伯琛先生聘为司法顾问，兼任开封地方检察职务，以勤慎记功者屡。嗣司法律监狱主科教授，继续四年之久，出其门下者，达二千人。擢用荐任以上官吏，时有所闻。丙辰初秋，以倦游归里，日以事亲教子为天职，添筑壶山山庄草舍二十余楹，时往居焉。劝耕之暇，检集新旧诗稿，得百三十余首，不以律绝歌古分别门类。随其钞写之先后，以为次第，亦纯任自然之一见端，题曰《壶山诗钞》，出以示余。诵读一周，清逸朴茂，知其得力于少陵、辋川，取裁于剑南者居多。请以付梓，公诸同好，君以不敢言诗辞。余曰：'触接景物，发为歌咏，自鸣天籁，夫何憾然！若计工拙，唐宋后当无敢有再言诗者矣。君何拘拘不欲以文见哉？'君精于法学，著有《中华民律释义》行于世。此其第二次出版物也。优于学识，富于春秋，嘉惠后学当不止于此也已。中华民国七年六月黄冈洪良绪缵臣氏识于复阳官署。"

赵圻年撰《意空诗选》刊行。赵祖抃序云："意空道人籍于吴、寄于黔、宦于秦，壮游十余行省，老而流寓于晋之乡宁，其匿姓名而逃世也。吾不得而知之。其侨于乡宁也，以空山人两人旧交，久而弥笃。山人善属文，道人工诗。去年三月，予丐两人纂修邑乘，开局未久而山人殁。道人继为之，一载而书成。邦人思有以酬道人者，道人义弗受。邦人曰：'吾乡先达杨秋湄纂《蔚志》成，蔚人德之，刊行其诗，曷仿诸？'道人闻之，曰：'噫，诸君知有杨秋湄，亦知唐之刘复愚、宋之郑所南、清之严鹿溪乎？复愚埋其文于古冢。所南作《心史》，锢以铁，藏诸井。鹿溪则悉举平生著作，一夕投之洞庭湖。吾方欲效此三人，乃反其所为邪？'予曰：'晦迹者不欲传名。然既有暗香之句，而无封禅之书，自可及身千秋，无待茂陵它日也。'众曰：'善。'道人不得已出其诗，稿厚盈尺，曰：'必欲梓之，吾当重为抉择，以十之二三饷诸君可乎？'众曰：'诺。'名曰《意空诗选》，属予笔之简端。予俗吏，弗能诗，弗敢题一辞焉。戊午初秋浙东赵祖抃。"

孙正礽撰《忆香词》（一名《水南草堂词存》）（水南草堂刻本）刊行。前有同里后学金嗣芬楚青撰《云伯先生小传》。

陈作霖撰《寿藻堂诗集》（8卷，铅印本）附《寿藻堂文续》（1卷）刊行。晋祁题签。卷一《集霰草》含古今体诗30首，卷二《心太平室草》含古今体诗47首，卷三《风沧雨晦斋草》含古今体诗60首，卷四《癸甲草》含古今体诗51首，卷五《蚕丝草》含古今体诗51首，卷六《月告存龛草》含古今体诗46首，卷七《重光庵草》含古今体诗

42首,卷八《夕佳亭草》含古今体诗46首。

孙雄撰《郑斋感逝诗》(5卷,甲集4卷,乙集1卷,铅印本)印行。又刊行孙雄辑《郑斋感逝诗题词汇录》(1卷,铅印本)。黄濬作《〈郑斋感逝诗〉题词》三首。其一:"向笛箛琴百种悲,搜罗旧泪迸新诗。犹饶佳话供排比,至竟光宣属盛时。"其二:"劫转星飞慧业荒,昭文词客鬓成霜。宗风标举宁相病,今日全空选佛场。"其三:"官柳临河袅故青,诸生回梦侍玄亭。宣南气类今都换,太学何人解读经。"

姚济撰《一树梅花老屋诗》(1册,3卷,铅印本)由松韵草堂聚珍本刊行。张文虎编选、姚光校印。1933年再版。

杨钧撰《白心草堂诗录》(4卷,铅印本),《联语》(7卷,铅印本),《联语续集》(4卷,铅印本)初版刊行。

章楶撰《一山文存》(12卷,1函4册,木刻本)由吴兴刘氏嘉业堂刊印。宣统戊午沈曾植署检。戊午嘉平日黄岩喻长霖序。

王蕴章撰《然脂余韵》(6卷)由商务印书馆刊行。是书因王士禄《然脂集》书阙有间,而有意续之。所记时代始于清初,至于近代,于清代女文人采录尤富。每条大抵以叙其人、传其事、录评其诗为序,全书以诗词为主。所录诸人绝大多数属中国本土,间有南洋马来群岛之作。徐彦宽鸿作跋略云:"王蕴章完成此书,在民国肇造之三年春,寸玑尺锦,尝先取散载涵芬楼各月刊中,一帙才行,寰海欢睹。"

邹弢撰《诗词学捷径》(2册,石印本)由苏州振新书社出版。其中,第一册为《诗学捷径》,第二册为《词学捷径》。第二册分词学之缘起、词学之源流、词与诗之比较、论学词与学诗难易之比较、词韵与诗韵之分、填词之要韵、学词之换韵、押韵阴阳之辨、词律之分音、词调之分目、词学之练习、词学之津梁、词牌之录要等十三章论述,后有附录。

谢无量撰《词学指南》由上海中华书局出版。书前有吴兴皡皡子作序。全书分两部分,第一部分介绍词的渊源及体制、作词法、古今词家略评、词韵等内容;第二部分分小令、中调、长调三部分分别讲解填词的使用格式。

姚民哀《也是诗话》刊载于本年至次年《先施乐园日报》。多记诙谐趣闻、撰诗笑谈,亦收讽刺、谐拟之诗,以娱读者。间收以别名、俗称命题之双关诗。

[日]藤泽南岳撰《七香斋诗抄》(1册)刊行。畴村彦署端,朽雨散人题识,七香斋主人作序。其中,七香斋主人序云:"诗言志也,言而无听者则废矣,此先哲所以痛叹也。昔者杜樊川手录其诗百五十篇献之,启曰:'握风捕影,铸木镂冰,敢求恩知,但希镌琢。'所献无主名,不可知为谁,唯录焚余,以托知音,其志可知耳。许丁卯亦集其诗,命曰《乌丝阑》。其叙有言曰:'虽志有所尚,而才无可观。'又云:'置于几案间,聊用自适,非求知之志也。'似与杜异迹,而惜废则一也。余寄傲于文字,废志于

词章五十年。今抄吟草百之一，以为一册，颁赠知音，非排闷发愤，又非恐废之云。若幸得一读，则未必无裨于世教也已。大正七年戊午仲春七香斋主人识。"

赵炳麟作联语《题晋祠水亭》（民国七年，撰于山西）、《题文瀛湖》（民国七年，撰于山西）。其中，《题晋祠水亭》联云："瘿瓢汲水僧煎茗；拳石支枰客下棋。"

黄群作《挽洪锦标联》。联云："业在千秋，班马文章燕许笔；神归一夕，仙人骨格宰官身。"

林孝图作联语《挽林文节公》《贺林中将叔慧新居》《贺家惠居结婚》《挽邹知事士高》。其中，《挽林文节公》云："羡天寒后凋，名姓显景忠之祠，月夜潭奇，与同不朽；责陆沈谁使，子孙避暗谷而处，蓼莪诗废，继续矢顽。"

李鸿渐作《挽同学刘昭季》（谥文懿，安邱人）。联云："知君固天上人，痛的是壮岁拿云，吾乡又弱一个；问谁为名下士，想到那晓灯话雨，同仁皆泪两行。"

陈瑶作《游岩偶成》。诗云："揭岭西至庾岭东，荒台徙倚吊英雄。名山毕竟生名世，大陆何人咏大风。扰攘中原争逐鹿，凄凉四澳伤哀鸿。辽此间饶有林泉福，愿结茅庐百虑空。"

方观澜作《七年戊午八十七岁》（二首）。其一："倦鸟托林皋，回翔惜羽毛。诗情金谷酒，春兴木兰桡。南北分辕辙，东西合燕劳。书抛醒午梦，犹听浙江潮。"跋云："是年夏间，仙槎心如义门暨咸五、咸稣等俱在扬家，人集饮甚，欢赋以志喜。"其二："造物因人息鼠牙，关雎声里赋宜家。采云巧织天孙锦，玉树新开帝女花。数项良田归赵璧，一池秋水灿朱华。新篁更作凌霄势，远泛星河汉使槎。"跋云："月塘集田被占三年，今甫完璧归。秋七月，为咸午续姻朱氏，冬月携往北京，宜家为喜，师夏入京城大学，明年将之法国云。"

劳乃宣作《雨中偶作》。诗云："细雨霏霏酿暮寒，春深犹怯敞裘单。崖根石润生新溜，楼角窗虚失远峦。海上有书诗债迫，山中无事睡乡宽。胡床且觅蕢腾梦，一任林花满地残。"

黄葆年作《和张生令贻戊午消寒会诗》。诗云："中天正好月团栾，披着狐裘尚觉单。肩上海山桥上石，笑看诗句亦消寒。"

瞿鸿禨作《补松七十生日，庸庵以"人生七十古来稀"作辘轳体诗为寿，予用香山九老图体，仍以杜句发端》《次和子诵同年〈除夕〉〈元日〉二诗韵，即送其将归杭州》（二首）、《湖上看梅花》《西湖泛雪》。其中，《补松七十生日》云："人生七十古来稀，君更高风不可几。河内寇恂方请借，华阳宏景已辞归。西湖烟月浮渔艇，北极星辰梦禁闱。携酒登临时蜡屐，传书写定日编韦。学栽门柳仍栽菊，谢采山芝只采薇。宾敬田间从冀耨，婴投堂上舞莱衣。兰芽累叶蕃新苗，松干千寻长旧围。揽揆越旬坡再世，绮裘重唱鹤南飞。"

舒昌森作《薄幸·戊午省先室孙孺人墓》。词云："芳原如绣。早又是、清明节候。看此日、白头夫婿，还向坟前浇酒。奈一杯、黄土无情，离离宿草青依旧。叹泣罢牛衣，破将鸾镜，空拟百年厮守。　但一事、堪相慰，自痛抱、西河之后。孙枝欣渐长，婚姻学业，而今已算都成就。只怜衰朽。更遭逢、世局翻新，艰苦重消受。兰膏蓺处，悔煞良言误负。"

鲍心增作《寿上海姚母濮太夫人九十（子文栋、文枬）》（二首）。其二："瑶圃多积玉，桂林无祥桑。英英哲嗣才，璠玙皆国光。伯兮经世略，行役穷八荒。翩然越洱海，辛苦筹岩疆。峨峨野人山，惜哉难括囊。仲子富文采，特□隆圭璋。驰驱羁骥足，养晦安珂乡。瑶环并瑜珥，孙曾递成行。俱承寿母志，奇珍敛光芒。四海虽鼎沸，一门自虞唐。熏风拂琴轸，舞彩参翱翔。行看五代孙，含饴乐高堂。昔闻宣文君，白首传经箱。又闻班大家，著书束观藏。何如寿母福，期颐而康疆。纯嘏川方至，淞沪同流长。载赓南山颂，同晋万年觞。"

张謇作《小筑蜡梅开花，正中出门，六日而返，寒雨损浥，顿谢矣。对花抚树，恈然有怀》《南濠》。其中，《南濠》云："水碧新桥底，山青故郭前。贩佣沾泽气，鱼鸟傍人烟。带酒晨归担，鸣榔夜听船。一亭风月贵，终古不论钱。"又，作联云："大田多稼，农夫举耕；百川至海，游子还家。"

严复作《寄陈仲勉》。诗云："七年归老卧江隈，揽揆筵开赏玉梅（君十二月初七日生辰）。南北相望余寿骨，沧桑百感入深杯。颍川故事卿惭长，涑水名言德胜才。准拟布帆挂无恙，抠衣犹得侍尊垒。"

姚永概作《孙文园于县中学凿池筑亭》（二首）、《晋卿得介休郎氏所藏两汉、魏晋、宋古砖数十手拓并题长句征诗，成十四韵》《盗发晋宣帝陵，取头骨货外国贾》。其中，《孙文园于县中学凿池筑亭》其一："故国弦歌地，新营紫翠间。池收春涧水，亭纳隔城山。世变无终极，斯文付等闲。登临易怊怅，廉陛要人攀。"《成十四韵》云："咸阳纵火秦宫焚，渐台抱斗汉阙赭。燃脐莫救洛阳烧，卖履谁甘铜雀寡？中原从此暗胡尘，空向江南谈五马。千门万户都何在？那许闾阎存片瓦。残砖幸有文可读，留待后来好事者。郎君搜集王君收，寒雨打窗手摹写。汉书坚朴晋姿媚，竟月摩挲不肯舍。吴翁康父丈人行，古冢荒坛勤两踝。著为《砖录》数十卷，专门学令吴儿哆。与君同耆翁今亡，惜未相逢早结社。工艺技巧物究极，陶人亦自能风雅。范土无方日苦窳，翻借邻材成广厦。乃知大巧来从拙，万事波靡皆苟且。区区一物见兴衰，斯文毋怪江河下。"

祁世倬作《田绍白观察将去彭城，赋诗留别，次韵》《田绍白观察金陵见寄》《访杨柳门园居，有诗见赠，依韵酬之》《和杨柳门喜相过》《柳门两叠前韵来柬，叠韵再和》《前赋迟字韵，盍愚、柳门、维周三杨君各有和章叠韵奉酬，去秋以榴实饷杨盍愚同年,有诗作答,今更以榴馈,而秋久不雨,实多乾坼,步前韵代柬,即效原体》。其中,《柳门两叠前韵来柬》云:"深深竹径暗藏苔,每为寻春自往来。果荐朱樱防鸟啄,花栽红药待人开。闲情旧爱陶公赋,乐府今推白傅才。我已知非成独醒,不须共醉强传杯。"

王景禧作《喜同蒋二结伴归兖州》。诗云:"归思无端笑折腰,不愁判襕喜联镳。西方独夜榛苓远,故国经年草木雕。一发山痕天漠漠,半窗雪影话萧萧。只怜连夜花间月,忍送行人过灞桥。"

陈浏作《戊午杂述》(一百三十二首)。其一:"人命至柔脆,寒暑仅数十。世有长年者,而亦少满百。哀此血肉躯,不比金与石。忧饥复畏寒,蹙蹙谋衣食。"其二:"人类至无用,托生眇且微。入水不能久,在天不能飞。纵有潜海艇,又有飞空机。八荒欲何往?首丘安所归。"其三:"微胞吸食料,以有此筋骸。及其既死后,幽翳仍深埋。骨骼变土石,血肉生草荄。乃化为异物,而何尝死哉。"三十九:"吾党为文章,何必五七言。歌曲用韵语,亦有至理存。昌黎雄于文,卫道而道尊。要不如其诗,健笔铲天根。"一〇三:"苗人重跳月,顿足双起舞。回身互相抱,香汉霏细雨。琴身戛复止,灯光透缕缕。小语重丁宁,楼头月正午。"一〇四:"东人哀侏儒,卫种长而白。金发卷如虿,眼波莹然碧。秀曼乃天成,宫鞋步步窄。嗤彼黑昆仑,纥梯拖桐屐。"一三二:"去家万余里,两次犯烟瘴。而皆庆生还,心胸特豪放。浦口在何处,高歌声悲壮。死便锸埋我,不必其归葬。"

宋伯鲁作《红梅》(二首)。其一:"青梢颗颗点胭脂,正是幽禽偷啄时。惟有深闺解珍惜,轻幡翦綵护高枝。"

朱孝臧作《摸鱼子·马鞍山访龙洲道人墓,山在昆山县西北》《好事近·灵隐夜归蒋氏湖庄作》。其中,《摸鱼子》云:"占城阴、颓云一角,有人持恨终古。书生满眼神州泪,凄断海东烟雾。坟上土。怕有酒能浇、蹋遍桥南路。英游迟汝。向笙鹤遥空,不逢骞、广,心事更谁诉。 天难问,身世儒冠误否?凭渠笔力牛弩。铜琶无分《中兴乐》,消受此生栖旅。凭吊处。剩破帽疲驴、怅望千秋去。啼鹃最苦。要无主青山,有灵词客,来听断肠语。"《好事近》云:"湖气郁衣巾,步入宝坊林月。耐得山亭泉冷,信肝肠如雪。 出山十里蟪蛄声,闻根甚时歇?据槁安心随地,又南邻钟发。"

夏孙桐作《史馆舫斋旧为会典馆提调所居,后临御沟一曲,故名,朱茮堂、钱衎石皆有诗见集中,余适居之,春时窗前白丁香盛开,感赋》《禹慎斋摹〈松雪鹊华秋色〉卷子,冯叔莹复仿之,为题三绝句》《朱竹君先生〈竹屋著书图〉,乾隆己亥陈凤翔作》。其中,《史馆舫斋旧为会典馆提调所居》云:"简册堆中倦眼遮,午晴骤暖闹蜂衙。依依陈迹深严地,了了繁枝细碎花。香界顿开窗北面,宫墙每对日西斜。玄都桃与江潭柳,头白逢春只叹嗟。"

朱家驹作《地动》。诗云："地动如何状，摇摇似泛艭。骇看移屋柱，颇觉震轩窗。旋转枢谁筦，灾祥语或咙。笑余当午醉，九鼎不知扛。"

陈寿宸作《乙酉科同年在粤者数十人，黄宣廷星使提倡同年会，每月望日聚会一次，特寄绝句索和，赋此呈会中诸同年》（四首）。其一："风雨联床大小苏，高吟想见唾成珠（黄星使令弟益三兄亦与会）。君纵客邸相酬唱，犵鸟蛮花彩笔摹。"其四："瑶笺飞自海天遥，为我孤吟慰寂寥。异地故人容入社，月圆时节挂诗瓢。"

易顺鼎作《次韵答云台自洹上墓庐寄诗》。诗略云："能从万劫后，善保千金躯。岁寒尚存我，此谊今剐无。嗟我似贫子，自忘衣与珠。与道久相弃，学荒身亦孤。"

李绮青作《戊午六十初度感怀，柬同社诸子》（八首）。其一："岁宿经天复五周，离骚歌罢意悠悠。著书敢薄韩非子，论史常疑沈隐侯。虚费稻粱供病鹤，更无江海寄闲鸥。浮生自任痴顽老，已阅人间六十秋。"

万选斋作《戊午馆刘溪作》（六首）。其一："望秋蒲柳最先零，颜驷华颠枉乞灵。好是光庭环坐立，一窗风雨课残经。"其三："萧斋寂历隔瀛洲，风满疏帘月满楼。句未新裁翻似旧，酒能痛饮不工愁。忘怀到处交求淡，长胜年来道悟柔。自笑此身何所似，松间老鹤水边鸥。"其四："频年踪迹寄西东，蝶梦初醒夕照中。失势苍龙难作雨，盘空老鹤惯呼风。浮家泛宅元真子，老眼羸躯陆放翁。穷笑一身三乐具，不须羞涩为囊空。"

冯豹作《和郑子平先生六旬自寿诗四首》。其一："一岁多君长，今君六十春。少时胸有竹，俯视目无人。既乃淡于进，恍然悟著真。佛空无一物，何富又何贫。"其二："晚年我亦佛，奇拙是趋时。君若求知己，升堂某在斯。无中妙有物，不自识为谁。玄道昭然在，牟尼释念兹。"其三："魔来瞰修道，万劫把身持。愤我谋斗酒，羡君赋寿诗。神游仙佛国，树长菩提枝。想在经堂外，望空捋捋髭。"其四："周甲后何事，如如益自然。怜人沦苦海，任贼盗青毡。谕妇事姑孝，教儿学父贤。不离家自圣，有约大罗天。"

汪兆镛作《戊午广州毁城，有一砖文曰："似从工作到如今，日日挑柴吃苦辛。一日秤来要五百，两朝定是共千斤。山高路远难行步，水深圯滑阻工程。传语诸公除减少，莫教思苦众军人。"友人以拓本见示，漫题》。诗云："北宋城堨委鬼工，缮完郛堞却寇攻。今得堨文苦工作，眼底挥斥藩篱空。古今事理庸有异，窥时万态焉能穷。鬼薪城旦良可念，减除寄语非匆匆。姓名不复记谁某，书格颇近黄涪翁。漫论兴废视残字，永嘉断甓将毋同。"

夏曾佑作《史馆独坐》。诗云："觉梦昏昏昼夜均，丘聃皆死与谁论。池平树古秋阴下，迹往名留一代人。每见遗文成惜往，偶从僵石悟无身。寻常欢笑寻常哭，依旧长安画鬼神。"

聂树楷作《贵阳后乐山（赟）〈柳姬传〉题词》。诗云："柳宿光中陨小星，一棺长掩玉伶俜。伤心陶令门前树，从此春来不忍青。"

齐白石作《赠友人》。诗云："五洲一笑国非亡，同室之中作战场。稻枯邻犹关痛痒，城焚鱼亦及灾殃。下流不饮牛千古，自荐无渐士一长。四顾万方皆患难，诸君挥泪再思量。"

陈诗作《徐仲可出示先德印香先生〈复盦觅句图〉，因题》。诗云："咸同盗据越，滔天乱人纪。左侯奋铁钺，直下桐江水。莅疆辟贤豪，徐翁实佐理。陈书招流亡，蠹政祛关市。好春灿六桥，搴芳亦自喜。迄今留图象，索句孤山址。孝廉抱遗文，遁世继厥美。犹传首蓿盘，素风固如此。老恋汐社盟，嫥精崇正始。"

叶德辉作《母寿八旬喜赋》。诗云："慈竹冬生过八旬，彩毫厘祝彩觞新。日长至节先添线，月正圆时魄满轮。颐性固知恭则寿，坤灵先得气之春。降祥作善邀天祐，郗母神明信福人。杖乡犹自着彩衣，半百称儿世所稀。绕室孙曾同戏彩，入门宾从丰衣绯。北堂萱暖慈云护，东阁梅开瑞雪飞。百岁期颐操券获，寸心长此答春晖。画荻亲承母教施，青灯味尚忆儿时。鲤庭趋过赓慈训，凤阁褒封展孝思。扶老世应无健药，弄孙我亦学含饴。石林家集名山寿，奕叶书香祖砚遗。（儿子、从子辈皆读书好古，颇知目录板片、金石书画之学）科第胡云遂显扬，天留岁月著书长。吉金麋寿平安馆（汉阳叶润臣舍人，名澧，收藏金石甚富，庋之平安馆。粤匪乱后，先世之藏，闯荡亡矣），瑞印螭盘午梦堂（汾湖派二十四世族祖、明工部公绍袁，世称天寥先生者也。甲申鼎革，披剃为僧，有《午梦堂全集》，皆一家父子母女之作，其七子讳燮，即横山先生也。其先世于汾湖得石芝，又于其地获古铜印，有'叶氏瑞芝堂印'六字，皆家门鼎盛吉兆也。事载天寥公所撰《湖隐外史》）。身世一官轻海粟，见闻三世阅沧桑。兰陔华黍笙诗阙，补写葩经抵侑觞。"又作《题晋江黄氏〈古檗山庄图〉》（二首）其一："萧萧白杨树，此地有村庄。树杪龟趺见，荆丛马鬣刚。万家营族冢，一姓系宗祊。葱郁佳城气，遥知卜世长。（首句处误作树）"其二："一片青山影，泷阡广孝思。犹传买地莂，不见丽牲碑。道里庚邮近，规模丙舍遗。龙瞑图义训，檗谷亦吾师。"

江起鲲作《和栩园〈四十感赋〉元韵》（四首）、《和竺咏风〈自述〉二律》。其中，《和栩园〈四十感赋〉元韵》其一："一别蛟川已六年，几曾幕府傲王前。不图强仕偏休仕，枉说归田未有田。陶顿生涯成幻梦，马班著作擅神权。困人最是黄金崇，高价文章幸值钱。"《和竺咏风〈自述〉二律》其一："浮生等是一微尘，何判山隈与水滨。吾道可伸休自屈，此身能幻本非真。兵戈浩劫空前古，砥柱长才让后人。毕竟桃源何处是，只求家宝各亲亲。"

毛昌杰作《宋芝田参议应选入都，集唐人句送之》。诗云："飘洒独归迟（温庭筠），长随泛梗移（李德裕）。此行既特达（杜甫），老去恋明时（刘长卿）。战伐何由定（杜），纪网正所持（杜）。只应推宋玉（李商隐），排闷强裁诗（杜）。"

曹元忠作《摸鱼子·和彊村〈马鞍山访刘龙洲墓〉》。词云："数词家、侠情豪气，如君还复能几。墓门圆石伤心语。有志无时而已。成甚事。应抵得、出师未捷身先死。誓湔国耻。怎北指幽燕，南采淮海，残骨付知己。　　玉峰路，终古荒城流水。英灵难道安此。阳原西望辛承旨。坟上不平鸣起。长夜里。恐也要、叠山披发招魂祭。临风陨涕。对敌国河山，前朝人物，无限自哀意。"

周学熙作《趣园偶题》。诗云："联峰之麓临沧海，新筑园林傀辆师。槐下有风清午簟，荷边过雨涨秋池。偶看西子凌波戏，闲赴东邻把钓期。栗里商山今不远，会心深处鲜人知。"

赵熙作《怀损老》《怀人》。其中，《怀损老》云："宛然天下士，于蜀号龙媒。上相多知己，群流仰辩才。潮生沧海大，花冷法源开。挂衲何山树，人间又一回。"《怀人》云："岁暮怀人星斗南，石遗海藏与弢庵。文章下笔有生气，风雪一龛思夜谈。感旧集中君第一，喜今天下我岑参。计程盼到瑶池日，春水桃花满禊潭。"

刘绍宽作《怀符笑拈先生》。诗云："沧海一值叟，栖迟古越瓯。言寻竹林契，重作秣陵游。高唱郢中曲，留题白下楼。江山足诗料，应可豁羁愁。"

俞陛云作《戊午岁南归，道出淮徐间，群盗纵横，时鲁军在楚，战事方亟》。诗云："鳌轴翻新六载遥，南塘鸣镝已如毛。千营列戍虚弦控，一炬焚村野哭高。淮泗田荒稀见麦，龟凫山险笑横刀。湘西叠报前锋挫，飞挽犹闻日夜劳。"

董玉书作《京兆赵湘岑、天津张稚轩同至上堡看牡丹》。诗云："骏马名花一顾空，长城杨柳拂春风。出关气挹东来紫，对酒香分北胜红。春到边荒寒尚勒，天留国色晚相逢。回思京洛三年事，古寺斜阳夕照中。"

姚寿祁作《冯空石（全琪）为余画扇并题新句，赋此报谢》。诗云："诗老何曾有画名，谁知惨淡极经营。虚无纸墨开清旷，咫尺江山入远平。点笔神随萧树出，浮空意与晚烟成。芳风日夕盈怀袖，不忘殷殷题篦情。"

万耘箱作《闻声有感》。诗云："树上自呼独立鸟，世间那得共和人。烽烟到处云争起，料是从前种有因。"

王绍薪作《红梅》《三眼桥驿书所见》（二首）。其中，《三眼桥驿书所见》其一："轧轧车声走夕阳，红莲出水远闻香。天低云直家园路，三眼桥西是故乡。"其二："夹道水松高不密，牧童牛背笛声长。黄云两岸看无际，万笠晴歆刈稻忙。"

王锡藩作《雨窗自遣》《次日天晴水退，复言而作》《鬻女诗》（二首）、《息讼叹》。其中，《鬻女诗》其一："娇小如雏燕，年荒值几钱。小心服侍主，不比在娘边。"其二："泣尽眼中泪，洒儿身上衣。孽缘如未断，魂梦夜来归。"

孙光庭作《佗城》。诗云："自古佗城号霸图，而今风尚几番殊。不因富庶加文教，尽剥脂膏纵细娱。楼上征歌填醉饱，门前列队卫挎蒱。迁流目击空垂手，可是颠危不用扶。"

曹炳麟作《黄树铭归自辽，严友潮归自越，觞于海苍阁》（二首）、《题施闰秋丈（启华）七十小影》（二首）。其中，《黄树铭归自辽，严友潮归自越，觞于海苍阁》其一："二三千里外，南北客归来。欢笑平生事，登临几辈才。山林仍面目，须发各于思。此会知多少？同君且尽杯。"其二："轩昂两君志，独我倦游何。邱壑故乡美，风波孽海多。野云遗世想，残日醉时歌。犹恐林泉邃，秋声撼树柯。"

闵尔昌作《董卿由河东调部将还京，先以诗来订城南觅醉之约，却寄一首》。诗云："孤身远宦计原非，还就妻孥可当归（君去年往河东，留家京兆）。马首船唇游易倦，条山河水雪初霏。烽尘何处堪栖老，煦沫相忘且息机。准拟为君开酒戒，斜街春早韭苗肥。"

徐自华作《和佩忍广州寄怀原韵》《病起和韵》。其中，《病起和韵》云："欲写离怀不尽愁，尘劳仆仆几时休？书因病懒缄封少，瘦觉凉多枕簟幽。遥望云停千里远，忍看月满一轮秋！海天何处闻新雁？萧瑟西风独倚楼。"

童春作《题任朗斋扇》《次〈中秋即事〉韵，答乐天生（即叶津航）》《寿沈子雅》《戏步耐寒子原韵》。其中，《题任朗斋扇》云："任家溪上驻行旌（夏初旅行过此），格外殷勤地主情。市远先将兼味备，酒馀更觉一身轻。莱衣舞彩真称乐（时太翁年七十三），邺架多书不为名。仿佛桃花源里住，渔郎初到荷欢迎。"《次〈中秋即事〉韵》云："八阅中秋客此乡，同人亲厚免凉凉。风来海角寒惊早，月满花间影亦香。驱疟有诗频斗韵，销愁惟酒共衔觞。如何学子多休课，劳我忙书肘后方。"

叶景葵作《寿笙谱姑丈八十》。诗云："昔我王父在汴州，妙选佳婿人所羡。我父相遇若弟昆，出入衙斋共笔砚。我姑婉嫕事夫子，躬亲浣濯服炊爨。闺中余艺常迈群，图写蝴蝶穷万变。我丈英挺擅年少，励志砥行若操缦。刻画金石超篆籀，模状烟云别素绚。以云从政学则优，大官荐剡初作掾。淮蔡群俗好巫觋，临以儒迁易瞀眩。春耕既劝民罢斗，夜龙无警盗不窜。忽感霜露思邱垅，三年报最意亦倦。归装那有郁林石，并无杜曲好东绢。老屋萧森故树瘦，粗粝已觉荷天眷。大儿悃款甘薄官，小儿读书勤且愿。摊经课孙孙复孙，个个精熟异童草。科头取凉曝背暖，缓步登岭脚不汗。养生妙理只如此，熊经鸟伸诚梦幻。我姑即世终寂寞，乃与画图共昏旦。湖光是师山是友，脱略糟粕开生面。神闲气静意始到，日永春长力足赡。嗟我失怙苦行役，如蓬转风重到汴。我来丈去判南北，卅载蹉跎不相见。尺素稠叠招我隐，仿佛驽马受羁绊。黄沙扑人朔风卷，但有往雁无来燕。昨宵梦转复入梦，中堂双烛张盛宴。女儿酒陈肥羟烂，菊花为粻鱼作面。掀髯高坐丈意喜，以盏寿丈且自献。日高睡足看行箧，颇思投劾下江汉。丈兮丈兮伫我归，白发虽多腰脚健。"

许承尧作《宦味，赠友人》《游城南，怀林子豫，作此寄之，二首》《重游鸣鹤园，感愤作》《寄鲍蔚文甘州》。其中，《宦味，赠友人》云："宦味秋心并一欷，十年京国久忘机。虚舟入世能容与，空谷逢音太诡奇。对酒渐惊霜上鬓，买山拚指岁为期。龙蛇未必关吾辈，只怨艰难瘁羽衣。"

吴佩孚作《感时》《写竹述怀》《出师诗》。其中，《感时》云："何事连年苦斗争，夏来春尽倍怆神。龙蛇起陆河山裂，蚍蚁丛生甲胄腥。劫火四封中外困，杀声一震地天惊。谋和幸有名贤者，代表人间第一声。"《出师诗》云："男儿立志护中央，哪怕逆军百万狂。元首余威加域内，偏师直捣过衡阳。志存宋室岳忠武，心羡汉朝张子房。寄语南征诸将士，此行关系国存亡。"

范罕作《戊午北上》。诗云："未能却病且辞家，欲揽云山饰鬓华。大海截江腾罔象，东风持日暖鱼虾。波横浩荡千愁合，车绕雷霆一梦哗。出处等闲随药饵，燕南冀北又春花。"

顾燮光作《童母陈太夫人七旬寿诗（代）》《题王鄜阁藏西汉迟元宗等祖冢刻石》（二首）、《萧母俞太夫人七旬寿诗（代）》《题崔公残石拓本后》。其中，《题王鄜阁藏西汉迟元宗等祖冢刻石》其一："西京石刻如星凤，环宝人间尚有之。降命犹存残字百，神光十丈照临池。"

周钟岳作《毕节归途见兵扰民逃，惨然作此》《重庆驻军一首》。其中，《毕节归途见兵扰民逃》云："山店烦冤劫后人，千村寥落甑生尘。贼来尚可兵尤横，生已无归死屡濒。那忍疮痍看满地！孰能匍匐救凡民？伤心万物为刍狗，天地如今岂不仁？！"《重庆驻军一首》云："诸道连营势散沙，涂山咸集会兵车。徒闻恶少夸雕面，便是偏裨亦建牙。幕府长筵亲剑舄，江城繁吹杂铙笳。翱翔河上中军好，万骑何时出汉巴。"

陈衡恪作《题弗堂所藏仕女古画砖》《次韵衮甫〈瑞士山中〉之作》《京师重见贺奉生丈》《答诸贞长》《见去年所画菊花，因题》。其中，《题弗堂所藏仕女古画砖》云："蛾眉奇绝内家妆，粉墨凋零想汉唐。好古别开金石例，弗堂双矍费评量。"《次韵衮甫〈瑞士山中〉之作》云："地僻心逾静，山幽水更清。一家留燕乐，圆景共澄明。鱼信迟难达，戎机久未平。诵诗动遥念，风雨听鸡鸣。"

林尔嘉作《戊午敬步陈省三〈寄陈剑门〉原韵》（四首）。其一："一事无成怕问年，几经烽火幸依然；蓬瀛昔日神仙侣，散入江湖钓暮烟。"其三："知君不为买山归，回首青云路已非；同上江楼天欲暮，静迎新月送残晖。"

吴闿生作《东海相公招宴邸第赋诗，依韵奉和二首》《秦山高戎服见过，示以所作见忆诗，次韵奉和》。其中，《东海相公招宴邸第赋诗，依韵奉和二首》其一："元老雍容肯降尊，亲携宾客宴芳园。乍疑路出蓬壶外，斗觉春回黍谷温。四座须眉商雒叟，一溪篁竹水云村。不须更觅苏台啸，已有鹓鸾日到门。"《秦山高戎服见过》云："老矣安能学伙飞，翛然真欲见被衣。河鱼智井宁无疾，天马长空自不轨。闭户尚能勤所好，赏音谁为契其微？却嗟戎马纷腾日，摄甲君当何处归。"

王揖唐作《诫德炎儿，炎将赴欧留学》（四首）。其一："从政愧吾犹未学，治经喜汝有师传（炎从舒城赵心甫熙民、桐城姚仲实永朴两先生学）。前贤训语须牢记，文艺如何器识先。"其三："爱亲敬长自孩提，务本须从孝弟知。有子之言似夫子，童时开卷幸三思。"

黄祝薰作《四十一生日》。诗云："四十平头又出头，半生纵迹等磨牛。浮名误我青灯倦，老境催人白发羞。入梦云山环卧榻，吟诗风月满行篝。吾家自有凹园好，富贵由来不可求。"

罗功武作《鸳江旅次度岁杂记》（二十首）、《闻政府许日本廿一条苛件》《闻滇桂军在粤械斗》。其中，《鸳江旅次度岁杂记》其一："他乡作客度残年，往事思量百感牵。愁听冬冬催腊鼓，东郊闲步夕阳天。"其二："街头处处卖春联，催换残年景物迁。堪笑市人忙不了，迎新送旧两纷然。"十八："古香斋内列丹青，购得名家数画屏。人物于心雪谷竹，南沙鹦鹉默先鹰。"十九："莫谈富贵付云烟，差幸平安又一年。身世飘零成惯例，客中无累转怡然。"二十："送年惟有赋新诗，耐冷挥毫笑我痴。孤客百闲心自逸，不因俗累日奔驰。"《闻政府许日本廿一条苛件》云："张楚胡为亦略秦，火能炀灶况添薪。鲁连莫诎新垣舌，靳尚偏违正则心。自昔燕云已失计，休云虞虢似依唇。权奸误国辜难蔽，忍使神州我见沉。"《闻滇桂军在粤械斗》云："土德正当时，岁星次于马。内外蛇斗门，玄黄龙战野。却秦诎鲁连，服扈穷似夏。嗷鸿集泽中，归燕栖林下。肉屐野苍黄，血殷川渥赭。有神降莘圩，梦鬼谋曹社。伤心压及侨，无自支倾厦。"

陈尔锡作《喜侗白省长入京见过》（二首）、《依韵和友人告归留别之作》。其中，《依韵和友人告归留别之作》云："江总黑头正妙年，辞官依恋旧家毡。微余俸米堪添鹤，尽有清风不计钱。冬笋补寻春雪后，朝衣还舞锦堂前。出山原只一时约，归志先期已浩然。"

张质生作《和陶彭泽〈饮酒二十首〉元韵》。序云："余少不嗜酒，二十三岁始解衔杯，每遇宾筵，少饮辄醉。蜀道倾罍，朔方挈壶，离合悲欢，又闲十载，心有所蓄，欲宣于言，乃和渊明《饮酒》诗，聊遣郁怀云尔。"其四："茂树极葱郁，鹪鹩绕枝飞。哀鸣口流血，凄凄一何悲。黄虞今已远，吾生将安依。便欲谢簪组，掉臂浩然归。世乱心独治，家贫志不衰。悠悠自终古，此愿莫相违。"其七："落落尘寰中，何处觅俊英。百年无一可，那得不忘情。翻思涤尘俗，浊酒十觞倾。眼花任人笑，心空听泉鸣。举头问天帝，吾果为何生。"

圆瑛法师作《四十口占》。诗云："四十流光转眼过，依然人世感风波。浮生如梦谁非寄，慧镜蒙尘我自磨。默契维摩门不二，了知临济旨无多。云开雾散晴空现，妙觉圆明一刹那。"

连横作《宝玉曲》。诗云："燕人爱珷玞，郑人呼鼠璞。可怜席上珍，弃置同流俗。独有楚卞和，能识荆山玉。载拜献王庭，不过甘刖足。一朝发奇光，万夫皆侧目。巨价重连城，赵秦争一鹿。至今二千年，久韫贾人椟。众女嫉蛾眉，群雌徒粥粥。何如完璧归，抱向荆山哭。我昔游玉峰，万花发奇馥。复会梦玉京，仙姬多绰约。琅琅天风鸣，驾下淡江曲。高楼夹道旁，丝管云中促。桃李濯春华，香车驰绣毂。翩然见美人，自言名宝玉。宝玉年几何？二十尚未足。娥娥红纷妆，烂烂云锦服。纤纤媚语柔，袅袅腰肢弱。相见便相思，相思更相谑。饮我琥珀杯，醉我琼瑶醑。挂我玟瑁簪，贻我珊瑚镯。晓起看梳头，晶帘影秋菊。同梦恋春风，夜谈烧银烛。我名号青萍，卿意怜结绿。如此素心人，宁忍依草木？我欲命塞修，贮之以金星。围以翡翠屏，垂以珍珠箔；衣以雪罗襦，袭以冰绡谷。我既赋闲情，卿亦修清福。但恐玉镜台，不为太真属。不然聘云英，玉杵捣灵药。璧合会有时，珠联犹未速。并世有怡红，为谱潇湘曲。"

高燮作《泰山谒侯将军端墓》《次韵答潜庐老屋》《闲闲山庄偶述》《余以餐菊函告侄平子，平子即以诗为贺，因详述一章报之》。其中，《次韵答潜庐老屋》云："陟冈西望意何如，喜得诗篇慰索居。旧宅人归翻似客，荒斋岁晏孰华予。弟兄垂老怜同病，风雨还期补读书。我已久无霖雨志，愿随在沼作潜鱼。"《余以餐菊函告侄平子》云："香清不数兰花片，味淡差同豆腐衣。聊喜偶添新食谱，翻劳见贺好诗题。烹鱼食肉令人鄙，吸露餐霞使我饥。未若此英堪静咀，离骚佐酒倘相宜。"

林志钧作《罗瘿寄示丁巳除夕诗赋和》《和瘿公〈自在〉一首》《向晚廊间独坐得句》《看镜一首》。其中，《向晚廊间独坐得句》云："晚风微动蝉声起，正是林间月上时。抱膝短廊新浴罢，半壶凉茗一篇诗。"

胡汉民作《读〈魏武集〉》。诗云："但见千山雪，谁知三月春。树枯仍入画，月冷故依人。归路衣裘薄，迷途仆竖亲。笑他趋热者，何事候风尘。"

郭延作《齐天乐·四十生日识感》。词云："飞腾四十明朝过，流光可怜虚度。破卷随身，依人作嫁，是事无闻如故。孤鸿在渚。已无福今生，对床风雨。六十衰婆，丹厓望隐梦中路。 儿时恍如昨日，怪丝丝镜影，双鬓无数。天气鸣蜩，命宫磨蝎，一笛宾洲渔谱。桑田万古。送锦水年年，经天东注。笑进霞觞，妙莲心自苦。"

谢鼎镕作《四十述怀六首（并序）》。序云："日月推迁，已复有夏。四十无闻，斯不足畏。乃著新诗寄怀于言，纸墨遂多，词无诠次，好事君子共取其心焉。"其一："重离照南陆，白日掩荆扉。绕屋树扶疏，众鸟相与飞。清朝起南飔，夕露沾我衣。东方有一士，晨夕看山川。委怀在琴书，邈然不可干。知音苟不存，即日弃其官。此中有真意，躬耕非所叹。"其二："少年罕人事，性本爱丘山。遥遥从羁役，此行谁使然。饥来驱我去，聊且凭化迁。繁华诚足贵，于我若浮烟。"其三："故人惜寸阴，丈夫志四海。人为三才中，衰荣无定在。鸥鹡见城邑，荏苒经十载。有志不获骋，忽值山河改。投耒去学仕，立善有遗爱。弹冠佐名州，山川千里外。"

顾保璟作《十六字令·题刘筱墅〈沙湖烟波钓月图〉》（三首）、《虞美人·题〈浮梅再泛图〉》。其中，《十六字令》其一云："烟，万顷沙湖一钓船，天边月，双照玉人妍。"其二："波，举酒相邀尔我他，宵深矣，归棹理渔蓑。"其三："图，对影闻声似可呼，烟波里，人月两模糊。"

胡雪抱作《寄子云》《解蛰，别长和、次纯》。其中，《寄子云》云："去年磨蝎损襟抱，墨泪缤纷泣女挐。闻道秋霖同卧病，空吟梁月怅离居。故人珍重久要意，娱我新镌绝妙书。揽物相思隔芳讯，可常花事问湖渠？"《解蛰》云："懒云三载殢高眠，又引他时梦渺绵。提榼壶飧犹古意，曝庭签轴有余妍。竭来秋病歌吟短，看汝寒宵舞蹈翩。愿得终身葆天趣，壮游能寄益州笺。"

叶恭绰作《马赛海阁咏怀》（1918 年法国）。诗云："渐觉闲身世已轻，宵来凉月转虚明。极天星火连群动，入座风香失净名。目倦回潮千起伏，心移绝壁屡阴晴。闭门美睡吾何有，梦冷松涛向晚声。"

郁葆青作《岳武穆》《严陵钓台》《淮阴钓台》《莫愁湖》（二首）。其中，《严陵钓台》云："山月年年照富春，长留遗迹在江滨。故人何幸为天子，盛世居然有逸民。石室曾宣光武诏，祠堂犹勒宋贤珉。严滩万古空流水，垂钓何无第二人。"《莫愁湖》其二："隔岸青山郭外斜，绿杨楼阁是卢家。珠帘钩挂碧波月，瓜艇梭穿红藕花。无复玳梁栖海燕，只余古木噪寒鸦。游人倘有愁千斛，请把愁来付水涯。"

程潜作《纪羊楼峒及攸醴之役》《郴州杂诗四首》。其中，《纪羊楼峒及攸醴之役》序云："去年冬，予既自衡阳克长沙，段祺瑞因自劾去职，所部李奎元、卢金山、孙传芳等犹踞岳阳，于是有白湖荡之战。克之。不逾月，段复藉参加欧战借日款重柄政，以曹锟、张敬尧、张怀芝、吴光新、张作霖等军分五路来寇，予挈桂军御之。左起羊楼峒，右至萍乡，战线亘千余里，鏖战月余，覆张怀芝军于攸醴。殆予部刘建藩在株州阵殒，前锋不支，因弃衡阳，退保郴、永，而长、衡诸郡遂同陷，因以纪之。"诗云："朔风吹霰雪，烽火连江湘。凶残不悔祸，旗鼓忽再张。群丑众如林，分路犯我疆。众寡虽殊势，理直气自扬。麾兵事险隘，摧敌先摧强。三旬遏狂寇，死伤略相当。选锐扼攸醴，期然来虎狼。追奔士无前，惜哉殒俊良。前锋遂颠踬，因之弃衡阳。全我仁义师，胜负亦何常。"《郴州杂诗四首》其一："霭霭衡疑云，滔滔潇湘水。其下汹波涛，其上繁荆杞。荆杞朝夕荣，群兽得所倚。波涛浩荡来，横流何日止！登高望不极，哀我桑与梓。此亦不可期，彼亦不可恃。雾霪弥四方，徒伤龟玉毁。凤昔结同心，谁能有卒始！"其二："群狐恃城阙，众鼠凭社宫。形影非有托，媚黩何由工！层阴霭玄霄，微雨时濛濛。六合同昏暗，焉能限西东！兰皋满荆棘，前路多塞壅。蹄迹交纷纭，日夕劳我衷。美人隔千里，芳讯久不通。侧身望天地，惆怅凋颜容。"其三："青青山上松，郁郁涧边柳。人生自有涯，谁能百年寿？君子怀远心，绸缪在户牖。当其经营始，宁复计成否。积苦堂构立，轮奂连冈阜。西邻妒厥成，道旁纵谗口。众犬同吠声，纷来掣吾肘。我行自有道，安得丧我守！"其四："红兰发紫茎，众草失容颜。良苗结嘉实，稂莠共鲜新。荣枯各随化，美恶本异根。势既不两立，理难强相亲。召公尚疑圣，晏子亦妒贤。所以徇名子，久要义无存。一朝违利害，不惜饰诈谖。积薪贻自焚，智者岂其然！"

陈公孟作《西湖纪游》（二十八首）、《飞来峰歌》《西湖采菱曲》《调水符》。其中，《西湖采菱曲》云："镜光摇绿低双鬟，波纹蘸影蛾痕弯。采菱女儿年十五，扁舟打桨西湖间。菱丝细弱不禁风，菱花掩映双脸红。花光不及水光好，一朝零落悲秋草。愿侬化作西子湖，春风年年吹不老。"

孔昭度作《鱼庐雅集奉题》《钓鱼》《操舟》《游泳》《读书》《六榕寺观移石二首》。其中，《游泳》云："清浊严别择，厉揭寸心知。只欲能鄙事，何妨习水嬉。"《读书》云："宜燠复宜凉，春秋佳日长。静参飞跃趣，端不羡濠梁。"

沈尹默作《西江月》。词云："脑后尽多闲事，眼中颇有佳花。饭余一盏雨前茶，敌得琼浆无价。　午睡一时半晌，客谈百种千家。兴来执笔且涂鸦，遣此炎炎长夏。"又作《西江月（眼底凭谁检点）》《减字木兰花·赠友》。

熊英作《谒韩文公庙》。诗云："积水日东注，奔流到此堂。江山从姓氏，夫子有辉光。画壁龙蛇走，惊人蝙蝠翔。森严瞻气象，端肃整冠裳。北斗尊天下，南珠弄海荒（潮人取公'婆娑海水南，簸弄明月珠'句，筑亭曰南珠）。斯文传赵德，遗爱重潮阳。彩笔怜鹦鹉（州有公所书《鹦鹉赋》刻石），空台泣凤凰。期年犹可治（公在潮一年，量移袁州），吾道亦何伤。小子嗟来晚，前修接混茫，谁能辨清浊，终莫赋沧浪。"又作《谒宋丞相陆忠贞墓》。诗云："国破身何惜，天亡事忍论。艰危扶宋室，筋力尽崖门。填海余忠骨，更桑羡后昆（墓旁陆姓聚族而居）。田原春雨足，村舍俗风醇。树古鹃啼急，苹馨酒久温。九原不可作，南国孰招魂。"

吕思勉作《诗舲为予画扇，就所画物成一诗题之》。诗云："江郎饶茭藕，况有杖头钱。壶觞时独醉，看剑引书眠。"又作联语《挽刘葆良》："日下旧闻多，方期野史亭成，重为先朝存掌故；江南归计早，何意茂陵园在，未容老去赋闲居。"

秦更年作《题画，为陈涵斋》《消寒社集，分得寒瀑、寒驿》（二首）。其中，《题画》云："忆昨扁舟汉上过，参差楼阁望中多。江城月夜纵如画，疲于津梁奈若何。"《消寒社集》其一："东坡昔驻匡庐车，开先三峡交相夸。不辞芒履双足茧，来看飞流千尺斜。玉龙振鬣溅珠沫，石壁无肤凝雪花。选胜探奇吾兴好，未妨岁晚仍天涯。"其二："萧条传舍蔽飞埃，寰柳荒堤一道开。跃马几过燕市客，争春频寄岭头梅。长途日暮行应倦，大木风号梦始回。厩吏连朝为报语，纷纷南北使车来。"

袁家普作《戊午北兵焚熄县城后，偕湘芷、君剑赴沪请赈，临行感赋》。诗云："伤怀六七年中事，累我三千里外行。半箧图书添惨史，万家创痛寄征程。山河笑尔分南北，恩怨何心到弟兄。东去孤帆天际远，江潮犹作不平鸣。"

俞寿璋作《重至苏州节署，有感恩艺棠中丞及当年同事诸子，用甲辰〈赠别述怀〉旧韵》（四首）。其一："烦督何曾涤扈那，一官南徼自蹉跎。已看粉翅残金蝶，又汲清泉啜碧螺。旧迹苔衣连理石，重生经写贝多罗。考槃独寤风人旨，十载劳劳负涧阿。"其三："仙积尘封旧日祠，野藤荒棘长参差。沉沉夜月丛新感，落落晨星数故知。金粟画图摩诘冷，浣花诗思杜陵痴。严城鼓角声催急，不见铃辕五丈旗。"其四："凭春还记伯通桥，碧水红蕖景物饶。影事不堪谈俭幕，流波空自咽胥潮。斜街槐落伊人去，东海桑稠故国遥。纤雨楼头听约略，杏花深巷寂伤箫。"

谢玉岑作《南楼令》《蝶恋花·荷花》《丑奴儿》《高阳台·钱唐陆碧峰为绘〈深巷卖花图〉，用成此解》《满江红·赠碧峰西湖，即题其〈痴云馆填词图〉》。其中，《南楼令》云："晴绿晚来天。钿云试卷帘。报新池、荷叶田田。底事五铢衣带瘦。长日地、闷恹恹。　门外水如天。相思红豆牵。便何如、同上红船。欲与伴禅天女说，怕爱极、不轻怜。"《蝶恋花》云："一霎春来春又去。独下春山，离绪悲难诉。肠断东风飞不住。美人身世浑如雾。　同病只教怜柳絮。寂寞帘旌，没个商量处。旧约飘零今后□。愁心点点成红雨。"《丑奴儿》云："当年旧事重重记，绿满轻卮。红放花枝。豆蔻年华月上时。　而今心事浑无据，梦里相思。壁上题诗。消息争教婴武知。"

李鸿祥作《戊午居香港，岑春煊入广州，电唐继尧与余，为难时，倏闻父丧，犯难回籍，登舟有感》。诗云："世乱归无策，亲丧大事临。流泪衣尽湿，风起浪频侵。救国成虚愿，望云思故林。乌私久未报，泣血更椎心。"

朱德作《登长老坪》《攻草帽山》。其中，《登长老坪》云："不信天难上，登山理可推。有心窥绝顶，处处是蓬莱。"《攻草帽山》云："山名草帽日光遮，怪石嵯峨蔽透斜。断续枪声无动静，匪徒早遁散乌鸦。"又，本年至1919年间，朱德作《感时五首，用杜甫〈诸将〉诗韵》。其一："中华灵气在仑山，威势飞扬镇远关。史秽推翻光史册，人权再铸重人间。千秋汉业同天永，五色旌旗映日殷。多少英才一时见，诸君爱国应开颜。"其二："伟人心事在争城，扰攘频年动汉旌。久受飞灾怜百姓，长经苦战叹佳兵。欣闻外地同时靖，默祝中原早日清。独抱杞忧安社稷，矢心为国睹升平。"其三："汹汹天下尽为烽，八载衅开百二重。沧海桑田焦土变，名山秀野战云封。中央老朽能谁主，各省英雄岂自供。举国人人作政客，何人注意在商农。"其四："深海当年姓字标，茫茫大地愿难销。南滇爱嗟离别，西蜀知心太寂寥。为国无时还梓里，戎衣何日换金貂。买山筑屋开诗社，幸赋归来避市朝。"其五："年年争斗逼人来，如此江山万姓哀。冯妇知羞甘守节，徐娘无耻乱登台。推开黑幕剑三尺，痛饮黄龙酒数杯。西蜀偏安庸者据，中原逐鹿是雄材。"

林伯渠作《路过永州游西岩作》。诗云："洞泉泠泠似清磬，危倚石栏恰可听。一滴终须归大海，几人到此悟平生。"

谢国文作《柳梢青·为友人赠须田女士》（时旅日本东京）。词云："红杏墙东，当垆卖酒邂逅相逢。粉蝶情痴，黄莺娇懒，辜负春风。　　个中消息谁通，描不尽愁眉叠峰。江户初樱，新桥夜月，倩影迷梦。"

陈桂琛作《读史公〈游侠传〉》。诗云："有言必信行必果，急人之急忧人忧。即此岂是寻常人，肝胆已足传千秋。伟哉朱家与剧孟，生平任侠根天性。布衣之权动公卿，穷窘之士得委命。人生困阨会有时，季布髡钳事可悲。侯门浪说存仁义，一朝仓卒谁援之。孟与朱家行大类，条侯得之心醉。公然身殁无余财，笑彼细人但殉利。我读史公列传中，甘心低首游侠风。郭解一传更驰誉，此外卑卑不足数。吁嗟乎，世人结交须黄金，黄金不多交不深。博徒以利相征逐，一掷十万方快心。侯门大酒与肥肉，粉白黛绿列华屋。哀丝竹须臾间，零落山邱闻鬼哭。纷纷当世称贤豪，缓急终难拔一毛。史公秉笔写幽愤，再拜义侠云天高。九原侠士不可作，从此世情日轻薄。风尘何处觅屠沽，我欲因之寄然诺。"

林损作《唐叔玉挽诗》。诗云："文举樽中酒，何人饮最多？去年此月日，浅至发清歌。执别伤芳草，闻丧感逝波。重来池馆寂，垂泪对新荷。"

夏宇众作《都门再谒泊居师，赋呈》。诗云："壬子苍茫赋北征，当年自许价连城；可怜时日多如发，赢得寒窗伴短檠！岁暮惊公苍鬓白，汉南回首晚钟晴。羽毛深惜凌霄意，一集都门岁七更！（在鄂垣学校时，师每于傍晚为吾侪数人谈讲文艺，循循不倦）"

陈方恪作《题巢章甫〈海天楼读书图〉》（三首）。其一："海气昏昏闭小楼，短檠虚棍对冥搜。眼中姑夜终相过，提挈图经抵卧游。"其二："丹黄鳞次小方壶，扫叶探骊兴未孤。何事书生工凿空，直将糠秕铸唐虞。"其三："低垂自首慨前游，宿草凄迷小白楼。何日海山通梦寐，待君风水禳仙舟。"

郭沫若作《咏博多湾》《游太宰府》（二首）、《怨日行》。其中，《咏博多湾》云："博多湾水碧留黎，白帆片片随风飞。愿作舟中人，载酒醉明辉。"《游太宰府》其一："艳说菅原不世才，梅花词调费安排。溪山尽足供吟啸，犹有清凉秋意催。"其二："正逢新雨我重来，群鸽迎人诉苦哀。似道斯人今已渺，铜骑清泪滴苍苔。"《怨日行》云："炎阳何杲杲，晒我山头苗。土崩苗已死，炎阳心正骄。安得后羿弓，射汝落海涛！安得鲁阳戈，挥汝下山椒！羿弓鲁戈不可求，泪流成血洒山丘。长昼漫漫何时夜？长恨漫漫何时休？"

曾慕韩作《续杂感二十五首》（时由日本归国）。其一："岛居怀故国，魂梦有余欢。吟鞭复西指，策马入长安。"其二："勿忆少陵语，畏安似弈棋。万方同一慨，吾道竟何之。"其四："马援昔横海，祖逖亦渡江。遗风应未邈，士气岂能降。"

陈逢源作《戊午九日台南公园登高》。诗云："九日登高例有诗，云霞红衬夕阳迟。天垂绕白纡青外，秋在橙黄橘绿时。人事又倾今日酒，菊花仍发去年枝。比来开口多欢笑，吾辈狂于杜牧之。"

李笠作《述怀》《郑剑西以〈玉兰花〉诗索和，次韵报之》（二首）、《挽陈鹤年君二首》，另作挽联《挽洪博卿前辈》《挽虞柏顾君》《挽项苕甫先生》。其中，《述怀》云："此生独与拙为徒，株守丘园笑故吾。愿替梅花作奴仆，肯将词赋委泥涂。世情蛮触知谁是，旧学钻研且自娱。鲁论只应窥半部，置身莫作小人儒。"《郑剑西以〈玉兰花〉诗索和》其一："移来仙种近高楼，玉质琳琅比大璆。神女佩环清怯月，骚人衣袖冷妍秋。风传空谷幽香远，妆净瑶台倩影留。一点芳心寒绽露，夜长谁为减更筹。"其二："绿阴如盖漫团栾，韵友相逢月满阑。玉树翻歌人静悄，羽衣慵舞态婆娑。光风乍泛春痕浅，碧晕难销天水寒。剧爱守愚诗句好，行将拥醉对花看。"

蔡和森作《少年行·北上过洞庭有感》。诗云："大陆龙蛇起，乾坤一少年。乡国骚扰尽，风雨送征船。世乱吾自治，为学志转坚。从师万里外，访友人文渊。□□□□□，□□□□□。匡复有吾在，与人撑巨艰。忠诚印寸心，浩然充两间。虽无鲁阳戈，庶几挽狂澜。凭舟衡国变，意志鼓黎元。潭州蔚人望，洞庭证源泉。"又作《诗一首》。诗云："君不见，武王伐纣汤伐桀，革命功劳名赫赫。又不见，詹姆斯被民众弃，查理士死民众手。路易十四招民怨，路易十六终上断头台。俄国沙皇尼古拉，偕同妻儿伴狗死。民气伸张除暴君，古今中外率如此。能识时务为俊杰，莫学冬烘迂夫子。"

宋慈抱作《拟左太冲〈咏史〉八首》《寿胡榕村大令（调元）六十》。其中，《拟左太冲〈咏史〉八首》其一："儒书与侠剑，讵足敌万人。跃鱼周灭纣，斩蛇汉亡秦。虽非众裳治，神武惊鬼神。末流篡窃辈，妄追伊霍尘。地维天柱折，高足据要津。威斗天生德，渐台竟亡身。椒殿逐冻雀，一朝三矢陈。疚心今已晚，炙手昔无伦。"其二："神龙曾丧角，死豹觊留皮。嗟彼在天德，逊此藏山仪。哀冕一朝事，著述千秋期。君子疾没世，名不勒钟彝。王充刀著壁，论衡帐中师。高干岂不贵，走肉与行尸。"其四："堂堂两周弱，扰扰三晋嚣。钧天既予赵，灌水竟亡瑶。昔就磨笄烈，今教饮器消。彼兴由保障，我蹶实奢骄。豫让何为者，砺此薄俗浇。国士曾委质，忍折二臣腰。漆身复吞炭，碎首为伏桥。斩衣三跃死，高谊日星昭。"《寿胡榕村大令（调元）六十》云："典午名门说谢王，渊原诗礼自芬芳。匋斋金石留题款（端午桥匋斋收藏金石书画名甲天下，尝得《天发神谶碑》，命君题诗），祭酒生徒解表扬（林祁生上舍为盛均蒚祭酒高足，弟子著述未播，君极表章之）。况复羊求同里闬（谓孙黄二仲），相期韩孟角文章。半生享受升平福，一笑掀髯晋蘜觞。"

刘栽甫作《戊午出都，樵苏送予至天津作别，遂乘车南下，因报长句，并示太冲、仲衡》。诗云："故旧侵晨送我行，直沽握手意纵横。冥鸿迈往天无尽，神骏迟回世乃惊。乘夜渡河滔不反，过江逾午荡难平。报君已及春申浦，看取侏崖收两京。"

罗章龙作《萧乐天将军歌》。序云："一九一八年北洋军阀鹰犬张敬尧荼毒三湘，民困水火。浏阳萧乐天起兵逐张，组织护国军，攻克浏阳县城，进军长沙。战失利，殁于阵。乐天自称为彭僧后裔，改姓萧。先是，余与萧乐天、孙雄飞、李让泉等在长郡联合中学肄业时合组'南强学会'，开始在湘境组织武装起义，反抗南北洋军阀。与萧同时，孙雄飞在湘西起义策应，萧失败后，孙亦牺牲。"诗云："元末东南起义兵，浏阳首义有彭僧。一夫振臂万夫奋，发踪指示逐元军。国土恢廓连吴蜀，文采风流直到今。辛亥革命起湘鄂，北洋军阀实逞恶。毒痛四海连三湘，虎豹豺狼齐肆虐。乡中父老苦颠连，将军见状心恻然。结众有方成劲旅，三战三捷敌为歼。既克邑城俘戎首，发政施仁民称贤。岂意倒悬方解日，中道忽殂大业捐。道吾山高蕉溪黯，浏水堕泪有碑传。至今往来北郭外，山含愁音水呜咽。"诗中所谓"虎豹豺狼"，指张敬尧、张敬舜、张敬禹、张敬汤兄弟四人。其时民谣云："堂堂乎张，尧舜禹汤；一二三四，虎豹豺狼。"

曾仲鸣作《登山》。诗云："不知登岭久，渐觉远村微。千里无闲岫，孤雪何处归。"

吴芳吉作《白袷》《将自永宁归家，先此寄却》。其中，《白袷》云："白袷仲春天，山容欲醉眠。市门昏早闭，江月缺还圆。野味滋蚕豆，新诗写蜀笺。重洋多友助，不复路人怜。"《将自永宁归家》云："万树梅花月正圆，蓑衣滩畔系归船。行囊羞涩都无恨，难得夫妻是少年。"

康白情作《放桨歌》《醉蓬莱·寿刘太师母八秩》。其中，《放桨歌》序云："漫游西湖者六日。楚僧、枚苏、大鹏并先后返上海，惟剑俦、日葵、祖烈尚与予作最后之流连。是夜返自三竺，放桨湖中，逐幽境而上焉。不禁乐极悲来，大呼'天地无情'也！作歌。"诗云："放桨西湖信舸行。路转凄迷，夜转清。四厢客桡响复停；水天如镜漾月明，'天地无情'狂叹声！忽见鸭绿似有村，柳枝低亚石峥峥，云山相望水为邻。我为探奇此攀登。月满花枝花满庭；花影摇摇压人轻；恋人花月不忍行；不知花月恋谁人？垂藤满架对湖心。宿鸟无言总未惊；鸥犹贪游戏野滨；鱼控清波皱月痕。风送菱歌上水亭；花气荷香不可分。虫吟唧唧撩客魂。洞箫一曲写秋心。村犬惊客吠柳阴。槿篱茅舍紫薇门，隔院秋千笑语声。客尽凄然不肯听。缥缈遐思入澒冥：岂有凌波降湖神！"

朱东润作《深宵》。诗云："夜深天如墨，星火明远榭。不见舟来往，灯影空上下。"

王统照作《将东归矣，赋赠木鸡》（四首）。其一："歌泣总成真，心期契未申。文章论杂乱，友道感疵醇。岁暮干戈急，天涯笑语亲。相逢惜少壮，人海恸微尘。"其四："莫作无家恨，栖迟动苦心。鸳机回归梦，鲲志戢纵鳞。世德沧桑幻，浮尘香火因。旅思谁可遣，忍作独归人。"

萧公权作《登楼》《急雨》《读书》。其中，《登楼》云："帘卷楼高向晚风，登楼人在夕阳中。谁将战血千秋碧，幻作春原一向红。"《急雨》云："雷震天疑怒，风翻树欲狂。顽云笼日赭，急雨挟沙黄。缩颈鸡登砌，垂头犬上堂。开襟当牖立，快意得清凉。"

常燕生妻娴清作《寄燕生小照，并系以诗》。诗云："小试分身术，遥托万里情。言谈虽不解，眉目自分明。"又，常燕生作《金缕曲·闻娴清逝世作》《天女》（三首）。其中，《金缕曲》云："世事原逝水。但看来、君我情怀，未应至此。闻说团圆多易缺，我本团圆无几。只别恨、离愁遍是。记得平生曾笑语，道鸡皮鹤发真堪耻。偿君愿，昙花里。　　贻我艰难方未已。待从君、一事惊心，身为人子。况是四方多难日，涂炭生民极矣。有群在、吾何敢死。但使此心常不住，任色空空色频频起。拈花笑，空王旨。"《天女》其一："死别生离总断肠，横流何处问仙梁。一年已忍争今日，七夕能通但此方。晓日碧涛波浪远，秋闺新露剪刀凉。隔河莫道容何事，只觉前情未肯忘。（天孙）"

丰子恺作《晨起见园梅飘尽，口占一绝》《溪西柳》《春宵曲（花老无风落）》《浪淘沙（百卉竞春阳）》《朝中措》《满宫花》《减兰（他乡作客）》《西江月（百尺游丝莫系）》。后总称《浙一师学生时代诗词八首》。其中，《晨起见园梅飘尽》云："铁骨冰心霜雪中，孤芳不与众芳同。春风一夜开桃李，香雪飘零树树空。"《溪西柳》云："溪西杨柳碧条条，堤上春来似舞腰。只恨年年怨摇落，不堪回首认前朝。"《朝中措》云："一湾碧水小窗前，景色似当年。旧种庭前桃李，春来齐斗芳妍。　　如今犹忆，儿时旧学，风雨残编。往事莫须重问，年华一去悠然。"《满宫花》云："荻花洲，斜阳道。一片凄凉秋早。异乡风物故乡心，镇日频相萦绕。　　桐叶落，杨枝袅。做弄闲愁闲恼。秋来春去怅浮生，如此年华易老。"

陆维钊作《与同学诸子登宝石山》《又》。其中，《与同学诸子登宝石山》云："云淡星稀玉笛清，一山歌唱动秋声。总缘怕负团栾节，特向西湖拜月明。"《又》云："暮烟开处月华新，独唤轻车驻水滨。曾记狂吟登绝顶，万山青拥一诗人。"

李立三作《述志——投程潜护法军，留父亲》。诗云："浩气横牛斗，如焚痛国仇。诗书从此别，投笔效班侯。"

何曦作《喜雨》。诗云："纤云不滓高高天，客秋无雨逾今年。农家春耕望甘澍，乡井晨汲惊枯泉。芳辰晴霁自可爱，其奈旱久心郁然。风林疑雨乃见月，下帘未忍窥婵娟。何期浓云布天际，雨声淅淅雷填填。檐前阶上看飞溜，有若急瀑流长川。

奔驰众籁作天乐，洗耳坐听鸣宫悬。吾曹释苦良易事，一雨夜榻容安眠。明朝开晴对花树，翠叶红萼齐鲜妍。春郊十里更可喜，暗念新水方盈田。"

张大千作《栖溪舟中作》。诗云："渐有蜻蜓立钓丝，山花红照水迷离。而今解道江南好，三月春波绿上眉。"

叶荣钟在台湾作《望月》。诗云："伤心莫问旧山河，奴隶生涯涕泪多。惆怅同胞三百万，几人望月起悲歌。"

吴凯声作《游和桥、屺山七绝一首》。诗云："昔日和桥称鹅洲，屺山古刹几经秋。童年慢步登临日，遥看乾坤日夜浮。"

俞平伯作《临江仙·记六年夏在天津养疴事》《京师旧游杂忆》（三首）。其中，《临江仙》云："梦醒簟纹在臂，倦闻帘押丁东。借君短榻病惺忪。榴红裙衩小，荷翠鬓云松。　　回眄当年香垒，原来只怎匆匆。天涯是处有秋风。身如黄叶子，霜雪会怜侬。"《京师旧游杂忆》其一《什刹海》云："频有骄骢陌上嘶，风蝉寥戾过杨枝。楼头灯影楼前月，醉里情怀似旧时。"其二《京西薛家山》云："偶移尘躅踏山林，栽罢南冈又北岑。重过瑯琊欢意减，更怜松桂未成阴。"其三《明景泰帝陵》云："百年陵阙散芜烟，芳草牛羊识旧阡。一树山桃红不定，两三人影夕阳前。"

邓春膏在北京怀三弟作《寄济民》。诗云："烟开柳色暗，日落晚霞红。烽火春来急，思情别后重。我欲归故园，举身托春风。春风微且徐，每教异想空。素怀凌云志，投笔远树功。一去三千里，惟君攸与同。何以数年里，依然似转蓬。人生如夜月，离合焉能穷。常因苍雁至，系书寄海东。"

范问予作《书感》（四首）。其一："云横碧落玉箫声，阵阵风凉咽又沦。一自经年生死别，郁陶无限是思亲。"其二："佺偬往事总吞声，含笑梅开特地清。菽水无缘虽厄腕，误人毕竟是聪明。"

黄咏雩作《东门行》《〈法言〉四首》《题〈钟隐双禽图〉二首》《教表口占》。其中，《东门行》云："出自郭东门，夹道桐与槐。花叶各相当，森标何清佳。大车杨沙尘，蒙垢焉可揩。不待霜雪零，憔悴犹枯摧。膏雨从东来，濯之无纤埃。丽日煦万汇，好风清九垓。嘉植秀以实，灵动嬉且咍。人生志欢乐，忧患谁能排。素丝良易污，众声亦难谐。天地本觟朗，奄忽变晴霾。山谷自高深，风云自往来。迢迢望今古，旷然信吾怀。"

梅绍农作《探梅》《感怀口占》。其中，《探梅》云："春寒雪意满山溪，水际林边醉欲迷；惆怅相思何处折，轻烟斜月一枝低。"《感怀口占》云："风雨诗书一小楼，长歌夜半生微愁。英雄自是男儿做，谁肯听人呼马牛。"

缪钺作《蟋蟀》。诗云："唧唧果何诉？逢时自作声。露珠供啜饮，草地任纵横。旷野风何急，萧斋烛半明。穷秋霜雪降，能得几时鸣？"

罗长铭作《练江吟》《读〈金刚般若经〉》（二首）、《无题》。其中，《读〈金刚般若经〉》其一："我佛本无舌，无法亦无说。灯灭树倾时，众生大解脱。"《无题》云："江南四月雨丝丝，正是莺飞草长时。憔悴非徒干酒病，殷勤空白惹情痴。落花砌出相思字，流水歌成惜别辞。西燕东劳不相见，玉箫呜咽为谁吹？"

张绩武作《蒲剑》。诗云："世间常剑铁钢成，欲斩妖邪万不能。惟有菖蒲来作剑，斩妖除孽果然精。"

魏诗其作《客夜回文》。诗云："花飞尽处到西楼，影动帘悬月上钩。斜倚衾寒知夜永，茄声一度几添愁。期归数漏对回栏，远客愁来卧榻寒。时吐半轮明月夜，思乡梦醒一灯残。"

邓和甫作《民国七年蔡松坡追悼日，题所赠大理石屏》。诗云："当代贤豪第一流，远遗片石自炎州。不同和氏宁伤足，差近生公合点头。三户亡秦楚堪用，七年医国艾难求。斯人永逝吾谁与，徒抱砭砭总自羞。"跋云："朋辈公祭松坡，余挽联曰：'三户亡秦，毕竟论才楚堪用；七年犹病，可怜医国艾难求。'五六句即用联语。"

欧阳韶作《登镇海楼》。诗云："振衣直上最高楼，百越山河眼底收。水汇三江环雉堞，天开五岭壮雄州。怡情景物无今古，弹指兴亡慨赵刘。斗酒尽倾狂兴发，欲乘黄鹤访浮邱。"

徐樵仙作《戊午书感》（二首）。其一："风鹤皆兵际，群生尽震惊。阋墙悲祸乱，剧盗惨纵横。民国伤心史，妖星照眼明。如何图御侮，翻自启纷争。"其二："饥馑方蒿目，奸雄具别肠。靦然号民国，屡见事非常。华屋山邱感，神州战斗场。凄凉风雨夕，独立思苍茫。"

李琰作《闻杵》《吊菊》《穷居》（二首）、《登黄鹤楼叠韵》（二首）。其中，《穷居》其一："高卧魁阳几度春，志甘淡泊早忘贫。开山为教三秋稔，居陋何妨四壁馨。对月读书怜夜静，闻鸡击剑喜晨清。胸中多少难平事，漫向苍空问鬼神。"《登黄鹤楼叠韵》其一："黄鹄山头话黄鹤，层楼高处大江前。眼看浦屿苍茫色，指点楼台暗淡烟。南北纷争惭汉帜，东西连合笑曹船。继承辛亥雄心在，警惕白头负少年。"其二："悠悠往事皆成幻，独有风光罗眼前。乌鹊横空迷楚望，鱼龙翻浪动江烟。无边滚滚千堆雪，不尽滔滔万里船。今古英雄淘尽否，可怜龟鹤自年年。"

徐绮卿作《旅闽寄怀七弟》（时年二十一岁，在鼓浪屿大哥处）。诗云："远别三千里，池塘寄梦思。即今明月夜，料尔读书时。水国秋风早，天涯雁讯迟。梅花方信日，记取是归期。"

张庆琏作《戊午岁忆旧》。诗云："虚度青春二十二，偶然想起幼年时。灯前诵读母为师，一本书摊又习字。愧我才疏笔墨荒，不能挥写胸中事。今年立志学诗词，晨夕研求开神智。"

程文楷作《金缕曲·冯小青墓》。词云："金屋何缘贮。怅无端、河东祸起，蛾眉善妒。离合忽忽都似梦，肠断绿波南浦。又写遍、伤心诗句。自古才人多薄命，最怜他、巾帼因才误。引起我，闲愁绪。　　依稀烟水西泠路。认冰魂、和梅乍返，唤春同住。一曲湖光幽入画，分占林家孤屿。合小伴、鞠香抔土。欲折芳馨来吊古，问当时、环珮归何处。斜照里，花无语。"

袁天庚作《南浦·和玉田〈春水〉韵》。词云："澹绝画中春，碧盈盈，荡尽燕昏莺晓。山意睡初醒，垂杨外、一镜蛾眉慵扫。秦淮旧梦，渡头桃叶芳年小。绿样新愁流不去，湿透六朝烟草。　　落花争惯江湖，甚轻轻、伴着闲鸥飞了。天际下扁舟，消魂处、要与夕阳寻到。相思渺渺。暮云千里吟情悄。懊恼东风吹浪起，漂出泪痕多少。"

瞿蜕园作《侍二亲游西湖遇风雪，因探梅灵峰寺》。诗云："局促依市里，闻见饱伤闵。尘蒙豁一望，云水兴共饮。快如碎节蛇，疾甚脱鞲隼。风泉响自苔，雪花凝更賷。峭蒨森竹树，轻盈散畦畛。入定湖上山，青白迤无尽。鱼羹俊未改，驼褐寒可忍。灵峰惬近寻。苔梅玩菌蠢，超遥年岁积。澹沱香色泯，经堂参龙象。茗话伴蔬笋。勇谢攀萝葛，静爱抚栏楯。从游护寝兴，裁句累肝肾。匪以写我怀，亲颜期一瞋。"

陈龙翔作《游龙泉岩杂录》（八首）。含《读书台》《晒书石》《云外瀑》《天然洞》《石佛相》《岩前树》《涧底泉》《订误碑》。其中，《读书台》云："文章经济仰翁公，剩有荒台夕照红。漫说台空人已杳，山川钟毓古今同。"《晒书石》云："借得秋阳逐册鱼，当年曾经此晒书。雨霖日炙痕犹在，疑是鬼神呵护馀。"《云外瀑》云："碧峰飞瀑下岩巅，百尺拖来素练妍。火力奚如水力便，何堪白种着先鞭。"

［日］内藤湖南作《凤冈祭酒招饮，席上赠豹轩学士，用其游学支那时〈留别〉诗韵，时豹轩新由支那归》。诗云："昔遇晴川上，衡湘告警时。形骸劳梦寐，星月照帘帷。归缆乘春浪，飞骖趁晓堤。谈论重上下，诗酒复追随。铸错九州铁，怜蚨一足夔。惟君知此意，嗟我乏微辞。"

［日］庄田三平作《戊辰会津殉难士五十年祭赋奠》。诗云："野草斑斑碧血痕，怅思年少殉君恩。秋风泪洒一杯酒，欲酹青山未死魂。"

［日］西协吴石作《海边松》（大正七年御题）。诗云："奇岩临海处，万里碧波连。岸上乔松立，新曦相映鲜。"

［日］加藤虎之亮作《奉赋和歌，敕题海边松》。诗云："老干参天鸾鹤栖，垂条拂浪绿云低。托跟东海亦何幸，一旦荣光入御题。"

［日］冈部东云作《海边松》《老骥翁》《赠道者》《崩雪大灾》。其中，《海边松》云："苍影映波如跃龙，海松神气胜山松。烟霞万里阳春日，静和东风奏辟雍。"《赠道者》云："幽居已几岁，默读是何经。偶出望云外，眼光炯若星。"《崩雪大灾》云："越山古驿名三叉，发电机工急流涯。壮夫几百集幽谷，雪上点点似寒鸦。戊午新年第九

日，薄暮终业皆归家。村酒山肴相酌后，围炉谈笑春意和。三更积雪深几尺，四邻人定夜寂寂。突然劈耳大音响，寒中堪怪雷霆霹。何知大音不是雷，山雪百丈崩绝壁。驿中二十有六户，一瞬坏灭全无迹。呜呼天公何不仁，埋没一百五十人。举村惊愕泪不出，狂奔癫驰叫号频。飞信即时报郡衙，郡吏直率力夫臻。里邑相募救济队，青年把锄意气振。发掘时迟失生理，难奈十中七八死。可怜遗族风雪间，来哭子弟或姊妹。老翁闻变派潸潸，不忍对客贺新年。"

唐受祺诗系年：《对月有感》《寻春》《闻湘事感言》《无题》（二首）、《有题》（二首）、《豺虎行》《预拟中秋夕小饮，用去年韵，仍寄诒孙》（五首）、《续一首》（诒孙在美国，朔望不同）、《又续一首》（恐中秋夕适有风雨，故预拟此）、《落花》（二首）。其中，《闻湘事感言》云："百万伏尸多，逃亡又几何。（南北交争于湘中，各县大战）关山驰铁骑，荆棘泣铜驼。置驿仿筹笔，联营腾凯歌。料知洞庭上，泪已尽湘娥。"《续一首》云："极目海天空，传书墨淡浓。人皆争望月，我欲去乘风。发感衰年白，颜羞醉后红。却奇中与外，时日未能同（阴历八月十五已阳历九月十九矣）。"《又续一首》云："方期月挂空，烟雾忽浓浓。客兴诗兼酒，秋情雨又风。云推鸦阵黑，花湿雁来红。不是重阳近，满城萧瑟同。"

方守彝诗系年：《孝深夫妇今岁花朝前后同届五十生日，吾年七十有二矣。举铁画双干古松，松间一鹤，石上一鹿，与"明月松间照，清泉石上流"铁字楹联，付孙及曾孙悬之海棠巢，用佐盘馐，既以志欢，兼以自庆，二律写意》《早起读雪楼答胡敬庵征君长句次韵》《与葵文久别，去冬来皖相见。岁阑多人事，未尽所怀，次韵〈除夕赠句〉》《东郊纪游一首，送金梅僧北行兼起居其尊人子善先生。是日同游者汤葆明、吴镜天、邓季宣及从子孝澈》《寄怀马一浮杭州》《读竟〈息深轩诗卷〉，代简寄毅叔》《酬程绥儒寄题〈清明独游东郊，过三亩园，访园主人戴君〉之作》（二首）、《章素五自龙眠来访，示〈六十自寿〉二律，次韵》《赠桂林李梅庵，用弓字韵》《次韵天闵见怀》《张易吾投示夜字韵长篇，李范之投示叠字、浅字、春字、垂字古近体诸作，作者五人。二君日前由迎江寺〈金刚般若波罗蜜经〉讲座归，集饮赋诗，约诸客诗成送予阅，因题句诸作者后呈张、李》《毅叔至皖，彝出汤贞愍诗画卷乞题咏，洒墨悲凉，情韵清亮，呈次韵一首》《同槃君韵题范之〈江亭饯别图〉。江亭者，即旧京之陶然亭，盖已往之事也。其外舅乔公茂萱题字引首。乔公下世，范之抚遗墨益珍贵之》《喜天遹来皖，即送归芜湖》（二首）、《次韵范之示句》《唐人写经卷子，为男时简题》《九月天闵闻母病归自天津，遂遭丧，又殇幼子，萧条四壁，孑然不可久留。取其客中诗册读之题句兼送北行》（二首）。其中，《早起读雪楼答胡敬庵征君长句次韵》云："潮来谁把玉珊弓，倒去狂澜一挽东。眼里卧龙颠有雪，袖中文虎啸生风。挥毫落纸蛟蛇走，横槊赋诗旌旆雄。遥想山人剖双鲤，高吟正对万花红。"《东郊纪游一首》云："彼美老丑成队伍，襟带扬风吹笑语。眼看脚踏皆春光，手揽未曾得几许。归来索句一字无，困卧藤床梦栩栩。迷离倦态不自知，醒回已是明朝午。坐思昨游良极乐，清景佳辰又胜侣。天地疮痍野哭多，此地生机存一缕。远客远别动经年，居人恒有离思苦。盍簪不易太平难，更复衰翁箭在弩。请看麦秀际天青，又看菜花金错组。村烟冒树渡横塘，鸭弄涟漪柳系牯。少妇乳儿老妇缝，陇上锄农溪浣女。造物巧绣忘辛勤，点缀吾曹生媚妩。大块文章纳一毫，刹那风采流千古。景物他方纵云多，人物而今欠我汝。感兹振懒成短歌，良恐一失追无所。春日迟迟路遥遥，路左风光赏谁与？赠此便作折柳枝，粲正烦呈君老父。尔来意兴健何如？怀想情长含欲吐。"《寄怀马一浮杭州》云："奉手归来若有思，交芦花坞落江湄。二年孤梦绵绵道，三月残春寂寂时。东野品高心与逐，西来法在性全迷。指尖不见光明月，辜负维摩香饭施。"《章素五自龙眠来访》其一："兵火残生把手初，久闻抱膝老吟庐。人间方梦王侯蚁，国外环窥狡狯狙。一片山云闲款户，四墙萝叶静耽书。逢迎各遣苍颜霁，散去千忧不复余。"《张易吾投示夜字韵长篇》云："山居爱白云，水居爱帆影。一昔移盖茅，举目丧前境。迷者恼其常，悟者意各骋。帆影自飘澜，白云自横岭。匪关居者情，爱悦渠不肯。性各从所适，贵能顺其等。取舍两扫除，圆喉咽脱梗。大哉天地宽，鸾和鹤清警。露蝉凉霜蟋，应机赴时景。考击登明堂，渔樵唱箕颖。殽别宫商声，阴阳适天秉。烂然繁会中，玄兮藏妙静。一视而兼听，忘言欣默领。奉质张长公，更就药师请。金刚得胜意，般若内照炳。酒食文字禅，应云一概屏。"

陈宝琛诗系年：《题研忱丈所藏石斋逸诗墨迹》《题唐拓武梁祠画像残本》《张魏公三省研，马通伯得之，属题》《诗孙画驯鸥园雪中古栝》（二首）、《赠陈漳州嘉言》《仲勉今腊亦七十矣，写楼前松寄之，六十年前同读书其下也，并题二绝》。其中，《题研忱丈所藏石斋逸诗墨迹》云："此身已许高皇帝，刀锼谁能搅寸丹？正气文山同所养，奇情鸿宝觉尤难。孝经以外留心画，榕颂相持较岁寒。邻有瑰珍知不早，白头退食恣传观。"《题唐拓武梁祠画像残本》云："烬余纸墨尚香妍，冥想翁何跋识年。五季如棋谁此寿，却容老眼看云烟。"《张魏公三省研》云："投闲假与养亲年，坐看秦头自格天。绝学寮中蟾泪尽，刳肝为纸有谁怜？"《诗孙画驯鸥园雪中古栝》其一："雪肤翠鬣越千春，占断江山阅尽人。谁意息阴人去后，战尘还恩岁寒身。"其二："诗酒淋漓八十翁，当年亭榭共听风。吮豪意与骚魂接，勘取青青是雪中。"《仲勉今腊亦七十矣》其一："赐书楼下支离叟，自昔吟风和夜窗。头白何年归对读，倚阑松顶看澄江。"其二："此纸储藏近百年，此松更是百年前。乾隆御笔亲研写，持较观音像执贤？"《赠陈漳州嘉言》云："子舆论和圣展季，特笔表微许其介。坐怀诳鼎义凛然，此胸三公安足芥？君官谏议类阳子，出守乃得州民爱。至今霞漳焚烬馀，犹禁剪伐重所憩。而君瓠落南复北，老尚卖文抵酒债。充然元气足自养，了无机心何论械。螟蛉蝶裸任相恩, 豺狼狐狸习不怪。久冥凡楚谁存亡, 遑与毅豹较外内? 我未识君读程墨, 举白遥为吾友快。廿年闽峤始展觌, 怆话玉堂叙年辈。爱君诗美政逾美, 投辖郡斋饮我再。回思竟是羲皇前, 周道顾瞻只叹忾。君今七十差少我, 仍办腰脚陟嵩岱。藏身人海最堪隐, 留命桑田傥可待。西山寒退聊一登, 世人莫误伯夷隘。"

沈曾植诗词系年:《和缶翁〈元日〉韵》《刘潜楼五旬寿诗》(二首)、《送潜楼归岛》(二首)、《澄江阁》《泊园携示天琴诗, 怅然增感, 漫和》(八首)、《樊山得前诗, 即夕和答, 三日达沪, 再叠前韵》(八首)、《和天琴》《上元话都中灯事》《病起自寿诗》(五首)、《和寒食》《为部昀题曾文正公尺牍》《为部昀题李文忠、彭刚直两公尺牍》《答病山〈可叹〉诗》《西严相国挽诗》(四首)、《题苍虬、憺仲〈落花诗〉后》《题洪琴西都转〈塞上春还图〉》《雪桥用天琴韵赋赠, 余适旋里车中, 三叠前韵和之》(八首)、《沪杭车中口号》《展墓出南门作》(三首)、《出港》《放鹤洲》《闇伯招谒湖上高士祠》《闇伯新筑香严阁, 在高士祠侧》《还家杂述》(二十一首)、《长烟》(三首)、《戊午五日》《以钱舜举画〈傅严图〉寄寿节厂, 媵以五言》《梁节厂六旬寿诗》《记兆》《静夜》《方箅石从皖来话旧, 赠诗和答》《陈石遗自闽来沪, 新居至近, 过谈近事》《寄陈诒重》《夜》《玄夜》《和石遗〈口占〉韵》《和石遗》《和喻子韶韵》(二首)、《和喻子韶编修》《为喻子韶题纯庙御墨》《怀罗叔言》《隘盦先生五十寿言, 用昌黎〈送侯参军〉韵》《哀恪士》《朱湛卿太守挽诗》(二首)、《和石钦韵》《观石卿作书》《答太夷》《杂诗》(九首)、《北楼》(四首)、《石遗见示〈忆梅〉诗, 余在麦根路, 屋前种蜡梅, 两见寒花, 今先余归禾矣, 和韵纪感》《石遗谓余效其体》(二首)、《余纸尚多, 复和〈过谈〉韵并呈》《右足暴肿而跛, 石遗招饮不能赴》《再和边字韵》《重和街字韵》《祀灶日作》《鹧鸪天 (散诞青鞋)》。其中,《和天琴》云:"星汉无槎路, 江皋易夕晖。七哀惟有泪, 万物入于机。广野纾春望, 沈忧祝地肥。只应中寿墓, 拱木不堪稘。"《和寒食》云:"强聒不能还强饭, 春朝端不负春晴。白花烛夜掇兰露, 碧槛依楼缭杜蘅。画史笔兼风雨至, 诗怀雷勤石泉鸣。年年熟食看宗武, 点点知天闷介生。"《题苍虬、憺仲〈落花诗〉后》云:"花落春焉在, 凭君善巧观。南山无相佛, 篱下举头看。音与回风去, 诗成白日阑。报章重叠现, 公案太无端。"《西严相国挽诗》其一:"辍春遽作国均哀, 潮满春江溢泪瑰。窥井有思延火纪, 衔碑终古闷泉台。来从香界称贤护, 去是天身避劫灾。十日憝纶传问至, 凌云应复首重回。"其二:"绝代辂轩贲国华, 汉庭丞相重丹嘉。始兴风度悬清月, 仲宝神期邈太霞。倚啸早曾忧羯祸,《潜虚》退自闷元家。哀筝越席从来事, 异代萧条一叹嗟。"其三:"楚挽凄锵咽绋讴, 自今扶路避西州。山河悲壮三号出, 华屋从容万世休。长望列星归傅说, 也曾合射誓宁侯。《金銮密记》牢收拾, 会是《春秋考异邮》。"其四:"百年怛化复如何? 天上差应解脱多。兜率白公长自在, 奎垣苏子共婆娑。遗风后听迟杨赞, 白日青阳断楚些。故史却来惭郑亚,《会昌》一序尚蹉跎。"《鹧鸪天》云:"散诞青鞋紫领巾,句休聊得自由身。棠妆故是唐宫态,樱品偏矜海国春。　　留跰坐,起频申。惜花休便著花嗔。来从天姊观空相,去谢风姨是恶宾。"

陈三立诗系年:《遣兴》《盆玩水仙》(二首)、《西华门郊步》《过徐中山王墓》《携家寻灵谷,石径格车不得进,步行里许,遂憩观音寺,瞻方石屏而还》《次韵答宗武枉过见诒》《次韵宗武〈寓园即兴〉》《寿梁众异母七十》《虞山纪胜三篇,康更生、王病山、胡琴初、陈仁先、黄同武同游》《次韵答宗武见寄》《寿蒯母李夫人五十》《向夕病卧闻钟声》《晓雨打窗,病夫烦解而成咏》《病初起》《武昌陈翁六十偕老诗》《宗武还自海上,示〈中秋夕月下新咏〉》《溪园》《宗武过话,依韵酬见貺》《次韵宗武〈感秋〉》《胡翔东避暑牛首山寺还,示所得诗,因题赠》《雨后咏》《登楼晴眺》《长昼闲居》《又步溪园》《诵仁先为义州李公孙题"五岳楼"三字、榜诗一篇,本事颇异,书其后》《饮豆浆戏成》《观俞园桂花初开》《携家再观俞园桂》《黄生懒云松下小影,其弟为求题》《伯沆姑苏还过话》《黄峙青同年属题李文忠致曾文正廿七通手笺册》《月夜遣兴并怀焦山游客》《行园》《久晴逢雨》《和宗武〈晓起对菊〉》《熊季贞过宿,赠其北行》《周景瞻乞题端忠敏所赠汝阴鼎拓纸》。其中,《携家寻灵谷》云:"恋续灵谷游,晴云一翘首。妇孺跃相随,车尘蔽前后。郭外众岫出,青苍气已厚。斜趋荦确途,筋骨憾陷臼。群呻扶掖下,野步迎黄柳。沾写岚光新,旁妒跨驴叟。亲鬓兰若存,入憩蒲牢吼。佛堂课村童,论语喧在口。表立方石屏,莹腻敌琼玖。横径二丈强,何年五丁剖。俗书题赐履,疑污好事手。留刊中兴颂,瑰异追岣嵝。慰情返亦佳,影杂魑魅走。笑如风引船,神山望中有。"《向夕病卧闻钟声》云:"幽幽丈室炷香清,示疾余光道不成。默诵楞严今悟否,浮魂滞魄散钟声。"《诵仁先为义州李公孙题"五岳楼"三字》云:"梦识神仙字,辉辉五岳楼。公孙增故事,落笔接诗流。谁住虚空界,真思汗漫游。奇情迎幻景,播荡海云秋。"《次韵答宗武枉过见诒》云:"万花无命更飘茵,只博啼鹃血染春。中酒已迷摩足地,写诗来对断肠人。天南兵动鉏犁废,溪上风香草木新。漫笑我门谁肯屈(东坡有'君视我门谁肯屈'之句),比君清磬落筵频。"《晓雨打窗》云:"梦醒飞雨已翻空,鸦影鸡声聚帐中。一味北窗初领略,病夫得句付秋风。"《伯沆姑苏还过话》云:"汛溪酒舫微雨后,重见追寻一回首。石榴子满桂馨流,秋光不漏支离叟。依稀问道访王倪,倾耳归来面目黧。独隔飞鸣旧俦倡,笼养尸乡作木鸡。"

王树楠诗系年:《题〈凤求凰图〉十首》《与人赋初月》(五首)、《次韵友人〈初月〉》《题章仲迂〈西湖泛月图〉》《题程伯兼〈韩义士安重根传〉后四十韵》《题朱铁林〈半耕半读图〉》《题胡诗庐诗卷后》《傅沅叔出其先祖丽生先生所藏元兴文本〈资治通鉴〉属题,因赋长句二十韵》《题〈郑斋感逝诗〉后》《题白坚甫〈宋拓双钩十七帖》《胡诗庐出陈弢庵先生所作〈慈仁寺古松图〉为母夫人寿，敬题小诗一章，以当九如之颂》《寿林皞农同年》《绿菊花》《归省》（二首）、《题傅青主人物画册》（青主先生善画，然画不多，见陈凤韶宰介休获人物画册四幅，著墨不多，纯以神行，朱景真所谓逸品也。戊午冬月，同居京师，出以属题，为赋长句应之）、《题康南海戊戌遗墨》（二首）、《途中遇雪》《雪后见月》《杂感》（二首）、《熊明府（谦吉）赠浏阳菊花石，诗以谢之》。其中，《绿菊花》云："年来风雨苦摧残，一碧伤心强自宽。要与青松竞颜色，剧怜翠袖太单寒。含情郁郁须浇洒，搔首苍苍独倚栏。鬓发萧疏随世变，满头插去向谁看。"《题康南海戊戌遗墨》其一："有志痛无成，仓皇出帝城。君亲徐涕泪，生死要分明。文字垂千劫，风涛仗一诚。摩挲遗墨在，悲喜不胜情。"《雪后见月》云："漫空玉屑堕纷纷，不见吴刚斧凿痕。散罢天花才束手，飞来冰镜忽当轩。人心朗朗本无滓，寒气棱棱如可扪。拟挽乾坤还太素，黄农已杳复何论。"

徐世昌诗系年：《周少朴书来，走笔答之》《归农，用刘后村韵》《退耕堂午坐》《和杨诚斋〈晴后雪冻〉韵》《偶题退耕堂壁》《黄梅》《水仙花，用杨诚斋韵二首》《夜闻风声，用杨诚斋韵》《池亭，用杨诚斋韵》《冬夜独酌，用杨诚斋〈月下果饮〉韵》《夜坐，用杨诚斋韵二首》《柳枝词十六首》《红梅》《白梅》《绿梅》《黄梅》《稊园花烛词》《冬夜读书，用杨诚斋〈秋夜读书〉韵》《山斋书事》《书适，用陆剑南韵》《闲乐，用文与可韵》《王晋卿以术士之言"年当终于明岁"作诗述怀，遍示同人，余作此诗以开之，王晋卿当掀髯一笑，释然于怀也》《郭春榆前辈以〈移居〉诗见示，作此奉报》《送王晋卿归新城度岁》《寒夜闻鸡声》《长安岁暮吟》《长松吟》《忆旧游，寄宋侍御》《忆旧吟》（宛平俞雪岑耀、长汀黎唱园承忠）、《野田行》《牧儿词》《和王晋卿同年〈夜梅〉韵》《偶吟》《闲卧》《微雪》《拟春暖归水竹村，先以诗寄乡人》《味道》《和王晋卿同年〈盆梅〉韵》《忆孔雀》《雪后寒甚》《腊后岁前遇景咏意，用白香山韵》《张珍午诸人携酒来此小饮》《得少朴寄诗，作此奉报》《岁暮晴暖，颇饶春意》《得松花江鱼，寄席效泉苏门》《樊山诗谢馈鱼，以此诗答之》《京师度岁，友人多以唐花相馈遗》《秦袖蘅馈醃鹅》《题〈楚山晚霁图〉四首》《送九弟从军》《雪后园林清润，走笔成此》《雪后晓起》《酿雪》《题〈西湖图〉》《岁朝退耕堂闲坐》《园游微雨》《次韵答杨昀谷二首》《题马通伯所藏宋张魏公三省砚》《郊园游眺》《次韵答赵湘帆二首》《咏瑞香，用东坡韵》《山村》《归水竹村》《偕朱桂辛、郭诗屋、朱渭春、朱铁林、席效泉百门陂游宴》《为朱野梅画梅》。其中，《周少朴书来》云："云海经年别，闲门闭已深。独完松桂性，久抱石泉心。雪后宜宵饮，梅边动晓吟。书来一惆怅，春意上疏林。"《归农》云："流水村边路，山深半隐云。士存忧道志，家有劝农文。井汲劳瓶绠，林荒待斧斤。浩然归去也，南亩看春耘。"《退耕堂午坐》云："岁晚人事稀，日午亭馆静。朔风振林木，南窗弄晴影。坐息入梦乡，不知在尘境。醒来一卷书，名香定中领。冬至过旬余，白昼渐觉永。有客携诗来，半瓯春山茗。"《和杨诚斋〈晴后雪冻〉韵》云："碾玉散花造化功，华堂酒浸玛瑙红。檐前已止霏霏雪，树杪犹号猎猎风。茅屋夜添三倍冷，草根春欠十分融。冻云妍日互寒暖，人在壶天一镜中。"《偶题退耕堂壁》云："晨出灌园暮下帷，山人今是退耕时。数竿修竹数间屋，一树梅花一首诗。评画客来看煮茗，荷锄人去话弹棋。他年了却尘中事，好入青山访道师。"

陈衍诗系年：《登楼怀尧生二首》《上北郊坟》《读苏诗》《忽忆》《准办》《童孙》《心中多乐事》（二首）、《卖书，示雪舟》《最喜》（二首）、《岂有》《木笔初放，海棠将开，招梅生来看》《答珍午》《喜雨诗》《海棠将开，喜得微雨》（二首）、《答拾穗》《霜》《正作〈再喜雨诗〉，而耕煤〈和喜雨诗〉至，次韵》《三喜雨诗》《四喜雨诗》（二首）、《雨后》《苏戡丧其第三子胜，以诗唁之》《朱九江先生入祀乡贤祠，翙高诗人征诗和之》《题徐琴娟夫人临滕昌祐〈百蝶图〉》（二首）、《铲蕉叹》《大水连句，农人告早晚稻俱尽矣》《卧闻》《送绂云回江阴并示冶庵》《题〈谢孝子侍疾图〉》《瓶莲夜落，早起有作》《至沪杂诗五首》《三潭印月，与更生、仁先联句，再成一绝》《三上韬先》《富春》（二首）、《登钓台》（四首）、《仁先招游法相寺至虎跑泉，归途遇雨》《寓楼早起》《梅生得唐琴，书来乞诗，以一律答之》《向海藏乞菊花数枝插瓶》《乙盦移寓威海卫路，甚相密尔，过谈有作》《客窗新晴》《轻阴即事》《约乙盦作诗》《忆梅》《答尧衢》《乙盦两和边字韵诗，再次一首》《耕煤寄七言古见忆，报以律句》《送梅生归里，次其〈留别〉韵》《节庵卧病京师，诗以讯之》《闻古微同年丧子奉唁》《同梅生游惠山寺》《过寄畅园》《悼匹园石榴》《题艳秋小影》《听雨》《独眠》《食烧饼》《斗室二首》《寿梦旦五十》。其中，《登楼怀尧生二首》其二："水碧山青万里长，兵荒马乱六年强。他人隔岁都相见，与子看天各一方。未信龙麟真作醮，终忧豺虎或遭伤。纷纷藏玠徐知道，岂独绵州段子璋。"《喜雨诗》云："祷雨诗焚屋上台，刚刚三日雨声来。崇朝沛泽忧难遍，累月天心悔误猜。渴吻尚求爵无算，酸醅终喜瓮方开。书生敢有贪功意，感涕纵横赋莫哀。"《铲蕉叹》云："何人不晓事，种蕉傍堂前。当门兰必除，尔蕉无幸焉。群起议铲除，斩戮无一全。众人皆雷同，我意殊不然。蕉有特别质，凡卉难比肩。叶大莫与京，翠华高翩翩。所以称草帝，厥绿乃弥天。怀素种成林，柿叶陋郑虔。分绿上窗纱，诚斋诗最妍。不展一卷书，绿腊疑禁烟。多种听雨声，芋荷祇戈戈。区区赵蕉迷，乃亦千古传。数典靡不佳，古人谁弃捐。古人岂尽愚，令人岂尽贤。传芭歌楚辞，黄蕉进柳筵。摩诘写雪中，超超书画禅。善哉佛家言，最重蕉与莲。以蕉喻人身，净体通且圆。何物沈休文，名节堕可怜。觍颜附高士，弹蕉枉成篇。遂令耳食徒，诟病谬相沿。若谓畏霜雪，凌寒节不坚。岂知竹与梅，北方命难延。南强与北胜，地本不可迁。若云多破叶，何树长新鲜。率柳失娟娟，败荷缺田田。剪裁亦易易，爬梳自洁浊。不见菩提树，拂拭勤连连。方长况不折，正色传伊川。增高勿伐树，吕览国门悬。吾言甚持平，公等毋乃偏。莫比作榕颂，臃肿喜曲拳。"

陈夔龙诗系年：《和答止庵协揆》《一山书来，以余诗大似遗山、渔洋，自惭荒率，何可当也，四叠前韵》《赠言仲远都转》《喜胡琴初过谈，奉酬一律，即用其韵》《游西溪，题钱叔美手写厉樊榭征君〈西溪卜居图〉卷子》《送周稚香观察移家如皋》《润州杂咏》（二十二首）、《和余尧衢同年〈西湖纪游〉诗韵》《题文待诏〈金山图〉诗书卷子》《松寥阁，与冕士夜话》《虎邱放歌，示沈冕士》《晚泊寒山寺》（二首）、《龙寿山房观元僧继善指血书〈华严经〉，和常熟松禅协揆韵》《午日游愚园》《读琴初〈午日病起〉诗，感酬一首》《送梦华同年归白田》《十六日感事》《寄倪和甫大令润州》《梦华来书，以女孙婿之变，老怀悒悒，作此广之，再叠前韵》《题张湛若〈太湖泛舟图〉》《和答梦华同年四首，即叠元韵》《喜琴初还沪，赋赠一首》《寿武昌陈炳南》（二首）、《一山太史至自京师，出示〈杂感〉十截，率和奉酬，仍如其数》《答袁澹台，以诗代简》（二首）、《扬州卞光河中丞〈夜灯图〉卷子，文孙薇阁观察属题》《薇阁昨复赠诗，有"种松不负岁寒心，一语枨触余怀得"句，奉酬，仍用元韵》《周稚香观察函示近作，和答一首，即寄如皋》《杨立卿先生〈风树感怀图〉，哲嗣汉汀属题》（十二首）、《和余尧衢同年〈西湖纪游〉诗韵》《梦华同年移家至沪，喜而有作》。其中，《梦华同年移家至沪》云："加餐才奉鲤中书，忽枉高轩过敝庐。杖不须扶知老健，棋无可著各欹歔。百年乔木徵文献，双桨桃根伴起居。莫谓江南书种断，海桑重话劫馀灰。"《润州杂咏》其一："七年遁迹沪江隈，嘘蜃楼台瘴不开。忽忆润州风日美，笋舆特为看山来。"其二："一场宦梦冷青绫，冠盖游山仆未能。投分云林称好尹，殷勤为我办行滕（丹徒倪和甫大令款接甚殷）。"二十一："岁岁游山例有诗，诗成寄与相公知。此行宛似西州路，纵有新诗写寄谁？（往岁纪游有诗，辄索瞿止庵协揆和，协揆新逝，为之怃然）"二十二："赢得闲身自去留，白衣苍狗任云浮。客中顿觉腰肢健，一路看山到虎丘（归时有虎丘之游）。"

王舟瑶诗系年：《游水曲》《遣嫁女侍阿娟》《朴山林子闻余至沪，自粤来会，赋赠一首》《石门沈醉愚（崐）出示寿其母七十之作乞诗，写赠一首》《题〈湖山招隐图〉（有序）》《偕朴山、一山、志韶合影小像，题曰〈海上话旧图〉，因系一绝》《海上晤符蜕盦，答赠一首，即送其白下之行》《嘉业堂歌，赠刘翰怡京卿（承干）》《答嵩公博礼部》《答唐元素同年兼怀杨茝勤太守（钟羲）》《答孙益荪明经（德谦）》《瑞安孙公达（宣）来谒，赋赠一首》《遂溪周生（烈亚）自都来谒，书赠一首》《儿子（敬礼）就江南学校之聘，挈长孙（允言）同行，孙年仅十一，既怜其幼，又以今之学校多不读经，殊非余意，感书一首》《苦热》《将游天台，适娄县张师石（景良）、崇明吴采人（汉声）自沪来访，遂与偕行》《清溪舟中》《晚投国清寺》《朝发国清，逾金地岭，度幽溪入高明寺》《过寒风阙口号》《宿药师庵题壁》《登华顶峰放歌》《石梁观瀑布》《度断桥，观铜壶、龙游涧、水珠帘诸胜》《过桐柏观有感》《登琼台望双阙》《过三井坑看瀑》《登赤城山》《天台杂诗十一首》《寿魏夫人七十》《定勇给事以〈七十四生辰自述诗〉索和，次韵奉报》(八首)、《俌周再至九峰，菊已半谢，作诗寄慨，因次其韵》《赠林朴山一首》《赠褚九云一首》《挽程梅卿二首》《漱岩书来述近状，并商行止，寄答一首》《大雪歌》。其中，《儿子 (敬礼) 就江南学校之聘》云："有子频行役，携儿又出门。远游虽已惯，垂老最怜孙。且恐荒经术，无由识本根。归来待何日，谁为慰晨昏。"《漱岩书来述近状》云："吾家子敬不羁人，日昨书来道苦辛。辟俗最宜称小病，工诗自古例长贫。世英未老已为祖 (君近得孙)，文度中年犹有亲。啸傲故园足怡悦，不须琴剑尚风尘。"

孙树礼诗系年：《励君听和八十寿》(六首)、《怀芝弟呈仲兄》《哀感未已，续成四绝》《七三初度遣怀呈仲兄》(四首)、《兄嫂齐眉，合年百五十岁，明年嫂又届七四，谨申前意恭祝》《丁嫂魏夫人七十寿 (脩甫内翰之德配)》《又 (代仲兄作)》(六首)、《仲兄远惠豕腊、笋脯、野菊、冬菇赋谢》《何同年 (奏篯) 公推为众议员，得票多数为人簸弄，以废票二张告遂，降为候补，里党为之不平，因赋》《关居嗣堂八十寿》(八首)、《侄孙原来京应法官试，取列甲等喜赋》(五首)、《吴君子海暨德配林夫人七十双寿》(六首)、《纪咏哥事》(十二首)、《纪补哥事》(二十四首)、《纪芝弟事》(十四首)、《感事》(二首)、《程君书田暨李夫人八十双寿》(六首)、《挽》《京曹黾勉从公，空负长安乞米之名，而有臣朔苦饥之叹，诗云"不承权舆"，礼云"无以为养"，仲宏、忻仲具有同情，乃见食于南北奔走之余，不自颐养，仍欲推食食我，锡以鱼唇、鱼肚、蒸鸭、刺参，谆劝加餐，并以内子病卧兼旬，累如夫人亲制燕菜双碗，俾滋肺养液，以佐药饵，承筐好我，感何可言，爱赋四绝，用志高谊》(四首)、《余樾园母褚太夫人寿》(代侄孙增元作) (二首)、《欧战告终，成儿随顾公使转驻巴黎，王君叔鲁赴南京会议，亦将挈余偕行，因赋》《岁晚独坐，追怀往事，各系一绝，以道生平，得六十八首》。其中，《励君听和八十寿》其一："世德清芬冠甬东，儒门未改旧家风。读书种子天珍惜，特与留兹曍铄翁。"《纪芝弟事》其一："童年笔阵若风驰，每试偕归不少迟。非特仆夫欣税驾，高堂倚望亦神怡。"跋云："郡县试，例许给烛，往有达旦未缴卷者。余兄弟三人，每头牌出场，以慰倚闾之望。舆夫侟，私心窃喜。"《欧战告终》云："和会公开驻法都，儿随使节许驰驱。不圆驿马星牵动，我亦匆匆待首途。"跋云："仲兄得此诗谓相见有期，如弟不能旋杭，尝来沪晤叙。不意余以老未行，而兄迄未得再见，书此志痛。"

盛世英诗系年：《老儒》《老将》《老僧》《老妓》《赠王君劭文》《食稷作》《又成》《魏武帝》《卓文君》《王昭君》《武则天》《薛洪度》《衰柳》(四首)、《哭殇子》(四首)、《梦赴礼闱，醒而有作》(四首)、《读缪筱孙短歌，作此为慰》《市井》《先府君生嘉庆戊寅,届今为百岁,设祭成此》)。其中,《老妓》云:"玉立亭亭绝世姿,风花漂泊匪夷思。琵琶调苦怜司马,豆蔻香残怨牧之。檀板金尊抛绮席,绛裙朱袖冒尘丝。铅华弗御门庭冷,归老慈云大士祠。"《哭殇子》其一:"人世才几日,吾儿已一生。衾褥眠未暖,父子分原轻。忽触童乌痛(钧儿四岁夭),弥上顾况情。夜台诸母在,掌上两珠擎。"《梦赴礼闱,醒而有作》其一:"天王事去已无家,卑贱余生敢自嗟。梦里不知朝市改,匆匆犹上计偕车。"

严修诗系年:《出榆关寄幼梅兼呈送行诸友》《谢幼梅馈糖》《京奉道中遇兵,车辄停,以迟到故不及趁安奉车,遂宿沈阳》《东行杂诗》(八首)、《太平洋》《四月闰二十四日》《入美杂诗》(五首)、《同子文重游那亚格拉观巨瀑》《崇儿四十生日,方居东京,作此寄之》《前诗写毕,戏题二十八字补空》《和槐亭寄诗原韵三首》《和陈君先颋寄诗原韵》(二首)、《铁血吟》(十八首)、《榛苓谣》(二十七首)、《自题小照》《题〈京师宝华楼三十年纪念册〉》《寿徐菊人》。其中,《题〈京师宝华楼三十年纪念册〉》其一:"天官九职各专长,观器咸知辨窳良。但使工商能并进,雕文刻镂究阿伤。"其二:"人言规矩用高曾,墨守拘墟未可凭。海国文明齐孟晋,要驱意匠与争能。"《寿徐菊人》云:"昔我初识公,公年三十二。今年复寿公,公年六十四。无端增一倍,老至岂不易。再经如许时,百岁亦已至。古人固有言,三十为一世。惟此一世间,不啻千万祀。未知百岁时,更有何等事。"

俞明震诗系年:《游花坞至白云堆僧舍午饭》《游破山寺睹翁常熟师遗墨感赋》《登剑门峰拂水桥》《止翁氏墓庐,谒常熟师墓》《送大维侄赴美国入哈佛大学》《病甚口占》。其中,《游花坞至白云堆僧舍午饭》云:"春山无尽藏,有云自深曲。随处著茅庵,窅然寄心目。云根函一窗,万竹深如束。日午云不归,浓阴补山绿。净理不可举,钟声来断续。孤筇身外身,幽往迷前躅。檐隙坐相忘,春去了无触。古佛野僧旁,茶香饭初熟。一饱不愿馀,人生几陵谷。"《游破山寺睹翁常熟师遗墨感赋》云:"出郭晨气清,鸟声杂悲喜。初日明高林,山在绿阴底。何处觅禅关?潭空竹烟起。郁郁松禅翁,放逐曾经此。寺僧索题额,留作藏山纸。神味在青冥,泼墨皆云水,从知忧患心,妙契清净理。前游已隔世,樵径青未已。山随人意深,万事沧桑里。"《登剑门峰拂水桥》云:"鱼贯出层岚,帽檐敧晓日。咿哑答鸟声,风舆坐超忽。直上穷窅如,下临诧奇绝。云与石争山,怒泉抵其隙。回风一震荡,乔林溅飞沫。危桥通两崖,关锁见气力。曳杖入清雄,觅我经行迹。十年沧海心,未与钟磬隔。人生重回首,春光有今昔。不见鹁鸪峰,墓草萋萋碧。"《止翁氏墓庐》云:"鹁鸪峰前墓草黄,眼中不是旧春光。百年乔木柯条改,半亩空园栋宇荒。并世悠悠孰功罪,沉忧悄悄到沧桑。一身结束关朝运,北望崇陵事可伤。"《送大维侄赴美国入哈佛大学》云:"厌世非人情,衰年望子侄。送尔万里行,百感集鸣咽。自吾成童时,艰难生计拙。人视官为家,学与世同辙。兀散聊自娱，游心慕庄列。牵萝补屋难，坐视藩篱撤。尔往晰新理，淑身即救国。并世无学人，人心遂荡决。常懔风俗忧，勿与性情格。尔父病且衰，我死更旦夕。国危家偶存，所悲在来日。来日吾安知？极目海涛阔。"《病甚口占》其一："病久先天觉，时危识命轻。真看成末世，何境是来生。哀乐随年尽，星河向晓明。了然无触处，夜气与心平。"其二："百劫成今日，生年扰攘中。梦边无悔惧，灯外即鸿蒙。渐悟形骸累，终惭淡泊功。有涯应自惜，回首万缘空。"

郑孝胥诗系年：《题黄石斋手书诗册，卷首有御题"英光浩气"四大字》《唐元素求题〈石斋小楷孝经〉》《杂诗》《题刘公鲁所藏明宣宗画犬》《江宁叶伯庚求题〈述异图卷〉》《叔伊以诗索剪菊插瓶》《答余尧衢》《和硕恭亲王福晋挽歌》（二首）、《梁母林太夫人七十寿》（二首）、《涛园十二兄六十生日》。其中，《题黄石斋手书诗册》云："婺源一败得死所，至刚塞天世谁伍？怪公结习殊未忘，意定神闲视千古。知不可为而为之，厉叔不平犹报莒。吾侪忍死欲何为，手捧奎章愧吾主。"《题刘公鲁所藏明宣宗画犬》云："世传宫猫图，士奇为之赞。此卷作双猲，驯丽绝可玩。宣德四年春，静慈位初逊。悔称少年事，女宠诚难豢。"《江宁叶伯庚求题〈述异图卷〉》云："叶君访我携巨卷，自记所语出瞑眩。南行入闽证所见，信有冤报闵彼粲。野葬狼腹骨无槎，庙貌鸾骖若仙眷。去周归叶定谁恋，颠倒离奇祇馀恨。人生春蚕丝难断，幸勿作茧缚恩怨。题者纷纷意徒乱，顾五醉墨为一叹。"《叔伊以诗索剪菊插瓶》云："故人苦忆故山青，抛却东篱祇独醒。病起吟笺能小草，梦回丛菊在双瓶。客中欲问愁何味，晚景相看鬓已星。且约窗间常促膝，海天寒雨任冥冥。"《涛园十二兄六十生日》云："广信义声震天下，官若鸿毛人泰华。持节惊看有夫风，累寄封疆见声价。"

贺履之诗系年：《次韵答胡湛园大令》《北京大学创设画法研究会，延余为导师，登场不克讲演，戏赋一首》《无题六首，和颣道人韵》《西湖酒楼晚眺》《新晴》《登葛岭》《苦雨，答晼青》《寿但志山表兄七十》《师郑吏部属画〈四朝诗史阁图〉，并题一首》。其中，《西湖酒楼晚眺》云："北客南来意已新，武林风物更宜人。好花经眼萦前梦，名酒留痕证夙因。游屐偏迟三日雨，小楼闲看万家春。湖山久别重寻觅，烟树迷离认未真。"《新晴》云："侵晨喜听唤晴鸠，箬笠安排便出游。料得西湖应待我，两峰螺拥正梳头。"《北京大学创设画法研究会》云："万象今从纸上观，一堂雅集散春寒。眼前风物都非旧，画里山川或未残。游艺久存千古想，登坛转觉片言难。诸君小试回天手，驱遣云烟到笔端。"

张良遥诗系年：《晏起自嘲》《宾谷客冬解馆，感冒风寒尚未痊愈，因作小诗赠之。或者涩然汗出，无药有喜耶》《愚亭明府之细君以娩难亡，作此奉唁三首》《花下独酌》《与宾谷剪烛论诗，别后作五古一首赠之》《灯夕遇雪》《杭、颍皆有西湖，东坡连知二州，其到颍，谢启有云："出典二邦，辄为西湖之长，风流跌宕，千载下犹想见其为人。"吾邑有两横溪山,余皆笼而有之。因读〈东坡集〉,戏题五言二十韵,非欲颉颃古人,亦聊以自广也》《卧闻邻寺钟声》《听电匣演李吉瑞戏觞》《草堂被焚,修葺未竣,有怀园中花木二首》《颂岑固豪于饮,日前过访,邀同遁叟、梦莲、宾谷诸君子小酌,畅话离悰,不觉大醉,越日以诗二首见赠,用次原韵答之》《夜半读书,呼酒独酌,不觉邻鸡已再唱矣》《次宾谷论诗元韵》(因论《随园集》而作)、《新晴书事二首》《重葺草堂》《漫兴二首》《颂岑前日过访,余适赴友人之约,命铸儿留饮大醉,因作小诗三首调之》《追录癸卯暮秋青山阻风二首》《得颂岑和章,再酬二首以解嘲》《读楚词》《寄怀周颂岑广文四首》(时客大梁)、《阅报纸所采近人诗戏题示宾客》《月下纳凉口占二首》《吴吉生大令函邀宾谷赴陇西王观察之聘,因次牧斋〈答茅孝若见访〉韵五首示宾谷,并柬吉生》《岨陨山道中》《六十四生日,宾谷作长句四首见赠,陈义甚高而藻饰溢量,作此奉答》《雨夜独坐观书》《雨后望金刚台二首》。其中,《与宾谷剪烛论诗》云:"吾子意不惬,幽忧抱采薪。闭关谢人事,腊尽欻回春。贻诗当馈药,高歌动鬼神。造化小儿悖,三舍避逡巡。击节烦疴散,掀髯皱眉伸。和韵试拈笔,出语已惊人。过我拨蒿径,留君倒茵陈。紫姜烹楚鳜,青盐下吴莼。雄谈倾四座,欣赏契无邻。颇尽东南美,不知谁主宾。宋客西堂卧,池塘草如茵。苏山增气色,灌水起波沦。横溪接大复,骚坛迹未湮。莫让浣花叟,独占锦江滨。"《阅报纸所采近人诗戏题示宾客》云:"群飞鹰隼刺天衢,华表归来鹤影臞。大雅沦胥争鼠璞,名词假借混鱼珠。洞天只有仙为伴,儿辈从教鬼画符。把臂入林犹未晚,肯随南郭滥吹竽。"

章棁诗系年:《寄高云麓、竺静赋两侍讲同年宁波四首》《寄林朴山明经(鹤年)茂名,即题其居思草堂七首》《寄徐端甫丈(世章)天津,用退耕堂〈送十弟还京师〉韵》《叠前韵酬端甫丈》《林朴山明经第三次从广州来访,即送其归》《和周梦坡学博酒楼韵》《题顾鹤逸山水卷,为曹君直舍人(元忠)二首》《题上海丁子裘茂才(烈)〈箕裘愿学后图〉二首》《钱新甫前辈(骏祥)七十有一二首》《题刘健之同年〈蜀石经拓本〉(〈左传〉〈公羊〉〈谷梁〉〈周礼〉)四首》《题孙师郑前辈〈感逝甲集〉二首》《京师杂感十首》《和赠诒重同年,用苍字韵》《和符蜕庵大令韵二首》《题南越王冢黄肠木摹本》《袁述之京卿(世传)自天津来访感赋,兼寄李符曾(焜瀛)、陈诒重两侍郎二首》《和徐端甫丈,用水竹邨人〈雪夜与十弟小饮〉韵》《和端甫丈,用水竹邨人〈偕十弟出郭寻春〉韵》《和杨定甫前辈七十一生日五首》《和唐印僧二尹(佩金)见赠韵,即题其〈湖上偶吟图〉》《和印僧二尹〈岁暮将归留别〉韵》《题刘翰怡京卿三十三岁小像》《题平湖葛赘甫户部遗像三首》《题平湖葛毓珊户部三十岁遗像,即和其〈传朴堂集·题史阁部传后〉诗韵二首》《题费可庐丈三十三岁遗像,用前韵为恕,皆同年作》《美卿弟自家寄赠羔羊》《题王君九郎中同年〈五同图卷〉,即用式之外部同宗同年所题韵》。其中,《和周梦坡学博酒楼韵》云:"隔座筝琶唱莫愁,醉人牛饮未能休。

麟鸿戢影空郊薮，狼虎当关踞上游。炼汞难医心死病，栽萱莫解陆沉忧。主宾合席希王谢，莫作江南第二流。"《京师杂感十首》其九："群花落尽菊初黄，风雨重阳又几霜。见说城中盈担买，有人篱角独深藏。"《和符蜕庵大令韵二首》其二："早挂朝冠神武门，江南觅醉杏花村。茫茫世界蜗争国，滚滚人才虮处裈。潮打江城曾相庙，尘生浙水阮公墩。君归我至如鸿燕，南望东瓯海日暾。"《和印僧二尹〈岁暮将归留别〉韵》云："昙花非故法非新，千尺湖泥有劫尘。何处家乡同是客，坐忘甲子几经春。杜鹃故国先贤传，续断微虫后死身。归不留行来盼早，著书头白肯饶人。"

吴士鉴诗系年：《寄樊山老人京邸》（四首）、《湖上看梅，和张北墙（朝墉）韵》《云瘿庵（韶）席上话宣统初京师事。瘿庵，仲泉贝勒门客也》《和张豫荃同年（其淦）韵》（二首）、《瞿文慎公师挽诗》（四首）、《葛岭，和经寿安（家龄）韵》（四首）、《葵霜篇，寄梁节庵丈》《题〈戏鱼堂帖〉》（四首）、《和李审言（详）》（二首）、《关颖人自都门来访，即日北还，赋此赠之》《题刘戢山先生遗像》《题朱古微前辈（祖谋）〈彊村校词图〉》（三首）、《和张北墙〈西山纪游诗〉》（四首）、《桂林梁贞端公（济）挽诗》。其中，《寄樊山老人京邸》其一："两载诗盟久寂寥，尘中何地著诗瓢。似闻一老清如鹤，自谱红腔付玉箫。"《云瘿庵（韶）席上话宣统初京师事》云："把臂忻然胜旧知，袖中水雪照新诗。才名大历高余子，朝士贞元忆盛时。湖海襟期同旷邈，江关词赋未衰迟。与君一话兴亡感，欲扶青萍塞酒悲。"《桂林梁贞端公（济）挽诗》云："隔墙呼酒记当年，羁滞周南镇自怜。五种遗规亲教子，九烟旧恨竟沈渊。孤臣此去心难死，老友无多泪独捐。闻道丛残待刊削，定知间气烛中天。"

汤汝和诗系年：《兰生筮仕杭州，新正以〈岁除见怀〉诗寄示，次韵奉和》《避地行》《会英过访，并赐和章，次日率成数语代柬》《过湖杂诗》（四首）、《新堤晚眺》《寓新堤七日矣，书此解闷》《由新堤乘轮赴汉口》（二首）、《书所见》《鄂城登眺感怀》《汉上观剧感赋五绝句》《复在怡园大舞台迭观女伶演剧，戏赋七绝句》《游某氏园亭即事》《晓渡洞庭望君山放歌》《过城矶望》《附轮回湘，舟中口占》《有以生蛙馈余者，余时患目疾，不忍施诸刀匕，乃托放生之义，命仆人纵之。仆人投诸河，移时而溺毙者十之二三，亟倩渔者以网救之，别投诸藕田焉，即事感赋》（三首）、《河干散步，士植随游》《枕上偶成》《诗成后为姬人见，有责言焉。盖恐余之苦吟致碍目疾也，重其言，口占志之》《丙辰秋桂林小学校开学，龙积之、刘嘉树两先生偕余往观焉。地即旧宣成书院，院中有古柏二株，近千年物也。积之命作诗以张之，余无以应。今于病中偶忆及之，率赋长句，俟有邮便当寄呈两先生也》《再叠前韵》《三叠前韵》《周纬斋（朋寿）先生七秩征诗，勉成四律》《次韵和张绍恒（伯基）先生》（二首）、《次韵和左桓秋（震）》《医院夜成》《纪梦》《夜寝逾四鼓即醒，老境渐至，枕上口占》《余病左目，几至偏盲，中西医院皆称不治。闻美国医学博士杨君锦英（廷珑）驻湘开中华医院，就而乞治。君为取出云翳，大如豆粒，休养兼旬，眸子瞭然如旧时矣。赠以长句，用伸谢忱》《听西女按风琴唱歌》（二首）、《左目云翳，经医者取出大如豆粒，置之博物院中，当为人见所未见也，诗以志痛》《绍修六秩，自鄂来书征诗，勉成四律》《偶检书箧，得庚寅春秦文伯师（焕）〈去粤留别〉八章，今将三十年矣。旧怀扰触，感恩知己，难已于言，谨追次元韵，用以佩师资而伸积悃云尔》（八首）、《目疾初愈，纬斋以诗来贺，次韵酬之》《再叠韵》《三叠韵》《四叠韵》《五叠韵》《梦醒口占》《复纪梦》《赠同年杜樵僧（本崇）太守》《目疾新愈，会英以诗来贺，次韵酬之》（二首）、《纬斋以拙诗有"典衣拟买留声机"之语，戏赠二律，次韵奉和》《绝句十二首寄陈兰陔桂林》《朝雪口占》。其中，《新堤晚眺》云："新堤小住客身闲，旅馆门开近市阛。对岸临湘山色远，夕阳一抹有无间。"《目疾初愈，纬斋以诗来贺，次韵酬之》云："半年患眼少吟诗，莫辨霜髯换黑髭。久苦月宫屏障蔽，谁揩水镜雾云披。佛心为引光明路，天目仍澄左右池。方药更承兰讯示，针砭直抵越人医。"《绝句十二首寄陈兰陔桂林》其二："去冬烽火逼湘潭，风鹤惊心日再三。忍读谪仙诸乐府，今年又见战城南。"

方守敦诗系年：《深伫五十生日，写近作诗来，云将重游西湖，可同行。吾衰倦游，诗以送之》（二首）、《章竹虚以〈六十自寿诗〉见示，将往江南。赋一律赠之》《绥予游北峡关虎头岩归，有诗纪事，并约同游山水，喜赋一律》《张恂伯来城索诗，戏赠》《〈晒网图〉，为季野题》《迎江寺僧楼宴集和韵》《开县李君范之以〈西湖泛雨图〉属题》（三首）、《题李范之〈陶然亭话别图〉》《雨后偕三兄江上木排纵目》《唐君雨梅以予书联相赠，来诗有句云："世人但尝蛟龙气，岂识毫端万卷书。"愧甚，和之》（三首）、《寄怀何子翔海上》《久不得子翔书，复寄一律》。其中，《章竹虚以〈六十自寿诗〉见示》云："少日追随翰墨场，清时有味兴争狂。百年未分山河改，一壑能专杖履强。自笑霜髯成二老，会烧银烛尽千觞。扁舟又送江南去，诗叟新篇接混茫。"《久不得子翔书》云："寥落山城岁暮思，故人消息到迟迟。未应海客云帆转，正恐江鱼驿路歧。龙性嵇康原病懒，锦官杜甫自能诗。天涯几树梅花发，珍重寒冬举一卮。"

骆成骧诗系年：《读余子厚前辈巴州来书》《望远》《长啸吟》《漫兴》（四首）、《古意》《闻资中盛毓麟知事去任》（三首）、《醉歌》（四首）、《贞女引》《池庐杂咏》（十六首）、《击鹏鹤行》《望远》《记梦》（三首）、《夜堤行，赠曾月亭孝廉》《感咏》（二首）、《郭叟歌》《忆彭公望郭化南》。其中，《读余子厚前辈巴州来书》云："子婿皆师我，知君识我真。巴歌今断蜀，晋宇旧依秦。肺腑千峰掩，膏肓万卷亲。艰难通片纸，洒泪向风尘。"《长啸吟》云："生无益世来何为？惊篷庋天非素期。自将庭训酬明问，岂意刍言结主知？九年五试保和殿，王公惊视立环案。天光彻海有余明，宝气干霄真自荐。有穷射日天下昏，狂风落叶归本根。天池龙去群蛙噪，独对沧浪日长啸。"《漫兴》其一："流落才无主，幽居意不聊。百花亲永昼，孤剑伴深宵。汗漫游期阻，华胥梦境遥。南池正愁思，坚坐看风潮。"其四："捧拥来何壮，摧拉去可怜。效尤仍夺席，追悔未归田。蠖忍伸前屈，龙羞亢后潜。不须招隐士，来咏卜居篇。"《望远》云："海关重锁几时开，尺素沉浮去不回。鹦鹉传言难尽信，平安须待雁书来。"

杨钟羲诗系年：《洪琴西都转〈冰天春霁图〉，幼琴补绘属题，用王渔洋〈喜吴季子入关〉诗韵》《千点桃花尺半鱼》《杂诗，和乙庵》（八首）、《庸庵属题〈丙戌雅集图〉》《乙庵七十双寿》《吴让之〈如愚图〉，为其弥甥倪某题》《前在金陵，积余以〈定林访碑图〉属题，久置案头，遭乱失去，顷以弟二图见示，赋此志慨》《君直属题顾鹤逸画卷》《宣德御笔双狲》《苦雨，次晋安韵》《徐开晋画刘蕺山先生五十像》《挽恪士》《赠翰怡》。其中，《杂诗》其一："枯骨怜公路，毬场失建封。咎人诚不暇，书事敢从同。寥落英雄记，创夷大小空。缨冠无限意，常在闭门中。"其五："省事门稀出，先衰齿半歼。路生常辨树，车小不遮帘。束笋书迟答，租菱价每添。钞诗严夜课，初不间霜炎。"《苦雨》云："心在犹欣影未徂，重阴短晷感羁孤。风潇雨晦连昏旦，地辟天开事有无。泥泞自然甘塞向，冰嬉几岁罢张弧。朱弓赤矢方称端，犹有东人颂跋胡。"《挽恪士》云："杂遝醉翁门下士（与予同为张腹庐师所荐士），苍黄天宝劫余人。新诗独郁非常意，积瘝终摧有待身。西镇弦歌虚拥传，南屏钟梵晚为邻。百年兀自悲求仲，旧日秦淮不当春。"

赵熙词系年：《辘轳金井·薛涛酒，戏和休庵》《夺锦标·高跷》《狮儿曲·狮戏》《雪狮儿·猫，借书舟韵》《湘春夜月·花影》《三姝媚·雨水节，寄山腴》《南浦·燕》《瑞鹤仙影·寄赵济民》《满路花·山寺，美成韵》《买陂塘·〈香宋图〉，资中萧慈笔》《鱼游春水·墨鱼》《长亭怨·帆》《满路花·懿丘，次美成韵》《木兰花慢·杜鹃花》《凄凉犯·苦雨》《三姝媚·地仙洞》《买陂塘·题萧佛意〈补衲庵图〉》《湘春夜月·帘》《月边娇·美人小相》《渡江云·春柳》《扫地花·送春，同梦窗〈古江村〉韵》《一萼红·凤仙》《春从天上来·新城王晋卿先生树楠，制句见赠云："剧怜杜老无安策，永忆陈公是霸才。"维君向不为人书，其诒我书，创举也。赋谢》《渡江云·锦城诸遗老，和〈春柳〉韵成峡却寄》《声声慢·补衲庵闻蟋蟀》《风入松·怀辛子嘉州》《芰荷香·荷花雀，用介庵韵》《夜合花·寄辛子崇庆》《万年欢·寿休庵，方回韵》《解语花·梦窗韵》《羽调解语花·镜香亭荷花，用草窗自制曲韵》《夏云峰（万山青）》《八犯玉交枝·盛树人大令工刻印，今陈鸿寿也，刻天山逸民见馈，盖别十二年矣，感寄此词》《百字令·自题光绪中小相，用〈江湖载酒集〉韵》《大有·秋收》《如此江山·〈焦山图〉，程白袈观察室刘夫人绘》《前调·图中人竞题词，问琴阁独高，依前韵志谢》《水龙吟·题〈稼轩词〉，即用集中〈登建康赏心亭〉韵》《齐天乐·挥扇》《击梧桐·白露，鹤田韵》《桂枝香·桂》《瑞鹤仙·开元寺》《紫玉箫·阶前五色凤仙，落子重生，秋来第一胜事》《金缕曲（四壁秋虫叹)》《月华清·和休庵〈中秋见怀〉韵》《宴清都·庞靖侯祠》《陌上花·胭脂花》《风入松·雁》《念奴娇·偶检旧籍,得向仙侨〈海上〉诗云:"一念家山百感俱,吴江枫落渺愁予。杜根涤器甘穷死,梅福成仙定子虚。大错铸成新造国,余生留读未烧书。乾坤自此多长夜,只梦桑田见海枯。"飞徐鸣悲,然不损则,中天之气。今三年矣,天下事又大变,世乱仍未已也。夜中无寐,用玉田〈夜渡黄河〉韵》《西子妆·菊中有名醉西施者,以君特自制曲韵写之》《满江红·鸦》《探春·数日下体忽疮,如堤之溃,夜中无寐,噫,甚矣,惫》《高阳台·病夜》《庆春泽·休庵审予致疾之由,秘不示人,惧传之徒取谑也,词有佛心,戏和以忏此厄》《水调歌头·生日》《百字令·谢哲生见寿,哲生词有郁峰不平之气,吾谓此梦窗旨也。人率以词求梦窗,惟彊村一著一机,鲜无谓之语。梁萧德施云:"事出于沉思,义归乎翰藻。"哲生宜有以契梦窗者》《鹊踏枝·病中戏取园圃间物咏之,此调向推冯正中十四阕,若近若远,合于古谲谏之义,吾意当日必胥有所指拟者。率以空中语当之,则哀乐不生于己,所谓意内而言外者,非矣。吾此作,其细已甚,固不当通识者论定焉》(二十首)、《念奴娇·送秋》《百字令·地震》《望海潮·题香草簃辛亥书后,淮海韵》《汉宫春·阶前娟然一蝶,容色相鲜,意其仙也》《庆清朝·十六子晬日》《渡江云·以〈香宋词〉寄辛子代柬,〈春柳〉韵》《前调·辛圣传不远五百里省我山中,无以鸣吾喜,即〈春柳〉韵联句》《前调·送辛子,叠〈春柳〉词韵》。其中,《辘轳金井·薛涛酒,戏和休庵》云:"艳天清福,井华香、但唤小名先好。沁透春心,有春人魂到。江楼弄棹,定翠勺、玉纤亲舀。合注鞋杯,香坟奠取,桃花红笑。 枇杷下秀眉自扫。想韦郎对饮,脸波齐照。添个笺儿,赛临邛风调。唐家梦杳。借诗约,醉它遗老。却恐休庵,微之一样,通身酥了。"《鱼游春水·墨鱼》云:"乌尤江心起。夜火鸣榔空翠里。游鳞成队,三月绿摇沙嘴。下网初寻郭璞台,载酒休斫琴高鲤。烟沉半篮,春潮千尾。 古刹谁将砚洗。蘸偷一篙桃花水。年年吞尽云光,鸬鹚堰底。认来班鬓秋还到,画就香腮图难拟。樵青镜中,黛螺如此。"《满路花·懿丘,次美成韵》云:"天晴蝶换衣,池碧鱼吹雪。砦荒无地住,人踪绝。西瓜(山名)绿处,柏老风吹折。宅边苔径阔。落尽千红,杜鹃尚唤佳节。 香魂惺否?傍家花如雪。低低前代堰,群山接。人今渐老,泉下应关切。经乱和谁说。七年苦吹,战尘亲故伤别。"《买陂塘·题萧佛意〈补衲庵图〉》云:"问头陀、一身无着,水田衣在何处。八方都坐惊烽里,那有禅龛容住。君听否。已洞底浮尸,尚自刊章捕。穷檐恁苦。又满市夷歌,酒边罢籍,城上奏笳鼓。 幡然笑,是事从头先误。此官今为谁做。心如蕉叶风撕尽,破得千头万绪。勤自补。仿石恪维摩,风雪黄岩路。谁宾谁主。请折脚铛边,袈裟伴我,枯坐万松处。"《一萼红·凤仙》云:"比红儿。自经年不见,风露最相思。葱珮仙妆,牟珠佛顶,依约前度来时。画栏外嫣然笑靥,似中酒,微晕淡胭脂。俊极蜻蜓,梦边蝴蝶,香处晴飞。 谁信此花身世,也胡僧话劫,血溅苔衣。雨过黄梅,篱开素槿,今岁人又逢伊。更谁浸春纤翠甲,锦城里、犹谱悼红词。忍说非耶是耶,弄玉魂归。"

黄瀚诗系年:《余日课玉屏中学及办理禾山商业学校,今迁陶溪校舍,多就寺宇充用,依依偶像,思之不觉失笑,爰成一律》《咏豹睛》《咏狗脚》《谕友》《钱生文显令祖六十双寿》《再题林霁秋〈南词曲谱〉》《移校陶溪,怅然有作八首》《寓斋后梨花一株,用东坡〈定惠院海棠诗〉韵》《雨农过访不值,比余返寓舍去,仅一炊黍,顷耳却寄》《书愤》《逊臣出示金兰小照,并绳其美,戏题》《逊臣因予过访,为召金兰己赴近局,偕过近局又不见,午夜促之始至四首》《重见》《儿錞之南洋募建学舍,赋此壮其行并以勖之》《和錞儿〈汕头夜泊〉》《雨后肩舆行水潦中又遇雨》《寄恭侄,时任斐列滨宿务中华学校讲师》《梦见》(三首)、《追咏五月一日偕游菩照寺,归饮逊臣斋中,叠〈重见〉韵赠雨农并谢逊臣》《叠寄恭侄锁呈伯兄并示诸儿侄辈》《重到二首,用梦得〈玄都观〉韵》《叠〈长夏苦雨〉韵,奉答雨农》《懊恼词三首》《江上夜游有赠》《和儿錞〈舟中远望越南〉韵》(二首)、《涧底松,和周丈》《村妇吟二十二首》《有答》(三首)、《和儿錞酬〈星洲杂咏〉八首》《题陈游六诗册》《久雨写怀》(二首)、《赋谢耐公即次其惠题〈愁霖返舍图〉元韵》《寄和儿錞〈咏芒吃〉》《再和〈咏柔连〉》《再和〈咏红毛丹〉》《五叠韵酬谢游六》《再题金兰小照,兼戏逊臣二首》《避兵鼓浪屿杂咏》(十首)、《又作》(二首)、《赠林霁秋(鸿)五十》《拟悲秋兰》《以铁观音茶赠耐公,并呈三绝句》《题陈仲眉曾王父芦湾晚泊遗照》《题〈南词曲谱〉孟昶像》《和儿錞〈星嘉坡重阳〉》《重过林雅谷村庄咏残菊》《岁莫闲居》。其中,《梦见》其一:"不忆偏能来入梦,分明不是病时容。颓鬟欲堕睡初起,却讶丰委倍许秾。"《有答》其一:"寻诗未就偶寻花,如笑如悲兴转赊。我自为花闲写照,数枝凄淡间秾华。"《题陈游六诗册》云:"卅里禾山一粟身,天教樗散置斯人。饱餐太古千年雪,隔断浮空十丈尘。霜后老梅清到骨,画中疏竹谈传神。乾坤灵气饶君得,吐出心灵字字真。"

陈懋鼎诗系年:《梁众异母林太夫人六十》《和梁众异近意》《四十九岁作》《熙民五十》《王母林太夫人六十》(二首)、《刘宣甫六十》。其中,《梁众异母林太夫人六十》云:"欧斋师表在榕阴,令媛高门耀佩衿。经义口传知有本,风流颇似见于今。仙槎早倦沧桑眼,舞彩勤酬雪柏心。晚福不烦论万石,择栖鸾凤得新林。"《四十九岁作》云:"习闻柳跖脍人肝,谁道儒门发冢难。早以文章供入彀,晚余名氏付探丸。海桑三度情无尽,粥饭千僧食已残。四十九年非到底,从头试觅此心安。"《刘宣甫六十》云:"绮岁公车始见知,省郎出宰久相思。蔼如治行归民母,静者流风作我师。人世道心惟饮易,隔尘仙眼且观棋。从君乞取尊生诀,龙虎难降子午时。"

熊希龄诗系年:《戊午旅行江南,题栖霞寺〈天女散花图〉》《戊午和赵式如〈西山望景泰陵〉原韵》《戊午季儿自香山南旋,赋此赠别》《戊午翠微山龙王潭题壁》《戊午和赵式如〈双清别墅〉原韵》（二首）。其中，《戊午和赵式如〈西山望景泰陵〉原韵》云："仓皇监国竟功成，社稷安危寄一卿。御侮独能坚大计，保邦宁复重私情。百年风雨悲龙匣，十里松楸识蚁城。南望更怜于少保，江潮遗憾未曾平。"《戊午和赵式如〈双清别墅〉原韵》其一："树色山光雨后匀，长松不改四时春。双泉石上湍流急，似策当机勇退人。"其二："一丘一壑一池泓，日日松声杂水声。消受清闲甘老拙，此心尚有自知明。"

黄荇鹗诗系年：《生女》《宿万县孙家书房》（二首）、《万县侨居》（二首）、《避乱黄仙洞》（四首）、《翻戏党》《沪滨客感》（二首）、《久住申江，忽闻小女平英殇逝》（二首）、《移居东兴围》（四首）。其中，《万县侨居》序云："时南北交战，水陆不通，赋此。"其二："作宰清如鹤，休官味忆鲈。晓岩登太白，别骑滞巴湖。击筑愁居蓟，吹箫怕入吴。此行近峡水，荆棘满长途（南北兵均在巴东以下交战）。"《翻戏党》序云："沪上多有此辈，客人被害不少。"诗云："猾贼披猖面如鬼，窟穴租界同蛇虺。川中咽噜粤喽罗，害人无此鬼蜮多。口藏蜂蜜腹藏剑，舞弄善良蓄罔念。设言彼处有银河，计诱行客入旋涡。麻雀扑克翻滩戏，一掷青蚨不知数。事后空囊赤手归，始知群小怀诈欺。穷途过客无亲故，遍觅调人需贿赂。一纸空文诉公堂，若辈早与吏胥商。吏胥唤作包打听，卵育贼党声相应。守候周年讼未终，苏裘敝尽阮囊空。群贼仍然萃渊薮，法外逍遥享富厚。官署递捕羽檄驰，贼如有神默护持。签书催促同星火，旅客犹遭翻戏祸。君不见大江南北宦游人，大富翻成落魄身，此贼不除社会蠹，繁华世界尽荆榛。"《久住申江，忽闻小女平英殇逝》其一："申江风雨近重阳，闻报琼葩忽断香。半载膏肓医罔效，六年抚育爱难忘。秦嘉远道愁难返，蔡女工才幼早亡。海上羁留因运蹇，那堪兰蕙更摧伤。"《移居东兴围》序云："余居城内六年，戊午自蜀回，乃典屋于东兴围。"其四："半生薄宦典兹庐，敢诩今朝赋遂初。风鹤频惊悲老瘦，云烟已过付空虚。庭前试种陶潜菊，案上重翻邺架书。广厦千间吾未得，休教白发老蜗居。"

傅锡祺诗系年：《再筑茅舍于潭子石碑（土名）（抄封仔），巢凤雅林君幼春旧第重修告成，适有弄璋之喜，而其继母与季弟又归自榕城，因同诸友赋此以赠》《亡儿春镜第一回忌日感赋》《伯仲楼雅集，席上赋赠主人蔡君惠如》《题林子瑾君〈弄璋图〉》《寒暖计》《仓颉》《曹植》《陈平》《周勃》《孟尝君》《平原君》。其中，《寒暖计》云："人间冷暖寸心知，春渐升高秋渐卑。银管中含天意在，直将裘葛诏时时。玻黎小管界乌丝，下上寒温感应奇。恰似人情善趋避，炎凉态不爽毫厘。"《题林子瑾君〈弄璋图〉》云："妻梅子鹤后林逋，别院新擎掌上珠。镜里鬈眉看跃跃，丹山彩凤笑将雏。"《孟尝君》云："庇寒广厦万间宽，得客三千得士难。录录鸡群惟一鹤，平原毛遂此冯欢。"

闵尔昌诗系年：《答董卿得雪见寄之作》（二首）、《董卿濒发河东，为雪所阻，因余前有"条山雪霏"之句，戏以诗见尤，重答一首》《阅市偶成》（二首）、《谒袁大总统墓》《题龙树寺中新建抱冰堂》《小极》《赠内》《读〈蜀志〉》（二首）、《题翁松禅字册》。其中，《阅市偶成》其一："东涧诗题彭六吉，南山名隐宋潜虚。淫威不熄文章焰，早见闲坊出禁书。"《谒袁大总统墓》云："呜咽清漳水，东流绕墓庐。平泉余草木，幕府冷芙蕖。牲醴馨初荐，风云惨不舒。报公惟一事，封禅本无书。"《赠内》云："华年秋入双蓬鬓，归思风摇一短檠。朱孔南山它日约，伐檗采若足吾生。"

冯开诗系年：《海棠既至，乃知纫灵家止此一树，前诗为失实矣，再赋三绝兼调纫灵》《与海棠相对几及三月，临行怅惘，赋诗志别》《王龟山（德馨）六十索诗》（五首）、《题钱逸秦（经藩）〈山中校庄图〉》（三首）、《听歌，赠李生》（二首）、《含章为余作诗序，属其族子自勖提学（铭新）书之以赠。自勖曾以诗卷自山西抵余是，赋一诗报之，兼示含章》《哭陈次农同年》（二首）、《次农之丧，诸交旧会哭薛楼，三年前恒与次农游宴于此，感旧伤逝不能无诗》《寿关太翁八十（太翁为吾师来青先生父，早岁官河南，工画山水，兼精刻印）》（二首）、《赠钱太希（罕）》、《岁暮与陈天婴、张于相（原炜）、蔡君墨、集江上楼感旧有作》。其中，《王龟山（德馨）六十索诗》其一："甘从饿死得高歌，终古才人老辚轲。崦嵫日落浮云暮，兀兀将奈龟山何。"其二："冰署头衔比广文，每因祭彻博微醺。祠官割肉成常例，侭许东方馈细君。"其三："水深泥浊公无渡，絮乱丝繁我欲眠。岿嵽神州褐之父，端须束手送流年。"《含章为余作诗序》云："薄宦虞卿旧识名，近来笔札极孤清。胸吞皋落浮云色，诗带汾河断雁声。痴叔君家情独至，佳人臣里目初成。文心墨妙真双绝，惭愧寒郊作浪鸣。"《岁暮与陈天婴、张于相（原炜）、蔡君墨、集江上楼感旧有作》云："来日宁知事大难，匆匆光景暂偷安。春盘嫩火消佳夕，小雪深灯映薄寒。意绪将愁增婉笃，生涯与梦比阑珊。烟羸花瘦浑无奈，且向人天拾队欢。"

黄节诗系年：《和栽甫见寄韵》《崇效寺对牡丹作三首》《偶成》《录旧作寄树人，复题一绝》《园榭雨中》《社园送栽甫南归》《沪江重晤秋枚》《宾虹为贞壮画〈杨花图〉，予题一律》《湖上示宾虹并简贞壮》《江干与宾虹视曼殊殡》《答秋湄书意》《都门遇何剑吴》《答胡夔文赠韵》《赠卢毅安》《岁暮怀刘栽甫》。其中，《和栽甫见寄韵》云："避世无能学孔宾，复怜碌碌或因人。一从去里长为客，犹是深居日饮醇。大海潜鳞初遇子，下风乔木各存身。闭门索句终何补，未若称诗到小旻。"《录旧作寄树人》云："旧诗新感欲何言，此日书成更问存。世事侵寻吾意尽，笑闻和尚了尘根。（时曼殊方逝于沪上）"《沪江重晤秋枚》云："国势如斯岂所期，当年与子辨华夷。数人心力能回变，廿载流光坐致悲。不反江河仍日下，每闻风雨动吾思。重逢莫作蹉跎语，正为栖栖在乱离。"

陈去病诗系年：《湖上杂感二首》、《赋别》《泛海》《重过韩江分赠》（七首）、《潮汕道中》《酬王愚真》《偕荷公、小枚、愚真登韩江楼》《金山援闽浙军总司令部登眺，用石上所刻宋熙宁间广东南路转运副使许君〈见远亭〉韵》《食龙眼》《挽江柏坚先生》(二首)、《纪梦》《有望》《内子安霞死一年矣，于其忌日感成三律》《重过见田别墅》《自沙汕头泛海赴香港一首》《素馨斜禺楼第一集分题》《新会橙》《禺楼三集分得不字》《禺楼四集分得无字》《留潮阳萧氏宅，值飓发不得还，杂成四绝》(四首)、《过萧氏新居》。其中，《泛海》云："纵酒行吟日易过，扁舟遄发未蹉跎。秋风海上波涛壮，义旅南中战伐多。孤影不须愁鬓发，美人浑似隔天河。相期锦字时时寄，莫使征夫变征歌。"《重过韩江分赠》其一："十年不过潮阳路，今日重来只梦痕。赖有故人情意好，新词催起旧吟魂。(林一厂)"其二："兀傲居然古逸民，不衫不履见天真。书成独断终须秘，焦尾休教爨下珍。(蔡润卿)"《纪梦》云："五千里外一身单，客梦萧条千夜寒。却喜留宾还截发，双萱努力治盘餐。"《内子安霞死一年矣》其三："后事茫茫苦系思，更何长策迪诸儿。飘零一剑余肝胆，错落三霄振羽仪。只与英豪提旧梦，每从骚雅结新知。黄花憔悴西风紧，瘦尽腰肢不自持。"《禺楼四集分得无字》云："绮怀难写壮怀粗，乱世功名愧狗屠。白社未妨浇块垒，青娥谁与解罗襦。百年漂泊蓬鬓，几辈疏狂过酒垆。为问纷纷铺糟者，也曾领略一杯无。"

金天羽诗系年：《临渝双节祠为田蕴山将军赋》《挈君介芳雄为浙东西之游，舟过平望口占》《宿西湖早起独步湖堤，归示吹万、石子》《吴山》(二首)、《保俶山下大佛寺佛头歌》《阻风渡钱塘不得，登六和塔有作，示吹万》《蕺山书院拜念台先生》《乌门山下即东湖，陶心云(濬宣)东湖山庄在焉。〈岣嵝碑〉云"鸟兽之门"，厥名典矣。送春之日，与吹万、石子等游此，并吊陶君》《谒大禹陵，遂登会稽山香炉峰》《与吹万、石子、君介芳雄饮兰亭》《快阁，是放翁旧宅》《柯亭题壁》《七星岩，亦名柯岩》《乌篷夜卧口占》《桐庐客舍题壁》《登子陵钩台下题祠堂壁》《西台，是谢皋羽恸哭处》《放鹤亭东访冯小青、宋菊香冢》《剑秋重赴甘肃，索诗为赠》《诗寄路金坡(朝銮)金陵代柬，路君贵州毕节人而家于蜀，有〈梦黔盦诗草〉》《华亭闵瑞芝(璘)，其先德八指先生能诗工画，画工山水花鸟，不知其能人物也。岁丁巳忽得所绘〈莲炬归院图〉，喜而征题，题者多指为青莲，吾友路君金坡为订其误，余亦继作，时同客金陵》《兖州驿与潘君馨航夜别，时潘君北上，余南归》(二首)、《题范君博〈鹦哥集〉，并赠令妹冷芳女士，女士亦能诗工绣》(三首)、《题印濂自写〈粤游诗册〉》《题〈麋研盦填词图〉》《航海，同无锡许溯伊(同莘)、邹颂丹(吴桂)》《剡行杂诗》(五首)、《石梁瀑布》《水珠帘在断桥西五里》《琼台双阙》《桐柏宫老道劝游桃源，云入天台者例访仙踪，余归矣，诗以自嘲》《赤城》《天台归途》《寄路金坡金陵代柬》《诗答青浦沈瘦东(其光)》《叶母马太夫人九秩寿诗，奂彬先生索赋》(二首)、《镇江大雪车中口占》(二首)、《诗柬鸥雏》《寄刘脊生(巽权)武进》《喜敏斋自燕京归》。其中，《挈君介芳雄为浙东西之游》云："莺脰湖波绿似油，桃花红上敌楼头（敌楼为明代御倭所筑）。博劳声里船如箭，六幅蒲帆指秀州。"《蕺山书院拜念台先生》云："未到阳明洞，低头拜蕺山。一心证人谱，百圣控贤关。抱道身宜殉，擎天力自孱。夷齐终饿死，文谢许同攀。"《快阁》云："尽日山阴道，乌篷载酒行。鉴湖澄碧浪，快阁倚高晴。竹树摇天色，风帆带水声。凭栏诗梦熟，团扇见先生。"《题范君博〈鹦哥集〉》其一："生长吴宫怨废基，江花江草苎萝妃。笺诗不到疑云集，香国封侯梦数奇。"

夏敬观诗词系年：《太夷哭子诗有云"潜鱼为飞鸢，久羁等一纵。魂魄犹乐生，亿测恐难中"，余以为不如释氏瓶雀之拟，且因其意而广之，聊以慰其沉哀也》《江水忽咸》《答成澹庵〈除夕见怀〉》《自云栖寺至六和塔江干口号》《云栖寺莲池大师塔下闻子规啼声》《上冢》《济南桃花》《题吉林成竹山〈澹庵图〉》《题汤贞愍手书诗卷》《汤山》《自济南达徐淮道中口号》（二首）、《郑叔问舍人挽词》（三首）、《沈小沂挽词》（三首）、《骤雨》《为孙星如题其先德遗墨》《和拔可〈病起〉之作》《泗州杨杏城挽词》（三首）、《梦坡作登高会，因题许珊林九日诗册，珊林有〈说文解字统笺〉，故末语及之》《寿叶焕彬母八十，焕彬，先公门下士也》《游半淞园，毅甫、达甫同作》《答毅甫》《泰山下观雪》《哭俞恪士》《雪梅香·感春》《婆罗门令·寄赵尧生荣德山》。其中，《自云栖寺至六和塔江干口号》云："布帆受日点江明，风激矶头没踝平。看取灵山斋会散，拖泥带水一回行。"《骤雨》云："秋雷阵阵压檐来，急雨当窗洒一回。帘箔衣桅齐舞动，些时又揭日奁开。"《答毅甫》云："吾论自存吾舌在，独难附和道蛙声。亦知厓岸人将杀，未信山渊辨可平。箧有攘书还自閟，酒未狂药足戕生，师门学案今传子，幸不填汹待水清。"《婆罗门令·寄赵尧生荣德山》云："一江水，送岷峨外。千江水，尽送吴江外。换谷移陵，黄农世、而今坏。波底汨。流与枯桑海。东风雨，吹大块。信茫茫，后土无真宰。　　荒歌野哭知何所，人未到，有啼鴂先在。梦程柳扫，絮雪如洒，似我萍踪更怪。拼了伤春债，那盼天相贷。"

陈夔（子韶）词系年：《惜分飞·团扇，儿辈咏此题颇有思致，予力避恒蹊，转失自然》《石州慢·题李息霜〈前尘影世〉卷子，息霜旧藏朱李两校书书画、便面各一帧。及将被薙，乃赠其友夏丏尊为征题咏，拈此调答之》《摸鱼儿·题子渊〈临渊阁图〉，图绘倚岩一阁，江上两小舟而已》《龙山会·梦蝶邓蔚探梅，归为述游兴，并出示〈九日锡山登高，用梦窗韵〉唱酬之作，寒夜不寐，凄然有感，即用其韵。下五阙系戊申、己酉间客吴时作，偶得旧稿，更为点定存之》《梦芙蓉·用梦窗韵》《八声甘州·别黄大》《鹊桥仙·向梦蝶乞〈瞻园词〉》《南乡子（城上月如钩）》。其中，《石州慢·题李息霜〈前尘影世〉卷子》云："弄墨然脂，豪素寄情，无限亲切。天涯诉与离愁，欲绾同心双结。十年梦觉，笑桃巷陌愔愔，春风犹记当时靨。珍重惜花心，付随身吟箧。　　明彻。色空无碍，分解尘根，水波双绝。莫怨恩疏，能耐几多炎热。螓蛾旧契，倘教绮语删除，拈花便是当头喝。泥絮喻禅心，两相忘风月。"《梦芙蓉·用梦窗韵》云："春光融灿绮，正珠帘乍卷，好风十里。眼波眉妩，人影短檠外。锦筵花共醉，余香曾梦鸳被。记别伊时，正斜阳冉冉，天际乱云起。　转晌前尘眼底，月满楼空，隐约疑环佩。酒痕重检，应借泪珠洗。倩将金翡翠，殷勤为我传意。诉入琵琶，听声声掩抑，心事付流水。"

李宣龚诗系年：《为王郎梅生题〈书味庵图〉，王时方有之罘之行，兼以志别》《赠晚村后人吕弗堂，兼视陈全斋协戎，陈原籍同安，时方监修〈黑龙江省志〉也》《园饮，呈太夷丈，并示子言、梅泉、伯屏、吕尘》《春尽遣怀》《车过邯郸》《怀远道中》《金陵视伯严丈并访鉴泉观察》《挽姚柳屏》《沈阳旅次》《吉林土们岭道中》《北山暮归》《宿独流镇，梦桓弟》《龙沙公园赠饯别诸君》《昌平明陵红叶》《寿螺江陈仲勉丈》。其中，《为王郎梅生题〈书味庵图〉》云："弦歌入里耳，强半失雅意。赏音满人间，何曾皆识字。君今翻耽书，俗物比犹愧。一庵寄天壤，此趣真小异。海藏夸老眼，饮子必同醉。凤根甘若蜜，材艺乃余事。簪花与传粉，绰约俱有致。非惟令人喜，谲谏亦不易。知为谋远游，出卷索题记。渭城虽可听，恐动故交思。知心古良难，易地况泾渭。借问在齐人，谁还忘肉味。"《春尽遣怀》云："漫道春归无处寻，园林暗长价千金。不经风雨连番劫，那得池塘尽日阴。牖下劳生成玩世，车中物役即安心。诗家刻意终何补，未抵行歌一往深。"

姚华诗系年：《春兰秋菊》《戴循如截既克葬，讣至哭之》（四首）、《得开元金简墨本，以诗记之》（五首）、《题邯士尊》（五首）、《冰川梅花卷》《题〈五伶六扇集〉》《师曾为予写像，简而有神，因题》。其中，《春兰秋菊》云："四时既平分，春秋乃相序。二季胡可乐？节物多情绪。春草生萋萋，秋实落离离。离离与萋萋，众多不可思。所思何所在，山崖水一方；所思何所托，兰秀菊有芳。兰既令人喜，菊亦系人怀。匪惟兰与菊，其人堪徘徊。徘徊复徘徊，徘徊不知数。前有《离骚》经，后有《闲情赋》。九畹三间草，一畦五柳花。花草醒醉殊，醒醉俱可嘉。齐物未妨醉，自贞亦可醒。谁兼醉与醒，太空长冥冥。醉醒不并时，花草不同候。欲补造物缺，奋腕走仓籀。'龙门'合传笔，宗臣伉征士。遥遥春秋心，褒贬无一字。吾遇睢以盱，我思纷且欢。俯仰主幽心，采芳增悲叹。"《题〈五伶六扇集〉》云："慧波秀出火中莲，十年弄笔殊翩翩。根梅弟子已堪传，智侬潇洒独称贤。指头清健变芳娟，临池精熟几千篇。魏匏老去见当年，翰卿楚楚复堪怜。雏鬟未许别娟妍，凤卿书法乾嘉前。得失都在意芊绵，瑶卿为兄亦珠联。"

高旭诗系年：《吹万叔父营闲闲山庄落成，集山谷句为贺》《饮市楼醉归，与履平联句》（五首）、《次韵答履平》《次前韵送履平还上海，兼示骚魂》《游当湖公园作》《寿杭辛斋五十》（四首）、《偕汉元出游》《蔡哲夫以秦诏版拓本见贻，戏题其后》《挽曼殊上人》《吊程玉堂先生》《邓尔雅以唐琴绿绮台拓本见贻，附诗索和》《次韵示君武》《小进以诗见赠，次韵答之》《小进招宴画舫，醉后有作》《题凌子黄〈亡命诗草〉》《吊滇军阵亡将士》《吕天民属题所著〈逊敏斋诗集〉》《题〈幻庵和尚诗稿〉》《题〈景吉甫先生行状〉，用塞嗣君梅九之哀》《李印泉出示先德指挥公墓碑，奉题》《次韵和邓尔雅》《佛照楼席上分韵，得去字》《禺楼席上分韵，得一字》《禺楼第二集，值顾横波生日，分韵得知字》《禺楼第四集，分题得荔枝》《南海酒榭分韵，得当字》《酒楼分韵，得南字，示同席诸子》（八首）、《佛照楼分韵，得圆字》《舟抵厦门，招醉春花侑酒》《旅舍醉吟》《乘水访哲夫于寒琼水榭》《怀楚伧》《投歌人翠玉》《割云亭雅集》（二首）、《得阁字》《谢英伯以纸索书，成一绝赠之》《舟中》《贺哲夫、月色新婚》。其中，《游当湖公园作》云："一月曾经两度来，此间清绝要吟才。兰舟小泊荫垂柳，竹笛微闻谱落梅。尽许乾坤入怀抱，欲呼龙象与徘徊。年来孤愤凭谁诉？收拾春光付酒杯。"《偕汉元出游》云："活色生香偶一逢，无端惹起梦千重。酒酣爱诵王昙句，难写张元阿妹风。"

王国维诗词系年：《海月楼歌，寿东轩老人七十一首》《题徐积余观察〈随庵勘书图〉三首》《姚子梁观察母濮太夫人九十寿诗》《题某君竹刻小像》《题况夔笙无量佛画像二首》《百字令·题孙隘庵〈南窗寄傲图〉》。其中，《海月楼歌》云："海日高楼俯晴空，若华夜半光熊熊。九衢四照纷玲珑。下枝扶疏上枝童，阳乌爱集此其宫。扈从八神骖六龙。步自太平径太蒙，我有不见彼或逢。悲泉蒙谷次则穷，桑榆西即榑木东。斯楼突兀星座通，银涛涌见金芙蓉。谁与主者东轩翁。楼居十年朝海童，西行偶蹦夸父踪。拄杖不化邓林松，归来礼日东轩中。咸池佳气瞻郁葱，在昔庞眉汉阳公。手扶赤日升玄穹。问年九九时登庸，翁今尚弱一星终。猿鹤那必非夔龙，矧翁馀事靡不综。儒林丈人诗派宗，小鸣大鸣随叩钟。九天珠玉夏铃锶，狐裘笠带都士容。永嘉末见正始风，典刑文献森在躬。德机自杜符自充，工歌南山笙邱崇。翁年会与海日同。诗家包丘伯，道家浮丘公，列仙名在儒林中。平生幸挹天衣袖，自办申辕九十翁。"《题徐积余观察〈随庵勘书图〉三首》其一："漫乙卢黄甲戴钱，北江戏语费衡诠。世间尽有洪崖骨，不遇金丹不得仙。"其二："朝访残碑夕勘书，君家故事有新图。衣冠全盛江南日，儒史风流总不如。"其三："前有随轩后随庵，二徐焜耀天东南。海滨投老得至乐，石墨琅书共一龛。"《题某君竹刻小像》云："铸金象范蠡，买丝绣平原。图形甘泉宫，刻石孝堂山。于事岂不伟，适性非所便。江南有君子，人在夷惠间。爱画兼爱竹，孤情与云闲。自貌岩壑姿，镌之青琅玕。画理得简易，竹性同贞坚。朗朗浮玉山，娟娟下若川。高风寄简毕，永与金石传。"《题况夔笙无量佛画像二首》其一："湖海声名四十年，词人老去例逃禅。凭君持此归何处，石榻茶烟一惘然。"其二："不思议光无量佛，人天何处有亏成。蟪蛄十里违山耳，不听频伽只听经。"

《百字令·题孙隘庵〈南窗寄傲图〉》云："楚灵均后，数柴桑第一伤心人物。招屈亭前千古水，流向浔阳百折。夷叔西陵，山阳下国，此恨那堪说。寂寥千载，有人同此伊郁。　　堪叹招隐图成，赤明龙汉，小劫须臾阅。试与披图寻甲子，尚记义熙年月。归鸟心期，孤云身世，容易成华发。乔松无恙，素心还向霜杰。"

张素诗词系年：《居乡》《静坐》《得小柳海上书却寄二首》《赠别影禅赴广州》《出门》《谒梦老人京师》《冬日游公园》《喜晤眉公》《初禅》（三首）、《生朝奉酬明星以长句见贶》《百字令·阿㙔属题〈哀弦集〉，同阿梦、眉仙》。其中，《得小柳海上书却寄二首》其一："旅食君原误，儒冠世久轻。未容千日醉，遂尔百忧撄。结客财都散，归巢鸟失鸣。但论儿女债，累杀向家平。"其二："闻道填词癖，萧疏胜昔年。瓣香温助教，井水柳屯田。岂必贫能疗，惟凭意所宣。仗谁寻影事，么凤十三弦。"《百字令·阿㙔属题〈哀弦集〉》云："党人狱起，最堪叹、先后抄连瓜蔓。闻是藁砧收捕去，碾尽肠轮千万。牍背教书，橐馈亲纳，灯火围扉晚。泪斑湘竹，料应输此凄婉。　　清夜楚些声中，美兮独处，怨结蛾眉曼。仰药匆匆身殉烈，了却个依心愿。绿鬓缇萦，红妆季布，风仪关惩劝。忆春楼在，佩环犹异魂返。"

陈曾寿诗系年：《落花十首》《次韵愔仲〈白桃花〉》《湖居，与苏庵结邻，次苏庵韵》《乙老六十九岁生日祝词》（四首）、《蔡甸上关师墓》《予因事至沪，寓同武家，与莘田相距半里许。予归杭，未明而起，未作别，莘田追送，车已发矣。次日有诗来和，寄一首》《谢梅生赠琴》。其中，《落花十首》其一："微裛春衣寸角风，依然三界落花中。身来旧院玄都改，名署仙班碧落空。一往清狂曾不悔，百年惆怅与谁同。天回地转愁飘泊，犹傍残阳片影红。"其五："啼笑难分态万方，九回肠后剩回肠。馀妍犹作千春好，轻别重经小劫长。香色有情甘住著，虚空无尽极思量。惜芳片偈无题处，梦断楞伽变相廊。"其七："曲奏凉州客未归，海天几树望依稀。香寒旧梦仍留枕，镜掩浓羞竟换衣。幸有同心连芷佩，更无悔过到鸳机。平章自是姚黄事，多恐新来减带围。"其十："历劫风轮日夜驰，赏心动是隔年期。记从卢橘含酸后，看到青梅如豆时。舞罢清光凝翠袖，道成黄土作燕支。昌昌春物寻销歇，芳意终然寄一枝。"《乙老六十九岁生日祝词》其一："无住东轩老，生心一是闲。江河回独念，天帝照孱颜。问道经三匝，明宗示八还。埃风阊阖迥，昔昔梦同攀。"其二："海日常明夜，高楼坐久如。逍遥盈几字，忧患叠床书。客至言无隐，居深泽有馀。晴窗揲周易，破涕一轩渠。"其三："敝帽欹徐整，深衣绝屡缝。外形从蹢躅，自哂托龙钟。雾豹深冥见，云龙合漠从。卿容晬书气，天语肖高宗。"其四："晚遇过陶翟，贞荣度岁寒。志同真法喜，观谛得心安。渥泽三危露，回颜七返丹。待舒忧国痗，九畹艺萱兰。"《湖居》云："板舆佳日住湖滨，春满楼台气象新。盈室芝兰为世瑞，小园雨露得天均。共看寿母传图画，留与他年说蒋陈。海水群飞豺虎乱，约君物外永相邻。"

于右任诗系年：《归里过汾河，同王子元》《夹马口吊樊灵山、宋相臣》《吴王渡》《禹门渡》《宜川道中》《延长纪事》《延长至延安道中》《与王子元谒桥陵遇雨》《题张木生君手拓昭陵石马》《题于鹤九画》《吊井勿幕》。其中，《归里过汾河》云："我亦横汾感逝波，故园消息近如何？夕阳西下无来雁，匹马南归竞渡河。道远车悲虞坂峻，云开雨傍太行过。山川满目今犹昔，后土祠前祷且歌。"《宜川道中》云："隐隐黄河线一痕，马前东望日将昏。风云晋塞连秦塞，波浪龙门接孟门。高祖山头余破庙，将军台上只荒村。川原如锦人如醉，遍地花开不忍论。"《延长纪事》云："山下为城山上塞，疲驴破帽过延长。开天美利穿油井，乱世降儿产义王。戍卒一年溃散，居民十室九逃亡。故人高烛频相赠，金锁关南照故乡。"《延长至延安道中》云："濯筋河畔草迷茫，故事居民语不详。艄里鸣蝉山谷响，柳阴系马水泉香。世无韩范真儒将，地是金元旧战场。兵火连年人四散，平川历历上田荒。"《吊井勿幕》云："十日才归先轸元，英雄遗憾复何言。渡河有恨收群贼，殉国无名哭九原。秋兴诗存难和韵，南仁村远莫招魂。还期破敌收功日，特起邱山拟宋园。"

许咏仁诗系年：《陈赞平自姑苏识面，别已三载有余，今岁教授我邑化成学校，初未及知，某日惠然肯来，旋以诗见赠，即次其韵奉答》《寿安徽省长新淦黄隽珊家杰六十，暨德配姜夫人五十》（五排一百二十韵，代安徽候补员作）、《挽溧阳狄闵夫人》（五排六十韵）、《赴东吴大学夏令营讲习会，见所刻题名纸上改余名为咏红，戏书四绝句，限红字韵》《贞妇辞》（四首）、《挽锡山胡母高太夫人》（代章君作）（四首）、《挽锡山周母王太夫人（字筠心，晚号运新）》（代章君作）（四首）、《放鹊歌》。其中，《陈赞平自姑苏识面》云："元龙豪气压当筵，不是诗仙即酒仙。半亩园中通款曲，三生石上证因缘。晓风杨柳张思曼，疏雨梧桐孟浩然。自愧无成嗟老大，梯云有路羡青年。"《赴东吴大学夏令营讲习会》其一："岁月消磨故纸中，寒窗寂寞守儒风。读书素乏添香伴，属意何曾到小红。"其二："红线飞腾剑术工，红绡红拂出樊笼。唐人小说闲披阅，独恨罗虬赋比红。"

张元奇诗系年：《方解吾书来，久不报岳州新有战事，感赋奉寄》（二首）、《和樊山〈元夜无月〉次韵》《再和樊山〈诗甫就而月出〉次韵》《题俞彦文之母傅太夫人〈桑青梨白〉诗卷》《承光殿玉佛赞》《雨中过金鳌玉虹》《东海相国招同王晋卿、柯凤孙、马通伯、秦宥横、赵湘帆、吴辟疆饮于芟园，各有赠诗，奉酬一首》《题东海相国〈水竹村图〉》《高子晋寄诗为寿，奉答一首》《伤逝（有序）》（二十一首）、《津楼暑夜漫咏》（四首）、《次韵答王耕木道尹〈度山海关〉寄赠》《戒坛松歌》《山中闻莺》《千佛阁晚眺》《罗睺岭》《岫云寺》《银杏》《妙严公主拜砖》《姚少师静室》《三贝子花园同诸君观荷》《大雨竟日，口占柬芝南》《孙师郑〈郑斋感逝诗〉题词》（三首）、《题卓本愚所著〈蒙古鉴〉》《挽梁巨川同年》《题洪祓祀〈梅谱〉》《以关东山鸡、松花江白鱼饷沈观，辱惠佳篇，次韵奉酬》《樊山前辈惠诗，谢赠山鸡白鱼，奉和》（二首）、《题刘健之〈清湘药帐图〉》《榆园雪后寄怀熙民道尹》《尼山石蕉叶砚》。其中，《和樊山〈元夜无月〉次韵》云："记逢圣节拜含元，火树银花年复年。应制诗成同贺雪，分班香散共朝天。岂知星月成前世，只有山河恣卖钱。渐变光明为黑暗，苍苍倘亦鉴几先。"《题卓本愚所著〈蒙古鉴〉》云："石周记与愿船书，藩部源流费剔梳。安得纵横年少笔，漠南塞北独驱车。"

林苍诗系年：《味秋瀕行，书奉四绝句》《初七夜游艺演场观剧，与还爽》《归墓作》《答次道》《与梦华》《湖上》《春声花圃小坐，随至宛在堂》《梦华生日戏赠》《陀庵邀饮蓉郎家感赋》《梦华生日置酒聚春园，即席赠蓉郎》《次韵石遗丈〈喜雨〉》《养碧斋观牡丹与墨藻》《陀庵宅海棠甚佳，今且谢矣，诗以惜之》《答虚谷〈喜雨〉》《天放以〈湖壖晓步〉诗见示，因次其韵》《被酒小极，范屋来视，谈次微有所感，书奉》《庭下长春一盆，开者两朵，今已衰谢，余尚含苞也》《题〈秋江独秀图〉》《庭中长春盛开，有惜其将落者，书此用广其意》《二十夜聚春园饮，归示范屋》《蓉郎置海留别，书赠四绝句》《连日聚饮，灵心软语接触，离次益不可为怀，率成三首示梦华》（三首）、《太古为琴郎去彼索诗感赋》《门前一树，四时迭有黄落，还爽有诗，因次其韵》《题〈秋江独秀图〉》（四首）、《感怀二十韵呈石遗丈》《数日不见彤余，恐成病矣，书寄漫公》《送怡山挈眷北行，并示平冶》《老可以些因将行告，书此送之》《读感沤近作》（四首）、《病中》《夜归》《闻蓉郎在都，示梦华》《哭座主善化相国》《还爽病中以诗见示，不知余亦病，三日不出矣，爰次其韵》《连日大雨，不能出门，书示还爽》《次道将之厦门，率成五言一首》《雨后溪水大发》《寄任庐》（二首）、《苦雨》《有忆》《寄三弟》《题〈孝子谢东纬先生侍疾图〉》《冒雨归自西湖》《雨中卧病》《哭江杏村侍御同年》《兼旬雨甚，夜半闻河水又平岸矣》《闻还爽小有不适，以诗示之》《洪水曲》《坐雨无俚，略书所怀与还爽》《听雨》《一雨弥月，凡百无俚，因忆米庵生日近矣，书此奉寄》《寄味秋》《月来多病，不时赴志局，与观心隔旬日矣，奉怀二绝句》《闻燕子北行，诗以送之，并讯蓉郎》《闻荫珊师身后萧条，子又丧尽，今立一嗣，已有室矣。身为弟子，徒唤奈何，爰诗以当哭云》《同志局诸君奉陪石遗丈泛月西湖》《酒后同范屋、梦华赴浴城东温泉，归独折至湖上》《梦华自蓉郎去后，意致索然，戏奉四绝》《韵珊移居朱紫坊闻新买一姬，书奉》《石遗丈有美夹竹桃诗，次韵邀天放同作，并示平冶》《雨中为蓉郎作小传，成书示梦华》《公和五十》《与漫公》《漫公索近日文稿，录成并系一绝》《十四夜南游》（四首）、《寄虚谷》《质虚谷》《江楼夜饮，赠梦华并示范屋》（五首）、《十七夜自城南驱车归，与范屋》《夜饮南轩，随驱车出城，兴尽而返》（八首）、《近意》《与韵珊》《排日美饮，破恼不彻，示范屋、虚谷》《警夜》《日来意有未善，无可告语，书示彤老》《与虚谷》《有感》《旁观》《酒后》《闻涛园丈函问，哭寄观生》

《范屋生日》《饮范屋家欢甚,并示梦华、平冶》《十三日在通志局,饭后无聊书感》《送友人赴沪》《与韵珊》《山堂》《倚阑》《闻涛园中丞予谥敬裕感赋》《江上》(二首)、《题横苍小影》《叔良自临川以玉照见遗,并索题句却寄》《惆怅》《叠前韵答彤余,并示虚谷》《彤余生日》《闻韵珊有厦门道之命却寄》《与伯谦》《还爽以芙蓉见遗并系一诗,次韵奉答》《伯谦有厦行之约,奉答并致韵珊》《饮广春楼夜归》《丙辰沈敬裕公在里苍,以七言长句奉呈,辱公赐和,并手书四纸归之。昨触见遗墨,良用凄然,因忆苍原作末有"思旧山阳行复尔,语不道竟应在公",抚今追昔,益不可为,怀敬叠前韵上告公灵并致观心》《寓意》《约诸君西湖看菊,至则春声花圃闭门矣》《奉怀石遗丈海上》《近事示梦华三首》《退密五十》《听歌,与梦华》《湖上,同彤余、平冶》《寄三弟烟台》《冬夜不寐》《雨中喜还爽、平冶、松真见过》《夜起》《明岁五十初度,社人议以文寿,余作此御之》《闻沈敬裕公丧,归自沪,葬有日矣》《友人挽往第一台观剧》《与观心》《自媒》《鲁青丈自沪归,事毕遂行,赋呈四绝句》《横苍楼观书画》。其中,《寄任庐》其一:"高天无语夕阳昏,乾死书丛不出门。省记梦华如隔世,主持风雅有狂言。几经桑海情怀异,自喜山林甲子存。目断中原亲友在,春明旧事忍重论。"其二:"肝胆平生喜向君,可堪独对北山云。未成白发心先死,永谢红尘事不闻。多暇聊充文字役,无田自守祖宗坟。草堂赀阙空招隐,春色皇州问几分。"《鲁青丈自沪归》其二:"百花洲上旧祠存,无复当年笑语温。把手家园思往事,梅花细雨正黄昏。"其三:"海上莺花属寓公,何当随行一尊同。岁寒泪尽河梁句,临老伤心见朔风。"

刘慎诒诗系年:《李九丈悔庵六十寿诗一百韵》《木公属题任伯年〈岩隐图〉》《次悔丈〈重过常熟丁园感怀〉诗韵,即题太母周夫人〈小楼观阵图〉》《叠前韵奉和悔丈〈丁园感怀〉二首》《次韵奉酬悔丈〈沪居见怀〉二首》《生日承悔丈慰示一诗,次韵感酬二首》。其中,《生日承悔丈慰示一诗》其一:"飘摇薄梗嗟生晚,犹博承平笑几回。今日闻歌增兀兀,撑肠芒棘避传杯。"其二:"公怀忧乐深于我,未惜欢场取醉回。此事正关人度量,春风分暖泛洼杯。"《木公属题任伯年〈岩隐图〉》云:"不仙复不禅,非暝亦非觉。回薄万古心,契此真净乐。或是洗耳翁,巢栖犹有托。抑为焦孝然,蜗牛得容足。一编一蒲团,兀坐千岩腹。安知魏晋年,寒暑任转烛。望之不能从,邈焉式高躅。"《叠前韵奉和悔丈〈丁园感怀〉二首》其一:"纪功城可号夫人,誓守重围起弱贫。输挽诸君关大计,艰难九死保残民。须眉愧煞三千士,泥爪重寻五十春。霸上棘门儿戏耳,闺帏风义独贞醇。"其二:"园亭无恙湛清晖,草径秋晴一蝶飞。劫后风烟森桂栝,梦中祠社荐蔷薇。儿时游钓情难忘,老健江湖愿不违。岁祝花辰扶杖到,眼前漫说色空非。"《次韵奉酬悔丈〈沪居见怀〉二首》其一:"半年尽揽东南胜,万象窥胸笑饮河。匡阜独收仙境返(公避暑庐山,偶得地数十弓,为全山最胜处),严泷又报客星过(公夏初游富春江,得诗甚多)。园留宋筑庭柯古(公将移居吴门所赁中江李氏屋，旧为纲师园，即南宋史弥远园亭故址，中有老栝一株，千年物也），楼认丁家履迹多（同治初，太公督师无锡，为贼所围。公时随太夫人留居常熟丁氏园，守兵仅千人。贼众乘虚来攻，太夫人登陴誓军，坚守旬余，援至乃解。曾有《小楼观阵图》盛传于世。今秋公游虞山，重过丁园，赋诗纪事，值常熟方修县书，因补列焉）。老健如公游事足，探梅更谱踏春歌（公约来春同为邓尉之游）。"其二："幅巾蜡屐平生志，犵鸟蛮花万里游。滇蜀西驱皆巨嶂，江湘东下尽卑邱。风轮过眼神逾定，云物蟠胸气不秋。斥鴳安知鹏背远，逍遥饮啄自莎洲。"

王仁安诗系年：《夜与李生讲〈孟子〉，内子谓我痴癫狂，戏作》《答朱星胎》《沈复生赠诗，有"襟期落落是吾师"语，次韵答之》《读书》《宴罢夜归》《次韵答张玉裁》（二首）、《余向不以甘语媚人，故近诗赠人者少，然友朋赠我，每即答之，不敢以傲怀绝物也》《胡瞿士告别，怆然有作，示同署诸君子》《楼上观落日》《宴湖上》《庑下一首，戏作变体》《客来斋中谈诗，客去有作》（三首）、《有客来谈时事感赋二首》《梅花下戏作》《复题兰花一首》《为纶阁题晋永康镜拓本》《人见我诗者多以乐天、东坡、务观、渊明比之，是皆过情之论也。夜来枕上不寐，爱戏作四诗》《俞庄访恪老不值，赴宴湖上，主客俱未来》《感遇》《日本大河平病危，传语诀别，感赋》（时年五十四，同客杭州）、《归计》《与客谈京师杂剧》《次韵答经寿庵》《与俞恪老谈甲午往事，归而有作》《赵生甫来书，自称弟子，赋此解嘲》《鸟》《虎跑寺赴李叔同约，往返得诗二首》《孤山赴友人招宴》《探梅》《伯翔以〈人日湖上诗〉见示，语多感慨，次韵答之》《庞乾甫赠诗，有"程门已到无由入，羡煞当年立雪图"句，以诗答之》《谒苏白二公祠看梅花》《次韵答顾公度》《次韵答林铁耕》《听雨》《雪窗》《客有为余器重者，误因事以书见责，赋此解嘲》《南湖二首》《客有谈彭琴遗事者，赋此答之》（二首）、《连日阴雨，有怀官廨梅花》《世事》《林社》《静凉轩》（轩在彭公祠）、《白云庵》（辛亥改革，诸君在庵集议）、《净慈寺》《自订归期二首》《晓起》《湖楼》《杂诗四首》《看山》（二首）、《夜月，枕上作》《吴山望钱江》《见筍舆经过，携带祭品，插有桃花，知是上塚归来者，口占一绝》《偕友人泛湖，以"白雨跳珠"分韵赋诗，得跳字，以其记当日事也，存之》《游南山得诗三首》《湖上归来作》《上海旅馆》（三首）、《梦杭州寓楼》《镇江道中》《莫愁湖》（二首）、《滁徐道中》（三首）、《兖州道中》（二首）、《泰安道中》《济南道中》《还乡与宜臣弟同居，侄辈相亲，欣然有作》（二首）、《重到京师三首》《为李仲可题其尊甫〈荣寿图〉》《旋里后敏儿病笃，赴京往视，在寓偶有所作，杂存之，不复诠次。想此后诗亦日少也。共得四首》《晓起赴县志局，闻蝉声》《归来词》《与友人话旧》《县志局听雨》《晴》《故宅中枯树》《枕上吟》《题马景韩小照》《戏作吴体二首，诗中所感甚多也》（二首）、《芳树一首，寓词荒杳，情动于中》《故人子》《读〈五代史〉》《题仲远见诒诗后》《雨中得诗三首》《俞恪士二十年前尝评余诗，丁巳相遇杭州，以近诗相质，谓余曰："君诗有意皆真。"偶然念及，志之以诗》《余久不欲作诗，时遇竟不得不作，赋此解嘲，并用以自慰》《归里喜晤故人，谈三十年前旧事，作此志幸，兼以遣怀》《县志局院内新栽野花颇有意致，有触于怀，漫然成咏》《陶园》《戏次元微之韵》《客有谈明湖者，作此答之》（二首）、《咏歌》《意有不适，欲作诗遣之。意所到处，词不能达，所谓忧来无端也》《读书》《拟古歌谣》《西风》《看道旁卖花者有作》《琴》《荣园夜宴》《对月》《〈郑斋感逝诗〉题词》（二首）、《连日无诗，拉杂书此，不成咏也》《偶成二绝句》《题〈静志居琴趣〉》《彤阶、仲佳作诗，有时取余格调，喜同志之相得，作此自嘲，未敢以示两公也》《晓雪》。其中，《有客来谈时事感赋二首》其一："朝朝临水与看山，车马稀来等杜关。梳上增多惟白发，镜中难借是朱颜。忘情功业千秋想，快意深居半日闲。与客雄谈成底事，不劳衰朽补时艰。"《日本大河平病危》云："传来诀别最伤神，庄箦缠绵见性真。计岁我偏同甲子，养生君未守庚申。岁多节契寰中客，更有怜才海外人。行见梅花开遍树，傥留仙驾度今春。"《重到京师三首》其一："去岁杭州荡画船，饱看山色在湖边。归来市上登楼望，得见岚光便快然（市楼远眺西山）。"其二："十丈红尘何处避，曾经冒雨访僧来。如今漫道春光少，五色翻新次第开（崇效寺看牡丹）。"

王浩诗系年：《新柳》《寄罗敷盦京师》《寄艾畦》《雨余见道士策蹇驴，从一小童，经行市中，类有道者。还山服食，意业已微，胡为灵甄，以求自恣》《过寥天一庐未遇》《坐曹得句示内子》《寄雪抱生》《牯岭卧疾，尘襟宛然，时庸盦约游京师，愧未能从，作诗却寄》《饮仙人崖望江流》《望小孤》《别匡山客舍》《江上寄内》《江行口号》《燕市酒楼，归欤老秋，书呈瀚青艾》《京邸赋呈欧阳仲涛丈》《重晤梅斐漪京师，数日而去，不及言别》《都门与印佛话乡中事，意甚悲之。印佛家京师久矣，无因为招，用此致慨》《还寄艾畦》《同艾畦过敷盦，长谭夜分，归灯赋简》《与梓方》（三首）、《懑怀》《寒夜独咏》《思斋雨坐》《戒同生》。其中，《雨余见道士策蹇驴》云："道人不知何所至，水北水南无此辈。偶来城市戢落梅，压着蹇驴头叩地。一童扶侍语细碎，道人无形成接对。一藤挂腹驴不畏，自知鸡肋不任试。山中雨早不经霜，芹芽薇甲值残醉。何如万骑铁围山，从觅道人得安辔。春风危冠落虮虱，黄发垂垂及肩背。夹道风沙草不腓，归来一笑尽花事。满怀行处无朱门，岂谓不妨常掉臂。不知道人蹇驴意，梦觉丹砂箭头似。"《江行口号》云："独携大胆应能健，自挟高歌恐未驯。此地垂云天正阔，江南江北更无人。"《都门与印佛话乡中事》云："不与枯禅无印证，且持世味入乡情。我无地力但人力，苦说归耕竟代耕。陌巷相逢真一乐，严秋得气独能晴。浮家未办千头桥，风落彭湖鸥鹭明。"

曾广祚诗系年：《从子昭杉自英国毕业还乡，喜而高咏》《游桃坞书所见》《伤时》《自嘲》《萤火》《宅外踯躅寓景》《扇》《败军》《重遇葛心水征君（道殷）》《游萧冲庵》《楮墨》《白马》《题白居易〈不能忘情吟〉后》《聊答三首》《缝衣张傭相随三载，辞去，示一诗》《夜与内子抚小女，追忆昭扬作》《病已》《赤氛》《一旦》《从兄广钟就余宅设救济会即赠》《野老》《游周家墓下柏生樟拔》《忆白鍊师肴陵》《静日》《梅花二首》《堂前》《草泽》《记溃兵过门不入》《拔葵》《夜叹》《华屋》《巷哭》《消衰叟冶金》《忧世》《破国》《忆浙江》《守宅补作》《暝泊长沙城下》《赏梅》《有感时变，将刊成编》《野吟》《夜驰岳后道中》《绿峡》《鸥鸫》《乱后书怀》《鸿篇》。其中，《从子昭杉自英国毕业还乡》云："杏子压单衫，青云羡阮咸。远山千里罄，横海十年帆。金璞宁留矿，琅环尽发函。与余棋居罢，不觉日西衔。"《巷哭》云："伤心巷哭对斜晖，为盗为民祸不知。鸡狗同时都杀戮，虎狼遍地与栖迟。短长画戟藏椒坞，多少明珠瘗槿篱。死者违天当化碧，来朝负骨引魂归。"

董伯度诗系年：《西湖即事》（四十首）、《杂感》（八首）、《寄奚升初》《寄姚渐伯、曹志先》《媚世》《小院》《集古赠别诸同学，即题纪念册》（二首）、《纪游》（四首）、《寄许梦因、姚渐伯、姚晖》《哀丹徒张贞妇》（三首）、《赠别孙颂丹（宝墀）、吴复初（钟伟）》（三首）、《寄内》《赠别曹志先、杨万春》《寄屠新矩》《寄陆步青师》《渐伯见赠，次韵却寄》《忆旧感怀》（四首）、《怀人绝句》（十二首）、《渡江至京口》。其中，《西湖即事》其二："旧友同来水竹居，问余诗兴近何如。西泠桥畔轻舟泛，正是垂杨绿上初。"《寄内》云："独酌醇醪倒石缸，思乡未买木兰舸。雁声萧瑟云横渚，竹影纵横月满窗。万里秋风吹落木，五更归梦渡寒江。加餐差喜身初健，晓起新传尺鲤双。"《渡江至京口》云："木落大江秋，沧波万里浮。微风双白雁，斜日一归舟。山爱南徐好，云看北固收。寄奴遗迹杳，吊古且淹留。"

吴用威诗系年：《题董逸沧〈菱湖泛月图〉》（二首）、《为汤定之题〈贞愍公手书诗卷〉》（二首）、《分韵题宋椠本〈鱼玄机诗集〉，得上字》《题孙师郑〈感逝诗〉后》《同葆之、鹤亭过龙树院，适抱冰堂新构落成》《题姜颖生为许少鬵画〈畿南访旧图〉》《喜王瘦湘至，即题其〈丁戊行卷〉》《沈藻卿〈文官果图〉，令子定九索题二首》《次韵寿成澹堪二首》。其中，《题董逸沧〈菱湖泛月图〉》其一："数遍红桥六六鸥，青蘋风起夕波柔。不须苦忆扬州好，换取菱湖十顷秋。"《为汤定之题〈贞愍公手书诗卷〉》其一："粥翁晚兴寄云遬，余事犹能换白鹅。闲杀画梅楼上笔，新词写付雪儿歌。"《题孙师郑〈感逝诗〉后》云："海转江回砚已枯，乱思文字九天呼。丛残史料兼诗料，茌苒今吾丧故吾。洒泪重泉无净土，埋忧一锸是良图。判将酩酊酬西日，忍痛来过旧酒垆。"

叶心安诗系年：《五色牡丹》（五首）、《正午牡丹》《牡丹翠石锦鸡》《芍药，猫》（二首）、《芭蕉，芍药，鸽》《涧上草堂》（徐俟斋旧隐处）（四首）、《沧浪话旧图》（四首）、《牡丹》《桃花》《无量寿佛》《山水题画》（四首）、《双松》《松补松鼠》《畏爱图》

（美人虎）（二首）、《梅竹石》《柏》《莲》《鬼趣图》《寒灯写诗图》（同里薛砚耕先生编辑《松陵女子诗征》竟，属画此图）（四首）、《伍相国祠》（二首）、《咏梅》（十首）、《海市吟》《桃源图》（四首）。其中，《沧浪话旧图》序云："清磬蒋兄，余七年前沧浪旧侣也。今幕游我邑，属画此图以志鸿爪。"其一："一别沧浪近十年，涤吾尘虑勺清涟。连床旧雨浑前梦，相对图中已黯然。"《涧上草堂》其三："俟斋身隐名难隐，潜德幽光照汗青。今日堂前春草碧，当年葛陇子云亭。"《伍相国祠》其一："伍相祠堂岿独存，风云尚护古胥门。怜今废祀不其馁，感昔盅浆尚有飨。呜咽鸥夷流不去，凄凉虎阜气潜吞。行人犹识专诸巷，箫市鱼肠不忍言。"《咏梅》其一："芭蕉叶大粉脂肥，万木欣欣转眼非。惟有梅根坚不拔，凌寒枯健不多围。（梅根）"《海市吟》云："海市有隐者，秦楚争为臣。当其未遇时，鱼盐涸其身。莫羞五羊皮，乘田亦为贫。河清终难俟，吾素莫缁磷。一朝思浮海，乘桴托隐沦。阳襄更接踵，抱器适海滨。鲁连志高蹈，义不共帝秦。是皆洁身去，高想欲出尘。何来不死药，徐福求之频。缥缈信难求，一瞬三千春。海客来瀛洲，谈吐正津津。卉木夸琪贝，皮毛诩凤麟。空中幻蜃市，宫阙涌金银。海恐桑田变，违之谁卜邻。我家垂虹畔，空占云雷屯。渭滨叟不作，未足语经纶。春沽阮籍酒，秋味张翰莼。狂歌呼醉侣，海上钓鳌宾。"

吴钟善诗系年：《汽车》《追和兵爪赠李丽君元韵》（四首）、《遣闷》（二首）、《寄怀桂生先生》（二首）、《题许古愚画像》《将内渡，留别台北诸友》（四首）、《髯僧世丈五十初度见示述怀之作，依韵奉酬并以为寿》（五首）、《兵爪以诗赠行，次韵致谢》（二首）、《戏老髯》《澎湖归舟作》《鹭门归舟作》《到家后作》（二首）、《次韵髯僧世丈见怀之作》（五首）、《偶叠旧韵四首》《叠前韵答髯僧丈》（四首）、《忆北投》（四首）、《打稻》《题友人〈渔樵耕读图〉》《桂生先生困处危城，走笔代柬》《劳歌五首》。其中，《汽车》云："谁与创此蒸汽车，机轮戛铁鸣咿哑。两线平行路不叉，高喷狼烟凌晚霞。骨交节锁绵修蛇，天飞地走迷黄沙。长桥曲柱错犬牙，无风生浪堆银花。掉舻群山成旋涡，倒翻退树交柯槎。突来旋失盘阵鸦，十倍岂止马力加。有时赴壑穿谽谺，一线日光拖赪纱。缩地术工均迤逦，愚公移山不足夸。造物无权空咨嗟，万里同轨今一家。"《鹭门归舟作》云："孤舟去当来潮冲，白浪高于水上峰。我亦因之为俯仰，恍如久别欢初逢。路转山腰出山北，千顷澄鳞净如拭。背人忽自去无踪，迎面又来新相识。"《打稻》云："首笠腰镰小夫妇，一肩黄云两头注。门前对列秧马双，一把把定左右撞。稻珠汗珠飞玲琤，日午腹枵未肯降。小姑将茶饷丘嫂，阿兄下田空担走。"又，本年至次年作《春草》（六首）、《落花》（四首）、《落叶》（四首）、《黄叶》（四首）、《秋扇，次菱槎韵》（二首）、《秋衾，次兵爪韵》（二首）、《秋砧，次髯僧韵》（二首）、《秋灯，次季丞韵》（二首）、《秋草》（四首）、《酒帘》（限先韵）、《游山逢故妓》（限删韵）（二首）、《又二首，索兵爪和》《卖剑》（限冬韵）（二首）、《夜听邻妇谈情》（限阳韵）（四首）、《有赠三十韵，分得才字》《老兵》（限豪韵）（四首）、《读〈魏公子传〉》（二首）、《祭梅》（四首）、《昏镜》（二首）、《吊郑延平》（四首）、《寒烟》《寒寺》《寒江》《寒月》《消夏杂兴》（四首）、《又》（四首）、《疏柳》（四首）、《燕脂》（四首）、《泪》（四首）。其中，《春草》其一："相逢海国嫩寒天，踏到青青望渺然。贴地又生初过雨，倚风欲醉半含烟。晴薰一曲当迟日，野烧双湾忆旧年。为报托根今得地，绿阴长护柳三眠。"《酒帘》云："杏花时节雨笼烟，野店山桥望里悬。三尺白飞中圣字，一痕青卓酿王天。香闻沙市风犹醉，影落春流水可眠。最是竹西斜露处，牧童更导蹇驴前。"《寒寺》云："寒山两字认依微，霜满吴天客未归。四壁酸风僧不酒，一奁残月佛无衣。钟声八百催春醒，幡影三千化雪飞。芋火更阑煨未了，星星红欲逗经帏。"

谭延闿诗系年：《旧署》《广益堂》《南宁督军署》《柳州黄泽生旧屯》《苏桥宿张子武家》（二首）、《桂林道中》《题蒲凡生先德诗意图》（三首）、《九桂堂花下作》《不寐》《愁心》《夜坐》。其中，《夜坐》云："了了残更人听余，冷冷寒雨到窗虚。静中偶悟灯明灭，定里宁论境有无。方死方生聊自适，观空观我竟何如。此心不是无归处，可奈根尘未划除。"《南宁督军署》云："节府森仪卫，军容肃践更。低徊廿年事，凄恻此时情。日映旌旗色，风来鼓吹声。惟余铃下卒，相对说承平。"《桂林道中》云："春禽鸣谷中，呦呦如相语。但知居处乐，不复愁风雨。本非期客闻，闻者自凄楚。举杖逐之飞，飞去知何许。人心有欣戚，鸟乃罹罪苦。始信无妄灾，即在快意处。"

刘景晨诗系年：《书感》（十首）、《和金范丞律师〈朝南海普陀山〉之作，即次原韵》《和前人〈海潮寺学参禅〉之作，即次原韵》《答赞文麻城寄书》《答□庵〈除夕见怀〉，即次原韵》《赞文寄示〈中秋夜〉之作，次韵报之》《代邵少棠祝平阳黄章甫先生暨德配张夫人六十双寿》《代金菊丞题〈卢氏茂槐堂五世栗主图〉并小序》《报庄松圃先生见怀之作，次原韵并祝其五十生日》（二首）、《次韵答守庸见怀》（二首）、《守庸寄示〈咏德皇威廉二世〉七言绝句一首，因叠韵得十五章以广之》《次和李君香崖〈感怀〉十首》《杂诗十首，再次前韵》。其中，《和金范丞律师〈朝南海普陀山〉之作》云："夙好申韩学，渊源溯道家。返真机早透，归佛路非赊。法雨霏朝屿，潮音度夕沙。莲开参后座，龙护去时槎。念我逢磨蝎，存身感蛰蛇。清缘接瑶尘，妙语落天花。别袖行堪聚，怀冰觉未瑕。欲从证禅定，不用镇心爪。"《代邵少棠祝平阳黄章甫先生暨德配张夫人六十双寿》云："北陆回春驭，南山晋寿杯。木公云写健，金母绣屏开。祝献阶前满，瞻依海上来。双星增采耀，三凤羡盘桓。伯也克家子，今之折狱才。寅恭崇器识，庚令挟风雷。有季蜚清誉，因时骋异材。军谋资赞画，章步妙寻推。远志鹏程捷，高堂鹤发催。望云同怅尔，肯获仲贤哉。衾箪亲温清，桑麻手灌培。平居勤菽水，此日咏兰陔。聚首弟昆乐，称觞戚里陪。椿庭愉几丈，萱室戏孙孩。顾我泛萍梗，思乡慕彩莱。颂声凭远寄，诗律愧粗裁。"《次和李君香崖〈感怀〉十首》其四："沧海横流一粟身，去来尘影幻非真。若教宠辱能无着，世味何曾累达人。"其五："平生结习未能除，自写新诗慰索居。还觉昼长消不得，蝇头细作鲁公书。"

杨庶堪诗系年：《戊午归宜汉间，尚为敌成不得过汉口，与觚石微服变姓名入贾胡船，与水佣杂处十日，赋此纪之》《汉口杂事诗》（二首）、《夜泊汉口》《轮舟夜话，追忆昔年行役》《重过小孤山》《有忆》《渝州杂咏，哭曼殊上人》《游西湖七绝二首》。其中，《汉口杂事诗》其一："候馆倭风松乃家，汉南春尽见樱花。胡姬劝酒当垆笑，莫更回车向斜邪。"其二："伯牙台畔访朱家，犹博余生广柳车。满院落花数鸡犬，故人清话但桑麻。"《夜泊汉口》云："解珮空矜说汉皋，鄂君绣被可怜宵。唯余鹦鹉洲边月，犹照黄楼夜半潮。"《重过小孤山》云："不见小姑方浃旬，孤标长自枕江滨。何年真共彭郎隐，万绿丛中过一春。雾鬓风鬟信有无，行人回棹几踌躇。春波日照黛眉碧，终古无郎一小姑。"

傅熊湘诗系年：《晤芸盦县城，即题其〈浮家集〉》（四首）、《招雪耘荆潭》（二首）《县城于四月两毁于兵，劫后荒凉，人民离散，余以六月自乡入城谋，善后晤芸盦、今希诸人，各道悲喜，因为联句纪之》《赠幼髯》《连日得诸君和作，报谢一首》《南北和议将始，与湘芷赴沪为醵告灾，次湘芷韵》《过洞庭》《晚泊岳阳》《湖上怀李洞庭》《撰〈醴陵兵燹纪略〉成，缀以一绝》。其中，《赠幼髯》云："倦抛官趣领书城，一试惊才未得鸣。春水绿波闲忆别，秋风黄菊倍关情。谈谐亦自消迟暮，撟柱还应仗老成。厌乱求安两无裨，共君聊复理棋枰。"《连日得诸君和作》云："斗大江城闲著我，秋窗坐对雨如丝。为投僻性有佳句，想见故人多暇时。诸子文章能自喜，吾曹馨欬定谁知？清言便拟霏珠玉，米贵钱荒那复疑。"

沈昌直诗系年：《和鸥老〈劲菊〉四绝，即步原韵》《病中有明岁归里之意，预占一诗以为券》《过明古宫》（二首）、《亚子觅沈达卿前辈〈敬止堂文〉定本未得，一日忽由范君赘叔携至，云得之字库中。亚子狂喜，驰书相告，诗以贺之》《秦氏二孝子歌（并序）》《漂阳马氏还石歌（并序）》《华贞节妇歌（并序）》。其中，《和鸥老〈劲菊〉四绝》其二："淡淡秋容短短篱，尽他雪虐与霜欺。隔墙不少红兼紫，开向春风未足奇。"《亚子觅沈达卿前辈〈敬止堂文〉定本未得》云："光芒照眼赫然存，中有东阳未死魂。去一炬间仅以寸，传千秋物不能燔。定知神鬼终年护，毕竟文章此老尊。却忆屯田搜访苦，几回踪迹遍吴门。"

汪兆铭诗系年：《舟出吴淞口作》《冰如薄游北京，书此寄之》（三首）、《展堂养疴江之岛，余往省之，留十日归。舟中寄以此诗》《太平洋舟中玩月。达尔文尝云月自地体脱卸而出，其所留之洼痕，即今之太平洋也。戏以此意构为长句》。其中，《舟出吴淞口作》云："灯影桅楼起夕阴，早秋凉气感人心。愁生庾信《江南赋》，意远成连海上琴。明月不来天寂寂，繁霜初下夜沉沉。块然亦自成清梦，三两疏星落我襟。"《展堂养疴江之岛》云:"平原秋气正漫漫,步上河梁欲别难。弹指光阴弥可恋,积胸磊块未能欢。巢成苦被飞鸮妒,露重遥知落雁寒。久立橹声帆影里,不辞吹浪湿衣单。"《太平洋舟中玩月》云:"地球一角忽飞去,留得茫茫海水平。却化月华临夜静,顿令波影为秋清。单衣凉露盈盈在,短鬓微风飒飒生。斗转参横仍不寐,要看霞采半天明。"《冰如薄游北京》其一:"坐拥书城慰寂寥,吹窗忽听雨潇潇。遥知空阔烟波里,孤棹方随上下潮。"其二:"彩笔飞来一朵云,最深情语最温文。灯前儿女依依甚,笑颊微涡恰似君。"其三:"北道风尘久未经,愁心时逐短长亭。归来携得西山秀,螺髻蛾眉别样青。"

张肖鹃诗系年:《晤蔡幼襄汉口明德旅馆》《乘湘潭轮去岳阳》《临沚口转轮去常德》《常德取旱道去鄂西》《桃源道中》(二首)、《过桑植之来凤》(三首)、《和幼襄〈赋谢猷宣率军民远迎〉原韵》《三十六生日》《夜雨怀幼襄重庆》。其中,《晤蔡幼襄汉口明德旅馆》云:"歇浦狂潮起,雄心托远征。天阍横虎豹,尘海逐鲵鲸。道阻书音绝,谣传涕泪倾。重逢疑是梦,把晤喜还惊。功本成先败,人从死里生。龙坪新战血,猿峡夜啼声。漫惜东隅失,还期北寇平。荆襄兵转地,施利敌降城。威重全军望,情殷主将迎。暂潜踪守密,速定计同行。鞭指湘沅道,锋毋敌寇撄。预筹前借箸,安稳一帆轻。"《乘湘潭轮去岳阳》云:"悄悄登轮去,同行若不伴。戒心防敌伺,远虑重人谋。云影飘黄鹤,江波卷白鸥。后先忧乐志,记诵岳阳楼。"《临沚口转轮去常德》云:"舟转临沚口,乘风过洞庭。山浮螺黛碧,水泛鸭头青。芦荻春洲苗,鱼虾晚市腥。烟波含夕照,一叶逐浮萍。"《常德取旱道去鄂西》云:"水程才罢又山程,偏路崎岖客思清。游迹他年忘不得,一囊风月赋西征。"《桃源道中》其一:"世途多险阻,于此见蚕丛。一路兵戈里,万山烟雨中。我行殊寂寂,无意讵喾喾。草木惊萌坼,穷荒春色同。"其二:"余正苦行役,春风关塞重。山花开无主,溪水识朝宗。野店炊烟湿,危崖云气封。桃源何处是? 世外亦兵烽。"《过桑植之来凤》其一:"兵燹残余劫后烟,逃亡群众苦颠连。匆匆一叹扬鞭去,来凤孤城到马前。"其二:"寂寞山城日正昏,纷纷兵马暮云屯。难分敌我前探去,旧友欣逢黄瑟轩。"其三:"军乐欢迎策马过,填街塞巷驻兵多。惊闻革命元勋至,率队先归李善波。"《三十六生日》云:"劫坠尘寰卅六年,关山驰逐岁华迁。戎轩尚事班超笔,鞍马徒劳祖逖鞭。满地干戈嗟自扰,当时弧矢负空悬。辞家报国都无补,日暮慈乌怅远天。"《夜雨怀幼襄重庆》云:"寂寞涂山会,艰虞蜀道难。隐忧君负重,同病我偷安。夜雨军中幕,朔风江上滩。行旌期速返,尘海有波澜。"

胡应庚诗系年:《同张蔚西、王甸伯游光孝寺三首》《登拱北楼观元刻漏二首》《吊旧平藩府》《李师广团长座中听留音机奏谭叫天曲赋呈》《歌筵有赠》《吊黄花冈七十二烈士冢》《秋感》《怀杨启周》《记所见》《客见余前诗,为言彼姝与渠比户居,颇甘淡泊，是殆别有因缘，余闻其言有感，更得一律》《次韵答吴温叟枉赠之作》《高天梅辑〈变雅楼三十年诗征〉成，作〈选诗图〉索题》《次黎二樵〈庚子生日〉韵》《徐兰墅将归别舟次》《初冬杂感》《与刘式南泛舟至花地》《得家鉴清叔自省议会来书寄呈》《哭家景鸿从叔》《同人集江心艇即席作》《雉鸣篇》《观珠江庆祝世界和平灯船会作歌》《寄怀赵雨生兼呈石梁诸友》《纪事二首》。其中，《同张蔚西、王甸伯游光孝寺三首》其一《虞翻祠》序云："祠即虞苑故址，旧多呵子树，故有呵林之称。今寺中尚植呵子二株。祠在寺东，偏前有洗砚池，相传为东坡遗迹。"诗云："今世尚传虞氏易，斯人竟老越山岑。一夫知己死生感，千载微言天地心。南海青蝇哀吊客，西风黄叶剩呵林。行行我向空庭拜，门外清池墨色侵。"其二《六祖殿》云："一语风幡证性真，菩提无树镜无尘。金身不坏庄严相，当日黄梅舂米人。"

江子愚诗系年：《过吉占别业，和见赠韵》《临邛客次，答吉占韵》《游魏文靖公读书台》《美人篇》《宝刀》《临邛怀古》《晓渡颇黎江》《梦游黄陵庙》《寄髯客会理》《归家哭亡妹敬和》《追怀陆文瑞师二首》《古意二首》《奉怀赵芷荪师》《得髯客和诗叠前韵》《过野人家》《中原》（二首）、《奉酬玉津见怀元韵》《苍生》《再哭女弟》《书感四首》《直北》。其中，《直北》云："直北关山叠鼓声，苍天有意扫欃枪。司空已遣庚辰将，都护新收戊巳兵。但使玉杯能候日，不烦金匮许藏名。由来闰运难持久，父老多时望太平。"《宝刀》云："闪烁星纹七宝刀，晶莹秋水鹧鸪膏。恩仇未报羞藏匣，夜夜哀吟起瘦蛟。"《过野人家》云："野人门巷喜经过，一径幽篁带薜萝。秋水渐消孤屿出，晚晴初放远山多。蔬香入馔堪留客，花韵撩人好纵歌。举世曹腾天亦醉，且随鸥鹭狎烟波。"《中原》其一："贾生痛哭杞人忧，莽莽中原逐鹿秋。秦尉尚称南武帝，汉廷多赦北平侯。金丹有客寻三岛，铁错何人铸六州。读罢阴符还醉卧，龙吟夜夜出吴钩。"其二："劫后家山依旧青，人间无处不新亭。横戈有志挥斜阳，长剑何时抚彗星。云路九重秋更远，钧天一曲梦曾听。月明仙掌无踪迹，燕雁孤飞入杳冥。"《苍生》云："年年戎马苦苍生，谁正天阶转玉衡。狐火零星秦帝时，鲸波汹涌越王城。似闻尚父辞东海，重见将军镇北平。破碎乾坤须奠定，五云还绕旧神京。"

沈其光诗系年：《梅花七绝句》《小园玉兰盛开，社中诸子携酒见过》《和友人〈早春〉》《次韵伯匡〈吴中寄怀〉》《东木先生招赴海上修禊，未往，追寄》《题昆山余网珊〈拈花趺坐图〉》《得张丈砚铭书》《题黄楚珩〈松间独立图〉》《嘉定夏芍宾表母舅（日琦）挽词》《书适二首》《闲居二首》《会稽陈烈女词（并序）》《石鼓歌》《新竹，次韩文公韵》《小园书事三首》《闭门》《叶铁材先生（其骥）挽词》《十溪诗》（《横溪》《珠溪》《金溪》《蒸溪》《屯溪》《黄溪》《凤溪》《鹤溪》《汇溪》《练溪》）、《次韵答淮安徐锺悝》《送友之粤》《喜雨篇，次静莲韵》《熊鞠荪先生（祖诒）挽词》《行圃》《赠魏塘袁秀才》（四首）、《偶兴》（三首）、《赠吴江金松岑（天翮)》《村居偶得》（三首)、

《月白》《昆山道中》(二首)、《吴门吴子古庭招饮,视同席后伯伯匡》《寒山寺登大觉楼》《松陵道中二首》《游何山》(梁隐士何点、何求葬此)、《晚泊奠安桥》《二十三日黎明缘溪行,林箦幽邃,中六七里,至支硎,憩于楞伽僧舍有轩,日看云起,下即寒泉,晋支遁游息处也》(三首)、《天平山》《饮钵孟泉》(在天池山)《谒范文正公祠》《自横塘移舟至楞伽、茶磨两山,已薄暮矣》《石湖晚眺》《泊新郭镇》《晓发新郭,过石湖,入越来溪》(四首)、《出东太湖口,望吴山》(三首)、《渡村》《早行新开湖》(六首)、《登莫厘峰》《横泾雨泊》《澹台湖》《拟鲍明远数诗,时仁后殁矣》《冬柳,次渔洋山人〈秋柳〉韵》(四首)、《咏霰》。其中,《梅花七绝句》其一:"前年看梅邓尉山,夜阑醉歌踏月还。梦回断角疏钟后,愁在山程水驿间。"《小园书事三首》其一:"旭日散林阴,寒翠落虚幌。茅亭不受暑,徙倚成幽赏。荷香自清远,竹气益凄爽。溪静鹭双眠,径深蝶孤往。琴尊从所适,巾帻仍自放。乘此终闲暇,于焉遂偃仰。幽居屏尘迹,细草缘阶上。蕉露午未晞,时闻堕清响。"《送友之粤》云:"壮游去去粤东西,炎徼长征路不迷。蜑户参差巢瘴疠,鲎帆明灭带虹蜺。地连铜柱山河尽,天入珠崖象纬低。知尔匡时应有策,神州久已厌征鼙。"

柳亚子诗系年:《题〈榴竹居看菊图〉》(四首)、《题费素春夫人遗像》《题陈仲威先生遗像,应令嗣秋楱丈属》《梦英士先烈》《送荔丹归蜀》(二首)、《十眉以诗索和,萧飒危苦,令人无欢,为作壮语矫之,却次原韵》《民哀来诗,有冯郎陆生之语,感赋一律报之》《喜旦平出狱作,即用〈闻入狱〉韵》《寒夜杂忆》(十一首)、《却扇词,为昭懿赋兼呈婉雯夫人》(二首)、《哭蒋万里》(二首)、《南湖草堂夜集,示楚伧、玄穆》《〈如此湖山图〉者,抗云偕其姬人赵君达临流双睇之所作也,为题二截》《题宗瑞甫〈寻亲闻耗图〉》(二首)、《感事》《水月庵小集,示芷畦、十眉、玄穆、麋庵、悼秋、莘安、盥孚》《麋庵昆季招饮含乐草堂,即送其北上》《纪梦》《许母陈太君〈寿萱图〉,为盥孚昆季作》《题沈树奇前辈画竹石,为李汝航作》(二首)、《有感,示长公》《哭蔡幼襄元戎(济民)》(三首)、《自东江返梨里途中遇风口占》《题〈陆少唐先生遗集〉》(二首)、《与颖若夜话,意有未尽,别后追寄一律》《酒边一首,为一瓢题扇》。其中,《送荔丹归蜀》其一:"闻道南师定益州,送君归好赠吴钩。三年去国乡心切,万里从军朔气遒。坛坫珠槃惊绝世,旌旗玉帐借前筹。卧龙跃马俱馀子,伫看艨艟出上游。"《寒夜杂忆》其一:"学超宋汉周秦外,诗在王杨卢骆间。只是荀郎怀抱恶,莫将涕泪换中年!(吴爱智先生,时新有悼亡之戚)"《南湖草堂夜集》云:"几点春星映草堂,云阶月地意茫茫。南湖松菊高人宅,北海衣冠处士觞。朋旧须眉欣接席,关山峰火奈回肠。停杯不语何由饮,起舞还惭尺剑长。"《感事》云:"旗鼓骚坛已十年,敢持衰涕谢群贤。盟寒汐社吾何意,天靳斯文事或然。一辈贱儒多狗曲,几人微旨悟龙潜。身将隐矣名焉用,去去还寻旧钓船。"《与颖若夜话》云:"大睨高谈肯息机?寒蛩四壁一灯微。

更从何地衡功罪？忍信人间有是非！论世未妨中晚恕，求全自昔圣贤稀。低徊别具沧桑泪，才说开天已满衣。"《酒边一首》云："酒边拨触动牢愁，万恨峥嵘苦未休。祈死已烦宗祝请，偷生忍为稻粱谋！栖栖桑海无多泪，落落乾坤剩几头。一盏醇醪三斗血，可能词笔换兜鍪？"

林之夏诗系年：《忆知渊》《偕内子贞慧挈薰女、宁儿、愈女、艿女、杭儿同归福州》《抵闽之翌日，干宝来寻，遂同步西湖》《从福州返柴门乡》《里居雨夜，干宝过从，留宿联句》（二首）、《宿闽安镇怀颂亭》（二首）、《回里旬月，又作杭州之行，舟滞马江五日》《寻画眉禅，小影犹在壁也》《五续木香花吟》（四首）、《病足终日僵卧，闻春去有怀》《悼岳峰》《林奎腾（传甲）来杭投余四诗，依韵报之》《送客沪渎，即日回杭，汽车过嘉兴，遇雨口占》《再入幕，示海秋》《后者赠诗，次韵报之》《感事》《闲居》《书感》《小饮有感》《海秋示〈观潮〉诗，次韵》《哭芬女》《再哭芬女》《葬芬女清泰门外之关王阁》《芬殇即葬，是夜有怀》《自遣十首》《又念儿》（十首）、《旅馆夜坐，念及近日家难，怆然纪以诗》《杭儿别十夜矣，求一梦见而不可得》《友人来书，有"知君养疴西湖"之语。此语雅靓，以余当之，殊不类也》《家庭蹉跌，身世益非，望古遥集，诗以寄慨》（十首）、《病中自念幼丧父母，既壮，妻亡长子死；今秋，殇女又殇杭儿。家难至斯，天乎何罪》《旅馆夜坐，复怀杭儿》（二首）、《见内子翻阅诗韵，问何为？日成诗数首矣。余知其必为哭杭儿之作，不敢复问》《去髭三十韵》《第二次为杭儿鬃棺》《白下旧居停张让之知杭儿殇，慰余一诗，次韵答之》《乱世》（十六首）、《前作十六首，意有未尽，反词为讽，复成后作》（十六首）、《病后第一日入军府公毕，返清泰旅馆，回思杭儿在日远见余归，必奔告其兄姊，相率出迎，今已矣》《出清波门，第三次为杭儿鬃棺》《哭杭儿》（三首）、《逆旅行箧中忽见杭儿素所爱弄之木质摩托车》《车过梅花碑，念及杭儿游此最稔，哀感不能去怀》《庸福》《同内子带宁儿、愈女、艿女散步湖路，过二我轩照相馆，七月间曾同杭儿至此合照一相》《哭芬女、杭儿》《友人闻杭儿殇，来书慰问，阅后愈凄然》《寓湖滨路之清泰旅馆，病枕不寐，起望清波门，杭儿停棺处，风雨夜黑，略辨方向而已》《杭州庆祝欧战胜利会之日，百货骈集湖市；宁儿购国旗分诸妹，见之怆然，思吾杭儿》《再哭杭儿》（六首）、《第四次为杭儿鬃棺，荒野泥泞，步屦困敝》《观剧重念杭儿，归成二诗》《第五次出清波门为杭儿鬃棺，殡宫天寒，回想偕儿负暄时也》《移居（并序）》（四首）、《寿郑肖岩表伯，次原韵》《杭州媪》《旅寓岁暮》。其中，《自遣十首》其一："福命生如郭子仪，百年已过亦堪悲。人生随地须寻乐，美满从心待几时。"其二："要知世上苦人多，不自排除尽网罗。嫠妇哭夫鳏哭子，老天无术奈他何。"其三："有生所苦迫饥寒，衣食粗完可苟安。十丈长裘方丈席，一人难著亦难餐。"其四："积铢累寸结冤仇，问舍求田更自囚。不信只看纨绔子，乃翁毕世为他谋。"《病中自念幼丧父母》云："祸淫福善未分明，神鬼无灵我有情。帘外昏昏山水色，枕边了了雨风声。医创产屡中人破，衔血冤惟上帝鸣。父母妻儿枯我泪，何堪此泪又今生。"《乱世》其一："乱世无英雄，只须论成败。大势极所趋，敢不下风拜。"其二："乱世无名誉，谤德尤妒显。桀犬一吠尧，一犬传百犬。"其三："乱世无才具，所见惟权力。颠倒尔群生，看朱久成碧。"其四："乱世无气节，可耻仍贫贱。人类求大同，孰标独行传。"《前作十六首》其一："乱世有英雄，惟使君与操。时势姑勿言，老夫娱帝号。"其二："乱世有名誉，以爵胜德齿。褒奖加徽章，烜赫称闾里。"其三："乱世有才具，相逢受激赏。驰骋极纵横，玩人于股掌。"其四："乱世有气节，鼎革初弃官。毛发不敢毁，儽然存人间。"

陈隆恪诗系年：《闲步》《得梓方书，再用瘿公韵报之》《雪中口占》（四首）、《对案上瓶梅偶得七韵》《寿诗庐四十》《憩古物保存所茅亭，即明故宫遗址》《同六弟坐俞园茅亭》《闲居感赋，时肺炎疫甚盛》《梓方惧名心为累，将皈佛戒文字以书来告，因广其意寄答》《夜坐》《偶题》《对酒》《登天保城，同六弟》《憩茅亭赋纪十六韵》《李直士辞官过宁见访，相送出下关，夜步江岸，赋此志别》《书愤》《李直士重出金陵，偕陈怀生过话，邀饮酒楼，感赋纪别》《黄峻崖约饮灵谷寺》《偕六、八两弟游胡园》《倪子乔至自广州，遂泛秦淮夜饮》《寄和大兄〈崇效寺集大学画法研究会同人〉及〈携眷再赏牡丹〉之作》《诸弟约游栖霞，以失晓愆期，占此自慰》《溪舫贻聘珍兄》《雨夜枕上作》《雨霁俞园楼坐》《与子乔、虱原夜泛秦淮》《十五夜携诸弟石桥望月》《夜雨独坐感述》《俞园水阁纳凉》《复成桥闲步》《枕上偶成》《夜斋见萤，因以咏之》《曙窗喜赋》《坐月二首》《郑文虎自沪寄书，报之以诗》《伤李拔可病狂》《雨夜》《李拔可病初起，走访徐家汇宅》《还家后数日，游莫愁湖，憩曾公阁，复循城入旱西门，登清凉山扫叶楼》《同张承之、张翼后、符九铭游明孝陵》《送妇归宁，车中晚眺作》《清溪晚步口占》《自汉口入都，车中感赋》《游天坛，同张孟真、李释一》《夜归有感》《赠范彦殊》《夜醒》《观祝贺协约诸国胜德大会感言》《林诒书、王又点两丈暨李拔可、郑绛生同游法源寺》。其中，《雨夜》云："撼窗雷雨薄凉天，挫勇飞蚊懒欲眠。一拥单衾双跣足，儿时风味暖灯前。"《登天保城，同六弟》云："盗寇英雄两寂寥，勒名隆碣掷青霄。风云不换龙蟠势，勋伐终符麦秀谣。眼底陵封淹草色，岩前王气长松苗。悄然执袂嬉天险，欲起山灵证六朝。"

任传藻诗系年：《次韵酬王曼卿明府》《曼卿、蟫斋，皆鲁籍也，昨以〈思乡〉诗见示。余亦游鲁三载矣，枨触旧游，率尔成咏，仍依元韵和之》《蟫斋近得古铜镜一方，中有韩字，唐天宝遗物也，成诗征和，次韵奉答》《秋涨方亟，乘舟查勘三河堤防》《安澜告庆，差竣回津，因赋短句留别献县诸寅好》《题后乐庵，为曼卿作》。其中，《次韵酬王曼卿明府》其一："刚是云开雨霁时，瑶笺传到动余思。渔洋诗派真堪贵，别有心情写万丝（曼卿为渔洋后人）。"《曼卿、蟫斋，皆鲁籍也》其一："公余打桨夕阳时，最是明湖系我思。一别忽成三载事，历亭犹梦柳如丝。"《秋涨方亟》云："惊人消息是秋声，昨夜风鸣兼水鸣。敢恃长葵筹已密，侧闻新涨虑旋生。夹堤疏柳笼烟久，几派川流逆棹行。一日计程刚百里，防河自笑似防兵。"

太虚大师诗系年：《涛音禅院题壁，用古德如讷禅师韵》《次严友潮〈游普陀〉原韵》《赠赵伯俞、萧梧啫、冯元溥》《和张伯壤〈西湖偶作〉》《挽苏元瑛曼殊》《送冰弦》《赠元白居士》《陈自闻居士自汉皋同舟至沪，用李隐尘居士韵赋赠》《舟次九江，雨中望庐山不见，怀东林莲社，用李隐尘居士韵》《吊乐清白鹤寺华山禅师》《天童扫八指头陀冷香塔》《三十自题》。其中，《次严友潮〈游普陀〉原韵》云："悠然解组蓬瀛游，五石诗瓢云端浮。消摇物外飞仙舟，振尘落叶轻王侯。清风徐来凉飔飔，忽在短姑断岸头。天空海阔开吟眸，无限斜阳翻雪沤。蜃气幻成金碧楼，佛国弹指呈山陬。浑欲敝屣弃五洲，濯足沧浪万里流。林中野衲麋鹿侪，深目高准如胡愁。只言随分何须求，伸脚能眠便可休。诘朝相见披轻裘，同拂苍烟问窣邱。白华紫竹灵石留，潮音梵音奇且幽。大雄顶上论真修，究彻人心靡所繇，灯窗夜雨思悠悠。"《陈自闻居士自汉皋同舟至沪》云："一默闻无际，超然出古今；有缘成好梦，无法说真心。风雨孤舟共，江山秋意深；何时莲社结，新句谪仙吟。"《舟次九江》云："白雾迷天地，匡庐面目真。境非关质影，缘莫辨疏亲！遥结东林想，轻扬北海尘。坠空花雨满，挥麈更何人？"《和张伯壤〈西湖偶作〉》云："微凉散暑早秋天，数片闲云白盖悬。安得湖边容一榻，倦来高枕北峰眠！"《挽苏元瑛曼殊》云："昔年精舍建祇园，我亦宜南学弄丸。十载未能谋半面，一书曾忆剖双肝。天荒集呈同留句，世乱声中忽盖棺。不信奇人竟庸死，欲歌《薤露》意先寒。"《送冰弦》云："别来往往思终日，相见疑非相识人。也有哀情伤老大，尚能苦语吐天真。习劳转喜成穷子，浑俗深惭作幸民。好与悬崖双撒手，不须后果证前因。"《赠元白居士》云："一例华夷大相斫，侧身天地怕逢人。偶从海上成知识，便许环中共道真。觉世让君先觉士，平心还我太平民。好期携手登灵石，悟未生前佛性因。"《天童扫八指头陀冷香塔》云："三冬爱日有余温（师寂已六冬矣），峦翠微微熨晓昏。青凤山高隐灵塔（师有'青凤山前聊葬骨'句），白梅香冷读遗文。耳根寒漱一溪玉，心海深藏万壑云。岁暮林空风亦静，更无黄叶落纷纷。"《三十自题》云："三中无十，十中无三。十三三十，无端如环。不摄不入，无欠无余。即非三十，是名太虚。"

黄濬诗系年：《夜坐怀众异》《戏呈瘿公一首》《北海晚眺》《雨夜再寄众异》《众异既归，殊惓惓于江南之游，赋此讯之》《相逢一首柬众异》《次韵寄答舜卿江南见怀》《庭前丁香始开，赋此宠之》《海棠盛开，为赋四绝》《众异以〈海棠〉诗索和，久无以报，三月二十八日崇孝寺赏牡丹，怃然有作，因次其韵》《寄孝觉》《瑟君病中以近词相示，书此讯之》《挽柳蘧六》（二首）、《水榭独成》《汤山道中》《汤山》《宿汤山行宫遇雨》《溪山无尽楼晓坐》《由沙河纵车游玉泉山作》《碧云寺》《普觉寺卧佛》《闻孝觉道殁于上海，为诗伤之》（二首）、《读义山诗》《和众异〈近意〉》《寄石遗师福州》《再和众异〈近意〉》《〈郑斋感逝诗〉题词》（三首）、《登清严寺废址，望妙高塔还，就山麓掬泉，刺舟而归》《戏占，简彦通》《寒雨一首》《书众异〈病中近诗〉后》《晨诣沈观先生赋呈》《夜检孝觉遗诗，怆然有作》。其中，《晨诣沈观先生赋呈》云："寻喧触静意难同，还就西涯谒此翁。始觉阳春回语笑，微怜函夏待宗工。鸥盟岁月宁相贷，蜗角烽烟会自终。吟垒老来应益峻，苦提屠律事冲攻。"《夜检孝觉遗诗》云："故人破梦生天去，夜幌残诗对泫然。出手功名供厄夺，腐心章诵误周旋。世缘所汨知同尽，绮语纷披肯浪传。此意只应梁月喻，写君颜色更孤悬。"

姚光诗系年：《题汤若士〈牡丹亭还魂记〉》（二首）、《咏柳丝》（二首）、《秦山吊侯将军（端）墓》《游兰亭》《登快阁》《柯岩》《柯亭感赋》《乌篷口占》《自浦阳江乘汽船至桐庐作》《登谢皋羽西台》《登南高峰示粲君》《刁君谦伯辑其先德蔼人先生〈梅隐遗吟〉一卷，属为题句，谨赋二十八字》《于君仲墀约松风社同人修袁海叟墓，赋诗征和，即次原韵》《题画》《登闲闲山庄十亩桥口占呈舅氏》。其中，《咏柳丝》其一："临风摇曳正多姿，好个蛮腰京兆眉。张绪当年未堪似，诗人比拟有深知。（汉武帝曰：'杨柳风流可爱，似张绪当年'，而李商隐《谑柳》有'眉细从他敛，腰轻莫自斜'句）"其二："婉转情苗抽不尽，未容飞絮满天涯。柔条更挽同心结，莫植长桥送别离。"《游兰亭》云："策蹇山阴道上行，峰岚过眼不知名。一鞭指向兰亭去，俯仰古今无限情。补禊铺茵草色肥，茂林修竹四山围。依稀风景犹堪似，不问当年是与非。"《登南高峰示粲君》云："石磴盘旋积翠重，登高选胜汝能从。湖如杯酒江如带，不数吴山第一峰。"

李思纯诗词系年：《怡龛小集漫赋四首》《明珠花烛词，戏和山公》（二首）、《月夜过雨人翁斋共话，即柬二绝句》《八十松馆听孔君谈弈》《林山公招饮斋中，赋赠一首，并呈同坐诸子》《月夜》《顾印伯老屋》《闭门》《寄林山公一首》《东郊见远山》《得圣传荣州书却寄》《山公送荣州绿茶，赋上三绝句》《感赋》《晓行自西郊至北廓江干》《芮敬舆（善）用黄尊古法作画幅见赠，赋题一首》《晚步少城金河岸有作》《九日至工部草堂，赋呈同游曾、刘诸君》《九日夕饮雨人翁斋》《高蕴华（培英）见示〈悼汤济武词〉，赋答》《病中晨卧感成》《病起》（三首）、《浣溪沙·月夜》《万年欢·寿尧老》。其中，《八十松馆听孔君谈弈》云："虚楼惜清坐，仙客有深谈。急劫今难问，微生拙自惭。何心容黑白，此事盛东南。长日谁消得，闲吟意可参。"《月夜》云："幽庭草木馨，夜气钟两睫。心光对炯照，初月成宵洁。昌昌念春物，露华明万叶。物情清可怜，蛩语静能蹑。索居无得失，履道有怡悦。惟应冰雪衷，慕此水镜澈。澄怀淡高睆，返卧促浅别。落耳惊寺钟，清辉在衣袺。"《浣溪沙·月夜》云："物外春声沸夜长，铜街人静月明廊，暗钟沉响落愁乡。　儿女青红花隐约，池台金碧梦苍凉，有人搔鬓立虚堂。"

徐行恭诗系年：《笼鸟》《游妙应寺，瞻白塔，辽故物也》《追悼大儿拯宇二首。儿以丙辰九月十三日降生，丁巳七月二十五日夭折，遗蜕埋宣武门外下斜街广谊园。物候惊移，旧感交集，裁诗未就，泪已先零》《赠家骧南》《郑海平为其文郎开汤饼会，即席呈句》《题陆赓南〈麋研盦填词图〉》《马》《衰柳》《程仰坡表兄随节巴黎，烽烟扰攘，阻归六载，书来备道离索之苦，并系以诗，辄步元韵奉怀》《毒卉篇》《蚤出，正阳门口号》《雪夜，次张霈卿韵》。其中，《笼鸟》云："野性翛来最不羁，如何一旦困群儿。樊笼已入心无主，未卜安危只自疑。"《追悼大儿拯宇二首》其一："入耳商声意惘然，云阶历历散轻烟。一年父子都无分，七月秋风未了缘。影隔飞尘余梦幻，坐携苦趣究人天。寒鸦古木纷愁绝，忍忆魂销落叶前。"《衰柳》云："羞对菱花懒整鬟，翠眉无复旧时弯。楼头悄望人如醉，瘦损西风客未还。"

杨杏佛诗词系年：《浣溪沙（几日春寒冻客魂）》《如梦令（月月常分常聚）》《浣溪沙》（梦醒心平恨未平）、《满江红·别擘黄》《蝶恋花·登汉阳伯牙琴台》《柳枝词·和叔永》（后附经农和作）、《白腊弗道中即景》《将去白山，留别擘黄、树人、亦农》《别经农》（由波至依车中作）、《雨中别绮色佳》《海中观落日》《归国感》《沪宁铁道述怀》（三首）。其中，《浣溪沙》云："几日春寒冻客魂，柔条嫩叶倩谁温。天教风雨伴黄昏。　无可排除忙里恨，最难凭据梦中言。此时情绪不堪论。"《蝶恋花》云："荷叶已枯莲藕老。秋意迢迢，魂断汉阳道。莫上琴台吟复吊，曲高自古知音少。　天涯我亦伤怀抱。独倚危栏，志亟闲鸥小。广厦万千心事渺，侏儒日夜忧温饱。"《将去白山》云："谢安好游山，登临未尝饱。徐孺爱良友，下榻苦不早。登山兼会友，此乐古人少。去年普城别，期探白山碧。相思经农深，书札高一尺。天意怜苦心，大愿竟成实。白山高接天，谈笑造其巅。应湖（Echo Lake）清且深，照影见素心。飞泉诵古诗，凉月步松林。清游兴未央，离色忽凄凉。游山屐未脱，遽尔来送行。时艰后会难，此别何能忘。吾去负名山，君留宜徜徉。昔贤善独乐，况君三人强。人生风中絮，聚散等飘扬。挥手从此别，青山空低昂。青山与两友，回首两茫茫。"

贺次戡诗系年：《贺友人父母双寿》《偶成二首》《中央公园步月口占》《祝陈仲远母寿二首》《感赋》《叠前韵》《再叠前韵》《代话叔自伤》《偶成》《前题》《游中央公园口占》《长安不易居》《感怀时事，怅触华年，聊赋两章，亦长歌当哭之意》（二首）。其中，《感赋》云："紫气销沉可奈何，壮怀空握鲁阳戈。千军碧血埋荒草，一代英雄付逝波。黄发岂知衣锦贵，白头偏觉感恩多。昨朝烽火连天外，醉后频将古剑磨。"《游中央公园口占》云："薄云微雨后，霁色到丹楹。日落鸦争树，风高雁过城。禁林聊驻足，古殿许题名。倚棹看明月，长歌发浩声。"《感怀时事》其一："身世悠悠似转蓬，扬花飞舞任西东。且将长剑青天外，载得毛锥尘海中。敢谓怀才遭不造，自伤襟抱命真穷。年来悟澈浮名旨，甘向人前作退工。"

胡先骕诗系年：《寄杨苏更》《移情雅集纪事》《苦雨为灾，眷念湘民颠沛无告，赋此哀之》《杂书》（七首）、《游摄山》（三首）、《独登北极阁感赋》《忆去岁国庆节感赋》《江上闲眺》（二首）。其中，《移情雅集纪事》云："春阑绿阴浓，风暖鸟声喜。劳生如张弓，幸得一日弛。朝阳满堤岸，柳影时拂水。暂来心颜开，湖色涤尘累。初携二三子，笑语沁肌髓。渐闻轮蹄喧，髦俊齐荟止。一堂聚裙屐，胜事谁与拟。清谈兴倍赊，雅谑妙无似。眼前盛风物，城市历可指。西山尤媚妩，翠嶂夹烟紫。既饶湖山胜，况有书画美。触目尽琳琅，嗟赏岂容已。就中程子藏，瑰异震遐迩。一卷《潇湘图》，烟水收片纸。蓬心老弥健，造化生腕底。翁题更绝伦，下笔龙蛇起。余品亦精绝，两目迷灿绮。燕谈不知时，午日坐移晷。余情寄银箫，幽韵转宫徵。或据一枰弈，墨守严阵垒。兴阑偕汪王，解彼柳下舣。一棹破新碧，倒影弄清沚。湖阴峙佛刹，新构耸芳沚。梵呗得暂闻，妙理彻生死。日斜缓步归，归路历花市。千红杂众绿，偃仰迎屐齿。人生逝飘忽，如日取半棰。但穷游观乐，何惜岁月驶。还家心神怡，苦茗美且旨。率尔成短章，踪迹倘可纪。"《苦雨为灾》云："倒海翻江势莫支，滔滔巨浸决重堤。干戈所有为鱼鳖，荡析之余几子遗。世劫极知关运会，天心倘肯念茕嫠？春城尽日繁笙管，漆室忧危独有谁？"《杂书》其一："夜坐视星斗，灿然罗天空。有如千明珠，的皪悬高穹。孰知皆广居，其远不可穷。刹那万里驰，剽疾如飙风。群动了不息，奥理殊难通。世儿事管窥，焉得穷天工？人生本仓粟，语冰如夏虫。胡以露电身，争兹蛮触雄。原从谢时好，冥想追鸿蒙。神游大千界，泠泠闵天风。"其二："日影度窗隙，瞥见万尘界。庄叟洞精微，小大齐弥芥。灵椿与朝菌，等是天所械。养生自有道，执一终或届。举世徒纷纷，自缚良可喟。何当悟本末，坐视去日迈。"

高宪斌诗系年：《花影》《戏赠》《赋别离，集玉溪生句，得二绝》《赋别离，再集玉溪生句四首》《夜雨有感》《暮大风雪，用苏玉局〈聚星堂雪〉韵并效其体，不以盐玉蝶鹤之类为比，又限用皓白洁等字，戏成一首，示同学庄观澜》《题象寄璧城兄》《读史戏题》。其中，《花影》云："花影飘零蝶影稀，情多成恨是耶非？镜台粉褪人何在？风雨帘疏燕自飞。入夜难寻前日梦，开奁怕见旧时依。明知此后空相忆，愁绝萧斋坐落晖。"《戏赠》云："独对银缸夜绣时，芳心脉脉畏人知。鸳鸯刺就凭君看，猜是情丝是恨丝。"《夜雨有感》（时寓延安会馆）云："忽惊秋信到疏梢，梦醒觚棱客思遥。廿四年华空掷去，卧听窗外雨潇潇。"

庞俊诗系年：《乱后花市》《闻孔昭笃生连日游花市，戏赠》《题黄玉陵蓑笠小照三首》《题湘绮老人遗像》《快雨》《与彦翘夜饮归作》《公园晚坐》《巨卿过话有述》《雨夜同胡德渊饮肆中》《和彦翘韵》《调彦翘》《冬夜玉麟共饮，有辱赠之作，次韵奉酬》《题亢聘臣诗卷》。其中，《乱后花市》云："快马争风又此回，长堤歇酒作纤埃。寻花裙屐浑无恙，换尽昆明劫后灰。十里垂杨簇晓烟，初晴潭影故依然。绿波容与桃花落，多少前时载酒船。作意东风吹发香，闹花深处断人肠。不知得似江南未，乱眼吴娃堕马妆。纸鸢不动觉风柔，倾市儿童剧未休。人影渐疏花影密，夕阳红煞柳边楼。"《快雨》云："日脚峥嵘晚不昏，岂知笛簟有奇温。照池绕树空余喘，倾海翻江肯见存。乍动凉云风靡竹，更听饥鹊月窥门。快哉此夕谁能共，呼取河星倒酒尊。"《雨夜同胡德渊饮肆中》云："湿云压重闉，败叶飘中路。行人归欲尽，畏与滂沱遇。我时亦瞑坐，咒使雨脚住。鸦还群动稀，秋馆沉沉暮。酒人独何事，貌暇意无惧。塞衣假油盖，一醉诚急务。趋垆未可迟，秉烛良有故。浮沉闾里身，弋者曷云慕。醉中笑扬子，逐贫岂足赋。入冬饮益好，期约期屡赴。君当得得来，探袖出新句。"

　　徐嘉瑞诗系年：《游观音阁》（二首）、《响水潭观泉》《怀故园》（二首）、《铁像》《赠友》《翠湖晚兴》（二首）。其中，《游观音阁》其一："春风如醴行来迟，山上樵人唱菟丝。溪水清回千百转，桃花红绽两三枝。流连光景初无意，歌舞苍生会有时。贫贱离忧庸玉汝，只宜欢笑叹何为。"《响水潭观泉》云："泉石声中洗俗尘，相逢如旧不宾宾。莫谈吴楚燕齐事，我亦东西南北人。处处封疆成虎踞，年年袍笏换蛇神。可能筑室依山住，莫向痴聋聩语谆。"《铁像》云："欲与松坡同不朽，捐锄遗镫各纷纭。可怜一片无辜铁，被垢蒙羞总为君。"

　　罗卓英诗系年：《海行杂感十首》《都门》《请缨》《作势》《参观北京大学归后作》《喜得鸣白叔自长辛店野营来书》《故宫北海开放，游登白塔山四首》《游颐和园》《赠歌者翠凤》（三首）、《观京剧》（二首）、《忆辞》（四首）、《秋日感事，和霜枫先生》《和李醉先生》《余欢》《送何心谷出都还乡》（二首）、《偕同学刘起时兄赴北苑参战军教导团入伍，旋以欧战结束改称边防军四首》《北苑营中雪夜作》《津浦北段军中》。其中，《都门》云："匹马都门意气扬。于人只获见欧阳。新来欲谒韩经略。谁为筹边迈汉唐。"《请缨》云："才生于世世须才（语本刘琨《答卢谌书》），政失人才实可哀。我亦十年磨剑客，请缨都为不平来。"《和李醉先生》云："凤城花草入微霜，秋冷京华结客忙。旧怨怀沙怜屈子，新声顾曲识周郎。咸知世换民为贵，敢惜名高酒更狂。凄绝怕吟山鬼赋，一篇天问九回肠。（先生有'窈窕来迎山鬼赋，髑髅还掷醉人歌'句）"《北苑营中雪夜作》云："一身戎剑策奇勋，兴到殊难笔砚焚。袭带临边羊叔子，芜城作赋鲍参军。帐中郤鉴真儒将，马上刘邦怪使君。踏月横戈诗思健，漫空飞雪正缤纷。"

　　冯振诗系年：《西江月夜与畏天酌酒》《舟夜》《别挥之弟》《闻鹧鸪》《春怨》《与友人登古藤江中石晚眺怀古约共赋诗》《野望》《送何孔褒之敝邑》《伤玉英》《游大同山庄，主人留饮，深夜始散》《急雨》《寄挥之弟》《何孔褒自敝乡来询问近事》《游白鹤山》《望月，寄兰言》《集句，寄兰言》《感愤五首》《乍晴江干晚眺》《寄钟震吾》

《饮酒歌，戏赠柱尊》《五日苍梧怀古》《无题》《孤桐》《席上次韵答柱尊口号二绝句》《秋夜》《送震吾，步柱尊韵》《次韵酬震吾》《送震吾之沪》《深夜与柱尊酌酒，次韵》《寄海上故人》《秋夜思家》《与张质民、朱东润重登白鹤山楼上》《病后》《寒雨》《初晓》《寄苏希武三十韵》《到家》《岁暮寄柱尊》。其中，《西江月夜与畏天酌酒》云："水秀风清胜若邪，举杯相对在星槎。人游天上为仙客，月跳江心作浪花。如此放怀真不俗，飘然乘兴任无家。酒醒梦觉身何处，犹是孤篷水一涯。"《舟夜》云："千山一水来，帆带月华开。江动涛声急，风催客梦回。辞家轻岁月，报国乏涓埃。几欲沧洲去，雄心未化灰。"《别挥之弟》云："去秋送汝归，去冬就汝住。如何不数旬，今又别汝去。人宿云外峰，路行山里树。万顷一孤舟，帆带夕阳渡。栖栖亦何为，岂不安所遇。心未忘苍生，常患年岁暮。男儿志四方，安能守故步。莫望早归家，但愿君来遽。"《望月》云："孤帷展转不成眠，起步中庭益惘然。尘世相思惟有别，忘情未得欲参禅。花飞井干香犹在，月照天涯影自圆。今夜故园应久望，几回回首隔风烟。"《乍晴江干晚眺》云："春水初生浸石矶，跳波相溅自纷霏。轻轻烟雨数峰出，漠漠江天一鹭飞。闲坐书斋无俗客，偶逢鸥鸟最忘机。渔翁罢钓归舟晚，惟见孤帆伴落晖。"《五日苍梧怀古》云："苍梧地瘴多烟水，孤城独在沧波里。重华一去不复回，斑竹千秋悲帝子。湘江水咽洞庭波，南楚孤臣葬汨罗。美人不至情何极，更复临风发浩歌。岁岁龙舟空竞渡，何人却忆灵均苦。自笑安能淈其泥，翻思鼓枻随渔父。"《席上次韵答柱尊口号二绝句》云："天上人间又报秋，举杯相对在楼头。无端却羡眉山老，月白风清更泛舟。狂歌纵酒此凭阑，不觉秋风玉露寒。最是天涯愁极目，故乡明月异乡看。"《寄苏希武三十韵》云："苏子人中龙，卓立见天骨。羞为豪侠儿，慕彼苏武节。立名希古人，慷慨志胜郁。世俗那得知，笑者徒吃吃。弃文忽就武，三年渤海窟。往返绝江河，出入随齐汨。南人故善游，水战称于越。不失其国能，将继先贤烈。海角常风寒，浪打苍崖裂。东望三神山，波涛吐复没。长鲸驾空来，万里开溟渤。夜半海日生，照耀黄金阙。云霞纷灿烂，仙人若仿佛。须臾升中天，浮光四海溢。忆昔客申江，君乃居蓬荜。同志二三子，乐道甘芋栗。吟哦不绝口，著作无停笔。我暇时过从，铿锵听琴瑟。相对终日坐，高谈或扪虱。未知慕富贵，安敢怨沦屈。斯乐谓可常，雨散嗟倏忽。君既纵汪洋，我返事暇逸。出处各异途，会面知何日。自从来苍梧，教授滥承缺。重华去已远，遗风自简质。所愧为人师，善诱焉足说。无为若有为，士亦安吾拙。翻思平生游，感叹屡呜咽。安得乘长风，吹度云天阔。殷勤各努力，明德期白发。"《到家》云："牛羊归舍晚，柴门未闭关。暮云千里合，行客一年还。乍喜逢亲旧，犹惊出险艰。且将会时酒，稍解别来颜。"《岁暮寄柱尊》云："所思竟何在，日落渺波澜。云入苍梧阔，江连赤水寒。居闲应中酒，岁暮苦凭阑。莫起东山念，苍生属谢安。"

李冰如诗系年：《日照》《感遇》《雨榴》《感时》《近况》《有感》《感事》《临流有

感》（二首）、《巫山峡》《巫山夜雨》《田横》《龙泉驿》《过驷马桥》《丞相祠堂怀古》《独步草堂寺》《梦游湖》《金华滩暮景》《早起》《征尘》《观日出》《感时自励》《岁寒》《别寄友书》《感事，赠某君》《枕上吟》《幽居》《闻蝉》《由九子岩登翠屏山》《芸窗》《扫地》《黄沙叹》《蚕蛾》《玩月》《孤吟》《蜂巢社会》《落花》《泊金华滩夜饮》《惊蛰》《暮归》《蛛网》。其中，《感时》云："南北纷争势若狂，中原一览暗无光。闲云蔽日将谁犯？野火流萤徒自伤。身世寂寥犹甚恼，国魂瘖寐更难忘。愤来欲上治安策，又恐长沙志不扬！"《丞相祠堂怀古》云："云影遥遮丞相祠，频来风雨动遐思。尚严治蜀偏遗爱，讨贼出师枉费辞。意怯三分难独挽，心存一死报相知，同宫同祀君臣处，时有人题吊古诗。"《感时自励》云："热血满腔潮欲流，欧风亚雨久不收。光沉剑气乾坤暗，影落星芒日月愁。壮志雄飞终必展，后生雌伏那甘休。鹏程预卜万千里，莫笑书生强出头。"《感事，赠某君》云："南山有鸟北张罗，囚首樊笼奈若何？可惜鹏程万里志，偶因折翼便遭魔！"《黄沙叹》云："黄沙蒙面来，四顾影徘徊。九皋鹤鸣唳，雁叫愁难开。行人迷往路，何时免劫灰？得我青山卧，有酒对月排。一觉醉复醒，餐芝岩石隈。花草覆大野，松柏依云栽。身轻陶潜柳，志皎和靖梅。超脱瀚海苦，到处是蓬莱！"

王大觉诗系年：《赠李息霜井乞"风雨闭门斋"牓书，时君客武林》《题许盥〈西泠访古园〉》《红桥曲》《漫兴》《饧箫谣》（三首）、《销夏》《行路难》《晚渡分湖，示莘安、盥孚》《吊郭孔彰，从熊克武战死遂宁》（二首）、《奉题〈寿萱图〉，为盥孚尊堂陈太夫人作》《九日独游东庄》《登楼八首》（八首）、《豪士》《寒夜怀余十眉即寄》。其中，《漫兴》云："大同花寂寂，云似水罗罗。室浅风开卷，春深月有波。闲皆凭懒得，诗总应人多。犹惜流光好，鸣琴感若何。"《饧箫谣》其一："风缓饧箫软，芳尘晚作波。春城飞絮早，何处夕阳多？"

王海帆诗系年：《张勋伯宴节园登拂云楼》《岔口驿》《古浪早发》《凉州道中》《城东北隅大云寺中有西夏碑》《海藏寺，即前凉张茂之灵均台，同少谷诸人往游经日》《雷台望祁连雪色》《德生、奉先、若梁诸君邀宴东岳台赋酬》《龚佛平观察见酬，即依原韵奉答》（二首）、《平番红城道中》《因公至白岩河望老龙潭，即泾水之源也》《奉怀佛平观察》（二首）。其中，《张勋伯宴节园登拂云楼》云："风月南楼排槛开，牙旗燕寝许追陪。云横大野依天尽，河入中原卷地来。忧乐于今关上将，山川从古仗雄才。试看左相筹边略，杨柳三千里外栽。"《岔口驿》云："黄沙白草晚风吹，春到边陲四月迟。山下杏花山上雪，令人心淡看多时。"《海藏寺》云："六朝旧梦散如烟，闻说此台尚岿然。下马人来千里外，栖鸦树老百年前。碑摩苔色从头读，风送钟声到耳传。忽忆吾家仲淹事，不禁惆怅夕阳天。"《雷台望祁连雪色》云："雪压祁连几万年，白云常在有无间。玉龙不入中原界，划断西方半壁天。"

[日]佐治为善诗系年:《樱花》《看花偶拈》《郊外所见》《赠信忠阁主人白木君》《游山途上》《山中销暑作》《山寺》《谒立见大将墓》《豪山秋山先生古稀寿词》《森陈明君五十年祭赋祭》《偶拈似友》《雪夜友至》《雪后》。其中,《樱花》云:"西人夸说蔷薇艳,唐土古来称海棠。争若神州樱一种,万葩如雪耀朝阳。"《看花偶拈》云:"谁伴红裙弄丽春,粉妆竞美艳容新。邦家休戚无相管,怜彼折花攀柳人。"《山寺》云:"招提泉石自清华,日暮幽钟送断霞。停杖松阴看可数,放生池上水梭花。"

[日]关泽清修诗系年:《瓶梅,限韵》《山居,限韵》《探梅,分韵》《久地探梅》《送仙坡博士之萨南,分韵》《次仙坡博士诗韵,呈宇都敬风(常松)翁》《蕉阴茗话,分韵》《题菡萏池,贺饭田紫峰(彰)耳顺》《久保天随(得二)将游霞浦,有诗,次其韵》《追次黄文江九日诗韵》《佐藤六石将游北海,有诗,次其韵》《香山楼随鸥吟社雅集,分韵》《星陵雅宴,次六石诗韵》《江上赏秋,次香国诗韵》《悼吉田铆藏四首》《挽福井学圃》《土屋琴坡(政朝)夫人荐筵即事,分韵》(二首)。其中,《山居》云:"云本无心亦旧知,去来峰顶日催诗。溪声入夜不疑雨,月上梅花窗外枝。"《久地探梅》云:"白沙无际水迢迢,堤上风光俗虑消。应有梅妃迎我笑,暗香吹度石栏桥。"

[日]田边华诗系年:《对梅花成咏》(三首)、《吉野村观梅花》(二首)、《供朝吹柴庵翁灵前》《玉岛访仲兄听雨,明日有此作》《越中途上》《富山口占似内山外川》《春末夏初偶然成咏》《读〈铁兜遗稿〉》《读竹外二十八字诗》《读〈星岩集〉》《藏鹭阁题壁》《代赠》《读战报》(五首)。其中,《对梅花成咏》其一:"百卉凋残霜雪繁,荒寒气色满林园。一枝拓出春天地,玉立梅花独自尊。"《供朝吹柴庵翁灵前》云:"白衣事业有青山,玉尺量才赖此君。画橐诗囊新境界,教吾先拓镇西云。"《越中途上》云:"越中春色昨来青,杨柳蘼芜长短亭。头上数峰犹戴雪,晶晶倒影入沧溟。"

[日]服部辙诗系年:《咏马》《自题画梅》《达夫示以七律,即次其韵,答赠》《叠韵寄达夫》《重寄达夫》《题宫筠圃〈墨竹图〉》《闻内子弹筝戏作》《感述》《自君之出矣七章》《偶作》《筠圃先生墨竹歌》《悼福井学圃》。其中,《达夫示以七律》云:"大江一笑送归春,春服才成不染尘。杜宇呼醒故山梦,蓬莱寄与妙龄身。辅车已喜国交密,缟贮原知友谊真。折柳驿门期后会,分携暂作眼中人。"《闻内子弹筝戏作》云:"金雁钿蝉不点尘,菱花入谱妙徽新。赏音唯在指弦外,谁是三生顾曲人(曲名镜,第二句故及)。"《偶作》云:"稻粱千里著花新,观象台头报警频。噫气本知天一息,莫教郑侠绘流民。"

[日]白井种德诗系年:《岩手县师范学校卒业,诸君胥谋为余设在职二十年祝贺会,诗以谢之》(二首)、《余在职二十年贺庆之仪毕,更设祝宴于日盛轩,酒间得一绝》《知友诸彦贺余在职二十年,赠以诗歌数十篇,赋此以谢》(二首)、《理学博士木村先生为余书"忍耐"二字于匾以见赠,赋此以谢》《题铃木鹤鸣所藏文台(并引)》《铃木

鹤鸣来访,亹亹话西游中事,及去,予犹觉其所说风景仿佛乎眼前,乃赋一诗》《束稻山》(二首)、《次北谷翁见示诗韵》《佐藤喜八君膺众议员议员之选,赋此以贺》《哭谷河松树翁》《高山老人席上》(二首)、《骤雨后作》《余被命小学校教员夏季讲习会讲师说道德,讲毕有作》《次西嵩先生见示诗韵却寄》《腊梅墟作(并引)》《古玉荆山描竹见赠,赋以谢》《读稻川遗芳》《紫云砚产于狼鼻溪,乡人佐藤猊岩乞大方搜砚诗,求及于余,乃赋此以赠》《原公任内阁总理大臣,恭赋以贺》《示儿》《哭默凤道人》(二首)、《盛冈市城南小学校长堀合君,以奏任官待遇,赋以贺》《戊午岁晚卧病》《戊午岁晚杂诗》。其中,《次北谷翁见示诗韵》云:"只听园池蛙鼓频,雨窗寂寞与谁亲。新诗偶自鸥盟至,酷喜词翰并绝尘。"《次西嵩先生见示诗韵却寄》云:"偶得君诗兴自催,回思往岁小莚开。孤斟今日转萧寂,唯有芳宜能侑杯。"《紫云砚产于狼鼻溪》云:"名石出名胜,真成土所宜。为砚传天下,由是索歌词。歌词乍山积,一一清而奇。光彩发新砚,古溪名亦驰。由来东山地,文雅世所推。善哉猊岩氏,好事昔人追。紫云为暖靆,鸡犬自熙熙。"

[日] 白水淡诗系年:《寄宫川生》《故山途上口占》《时事偶成》《笔墨颂》《次秋山词兄韵却寄》《红山闲居》《寄松川将军》《贺铁洲翁六十》《题〈兜图〉》《题〈牡丹图〉》《江藤将军邸小集席上》(二首)、《祝朝鲜新闻六千号》《咏铭酒立田川》《三好邸观樱》《大成馆筑前人会酒间即兴》(二首)、《题新邸》《寄岛田琴翁宗匠》《招魂祭》《次古海船迹见似韵》《寄阿部无佛居士》《长政公图赞》(三首)、《送出征》《时事有感》(七八月天下大乱怪事频发)、《述怀》(二首)、《偶成》《知足》《次船迹将军韵却寄》《寄西比利亚从军中某》《攻防演习》《讲和来》《限韵真》《代某悼孙》《大楠公》《题〈楠公父子诀别图〉》《伊藤博文》。其中,《题〈牡丹图〉》云:"姚黄魏紫寄高踪,国色岂唯粉腻浓。二十四番春已老,斯君有独媚娇容。"《题〈楠公父子诀别图〉》云:"汝去河州我摄州,不知再会又何秋。桑沧五百余年后,父子同留几庙楼。"

[日] 久保得二诗系年:《海边松》《镰仓访田边松坡(新)》《和〈田塚怀古〉》《山居》《酒间赠堀口长城并题其诗卷》(二首)、《伊东晨亭枢密属题文衡山〈疏林水阁图〉,集宋人词句》《杉田看梅》(十首)、《梦游月濑》《春江》《次福井学圃偶拈韵》《斋藤拙堂风字砚歌,伊东聿水嘱》《初二举女,命名曰雪枝,诗以纪之》《高桥月山招饮,同日下勺水、冈崎春石》《久地看梅》(十首)、《玉川柳亭,次伊东聿水诗韵》《龙尾砚歌,用坡公旧韵,谢伊东聿水惠贶》《为福田眉仙题其画》(二首)、《近藤恬斋男爵(廉平)招饮席上,初晤廉南湖(泉),赋此呈二君》《白木太孺人七十寿,词集宋人词句》《将游芳山有作,似同游大町桂月(芳卫)》《芳山纪游六首》《芳山怀古》(十首)、《芳山轶事,延元南狩以外,可传者亦不少,乃成十首》《中冈金峰(清一)见赠藏王堂古瓦,酒间赋此道谢》《初濑》《笠置山》《笠置,似吉田学轩(增藏)》《岐苏》

《悼亡十首，集唐宋人词句，唁土屋琴坡》《宇都宫敬风（常松）古稀寿言，集唐四句》《南园》《自笑轩雅集，赠宇都宫敬风，次胜岛仙坡韵》《石寿山人（汪鑅）〈百美名印谱〉题辞，为伊东聿水》《江亭瞩目，限韵，同伊东聿水、冈野枫林》（三首）、《同阪茅田、池边藤园游大宫公园》《奥山竹香见赠樱桃，媵以短古一章，次韵道谢》《同福井学圃游蒲田菖蒲园》《断梅》（七首）、《小松霞南（绿）招饮星冈茶寮，酒间赋似》《登楼观海》《小酌听雨》《廉南湖见贻近著〈东游草〉，乃题其后并道谢》（二首）、《次韵送福井学圃游山形》《寄李幼安》《山中》《获冈野枫林杭州书赋寄》《寄伊东聿水》《水竹云山房小集，限韵，同聿水、枫林》《将游霞浦有作》《西浦舟中》《万松园》《湖上杂吟十首》《鹿岛祠》《藤原镰足宅址》《稻荷冈晚眺》《潮来曲二十四首》《月夜溯刀江》（四首）、《问月》《残荷》（二首）、《次韵送佐藤六石游北海》《偕乐园赋似金枝小岘》《锦水楼，次韵胜岛仙坡，赋似土居香国》《鸥社大会，席上限韵》《〈密教发达志〉题辞，为大村归堂（西崖）》《土居香国招饮诸同人于鸥梦楼，席上次见似诗韵，集宋人词句得四首》《挽福井学圃》《鲁山操》《庭中瞩目》《从军行》《挽多田东芜（好问）》《挽前田默凤（圆）》《饭冢米雨（辰雄）见贻画石一幅，赋此为谢》《田中畅园（保）乞予诗，乃书此为赠》《双鱼阁酒间赋似高桥月山》《对酒忆故人》《高桥午山（范）过访喜赋》《早梅》《史阁部遗砚歌，谢加藤拓川惠贶》《凤咮砚歌，叠坡公〈龙尾砚歌〉韵，赋谢伊东聿水》《华烛词，为四弟（寿）作》（五首）、《四续十台怀古诗》（十首）、《挽山田寒山（润）》。其中，《镰仓访田边松坡（新）》云："鸡犬孤村静，林园午景圆。相逢原旧识，一醉恰新年。诗国并称霸，楼居例抵仙。湘南春乍动，傍槛早梅妍。"《芳山轶事》其一："远从鸦路度嶙峋，破竹西来士气新。岂有群凶犹索战，要知虮虱亦王臣。"《鸥社大会》云："白酒黄花秋欲残，遥怜穷发铁衣寒。明年此会应颁得，玉帛涂山万国欢。"

［日］铃木虎雄诗系年：《明故宫址》《半山亭》《孝陵》《台城址》《景阳井》《方正学墓》《秦淮》。其中，《明故宫址》云："江南佳丽帝王居，古址萧条浩劫余。玉殿拆砖童子卖，芳园种菜野人锄。衣冠影向龙桥尽，剑佩声随雉堞虚。独有紫金山上月，清光依旧满城渠。"《台城址》云："迢递丘峦带寺墙，朱楼翠殿迹茫茫。多情偏是台城柳，要待春风放旧黄。"《秦淮》云："烟雨青山六代愁，吴宫晋苑邈难求。潺湲唯有秦淮水，长向石头城下流。"

［韩］金泽荣诗系年：《赠朴南坡赞翊》《悼张敬儒》《题〈焦东山民传〉后》《赠钱浩哉》《赠朴南坡》《和李耕斋保卿》《余长子光濂既已继伯兄，而去年又失少子光续，故谋嗣于三从弟士元，士元果以其第二子焕杓许之。余乃改其名曰"光高"，而字之曰"景赉"。盖庶几显我高祖之所大赉也，因寄士元以谢厚意》《赠丁介石》《和顾昂千〈五十生朝咏怀〉》《闻族侄重吉好诗，寄赠拙著数种》（二首）、《家侄光弦来

省,喜赋》《为丹徒吴季农、寄尘兄弟题其母林太夫人所作〈秋窗课读诗十章〉后》(三首)、《以〈韶濩堂集〉寄赠外孙李贤在,因有述怀》(三首)、《朴石堂挽》《金山生圹歌》《寄浙江蒋孟洁》(四首)、《寄赠寄园崔进士》《赠陈兵官延祥》。其中,《赠朴南坡赞翊》云:"燕岩文章古龙门,忧时愤世多名言。若使其书得施用,韩社岂不至今存。君是燕翁好傍裔,家门一气流浑沦。国亡不忍作臣仆,翩然拔宅穷荒奔。穿榻远追幼安义,哭庭欲泄包胥冤。燕翁一集此相赠,好归展读松树根。拔剑击节许生策,再命李浣惊屡魂。"《朴石堂挽》云:"与君今日鬼人分,谁复琅琅读我文。拟把续刊伦父赋,纸钱同向海天焚。"

一九一九年（己未）

1日 《新潮》(月刊)在北京创刊。以 The Renaissance ("文艺复兴")为英文译名。北京大学新潮社创办。北京大学第一份学生自办刊物。《新潮》设编辑部和干事部二部,编辑部主任编辑为傅斯年,编辑罗家伦,书记杨振声,干事部主任干事徐彦之,干事康白情,书记俞平伯。翌年10月改组,推选周作人为主编,毛子水、顾颉刚、孙伏园等为编辑。《〈新潮〉发刊旨趣》提出本志四重责任:一是引导"中国同沐于世界文化之流";二是"因革之方",即提出改革社会、恶俗和旧生活的办法;三是"鼓动学术上之兴趣";四是宣传树立科学精神。《新潮》第1卷第1期征稿启事要求:"文词须用明显之文言或国语,古典主义之骈文与散文概不登载。句读须用西文式。小说、诗、剧等文艺品尤为欢迎,但均以白话新体为限。"第1期《新潮》刊登第1批新潮社社员名单,共21人,包括毛准(子水)、成平(舍我)、汪敬熙(缉斋)、俞平伯(平伯)、康白情(白情)、傅斯年(孟真)、杨振声(金甫)、罗家伦(志希)、顾颉刚(颉刚)等。叶圣陶与王伯祥合撰《对于小学作文教授之意见》刊于《新潮》创刊号,署名"叶绍钧、王钟麒"。文中说:"我国文字之难习,言文之异致实为其主因,方为文之际,初则搜索材料,编次先后,其所思考固与口说一致;然欲笔之于纸,则须译为文言。于是乎手之所写即非心之所思。其间辗转之手续殊为辛苦。""欲去此障碍,惟有直书口说,当前固尚难能,而将来终当期其达到。"

《国民》月刊在北京创刊。学生救国会机关报。创刊宗旨:"增进国民人格,灌输民国知识,研究学术,提倡国货。"蔡元培为创刊号作序,望"慎勿以无聊之词章充篇幅","勿提倡绝端利己之国家主义"。曾登载常乃惪译《马克思主义的历史唯物主义》。

《台湾文艺丛志》创刊。陈瑚《〈文艺丛志〉发刊序》云,该志旨趣在"探求经史精奥,发为文学光华","维持汉学不坠,抑且发扬光大"。

《春柳》第2期刊行。本期"文苑"栏目含《以诗向梅郎兰芳索牵牛花种》(涛痕)、《以诗向王郎琴侬索牵牛花种》(涛痕)、《以诗向姜郎妙香索牵牛花种》(涛痕)、《题〈冲冠怒传奇〉》(几道)、《乌谪生索诸伶小影镂版传之,分题其上》(瘿公)、《浙慈会馆观梅郎〈鸳鸯狱〉、程郎〈虹霓关〉,集日人句赠之》(亚侠)、《公园赛菊会,一株特奇丽,名曰艳秋,人争以程郎呼之,瘿公有诗,余亦继作,呈玉峰、玉公、非我、洞庭、霜枫、天佣、拙园诸公索和》(东史)、《渫史先生以〈咏艳秋菊诗〉嘱和,依韵和之,即赠程郎》(王片石)。

陈去病于广州南园召集南社临时雅集,其时社员在粤者达200余人,但到者很徐世昌约樊樊山、周少朴、柯凤孙、王晋卿、张珍吾、徐又铮、易实甫、赵湘帆在四照堂宴集。

徐悲鸿因赴法国留学，辞画法研究会导师职，上午出席画法研究会欢送会。到会者有导师陈衡恪、贺履之等，来宾有王心葵、沈尹默等，会员50余人。徐答辞曰："鄙人于画会少所建树，愧不能尽其绵薄，承诸位会员欢送，甚不敢当。今且远行，请勉与诸君一言其得失。凡美术之发达，必赖其倡导之机关。今大学之画会，一美术倡导机关也。学者更能于所学上竭一生精力以研究，即并驾欧美名家，亦非难事。发达又其余矣。"陈衡恪谓："希望悲鸿此去沟通中外，成一世界著名画家。今日别无所赠，谨手治小印一方，乞晒纳。"

周太玄启程赴法国。旋创办巴黎通信社，初与李璜合办，后约请李劼人等合办。

丘复作《元旦在大埔，舟中叠〈五年元旦〉韵》。诗云："满江风雨入新年，兀坐无聊手一篇。舟止中流难进也，地经大战幸安然。半生做客奔波惯，开岁何人祝颂便。抱得浣花忧国意，愿丰楼外有平田。"

李岐山作《民国八年元旦，次东坡〈狱中寄子由〉韵寄诸弟》（二首）。其一："罗网亦欢天地春，东风何日到吾身。蜡灯频落客前泪，骨肉常为梦里人。纵使塞翁明祸福，未能宣室说鬼神。五丁未铲崎岖尽，鸟语几回种罪因。"

沈尹默作《采桑子·八年，西京新年作》。词云："新年竟作新装束，爱着新衣。爱着新衣。十四十三小女儿。　　浓妆不管旁人笑，忽地颦眉。忽地颦眉。羽子抛空恼着伊。"

郁达夫于日本作《己未元日》。诗云："淡雪寒梅岁又新，不知春究属何人？客窗一夜还乡梦，晨起开门认未真。"

邓散木作《八年元旦》。诗云："漫因多故怨皇天，满目疮痍亦可怜。惟有国旗丁怪怪，迎风猎猎报新年。"

2日　许麒祥作《戊午腊月朔，耿伯齐招同人集松风社》。诗云："耿耿明星聚众贤，熏炉小饮季冬天。汉家未改当时腊，海国谁知别有年。雅淡场花供座右，参差疏竹拂窗前。只求一醉身常暖，感作高谈惊四筵。"

岳嵩岑作《酒令行》。序云："民国八年一月二日，同人假李枫浦先生宅饮。席间，李君出雅令，畅饮乐甚，因作短歌以志之，命曰《酒令行》。"诗云："戊午腊月朔日夕，郊外寒风吹广陌。群贤毕至养趣轩，客来作主主为客。绮筵张处绝织尘，东北西南一室亲。但恨有酒未有令，良宵辜负玉壶春。主宾相对意萧然，正是残冬欲雪天。岂无诗画供盘桓，摩挲吟咏难为欢。忽闻主人行觞政，朋辈索欢心相竞。呼童捧出列筵前，灯影花光相掩映。红签一一字行行，斜插诗筒墨迹香。或惟满引三大白，或作笑谈言哑哑。或因纳宠且衔杯，或以弄孙受敦迫。耽吟好武涉重阳，山水为名木作傍。但听一声筹到手，不饮千杯饮五斗。高谈四座笑颜开，帘外春风任狂吼。我从少小即贪杯，路逢曲车倦眼开。惜无张旭三杯量，坐对金樽意惆怅。我夕今夕醉全忘，此理思来费较量。心裁领导人之好，不比琼琚重投报。我今能饮盖有因，半为欢娱半倾倒。了解此意觉微醒，归来拟作酒令行。君不见汉书下酒只浊饮，刘章军法留其名。"

3日　[韩]《学之光》第17号刊行。本期含诗《别江户有感》(金明植)、《箱根偶吟》(郑鲁湜)。其中，《别江户有感》(金明植)云："义气青袍出世间，黄河百战无自闲。留期他日风云定，万岁山呼解甲还。"

张謇集句，书寄梅兰芳："檀板尊前，愿花常好，月常圆，人常健(晁次膺词)；梅枝别后，是雅相知，不相见，只相思(石次仲词)。"

释永光(海印)作《戊午腊月二日，与徐实宾、刘腴深、曾履初、丁惠和小集碧湖诗社，联句散归，补诗一首》。诗云："暝树微阴合，分携出寺门。冷飙吹白发，残雪入黄昏。烽火吟边泪，朋簪乱后尊。重游无定约，深夜急江猿。"

[日]白水淡作《戊午十二月初二，予宿于延命寺，偶庐峰、半醉二氏来访，即置酒，吟谈至三更，席上探韵得东》。诗云："一出草庐气象雄，关门水暖五洲通。与君偶对丹陵夕，俱醉金波红树中。"

4日　郁达夫在日本应邀参加服部担风在其书斋蓝亭举行拜年小集。郁氏与蓝亭诗友联句，题为《己未新正四日蓝亭小集，柏梁体联句》。诗云："分题斗酒雪中天(郁达夫)，酒量无多也堪怜(黑宫南窗)。风晓之榭结清缘(花村襄洲)，谁似骑驴孟浩然(堀竹崖)，春到蓝亭诗句圆(铃木天外)，梅花香中杯几传(角田胆岳)。拜岁师门上绮筵(木下高步)，题咏甘让老成先(青木龙水)。雪后江山带瑞烟(立松晴涛)，吾亦老矣一年年(逵雅堂)。是酒是诗人欲仙(加藤月村)，味在辣玉甜冰边(服部担风)。"郁达夫又作《访担风蓝亭，蒙留饮，席上分题得"雪中梅"，限微韵》。诗云："林氏山中香袭袭，谢家院里絮霏霏。残冬诗思知何在？白雪寒梅月下扉。"又作《新正初四蓝亭小集，赋呈担风先生》，原载同年1月28日日本《新爱知新闻》第9884号，诗题又作《呈担风先生》。诗云："门巷初三月，词坛第一人。蓝亭来立雪，沧海又逢春。小子文章贱，先生意气真。明年谁健在，勿却酒千巡。"服部担风作《席上次韵郁文达夫见赠诗》相和。诗云："海外得知己，同心有几人。说将江汉胜，偕此草堂春。才驾李昌谷，狂追贺季真。檐梅香和酒，索笑与君巡。"

张栴(震轩)为叶宅双节亭撰联语一对，并书之。联云："两朵慈云，涌出邮亭一角；九重甘露，圆成苦节千秋。"又为张荐秋菁酌挽刘仲玉令堂联一对。

陈衡恪为鲁迅刻印，文曰"会稽周氏"。陈衡恪曾多次为鲁迅刻印。

5日 李大钊在《每周评论》上发表《新纪元》。

《戊午周报》第34期刊行。本期"诗录"栏目含《游青城归途雨后道中作》(问琴)、《社集,题郑所南画兰》(前人)、《度索桥》(前人)、《题上下古寺》(前人)、《长生宫怀范贤》(前人)、《题〈蜀石经图〉,为刘健之道尹作》(前人)。

黎元洪请严修午饭,同坐范源濂、饶汉祥。

沈尹默赴中兴茶楼晚饭,同席有沈士远、钱玄同、徐森玉等。

张棡(震轩)在南湖叶宅为叶婿代撰挽刘仲玉令堂联一对。联云:"有夫偕老,有子克家,有孙曾凤毛济美,福寿庆全归,阃范定应书女史;予幼寄名,予孤托芘,予成立鹤发扶持,姆仪惊倏杳,余生何以报亲恩。"又自撰一联挽刘丈。联云:"萱荫长青,久仰慈仪辉柱史;霜林铺白,惊看老友哭梅花。"

6日 淞社雅集,祝徐仲可、孙益庵、张砚孙三君五十寿。仲可以赴苏未赴会,书缴帖辞谢,故只孙、张二君。缪小珊、吴昌硕、李审言、杨芷姓、陶拙存、恽季申、恽瑾叔、褚礼堂、吕幼舲、朱念陶、王静庵、张石铭、章一山、曹徇卿、钱履樛、刘承干诸人先后来。

《华铎》第2卷第1号刊行。本期"词苑"栏目含《朝鲜亡国之哀音》(胡景番石旁)。

8日 智怡请严修看梅兰芳演《天女散花》。

张棡(震轩)在南湖代墨山处写春联,因叶礼和之托,代撰挽省议员张翅之父及其祖母联一对。联云:"凫舄怅随王母化;鸿编欣有后人传。"

[日]《大正诗文》第7帙第1集印刷,10日刊行。发行兼编辑者药多野岩,印刷者佐久间衡治,印刷所为(株式会社)秀英舍,发行所为雅文会。其后每月一集,10日发行。本期有《例言》云:"此编采录会员诗文可观者,时补会员外佳作;此编分为'文集''诗集',或先诗后文,或先文后诗,而集中序次,一由寄赠前后;投寄文诗附评语批阅者,不必采之,二三学术评议员审议新加评语;古人善诗文而其名不显者,往往有之,他日别设'古人集'一栏,附卷末。古代大家之作可为法者,亦录之'古人集'中,以为青年之范;每辑卷头,揭会员书画,但憾会员能画者不多,而画家非厚弊帛则不敢挥毫,故时时揭会员所秘藏近世画人名作,以补之。"集前有九十翁中洲三岛毅先生《新年作》(尺五绢本)、土居香国先生诗画(画笺半折)。本集"诗集"栏目含"松坡栏":《偶感》(海东松方正义)、《己未元旦》(鸣鹤日下部东作)、《己未新年》(青海釜屋忠道)、《己未新年》(柘翁吉田千足)、《记事杂诗》(担风服部辙)、《雁字》(择堂木村得善)、《独夜记感》(雀轩海部弘之)、《咏史》(仁山波多野隆)、《冬日田园》(向阳木南保)、《祝浅野侯拜受恩赐双鹤》(松坡田边新);"犀东栏":《恭赋朝晴雪》(麑城德川赖伦)、《恭赋朝晴雪》(网陵德川达孝)、《己未新年作》(同人)、《游方壶新

堂书怀》(香翁藤泽南岳)、《雪日作》(九峰高岛张辅)、《蔓桥》(盘南伊藤义彦)、《赠秋涛主人》(耐雪横山大藏)、《人日小集》(如如杉原满龙)、《新年书感二首》(皓堂田保桥四郎)、《御题,朝晴雪》(铜谷久保木雄)、《咏羊》(同人)、《朝晴雪》(峻麟吉冈隆哲)、《恭赋朝晴雪》(莲溪光明智晓)、《问梅》(莲峰东谷实秀)、《梅花》(毅斋伊藤政重)、《呈苏谷将军》(霞山西条常)、《己未岁朝口占》(犀东国府种德)、《鸿城集诗六首》(同人)、《故白山先生见浴赠位恩典,赋此表贺六首》(同人);"天随栏":《己未新年作》(中洲三岛毅)、《绘原村庄迎岁作》(同人)、《己未新年》(温斋东尾光)、《新年感怀》(南阳吉本真雄)、《己未新年》(鹤坡佐治为善)、《己未新正》(平佛堂)、《岁旦》(紫峰饭田彰)、《岁旦》(蕉雨星野竹男)、《新年感怀》(湖村阿部金太郎)、《元朝望海》(翠轩矢岛庄)、《元旦》(空斋高桥脩一)、《朝晴雪》(淡海小野芳三)、《朝晴雪》(岛南石桥邦)、《过见付驿》(云庄入泽达吉)、《次韵》(适堂冈村龙彦)、《湖上漫兴次韵》(三松横川庸)、《虾夷富士》(东瑞竹越透)、《客楼似人》(霞溪坂本己之松)、《雪意》(香城大矢要藏)、《月前梅》(鸥仙山村总俊)、《听莺》(天民藤本达次)、《水仙花》(梧堂井上近藏)、《对酒怀故人》(苍龙藤井孝吉)、《月山博士招饮于芝浦 双鱼阁,赋此抒怀》(勺水日下宽)、《双鱼阁酒间偶得》(月山高桥作卫)、《次韵》(春石冈崎壮)、《双鱼阁雅集怀故人》(同人)、《双鱼阁酒间赋此》(天随久保得二)、《〈密教发达志〉题作》(同人);"春石栏":《咏松》(建庵太田资业)、《题秋谷画》(东郭落合为诚)、《朝晴雪》(舟山松田定久)、《朝晴雪》(淞雨松田敏)、《朝晴雪》(涛外田中秀)、《朝晴雪》(芦洲富泽忠藏)、《鱼沼神社》(南涯古川郁)、《题养老花瓶》(淀桥浅田吉)、《听雪》(星溪竹井耕)、《恭赋朝晴雪》(拈华黑部义晓)、《塞上曲》(毅堂筱崎甲子)、《榛名山中》(九岛三枝团吉)、《热海杂诗》(青村小泽鸿房)、《围棋》(庙山大塚已一)、《次增村成堂诗韵》(菊畦西川光)、《早春出游》(迂亭长山庆七)、《客中冬夜次韵》(鹤眠岸和田一雄)、《乙骨翁七十七寿词》(春石冈崎壮)、《题画二首》(同人)。"课题"栏目含"诗":《喜雪》《苦寒》《小窗读书》《春兰》《雪竹》《郊外探梅》。

[日] 冈部东云作《一月八日庚申祭》。诗云:"满炉榾柮暖催春,宴坐团栾谈笑亲。好是农家闲暇夜,清肴净酒祭庚申。"

9日 杨度生日,作《四十四岁自寿对联》。联云:"东奔西逃,享民国七年之福;开天辟地,先盘古十日而生。"

10日 徐乃昌都益处举行消寒三集。同坐者为杨钟羲、缪筱珊、徐积余、陶拙存、潘兰史、沈醉愚、周梦坡、刘健之。

曾述经卒。曾述经(1858—1918),字撰甫,一字月樵,广东揭阳人。光绪十五年(1889)与胞弟习经齐中广东乡试举人。姚梓芳《曾撰甫传》称:"撰甫初发魁,试卷颇传颂一时,盖程功致力甚深。"翌年,兄弟同进京会试,习经中式进士,述经落第。

后移署福建建宁知县。曾习经《伯兄月樵先生墓志铭》言其"清勤如前治，建宁人至今思之"。又升至直隶州知州。宣统二年（1910）辞官归里养亲。晚年以硕学宿儒被聘请为榕江书院山长。卒后，曾习经闻耗，携亲眷冒风雪归家奔丧。同里诗友周易（子元）作《曾撰甫挽词》哭之。其一："共泛南溪月，回头四十年。岭云分出岫，江水约归田。陨翮伤疮雁，屡躯遽蜕蝉。惜迟临病榻，凄恻检遗编。"其二："五虎门前海，专城捧檄初。一官临子骏，不润处君鱼。悃愊真儒吏，讴歌有政书。朱丝绳节直，奈与世缘疏。"其三："白首嗟相见，身闲道益尊。名山开讲席，旧雨聚吟樽。广雅余津逮，湖楼尚屹存。沧江惊一卧，岁晚怆招魂。"

林纾《〈百大家评选韩文菁华录〉序》刊载于《公言报》，自署"畏庐"。

11日　北京政府钱能训内阁改组。陆征祥任外交总长（未到任前由次长陈箓代理），傅增湘任教育总长，曹汝霖任交通总长。郭则沄任国务院秘书长，卸铨叙局局长职。

沈尹默访钱玄同，后在马裕藻处看马衡所藏魏碑，再遇钱玄同来访。

关赓麟作《戊午十二月初十日怀仁堂观剧》。诗云："填冰成海作龟坼，海岸平连无际白。撬床深泊不敢行，碾破飞轮玉千尺。白宫峨峨集众宾，广场洞辟容千人。九霄仙乐落堧外，余音尚凝梁间尘。春台日日传丝竹，我亦抠衣时寓目。接座千宫剑佩寒，分行万国冠裳肃。征歌选舞得倾城，病室维摩太瘦生。博取九宾齐拍手，仙韶声价属梅精。去年天女花为戏，化作云门行里字（樊山老人以《天女散花》格制联语，贺余结婚）。今年天女驭云来，掌珠试啼方堕地（德祎适于是日生）。酒阑曲罢客言归，瑶树缘堤絮正飞。回首宝光门外路，玉霙吹满楯郎衣。"

童保暄作《送昭容返里》。诗云："满地惊烽火，离情可奈何。他乡频作客，乱世久荷戈。明月西湖好，青山故里多。旧居傍曲水，归去理田禾。"

12日　《申报》第16491号刊行。本期《自由谈》载"闲谈"栏目含《时事四首》（顾佛影）。

《戊午周报》第35期刊行。本期"诗录"栏目含《白果》（辛湄）、《菽乳歌》（前人）、《早起》（毋我）、《不寐》（前人）、《丙辰元日》（隐隋）、《眉山旅次》（前人）、《得从弟种书感赋》（前人）、《病中作》（前人）。

康白情于北京作《河上》。诗云："融融春阳，泛泛河冰。枯柳之稊，赤子之心。"

13日　《华铎》第2卷第2号刊行。本期"文苑"栏目含《秋邸即事》（柴骋陆）。

顾颉刚读《诗经》，认为应揭穿汉代经师对《诗经》之附会。略谓："读《诗·大序》及《关雎》一篇。郑康成实在是汉代第一个老学究……好好的一首乐而不淫的情诗，却被他附会做了后妃进贤的妇德诗。……吾并不是好诽谤先贤，只是他们在中国学术界太有势力了，他们自己的头脑太可笑了；他们所做的事业太无道理了；崇拜他们的人也太可怜了；不得不揭穿他们的黑幕，教后来的人不要与他同化，昏愦糊涂的过了一辈子。"

杨匏安《二十四初度》刊载于《广东中华新报》。诗云："朝来妇子共嬉嬉，病起犹堪进一卮。堕地孰教成孰掌？全天吾与学支离。栖心莫梦藏隍鹿，袖手休弹覆局棋。喜奉高堂班果饵，偏将此日忆儿时。"

14 日 徐悲鸿偕蒋碧微离京返沪。

李法端作《新婚吟》（为隘之与月仙女史作）。诗云："民国八年春，一月十四日。同邑有名媛，嫁作君子匹。谢家吟絮才，江氏生花笔。钟鼓方盈门，梁孟欣一室。今夕是佳期，郎问夜何其。新妇向暗壁，欲语还迟迟。闻君少苦学，立志垂声施。语通英法德，经熟易书诗。当君就傅日，是妾原归时。君心如磐石，妾心如素丝。素丝不可染，磐石不可移。对吟偕老句，百年长唱随。郎言有知己，久客在燕市。道合志亦同，姓氏且同李。我昔游北京，谊结金兰盟。论族为叔侄，论亲如弟兄。相劝复相长，朋友而师生。何时若鹏翼，共飞万里程。新婚甘如荠，我我复卿卿。欧人度蜜月，常作千里行。鸳鸯浮远水，双双齐飞鸣。愿借北来雁，传书通气声。偕我白头妇，抱我黄口婴。雨旧开轩望，云停扫径迎。还操英德语，含笑叙衷情。"

15 日 陈独秀《本志罪案之答辩书》刊于《新青年》第6卷第1号（实际出版时间在1919年3月）。陈独秀认为，《新青年》自发行以来，"所说的都是极平常的话"，却招徕"非难"，被看作"邪说""怪物""离经叛道的异端""非圣无法的叛逆"。"社会上非难本志的人约分两种：一是爱护本志的，一是反对本志的。""这第二种人对于本志主张是根本立在反对地位了。他们所非难本志的，无非是破坏孔教，破坏礼法，破坏国粹，破坏贞节，破坏旧伦理（忠孝节），破坏旧艺术（中国戏），破坏旧宗教（鬼神），破坏旧文学，破坏旧政治（特权人治）这几条罪案。""这几条罪案，本社同人当然直认不讳。但是追本溯源，本志同人本来无罪，只因为拥护那德莫克拉西（Democracy）和赛因斯（Science）两位先生，才犯了这几条滔天大罪。要拥护那德先生，便不得不反对孔教、礼法、贞节、旧伦理、旧政治。要拥护那赛先生，便不得不反对旧艺术旧宗教。要拥护德先生又要拥护赛先生，便不得不反对国粹和旧文学。大家平心细想，本志除了拥护德赛两先生之外，还有别项罪案没有呢？若是没有，请你们不用专门非难本志，要有力量有胆量来反对'德赛'两先生，才算是好汉，才算是'根本的办法'。社会上最反对的，是钱玄同先生废汉文的主张。钱先生是中国文字音韵学的专家，岂不知道语言文字自然进化的道理（我以为只有这一个道理可以反对钱先生）？他只因为自古以来汉文的书籍，几乎每本每页每行，都带着反对德赛两先生的臭味；又碰着许多老少汉学大家，开口一个国粹，闭口一个古说，不肯声明汉学家是德赛两先生天造地设的对头；他愤极了才发出激切的议论，像钱先生这种用石条压驼背的医法,本志同人多半是不大赞同的。但是社会上有一班人,因此怒骂他,讥笑他,却不肯发表意见和他辩驳,这又是什么道理呢?难道你们能断定汉文是永远没有废去的日子吗?"西洋人因为拥护德赛两先生,闹了多少事,流了多少血;德赛两先生才渐渐从黑暗中把他们救出,引到光明世界。我们现在认定只有这两位先生,可以救治中国政治上道德上学术上思想上一切的黑暗。若因为拥护这两位先生,一切政府的迫压,社会的攻击笑骂,就是断头流血,都不推辞。"本期通信栏中,陈独秀还发表答读者来信三篇。他在《答王禽雪》信中提出,如以保存国粹为名,不许自由思想,"其弊将不可胜言"。又在《答吕澄》信中提出,"改良中国画,断不能不采用洋画写实的精神"。

《东方杂志》第16卷第1号刊行。本年5月15日重刊。本期"文苑·诗"栏目含《中秋夕看月》(陈三立)、《宗武还自海上,示〈中秋夕月下新咏〉》(前人)、《〈郑斋感逝诗卷〉题词》(二首,前人)、《起痀始观俞园》(前人)、《溪园》(前人)、《宗武过话,依韵酬见觇》(前人)、《挽涛园》(四首,前人)、《挽涛园》(郑孝胥)、《晓发铜青峡,望贺兰山,绕河套北行》(俞明震)、《送大维侄赴美国入哈佛大学》(前人)、《戊午重九日病起至金陵旧居,和散原作赠之作》(前人)、《暑夜雨过平明,泛舟出南湖》(前人)、《追昔游诗四首》(杨钟羲)、《题龚伯新〈楚金爰〉拓本》(前人)、《送孝笙归衡山》(前人)、《雨后》(吴俊卿)、《秋权》(前人)、《书成》(前人)、《感兴》(前人)、《鞠问》(前人)、《杨泗州挽词》(四首,袁思亮)、《观槿危病数月,中间死且两日矣,述之甚趣,为作此诗》(王允皙)、《答贞长》(陈衡恪)、《金陵视伯严丈并访鉴泉观察不遇》(二首,李宣龚)、《十月十九夜上海书所见》(前人)、《琅琊台刻石东面刻字》(二首,姚华)。

《尚志》第2卷第2号刊行。本期"名著"栏目含《六艺略说》(黄侃)、《论文章中训诂音韵变迁》(朱希祖)、《诸子无鬼论》(易白沙)、《国语学草创》(胡以鲁)、《海月楼诗话(五续)》(袁丕钧)、《游西山记》(袁丕钧);"文苑"栏目含《送李少宗同年之官粤西序》(由云龙)、《近著存稿五件》(钱用中)、《段荣美诗八首》(段荣美)、《袁丕钧诗二十首》(袁丕钧)、《不冷堂遗集》(张舜琴)。

[韩]《天道教会月报》第101号刊行。"文苑"栏目含《祝月报百号》(吴勉秀)、《祝〈天道教会月报〉百回》(文昌焕)。"词藻"栏目含《除夜》(芝江)、《新朝》(芝江)、《除夜》(凤山)、《元旦》(凤山)、《和芝江〈新朝〉韵》(凤山)、《新年》(洠堂)、《晚步三清洞》(洠堂)。其中,《祝月报百号》(吴勉秀)云:"美哉月报,尔年九岁。百月百报,世梦尽醒。声动五洋,名振六洲。尔德无穷,尔寿无穷。"《新年》(洠堂)云:"题罢桃符岁孟春,道中遒铎警时人。举杯聊祝苍生意,共乐太乎万福新。"

符璋作《瓶花》七律三首、《望江南》一首。

汤汝和作《腊月十四日天复大雪，柬同年杜樵僧》。诗云："玉屑漫空恣飘瞥，北风吹雨雨成雪。袁安抱病睡初醒，门巷萧条辙迹绝。隆冬我昔返乡关，五载渔兄樵弟间。泥雪重寻旧鸿爪，只缘心爱湘南山。去腊烽烟弥楚地，神仙滕六亦遥避。今朝厌乱回天心，六出花飞为世瑞。敲冰北牖觅清欢，咽雪昕宵不觉寒。只惜吟魂太孤寂，溪山欲共故人看。夫子超然尘埃外，结庐杜曲剪榛荟。草堂开在浣花溪，收纳古今诗世界。当日梁园赋雪天，骋妍抽秘玉堂仙。岂期俯仰成今昔，弹指沧桑三十年。闾闬归来行高卓，新诗和我情绵邈。著书雅欲趁三冬，腊屐何如游五岳。衡山生在君珂里，螺黛近从岳麓起。我拟邀君绝顶观，光摇银海茫无涘。九面迷离七二峰，峰峰青失旧芙蓉。幻成雪色倚天壁，琪树琼花莽万重。神魂似作罗浮梦，骑蝶未嫌凡骨重。大醉同登青玉坛，狂游径入朱陵洞。禹碑示我文蝌斗，懒残煨芋笑开口。为言公等谪人间，尚忆大罗天上否？我听其言不置怀，阳春高唱与君偕。南枝远访梅花影，不惜冲云湿笋鞋。晓日红升东海里，归程始指长沙市。曾闻仙鹤语尧年，胜跨蹇驴行灞水。山中素霰尚纷飞，山下人家照午晖。莫讶阮刘采药返，居然李郭同舟归。"

16日　鲁迅致许寿裳信谈教子，云"少年可读之书，中国绝少"，"缘中国古书，叶叶害人，而新出诸书亦多妄人所为，毫无是处"。又云："汉文当废去，盖人存则文必废，文存则人必亡，在此时代已无幸存之道。但我辈以及孺子生当此时，须以若干经历牺牲于此，实为可惜。仆意君教诗英，但以养成适应时代之思想为第一义，文体似不必十分抉择，且此刻诵习未必于将来大有效力，只须思想能自由，则将来无论大潮如何，必能与为沆瀣矣。"

徐悲鸿由京抵沪，准备出国事宜。拜访康有为，汇报在京情况及赴法留学喜讯。

袁毓麟作《念奴娇》。序云："戊午腊月十五日抵临潼县，宿骊山旅舍。曲廊雕榭，掩映山麓，温泉清澈，芳草芊绵。劳薪暂憩，顾之忻然。忽馆人来告，山后溃卒啸聚，戎装待旦始行。"词云："陇歌声里，是丸泥踏碎，东来驻马。王气秦中销歇久，古月峰头犹挂。芳草裙腰，游鲦纹面，泉暖龙湫泻。谯楼笳断，惊心烽火遥夜。　此去万叠云山，为谁行役，风雪漫平野。我亦阴符三卷抱，麦饭神仙悭舍。新样楼台，欲谈天宝，麓畔长生瓦。兴亡无限，征袍偷揾盈把。"

17日　南方议和代表团纷赴上海。

溥仪向臣下颁赏"福""寿"字，每人二方。受赏者有那王、庆王、载润、毓朗、溥伦、溥僩、溥佶、麟光、绍英、袁励准、纳钦泰、景麟、毓逖等。

缪荃孙兴华川消寒四集。周湘舲、潘兰史、杨钟羲、陶拙存、刘翰怡、沈醉愚，徐积余、钱履樛均到。题宋刻《苏东坡先生诗》残本，同人咏之。

符璋应张秩欧为母七十寿征诗，发南京信，附张太夫人寿诗。

林苍作《十二月十六日社人奉沈涛园先生入祀西湖宛在堂诗龛，先是有旨予谥敬裕,并附祀文肃公专祠》。诗云:"风义动高冥,湖山此荐馨。九原家祭泪,故国草堂灵。香火真缘法,衣冠旧典型。吞声门下客,乐府罢冬青。"

郁达夫作《寄和荃君》。诗云:"客里逢春懒上楼,无端含泪去神州。阿侬亦是多情者,碧海青天为尔愁。"自记:"盖和来诗之第一首韵者也。来诗录出如左:《有感》云:'笑不成欢独倚楼,怀人望断海南州。他年纵得封侯日("日"一作"印"),难抵春闺一夜愁。'"

18 日 巴黎和会在巴黎凡尔赛宫举行。美、英、法、意、日、中等 27 国代表出席会议。中国代表团成员有五个全权代表,以外交总长陆征祥任团长,另有驻美公使顾维钧、南方政府代表王正廷、驻英公使施肇基、驻比公使魏宸祖。和会讨论关于建立国际联盟、签订对德和约问题、关于中国山东问题。最后在美、英、法等国控制下通过《凡尔赛和约》,将德国在中国山东特权交日本承袭。

严修吊袁宅,时袁云台克定丁母忧,送灵至老车站。

魏清德《万寿菊》(二首)发表于本日及次日《台湾日日新报》。其一:"摇落群芳节愈坚,嘉名恰称万斯年。笑余岁岁东篱下,买醉倾囊亦十千。"其二:"瘦如老鹤淡如烟,寿与灵椿共比肩。何必神山求药草,餐英可驻万斯年。"

张謇作《题画绣花鸟寄浣华》(二首)。其一:"碧桃花艳画眉娇,领取凭人付画绡。花自不言春又换,可怜宛转一春韶。(画眉)"其二:"天与聪明谁与惜,梦回碧树帘阴立。白衣倘有度禽经,应参般若波罗密。(鹦鹉)"

[日]白井种德作《戊午十二月十七日,恭纪策命使临樱山神社事,此日盛冈市每户揭国旗,犹大祭日》。诗云:"钟声破晓气严森,是日樱山天使临。旭旆满街冬景丽,致诚藩祖意洵深。"

19 日 陈独秀《除三害》刊于《每周评论》5 号。文章提出中国有三害:"第一是军人害","第二是官僚害","第三是政客害"。同期又刊周作人《平民文学》(署名"仲密"),提出"平民的文学正与贵族的文学相反",平民文学"乃是研究平民生活——人的生活——的文学","应以普通的文体,写普通的思想与事实","以真挚的文体,记真挚的思想与事实"。

《戊午周报》第 36 期刊行。本期"诗录"栏目含《赠王十二心》(隐隋)、《白雪篇》(前人)、《穉瀞诗集》(仁寿毛澂)。

陈宝琛弟宝瑨七十寿辰。以旧纸画松,忆儿时共读书事以称觞,作《仲勉今腊亦七十矣,写楼前松寄之,六十年前同读书其下也,并题二绝》。其一:"赐书楼下支离叟,自昔吟风和夜窗。头白何年归对读,倚阑松顶看澄江。"其二:"此纸储藏近百年,此松更是百年前。乾隆御笔亲研写,持较观音像埶贤?"

林纾《露华(凉苔翠簇)》《采桑子·余既题〈芝石图〉,一厂又征余画,同作〈灯窗沤笔图〉赠之》刊载于《公言报》,自署"畏庐"。其中,《露华》序云:"一厂以石芝《偕老图》示余,则芝娘手笔也。石奇芝苗,绛绿辉映,秀挺可爱。题曰偕老。老可偕耶?亦偕之以心耳!一厂之颠倒至矣。为填此解,既感芝娘之痴情,亦以启一厂之悟境。"词云:"凉苔翠簇,衬半面娇红,冷露新沃。墨渖泪痕,融出秋窗横幅。玉人总隔阑干,夜寒耐他琴筑。且归来晚,吟魂半销,观又枨触。 凄清那说酿福。纵石润芝肥,芳意谁属?尚想翠螺渲处,粉香还宿。等闲跨过来生,倘引乳仙云縠。安心待,玉田甫添嫩绿。"《采桑子》云:"阑干约住愁多处,晚雨廉纤。花片蜂黏,飞絮团团近画帘。 恹恹那作新排遣,咬住葱尖。采笔新拈,只觉相思画里甜。"

20日 《进化》(月刊)创刊。由民声社、实社、平社、群社于本月初在上海合并组成之进化社所创办。主编黄凌霜。其宗旨在"鼓吹无政府主义、工团主义及联合主义,以倡导人类进化"。年底被北洋政府查封。

《申报》第16499号刊行。本期《自由谈》载"闲联"栏目,含联二首(蠖时)。

《华铎》第2卷第3号刊行。本期"文苑"栏目含《禹楼第一集,分韵得风字》(茧庐)、《禹楼第二集,值顾横波生日,分咏得令字》(前人)。

李焕章作《寿东坡》。诗前序云:"戊午(1918年)嘉平月十有九日,为苏长公当年降诞之辰,雨民观察招饮诸英流于珊瑚研斋,设东坡遗像,陈酒蒸香,以为之寿,并嘱来宾各赋诗章,以作纪念。自惭瓦缶庸声,曷敢与黄钟争响,惟惧金谷酒数之罚,奏下里巴人之曲,搜索枯肠,用资塞责。"诗云:"我读坡公文,汪洋如大海。我诵坡公诗,绮丽如剪彩。我阅坡公书,几案生光采。我钦坡公节,坎坷不为改。惜居千载下,莫由睹容仪。忽于使君斋,觐仰古须眉。蒸香且荐醴,瞻拜何依依。云为坡公寿,纪念当赋诗。使君真雅人,特举此韵事。公余集群英,笔墨作游戏。陋技愧雕虫,岂敢轻尝试。效颦作东施,重违使君意。卓哉眉山公,归海文益工。穷愁不废学,积健斯为雄。使君词华炳,居然类雅风。文章堪寿世,将毋媲文忠。"

21日 沈尹默与周作人同赴史学讲演会。

严复连日来为三子娶妻、自己做寿,操劳过度,病发几殆。

郁达夫作《无题》。诗云:"云破月来张子野,枝头春闹宋尚书。前贤不解藏人善,门户推排孰起初?"又作《雪》。诗云:"独钓渔人冷不知,终南阴岭露奇姿。朔风有意荣枯草,柳絮无心落凤池。党氏帐中仍寂寞,文君炉下可相思?痴儿莫向街头舞,镜里昙花只几时!"

22日 《申报》第16501号刊行。本期《自由谈》载"杂录"栏目,含《黔南竹枝词》(二十首,徐觉民)。

23日 古渝轩陶葆廉消寒三集。同坐者为杨钟羲、缪筱珊、潘兰史、周梦坡、徐积余、沈醉愚、钱履樛。

刘海粟偕弟子周伯华、徐维邦至三潭印月、平湖秋月、孤山等处作雪景写生。

24日　魏清德《谨和古月君〈留别〉瑶韵》发表于《台湾日日新报》。诗云："烛炧香残锦被温，羡君归去总销魂。他时好共吹箫侣，鸾凤双飞到寄园。"

沈曾植作《祀灶日作》。诗云："蜡花入梦香心见，灶马登天岁尾收。政尔公明讥鬼躁，未甘东野闭诗因。藏山君已千秋定，乘化吾无一字留。爆竹声中喧寂异，可知同域不同愁。"

林苍作《祭灶》。诗云："岁除前七日，祭灶举乡风。时节同迟暮，人天两厄穷。突黔衰老后，薪徙乱离中。司命今方醉，家家吉语同。"

孙树礼作《祀灶口占》。诗云："国争蛮触逞干戈，满目疮痍可若何。愿乞绿章从直奏，来年洗甲挽天河。"

25日　南方议和代表团唐绍仪、章士钊、胡汉民等11人到达上海。唐绍仪出任南方总代表。

蔡元培、朱希祖、吴梅、李大钊、胡适、马衡、马裕藻、黄侃、沈尹默等33人发起组织"学余俱乐部"。宗旨为："因本校同人求学余闲，借以联络感情、交换学识为主，不涉校外之事，暂定名曰'学余俱乐部'。"

《申报》第16504号刊行。本期《自由谈》"慨时诗"栏目含《雪》（二首，蟪时）。

《小说月报》第10卷第1号出版刊行。本期"晦悔联语"栏目含《王升伯娶妇》《挽刘悔复知府》《挽康子厚经历夫妇》《挽李鹤亭》。"弹词"栏目含《藕丝缘弹词（续）》第五回《送别》（瞻庐）。"文苑·诗"栏目含《题〈纯飞馆填词图〉》（瘿公）、《题〈桂芬别传〉》（二首，瘿公）、《松永道中》（啬庵）、《一人》（啬庵）、《十月朔日安火炉》（杜左园）、《重游戒坛、潭柘二寺，得诗八首》（默园）。"文苑·词"栏目含《摸鱼儿·昆山访刘龙洲墓，偕沤尹，同泠然斋韵》（曹君直）、《三姝媚·阇公〈松阡比翼图〉》（次公）、《喜迁莺（沈云芳）》（次公）、《好事近（寒吹送昏黄）》（次公）、《浣溪沙·马鞍山拜龙洲道人墓》（二首，瞿安）、《桂殿秋·晴絮桥》（秀水王桢狮岩）、《凤凰台上忆吹箫·题金倚花丈〈板桥春影图〉》、《柳梢青·题食研斋主画河东君像》（莼农）、《湘春夜月·题薛素素为王伯谷画马湘兰遗像》（莼农）、《〈十年说梦图〉自叙》。"诗钟"栏目含《寒山寺诗钟（续）》（钟社同人）。其中，吴梅《浣溪沙·马鞍山拜龙洲道人墓》其一："万里榆关赋倦游。乘槎壮志几曾休。暖烟浓雨玉山秋。　老去相如仍作客，天生李广不封侯。（用苏绍叟词意）江潭憔悴对神州。"其二："南国莺花梦不温。崴肩风雨渡江人。而今谁唱沁园春。　伐石难寻元美志，题碑重题铁崖文。（龙洲墓先有铁崖志，继有弇州志，今仅存铁崖文）凭高北望一沾巾。"

张元济晨赴码头送李石曾赴法、黄炎培赴南洋之行。

周作人赠朱希祖自撰《欧洲文学史》一部。

刘海粟由上海至常州,抚从兄敬熙之棺而哭,并书联挽之。挽联云:"天道无常衡,如兄勉力持家,热心兴学,兼之鹿食可风,若凭阴骘,宜蒙祖庥,疑佛说轮回,世界华严都色相;人生等泡影,似此怀才未竟,赍志以终,犹且象贤空卜,偶撄疾疴,遽遭不禄,听噩耗飙至,寸衷枨触倍欷歔。"

谭延闿作《十二月廿四夜作》。诗云:"犹是平生意,依然入梦来。有情知不泯,无语更堪哀。一断折钗股,凄迷玉镜台,怜君何处去,欲去转徘徊。"

26 日 国故月刊社在刘师培宅中举行成立会。本月 28 日《国故月刊社成立会纪事》登载于《北京大学日刊》,称"国故月刊社于二十六号(星期日)下午一时在刘申叔先生宅内开成立大会。教员到者六人,同学数十人"。总编辑为刘师培、黄侃,教员编辑在《北京大学日刊》列名者有陈汉章、朱希祖、马叙伦、屠孝寔、梁漱溟、康宝忠、陈钟凡,并声明"尚拟请编辑数人,俟得同意后再布"。及至《国故》第 1 卷第 1 期出版,特别编辑中去掉朱希祖、梁漱溟,增补吴梅、黄节、林损。学生编辑为《北京大学日刊》所列张煊、薛祥绥、俞士镇、许本裕、赵健、王肇祥、孟寿椿、伍一比(伍叔傥)、马志恒等 9 人,《国故》出版后又增补胡文豹 1 人。《国故》月刊第 1 卷第 1 期《本社记事录》云:"岁初,俞士镇、薛祥绥、杨湜生、张煊慨然于国学沦夷,欲发起学报,以图挽救。遂定期于张煊处讨论一次,并草定简章数条,决定首谒教员征求同意,次向校长陈述。嗣谒诸教员皆蒙赞允,同学加入者甚伙,遂谒校长,请助经费。校长允与垫办,俟社中经费充裕时,再行偿还。次日用发起人 20 人名义上校长函请款,支领开办费三百元,本社遂以成立矣。"该社以"昌明中国固有之学术"为宗旨,不满于"功利昌而廉耻丧,科学尊而礼仪亡,以放荡为自由,以攘夺为责任,斥道德为虚伪,诋圣贤为乡愿"之现局。该刊第 1 期本社投稿简章声明:"本月刊以研究学术、推求真理为主旨。既不肆击他人,亦不妄涉诽骂。凡我社员暨投稿诸君当共守此旨。"面对这一情势,由胡适及其所支持之"新潮社"提出"整理国故"口号,反对"国故社"保存国粹,新旧两派关于研究国故之目的和方法展开激烈争论。对此,蔡元培 1934 年回忆说:"我素信学术上的派别,是相对的,不是绝对。所以每一种学科的教员,即使主张不同,若都是'言之成理、持之有故'的,就让他们并存,令学生有自由选择的余地。最明白的,是胡适之君与钱玄同君等绝对的提倡白话文学,而刘申叔、黄季刚诸君仍极端维护文言的文学;那时候就让他们并存。我信为应用起见,白话文必要盛行,我也常常作白话文,也替白话文鼓吹。然而我也声明:作美术文,用白话也好,用文言也好。例如我们写字,为应用起见,自然要写行楷,若如江艮庭君的用篆隶写药方,当然不可;若是为人写斗方或屏联,作装饰品,即写篆隶章草,有何不可?"(《我在北京大学的经历》)

《戊午周报》第 37 期刊行。本期"文苑·诗录"栏目含《穉濒诗集》(仁寿毛澂)。

陈隆恪陪同日人今关寿麿到上海，持佐藤知恭介绍信拜访郑孝胥。

27日　《华铎》第2卷第4号刊行。本期"文苑"栏目含《读〈朝鲜见闻录〉有感》（黄日贵）。

靖国军将领董振五战死，于右任为其撰书《董少将振五墓碑志铭》云："民国九年三月九日，同人议葬君于法门寺东七里之白龙讲坛，因埋石，使余志之，并为铭以哭。铭曰：勿幕不独文，义安不独武。后起之英，厥惟振五。大雪漫漫，周原眣眣。遗恨难忘，河山金鼓。大王村之血，白龙坛之虎。关西壶浆之遗民，渭北薪胆之旧部。祝英灵兮归来，问来归兮否否。水火深矣，哀哀三辅。碧血青山，皇天后土。"

张椆（震轩）代李再坤书诗联数副。

魏清德《春寒》发表于《台湾日日新报》，又刊于1934年3月30日《东宁击钵吟前集》。诗云："东风料峭苦难禁，冻雀寒鸦各自瘖。赖有四围花气护，不应梦怯合欢衾。"

韩德铭作《四旬有八初度》（戊午腊月二十六日，时客京师）。诗云："回首悬弧岁，宁知樗散翁。抑扬更世变，年鬓换天风。大地炎炎会，人豪奕奕容。却分闲日月，弹指数雌雄。"

28日　南社社员、武昌起义志士蔡济民在湖北利川参加护法，被叛兵杀害。蔡济民（1886—1919），原名国桢，字香圃、幼襄，湖北黄陂人。尝作《书愤六律》。其二："风云变幻感沧桑，拒虎谁知又进狼；无量金钱无量血，可怜购得假共和。同仇或被金钱魅，异日谁怜种族亡？回忆满清渐愧死，我从何处学佯狂！"蔡元培撰《蔡幼襄传》云："君讳济民，姓蔡氏，字幼襄，湖北黄陂人。先世诗礼传家，名闻乡里。少读书，有异禀，垂髫趋庭，贯通经史。鉴于国势屡弱，醉心革命，志切从戎，毕业于湖北武昌师范，入伍陆军第八镇，考取陆军特别学堂，肄业各科，辄膺上选。期年充十五协标营司务长，不逾月而升排长。丙午年，入同盟会。与党人秘密结合，如日知会、共进会、文学社等，皆为支部分会，君任参议长。辛亥，与孙武辈，在武汉遍设机关，力图进行。迨彭、刘、杨三烈士被逮就戮，君愤不可遏，十月九日之夜，遂率众发难，工程炮队，同时并举，瑞澂闻风惧遁，竟成事于反掌之间。惟时大事无人主持，军容涣散，乃推举黎公元洪出任都督，保境安民，人心大定。都督府成立，设总稽查处，为管理军政首要之区，君任处长。所有黜陟迁调、审核度支，皆裁决于一人之手，君犹能镇静持平，雍容进退，不为人所嫉妒，是尤难能可贵者。阳夏之战，兼总司令部副官长，身先士卒，临阵不怯，出入于炮火之间，黄公克强誉为鄂中巨擘。迨各省继续响应，清廷逊位，南北和议开始，黎公徇众人之情，任君为军务部长。视事而后，整饬军纪，筹备响械，分配防地，施行教育，纲举目张，有条不紊，时鄂军与各路援师，林立麇集，各师旅部曲，悉能听受调度，翕服无间言。和议告成，办铁血伤军毕血会，君任会长，抚恤慰劳，欢声雷动。又监督烈士遗孤教养所，以教育遗孤。兼任湖北稽勋局长，陆军学会长，夙夜在公，勤劳罔懈。杨时杰、黄桢祥勾结称乱，君遇险得脱。惹苣滋疑，当事者类多退避，君于改军务部为司之际，前者出走，再任司长，嫌怨不辞，复以积劳致疾，乃始辞职。黎公入都，聘为副总统府高等顾问，旋膺勋二位、陆军中将之职，累电固辞不获。癸丑之役，反袁失败，亡命日本。帝制发生，吾党总理孙先生召之归国，任湖北讨袁军总司令。方图举兵，袁氏殂谢，黎公继任，电促入都，任公府高等顾问。张勋复辟，回武穴潜谋独立，不果，仅以身免。至鄂西组成义军，饷穷器竭，苦守经年，规模甫具，为川军所忌，竟以年月日，被戕于利川，殁年仅三十有三耳。壮心未已，赍志以终，可哀也夫！殁后追赠陆军上将。生平事迹，宣付国史立传。君首义殊勋，功在民国，褒扬忠荩，尔固其宜。君也则民、仕民，均力学爱国。夫人周，抚教子女，克承先志。女□□，年十□。子大经，年十□。皆后来之秀也。中华民国十七年六月，蔡元培敬撰。"

林之夏作《余以殇子之悼，不忍重过吉祥巷故居。嘉平廿七日，与云海秋、黄文叔、诸贞壮同出，将入巷而余舍车却走，群相诧骇，乃为一诗示之》。诗云："巷狭回车势不行，下车反走累君惊。西州马策西河泪，惭愧难忘一晌情。"

29日 童春由余姚至沪，途中作《北游杂咏》（十二首）。序云："族叔祖询刍先生为长男师三与沈女士佩珠在天津行结婚礼，择己未正月八日。春忝居介绍，先于戊午十二月二十八日动身由姚至沪，同伴为励萃沅君。沈女士及其母邹氏、兄守瑜、叔蒽、姊佩珍、女仆二，自平湖启行，约会沪上。途中有所感触，即凑之以诗。"其一："风雨又兼雪打头，年关江上少邻舟（夜泊姚车站前）。个中心事对人说，半为执柯半为游。"其五："难得上洋除日来，欢衔大世界中杯。霏霏雨雪严寒甚，不醉膏粱兴不开。"其七："两日两宵坐火车，路程沪宁浦津遐。匆匆一霎过邹鲁，争问何方孔孟家。"十二："萍水行踪每偶然，元宵灯火适南旋。逢人夸我清闲福，半月遨游算两年。"

翁斌孙作《寿乔亦香（保衡）六十》（二首）。序云："乔亦香为辛卯举人，由中书放川顺庆府，未赴，国变，遂隐。"其一："国破家何在，流离始识君。造门不辞远（君家去予居远，而其数过我），对酒亦论文。谈笑皆诚意，研摩富旧闻。我行忽三月，数数感离群（今岁予南游三月，与楚南书辄及君）。"其二："廿六年中事，平生游宦情。紫薇怀旧省，白芨梦新城（渔洋山人蜀道诗：'开遍空山白芨花'）。松节老逾劲，冰心澹自清。寿星见南极，还带小星明（君室有小蛮，戏及之）。"

韩德铭作《己未元旦前三日京寓偶成》。诗云："往返万余里，安知枕席中。湖山迎过客，书剑御天风。苟为行吟计，宁云运会通。低心辞百虑，人海享憧憧。"

[日] 久保得二作《除夕前二日水竹云山房小集，限韵赋似聿水》。诗云："唱酬同调在，诗品忆钟嵘。霜气警宵重，鬓毛随岁更。名山几联屐，丈室每分檠。痛饮遗尘

世，敢输莲社盟。”

30日　张震轩作《题宬儿画〈松鹤图〉诗》。诗云：“松老虬枝古，天寒鹤步闲。空山人寂寂，落月照林间。”

王国维作《小除夕东轩老人饷水仙钓钟花赋谢》。诗云：“偪仄复偪仄，海堧受一缠。庭除确无土，井谷深无天。抵顶眠群儿，积薪庋陈编。欹枕何所见，皑皑白盛鲜。登楼何所见，矗矗万灶烟。校《雅》辨芳荼，识篆得鳢鲌。兴来阅画障，却看江南山。云气荡东海，嘉树森西园。衣带绕北江，芳草被南阡。市楼一回合，苍翠空无端。峨峨故纸堆，兀兀文字禅。荒荒时运尽，迈迈我生观。幽谷掣岩电，回照群动前。短智蹑天后，深忧居人先。雨水告岁遒，檐溜鸣潺潺。穷阴增积惨，逝水悲徂年。时晏孰华余？长者忽有颁。便娟花数丛，烂漫珠一箪。儿倾储粟瓶，妇彻荐新盘。僮媪纷濯溉，新井汲寒泉。未能插晴昊，亦足媚幽闲。徙倚温雒神，杂佩来姗姗。王母下乐池，玉胜黄琅玕。何期周饶国，一昔会群仙。苏魂聚窟香，忘忧北堂萱。零陵恶可辟，合欢忿且蠲。相期游汗漫，复此得迈宽。公诗天下雄，揖让苏与韩。我惭籍湜辈，来厕晁张间。冀以寸莛细，一叩洪钟宣。诘朝唱伥子，政可驱神奸。赋诗答嘉贶，定致风伯篇。”

林苍作《小除夕》。诗云：“隆冬藏手懒摊书，坐对梅花及小除。春磨贫家无馈遗，冠巾短发自爬梳。料量守岁明朝酒，汎扫临河半亩庐。弹指新年行复别，闭门送腊更何如。”

[韩] 金泽荣作《除夕前一日谢退翁岁馈》。诗云：“蛮奴大吗两肩酸，绮食盈盈送一盘。此意岂惟循俗已，残龄益觉报恩难。浮生万变从泡幻，烈士孤情信岁寒。醉把腊梅花细嘱，年年为我报翁安。”

31日　溥仪第三次向林纾颁赐春条，曰“有秩斯祜”。林纾为此特作《戊午除夕皇帝御书“有秩斯祜”春条赐举人臣纾，纪恩一首》。诗云：“螺江太保鸣驺至，手捧天章降筚门。耀眼乍惊新御墨，拊心隐触旧巢痕。一身何补皇家事，九死能忘故主恩？泥首庭阶和泪拜，回环恪诵示儿孙。”

张謇撰颐生酿造厂联。联云：“有秫足供彭泽酿；如茶能表洞庭春。”又撰沈豹君子娶妇联（明正八日）。联云：“发春昨日逢人日；簪胜新郎是沈郎。”

许溎祥作《戊午除夕、己未元旦成诗二律，录呈梦坡》。其二：“洛会开先富郑公（耆英会富郑公首座，年七十九，余今年齿亦同），天教齿与古人同。耄犹嗜学嘶风骥，贫尚浮家印雪鸿（还乡无买宅钱，赁庑而居）。葵乡觚棱祈日近，稻谋升斗盼年丰。（诸儿为禄养计，各树一帜）眼前新意皆诗料，收入奚囊愧不工。”周庆云作《和狷叟〈戊午除夕、己未元旦诗〉元韵》（二首）、《用狷叟韵，补作〈戊午除夕、己未元旦〉二律》。其中，《和狷叟〈戊午除夕、己未元旦诗〉元韵》其一：“垂老心情比桂姜，湖山大好况家乡。蜀笺快写宜春帖，越酒豪倾饯岁觞。东阁吟梅飞逸兴，北窗嚼雪沁寒香。残宵收入沧桑泪，坐待朝暾放异光。"

徐致章作《摸鱼儿·戊午除夕》。词云："又惊心、一年春到，窗前梅讯先报。凭伊风雪声中换，换出艳阳天好。休恨早。算此去、浓花腻柳知多少。寒灯夜悄。听爆竹声声，残年催送，暗逐晓钟杳。　　空回首，感念前尘梦泡。离离禾黍谁吊。浮云过眼知何处，惆怅雪泥鸿爪。还自笑。祇博得、丝丝白发催人老。清愁难疗。且细酌屠苏，蕾腾醉看，开遍水仙了。"

陈三立作《除日雪中书感》。诗云："烛引簪裾酒气中，问天斫地意无穷。四时分洒亲朋泪，万劫能留老秃翁。远海微微春在水，荒城莽莽雪吹风。传书寒雁迷人眼，痴对瓶梅发小红。"

吴昌绶作《戊午岁除，沅叔集同人为祭雪之会，赋诗记之》。诗云："祭诗自慰肝膈苦，祭书非侈储藏多。校雠岁遍六百卷，丹铅郑重逾吟哦。主人政余特闲雅，家庖仍约朋僚过。胶州老史推祭酒，汾阳诗事勤搜罗。宋元明本日挂眼，旧游邓董同书魔。后来诸子各英妙，能通流别工订讹。病夫吴船倦残梦，笺题小令重摩挲。归车冲寒兀羸马，冻笔手把空厄呵。侧闻林亭擅幽胜，琅嬛宝秘殊行窝。明年此夕续高会，倚灯为补藏园歌。"

施士洁作《戊午除夕》。诗云："朔风穿棍刮人髓，白首畏寒如畏鬼。爇余蜗寄度残生，雌伏江干忘甲子。人间六十四除夕，仙枕黄粱一炊耳；老来作客廿余年，泥爪消磨鸿雪里。泛宅岑江又鹭江，觅得洞天即吾里。忽惊爆竹声，又换桃符矣，一老百无用，百事一不理。床头守岁笑痴儿，屋角拥炉怜倦婢。老夫随例酌屠苏，冷掩闲门睡而已。却怪今宵鹭市中，热客纷纷磨旋蚁。曾闻古有避债台，而今何处堪容趾？咄哉乌衣国，猗陶昔所侈，遂使跖之徒，鸡鸣先我起。何来碧眼大贾胡？逐臭海滨蝇集矢。蕞尔闽南此一隅，婆兰独操利倍蓰。自从蛮触哄西邻，黄金币值贱于纸。岁事催人可奈何，炊珠斫桂愁薪米！神州南北方阋墙，日日司农仰屋视；鹭门平准尤可悲，盛者今衰泰者否！况堪草木尽兵氛，风鹤闻声相尺咫，一枰白黑总模糊，两戒山河俱破碎。郡邑钱粮豢盗贼，黔黎膏血饱犬豕；探囊胠箧靡不为，据社凭城良有以！屿中一叟为予言，乡人十室九迁徙。无吏不殃民，无兵不比匪，无身不遭劫，无家不被毁！年年祀灶宰黄羊，今日有灶无人祀，司命张目不敢醉，天醉梦梦乃至此！欃枪扫地人烟空，十丈妖星曳其尾，贪狼食岁此不祥，安得大傩为祓洗？吁嘻乎，三百六日一夕除，纵使百年复能几！朝秦暮楚须臾间，以身殉利不知止。高牙大纛尔何人？肉食乘轩识者鄙！渔人一纲在其旁，看尔相持鹬蚌死。东海逸民山泽癯，世外坠天不忧杞；畯青主人古诗狂，欒庄蜕叟今达士，脱然相与忘形骸，市隐岩栖各自喜。投人名刺久生毛，禅腊何知履端始？驹隙匆匆又一春，笑予劣马空加齿。当筵私幸达尊三，真率会中首屈指。"

康有为作《戊午除夕》。诗云："五年战绝地天通,烽火于今始告终。苟全国命非己力,喜见人心入大同。玉帛巴黎开盛会,珠盘钟阜可成功。声声爆竹将除旧,笑捻梅花春复红。"

释永光(海印)作《戊午除夕感怀》(三首)。其一:"瓶锡今宵又一年,风灾空咒四禅天(是夕大风)。诗囊理检无佳句,惆怅京门贾阆仙。"其二:"饥猿窥钵鸟窥枝,残雪蒲团破定迟。昨夜津亭今夜泪,南州双鬓已成丝。(谓徐四实宾)"其三:"琼栖花木手亲栽,三面青山一面梅。四十年间真一梦,断烟零雨入衔杯。"

徐炯作《戊午除夕》。诗云:"去年除夕说南兵,今夕始闻爆竹声。偏是春来风信冷,梅花暗澹雪纵横。"

方守敦作《除夕寄京津儿女》。诗云:"残生家国百酸辛,对雪焚香怕见春。直北关山几儿女,灯前应话白头人。"

骆成骧作《守岁示儿孙》。诗云:"今年明岁急相催,明岁今年不再来。只惜今年已虚尽,莫教明岁又空回。春风岁岁酿蜂蜜,秋月年年生蚌胎。岁岁年年风月好,年年岁岁白头哀。"

李焕章作《喜雪行》。序云:"东坡作《喜雨亭记》,因雨之及其时也。雪能及时,可喜正与雨等。戊午除夕,大雪达旦,久旱得此,喜可知也。因赋《喜雪行》。"诗云:"入冬久不雪,多燠嗟少寒。岂无六出飘,终觉苦暵乾。闻说冬雪卜春雨,冬乾无望春霖普。田不润泽苦难丰,螟螣蟊贼且肆侮。况复阴阳欠调和,闾阎从来多痒疴。君不见,去冬陇上疫疠遍,端因天旱实无佗。苍苍施行爱,白昼漫天云忽晦;料峭继朔风,吹送祥霙来远塞。万户正当伏腊宵,纷纷玉屑糁青霄。晓来忽现光明世,山河大地布琼瑶。连珠爆竹声声起,农忭乡村商忭市。瑞兆丰年疫气消,病者以愈忧者喜。相逢少长尽欢颜,和气祥风遍九寰。我本工愁善病者,也将牢骚尤怨一齐删。"

辜天佑作《除夕杭州守岁,书寄味梅老人》。诗云:"在湘已春正,来浙适岁宴。浙人重新年,除日纷取办。久旱忽得雪,著物灿如缦。霏霏兆丰年,欣喜及童丱。日夕罗酒浆,馆主仪无慢。宾朋相剧谈,纵饮饱刍豢。欲出火城游,泥泞惜没骭。围炉听更筹,守岁从习惯。嗟余自来浙,三旬一转盼。小隐藏人海,卑官等斥鷃。访梅历孤山,观鱼到花涧。思家忆旧心,每逐南飞雁。灵川汤夫子,湘浙久游宦。卜居息尘劳,著作写艰患。此时家团栾,真乐乃非赝。屠苏饮千钟,爆竹声万串。却恨路三千,不能身一觌。把卷读公诗,低徊爇香瓣。悠悠古与今,何一非梦幻。岁去似秋蛇,赴壑谁能绾。作诗寄高人,达观知无间。"

张质生作《戊午除夕》。诗云:"四十二年事,烟云过眼忙。壮怀包日月,远志饱风霜。一岁完今夕,全家寄异乡。焚膏燃绿竹,幻梦觉黄粱。梅鹤芸窗守,琴书板屋藏。祭诗倾浊酒,祀灶荐羔羊。身世浮沉惯,宾朋意味长。开樽聊共庆,大漠扫欃枪。"

李岐山作《戊午除夕同淑林守岁》。诗云："岁不为我留，我实惜岁去。红烛连续烧，兽炉当前踞。二三知己者，相环守一处。已有杜康酒，不必何曾箸。满城爆竹响，小儿跳笑语。我辈今罗网，何苦身外虑。所愁铜龙滴，所惧晨鸡曙。勿谓是一夕，诘朝增一岁。愿将过隙驹，同我一室系。系我我何往，系驹驹仍逝。岂但如风驰，亦速于电掣。驹空夸父追，兔又蟾宫闭。眼处惟星斗，渐渐落天际。晓风吹四野，万户春色丽。少小一何乐，老大独垂涕。鬓影不可玄，岁月不可计。沧海有三山，非在人间世。神仙长不老，世道无兴替。昔日有郭李，交比金石契。今交犹古交，可以同舟济。"

庄嵩作《戊午除夕杂感十二首》。其一："远游归爱旧柴扃，围灼宵分坐画屏。腊鼓声中修定省，久缘诗礼阙趋庭。"其二："破愁亦诵送穷文，珠桂生涯不忍闻。未肯便书求米帖，追逋馈岁看纷纷。"其六："灶神倘亦笑酸寒，知我生涯苜蓿盘。便欲媚君无长物，清蔬薄酒腐儒餐。"

徐宗浩作《戊午除夕，和吕篁渔（陶）韵》。诗云："钻冰年年恨费思，忽开尘眼见清诗。半生岁月归须鬓，满目沧桑付酒卮。聊赋短歌消永夜，漫从薄宦怆羁离。城南弦管春如海，却胜中原全盛时（先农坛新开为城南游艺园）。"吕篁渔原作云："爆竹声声动客思，一灯兀坐自敲诗。劫余踪迹飘萍梗，岁晚心情付酒卮。王粲依人伤老大，退之谋我诉流离。回头卅载宣南梦，正是趋庭叙乐时。"

傅熊湘作《戊午除夕》。序云："时张敬尧祸湘，县城被毁，钝安及文湘芷师至沪请赈，手编《醴陵兵燹纪略》《醴陵兵燹图》《湘灾纪要》，印送南北当局考览。"诗云："故园未了兵戈劫，海上还为羁旅人。坐阅岁时成惝恍，与携朋旧话悲辛。文章嘉定三屠史，涕泪秦庭七日身。欲向东风问消息，腊除冬尽可能春。"

刘约真作《戊午除夕》《除夕杂忆诗》（十二首）。其中，《戊午除夕》云："一年颠倒恒沙劫，不分今宵我尚存。击鼓仗谁驱厉鬼，祭诗犹得办蒸豚。阵云万里飞都倦，爆竹千家屏不喧。且拨炉灰候钟动，坐看春气益乾坤。"《除夕杂忆诗》其一："萧瑟乡关半死生，入秋魔劫厉于兵。凭浮绿蚁消残蜡，难遣伤离叹逝情。（今秋沴厉大作，余妻母及表孙二人相继殂丧，潘甥阿八亦于是时殇）"

刘善泽作《戊午除夕》。诗云："人间腊尽春回候，未靖干戈思悄然。明日再来非此夕，残宵易了又今年。杯浮绿蚁灯无赖，祀废黄羊灶可怜。落寞生涯惭瘦岛，新诗祭罢不多篇。"

薛正清作《韶关戊午岁除》。诗云："孤灯夜雨倍伤神，幸有白兰酒一樽。三五良朋似伯仲，数篇经卷作家尊。问年三四真虚度，故里六千徒断魂。况在干戈犹未弭，旅情琐琐不堪论。"

黄侃作《思佳客·戊午除夕》。词云："揽镜犹欣鬓未华，不妨枫落作生涯。祭诗酒熟劳人喜，压岁钱多稚子哗。　　添蜜炬，照梅花。擘柑咒盏意尤赊。何人更共藏钩戏？此夕迢迢最忆他。"

胡应庚作《除夜有怀》。诗云："江城岁尽雨凄凄，怅对寒灯听鼓鼙。入市频怀南海橘，倚闾知倦北堂藜。荆妻永夜看炉火，稚子深宵索枣梨。共说行人归未得，归时春柳拂长堤。"

陈隆恪作《除日旋京》。诗云："还家同传舍，来去送残年。薄酒难成醉，惊沙又满天。独深羁客思，犹幸故人怜。往事悬今影，依依几榻前。"

刘裁甫作《戊午除夕寄樵荪、秋平》。诗云："挑灯写句意方新，把卷深知席上珍。风晚岁寒人未老，天回斗转物还春。诘朝侍母娱觞斝，此语排山报凤麟。却叹断行难一叙，巫阳告筮便无因。"

王易作《除夕怀瘦弟》。诗云："我逢除夕已三十，去岁岁除如昨日。年年买酒作岁除，不觉黄金易挥掷。轩空茫茫星复霜，旧来儿子今昂藏。今人惟恨去古久，壮老那知翻覆手。镜中颜色天不欺，世上功名我何有。去年有弟东西头，今年望云相向愁。好书好茗只独领，燕市得识荆高不。客中有鱼亦可餐，谒天烧桂非为官。儿支门户阿母欢，我得闭门风雪寒。王城之高插青昊，万虫扰扰各饥饱。一笑应成独醒狂，五更定忆江南好。嵎夷日出天下春，万人心目殊新陈。先生在尘亦欢喜，径知魏晋非徒秦。且上高楼望穷北，望君如我好颜色。更如引吭哦新诗，江北江南春一时。"后载于《学衡》1922年第3期。

郭沫若于日本福冈作《十里松原》（四首）。最初见于1932年9月上海现代书局出版《创造十年》。其一："十里松原负稚行，耳畔松声并海声。昂头我向天空笑，天星笑我步难行。"其二："除夕都门去国年，五年来事等轻烟。壶中未有神仙药，赢得妻儿作挂牵。"其三："回首中原叹路穷，寄身天地太朦胧。入世无才出未可，暗中谁见我眶红？"其四："一篇秋水一杯茶，到处随缘是我家。朔风欲打玻璃破，吹得炉燃亦可嘉。"

汤忠鑫作《戊午除夕》。诗云："岁除戊午余今夕，隙过驹光去不还。壮志未酬空写怨，孤怀难合强为颜。世途历久灰心易，诗律钩深得句悭。自酌屠苏浇块垒，愧无良策救时艰。"

康白情作《除夕诗》。诗云："我生二十二，二十三度度除夕：十七除夕我在家，六度除夕我在客。未觉客里除夕之可悲，焉知家里除夕之可乐！人生几除夕？可让等闲过？醵饮博一欢，知君意如何？大椀酒，大块菜；烹鲤鱼，作牛脍；坐围席，梁山会！少年重意气，曲谨之文安足介？座上有离明，离明出腊肉。腊肉美且旨，乡味自芬馥。我拈七八片，片片生怅触。怅触成何事？今夜岂宜论？今夜惟狂乐，岸然引一樽。莫谈时！莫谈学！莫谈兵！岂有乡谭资下酒？各抒野语藉开心。人生几除夕？除夕正如此：去来两不知，年光逐流矢。当前不自乐，我生为何事？饭后还品茗，倚枕竞谈瀛。无端辨意志，引起秀才之酸味。或言意志不自由，离明言意志自由。自由不自由难言，且尽一瓯再一瓯。"

刘寿彤作《戊午除夕》。诗云："光阴未必无情意，十六年华莫浪催。一岁已随残腊尽，五更犹有好春来。炉堆商陆筵初设，酒造屠苏瓮又开。不睡欲迟青帝驾，个中消息问寒梅。"

王浩作《腊尽日，辞家北行，于舟中却寄所亲》《除日初度》。其中，《除日初度》云："魏其尽晦日，而我乃更生。亦有崒葎气，中之毛骨清。他乡遂除岁，爆竹此何声。灯烬飘窗落，因风吹梦成。"

洪能传作《戊午除夕感作》（二首）。其一："十载年前就离家，蹉跎今日向谁嗟。偶闻郊外声声响，知是东邻腊鼓挝。"其二："虚生里井几春秋，学业未成兀自羞。却盼邻家栽树竹，明朝马齿又添筹。"

罗庄作《戊午除夕》（三首）。其一："椿荣萱茂雁行加，泄泄融融度岁华。腊酒辛盘呈瑞色，愧无才藻颂椒花。"其二："声声爆竹起邻家，弟妹当筵笑语哗。膝下联翩同再拜，奉觞上寿酌流霞。"其三："九九将消冰雪辰，繁华金谷欲回春。年年空向江南住，不见花枝到眼新。"

张庆琏作《戊午除夕》（四首）。其四："深宵少息坐窗前，握笔吟诗写玉笺。钟点报时将破晓，一年易过又新年。"

黄瀚作《除夕感怀，效耐公体并元韵》。诗云："冬烘入脑酸到髓，山居每有揶揄鬼。彼伧笑我措大穷，我亦目空无余子。记从腊八连岁除，日日眼花热双耳。兴酣倚醉狂挥毫，吟悭复躲醉乡里。荒村门无剥啄惊，始觉此是神仙里。夜半忽醒来，一年又过矣。回头万事空，万事从头理。但思傲骨薄脸皮，那敌颜奴膝又婢。腐儒患不识字多，尽识一字钱而已。大者风雨斗乖龙，小亦阶除闹膻蚁。失败气丧头下垂，一胜扬扬高厥趾。豪夺巧则偷，穷奢而极侈。铜山蓦地高，琼宇连天起。羊羔美酒党家姬，金椀玉杯盛狗矢。贫贱富贵有不如，清浊相差宁倍蓰。胡为天道曲如弓，漫说人情薄似纸。气已鼎沸釜益薪，穷无锥立罂断米。声高听遍苍苍呼，眼穿长作梦梦视。我闻人定可胜天，世道转移无终否？廉顽敦薄但闻风，风化所趋互遐呲。莫赤匪狐莫黑乌，得不目蒿不心碎。敲脂竭髓官吏能，物之贪娄号封豕。虎威余更肆爪牙，猴沐而冠左右以。茫茫天道訇訇徒，催促陵夷河下徙。堂闳更兴戎，村落遍遭匪。小民皆倒悬，王室亦如毁。忘忧无酒觅中山，扫室聊供杜康祀。年年钲鼓闻驱傩，疠气在人首襄此。不甘牛从乐鸡尸，惮牺且自断其尾。无端忽有入耳赃，此污何从颍流洗。吁嗟乎！狂泉一饮无不狂，井汲之人犹剩几。桀犬吠尧尧不闻，奈彼狂噑不知止。忽焉谄笑胁两肩，辞且未出气已鄙。肢全体具尔虽人，可惜良心已先死。跼高蹐厚何为哉？攕枪曳空地荆杞。末流尚少端谨徒，何处降生天下士。鸡鸣爆竹声又喧,儿女青红语音喜。知非三载愧遽瑗,怵后予惩今其始。昨来壮志尚嵯峨,乡曲论年惊暮齿。屠苏余沥瓶未空,卯饮一杯温冻指。"

孙树礼作《戊午除夕》。诗云:"绛蜡高烧价太奢,改庸舶货亦良嘉。不知预兆缘何事,也放庄严灿烂花。"

彭绍祖作《戊午除夕四章》。其中,《因湘中乱事有感》云:"万里乡关一回首,战云深处不胜悲。凭谁赤手元元拯,抱我丹心夜夜思。太傅万言陈治策,杜陵千首箸奇诗。囊中宝剑磨三尺,愿斩纠纷理乱丝。"《忆湘中故人》云:"壮志不随湘水逝,此心未老复何悲。名山忆醉尊前月,宝剑论交别后思。贾岛当年焚旧赋,彭郎今日祭新诗。马蹄静待真消息,得意春风舞柳丝。"

谭宝玑作《戊午除夕述怀》。诗云:"京尘仆仆又经年,爆竹声声送岁迁。形影不惭除夕烛,抱怀聊慰寸心田。勤搜架上三千卷,胜有壮头十万钱。母健逢衣儿健饭,香花清醴答苍天。"

[日]服部辙作《戊午除夕》。诗云:"坡公有句久曾谙,白发苍颜五十三。七字明朝属吾事,儿犹如此母何堪。"

本 月

《北京大学月刊》在北京创刊。朱希祖、俞同奎、马寅初、胡适、秦汾、陈启修、陶履恭、张大椿、黄右昌等每人负责编辑1期,另有1期增刊由校长蔡元培编辑。蔡元培撰《〈北京大学月刊〉发刊词》,略谓:"吾校必发行月刊者,有三要点焉:一曰尽吾校同人力所能尽之责任。所谓大学者,非仅为多数学生按时授课,造成一毕业生资格而已也,实以是为共同研究学术之机关。研究也者,非徒输入欧化,而必于欧化之中为更进之发明;非徒保存国粹,而必以科学方法,揭国粹之真相。虽曰吾校实验室图书馆等缺略不具,而外界学会工场之属可无取资,求有所新发明,其难固倍蓰于欧美学者。然十六七世纪以前,欧洲学者,其所凭藉,有以逾于吾人乎?即吾国周秦学者,其所凭藉,有以逾于吾人乎?苟吾人不以此自馁,利用此简单之设备,短少之时间,以从事于研究,要必有几许之新义,可以贡献于吾国之学者。二曰破学生专己守残之陋见。吾国学子,承举子文人之旧习,虽有少数高才生知以科学为单纯之目的,而大多数或以学校为科举,但能教室听讲,年考及格,有取得毕业证书之资格,则他无所求。或以学校为书院,媛媛姝姝,守一先生之言而排斥其他。于是治文学者,恒蔑视科学,而不知近世文学,全以科学为基础;治一国文学者,恒不肯兼涉他国,不知文学之进步,亦有资于比较;治自然科学者,局守一门,而不肯稍涉哲学,而不知哲学即科学之归宿,其中如自然哲学一部,尤为科学家所需要;治哲学者以能读古书为足用,不耐烦于科学之实验,而不知哲学之基础不外科学,即最超然之玄学,亦不能与科学全无关系。有月刊以网罗各方面之学说,庶学者读之,而于专精之余,旁涉种种有关系之学理，庶有以祛其褊狭之意见，而且对于同校之教员及学生，皆有交换知识之机会，而不至于隔阂矣。三曰释校外学者之怀疑。大学者，囊括大典，网罗众家之学府也。《礼记·中庸》曰'万物并育而不相害，道并行而不相悖'，足以形容之。如人身然，官体之有左右也，呼吸之有出入也，骨肉之有刚柔也，若相反而实相成。各国大学，哲学之惟心论与惟物论，文学美术之理想派与写实派，计学之干涉论与放任论，伦理学之动机论与功利论，宇宙论之乐天观与厌世观，常樊然并峙于其中：此思想自由之通则，而大学之所以为大也。吾国承数千年学术专制之积习，常好以见闻所及，持一孔之论。闻吾校有近世文学一科，兼治宋元以后之小说曲本，则以为排斥旧文学，而不知周秦两汉文学，六朝文学，唐宋文学，其讲座固在也；闻吾校之伦理学，用欧美学说，则以为废弃国粹，而不知哲学门中，于周秦诸子，宋元道学，固亦为专精之研究也；闻吾校延聘讲师，讲佛学相宗则以为提倡佛教，而不知此不过印度哲学之一支，藉以资心理学论理学之印证，而初无与于宗教，并不破思想自由之原则也。论者知其一而不知其二，则深以为怪，今有月刊以宣布各方面之意见，则校外读者，当亦能知吾校兼容并收之主义，而不至以一道同风之旧见相绳矣。以上三者，皆吾校所以发行月刊之本意也。至月刊之内容，是否能副此希望，则在吾校同人之自勉，而静俟读者之批判而已。"

《文学杂志》（月刊）创刊于上海。苦海余生（刘哲庐）主编，蒋箸超校订，上海中华编译社出版、发行。主要栏目有"论坛""名著""丛话""成绩（文录、诗录）""杂俎"等。主要撰稿人有林纾、章太炎、刘师培、马叙伦、康有为、梁启超、严复等。

《浙江兵事杂志》第57期刊行。本期"文艺·诗录"栏目含《戊午除夕》（大至）、《赴上海车中作》（大至）、《雪竹篇》（大至）、《志渔夜过长公斋中，被酒纵谭，老兵在座，遂共联句得四篇，明日视之，不知作何语也》（大至）、《西湖夜泛》（榕园）、《海塘等御》（榕园）、《谒严子陵祠堂，遂登东西二钓台》（榕园）、《客星亭》（榕园）、《吊谢翱墓》（榕园）、《尝钓台茶》（榕园）、《芦茨，原方千故宅》（榕园）、《九里洲》（榕园）、《过富阳》（榕园）、《冬柳》（子逸）、《江干至桐庐》（初白）、《桐庐夜宿》（初白）、《过七里泷》（初白）、《严陵东馆晓发》（初白）、《兰江一览》（初白）、《驿前夜渡》（初白）、《衢城》（初白）、《舟至江山》（初白）、《江常道中》（初白）、《常开舟中》（初白）、《华埠至开化城》（初白）、《除夕自常山回衢州》（初白）。

《澄衷学报》第3期刊行。本期"艺文"栏目含《颂江苏第二师范学校三年级生入童子军》（朱宝莹）、《鲍母诸太夫人五十寿序》（寿孝天）、《寿镇海俞树周先生（代校董陈瑞海先生作）》（余天遂）、《谏镇海虞希会先生（代瑞海先生）》（余天遂）、《清昆山县庠生徐君墓志铭》（余天遂）、《戊午正月初四日答大姑丈》（朱宝莹）、《钟椝宣孝廉人日归觐，赠一律》（前人）、《人日简章一山检讨》（前人）、《人日宋孝廉邀喫晚饭，赋谢》（前人）、《大姑丈将返杭州，次元日韵赠二律（有序）》（前人）、《再次前韵》（前人）、《三次前韵》（前人）、《四次前韵》（前人）、《次鸣秋明经》（前人）、《题〈訏庵文集〉》（前人）、《题席君赠言录》（前人）、《津浦铁道中》（杨荫嘉）、《无题，用三弟涧邻韵》（寿孝天）、《惆怅，用琇甫朱君韵》（前人）、《感怀，用含章虞君见示诗韵》（前人）、《评梦》（前人）、《西湖游草》（余天遂）、《满江红》（朱宝莹）、《渔家傲》（前人）、《鹊桥仙·读〈长恨歌〉》（寿孝天）、《苏幕遮·纪梦》（前人）、《沁园春·章君觐瀛五十晋一寿词，代族弟牧》（余天遂）、《过秦楼·题乡先辈黄蔚卿孝廉元炳遗稿》（余天遂）、《瑶台聚八仙·谢蕗窗母夫人王太君六旬寿词，代作》（余天遂）、《云仙引·挽王海涛先生德祥》（余天遂）。

《安徽教育月刊》第13期刊行。本期"文艺·文"栏目含《潜山彭用侯锡藩〈亦庐诗草〉序（代）》（高亚宾）、《〈江南新语〉序》（高亚宾）、《桓柯邃芬君逸女士诔词》；"文艺·诗"栏目含《遣兴》（许轩堂恩冕）、《初，徐君铁华为纪游诗，人弗之奇也，吴先生时在皖，一见大为击节，徐君遂引先生为知己，而声价一时亦为之顿重。今恩冕从先生学诗，先生出示兹篇，而徐君已死矣，读之怆然》（前人）、《岁暮遣闷》（前人）、《登楼怀舍弟辑堂》（前人）、《燕市》（前人）、《甲辰暮春游大连，登山望海》（刘梅岑）、《游陶然亭吊香妃墓》（前人）、《感怀四首之二》（杨广元）、《寿胡太师母何夫人八秩寿诗》（桓柯邃芬女士遗诗）。

林纾作四屏绢本《山水》。题识一曰："迎面青山似六朝，酒人到此早魂销。那知更有涵元殿，添上长条复短条。戊午十二月畏寒不出，挑灯写此，时漏已三下矣。纾识。"题识四曰："莫作承平六出看，尖黎偏地悉袁安。道人参透人情幻，自觉心头比雪寒。戊午冬日，雪中以酒自慰，尽二蕉叶醉矣。醒时吮墨写此。畏庐林纾识。"

黄宾虹归沪，傅熊湘来访，尽观所藏古玺并以印拓相赠。傅熊湘作《过黄朴存，示所藏古玺印百数十事并遗拓，报谢一首》。诗云："十里洋场遍市尘，劫来七圣动迷津。何图绿酒红灯外，尤见周情孔思人。龟虎旧看形未改（汉印多龟纽，将军印则虎纽），龙蛇今喻义弥真（印曰'辟兵龙蛇'，玉质，文甚奇古，纽作宫室形，四溜四柱，盖厌胜之类，谓避此三者则安居也）。黄金时后累累是，却笑儒生未算贫。"黄宾虹旋回访傅熊湘，不遇。为傅熊湘作山水画，并题诗云："青山历乱水潺湲，中有仙乡可避喧。落尽桃花渔夫去，韶光不似武陵源。为屯安作画题句，己未正月。"

蔡元培以北京大学校长名义拟聘王国维为教授，讲授中国学。丁巳冬已请罗振玉为之介绍，王国维婉辞不就。后就商于沈曾植，沈氏认为如有研究或著述相嘱可就。

冒鹤亭应章曼仙之请，作《〈铜官感旧图〉跋》。章氏自述云："其（先德）从曾公（即指国藩）败于靖港之役，曾赴水，赖章救而免，章终老于牧令，颇怨曾之不报。李次青记之，其词愤而郁。左文襄跋之，其气亢而侮。王壬秋赋之，其语谑而慢。"此图名流题咏其多,冒鹤亭亦有题诗。黄节作《题〈铜官感旧图〉》云:"事往七十年,咏者亦千百。章侯信澹定,图画想遗迹。当时拯湘乡,意为天下惜。岂知中兴业,只以功名易。事平乱未已,清祚乃再革。将才古所难,要在重洁白。众人贵苟得,一士独脉脉。以此坐沉沦,江山落空碧。过舟感旧处,世事不足责。"

吴梅读《三妇评本〈还魂记〉》剧本,邹强邀题诗,为赋《〈三妇评本《还魂记》〉四绝句》。其一:"临川说梦首还魂,丝竹旗亭仔细论。自有昙阳征信录,不须红雪记传闻。(此剧或谓为昙阳子作,红雪楼《临川梦》信之)"其二:"闺阁怜才俞二姑,孤山更惜小青孤。白头红粉无聊甚,合补西江殉梦图。(苏州吴江俞二姑,因读此剧死,见《玉茗集》。钱塘女子欲委身若士,后以若士年老,赴西湖死,见《艮斋杂说》。而小青'冷雨幽窗'之句,尤凄惋欲绝。此皆三妇前之赏音也)"

黄侃温习七经,始师事刘师培。

傅熊湘除夕前编成《湘灾纪略》。春节后,又据文湘芷、刘今希等在灾区所拍摄照片,编成《醴陵兵燹图》。旋又带领南社社员来沪,代表湖南百姓请愿"南北和平会议",控诉湖南督军张敬尧罪行,并向各界散发《醴陵兵灾纪略》《醴陵兵燹图》《湘灾纪略》等印刷品,要求把张敬尧逐出湖南。叶楚伧主事《民国日报》大量报道,宣言"张敬尧不去,湘祸不了"。南社社员组织集会,纷纷为《醴陵兵燹图》题诗,《南社》丛刻辑录社员谴责湘祸诗作,各方吟咏者甚众。吴佩孚作《湖南善后协会送到〈醴陵兵燹图〉一卷,批阅之,余心为之恻,当时直军甫抵衡阳,未遑往救,事后闻之,常以为歉,今见全图,益觉惨然,用赋七律六章,以志感慨》。诗云:"醴陵兵燹古今无,劫迹分明卅幅图。邑里庶民皆善类,将军号令太糊涂。人谁肯向苍天问,师出何关赤子乎。战后千家余一二,归来无泪洒穷途。"傅熊湘作《题〈醴陵兵燹图〉后》(二首)。其一:"人民城郭是耶非,孤鹤重来累涕欷。凄绝栋云帘雨尽,空余残堞恋斜晖。"又有《于王使廷桢爱俪园席上演述湘醴兵灾,听者强半堕泪,幼安有诗,次韵示同座》(四首)、《次韵酬悔晦见怀,即谢〈醴灾百韵诗〉之惠》(三首)。柳亚子作《题〈醴陵兵燹图〉》(二首)。其一:"坐大江东是祸胎,不征不战费疑猜。会师武汉徒虚语,长岳终教弃甲来。"王大觉作《〈醴陵兵燹图〉题词》(二首)。其一:"湘草湘花浴血红,万家野哭起秋风。要留此卷衡功罪,三百年间两献忠。"

陈寅恪入哈佛大学学习。吴宓经俞大维介绍与陈寅恪相识。

吴芳吉自永宁中学归家,坐船至大洲驿,访护国岩。1916年,云南都督蔡锷率讨袁护国军至大洲驿,讨袁胜利后,蔡锷题"护国岩"于崖壁上,旁有"序"和"跋",记述讨伐袁世凯事。吴芳吉以此作《护国岩词》(六首)。诗前有序,记此诗之缘起:"护国岩,在永宁河之大洲驿,故松坡将军游钓处也。戊午腊月,吾自永宁解馆归,舟行三日,过岩下,命停舟往吊之,一时热泪炙并,不能仰视。明日,至泸州,寓中有老者颁白也,自言大洲驿人。松坡驻驿中时,常采瓜果馈之。因迎老人坐榻上,煮酒挑灯,请话护国岩事,且饮且酌,且倾听,且疾书。就老人所述者述之,名曰《护国岩词》。"其一:"护国岩,护国军。伊人当日此长征。五月血战大功成,一朝永诀痛东瀛。伊人不幸斯岩幸,长享护国名。"其二:"忆当日,几纷争,闾阎无扰,鸡犬不惊。问民病,察舆情,多种桑麻与深耕。视屯营,抚伤兵,瓦壶汤药为调羹。雪山关,永宁城,旌旗千里无人闻。沙场天外闹薨薨,儿童路上笑盈盈。扁舟点水似蜻蜓,五月薰风好晚晴。芳草绿侵岩畔马,夕阳红透水中云。双双归鹤逐桡行,银袍葵扇映波明。伊何人?伊何人?牧童伴,渔父邻,滇南故都督,护国总司令,七千健儿新首领,蔡将军。"其三:"报将军,敌来矣。蓝田坝失先锋靡。团长陈礼门,拔剑自刎呼天死。妇女辄轮奸,男儿半磔洗。茅庐比户烧,杀声遍地起,敌兵到此不十里。既无深沟与高垒,将军上马行行矣。'将军回言'休急急!我有诸军自努力。但教城民缓缓迁,背城好与雌雄敌。'报将军,敌来矣。右翼陷落左侧毁。敌人势焰十倍蓰,彼众我寡何能抵?弹全空,炊无米,马呃陨,士饥馁。百姓已过西山趾,将军上马行行矣!'将军回言'休语絮,风和日暖景明媚。与尔披衣共杀贼,黄昏不胜令军退。'报将军,敌来矣。东城已破北城启。漫天漫地索房声,如潮澎湃蜂拥挤。蹄迹跋踬已动墙,喇叭喧喧渐盈耳。百姓去空兵全徙,将军上马行行矣!'将军回言'敌来耶?星稀月朗夜何其!束吾行囊卷吾书,执吾缆綮荷吾旗。敌今敌今吾知彼,小别也纳溪!'"其四:"棉花坡上贼兵满,弹丸纷坠如流霰。巨炮号六棱,令地震摇人落胆。一营冲锋去,应声匪沟畎。二营肉搏来,中途无回转。三营五营但纷崩,浩荡追随如席卷。霎时流血艳长江,马踏伏尸蹄铁软。'吁嗟众士听我言:计今惟有向前赶。尔乃共和神,国家干,同胞使者皇天眷。三户可亡秦,况我七千身手健!连长退缩营长斩,营长退缩团长斩,团长退缩旅长斩,旅长退缩司令斩。本司令退缩听人斩!战、战、战!敢、敢、敢!'"其五:"进营门,'报将军'。'尔何人?''我乃江上野农民,业采薪。''尔何云?''北兵偷向江南侵,艨艟二十四。舢板如鳞。''来何处?''二龙口下马腿津。''远几许?''四十里弱三十赢。'将军上马令疾行,遥见岸北敌如云。方待渡,欲黄昏,将军下马令逡巡:'一列伏石根,一线倚荒坟,后翼伺丛林,伐鼓在山村。机关炮队据高墩!'月黑风阴,野静潮横,急湍拍拍岸沉沉。艨艟二十四,舢板如鳞,得意一帆江水深。炮轰轰,枪砰砰,鼓登登,雾腾腾。琮琮铮铮,飒飒纷纷。一阵马鸣山崩,不辨哭鬼号神。北人从此不南侵,是之谓得民心!"其六:"今日者,岩无恙,只苍藤翠竹增惆怅。犹是军,犹是将,犹是丁年,犹是甲帐。何为昔爱戴,而今转怨谤?只为西南政策好,谁知反将内乱酿?互猜疑,互责让,互残杀,互敌抗。一片天府雄国干净土,割据成七零八落,肮脏浪荡。顾山高水长空想望,益令我思良将!"《护国岩词》一出,友朋争读,刘泗英等人评价甚高。吴芳吉对蔡锷仰慕至深,另作《有喜》《赫赫将军行》颂其事迹。

其中，《赫赫将军行》云："赫赫将军，将军赫赫。裹粮三日，扫荡梁益。梁益凋瘵，贼虏未灭。冽彼流泉，可以勺歃。苗彼苍薇，可以采撷。父老爱我，遗我来麦。秣我骏马，修我金革。以战以战，报我叔伯。犒酒颁金，非吾所迫。留待将军，将军北伐。北伐北伐，与子成列。嗟我父老，水深火热。天有山川，地有豪杰。丈夫生世，轰轰烈烈。瞻望岷沱，岷沱洋溢。进兮进兮，与子击楫。瞻望峨嵋，峨嵋苍白。进兮进兮，与子埋骨。骨棱棱，枕盘石。剑铮铮，挂松柏。下临长江水，上依太古月。"

丰子恺寒假间在石门振华女校代课，教音乐与图画，举办音乐会和游艺会。

张维翰赴日本及台湾考察。旋又留学日本东京帝国大学研究政治，为时三年。

陈葆经生。陈葆经，安徽全椒人。著有《三余轩吟稿》。

谢鼎镕、吴闻元、缪九畴合撰《三家集陶诗》（1册，1卷，铅印本）刊行。集前有僧保题签，曹家达、吴闻元作序及序例。其中，吴序云："繄昔北地中丞始为集句，东坡学士厥有和陶。虽支派分歧，承流斯异，而性情陶写，标旨则同。是以诮百家之衣，流风不因而辍；企千载之辙，追和弗以为嫌。行其是耳，夫何疑焉？今岁仲夏，余友谢冶盦首倡集陶，弄墨晨书，机杼别具；然脂冥写，壁垒一新。缪书屏亲家与余继而和之。拾锦以成幅帛，依样而画葫芦。巧乞因人，穿珠能贯。词出非己，假壁犹辉。汇而录之，得如干首，名曰《三家集陶诗》，志陈迹、契同声也。维时酸盐异嗜，毁誉殊称。袒之者谓凑合自然，别饶旨趣；纠之者谓割裂已甚，尽泊本来。二说者皆得之，而惜无当余三人之本旨也。夫山河倏改，甲子已非。余三人者，羞为折腰，甘侪乞食，行吟憔悴，四顾何之？予手拮据，一编是守，偶有寄托，因以发抒，私淑遥遥，时劳梦想。嗟乎！今雨旧雨，赓鸡鸣其如晦；知我罪我，抱麟史而奚辞？世之同趣者，其或有所取乎？丁巳重九阳湖吴闻元。"叙例："一，集陶倡自冶盦，故编次首谢，次吴亲家，次鄙人；一，三家共得一百四十三首，吴亲家有《集东坡和陶句》二首并附；一，集句所据本不一，故有同用此句而字样互异者，不必强同。九畴附识。"

圆瑛大师《涛音禅院和古德如纳禅师题壁韵》刊于《觉社丛书》第2期。诗云："一枕俯江流，闻中得正修。涛音亡动静，云梦付沉浮。月色寒侵榻，岚光晓满楼。归帆向何处，遥指古明州。"

张謇作《孟生哀词》。诗云："哀哉孟生折，乃在大连湾。舟车此须代，疾作仓卒间。如何化异物，鬼门款幽关。孟叔实国士，其器双玉环。忠信见磨练，文采殊宛变。相识十余纪，相从三四年。进止中分寸，欣戚输肠肝。始谓备华实，终见材桢干。屈曲荒海滨，农商试艰难。援绝不弛战，智尽犹自殚。胜状忽披露，囊括松黑船。吾控卅年弩，子为矢而弦。矢侯故非一，子举为之先。佳人信难得，况能彻贞坚。如何命穷薄，茹苦归下泉。大连吾国土，丧入虎狼咽。子屡过其地，结怆遗物前。敝屣虽有人，山川资涕涟。如子事可属，顾盼东北边。一朝志士陨，惨淡飘风烟。如闻道术友，亦变生死观。世衰不忠厚，其然其不然。怀此念吾子，益为颓俗酸。阿兄尚强健，孤儿不愁屡。遗文庶可辑，阿兄为存删。国步日局蹐，天命来忧患。无穷悼子意，不得一凭棺。招魂与剪纸，江浒炎风寒。"

王棽林作《东寅先生南园隐居，兹届六旬寿辰，奉诗为庆》（戊午十二月）。诗云："南极老人南园主，平地开作神仙府。万顷江田豁心颜，日狎群鸥相尔汝。贞元朝士已无多，香山会里兴婆娑。二千里外门生长，未能进酒且献歌。同光中兴材惟楚，传钵上与曾胡伍。文章独拜湘绮楼，尽驱小儒避旗鼓。独把一麾来颍川，横卧赤子得晏眠。士亲琴堂无讼事，农乐田亩有丰年。苍黄夺我使君速，可怜民今知无禄。不令竹马迎细侯，徒教岛人识徐福。学探四裔早归帆，书通三理交推毂。颇采秦仪征鲁儒，欲合时变尊黄屋（官礼部时曾发书征集礼论）。四海一弟映清华，兴龙地上早建牙。太史翰林公子第，状元宰相女儿家。满眼庭阶都国瑞，沿生芝草绕兰花。一朝惊醒春婆梦，数畦闲种故侯瓜。年时天子下殿走，交还金印大如斗。浮家三见桃花开，不辨仙源何处有。梦中乞得指南车，宝应湖畔且卜居。苍狗变幻红羊劫，人间何世付太虚。感时续作冬青引，手栽园里三千本。其余花木总清妍，红藕香中容大隐。头衔自署义熙民，纪题甲子一编新。且放群儿自相贵，输与全家乐天伦。即今得遂对床约，每因风雨夜开酌。典尽朝衣剩酒钱，阳羡买田足春作。大儿戏彩一蓑烟，亲侍藜杖花圃边。把得锄犁身手健，无人知是玉堂仙。翩翩幼子殊娟好，更喜窗下嬉楚老。问安多是未辨名，掀髯笑与分梨枣。句留湖山作主人，一堂重庆笑语温。大笔朝天无用处，细书家集教文孙。人生如此真可乐，安用孤愤自刻削。击碎竹石泣西台，那救六州大铸错。伊予小子更落拓，日向深山采红药。十年前是斗败鸡（先生初到禹，棽林上书言立学堂，时学章尚未定也。先生批词，勉以出艰入险，勿如斗败之鸡铩羽而遁云云，此壬寅春也。至丙午秋，棽林已知难退矣），揭来灰心过南郭。忆昔衙前看写经，墨沈淋漓满公庭。岂料士子今作贼，赫蹄偷遍剩晨星。共宝法书抵连城，为见手泽念恩情。颍滨巍存灵光殿，三字标题坐春亭。能令公喜令公怒，报知民心总如故。再约明年江南春，去看杂花生满树。白日都为入世忙，惟有闲中岁月长。从此天下归大老，水云泊处到羲皇。"

孙介眉作《夜雪敲窗，偎被消寒，梦中得句》。诗云："满地虫声满地愁，满天黄叶打琴楼。满城风雨重阳近，满径菊松晚节幽。"

薛正清作《夜雨》（戊午季冬）。诗云："万里不眠客，孤灯夜雨声。萧萧惊晚岁，滴滴搅离情。邦内分南北，遗黎半死生。何时天日见，无复叹无明。"

胡适作《致江冬秀》。序云："阴历（十二月十七）为新婚满月之期。在夜行船上，戏作一词，调名'生查子'，以寄冬秀。"词云："前度月来时，你我初相遇。相对说相思，私祝长相聚。　　今夜月重来，照我荒州渡。中夜睡醒时，独觅船家语。"

王芃生作《巫山一段云·海参崴感事并序》。序云："时出兵西伯利亚者，有日、英、美、法、中、捷克、波兰等，而日本野心最大。北政府俯仰依人，当时真有虞虢之惧。日兵在北满如在属国，视中国如无人焉。"词云："七国连营处，群雄舌战前。回看虞虢梦如烟，兴废倩谁怜。　　头向生公点，唇同范叔寒。重裘难御北风尖，去住两茫然。"

[日]清浦奎吾作《大正八年一月，龄达古稀，忝恩赐，恭赋》(二首)。其一："今日承欢无二亲，莱衣忆起一堂春。至尊仁德深如海，仍有恩波及老臣。"其二："纵心所欲养天真，惠赉那图宠眷新。龄达古稀犹嗜学，余生自许读书人。"

[日]久保得二作《极月旬一雪》。诗云："乱霰弹屋瓦，继以风中雪。薄午到深宵，沙沙响不绝。天河洗兵余，高寒冰花结。祲氛一时消，乾坤看莹洁。夜钟冻无声，烛华随晕灭。僵卧拟袁安，布衾冷如铁。啼乌已先晨，晴晖烂照彻。蜡梅黄未匀，山茶红作缬。年丰瑞遝臻，来日邀淑节。只愿谷价平，补我谋生拙。"

二　月

1日　李大钊在《国民》杂志第 1 卷第 2 号上发表《大亚细亚主义与新亚细亚主义》。

杨霁园作春联二副。其一："己禼乙觚存法器，己举商彝文字奇古，己三谬订周史记；未羊丑犊向田家，未央汉瓦语言吉祥，未八音谐唐韵书。"其二："己所不欲勿施于人，己侯宝钟真气内蕴；未之能行唯恐有闻，未央宫瓦古色如新。"

张榈（震轩）一家迎新岁。长子开笔撰五律一首，次子红笺书数字，三子吟五律一章，四子书《元旦咏雪》一律，女儿书吉语一纸，张榈执笔自书"万事如意，大小平安"数语。

闻一多返清华，与潘光旦议《鸳鸯仇》分幕法。后，两人又论教义。

方守敦作《己未元日，偕季野冒寒威出北城，至观音崖，极目万山冰雪，皓洁无垠，率成小诗，兼寄江上贲初兄》。诗云："雪积群山冻裂径，冷交元日恣幽兴。冰底寒流却是春，拄杖悬崖一倾听。银海光明万象真，不知天地有新陈。白头兄弟争奇景，远想江天坐眺人。"本年中有诸多依韵唱和之作，迭至三十余唱。如《次韵和慎登〈对雪见怀〉之作》《有感，叠〈元日看雪〉韵赠季野》《绥园老人分惠梅条、菖蒲，并以予春筵招饮，赋诗为赠，即再叠〈元日观音崖看雪〉韵谢老人，且欲老人加入寒崖队也》《伯恺来谈立春后一日至莱园看雪之奇，并观予〈元日观音崖看雪〉唱和诸诗，因三叠前韵赋赠，属同作》《丹石将赴皖校，过谈甚欢，观予〈元日观音崖看雪〉唱和诸诗，有同作意，即四叠韵奉赠》《贲初兄以亮儿寄近作诗呈教，赐诗嘉与，情词

一九一九年（己未）

四五九

深美。五叠〈元日〉韵，上老人兼示亮》《予以元日至观音崖看雪，艺叔表弟以谷日登城看雪，作诗同韵，今将远别，六叠志感》《触虚初归青山屋，以梅花开时招饮，七叠〈看雪〉韵即席赋赠》《八叠〈元日看雪〉韵答石卿》《九叠〈看雪〉韵答唐雨梅》《十叠〈看雪〉韵致彦郇》《丹老自皖来函，因前和〈看雪〉诗，脱押真韵，复以诗自首，且改前作。十一叠，戏答代简》《己未元日，予与梅僧约季野往北城外观音崖看雪。予有诗，季野、梅僧皆和之。今将原作、和作钞寄梅僧尊人子善先生，仍用原韵，以诗代简，盖已十二叠矣》《彦郇以令肥城时所拓孝堂山汉孝子郭巨墓石室汉画诸刻及北齐〈陇东王孝感颂〉见赠并系以诗。十三叠原韵谢答》《十四叠〈看雪〉韵致晋化》《十五叠〈看雪〉韵，奉潘、韩、陈三君，兼请贲初翁息争结案》《叔节自都中以学校演说辞一束寄予，于读经大义，贯通中西，条论精确。感寄一诗，十六叠〈看雪〉韵》《十七叠〈看雪〉韵，寄怀渊如》《宋君莲舫，怀宁鲁梦霆先生弟子也。昔年先生馆宋家，予与邓君绳侯每往聚谈竟日，留饮尽欢。忽忽二十余年，鲁、邓皆谢世，江河日下，世变无穷，予亦久归桐居，不得时与莲舫晤接。昨忽得其和予〈看雪〉诗，意殷殷，出望外。追怀往事，顿触平生之悲，十八叠原韵和答》《慎登连寄二诗来，以予冰崖唱和，作者甚众，美辞以赞；又因季野前诗颠韩短陈语，欲为雄师之报。十九叠原韵和答，为三人解嘲，兼简竹西旧客》《春夜大雷雨后晓起，偕艺叔登城眺望，春色正佳，忽来诗叙别。感怀答和，二十叠〈看雪〉韵》《李君则纲为光炯先生族子，教国文于中学校，见予〈看雪〉诗，亦成和作，有“独弦哀歌畴为听”句。感此意笃，援笔答之，兼怀光炯湖上，二十一叠原韵》《晋华诗学精进，咄咄逼人，屡责予和答。苦未能报，赋此答之，二十二叠原韵》《二十三叠〈看雪〉韵，寄调慎思，兼怀仲勉老人》《季野前诗有“绝伦轶群髯最豪”句，久未敢承。昨偕艺叔约季野再至观音崖春望，复登北城，下访触虚，煮茗久坐。赋此赠季野，兼简触虚、艺叔，二十四叠原韵》《镜天遥和予〈看雪〉诗，有“一老萧闲著胜处”句，喜甚，赋答，二十五叠原韵》《姚立凡属题家藏先德惜抱先生及同时诸老遗墨藏稿，用〈元日观音崖看雪〉韵二十六叠》《寄怀天闵，兼简仲永，二十七叠〈看雪〉韵》《季宣自皖来诗，和余〈看雪〉韵，叙述近移居地藏禅林，前数日，偕梅僧登大观亭，倚栏望龙眠，遂成此见怀之作，今梅僧忽亡矣。感触深悲，二十八叠韵寄答》《寄蠼叟，索画〈冰崖拄杖图〉，二十九叠原韵》《敬庵自黔遥和予〈看雪〉韵，三十叠寄答》《梦巢自汉上寄和〈冰崖诗〉，三十一叠韵赋答》《剑华先生屡和予〈看雪〉韵，三十二叠奉答》《叔节暑假归里，追和〈冰崖诗〉，且多感时之论，三十三叠韵奉答》。其中，《四叠韵奉赠》云：“俗学纷纷茅塞径，慷慨惟余樽酒兴。年来江郭拥皋比，先生高谈弟子听。万古斯文自有真，六经糟粕岂陈陈。后彫不改青松色，此是寒崖独往人。”《十五叠〈看雪〉韵》云：“诵诗三百古有径，讽刺不伤君子兴。溪山主客何定名，近者游观远者听。甚嚣尘上忽失真，三国云扰潘韩陈。发难髯公休壁上，内哄还防碧眼人。"《二十叠〈看雪〉韵》云："学本同方行同径，居游日复同诗兴。春城花鸟又晴光，别语如何忽惊听。天心厌乱苦非真，震雷难折蠹朽陈。风尘京洛君当慎，落落衰翁此避人。"《二十三叠〈看雪〉韵》云："君胡不返故山径，杨柳春风客中兴。白发萧萧岁月徂，万里江声日惊听。潜窝夫子道心真，学禅未禅杂感陈（慎思自号学禅，近有《除夕杂感》十首，似心未能空寂如禅也）。崖头看雪遂成句，我亦未忘结习人。"《二十七叠〈看雪〉韵》云："客游似踏扶桑径，几处园花动诗兴（君馆在天津日本租界花园街）。天高苍苍海茫茫，万里涛声入耳听。青灯书馆记愁真，回首家山骨肉陈。赖有全椒金仲子，吟怀相对慰幽人。"《三十三叠韵奉答》云："古槐绿压城东径，诗叟归来磅礴兴。朱光万里盛炎威，犹得冰声入耳听。君子伪胜小人真（伯恺席上，君发此论），醉后狂言烂漫陈。我爱扁舟渔父意，沧浪清浊正随人。"又，方守彝作《槃君寄示〈元日同季野北门登观音崖看万山冰雪〉之作，和韵》。诗云："百二十里苦无径，不得追从助高兴。想见千丈危立时，鸢啸鹤鸣彻天听。我有冰雪一片心，万壑千峰腹内陈。斗室光明自觉大，照取观音崖上人。"

沈曾植作《己未元日试笔》（四首）、《和一山〈元日〉韵》。其中，《己未元日试笔》其一："己未百年在，林钟三统遒。上元近期待，下武哲王求。画里诸天变，雷硠一卦繇。请看齐巽意，正位自神州。"《和一山〈元日〉韵》云："如意珠凭好语穿，屠苏酒与棹舣船。先三重审将申命，阳九消除过厄年。但使空桐皆戴斗，何妨平子晚归田。看君绛阙朝真去，翼翼青鸾白玉鞭。"

舒昌森作《一络索·己未元旦》。词云："九九寒消一半。岁华新换。问春却要几时来，须五日寅杓转。　　不与穷神作饯。竟然驱遣。老年兀是为人忙，只落得躯犹健。"

严复作《己未元旦，郊外赏雪，次金梅生韵》。诗云："雪后登山索微径，元日何人动高兴。自怜一病滞天涯，骑岁寒霖隔窗听。云烟过眼诚非真，且喜尊前迹未陈。多君火速催诗债，寄与长安卧雪人。"

宋伯鲁作《元日书感二首》。其一："送喜占晨鹊，迎阳见早梅。雪随残腊尽，春逐旧年来。兵革斗未止，凤麟安在哉。只应共朋好，日日把深杯。"

陈夔龙作《元日招同朱晓南、胡宗武琴初兄弟、周言声、少石兄花近楼宴集，得句呈教》（二首）。其一："眼中沧海变桑田，八载栖迟得地偏。蜗壁晴留新岁雪，鸭炉香袅隔年烟。陶潜老去难谐俗，宏景归来即是仙。旧梦春明犹可录，乱离兄弟话樽前（大兄拟北游）。"其二："深深门巷锁烟萝，投辖频劳二仲过。一代兴亡青史在，廿年亲旧白头多。未闻汉使通南越，终见唐藩倒太阿（以上均席间所谈事）。灯火六街箫鼓促，有情难遣夜如何。"

王舟瑶作《元日大雪，简子皋、备周、益勇、子辛》。诗云："曹腾又报岁华迁，风雪漫漫苦满天。浊世偶开清净域，余生犹望太平年。野蔬薄酒聊成醉，孤鹤寒梅尚有缘。欲访故人田舍话，恐访东郭履将穿。"

康有为作《己未元旦》。诗云："漫空飞絮满池台，雪压园林覆碧苔。白射玉楼看冻合，红烧银烛照春回。阳和元气无南北，剥复天心有去来。旧著大同身竟见，老夫喜溢且衔杯。"

盛世英作《新正纪事》。诗云："锦城凋敝不宜春，街市灯光忽斩新。瓦砾未除经劫地，笙歌已作太平人。衣香鬓影来游女，火树银花照比邻。创巨痛深浑忘却，忍将泪眼看愚民。"

汪兆铨作《元日》。诗云："元日雨丝丝，春寒不可支。爆轰惊觉早，衾暖起来迟。玉茗新芳好，屠苏后饮宜。今年开七秩，著意更编诗。"

徐绍桢作《己未元旦》。诗云："十三太保到迎年，寒舍今朝喜色阗。本以休官为祉福，但祈得酒即神仙。有痴不卖人斯贵，无愿能如我便全。莫问屠苏悲老大，贫犹强健是天邻。"

王芚林作《己未元旦，用陶诗〈游斜川〉首句"开岁倏五十"为题摅怀，即步原韵》。诗云："开岁倏五十，虽休且勿休。生年已半百，何不秉烛游？回首少小日，滔滔无返流。放怀如野马，忘机共沙鸥。灵境绝人世，一壑兼一丘。山花冒雪发，与我为宾俦。林鸟迎春啭，与我相唱酬。借问古栗里，风光似此否？日须恋赵爱，天不劳杞忧。知非亦知命，一饱更无求。"

郑元昭作《己未元日寄澧儿东瀛》。诗云："昨宵守岁不知眠，今夜寻眠斗雀先（闽俗：元夜早眠为斗雀先）。拥褐围炉温腊酎，插梅供橘庆新年。家人聚语当元日（余同曦、深两儿寓沪），游子思亲隔海天。闻道岛寒春更甚，征衣重与寄吴棉。"

黄荐鹗作《元日试笔》。诗云："流光如驶欲催人，屈指韶华五十春。身世百年今过半，风尘卅载岁更新。锦江宦味余鸡肋，梅岭烟花滞马尘。家宴满堂椒酒熟，东兴围下度芳辰。"

易孺作《应天长·己未岁朝，次梦窗韵，题画梅赠南君》。词云："露脂傅靥，妆鬓宫黄，骄骢试想青陌。俍净桉寒罗幕，熏炉汎檀色。人前意，言外客。向画室、兴长思窄。研腴暖，影蘸仙波，水漾凌碧。　　尘梦换今昔。巷转声沉，微雨卖花隔。冻溜坠清霡绝，莲龛涌寒壁。红椒酿，狸睡寂。乍透取、近邻幽笛。黯及午，写偏云蓝，奇艳初滴。"

周岸登作《塞垣春·己未岁朝大雪，咽园和梦窗〈丙午岁旦〉词走示，即席酬之》。词云："脆玉敲冰管。唤酒趁、笙簧暖。窗幽白小，鬒芎兰倚，弦语歌啭。付雪儿、细涤蓬莱盏。醉不问、天长短。任年涯、催人老，却疑春近春远。　　裙衩两鸳鸯，愁惊梦邛池，寻梦湘岸。怨别几东风，赚人胜钗燕。便蓬心斗转。飞坠天云，画中身、月中见。梅雪共清冷，验眉鬓深浅。(此调后阕次句美成作"天然自"，梦窗作"看争拜东风"，多二字。"看"字平声，宜注意，今人多误作去声矣)"

张素作《东风第一枝·元日城南公园》《春从天上来·己未岁朝遣怀》。其中，《春从天上来·己未岁朝遣怀》云："诀荡仙都。映晓日千门，换却桃符。暖风吹送，吉语穿珠。相共对饮屠苏。趁传柑春早，竞游冶、宝马名姝。最撩愁，是邻墙燕胜，红翠相扶。　依稀太平歌吹，听法曲开元，涕泪何如。五色飘旗，十番挝鼓，何限妙瑟清歈。问江南芳讯，梅空好、驿使来无。酒怀孤，怅旧家风物，不似当初。"

高燮作《元旦口占》。诗云："感时惊岁疾，渐觉故吾非。谷贱农人病，年荒爆竹稀。云凝山态重，雪压树枝肥。报道园梅发，诗情邈欲飞。"

李岐山作《民国八年二月一日为夏历己未元旦，即事十首》。其一："一年经过两新年，春去春来不老天。闻道议和争地点，沪宁路上眼望穿。"其十："我不知冬不晓春，未曾驱鬼并迎神。人间故事任人作，自觉屈来也是伸。"

李广濂作《己未新年南国雅集》。诗云："侨居忻遇岁华新，雅集南园聚主宾。蕉展绿天风送暖，梅闲庾岭气回春。共逢佳节尝清酿，忍一他乡拾翠人。满地烽烟猎未熄，传闻汉使又和亲(时南北皆派代表议和)。"

王揖唐作《元日开笔》(二首)。其一："何年十亩赋桑闲，乐处时寻孔与颜。三径就荒归未得，万方多难泽谁颂。敢忘衔石心填海，毕竟清泉水在山。呼马呼牛总不管，笑他触舌逞为蛮。"朱清华作《和王总代表揖唐〈元日开笔〉诗韵》(二首)。其一："身为浮云日日闲，每逢佳节笑开颜。茅庐暂许三分定，廊庙凭将一诏颁。幸有王阳今在位，未容贡禹久居山。风云自有良时会，一纸书成下百蛮。"

谭延闿作《元旦试笔》(二首)。其二："苦忆儿时事，匆匆一梦过。宁知中岁后，无奈少年何。枣栗看犹是，屠苏饮不讹。相关惟爆竹，尽日莫辞多。"

傅熊湘作《己未元旦，新历二月一日》。诗云："客里光阴每觉赊，忍看春色到天涯。流年弹指相惊老，节物关心倍忆家。挥泪向人无好计，祈天厌乱有长嗟。风檐坐对寒侵骨，起拨炉灰自煮茶。"

胡应庚作《元日遣兴》。诗云："爆竹声喧动曙光，饧箫初起试新簧。客尝蛇胆瓶中酒，市爇龙涎海外香。花发吊钟红似锦，饼分摩戟白如霜。朝来静倚危阑立，看取邻娃入世妆。"

江子愚作《百字令·己未元旦大雪》。词云："朔风凄紧，便匆匆，换了江山颜色。爆竹惊回除夜梦，梦里梨云堆白。斗寅杓南，东皇缟素，天上冰河坼。玉龙群战，凭空飞下鳞甲。　曾记鹤语尧年，麟书王正，转眼成尘劫。旧日椒花齐献颂，今日梅花伤别。解事瑶姬，传酥按粉，补就乾坤缺。春灯迟上，晚窗疑有新月。"

李思纯作《元日大雪》。诗云："相欢元日一杯酒，雪粲花明叹希有。五年不向锦城看，一夕新堆瓦檐厚。千山冻合无翠微，城市袁安高卧非。温暾香炷垂帘净，细错冰华点水稀。吴县谢絮争吟句，修到琼楼几人住。鹤缟鸦黔辨未真，眼前世事迷丹素。此时不饮那能得，此际山河幻银色。漫拟占星识少丰，早自阳回验春灯。草脚花须瘁可怜，微苏土脉到农田。要从一醉知天意，坐爱虚堂竹柏鲜。"

瞿蜕园作《己未元日》。诗云："趋庭沃盥更无时，抚序逢辰只益悲。纯线长捐当此日，乐章未复敢言诗。云霞出海伤心丽，溪壑回春入望迟。依旧繁华连市井，隔邻箫鼓尚童嬉（居忧时诗，皆补作）。"

李如月作《除夕》（时民国八年元旦，在上海柴寓作）。诗云："兽炭红时暖似春，松龛斜倚客中身。家园今夜迎新岁，共饮屠苏少一人。"

张庆琏作《己未元旦》。诗云："报晓鸡鸣积雪寒，宜春帖写字平安。岁朝同向堂前祝，佳果年糕供一盘。"

黄瀚本日至17日作《新岁纪日》（三十一首）。其四："两三点雨冷寒多，默默浮云万叠罗。忽忆天涯观蜡日，南洲江伟思如何。（初二日阴，时儿锌游南洋）"其五："新年三日昼阴阴，自拨缸云细细斟。天意似嫌寒未剧，中宵催到雨淋淋。（初三日阴，雨夜）"其八："调融春意半阴晴，日软风尖四壁清。坐久浑忘天过午，荒鸡唱彻两三声。（初六日晴）"十四："午雨霏霏润若酥，催诗转藉劝提壶。未教贻笑杀风景，不是词人也酒徒。"

孙树礼作《己未新正，哭补哥》（六首）。其二："元旦邮来双鲤鱼，残冬佳咏诵徐徐。书中叙事尤详尽，但说丰颐病左车。"跋云："元日之夜，得兄二十七、八两书及诗，无一衰象，并为大祭事钞示世系，非统阅宗谱，不辨其精神之充足，尚无大病可知。"其六："福淫祸善理难推，仰视穹苍意念灰。感逝诗成行自悼，哀前谁为后人哀。"跋云："为善未必昌，为恶未必亡。天道不可知，然一时安能论定，特余哀兄而子马寡俦，为尤可哀耳。"

[日]浅野哲夫作《己未元旦》。诗云："六十又加三，疏慵诗是耽。怀中尚余锦，鬓上已无蓝。吾意慕工部，人言似剑南。悠悠千古事，得失向谁参。"

[日]白井种德作《己未岁旦》。诗云："休战约成年又新，万邦齐迓太平春。天鸡鸣处起翘望，只见祥烟笼九垠。"

[日]服部辙作《己未新正口占》。诗云："五十从今又数三，崆峒此句眼前参。酒虽娄尾酡瞒老，丝发缘何回故蓝。"

[日]白水淡作《己未元旦》。诗云："宿雾晴来万里天，瞳瞳旭日照诗篇。太平有象海门曙，波稳东西南北船。"

[日]佐治为善作《岁朝》。诗云："瞳瞳红旭海东升，仰见皇城霞郁蒸。天地相和称盛世，雨旸交顺是休征。松沿辇路擎晴雪，鱼跃禁沟开薄冰。赖遇清平身老健，何

叹白发数茎增。”

[日] 久保得二作《元旦》。诗云："天家昨赐黄金杯（《大礼记录》编撰方毕，仍有此事），拜年此日斟绿醅。四子三侄助莱舞，北堂一笑慈颜开。"

2日 陈独秀在《每周评论》撰文赞成废督裁兵，对废督表"特别赞成"。同期《随感录》发表陈独秀《公理战胜强权》《揭开假面》《呜呼特别国情》《谁的罪恶》四篇短文。

《戊午周报》第 38 期刊行。本期"文苑·诗录"栏目含《青城常道观，经轩辕台至朝阳洞望诸峰》（问琴）、《听蜀客弹阮咸》（辛湄）、《郊行》（前人）、《晤左绵僧源一，用太白〈逢蜀僧〉韵》（前人）附《源一和作》、《峨眉寄子居》（香宋）、《将游成都，用〈峨眉〉韵柬香宋师》（皈公）、《吴江冬夜感赋》（前人）、《稗瀍诗集》（仁寿毛澂）。

魏清德《奉寿儿山先生七十七》（二首）发表于《台湾日日新报》。其一："祝嘏今逢七七辰，君恩祖泽喜长新。闲居老作神仙侣，报国曾为社稷臣。轶荡莺花真富贵，逍遥诗酒出风尘。他时有子山园里，重庆期颐百岁春。"其二："凤藏富贵白头图，款署南田恽子摹。愿祝长生还岁岁，聊将微物表区区。蟠桃寿算原无限，龙马精神本不渝。合是永州张刺史，诗联酒饮并康娱。"

舒昌森作《暗香·己未元旦后一日，偕柯森上人及梅孙游瑞莲庵，拈此题壁，并酬仰慈长老》。词云："小园幽僻。趁履端有暇，来游城北。一笑款扉，禅侣欣然便迎客。招入清斋憩坐，看庭畔、松篁交碧。更数树、半吐梅花，香气沁帘额。　珍惜。古名迹。羡世外秘藏，几人曾识。冻云正密。寒逼池中景寥寂。待到蓬台献瑞，料胜地、景应生色。定许我、携酒榼，倚阑弄笛。"

杨晨作《己未元日连雪，次日晚晴口号》。诗云："似有新年象，重阴忽放晴。林峦明霁色，土脉动春耕。三白已占岁，四万将洗兵。岂惟声教暨，和会望寰瀛（时开万国和平会，中华南北亦议和）。"

汤汝和作《元日奇冻，夜得大雪，次日晴明，喜赋》（二首）。其一："上日韶光写笔端，冰凝砚水墨池干。梅花隐识天心复，诗草闲从岁首看。万里同风歌纠缦，一家异地祝平安。回温窃愿吹邹律，为解苍生堕指寒。"

陈曾寿作《己未正月二日，偕妇及絮先、觉先两弟至灵隐寺》。诗云："千皴万透飞来峰，散花一色真神工。立雪溪山最佳处，岁朝一笑家人同。红亭著我玉峰底，风柯冰涧交笙钟。清寒肃肃振衣袂，屡下琼液玻璃钟。前年同来记俞老，示疾弹指还虚空。人事往往遭扼抑，惟有清兴天难穷。人生行乐贵勉强，斯言吾取六一翁。欲界清都不常见，天机所赴为豪雄。沉阴晚开入霞气，连宵万叠生微红。凉风为报故人忆，题诗正在明光宫。"

李笠作《新年纪事》。诗云："朔风肆暴冷欺人，醒来推窗乐事临。冰筋高悬檐下玉，雪花频积道旁银。梅花骨瘦怜高士，爆竹声寒迎喜神。记取新年才二日，围炉倚醉藉轻茵。”

[日] 久保得二作《初二，访伊东聿水于函山万翠楼》。诗云：“相逢尘外境，尊酒可初春。宿雪埋溪洁，疏梅映槛新。青山双短屐，白首一闲身。欲续旧题句，醉余情味真。”

3日 《华铎》第2卷第5号刊行。本期“文苑”栏目含《题〈西泠访古图〉，为许盥孚作》（芷畦）、《柬大觉》（云光）、《过衡阳有感》（平王）、《谒岳墓抚精忠柏》（听秋）。

郑孝胥作《正月三日昧爽作》。诗云：“楼头灯息夜微明，回首仓皇意自惊。志气太强翻一折，奔波苦学竟何成。早令从我寻文字，或幸延年换性情。今日余哀兼痛悔，弥天纵戢恨难平。”

郁达夫作《宿安倍川》。诗云：“避寒寻梦宿清溪，云雨荒唐一夜迷。送我腊梅花下去，半庭残雪晓乌啼。”

4日 缪荃孙往况周颐家拜年。同日，缪氏作《赠况夔生》。诗云：“心绪万缘攒，谋生只笔端。闭门甘寂寞，拊几叹孤寒。旧梦京华雨，新词学海澜。乾坤无限事，都作过云看。”

严修往南开学校与伯苓、仲述、午晴、千里议筹备大学事宜。

[日] 服部辙作《新正四日，蓝亭小集，分题勒韵，雪夜与友人饮》。诗云：“拨雪梅花帐，琴尊邀客宜。红分两条烛，白了几茎髭。佳句艳才俊，清歌怀妙姬。酒醒听竹裂，略似悟禅时。”

5日 严复病见转机。

孙光庭作《立春日赴韶州，柬印泉》（己未）。诗云：“出郭曙光催，驱车暖气回。成功想韶石，偃武望灵台。天地心应复，风云手自开。军门传斥堠，有客共春来。”

叶德辉作《立春》（二首）。其二：“循例东郊列仗迎，汉宫胡服效推耕。剪来宜帖传三楚，送到生盘忆两京。太皞几闻除帝号，青阳犹是梦春明。条风拂面当初候，解冻方知暖气生。”

沈恩孚作《己未立春日》。诗云：“鱼龙百戏总陈陈，霄汉楼台十丈尘。朔雪炎风醒旧梦，江花海柳送闲人。灵鳌未怯三山重，时鸟方呼万国春。莫笑桃源无魏晋，天涯何处不迷津。”

陈洵作《绛都春·己未立春，珠院听歌，同东篱诸子》。词云：“烘炉润鼓。渐春到镜奁，明珠先曙。汉苑洞箫，初试东风，流莺语。吟壶曾结神仙侣。共欢夕、梅边尊俎。岁华依约，红裁翠剪，彩花钗股。　　休负。双鬟为识，乍回首最在、骄尘红雾。蘸语夜潮，回烛风廊，凌波步。霓裳新按云韶部。便不是、常年宫谱。会看声动枢南，唤雷启户。"

夏敬观作《五日立春》。诗云:"莫喜春气回,旧岁从此休。莫憎春色晚,既至如奔骝。开岁始五日,东风嘘海陬。乍观群物状,中已包百愁。于物仅少遂,于人直仇雠。蹉跎少壮心,努力造白头。初禽鸣屋角,所思往芳洲。与汝共天地,宁知身是囚。"又作《卜算子·己未始春,邓尉山探梅,次韵白石道人〈梅花八咏〉》(八首)。其一:"旧是探春人,肠断吴波路。梦锁山中万树花,鬓雪天教与。 鸣笛泪沾裳,一棹夷犹处。水驿垂灯仔细思,空为江南赋。(木渎镇在灵岩山下。忆辛亥与朋好探梅,亦泊舟一宿。时叔问未赴,独和白石《八咏》。今葬邓尉,墓草已青矣。恪士顷亦物化,雾散川流,凄其怀旧)"其二:"衣缟水村寒,冒絮遥峰迥。渐见双崦跨一桥,桥落湖光静。 往事试追还,去后饶清景。缓步循流觅落英,中有青山影。(虎山桥跨湖,通东西二崦)"

沈其光作《立春日作,次行百韵》。诗云:"年时生计似枯枝,清况惟应呵段知。一树早梅才雪后,数声啼鸟又春时。邻家看竹饶孤兴,村院寻僧得小诗。犹恐幽居太岑寂,南鸿消息慰余思。(是日得遁庵诗札)"

严既澄作《己未立春》。诗云:"渺渺春魂播九天,尚饶幽恨落尊前。抵心万贼生如梦,对影三人月似烟。终呕肺肝为下士,勉砻圭角入中年。良宵未与伤寥落,渐有雏莺唤酒边。"

7日 北京《晨报》第7版(即《晨报》副刊)改组,由李大钊负责编辑,增加介绍新修养、新知识、新思想的"自由论坛"和"译丛"两栏。此即"晨报改革"。《晨报》副刊开始集中刊发宣传俄国革命和马克思主义的文章及专著连载。5月1日推出"劳动节纪念"专号,在马克思诞辰101周年纪念日辟拓"马克思研究"专栏。

刘世珩招饮楚园,座中有伊竣斋、何诗孙、朱古微、杨芷荪、朱象甫、徐积余、曹恂卿等人。徐珂作《己未(中华民国八年)人日刘聚卿招引楚园(在上海戈登路)》。诗云:"雅集逢人日,殊方聚客星。林皋此清旷,天地况沈冥。世变闲观奕,家声旧校经(聚卿在沪,以校刊书籍为乐),吾侪铺啜耳,犹喜见君醒。"

符璋发褚石桥函,附寿诗七律一首。

方守彝作《己未正月人日答伯韦》。诗云:"老去诗心呼不起,大似枯木辞春容。韩子频番投好句,多情何啻温和风。解冻成流通响涧,伸勾出土著寒葱。虽然生意有微动,嘘拂未免劳天工。去年腊尽岁阑日,几多贫客留城中。旅馆青灯矮无焰,忧心思妇吟草虫。八方屯兵苛征敛,荒荒郊野断村春。督索如狼逋似鼠,灶寒香火祖寒供。韩子馆金丰蓄积,一己独乐忘人穷。败残碑版高价买,刁遵瘗鹤一世空。装潢洒扫过除夕,长鱼大肉酒盈钟。啸傲恣睢到新岁,狂作风漠寻衰翁。朝探怀篇暮送简,自夸风比大王雄。牢举旧事追新和,人日酣矣兴尤浓。衰翁年衰甘寂寞,兼复臂痛手长笼。住近江头习鸥鸟,心灰去浪长年东。诗好难绊奔驹日,触怀哀忿语不恭。

讥嘲刺骂了无益，只惹烦恼柴吾胸。不如省事且宁己，缄默还可安痴聋。古云万事不挂眼，此意能养气和冲。养气延年化社栎，要看大地春融融。韩子雄风莫浪用，去吹万朽荣繁丛。腐言奉答无文采，掷笔起绕梅花红。"

李绮青作《己未人日》。诗云："薄雪乍晴春尚冷，条风欲动柳初蕤。一尊随分过人日，万卷消磨及耄期。稚子学裁花胜字，旧交谁寄草堂诗。闭门独自围炉坐，却笑顽躯懒最宜。"

萧亮飞作《人日》。诗云："忽忽五十九，又逢人日至。我自有草堂，无诗寄杜二。今日日曰人，明日日曰谷。人寿年更丰，禾麦卜天熟。中州文献邦，夷门古名地。吟坫此日开，同人皆万岁。"

祁世倬作《和杨柳门人日诗韵》。诗云："君真裘褐能安隐，我似柴桑亦爱庐。春到园中如有约，草生门外不须除。文章无意酬知己，言论何人欲废书。好共林宗问出处，漫云同调引姜徐。"

张丙廉作《应天长·己未人日过厂淀》。词云："窖花放靥，园树迎晖，晴风暖动吟褶。沸路麝尘，香溢，春宽地嫌窄。文园老、身尚客。但满目、恼人春色。转深巷，负手微吟，翠钿慵拾。 时节正人日，怪底无诗，愁损梦淹笔。欲问草堂消息，山云万重隔。年时事、犹记得。记雪饼、玉纤亲擘。岁朝改，老去心情，梁燕能识。"

叶德辉作《人日寄怀杨皙子上海》。诗云："蔡邕旷代才，王猛当世务。投阁岂初心？惜哉时不遇。忆昔识君初，论交介新故。英英乡里豪，头角崭然露。公车及少年，时语倾厨顾。大科拟鸿儒，高第骞云路。流言动九阍，横作党人锢。亡命走扶桑，瀛海曾飞渡。禁解就羁縻，宪典滋疑误。三起复三眠，蚕吐丝成素。悔读圯桥书，喜诵高唐赋。裘马过平康，姓字人惊怖。意气凌云霄，呼吸霏烟雾。世人耳君名，未面闻声恶。及至握手时，相知物无忤。毁誉本不虞，有怀共谁诉。平生策治安，至此成薪厝。天若生圣人，不铸六州错。一笑待明夷，横庚兆先布。"

李广濂作《己未人日寄呈廉南湖》（用高常侍寄杜工部韵）。诗云："忆昔南来过柳堂，蓬瀛仙子谪江乡（时南湖纳一倭姬）。今逢人日怀良友，对景题诗堪断肠。世事弈棋欲参预，白黑胜负真可虑。时危满地生荆棘，欲觅桃源眇何处。吾生已度四十春，东西南北走风尘。何时归去桑麻里，常作羲皇太古人。"

8日 严修同张伯苓往香厂赴陶孟和六味斋之约，同坐蔡子民、胡适之等。

9日 北京各大专学校学生11500人电巴黎和会中国代表，请"保持国权"、"对于中日争执坚持到底"，并声言"誓为诸公后盾"。

《戊午周报》第39期刊行。本期"文苑·文录"栏目含《胡玉津先生〈诗纬训纂〉序》；"文苑·诗录"栏目含《穉澥诗集》（仁寿毛澂）。

贺次戡作《元月初九日南下，留别涛社诸友》（三首）。其一："年来砺碌愧奔驰，又值依依话别时。听到阳关三叠曲，离离折尽绿杨枝。"其二："读到江郎《别》《恨》篇，销魂祖帐泪潸然。临歧握手无他语，时寄平安一纸笺。"

杨少欧作《己未元月九日，随枫浦社长暨嵩岑、的三、狷父三君，子莼、子陆两老弟，法端、法公两世兄小叙养趣轩，枫浦先生以初九命题，歌此以应，赠与李庆芳》。诗云："今年今日初逢九，同座九人饮春酒。李公应作初九歌，我歌今日年年有。酒将半醉更高歌，肴馔纷列如星罗。大饮大嚼大声唱，恭祝万岁真共和。数始于一终于九，此九乃居岁之首。阊阖运开新，敬祝国人添福寿。体会天机兴自狂，梅花兼领百花香。春秋一例多佳日，重九何须待菊黄。且谈歌咏且提壶，此乐人家尚有无。一堂少长群贤集，胜似香山九老图。"

10日　褚辅成出席东园议员俱乐部谈话会，与王葆真等主张用国会名义电致王正廷，申明对于挽回国权问题，应在欧洲和会上坚持到底。

清华举行开学典礼。闻一多应邀为《清华学报》编辑。

郁达夫《穷乡独立，日暮苍茫，顾影自伤，漫然得句》刊载于日本《文字禅》第25号。诗云："日暮霜风落野塘，荒郊独立感苍茫。九原随会空真士，一笑淮阴是假王。我纵有才仍未遇，达如无命亦何伤。只愁物换星移后，反被旁人唤漫郎。"

11日　北京新国会闭会。

国际联盟同志会在北京大学成立。由汪伯棠等发起，公推梁启超为理事长（汪伯棠代理），蔡元培、王宠惠、李木斋、严范孙、熊秉三、张季直等为理事。

梁启超一行抵达伦敦，开始为期一年欧游。以巴黎为大本营，足迹遍及大部分欧洲国家。巴黎和会休会期间，和随行记者考察一战之西部战场、莱茵河右岸、比利时首都布鲁塞尔等地。游历比利时、荷兰、瑞士、意大利、德国等国，考察伦敦、爱丁堡、伯明翰等城市，访问亚当·斯密、莎士比亚等名人故居，参观剑桥大学、牛津大学等著名学府。对战后欧洲政治、经济、文化等作全面细致考察。撰写《欧游心影录》。

张均衡、李瑞清招饮雅集。座中有吴昌硕、缪荃孙、何维朴、吴董卿、章梫、朱祖谋、夏敬观、蒋汝藻、周庆云、刘承干、陈衍、张元济、李宣龚等人。

率庵《时事竹枝词八首》刊于《南洋总汇新报》"诗界"。其一《祝捷首勋》："参加协约战同盟，到处欢传祝捷声。堪笑提灯开大会，首勋偏要另题名。"其八《弹劾总理》："何人不识孔方兄？搀席堂堂万目睁。为底竟提弹劾案，今朝偏是失欢迎。"

［日］高须履祥作《纪元节拜文部大臣选将之典，赋此志喜》。诗云："无端宠命下寒门，春返梅花旧日魂。自愧鬓丝白于雪，涓埃未答圣明恩。"

12日　周作人与鲁迅同往南湾子欧美同学会为陶孟和赴欧洲饯行。

郁达夫作《雪》。诗云："一夜朔风吹布被，天花散处不生根。埋来地角衣无缝，衬出春心草有痕。浙水潮头豪士马，罗浮枝上美人魂。缘何得向山中卧，严冷须知造化恩。"

13日 溥仪生辰。上午十时溥仪在乾清宫升座受贺。十一时,徐世昌总统派礼官黄开文觐见。是日,溥仪颁赏荣典。赏孔子第七十六代孙孔令贻,以及宝熙、郭曾炘、袁励准、三多、瑞丰、治格、良泰、卓凌阿、讷钦泰、都凌阿、瑞启、文朴等人"在紫禁城内骑马";赏嵩灵、世榕乾清门侍卫;赏奎濂乾清门头等侍卫;赏溥霖乾清门二等侍卫。

杨钟羲赴朱锟处淞社雅集,看新得古镜百余面。到者恽季申、恽瑾叔、潘兰史、陶拙存、钱履樛、褚礼堂、白也诗、曹恂卿、徐积余、张砚孙、王静庵,共坐二席。题为《己未春日即事诗》,不拘体韵。

黄侃作《致陈钟凡书》,推荐门人孙世扬担任北京师范女校国文教习。

童保暄作《答石钟素团长〈四十述怀〉三十韵》。诗云:"民国八年春,使君逢四十。声誉满三军,襟怀托篇什。自少职为儒,及壮奋投笔。题柱怀相如,击楫憧祖逖。瓯海秋月高,钱塘夜湖急。志气云霄上,生涯羁旅日。大地运化转,海疆日益辟。治国在自强,修身在自立。乞学赴瀛洲,观光启蓬荜。险经万里涛,饥咽三岛食。东邻授锦书,北苑驻金勒(君卒业日本官学校,归为禁卫军管带)。异才冠群秀,绝技少匹敌。朝戏箭穿杨,夕射羽没石。铦锋威胡人,剑气劲斗极。枪过鸟兽惊,术试鬼神泣。亲逢社稷新,仗策间归浙。已入开府幕,曾主教坛席。乘时雕鹗才,鸣主骐骝德。奉令值南征,整队当春发。潮城下晨昏,变乱出仓卒。平汉山色改,黄冈河水咽。死战未能行,全军尽改辙。饶平城上云,乳姑山下血。漏夜督死士,到今称勇决。十载参戎机,一朝持旄节。发誓山河图,功成天地阔。汉戍控匈奴,唐兵防突厥。未许多开边,奈何张杀伐。斯民已憔悴,国耻尚未雪。勒马望长空,努力建功勋。"

张笃伦作《夜雨不寐,卧占二十韵,寄绥箴内子》。序云:"时客韶州,己未上元前二日。"诗云:"风雨扰征客,终宵眠未成。何处寻归梦,但听长短更。忽忆昔年事,历历胸中明。投笔征朔漠,春光塞上生。驾言与君游,策马郊原行。雪满阴山路,冰结黄河坪。平沙照寒日,短雁两三声。珠光溶碧波,剑气干青云。拔剑指奔马,马嘶剑欲鸣。抚今复吊古,怆然肝胆倾。君拜明妃墓,我寻汉将营。艳迹留千古,丰功勒鼎铭。英雄儿女志,惆怅曷胜情。今我何为此,栖栖曲江城。曲江春水绿,此身如萍荃。烽烟阻海角,何时罢甲兵?慰君小儿女,误我是功名。江南春已暮,使我客心惊。客心绕卿梦,梦断月空明。辗转以反侧,衾薄晓寒轻。"

李法端作《水榭即事》。诗云:"己未正月十三日,夕阳西下月东出。向晚游园犹兴浓,徐行数伍入温室。温室千百花罗列,牡丹红紫尤称绝。芳草鲜妍争早春,黄菊一盆留晚节。循径独步来水榭,辉煌一阁峙其前。还问水榭何处是,灯光隐约见酒筵。隔牖闻声环座惊,弱弟怡颜呼长兄。携手偕行入水榭,先向长辈丁宁谢。为饯家兄饯塘行，满座畅饮欢今夜。还依酒令九日行，客主诗成研炼精。座中海量推杨伯，往往举杯还独倾。觞罢徜徉闲入林，古柏翁郁夜沉沉。球房徙倚何所感，团栾明月离别心。"

14日 吴梅与路金坡（朝銮）作联句诗。《上元前夕偕金坡联句》云："春灯话旧东斜街，上元隔夕倾樽罍。（梅）奇书发箧皆鸿宝，古香袭人双目楷。（銮）区区故纸堆中物，市骨乃过黄金台。（梅）日思误书亦一适，况兼丝竹清吟怀。（銮）缑山老鹤寒泪发，高冈鸣凤朝阳开。（梅）元音终古在天壤，独惜潦倒沈优俳。（銮）往昔乾嘉盛治日，广明匪石名相偕。（梅）禹卿妙解通儒佛，德辉绝艺称江淮。（銮）朱弦疏越渺难及，蛙鸣蚓唱轰成雷。（梅）南内供奉头尽白，太常无事虚縻斋。（銮）今人亦知重雅操，双声绛树矜新裁。（梅）闻根清净未可得，东方郭舍同诙谐。（銮）赏音作乐两非易，长安人海畴通才。（梅）广衢火树夺星月，逊朝遗事沦劫灰。（銮）相将联臂入茅屋，长谣陶写中年哀。（梅）"

15日 陈独秀《再质问〈东方杂志〉记者》发表于《新青年》第6卷第2号。文章从十个方面与《东方杂志》记者进行论战，批判尊孔思潮。略谓："独尊一家言，视为文明之中心，视为文化之结晶体，视为天经地义，视为国粹，视为国是，有与之立异者，即目为异端邪说，即目为非圣无法，即目为破坏学术思想之统一，即目为混乱矛盾庞杂纠纷，即目为国是之丧失，即目为精神界之破产，即目为人心迷乱"，纯属"荒谬绝伦"。同期还刊发钱玄同《什么话？》，略谓："八年一月三十日的北京《新民报》载林纾的《送正志学校诸生毕业归里序》，通篇皆妙不可言。兹择其尤妙之语记出几句：'古未有恃才艺足以治天下者。''然西人之高于般翟胡啻万数？至欲以巧捷杀人之器制御天下，而卒覆灭其身与国者，由其不德仁之云，而惟艺之尚也。''夫艺之精者，盖出一人之神智，以省天下之力作。''夫彼方用其神化之艺以求死，而吾又从而效其劣陋者，冀以自立。余不悲其愚，悲其舍生而图死也。''古所道者，必尽人之可循生道也（此二句文理欠通，不知有误字否）。知其非是不生，则艺中有道；即务极其神化，而吾道亦匪所不在。'又此文末尾署曰：'戊午年十二月二十三日，闽县林纾书于讲堂。'我看了'书于讲堂'四字，因想起有一天看见邮务局里有一封'无从投递'之信，信面写道：'寄北京宣武门外八角琉璃井交家严大人手拆。'"

《尚志》第2卷第3号刊行。本期含《海月楼诗话（续）》（袁丕钧）；"文苑"栏目含《云南航路问题序》（由云龙）、《云南省立第一师范学校第一部九班十班、第二部二班毕业生同学录序》（秦光玉）、《徐蔚堂〈咸同野获编〉序》（缪尔纾）、《丁巳初春寄百举》（杨赓瀛）、《金缕曲·近日逢人辄以老者相呼，漫成此阕以自解》（杨赓瀛）、《次王海月〈春怨〉韵二首，即柬百举》（潘赞铨）、《由碧云寺往天台山寺，和百举原韵》（刘赜）、《题石屏风》（赵荃）、《麻粟箐厂舍》（赵荃）。

《诗声》第 4 卷第 1 号在澳门刊行。本期"词谭"栏目含《雪堂丛拾 (二十)》(澹於)、《霏雪楼诗话 (十五)》(晦厂)、《远庐诗话 (一)》(远公)、《心陶阁诗话 (九)》(沛功)、《饮剑楼诗话 (三)》(观空)、《水佩风裳室笔记 (三十)》(秋雪)、《乙庵诗缀 (廿四)》(印雪);"词谱"栏目含《莽苍室词谱卷三 (七) (续 3 卷 9 号)》(莽苍);"词苑"栏目含《戊午除夕,岁事既暇,因忆镜湖诗客识面刚届一稔,辄倚〈金缕曲〉以赠秋雪,敷词近激,幸为我订之》(沛功)、《暮春有感,草呈珮躬、饮剑、霏雪三先生暨雪堂诸子》(二首,乙庵),《雪堂覆瓿集 (九) (续 2 卷 12 号)》:《晓起》(第四年月课) (连城)、《前题》(印雪)。另有《〈诗声〉大刷新之广告》云:"《诗声》向来刊载者,例不能出诗词范围之外,人多憾之。兹有本号起,增加'附庸'一门,不拘何种文字、学说、杂著,本刊认为有刊载之必要者,一律附入,庶几内容丰富,务餍阅者诸君之望。"《雪堂启事》云:"去年月课,社友多未缴交,致汇卷无由刊发。兹同人议定,以后每三月一课,分为春、夏、秋、冬四集,谨此通知。"《雪堂诗课第五年春集》题为《落花》(秋雪拟),要求"限填词,准阴历四月底收齐。"《〈诗声〉第三卷全书出版》云:"本社现将《诗声》第三卷一至十三号,合订精装一本,收邮费纸墨费共六角。书存无多,爱阅者祈将银付来,即行寄奉 (书价邮票可代,但以一二分为限)。"另,本期附刊《诗声附庸》第 1 号。其中含《并肩琐忆 (一)》(秋雪、连城合著)、《云峰仙馆读画记 (一)》(野云)。

[韩]《天道教会月报》第 102 号刊行。"词藻"栏目含《奇遇》(凰山)、《吟病》(凰山)、《病中上元夜》(凰山)、《月夜即事》(凰山)、《雪朝其一》(凰山)、《雪朝其二》(凰山)、《述怀》(夜雷李敦化)、《旅夜》(夜雷李敦化)。其中,《病中上元夜》(凰山)云:"一天星月色,万户笙歌声。多少樽前友,应怜病里情。"

成多禄应邀在宋小濂家食熊掌白鱼。同聚者有赵尔巽、周树模、林纾、马其昶、涂凤书、徐鼐霖。宋小濂即席作《奉邀赵次公、徐敬宜等食熊掌白鱼》。诗云:"鱼我所欲也,熊掌亦我欲。渔于松花江,猎自长白麓。乡味二得兼,此乐讵容独。折柬邀嘉宾,戒庖陈水陆。赵周我长官,纡降不嫌笃。略分而言情,为叨知己辱。林马我师友,拳拳膺服久。芝兰臭味同,万里接芳躅。涂成徐三君,患难交弥笃。共我履颠危,扶持如骨肉。今日良宴会,夏正敦遗俗。醉饱恣欢嬉,不假丝与竹。清谈情愈真,咀嚼有余馥。怀葛皆天民,礼疏意乃足。"成多禄作《和铁梅〈食熊掌白鱼〉之作》。诗云:"老守余一馋,除此寡所欲。旧梦熊与鱼,冰穴及岩麓。两年客京辇,味让吾乡独。何期古欢老,春宴开东陆。隔宵卜嘉辰,奚事再三渎。斫脍客已惊,胹膰宰不辱。登筵发古怀,此味贡荒服。白鲤与青黑,玉食到鳞躅。垂老周余民,每饭情愈笃。翰思莼菜羹,坡忆花猪肉。烧镫开上元,犹见古时俗。隔邻春如海,稚子喧爆竹。卓荦七诗人,冷语散馨馥。吟弄风月边,咏归乐亦足。"

吴昌硕录近诗《雨后》《秋权》《菊问》《书感》《老病》《苦吟,答长公》《即席》

七首呈周庆云。其中《老病》云:"残垒孤云驻,秋池一鉴开。黄深霜后鞠,绿瘦雨余苔。见佛有时笑,抱琴无此哀。一杯酬老病,甘苦梦中来。"《苦吟》云:"长公遥寄语,人海路岖嵚。坐取读书乐,饮凭湖水深。凌霜胸有竹,钮地眼无金。岂我良朋在,怀哉不苦吟。"

林纾为儿辈画灯,特绘《苍霞旧隐图》。三十年前苍霞旧事重现于画中,因题《己未元夕为儿辈画灯,作〈苍霞旧隐图〉》。诗云:"卅载旧梦此留痕,病妇从余往水轩。潮落偶然逢紫蟹,竹深容易入黄昏。此身岂卜长为客?老母当时正抱孙。一山一水春意在,眼中处处长情根。"后刊于《公言报》。

陈逎声作《题沈石田〈竹外听莺〉图卷》。诗云:"出谷春莺竹外啼,贪听不觉过桥西。茆亭诗就正须写,缓步归来日已低。"跋云:"余藏白石翁画最多,粗笔如《墨梅》《山游》长卷,细笔如《野檎》《听莺》小轴,皆绝诣也。此卷更脱尽畦町,竹树人物,俱幽远闲适,神似云林,与生平笔墨迥异,宜停云翁极口推服也。二瞻翁谓待诏画根本于此,不知待诏一生,只做到雅润二字,于此种境界,固未尝梦见也。己未上元,畸老题并志。"

张素作《大酺·元夕赋似倦鹤,明星、印匀和之》。词云:"伫蜡枝融,檐花靓,高处凤城催夕。金吾门不闭,恣欢游还趁,闹蛾芳陌。桂魄流华,莲尘散影,天外星辰微碧。闲坊连曲院,卷歌云飞度,梦边丛笛。怨□约传柑,腻香分袖,暗迷行迹。　余寒嗟堕隙。艳阳远、心事江南觅。算几许、秦楼隔雨,湘簟栖烟,鬢蝉压翠春抛掷。病酒娇无力。妒宋邻、韶年追惜。共明月、人凄寂。情欵仍在,三五灯期将息。倩妆笑迎夜色。"

颜倜作《咏新元宵月》。诗云:"金吾倘使弛今朝,撒荔传柑太寂寥。不夜城中新有夜,黑甜乡里过元宵。"

李岐山作《己未上元有感》。诗云:"今年明月是初圆,连岁劳人偷息肩。冠盖辉煌歌舞里,黔黎颠沛楚江边。长安再试青骢马,塞上先挥紫玉鞭。灯火通宵朝日出,春光醉目满前川。"

黄濬作《正月十五夜车过徐州见月》。诗云:"长安拙宦不自闲,发兴来看江南山。帷车闭置负佳昼,忽有明月开我颜。乱山齾齾围釜底,斗大孤城背山起。城头冷吹濯新魄,荡曳春姿蘸寒水。欲知今夕定何夕,飐暝疏灯星桥隔。幽人笔砚待何年,属想云鬟愁脉脉。陵阤谷陟岁不同,彭城终为天下冲。郊原兵气近暂戢,但见野柳摇春风。彭黄汴泗古如此,太息长洪笛声死。飚轮挟我不少留,独遣清辉送千里。"

林小眉作《棉洲古元夕》(己未)(三首)。其一:"衔柴何日竟升天,古节传柑一惘然。瘴月蛮云三万里,故山盼断广陵仙。"其二:"铜鼓河山旧寐阑,炎洲歌吹不成欢。可怜一片西都火,付与遗民掩泪看。"

16日　北京各界各团体联合组成国民外交协会在熊希龄宅开成立大会，推举熊希龄、汪大燮、梁启超等10人为理事。21日，该会通电发表七点外交主张："一、促进国际联盟之实行；二、撤废势力范围并订定实行方法；三、废弃一切不平等条约及以威迫利诱或秘密缔结之条约、合同及其他国际文件；四、定期撤去领事裁判权；五、力争关税自由；六、取消庚子赔款余额；七、收回租界地域，改为公共通商。"

《戊午周报》第40期刊行。本期"文苑·诗录"栏目含《游吴门植园，四次前韵》（龙慧）、《游麻城刘氏园，即赠刘翁士珍》（辛湄）。

李岐山作《己未孟春既望，品卿来会》。诗云："灯月辉煌似昨宵，良朋美酒百忧消。别来心事谈忘倦，去后幽人思起潮。"

17日　林纾在《新申报》上发表文言小说《荆生》。其中三个书生，皖人田其美，影射陈独秀；浙人金心异，影射钱玄同；狄莫新归自美洲，能哲学，隐指胡适。三人聚于陶然亭畔，饮酒作乐，口出狂言，攻击孔子和古文。一伟丈夫（荆生）破壁而入，指三人曰："汝适何言？……尔乃敢以禽兽之言，乱吾清听！"田生尚欲抗辩，伟丈夫骈二指按其首，脑痛如被锥刺。更以足践狄莫，狄腰痛欲断。金生短视，伟丈夫取其眼镜掷之，则怕死如猬，泥首不已。丈夫笑曰："尔之发狂似李贽，直人间之怪物。今日吾当以香水沐吾手足，不应触尔背天反常禽兽之躯干。尔可鼠窜下山，勿污吾简。……留尔以俟鬼诛。"

《华铎》第2卷第7号刊行。本期"文苑"栏目含《和觉庐〈落花〉诗七律八章》（鲍天放）。

陈三立探梅俞园，见俞明震生前手植梅树，作《正月十七日探梅俞园，感逝成咏》。诗云："红艳蕾初胎，依然手植梅。年年花满眼，湖海一归来。栏楯迷前赏，风香写独哀。魂兮寻月下，应伴绕千回。"又，陈三立作《翔冬示〈上元夜对月〉之作，次韵奉酬》云："抱古向天语，姚湾一士痴。逢迎衔泪月，飞出写云诗。笛冷城头客，巢安叶底儿。挂霄明寸梦，过有羽衣知。"胡俊（翔冬）原作《上元夜对月有作，呈散原先生》云："今月喝杯里，照人肺腑痴。摇天不死影，压酒上元诗。粉米悬来日，鱼龙哄小儿。吟看无处说，却得至公知。"

姚茫父为绍兴姚锡久（石父）《刻铜集拓》题词。略谓："绍兴姚锡久世擅此业，与余有素，又数劝奖之。已而锡久以所刻进，则不异张、孙之技。一时鼎足，岂不可喜也欤！"

杨匏安《除夕赠都休》载于《广东中华新报》。诗云："客中同守岁，今夕意如何？彼此胸怀旷，谁人诗句多？寒灯酿春色，腊鼓散愁魔。相视翻一笑，犹赢鬓未皤。"

林苍作《元宵后二日墓祭》。诗云："一恸山场日又昏，先人遗体惜虚存。频年犹是浇杯酒，近事何堪告九原。从宦适成今日痛，表阡永念昔贤言。登高回首嗟予弟，隔海相望正断魂。"

18日 梁启超等人至巴黎。作为中国参加和会代表会外顾问,先后会见美国总统威尔逊及英法等国代表,请其支持中国收回德国在山东权益。此时梁氏被北京政府蒙蔽,对段祺瑞政府与日本签订之秘密借款合同和关于山东问题换文一无所知。

郁达夫作《赠梅儿》。诗云:"淡云微月恼方回,花雾层层障不开。好似春风沉醉夜,半楼帘影销寒梅。"

19日 沈曾植招同人集寓所,郑孝胥、王乃征、王秉恩、缪荃孙、朱祖谋、陈衍、杨钟羲、刘复礼、王国维在座。

马一浮作《法相寺千岁豫章》。诗云:"木德秉时升,高大由小积。化人洞一相,念劫泯延迫。是法住法位,遍界炽然说。咄哉此树王,尔乃广长舌。七年示始芽,四代乍已析。鳞鲔藉缘生,枯槁犹不释。岂矜数国荫,独脱九川厄。岩间宴坐顷,柯叶森改易。荏苒抱冬荣,同根矫天伐。土敝悉民嗟,山深仁鸟择。永念巢父言,终违匠氏睨。远近理亦齐,情器匪有隔。松直与棘曲,随幻见幽赜。转彼伊兰风,赖此栴檀力。真智超数量,世谛俨今昔。如闻龙吟声,会取赵州柏。"

郁达夫作《留别隆儿》。诗云:"平生窃羡蓝桥梦,略识扬州子夜春。莫向杏坛题品第,本来小杜是诗人。"

20日 南北和平会议在上海开幕,北京政府派朱启钤为总代表,广东政府以唐绍仪为总代表。21日正式开会,先由南方总代表唐绍仪致辞,云:"国内战争至今日告一结束,但推厥祸源,外力实有以助长之,旧武人派苟不借助外力,则金钱无自来,军械无从购,兄弟阋墙早言归于好矣。何至兵连祸结,延至今日,使人民痛苦,至于此极。今北方已经觉悟,开诚言和,舍旧谋新,请自今始!"北方总代表朱启钤接着致辞:"民国成立以来,国家政权多握于武力派之手,故战争纷乱,迄无宁岁。迩者时势所趋,潮流所迫,将化干戈为玉帛,换刀剑以赎牛,一切干羽戈矛,皆应视为过去陈旧之骨董。从此战争当无从再起,和平统一,请视诸斯!"南方总代表唐绍仪率先提出陕西停战问题,双方共同推定久居陕西之晋人、旧国会议员张瑞玑至陕西监督停战。徐世昌借外交团压力,劝段祺瑞将参战军移交陆军部管辖。段不置可否,因陆军总长靳云鹏属段系大将,另一皖系大将徐树铮则表示反对。和谈期间,北京政府正发行"民国八年短期公债五千六百万元",南方代表怀疑北京政府利用和谈为缓兵计,以筹措战费继续用兵,故大为反对。徐世昌、钱能训在安福系愤怒攻讦下,极口否认有取消安福国会意图。3月3日,因北军继续进攻陕西于右任之靖国军,和议遂告停顿。3月又传出皖系徐树铮将统带军队入蒙消息。至5月13日,南北和谈破裂。

闻一多记读《天演论》感想,称其"辞雅意达,兴味盎然,真移译之能事也。《新潮》中有非讥严氏者,谓译书不仅当译意,必肖其词气笔法而后精,中文选句破碎,不能达蝉联妙邃之思，欲革是病，必摹西文云云。要之严氏之文，虽难以上追诸子，方之苏氏不多让矣。必谓西方胜于中文，此义蛣蜣丸转，癖之所钟，性使然也，吾何辩哉"。（《仪老日记》）

郁达夫作《留别蝶如》《留别担风》《留别佩兰吟社同人》《留别梅儿》。其中，《留别蝶如》云："与君四载同门学，文字空联一段缘。此去流人归有信，蓬莱谪住只三年。"《留别佩兰吟社同人》云："高楼风雨忆平津，香草筵前酒几巡。何事离人肠欲断，旗亭月色夜来新。"《留别梅儿》云："淡云微月旧时盟，犹忆南楼昨夜筝。侬未成名君未嫁，伤心苦语感罗生。"《留别担风》诗题又作《将去名古屋，别担风先生》，本年 4 月 15 日载日本《随鸥集》第 174 编。诗云："到处逢人说项斯，马卿才调感君知。瓣香倘学涪翁拜，不惜千金买绣丝。"担风有次其韵诗，题为《送达夫文，次其〈留别〉诗韵》。诗云："君去何之某在斯，青衿白首两相知。春风不解系离绪，吹乱城中万柳丝。"

21 日　郁达夫作《留别同学》。诗云："韩昶何能识退之？文人自古薄同时。鲁君不解封东岳，莫立丰碑作去思。"

22 日　潘飞声在上海招消寒雅集，杨钟羲赴招。

23 日　《戊午周报》第 41 期刊行。本期"文苑·诗录"栏目含《宿伏龙观》（问琴）、《观稼亭春望》（前人）、《移居杨侯别墅，答尧生寄怀鱼陂茆屋之讯，并柬同社诸君子》（前人）、《花朝课儿女辈，以"百花生日"命题，戏为程作》（前人）、《锐父以君穆、以庄合影见遗，题二十八字》（赧公）、《友人邀集莫愁湖》（前人）、《移居金陵》（前人）、《寄怀石荪》（前人）、《新归》（前人）、《稗瀣诗集》（仁寿毛澂）。

吴佩孚作《己未雨水后三日，天晴，承衡绅招饮，就近登城览眺。时值上海开和平会议，有感而作》。诗云："衡雨岳云才拨开，和风一道海东来。郊原新绿转枯草，岭上残红见落梅。野战有情萦战骨，山岚无恙脱劫灰。临楼把盏客心慰，斗酒百篇何壮哉！"

恽代英作《题沈葆秀遗照》。诗云："郎君爱唱女权论，幸福都拼付爱神。常欲寸心如古井，不妨人笑未亡人。横风吹断平生愿，死去已看物序更。我自修身俟夭寿，且将同穴慰卿卿。"

24 日　《华铎》第 2 卷第 8 号刊行。本期"文苑"栏目含《新扁鹊传》（杨荫溥）、《晓起书怀》（董宪）、《夏日遣兴》（前人）、《游红梅阁，次恽远次丈原韵》（前人）、《春日遣兴》（前人）。

黄侃自北大沙滩移居景山东街吉安所夹道，赋《移居》（四首）。小序云："己未正月廿四日，自沙滩移居吉安所夹道，赋诗。"其一："读书宁意得精庐？陋室能容乐只且。写入画图应可哂，村夫今日又移居。"其二："蜗舍蚊巢足自容，岂须横石与长松？数间瓦屋今犹昔，只愧东头陆士龙。"其三："隘巷常田长者车，闭门聊欲效山家。新来病肺宜疏酒，预惜中庭缥杏花。"其四："霞外依稀辨旧山，出林倦鸟久思还。五年京国三移宅，何以幽居日月闲。"

25日　《小说月报》第10卷第2号出版刊行。本期"弹词"栏目含《藕丝缘弹词（续）》（第六回《赚信》）（瞻庐）；"文苑·诗"栏目含《离珠曲》（瘿公）、《村山隆平、上野理一、西村时彦三君招饮网岛金波楼，席罢赋诗，呈同席诸君》（啬庵）、《赠冯冶吾、肖吾二生》（次公）、《题莼农〈十年说梦图〉》（二首，伯俞）、《西神以〈十年说梦图〉属题，集定公句》（六首，君复）、《题莼农同年〈十年说梦图〉》（二首，谢恩灏）；"文苑·词"栏目含《鹧鸪天·君直斋中饮海淀莲花白》（彊村）、《一枝春·和次公〈红豆〉》（樊山）、《高阳台（借月湔愁）》（寐叟）、《莺啼序·题莼农〈十年说梦图〉，用梦窗韵》（次公）；"诗钟"栏目含《寒山社诗钟（续）》（钟社同人）。[补白]含《窃九生联语》（十年说梦人）、《酒令》（雪蕉）。

胡适、钱玄同、朱希祖、马裕藻、周作人、刘复被北大推选为"国语统一筹备会"会员。

郁达夫在日本夜访服部担风，与之话别。担风赠其所画梅花，郁达夫作《送担风》回赠。诗云："春风南浦黯销魂，话别来敲夜半门。赠我梅花清几许，此身难报丈人恩。"

郭延（丹隐）作《泛清波摘遍·己未二月廿五，侍香宋师泛舟百花潭，饮竹闲楼，同宋问琴、邓休庵、辛圣传作》。词云："连宵快雨，十里春阴，乞取明朝天气好。闹红双舸，预约俊游起须早。城南道。明漪似镜，绿树如山，可惜百花生过了。梦里流光，回首中秋感多少。　　望林表。沾泥自伤落茵，上瀿最怀香草。忍听连年战尘，江山残照。鬂垂老。应念胜会不常，且喜今年重到。休惜楼头万竹，玉山吹倒。"

26日　张厚载在其所主持上海《神州日报》"半谷通信"栏目刊登"学海要闻"云："近来北京学界忽盛传一种风说，谓北京大学文科学长陈独秀即将卸职，因有人在东海（徐世昌）面前报告文科学长教员等言论思想多有过于激烈浮躁者，于学界前途大有影响，东海即面谕教育总长傅沅叔令其核办，傅氏遂讽令陈学长辞职，陈亦不安于位，故即将引退。又一说闻，谓东海近据某方面之呈告，对于陈独秀及大学文科各教授如陶履恭、胡适之、刘半农等均极不满意，拟令一律辞职云云。然陶、胡两君品学优异，何至牵连在内，彼主张废弃汉文之钱玄同反得逃避于外，当局有此种意思诚不能不谓其失察也。……凡此种种风说果系属实，北京学界自不免有一番大变动也。颇闻陈独秀将卸文科学长职之说最为可靠，昨大学校曾开一极重大讨论会，讨论大学改组问题，欲请某科某门改为某系，如是即可以不用学长，此种讨论亦必与陈学长辞职之说大有关系，可断言也。"

闻一多《仪老日记》云："《学报》编辑会议，某先生提倡用白话文学，诸编辑率附和，无可如何也。"

28日 闻一多作《体育馆歌》，次日毕。诗云："清华士子好身手，北方体育诸校群星我其斗。八年成绩堪不朽，诱掖鼓奖之功国家有。君不见绀楼崒嵲跨两园，璀璨皓旰舒风幡，上有琅玕骈竖之石榭，下有日星磷乱之金门；旋梯蟠虬螺，层房结蜂屯，千纶络绎露蛛网，槎枒丛揭掌芘孙；白玉为池黄金管，醴泉千文通真源，蒸气氤氲靡冬夏，天窗晃朗胡朝昏。碧眼公，熊貔威，坐受千金勤指挥。春和试伎喧虎闹，七尺健儿美且顽，登场陈力就行列，相仍号令无乖违。修绳倒挂都卢足，缥凌欲逐青云飞；青云飞，翻腾疑坠忽安住，徘徊四顾生光辉。有时余勇犹未竭，临行顾盼久不发。神来一扑骇潮吼，直从四体生溟渤；继者纷下争揶揄，四壁风雷杂呵咄。兴尽突起频低昂，乐往悲来愁撑肠。国家不惜糜巨万，岂供吾辈为弄场？吁嗟乎！摇躯叠足此何取？复哉运甓英雄立意苦。"

本 月

唐继尧与吴佩孚订立"爱国同盟秘密协定"。

中国报界联合会在上海成立，叶楚伧任主席。南北共有83家报馆派员参加，海外小吕宋、槟榔屿、仰光、曼谷、檀香山、旧金山亦有代表参加。1921年，联合会分成《北京日报》派和《晨报》派。

胡适《中国哲学史大纲》（卷上）由商务印书馆出版。蔡元培作序，称此书有四大长处："一、证明的方法；二、扼要的手段；三、平等的眼光；四、系统的研究。"此书出版轰动学界，不到两月即再版，到1922年8月已出至第八版。

朱希祖《研究孔子之文艺思想及其影响》刊于《北京大学月刊》第1卷第2号。略谓："世界上创作的事物，大概都从古来所有的逐步进步，不全是突然发生的。就文艺而论，我们现在要创作新文艺，创造新思想，非把我们中国自古以来所有的文艺思想，及西洋自古以来的文艺思想整理研究，断不能创作的，所以'古'是并非不可研究的；只要知道有我，所重在作，虽中国古来学术何尝不可推陈出新的。不知有我，不重在作，虽西洋最新学术，亦可变作古的。知道有我，所重在作，则中国古代学术，自有是非可弃取的，即西洋最新学术，亦有是非可弃取的。不知有我，不重在作，则从前盲从古的，以后就要盲从新的了。"

《新教育》在上海创刊。新教育共进社机关报。由蒋梦麟等编辑，旨在"以教育为方法，培养健全之个人，使国人能思能言能行，能担负重大责任，创造进化的社会"。后归中华教育改进社主持。又增刊《新教育评论》，由陶行知等编辑。

《浙江兵事杂志》第58期刊行。本期"文艺·诗录"栏目含《次答思齐〈南桥却寄〉之作》（海秋）、《讯梅失约，柬思齐》（海秋）、《寿黄峙青》（海秋）、《樊君漱圃既刊其远祖绍述先生集注，谋衬祀于西湖。士鉴创议，谓当附白公祠，邦人君子金以为宜,乃奉栗主于某月日附祀》(吴士鉴)、《由龙井循九溪十八涧入理安寺》(贞壮)、《赠顾君子才,时买宅与为邻》(贞壮)、《雪晴登韬光,赋示同游》(贞壮)、《棉花》(周郎)、《菜花》(周郎)、《春日偕仲煌湖上》(子逸)、《读史杂感》(樊圃)、《偕庐球游公园》(梅圃)、《隙地数弓,辟作菜圃》(后者)、《阿亮重入军府,视秘书事长谣以迎》(后者)、《次韵答子才中将》(后者)、《题许欣庵〈苏祠观梅图〉》(后者)、《落花,用渔洋〈秋柳〉韵》(后者)、《同邹慎斋、卢若虚游西泠印社,登隐闲阁》(后者)、《将归遇雷雨,复得长句》(后者)、《马》(思声)、《怡如赴日留学,作诗赠行》(思声)、《元日登吴山寄秀渊》(鼎燮)、《独酌,寄大年索和》(鼎燮)、《寄林仲枢兼寄陈征宇》(鼎燮)、《次韵答干宝》(阿亮)、《杭州媪》(阿亮)、《旷达吟》(阿亮)、《元宵》(阿亮)、《仲恢君肄业于日本骑兵学校,悼亡假归,留杭州三日,临别索诗,题箑以赠》(阿亮)。

《安徽教育月刊》第14期刊行。本期"文艺·文"栏目含《何月如先生传》(嘉定许丁民)、《〈蕉园吟草〉序》(江辛);"文艺·诗"栏目含《寿隽珊省长先生六旬暨姜夫人五旬双寿诗》(桓柯邃芬女士遗诗)。

[日]《大正诗文》第7帙第2集由雅文会编纂刊行。集前有唐绍仪书王昌龄《出塞》其一(绢本小品)。本集"诗集"栏目含"松坡栏":《朱文公》(华山桦山资纪)、《咏羊》(向阳柴山矢八)、《贺中洲翁九十》(孤山高辻修长)、《佩兰吟社雅集分韵》(担风服部辙)、《题〈梅花书屋图〉》(雀轩海部弘之)、《新年试笔》(青海釜屋忠道)、《吟行》(星溪竹井耕)、《朝晴雪》(鞠浦山县文藏)、《同题》(鹤洲曾祢达藏)、《己未新年》(松坡天边新);"犀东栏":《盐溪八幡祠逆杉》(网陵德川达孝)、《热海避寒杂咏》(蓝田股野琢)、《孤雁行》(月山高桥作卫)、《送僧从军》(东溪光明智晓)、《题陆龟蒙〈放舸图〉》(盘南伊藤义彦)、《郊园问梅》(鸥仙山村总俊)、《画水仙自题》(疏梅水野元直)、《云南纪胜题诗》(耐雪横山大藏)、《云州杂咏》(犀东国府种德);"天随栏":《奉贺梨本女王归李王世子》(天民藤本达次)、《梅溪横艇》(梧堂井上近藏)、《同题》(毅堂筱崎甲子)、《雪中烹茶》(楠窗黑宫白石)、《早春探梅》(淡梅小野芳三)、《郊外探梅》(竖崖小川博望)、《水仙》(蕉雨星野竹男)、《八云山途上》(霞溪坂本己之松)、《咏史》(槃涧山口正德)、《寒夜》(岛南石桥邦)、《春夜偶拈》(如如杉原满龙)、《成田山》(无我吉原谦山)、《己未元旦》(同人)、《同题》(适堂冈村龙彦)、《同题》(鹿山铃木总兵卫)、《同题》(达乡小宫亲文)、《同题》(霞城松野宽)、《岁首咏怀》(大村西崖)、《函山除夜》(聿水伊东祐忠)、《岁晚书怀》(涛外田中秀)、《同题》(素石佐藤庄)、《同题》(毅斋伊藤政重)、《朝晴雪》(同人)、《雪霁》(雨山白井保)、《新年雪》(禾山水野保光)、《春雪》(侗斋驹田彦之丞)、《朝晴雪》(晚稼本山幸)、《次村田翁瑶韵》(三轮朝家万)、《水竹云山房联句》(聿水、天随、枫林)、《史阁部遗砚歌》(天随久保得二)、《凤味砚歌,再用坡公〈龙尾砚歌〉韵》(同人);"春石栏":《己未元日》

（东郭落合为诚）、《祭蜂须贺诚堂公》（蘋园阪本钐之助）、《十万竹歌》（秋南歌川绚之）、《雪夜即景》（建业太田资业）、《己未元日》（远水河合龟）、《梅溪横艇》（羽城井上一）、《一月一日作》（春绿江川英武）、《川俣客舍有感》（鹤眠岸和田一雄）、《似学生》（梅所安并正晴）、《鸿城小寓》（香村中川新）、《己未元旦》（松窗稻本久）、《同题》（九鸟三枝团吉）、《楠公》（温斋平尾东）、《赠谷村市原大人》（苍龙藤井孝）、《论画》（遂亭山田良）、《王昭君》（虚庵儿珠隆芳）、《日光庙》（橘村喜多张辅）、《新年书怀》（陶庵筱岛友）、《朝晴雪》（东瑞竹越透）、《己未元旦》（华洲渡边乎）、《朝晴雪》（铜谷久保木雄）、《岁晚偶成》（吞云松尾轰）、《水仙》（香城大矢要藏）、《梅溪横艇》（旭堂多惠至善）、《己未元旦》（庙山大塚已一）、《同题》（春石冈崎壮）。"课题"栏目含"诗"：《弹剑行》《扫苔读碑》《读国史》《三月三日》《南薰入薇》《雁燕参差》《溪山访友》《牡丹》《观樱》《游芳山》《信山观梅》《古寺观木莲》）。

　　吴昌硕为周康寿篆书"执持辞翰"八言联云："执持朴真好乐古道；辞翰渊异济被后人。春谷先生属篆，为集旧拓猎碣字。时己未春孟，客沪垒，七十六叟吴昌硕老缶。"又为有吉铭绘《江上怀古图》并题《临江仙（一叶扁舟江渚上）》云："一叶扁舟江渚上，叩舷凭吊英雄。郁苍山色图画中。沧桑知几易，风月属髯翁。　　渺渺予怀今似昔，烟波梦落孤篷。流光欲泝与谁同。飞仙如可挟，莫放酒尊空。有吉先生两正。己未孟陬，吴昌硕，年七十有六。"

　　陈三立往游南京鸡鸣寺、雨花台、莫愁湖、明孝陵等处，作《鸡鸣寺倚楼作》《雨花台登山》《莫愁湖看雨》《游孝陵》。其中，《莫愁湖看雨》云："休蹄浮磬野，湿鬓落鬃椽。半暝湖吹雨，一痕山卧烟。乱愁鸿雁底，旧句虎狼边。对茗魂相语，棋坪换岁年。"《游孝陵》云："穿郭趋斜径，晴云片片逢。春痕新草木，岩气隐蚪龙。残甓同遗玺，孤亭到晚钟。古愁收载去，仕女莫相从。"又，雨中偕袁思亮往袁氏旧居絜潇园观梅花，作《同袁伯夔絜潇园观梅》。诗云："单车冲雨去，花盛旧园池。一径曾扶醉，三年得再窥。香寒蜂避屐，影好鹊存枝。飘梦东风满，安知主客谁。"又作《始春初堂望钟山余雪》。诗云："余雪冠岩峦，高高水上看。笳音切云起，人语落溪残。钓稳鱼痕长，晴完雁背宽。引春文石径，梅气自生寒。"

　　胡石予阅清代何子贞《东洲草堂诗钞》，边阅边摘其佳诗妙句。

　　冒鹤亭接任镇江关监督，关署在金山脚下。尝与陈善余（庆年）襆被宿金山妙高台，对床隔月，高谈辩论，几未成睡。冒鹤亭作《正月十五日夜与陈善余舍人襆被宿妙高台后》。其后又与傅沅叔（增湘）同宿金山妙高台，冒鹤亭又作《同傅沅叔宿金山妙高台作》。诗云："人事有变迁，大江化为陆。自从南岸连平沙，百年山寺无人宿。游人耳食金山名，但到金山心已足。江光夜碧缺月生，海气朝红初日浴，可怜此景最澄鲜，付与山僧享幽独。妙高台上水调歌，即今寂寞谁何续。耽奇笑我老不休，襆被记同陈独漉。高谈雄辩未成眠，唤起栖鸟飞簌簌（谓今年元夕，偕陈善馀同宿此）。傅君投劾谢簪组，扬州饱看垂杨绿。等闲为我过江来，暂借僧房避尘俗。与君小别曾几时，云手为翻雨手覆。吾侪只合摊破书，世事依然劫残局。不知许事食蛤蜊，但得余年友麋鹿。明朝预约游南郊，半日偷闲看修竹。只愁今夕巴人谈，地下东坡怪耳熟（沅叔，蜀人）。"

张昭汉（默君，时任南京女子师范学校校长）本月底至次月初游康桥，即景作二绝句。其一："疏林遥带玉为村，冷艳新招旧屐痕。异域风光无限好，忽牵归思到梅魂。"自注云："美洲无梅。"陈寅恪读此诗后，遂作诗一首，未写题，兼赠梅光迪。诗云："乱眼繁枝照梦痕，寻芳西出忆都门。金狨旧游迷紫陌，玉龙哀曲怨黄昏。花光坐恼乡关思，烛烬能温儿女魂。绝代吴姝愁更好，天涯心赏几人存。"

顾颉刚开始搜集歌谣。又，作《赠狄君武归婚序》云："数月前，得读缀英夫人与君武函札，字体遒拔，词气高抗，度其耿介之性，有过人焉。忆昔与君武同舍二年，见其广交游、慕名声，吾性迂拙，每兴季良不易效之思。而君武亦颇受名累，屡致烦冤，惟相向扼腕而已。以仆之愚，甚愿夫人来归之后，矫之以直谅，敦之以沉毅，使昔之春华，转为秋实。以君武倜傥之材，加以闺闱之内，长有辅仁之友，其成国器，又何疑焉。既怀此意，因即于婚期，镂金为夫人劝，兼为君武度得耦。君武与吾性情颇不类，以同舍故，友谊甚切。此文刻墨盒盖上，规讽之意至显，亦良言也。又拟一喜联曰：'是翰林院中人，催妆定有生花笔；亦刑部狱中犯，可妻不在解禽言。'君武好为名士，以大学毕业比拟翰林，又以入狱相标榜，故言之如此。君武不以为忤而反称道于人。予以讥词太露，卒未书赠。"

李亚如生。李亚如，江苏扬州人，祖籍宝应。著有《泡影集》。

吴丈蜀生。吴丈蜀，字恂子，别署荀芷，四川泸州人。著有《回春诗词抄》《读诗常识》《词学概说》《诗词曲格律讲话》。

叶德辉《郋园读书志》编竣，刘肇隅作序。略谓："肇隅髫年即从吾师游，每登观古堂，倒箧倾筐，任意翻阅，于是者逾二十年。偶检一书，则见前后多有题跋。吾师尝进肇隅教之曰：'凡读一书必知作者意旨之所在，既知其意旨所在矣，如日久未之温习，则必依稀惝悦，日知而月忘。故余于所读之书，必于余幅笔记数语，或论本书之得失，或辨两刻之异同，故能刻骨铭心，对客澜翻不竭。宋晁公武《郡斋读书志》、陈振孙《直斋书录解题》，异日吾子为余汇辑成书，即可援其例也。'肇隅唯唯听之。时吾师年未及艾也。辛亥国变，避乱邑之朱亭乡中，以旧编《观古堂藏书目》重加理董。乙卯以活字排印二百部，一时海内外风行，然皆知吾师于群书皆有题跋，未录出也。丙辰长夏，尚农、习斋两世兄始属佣书写录，略依《书目》分部，得文若干篇，大抵体近述古《敏求记》较多。考证之例，本甘泉《杂记》，兼寓抉择之意。远追晁、陈二家志录之流别，近补纪、阮二公提要之阙书。是固合考订、校雠、收藏、赏鉴为一家言，而不同于何元锡终日为达官搜采旧书、顾广圻毕生为人校刊善本，迹同掠贩，徒耗精神也。吾师曾著《书林清话》一书，肇隅为之校勘。今此题记写定，仍命肇隅序其缘起。窃惟吾师著作等身，于群经、小学、乙部百家之书，无不淹贯宏通，发前人未发之蕴，而于目录版本之学，寝馈数十寒暑，储藏既富，闻见尤多，故于各书一目了然。然偶然随笔所书，动中款窍。是编之辑，于吾师渊海之学问，不过表见其万一耳。然残膏剩馥，沾溉无穷，其津逮来学之功巨矣，岂仅于藏书家分据一席已哉。岁在屠维，协洽陬月，受业刘肇隅序于上海寓舍。"

曹广权作《己未正月，和蒿叟〈人日篇〉，用渊明〈游斜川〉韵》。诗云："人日花前人，何人得归休。小山岂招隐，亦作淮南游。五湖烟水阔，潇湘空自流。浩荡任所之，不如逐浪鸥。灵台居安在，尚想昆仑邱。占书故有之，人与谷同俦。华叶自荣落，苗实交相酬。有土可托根，但问芜秽不。一溉期后枯，庶无绝粒忧。早春鸣鸟变，相彼友声求。"

萧亮飞作《夏历己未孟春，两粤乡人宴集写影，予以不惯酬酢未至，黄道人璟以诗见询，依韵奉和并答乡人》。诗云："只身自返东南棹，日日闲游玩物华。因是开筵无我在，任教餐饭让谁加。两方和议匹夫责，中国一人天下家。待到重归当置酒，何殊同看岭梅花。"

黄宾虹作《己未正月题画山水》。诗云："青山历乱水潺湲，中有仙乡可避喧。落尽桃花渔父去，韶光不似武陵源。"

江孔殷作《己未新春，铁禅上人邀过六榕寺赏绿牡丹》。诗云："看花捱尽掺年华，旧日王孙今出家。莫是榕荫僧眼误，山前种错故侯瓜。"

徐珂作《己未（中华民国八年）新岁作》（二首）。其一："玉戏沪罕觏，一腊忽三白（侨沪十九年罕见大雪，己未立春为正月初五，今犹在腊中也。至是已三见雪矣）。此诚为瑞花，预庆熟禾麦。少见多所怪，犬狂吠南陌。白战纤儿争，丧心又奚责。"

赵炳麟作《己未新正，和李芬浦庆芳〈四我诗〉韵，并寄清华学校示儿元武、成武及惠玄侄》（四首）。其一："君年四十我长六，四十六年如一晨。上寿百年将过半，瓣香期付后来人。"其二："近年第一快心事，上学诸儿趁早晨。争弄风琴奏新乐，美洲声调最宜人。"其三："本无我相及人相，久视他乡作己乡。况在河汾风俗美，深知尧舜泽流长。"

陈师曾作《题〈梅花图〉》，收入《梅兰芳藏画集》。诗云："夜深梅印月横窗，纸帐魂清伴玉缸。莫谓道人无一事，也随疏影梦寒江。（如山属为畹华画。己未初春，师曾衡恪）"

徐翙作《己未正月，和钦出示〈买菊诗册〉，晋人题识甚伙，为书二首纸尾以博一粲。诗有禁例,限每句用一数字,可错置也》(二首)。其一:"并世群龙斗未休,六街尘涴岁将周。虫沙万劫真同命,风雨孤吟始欲愁。踏取看经几两屐,买栽聊作一帘秋。狙公三四劳樽俎,谁与天狼射十头。"

[日] 关泽清修作《新年纪喜,分韵》。诗云:"五年天下羽书驰,妖雾今随新岁披。鳟俎折冲应在近,钦差今日发京师。"

◈ 三 月 ◈

1日 《春柳》第4期刊行。本期"文苑"栏目含《题顾误生英秀戏单第二集》(冬树)、《同上》(兰卿)、《同上》(袁寒云)、《同上》(宝象)、《同上》(侯毅)、《同上》(杨鉴莹)、《同上》(何震彝)。

张謇拟种二松于西寺,作《西寺种松》。诗云:"种松岂是十年事,阅世稀闻百岁人。夹道定教敷美荫,再来能否记前因。题诗刻石诸天笑,献佛焚花十地春。看取中庭双杏在,苍然老辈郁嶙峋。"又作《挽金孔夫人》联云:"值新岁初三日出门,闻已弥留,扶簀谆谆传义训;后先室十二年逝世,如仍邂逅,下泉款款有家常。"

郁达夫在日本作《重游犬山城》。诗云:"白帝城头落照鲜,清游难忘四年前。昔来曾拜桃花祭,今去将排苜蓿筵。一样春风仍浩荡,两般情思总缠绵。此行应为山灵笑,不向溪边夜泊船。"

2日 各国共产党第一次世界代表大会在莫斯科开幕。4日宣布成立第三国际(共产国际)。

周作人《思想革命》载于《每周评论》第11期。又载4月15日《新青年》第6卷第4号,署名仲密。文中指出:"文学革命的文字改革是第一步,思想改革是第二步,却比第一步更为重要。""如果是单变文字不变思想的改革","怎能算是文学革命的完全胜利呢?"

《戊午周报》第42期刊行。本期"文苑·诗录"栏目含《龙泉寺》(华鬘)、《忆东津,用工部〈送韦讽摄阆州录事〉韵》(辛湄)、《自叹》(前人)、《答人问乱后何所事》(前人)、《有感》(隐隋)。

吴昌硕为丁乃昌绘《茶花》并题词云:"秦皇庙后茶花,西崦高低绽雪。何当画此嫣红,更与山灵争绝。啸弟正之。己未中和节,吴昌硕年七十六。"又为吴隐题《汉尹宙碑》。

郑孝胥为林山腴书"文翁石室"四大字。

孙树礼作《己未二月朔,季弟彻奠,又为先室生忌感赋》。诗云:"今日何日我心悲,春风拂面惨不怡。仲兄厌世月甫弥,神气虽徂情未离。或念或释常在兹,晨夕未检文与诗。目所接触酸心脾，近将日记亲手披（榆侄寄来兄日记，俾查事迹）。——如兄生平时，直方节概贫不移。郭有道碑题者谁，矫首回望西湖湄。芝弟今日正撤帷，文孙奉主恭袥祠。诸阮祭拜各以差，我独未能奠一卮。身霸朔方心难驰，回肠辗转俨络丝。环顾子妇被祁祁，又以追远申孝思。溉釜躬代庖人治，牲醴清洁丰盛粢。奠之牖下季女尸，回溯壬申梦血炊。历年倏逾卅八期，童孙绕膝乞含饴。我心隐痛彼不知，百感交集胸郁伊。枯坐几如痴兄痴，兄灵陟降任所之。何不化鹤来京师，免我昕宵如调饥。"

3日　《神州日报》经理余大雄将副刊《晶报》独立发行，此为中国最早小报。主笔袁寒云（克文）、张丹斧（延礼），编辑刘襄亭、余大雄。1941年12月停刊。

张厚载在上海《神州日报》"半谷通信"栏目刊登"学海要闻"云："前次通信报告北京大学文科学长、教授将有更动消息。兹闻文科学长陈独秀已决计自行辞职，并闻已往天津，态度亦颇消极。大约文科学长一席在势必将易人，而陈独秀之即将卸职，已无疑义，不过时间迟早之问题。"

《华铎》第2卷第9号刊行。本期"文苑"栏目含《诗话》（慈溪柴萼）、《饯春》（东大陆主人）、《大定》（前人）、《黔西》（前人）、《永宁》（前人）、《威宁》（前人）、《宣威》（前人）、《沾益》（前人）。

庄士敦觐见溥仪并始在毓庆宫授课。

梁鼎芬致函沈曾植，并寄溥仪所题"延恩"二字。

闻一多访同籍（湖北浠水）前辈诗人陈曾寿。

耿道冲作《己未二月二日开社首唱》。诗云："两载开吟社，曾经六十期。墨香留在案，醴味溢于卮。庭焕青松色，墙题红杏诗。看花初剪韭，莫负好春时。"

［日］服部辙作《三月三日诗以记感》。诗云："国家营葬盛仪陈，槿域具瞻封爵真。卜宅凄凉金谷里，顾天恸哭白衣民。千年禾黍犹如昨，八道山河空复春。镜破花飞果何谶，沧桑转瞬泪沾巾。"

4日　李大钊《新旧思想之激战》始载于《晨报》"自由论坛"栏目，至5日止。文章对林纾以文言小说《荆生》攻击新文化运动进行批驳。李大钊言："宇宙的进化，全仗新旧二种思潮，互相蜕进，互相推演。""我确信这二种思潮，都是人群进化所必要的，缺一不可。"李大钊认为中国思想界"死气沉沉"，"全在惰性太深，奴性太深，总是不肯用自己的理性，维持自己的生存，总想用个巧法，走个捷径。靠他人的力量，摧除对面的存立，这种靠人不靠己、信力不信理的民族，真正可耻！真正可羞！""我正告那些顽固鬼祟，抱着腐败思想的人：你们应该本着你们所信的道理，光明磊落的出来同这新派思想家辩驳讨论。""总是隐在人家的背后，想抱着那位伟丈夫的大腿，拿强暴的势力压倒你们所反对的人，替你们出出气，或是作篇鬼话妄想的小说快快口，造段谣言宽宽心，那真是极无聊的举动。须知中国今日如果有真正觉悟的青年，断不怕你们那伟丈夫的摧残。你们的伟丈夫，也断不能摧残这些青年的精神。""这样滔滔滚滚的新潮，一决不可复遏，不知道那些当年摧残青年、压制思想的伟丈夫哪里去了。我很盼望我们中国真正的新思想家或旧思想家，对于这种事实，都有一种觉悟。"此文被本年3月9日《每周评论》第12号转载，原署名"守常"。

闻一多《仪老日记》云："《学报》用白话文颇望成功，余不愿随流俗以来讥毁。"

童保暄作《赠姜秘书长际青来诗韵》。诗云："儒术千秋高，英名百战身。兴朝多宿将，旷代有奇人。御史能规主，参军独幕青。天南春气早，花影满衣巾。"

6日 《北京大学新旧之暗潮》刊登于《申报》，署名"静观"。报道说："日前喧传教育部有训令达大学，令其将陈（独秀）钱（玄同）胡（适）三氏辞退，并谓此议发自元首，而元首之所以发动者，由于国史馆内一二耆老之进言，但经记者之详细调查，则知确无其事。此语何自而来，殊不可解。"

刘人熙卒。刘人熙（1844—1919），字艮生，号蔚庐，湖南浏阳人。先读私塾，后入长沙城南书院求学。同治三年（1864）考取秀才，六年（1867）乡试考取解元，九年（1870）主讲道州书院。翌年冬，应聘纂修《平江县志》。光绪三年（1877）会试中进士，任工部主事，分管水利。十年（1884）调任会典馆纂修官。翌年5月，清政府在中法战争已获胜时签订《中法合订越南条约十款》，撰写《海国七律》，斥责李鸿章卖国。二十五年（1899）以直隶知州外放河南补用，先后委署许州、光州、直隶知州。同年收谭嗣同为弟子，教习《船山遗书》。二十七年（1901）任江西大学堂总教习。翌年入广西，任课史馆馆长，兼营务处会办。三十二年（1906）返湘，就任湖南中路师范学堂监督。翌年任湖南教育总会会长，领衔上书请愿开设民选议院。1911年10月22日，长沙光复，湖南督府成立，出任民政司第一任司长。1913年呈请北洋政府大总统袁世凯与内阁总理唐绍仪颁布谭嗣同褒扬令，并兴建纪念祠。1912年国民党湖南支部成立，任支部评议员，同时辞去民政司职务。1914年任袁世凯大总统府政治咨议，并创办船山社，收刻船山遗书、创办船山学校，传播船山学术，极一时之盛。1915年任湖南高等师范学校历史科主任。是年秋，与贝允昕创办《大公报》，反对袁世凯复辟帝制。蔡锷在云南发动护国运动后，又力主湘桂联军合力北伐，并密派次子仲迈向桂军陆荣廷达意，劝其出兵，与湘军会师武汉。1916年被湖南各界推举为湖南临时都督，旋被段祺瑞改派为湖南督军兼代省长。同年潜往上海，任大总统黎元洪顾问。1918年被推为两湘民军联合会会长，反对张敬尧督湘。又在上海组织"策进永久和平会"并任会长，致书南北，要求停战。卒于上海，后归葬于故乡石塘冲。著有《蔚庐文稿》《蔚庐诗集》《蔚庐文集》《刘人熙日记》《刘人熙集》等。章炳麟挽联云："乱世才难用；先生老未归"。庄蕴宽挽联云："士农工贾，公皆堪作大师，国故况多劳，且宜教郡邑镌碑，湖山配祀；成住坏空，人固难逃此例，天涯频洒泪，忍追忆论文假榻，问政书绅。"曾熙挽联云："未靖中原，遽伤耆硕；既逢多难，矜此余生。"

记者白苹《林畏庐先生近况》刊登于《晶报》第2号。略谓："又其客厅上悬清宣统帝所赐'四季平安'四字，旁并有'赐臣林纾'等字样。"又曰："上海有某编译社（盖即指《文学讲义》也），尝请先生担任撰述，而始终不酬一钱，先生引为最痛心疾首之事。每谓人曰：'上海滑头事业真多，大上其当。此后非先送钱来，我决不干'云。"

吴佩孚于本日前后作《己未惊蛰前后，晴雨风雷连日，上海和会停顿，陕战仍属进行，各方电文纷驰，颇有惧意，有感而作》。诗云："忽晴忽雨兼鸣雷，言战言和哭带声。人事如斯天亦醉，天时已至人谁醒？"

8日 杨钟羲赴姬觉弥之招。同座者邓君展、白也诗、章一山。

李锡年（葆初）访郑孝胥，来取求题手卷二轴，一为《秋狝扈从图》，一为《春宴图》，皆其乃祖芸甫水部所遗。郑即为题二绝付之。

姚华作《扬州慢·为憪仲图松柏独秀斋因题，谱石帚》。词云："红意填词（宋子京词：'红杏枝头春意闹'），碧沉消睡，几回往事成尘。絮凉天客语，又暮色栖云。算惟有幽心未老，旧时词笔，勾梦堪温。试商量，风月烟霞，描画柴门。　　望中秀野，称君家、嘉树如人。甚道士栽桃，词人嫁李，犹自冬春。送目大荒何处？斜阳去也入无垠。剩天边乔木青青，疑殢湘魂。（己未二月望，憪仲过访山斋，属图。深情感旧，泚笔调寒，向夕而成，至平芜尽处。憪仲则云：'大荒无垠，又不知意之所极矣'）"

9日 杨钟羲赴同兴楼一元会，来者王聘三、冯梦华、王尧衢、章一山、邹紫东、唐元素、宋澄之、俞志韶。

《戊午周报》第43期刊行。本期"文苑·诗录"栏目含《拟郭景纯〈游仙诗〉七首，用原韵》（曙南）、《穉瀚诗集》（仁寿毛澂）。

张厚载在上海《神州日报》"半谷通信"栏目刊登"学海要闻"云："北京大学文科学长陈独秀近有辞职之说，日前记者往访该校校长蔡孑民先生，询以此事。蔡校长对于陈学长辞职，并无否认之表示。且谓该校评议会议决，文科自下学期或署假后与理科合并，设一教授会主任，统辖文理两科，教务学长一席即当裁去云云。则记者前函报告，信而有征矣。"又云："蔡校长对于校务经营擘画，不遗余力，洵吾国教育界之功人也。"蔡元培本月18日正式致函《神州日报》，一一作"否认之表示"。《神州日报》则在两天前以报社名义刊出一则"更正"曰："据闻前此北京通信中所载北京大学陈独秀辞职，胡适、钱玄同等受教育部干涉等不确，特此更正。"此后"半谷通信"维持，"学海要闻"消失。

陈隆恪至沪，作《二月八日南行重至沪》《西湖纪游，偕李十一眷属，暨郑文虎凡十人》(二首)。其中，《二月八日南行重至沪》云："心醉春光不醉眼，芳草天涯扶梦转。寒衾夜拥车壁摇，红日朝暄柳芽展。及时笑傲已成痴，压市繁华今再践。楼头蜃气挟云飞，靓饰吴姬骄不愠。"《西湖纪游》其一："晴光抹天地，净对湖山景。幻想非一朝，触眼同梦醒。乘兴罗故人，胜事续俄顷。轻篾翼晓风，万绿藉相枕。盘磴入山深，到寺闻磬警。礼佛簇童妪，气象森灵隐。悠然出世心，悟到风竹整。攀高跻韬光，沾裳日色冷。一缕钱塘江，微芒射绝顶。折寻天竺径，香雾众喧梗。楼头拥一餐，忽指幽奇境。林峦翳鸟道，白日昼不炯。缓步吐巉岩，溪声流鬓影。借景完天真，惬情欣自省。欢言去住间，烟霞成聚饮。深杯映绮罗，春盘荐蔬笋。孤亭纳莽苍，精构足燕寝。好事陈汤翁，猝复东坡领。摩挲千载后，踪迹吾侪并。文字落人间，盛名徒引颈。百感视斜阳，细雨积檐阴。促归穿长堤，塔耸春寒紧。"其二："片雨沉夕晖，晨曦弄清泚。披衣轸游踪，出共鸟声喜。挐舟入鸥群，顾盼浚波起。霸敛山回环，倒影不盈咫。烟岚擅世情，浓淡饰西子。始叹丧乱初，予夺绝人理。天独待完人，锡此山与水。孤山问林逋，一冢亲万蚁。终古有黄昏，寒梅犹可拟。双桨渡刘庄，台榭褪縠绮。过据湖边楼，聊洽杯中旨。割鲜仰征云，把臂复三徙。望阻舅氏庐，猎猎风声里。相娱但偶然，感逝空如此。况有千载人，历历隔生死。固耻沟渎沦，终惜风光止。异日傥重来，还期陪郑李。"

童保暄作《宗兄鄂川自家返厦》。诗云："朋旧家乡至，转增游子愁。南天明西月，北斗尚重装。堂上椿萱健，田中禾菽收。父兄更属问，征战几时休。"

10 日　北京政府教育部聘请范源濂、蔡元培、陈宝泉、蒋梦麟、王宠惠、吴稚晖等 19 人，并指派部员沈步洲、张继煦等 9 人组成教育调查会。

11 日　沈曾植始作随笔札记《月爱老人客话》。

汪东三十生辰，有早衰之戚，赋《水调歌头》抒怀。词云："酹酒饯春去，含泪劝春归。十年前事堪记，犹是少年时。曾试长堤金勒，还傍秦楼筝笛，连夜醉芳庀。春梦总须觉，为我稍迟迟。　　万千意，春不管，去难回。乱红飞絮点点，千里送斜晖。不恨小园岑寂，但恐蜂媒蝶使，重认只空枝。有美更相忆，惆怅卧遥帷。"

童保暄作《春日晚步感赋》。诗云："一日清明一日阴，茶华瞬息百年心。野蜂趋艳喧花底，飞鸟因风落杏林。辽涉梦成闺怨堂，关中报到战云深。"

郁达夫作《游八事山中，徘徊于观音像下者久之》。诗云："三月东风作嫩寒，小春花事已摧残。地来上谷逃禅易，人近中年弃世难。大士慈悲空说法，子张辛苦尚求官。神仙莫问蓬莱使，且待承明看露盘。"

12 日　章太炎上书孙中山，述对南北议和意见。

杨钟羲赴周庆云之招。同座者张菊生、朱古微、夏剑丞、李拔可、章一山。

毛泽东离京去沪，送留法勤工俭学学生出国，旋返湖南。在京期间曾访黎锦熙，且得其助，并尝讨论中国和湖南的"解放与改造事"。

[日]冈幸七郎、波多平川同访郑孝胥，冈幸赠《硕水集》一部、日本纸一刀，并言今夕即往汉口，仍在汉口日报社。

姚安生。姚安，原名姚永锡，广东梅州人。著有《永锡楼吟草》。

13日　杨钟羲赴消寒七集之招。到者刘承干、缪子彬、陶拙存、潘兰史、徐积余，后又添邀张盂劬、况夔笙二人。

陈夔龙招集花朝雅集于花近楼，冯煦、陈邦瑞、邹嘉来、朱祖谋、余肇康、左孝同、王秉恩、王乃征、徐乃昌等在座。陈夔龙作《花朝日柬约冯梦华、陈瑶甫、邹紫东、朱古微、余尧衢、左子异、王雪程、王病山、徐积余花近楼雅集，即席赋诗索和》。诗云："芳辰高会慰清寥，喜有晴光上柳条（连朝阴雨，朝来始晴）。主客图应逾九老（宾主十人得年六百四十余岁），贞元士已阅三朝。廿番风信春寒重，五处乡心驿路遥。太息致尧诗句好，不堪凄断是今朝。（韩致尧诗：'每遇百花生日日，未曾凄断自今朝。'）"

吴昌硕为刘安溥篆书"渔于猎吾"八言联："渔于辞渊罟橐秀翰；猎吾艺囿花原既骙。湖涵四兄先生雅鉴。己未花朝，集旧拓猎碣文字。七十六叟安吉吴昌硕。"为石田绘《山水对屏》并题。其一："参天峭壁抱嶙峋，不是天台不富春。饮水看云无不可，秋山为此隐何人。石田先生属写。己未春仲，吴昌硕，时年七十六。"其二："安贫乐道隐穷阿，画手瞿山墨共磨。拥雪相近谁是客，泉声如和大风歌。石田先生雅属。己未花朝，吴昌硕，年七十有六。"又为刘安溥绘《山水》横披："瀑声号动万山摧，一曲高山操几回。此老胸中诗最好，龙湫琴罢咏天台。己未二月望，吴昌硕客海上去住随缘室，时年七十有六。湖涵四兄先生教我。老缶写毕自读，颇类石师。为之狂喜。"

许湘祥作《花朝湖上信步，有怀梦坡、醉愚两社兄》，周庆云作《狷叟以〈花朝寄怀〉诗见示，是夕予在淞滨宴饮庄楼，意中人亦为叟所眷，感而成此，并用元韵写呈狷叟》。其中，许湘祥《花朝湖上信步》云："瘦腰浮舫寄诗新，公瑾投醪味更真。雨足陡添三尺绿，天寒勒住一分春。扶孙当杖徐行便，剪彩为幡故事循。我祝群花花寿我，又教堤柳拜诗人。"周庆云和诗云："旧巢重认燕泥新，即事诗成当写真。凉月照楼常独倚，空花顾影尚含春。歇删绮语情难已，留得风怀例可循。莫恨天涯逢令节，问津原属武陵人。"

陈衍作《舟中忆起今日是花朝，取酒独酌》。诗云："客里还为客，花朝未见花。床头携有酒，独酌记年华。"

萧亮飞作《夏历己未花朝，夷门社友偕游东郭，循水而南，踏青吹繁两台间，归来设宴遇园，即席赋此》。诗云："夷门社立匝一载，岁月日新人不改。最老七九少三八，龙马海鹤各健在。东风吹春和且娇，佳序如锦逢花朝。招朋闲坐踏青事，偕行缓出曹门桥。循水逶迤向南去，随意寻芳无定处。流莺试啭蝶初飞，惠济河边隋堤路。

晴天丽日烟雾开，师旷繁钦遗双台。就中最宜同散步，斜阳人影相徘徊。似此游乐何太好，小憩无妨藉绿草。乘兴结队还入城，遇园设宴足醉饱。饮酣佳句出金罍，诗成安侯击钵催。促我长征之辽沈，折游南天期早回。饫斯盛情感不朽，复吸长鲸酌大斗。来朝狂笑赋远征，归来痛饮金梁酒。"

赵熙作《己未花朝》。诗云："沈周一去浅蓬莱，斫地哀歌歌莫哀。今日百花生日酒，百花潭水百花开。"

沈琇莹作《浪淘沙·己未花朝，菽庄即景，有怀蟫窟公子，和南唐后主》。词云："金带水潺潺，蝶梦阑珊。东风犹作一分寒，生怕百花嗔客倦，强起寻欢。 二十四回栏，摩达仙山，故人天远寄书难。愁听新来双燕子，絮语梁间。"

林鹧翔作《踏莎行（花鸟三春）》。词云："花鸟三春，管弦双调。夕阳销得愁多少。探幽曾入上强山，闭门还种忘忧草（君官吾乡，政绩甚著。光复后，奉母不出，以诗词自娱）。 天籁如闻，性灵独抱。眼前语未经人道。苹洲渔笛惯相思，相思不共苹花老。"注云："右调《踏莎行》，奉题怡厂道兄先生大集，用碧山题《草窗词》韵，即希教正。己未花朝廙盦弟林鹧翔拜稿。"

张素作《菩萨蛮·花朝，为钰庵题〈梨影集〉》。词云："一年一度花生日，好花过眼春虚掷。妆面与花宜，愁风吹损伊。 未忺玄鬓换，忆梦人归晚。怊怅是当年，银河清浅边。"

14日 冯煦诗成示陈曾龙，陈氏和作《越日梦华以诗纪事，和答一首，即步其韵》。诗云："层阑深邃画帘阴，花近楼头伤客心。太息百花生意瘁，生朝一醉强登临。歇浦索居俦八稔，幸有胜侣相追寻。劫后腰脚各无恙，轩然不受纤尘侵。冯公（蒿叟）白首老尤伟，诗盈吴袖酒杭襟。后山（瑶甫）交凤长于我，一经教子抵籝金。邹（紫东）余（尧衢）并是齐年友，分曹联步苔同岑。蜀中二王（病山、雪程）真健者，埋头校书工苦吟。彊邨（古微）罗胸妙黄绢，独标丽则删哇淫。左（子异）徐（积余）同持江左节，新亭饮泣抽朝簪。等是有家归未得，目断云中乡树林。衔石填海会有日，漫云精卫是冤禽。今日传笺为花寿，护持风雨力能任。阳和布濩群蒙豁，挽戈犹得倾葵忱（连日阴雨，朝来放晴）。月泉觞咏忆畴曩（往岁逸社赋诗，瞿止相执牛耳，今则墓草已宿。涛园、完巢相继凋丧，节庵、补松、散原诸老天各一方，为之怃然），重过黄垆感不禁。投辖尽醉永朝夕，遄恤落月兼横参。年年此日花下饮，抚时感事成古今。"

梁赞臣《题小坡竹枝词》刊于〔马来亚〕《国民日报》"诗选"栏目。诗云："入夜游人上小坡，狂蜂蝶子戏娇娥。荷兰水饮随街唤，试味都是狎客多。"

张謇作《挽袁总统夫人》。联云："世尝称夫人之贤，居尊弥约，在盈念冲，我以为信；国即本平民之治，逮下能仁，闲家有礼，史亦当书。"

15日 北京政府于中央公园举行"公理战胜"纪念牌坊开工典礼。

《东方杂志》第16卷第3号刊行。本期刊登胡先骕《中国文学改良论上》。文曰："自陈独秀、胡适之创中国文学革命之说,而盲从者风靡一时。在陈、胡所言,固不无精到可采之处,然过于偏激,遂不免因噎废食之讥;而盲从者方为彼等外国毕业博士等头衔所震,遂以为所言者,在在合理,而视中国文学果皆陈腐卑下不足取,而不惜尽情推翻之。殊不知彼等立言大有所蔽也。彼故作堆砌艰涩之文者,固以艰深以文其浅陋。而此等文学革命家,则以浅陋以文其浅陋,均一失也。而前者尚有先哲之规模,非后者毫无文学之价值者所可比焉。某不佞,亦曾留学外国,寝馈于英国文学,略知世界文学之源流,素怀改良文学之志,且与胡适君之意见,多所符合,独不敢为鲁莽灭裂之举,而以白话推倒文言耳。今试平心静气,以论文学之改良,读者或不以其头脑为陈腐,而不足以语此乎。文学自文学,文字自文字,文字仅取其达意,文学则必达意之外,有结构,有照应,有点缀。而字句之间,有修饰,有锻炼。凡曾习修辞学作文学者,咸能言之,非谓信笔所之,信口所说,便足称文学也。故文学与文字,迥然有别,今之言文学革命者,徒知趋于便易,乃昧于此理矣。或谓欧西各国,言文合一,故学文字甚易,而教育发达。我国文言分离,故学问之道苦,而教育亦受其障碍,而不能普及,实则近来文学之日衰,教育之日敝,皆司教育之职者之过,而非文学有以致之也。且言文合一,谬说也。欧西言文何尝合一,其他无论矣。即以戏曲论,夫戏曲本取于通俗也。何莎士比亚之戏曲,所用之字至万余,岂英人日用口语须用如此之多之字乎? 小说亦本以白话为本者也。今试读 Charlotte Bronte 之著作,则见其所用典雅之字极夥。其他若 Dr. Johnson 之喜用奇字者,更无论矣。且历史家如 Macaulay, Prescott, Green 等,科学家如达尔文、赫胥黎、斯宾塞尔等,莫不用极雅驯极生动之笔,以记载一代之历史,或叙述辩论其学理,而今百世之下,犹以其文为规范,此又何耶? 夫口语所用之字句,多写实,文学所用之字句多抽象,执一英国农夫询以 Perception, conception, consciousness, freedom of will, reflection, stimulation, trance, meditation, suggestion 等名词,彼固无从而知之,即敷陈其义,亦不易领会也。且用白话以叙说高深之理想,最难削切简明,今试用白话而译 Bergson 之《创制天演论》,必致不能达意而后已。若欲参入抽象之名词,典雅之字句,则又不以纯粹之白话矣。又何必不用简易之文言,而必以驳杂不纯口语代之乎? 且古人之为文,固不务求艰深也。故孔子曰:'辞达而已矣。'今试以《左传》《礼记》《国语》《国策》《论》《孟》《史》《汉》观之,除少数艰涩之句外,莫不言从字顺,非若《书》之《般庚》《大诰》,诗之《雅》《颂》可比也。至韩、欧以还之作者,尤以奇僻为戒,且有因此而流入枯槁之病者矣。此等文学,苟施以相当之教育,犹谓十四五龄之中学生不能领解其义,吾不之信也。进而观近人之著,如梁任公之《意大利建国三杰传》《噶苏士传》,何等简明显豁,而亦不失文学之精神。下至金圣叹之批《水浒》,动辄洋洋万言,莫不痛快淋漓纤悉必达，读之者几于心目十行而下，宁有艰涩之感。又何必白话之始能达意，始能明了乎？凡此皆中学学生能读能作之文体。非《乾凿度》《穆天子传》之比也。若以此为犹难，犹欲以白话代之，则无宁划除文字，纯用语言之为愈耳。更进而论美术之韵文。韵文者，以有声韵之辞句，傅以清逸隽秀之词藻以感人，美术、道德、宗教之感想者也。故其功用不专在达意，而必有文采焉，而必能表情焉，写景焉。再上，则以能造境为归宿。弥尔敦、但丁之独绝一世者，岂不以其魄力之伟大，非常人所能摹拟耶？我国陶、谢、李、杜过人者，岂不以心境冲淡，奇气恣横，笔力雄沈，非后人所能望其肩背耶？不务于此，而以为白话作诗始能写实，能述意，初不知白话之适用与否为一事，诗之为诗与否又一事也。且诗家必不能尽用白话，征诸中外皆然。彼震于外国毕业而用白话为诗者，曷亦观英人之诗乎？Wordsworth, Browning, Byron, Tennyson, 此英人近代最著名之诗家也。如 Wordsworth 之《重至汀潭寺》(Tintern Abbey) 诗，理想极高洁而冲和，岂近日白话诗家所能作者。即其所用之字，如 Seclusion, Sportive, Vagrant, Tranquil, Tririol, Aspect, Sublime, Serene, Corporeal, Perplexity, Recompense, Grating, Interfused, Behold, Ecstasy 等，岂有白话中常见之字乎？其他若 Byron 之 The Prisoner of Chillon, Tennyson 之 Aenone, Longfellow 之 Evangeline, 皆雅词正音也。至 Browning 之 Rabbi Ben Ezra, 则尤为理想高超之作，非素习文学者不能穷其精蕴，岂元白之诗，爨妪皆解之比耶？其真以白话为诗者，如 Robert Burns 之歌谣，《新青年》所载 Lady A. Lindsey 之 Auld Robin Gray 等诗是，然亦诗中之一体耳。更观中国之诗，如杜工部之《兵车行》《赠卫八处士》《哀江头》《哀王孙》《石壕吏》《垂老别》《无家别》《梦李白》诸古体，及律诗中之《月夜》《月夜忆舍弟》《阁夜》《秋兴》《诸将》，诸诗皆情文兼至之作，其他唐宋名家指不胜屈，岂皆不能言情达意，而必俟今日之白话诗乎？如刘半农之《相隔一层纸》一诗，何如杜工部之'朱门酒肉臭，路有冻死骨'十字之写得尽致。至如沈尹默之《月夜》诗：'霜风呼呼的吹着，月光明明的照着，我和一株顶高的树并排立着，却没有靠着。'与其《鸽子》《宰羊》之诗，直毫无诗意存于其间，真可覆瓿矣。试观阮大铖之《村夜》：'坐听柴扉响，村童夜汲还。为言溪上月，已照门前山。暮气千峰领，清宵独树间。徘徊空影下，襟露已斑斑。'其造境之高，岂可方物乎？即小诗如'小娃撑小艇，偷采白莲回。不解藏踪迹，浮萍一道开'。亦较沈氏之《月夜》有情致也。不此之辨，徒以白话为贵，又何必作诗乎？不特诗尚典雅，即词曲亦莫不然。故柳屯田之'愿奶奶兰心蕙性'之句，终为白圭之玷。比之周清真之'如今向渔村水驿，夜如岁，焚香独自语'，同一言情，而有仙凡之别。然周之'许多烦恼，只为当时一晌留情'之句，犹为通人所诟病焉。至如曲，则《牡丹亭》'原来姹紫嫣红开遍'一折，亦必用姹紫嫣红、断井颓垣、良辰美景、赏心乐事、雨丝风片、烟波画船、锦屏人、韶光诸雅词以点缀之，不闻其非俗语而避之也。且无论何人，必不能以俗语填词，而胜于汤玉茗此折之绝唱，则可断言之矣。以上所陈，为白话不能全代文言之证，即或能代之，然古语有云：'利不十，不变法。'即如今日世界语，虽极便利，然欲以之完全替代各国语言文字，则必不可能之事也。且语言若与文字合而为一，则语言变而文字亦随之而变。故英之 Chaucer 去今不过五百余年，Spencer 去今不过四百余年，以英国文字为谐声文字之故，二氏之诗已如我国商周之文之难读，而我国则周秦之书尚不如是，岂不以文字不变始克臻此乎？向使以白话为文，随时变迁，宋元之文，已不可读，况秦汉魏晋乎？此正中国言文分离之优点，乃论者以之为劣，岂不谬哉？且《般庚》《大诰》之所以难于《尧典》《舜典》者，即以前者为殷人之白话，而后者乃史官文言文之记述也。故宋元语录与元人戏曲，其为白话，大异于今，多不可解。然宋元人之文章则与今日无别。论者乃恶其便利，而欲故增其困难乎？抑宋元以上之学，已可完全抛弃而不足惜，则文学已无流传于后世之价值，而古代之书籍可完全焚毁矣。斯又何解于西人之保存彼国之书籍耶？且 Chaucer, Spencer，即近至莎士比亚、弥尔敦之诗文，已有异于今日之英文。而乔、斯二氏之文，已非别求训诂，即不能读。何英美中学，尚以诸氏之诗文，教其学子，而不限于专门学者始研究之乎？盖人之异于物者，以其有思想之历史，而前人之著作，即后人之遗产也。若尽弃遗产，以图赤手创业，不亦难乎？某亦非不知文学须有创造能力，而非陈陈相因即尽其能事者。然亦非既能创造，则昔人之所创造，便可唾弃之也。故瓦特创造汽机，后人必就瓦特所创造者，而改良之，始能成今日优美之成绩。而今日之汽机，无一非脱胎于瓦特汽机者，故创造与脱胎，相因而成者也。吾人所称为模仿而非脱胎，陈陈相因，是谓模仿，去陈出新，是谓脱胎，故《史》《汉》创造而非模仿者也，然必脱胎于周秦之文。俪文创造而非模仿者也，亦必脱胎于周秦之文。韩、柳创造而革俪文之弊者也，亦必脱胎于周秦之文。他若五言七言古诗、五律七律、乐府歌谣、词曲，何者非创造，亦何者非脱胎者乎？故欲创造新文学，必浸淫于古籍，尽得其精华，而遗其糟粕，乃能应时势之所趋，而创造一时之新文学，如斯始可望其成功。故俄国之文学，其始脱胎于英法，而今远驾其上，即善用其古产，而能发扬张大之耳。否则，盲行于具茨之野，即令或达，已费无限之气力矣。故居今日而言创造新文学，必以古文学为根基而发扬光大之，则前途当未可限量，否则徒自苦耳。（《南京高等师范日刊》）"本期"文苑·诗"栏目含《六月十九日戒坛纪游四首》（陈宝琛）、《石遗见示〈忆梅〉诗，余在麦根路屋前种腊梅，两见寒花，今先余归禾矣，和韵纪感》（沈曾植）、《右足暴踵而跛，石遗招饮不能赴》（同前）、《重和"街"字韵》（同前）、《再和"边"字韵》（同前）、《石遗以诗乞折菊插瓶，赋此答之》（郑孝胥）、《次乙庵韵》（陈衍）、《乞海藏菊花插瓶，欲得黄紫数枝，无需白者》（同前）、《与乙庵话旧》（同前）、《哭恪士三首》（陈三立）、《挽涛园》（四首，王允皙）、《重九未登高，晚出湖上》（诸宗元）、《挽沈涛老》（二首，同前）、《赠高梦旦丈》（李宣龚）、《示宗孟》（同前）、《西山碧云寺》（同前）、《呈弢庵太保》（夏敬观）。其中，陈宝琛《六月十九日戒坛纪游四首》其一："八年不到山，间阔过卌载。眼明对松栝，世换怜我在。辽金岁且千，曾不柯叶改。皎然受命正，未死终磊磊。嗟予有涯生，少留玩桑海。每忧象教替，斤斧谁庇乃？托根远尘土，得地复何悔。明明去来今，无用叩真宰。"

　　《新青年》第6卷第3号刊行。本期刊登钱玄同《随感录》批黄侃。略云："昨天在一本杂志上，看见某先生填的一首词，起头几句道：'故国颓阳，坏宫芳草，秋燕似客谁依？筎咽严城，漏停高阁，何年翠辇重归？'我是不研究文学的，这首词里有没有什么深远的意思，我却不管。不过照字面看来，这'故国颓阳，坏宫芳草'两句，有点像'遗老'的口吻；'何年翠辇重归'一句，似乎有希望'复辟'的意思。……照这样看来，填这首词的人，大概总是'遗老''遗少'一流人物了。可是这话说得很不对；因为我认得填这首词的某先生；某先生的确不是'遗老''遗少'，并且还是同盟会里的老革命党。我还记得距今十一年前，这位某先生做过一篇，其中有几句道：'借使皇天右汉，俾其克缵旧服，斯为吾曹莫大之欣。'当初希望'缵旧服'，现在又来希望'翠辇重归'，无论如何说法，这前后的议论，总该是矛盾罢。有人说：'大约这位某先生今昔的见解不同了。'我说：这话也不对。我知道这位某先生当初做革命党，的确是真心的；他现在的确没有变节。不过他的眼界很高，对于一般创造民国的人，总不能满意，常常要讽刺他们。……他决非因为眷念清廷，才来讥刺创创民国的人；他更非附和林纾、樊增祥这班'文理不通的大文豪'，才来骂主张国语文学的人。我深晓得他近来的状况，我敢保证他现在的确是民国的国民，决不是想做'遗老'，也决不是抱住'遗老'的腿想做'遗少'。那么，何以这首词里有这样的口气呢？这并不难懂。这个理由，简单几句就说得明白的，就是中国旧文学的格局和用字之类，据说都有一定的'谱'的。做某派的文章，做某体的文章，必有按'谱'填写，才能做得。相像了，就好了。要是不像，那就凭你文情深厚，用字得当，声调铿锵，不是不行，总以'旁门左道''野狐禅'论。——所谓像者，是像什么呢？原来是像这派文章的祖师。比如做骈文，一定要像《文选》；做桐城派的古文，一定要像唐宋八大家；学周秦诸子，一定要有几个不认得的字，和佶屈聱牙很难读的句子。要是做桐城派古文的人用上几句《文选》的句调，或做骈文的用上几句八家的句调，那就不像了，不像，就不对了。"黄侃则怒骂《新青年》编辑连词都看不通。黄侃《西平乐·晚经玉炼桥，见团城以北，宫观渐荒，岸柳渚荷，无复生意。西风乍过，觺箫吹愁。因和梦窗〈西湖先贤堂〉词韵，以写感今伤往之怀》云："故国颓阳，坏宫芳草，秋燕似客谁依？筎咽严城，漏停高阁，何年翠辇重归？看殿角孤云覆苑，林杪轻烟漾晚，疏灯数点，波间替却余晖。还爱西山暮色，苍翠处、散影入杨丝。　　坠梧智井，漂花暗水，一夕西风，人事潜移。空漫想、楼延宝月，桥压金鳌，剩有深苔碎蜃，丛竹残萤，犹伴惊鸦认旧枝。凭吊废兴，铜盘再徙，沧海三尘，树老台平，尽划琼华，孤篷更逐沙飞。"

张謇作《健庵得〈九九喜子图〉，欲作长歌，意殊矜慎，因先挑以发之》。诗云："雪宧新作《喜子图》，大小其数八十一。寄赠如皋沙翰林，云报频年疗沉疾。翰林狂喜将作歌，三日张之素斋壁。心丝欲与绣丝会，君尚兢兢我尤栗。雪宧未作喜子先，玩画寻真视正侧。且视且玩芒乎微，动辨其神静辨色。大喜作壁镜，护卵致藏密，镜里星星含疹粒。中喜学未工，薄薄紧蝉翼，新妇周章初作室。小喜但嬉群，缘络不成列，或蠕蠕脱空房瘪。释虫不入土草科，得蝇亦现搏吞力。针锋飘忽歧脚纷，丝光旋变文章别。殊形异状各以天，喜子不知人与揭。雪宧作绣毋乃劳，翰林作歌宁可逸。男儿才气要敛收，敢对珠玑轻唾咳。"

16日　北京大学召开"学余俱乐部"成立大会，沈尹默与黄侃当选文牍干事。

《诗声》第4卷第2号在澳门刊行。本期"词谭"栏目含《雪堂丛拾（廿一）》（澹於）、《心陶阁诗话（十）》（沛功）、《霏雪楼诗话（十六）》（晦庵）、《饮剑楼诗话（四）》（观空）、《远庐诗话（二）》（远公）、《水佩风裳室笔记（卅一）》（秋雪）、《乙庵诗缀（廿五）》（印雪）、《冰篌词话（一）》（秋雪）；"词谱"栏目含《莽苍室词谱卷三（八）》（莽苍）；"词苑"栏目含《〈曼殊画谱〉序》（章父译）、《去岁得黄沛功先生赠诗，以事繁腹俭，久无以报，兹特草呈五十六字就正》（连城）。另有《〈诗声〉大刷新之广告》《雪堂诗讯》《雪堂诗课第五年春集》《〈诗声〉第三卷全书出版》《社友通讯》《雪堂通讯处》《〈诗声〉邮费表》。本期附刊《诗声附庸》第2号。其中含《并肩琐忆（二）》（秋雪、连城合著）、《云峰仙馆读画记（二）》（野云）。

陈独秀《关于北京大学的谣言》刊于《每周评论》第13号，署名"只眼"。

17日　徐悲鸿偕夫人蒋碧微随中国第一批留法勤工俭学学生89人，乘日本货轮"因幡丸"号从上海启程赴法国。《申报》称徐氏为中国公派留学美术第一人。

18日　《公言报》报道北大新旧派之争，不仅指出陈独秀是新派首领，且说旧派以刘师培为首。《公言报》在刊登林纾给蔡元培公开信时，将《请看北京学界思潮变迁之状况》作为附录同时发表。林纾《致蔡鹤卿太史书》云："鹤卿先生太史足下：与公别十余年，壬子始一把晤，匆匆八年，未通音问，至以为歉。属辱赐书，以遗民刘应秋先生遗著嘱为题辞。书未梓行，无从拜读，能否乞赵君作一短简事略见示，当谨撰跋尾归之。呜呼！明室敦气节，故亡国时殉烈者众，而夏峰、梨洲、亭林、杨园、二曲诸老，均脱身斧钺，其不死，幸也。我公崇尚新学，乃亦垂念逋播之臣，足见名教之孤悬，不绝如缕，实望我公为之保全而护惜之，至慰！至慰！虽然，尤有望于公者。大学为全国师表，五常之所系属。近者外间谣琢纷集，我公必有所闻，即弟亦不无疑信。或且有恶乎阑茸之徒，田生过激之论，不知救世之道，必度人所能行，补偏之言，必使人以可信。若尽反常轨，佻为不经之谈，则毒粥既陈，旁有烂肠之鼠；明燎宵举，下有聚死之虫。何者？趋甘就热，不中其度，则未有不毙者。方今人心丧敝，已在无可救挽之时，更佻奇创之谈，用以哗众，少年多半失学，利其便己，未有不縻沸麕至而附和之者，而中国之命，如属丝矣。晚清之末造，概世之论者恒曰：'去科举，停资格，废八股，斩豚尾，复天足，逐满人，扑专制，整军备，则中国必强。'今百凡皆遂矣，强义安在？于是更进一解，必覆孔孟、铲伦常为快。呜呼！因童子之羸困，不求良医，乃追责其二亲之有隐瘵逐之，而童子可以日就肥泽，有是理耶？外国不知孔孟，然崇仁，仗义，矢信，尚智，守礼，五常之道，未尝悖也，而又济之以勇。弟不解西文，积十九年之笔述，成译著一百三十三种，都一千二百万言，实未见中有违忤五常之语，何时贤乃书有此叛亲蔑伦之论，此其得诸西人乎？抑别有所授耶？我公心右汉族，当在杭州时，间关避祸，与夫人同茹辛苦，而宗旨不变，勇士也。方公行时，弟与陈叔通怅惜公行，未及一送。申、伍异趣，各衷其是，今公为民国宣力，弟仍清室举人，交情固在，不能视为冰炭，故辱公寓书，殷殷于刘先生之序跋，实隐示明清标季，各有遗民，其志均不可夺也。弟年垂七十，富贵功名，前三十年视若弃灰，今笃老，尚抱守残缺，至死不易其操。前年梁任公倡马、班革命之说，弟闻之失笑。任公非劣，何为作此媚世之言？马、班之书，读者几人？殆不革而自革，何劳任公费此神力？若云死文字有碍生学术，则科学不用古文，古文亦无碍科学。英之迭更，累斥希腊、腊丁、罗马之文为死物，而至今仍存者，迭更虽躬负盛名，固不能用私心以蔑古，矧吾国人，尚有何人如迭更者耶？须知天下之理，不能就便而夺常，亦不能取快而滋弊。使伯夷、叔齐生于今日，则万无济变之方。孔子为圣之时，时乎井田封建，则孔子必能使井田封建一无流弊；时乎潜艇飞机，则孔子必能使潜艇飞机不妄杀人，所以名为时中之圣。时者，与时不悖也。卫灵问阵，孔子行；陈恒弑君，孔子讨。用兵与不用兵，亦正决之以时耳。今必曰天下之弱，弱于孔子，然则天下之强，宜莫强于威廉，以柏灵一隅，抵抗全球，皆败衄无措，直可为万世英雄之祖。且其文治武功，科学商务，下及工艺，无一不冠欧州，胡为恓恓为荷兰之寓公？若云成败不可以论英雄，则又何能以积弱归罪孔子？彼庄周之书，最摈孔子者也，然《人间世》一篇，又盛推孔子。所谓'人间世'者，不能离人而立之，谓其托颜回、托叶公子高之问难孔子，指陈以接人处众之道，则庄周亦未尝不近人情而忤孔子。乃世士不能博辩为千载以上之庄周，竟咆勃为千载以下之桓魋，一何其可笑也。且天下唯有真学术、真道德，始足独树一帜，使人景从。若尽废古书，行用土语记为文字，则都下引车卖浆之徒所操之语，按之皆有文法，不类闽、广人为无文法之啁啾，据此则凡京津之稗贩，均可用为教授矣。若云《水浒》《红楼》，皆白话之圣，并足为教科之书，不知《水浒》中辞吻，多采岳珂之《金陀粹篇》，《红楼》亦不止为一人手笔，作者均博极群书之人。总之，非读破万卷，不能为古文,亦并不能为白话。若化古子之言为白话,演说亦未尝不是。按《说文》:演,长流也,亦有延之广之之义。法当以短演长,不能以古子之长,演为白话之短。且使人读古子者,须读其原书耶?抑凭讲师之一二语即算为古子?若读原书,则又不能全废古文矣。矧于古子之外,尚以《说文》讲授。《说文》之学,非俗书也,当参以古籀,证以钟鼎之文。试思用籀篆可化为白话耶?果以籀篆之文,杂之白话之中,是引汉唐之环燕,与村妇谈心;陈商周之俎豆,为野老聚炊,类乎不类?弟,闽人也,南蛮鴃舌,亦愿习中原之语言,脱授我者以中原之语言,仍令我为鴃舌之闽语,可乎?盖存国粹而授《说文》可以,以《说文》为客,以白话为主,不可也。乃近来尤有所谓新道德者,斥父母为自感情欲,于己无恩。此语曾一见之随园文中,仆方以为拟于不伦,斥袁枚为狂谬,不图竟有用为讲学者。人头畜鸣,辩不屑辩,置之可也。彼又云武曌为圣王,卓文君为名媛,此亦拾李卓吾之余唾。卓吾有禽兽行,故发是言;李穆堂又拾其余唾,尊严嵩为忠臣。今试问二李之名,学生能举之否?同为埃灭,何苦增兹口舌?可悲也!大凡为士林表率,须圆通广大,据中而立,方能率由无弊。若凭位分势力,而施趋怪走奇之教育,则惟穆罕麦德左执刀而右传教,始可如其愿望。今全国父老,以子弟托公,愿公留意以守常为是。况天下溺矣,藩镇之祸,迩在眉睫,而又成为南北美之争。我公为南士所推,宜痛哭流涕助成和局,使民生有所苏息,乃以清风亮节之躬,而使议者纷纷集失,甚为我公惜之。此书上后,可以不必示复,唯静盼好音,为国民端其趋向,故人老悖,甚有幸焉。愚直之言,万死!万死!林纾顿首。"21日《北京大学日刊》转载此文。又,《请看北京学界思潮变迁之近状》云:"北京近日教育虽不甚发达,而大学教师各人所鼓吹之各式学说则五花八门,颇有足纪者。国立北京大学自蔡孑民氏任校长后,气象为之一变,尤以文科为甚。文科学长陈独秀氏,以新派首领自居,平昔主张新文学甚力。教员中与陈氏沆瀣一气者,有胡适、钱玄同、刘半农、沈尹默等。学生闻风兴起,服膺师说、张大其辞者亦不乏人。其主张以为文学须顺应世界思潮之趋势,若吾中国历代相传者,乃为雕琢的阿谀的贵族文学,陈腐的铺张的古典文学,迂晦的艰涩的山林文学,应根本推翻,代以平民的抒情的国民文学,新鲜的立诚的写实文学,明了的通俗的社会文学。此文学革命之主旨也。自胡适氏主讲文科哲学门后,旗鼓大张,新文学之思潮亦澎湃而不可遏。既前后抒其议论于《新青年》杂志,而于其所教授之哲学讲义亦且改用白话文体裁。近又由其同派之学生组织一种杂志曰《新潮》者,以张皇其学说。《新潮》之外,更有《每周评论》之印刷物发行。其思想议论之所及,不仅反对旧派文学,冀收摧残廓清之功,即于社会所传留之思想,亦直接间接发见其不适合之点而加以抨击。盖以人类社会之组织与文学本有密切之关系,人类之思想更为文学实质之所存,既反对旧文学,自不能不反对旧思想也。顾同时与之对峙者,有旧文学一派。旧派中以刘师培氏为之首。其他如黄侃、马叙伦等，则与刘氏结合，互为声援者也。加以国史馆之耆老先生，如屠敬山、张相文之流，亦复而深表同情于刘、黄。刘、黄之学，以研究音韵、说文、训诂为一切学问之根，以综博考据、讲究古代制度接迹汉代经史之轨。文章则重视八代而轻唐宋，目介甫、子瞻为浅陋寡学。其于清代所谓桐城派之古文家则深致不满，谓彼辈学无所根，而徒斤斤于声调，更藉'文以载道'之说，假义理为文章之面具，殊不值通人一笑。从前大学讲坛为桐城派古文家所占领者，迄入民国，章太炎学派代之以兴。在姚叔节、林琴南辈，目击刘、黄诸后生之皋比坐拥，已不免有文艺衰微之感；然若视新文学派之所主张，更当认为怪诞不经，似为其祸之及于人群，直无异于洪水猛兽；转顾太炎新派，反若途轨之犹能接近矣。顷者刘、黄诸氏，以陈、胡等与学生结合，有种种印刷物发行也，乃亦组织一种杂志，曰《国故》。组织之名义出于学生，而主笔政之健将，教员实居其多数。盖学生中固亦分旧、新两派，而各主其师说者也。二派杂志，旗鼓相当，互相争辩，当然有裨于文化；第不言忘其辩论之范围，纯任意气，各以恶声相报复耳。"

刘海粟主持上海图画美术学校演讲会，请江苏省教育会会长沈恩孚作题为《美育之原理》演讲。

19日 林纾在《新申报》发表文言小说《妖梦》。讲某人梦游阴曹地府，见一所"白话学堂"，门外大书一联云："白话通神，红楼梦，水浒，真不可思议；古文讨厌，欧阳修，韩愈，是甚么东西。"学堂有三个"鬼中之杰出者"：校长元绪，影射蔡元培；教务长田恒，影射陈独秀；副教务长秦二世，隐指胡适。某人进得学堂，至第二门，匾上大书"毙孔堂"，也有一联："禽兽真自由，要这伦常何用；仁义太坏事，须从根本打消。"对"鬼中三杰"，《妖梦》之攻击比《荆生》有过之无不及。最后请出"罗罗阿修罗王"将三人吃掉。作者评曰，吃了这些"无五伦之禽兽"，"化之为粪，宜矣！"

严修在彰德给袁世凯元配夫人于氏送殡，在殡宫前行礼。作《第五次至养寿园》。诗云："燕南残雪尚缤纷，洹上青青麦陇云。花信觉迟缘岁闰，风光蓄暖待春分。故园柳色依依认，隔院鸠声续续闻。忽忆当年旧宾主，仰天无语立斜曛。"又作《送葬》。诗云："万丈黄沙黄蔽日，痴人奇想忽开天。大收吊客衣襟土，归去能肥斥卤田。"

顺翔《敬劝网甲华侨爱国歌》（五首）刊于［马来亚］《国民日报》"诗选"栏目。其一："生长邦加住爪哇，原来故国是中华。汉唐种族君记取，莫把荷兰认祖家！"其二："神州风景冠全球，胜水名山任钓游。况乃故乡桑梓地，劝君牢记在心头！"

王琴林作《亡友子俊卒于戊午二月二十五日。己未二月十八日，见其小照，怆然题之》（四首）。其一："相看不觉泪潸然，已是别来满一年。影里有情凭寄语，三生石畔续前缘。"其二："去年今日病缠绵，撒手红尘去作仙。还忆寻春诗句否？人间又到杏花天。（子俊病中尚拟作春游也）"

20 日 《国故月刊》创刊号出版。总编辑刘师培、黄侃。特别编辑员 8 人中，南社社员除黄侃之外，还有马叙伦、吴梅、黄节 3 人。该刊"以昌明中国固有之学术为宗旨"，分"通论""专著""遗著""艺文""杂俎""记事""外稿选录""著述提要""通讯"诸门。黄侃《〈国故月刊〉题辞》云："昔者老聃，睹文胜之弊，著书示后，以为绝学无忧。原伯鲁之徒，盖习闻其说，遂曰可以不学，不学无害。闵马父忧之，著于传记，为世大戒。盖君子立言，不可不慎如此也。然学之兴废在人。世或云有命则不谛。周秦之际，九流百家，蜂涌旁午，秦政、李斯一旦焚《诗》《书》而坑儒士，道术由是遂亡，惟伏生、张苍、浮丘伯三数人者，抱残守缺于人间，卒延古学之一綖。假使诸君子委废兴于天命，任典籍之散亡，则是文武之道，终于坠地，六艺之传，永绝萌芽，故曰'人能弘道'，岂虚言也！晚近三百年中，古学至盛，自顾、黄、惠、戴而还，辅弱扶微者多有，钩深致远者比肩。物盛则衰，以有今日，国乱俗坏，谗慝弘多。《诗》刺具曰予圣，《书》戒侮昔无闻，《传》讥数典忘祖，《孟子》诃倍师变学，此皆古人已知之矣。夫化之文野，不以强弱判也；道之非韪，不以新旧殊也。或者伤国势之陵夷，见异物而思改，遂乃扫荡故言，诮为无用；虽意存矫枉，毋亦太过其直乎？《诗》曰：'国虽靡止，或圣或否；民虽靡膴，或哲或谋。'诸夏虽衰，老成典刑，未尽丧也。有志之士，诚能振颓纲以绍前载，鼓芳风以扇游尘，识大识小，各尽尔能。宁过而存，毋过而废，则可以免绝学之忧，可以收藏书之绩。硕果不食，其在兹乎？是编之作，聊欲以讲习之勤，图商兑之庆。邦人诸友，庶几比意同力，求得废遗。传不云乎，斯文未丧，乐亦在其中矣！"第 1 期"通论"栏目含《古今学术钩通私议》（俞士镇）。"艺文·诗录"栏目含《〈松鹤图〉，为唐鹤堂题》（孙诒棫）、《唐崎观古松》（孙诒棫）、《题洪尧阶〈桑蓬励志图〉》（孙诒棫）、《我生以重阳诗来赋答》（区文雄）、《都门岁暮杂感四首之一》（孙延杲）、《伍员》（楼巍）、《范蠡》（前人）、《和佛奴》（前人）、《杂诗》（黄侃）、《和武夷君〈人间可哀之曲〉（有序）》（前人）、《江汉二首》（伍一比）、《杂诗》（汪东宝）。其中，伍一比（伍叔傥）《江汉二首》其一："江汉论兵地，何时见太平？安危四海重，生死一身轻。愁乏中山酒，悲看南极星。更堪闽越信，猿鹤已频惊。"汪东（汪东宝）《杂诗》云："一日复一日，一年复一年。奔流不少驻，万事如浮烟。平生盛意气，跨海蕲神仙。波涛不可极，楼阁何茫然。偶逢任侠人，折节相周旋。蓬头挥短剑，脱手弄飞丸。风声忽已播，千里戒流言。归来且读书，身世两相捐。庶几谢赠缴，垂翼蒿艾间。兵戎忽倏动，膏血涂中原。城隍屡迁改，戚党多雕残。哀来孰能御，泣涕纷芷兰。人生非金石，鬓发率以斑。忧患更相承，曾无片刻欢。请君暂休息，听我歌路难。"本期还刊登张煊《言文合一平议》，略谓："古人因言语难传远垂后，故代之以文，其时文言，本相合一。""文皆根于言，言外故无文也。""今之文即古之语，古人用之，未以通文为忌，今用之，何觞？况言文由于人造，人欲一之，斯一之矣，奚不可能之有，惟统一之方。""或主不用典且以俗语为文，揆诸私意，未敢谓当。""至于以白话为文，则为之而举国之凡曾读书者悉能诵之则可，否则不可。""故吾以为与其以文从言，无宁以言从文。""至欲统一国语，则当先统一读音，音读既一，则凡曾读书者与异乡人语，自能以浅显之文言相问对，若干年后，虽不加外力，亦能渐归统一，吾所主以言从文者即此。"又，据周作人《知堂回想录》云，《国故月刊》虽奉刘师培为首，但主办者实为黄侃，以及号称"黄门侍郎"之黄侃弟子们，如张煊、薛祥绥等人，刘师培"只顾做他的考据文章，别无主张"。据台静农《龙坡杂文》云："中文系新旧对立，只是文言白话之争。如反军阀统治，要求科学与民主，中文系新旧人物，似乎没有什么歧见。"据杨亮功《早期三十年的教学生活》云，刘师培"在课堂上绝少批评新文学，他主张不妨用旧有的文章体裁来表达新思想，这是用旧瓶装新酒的办法"。这与他早年在《中国白话报》大量撰写白话文和肯定"俗语入文""通俗之文"相比，已然发生了变化。黄侃则"抨击白话文不遗余力，每次上课必定对白话文痛骂一番，然后才开始讲课。五十分钟上课时间，大约有三十分钟要用在骂白话文上面。他骂的对象为胡适之、沈尹默、钱玄同几位先生"。

《商学杂志》第4卷第1、2期刊行。本期"文苑·诗录"栏目含《感时》(蕴声)、《闺思》(蕴声)、《北海万佛楼被焚口占》(蕴声)、《护菊》(蕴声)、《步良岑三叔原韵奉答》(蕴声)、《李公词》(孟龛)、《书怀》(孟龛)、《入都绝句》(孟龛)、《夜行示敦伯》(孟龛)、《述怀》(孟龛)、《胞弟子康自乡园高等小学校毕业后，以家众事烦，留之治理，遂不复升学，诚恐青年性躁，遇事孟浪，爱就余之所见勉之以诗，辞句俚俗在所不计》(述先)、《呈张师远村》(乙卯春受业于黄村，现馆津门李氏)(述先)、《寄房山殷杰甫》(现肄业北京清河军校)(述先)、《读〈五代晋史〉》(述先)、《春寒》(述先)、《题王庭西画墨菊》(述先)、《赠大兴李荫轩》(述先)、《送孟龛旋里》(代力学作)(述先)、《年假旋里，怀润甫、定侯二学兄》(现璋)、《接和诗，叠前韵》(现璋)、《重叠前韵》(现璋)、《春日即事》(现璋)、《赏雪》(可庄)、《赠述先五兄》(可庄)。

沈尹默在《北京大学日刊》发布启事，要求辞去"学余俱乐部"文牍干事。

童保暄作《春日早起》。诗云："笳声清咽鸟声瞋，惊起南窗高卧人。午夜梦魂千里客，半帘晓日一庭春。明花宿雨如寒露，醉眼晴山满落尘。海上东风吹不息，烟波荡漾鹭江津。"

中旬 梁启超致电汪大燮、林长民，报告巴黎和会上关于青岛问题情况。电文云："交还青岛，中日对德同此要求，而孰为主体，实为目下竞争之点。查自日本据胶济铁路数年以来，中国纯取抗议方针，以不承认日本继德国权利为限。本去年九月间，德军垂败，政府究用何意，乃于此时对日换文订约以自缚，此种秘约，有背威尔逊十四条宗旨，可望取消，尚乞政府勿再授人口实。不然千载一时良会，不啻为一二订约之人所败坏,实堪惋惜。超漫游之身,除襄助鼓吹外,于和会实际进行,未尝过问,惟既有所闻,不敢不告,以备当轴参考,乞转呈大总统。"此时,代表广州政府参加巴黎和会之专使王正廷发回国内一封电报称:"吾辈提议于和会者,主张废止二十一款及其他秘约不遗余力,推测日本之伎俩仅有二途:曰引诱,曰用武。然皆与正谊公道相违,必不出此。但吾国人中有因私利而让步者,其事与商人违法贩卖者无异,此实卖国之徒也。所望全国舆论对于卖国贼群起而攻之。然后我辈在此乃能有讨论取消该条件之余地。"随之国内掀起梁启超卖国谣言风潮。上海商业公团联合会致电北京政府:"闻梁启超在欧干预和议,倾轧专使,难保不受某国运动。本商有鉴于此,特电巴黎公使转梁启超。文曰:'巴黎中国公使馆探送梁任公君鉴:我国之国际和会已经派专使,为国人所公认。君出洋时声明私人资格不涉国事,乃中外各报登载君在巴黎近颇活动,甚谓有为某国利用倾轧之说,明达如君,当不至此。惟人言可畏,难免嫌疑,为君计,请速离欧回国,方少辨明心迹,特此忠告,勿再留连'等语,即乞转专使,注意大局,幸甚。"

21日　蔡元培《答林君琴南函》刊载于《北京大学日刊》第338号。又见4月1日《公言报》(《致〈公言报〉函并附〈答林琴南君函〉》)及《新潮》杂志第1卷第4期。蔡元培指出:"原公之所责备者,不外两点:一曰,'覆孔孟,铲伦常'。二曰,'尽废古书文字,行用土语为文字'。请分别论之。""对于第一点,当先为两种考察:(甲)北京大学教员曾有以'覆孔孟,铲伦常'教授学生者乎?(乙)北京大学教授,曾有于学校以外,发表其'覆孔孟,铲伦常'之言论者乎?""若大学教员,于学校以外,自由发表意见,于学校无涉,本可置之不论。当如进一步考察之,则惟有《新青年》杂志中,偶有对于孔子学说之批评,然亦对于孔教会等托孔子学说以攻击新学说而发,初非直接与孔子为敌也。""对于第二点",蔡元培指出,北京大学并没有"尽废古书而专用白话",白话可以"达古书之义","大学少数教员所提倡之白话的文字",并不与"引车卖浆者所操之语相等","白话与文言,形式不同而已,内容一也"。"诚然,北京大学教员中,善作白话文者,为胡适之,钱玄同,周启孟诸君。公何以证知为非博极群书,非能作古文,而仅以白话文藏拙者? 胡君家世从学,其旧作古文,虽不多见,然即其所作《中国哲学史大纲》言之,其了解古书之眼光,不让于清代乾嘉学者。钱君所作之《文字学讲义》《学术文通论》,皆古雅之古文。周君所译之《域外小说》,则文笔之古奥,非浅学者所能解。然则公何宽于《水浒》《红楼》之作者,而苛于同时之胡、钱、周诸君耶?"由此,蔡元培提出两点主张:"(一)对于学说,仿世界各大学通例,循'思想自由'原则,取兼容并包主义……无论为何种学派,苟其言之成理,持之有故,尚不达自然淘汰之运命者,虽彼此相反,而悉听其自由发展。此义已于《月刊》发刊词言之,抄奉一览。""(二)对于教员,以学校为主。在校讲授,以无背于第一种主张为界限。其在校外之言动,悉听自由,本校从不过问,亦不能代负责任。"同期《北京大学日刊》还刊载张厚载致蔡元培信和蔡元培回信。张信曰:"孑民校长先生大鉴:《新申报》所登林琴南先生小说稿悉由鄙处转寄,近更有《妖梦》一篇攻击陈、胡两先生,并有牵涉先生之处。稿发后而林先生来函谓先生已乞彼为刘应秋先生文集作序,《妖梦》当可勿登。但稿已寄至上海,殊难终止,不日即可注销。倘有渎犯先生之语,务乞先生归罪于生,先生大度包容,对于林先生之游戏笔墨,当亦不甚介意也。"蔡元培复信云:"谬子兄鉴:得书,知林琴南君攻击本校教员之小说,均由兄转寄《新申报》。在兄与林君有师生之谊,宜爱护林君。兄为本校学生,宜爱护本校。林君作此等小说,意在毁坏本校名誉,兄徇林君之意而发布之,于兄爱护母校之心,安乎?否乎?仆生平不喜作谩骂语,轻薄语,以为受者无伤,而施者实为无德。林君詈仆,仆将哀矜之不暇,而又何憾焉?惟兄反诸爱护本师之心,安乎?否乎?往者不可追,望以后注意!此复并候学祺。"

童保暄作《榕》。诗云:"未得经霜雪,无才入庙堂。息阴防瘴气,封植异甘棠。密叶能遮日,垂根倒出墙。形同松柏古,蛮地亦称王。"

22 日 符璋为程文焕代拟黄道尹母寿诗四首。

林纾《张姜斋以〈知稼轩集〉见贶,今年姜斋适六十,题其集端,并以祝之》刊载于《公言报》。诗云:"堂堂一品赞皇集,鸿丽文章世所珍。耄耋前征多吉语,封疆余事作诗人。顿忘势分因多暇,偃起田间忍失真。三十年前吟赏地,知君还忆凤池春(君以名翰林掌教凤池讲席,匆匆三十余年矣)。"

朱大可《病夫叹新开篇》刊载于《天津益世报》。诗云:"春江花月艳无边,红杏枝繁又一年。锦苑芳林无意赏,洞房绣幕抱疴眠。头怕起,口懒言,踏青双足软于绵。也不是茂陵司马频消渴,也不是丈室维摩要证禅。也不是柴桑被酒陶元亮,也不是掖舍吟诗孟浩然。听说是流行时症能传染,西班牙忽地到中原。经过美国和倭国,到处是草蔓难图葛藟延。只堪叹中华古国原多病,国手难逢本可怜。有的是窥兵黩武成狂热,有的是竞利争权类发癫。有的是丧心卖国贪回佣,有的是出气为官要刮钱。有些都膏肓入病难针砭,安得那元瑜雄文愈老奸。剩下了小民疾痛无从诉,旧病重将新病添,想都为连年兵气乾天怒,因此上天降鞠凶弗可迁。落得那医生个个添生意,药铺家家尽展颜。卫生警告频频见,秘效单方处处传。霎时间手慌脚乱都无措,也算是隔忙头里瞎筋牵。但愿得大家勿药乐延年。"

黄廷《星洲海边杂咏》(五首)刊于[马来亚]《国民日报》"诗选"栏目。其一:"偶步长堤意畅然,茫茫绿水色连天。忽闻歌唱清泉曲,疑是渔舟倚岸边。"其二:"滔滔水势源流涡,落拓天涯感慨多。客里每怀家国恨,更从何日唱离歌!"其三:"荫翳林树景怡情,物外逍遥道路平。恨缺良朋相共赏,行行复止悒空清。"

23日　邓中夏等发起之北京大学平民教育讲演团正式成立。该团以"增进平民智识，唤起平民之自觉心"为宗旨。邓曾赴工厂、农村进行讲演宣传。

符璋得南监场专信，以所拟黄母寿序稿见商，并索代拟《留别》诗。符即答一函，诗四章并原文均附去。

黄侃作《致陈钟凡书》，附寄《文心雕龙札记》，并谈《国故》事宜。

苏曼殊遗函在《每周评论》第14期"通讯"栏刊登。其中指摘林纾古文文笔退化，盖因其作文为多捞钱而粗制滥造所致。

徐悲鸿至香港，船靠岸停留一日，上岸游览。第二站到西贡，后船经新加坡，入印度洋，到亚丁湾，驶进红海，穿越苏伊士运河，绕西班牙、葡萄牙南端，历49日海上生活，始可望英国南部。悲鸿自述云："以抵非洲西中海岸之波赛为最乐。以自新加坡行至此，凡三星期未见地面，而觉欧洲又在咫尺间也。时当吾华三月，登岸寻觅，地产大橘，略如广州蜜橘与橙合种，而硕大尤过之，大几如碗。甘美无伦，乐极，尽以余资购食之。继行三日，过西班牙南部，英炮台奇勃腊答峡，乍见欧土，热狂万端。遂入大西洋，于将及英伦之前一日，各整备行装，割须理发，拭鞋帽，平衣服，喜形于面。有青者，如初苏之树，其歌者，声益扬。倭之侍奉，此日良殷，以江瑶柱炒鸡鸭蛋饷众，于是饭乃不足，侍者道歉，人亦不计。又各搜所有资，悉付之为酬劳。食毕起立舳板，西望郁郁葱葱者，盖英之南境矣。一行五十日，不觉春深，微雨和风，令忘离索。"

24日　《公言报》刊登《林琴南再答蔡鹤卿书》。林纾书中略谓："弟辞大学九年矣，然甚盼大学之得人，公来主持甚善。顾比年以来，恶声盈耳，至使人难忍，因于答书中孟浪进言。至于传闻失实，弟拾以为言，不无过听，幸公恕之。""然尚有关白者：弟近著《蠡叟丛谈》，近亦编白话新乐府（付之《公言报》），专以抨击人之有禽兽行者，与大学讲师无涉，公不必怀疑。""既赐复书，足见我公宗圣明伦之宗旨，始终未背也。此外尚有何说？弟所求者，存孔子之道统也，来书言尊孔子矣；所求者，伦常之关系也，来书言不悖伦常矣；所求者，古文之不宜屏弃也，来书言仍用古文矣。""与公交好二十年，公遇难不变其操，弟亦至死必伸其说。彼叛圣逆伦者，容之即足梗治而蠹化。拼我残年，极力卫道，必使反舌无声，瘈狗不吠而后已。"

刘师培《国故月刊社致〈公言报〉函》刊载于《北京大学日刊》。函曰："读十八日贵报《北京学界思潮变迁》一则，多与事实不符。鄙人虽主大学讲席，然抱疾岁余，闭关谢客，于校中教员素鲜接洽，安有结合之事？又，《国故》月刊由文科学员发起，虽以保存国粹为宗旨，亦非与《新潮》诸杂志互相争辩也。祈即查照更正，是为至荷！"又云："要之同人组织《国故》，其宗旨在昌明国学，而以发挥新义、刮垢磨光为急务。并非抱残守缺，姝姝奉一先生之言；亦非故步自封，驳难新说。时至今日，学无新旧，唯其真之为是。"

魏清德《次静园研兄见示瑶韵》《次古渔词兄瑶韵》《次韵呈籁轩先生》发表于《台湾日日新报》。《次韵呈籁轩先生》又发表于1924年《雅堂丛刊诗稿》。其中，《次静园研兄见示瑶韵》云："一幅赠君作卧游，十年萍梗感同侪。明朝又是天涯别，红烛纵横泪不休。"《次古渔词兄瑶韵》云："挂杖青蚨喜不空，何妨醉倒小斋中。相期岁岁梅花发，待解金貂换酒红。"《次韵呈籁轩先生》云："踟促因循托卧游，羡君遣兴下沧洲。狎鸥东海机堪忘，隐豹南山雾未收。世上风云新乐府，樽前肝胆古凉州。酒阑枨触今来去，红袖参禅识透不。"

25日 张厚载在《新申报》发表"学海思潮"，重提《妖梦》，言林纾本打算追回而不及。又将北大分为以刘师培、马叙伦、黄侃等为代表之"国故派"，以陈独秀、胡适等为代表之"改革派"，以蔡元培、朱希祖等为代表之"折衷派"。

《小说月报》第10卷第3号出版刊行。本期"弹词"栏目含《藕丝缘弹词（续）》（第七回《盼书》）（瞻庐）。"文苑·文"栏目含《〈寻古斋集〉序》（王闿运）、《三丁先生传》（王闿运）、《胡公井铭》（王闿运）、《清孝廉方正莫悟园墓志铭》（吴恭亨）、《澧县多安桥铁扶栏铭》（吴恭亨）、《吴悔庵先生〈欧战杂事诗〉序》（胡君复）；"文苑·诗"栏目含《题〈郑斋感逝诗〉》（二首，吴昌绶伯宛）、《前题》（四首，傅增湘沅叔）、《前题》（六首，丁祖荫芝孙）、《前题》（二首，陈三立伯严）、《前题》（闵荷生少沧）、《前题》（邵瑞彭次公）、《前题》（易顺鼎实甫）、《餐霞篇，谢杨潜庵寄鹿脯》（王湘绮）、《鼓嬢曲，为刘翠仙赋》（瓶斋）、《题莼农〈十年说梦图〉》（剑丞）；"文苑·词"栏目含《过秦楼（倚月阑孤）》（陈伯弢）、《阳台路（绮疏晚）》（陈伯弢）、《忆旧游·题莼农〈十年说梦图〉，用吴君特体》（婴公）、《忆旧游·题莼农〈十年说梦图〉，用梦窗体，依婴公韵》（石工）、《阮郎归·题莼农〈十年说梦图〉》（兰史）、《前词意有未尽，复成二绝》（兰史）。"诗钟"栏目含《寒山社诗钟（续）》（钟社同人）。其中，陈汉章（伯弢）《过秦楼》云："倚月阑孤，饯秋香烬，风刮冷云成片。萤来吊水，雁去笺天，还挂旧时愁眼。宵永总是无眠，不为贪凉，顿疏罗荐。甚年光付与，秦楼一梦，玉箫吹断。　　长记得、翠陌莺初，红桥鸥外，迤逦太平游衍。相如病后，元亮归来，剩有酒悲琴怨。谁更伤心，觅他将返。房陇才抛针线。道婆娑老我，离恨并刀自剪。"

溥仪颁英文圣诏予上海遗老、李鸿章之子李经迈。庄士敦即经李介绍而成为溥仪师。其时溥仪有兴趣习英文。

郑孝胥为刘健之题《蜀石经》，作七古一首，以冷金高丽笺书之。后刊载于《申报》。诗云："蜀经五册在一几，刘氏名斋成可喜。世乱谁藏宝阙文，影刻流传殊异耳。雍都九经想遗范，注本更非开成比。广政书成皇祐年，天水既亡石旋毁。国朝黄陈获残碣，《毛诗》《左传》闻远迩。樊榭谢山赏赋诗，辛楣获观已暮齿。二册当时名最盛，俍令剑合尤为美。健之健者盍求之，不朽盛业在斯矣。"

朱祖谋到上海南郊龙华寺踏青，作《六幺令·清明龙华寺薄游》。词云："纸鸢风过，扶路伤箫热。江桥酒旗青处，草色裙腰接。扑水红英万点，过眼芳菲节。数声新鴂。秋千索外，唤起春人试罗襵。　　不信玄都梦里，历尽华鬘劫。百尺无主香台，断续残钟咽。鸡酒招魂几许，钱纸灰成蝶。照人啼靥。端端正正，却是桃花旧时月。"

魏清德《重逢古月君》发表于《台湾日日新报》。诗云："在山泉比出山清，何事人间学送迎。吏隐君真归去好，故乡泉石总牵情。"

翁斌孙作《寿张贞午六十》（上巳生日）。联云："三月三日长寿佛；一官一集今诗人。"

26 日　教育调查会在北京正式成立，举范源濂、蔡元培为正、副会长。

蔡元培、沈尹默、马叙伦是日晚在北京医专校长汤尔和宅中作出裁撤陈独秀北京大学文科学长决定。蔡元培本不拟以陈独秀"不正当的消遣"将其驱逐，但汤尔和力言其"私德太坏"，力主摈弃。蔡氏不得已，当日召集文理科主任会议讨论公布结果，并于 4 月 16 日上报教育部备案。免职后陈独秀仍被聘为教授，给假一年备"宋史"课程，继续《新青年》编务。据汤氏日记："五时后回寓，途中遇到陈仲甫，面色灰败，自北向南，以怒目视，亦可哂已。"胡适对蔡氏迫于"小报流言"令陈去职深表遗憾。陈独秀遂因"细行不检"于月底以"请长假"名义离开北大。汤尔和 1935 年回忆当日会议情景时致信胡适云："发何议论，全不省记。惟当时所以反对某君之理由，以其与北大诸生同昵一妓，因而吃醋，某君将妓之下体挖伤泄愤，一时争传其事，以为此种行为如何作大学师表，至如何说法，则完全忘却矣。"胡适认为陈独秀狎妓乃"私行为"，而捍卫北大新思潮则是"公行为"，两者不可混淆。

吴宓与梅光迪、陈寅恪、卫挺生诸君游谈。吴以为梅光迪友人虞文浩之事可为小说资料。吴又谓梅光迪，其旧作《论吾国共和政治诗》一首，可以移赠虞文浩。诗云："已嫁还思未嫁情，芳时终竟误虚名。画屏无睡看牛女，银汉何年风露生。"又得陈寅恪赠诗《〈红楼梦新谈〉题辞》。诗云："等是阎浮梦里身，梦中谈梦倍酸辛。青天碧海能留命，赤县黄车更有人（虞初号黄车使者）。世外文章归自媚，灯前啼笑已成尘。春宵絮语知何意，付与劳生一怆神。"《红楼梦新谈》乃吴宓所撰，为 3 月 2 日哈佛中国学生会之演说稿。

27 日　北京大理院就宋教仁案作出终审判决：判处被告人洪述祖死刑。

梂山小隐《和十九日登载网甲华侨爱国歌》（五首）刊于 [马来亚]《国民日报》"诗选"栏目。其一："生长何拘爱瓜哇？爪哇他日即中华。当时遍地均黄种，正是后来人祖家。"其二："莫夸故国冠全球，满目荆棘那堪游？道路羊肠阴暗地，行人常记在心头。"

28日 林琴南"劝世白话新乐府"《一见大吉》刊载于《公言报》。诗云："一见大吉，教习迎头打教习，学生大笑斋夫惊，地搅天翻教习室。众走开，校长来，天大事情要和解，甲君面色如死灰，乙君挣口挣不开，算来此事真活该，学堂不应分两派。先是甲君谈《说文》，乙君逐日向他问，问了来时不认帐，甲君大骂真忘本。忘本贼，休作怪，此帐那能叫汝赖。乙君答言休张大，《说文》自有先生在。桂未谷，段懋堂，书中一一从头讲。上字像锅盖，下字像图钉，汝即不言我也省。打了好几回，彼此不相见，乙君出城得兼差，《说文》本事居然显。倒霉林畏庭，将他文字尽力涂，倒了汝，便有我，乙君乙君为计左。汝改我文我不愁，汝可仔细汝对头。对头觅汝牙痒痒，不要望他门前走，一遇着时便要奏。"

郁达夫作《即景》。诗云："长堤嫩柳线初缫，夜雨平添水半篙。三月东风吹欲尽，落花江上熟樱桃。"

29日 黄花岗殉难烈士八周年祭礼。陈去病归作《三月二十九日有事于黄花岗，礼成有作，集玉溪生句六章》。其一："嫩篣香苞初出林，积骸成莽阵云深。十年泉下无人问，碧海青天夜夜心。"其二："可怜才调最纵横，欲举黄旗事未成。海阔天翻迷处所，望中频遗客心惊。"

杨钟羲赴兴华川一元会。至者邹紫东、冯梦华、王聘三、郑孝胥、王叔用、余尧衢、宋澄之、唐元素、章一山。

刘文典与鲁迅、周作人、陈百年、朱希祖、沈士远、沈尹默、刘半农、钱玄同、马幼渔在交通部"西车站食堂"聚会。刘文典初识鲁迅。

傅锡祺作《亡儿春镜同级生以是日（三月二十九日）毕业受凭，感抚遗物，凄然赋此》。诗云："欲制余哀转更哀，无端万感簇心来。遗书历劫巢群蠹，故砚投闲积寸埃。人正乘时穿橘井，汝应有恨饮泉台。春风屈指归期至，肠断担簦去不回。"

傅熊湘作《感事》（二月二十八日，和议停顿）。诗云："已怨开迟开又歇，重开终恐易飘零。园林是处都无主，风雨中宵苦未停。仙字枉劳镌玉牒，神幡谁与系金铃？只应肠断湖南路，野草连天战血腥。"

30日 徐世昌以陕西战事已停，令上海和会代表续开和议。

《每周评论》第15号刊行。鲁迅、陈独秀等人集中发文批林纾。鲁迅（署名"庚言"）《随感录》其一《敬告遗老》略谓："自称清室举人的林纾，近来大发议论，要维护中华民国的名教纲常。这本可由他'自语'，于我无涉。但看他气闹哄哄，很是可怜。所以有一句话奉劝：'你老既不是敝国的人，何苦来多管闲事，多淘闲气。近来公理战胜，小国都主张民族自决，就是东邻的强国，也屡次宣言不干涉中国的内政。你老人家可以省事一点，安安静静的做个寓公，不要再干涉敝国的事情罢。'"陈独秀《林纾的留声机》云："林纾本来想藉重武力压倒新派的人，哪晓得他的伟丈夫不替他做主。他恼羞成怒，听说他又去运动他同乡的国会议员，在国会提出弹劾案，来弹劾教育总长和北京大学校长。"贵兼在本期"通讯"栏目中云："清举人林纾，近来真是可怜。……我想该举人也是一个人类，已经活到七十岁，知识还是如此蒙昧，这真是他的不幸，所以说他真是可怜。我们费了宝贵的笔墨、纸张、精力、时间，来批评该举人，未免'太不自爱'。'道理'两个字，和该举人相去不止十万八千里，本来不能和他去讲。"

林纾应梅兰芳之邀题其扇面《赏月图》。此日，金城、徐操、胡佩衡为梅兰芳合作扇面《赏月图》，师虎、秦仲文、李上达、俞明、易君左、李瑞龄、李释戡、罗惇曧、王式通、王允晢、易顺鼎、林琴南、樊增祥等诸家题咏其上。林纾题识曰："二月廿九日集冯又微寓斋，时梅郎将东行，惜樱花谢矣，不然在十里红香中添一玉人来往其间，不宁为东人增上画图耶。畏庐识。"

沈曾植七十寿辰，同人往祝。陈夔龙、杨钟羲、陈三立、王国维、冯煦等作诗贺之。沈曾植作《病起自寿诗》（五首）。其一："病榻沉绵又一时，赤山岱岳眇何之？相逢徒侣皆龙伯，岂有神仙度马师。七返定难超色界，再生或恐误雄儿。四恩三劫尘沙障，到此分明了不疑。"其三："亦元亦史亦畸民，亦宰官身长者身。成住坏空看已尽，黄农虞夏没焉陈。平生师友多仙佛，至竟形神孰主宾？蓦地黑风吹海去，世间原未有斯人。"杨钟羲《和乙庵〈病起自寿诗〉韵》（二首）。其一："未是吾侪撒手时，孤云释峤亦安之。班行尚待尊千叟，反复终当筮九师。阙下龙团携爱弟，眼中犀角有佳儿。车声法曲人争看，化鹤重来定不疑。"陈夔龙《寿沈子培同年七十》（二首）其一："海日延晴旭，澄清志岂乖。佛桑花满地，书带草盈阶。世乱思姚宋，心闲契葛怀。生朝鸿案乐，缘有孟光偕。"陈三立《乙庵七十生日，寄祝兹篇》云："东南一儒霜髯髭，日无所为无不为。卧起岑楼巨海围，膝穿木榻嗟庶几。朝嚘暮喑声嚘伊，其学漭泬迷津涯。包缠流略演孔姬，宝书断烂堆案窥。叶乘洞篆究密微，旁溢文字醋歌诗。光怪震发庄严持，夏殷敦卣周尊彝。眵眵口哆慑且推，宾从过者杂华夷。络绎问难决然疑，芒乎据梧杜德机。亦骋恢诡相谐嬉，物论与之为婴儿。往事腾踏前旄麾，薄勤化海哺疮痍。蔽埃历块驾安驰，弃遗畏垒一拂衣。大盗覆国举踵随，九土幽晦霾集之。窜居独寐哀黍离，挽日去倚鲁戈挥。光景破碎雷霆欺，龙穴奔噬千蛟螭。纠结搪撞乘孤危，道尊归来鸥鹭知。吐纳刚气真宰垂，芽腹寸颖撑天维。有海终作精卫飞，有山终获愚叟移。至人神凝物不疵，民彝圣典交起衰。久远系公益豪厘，景风吹长贞松枝。"陈衍《寿乙盦先生七十，七言一百句》云："有清渭水盛文藻，寿考桑桑坠遗抱。二黄二万毛与彭，十子振奇几压倒。金风亭长崛嘉禾，独抗新城屹二老。巨灵远蹠遗星宿，郿子何时却藉稻。后来择石复柘坡，初白西厓斗袍袄。厉杭齐谢竞拔帜，犹有稻孙未臣皂。东阳家世大宗师，祖砚无年欲立槁。有饼可怀市日阅，无麦堪漂天任潦。漫将居易说长安，未觉难行上蜀道。未几刑赏出头地，两到双丁一时噪。掌交掌客本秋官，员外曹郎诗例好。石舟愿船差伯仲，越缦苟农争纻缟。荆州相见恨太晚，倒箧倾筐彻莫早。竺国无言不诔谀，谟教有书亦搜考。姬昌荫处恣蝇塵，杵臼痁时麏郊岛。断断龃龉踏鸡子，仿佛昭仪忩自捣。美叔朋俦并子由，嵇阮测交动邱嫂。亡何烽火莽神京，焦获太原且侵镐。一麾江海手方把，八月随楂舟待造。不游咸池略扶桑，安坐辒车免溓辕。笥河不宴采石楼，又不武夷鱼祭蘪。我时两乘子猷兴，道暑郡斋解烦懊。方舟送我入匡庐，饱啖瓜瓤如玛瑙。开先瀑布三峡泉，荡涤心神过雪澡。帷车出入皖公城，绝类中宵卧文裸。分藩开府祀南岳，拓地筑楼夸富媪。一宿康成不复再，未获长江俯浩浩。颇闻坐啸已戡乱，伏莽跳梁净蚍蜉。善刀投帻今十年，深浅蓬莱尘谁扫。再中白日只俄顷，苦望霓旌与翠葆。三千世界非真有，满百生年且善保。十空经本大无工，七客者寮足陈宝。我自西台晞发来，阅尽祖龙池头滈。黎侯郭公渐星散，否亦薰煎龚生夭。尚余数老相来往，脱粟晦翁无或恼。水磨石函仅百步，望宇对衡见其橑。莫嫌楼阁似壑谷，海日朝晞原杲杲。菊花盈把客秋来，转眼梅花乱晴昊。烂熳又看桃李春，粉蝶黄蜂满芳草。寻常酒债能几何，未必黄金量栲栳。人生七十偕老稀，试问浊醪谁能造。有书百城肯借人，稍续题襟旧纂缲。会合联吟不径寸，使我出游释懆懆。吴宫凭吊望具区，遍历六朝旧城堡。散原阁笔欠属和，只共看花骑短骉。何须韩孟争鳌牙，要效陆皮转浑灏。随身书局关文献，太朴虞山空史稿。好催刘范添笔札，数百卷成寿梨枣。古衣冠拜草堂前，逢吉康强集颂祷。钱尚书泊钱侍郎，三寿朋联朱检讨。"王国维《海日楼歌，寿东轩先生七十》云："海日高楼俯晴空，若华夜半光熊熊。九衢四照纷玲珑，下枝扶疏上枝童。阳乌爱集此其宫，扈从八神骖六龙。步自太平径太蒙，我有不见彼或逢。悲泉蒙谷次则穷，桑榆西即榑木东。斯楼突兀星座通，银涛涌见金芙蓉。谁与主者东轩翁，楼居十年朝海童。西行偶蹑夸父踪，拄杖不化邓林松。归来礼日东轩中，咸池佳气瞻郁葱。在昔庞眉汉阳公，手扶赤日升玄穹。问年九九时登庸，翁今尚弱一星终。猿鹤那必非夔龙，矧翁余事靡不综。儒林丈人诗派宗，小鸣大鸣随扣钟。九天珠玉戛镠锼，狐裘笠带都士容。永嘉末见正始风，典刑文献森在躬。德机自杜符自充，工歌南山笙邱崇，翁年会与海日同。诗家包丘伯，道家浮丘公，列仙名在儒林中。平生幸挹天衣袖，自办申辰九十翁。"又，王国维撰《沈乙庵先生七十寿序》云："我朝三百年间，学术三变：国初一变也，乾嘉一变也，道咸以降一变也。顺康之世，天造草昧，学者多胜国遗老。离丧乱之后，志在经世，故多为致用之学，求之经、史，得其本原，一扫明代苟且破碎之习，而实学以兴。雍乾以后，纪纲既张，天下大定，士大夫得肆意稽古，不复视为经世之具，而经、史、小学专门之业兴焉。道咸以降，涂辙稍变，言经者及今文，考史者兼辽金元，治地理者逮四裔，务为前人所不为。虽承乾嘉专门之学，然亦逆睹世变,有国初诸老经世之志。故国初之学大,乾嘉之学精,道咸以降之学新。窃于其间得开创者三人焉:曰昆山顾先生,曰休宁戴先生,曰嘉定钱先生。国初之学,创于亭林;乾嘉之学,创于东原、竹汀;道咸以降之学,乃二派之合而稍偏至者,其开创者,仍当于二派中求之焉。盖尝论之:亭林之学,经世之学也,以经世为体,以经、史为用;东原、竹汀之学,经、史之学也,以经、史为体,而其所得,往往裨于经世。盖一为开国时之学,一为全盛时之学,其涂术不同,亦时势使之然也。道咸以降,学者尚承乾嘉之风,然其时政治风俗,已渐变于昔,国势亦稍稍不振,士大夫有忧之而不知所出,乃或托于先秦、西汉之学,以图变革一切,然颇不循国初及乾嘉诸老为学之成法。其所陈夫古者,不必尽如古人之真,而其所以切今者,亦未必适中当世之弊。其言可以情感,而不能尽以理究。如龚瑟人、魏默深之俦,其学在道咸后,虽不逮国初、乾嘉二派之盛,然为此二派之所不能摄,其逸而出此者,亦时势使之然也。今者,时势又剧变矣,学术之必变,盖不待言。世之言学者,辄伥伥无所归,顾莫不推嘉兴沈先生,以为亭林、东原、竹汀者俦也。先生少年固已尽通国初及乾嘉诸家之说,中年治辽金元三史,治四裔地理,又为道咸以降之学,然一秉先正成法,无或逾越。其于人心世道之污隆,政事之利病,必穷其原委,似国初诸老。其视经史为独立之学,而益探其奥突,拓其区宇,不让乾嘉诸先生。至于综览百家,旁及二氏,一以治经史之法治之,则又为自来学者所未及。若夫缅想在昔,达观时变,有先知之哲,有不可解之情,知天而不任天,遗世而不忘世,如古圣哲之所感者,则仅以其一二见于歌诗,发为口说,言之不能以详。世所得而窥见者,其为学之方法而已。夫学问之品类不同,而其方法则一。国初诸老用此以治经世之学,乾嘉诸老用之以治经史之学,先生复广之以治一切诸学。趣博而旨约,识高而议平。其忧世之深,有过于龚、魏,而择术之慎,不后于戴、钱。学者得其片言,具其一体,犹足以名一家,立一说。其所以继承前哲者以此,其所以开创来学者亦以此。使后之学术,变而不失其正鹄者,其必由先生之道矣。窃又闻之:国家与学术为存亡,天而未厌中国也,必不亡其学术;天不欲亡中国之学术,则于学术所寄之人,必因而笃之。世变愈亟,则所以笃之者愈至。使伏生、浮邱伯辈天不畀以期颐之寿,则《诗》《书》绝于秦火矣。既验于古,必验于今。其在《诗》曰:'乐只君子,邦君之基;乐只君子,万寿无期。'又曰:'乐只君子,邦家之光;乐只君子,万寿无疆。'若先生者,非所谓'学术所寄'者欤?非所谓'邦家之基''邦家之光'者欤?己未二月,先生年正七十,因书先生之学所以继往开来者以寿先生,并使世人知先生。自兹以往,康强寿考,永永无疆者,固可由天之不亡中国学术卜之矣!"

31日 《北京大学日刊》刊登"本校布告"云:"学生张厚载屡次通信于京沪各报,传播无根据之谣言,损坏本校名誉,依大学规程第六章第四十六条第一项,令其退学。此布。"张厚载，江苏青浦人，北京大学法科政治系四年级学生，还有三个月即毕业。其时为北京《公言报》主持"剧界评论"栏目，又系上海《神州日报》通信记者。张厚载引人瞩目是因其与《新青年》编辑部同人展开"旧戏大辩论"。张厚载一方主张保存旧戏，另一方乃"废除派"，包括胡适、陈独秀、钱玄同、周作人、刘半农、傅斯年等。除同学傅斯年，其余均为张厚载之师长。张厚载被开除，非因其主张保存旧戏，而是（一）帮林琴南寄《荆生》《妖梦》给《新申报》发表，张厚载曾为林纾在五城学堂（北师大附中前身）教书时弟子；（二）在《神州日报》上散布陈独秀辞职等"谣言"。其时，教育总长傅增湘已向北大发出"整改"通牒，外间谣言四起，说陈独秀、胡适等人不但会被开除，还将被捕。张厚载此后迁转流徙，1948年以病居沪终老。1951年3月10日，周作人开始在上海《亦报》署名"十山"发表《蠡叟与荆生》，谈林纾，却扯出张厚载。3月15日到4月15日，余苍、柳絮、杨华写了多篇有关张的文章。4月15日余苍在《节录张缪子来信》中写道："仅差两个多月即毕业，当然心有未甘，他去找蔡校长，校长推之评议会，去找评议会负责人胡适，即又推之校长。本班全体同学替他请愿，不行，甚至于教育总长傅沅叔替他写信，也不行……特请他所担任通讯的《新申报》，出为辩白，列举所作的通讯篇目，证明没有一个字足以构成'破坏校誉'之罪，结果仍然不能免除处分。蔡校长给了他一纸成绩证明书，叫他去天津北洋大学转学，仍可在本学期毕业，他却心灰意懒，即此辍学了。"

严修、张伯苓合请梁燕孙等人商议为南开学校募捐事，梁燕孙主分任劝募。

魏清德《谨题李适园先生寿相》发表于《台湾日日新报》。诗云："天地有正气，文章为写真。人间有佳士，写真者何人。多君孝友家，品学夙陶甄。翩翩浊世中，独立扬清尘。古称有道士，存养常若春。此语良不诬，画里传其神。丰颊而隆准，蔼然色可亲。自从背乡井，晤对难夕晨。每怀叔度陂，复忆公瑾醇。人生倏老大，华发易成银。一弹指刻间，亦非本来身。惟有信道笃，面目永逾新。"

张謇作《为怡儿作〈寿梅母〉诗》《平生》（为金沧江作）、《海盐徐君申如兄弟之母八十生朝，以戚友所进为寿者设游民工场，善事也，为赋一诗》。其中，《为怡儿作〈寿梅母〉诗》云："逊代伶官系，光家寿母仁。美成啸亭录，年行永和春。孙子标殊艺，卿曹礼俊人。致欢须本色，更舞彩衣新。"《平生》云："平生惯见张夫子，言孝言慈劝有加。即昨暮春逢上巳，亲题健句寄梅家。报刘得助孤孙喜，御李争传万口夸。好事多应甘蔗味，称觞为诵妙莲华。"《海盐徐君申如兄弟之母八十生朝》云："老寿聪强世所誉，学仙度世道之余。惟坤慈俭能兼啬，似母贞明抱益虚。训嗣秉心天在在，庇寒到眼屋渠渠。已知养志非潘岳，吾友贤哉大小徐。"

本　月

国语统一筹备会召开第一次大会。朱希祖与周作人、钱玄同、马裕藻、胡适、刘复等人提交《国语统一进行方法》议案。

胡适与蔡元培、陶行知等商定，以江苏教育会、北京大学、南京高等师范等五个文教团体名义，联合邀请美国哲学博士杜威来中国讲学。

辜鸿铭撰《北京大学校文字风潮解惑论》，署名"冬烘先生"，面呈北大校长蔡元培。文曰："近日北京大学校校长蔡鹤卿先生，纵使教员、学徒出《新潮》《新青年》诸杂志，丑詈旧学，诋毁伦常，几欲椎击孔孟而后快。闻之者靡不震愕，多归罪蔡氏，以为孔孟罪人。此皆不知蔡氏用心之苦者。余以蔡鹤卿先生此举，实为我孔孟旧学大功臣也。昔苏子瞻作《庄子祠堂记》有曰：'按《史记》，庄子与梁惠、齐宣王同时，其学无所不窥，作《渔父》《盗跖》《胠箧》诸篇，以诋訾孔子之徒。此知庄子之粗者。余以为庄子盖助孔子者，要不可以为法耳。楚公子微服出亡，而门者难之，其仆棰而骂曰："隶也不力。"门者出之。事固有倒行而逆施者也。'云云。夫医者之治病，必推其痛之自，而治其受病之处，而后有功。今鹤卿先生学贯中西，博览兼综，深知中国今日学术士习病根所自来，且势岌岌可危，歧黄束手，不得已出此倒行逆施、以毒攻毒之法，冀挽既倒之狂澜。嗟乎，今日我经生学士之视我华数千年来声明文物如土苴，而终日口不绝爱比西地 [A、B、C、D] 之音声，潜心于彼物理哲学怪诞不可思议之异说，岂真以为其中有何奥理奇趣而心乐之哉。盖徒眩羡彼西人声势喧赫，奢华绮靡，以为得此则可以为利禄之阶梯。此犹昔讲禅者之诵经念佛，朝夕喃喃阿弥陀佛，以为如此则可以永保禄命耳。昔人有问张蒿盦曰：'人之舍六经、论、孟而信袁氏禅学之说，且久而不替，何也？'蒿盦答曰：'此如病人有不嗜五谷而嗜泥炭者，以其有积虫夺其饮食之正也。'余谓今日之西学，所以能蛊惑人者，诚如蒿盦所云，其人胸中积有胃虫。或曰此虫果为何物耶？曰躁进幸得之念是也。夫人既有积虫，若强进以五谷正味，则病者不受，若饮以杀虫之药，又恐伤病者元气。余尝闻善治胃虫者，不烦猛烈之药，即可驱除净尽。其方为何？即以极臭秽之物，使病者饱进，则病者胸中之虫，群起而争食，如此，势必至病者五内作恶，尽积秽而哇之，其病从此霍然自已。我故曰鹤卿先生别具苦心，不得已用此以毒攻毒之妙剂也。噫，此岂林琴南辈迂儒所能料及哉！"

茭社在台湾创立。其时彰化黄文陶（竹崖）博士寓居该地，目睹日据时期台湾因殖民统治而国学渐衰，为维持风雅，邀集螺阳士绅廖学昆（应谷）、廖心恭（和衷）、林朝好、文永昌、魏等如（天修）、江擎甫、李延通等人结成"同艺社"，翌年改称"茭社"。关于社名，赖子清尝谓："盖是处多产茭（咸草），取其中实而赤，以丹心报国为怀抱也。"

《浙江兵事杂志》第 59 期刊行。本期"文艺·诗录"栏目含《题〈潘杰三事略〉》（海秋）、《访熊秉三廉园不遇》（海秋）、《望湖》（海秋）、《舟次湖壖，小饮楼外楼》（海秋)、《题太夷〈海藏楼图〉》(大至)、《烟霞洞》(大至)、《和瘿公〈湖吟〉》(大至)、《缶翁重游泮水，同人开会，为纪其盛，其自赋二诗，忻为寄和》(大至)、《登钓台拜严子陵祠》(榕园)、《过富阳》(榕园)、《严州》(榕园)、《首夏湖上》(后者)、《别秣陵五载矣，小住感赋》(后者)、《慎斋索和〈游慧云寺水星阁观梅〉诗，用原韵以答》(后者)、《谢半园赠画》(庐球)、《人日与半园、春华、仲甫联咏》(庐球)、《塞下曲》(庐球)、《鱼雷行》(月笙)、《后鱼雷行》(月笙)、《除夕大雪》(周熹)、《感兴》(周熹)、《漱圃重梓其先德樊绍述谏议绵绛遗文，得士林嘉许，两浙绅耆怀古心长，特于戊午秋附祀谏议于西湖白文公祠，并议以孙晴川广文崇祀。曲院风荷，诗以纪之》(孙毓修)、《元日感事四首之二》(跃如)、《清明》(跃如)、《奉赠厉绥之、蒋秋然、韩士鸿诸先生》(跃如)、《读〈后汉书〉四绝》(怡园)、《赠龙城飞将》(斑瑜)、《钟馗出猎图》(斑瑜)；"文艺·词录"栏目含《金锁曲·和性吾》(王梦曾)、《前调》(敬六)、《水调歌头》(月僧)、《点绛唇·留别范大》(月僧)、《浪淘沙·冒雨归舟湖上》(月僧)。

[日]《大正诗文》第7帙第3集由雅文会编纂刊行。本集"诗集"栏目含"犀东栏"：《书怀》(柴海波多野敬直)、《纪元节有感》(麑城德川赖伦)、《叶山雪景》(网陵德川达孝)、《春初有作》(青渊涩泽荣一)、《仲和公使祖钱大岛中将》(王鸿年)、《初春偶成》(苏谷大岛健一)、《即墨途上》(同人)、《湘南偶成》(香堂水野炼太郎)、《热海客舍》(平原井上雅二)、《寒月》(毅斋伊藤政重)、《微雪怀友》(同人)、《雨龙山清集》(如如杉原满龙)、《寒夜访友》(楠窗黑宫白石)、《游丝》(同人)、《雪后看梅》(松石辻政太郎)、《合作》(同人)、《郊外探梅》(蕉雨星野竹男)、《攀犀东词宗玉础》(回澜谷口为次)、《和国府君〈鸿城小咏〉》(九峰高岛张辅)、《问南州翁墓》(犀东国府种德)、《魔城偶拈》(同人)、《鸿城小咏》(同人)；"松坡栏"：《朝晴雪》(华山桦山资纪)、《断白》(担风服部辙)、《元气》(青海釜屋忠道)、《霜钟》(雀轩海部弘之)、《己未新年作》(梅所池田政晙)、《休兵》(柘翁吉田千足)、《看山吟树新成》(桂南田中澄)、《送别》(梦香神崎广贤)、《将赴朝鲜》(辕斋须永元)、《次韵酬辕斋见寄》(一梦朴泳好)、《老后感怀》(孤山高辻修长)、《过关原》(鹤洲曾弥达藏)、《西湖》(抚松永田岩)、《访雀轩翁赋赠》(松坡天边新)、《赠醉梦香》(同人)；"天随栏"：《挽土方泰山伯》(蓝田股野琢)、《梦山枢相十年祭》(蘋园阪本钐之助)、《寄高桥健自》(鸥外森林太郎)、《探梅》(香城大矢要藏)、《同题》(千寻大山甲子郎)、《小窗读书》(槃涧山口正德)、《偶拈》(鹤坡佐治为善)、《苦寒》(芦洲富泽忠藏)、《春兰》(无我吉原谦山)、《呈父广濑翁》(三轮朝家万太郎)、《题画》(遂亭山田良)、《香妃曲》(天随久保得二)；"春石栏"：《文姬归汉图》(竹溪平山成信)、《晓起看雪》(建庵太田资业)、《水亭春晓》(淞雨松田敏)、《次增村成堂诗韵》(文庄石川兼六)、《神武寺题壁》(淀桥浅田吉)、《次佐藤双峰诗韵》(菊畦西川光)、《月濑观梅》(无穷小川博望)、

《喜雪》（羽城井上一）、《雪竹》（同人）、《郊外探梅》（禾山水野保定）、《喜雪》（旭堂多惠至善）、《郊外探梅》（毅堂筱崎甲子）、《访梅》（岛南石桥邦）、《溪梅》（天葩草间时福）、《江上探梅》（淡海小野芳三）、《夜雪》（美甘光）、《夜坐》（米雨饭塚辰雄）、《次寺田晚节诗韵》（铜谷久保木雄）、《天树公赠位祭恭赋》（蓣山中田直哉）、《谒上杉神社》（东岳土佐林勇）、《饭塚米雨来访》（春石冈崎壮）。"课题"栏目含"诗"：《夜不眠》《读〈审势〉》《桃花节》《长嗟行》《眠羊》《采松露》《咏归》《游绘岛》《旗亭独饮》。

吴昌硕为飞滨篆书"咏陔庐"三字额并题。又，和李厚祁《双箅感怀诗》（册页二开）云："兀傲森森挂，回环曲曲廊。畦分小园赋，竹比墨君堂。学佛持吾偈，封侯醉此乡。思亲吟最苦，双箅泪千行。奉和薇庄先生《双箅感怀》旧韵。己未春仲，吴昌硕，年七十六。"又，为徐珂绘《衔杯春笑图》并题："奉腹莫哂笑，哑然酬古春。酒才通李白，词意补清真。不语华难解，忘机佛漫嗔。佛漫嗔。料应无可哭，天壤一遗民。《衔杯春笑图》，为仲可先生题，幸指正。己未春仲，吴昌硕初稿，时年七十六。"又，为王国维篆书"天亭夕阴"八言联："天亭鹿鸣永写贤乐；夕阴兔走深夜员灵。静安先生集旧拓猎碣字。时己未春仲，七十六叟吴昌硕。"又，稚林七十大寿，吴昌硕绘《岁寒同心图》，题以贺之："花明晚霞烘，乾老生铁铸。岁寒有同心，空山赤松树。稚林先生七十大寿。己未二月，七十六叟吴昌硕。"又，为安藤翁七十七寿篆书寿字轴："寿。安藤翁寿七十七，南极星明斗大看。老我不堪同车爵，海天东望倚阑干。己未二月，吴昌硕，年七十又六。"又有杭州之行，重游泮水，有诗。返沪，于翌月朔偕吴迈访郑孝胥于海藏楼。

林纾作立轴绢本《四景山水》。题识一："雨中柳色酒家楼，定有诗人醉上头。艳绝平山堂下路，十年幻想到扬州。己未二月琴南林纾写意。"题识二："万壑顽云复幻奇，澊雷起处黑风吹。下方失箸应无数，说与山人似未知。"题识四："诗心烂漫合秋光，老翠荒青入草堂。咀嚼一番尽禅味，不问闻得木樨香。己未元夕后二日，畏庐居士写于烟云楼。"

陈三立偕夫人俞明诗及子隆恪于本月至次月间往太平门外看桃花。陈隆恪作《侍两大人出太平门观桃花》。诗云："桃花千树媚，遥侍一山尊。色相无新主，春风有乱痕。笳边蜂蝶阵，身外虎狼村。策杖期来日，依依笑语存。"

冒鹤亭返如皋，沙健庵招邀同赴雨香庵观梅，沙健庵先成诗，冒鹤亭作《二月九日健庵招同雨香庵观梅，次健庵韵》和之。

王国维撰《徐俟斋先生年谱》。又，法总理遇刺，云："观法总理之被刺，则前致敬仲书之所虑将不幸而中，彼昏不知，即令知之防之，亦正无益，世无神禹，岂能抑洪水之祸耶！智虑短浅，人才乏绝，恐各国皆然。《诗》云：'舍彼有罪，既伏其辜，若此无罪，沧胥以铺。'‘沧胥'之语，似为我辈设。"又云："时局如此，乃西人数百年讲求富强之结果，恐我辈之言将验。若世界人民将来尚有孑遗，则非采用东方之道德及政治不可也。"

连横寄砚之余，校印《台湾通史》，颇事吟咏。与瀛社诗友洪以南、谢汝铨、魏清德、刘克明、黄纯青时相过从。暇时屡至台北树林，与黄纯青评书谈艺。又，连横偕夫人等游圆山。此行，连有《圆山杂诗》（十二首）。其一："作史评诗且得闲，春光催我上圆山。几人领略游山意，看到精微窈窕间？"其二："此间山水足嵚奇，石老林深位置宜。太古巢空人已去，可怜迁谷不知诗（太古巢在今明治桥下，为陈迁谷孝廉所建，今废）。"其三："视师海上久留铭，一剑东来氛已横。何日化龙天外去？至今争说郑延平（故老相传，剑潭为延平投剑处，实则延平未至台北）。"其四："废殿荒凉浸绿苔，忽隔弹指现楼台。可知佛力弥天大，亦待黄金布地来（剑潭寺荒废已久，近由辜氏独力修建）。"其五："王谢争墩事亦奇，百年名字有谁知？眼前即是沧桑感，劫后重来只有诗。"其六："隔寺传来一杵钟，钟声惊起剑潭龙。他时为雨为云去，洒遍诸天法界浓。"其七："淡江新涨夜停桡，两岸垂杨幂画桥。刮地笙歌嫌太俗，不如此处独吹箫。"

李大钊、康白情、王光祈、潘力山游通州，吊抚城，抚唐塔，览运河，徘徊不忍去。李大钊喟然叹曰："古之人天下有故，则逐鹿中原，亦一乐也！不知我辈当彼则何如？"一席偶谈，触发康白情之感兴，故作七绝《偶谈》。诗云："偶谈逐鹿中原趣，口不能言有所商。略忆儿时华夏论，醉心汉武与秦皇。"又作《浪淘沙（花市静无哗）》一阕。词云："花市静无哗，元夜空赊。愿随芳草梦云涯。卸罢晚妆还小立，谁院琵琶？　　竹影半帘斜，摇上窗纱。尽将清泪洗年华。垂幛不关风意恶，怕看桃花。"

黄侃温经至《仪礼·丧服》，以病而辍。

钱基博家迁流声芳巷，租朱氏宅。

汪东妻兄费树蔚（仲深）寄诗为寿，时汪东知于潜。汪东《吴门二仲并称贤》略云："当余知于潜日，仲深寄诗，寿余三十生辰，遗札散亡殆尽，而此独完。诗云：'昔闻刁令居，筑亭临浮溪。曾邀子瞻共游眺，醉落大句惊沙鹥。刁翁官此久，地僻不受人倾挤。名僧种竹作清话，村女渡溪照画眉。君今但取风景好，知复不恨官职低。异时我来一尊酒，二翁未必差毫厘。因君生日寄此诗，火急报我英物何时啼。'于潜介临安、昌化间，地有绿筠坪，构轩其上，亦名绿筠。宋苏轼行部至此，作诗著集中。余按寻其地，轩址尚存，而竹无一竿，乃令于清明节以时补植。报仲深诗云：'有轩补绿筠，有水通紫溪。风俗淳厚薄书简，容我得句招凫鹥。'谓此事也。"

邓中夏接湖南高师同学张楚来信及诗作，随即回信一封并步其原韵，作《赠张楚》七律一首、七绝四首。七律云："天涯地角叹参商，渭树江云梦月梁。公瑾醇醪容易醉，郇侯肴馔洵难忘。惟欣燕国文章妙，尤羡曲江风度芳。何日登堂重晋谒，萱帏蔼蔼庆霞觞。"七绝其一："长沙分袂行匆匆，劳燕分飞各西东。何日登楼话旧雨，几时促膝挹春风。"其二："湘江离别忽三载，胡马嘶秋怀故人。岳麓峰上风月好，一览众星拥北辰。"其三："金台作客三春秋，回忆章江怀故游。弹指艮岩唱和处，数曲清泉韵悠悠。"其四："忆昔麓山共琢磨，阳春白雪相和歌。高山流水知音少，不见钟期叹奈何。"

汪懋祖在《留美学生季报》第6卷第1号发表《送梅君光迪归园桥（Cambridge，Mass，U.S.A.）序》。归国后，此序又刊于1922年4月《学衡》第4期。汪氏明确表示和梅光迪意见一致，反对新文化—新文学运动。他说与梅光迪相识而成知音，且恨相见时晚。他对神州新化，吾国学者"泊于既狭且卑之实利主义。论文学则宗白话，讲道德则校报施"表示极大不满。因为新文化运动导致数千年先民之遗泽被摧锄以尽，中国人灵魂丧失。而梅光迪要"以文救国，驯至乎中道。当不迷其同而敬所异"。汪懋祖最后说自己"将攘臂奋首，以从君之后，而助成其业也"，并以"坚其盟"为志向。此"盟"即后来之"学衡派"，此"业"即梅光迪日后在东南大学发起创办的反对新文化—新文学的《学衡》杂志。

吴芳吉再赴永宁中学。本学期，原校长蒲铁崖、好友赵鹤琴皆辞职而去。

王统照出任《中国大学学报》编辑部编辑，时就读于中国大学英国文学系。

丰子恺回故乡桐乡石门。

夏承焘初识梅冷生，成诗友。

[日] 芥川龙之介辞海军机关学校英语教师职，入大阪"每日新闻社"，成专职作家。

李传道生。李传道，湖南长沙人。著有《林间拾芥——李传道诗词散文集》。

蒋杏沾生。蒋杏沾，号江蓠，浙江萧山人。著有《江蓠诗稿》《江蓠题画诗摘钞》。

顾植槐生。顾植槐，广东广州人。著有《槐堂艺文集》。

顾尔钥生。顾尔钥，江苏南通人。著有《顾尔钥诗集》。

杨锡章作《己未二月开社》。诗云："裙屐缘何集，相将瑰玮期。交情宜纫佩，吾道一空卮。花事重疑梦，春声半在诗。晚香先领略，不是故违时。"

林尔嘉作《己未二月东归，黄君仲训招游瞰青别墅，地近晃岩，为郑延平故垒，出其远而亭近作索和，即次元韵》。诗云："小筑园亭我与而，摩崖劚石为题诗。古台旧历沧桑劫，峭壁新刊棣萼碑。昔日羁栖南海峤，频年啸傲鹭江湄。长风万里初归客，指点池塘话别离。"黄仲训自题诗云："小拓园亭傍晃岩，峰回路转石巉巉。登高放眼江天外，无限青山落日衔。"

陈师曾作《法源寺饯春会，雨中看丁香》。后刊于5月31日《大公报·余载》。

诗云："看花每与东风战，路转幽房出前殿。千百丁香初解结，一一庄严朝佛面。宣南古寺此为佳，时惹游人集如霰。偶逢胜会随法喜，各饱伊蒲大开宴。往时风日丽晴明，今独淋漓成例变。不教尘土污香云，灌顶醍醐示方便。咳唾珠玑佛功德，滋润根荄天宠眷。霏微紫翠洒高林，坐觉诸天齐涌现。老僧肃客特殷勤，带水拖泥忙不倦。意在客耶抑在花，言下精微须自转。春光于人殊草草，百年能得几回钱。坐中父执已晨星，吾侪衰朽亦旋见。蹉跎六载滞京国，行歌充隐侏儒贱。王霸繁华过眼非，旧巢屡换新巢燕。莫嗟韵事渐消歇，未可临文焚笔砚。酽茶聊为洗愁肠（座不设酒，但饮茶耳），恶诗且复追群彦。"

曾广祚作《二月登九峰见定慧寺》。诗云："十里摄衣行，空中梵语清。悬梯忘地险，见寺觉山平。云彩为龙虎，风光有燕莺。逢春湘树绿，余发几回青。"

郭沫若在日本福冈作《春寒》。初见于1920年1月18日《致宗白华书》。诗云："凄凄春日寒，中情惨不欢。隐忧难可名，对儿强破颜。儿病依怀抱，咿咿未能言。妻容如败草，澣衣井之阑。蕴泪望长空，愁云正漫漫。欲飞无羽翼，欲死身如瘫。我误汝等耳，心如万箭穿。"又作《春愁》。诗云："是我意凄迷？是天萧条耶？如何春日光，惨淡无明辉？如何彼岸山，低头不展眉？周遭打岸声，海兮汝语谁？海语终难解，空见白云飞。"

毛泽东作《大沽口观海（残句）》。诗云："苍山辞祖国，弱水望邻封。"

陈夔（子韶）作《湘月·己未仲春之初，与同人游水仙阁。宋张功甫玉照堂故址也，旋舍为寺，今仍禅者居之，而割其半以驻军。乐队归而赋此。功甫姬人病起，有入道之志，又堂前有鸳鸯梅，有牡丹名瑞露，俱见〈南湖诗余〉。今犹存古梅数十本，碑碣凡六，序舍宅为寺甚详》。词云："南湖在望，怕春寒犹滞，轻负名胜。有约条风似唤我，携屐闲来消领。水竹三分，云山一角，检校檀乐径。摩挲碑石，忽听隔院清磬。　　因念旧侣骖鸾，双栖自怯，喜禅关清静。愿作鸳鸯，让玉砌、嘉树年年交颈。瑞露翻红，玉龙喷碧，应记锄烟冷。梅梢月上，戍楼画角催暝。"

庄垂胜作《初次随灌公渡日，于台中站月台候车口占》（民国八年三月，时先严制服未除）。诗云："皎月竹梢闻，啼鹃声欲寒。驿亭风露重，沾泪一忆孤峦。"

[日]高须履祥作《三月负命视察香川县学事，得数绝句》（节三）。其一："一路溶溶汽艇轻，屋山浮浪眼先明。唤回十二年前梦，风景依稀玉藻城。"其二："弦声响浪扇翻飞，儿女犹知与市功。战迹长留风景美，海山城邑画图中。"

春

吴昌硕为正木绘《墨松图》并题："堂中宛宛开徂徕。正木先生属，画于海上去驻随缘室。己未春，吴昌硕年七十又六。"又，为竹轩行书《与况大夜话》诗轴。又，为天受绘《折梅》扇面并题："茅屋四隅幽，新篁看欲活。更有数枝斜，开窗供涂抹。天受仁兄大雅属画，并录元人句。吴昌硕，年七十六，时己未春。"又，游六三园，赋赠白石六三郎《六三园赋赠鹿叟》一律："涧水潆纡鸟不鸣，踏歌声亚磨茶声。展喧阶影翻红药，楼抱珠光绽绿樱。头点石先成佛相，病除天欲老诗情。荷鉏戴笠家何在，傥尔长沮便耦耕。"又，为节卿篆书"棕柏柞械"八言联："棕柏不华写趋朴荗；柞械滋秀乐贤庶多。节卿仁兄雅属，集猎碣字，趋，吴侃叔释趣。时己未春，七十六叟吴昌硕。"

林纾作立轴纸本《草堂观瀑》图。题识曰："白龙出匣向人飞，溅沫时侵薜荔衣。我久耳聋何必洗，年来不管是和非。己未春日，畏庐老人林纾。"又，冒鹤亭迎养母周太夫人于镇江，林纾作《〈金山奉母图〉，写寄冒鹤亭》。诗云："孝子出诗人，奉亲事亦韵。永嘉山水窟，侨寓几一闰。凶愚方啸引，流煽及县郡。移棹向京口，尽室趁江运。丹阳据形胜，板舆遂吏隐。金山俯大江，胜概冠吴分。焦山集万竹，送青作夏润。烹泉奉老母，醇美过良酝。何必问诗力，年来定疏隽。题图寓良友，和答或非靳。"

陈衍以闽省通志局钞书事至金陵，寓于陈三立别墅，十日后离开。陈衍作《白下访散原途中作》。诗云："得归溪上四年强，昨岁蹉跎访草堂。但使乱兵毋敢入，可知节度已胜常。惠施竟绝濠梁语，御寇谁连月下墙。剩有未刊诗两卷，自携箧衍与商量。"在金陵期间，陈三立偕陈衍往游仓园、鸡鸣寺豁蒙楼、侯府张宅。陈衍作《同散原游仓园，小憩初台》。诗云："仓园名不换仇园（园为仇君来之所结构），免得闲人竞此墩。饱饭最宜来步屟，初台聊足一携尊。万家不见鳞鳞瓦，数柳新摇袅袅痕。开到樱桃桃欲放，江南春物足消魂。"作《鸡鸣寺豁蒙楼茗坐，同散原》云："七年不到石头城，同泰寺前春草生。玄武湖波犹黯淡，紫金山势倍峥嵘。官家偷狗寻常事，私地鸣蛙强聒声。回首荆扬天下险，豁蒙粤略几经营。"作《小住散原别墅数日，杏花开矣》云："三年去京国，不见杏花红。畅觉浓春早，将迎旭日东。缤纷诗满卷，潋滟酒方中。奈此江南好，花前着两翁。"作《侯府张宅杏花最盛，叠前韵》云："三年去京国，苦忆杏花红。据石来看栝，窥墙艳自东。方知春意闹，不在雨声中。客子光阴好，思家让放翁。"

严修（范孙）于春夏间游镇江金山寺，晤冒鹤亭，被告知金山寺有退院僧，与严同姓名，今年又同六十。严遂与严修僧师相见于游堂。别后为诗张之，题为《金山寺退院梅村和尚名严修，与余既同名又同庚，今年夏历九月，六十初度，寄此奉祝。兼祝青权和尚并呈鹤亭、戣夫、苏堪、少朴、珍午、经田、献廷、仲鲁、康侯诸公》。诗云："庚申到己未，甲子忽一周。汶汶念吾生，何异菌与蝤。顾我虽无似，同甲多俊流。南有周张朱，北有史聂刘。翁君长一月，世德承箕裘。同年且同日，诗人海藏楼。今年我初度，有约来杭州。因循既愆期，先作金山游。冒君主东道，礼重情殷稠。迟我江天寺，禅房花木幽。介我见禅师，退院老比邱。袈裟映牟尼，貌伟神清道。冒君指谓我，与尔名字侔。同名事恒有，古典难竟搜。难得僧与俗，命名如相谋。而且生年同，只异春与秋。前生殆有约，会合非无由。却怪相知晚，倾盖已白头。俯仰身世间，对师中含羞。贱子窃禄久，五十始乞休。兴亡岂无责，山川徒写忧。师乃蚤闻道，于世无恔求。禅院已方外，犹不肯久留。青山自去来，云水两悠悠。时乘只轮车，或驾一叶舟。南入竹林寺，北泛瓜步洲。不知有人相，何论恩与仇。不知有我相，何论悔与尤。从来佛海深，便入圣域优。重阳越两朝，又添海屋筹。仙潭菊酿熟，称祝皆带韝。况有青权师，年庚同吾侔。愿招同甲会，大会兹山陬。冒君合作宾，介绍功当酬。上列八九贤，大都气谊投。我为诸贤寿，大白同一浮。或为大师寿，大师笑展眸。梵经我未习，古籍稽鲁陬。先歌九如雅，后陈五福畴。寿师实自寿，严修寿严修。"并以此诗呈同庚翁弢夫（翁斌孙）、郑苏堪（郑孝胥）、周少朴（周树模）、张珍午（张元奇）、朱经田（朱家宝）、刘仲鲁（刘若曾）、史康侯（史履晋）、聂献廷诸君子。除翁弢夫外，皆有和作。人称金山百年来无此风雅事。

郑孝胥作行书《杂诗》二首立轴赠仙舟。其一："前身为老卒，夜夜登戍楼。一生看太白，不知春与秋。今我复何为，山川非昔游。杜门独长啸，兵戈送白头。凤根殊未忘，闻鸡如有求。终年起残夜，哀思变明幽。世乱须至人，安知非楚囚？及我老未衰，为君着兜鍪。"其二："高楼插暮空，正作碧云色。浮云忽蔽之，遂使虞渊黑。夸父不自量，弃杖成遗迹。沉沉入长夜，谁与护鹓魄。海波深无底，嗟我梦魂隔。赴海断六鳌，犹足立四极。杂诗二首，仙舟仁兄大雅属，己未春日，孝胥。"

赵熙寄居成都，感于"城南花事方盛"，遂与邓鸿荃、宋育仁诸友往来酬唱，以词纪之。后由邓修庵（鸿荃）辑录《花行小集》（1卷）刊行。集后有赵熙作跋云："己未春，余游成都，城南花事方盛。文酒之会，或以词纪之，休庵遂录成册。盖远世事而美敖游，多难时所希有矣。昔陆务观至成都有《寓居》之篇，其诗曰：'家住花行西复西。'今花行未知何所，而余寄迹于梁园。固庾兰成所俜花随四时者也。因题其耑曰《花行小集》。赵熙。"

叶德辉至上海，时张元济、夏敬观、傅增湘、孙毓修等有出版《四部丛刊》之议。

周学熙赴无锡广勤纱厂开会。归途至青岛华新纱厂，时青岛在日人管辖中，日本司令税务司招饮，即席赋诗。

罗振玉携眷自日本返国，抵上海，与王国维相见。

陈去病自汕头至香港，作《自沙汕头泛海赴香港一首》。诗云："西风吹老菊花秋，又策灵鳌赋远游。万里沧波浮一粟，满天星斗落遒陬。鲸鲵未戮余腥秽，虎豹当关识壮猷。莫问荒荒群带路，只今蜃气总成楼（群带路一名群盗路，在香港西隅，盖昔海盗群集之地也）。"

连横应华南银行发起人林熊征聘，为处理南洋华侨股东往还文牍之秘书，移家台北大稻埕。连横居处面对大屯山，因名书斋曰"大遯山房"。

弘一大师居杭州玉泉寺，旧友袁希濂往访。范古农亦率杭州佛学会会友访于玉泉，请弘一大师开示念佛，大师以《撷普贤行愿品疏钞》相托。

郭则沄观牡丹花开有感，有"落红不是无情物，忍背斜阳更向人"之句。

唐继尧在粤组团赴日本考察，张维翰等随行。日本政府安排三十日之考察行程，于军事、经济、文化、教育、社会各项设施，皆作有系统之实地考察，张均作详尽日记。

吕碧城于香港养病，入夏后返沪。此间与费树蔚诗书往还颇为频繁，费树蔚有《答吕碧城香港，用吴梅村〈题西泠闺咏〉韵》（四首）、《吕碧城自香港回沪，书来云将游欧美，索为诗述其身世，戏借梅村旧韵寄之》（四首）等相答。其中，《答吕碧城香港》其一："淡墨轻霜字半斜，不因寂寞损清嘉。吴山越水三年别，雾鬓风鬟万里家。独夜高楼怜汉月，温暾小院著蛮花。粉腔英气难消歇，绮梦飞腾走锦车。"《吕碧城自香港回沪》其一："乍泛舟回淞水浔，琼台高处贮春深。依然飞絮飘萍迹，久矣江蓠渚杜心。精卫欲填穷海去，鸱夷终胜浊泥沉。素书细诉生平事，索我青衫里泪吟。"

邹鲁撰《马母太夫人六十寿辰序》，祝马君武母寿辰。序曰："马博士君武，文章学问，卓越时流，固世人所共知者也。而其溯源，出自母教，则知之者尚鲜。本年春，为太夫人寿辰。同人在粤，称觞奉庆。余与君武，患难相同，处境尤同，故知之悉，乐为文纪其事。既以寿太夫人，更以风世之为母为子者。生平虽绝不为应酬庆贺文字，以其有关世道，亦不敢以不文卸责焉。君武九岁而孤，家复清苦。太夫人茕茕子立，支家抚儿，悉赖十指。训经教字，兼诸一身。每当宵晨鸡唱，午夜灯红，机声与书声相和应，则太夫人操工授课正酣之时也。太夫人持身以勤以俭，抚子且教且养。艰难困苦，十年如一日。而君武亦卓然成材。乃出所蓄三十金，劝就外傅，以广所学。君武至粤至东，皆仗卖文，以为束修膳宿之资。而一纸风行，振聋发聩。君武之文字为世重，而太夫人之教不可及矣。君武复本母教，益以所学，译书行世，得资再赴德国留学，卒之得其国工学博士学位。当君武在东，以文字提倡革命。辛亥之际，更赞襄改革事宜，任南京政府交通次长，临时参议院议员。本其所学，大政多所主持。正式国会成立，复当选参议院议员。议论一出，群为之靡。二年国会遭非法解散，复往德国。著译书籍，归饷后学。五年国会恢复，返国供职。六年国会又遭非法解散，乃南来护法，任军政府交通部长。孙大元帅辞职，君武亦解职而去。任无烟药厂工程师，发明无烟某种药。君武虽事功彪炳，入出必挟书一本，稍暇则垂头展读，旁人嘈杂不顾也。自奉至节约，曾未见其一食一夜稍为奢华。盖悉本太夫人勤俭之教无踰也。欧阳文忠之母，画荻教子，卒成文忠之学，功业著于当时，声名垂诸后世。而太夫人之教君武，实足与欧阳文忠之母，后先辉映。展观史册，宁有几耶？余家遭洪杨之变，生计困苦与父母之教养艰难,悉同于君武。前年家君七十一寿辰,君武与同人致勖,以为秉家庭之训,自强不已,其造就必日以蒸。而养志娱亲之道,亦将不假他求。今谨还以勖君武。以君武年力富壮,立身行己,一秉慈训而如昔。自足树不朽之基,以造福民国。余谨乘庆祝之机,秉笔书此。世之为人母为人子者,其亦可以闻风而起矣。是为序。"

刘永济由上海回新宁,作《鹧鸪天·八年春,湘中作》(三首)。其一:"摇落平生一段愁,梦中芳草接江楼。碧桃开尽风光薄,翠鸟飞来岛屿幽。　　休缱绻,且悠游,渌波无限夕阳流。遥知珠树三花后,不记人间落叶秋。"其二:"谁与金炉共夕熏,小帘深雨独含颦。寻常门馆皆如梦,寥落杯盘又饯春。　　添柳浪,长苔痕,定无人肯惜芳尘。东风别有闲滋味,竹槛灯窗总断魂。"其三:"柳自成荫花自残,谷风凄薄一番番。留春句好心偏苦,沈水香消意欲阑。　　歌畔枕,不须安,好烧银烛照朱颜。凭君为鼓雍门调,门外潇湘百尺寒。"后载于1923年4月《学衡》第16期。

太虚大师作《唯物科学与唯识宗学》《中华民国国民道德与佛教》。

沈曾植作《春日》。诗云:"霜雪晴阳吉日催,高轩萧爽轶浮埃。长难已尽班如马,解作宁无甲坼雷。世界重重融帝网,乾坤纳纳掩群才。野夫八载春无赖,要醉中兴洗甲杯。"

舒昌森作《金缕曲·己未春寒,梅信特迟,赋此寄松樵邓尉山中》。词云:"节候将惊蛰。讶东风、滞留何处,峭寒犹逼。惆怅罗浮清梦远,早是云山间隔。问谁为、试传消息。昨夜雨声今雪片,奈枝南、一样和枝北。浑不见,弄春色。　　我生况具耽梅癖。记年时、上元初过,飘然独适。香海苍茫容小住,携遍寻幽蜡屐。已满地、繁英堪惜。屈指今番花信到,料山中、芳意同沉寂。辜负了,探梅客。"

张謇作《伤春惜别词》(二首)。其一:"姹紫嫣红事渐非,看残芍药赏心违。花无可种无因种,春尚知归尚不归。"

汤汝和作《春夜戏成》。诗云:"家人病卧时呻呼,薄暮医来日已晡。妙方到手珍璠玙,药笼物遣獠奴沽。倾囊授以千青蚨,夜深犹未归蓬庐。沉沉更鼓北城隅,蛰虫困处思昭苏。病人望药情何殊,更命他仆觅诸途。如泥醉倒黄公垆,药幸在握余钱无。呼之不醒鼾声粗,异归尚复劳舆夫。主人得药煎于厨,情急那顾燎其须?"

王仁安作《春阴五首》。其一:"临窗伏案坐春阴,院静无哗见道心。梦里湖山劳想像,眼前花鸟半销沉。大儒曾问仁何在,贤士都言乐可寻。欲补亡牢今末路,未堪老病日侵寻。"其二:"结习难忘数首诗,任情写意本无奇。能游广漠羞凡响,每立苍茫动远思。波水沄沦风到处,海天寂寞月来时。命宫自古多磨蝎,不受摧残笔一枝。"

赵熙作《春梦》。诗云:"一种天生物,非时不择时。头衔春梦换,心病路人知。水竹萦秋壑,烟花谥夏姬。潮声千万转,萍性见风移。"

曹家达作《子夜春歌》（八首）。其一："郎向关山道，春深未及归。春愁如草长，喂得郎马肥。"其二："郎心似浮云，夜夜风雨多。妾心似明月，圆缺当奈何。"其三："妾身元夜灯，借郎为灯烛。暂离固无恨，光景两不属。"其四："折花玉阶前，簪上同心钗。安得花下风，吹梦入郎怀。"其五："江南与江北，花鸟自成春。为有江水隔，相思愁白蘋。"其六："灯花落复落，鸣鸡寒更瘏。不怨无修绠，但愁井底深。"其七："欢如柳杨花，化萍江水湄。本自无根柢，相思亦何为。"其八："侬是博山炉，栖托忘忧馆。觅取博山香，熏得郎心暖。"

梁文灿作《浣溪沙·己未春，再观孙供奉（菊仙）演剧》。词云："海上归来鬓发皤。龟年老矣尚能歌。落花时节奈愁何。犹是当时供奉曲，故宫谁复忆铜驼。贞元朝士已无多。"

熊希龄作《己未春游西湖，借宿蒋庄偶成》。诗云："十里楼台接故城，万峰争拥入湖平。桥边春意桃兼柳，窗外云容雨复晴。夜月衔山嵌树影，晓风吹浪上堤声。重来白发添多少，回首前游百感生。"

林苍作《春半》《春尽》《春尽怀平冶》。其中，《春半》云："烟雨凄迷二月寒，野桃花发忆长安。王城如海春多少，可许山人梦里看。"《春尽》云："车马寻芳日沸腾，纷纷蜂蝶自为朋。一朝风雨将花去，痴想留春力不胜。"

黄节作《春风城南花，为丽云作》（丽云本名云玉。癸丑夏，予识于淞江，盛鬒丰容，诸姬减艳。飘零七载，重晤燕台，春雪犹寒，益增吾感。因为此篇）、《春尽日出游》。其中，《春风城南花》云："春风城南花，独往得幽恣。羁栖七载中，寂老一隅地。荆卿游酒人，犀首叹无事。赁春比扶风，侏儒笑厌次。称诗美芟楚，所志玩白贲。嗟哉士大夫，毋若妇宦寺。过从乏向往，一意纵声伎。樊川唱杜秋，少陵爱剑器。听终哀每来，坐对乐无二。三年倏易过，一曲渺难俟。旧事说蓬阁，佳人属吒利。篇终岁暮吟，迹落湖上志。尔来遂萧条，及秋益憔悴。黄花风雨晨，丁沽江海思。深情辄一往，佳遇亦云遂。小小钱塘家，师师汴州泪。是时秋方残，彼美意尤腻。吾怀忻有托，身世姑暂置。渡江河东君，就我上都驷。不赋石榴词，焉寄丁香字。雪夜命巾车，腊尽同尊觯。欢穷意顿改，岁易期不至。固知金缕歌，莫望紫云赐。梅花开更落，春灯炧复炽。人日草堂诗，岁时荆楚记。忧来等闲度，意尽寻常醉。吾生早孤露，世恋悟浮媚。何期淞曲人，巧若广陵值。仿佛识芳华，依稀疑梦寐。云鬟江上路，暮雨城西里。当时数携手，一别各漂茇。重逢且细语，前迹尚留识。自言嫁商人，已分老姬侍。长妇不见容，弱絮乃重坠。如今盛年过，曷补头上翠。言终更低首，我听已酸鼻。世事十载间，沧海几回异。且如改革初，岂谓帝议贰。再造失纪纲，大权落将帅。是非赏罚间，颠倒混淆备。贤豪瘁心力，士夫自贪肆。一国在漂摇，与汝共遗弃。眼前事勿论，春半酒还渍。桃梨未坼蕾，南北固殊植。汝来可盘桓，天予以覆被。平生阅世多,余恨中臆恚。如何逾壮人,不尽看花意。欢情逐去春,凄感发深致。闭门晚雪积,入虑初花稚。即此已低徊,况阻游春骑。"《春尽日出游》云:"念乱忧生已不任,尔来多负看花心。晚收桑柘怜农事,坐阅溪山换醉吟。怀抱略陈从得句,暄晴不定始成阴。忽闻啼鴂惊春去,芳草无人且独寻。"

夏敬观作《送春二首》。其一:"持酒饯残春,春园步步陈。花休临槛树,柳蔽上楼人。回施狂非昔,相看事转新。作欢余老境,犹健二除身。"

夏绍笙作《扫花游·春云暮矣,驾言出游,碧草送人,绿波迎节。自东岸而涉涧,向西禅而登峰,雨花飞香,石岚振秀。寄禅湘绮,辉映后先,悄然而歌,垂示来者》。词云:"落花美节,渐绿了东,柳边莺闹。画船唤到。盼羽觞乱流,宝车争道。紫陌黄尘,半拂春人未扫。入仙岛。正兰亭酒酣,珠海花好。 阆苑春又老。爱流水桃花,夕阳芳草。玉山欲倒。叹王乔当日,尚留丹灶。定石蟠苔,绣遍禅衣梵帽。莫归早。向南郊、乱红餐饱。"

张素作《春游即兴》《春来》《春日寒甚》《玉楼春·春日寄亚兰》《水龙吟·春日偕倦鹤、印句同游陶然亭》《摸鱼子·春暮独游城南园》《甘草子·春暮》。其中,《春游即兴》云:"杜曲千门日弄殊,欢游景色俨承平。卷衣乍向河桥入,赛鼓还趋社庙行。狂马脱缰人自去,坠尘吹鞠汝何情。一枝最是邻墙柳,舞澈东风体态轻。"《玉楼春·春日寄亚兰》云:"好春京洛笙歌海,泪剩幽妆眉结黛。一番检点一魂消,暗里却愁年鬓改。 恹恹心事如何耐,吟苦东风花作菜。夜寒孤馆不添衣,病酒余香留梦在。"

颜偁作《送春》《春草》(六首)。其中,《送春》云:"江南词客感临歧,愁对东皇赋别离。一曲骊歌花几片,数声风笛雨千丝。君原有脚归何处,莺尚多情恋故枝。此去明知期暂尔,其如蕴藉惹人思。"

林志钧作《入春多风,窗前丁香盛开,隔窗风中看花,偶成小诗》。诗云:"风急怕花伤,遥窗镇日望。避尘诚得计,祇惜不闻香。"又有诗云:"去岁移栽不见花,今年花好白成丛。可怜一样丁香结,不向东风向北风。"

于右任作《春雨》。诗云:"悯乱天偿雨一犁,饥鹰啄凤事难齐。相期天地存肝胆,犹见关山动鼓鼙。河汉声流神甸转,昆仑云压万峰低。花开陌上矜柔艳,勒马郊原路不迷。"

曾广祚作《春感》《春望》。其中,《春感》云:"蛇盘斗栱感连昌,龙跃延昌蜀殿荒。但与神仙同笑傲,任从王霸自兴亡。棠梨似醉迎牙笏,桃李无言劝羽觞。万朵红云聊一拨,地践绣涩绿沉枪。"《春望》云:"眉仗扶桃竹,亲朋拍手看。云中方暮霭,月上有春寒。书屋秦人穴,琴楼楚子山。何时乘皓鹤,一举到芬兰。"

魏毓兰作《春柳》(二首)。其二:"春江不绾去来潮,袅袅长条更短条。青眼乍回阮氏睐，绿围犹减沈郎腰。晓风残月垂杨岸，流水斜阳旧板桥。金缕衣单寒尚怯，搓烟弄雨过花朝。"

汪兆铭作《春日偶成》。诗云："孤筇随所之，窈窕至林谷。泉声流不断，凄怆动心曲。山径隐薜萝，攀陟气才属。微生寄片石，千里集吾目。初阳被绿草，天气清且淑。繁花何茫茫，红紫自成簇。飞鸟既睍睆，游人亦雍穆。大块富文藻，当春更蕃沃。势如决巨浸，万物尽淹覆。奇愁定何物，百计不可逐。惘惘情未甘，靡靡行已足。欲语苦口噤，微风振林木。"

沈尹默作《十拍子·西京送春作》《玉楼春·春日寄玄同》。其中，《十拍子》云："叵耐东风作恶，无端吹阳吹晴。恼乱杨花千百朵，催啭黄鹂三两声。寻春春已行。　　等是良辰佳日，依前水秀山明。短笛谁家歌一曲，不似当时韵最清。何堪忆洛城。"

张默君作《己未春美利坚，冒雪视学，至廊省蒙特荷约克及斯密司两女大学》（二首）。序云："东美女子教育首推六大学：曰华沙，曰威尔斯莱，曰西门斯，曰越笛克拉菲，曰蒙特荷约克，曰斯密司，多有中国女生，成绩颇善。上四校客夏曾一到，斯两校为最后到者也。"其一："名校名山淑气盈，天人端合住蓬瀛。时来妙籁杂清听，坐爱飞琼屑玉声（蒙特荷约克山水俱胜，时厓际有悬瀑，敲冰琅琅悦耳）。"其二："海外琼华此冠军，况从雪里挹奇芬。漫夸仁术能医国，绝学欣看在乐群。"

江子愚作《巴县春暮》。诗云："林鸠唤晴日初午，游丝牵絮春无主。春风已到殿春花，弹指光阴一百五。樱桃滴红黄鸟飞，江上望春春欲归。连宵听雨巴山道，欲行未行愁似草。"

沈其光作《春日行郊外书见》。诗云："不须浪漫走天涯，行遍江郊日未斜。古树巢多鸦聚族，春塘水暖鸭浮家。俗愚里社祈禳杂，学陋村师点画差。却羡老农无世虑，相逢只是道桑麻。"

王浩作《都门春尽》。诗云："欲办香茅成小宇，渐看杂树发芳条。市楼尽日风吹客，江国今年翠啮桥。高马大车衢路隘，香灯茗椀梦魂遥。相逢莫作等闲坐，快意由来矜一朝。"

姚寿祁作《春日感赋》（二首）。其一："节物催人亦大忙，虚庭纵眼惜流光。枯藤缘树回新绿，细草含花作嫩黄。逝景匆匆成短梦，芳情宛宛委春阳。中年意绪伤哀乐，潦倒清尊不解狂。"其二："坐窗一夜不成敄，兀兀孤禅且自逃。窈窕明帘飘梦雨，阑珊小苑落春桃。柳梢烟敛莺声纵，草背风微蝶翅高。亦有飞鸣无尽意，独挥残泪写萧骚。"

沈照亭作《游郑成功故垒》。诗云："登临故垒敬心生，青史千秋纪盛名。太息孤忠人已往，怒涛犹作鼓鼙声。"

王铨济作《春望》。诗云："信步不知远，行吟过碧溪。树深萧寺暝，帆落野桥低。春意自花木，危时方鼓□。莫孤今日兴，柑酒独听鹂。"

刘恩格作《己未春由沪赴杭，途中有感》。诗云："十年梦绕越王城，道出春申恰晚晴。且喜湖山供载酒，剧怜秦陇尚连兵。和戎魏绛纾筹策，遁世林逋废送迎。小隐未能惭大隐，何当梅鹤慰平生。"

任援道作《绛都春·春水》。词云："鱼波细赋。看天外画船，和云飘起。浪卷落英，倒浸楼台清无底。斜阳明灭风光丽。问南浦、销魂曾几。鸭头新绿，迷将略彴，旧时遗址。　还纪，芳洲柳岸，小娃正、晒网临流梳洗。更忆旧游，罨画溪边藤花紫。迢迢暗动江湖意。感不尽、天涯行李。那待柅尾春灯，听风听水。"

张公略作《韩江大水行》。序云："民国八年春，大雨兼旬，韩江盛涨，潮城附近江堤溃决。"诗云："春日连绵兼旬雨，雨箭如射连环弩。倘疑天漏触共工，似撄雨师赫然怒。原野坑谷尽汪洋，迅流凶凶欲卷土。潮梅汀水万派源，韩江为作东道主。滚滚洪波赴海南，苍龙变化潜蛟舞。就中恶溪尤险急，大浪滔天冲堤入。负郭乡村尽灾区，河山改变风景殊。齐云楼上栖鱼鳖，参天树梢过舳舻。子遗襁负相向泣，分明一幅流民图。上苍降灾毋乃酷，大地沉沦只须臾。吾民何辜付波漂，满地哀鸿生不聊。中流何人作砥柱，怀此百忧心更焦。安得钱王奋神武，三千铁弩射回潮。思患预防可有意，敢献一语作刍荛。我闻大禹善治水，水性趋下不须招。疏凿龙门导淮济，九年洪水患全消。韩江下游沙土积，江流到此幅转窄。春水泛滥横逆行，溃决堤防终伺隙。通其壅塞顺其流，势无束缚能自由。凶涛恶浪不复作，水土相安众咸休。"

陈逢源作《己未春雾社道上》。诗云："盘盘百八转羊肠，岭树阴森翠盖张。穿得登山灵运屐，漫求缩地长房方。奇岩怪石溪流外，狨草蛮花道路旁。脚力年来夸太健，振衣千仞俯苍茫。"

李思纯作《离亭燕·暮春》。词云："叶底金莺声老，红杏几枝春闹。絮影蒙蒙吹又少，尽日翠帘风峭。燕子故矜飞，付与小桃偷笑。　一霎清明过了，花市一竿残照。锦水空流三月恨，送尽年年怀抱。远目向天涯，绿遍断肠芳草。"

胡先骕作《春日三绝句》。其一："作行病柳可怜绿，覆水残梅犹尔红。檐鹊噪晴春意满，已看新蝶趁东风。"其二："鳌鱼登盘杞叶长，青蛙紫蚓满陂塘。春风一夜杏花发，晓起科头对淡妆。"

庞俊（石帚）作《青羊宫游春二首》。其一："溪柳光阴初见花，路旁春草绿无涯。青羊宫外游人晚，处处东风酒旆斜。"其二："菜子花残豆叶稀，十年未改嫁时衣。柳边忆着清明节，更采鹅黄插鬓归。"

冯振作《苍梧春暮四首，次柱尊韵》。其一："三年为客此迟回，饯送春光但举杯。一事无成浑浪迹，寸心未死欲燃灰。江南风景花空落，日暮云山人未来。离恨不须愁帝子,可怜笑口为谁开。"其二:"苍梧花发正斓斑,杜宇催归春又残。千载尚余挥竹泪,九疑应化望夫山。野阴漠漠天将老,芳草萋萋客未还。多少伤春伤别意,故园肠断白云间。"

李冰如作《春夜书怀》。诗云:"恼人昼寝且相思,况复鹃啼彻夜时。感此频年家国恨,披衣起写壮怀诗。"

朱大可作《春归》。诗云:"昨夜春归客未归,小园狼藉落花飞。风前团扇翻新样,病后轻衫减旧围。诗格渐知疏处好,酒怀宁与俗人违。吾宗年少耽佳句,肠断天涯握手稀。"

何曦作《春晓》。诗云:"过雨景光弦月好,欲晴消息晚寒深。画屏静掩诗人夕,翠幕时关燕子心。"

顾佛影作《多丽·己未春莫过白鹤江》。词云:"小江村,粉墙络满红蔷。柳丝边、兽环静掩,降阶乍识飞琼。话乡间、新踪共寄,传名姓旧迹犹萦。烟絮迷离,风灯历乱,少年羁旅此时情。莫不是,天寒翠袖,一例也飘零。空惆怅,荒溪有鹤,孤馆无莺。 记年时、蓉娘语我,读书曾共深更。卷湘帘清吟摊卷,挑银烛幽怨调筝。爱国芳心,擎云奇气,河山纤手誓同撑。怎禁得相逢此地,疑梦复疑醒。还留待,画眉归去,共话前盟。"

梅绍农作《春归》。诗云:"连宵风雨送春归,数点残红落翠帷。樽酒微醺诗思淡,一帘香散燕初飞。"

[日] 内藤湖南作《送陶庵相国衔命赴欧洲》。诗云:"专对皇华宠命隆,星槎重见破长风。满门桃李皆名士,殊俗君臣识富公。万国敦槃新悔过,一时缟纻议囊弓。定知设罢宾筵夜,北语诗成毳帐中。"

[日] 德富苏峰作《作史家》。诗云:"莫上高楼发叹嗟,楼前富岳暮云遮。不期勋业照青史,却托余生作史家。"

四 月

1日 《公言报》刊登蔡元培《致〈公言报〉函并附〈答林琴南君函〉》。同日又刊登《关于北京学界思潮之辩论》。略谓:"至林先生致蔡氏书及新乐府诸篇,不过代为披露,并非本报之主张,读者要当分别认明耳。昨林先生又有致神州报馆世杰君书,嘱为登载,亦系新旧辩论之余波。又蔡氏复林先生书,未经寄稿,兹从他报转录于后,以示本报对于学界思潮,但期真理以切磋而益明,固非有所容心也。"此处"致神州报馆世杰君书"即刊于4月5日《新申报》之《林琴南先生致包世杰先生书》,报纸特声明不对此函负责。林纾信中云:"承君自神州报中指摘仆之短处……切责老朽之不慎于论说，中有过激骂詈之言，仆知过矣……仆今自承过激之斥，后此永远改过，想不为暗然。敝国伦常及孔子之道仍必力争。当敬听尊谕，以和平出之，不复谩骂。"

《申报》刊登《傅教育弹劾说之由来》报道。略谓："日前张君元奇竟赴教育部方面，陈说此等出版物实为纲常名教之罪人，请教育总长加以取缔，当时携去《新青年》《新潮》等杂志为证。如教育总长无相当之制裁，则将由新国会提出弹劾教育总长案，并弹劾大学校长蔡元培氏，而尤集矢于大学文科学长陈独秀氏……"又据新国会中人言，弹劾案之提出须得多数议员之赞成，此次弹劾傅总长之运动，乃出于参院中少数耆老派之意见，决难成为事实。张元奇是林纾"同乡的国会议员"，其拟弹劾教育部，理由是北京大学教授"有离经叛道之鼓吹"，而教育总长傅增湘并不过问。傅因此致函北京大学校长，"令其谨慎从事"。傅增湘去函写于 3 月 26 日，所针对者在《新潮》，蔡元培 4 月 2 日复信，据云由《新潮》主将傅斯年代撰。傅增湘云："自《新潮》出版，辇下耆宿，对于在事生员，不无微词。"傅斯年答曰："敝校一部分学生所组之《新潮》出版以后，又有《国故》之发行，新旧共张，无所缺琦。"傅增湘之规劝有所作用，此前《每周评论》从 3 月 2 日第 11 期起批林纾逐期加码，3 月 30 日第 15 期几成批林纾专号，然一周后第 16 期，对林只字未提，其后旁敲侧击在所难免，但不复点名道姓。然其时盛传张元奇之弹劾案系林琴南幕后指使，舆论纷纷指责林琴南等"欲借政治的势力，以压伏反对之学派，实属骇人听闻"。(《酝酿中之教育总长弹劾案》，原载《顺天时报》，《每周评论》第 17 号转载) 匡僧《大学教员无恙》云："自《申报》电传大学教员陈、胡诸君被逐之耗后，举国惊惶，人人愤慨。"(原载《时事新报》，《每周评论》第 17 号转载) 匡僧《威武不能屈》又称："北京大学新派教员，屡被旧派学者之掊击。近复闻旧派藉某军人与新国会之权力，以胁迫新派文科学长陈独秀先生，有愿辞职以自由主张新学之说。"(《每周评论》第 17 号转载)

《尚志》第 2 卷第 4 号刊行。本期"诗录"栏目含《寄怀笙陔兄牟定》(袁丕钧)、《中秋卧病，醒而有作》(袁丕钧)、《赠黄季子先生一首(有序)》(袁丕钧)、《海月楼感赋》(袁丕钧)、《谒张苍水墓》(袁丕钧)、《冬日书怀》(袁丕钧)、《寄伯忱》(袁丕钧)、《元宵与十二弟谨庵、伯平中央公园同观烟火，得诗一首》(袁丕钧)、《二月七日书事》(袁丕钧)、《感旧》(为李文山太姻叔作)(袁丕钧)、《梦亡友许襄臣》(袁丕钧)、《挽李厚安先生》(袁丕钧)、《济南道中寄严范荪先生》(袁丕钧)、《沪上与元良妹婿相见，得诗一首》(袁丕钧)、《渡江》(袁丕钧)。

《春柳》第 5 期刊行。本期"文苑"栏目含《为陈万里题王瑶卿、凤卿、时慧宝、姜妙香、贾璧云五伶书画扇本》(黄晦闻)、《瘿公去都，过白下，携赠程郎艳秋小影，属题句诒之，老悖作痴，遂徇瘿公，而博艳秋一笑》(陈伯严)、《赠程郎艳秋，因呈瘿公》(三六)、《三月三日畹华韵史为大母八十寿乞诗，赋此以赠》(拙叟)、《送梅兰芳应聘赴日本》（前人）、《南浦》（畏庐）、《题〈缀玉轩话别图〉，送畹华赴日本》（众异）。其中，《瘿公去都》云："清浅秦淮冷吹愁，重逢弹泪湿神州。可怜司马人伦鉴，别有金台第一流。"

吴昌硕为吴隐篆书"橐有棕迪"七言联云："橐有弓矢简猎户；棕迪鳏鲤识渔舟。幼潜大兄雅鉴。己未三月朔，集石鼓字，昌硕，时年七十有六。"

夏敬观与张元济、李宣龚同赴哈同、姬觉弥、王子良、章正邀宴。

张謇作挽《刘艮生》联云："船山不死社犹存，讲学得贤，宁非效者；湘水无情波尚沸，归丧靡所，谁之咎钦。"

[日]白井种德作《己未清明前五日，侄东浦见访，喜而赋》（结用曾寄家兄诗句）。诗云："寒暄仅叙直呼杯，喜汝夫妻远访来。莫愕此乡春色未，四山残雪尚成堆。"

2日　林纾在《新申报》发表《演〈归氏二孝子〉》，承认"近日有友数人，纂集此辈（指攻击林氏者）数人之劣迹，高可半寸，属余编为传奇"，但"万万不忍"而作罢。

3日　北京政府电饬各省，注意取缔"俄国过激党派"。

旧历上巳，福州西湖宛在堂禊集。严复作《己未福州西湖修禊，题宛在堂》（二首）。其一："泽门皙与邑中黔，宛在堂深共盍簪。不作遨头惊俗眼，自怜病肺废高吟。旷观惟有千秋往，把玩曾无一晌今。太息东阳又黄土，朱弦谁为抚牙琴。"其二："四围山色蘸湖光，何代堂堂出此堂？宗派都成人几许，溯洄同在水中央。雌雄岂必分杭颍，文献从教数李常。甲子岂关吾辈事？且收凄叹付流觞。"林苍作《上巳祭宛在堂》。诗云："绿榕城郭雨如烟，一顷晴光满水边。祠下花飞寒食近，影前香炷故人先。贞元朝士今垂尽，板荡余生各惘然。干净喜留湖上地，草堂相对话尧年。"

淞社修禊灵峰，凡27人。首唱周庆云《己未上巳灵峰修禊，与会者为许狷叟、高白叔、吴补松、喻志韶、张北墙、诸贞壮、鲁塍北、劳于庭、陆蔼堂、陆云阶、姚虞琴、周雨卿、杨见心、高鱼占、郑健庵、许友皋、楼辛壶、叶璋伯、唐健伯、方莫堂、吴观乐、戴怀远、许伯遒及予外孙邱见明、予家家孙世达、方外大休共二十有七人。归赋长歌，录呈同座诸吟坛正和》。诗云："扁舟棹向山阴去，激湍清流竞奔赴。颇拟兰亭续古欢，伊人迢递空洄溯（余初欲禊饮兰亭，以道远宾朋难致，故先期一游）。乍携笠屐赋归兮，大好湖山容小住。恰是华林射马时，难忘曲水流觞处。光风取次泛崇兰，春禊年年各有赋。淞滨良宴集双清，甲子依然癸丑署。丙辰愚园怀酒绪，风景依稀还如故。忆踏东华十丈尘，斜街闲倚海棠树（癸丑、丙辰禊饮沪之徐园、愚园，丁巳在燕禊饮畿辅先哲祠，遥集楼下，海棠盛开，为南中所不逮。曾绘长卷，与会者各赋小诗）。飘萍随分寄吟身，又看西湖三月暮。好借灵峰作禊堂，主宾同抱烟霞痼。略仿米家画书船，宋元杰构亦有数（予在菊月艇悬宋易庆之、元赵孟頫、王孟端，明沈石田、唐六如及恽、王、吴、戴诸画幅）。兰亭多宝墨花新，神物千年赖珍护（鱼占携北宋拓《多宝塔》及《兰亭图》刻石,见心携各种小本禊帖)。有僧随俗今支遁(蜀僧大休不茹素),一老丰神独宁固(萼堂年八十三,尚能摩笛)。横腰玉笛云压龙枝,拨手瑶琴沉麝烛(大休、于庭、观乐、璋伯均善琴)。击节高歌遏行云,宫移还借元音助。空山丝竹胜当年,却愧周郎难顾误(霭堂、云阶昆季,友皋、伯遒乔梓及怀远、均善昆曲)。牛耳群推丁卯翁(是日狷叟为祭酒),义手童孙幸骥附(予孙世达年十二,齿最小)。彭殇齐视取诸怀,物忘胥忘欣所遇。此地曾经寿老坡(庚戌、戊午两度在山中寿苏),命俦啸侣寻前度。一泉一石足留连,一咏一觞多慨慕。隔岸分明是越山,逸少之序更谁步。"同人有诗唱和:许湜祥《奉和大作,即次元韵》、沈焜《梦坡见示〈灵峰修禊〉诗,依原韵奉报》、高云麈《上巳修禊灵峰,专应补梅主人之招,率赋一律》、孙锵《上巳承招灵峰修禊未赴,补诗呈政》、金蓉镜《上巳日梦坡招游灵峰寺修禊,以事未赴,补成〈嬉春词〉四首》。吴昌硕未及赴,作《奉和〈灵峰修禊〉原韵》云:"蹉跎不补人老去,岁月翻腾海奔赴。我已从游梦中见,山阴道上水洄溯。灵峰修禊逾山阴,哄与弥陀一龛住。题名少长石点头,跏趺坐指谈禅处。湖水澄碧天蔚蓝,不序谁作登楼赋。羲熙复见今何时,陶令已逋年执署。花香鸟语殊媚人,水曲觞流当温故。读碑顾曲还抚琴,春笑图开我画树。岩壑深邃云空濛,有晋有清同日暮。夷楼灯火彻霄汉,著手难痊圣湖痼。潜龙勿用占之乾,易苦难知指天数。高峰南北幸无恙,愚公不移佛呵护。君子之道卓尔存,不熹飞腾熹坚固。频岁奉爵寿老坡,右军宁缺香一炷。潮声浩浩风浪浪,转眼江山人一助。寄语山灵莫干笑,我誓定不明年误。龙屠虎变非我分,跛足还希骥一附。高吟逢罢神飞扬,濡首仿佛醇醪遇。癸丑三月陶吴天,宛作伊人已前度。学诗不成口嗫嚅,晋人清谈动遐慕。眼前世事百无论,第一艰难是天步。"

上巳瀛台修禊。贺履之作《上巳瀛台修禊,集者七十余人》(二首)。其二:"一镜空明泻碧流,送迎双桨趁兰舟。浑忘禁药森严地,如在山阴道上游。"杨寿楠作《己未上巳瀛台修禊,以"南海"二字为韵》(二首)。其一:"去年修禊西湖上,藤舆笋屐探精蓝。今年修禊凤城里,五云楼阁东风酣。羽觞一一浮曲涧,画船两两摇晴潭。不须丝竹佐豪饮,但有茗舜供清谈。却笑红尘看花客,钿车金犊南城南。"其二:"兰亭觞咏芳林宴,陈迹悠悠已千载。官舫红桥赋冶春,升平人物今何在。乾坤俯仰成今古,白日青春去不再。昔来花下听鸣珂,今日花前鬓丝改。花落花开春复春,蓬莱几度经桑海。"

梅兰芳为其曾祖母陈夫人八十寿辰祝寿。陈宝琛送寿联:"及闻法曲唐天宝;犹集名流晋永和。"后有小注:"梅郎畹华为其曾母八十称觞,都下名士多有赠句,碧栖以请,感而拈此。"张謇作《寿梅母》联云:"历五朝至今,阅世何新,惟恒舞与酣歌相禅;视百龄犹旦,承欢弗替,得顺孙继孝子尤难。"陈三立作《梅母陈太君八十寿诗》(二首)其一:"逢场佳侠倾中外,闾阎翻歌万窍瘖。奔月散花仙子影,舞庭谁识报刘心。"陈懋鼎作《三月三日梅兰芳为其祖母八十乞言,集禊帖字与之》。诗云:"和乐流于仰事间,少时在抱长犹然。清风一曲能娱老,盛会群言与引年。若竹有阴春既永,生兰当室类殊贤。世人浪取陈情者,岂及觞游自得天。"

张元奇六十寿辰,陈宝琛作《张君姜斋六十寿序》,并集禊帖诗称祝。

金武祥作《己未上巳携孙曾出东郭踏青,初六为清明日》。诗云:"别墅嘉贤余胜赏,禅庵留客畅游情。唐人旧句愁成例,难得清明称意晴。"

张謇作《三月三日海上》(三首)。其一:"水见蒲芽岸见芹,樱桃红白柳条新。人间海渴天荒处,亦有诗家上巳春。"其二:"百岁轻轻壳脱螺,海田无限去来波。麻姑不作荒唐语,老子其如白发何。"其三:"蜃气楼台孰假真,望中宫阙有金银。等闲满地珠如米,不待仙人待后人。"

萧亮飞作《己未上巳张伯贤招同夷门社友共登吹台,归饮九鼎饭庄》(六首)。其一:"禊饮宋园几日才,今朝宴更曲江开。何妨步出夷门道,先共吟朋上吹台。"其二:"晴日无边人影斜,偕行遍过野人家。而今大有江南趣,疑屋疏篱半卖花。"

陈浏作《己未上巳有感》。诗云:"眼底轩窗隔海开,当时我亦暂徘徊。长安辇路云随仗,学士荒洲水浸台。说到先皇应下涕,能为狎客也须才。可怜凝碧池头树,几度銮舆去复回。"

曾广祚作《三月三日解愁》。诗云:"年老不愁天地久,季春三日态蘧蘧。平原骂鬼书曾作,新蔡搜神记总虚。尧女珮摇搴杜若,袁公剑试折棻棻。分朋射兔今邻里,鸟啭歌来绿水渠。"

黄侃作《己未上巳忆旧游,书示郑奠》。诗云:"佳辰罢出游,一杯宜自醉。持尊数流年,上巳三十四。故山久挥手,旧游不忍记。五年幽都客,近事聊可识。"

江子愚作《三月三日游重庆李园,登松梢亭》。诗云:"两条春水万山青,西望浮图似建瓴。花雨扑蹊莺乱啭,松涛卷磴鹤同听。天开禊集重三日,人在江州第一亭。且赋新诗酬令节,不须来草太玄经。"

王铨济作《上巳日预祭陈、夏二公祠,追和盱眙汪圻卿明府韵》(有序)。序云:"陈公卧子讳子龙,夏公彝仲讳允彝,俱华亭人。崇祯十年,同成进士,陈公官兵科给事中,夏公官考功主事。明亡,举事不成,并赴水死,详《明史》本传。"诗云:"祠宇庄严阅岁年,村翁祭祀荐黄泉。兴亡易代红羊劫,生死同心白马篇。万古终余离黍恨,一春正入秉蕳天。孝陵冷落惟残照,满路风花自放颠。"

4日 章太炎以护法后援会名义,致电李纯、王占元、陈光远,反对他们"居中播弄,催促议和"。

严修访老伶孙菊仙,拟约孙菊仙饭,辞不肯,略谈而出。当晚孙来见严修,作久谈。

鲍心增作《三月四日冒鹤亭先生(广生)枉过话旧,语多感怆,漫赋四截句》。其一："八载墙东托隐沦，忽逢旧雨话情亲。邻儿休讶高轩过，等是新亭对泣人。"其二："三年怆念陈无己（松山给谏），幸返东坡海外槎。翻愧故人惊恶耗，一时洒泪向天涯。"

5日　广州国会开两院联合会，针对梁启超潜往巴黎进行"袒日活动"，致使中国代表对日交涉深受影响一事进行讨论。议决：由两院函请军政府，立即下令通缉梁启超；以两院全体名义电巴黎和会中国代表，请严斥梁启超，两院为其后援。9日，广州国会全体成员通电全国，宣布梁启超"卖国罪状"。与之针锋相对者，蔡元培、王宠惠、范源濂三人联名通电，其文云："上海申报、新闻报、时报、时事新报并转各报馆，五十二商团鉴：阅沪商团议决事件，乃致疑于梁任公先生。梁赴欧后，迭次来电报告并主张山东为国家保卫主权，语至激昂，闻其著书演说激动各国观听，何至有此无根之谣？愿我国人熟察，不可自相惊扰。元培等久不与闻政论，惟事关国际，且深知梁先生为国之诚，不能嘿而，特为申说，务乞照登。"陈独秀在《每周评论》撰文云："国民参预政治，参预外交，都是我们很盼望的事。但是这两件事，都不大容易。……不懂得各国的外交政策，受某国的离间，凭空的给梁任公一个亲日卖国的罪名，这种国民决没有参预外交的资格。"国民外交协会张謇、熊希龄、范源濂、林长民、王宠惠、庄蕴宽等致书梁启超，请其作为该会代表，主持向巴黎和会请愿各事："任公先生大鉴：为国宣勤，跋涉万里，海天相望，引企为劳。此次巴黎和会，为正义人道昌明之会，尤吾国生存发展之机，我公鼓吹舆论，扶助实多，凡我国人，同深倾慕。本会同人本国民自卫之微忱，为外交当轴之后盾，曾拟请愿七款，电达各专使及巴黎和会，请先提出，并推我公为本会代表，谅邀鉴及。现已缮具正式请愿文，呈递本国国会政府巴黎各专使，并分致美、英、法、意各国政府及巴黎和会，尽国民一分之职责，谋国家涓埃之补救。兹特奉上中、英文请愿文各一份，务恳鼎力主持，俾达目的，则我四万万同胞受赐于先生者，实无涯既矣。临颖不胜企祷之至，专此敬颂勋绥。"两月后，梁启超家信中云："一纸电报，满城风雨，此种行为鬼蜮情状，从何说起。今事过境迁，在我固更无劳自白，最可惜者，以极宝贵之光阴，日消磨于内讧中，中间险象环生，当局冥然罔觉，而旁观者又不能进一言。呜呼！中国人此等性质，将何以自立于大地耶？"

张謇回常乐，舆中作《题军山后张榭》联云："但无他事相干，清簟疏帘，看风绉一池春水；不见仙人亦可，丹崖碧嶂，有云张九叠屏山。"

朱大可《张氏滑稽诗》刊载于《大世界报》。其一："荷兰水底忆当时，牌九推完打爱司。不信金钱三十万，误他豚尾有豚儿。"其二："辫子不来胡子到，中原又见起风波。可怜痛定还思痛，恶谶真符烧饼歌。"其三："老将居然数北洋，胸无点墨缩封疆。僚司履历闲徵遍，尊姓原来三画王。（此某督轶事）"其四："旌旗招展戈矛耀，大将南征胆气粗。莫更后车遭覆辙，傅周王范与周吴。"其五"卅万巨金资报国，一条赦令竟饶他。铁床滋味浑忘却，依旧当年表老爷。"其六："交通主事本堂堂，手段谁知擅念秧。底事苏三还念旧，王郎不恋恋张郎。"

周恩来作《雨中岚山——日本京都》，后刊载于《觉悟》1920年1月创刊号。诗云："雨中二次游岚山，两岸苍松，夹着几株樱。到尽处突见一山高，流出泉水绿如许，绕石照人。潇潇雨，雾蒙浓；一线阳光穿云出，愈见姣妍。人间的万象真理，愈求愈模糊；——模糊中偶然见着一点光明，真愈觉姣妍。"

慧妙《吉龙竹枝词》（八首）刊于本日及10日、12日[马来亚]《益群报》"蕊珠宫"。其三《交通》："极富如何公斑衙，楼宽轨密布长蛇。九州岛轮站中心点，隧道横通过火车。"其七《街景》："行头会馆赛鳞排，苏丹茨厂到谐街。连天办学翻新剧，闲煞伶官母夜叉。"

唐受祺作《三月初四，余八十初度，儿曹以称觞请，益增身世之感。亟诗以止之辛未，十分奢侈也》（十首）。其一："花名益寿酒延龄，吉语敷陈半不经。南极更尊天上座，尘凡敢渎老人星。"其二："遐龄祝我晋嘉誉，尔室扪心愧有余。曷敢当斯三致意，彬彬礼貌鞠躬如（从前行三叩首礼，民国以来易为三鞠躬）。"其四："避地当时西复东，一番号毁室家空（前庚申遭粤逆之难）。如何安乐忘忧患，六十年前兵劫中。"

陈逷声作《己未寒食》（二首）。诗云："冷人冷节孰相邀，甫里斜川路不遥，穿树女寻挑菜伴，落莩风送卖饧箫。青帘邛市人沽酒，绿柳陶门婢洗瓢。寒食君无询故事，介山蝯鹤早腾嘲。"

施景崧作《己未寒食二首》。其一："里门触目尚兵尘，风雨虚堂涕泪新。强把深杯作寒食，年年家祭念双亲。"其二："小桃谢后燕来初，旧恨新愁两未除。坐恐花南春去尽，自将诗句写平居。"

6日 旧历清明，南社于上海徐园举行第十七次雅集，到余天遂、姚光、王德钟、朱翱、姚肖尧、汪文溥、王蕴章、宋一鸿、朱少屏、朱宗良、张一鸣、刘筠、邵力子、胡朴安、汪洋、傅尃、何震生、顾澄、朱凤蔚、刘远、文斐、文启蠡、钟藻、罗剑仇、田桐、吴少薇等26人。与会者鉴于朱玺事件，修订《南社条例》，规定"入社须赞成本社之宗旨"，"得社友三人以上介绍"。同时规定："社友如有违背本社宗旨，损害本社名誉者，得于正式雅集时提议，公决削除社籍。"附则说明南社上海通讯处暂设于寰球中国学生会和《民国日报》馆。因社中经费困难，姚石子自出印费，请傅钝根新编《南社》丛刻。

郑孝胥招集同人海藏楼看樱花，沈曾植、张元济、陈衍、高梦旦、夏敬观、李宣龚、郑孝柽等在座。沈曾植作《太夷招集海藏楼看樱花》。诗云："水碧樱花刺眼新，华严楼阁是前因。来为历落崎嵚客，不断声香色味尘。事久总知人定胜，意行元与物华亲。

刀轮藕孔何关事？政尔陀罗臂屈伸。"

陈三立自南昌抵西山，至墓上祭扫，夜宿崝庐，作《清明抵西山上冢》。诗云："阻兵卧疾负归期，扶策今为上冢儿。一径余花初脱雨，三年枯泪尚留碑。云风摩荡悬灵境，岩壑低昂拥故姿。痴对松林侵竖子，栖鸦啼失夕阳枝。"又作《崝庐楼夜》。诗云："灵峰俯招人，老惫久乃至。荒荒墓旁庐，去住自移世。拂拭网丝榻，敢忘鼠衔泪。暝色接江海，渺然一身寄。缺月生楼头，光浮万松气。浸入苍烟窟，变灭汤层吹。野水出蛙声，共我肝肠沸。环环众壑影，漾漾孤灯味。竹丛把茗椀，露下湿秋思。窥廊夔魅空，冷抱星辰睡。"

张謇与徐（申如）、宋、金诸人视青龙港闸工地位，独坐成数诗。其中，《础》云："买得包山础，完成扶海厅。雨晴千燥湿，兴废几门庭。蚁子缘疑蛭，蚰蜒断减腥。永资承柱力，郑重合镌铭。"《松》云："邹学轩前秀两松，亭亭影到小池中。喜如儿子都成长，正要盘根受雨风。"《此君亭》云："此君亭畔水漪漪，鸂鶒鸳鸯作对飞。亭上有人须鬓白，独扶新竹弄晴晖。"

陈诵声作《清明游化城寺，未到却还》《清明日重感》（二首）。其中，《清明游化城寺》云："落花天气酒微醺，点笔挥豪兴不群。褉序风流王内史，画图金碧李将军。阑前芍药烂如锦，村外蘼芜望若云。日莫出门寻野寺，钟声隐隐隔林闻。"

陈夔龙作《清明日游半淞园》（二首）。其一："淡烟和雨绕春城，一夜东风喜放晴。可奈浦江长作客，客中七度过清明。"其二："剪得吴淞半江水，小园今日为谁开？临觞别有新亭泪，不为看花到此来。"

许咏仁作《植树节，观励实学生种树》。诗云："佳木移来植校园，禁烟节后壅灵根。栽培共被诗书泽，长养须邀雨露恩。秀毓楩楠贡王国，阴成桃李托师门。莘莘学子名题遍，树上应留刻画痕。"

叶德辉作《哀洪荫之》（己未三月六日事）。序云："余闻之李（燮和），杀宋教仁者，陈（其美）也。荫之适为袁世凯奔走内阁，先有'毁宋酬勋'之电，法司遂以此四字定谳。或云荫之多阴騭，此特假手焉耳。群盗如毛，自相残杀，此乱世恒有之事。荫之胡亦堕入此回流中耶！余有一日之知，不可不为之论定宋事。章（太炎）亦知其详，以储胥之恶，终不置词。余屡诘之，微哂而已。"其一："卅年名耳北江孙，燕市论交握手温。越岁南归闻噩耗，见人西笑说烦冤。玉颜总被君王误，铁面宁知狱吏尊。三尺爰书经屡定，一回雨覆又云翻。"其二："少年游侠爱江湖，磊落欹奇彼丈夫。世乱忽闻投袂起，狱成翻为窃钩诛。诗词锻炼乌台案，秘纬荒唐赤伏符。弄法只凭刀笔吏，九阍今日隔云衢。"其三："攀鳞附翼总成空，误信阿瞒一世雄。死后论功烹走狗，生前作祟怨魔虫。南山铁案书飞白，东市朝衣血染红。如此头皮拼断送，莫须有事似相同。"其四："日日南冠对楚囚，青山白首好归休。自推星命当横死，何苦风波蹈浊流。孔雀文章终有毒，秦虫忧愤不消愁。枫林夜月吟魂瘦，腹负将军竟断头。"

廖道传作《清明日邕城望仙坡植树》《清明杂咏》（四首）、《清明寄闺》（四首）。其中，《清明日邕城望仙坡植树》云："又是清明客里过，长镵木柄杜陵歌。柳围空感桓司马，官理谁谈郭橐驼。着手尽成春绮丽，抚头争耐鬓婆娑。白云山麓饶楠梓，为问浓阴长几多（上年在粤，曾率高师诸生在白云山下种树数千株）。"《清明杂咏》其一："三月六日天气清，正南门外踏青行。晚风吹碎碧云影，一角残阳万树明。"其二："芳草铺茵树拂楼，新堤南接古邕州。春风自是无私意，尽力嘘青到废邱。"其三："狄王以外几人传？胜迹低迷蔓草烟。马退茅亭无觅处，青山一塔有江天（柳子厚有《马退山茅亭记》，青山寺塔在城东廿余里，为一名迹）。"其四："菰塘水暖长虾蛙，灌木修篁路几叉？偶坐园林尘籁绝，黄鹂啼落野藤花。"《清明寄闺》其一："粤山一发入孤云，天末萧郎对夕曛。今日新烟昨寒食，客怀冷暖正思君。"其二："南浦清波漾柳丝，渡头凝立又多时。欲迎桃叶渺千里，惆怅江东王献之。"其三："加餐劝我寄双鸿，佳节韶光入梦同。记得年时调饼酒，白头公与状元红（梅俗，清明以白头公叶为饼。又有酒名状元红。状元红者，夹竹桃也，此酒色似之）。"其四："好看诸儿角力强，秋千蹴鞠竞球场。袞师美秀平阳小，应与桃花醺面光。"

刘大同作《吊温烈士墓》（两首）。其一："如皋羽哭于西台，白发南来酹一杯。轲政云亡让离死，名高百粤属生才。"跋云："己未清明节偕社友栖云、智鲁、霄汉、青岑及门人尧天、翥青、女弟子云祷、雅云、雅秋等数十人致祭二望冈滇军阵亡将士墓。是日天气温和，到者不下万人，亦盛举也。"其二："屯兵哲欲屠龙虎，埋骨情甘近史温。数百英灵亦千古，二望冈上赋招魂。"

王锡藩作《己未清明客中书怀》。诗云："几年客里过清明，今日清明动客情。岁月易催双鬓改，家山遥忆百愁生。芳菲不减穷途病，潦倒非逃世上名。幽绪无端谁足语，夜来还自对孤灯。"

林苍作《清明日家祭月，忆三弟》《清明》。其中，《清明日家祭月》云："有弟携家去四年，一逢佳节一凄然。无多骨肉愁分散，凡百沧桑感变迁。老废最关门户事，离忧聊作水云缘。先灵省对增萧索，三月梨花雨可怜。"《清明》云："暮春天气喜新晴，风日回暄花满城。麦饭冬青何处问，几家歌吹过清明。"

黄节作《清明与同学诸子登江亭》。诗云："禊事南海游，邈然谢士夫。独与二三子，清明陟城隅。含荑见高柳，刺水生新蒲。东风玄鸟来，万象咸昭苏。昔贤当此时，风咏怀舞雩。一匊浩荡机，用被旧染污。京城无澄川，有水皆沮洳。江亭稍清浅，大与山阴殊。春冰虽已泮，才没葭中荸。诸子歌沧浪，而我和于于。平生江海心，忽在弦诵余。何时从坡公，南溪侣禽鱼。"

吴芳吉作《永宁清明》（三首）。诗云："野寺客游少，庭间花放齐。犬来惊日影，蜂倦卧墙泥。匝径苔痕合,当檐木叶迷。一壶阳雀茗,颠倒坐疏篱。"其二:"坐久各无语,怀中诗兴清。闻松疑雨到,看竹是凉生。燕子双呼伴,春山绿进城。天涯长作客,辜负又清明。"

冯振作《清明哭李穆樵,步杜尊韵》。诗云:"冬至别君知永诀,清明念子枉悲歌。春风苦恨生烟草,泪眼凄迷望薜萝。白玉为楼真梦耳,青山埋骨奈愁何。任他燕语兼鹃血,只似人间一掷梭。"又作《清明种树》。诗云:"柳色莺声亦快哉,此行不为踏青来。荷锄且莫悭筋力,树木先须辟草莱。百尺扶疏终荫本,十年培植待长材。他时为栋为梁任,不负殷勤手自栽。"

7日 南北和会代表恢复谈话会,决定次日续开谈话会。

陈虁龙作《越日往杭州右台山扫墓》。诗云:"清明悲上食,何况在他乡。宿草三年痛,锋车半日忙。钵盂新麦饭,坏土旧糟糠。世乱吾衰矣,萧萧感白杨。"

8日 符璋饭后偕同居李剑青游江心寺。文天祥祠与卓忠贞公卓敬祠皆新修。符璋作联三副,诗一首。

沈尹默参加由蔡元培召集北大文理两科各教授会主任及政治、经济门主任会议,讨论决定文理科教务处组织法提前实行等事项。

杨杏佛病后吟成一绝云:"山头日日筑新坟,天地无情物自春。无数垂杨无限草,东风不语怨行人。"

公侠《吉隆坡竹枝词》(三首)刊于[马来亚]《益群报》"蕊珠公"。其一:"慕云初起月如钩,鬓影衣香逐队游。人道晚间真热闹,乘凉最好大钟楼。"其二:"晚来徒步半山芭,烟树苍茫返暮鸦。此处独饶风味好,半园篱落半园花。"

9日 南北议和正式复会。

10日 [日]《大正诗文》第7帙第4集由雅文会编纂刊行。本集"诗集"栏目含"犀东栏":《叶山瞩目二首》(网陵德川达孝)、《伊豆山虚空楼即事》(鸢洲松浦厚)、《题〈茬蒿录〉》(牧吾床次竹二郎)、《春日偶拈》(雪堂早川千吉郎)、《航南洋舟中偶感》(平原井上雅二)、《游神居古潭书感》(淡水铃木荣藏)、《自嘲》(栗堂松野宗太郎)、《窗前行》(同人)、《将赴京城》(天骨西村骏次)、《次横山耐雪诗韵》(回澜谷口为次)、《金陵口占》(天彭今关寿麿)、《次陆雨田诗韵》(九峰高岛张辅)、《琼浦小诗六首》(犀东国府种德);"松坡栏":《读韩文》(华山桦山资纪)、《春晓雨寒》(柘翁吉田千足)、《盆梅》(青海釜屋忠道)、《鸣门为伊达君嘱》(梦香神崎广贤)、《游香风园》(雀轩海部弘之)、《访友人三律》(星溪竹井耕)、《先考十七回忌辰》(琼江加福力)、《戊午岁晚二首》(梅所池田政陵)、《时事杂咏二首》(向阳木南保之助)、《游大矶三律》(松坡田边新);"天随栏":《咏雪》(香翁藤泽南岳)、《春日偶成》(鹿山铃木总)、《绝句》(物庵近重真澄)、《叠韵酬小西青湾》(菊畦西川光)、《治春词》(楠窗黑宫白石)、《春雨》(素石佐藤庄次郎)、《石川丈山》(毅斋伊藤政重)、《偶题》(梅源并木德信)、《雪窗追福会赋此》(苍龙藤井孝吉)、《杂诗》(毅堂筱崎甲子)、《兔城怀古》(霞城松野宽)、《探梅》(温斋东尾光)、《同题》(重山矢板宽)、《同题》(芦州富泽忠藏)、《牡丹》(苦江岩城政吉)、《春日偶成》(涛外田中秀次郎)、《将游满洲》(中村时中)、《牡丹》(禾山水野保定)、《看樱》(蕉雨星野竹男)、《游芳山》(香城大矢要藏)、《赠人》(峻麒吉冈隆智)、《纪元节恭赋》(盘南伊藤义彦)、《谢人赠藏王堂古瓦》(天随久保得二);"喜石栏":《桃花》(建庵太田资业)、《园桃盛开》(莲峰东谷实秀)、《题山水图》(南洋坂井重季)、《画山水》(遂亭山田良)、《贺青渊先生八秩》(九鸟三枝团吉)、《咏野相公歌意》(陶庵筱岛友次郎)、《次松阴咏兰诗韵》(无穷小川博望)、《读〈北条政子传〉》(梅所安并正晴)、《小楼雨中》(舟山松田定久)、《梅窗夜坐》(羽城井上一)、《春夜读史》(东瑞竹越透)、《朝晴雪》(同人)、《梅》(无我吉原谦)、《观樱》(梧堂井上近藏)、《山寺偶拈》(如如杉原满龙)、《春日即事》(淡海小野芳三)、《雪晴》(皓堂田保桥四郎)、《春江泛舟》(岛南石桥邦)、《咏柳》(东岳土佐林勇)、《苏东坡》(虚庵儿珠隆芳)、《豆南养疴》(鬼山岸和田一雄)、《江村即事》(均水森田仁)、《江村探梅》(限山川岛菊)、《偶感》(同人)、《同》(青村小泽鸿房)、《房山岁晚》(香山胜村谆)、《岁晚谢人赠酒》(适堂冈村龙彦)、《新年口号》(三轮朝家万)、《纪元节》(如山片桐辰)、《晓莺》(春石冈崎壮)。"课题"栏目含"文":《对支外交论》;"诗":《龟井户观藤》《新篁》《梅雨》《松阴弹琴》《梦旧游》《燕子》《溪山访友》。

夏敬观与张元济、李宣龚、高凤谦、陈衍等设筵公祝,为郑孝胥旧历三月十二日六十寿事。

杨钟羲赴余寿平之招,贺其孙孟阳完姻之喜。

魏清德《题林朗庵君新得徐青藤画〈渊明餐菊图〉》发表于《台湾日日新报》,又刊于1924年《雅堂丛刊诗稿》。诗云:"青藤老人今无有,其人与骨皆已朽。我尝读其诗古文,黑风驱海水横走。彼以端正麟凤姿,乃竟驰骋蛟龙吼。亦尝断缣读其画,淋漓尽致谁能偶。草虫花卉错杂生,此公大有造化手。何来渊明餐菊图,头戴笠子一老叟。云是醉后吐狂怪,倒翻墨浪酬良友。尔来流落数百年,虫耗不生神呵守。朗庵大力事探讨,得之不至呼负负。投四千金安足奇,此是黄绢与幼妇。嗟余好古虽不遑,囊里时时制其肘。按图题句神悠然,造物待君意良厚。"

刘善群《清明杂咏四绝》刊于[马来亚]《益群报》"蕊珠宫"。其一:"山光妩媚色无垠,鬓影衣香两不分。底事春游寻胜迹,踏青齐上故人坟。"其二:"枝上黄鹂故故鸣,问君何恨哭无情。百年身世原如梦,莫把青衫泪渍盈。"

11日 全国和平联合会在上海讨论山东问题,力争收回青岛。20日,山东召开国民请愿大会,到会10多万人。是日,章宗祥自日返国,在东京车站受到中国留日学生30余人痛斥。

姚民哀《息庐摭谈》刊载于《民国日报》，署名"民哀"。

12日 安徽休宁第二师范教师黄觉僧（宗培）致信胡适，表示对文学革命、平民政治、社会主义、男女平等诸问题之宗旨均赞成。但"对废汉文一说""绝对反对"；"以白话为文学正宗"，亦"期期以为不可"。信中对刘半农等人肆口谩骂之言论表示"不敢领教"。又云："弟非谓新党无可反对也，实以言论自由天经地义，旧党不循正当轨辙辩论真理，乃欲以黑暗手段取言论自由之原则而残之，此实世界之公敌，有血气者安可与之同日月耶。""至于贞操问题""与其纯从消极方面破坏女子贞操，不如从积极方面提倡男子贞操之为有利而易行"。

郑孝胥六十生日，作《六十感愤诗》。诗云："生我定何为，于世无寸效。不辰空怨天，所耻伍群盗。胸中差了了，将智且未髦。八年坐面壁，一静却众躁。种松待听涛，日夜某之祷。微闻世人讥，舍灶反媚奥。亲交颇相闵，欲谏奈自暴。苍苍岂无意，留此时未到。廉颇得赵卒，妖孽犹可扫。"陈三立接读其诗，戏和为祝，作《读郑苏庵〈六十感愤诗〉，戏和代祝》。诗云："乙盦登七十，苏盦亦六十。海滨成二老，觭辰差旬日。一楼一天帝，据之各无匹。乙盦杜德机，奇哀寄示疾。苏盦徇变雅，腾吟如草檄。二子痴则同，苏盦益傲物。不知老将至，胸伏万锐卒。待世非弃世，天护龙蛇蛰。屋山垂海云，揽结溢渴笔。传观助张目，余年六十七。"又，陈衍作《寿苏戡》云："吴楚燕闽地，悲欢离合人。卅年余二老，一笑及三春。楼阁堂堂在，樱花故故新。好凭双鬓黑，尊酒听歌唇。"沈曾植作《太夷六十生日，用石遗韵为寿》。诗云："天地一指喻，江河万古人。与君同暮色，胥命及王春。骨比松倅瘦，心先宙合新。聊凭诗纪岁，岂必酒濡唇。"陈曾寿作《苏堪六十生日》（八首）其一："白日当天三月半，万人如海一身藏。使君留得堂堂去，四海都知鬓未霜。"其二："罢盥卢奴酒自斟，几人出户震微箴。知君执拗从无闷，一往硁硁媚奥心。"其三："诐辞知蔽遁知穷，末世逃禅等捉风。得正由来出生死，先生密语在《檀弓》。"其四："花近高楼竹满廊，园基楼势恰相当。几回听雨疏帘坐，消得人间一味凉。"其五："敛手孤吟气更新，闲居岁月郁嶙峋。何穷盖世回天意，付与黄州陶子麟。"其六："种松日夜望松高，沧海沉冥一世豪。领取十年真实意，与君洗耳听松涛。"其七："蹀躞三挝意未平，凉宵顾曲每同行。相思只在歌声里，解事今谁青兕生。"其八："谈艺论兵两不穷，掀髯曾起抱冰翁。何时更上南楼醉，历历晴川落酒中。"又作《苏堪生日六十寿言十首》。其一："横流一世尽亡身，忠义区区敢笑人。气挟风霜余舌在，诸君应复念苏纯。"其二："丈夫声名动万年，少陵壮语岂徒然。待批摺尾濡天笔，试整家居与朕看。"林纾作《郑苏堪六十寿文》云："苏堪诗名满天下。其为书也，风落霓转，若吴道子之作画。余醉其诗，至于月必一周其集。今苏堪六十，余以文寿之，若琐琐叙其诗、称其书，吾为不知苏堪矣。苏堪性情哀挚，风操清整，早失怙恃，余未审其事亲如何，但观其事异母之兄及其从母，足以知其人之孝友矣。我年伯考功公，忠笃长于文章，词笔直追淮海；年母林夫人，则余同社怡庵先生之姊也。怡庵对余盛称其贤。余既与苏堪同谱，匪日不羡其家世，而苏堪又以丰艺魁能称天下也。今天下溺矣，苏堪高隐海上，足不出户，破晓即起读，出暇则朝其从母与嬬嫂，一家怡怡。闻苏堪见其从母，自视犹孺子耳。果我年母在养者，而苏堪之乐，又当如何？天下无鄙孝丑悌之诗人，亦无反志迁情之隐士。读苏堪之诗，岳岳若不可攀，即之也温，而内行之纯笃，有足令人倾服不可遏止者。吾闻螺江太保言，我年伯坐曹时，冬雪一降，即邀太保同车登陶然亭。其语后辈也，舍孝友无他，言则官乎。苏堪之恂恂于孝友，其可谓能承考功之志事矣。夫六十之年风剽耳。吾年已六十有八，忆苏堪领解时年最少，同年林君化时，年八十一，榜中老苍居其七。今者壬午同年尚有十人，而最少者亦六十矣。苏堪经戊戌变后，心感先皇帝破格之知，悉心图报，一展军龙州，一开藩湘楚，今则萧然一隐沦。与语先皇帝，吾二人未尝不相对而歔歑也。余七朝陵殿，恨不得与苏堪俱。盖遗民之日月偏长，以恋恩莫报之心，故亦不以多寿为喜。今以文为寿，亦写吾爱友之心。至于耄耋期颐，固苏堪之自有，吾文不斤斤于是也。"此文刊载于本月 22 日《公言报》，自署"畏庐"。次月，余寿平送郑孝胥寿屏一匣，乃同乡送郑六十寿文，陈宝琛作文，题为《郑苏龛布政六十寿序》，林开謩所书。

严修六十初度，作《六十自述》（四首）。其一："岁逢己未月逢春，遇密期中度五旬。转盼又经十年历，冥心遂作两朝人。翻新疏亢循蚩纪，垂尽无怀浑沌民。百感余生由自取，不应享受过吾亲。"其二："昔日宁馨去渺然，今伤家督及黄泉。丁多难免期功戚，命短翻憎子侄贤。季札何因轻去国，卜商有恨敢尤天。独怜无父诸儿女，未到加笄赞冠年。"其三："比岁从人汗漫游，客中闲度几春秋。茫无畔岸安家国，富有河山美欧。与我相亲仍禹城，教人最忆是杭州。眼前又数番风信，准备西湖十日留。（此十年中，庚游汴、汉、浔、沪、杭、苏，登焦山，出榆关，至奉天；壬游日本；癸甲游欧洲，循西比利亚铁路归国；乙游安庆、江宁、无锡、南通、济南，再到西湖；丙出居庸关，游明陵、张垣，又登岱，谒孔林，观浙潮，三到西湖，再游苏州，泛太湖；戊游美国及檀香山，往返经日本）"姚茫父作《范孙夫子暨德配李夫人六十双寿序》，并以工楷书制成铜刻八屏。章珏祝严修六十寿，有诗节录云："国以吾道存，道必斯人寄。彼昏坐不知，乘时争权利。自有天概之，君子置不议。独念我中华，神圣独为治。利用而厚生，正德为先事。明德何以正，邹峄之职志。亲亲而仁民，爱物抑其次。亲疏有大防，本末毋倒置。大为天下防，犹惧或放恣。罡风海外来，物议忽然异。充其愿所偿，夺席到洙泗。此岂细故哉，降猛比奚翅。""一言群为宗，一动众为式。以云为之龙，率马莫如骥。名教赖担承，风气赖鼓吹。""愿为韩昌黎，距彼邪与诐。愿为廉希宪，正学倡北地。愿为刘念台，正以醒众寐。""与世林太平，天必福之备。"又，章珏赠严修诗云："八表同昏炳一灯，身肩北学老犹能。垂帘卖卜披裘钓，不数君平与子陵。"华世奎作《寿严范孙亲家六十》（己未三月十二日）。诗云："少小知交老更亲，共投林下齿齐民。我无远志甘藏拙，君有雄怀勇作新。足迹遍经中外海，心传奚止万千人。但期天不斯文丧，珍重期颐百岁身。"严修答华世奎诗云："惟君志节我弗若，能一表里贯始终。我于决事多回惑，君则至明由至公。始吾与君或异议，久之乃使吾说穷。始吾谓君太尽言，久之乃审君言忠。或为缁衣或巷伯（《缁衣》之诗好贤，《巷伯》之诗恶恶），惟其理胜斯气充。天赋刚德本殊众，至老不渝铁石衷。"王仁安作《寿范孙》。诗云："文章不作谀人语，歌咏曾删献寿诗。同志如君能有几，推心似我转无词。河山破碎争残劫，风雨荒寒结故知。三十年来俱老大，愿留岁月尽交期。"

林纾《赠张生厚载序》刊载于《公言报》。文曰："张生厚载既除名于大学，或曰为余故也。明日生来面余，其容充然，若无所戚戚于其中者。余异之，因为之言曰：'学制中学，或四年或五年而毕业，自高等跻于专科，则历年或八九焉，以学制论则言毕，以学问论盖终身，无毕时矣。矧能毕与否，于一已又无所系属者耶？'计余自辛丑就征至京师，主金台讲席，莅学者可四百人；主五城讲席十三年，先后毕业几六百人；主大学讲席九年，先后毕业者千余人；又实业学校二百七十人，今之正志学校又四百人矣。视娄东之门左千人，门右千人，不审如何？然其中陟通贵而享重名者多，独揭阳姚君悫，成都刘洙源以古文鸣，同县黄秋岳以诗鸣。姚、刘二生均毕业于大学者，咸落拓江湖间，而刘生尤穷蹙可悯，黄生则名动京都，禄足赡其家而仁其族。然皆及余主文科时三月而去，乃其所造如此，而张生又奚卹焉。君子之立身也，当不随人为俯仰。古之处变而安者，宁尽泯其怨咨之声，顾有命在，不可幸而免也。西山何忤于沈继祖，刘三杰乃因考亭而急其狱。迨萧寺饯别，有为西山泣者，考亭喟曰：'友朋相爱之情，季通不挫之志，可谓两得之矣。'今生之所遭，直除名耳，非有道州之行也。生归朝其父母，于家处其兄弟，怡怡然。临窗读孔孟之书，亦君子所谓乐也。其视反乎此者，必有间焉。宜生之无所戚戚于其中也。"

13日 《中国大学学报》创刊号印行。含白话小说、文言小说、诗词、论文、通信等。

《每周评论》第 17 号刊行。本期大幅度增扩版面，专载《对于新旧思潮的舆论》"特别附录"。转载：渊泉《警告守旧党》（《晨报》），勿忘《最近新旧思潮冲突之杂感》（《国民公报》），遗生《最近之学术新潮》（《北京新报》），太上、余生《新旧思潮》（《顺天时报》），佚名《酝酿中之教育总长弹劾案》（《顺天时报》），冷眼《新思想不宜遏抑》（《顺天时报》），隐尘《新旧思想冲突平议（一）》（《民治日报》），往的《新旧思潮平议（二）》（《民治日报》），仪湖《林蔡评议》（《民福报》），蕴巢《新旧之争》（北京《益世报》),佚名《论大学教员被挽事》(《民国日报》),匡僧《为驱逐大学教员事鸣不平》《大学教育无恙》及《威武不能屈》(《时事新报》),裴山《新旧思潮之开始决断》(《神州日报》),平平《北京大学暗潮之感想》(浙江《教育周报》第7年第5号)等文章。对林纾等人批评新文化运动,鼓吹尊孔读经行为进行集中抨击。陈独秀在本期《每周评论》"随感录"栏发表《林琴南很可佩服》,署名"只眼"。文云:"林琴南写信给各报馆,承认他自己骂人的错误,像这样勇于改过,倒很可佩服。但是他那热心卫道、宗圣明伦和拥护古文的理由,必须要解释得十分详细明白,大家才能够相信咧!"

谢觉哉日记云:"报载罗秋心致林琴南一书,深诋大学校新潮之倡行白话,持论大旨:1.大西言文并不一致,特字为一致耳,彼邦文字简易尚难一致;2.西人重视古文学甚于我国;3.今患不识字之人多,不在能文之士多,迁怒文学是南辕而北辙;4.即谓白话行文可普及教育,此乃教育行政之事,大学校研究高深者、专门者而及于此,非其任务。蔡长斯校以来,无时不挟西洋社会党派风以新潮自论。吾以为今之新潮莫大于物质文明,文学校应于物质文明上有所发明,为工商业之辅助。蔡氏所学多半为唯心的科学,而又不专精者也。长校以来,心物派之争论、白话派之争论,迄今已达极点,乃至欲将中国一线之文学糟粕而捣碎之,可哀也已。查倡白话诗、白话文者,始自上海某某杂志,某某杂志又祖自东洋一部分之留学生,彼辈中无所有,又染日本不完全之文学,以为言文一致为世界学术之要端。三五无聊之青年倡之于前,大学校踵之于后。则惟有号召通达之士起而为振兴文学之事,持之不敝,毅而有恒,流风或可稍返乎。"

《戊午周报》第46期刊行。本期"文苑·诗录"栏目含《题张幼山〈明府六剩图〉》(幼山名运魁,光绪甲辰进士,庚子联军之变,踉跄出走,行箧中携有鼻烟壶、名片戳、会试朱卷、军服、团扇、叶烟杆各一,绘图征咏)(辛湄)、《穉瀚诗集》(仁寿毛澂)。

夏敬观宴于都益处,同席有王雪澄、朱祖谋、王乃征、张元济、徐乃昌、俞明颐、李宣龚、高凤谦、陈衍、郑孝胥、郑孝柽、吴宽仲。

张謇为倚锦楼(东奥后进)作联云:"居畏垒而民穰,计日计岁,尚不逮庚桑楚;付儿子以家事,管山管水,其庶几辛稼轩。"

14日 林述三《满江红·稻江晚眺》(二首)载于《台湾日日新报》。其一:"绝好江山,排胸次、苍茫月下。觉昨宵风景,又非今夜。隔岸明灯斜一桁,水晶地上光相射。石矶头、坐听棹舟人,烟波下。思往事,愁牵惹。萍梗感,沧桑也。算年华廿九,去如奔马。铁舰连樯都不见,石垣老树长横跨。比来时、似觉少喧嚣,多幽雅。"

[日]橙阴正木彦二郎作《病中春雨杂感,得五言短诗八首》(己未三月十四日未定稿)。其一:"春雨于丝细,病躯瘦欲飞。吟魂何所怨,堤上草花肥。"其五:"抛杯已二旬,羸骨与诗贫。春雨夜来暖,奈空此良晨。"其八:"懊卧夜难眠,思诗诗不圆。

枕头春雨细，懒箠药鼎烟。"

15 日 全国报界联合会在上海成立，叶楚伧任主席。

《东方杂志》第 16 卷第 4 号刊行。次月 15 日再版刊行。本期"文苑·诗"栏目含《次韵逊敏斋〈落花诗〉四首》（陈宝琛）、《移居后，石遗过谈，话旧增感》（二首，沈曾植）、《右和口占韵》（同前）、《余纸尚多，复和〈过谈〉韵》（同前）、《伯沆姑苏还过话》（陈三立）、《黄峙青同年属题李文忠致曾文正廿七通手笺册》（同前）、《次韵宗武〈园居杂兴〉》（同前）、《九日对恪士茗饮》（同前）、《月夜遣兴，并怀焦山游客》（同前）、《次韵答尧衢同年》（陈衍）、《次乙庵韵》（同前）、《畏庐同年书来，劝省食，报之以诗》（同前）、《吊梁巨川翁》（五首，林志钧）、《孙师郑属题〈感逝诗〉》（梁公约）、《挽沈涛园先生》（陈诗）、《哭俞恪士》（夏敬观）、《寄寿螺江陈仲勉丈》（李宣龚）、《任心白见惠食物赋谢》（同前）。其中，陈宝琛《次韵逊敏斋〈落花诗〉四首》其一："楼台风日忆年时，茵溷相怜等此悲。着地可应愁踏损，寻春只自怨来迟。繁华早忏三生业，衰谢难酬一顾知。岂独汉宫传烛感，满城何限事如棋？"其二："冶蜂痴蝶太猖狂，不替灵修惜众芳。本意阴晴容养艳，那知风雨趣收场。昨宵秉烛犹张乐，别院飞英已命觞。油幕彩幡竟何用？空枝斜照百回肠。"此诗后又刊载于《大公报》。

《诗声》第 4 卷第 3 号在澳门刊行。本期"词谭"栏目含《雪堂丛拾（廿二）》（澹於）、《心陶阁诗话（十一）》（沛功）、《水佩风裳室笔记（卅二）》（秋雪）、《乙庵诗缀（廿六）》（印雪）、《冰簃词话（二）》（秋雪）；"歌曲"栏目含《声声慢》（宋代李易安著，侠隐制谱）；"词苑"栏目含《五月廿五日，同人特具齐菜，延张樾澎、王惺岸、伍晦庵、冯秋雪、章甫诸子来校晤叙，长歌纪之》（沛功）。另有《急电》《雪堂诗讯》《〈诗声〉第三卷全书出版》《同志通信》《雪堂通讯处》《〈诗声〉邮费表》。《急电》云："《落花》一课速交卷，待刊孔亟。"《同志通信》其一："凰山甲种商业学校诸君鉴：敝同人前到贵校参观，既蒙招待，复锡斋筵，感激之私，铭肌载切，谨此言谢。雪堂诗社。"其二："李端女士鉴：前月曾到尊府不遇，留下之函想收妥。无闷谓君允许加入诗社，未卜果否，乞示我。知名。"本期附刊《诗声附庸》第 3 号。其中含《并肩琐忆（三）》（秋雪、连城合著）、《云峰仙馆读画记（三）》（野云）。

朱希祖《白话文的价值》《非"折中派的文学"》刊载于《新青年》第 6 卷第 4 号。

周作人同妻羽太信子及三子乘船出行，经上海去东京探亲，23 日抵东京。

[日] 橙阴正木彦二郎作《寄怀水哉、黑天两词宗，在千兴津》（己巳三月十五未定稿）。诗云："暂将世事付云烟，诗酒放吟东海边。归日锦囊君勿秘，玲珑映我富峰研。"

16 日 梁鼎芬从崇陵带回小物件示余肇康、陈夔龙。陈夔龙作《清明后十日，节庵敬颁到崇陵祭品，尧衢以诗纪事，余亦继作，并示梦华》（二首）。其一："一曲湖光隐季真,几回青琐梦槐辰。茂陵玉碗通天表,神武衣冠去国臣。泪尽杜鹃惟有血,花飞寒食可怜春。犹闻珍赉烦中使,回首桥山草木困。"

18日　吴芳吉作《沙绮厅诗》赠吴宓,诗前题英文小序。又,吴芳吉寄赠吕谷凡自选作品集《天人小吴集》,并请其转赠吴宓,作为天人丛书文苑纪念物。

昆伶韩世昌拜吴梅为师。吴梅授其《拷红》《游园惊梦》《桃花扇》《吴刚修月》等戏。

舒昌森作《沁园春·己未谷雨前三日,偕陆菊裳、沈瘦东、徐伯匡诸君等重过恰园,倚声述感》。词云:"回首当时,每值公余,来游此间。爱芙蕖朵朵,香浮沼上,篔筜个个,阴护轩前。裙屐招邀,琴尊跌宕,宾可怡情主亦贤。空怀想,是菟裘营就,飞去词仙(主人为顾芷衫观察,工词,园成未久,遽归道山)。　祇今世局推迁。况我亦、婆娑当暮年。幸故家别业,尚新丹垩,芳辰胜侣,重访林泉。柳眼花须,诗囊酒榼,好趁名园风景妍。还堪笑,笑鼠姑初放,红映衰颜。"

杨杏佛作《叔永过汉,余以厂事不得久谈,书此志别》。诗云:"联翼游美灭,归道忽东西。君伊游天龙,吾为笼内鸡。值此千里逢,难同一日栖。友情空复热,心远暮云低。"

[日]橙阴正木彦二郎作《病后初出门》。诗云:"旬余空对一窗纱,春自桃花移李花。幸得无迟行乐节,闲吟随意趁烟霞。"

20日　淞社共贺吴昌硕重游泮水之喜。吴昌硕作《曩岁庚申季春之月,猥以樗榑忝青一衿,今年己未重游泮水,虽更时变,倦言故事,弥用怅触,率赋二律,适辅之社兄出示前贤芳烈卷子,即以涂上,缅怀先哲,殊为惭愧》,又题《己未三月重游泮宫,怅触前尘,率赋二律》。同唱有周庆云《次韵奉和仓老重游泮水二律》、喻长霖《和吴昌硕先生七十六重游泮宫原韵》、章梫《吴昌硕大令重游泮水三首》、曹春涵《仓硕先生重游泮宫,敬和元韵》。其中,吴昌硕《率赋二律》其一:"秀才乙丑补庚申,天日回头梦已陈。诗逸鹿鸣芹且赋,年增马齿谷为神。悬瓢饮择涓涓水,乞米书成益益春。珍重吴刚频历劫,可怜孤负月前身。"其二:"皇皇群议当中兴,大隐凭谁识子陵。饮泮介眉今视昔,凌霜晞发我非僧。华风黯澹栖穷鸟,海色苍茫徙大鹏。畦菜婀黄池满绿,扶衰倔强一枝藤。"章梫《吴昌硕大令重游泮水三首》(时年七十五岁)其二:"咸丰己未有烽烟,同治中兴五十年。一领青衫经再劫,共和甲子接周宣。"李宣龚作《缶翁重游泮水,索诗为赠》。诗云:"白发重簪闻喜花,风檐醉墨认欹斜。横流不洗儒生腐,盛事犹堪掌故夸。去国自甘随雁户,登高何处落乌纱。菜根老作遗民看,谁识当年果满车。"又,吴徵为吴昌硕绘《重游泮水图》,遍征沪上名士题咏。应题者有缪荃孙、郑孝胥、崔永安、恽毓龄、恽毓珂、吕景端、李宣龚、潘飞声、白曾然、黄山寿、曹春涵、姜凤章、诸宗元、徐士骈、喻长霖、刘锦藻、周庆云、章梫、沈焜、俞宗濂、周廷华、徐珂、姚景瀛、鲁坚、唐人寅、徐钧、莫永贞诸人。又，吴昌硕在杭访吴庆坻，吴庆坻作《赠仓硕兼忆乙盦》。诗云："故人访我到蒿莱，手写新诗绝点埃。百劫一身真气在，五年重见笑颜开。支床静里参龟息，泛艇烟中载鹤来。座惜谈谐无瘦沈，屐痕同为破苍苔。"

夏敬观赴张元济邀宴宅中，同至者高凤谦、陈叔通、李宣龚、陶惺存、王仙华。

张謇集"东奥受颐堂"联云："是以君子慎言语，节饮食，利涉大川，由颐厉吉；至于要道去健羡，绌聪明，光耀天下，复反无名。"

21日 南北和会争执新旧国会法统问题。

国语统一筹备委员会在北京召开会议，并正式成立国语委员会。25日闭会。会前由北京政府教育部指定张一麟为会长，吴敬恒、袁希涛为副会长。会议通过有关议案9项。

吴昌硕、恽季申、恽瑾叔、陶拙存、钱履樛在都益处举行淞社雅集，题为《己未感事》。到者缪筱珊、杨芷笙、章一山、白也诗、周梦坡、褚礼堂、孙益庵、朱念陶、吕幼舲、沈醉愚、许子颂及郑孝胥。

陈夔龙作《三月二十一日夜纪梦忆亭秋》。诗云："疑真疑幻总依稀，病卧沧江我未归。已分余生同槁木，漫劳素手制春衣。客中节物骛槐火，梦里家山长蕨薇。底是浮云犹在目，个中消息已忘机。"

林苍作《三月二十一日过张如香园林，痛饮至醉，归病累日却寄》。诗云："三十年前对宇人，儿时风味莽成尘。揭来亭榭多新绿，无赖琴樽共恶宾。怅忆吟朋生死隔，喜从世旧笑言亲。皋桥赁庑头垂白，千万何当再买邻。"

25日 《小说月报》第10卷第4号刊行。本期"曲本"栏目含《盘龙剑》（樊樊山）；"弹词"栏目含《藕丝缘弹词（续）》（第八回《献媚》）（瞻庐）。"文苑·诗"栏目含《书易五〈剪发〉诗后四首（并序）》（于晦若先生遗作）、《和梦符〈过祈年殿书感〉诗，兼悼袁忠节公》（樊山）、《己未元日二首》（龙绂年）、《元夕与何诗孙、陈子言、夏映庵、谭瓶斋宴于袁伯葵家，宾主甚欢，终席客散去，余与子言步月归，明日作诗呈伯葵、子言，并示座客》（前人）、《题莼农〈十年说梦图〉》（二首，颐珂）、《题莼农〈十年说梦图〉》（慈利吴恭亨悔晦）；"文苑·词"栏目含《花犯·樱花》（次公）、《虞美人·孙子潇〈双红豆图〉，为朴庵太史题》（次公）、《减字浣溪沙（桂殿西头玉作丛）》（次公）、《南乡子（梦断水云）》（次公）、《念奴娇·题莼农〈十年说梦图〉》（陈庆佑公倜）、《秋思·题莼农〈十年说梦图〉，用梦窗韵，依太原张氏本，删耗字》（倦鹤）、《忆旧游·题番禺沈太侔〈楸阴感旧图〉》（莼农）、《金缕曲（袖墨苍龙啸）》（莼农）；"诗钟"栏目含《寒山社诗钟（续）》（钟社同人）。

曾广祚作《三月二十五夕，为昭扬卒之五周岁》。诗云："汝弟看看长，呼兄竟不应。老春频雪涕，幽夕只烟凝。貌暇长沙鹏，魂飞渤澥鹏。十年泉下客，消息半无凭。"

26日 陈逷声作《三月二十六日，偕吴四饮西园湖廙》(二首)。其一："皤然二老民，杖履最相亲。西蜀能恢汉，东人耻帝秦。馔登天竺笋，羹煮圣湖纯。权作西泠主，招邀汐社宾。"

27日 广州国会议员49人联名电南方议和代表，请坚持惩办祸首，称："民国八年，政变四作。始于毁法，终于大乱，则凡此毁法之徒，即为乱国之贼。置此不惩，后患无穷。"

《每周评论》第19号又扩充4版，继续以《对于新旧思潮的舆论》为题，转载《辟北京大学新旧思潮之说》(《国民公报》)、《社会的醒觉之曙光》(《顺天时报》)、《学界新思想之潮流》(《唯一日报》)等11篇声援新文化派文章，再次集中批林纾。

严修为南开大学筹款事，偕张伯苓由津赴宁。

28日 符璋得黄岩人柯心补(玟)邮函及《乩仙诗录》一帙，索《龙舒净土文》。

张澜在《晨报》"自由论坛"栏目发表《答梁乔山先生书》，讨论社会主义问题。

陈逷声作《三月二十八日，与朱大泛西湖》(二首)。其一："我住铁厓君富春，田家偕隐浙江滨。凄凉东国已无土(时山东失地权)，恸哭西台会有人。汐社诗歌多谶语，湖楼杖履趁若辰。可怜二老顽如昔，犹望庚申(宋庚申君事)痛亥(辛亥)申(九月)。"

29日 杨晨作《己未三月廿九日，狄桂舟、郭涵秋、赵赓亭过访口占》。诗云："老怀无复梦飞腾，旧侣重来逸兴增。对酒当歌人有几，闲云野鹤我何能。六经提月方占候，三寿从星合作朋。笑指海棠花共证，他时更赋酒如绳。"

陈衍作《三月晦日，杏花村旅邸小楼》(二首)。其一："春杪夏初清若秋，袷衣穿后又披裘。雨晴不定湖无月，拥被看山一日休。"其二："坐倦书楼出见湖，门前一幅米家图。看书读画甘粗粝，十足酸寒一腐儒。"

余达父作《己未三月末日，余久病，忽得去冬病中曼杜书〈游西山，登石景山天空院〉韵，藉此排遣，并报曼杜》。诗云："啜著香风四坐通，樱桃烂熟露珠红。长安四月花初发，春意阑珊想象中。"

蔡守作《己未三月晦，夜与伯孝次陶尔仄〈珠江泛雨〉》。诗云："狂烛偏宜接醉茵，花龙铏动一栖神。深深海素同听雨，南国春归又耍银。"

曾广祚作《己未三月二十九日作》。诗云："燕语春归愁杀人，梁生粉蠹乱飞尘。当携舍利曹州去，花木楼台绕佛身。"

30日 中国代表缺席，巴黎和会议定《凡尔赛和约》涉山东问题条款，规定德国在山东全部权益由日本承袭。由于中国人民强烈反对，中国专使团未在和约上签字。

《申报》第16592号刊行。本期"本埠新闻"栏目含《马湘伯门人为师祝寿》。马湘伯门人到者有张轶欧、胡敦复等数十人，来宾有狄楚青、赵竹君、赵叔雍、刘柏生、刘仲融、荣宗锦、杨白民、王骏声（熊希龄代表）等，又有复旦大学全体学生公推贺芳、范肇基，震旦学院公推顾守熙、曹德三等致祝。是日收联语颇多，如"扶风得徒，声闻之寿；伏波忘老，矍铄是翁"（张謇）；"言满天下，行满天下；八千为春，八千为秋"（叶景葵）；"一代耆英耀南极；百年人瑞寿中华"（杨白民女雪瑶书）；"以福禄寿为祝；通天地人曰儒"（刘树森）；"道德文章，拜孔三千士；福禄祺祉，比彭八百龄"（苏振拭、季泽恒）；"南极老人与无量寿；东方曼倩具大辨才"（熊希龄）。

美国实验主义哲学家杜威抵上海，胡适陪同任翻译。

夏敬观作《四月朔日集瓶斋，作钱南园生日会，观真草字幅画马》。诗云："苜蓿初肥春色残，先生盘内长阑干。爱书如猎见辄喜，放笔一顾十二闲。昨作南园生日会，壁张书画皆绝世。漏痕笑拟郭兵曹，意匠复侔曹武卫。国朝书家画谁若，书自沾沾画尤薄。仿古不到宣和图，媚俗无非淳化阁。南园振起人中豪，后来继者猿叟高。子毅力摹及神骏，二绝分占难并包。启祥宫南如意馆，郎生藩骑开画本。当时一艺动天嗟，舐笔侯门何足算。南园抗疏震公卿，谏草自比坐位争。岂费丹青图仗马，再题归牧气峥嵘。祖宗入主由鞍马，未重邹阳谏猎者。责官闻屈折槛贤，宁有御花添带銙。缓勒弯弩意态真，大幅小幅皆可珍。自来笔妙要奇节，子昂虽好惜失身。百赉一豆寻常事，吴饭盘游姑伴醉。试问渐离击筑歌，何如公孙舞剑器。"

黄侃作《四月一日故韩国汉城见七日并出如连珠，感赋长句》。诗云："羲和妃俊谁所称？一字十子何薨薨？浴之甘泉泉沸腾，东顾若华日可升。迭出照灼相驾陵，炎熹暑热长郁蒸。草木枯死民岂胜？九旬戢影因苗兴。旋遇穷后起与膺，弯弧剡注如捕蝇。十获九算乃释冰，孓立不死非小惩。齐东夜见才如灯，邾中再旦不足凭。乌尾毕逋洵咎征，双双俱至黑帝崩。典午将没三作朋，今如鹓鸠下高橧。又如璇玑连玉绳，强阳之气焉可恒？四国见之怨且憎，誓假夹庚遗以矰。吁嗟日兮汝勿矜！"

下旬 ［日］德富苏峰作《汤河原杂吟》。诗云："挟涧人家西复东，四园新绿弄薰风。看来草木有真趣，浓淡浅深各不同。"

本 月

山东各界推派代表前往欧洲，直接向中国专使及巴黎和会请愿。

梅兰芳率梅剧团首次东游日本演出，林纾、樊增祥、陈衍、蔡元培、易顺鼎、罗惇曧、李释戡、陈衡恪、齐白石等齐聚为其饯行赠诗。林纾绘《缀玉轩话别图》并题词《南浦》。序云："己未三月，畹华将东行，罗瘿公、李石曧集同人筋于冯又微寓斋，石曧属作《缀玉轩话别图》，用作畹华压装，余不能却也。石曧复坚嘱填词其上。缀玉，畹华轩名也。余未之莅，令姑作垂杨桃杏之属，度畹华轩中所有耳。并填《南浦》一解，请樊山卷人、实甫、碧栖正之。"词云："闲叠缕金箱，检舞衫、零脂宿粉犹腻。轻梦逐樱花，东风外、人与乱红同醉。春寒细紧，背人加上嫣香帔。别情欲诉，偏脉脉无言，更增流媚。　　追忆昨夜歌喉，似风际灵箫，花边流吹。酒半数归期，些时别，仍复丁宁三四。瑶轩缀玉，画阑间杀惜惜地。万重别意，争半晌流连，舟行还未。"陈衡恪作《送畹华之日本》。诗云："伶官东渡破天荒，妙舞清歌亦国光。遥想樱花京阪路，珠帘尽卷看梅郎。"后刊载于《大公报·余载》1919 年 5 月 14 日。罗惇曧作《送畹华之日本》（二首）。其一："驿路花飞送玉郎，练裙雕佩总生光。长安士女愁眉坐，徐福童男拍手狂。"其二："日预离筵共酒杯，争看渡海不凡才。出门郑重无多语，人手声名及早回。"陈方恪作《风中柳·题〈缀玉轩话别图〉，即送畹华赴日本》。词云："渡口梅风，轻约薄罗歌扇。带朝慵、宫衣剪剪。几多离愁，经海清怨？早归来、翠樽低劝。　　梦想云棠，莫负十洲仙愿。数绣程、珠帘尽卷。春樱壶峤，沧桑人情。待闲话、画图亲检。"

《浙江兵事杂志》第 60 期刊行。本期"文艺·诗录"栏目含《寿王紫珊先生》（海秋）、《寿张白翔先生》（海秋）、《感旧四十韵，寄王纯良》（周家英）、《邹慎斋出示〈观梅慧云寺水星阁下长句〉，因步原韵答之》（周家英）、《次韵罗绳武〈春郊散步〉》（周家英）、《金陵怀古》（周家英）、《清明》（周家英）、《赠伯玉》（重威）、《书感》（金衽）、《和余觉民〈三十初度〉原韵四首之二》（跃如）、《步暮书感》（跃如）、《觉民被选为省议员，集定庵句祝之》（跃如）、《游飞来峰》（初白）、《樊漱圃既刻〈绍述先生集注〉，复奉主衬祀白公祠，为赋一诗纪之》（贞壮）、《半园歌，寿奉节张白翔先生六十，先生自号半园，有〈半园记〉，此歌盖效其记体也》（慎斋）、《同事樊漱圃刊其远祖绍述先生所著，复奉主祀于白公祠，征诗，为作长歌》（后者）、《赠寿卿少将》（思声）、《西台吊谢皋羽》（榕园）、《钱塘感南渡事，口占二绝句》（榕园）、《夜航》（榕园）、《乡人拟附祀樊绍述于杭州西湖白文公祠，并刊其遗著及文公赠诗，藏之各省图书馆》（徐珂）、《自题〈衔杯春笑图〉》（徐珂）、《老圃拟衬祀其远被樊绍述于钱塘白香山祠，征诗奉二首》（小卒）、《寿均生三叔六十》（小卒）。

《安徽教育月刊》第 16 期刊行。本期"文艺·诗"栏目含《爵以"不系舟"名寓轩，乞胡君渊如题，程子演生为长律二十八韵，辞意清永，方欒君丈觊以联相与，啸咏往复，有夷然旷然之意，殆所谓相忘于江湖者欤，爰为长歌纪之》（陈朝爵）、《〈不系舟歌〉既成，一时皖中老辈名宿旧好诸君纷然见和，琼玖盈溢，诸亲懿长者亦邮筒四方而至，络绎未艾，因漫为绝句若干首以题其后。其许为诗而未至，或欲求其诗而未通讯问者，亦略为数章以寄意。既成，抄附前诗之尾，即以当伐木求友之声云》（陈朝爵）、《秋色》（杨广元）。

《国故月刊》第 2 期刊行。本期"通论"栏目含《论难与进步》（张煊）。"艺文·文录"栏目含《章太炎先生与吴检斋书》《与黄侃论声律书》（吴承仕）、《秋兴赋》（孙永祚)、《〈退郛诗抄〉序》(刘师培)、《亡女爰事略》(章炳麟)、《繡华词序》(汪东)、《王孺人墓表》(黄侃)。"艺文·诗录"栏目含《万类》(汪东宝)、《悼伤后出郭瞻眺口占》(汪东宝)、《清明日登江亭与同学诸子》(黄节)、《杂诗》(伍一比)、《风,用杜甫〈雨〉韵》(伍一比)、《又有》(楼巍)、《次韵胡伦清〈秋怀〉见示》(孙延杲)、《奉呈晦闻先生》(区文雄)、《七月朔日乘马出钱唐门,历览白河堤、苏堤诸胜》(孙诒棫)、《南望篇》(黄侃)、《见黄季子〈南望篇〉题其后,季子京都三首》(陈延韡)。其中,汪东《万类》云:"万类荣枯各一时,当年玄鬓又成丝。不堪走马飘蓬感,更赋哀蝉落叶辞。锦瑟多弦弹苦调,玉珰无路寄遥思。惟应斜月红窗外,梦事荒唐偶得知。"《悼伤后出郭瞻眺口占》云:"登临已是觉秋深,更触招魂宋玉心。只恐幽魂招不得,却弹红泪上枫林。"伍一比(伍叔傥)《杂诗》云:"佳人慕幽独,攘腕弄清漪。绮缛发妙采,光润已疗饥。思折芳华赠,相与城南期。献珠傥成愿,怀佩惧见欺。踌躇沟水上,日莫益凄凄。"《风》云:"烈风弥朝昏,白日隐寒雾。鸿雕尚退飞,寒林无静树。感物怀百忧,侧身怜孤露。感物怀百忧,侧身怜孤露。出门尠古欢,入室乏新趣。性懒缺修除,床下尘及履。远游谁云乐,日夕望归路。世乱幸安存,荣枯宁复顾?久爱茂陵居,虽愧古人度。终好田里游,左右对童儒。比来益乖张,绝交无新故。未贵敢忘贫,寸心谁与诉?高谈称古今,与俗转违迕。应接道寒温,匪予故来步。饰伪良万端,我生其不遇。自诩识前言,绘事终后素。将索西方人,慰此岁云莫。"

吴昌硕为刘承干嘉业堂题篆书"宋四史斋"四字额并题:"纪事编年尊曰史,瑰本流传出天水。四朝不朽有千祀,今之宝者子刘子,莫以千金易一纸。翰怡京卿得宋本四史,遂以名斋,属书榜,并系以铭。己未三月,安吉吴昌硕,年七十六。"又题丁仁《先贤芳烈卷》,行书《重游泮水》诗(册页)。又为茂堂行书《重游泮宫》诗轴。又为袁思永行书《雨后》《即席》诗扇面,负面画,题曰:"酒满金垒,富贵花开,咏花愧乏青莲才。己未春暮,老缶又画。"又为毛石臣篆书"游鱼高花"八言联:"游鱼鸣禽同吾真趣;高花深柳及时瀰蔓。石臣仁兄属,集石鼓字。趣字作趣,蔓作怪,本阮氏。己未三月,吴昌硕年七十又六。"又为吴隐篆书《山阴州山吴氏支谱》扉面,为吴仲熊绘《梅花图》。又为周星诒题《赵之谦书轴》:"悲庵好演安吴笔,波磔铺豪意斩新。守阙抱残吾辈事,车工著述古何人。觊公索题,成廿八字,请正。己未暮春,足患初平,欢喜披览。吴昌硕,时年七十六。"

陈三立往访胡嗣芬,作《暮春过宗武》。诗云:"海尾江头各自还,车音绕郭觅溪湾。倚墙花尽蜂犹恋,隔院苔寒鼠亦闲。放棹已迷桃叶渡,读书痴对敬亭山。尊前老宿违摩腹,唾落零晴断雨间。(冯蒿翁来游,余与君皆去白下,未及相见)"

李审言赴沪,教刘公鲁读书会课法,并为缪荃孙校勘《艺风碎金》《藕香簃钞笔》。

齐白石月初第三次来到北京。住法源寺庙内,以卖画刻印为生。作《梦游》诗记之:"一点两点黄泥山,七株八株翠柏树。欲寻树杪住僧楼,满地白云无路去。"林纾将其绘画全部收购,并在自己编审《平报》上发表文章,对齐白石绘画大加赞赏,广为延誉。某日,林纾见齐白石给易蔚儒所画团扇,大为赞赏,云:"南吴(昌硕)北齐,可以媲美。"又,齐白石认为林纾作诗、翻译小说负有盛名,对其画并不赞赏,尤其是山水,更认为平常。后来他在林纾七十寿辰绘《闽海过帆》,且题诗一首《题林畏庐画》云:"如君才气可横行,百种千篇负盛名。天与著书好身手,不知何苦向丹青。"

傅尃(熊湘)因醴陵兵灾事,到上海参加南北议和会议期间,与高燮、胡朴安做为期三天无锡、镇江之游。每到一处,傅尃总先得诗句,胡朴安与高燮接连唱和。胡朴安作古今体诗14首,高吹万得19首,傅尃得9首,连同《自沪之京口车中联句》《焦山、金山、北固山联句》《自梁溪泛舟太湖联句》等联句辑为一册,名曰《京锡游草》(一册,四卷,铅印本),于本年印成。夏,黄宾虹为此书作图二幅,其中一幅题诗云:"嵯峨高阁楼松寥,撼石喷沙激怒涛。不尽浮湛千古事,好将砥柱挽滔滔。"又为本书题识曰:"闻说君探骊颔珠,腥风吹浪雨如丝。夜深恐起蛟龙攫,晋碣周金共护持。朴安、屯艮、吹万诸同社游京口归,得诗甚伙,并携鹤铭,许惠鼎拓本,时适久雨,图以志之。己未夏日。宾虹。"王西神旧历七月作《〈京锡游草〉序》云:"碧山人来,青阳序谢。高子吹万有蜡屐之约,申鸣铎之应。傅子屯艮、胡子朴安云萍朝合,露盖宵征,膺泰共舸,人望若仙。牙期齐弦,繁响皆俗;延缘金焦,不觉信宿。佛狸祠下,但有斜阳;铁瓮城边,自饶诗思。回穷波路,言迈梁溪。松吹落落,访阳冰之籀书;竹垆萧萧,寻远公之茶具。前后各得诗若干首,将以述骚情,念好事。小胥腕脱,大雅目张。远属鲰生,更为墨首。夫其寄思无朕,鉴景忽古。寻常巷陌,曾住寄奴;翩然髻鬟,若睹静女。问明月兮几时,淘大江而东去。句好呈佛,酒酣喝云。此一境也。探幽林屋,讨胜洞天。赋兴公之赤城,浮南皮之渌水。自江以上,气尽金光;缘岭而升,烟霏黛色。只履礙鸟,忽飞白云;虬松作亭,时漏疏雨。写藏经之纸,乞付山僧;移挂笏之看,下拜奇石。此又一境也。万绿如洗,群沤欲仙。鹤睡紧露,花香媚肌。一尺二尺之鱼,竹枝桃枝之唱。黄娇味辣,很同京口之兵;绿净睡难,醉压吴娘之肆。士龙笑疾,因捉月以堕江,乐天行吟,思理忧而荷锸。此又一境也。仆以羁栖,未预高会。山中桂树,应笑淹留;江上秋心,但增怅触。至若西神九朵,凤号灵区;清溪半泓,游钓斯在。佳客远来,阙焉地主。儿时桃实,长过墙腰;旧日楹书,留饱蟫尾。玉田词里,惟余春水三弓;兰成园中,剩对西风一树。此又集乱山之客,怅阻胜缘;抚西华之门,自伤瓠落者焉。嗟乎!百年逆旅,客之者须臾;胜境不常,赏之者几辈。自非物役,辄尔情移。君家秦山小筑已具,仆怀圣湖奇香入梦。近局可招,坠欢行拾。桐江七里,听画眉之声;西溪八滩,钓秋芦之雪。长图大念,駃騠何时;烟驾先驱,是在吾子。石鼎联句,山灵与盟,以此复君,傥亦相视而笑也。己未七月无锡王蕴章。"

冒鹤亭作《重刻〈八同人集〉跋》，又作《题八世祖履之府君〈双桥图〉》。履之所居如皋县学之左，门外有桥，东曰安定，西曰集贤，故名。此图凡28幅，画者14人。

林献堂偕秘书施家本、幕客庄伊若自台湾赴东京，宿神田红梅馆，后移居驹込寓所，仍署名雨声庵。

李大钊致信胡适。信中云："听说《新青年》同人中，也多不愿我们办《新中国》；既是国人不很赞成，外面人有种种传说，不办也好。我的意思，你与《新青年》有不可分的关系，以后我们就决心把《新青年》《新潮》和《每周评论》的人结合起来，为文学革新而奋斗。""《新青年》的团结，千万不可不顾。"

许丹从北京来南京，陈方恪陪其游玄武湖诸名胜，并作《湘月·清明后，许子季上招游北湖，予虽寄籍江南，不履斯地十年矣。即用项莲生〈甘露寺夜游〉韵谱之，以托兴焉》。词云："一夜晓翠，荡澄湖、十里云絮无影。垂柳移阴，甚换却、当日眼中风景。远岫啼眉，夭桃媚粉，还认栖香径。兰桡去也，闲愁琐得千顷。　　因到日落禅关，青帝隔淑，颤寒筇不定。携酒重来，算此意、千古谁人消领。燕阁春空，鸳碕草长，魂断苍烟冷。遡风高唱，莫教宿鹭惊醒。"

姚光拟辞去南社主任之职，为傅尃（熊湘）劝阻。傅作《与姚石子》。诗云："八载别君艰一见，才能一见便言归。匆匆未竟酒边语，落落都忘世上机。忍使风骚成坠绝，坐看朋旧已稀微。临歧珍重相求意，斯事于今望起衰（石子欲辞南社之选，故及之）。"

胡适留沪期间同蒋梦麟一同会见孙中山。

周恩来由日返津。临行前重书《大江歌罢掉头东》并序。序云："右诗乃吾十九岁东渡时所作。浪荡年余，忽又以落第返国图他兴。整装待发，行别诸友。轮扉兄以旧游邀来共酌，并伴以子鱼、幕天。醉罢书此，留为再别纪念，兼志吾意志不坚之过，以自督耳。民国八年三月。"诗云："大江歌罢掉头东，邃密群科济世穷。面壁十年图破壁，难酬蹈海亦英雄。"

夏承焘组织永嘉县立任桥小学学生为十人团，到附近地区演讲宣传。又，审阅旧年诗词稿，自嫌诗境卑卑，无元龙百尺楼气概，因作《自警》（六首）。其一："落笔长鲸跋浪开，生无豪意岂高才。作诗也似人修道，第一工夫养气来！"其二："铁骑散关豪语工，诗人面目本英雄。九千篇在无卑格，合爇瓣香奉放翁。"

谷振声生。谷振声，浙江温州人。诗作收入《谷振声先生纪念集》。

陈夔龙撰《花近楼诗存》（3编，2卷）刊于沪上。集前有"己未三月刻于沪上"字样。望江余诚格署检。卷一为《丙辰集》，卷二为《丁巳集》。

老舍在《北京师范校友会杂志》第1期发表《过居庸关》《十月念一日，赴西山观察野战地势。是日大雾，抵午方晴。四年两登此山矣，为二律以志之》《定战地于石景、金顶二山。我军驻石景作战两次，我先胜而后败。同学各有记，乃为诗以志胜概》《野战归来，勇气百倍。路人目为军队移驻者。吾国积习，文武殊途，改正之责在吾辈也，乃成一律》《年光不再，逝者如斯；五载春风，瞬将毕业矣。驽钝依然，前途惘惘，乃感赋四律》。其中，《年光不再》为老舍即将离开北京师范学校时作，署名"四年级生舒庆春"。其一："几行热泪抵千言，检点青毡别小园。花解听诗愁对月，人能作赋黯销魂。苍头未着狐皮帽，青眼先看犊鼻裈。东去康成还自誓，生平不许谒金门。"其二："狂搜行箧有诗留，五载音尘一卷收。梁燕分巢云路渺，塞鸿举翮雪霜遒。丹羞小吏曾师马，黄号通儒本业牛。踏尽山河倾尽酒，他年再作故园游。"其三："迢递年光逝若斯，此身堪笑欲何之。充饥惟啖朱詹纸，干禄羞吟白傅诗。细雨酿花人自瘦，峭风吹梦泪先知。愁看临别窗前草，青似当年入学时。"其四："惭愧庭花五度红，诗书依旧马牛风。江山离乱惟余恨，肝胆轮囷本耐穷。雨洗荒碑疑拓墨，日斜孤塔挂残虹。独骑款段都门去，回首长亭十里中。"《过居庸关》云："遨游此乾坤，任人呼山贼。飞步纵苍茫，举目天无色。万山猛奔驰，突被居庸勒。宇宙咫尺宽，日月尽逼仄。万塞摇红柳，两壁狭甃口。为显造化艰，面面石棱瘦。古柏老龙蟠，虬枝挂北斗。俯仰瞰烟云，天风一握手。永锁赵燕门，白云变苍狗。君不见，路嶙峋，山起伏。风打石头还，人行雨脚趯。春暮絮不飘，万古鬼夜哭。碧血古英雄，飞磷出山腹。欲退路转逼，思进车折毂。拔剑意彷徨，锋锷腾青霜。啼猿促归客，驻马叹兴亡。丸泥无要塞，执戈谁国殇！守关人何在，古道莽斜阳。"《十月念一日》其一："绝顶西风放眼奇，蓟门烟柳冷侵眉。白驴绕水寻行迹，红叶如花打卧碑。岂独文章留锦匹，敢夸身手夺霜旗。他年荷锸归山去，石骨嶙峋是故知。"其二："今年又立此峰头，依旧浑河向北流。一带黄沙埋白骨，几行红柳踏清秋。暮烟欲障游山兴，初月偏钩去客愁。留去那能随物意，麻鞋到处总悠悠。"《野战归来》云："丹枫白石秋风路，携得西山爽气回。大纛乱翻鸦背影，少年总是凤雏才。三垂冈酒梁王慑，一丈枪威铁杖来。助我军声多壮阔，浑河滚滚卷黄埃。"《定战地于石景、金顶二山》云："短衣匹马矫如龙，鼻头生火耳生风。旌旗五色铁象噤，金镫半夜火牛攻。投笔羞草陈琳檄，破浪乘风万人敌。干将鸡唱舞刘琨，砥柱中流鞭祖逖。出山小草有远志，报国何必高权位！耻将白骨腐金棺，且拾青毡裹铁骑。三鼓曹刿乱齐兵，万里道济呼长城。广武原头笑竖子，虢亭一战来书生。我军赤帜山之南，浑河如带绕霜岚。夜半将军令攻敌，缒幽凿险阴平探。我做先锋挟轫走，乘电吹雷好身手。山骨嶙峋磨甲鞸，西风萧瑟传刁斗。星光烁烁天河低，千山峭峭鸱鹗啼。荒碑短树疑人立，磷火团团逐马蹄。此际精灵知欲语，此时豪气浑无阻。沙场七尺控骓骦，一命哪堪同腐鼠。平明窥得敌军垒，密递蜡丸侦谍诡。将军秣马金骁鸣，四顾悲歌折马箠。长枪大戟卷黄埃，银铠金鳞晓日开。擒虎缚得黄奴去，盘龙大叫周公来。隐险离合失孙武，连环马冲诸葛弩。

男儿浩气薄云天,夺得山河须眉吐。欲进仍回兵贵奇,似散还联首尾持。猛出偏锋疾呼进,九里山下判雄雌。鸟亦罢其飞,川亦遏其流。四面楚歌声何多,八公草木山为愁。两军相持施谋略,激昂不肯示懦弱。马革当裹伏波尸,华亭羞唳士衡鹤。更肆奔驰彼军退,旋扼高峰射其背。战云荡荡日及申,将军挥纛结归队。归来更扫营前后,只恐间谍施疑诱。同声齐唱凯旋歌,亭午会食犒牛酒。鸣笳叠鼓呼得意,侈谈我军得地利。且笑敌军已远逃,稍设伏兵已足备。突闻河边阵阵鼓,想是中军猿骑舞。惊见赤帻遍地来,敌马衔枚弹如雨。倒执长矛车乱轨,退守浑河陈背水。敌帅指挥更老成,劫得我营弗穷捶。是知盈满足败事,更知攻守非易易。阿瞒横槊大江东,百万貔貅丧骄恣。武事文章原一脉,变化机宜无定则。莫谓小小游戏场,七德三韬兼而得。从来文武总殊途,青衫白面矜书奴!簪缨付与不学者,坐听赤子遭剪屠。东晋诸贤空放逸,新亭泣下嗟无术。世隆名隽真堪师,清谈第二稍第一。翻新挽溺归吾党,杨氏儒生还勇往。闭门著论属潜夫,到处枪威惊铁杖。来日神州正多难,男儿刺臂仍吞炭。苻生一眼泪成双,哥舒老将枪留半。君不见,火色鸢肩唐马周,虎头燕颔汉班侯。一代英雄千秋气,宝刀横砑贺兰头。诸君听我歌水调,激昂不屑孙登啸。恝然一声歌且终,霜林射得虎眼红。"

严修作《和幼梅见赠》。诗云:"茫茫尘劫浩无边,学说新奇胜昔年。子贵不甘为父后,士骄奚止叱王前。众生都为姬姜醉,万事无如博奕贤。莫漫问天胡此醉,我今语此醉犹颠。"

张丙廉作《台城路·己未季春病客京师,同子愚作》。词云:"沈郎多病怜腰瘦,羁情更萦春树。恨织冰绡,愁疏酒盏,底事寻欢无处。流光迅羽。怕锦瑟华年,顿成卢度。独倚危亭,为谁风露尚凝伫。　贞元朝士尽矣。望舮梭落日,清泪无数。径曲围,红兰纤界,缘同向花间权住。伤今悼古。剩陌上铜驼,草深如许,掩袖临风,断肠听杜宇。"

刘大同作《己未暮春,自东山养斋、范亭、均生、木禅、跛仙处诸弟醉归,途次咏此》。诗云:"记得东山雨,衔来北海尊。黄花环我笑,翠鸟忘春恩。囊底新诗稿,巾余旧酒痕。行看三五里,烟绕老渔村。"

李光炯作《己未三月入都视儿子,遇邓仲纯,出示尊公绳侯先生家训,属题》(二首)。其一:"东风卷地起黄埃,静展遗书眼独开。回首江南觞咏处,残碑鼛剥使人哀。(芜湖滴翠轩新毁于火)"其二:"陶公戒子少陵嘲,杜宝何如龙伯高。却忆当年王处士,痴儿相对老蓬蒿。"

陈懋鼎作《南海禊集因事未至,越旬日依韵补诗,并视郭啸麓》(二首)。其一:"旧春在海子,新朔犹初三。不有元长笔,坐对芳林惭。遗台凝古愁,流杯供众酣。贱子恨失约,时贤如斩斩。芸生托湔祓,和气随吐含。懋哉夔龙俦,笙磬赓雅南。"

夏绍笙作《满江红·己未三月，行将去衡。东州蹈春，重看桃浪；船山怀旧，再登绮楼。率题慢词，聊志鸿雪》。词云："湘绮楼高，春暮了、燕儿双飞。曾相识、过江王导，入巷乌衣。三月桃花开笑靥，六朝莺柳敛愁眉。望白云、眷属是神仙，无见期。　临南浦，思洛妃。降北渚，念王畿。那汀洲萧艾，倏而芳菲。彩笔题残红粉破，金莲印断绿苔滋。问何时、再有海涛鸣，天马驰。"

黄瀚作《暮春咏寓斋梨花六首》。其一："孤株遗置此江边，何处移来只问天。去岁相逢看落寂，他时谁共致缠绵。朝朝暮暮迎风立，叶叶枝枝带雨怜。又过一春开谢后，与君又结一春缘。"其二："镇日相看不厌狂，亭亭玉立出颓墙。风鬟雾鬓天然样，月镜云衣世外妆。清似摇冰微有相，热争附火问何肠。妍媸终古无能辨，薰莸自称香莸也香。"

五 月

1日　罗家伦《驳胡先骕君的〈中国文学改良论〉：解答几种对于白话文学的疑难》刊于《新潮》第1卷第5期。文章说："近来有一班'烧料国粹家'拍手称快说道：'好了！好了！提倡中国文学革命的学说倒了！因为近来出了一位"学贯中西"的胡先骕先生做了一篇《中国文学改良论》，把他们这班倡文学革命的人骂得反舌无声，再也不能申辩。这班倡文学革命的人，无非懂得几句西文，所以总挈西文来吓我们。我们因为自己不懂，所以回答他们不来，只好挈出"国粹"的名词来勉励一班青年，不受他们鼓动，现在那料出了一位胡先生，也是"寝馈英国文学"的，把他们的黑幕，一律揭穿，痛快！痛快！'以上这番话都是我亲自在北京听得。我听得之后，心里想文学革命的学说发动以来，还没听得'学贯中西'的有力反对论。若是反对得有道理，可以指正我们的错误，那我们真是受益多多。""今试分析胡君这篇的大意，约有两层：(1)大家应当做韩欧以还八大家及桐城派的文章；(2)此而不得，则亦得做《新民丛报》一派的文章，但是决不可以做白话。胡君这两层意思，都是以为我们用白话文的目的，不过避难就易，同方才他说白话文学只为通俗而设的话差不多。不知白话文学自有本身的价值，巨大的作用，已如我前文所说，胡君既提出这两条意见来，则我岂敢惮烦。今且就这两条意见而论：第一，文学最重要的体用，既是表现批评人生和传布最好的思想，今就前项而论，则韩欧八家，以及桐城派的不足充分表现批评人生，已于那篇《建设的文学革命论》说得清清楚楚，就后项而论则古文不能说理，非用白话不可，已有宋明诸儒的语录为证；而且曾国藩也说'古文无所往而不宜，惟不宜说理'，曾氏的确'寝馈'于古文多少年，也算百余年来古文里杰出的人物，还是说这句话，今胡君若是以为古文说理也宜，那胡君的古文程度，想必比曾氏还深了！至于说不出奇僻的字，就把文学'流于枯槁之病'的话，则更是奇闻。文学的枯槁不枯槁，首当问实质的多不多，不在乎奇僻字的少不少。古文只顾外形，言之无物，自然枯槁了，与他事何涉。第二，《新民丛报》一类的文字所以不及白话文的地方，有最大两种：（1）不以语言为根据，所以表现批评人生，不及白话文的真；（2）浮词太多，用来说理，不及白话文的切，总之这是一种过渡时代的文学，开始创造的梁任公先生，前次同我一位朋友谈起从前《新民丛报》里的著作，自己再三劝人莫提。现在梁先生自身作白话文已经许久。创作的人倒已经改了，而反劝人去学他的往辙，岂非怪事。"胡君此文的全体，名为《中国文学改良论》，实是自己毫无改良的主张和办法。只是与白话文学吵嘴。而且意义文词，都太笼统，不着边际。所以我把各段分析开来的时候，多费了许多唇舌；实在对读者不住。我驳此文的原因，虽然一方面要辨明胡君对于文学革命和中西文学的误解，一方面也是借问难的机会，多说明一番我们文学革命的主张。""（按）胡君此文仅成上篇，下篇至今未见，而持此篇来质问我的已经很多，所以不及久待，先成此文，请胡君及读者谅之！"

《春柳》第 6 期刊行。本期"文苑"栏目含《海上观剧赠春郎》（亚子）、《题〈桃花扇〉院本》（李吟白）、《玉芙乞书笺，赋此示之》（瘿公）、《畹华令祖母八十寿诗》（瘿公）、《畹华为其祖母八十寿征文，赋此赠之》（淮安秦粤生）、《正月十三夜置酒斋中，贾郎璧云、梅郎兰芳、姚郎玉芙、尚郎小云、程郎艳秋并集，以诗纪之》（瘿公）、《望江南·为姚玉芙作（有序）》（瘿公）、《浣溪沙·观贾翰卿演〈杜十娘〉剧》（彦通）。

2 日 北京众议院开会，决定致电巴黎和会，要求将山东直接交还中国。《晨报》以《山东竟如是断送耶？》为题，刊载梁启超电文。

胡适在上海江苏教育会馆演讲《实验主义》，介绍杜威思想。

朱大可《赠李玉翚》（六首）刊载于《大世界》报。序云："玉翚戊午南来，予首为长歌张之，樗瘿词丈用予原韵，续谱《翚姑曲》。顷来海上，复得律西词丈《赠李六绝句》，次韵和之，漫无诠次。即赠玉翚，并质樗瘿、律西两词丈。"其一："不与惊鸿斗晓妆，不随啼鴂怨年芳。春江花月溶溶夜，十五雏鬟正上场。"其二："莺声呖呖绽朱樱，弹入冰弦水样清。一事知应怜睿姐，锦绫步障按新声。"其三："歌泣无端字字真，羽琴妙语故殊人。丹刚一曲知谁比，除却红红定采春。"其四："成连一棹去悠然，海上逢卿倍可怜。一代尹邢休避面，刘家三妹上头年。"其五："阁子朝元寥落久，歌场流涕到才难。落花如雪江南路，头白龟年一例看。"其六："红梨花下玉儿歌，写遍人间纸衍波。不分剑南狂态在，新诗纨扇未嫌多。"按，李玉翚，为大世界游艺场所聘之"杂耍台梨花鼓娘"。律西，即陆律西，为萍社干将，著有《江浙战事演义》《中华民国史演绎》等书。

汤汝和作《四月初三为张绍蘅先生八旬大庆，又值重游泮水之期，诗以贺之》（四首）。其一：“至人得天完，寿世绵春秋。老彭述不作，身历夏商周。伏胜传尚书，由秦逮汉刘。自来登耆年，多出鸿儒俦。先生当弱冠，采芹谒鲁侯。廿八掇巍科，声望倾名流。八度试春官，足迹半九州。屡进公车牍，欲纾庙堂忧。今岁跻大耋，瀛海频添筹。携杖圜桥门，泮水赋重游。童颜而鹤发，学富行加优。上追彭与伏，公当奋前修。”

3日　狄君武参加北大学生开会，担任书记。

魏毓兰作《黑水吟》。序云：“题《黑龙江报》千号，己未四月四日。”诗云：“混沌凿破判玄黄，太素无端煊染忙。上有日月星辰之灿烂，下有水流山峙大块之文章。造物何年弄翰墨，墨渖泻地作长江。人间艮隅遂有黑水黑，蜿蜒南走下滇沧。我闻墨能化龙龙化墨，此水如墨中有龙气潜飞扬。大好墨池未一试，穷边终古闷幽光。迩来人群竞进化，乃启草昧开遐荒。绝徼版图争润色，江山文藻忽发皇。我来再执新闻业，用名吾报意激昂。江流千里报尺幅，波澜壮阔两汪洋。乃知观报如观水，满纸烟云水墨相混茫。君试阅之一倾耳，定有波涛起伏声滂滂。况饮此水如饮墨，奇想忽发狂兴狂。手挽江流试一泼，大地遍作龙剂香。更磨兴安两岭为砚石，大砚小砚罗其旁。鬼工雷斧几琢削，临池呵冻起春阳。平铺大漠为图障，手扪脚踏飞玄霜（墨名）。笔底风云呈变态，山川草木虫鱼花鸟相辉煌。惨澹经营倏四载，连篇累牍已千张。元气淋漓墨犹湿，穷边舆彩从此万丈腾光芒。世间不少水墨之名绘，问孰工力能与兹水相颉顽？岂无浮提金壶贮神汁，磨墨虽多只斗量。亦有易水墨官称贵品，自我视之都寻常。惟兹浑浑一水供挥洒，化工之妙无尽藏。我歌未已水逾黑，我报我祝水同长。灌输文明视此水，临流长啸风泱泱。”

4日　五四运动爆发。北京3000余名学生在天安门举行集会，呼吁“外争国权，内惩国贼”“废除二十一条”“拒绝和约签字”等口号，并进行游行示威。先至东交民巷，后去赵家楼胡同。赵家楼曹汝霖住宅被焚，章宗祥被殴。北洋政府派兵镇压，逮捕学生30多人。李右之《辛亥革命至解放纪事诗四十首》之十二云：“卖国汉奸曹陆章，甘心媚日罪昭彰。罢工罢课斗争烈，五四青年运动强。”

经亨颐与刘大白以浙江教育会名义拍电报致国务院和教育部，要求立即释放五四运动中被捕学生，并召开浙江省立第一师范学校全校师生紧急大会，动员师生立即响应。又以省教育会名义召集各校校长商议办法，成立“杭州学生联合救国会”，动员杭州各校师生立即参加到声援北京学生爱国斗争中去。

《戊午周报》第47期刊行。本期“文苑·诗录”栏目含《穉澥诗集》（仁寿毛澂）。

范罕本日前作《大风谣》记国事风云。诗云：“大风发埃天为黄，雄都百里人马僵。骄阳赤足挂屋梁，沙惊石走莽相羊。鲸涛鼍浪一气傍，交衢长术遥相望。家家楗户如堤防，万缘寂止森渺茫。只有巨憨纵厥狂，已闻拔树声澎訇。哀吾急转如颓隍，金碧化为瓦烁翔。笙竽众窍和而倡，忽如众鹜乘风扬。下慴群动号且藏，厥声悄厉哀以伤。饥驱客子戒晚装，仓皇野漠呼爷娘。南海大士持糇粮，饥黎赴食嗥如狼。经僧跪祷天为苍，有齐淑女懒下堂。牵衣啜泣空一场，骄兵瑟缩不成行。奋臂疾走东楼娟，大呼绝叫陈丝簧。风姨电母奏事忙，东皇西帝施鞭缰。敕令四海呈荒凉，羌夷鼎沸攻扶桑。东鲁太史陈机详，远西将草度重洋。壶浆箪盒歌穰穰，千龄万古犹金汤。大风起兮孰能忘，殊子此日进一觞，伸毫回顾歌慨慷。"

严修由南京往镇江，胡玉孙等送行。胡克之率仆来迎，乘肩舆径往金山江天寺。

沈尹默与友人会于什刹海会贤堂，当场赋词一首。词云："会贤堂上，闲座闲吟闲眺望。高柳低荷，解愠风来向晚多。　　冰盘小饮，旧事逢君须记省。流水年光，莫道闲人有底忙。"

高一涵与陈独秀谈五四当日所见，陈授意写文记之。

朱自清与同窗杨晦、江绍原以及国文系同学许德珩、孙伏园等一道参加示威游行。

狄君武参加学生游行，烧曹宅并殴章宗祥，被捕入地方检察厅看守所，当日判决无罪。

田汉参加数百名中国留日学生围攻公使馆活动。

高宪斌参加游行。旋作《记北京学生爱国大游行》（并序）。序云："开春以来，巴黎和会不利于我国之消息，时有所传，四月下旬，更加紧迫。北京各大学学生乃于五月四日举行爱国大游行，焚毁曹宅，痛击章贼，风声所播，全国响应，西人亦大为震惊。余身与其事，目睹所及，不能无记，因推原终始。赋其崖略如此。"诗云："大地逐鹿血未干，巴黎河畔起盟坛。樽前折动工斗角，俎上弱肉供分餐。择肥下箸肆一啖，争骨不惜噬同伴。可怜禹甸好河山，竟被他人作禁脔。消息传来万众惊，肉食懵懵坐待烹。新亭相对竟无泪，输敌求荣大有人。外忧豺虎内枭獍，神州累卵凭谁问？春风吹醒雄狮梦，雉钟声动群山应。五千太学慨同仇，怒火红似五月榴。曹宅一炬成焦土，铁拳几碎章贼头。壮举惊破天魔舞，赤须碧眼舌为吐。君不见黄帝子孙尽龙种，龙种肯容蝼蚁苦？挥戈逐日入日处，蕞尔小岛敢予侮！"

霍玉厚作《参加五四运动，火烧赵家楼纪实》。诗云："壮士敲窗复破门，阶前犹有酒盈樽。冲冠一怒犁庭穴，我毁曹宅花数盆。"

蔡堡作《五四即事》。诗云："列队游行意气豪，鸣攻端为陆章曹。景山鼓角声飞跃，瀛海楼台影动摇。卅个男儿同下狱，九州风云起哀号。一从此日高呼后，五四年年不寂寥。"

王冷斋作《国魂》（为五月四日学生运动作）。诗云："巴黎合会开，胶澳问题出。东邻肆吞噬，视作囊中物。专使力争持，折冲终不屈。列国袒强权，公理全泯灭。枢府惟善邻，权衡昧得失。都门起学子，高呼求自决。五月四日晨，万人同集结。整队天安门，一声令出发。韶年有志士，断指濡腥血。大书还青岛，鲜红旗高揭。夹道众欢呼，参加壮行列。激昂撼山岳，慷慨吞胡羯。先经交民巷，陈辞感使节。再抵赵家楼，群情更热烈。破户复逾垣，厅堂毁陈设。章惇伤臂遁，曹瞒割须逸。忽然火焰起，枪刺围严密。顷刻乱纷纭，军民互驰突。生徒十九人，被捕羁囚室。一群原赤手，支离遂奔轶。吾闻古太学，忧时心急切。痛哭辄叩阍，救亡甘伏锧。正气久沉沦，今朝方继绝。壮哉中国魂，从兹日蓬勃。"

万耘箱作《时事谣（民国八年"五四"运动）》。诗云："扬旗击鼓誓歼仇，演讲街衢血泪流。国仇犹未报，恶耗忽飞到。惨矣留学生，天骄施横暴。君不见会稽坐困有越王。薪可卧，胆可尝，廿年之外覆吴邦。又不见昔日言抵制，五分钟，遽变计，取笑外人国威替。愿我同胞提倡国货切实行，慎勿悲呼狂走张虚声。"

郁达夫作《留别梅浓》。诗云："莫对菱花怨老奴，老奴情岂负罗敷。一春燕燕花间泣，几夜真真梦里呼。苏武此身原属汉，阿蛮无计更离胡。金钗合有重逢日，留取冰心赠玉壶。"

5日 为纪念马克思101周年诞辰，李大钊主持《晨报》副刊刊载渊泉译日本河上肇著《马克思的唯物史观》。本月起，李大钊在副刊上辟"马克思研究"专栏，陆续翻译介绍马克思著作，以及马克思、恩格斯、列宁、李卜克内西等人生平传记。

北京学生实行总罢课，全国各地学生纷纷响应。刘文典与马叙伦、马寅初值班守夜，支持大学生，积极参与调解。

清华高、中两科科长及各级级长、各会社负责人共57人集会，讨论如何配合城里爱国运动。闻一多参加会议并担任临时书记，负责记录。晚上全校同学大会，会后组织清华学生代表团，闻一多担任书记。

褚辅成出席国会参、众两院联合会议，主张通电巴黎和会各国代表，力争青岛问题。

翁斌孙为黄桐生作寿诗2首、寿联1副。其中，《寿黄桐生亲家六十》（二首）其一："仍世论交契，元方我最亲。风流自王谢，情好况朱陈。直道欣逢吉，清门耐守贫。超然心不滞，信是振奇人。"其二："我亦垂垂老，相看六十翁。频年家国感，一笑马牛风（相见不道时事）。杖履春游后（近曾来津），光阴市隐中（从事市政）。城南花事好（管理城南公园），应许寿尊同。"寿联云："慧眼所通，坐照万物；仙心入妙，自致大年。"又作《寿黄兰生四十》云："澄之不清，挠之不浊；无酒学佛，有酒学仙。"

陈三立作《春尽日偶成》。诗云："残英枝上一痕春，翠鸟依依惜别晨。闻道花源无历志，为余衔赠避秦人。"

6日 孙中山指示《民国日报》总编辑邵力子："《民国日报》要大力宣传报道北京学生开展的反帝爱国运动，立即组织发动上海学生起来响应。"

叶德辉致信刘承干，为言白玉蟾手书《道德经》册无法赎回。又言决意将长沙刻工一概遣散，则长沙官方刻工资源至此终结。

汪社耆画《淞波鸥伍图》遗郑孝胥，求作诗，郑孝胥遂作《为汪社耆书一绝》。诗云："江汉相逢早识君，沧桑再见未离群。画师遗老人争重，元是钱塘汪水云。"

林苍作《浴佛前一日，湖上同肜余、漫公》。诗云："和风疏柳曲阑干，散步湖堤夕照残。春尽杂花犹烂漫，天晴游侣共盘桓。入城触热归途苦，把酒谈空近泪干。珍重水边销夏约，未容侪辈厌酸寒。"

叶心安作《立夏日，秤人口占》。诗云："数茧秤丝值几文，闾阎肥瘠略堪闻。输他大腹操全算，耸我吟肩瘦十分。尺短寸长才莫定，钩轻羽重古多云。秉钧孰是平施者，上体当阳奉长君。"

7日 上海举行国民大会。胡适在上海参加国民大会游行。又，民众爱国组织"救国十人团"在上海成立。其宣言声明，该组织目的在于持久地开展反日爱国运动，并规定以不买日货、不用日币、不乘日船、不被日人雇佣等作为入团者必遵之"约言"。此后，全国各省纷纷成立救国十人团，并在上海组成中华救国十人团联合会。又，天津、济南、太原、长沙、长春、南京、广州、武汉、南昌等城市群众先后集会声援北京爱国学生。其中，济南学生举行国耻纪念大会，提出"讨伐国贼""反对强权"等口号。又，东京留日中国学生集队向英、美、法、俄、意各国公使馆呈书，要求将胶州湾直接交还中国。日本警察出面镇压，学生被捕及受伤多人。又，由北京女师发起，北京各女校代表集会，议商救国方法。除发电数通外，另发布通告，呼吁全国女界同胞奋起救国。又，经蔡元培等保释，京师警察厅将所捕32名学生派车送返各校。

佛诞日。太虚大师为黄葆苍、董慕舒、李锦章剃落于宁波归源庵。又，赵熙作《佛生日》。诗云："阿那江楼路，游人花竹齐。慈心放鱼鸟，画舸乱凫鹥。锦里春无歇，笙歌日向西。酒阑归意缓，簪玉步河堤。"

[日] 籾山衣洲卒。籾山衣洲（1855—1919），名逸也，字秀才，号衣浦渔叟，尾张人。幼时以尾张藩儒筒井秋水等为师习汉学，以森春涛为师学汉诗。1872年进京游学，后返乡。1884年再进京从事《国会》《花香月影》编辑工作。1898年被招为《台湾日日新报》汉文栏主笔。1910年从天津回日本。著有《明治诗话》《燕云集》等。魏清德作《挽籾山衣洲诗人》云："燕赵归来凤愿偿，重游鲲岛几翱翔。种泉阁上书犹在，南菜园中迹已荒。一代清诗追应物，毕生得力在渔洋。可堪别后成千古，浪说骑龙入帝乡。"

孙尖凤作《赠李玉鹭》（六首）载《大世界》报。序云："次律西先生韵，即质拥翠第二楼主。"其一："一串珠喉七宝妆，也如阿翠冠群芳。李唐法曲承遗响，顽艳苍凉尽擅场。"

钱来苏作《国耻歌》（三首）。其一："羞羞羞，滔天大祸降神州。五月七日廿一款，日人肆要求。据我青岛，北扼幽燕，南控苏皖，野心勃勃无时休。哀我黄炎神明胄，俯首贴耳作马牛。羞羞羞，同胞速起争自由。"其二："惨惨惨，朝鲜亡国十五年。屏藩尽撤守无险，唇亡齿乃寒。甲午一战，割台窥闽，据满营蒙，野心勃勃箭在弦。哀我黄炎神明胄，刀俎鱼肉无人怜。惨惨惨，同胞争我自由权。"其三："杀杀杀，匈奴未灭我无家。英雄报国凭丹血，剑影飞龙蛇。誓雪国耻，挽我国权，争我人格，前驱杀贼如削瓜。唤起同胞齐努力，歼彼侏儒东海涯。杀杀杀，神州开遍自由花。"

张素作《早梅芳近·立夏后一日书事》。词云："琼瑟长，银笙短，泪色回肠浣。隔纱妍语，隐烛孤芳闭深馆。画闲花韵冷，径寂车尘断。酿愁痕絮起，风影趁霏乱。塝慵抛，酒罢唤，雨促游踪转。河堤立马，苑路飞雅镇凄黯。艳歌人散早，故国春归缓。梦华空，悄催门巷换。"

[日]白井种德作《己未四月八日，免舍监，有作》（二首）。其一："舍监任还重，菲才非所堪。廿年无寸绩，今日只增惭。"其二："斋中一盆竹，屋外数株樱。临别相瞻眄，依依似有情。"

8日 北京钱能训内阁提出总辞。次日，徐世昌将辞呈发还，并召见阁员面留。

杨世桢卒。杨世桢（1857—1919），字维周，江苏徐州铜山县人。早年屡试不第，年二十始讲学。清末废科举兴学堂，遂邀集张砥庵、虞绍中等人筹集资金，于宣统元年（1909）创办四维小学堂，自任堂长。后任铜山县视学，兼任铜山县劝学所总董。民国元年徐州光复，被举为铜山县大彭市总董。其间举办团练，保卫治安；筹集资金，整修街渠；并于四关设立施医局，筹办铜山县通俗教育图书馆，创办铜山县敬仪女子小学（后扩建为铜山县立第一女子高等小学）。1913年又与杨懋卿等创办铜山县乙种师范讲习所，任所长。生前主持纂修《铜山县乡土志》，存世遗著有《拙庵诗稿》。

徐悲鸿抵达伦敦，受到中国留学生接待，并由陈源陪同参观大英博物馆。

傅熊湘与宋痴萍登山游历。又重游，作《四月九日，与宋痴萍登三茅，瞰石门，憩白云洞，题名山寺，以为至乐。重游追忆，因赋一首》。诗云："惠麓名泉天下奇，惠山胜处少人知。石门双阖经行处，飞瀑一丝收雨时。仙洞白云自还往，帝城宫阙郁参差（绝顶，左右皆高石峭壁，周围若城垣）。重来已负登临美，为溯前游更补诗。"

武樗瘿作《赠李玉銮》（六首）载《大世界》报。序云："用律西先生原韵，兼博大可、尖凤两君一粲。"其一："娇姿媚态配明妆，奏技当筵压众芳。往事低徊饶感触，坠欢重拾旧歌场。"其二："玉腕轻摇唇绽樱，遥吟俯唱韵弥清。愿教洗净筝琶耳，来听登场第一声。"其三："曲谱霓裳比太真，江南愁煞断肠人。花晨月夕匆匆度，不送愁归只送春。（余和诗正立夏日作）"其四："一串珠喉最自然，余音尤觉动人怜。曼声早博秦娥誉，正是绽盈十五年。"其五："莺歌同擅无双技，邱嫂云卿是二难。（云卿唱工转折处以激烈胜,玉鞏唱工转折处以悠扬胜) 论艺何须兼论色,不妨花向雾中看。"其六:"历下曾听黑妞歌,大明湖上泛春波。(余庚寅作济南游) 卅年一瞬浑如梦,回首前尘慷慨多。"

黄侃作《己未四月九日又题》。诗云:"万法皆如无相取,一身犹寄有情痴。龙华会上再相见,稽首人天上导师。"

王海帆作《四月九日自化平策马从山脊至崆峒,从者于、王二绅、儿子焰及仆童数人》(二首)。其一:"携子还能二客从,崆峒来访古皇踪。此山高据神州脊,青压中原云万重。"

9 日 北京实行戒严,自下午 6 时至翌晨 6 时为戒严时间。

北京议会部分议员弹劾曹汝霖。南京、无锡等地及巴黎华人均开国耻纪念大会。

蔡元培辞职出京。13 日,北京各大专校长齐上辞呈,力争留蔡。蔡元培离京出走之际,徐树铮乘机向国务院提出取消北大国史编纂处,收回直属国务院,仍称国史馆。

顾颉刚致信傅斯年、罗家伦云:"现在我们所希望的,总得在根本上改动一回,所以需要全国国民赞助的力量正多。……所以这回的事非得扩大不可,非得一根本解决不可。"

林纾《梦横塘·寄示秋岳》载《公言报》,自署"畏庐"。序云:"秋岳《游浙西理安寺》诗,酿郁有贞曜《石淙》之风调,且抽换穿插处,则杜轨也,非宋以下所有。读而壮之。盖余别西泠廿年矣,时动山游之思,因填此解,寄示秋岳。"词云:"稚篁消雨,倦水停漪,晓寒搏住云屋。竹轿人来,践不碎、沿溪新绿。烟重花轻,酒微风峭,远山如沐。试抬得望眼,浅翠山门,毗阇界,分金粟。　　西泠不见词仙,攓湖山在眼,语妙谁续?猝得新诗,争让彼、梅花幽独。却挑我、吟怀老暮,呓竹哦松弄秋燠。仿佛迷离,九溪深处,作些时怅触。"

徐珂作《己未四月初十,为立夏后之第四日》。诗云:"余春犹未尽,风雨忽黄昏。忍见残英落,孤灯自掩门。"

10 日 [日]《大正诗文》第 7 帙第 5 集由雅文会编纂刊行。本集"诗集"栏目含"松坡栏":《月夜踏花影》(华山桦山资纪)、《吊友》(向阳紫山矢八)、《到华山伯山庄》(星溪竹井耕)、《愁中吟五首》(雀轩海部弘之)、《晚晴》(鞠浦山县文藏)、《春日散策》(柘翁吉田千足)、《郡城途上》(天游津田发)、《春日散策》(菊坞久保田彦七)、《草堂烛集》(溪南田中)、《对樱山馆雅集》(松坡田边新);"天随栏":《挽秦山土方伯》(中洲三岛毅)、《寄题春亩公祠堂》(蓝田股野琢)、《寒夜读书》(川面松卫)、《登楼写怀》(温斋东尾光)、《寄怀听云词兄》(香山胜村谆)、《初春江上》(鹿山铃木总兵卫)、《法华寺》(无声青山铖四郎)、《无寐》(梧堂井上近藏)、《呈成田山主》(紫峰饭田彰）、《绘岛》（鹤坡佐治为善）、《过马关海峡》（朴堂中村时中）、《端坐》（如如杉原满龙）、《旗亭独饮》（蕉雨星野竹男）、《偶感》（黄山片冈哲）、《呈贤外老师》（苫江岩城政吉）、《春晴》（芦州富泽忠藏）、《溪山访友》（淡梅小野芳三）、《潮来曲》（二十四首，天随久保得二）；"春石栏"：《不忍池畔散策》（建庵太田资业）、《贺花蹊女史八十》（淀桥浅田吉）、《长者村庄杂咏》（诚轩竹内直哉）、《药草庵小集》（拈华黑部义晓）、《岚山》（楠窗黑宫白石）、《访田卷雅契赋呈》（南涯古川郁）、《迅川樱鱼歌》（秋南歌川绚之）、《春游（纸鸢限韵）》（毅斋伊藤政重）、《春夕》（侗斋驹田彦）、《观樱三首》（槃涧山口正德）、《寿吉田梅城萱堂》（菊畦西川光）、《郊行》（春泉矶谷洌）、《赠渡边先生》（米雨饭塚辰雄）、《芳山（新柳词）》（均水森田仁）、《新柳词》（羽城井上一）、《雨中观牡丹》（岛南石桥邦）、《春夜》（香城大矢要藏）、《上巳会友》（东瑞竹越透）、《送人》（寒山矢后驹吉）、《探梅（次韵）》（陶庵筱岛友次郎）、《春寒》（毅堂筱崎甲子）、《春日散策》（无穷小川博望）、《龟山铜像歌》（香村中川新）、《暮春山家》（淞雨松田敏）、《书感》（峻麟吉冈降智）、《太田道灌公赠位祭赋奠》（春石冈崎壮）、《月藏山房唱和集》（《己未四月三日，山博士招饮，席上率赋，索诸贤高和》，天随久保得二）、《次韵》（樱泉小牧昌业）、《同》（勺水日下宽）、《同》（樱溪中村忠诚）、《同》（春石冈崎壮）、《同》（月山高桥作卫）、《同》（剑堂细田谦）、《同》（蓝田股野琢）、《同》（犀东国府种德）、《月藏山房联句》（高桥月山、冈崎春石、日下勺水、小牧樱泉、中村樱溪、细田敛堂、内田远湖、久保天随）。

冷遹填写入南社书，介绍人蔡守。

叶圣陶加入苏州学界联合会。

《大世界》报载《赠李玉鬘》（六首），署名"樗瘿"作。序云："律西先生《赠玉鬘六绝句》，大可、尖凤、樗瘿三词人次韵和之。珠玉在前，不文如予，原不敢再为貂续。顾迩日细聆玉鬘之曲，诚有不能已于言者，爰倚原韵，足成六首，效颦之讥，知所不免也。"其一："谢绝繁华爱素妆，天然标格冠群芳。鬘姑色艺原双绝，不是词人惯捧场。"其二："呖呖娇音吐绛樱，歌喉宛转调轻清。雏鬟饶有惊人艺，四座频闻鼓掌声。"其三："神情疑假复疑真，浅笑低额尽可人。底事累卿羞欲绝，灯前一曲脸生春。"其四："惊鸿倩影剧翩然，弱态生姿更可怜。善病工愁敛翠黛，芳心应自惜华年。"其五："蹉跎岁月怜才少，沦落风尘知己难。一自品题身价重，更须珍护莫轻看。"其六："尊前我亦爱听歌，枨触襟怀感逝波。流水年华空有恨，新愁争比旧愁多。"

11 日 广州国民外交后援会在东园广场召开 10 万人大会，会后举行大规模示威游行。部分学生队伍经过河南福路，要求江孔殷表态，江当时未表态。事后回忆，作诗云："河山两届陈新感，异代同情是有因。为道楚庭遗老事，凄凉如我更何人！"

教育总长傅增湘离职出京。

符璋作七律三首，并原件还章一山。

陈独秀《对日外交的根本罪恶——造成这根本罪恶的人是谁?》刊登于《每周评论》21 号。文章云："禁止国民集会，拿办爱国的学生，逼走大学校长，总算对得起日本人了! 听说亲日的军阀派还要解散大学封禁报馆哩! 这也未免过于要好了!"

朱大可《再赠李玉鼙》载《大世界》报。序云："予既和律西前辈《赠李六绝句》，樗瘿老人、雪园居士、尖风词人、复从而和之。爰依前韵，再成六绝，为玉鼙宠，并谢樗瘿诸君。"其一："春山澹澹试新妆，合向歌筵冠众芳。一剪哀梨声脆绝，银灯如水照登场。"其二："宛转歌喉比郑樱，狂华成阵扑帘清。几时谱出昭君怨，凄似琵琶塞上声。"其三："从来识曲要听真，残响雍门此替人。不分新来何满子，流传一十二宫春。"其四："每到尊前一悄然，江南花事久堪怜。琵琶顿老箫沙嫩，惆怅风流忆昔年。"其五："紫云旧曲知人少，白雪高歌和者难。天宝词臣头白尽，新诗犹写与卿看。"其六："我亦当筵署听歌，华年不惜掷流波。李家弦索黄家板，消得风尘尔许多。"

舒昌森作《壶中天·己未立夏后五日，晨偕广智、月禅二上人重登锡山，访普庆长老于龙光寺，留斋赋谢》。词云："锡山无恙，望依然危塔，高撑云表。陟磴还欣腰脚健，磴尽寺门初到。梵呗宣余，衲衣整就，迎问来何早。慧泉新汲，品茶相共谈笑。　更喜蚕豆羹鲜，松花饭美，香积厨餐饱。回想软红曾插足，赢得梦魂颠倒。花木幽深，烟岚环拱，争似禅栖好。蒲团闲坐，昨宵应悔劳扰 (谓新世界之游)。"

12 日 杭州学生聚集在公众运动场开大会，刘大白发表演说。刘大白与经亨颐、陈望道、夏丏尊等教师既引领浙江省立第一师范学校声援活动，又激励和动员全省各界声援活动。当时，杭州报刊称他们 (经、刘、陈、夏) 为"五四浙江四杰"。

[日] 三岛中洲卒。三岛中洲 (1830—1919)，名毅，字远叔，号中洲，别号桐南，备中国洼屋郡人。初受教于松山藩儒山田方谷，后入伊势藩儒斋藤拙堂门受学。安政四年 (1857) 赴江户入昌平黉，师从佐藤一斋、安积艮斋。安政六年 (1859) 回松山藩任藩校有终馆学头。明治维新后历任法官、裁判长、大审院中判事。明治十年 (1877) 辞官，在东京创办二松学舍私塾教授汉学，与庆应义塾、同人社一起被誉为日本三大私塾。后任高等师范学校教授、东京大学文科大学教授，被授予文学博士。曾任东宫侍讲、宫中顾问。初学朱子，晚年改学阳阴学，重实用。善诗文，与重野成斋、川田瓮江并列"明治三大文宗"。著有《中洲诗稿》(2 卷)、《中洲文稿》(12 卷)、《论语私录》(4 卷)、《大学私录》(4 卷)、《中庸私录》(1 卷)、《孟子私录》(7 卷)、《庄子内篇讲义》(1 册) 等。

杨钟羲请郑孝胥题杜于皇画像。郑孝胥作《题杜于皇像》(二首)。其一："世士初心慕采薇，幡然一改却难追。穷愁欲蹑西山饿，真觉于皇举火奇。(于皇云近日之穷，以举火为奇)"其二："贫贱骄人傲不妨，居然慢世亦堂堂。茶村老去惟贪睡，那管昌黎与子长。"

周作人自东京返国。

应修人在福源钱庄发起组织"救国十人团",被推为团书记。

13日 南北议和代表举行第八次正式会议。唐绍仪就10日向朱启钤所提八条逐一进行申述,并声明此为南方谋求统一之最后让步。朱启钤当即表示,第五条与"力谋统一之旨背道而驰","无可讨论",并谓"此项不易,他项终无可议"。唐绍仪遂宣布即日辞职。朱启钤亦表示将"引退"。和议至此实已破裂。

南京20余校教职员代表出席学界联合会成立会,陶行知参与联合会章程拟定,"服务社会,发挥爱国主义"成为该联合会之宗旨。15日,南京学界联合会召开评议会,推选应尚德为会长,陶行知为副会长,赵厚生、许肇南为参事长。

叶德辉有信致夏敬观,就《四部丛刊》选书原则与夏敬观、张元济等讨论。

严修偕章馥亭游山,访清涟寺弘一和尚,俗名李叔同,谈甚久。同立寺门外,望湖山全景,有诗。其一:"溪山面面饶佳趣,画手难成八面图。今日窥全真面目,南高峰顶瞰西湖。"其二:"雨后登攀跬步难,喘于直送上云端。吾侪一寄平生快,知否舆人力已殚?"其三:"香市初过庙貌寒,了无风景足游观。归装载去知何物?十个铜钱豆腐干(自注:'下天竺')。"其四:"王谢今非旧日堂,香泥点点积空梁。不知危幕时长短,犹自营巢日夜忙(自注:'感所见')。"又至法相寺,观长耳僧像。

沈尹默参加北京大学评议会和教授主任会联席会议,商量蔡元培离校后维持学校办法。

林纾《赠胡鄂公序》刊载于《公言报》,自署"畏庐"。

14日 《诗声》第4卷第4号在澳门刊行。本期"词谭"栏目含《雪堂丛拾(廿三)》(澹於)、《心陶阁诗话(十二)》(沛功)、《远庐诗话(三)》(远公)、《霏雪楼诗话(十七)》(晦庵)、《乙庵诗缀(廿七)》(印雪)、《冰篊词话(三)》(秋雪);"词苑"栏目含《秋雪、连城著有〈并肩琐忆〉,各自题词其上,洵伉俪中韵事也,题此为赠,调寄〈金缕曲〉》(沛功)、《连城女史见赠,有"愿作缝帷女弟子,低头深拜落花香"之句,余愧不克,当赋此奉酬》(二首,沛功)、《竹林寺小饮晚席》(惺公)、《吊师复兼示湘田》(剑父)、《残夜》(乙庵);"来稿最录"栏目含《校中同事各以暑假返家,余四人稍后。是夕,健庐邀同小酌于茅亭,即席联句二首》(健庐、沛功、菊初、廷芬)、《夏日即事,征求同社诸公玉和》(四首,愁生)、《黄强木歌(并序)》(古冈卢天随)。又有《雪堂诗讯》云:"诗课第五年夏集题为《荷花》(野云拟题)。要求'诗词任作,准阴历七月底收齐'。"《同志通信》其一:"愁生君鉴:来示并诗均收到,现从尊议,以后同志惠锡佳章,择尤刊入'来稿最录'栏,诗课乞按集赐教,无任欢迎。雪堂。"其二:"草草鉴:该件已办妥,可到谈。放广。"本期附刊《诗声附庸》第4号。其中含《并肩琐忆(四)

（未完）》（秋雪、连城合著）、《云峰仙馆读画记（四）》（野云）。

谢凤孙赴金陵，沈曾植作《三月石钦自西湖归寓井谷山房者，匝月倾谈极乐，四月之望，将谒散原于金陵而归，久聚惜别，赋此赠行》（四首）为别。其一："江汉朝于海，万折志必东。丈夫千秋身，拊髀睇鸿蒙。斗室五亩园，积思神告通。謦咳韩欧阳，昭然发余矇。万冶共一炉，范以不偏中。可知将百世，龟筮卿民从。孰谓往不复，倚杵天停春。余事作墨戏，指端出长虹。老贼拆壁路，一一分横纵。曲艺可喻道，神凝途必通。视彼担夫争，侧跗穿蚁封。"其四："寄声散原翁，新诗善排奡。风目互矜怜，一多同蹞踔。化人乘纵浪，岁月已莽眇。酒德闭门尊，二豪复焉觉。故知射雕人，见猎不忘鞄。钟山龙蜿蜒，过海尾一掉。云鹤返须臾，胡然靳征棹？为君沽美酒，佑以钟镛剽。千日醉中过，菌椿焉更校。"

严修至笕桥，参观农业学校。归寓，老友喻志韶先候乎此，畅谈。

15 日 《新中国》（月刊）创刊于北京，新中国杂志社编辑、出版、发行。胡适参与创办。1920 年 9 月 15 日出至第 2 卷第 8 期停刊，每卷 8 期。主要栏目有"小说""艺文""诗""词""游记""丛录""国内大事记""国外大事记""读者俱乐部""转载""专件""名剧"等。主要撰稿人有李髯、赤野、陈羽、陈启修、李浩然、徐彬彬、孙几伊、邵飘萍、许梦涛、许吁公、张厚载、汪月江、胡适、周瘦鹃、叶德尊、包天笑等。

《东方杂志》第 16 卷第 5 号初版刊行。本期"文苑·诗"栏目含《病起自寿诗》（五首，沈曾植）、《为余尧衢题〈章江饯别图〉》（二首，同前）、《次韵宗武〈感秋〉》（陈三立）、《胡翔冬避暑牛首山寺，还示所得诗，因题赠》（同前）、《雨后咏》（同前）、《登楼晴眺》（同前）、《观俞园桂花初开》（同前）、《携家再观俞园桂》（同前）、《海藏楼杂诗》（二首，郑孝胥）、《瓠厂先生挽诗》（四首，陈曾寿）、《清明日龙华看桃花》（三首，谭泽闿）、《和拔可〈雪竹〉》（诸宗元）、《过拔可寓园赋赠》（陈诗）、《题褚礼堂〈松窗释篆图〉》（夏敬观）、《五日立春》（同前）；"文苑·词"栏目含《卖花声·游苏小墓风雨亭》（熊希龄）、《小重山·蒋庄月夜追怀瓠庵》（同前）、《婆罗门令·寄赵尧生侍御荣德山中》（夏敬观）。

严修访喻志韶。又在沪与金邦平、黄炎培、沈信卿、孙宝琦、夏履平、张元济晤谈。

俞明震遗诗校讫，陈三立作《俞瓠庵诗集序》。序云："戊午夏及秋之交，余病血下泄，瓠庵亦卧病沪渎，皆几死。其九月，瓠庵遽脱病，来视余，留十余日而去。逾一月，自沪之湖上，复暴病，竟以不起。走哭还，取其生平诗草稿审订，别为若干卷，付刊印。瓠庵少年能诗，自矜重，通籍浮沉輂毂间，后官江南、官赣、官甘肃，所作仅有存者。退隐后诗乃稍多，遭遇巨变，辟世孤往而然也。余尝以为辛亥之乱兴，绝羲纽，沸禹甸，天维人纪，寖以坏灭，兼兵战连岁不定，劫杀焚荡，烈于率兽，农废于野，贾辍于市，骸骨崇邱山，流血成江河，寡妻孤子酸呻号泣之声达万里，其稍稍获偿而荷其赐者，独有海滨流人遗老，成就赋诗数卷耳。穷无所复之，举冤苦烦毒愤痛毕宣于诗，固宜弥工而寖盛。然海滨流人遗老局踏番市楼壁之下，类足迹不窥境外，觚庵则金陵有宅青溪上，邻于余，复筑庐杭之南湖，与陈君仁先为邻，岁月之往还，游赏之频数，出一篇辄有为余与仁先所惊叹者。盖觚庵诗感物造端，摄兴象空灵杳霭之域，近益托体简斋，句法间追钱仲文，当世颇称之。觚庵亦或幽独自负，其信有无忝于后人之相知者耶？嗟呼！觚庵晚耽诗，略与余同，而侘傺余犹甚于觚庵。猥为之稍勤，忘其惛且钝，楮墨传视，觚庵亦不以为非焉。然而生世无所就，贼不得杀，瑰意畸行，无足显天壤，仅区区投命于治所谓诗者，朝营暮索，敝精尽气，以是取给为养生送死之具。其生也，借之而为业；其死也，附之而猎名，亦天下之至悲也。校觚庵遗诗讫，为发余所愧而推论之如此。己未四月，陈三立。"

胡适《我为什么要做白话诗？》刊于《新青年》第 6 卷第 5 号。略谓"民国四年八月，我作一文论《如何可使吾国文言易于教授》"时已意识到"文言是半死之文字，不当以教活文字之法教之"。随后和任叔永、梅觐庄论战，又"逼我把诗界革命的方法表示出来"。"今日欲救旧文学之弊，先从涤除'文胜质'之弊入手。今人之诗，徒有铿锵之韵，貌似之辞耳。其中实无物可言。其病根在于重形式而去精神，在于以文胜质。诗界革命当从三事入手：第一，须言之有物；第二，须讲求文法；第三，当用'文之文字'时不可故意避之。三者皆以质救文之弊也。"胡适进而列举中国文学迄今为止已发生"五次文学革命"，所以"文学革命，在吾国史上非创见也"。"若要做真正的白话诗，若要充分采用白话的字，白话的文法，白话的自然音节，非做长短不一的白话诗不可。这种主张，可以叫做'诗体的大解放'。诗体的大解放就是要把从前一切束缚自由的枷锁镣铐，一切打破：有什么话，说什么话；话怎么说，就怎么说。""近来稍稍明白事理的人，都觉得中国文学有改革的必要。即如我的朋友任叔永他也说：'呜呼！适之！吾人今日言文学革命，乃诚见今日文学有不可不改革之处，非特文言白话之争而已。'甚至于南社的柳亚子也要高谈文学革命，但是他们的文学革命论只提出一种空荡荡的目的，不能有一种具体进行的计划。他们都说文学革命决不是形式上的革命，决不是文言白话的问题。等到人问他们究竟他们所主张的革命'大道'是什么，他们可回答不出了。这种没有具体计划的革命，无论是政治的是文学的，决不能发生什么效果。我们认定文字是文学的基础，故文学革命的第一步就是文字问题的解决。我们认定死文字决不能产生活文学，故我们主张若要造一种活的文学，必须用白话来做文学的工具。我们也知道单有白话未必就能造出新文学；我们也知道新文学必须要有新思想做里子。但是我们认定文学革命须有先后的程序：先要做到文字体裁的大解放，方才可以用来做新思想新精神的运输品。我们认定白话实在有文学的可能，实在是新文学的唯一利器。""我这本集子里的诗，不问诗的价值如何，总都可以代表这点实验的精神。"同期《新青年》"随感录"栏发表鲁迅托名"唐俟"之《现在的屠杀者》。此文针对林纾《致蔡鹤卿书》斥白话文为"白话鄙俚浅陋，不值识者一哂之者也"予以反驳道："却只能在呻吟古文时，显出高古品格；一到讲话，便依然是'鄙俚浅陋'的白话了。四万万中国人嘴里发出来的声音，竟至总共'不值一哂'，真是可怜煞人。""明明是现代人，吸着现在的空气，却偏要勒派腐朽的名教，僵死的语言，侮辱尽现在，这都是'现在的屠杀者'。杀了'现在'，也便杀了'将来'——将来是子孙的时代。"

林纾《寓感》刊载于《公言报》，自署"畏庐"。诗云："海南有老女，婺守甘幽独。井锸日以躬，那复逐膏沐。少时美容色，未肯事令仆。头上溶溶月，门外娟娟竹。韶华等流水，听逝不云速。第完松柏性，胡敢侈姆妁。西家歌凯风，七子恋亲哭。纷纷起羹沸，晨暝闹蚊蝠。何来越俎言，引此作尸祝。姜心古井水，苦乱类蛇蝮。鄙哉冒时赏，因人作寒燠。一笑闭柴关，秧我秋来菊。"

16 日 唐文治致电大总统徐世昌云："北京学潮群情愤激，近闻兵警看守学生，谣言纷起，上海学商界全体激昂，恐酿不测之祸，乞速定办法明白宣布，并速留傅部长、蔡校长妥为安，辑以弭祸患。"21 日再次向大总统徐世昌、总理钱能训致电："上海各校学生纷纷集议，将随京校一律罢课。经省教育局会及各校校长竭力劝阻，始各回校暂行上课，而愤激之心益趋极点。查各生疑虑要端，因京校学生案尚交法庭候讯；且总长易人，尤恐危及教育全局。现值和平会议尚未告成，可否缓提总长以释群议。至京校候讯各生，万恳谅其爱国热忱，勿加苛责。"

17 日 庄蔚心《赠李玉鐢》（和朱大可韵）载 1919 年 5 月 17 日《大世界》报。序云："前日见本报朱大可诗，知律西、樗瘿、雪园诸君咸有和什；仆曾赞赏，不可无诗，漫次原韵六绝。效颦之讥，吾知难免，幸教之。"其一："窄袖轻衫澹澹妆，红云捧出玉生芳。等闲豆蔻梢头月，来照江南歌舞场。"其二："当筵一曲破朱樱，乍弄珠喉入耳清。檀板红牙小儿女，一时进作断肠声。"其三："座上青衫认未真，解怜风月更何人。阿侬自觉情怀恶，日日临风怨暮春。"其四："贞元朝上一潸然，为汝闻歌亦自怜。金缕紫云残响寂，大家共说女龟年。"其五："蹁跹艳影当筵好，绰约风情下笔难。说与旁人浑不觉，香温茶熟自家看。"其六："一曲哀弦一曲歌，看花情绪岂无波。少年哀乐关心甚，检点闲愁涕泪多。"

魏清德《哭同事宫本寒山君》《挽籽山衣洲诗人》发表于《台湾日日新报》。其中，《哭同事宫本寒山君》云："才陟新高万仞间，谁知一病入膏肓。芝云渺矣成仙去，蕙露凄然为子伤。拾得诗篇同幻化，达摩画稿感苍凉（君近以达摩画稿出品于素人画会）。十年文字交游辈，寥落晨星散八方。"

18 日 北京学生召开郭钦光追悼大会。郭遗像旁悬有"力争青岛，死重泰山"

大字。同日，《每周评论》刊登李大钊《秘密外交与强盗世界》，提出"我们的三大信誓"："改造强盗世界""不认秘密外交""实行民族自决"。

20日　《国故月刊》第3期刊行。本期"艺文·诗录"栏目含《尚书饷就李赋谢》（王壬秋）、《寄无畏》（易培基）、《奉答叶焕彬见怀原韵》（易培基）、《寄怀易寅村长沙》（叶德辉）、《后秋柳》（陈毅）、《赠吴絧斋》（孙诒棫）、《清明日晦闻师招集陶然亭，赋呈并示同学》（孙延杲）、《春日漫兴十韵》（黄侃）。本期还刊登章太炎《国语学草创序》《太炎漫录》、张煊《驳〈新潮·国故和科学的精神〉篇》。张煊略谓："夫古者，过去之通称，十口相传，即成为古，科学之非创于今日今时而为古代学者递次所发明，实不可掩之事实。""中国古代学术思想之所演化，当然为国故之一部。""我国古代学术思想所演化之物，与他国古代学术思想之所演化，当然对立，无有疑义。""若谓科学为今日人类所使用，故谓之生，则我国古代学术思想所演化之国故，现方支配我国多数人之心理，于四万万人之心中，依然生存，未尝死也。况死生本无定，今日已死，明日未始不可复生，未必生之是而死之非也。""新者，未来之称号；故者，求新之根据。新之初得，故谓之新；及其既得，即合于故。吾人故不当轻视故而弃置之。""国故，东洋文明之代表也；欧化，西洋文明之代表也。今日东西洋之文明，当然处对等地位。""今所谓欧化者，与所谓国故者，在学者视之，不过供吾人参考，备吾人改造之材，二者皆未有当于绝对之真理。""蔑视国故者，无世界眼光。""主尽弃其旧而拾人之余者，直可谓无历史上之眼光。""所谓科学之精神者，即从善服义是也。""从善服义之精神，与人性有关，而与研究之学料无关。"

陈夔龙与朱荣璪、沈琬庆、陈夔麟、杨翰西游太湖。陈夔龙作《四月廿一日约同朱晓南、沈次裳两观察，少石兄重作梁溪之游，杨翰西世兄招饮万顷堂并瞰太湖，导观种植实验场，归后得诗录正并怀沈冕士中丞山东》。诗云："世变已如此，我行将安之？侧身尘埃中，双丸苦骤驰。梁溪旧游处，夙与梦寐期。移情几寒暑，山灵笑客痴。杨侯托深契，家住锡山陲。绵绵通鲤素，招我湖之湄。诘朝戒行李，喜有素心随。吾家老孟公，腰脚健能支。锋车互追逐，到时午未移。画舫远相迓，颇诧客来迟。玉箫间笙管，茶鼎试枪旗。须臾达湖口，独山门在兹。管社东西峙，俯视大小箕。主人赋归来，买山尚有资。不恤专一壑，埋首作场师。植桑可饲蚕，栽竹便编篱。后凋有松柏，想见岁寒姿。一亭势涵虚，刻画仆能为。落霞拱而侍，阴阳相蔽亏。（涵虚、落霞二亭，翰西嘱余署额）遥瞰估客帆，往来如列眉。拿舟溯北流，万顷饱新炊。莼香鲈脍美，主前客致词：前岁登此堂，晼晚驻春曦。东阳喜偕至，开筵倒玉卮。（丁巳三月与沈冕士同游）藏钩兼射覆，四座乐不疲。日月曾几何，俯仰徒嗟咨。东阳又东迈，海波飓风吹。侧闻晋楚盟，不纳郑有辞。此邦幸乐土，寄庐恒于斯。愿尽一日欢，胜萦千里思。梅园近尺咫，扪苔访旧碑。匆匆出门去，休问主者谁。独怜相如渴，未许山泉滋。余生逢浊世，汲取待清时。(因雨未到惠山)告归日已晚，风雨夜何其。挑灯苦追忆，吮墨写成诗。"

中旬 王舟瑶至沪，宿刘翰怡嘉业堂，晤诸遗老，与章一山约游泰山。林鹤年自粤来会，刘翰怡、沈醉愚亦同往。王舟瑶作《四月中旬至沪，与一山同年约游山左，朴山明经自粤来会，翰怡京卿、醉愚茂才、美卿上舍亦忻然同往》。诗云："一帆斜日沪江滨，话雨重来涕泗频。失水鱼龙惊海变，忘机鸥鹭觅群亲。更于何地摅幽愤，拟向名山访异人。文物千年齐鲁在，流风遗韵未应沦。"

21日 吴芳吉复刘泗英信。略谓："吾之诗稿，即吾之情史。……吾人不必问情之是欲是理，但求其情之必正必大。情正而大，是即天理；情不正大，是即人欲。所贵善养其情，善用其情而已，非情之所足害人也。""吾总不信天地之间，另有学问一物。只觉读书愈多，愈与中庸相近，并无所谓高远。我想孔子集大成的景象，不过将天地间事，看得更清楚透辟，终于空空洞洞，了无罣碍罢了。又天下事，如一家事。弟兄见面，应明察实际，好好商量。兴利除弊，为确切之弥补。其不关痛痒，不着边际之话，尽管少说。勠力同心，不杂丝毫意气。稍有差失，亟谋更张之道。如此，则中国前途，庶几有豸。""今西洋留学生辈，逞其暴君专断之心，以谈国事。彼辈英年出国，于中国学问，既无根柢，于民生疾苦，尤为茫昧。及混过几年归国，其气质已变成外国人，而非中国人，动辄援引外国人之说法，以强断吾国一切，而不问于情理合否。故其开口便错，无一句公道的话。又不准旁人插舌，与之辩驳。一与辩驳，则唾骂之为腐朽，为落伍，使人噤不敢言。嗟乎！军阀之为祸，究仅一时，终必消灭，此辈之为害，则深入人心，非百世所能剪拔。一念及吾辈乡下人，则不知涕之何从也。"

22日 严修归津，张伯苓及家人均来迎，遂归宅。

陆律西《再赠李玉翚》载1919年5月22日《大世界》报。序云："前作六首，草草成章，未能惬意，乃荷诸吟坛珠玉纷投，无任心折。正拟叠韵奉答，复为大可先生拔帜先登，我心预得。因急录所作，以示玉翚，并博诸方家一粲。"其一："羞随阿嫂斗新妆，小草逢春也自芳。倘使年年压金线，细针密缕冠当场。"其二："腰如杨柳口如樱，歌到新诗呖呖清。安得庇卿居广厦，晴窗一听读书声。"其三："曲中情事假还真，赠芍投兰大有人。唱到销魂顽艳处，芳心怅触脸生春。"其四："回首平陵倍黯然，故园消息近堪怜。妖氛毒焰都驱尽，保护歌台仗少年。(玉翚历城人，近以青岛消息恶劣，每关心问讯)"其五："隋珠和璧知音少，宝剑红颜位置难。试看梅郎说东渡，娇姿徒与矮人看。"其六："从来词客喜闻歌，惯为伶工损衍波。况有香君能解事，投琼佳句未嫌多。"

魏清德《画石(有序)》发表于《台湾日日新报》，1924年又刊于《雅堂丛刊诗稿》，1925年2月15日再刊于《台湾诗荟》。序云："余生平不解画理，霜臣学兄强余画石，因戏写一拳，并系以诗，不复论其似与不似也。"诗云："胸中岳岳浩难平，写为奇石势纵横。瘦削直疑神鬼凿，盘虬乃与蛟龙争。华堂置酒三叹息，赵氏连城岂易得。不如抱璞隐空山，卧看烟云守深黑。"

23 日 童保喧卒。童保喧（1886—1919），字伯吹，浙江宁海人，人称"浙江之蔡锷"。光绪三十三年（1907）考入保定陆军速成学堂。入学途中由革命党人吕公望介绍，在上海女报社秋瑾处参加光复会，确定"花开文明留意来，好扶祖国上意台"志向。同年底毕业，任军校副总办。宣统二年（1910）回浙，任新军 21 镇宪兵营执事官。辛亥革命时，浙江革命党人举行白云庵会议谋划起义，会上被推为起义军临时总司令。上海光复后，决定提前起义，又被推为指挥。杭州光复，以临时都督名义发布浙江光复告示。旋感"诚信未孚"辞职，嗣改任省军政府参谋。浙江援宁支队成立，任支队参谋长，进军南京。南京既克，回杭州任二十四团团长，兼六师参谋长、讲武学堂堂长、陆军小学校长。1914 年任第十二旅旅长兼陆军补习所所长。1916年 4 月与夏超等发动兵变，赶走都督朱瑞。因继任都督仍暗拥袁世凯复辟帝制，又联合夏超迫其辞职，推吕公望任都督兼省长，自任浙江护国军第一师师长。1918 年初任援闽浙军副司令，率第一师借机离浙。后与粤军密约，等得到北洋政府军械兵员补充后投粤，旋因吕公望令先头部队独自投粤，遂退兵驻厦门。次年病逝，灵柩回籍。段祺瑞题墓碑。徐世昌大总统追赠为陆军上将。1923 年在杭州西湖宝石山下建造童公祠。光复会创始人章太炎亲撰《童师长祠堂记》，称誉其"少以干翻闻于军中，初举大义实为干魁，其后拒袁氏帝制，走其幸将，功亦第一"。吴光作挽联云："邰毅敦读书之将，人尽知名数千里，仗钺南征，八闽亦同钦伟绩；李晟为社稷而生，天何不愁卅三岁，骑鲸而去，九泉应有慰忠魂。"余宪文作挽联云："闽浙起雄师，堪嗟援粤未还，丧我元戎，无异婴儿失慈母；国家方多难，惟望在天之灵，提撕大众，再休同室演操戈。"平生擅诗，以《黑云歌》鸣世，有《童保喧将军军次厦门诗辑录》存世，收入徐原白选辑《同声集》附录。有遗诗 80 首，1990 年宁海县文史资料研究委员会辑为《童保喧诗钞》。

24 日 王舟瑶至镇江，游金、焦二山，品中泠泉，登北固山。

陈隆恪作《四月二十五夜风雨暴至，感成九韵》。诗云："风飙力震瓦，烁电鞭屋梁。飒然雨声至，擎铎众窍张。郁势必一决，敢诋天道狂。所以不平鸣，万类为凄惶。隐几涉遐想，下界多疹伤。丈夫欹百世，一愤固寻常。蠕蠕积威下，篝火同日光。囊括复何有，煎急逾沸扬。人事范物性，太息哀不祥。"

25 日 《小说月报》第 10 卷第 5 号刊行。本期"曲本"栏目含《盘龙剑》（樊樊山）；"弹词"栏目含《藕丝缘弹词（续）》（第九回《赏菊》）（瞻庐）；"文苑·文"栏目含《致张楚宝丈书》（宋存礼）、《〈灵枫长短句〉序》（樊山）、《〈三月三日瀛台修禊诗序》（樊山）；"文苑·诗"栏目含《己未三月三日南海修禊，限南海二字韵，分韵得二诗》（周树模沈观）、《己未上巳为畹华之祖母七十初度，赋此为寿》（江瀚叔海）、《题莼农〈十年说梦图〉》（陈衍）、《上巳禊集瀛台二首，限南海二字韵》（次公）、《题莼农〈十年说梦图〉》（二首，傅尃屯艮）、《题莼农〈十年说梦图〉》（高燮吹万）、《北行杂咏》（三首，贯恂）、《游西山》（二首，百衲）、《过玉泉》（百衲）；"文苑·词"栏目含《小重山·残冬，和白石》（次公）、《临江仙·瘿公书来，为程郎艳秋索词，率赋二解以赠》（袁伯夔）、《瑞龙吟·泛舟至西湖公园，为清行宫故址，追忆旧游，十五年矣，用清真韵赋此解》（汪东宝旭初）、《水调歌头·余年三十而有早衰之感，春光暮矣，倚此饯之》（汪东宝旭初）、《愁倚阑令·题莼农〈十年说梦图〉》（吹万）、《木兰花慢·题莼农〈十年说梦图〉》（中泠）；"诗钟"栏目含《寒山社诗钟（续）》（钟社同人）。

蔡元培得沈尹默、胡适电，云"学潮惟公来可收拾，群望公来"。蔡元培遂致胡适、沈尹默以及陈宝泉、汤尔和等人电，称身体不适，未能北上。

黄兰波作《定西番（国事危同累卵）》。序云："一九一九年五月二十四日，福州市学生冲破卖国政府武装军警重重包围，在西湖公园紫薇厅内，举行追悼北京死难学生郭钦光大会。会后游行示威，声势甚壮。"词云："国事危同累卵。投笔起，正青年，勇无前。　　不畏刀枪围堵，暗恶贼胆寒。口号唤醒民众，气如山。"

26日　中国代表团再次向巴黎和会提出保留签字之要求。

瓶社由孙雄创立于北京。以翁同龢书斋"瓶斋"为名。据孙雄《瓶社诗录》，己未（1919）四月二十七日初集城南陶然亭，为翁文恭作九十生日。社员有孙雄师郑、吴昌绶伯宛、王照小航、邵瑞彭次公、徐元绶印士、邓镕守瑕、朱儁瀛芷青、宋伯鲁芝田、宗威子威、张一麐仲仁、俞钟銮金门、丁祖荫芝孙、寿玺石工、姚宗堂筠如、张素婴公、连文澄慕秦、李岳蘅茹真、易顺鼎实甫、齐耀琳震岩、夏孙桐闰枝、王存义门、郭曾炘春榆、张兰思南陔、杨廔孟龙、杨济随庵、王式通志盦、关赓麟颖人、周绍昌霖叔、左绍佐笏卿、丁传靖合公、吴士鉴炯斋、陈宝琛弢庵、姚永概叔节、闵尔昌黄山、孙景贤希孟、樊增祥樊山、王乃征病山、陈三立伯严等。孙雄《瓶社第一次雅集启》云："翁文恭师奠楹之梦已十有六年矣，今岁适逢公九十生辰，陵谷变迁，道丧文敝，九京有知，应为叹息。不佞拟创立瓶社以时会集，抚今思古，分韵拈题，谨以己未四月二十七日假城南陶然亭为第一集。"又云："是日来会于陶然亭者凡三十二人。"孙雄作《己未四月二十七日假坐城南陶然亭，为翁文恭师作九十生日，赋呈同社诸公》（八首）。其一："前有欧苏后顾王，高山仰止荐馨香。上清奎宿知常在，古寺慈仁叹已荒。修史温公居独乐，办行临贺忆严装。廿年前事犹如昨，祖饯都门泣数行。"其二："八百孤寒感念深，廿年五度棘闱临。万言日试骓骝奋，三殿风高燕雀吟。荐士焚香天可鉴，论文剪烛漏初沉。我惭瀿落无成就，辜负孙阳一片心。"其三："正色朝端召谤疑，葵忧向日照无私。封狼入室空持呪，磨蝎临宫屡赋诗。苏赵碑文同宦辙，倪黄儒术作经师。丹墀启沃心能格，旧学甘盘德辅台。"其四："枚卜风承舜陛薰，相门有相绍衣勤。悬鱼旋马惩私谒，走鹿惊麋慨偾军。谥法稽潘符往哲，爱才纪阮证前闻。英灵未沫应来格，启牖青年诵典坟。"夏孙桐作《四月二十八日为翁文恭师生日，孙师郑召集陶然亭，结瓶社征诗》。诗云："旧京乔木尚风烟，回首沧桑益惘然。萧傅孤危全晚节，灵均揽揆怨芳荃。人珍遗墨皆千古，公幸骑箕早十年。愿比顾祠修故事，岁时松下荐寒泉。"成多禄作《题孙师郑吏部〈陶然亭瓶庐雅集诗〉后四首》。其三："瘦竹孤花感不胜，居然元老似残僧。即论书法空寰海，已似琴声绝广陵。此日荒亭留野史，当年锁院定元镫。高吟入社寻常事，风义如君愧未能。"吴士鉴作《翁文恭师薨十六年矣。今夏孙师郑与及门诸子奉栗主祀于江亭，名曰瓶社，以师自署为瓶居士也。士鉴不获与祭，敬赋此诗，寄示师郑》。诗云："井眉寓深诚，先几灼蓍龟。晚竟遭奇厄，洛蜀祸益滋。尸居剪国本，几欲危帝师。蓥缨虽幸免，殒磔胥山陲。事定论功罪，易名犹靳之。虞渊坠寒日，旷典方昭兹。平生籍湜辈，永念文字知。城南荐清醨，慨想天人姿。衔恤卧黄馘，闻知徒涕洟。人亡邦乃殄，匪曰悲其私。何当誓北迈，再拜相攀追。王迹今漫彼，太息扬子辞。"

王舟瑶至金陵游诸胜，谒方正学祠墓。适儿子、长孙皆在金陵，随侍同游。金吟谷、王雪渔、张季庸诸大令邀王舟瑶游秦淮河，凡留数日。

林纾《琵琶仙·读映庵〈卜算子〉词，幽渺沉绵，南宋之遗音也。时余方为友人作〈邓尉探梅图〉，遂辍笔，立成此解》刊载于《公言报》。词云："刚听梅开，此时好、问讯灵岩山月。篷底疑有飞英，纷纷小鱼唼。缘底事、吟怀重郁，似无际、望人天末。眼里名山，心头宿草，愁绪谁说。 又过了、三里烟痕，渐湖翠、随人作空阔。兜住几分词况，伫漫空香雪。看岸上、疏疏弄影，是羽仙、意态寒绝。为数花外深杯，几多蕉叶。"

27日 沈曾植赴余肇康招饮，冯煦、邹嘉来、唐晏、陈衍、吴庆焘、杨觐圭、吕景端在座。陈衍作《尧衢会壬午同年九人宴于寓斋，有诗索和，迟至踰月，始次元韵》。诗云："词赋江关总暮年，招邀文酒暂欢然。春星纤月宜良夜，伏雨阑风有漏天。老去九人刚此会，古来四美本难全。阳春休怪迟迟和，才力真嗟薄似绵。"冯煦作《寒夜有感，兼寄春涵，即用其赠冒鹤亭韵》。诗云："冷月荒荒倏将没，牢愁莽莽欲还生。久赓同如七歌作，难解中山千日醒。华省梦回龙正蛰，衡阳害书雁无情（久不得□年消息）。嗟君辞赋江关晚，卧听霜笳到枕声。"又作《再叠前韵示尧□□孙》。诗云："七十颓然蛰淮左，绳床经卷学无生。百年牢落同飘梗，万种烦嚣若闹酲。苍狗白衣无此幻，青蝇贝锦若为情。而今我亦痴聋甚，厌听连鸡角逐声。"

28日 孙中山发表《护法宣言》，主张恢复旧国会。

徐特立参与发起成立国货维持会。

吴德功将其《瑞桃斋文稿》与《瑞桃斋诗稿》钞本钤印寄赠台湾总督府图书馆。此为二书目前见知最早版本。《瑞桃斋诗稿》集前有吴德功自序，集后有施鲁滨题跋。自序云："斋何以名瑞桃？志瑞也，且以志启发诗兴也。我彰前清咸丰年间，彰化县主高南卿（名鸿飞，江南翰林）以古学课士。其时以诗鸣者，有陈孝廉陶村（名肇兴，著诗稿四卷），李贡生如清（名华文）、陈拔元汝梅（名捷魁）、廖贡生世贤（名士希）、廖贡生沧洲（名景瀛）。至同治初年，无闻焉。同治末年，有二蔡先生者，泉州古学家也。一为蔡滋其（名大春），在鹿港授徒，其高足弟子有王道东（名寿华）；一为蔡醒甫先生，著《龙江诗话》八卷，寓彰设帐，邑之俊秀困于小试，思欲以经古制胜，咸踵门而受业焉。仆前从柯千遂先生（名承晖），亦兼课古学，不幸壬申年在林孝廉馆中病故，于是再受业醒甫先生。厥后仆与周维恒（名绍祖）等人泮补廪，兼于古学场获隽。伊时有苏贡生汝文（名云衢）、蔡拔元子庭、郭上舍寿萱（名经畬）、施孝廉采生（名葵），亦以古学著。但先生恒以近体诗为课，然多致力文赋诗帖，近体间有作之，古体未尝数数为之也。适值仆书斋有白桃花一株，接红碧桃，忽花开两样，红白相间，先生以为瑞，作五古五十韵赠之。仆步其原韵，大蒙称奖。由是更讲肆古体，驾轻就熟。凡遇大比年，买舟渡福，顺途往同安祭墓，途中触物兴怀，或遇名胜古迹，皆近体杂以古风。至乙未，约七百余首。惜大半散失，存者三百余首。乙未以后，当仳俪播迁所咏，及与内地人唱酬，得三百余首，不过抒写情怀，聊自消遣，非敢问世。录存家乘，庶不令后人笑我拙也。是编分上下二卷，上卷分古近体，下卷不分，逐年随录。爰述命名之由，以为序。"施鲁滨题跋云："客中恋恋中秋月，一卷新诗澈夜吟。近体吟完吟古体，蔷薇浣手读唐音。"《瑞桃斋文稿》由［日］中村忠诚作序。序云："台湾孤悬海外，别开封域。府县建学，多文雅之士，而撰著之传者，寥寥其鲜矣。以余之所见，仅有竹堑郑氏《北郭园集》。盖昔时为学者，大率时文程墨，为科举之地，少讲经学、修古文者，且其刊刻非远至于榕垣、鹭江，诸都难办，是以其传之寡如彼也。乙未改隶，百事勃兴，印书之局，各地有之，欲刊行文籍，可坐而办也。然而学术与世变，古文经学几绝矣。独彰城吴立轩先生，夙讲经学、修古文，授诸后进，为中流砥柱，以支狂澜。台疆古文，倚先生而维一线。抑前清以文为治，学术之精，词章之美，超越前代。古文则宁都魏冰叔、归德侯朝宗，以明氏遗贤特著。桐城方灵皋、阳湖恽子居续而出，各开一派。二百余年间，作者辈出，彬郁烨煜，黼黻一代。及其衰也，犹振之以湘乡曾氏。盖先生之文，于各家无所偏倚，掇其英，取其萃，一以传古文之神为归。而后进书生，亦骎骎日新，天下古文将于彰城乎见之。近时禹域，丧乱相寻，古文之业且扫地矣。虽然，天之未丧斯文，他日必有复笃志于斯者，则彰城之文不独为台疆模楷，中外人士亦将来求之。先生之功，于是乎大矣。先生齿德并高，为吏民所崇敬，恒能留心海外之事，通当世之务，又讲东方书史，明皇统所由，知其肇基异乎万国，率子弟以忠孝，隐然赞风化者，不尠也。先生将辑其所作古文，刊印以公于世，千里邮寄，使余评骘。此集一出，与《北郭园》前后照映，以发扬台疆文华也，可知矣。郑氏则于版刻甚难之际，先生则于古文已衰之时，难易盛衰，各异其势，而先生之功，更有加焉。余也不敏，过辱推重，乃敢论叙以报知己，窃喜姓名之坿骥尾而传也。大正六年丁巳十月，东京中村忠诚序。"

29日　陈焕章向国会提出"尊孔法案"，宣扬尊孔读经。

恽代英领导武汉学联创办《学生周刊》，并撰发刊词云："嗟我中国，强邻伺侧。外交紧急，河山变色。壮哉民国，风起云蒸。京津首倡，武汉继兴。唯我学界，风潮澎湃。对外一致，始终不懈。望我学生，积极进行，提倡国货，众志成城。力争青岛，事出至诚，口诛笔伐，救国之声。愿我同胞，声胆俱张，五月七日，勿忘勿忘。"

30日　金武祥、邹嘉访沈曾植。

沈昌眉作《五月二日谒杨宗文祠》。诗云："世已无胡帝，先生定有知。魂随山雨至（是日微雨），气作水云垂。榴火桥头血（先生殉节永安桥下），苔苍墙下碑。欲寻埋骨处，四野草离离。"

魏清德《向戌弭兵》（二首）、《祝陈培根令萱堂陈蔡太夫人七秩寿庆》发表于《台湾日日新报》。其中，《向戌弭兵》其一："敌国相谋祸正酣，弭兵宾主会东南。藩军虽废狼烽熄，衷甲终怀虎视眈。自古武文须并用，于今盟誓等空谈。存亡兴替昏明术，惟有司城子罕谙。"其二："武字分明欲止戈，武装或可望平和。弭兵向戌谋诚拙，论难司城道不颇。说到东西盟屡劫，只须夙夜剑横磨。区区小宋庸堪责，怀古伤时洒泪多。"《祝陈培根令萱堂陈蔡太夫人七秩寿庆》云："尝过高人自得居，满庭绿荫护琴书。北堂还拱萱花茂，总是君家积善余。"

31日　北京政府无视举国一致反对，是日及次月9日先后电令巴黎和会中国首席代表陆征祥，要求无条件签署巴黎和约。

陈独秀、陈望道、杨明斋等在上海发起组织马克思主义研究会。

叶圣陶加入苏州教职员联合会。

张謇作《赠欧阳生》。诗云："文履轻裾桓叔夏，买舟便肯渡江来。料应泚水麾军辈，远谢清溪弄笛才。说梦红楼犹出楔，闻歌白发为停杯。浏阳名士吾差识，论子于诗当别裁。"

下旬　北京政府内务部先后通令查禁《进步》《民生》《新中国》等刊物。

本　月

五四前后，北大教授林损与黄离明等组织汉学研究会，创办《唯是学报》，倡言复古，与新文学运动论战。林损作《汉学存废问题》洋洋洒洒数万言，指出白话文不可行，共二十五事。周策纵《五四运动史》指出："对文学革命的反对从一开始就是很软弱的。最初的反对主要来自以林纾和辜鸿铭为代表的传统学者。前者用中文，后者用英文。同时在一九一九年写文章反对文学改革，北大教授刘师培、黄侃、林损和马叙伦的反对没有林纾的反对有影响。因为他们不像林纾那样有广泛的读者，对新文化的反对也没有林纾那么激烈。"

《文艺丛报》（月刊）在上海创刊。由普通图书局出版。编辑主任为陈衍，编辑为苦海余生。主要栏目有"社说""讲坛""艺林""谈丛"等。主要撰稿人有林纾、陈衍、易顺鼎、蒋箸超等人。第1期"社说"栏目含《论古文白话之相消长》（林纾）；"讲坛"栏目含《〈尚书〉举要》（陈衍）、《〈通鉴纪事本末〉书后》（陈衍）、《史汉分类读法》（陈衍）、《古文研究法》（陈衍）、《钟嵘〈诗品〉平议》（陈衍）、《经义莛撞》（易顺鼎）；"艺林"栏目含《杏花香雪斋诗存》（李慈铭）、《石遗室师友诗录卷一》（张之洞遗著）、《清诗选三百首卷一》（陈衍）、《海内文录》（陈衍）、《石遗室文三集》（陈衍）、《石遗室诗续集卷上》（陈衍）、《石遗室诗续集卷下》（陈衍）；"谈丛"栏目含《福建方言志》（陈衍辑）、《诗法丛话》（拜经阁）、《日日诗话》（蒋箸超）、《然脂新话》（萧道管，陈衍室）等。其中，林纾《论古文白话之相消长》曰："至白话一兴，则喧天之闹，人人争撤古文之席而代以白话，其但始行白话报。忆庚子客杭州，林万里、汪叔明创为《白话日报》，余为作《白话道情》，颇风行一时。已而予匆匆入都，此报遂停。沪上亦间有为白话相诘难者，从未闻尽弃古文行以白话者。今官文书及往来函札，何尝尽用古文。一读古文，则人人瞠目，此古文一道已属声消烬灭之秋，何必再用革除之力？其曰废古文用白话者，亦正不知所谓古文也。但闻人言韩愈为古文大家，则骂之，此亦韩愈之报应。何以言之？《楞严》《华严》之奇妙，而文公并未寓目，大呼跳叫，以铙钹钟鼓为佛，而《楞严》《华严》之妙处，一不之管，一味痛骂为快，于是遂有此泯泯纷纷者，尾逐昌黎，骂之于千载之后。盖白话家之不知韩，犹韩之不知佛也。然今日斥白话家为不通，而白话家决不之服，明知口众我寡，不必再辩；且古文一道，曲高而和少，宜宗白话者之不能知也。昌黎与裴晋公，堂属也。晋公亦自命能文，其视昌黎之文恒以为怪。元微之、白香山亦自命能文，乃平浅不如昌黎之道。道既不同，则不免腾其口说。故淮西一碑，听人引倒，而晋公并不一言；罗隐犹为石孝忠立传，似此碑之文字应仆而不留者。夫罗隐之古文尚窥篱樊，且不知昌黎，况晋公之文本与昌黎异趣，能信之耶？故白话家之骂昌黎，吾不一辩白。盖昌黎与书、赠序两门，真所谓神枢鬼藏，不可方物，孰能知之？吾读昌黎《与胡生书》及《送齐嗥下第序》、《送浮屠文畅师序》及《送廖道士序》，将近万遍，犹不释手，其中似有魔鬼弄我，正如今日包世杰君讥我为孔子之鬼引入死地者，确哉，确哉！盖古文之不能为普通文字，宜尊之为夏鼎商彝方称耳。其说则又不然，至道不得至文亦万不传。古文家固推昌黎，然亦有非昌黎而亦传者，如忠臣义士从血诚流出文字，则万古不可漫灭。坊本刻谢叠山《却聘书》，乃林西仲节本，原文长冗极矣，然不害为叠山文字。总之，能读书阅世，方能为文。如以虚枵之身，不特不能为古文，亦并不能为白话。白话至《水浒》《红楼》二书，选者亦不为错。然其绘影绘声之笔，真得一肖字之诀。但以武松之鸳鸯楼言之：先置朴刀于厨次，此第一路安顿法也。其次登楼，所谓揸开五指向前，右手执刀，即防楼上知状将物下掷，揸指正所以备之也，此第二路之写真。登楼后，见两三枝灯烛、三数处月光，则窗开月入，人倦酒阑，专候二人之捷音，此第三路写法也。既杀三人，洒血书壁，踩扁酒器，然后下楼，于帘影模糊中杀人，刀钝莫入，写向月而视，凛凛有鬼气！及疾趋厨次取朴刀时，则倏忽骇怪，神态如生。此非《史记》而何？试问不读《史记》而作《水浒》，能状出尔许神情耶？《史记·窦皇后传》叙窦广国兄弟家常琐语，处处入情；而《隋书·独孤氏传》曰'苦桃姑'云云，何尝非欲跨过《史记》？然不类矣。故冬烘先生言字须有根柢，即所谓古文者，白话之根柢，无古文安有白话？近人创为白话一门，自炫其特见，不知林万里、汪叔明固已先汝而为矣。即如《红楼》一书，口吻之犀利，闻之悚然；而近人学之，所作之文字，乃又癃惫欲死。何也？须知贾母之言趣而得要，凤姐之言辣而有权，宝钗之言驯而含伪，黛玉之言酸而带刻，探春之言简而理当，袭人之言贴而藏奸，晴雯之言憨而无理，赵姨娘之言贱而多怨，唯宝玉所言，纯出天真。作者守住定盘针，四面八方眼力都到，才能随地熨帖。今使尽以白话道之，吾恐浙江、安徽之白话，固不如直隶之佳也。实则此种教法，万无能成之理。吾辈已老，不能为正其非，悠悠百年，自有能辨之者，请诸君拭目俟之！"

《浙江兵事杂志》第61期刊行。本期"文艺·诗录"栏目含《奉题樊谏议附祀西湖白祠》（海秋）、《湖游，同易子季馥作，并谢赠印》（前人）、《寄易子》（前人）、《次答易子》（前人）、《樊著作附祀西湖白公祠，其苗裔漱圃来书索诗，为作长歌应之》（孙炳奎）、《老父应樊子之请，为其先德谏议公附祀白祠题句毕，纸幅有余，命为补白，敬成二截归之》（孙峻）、《夏节西园小饮》（后者）、《苏堤晚步》（初白）、《题文叔所藏宋高宗绍兴六年与岳忠武墨敕，时忠武居母忧，诏夺情，视师于荆襄也》（大至）、《谢文叔赠祝允明诗卷》（大至）、《夏寒寄和缶翁》（大至）、《题黄旸生所藏〈种人图说〉册》（大至）、《病起》（大至）、《西湖白文公祠附祀樊谏议，书以志感》（北墙）、《樊君漱圃以其远祖绍述公附祀西湖白公祠，并广征诗文，表彰先德，用赋短篇以奉之》（郑中）、《樊君漱圃远祖绍述公附祀白太傅祠，赋此以志景仰》（郑中）、《寿徐茝卿先生》（跃如）、《题尚志居士〈舟中鼓琴图〉》（跃如）、《江上即景四首》（榕园）、《桐君山》（榕园）、《清紫港舟中作》（榕园）、《过七里泷》（榕园）、《松溪埠》（榕园）、《呈海秋先生》（陶绪兴）、《秉三先生来杭，赠长句四首》（陶绪兴）、《岳坟》（陶绪兴）、《孤山》（陶绪兴）、《杂感》（思声）。

《安徽教育月刊》第17期刊行。本期"文艺·文"栏目含《〈西湖杂诗〉自序》(开县李大防范之);"文艺·诗"栏目含《西湖杂诗(未完)》(开县李大防范之)、《重九安庆舟次,望大龙山》(富顺张志易吾)、《戊午重九后三日母寿,侍游庐山诸胜,饭东林寺,再还牯岭》(前人)、《同南襄六妹奉母游庐山,李省庵居士以诗见赠,依韵奉和》(前人)、《即园邹太夫人六十寿辰,长公河渠驰书征诗,适余奉母登庐山,临风忻然走笔,赋此为寿》(前人)、《奉母自九江还皖》(前人)。

《梨影杂志》第4期刊行。本期"杂俎"栏目含《观剧者之程度及其公德心》《戏剧物类名称考》《新剧界之笑话种种》《新年竹枝词》《新声律启蒙》《题李雪芳饰〈黛玉葬花〉》《女学生竹枝词》《美人百面相》。

《清华学报》第4卷第6期刊行。本期刊登闻一多《提灯会》《代清华全体同学祭孙作周文》及其所译Mathew Arnold之《渡飞矶》(Dover Beach)。其中,闻氏译诗云:"平潮静素漪,明月卧娟影。巨崖灿冥湾,清光露俄顷。夜气策寒窗,铿锵入耳警。游波弄海石,竭来任扑打。中流断复续,长夜发悲哽。在昔希腊贤,此声听伊景。苦海叹茫茫,溯洄递灾眚。北海千载下,吾乃同深省。怀彼上世民,天真曷完整。方寸生春潮,忠信溢耿耿。季叶风陵迟,此道不复永。希微荡归汐,凄风送余骋。但见新奇生,大地成幻境。岂知嚼蜡味,亲仇出暖冷。风雷无定姿,洪波恣骄逞。翳曜有浮云,援溺孰从井。深屑短兵接,奔腾杂顽犷。月黑风雨晦,终古无怡靖。"又,潘光旦《篆钞〈说文解字〉部首告成,喜而赋之》亦发表于《清华学报》第4卷第6期,署名"潘光亶"。潘光旦诗云:"陆生作赋年二十,笑吾同庚百未习。卯角已悔上学迟,成童更惭登云级。十五负笈走京华,五载光阴爰未赊。梵文卢字如猬集,故学未遑简练摩。认字枉知韩四门,学书频愧庚肩吾。芸窗一炷烧心字,茶鼎铭彣惊诡异。乃知创作圣人心,刻画文章皆有致。吾欲从师蝌蚪文,烛照上清万古事。先圣已感阙文亡,此道令人更唾弃。高阳祭酒罗断残,纂集上追石鼓刊。虽然去古已大远,至今视之亦琅玕。信手录抒供初读,他日萤灯慢把看。"

桐阴画会同人在杭州举行第一次作品对外展览,丰子恺等参加。弘一大师检阅指导。诸画友与弘一大师合影留念。

顾颉刚与叶圣陶、王伯祥等12人发起办一周报,名曰《自觉》,每人每月储洋二元。终因经费掣肘,未成。

吴昌硕为子谷篆书"世德字藏"七言联云:"世德本推桐木宅;字藏或有蓼塘书。子谷仁兄属句,幸正讹。己未四月维夏,客沪,七十六叟吴昌硕。"又,为王震(一亭)题所藏《赵之谦"云润暑来"八言联》,诗云:"诗才如虎气如龙,孳乳谐声一贯通。位置已窥秦汉上,千秋薄视郑文公。岱碣难寻廿九字,琅邪空说十三行。蠹鱼食罢成龙去,料得嗔痴佛两忘。一亭先生藏悲盦楹榜,以首一字阙,属题,幸教之。己未四月维夏,吴昌硕,年七十又六。"又,为子卿篆书"花好柳斜"八言联:"花好洛阳来朝走马;柳斜周道涉水求鱼。子卿仁兄雅属,为集旧拓石鼓字。时己未四月,七十六叟吴昌硕。"又,为河井荃庐行书诗轴:"悲盦好演安吴笔,饱墨铺毫意斩新。守阙抱残吾辈事,车工著述又何人。赵悲盦书无款,署为瓮庐赋。河井先生正之。己未四月,吴昌硕,年七十六。"又,为苏曼殊篆书"水泛车驱"十一言联:"水泛方员余日阴阴来小舫;车驱左右高原暮暮涉黄花。子谷先生属篆,为集旧拓猎碣字应之。时己未孟夏,客海上禅甓轩,七十六叟吴昌硕。"又,为廉泉绘《秋色斓斑图》并题:"斓斑秋色雁初飞,浅碧深红映落晖。绝似香山老居士,小蛮扶醉着青衣。南湖先生属画,偶学孟皋设色。己未初夏,安吉吴昌硕,时年七十六。"又,题朱蓉庄《王震五十三岁造像》云:"一亭先生五十三岁画像(篆书)。封人有母不为僧,至论如天早服膺。借问行藏谁领略,真心一点是传灯。石头点处说因缘,诗似谈玄笔纪年。来路依稀能记取,推敲月下蹇驴边。己未孟夏,安吉吴昌硕,年七十六。"同题人王震、张謇。王震诗云:"饭盂泉盦锡初俱,自写前身破衲形。面壁何年尘不染,达师传我易筋经。朱君蓉庄为余写照,余补成并题。白龙山人。"张謇《一亭先生僧服小像》云:"豺狼昼作人,鸺鹠夜营阵。智者料其然,形见众惊遁。王君入世人,何时觉世罋。寐寤天所开,皈依若夙分。徐参圆觉经,或假起信论。具足了福孽,亦可概渐顿。扫除复扫除,白日照方寸。慧那得及真,元亮耻灵运。服尧即是尧,然否尚疑问。禅与佛二一,还就蒲圑讯。"又,吴昌硕有诗寄丁乃昌:"草木已滋长,夏寒天谓何? 笑谁娱我罋,劳亦和人歌。感梦丝抽茧,濡毫篆习蜗。黄鹂如寄语,柑酒太蹉跎。己未初夏,读啸弟惠诗,偶成四十字,请正。如小兄缶顿首。"

段兆鳌(甲楼)之孙其豫生。其豫乃培德遗腹子。甲楼作诗,有"逾甲乃翁心乍慰,老眸或见羽毛丰"句。

唐文治目疾日甚,赴苏州天赐庄医院请医生张卜熊为左眼动手术,无效。小住数日,即返回无锡居家休养。

刘大白被聘为浙江一师国文主任教员,和陈望道、夏丏尊、李次九等一起革新国文教学,制定《国文教授法大纲》。其时四人被称为浙江一师"四大金刚"。又,刘大白任《浙江青年团月刊》主编、《教育周报》和《浙江潮》编辑。

吴梅作《词余偶钞·跋》。跋云:"此为彭仲山(翊)手抄本。仲山咸同间古文家,著有《无近名斋文集》。彭氏故多通才,仲山最晚出,而文颇谨饬。集中有与友人论曲书,可见词学之深矣。此本所选,半出叶谱,石渠《疗妒》,独录三折,足征微尚。惟以《南西厢》为善,则鄙意殊不谓然。又谓《春灯谜》是伪托,当是未见原椠。所惜余迟生六十载,不及一为商榷焉。己未四月长洲吴梅跋。"

夏承焘作滑稽画数幅,寓意时事,张贴墙报上教育学生。

徐原白选辑《同声集》（1 册）于福建同安印行。斯资深题签。此集为 1918—1919 年间驻防厦门同安之浙军一师军旅诗社——同声诗社诗选，共收录同声诗社斯资深、林拯、周璋等 40 位军旅诗人从军南下入闽，转战驻防一年间所作 290 余首诗作。卷前有序一（童保暄）、序二（高粥仙）、序三（张荄）、序四（周江达）、选辑同声集序（徐致青）。己未年（1919）四月刊于同安。1919 年 12 月刊印本新辑附录《童保暄将军军次厦门诗辑录》。其中，童保暄《序一》云："自闽局戡战，余部队驻防同安者，将士于军事余暇，偶涉吟咏，益于同城人士之唱和。虽瑕瑜互见，不能当及古人，更亦体物缘情，自抒己见。积久成集，命曰《同声》。将付手民，嘱序于余。余诏龙蛇起陆，战祸未消，莽莽神舟，已无净土。吾军人卧薪尝胆，尚虑不足，容有余暇以及歌诗耶？然余读《后汉书》，载祭遵为将军，必雅歌投壶，讲及俎豆。《北史》载韦孝宽为将军元帅，虽在军中，笃意文史。古名将于军旅之暇，兼尚文事，诗特其一耳。岳武穆将军最严，而马上诗歌尤较夥。诸君子之诗，殆亦知者所称乎？孔子曰：'不学诗无以言。'又曰：'可以兴，可以怨。'余愿诸君子之讲诗，毋徒锻炼字句，作苍蝇声。必将发愤起兴，以求合于古人之训，而勉埒祭、韦诸人之后哉！时己未春日。童保暄序。"周江达《序四》云："戊午季夏，同城兵事起。阅仲秋，浙军来驻镇，勤恤居民，煦煦有家人意。邑人士咸深感之，以为非犹夫人之兵也。日既稔，闻其将校多文士，犹以未得一晤为憾。复数日，中校斯君道卿以二诗谒访，悯黎庶之凋残，诗中情之悱恻，乃知诸将校内外交养，诵犹以治诗者治军，宜其非犹夫人之兵也。今冬斯君来，袖一册示余，曰此《同声集》也。军中诸同袍所联咏者。余受而读之，声宏韵永，豪放而典雅，高华而沉寔，虽机杼各出而一气之鼓铸，无以异也。曰：噫嘻盛哉！诸君子信以治诗善治军者也。吾因有以喻之矣。夫军之制胜不一而其要以气为先，气盛则冲锋陷阵、攻坚突围，一往莫之能御，而又明纪律以肃其部伍，精选练以充其劲锐，军容之耀如火如云，军声之震如雷如霆，其严词声罪也。堂堂之旗，区区之鼓，其出奇制胜也，如神龙变化，令人莫得挹摸；其奇正相生、无懈可击也。又若率龙之势，八阵之图，进如川涌，止如山峙。括麾而左右之无不如意，此非神明乎？孙吴之法，厌饫乎韬略之腴者，能如是乎？能则诸君子之诗，纵可知矣。昔冒辟疆有同人之集，时论骘之，犹第一时苔岑之契耳。是集一出，风行波溢，胥天下荷戈执殳之士，惠受而为扬风抱雅之人，温柔敦厚，共保和平。且百年无复军旅之事，则声其所同，尤其大者。言未竟，斯君辗犹笑曰：'词章非有关世道者，不足以传世。信如子言，此集其可以传矣乎？剞劂有日，子其书之，以弁于端。'遂执笔濡毫而为之序。戊午腊冬银同周江达拜序。"燦堂主人题词一："长枪大剑倚天高，三寸毛锥安足豪。祖龙既死灰未烬，文字于今等鸿毛。鼍江二气传灵异，武纬文经取次备。氤氲积父还复合，卿云绚为希世瑞。六花阵演上将坛，夜半文光射斗寒。仙风泠泠送清响，银河飞下青琅玕。

中有众仙霓裳谱，露华朗润珠光吐。鸾清凤脆叶宫商，云璈弹共灵簧鼓。此曲只应天上闻，人间何处挹清芬。我欲擪笛傍宫墙，但见云霞炫目耀缤纷，骇汗奔僵未敢云。”戎马书生题词二（四首）其一：“英雄气概才人笔，集有同声德不孤。一自墨花飞雨后，旌旂如见黑云都。”梦香庵主题词三（四首）其一：“楼船横海震貔貅，四野黄云一望收。战后文章凭数到，雅歌犹见颍阳侯。”《同声集》中收录斯资深诗作78首。斯资深（道卿）其时为浙军一师团副，后弃官，以卖画为生，善画墨兰，工书法，擅吟咏，人称“三绝”。《十月登同安葫芦山有感》云：“秋深秋不见，独步翠微巅。木叶未曾脱，山花犹带妍。地肥滋野草，日落冷炊烟。此日登高望，伤怀兵祸连。”《晚登同安城楼》云：“独上城楼望，长空送晚雷。微风飘落叶，细雨湿浮埃。日暮鸟飞倦，山荒猿啸哀。俄时霁月出，不约送愁来。”《过同安梵天寺》云：“讵料庄严地，付之一炬中。金仙不现色，宝地已成空。古木留斜日，残花落晚风。兵灾何太剧，祸及梵王宫。”《晚登同安城楼怀黄祝甫，即次见赠韵》云：“荒城四顾孰为俦，寒树纷纷宿鸟投。一塔日斜山更瘦，双溪秋尽石争流。月明古塞同谁赏，砧急远村感客愁。极目鹭江何处是，凭栏空忆韩荆州。”《铜鱼客感》（四首）其二：“寂寂河山落日斜，那堪旅邸听悲笳。风来林际飘霜叶，浪涌江间拨雪花。国势千钧悬一发，邦交四面胁中华。纷争蜗角缘何事？多少生灵暗痛嗟。”

舒昌森作《高阳台·己未首夏偕广智、普庆、月禅三上人游荣氏梅园题壁》。词云：“梦欲留春，景先催夏，梁溪胜迹重寻。远上东山，漫游新筑园林。主人也有耽梅癖，数千株培护深深。惜来迟，青子盈枝，绿叶成阴。　　望湖亭上衔杯望，羡烟波把钓，云岫飞禽。百衲移情，悠然山水青音。子规声里斜阳晚，伴缁流，觅句行吟。更相期，来岁探梅，还共登临。”

曾熙作《偶感》（己未四月作）。诗云：“初欢已成梦，既觉复生悲。在己本无居，声景苦相随。居非平生亲，邂逅托相知。相知不相疑，胡为中路歧。君子重贞信，诗人诫菲萋。俯仰长自适，所贵我知希。”

冒鹤亭作《满江红·京口怀古十首》。其一：“天堑长江，浑不信、北兵飞渡。才几日、相公曲子，教成歌舞。桃叶渡犹眠狎客，梅花岭已输孤注。更天心、方便与周郎，蚩尤雾。　　定情扇，知何处？填词研，还如故。付《春灯》《燕子》，兴亡闲谱。千古艰难惟一死，输他马阮终黄土。记丹青、曾惜饼师家，污寒具。（金山城）”其二：“南八男儿，此举令、贺兰胆破。真一笑、拦江烧尽，千寻铁锁。嚄唶不逢梁化凤，咄嗟早缚郎廷佐。为当时、不直走燕齐，偏师挫。　　钱蒙叟，楼船坐。（己亥之役，虞山实在军中。《投笔集》即作于是时，外祖周先生云）张苍水，靴刀里。呼高皇万岁，江山还我。八九气吞云梦泽，两三星是瓜州火。痛英雄、成败事苍凉，天也么。（谭家洲）”其三：“碧眼紫髯，九万里、大秦之国。忍泪读、残黎日记，嘻嘻出出。（法之瑞《偾城录》、杨棨《出危城记》、朱士云《草间日记》,皆纪道光壬寅英人破城事)横海船来江不险,轰天雷迅城都墨。枉青州、四百好男儿,头颅掷。　　伊里布,箸方失。颜崇礼,冠堪溺。问北门锁钥,是谁之责?之子天骄殊未已,长城自坏嗟何及。便万重,从此恨刘郎,蓬山隔。(银山)"组词第一首指甲申、乙酉之际事,第二首指郑成功顺治十六年入长江事,第三首指鸦片战争事。

吴佩孚作《感事,己未夏四月并序》。序云:"本师入川入湘,所有激烈战斗俱在春夏。兹幸上海开议和平有成,因念及昔年苦状,较今日有天渊之别,爰赋七律一章,以志不忘云。"诗云:"何事年年苦斗争,夏来春尽倍怆情。龙蛇起陆河海裂,虮虱丛生甲胄腥。浩劫四封中外困,杀声一震天地惊。谋和幸有名贤在,代表人间第一功。"

陈师曾作《题齐白石〈墨竹图〉》。诗云:"非芦非柳从人说,与可东坡亦咋舌。持此南唐铁钩锁,齐翁力可窥生铁。"

任可澄作《题〈黄端木寻亲图册〉》。诗云:"笔下江山杂歌哭,此中有人呼欲出。其人其画俱千秋,猗欤孝子黄端木。万里曲曾万口传,更从鸿雪说因缘。似教绝艺入神笔,写出鸿荒未画天。呜呼绘事亦末耳,乃令奇迹赫奕祀。岂无独行叹知稀,令人却忆刘孝子。"

林鼎礜作《己未初夏访凉笙杭州,游湖舟,泊孤山亭畔,口占一绝,即以为赠》。诗云:"一叶扁舟趁好风,相逢人在画图中。湖山胜迹知多少,千古吾林共此峰。"

刘景晨作《金华学生在府庙排演时事新剧,观者填座,因作七律三首以赠之》。其一:"满眶热泪满腔血,洒作毫端五色花。浅语最堪发深省,孤怀直欲击狂邪。岂将文字荒游戏,端为安排救国家。何止永嘉传节孝,蔡中郎事记琵琶。"其三:"外患内忧日相逼,马牛奴隶祸燃眉。狂歌当哭彼何者,拍手旁观子也谁?对境应思亡国惨,同舟已届遇风时。眼前莫作伶人看,记取登场是讲师。"

沈其光作《初夏溪上》《初夏漫兴》(二首)。其中,《初夏溪上》云:"芋区蔬圃傍城隈,绝爱溪流绿似苔。处处候禽鸣拨谷,疏疏阵雨做迎梅。茶甘颇具中泠味,酒美真疑下若醅。自信平生钓竿手,不曾遮日向尘埃。"《初夏漫兴》其二:"芳草侵阶绿不除,竹床莞簟称幽居。愁消拥鼻微吟里,闲遣焚香默坐余。酿熟邻翁分美醅,钓归溪友馈生鱼。先生一饱无余羡,自觉心情与世疏。"

胡怀琛作《哀青岛,用十四寒至一先韵,此三韵古相通》。诗云:"浩浩渤海水,悠悠胶州湾。林木何葱郁,山峦亦嵯绵。乃有木屐客,见之长流涎。便将一角地,夺入囊橐间。安得鲁仲连,一日争之还。郁郁泰岱青,沉沉夕照殷。怅望田横岛,烟水空弥漫。"

王浩作《院癣初夏》(三首)。其一:"春事已可知,乳桃欲成实。风来落微响,众鸟纷可食。小园数株花,照梦久历历。宁知新发条,不厌旧来客。文书困盛年,十辈常六七。白发同舍郎，癯瘵我前辙。感之遣人惊，时节莫屡易。后当不如今，今已不及昔。徒滋犯生意，兹事良可惜。"

任援道作《摸鱼儿·初夏》。词云："饯残春、一天愁雨，林间都染新绿。三篙暖翠晴漪活，溪上卧虹如束，聊纵目。看桑柘阴稀，碧水新秧簇。吟情未足。尽翠幕深遮，柔茵细展，秀句递赓续。　　闲庭院，回首隍中覆鹿。谁知游子衷曲。孤篷短艇如篷转，销尽雨窗银烛。南又北。好准备、疏帘清簟看棋局。猧儿睡熟。且手检缥缃，希声尚友，兀兀效雌伏。"

陈寅恪作《游威尔士雷即赠汪君典存》。诗云："五月清阴似晚春，丛芦高柳易曛晨。少回词客哀时意，来对神仙写韵人。赤县云遮非往日，绿窗花好是闲身。频年心事秋星识，几照湖光换笑颦。"

康白情作《与孙公谈革命》（1929年夏补跋）。诗云："一度见功勿再施，后层图效要前吹。期无业累先无业，欲作称公自作弥。惟道善群诚则久，有粮斯聚用为奇。谢公半日叮咛语，革命于今有老师。"跋云："一九一九年，五四运动既起，余亡命上海，时获与中山讨议时局，多关党国。公犹循循善诱，诲人不倦，谈机既发，动至三四五时。某日，与谈革命技术至详，退著此篇，用纪其概。夫所谢'一度见功勿再施'者，盖以世局风云，瞬息万变，而应付之道，亦以万殊，适于彼者，未必不悖于此。层层翻新，斯为上算；因袭成法，往往覆辣。是以古诗著'菁华已竭，褰裳去之'之义，亦先儒所示'便宜处切勿再往'之意也。次则取法乎上，仅得其中，取法其中，斯得其下。学说鼓吹之结果尤然。况在群众，喜听激词，主义贱卖，亦可制敌，故曰：'后层图效要前吹'也。复次，革命事业，须殚全力而为之，故不宜分治家人生产，免为业累。而革命领袖之先事毁家，尤属破釜沉舟，背水而阵。且是时革命屡败，余归咎于党人之品类太杂，足以害群；爱主党人兼有恒产，汰其莠氓。戴季陶尝循公意，复我长函，载诸《建设》杂志。所谓'期无业累先无业'者，即同此旨，亦所以答余难也。复次，'欲君其土，不侮其民'。推此意也，故云'欲作狄公自作狄'也。罗家伦尝投文北京《晨报》，略论领袖态度云云，实本此也。终之，'惟道善群'者，以主义为号召，亦即统一群众意志之工具。'诚则久'者，本诸《中庸》之'无息'，亦即'檐溜镂石''锲而不舍'之精神。'有粮斯聚'者，《大学》谓'财散则民聚'是也。若夫神而明之，存乎其人，则诚哉！所谓'用为奇'矣！嗟乎！中山革命先觉，余实爱之敬之，佩之信之。独惜公但欲以长□要予入党，而于予所要'改组，详义，正名'三事，在后日一一见诸实践，而后有今日之丰功伟绩者，在当日则犹豫莫决，致余未能趁从公游！辗转蹉跎，而国民革命运动于以稽迟；复以酿成今日人才分裂之局，重为天下后世之忧！悲夫！一九二九年夏，著者自跋。"

陈蘧（蝶野）作《夏初》。诗云："曲阑干绕柳千丝，水阁无灯月上迟。湖阔小萤飞不过，白荷花里亮多时。"

黄兰波作《感事》（二首）。其一："密约和戎罪莫逃，国人请杀陆章曹。群飞海水看今日，工学联盟敌忾高。"其二："儒术离跂剩腐酸，千年士气尽雕残。今天打倒孔家店，转弱为强拭目看。"

[日] 佐治为善作《初夏》。诗云："麦气茫茫路欲迷，过桥时听午时鸡。忽看香雪明人眼，一白酥醲压野畦。"又作《水乡初夏》。诗云："曲渚回汀暑气微，杖藜人着芰荷衣。看他杜若深深处，忽有衔鱼白鹭飞。"

[日] 关泽清修作《初夏偶题，分韵》。诗云："花后园林幽趣多，池鱼出藻戏清波。当轩新绿蒙蒙里，住得残莺宛转歌。"

[日] 久保得二作《新夏杂咏，次韵冈崎春石》（五首）。其一："花后绿成阴，风薰酒入室。枕琴恣午眠，梦追竹溪逸。焉可无此君，君亦有醉日。"其二："桃李已结实，一岁不再阳。推移眼前疾，剩我双鬓苍。读书核至理，只爱清昼长。"

六 月

1日　徐世昌总统公布青岛问题"真相"。武昌高师学生街头讲演遭军警阻击，受伤多人，造成"六一"惨案。

《文艺会季刊》创刊。由北京女子高等师范文艺研究会编辑、发行。第二期更名为《北京女子高等师范文艺会刊》。刊物常设栏目有"论说""演讲""诗文""记载""附录"等。第一期前有《题词》（顾震福）、《发刊词》（陈钟凡）、《文艺研究会启》。本期"诗文"栏目含"古今体诗（五十一首）"与"骈散文（十四篇）"。其中，"古今体诗（五十一首）"含《拟行行重行行》（冯淑兰）、《凛凛岁暮云》（冯淑兰）、《拟驱车上东门》（冯淑兰）、《拟明月何皎皎》（冯淑兰）、《拟今日良宴会》（程俊英）、《拟青青陵上柏》（罗静轩）、《都门杂感》（钱用和）、《都门杂感》（三首，蒋粹英）、《都门杂感》（三首，陈璧如）、《都门杂感》（程俊英）、《清明》（程俊英）、《都门杂感》（二首，孙继绪）、《病起》（孙继绪）、《清明》（孙继绪）、《都门杂感》（万仲瑛）、《感怀》（万仲瑛）、《望月》（万仲瑛）、《清明》（万仲瑛）、《都门杂感》（二首，柳介）、《清明》（二首，柳介）、《花朝》（柳介）、《清明》（高晓岚）、《思亲》（高晓岚）、《忆友》（高晓岚）、《历世》（高晓岚）、《读书》（高晓岚）、《对月》（高晓岚）、《阅报》（高晓岚）、《清明》（罗静轩）、《花朝》（罗静轩）、《游三殿感言》（罗静轩）、《感旧并序》（冯淑兰）、《书怀》（二首，冯淑兰）、《清明》（关睢祥）、《感怀》（关睢祥）、《春夜》（关睢祥）、《春假旅行玉泉山》（三首，关睢祥）、《思亲》（张雪聪）、《寄怀七妹》（二首，张雪聪）、《白燕》（张雪聪）；"骈散文（十四篇）"含《本校十周纪念会序》（冯淑兰）、《参观京师图书馆及国子监记》(冯淑兰)、《祭刘资厚先生文》(文科全体学生)、《赛紫姑文》(钱用和)、《赛紫姑文》(高晓岚)、《暖寒会序》(钱用和)、《暖寒会叙》(陈定秀)、《文章须调声调说》(高晓岚)、《雪赞并序》(高晓岚)、《邓和熹昼修妇业、暮诵经典，家人号曰诸生论》(柳起)、《邓和熹昼修妇业、暮诵经典，家人号曰诸生论》(杨文一)、《释新旧》(张龄芝)、《拟推广学术讲演会征求女会员启》(张龄芝)、《师为人之模范说》(柳起)。其中，冯淑兰(冯沅君)《书怀》其一："依旧萧斋抱简篇，光阴如水送华年。世情反复云舒卷，时事推移谷变迁。阮籍猖狂儒近侠，庄周旷达释参禅。人生随遇须行乐，况是看花近日边。"其二："无限阳和到柳边，东风如剪絮如绵。春愁野草烧难尽，别恨游丝断更牵。冈卧南阳云外影，尘飞北地梦中烟。茹芝欲上天台路，长此逍遥作散仙。"

王舟瑶抵曲阜，孔燕庭派车来迎。

叶德辉有信致夏敬观、张元济，谈《四部丛刊》选书版本事。

郭心尧为戴贞素《听鹃楼诗草》作序。序云："岁甲午，余将有穗垣之役。江南庚子小信贻余以《听雨山房诗草》。后六年，庚子秋读《礼乡园》，江北严子雨芗来，检箧出示《听鹂仙馆钞存》。二子者，大江南北才人也。各有所听而有所吟，因之名集。庚子诗静以清，严子诗和而永，其一刊一录以待。裙屐飘零，流光易逝，荏苒又三十稔矣。今年己未，馆凤城之第五校，校为海观禅寺旧址。一帘花影，灯火紫荧，然枯坐如僧，微吟破寂。寓舍与有德校邻，暇辄趋诸词老。盱酒纵谈，籍消长夏。戴子仙俦遂出频年所著《听鹃楼诗草》相向，并令余叙。余始骇然，既而愀然曰：'异哉，戴子何其幽怨至于斯耶？奈何以听鹃名集耶？'夫鹃声凄以哀，迁客思妇闻之生感，矧在词人而出以清歌。戴子殆有一种幽怨萦诸怀中，故以听鹃名楼而发为诗，非同听雨听鹂之清且永也。披卷朗诵，觉余身欲化羽，旁人之在黑甜者，梦惊午夜，仿佛从西川归也。嗟乎！草草劳人，伤怀曷极；年年望帝，凄切难堪。余读戴子诗，又不能不为戴子期曰：'异日者，人或检子诗，读之如登子之楼，因听鹃声，必思及子之诗矣。至于才华富丽，直与大江南北二子鼎峙。'己未蒲节前一日，揭阳郭心尧餐雪拜序于凤城海观禅寺之西厢。"

林纾《八声甘州(记趯台)》刊载于《公言报》。序云："江君天铎，南海高弟也。以南海戊戌逃难时寓家书见示。呜呼，清室亡矣，而南海忠概凛然，仍留片楮传播艺林，令予不胜黍离之感也。为成此解，寄南海于沪上。"词云："记趯台、夜半御灯红，华殿月当霄。仗英雄好手，披陈利病，岂为蝉貂。六十衣冠东市，口口忍痛招。今日江南客，短鬓萧萧。　　　泪眼却看西掖，尽秋风苑树，御水河桥。只锄奸计左，影和沸蟪蛄。再京华、夕阳秋望，冷宫墙、不是紫宸朝。披蚕纸、此终天恨，若个能消。"

2日　王舟瑶谒孔庙、孔林、周公庙诸名胜，并获观历代衣履、礼器彝鼎。

许淮祥作《端午夕，设席春笑楼小饮，次前诗韵，赋一律求教》《前诗意有未尽，仍用前韵续之》。同人和作：潘飞声《己未五日，狷叟招集春笑楼，次韵奉和，并呈湘舲》、周庆云《重午之夕，狷叟招饮春笑楼，叠前韵纪之》。其中，许湘祥《赋一律求教》云："玉燕钗头艾虎香，冶游毕竟数江乡。楼台十里花如簇，粉黛千家斗可量。面目纵然工妩媚，心肝大半幻诗张。多情惟有春楼笛，便不清魂也结肠。"周庆云《叠前韵纪之》云："小阁垂帘袅篆香，未妨佳节滞江乡。如云好梦沉沉过，似水柔情细细量。下箸酒思千里致，西施网待五湖张。司空笑我年来惯，还问苏州刺史肠。"

陈夔龙作《端午日展观梁节庵桐阴玉照却寄》（二首）。其一："髯翁道貌益苍然，（沈乙庵云：'闵节庵像益苍老矣。'）病间神形喜两全。采艾相思逢五日，班荆小别倏三年。回看绿鬓乾云早，遥想丹心捧日悬。细葛香罗当暑着，只缘身受主恩偏。（内廷行走例有节赏）"其二："绿阴深处意悠哉，百感茫茫四望开。焦麓琴书劳北顾，崇陵风雨自西来。儒衣蕴藉荣非老，莲炬传宣轼不回。（病中屡给假期）一卧沧江感离索，葵倾何日共衔杯。（君有葵倾阁）"

王仁安作《端阳》。诗云："去年今日敏儿在，病榻缠绵殊可伤。奄息余生真倏忽，抛残阿父太凄凉。人间聚处春秋短，地下欢娱日月长。含笑九原逢弟敬，幽明一样度端阳。"

刘大同作《己未蒲节一日访沈习诚不遇，对鹦鹉饮一杯而返》。诗云："午后访君无处寻，刘伶偷酌瓮头春。一杯饮罢向谁谢，鹦鹉能言当主人。"

黄节作《端阳日定之过谈，因述旧事为诗》。诗云："三年回首端阳日，疏雨城东一款扉。堆几枇杷共青李，拂窗杨柳间红帏。寻常事过平时忆，老大忧来节物非。何必更陈天下计，为君微醉语欷歔。"

张素作《杏花天·重午，和梦窗韵》。词云："汀菰叶小蒸香黍，佳节近、薰风暗度。客游芳事瞒人去，惟有难瞒鬓缕。　　燕歌断、林塘卧雨。水嬉罢、吴天又暮。相看烟月魂消处，清怨楼头减否？"

曾广祚作《端午》。诗云："淡薄甘为向子期，浊醪角黍祭湘累。昔随鸳鸯分棱裤，今见蛟龙畏采丝。野岸喧阗舟竞渡，邻家寥亮笛曾吹。几人毫素题端午，芳浴兰汤拥艾时。"

胡雪抱作《午日忆吴端任》《午节触忆亡女畹》。其中，《午日忆吴端任》云："补饮吟龛得半醒，水香亭榭问鸥盟。当时散作湖堤步，那便销魂到死生。"《午节触忆亡女畹》云："暖风薰袖又端阳，娇女年时解佩香。莫向幽丛残烬处，觅看亲写紫荷囊。"

傅熊湘作《五日海上作》。诗云："客愁归计两茫茫，又向尊前款一觞。尚矢孤心忘竭蹶，忍开倦眼看沧桑。交亲喜得联欢宴，节物何曾异故乡。独有离忧消未可，怀沙人渺尽堪伤。"

江子愚作《端午夜游中央公园短歌》。诗云："灵鳌偷睡沧溟间，罡风一夜移神山。王母云旗已西卷，微闻杂佩声珊珊。啸倚危亭天尺五，紫茸菖蒲死璇渚。鼎湖龙去水云寒，华表鹤归烟月苦。只今宋院留琼花，无复隋宫祠后土。玫瑰错落青珊瑚，参旗低挂飞廉隅。蝉纱缞缞软香溢，惊鸿照影来群姝。独念南云五千里，湘累冥冥呼不起。馋蛟攫食可奈何，拟挟昆吾断湘水。"

陈隆恪作《端午述怀》。诗云："曜灵不贷钟漏催，饰时节候人所为。流光荏苒造今古，欢觞自诡深含悲。况缠忧患蚀精魄，少壮一掷老死随。微生幸忝隶覆载，谨拾故步趋庭闱。堆盘角黍又端午，别来蒲艾迎门楣。鬓龄苦盼到佳节，追怀宛挟童心回。欲划鸿沟证奇想，不与去日争余辉。来者莫测往勿究，醉卧天地藏瓶罍。"

[日] 关泽清修作《端午海楼雅集，次仙坡博士诗韵》。诗云："鲛洲践嘉约，清兴合无涯。已有满尊酒，可无题壁诗。鸟分山翠出，帆受海光移。病后忘贫苦，高情独自知。"

3 日 北洋政府本日至次日逮捕学生近千人，激起全国人民愤慨。"六三"大逮捕消息传至上海，激发起上海"三罢"斗争，爱国运动中心转移至上海。

瞿秋白领俄文专修学校学生上街演讲。

刘大同作《蒲节后一日再访习沈》。诗云："有酒欲仙无酒佛，诗人多半酒人多。岭南鹦鹉不情甚，对我狂言醉煞他。"

陈蘧（蝶野）作《五月六日》。诗云："屋角轻阴动晚砧，过云遮日晚来深。弄晴几点黄梅雨，滴碎高楼少妇心。"

4 日 胡适、沈尹默、马寅初、马叙伦、马裕藻、高一涵等 20 人致北大全体教职员函，开会磋商营救逮捕学生办法。

北大教授召开临时会议，慰留蔡元培，刘文典出席。

姚华应黄群之嘱，为林增志《法幢语录》敬乡楼钞本题签。

5 日 上海实行"三罢"（罢市、罢工、罢课）。上海日商纱厂 6000 余工人率先罢工，支援学生反帝爱国斗争。至 11 日，罢工工人达 15 万。上海商人举行罢市，致使水陆交通均断绝。南京、天津、杭州、武汉、济南等地工人、商人纷纷罢工、罢市。北洋政府被迫释放被捕学生，宣布拒绝在和约上签字。

王舟瑶抵泰安，次日游泰山，夜宿山顶道院观日出，后日刻石题名。

靖襄《初抵星洲杂咏》（四首）刊于 [马来亚]《益群报》"蕊珠宫"。其一："车马分驰面面通，左观右盼倦双瞳。平生放浪官骸久，此目才归矩步中。"其二："从人学著对襟长，旧日冠裳叹已非。剩有乡心移不得，梦魂夜夜故园飞。"

6 日 徐世昌令胡仁源署北京大学校长。

严复入上海红十字医院治病。

海印上人（释永光）五十九岁生日，时在叶德辉寓所郎园。叶德辉避兵逃隐已三年，寓居苏州，往来沪上，年末始回湘。海印作诗《己未五月九日五十九初度郎园感怀》（一作《郎园过生日己未五十九初度》）八首（《碧湖集》节录五首）。其一："郎园过生日，双泪哭庭帏。一冢草空绿，三年人未归。漫言婴世苦，转觉弃家非。惨惨白云合，悲风吹夕晖。"

魏清德《题古村〈读余印存〉》发表于《台湾日日新报》。诗云："读古山庄读古村，印存罗列众星繁。尽摹变怪归平澹，披剥浮华见朴浑。月缺云崩真有趣，弩张剑拔岂同论。懋知一卷长松下，坐对清茶信手翻。"

郑孝胥作《呈李星野夫子》。诗云："粉坊直宣南，树色映双馆。弟鲁兄且愚，师严徒犹懒。隐桓忆口授，执卷老每泫。功名负所望，气节空自赧。"

7日　朱大可《郁波罗馆主征求滑稽诗话》连载于上海《大世界》报。《征求启事》云："滑稽诗，其始于周公、东山乎？其新孔嘉，其旧如之何？善戏谑兮，不为虐兮。降及晋唐，恣为诙笑，虽乖正则，未泯雅音。近世作者，兹体尤繁，辑而存之，亦资颐解。爰订征求条例如干则于左，温润狐裘，成非一腋；铿锵韶乐，和在八音。淹雅君子，其垂教焉。（一）如诗话例，诗务精炼，话务简洁，词曲杂调附。（二）毋谩骂，毋秽亵，毋剿袭。（三）字数以三百至四百字为率。（四）限期：本埠夏历五月二十日止（6月17日），外埠五月二十七日止（6月24日）。（五）酬品：大昌烟公司美女画、大世界游券或纨扇及优美小说。（六）揭晓：夏历六月初一日起（6月28日），逐日披露于《大世界》报。（七）收卷处：《大世界》报社。"

林纾《平调满江红·畹华以〈天女散花〉一阕，蜚声域外。仙乎！仙乎！吾其敢以紫稼诸郎待之耶！却成此解，用旌其能》刊载于《公言报》。词云："风幔才披，陡然现、烟里翠鬟。衫痕与、月痕共倩，飘忽仙坛。斗巧腰围新样锦，销魂高髻半钗鸾。恰粉围、香阵展眉刚，偏夜阑。　　花奴舞，锵佩环。万花片，扑阑干。仗琐红零紫，点染秋峦。可奈维摩甘忍俊，一窝冰雪透心寒。问怎生、描上玉屏风，留影看。"

陈夔龙作《五月十日，接齐震岩中丞金陵感事书，略谓"庚子挥拳，躬逢其盛，庚戌请愿，谁生厉阶。曾几何时，又翻新曲"云云。何其言之痛也。仆卧病沧江，久已不闻世事，骤聆此语，枨触前尘，率寄二章，聊抒孤愤。用春季入杭与哲弟照岩中丞唱酬韵》。其一："妖火畿南已戒途，黄杨厄闰岁云徂。麻鞋昔未奔行在，弓剑今犹恋鼎湖。鹤化重来惊世变，马瘖却步谢宫拘。举幡又见三雍士，几辈贤名似顾厨。"

8日　《星期评论》（周刊）在上海创刊。戴季陶、沈玄庐主编。该刊在孙中山及其政党指导与支持下出版，先由中华革命党主办；同年10月，中华革命党改组为中国国民党后，即由后者主办。设有"评论""记事""世界思潮""世界大势""创作""杂录""随便谈""主张""研究资料""书报介绍"等栏目。主要撰稿人有孙中山、廖仲恺、胡汉民、朱执信、李大钊、陈独秀、李汉俊、沈仲九、胡适、刘大白等。

朱大可《三赠李玉鬘》刊载于《大世界》报。序云："用律西前辈韵、集天真阁句。"其一："六曲园屏换晚妆，嫣红姹紫尽芬芳。风先瞥去模糊甚，特借飞花协一场。（玉鬘《红楼曲》极哀感缠绵之致）"其二："个人第一是朱樱，略觉风姿比昔清。谁唱画屏团扇曲，玉环须认隔帘声。"其三："秋水空灵与写真，神光离合古今人。万花应是羞相见，东阁南枝第一春。"其四："翔风依鬓总嫣然，如此倾城亦可怜。不独爱她高品格，盈盈未是嫁时年。"其五："凄惋笛声三五夜，楚天云雨欲晴难。亲烦记曲拈红豆，不是知音也与看。"其六："碧天隐隐紫云歌，往事前尘付逝波。值得旁人姗笑起，又添公案一重多。（去年此日为小京班黄郎翠芳征诗）"

9日 上海工人罢工斗争进入高潮。

天津工人酝酿大罢工。天津总商会急电北京政府。

陈独秀与李大钊等人共同研究并亲自起草《北京市民宣言》，提出取消民国四年、七年2次对日密约，免去徐树铮、曹汝霖、陆宗舆、章宗祥、段芝贵、王怀庆6人官职，并驱逐出京等5条要求。

王舟瑶抵济南，宿周季访寓，游大明湖、趵突泉、鹊山诸名胜。

叶柏村生。叶柏村，原名郁鎏，祖籍浙江金华。著有《叶柏村诗词集》。

10日 徐世昌被迫下令免去交通总长曹汝霖、驻日公使章宗祥、币制局总裁陆宗舆职务。

[日]《大正诗文》第7帙第6集由雅文会编纂刊行。集前有三岛中洲先生《北越漫游杂诗之一》（全纸）。"诗集"栏目含"犀东栏"：《法隆寺二首》（麑城德川赖伦）、《反射炉》（春绿江川英武）、《次井上雅二君诗韵》（竹潭中岛久万吉）、《书感》（雄山高桥光威）、《南都揽古》（春山岩田卫）、《京城李王宫秘苑》（同人）、《游绘岛》（竹堂美甘光）、《飞花铺阶》（莲峰东谷实秀）、《东台春夜》（四溪渡边让）、《贺佐藤双峰伉俪五十年，次〈自庆〉韵》（皓堂田保桥四郎）、《阳春杂诗》（铜谷久保木雄）、《踏青》（苍龙藤井孝吉）、《寄儿在他乡》（千寻大山甲子郎）、《鸭沂杂咏》（犀东国府种德）；"松坡栏"：《野望》（华山桦山资纪）、《感奋》（同人）、《美浓穗积看樱二首》（担风服部辙）、《对酒怀人》（雀轩海部弘之）、《春晚即事》（华隐海部纯）、《白岩神社看樱花》（星溪竹井耕）、《上阿波多罗山》（同人）、《游城崎温泉》（抚松永田岩）、《奉贺皇太子成年大典》（青海釜屋忠道）、《同》（柘翁吉田千足）、《同》（松坡田边新）；"天随栏"：《奉贺东宫成年式》（天民藤本达次）、《同》（莲溪光明智晓）、《新宿御苑即事》（蘋园阪本钞之助）、《绿阴移榻》（南洋阪井重季）、《新潟客中偶得》（鬼山岸和田一雄）、《玄海洋值雨》（朴堂中村时中）、《惜春》（东瑞竹越透）、《春闺怨》（无穷小川博望）、《画梅》（桂堂神原万）、《送成田君之兵库》（甲山川面松卫）、《晚春闲居》（楠窗

黑宫白石)、《初夏》(香城大矢要藏)、《同》(淡海小野芳三)、《梅雨》(春岳清家节)、《江楼瞩目》(高林理)、《耶马溪》(无声青山钺四郎)、《中洲先生九十寿言》(虚庵儿珠隆芳)、《梅雨新霁》(槃涧山口正德)、《赠梅田谦敬师》(隈山川岛菊太郎)、《次某氏〈看花〉诗韵》(如如杉原满龙)、《送龙轩之峡中》(南涯古川郁)、《那古耶行营砖屏歌》(天随久保得二)、《饭塚米雨招饮,席上唱和》(天随、春石、米雨);"春石栏":《大正八年五月七日皇太子成年式盛典恭赋》(鸾洲松浦厚)、《送春(限韵)》(竹溪平山成信)、《送木村三辞归姬路》(渐庵人见彰)、《贺盐谷青山先生移居次韵》(无我吉原谦)、《新竹》(建庵太田资业)、《扫苔读碑》(庙山大塚已一)、《春雨》(毅斋伊藤政重)、《牡丹》(旭堂多惠至善)、《溪山访友》(同人)、《初夏》(东岳土佐林勇)、《题画》(远水河合龟)、《春日入京途上作》(梅源并木德信)、《访山下翁于明石》(三轮朝家万太郎)、《溪山访友》(香山水野保定)、《同》(毅堂筱崎甲子)、《春日偶成》(芦洲富泽忠)、《梅雨》(蕉雨星野竹男)、《晚春即事》(均水森田仁)、《田园杂兴》(岛南石桥邦)、《永台寺入胜诗》(春石冈崎壮)。"附录"栏目含《三岛先生追悼集》(股野琢、土屋弘、木内充克、结城琢、小川通义、粟岛辰夫、庄田要、横川庸、冈部达、川口信之、濑野新、百濑广、太田益、新家毅)。"课题"栏目含《竹阴清谈》《灭灯观萤》《莲池纳凉》《读〈战国策〉》《感于时事,送人游支那》《有友自欧洲归》《读书怀旧(怀三岛先生)》《登岳》《泛湖》《浴灵泉》。

胡适作《读沈尹默的旧诗词》。后载本月29日《每周评论》第28号,又载本年11月1日《新青年》第6卷第6号。略谓:"我常说那些转弯子的感事诗与我们平常作的'打油诗',有同样的性质。为什么呢? 因为我们作'打油诗'往往使用个人的'事实典故',如'黄加披肩鸟从比'之类,正如作寄托诗的人往往用许多历史的,或文学的,或神话的,或艳情的典故套语。这两种诗同有一种弱点:只有个中人能懂得,局外人便不能懂得。局外人若要懂得,还须请个人详加注释。因此,世间只有几首'打油诗'可读,也只有几首寄托诗可读。所以我以为寄托诗须要真能'言近而旨远'。这五字被一般妄人用烂了便失了意味。我想'言近而旨远'是说:从文字表面上看来,写的是一件人人可懂的平常实事;若再进一步,却还可寻出一个寄托的深意。譬如山谷的'江水西头隔烟树,望不见江东路。思量只有梦来去,更不怕,江阑住'一首,写的是相思,寄托的是'做官思想'。又如稼轩的'宝钗分,桃叶渡'一首词,写的是闺情,寄托的是感时(如'点点飞红,都无人管'之类)感身世(如'试把灯花卜归期'之类)。'言近'则越'近'(浅近)越好。'旨远'则不妨深远。言近,须要不倚赖寄托的远旨也能独立存在,有文学的价值。有许多寄托诗是'言远而旨近'的。怎么叫做'言远而旨近'呢? 本是极浅近的意思,却用了许多不求人解的僻典。若不知道他寄托的意思,便成全无意识七凑八凑的怪文字。这种诗不能独立存在,在当时或有不得已的理由，在后世或有历史上的价值，但在文学上却不能有什么价值。以上所说是一个门外汉研究这种诗的标准观念。依此观念来看老兄的诗，则《珠馆出游见落花》（二首）、《春日感赋》（起二句稍弱）、《无题》《久雨》，皆可存。《文儒咏》《北史》《儒林传》《咏史》《杂歌》诸诗，则仅可供读史者参考之资料了。若从摹古一方面论之，则《补梅盦》（一、二）、《三月廿六日》、《杂感》（二、五、七、八）、《二月廿三日》《咏史》《珠馆》，皆极佳。词中小令诸阕皆佳，长调稍差。老兄以为何如？适最爱'更寻高处倚危阑，闲看垂杨风里老'两句，这也是'红老之学'的表示了。'天气薄晴如中酒'，以文法绳之，颇觉少一二字。我生平不会作客观的艳诗艳词，不知何故。例如'推锦枕，垂翠袖，独自香销时候。帘不卷，有谁知？泪痕红满衣'。即使杀了我，我也作不出来。今夜仔细想来，大概由于我受'写实主义'的影响太深了，所以每读这种诗词，但觉其不实在，但觉其套语的形式（如'锦枕''翠袖''香销''卷帘''泪痕'之类），而不觉其所代表的情味。往往须力逼此心，始看得下去；否则读了与不曾读一样。既不喜这种诗，自然不会作了。若要去了套语，又不能有真知灼见的闺情知识可写，所以一生不曾作一首闺情的诗。写到这里，忽然想起玄同来。他若见了此上一段，一定说我有意挖苦你老兄的套语词。其实不然。我近来颇想到中国文学套语的心理学。有许多套语（竟可说一切套语）的缘起，都是极正当的。凡文学最忌用抽象的字（虚的字），最宜用具体的字（实的字）。例如说'少年'，不如说'衫青鬓绿'；说'老年'，不如说'白发''霜鬓'；说'女子'，不如说'红巾翠袖'；说'春'，不如说'姹紫嫣红''垂杨芳草'；说'秋'，不如说'西风红叶''落叶疏林'。初用时，这种具体的字最能引起一种浓厚实在的意象；如说'垂杨芳草'，便真有一个具体的春景；说'枫叶芦花'，便真有一个具体的秋景。这是古文用这些字眼的理由，是极正当的，极合心理作用的。但是后来的人把这些字眼用得太烂熟了，便成了陈陈相因的套语。成了套语，便不能发生引起具体意象的作用了。所以我说，'但觉其套语的形式，而不觉其所代表的情味'。所以我单说'不用套语'，是不行的。须要从积极一方面着手，说明现在所谓'套语'，本来不过是具体的字，有引起具体的影象的目的。须要使学者从根本上下手，学那用具体的字的手段。学者能用新的具体字，自然不要用那陈陈相因的套语了。"

张謇作《西林千五百梅花馆拟而未建，梦中若已成而休，休而有诗，醒记其二语，因足成之》。诗云："入画山疑假，栖山画欲真。涧鳞趋队敏，柴鹿养茸驯。佛感团云塔，农歌隔岸邻。端宜成竹隐，兼谢访梅人。"

11日 陈独秀同高一涵等人到北京城南"新世界"娱乐场所散发反政府传单，被警察拘捕入狱。陈独秀散发《北京市民宣言》，矛头直指北洋军阀政府，除攻击曹、章、陆三人外，又增加段祺瑞心腹徐树铮、警备司令段芝贵、步军统领王怀庆三位军人当权派。当陈被押送至中途时，步军统领王怀庆与警察总监吴炳湘发生争执，王想以治安妨害绳以军法，吴想以违反警律处置，争执至徐世昌大总统处，徐总统命以送法庭判决。

徐特立等人在长沙县立师范学校发起召开"长沙讲演团联合会成立会"。

傅熊湘作《书事》（五月十四日，和议再停）（四首）。其一："傀儡登场又一回，后台掣线舞前台。等闲戏罢收将去，枉用旁人说怨哀。"其二："定情钿约记当时，密语犹防鹦鹉知。却被上清诸女妒，专房竟不让蛾眉。"

12日 《诗声》第4卷第5号在澳门刊行。本期"词谭"栏目含《雪堂丛拾（廿四）》（澹於）、《远庐诗话（四）》（远公）、《心陶阁诗话（十三）》（沛功）、《霏雪楼诗话（十八）》（晦庵）、《水佩风裳室笔记（卅三）》（秋雪）、《乙庵诗缀（廿八）》（印雪）；"词谱"栏目含《莽苍室词谱卷三（九）》（续第2号）（莽苍）；"词苑"栏目含《雪堂覆瓿集（十）》（续4卷1号）：《蝶恋花·春感》（第二年月课，秋雪）、《暗香·秋夕独步中庭，闻曲感赋》（乙庵）、《谒金门》（曳红）、《感怀》（小浦）、《以手持雪，忽然指涨》（孔庵）、《闻中日交涉失败》（乙卯春旧作，即"二十一条款"时）（晦庵）。本期附刊《诗声附庸》第5号。其中含《并肩琐忆（五）（此章仍未完）》（秋雪、连城合著）、《云峰仙馆读画记（五）》（野云）、《鼎湖游记（一）》（琴樵）。

符璋日记载，时日作《纪事》七绝十六首。

13日 徐世昌令准国务总理兼内务总长钱能训辞本兼各职，特任龚心湛暂代国务总理，内务部次长于宝轩暂行代理部务。又，徐世昌任徐树铮为西北筹边使，又令徐兼西北边防总司令。不久远征外蒙。

北京《晨报》等率先报道陈独秀被捕消息，全国舆论一片哗然。

清华学校"仁友会"与"少年中国学会"开第一次恳亲大会，王光祈等三人代表赴会，并在会上致词。

张謇作吴怀久挽联云："为乡里任劳怨而绝无私，允矣非时流所及；以学行成人己至于有获，悲哉失吾党之英。"

夏绍笙作《扬州慢·己未仲夏十又六日，碧湖社友雅集潜园，嘘气作虹，行歌送日。追忆彊村年丈避而之他，飘泊江关，隐沦尘海，能以长慢为一代所宗，不禁为之俯仰无端，纫佩交集。余甚疏懒，且薄才情，独尚晚唐，一倡天下，今又变格，非敢攀龙。词袭稼轩，调用白石，乃调和南北之意，同社其亦笑而相许乎》词云："名世词仙，过江人物，吟鞭暂指湘城。听花愁柳怨，便投玦前汀。想今日、刀光似雪，玉箫金鼓，鸡犬皆惊。只梁园、一角斜阳，犹照红英。　　钓鳌烟客，被苍天、重谪蓬瀛。任桂殿秋高，清平调古，谁识奇情。笑那虎溪连社，司门五柳是先生。对楼船横海，人人都为吞声。"

14日　栎社社员会于台中大智之瑾园。先是，台湾文社成立，陈基六、陈沧玉、林灌园、林南强、蔡惠如、陈槐庭、郑少舲、陈联玉、庄伊若、林大智、林望洋、傅鹤亭等12人以创立者身份而为理事；本日即栎社总会兼文社理事会也。来会者有陈基六、陈沧玉、陈槐庭、郑少舲、王卿淇、林灌园、林南强、林壶隐、张子材、傅鹤亭等，合主人大智十有一人；客则有鹿港施家本、蔡子昭、蔡子舟、牛骂头郑邦吉等氏。作诗钟七唱，即"诗社""水花""不知""烟树""秋雨""古桐""宠风"等。此次会议改社则18条为26条，作会议录。实行选任南强、槐庭、灌园、少舲、沧玉、大智等六名为栎社理事，颁会则及会议录于诸社友。社则改正，依出席社友之议决，以笃轩（久缺席）、云从（精神病）无履行社则之望，以其酿出之基本金交还之而认为退社。又以故社友蔡启运、赖悔之、林痴仙、黄旭东诸君酿出金全数各交还其遗族，从改正社则也。

张謇军山视工，车中作《倚锦楼铭》。序云："军山左侧，志言有叠锦峦，意遁江海时，草木之华披之也。今第峦存耳，山之下田田庐庐，弥望平陆矣。余治河植林竟，构宅而楼，与峦遥直若倚然，故以名楼而为之铭。"铭曰："锦何许，峦重重。云光日影丽柏松，吾楼倚之空非空。峦吾恶乎知其始，楼吾恶乎知其终。"又成《村犬》。诗云："村犬生涯不出村，飞车自鼓御风轮。也应龙跳应狂吠，邈绝横空十丈尘。"

王舟瑶抵青岛，宿刘氏静奇庐；游劳山，晤劳乃宣、刘潜庼、李柳溪、张叔威、吴清泉、李子元、廖若愚诸君暨德儒尉礼贤，并阅刘潜庼所藏书。

张小蝶《八埠打油诗》（十二首）刊于《南洋总汇新报》"游戏诗"。其一："驻马长安又一年，情场潦倒奈何天？就中真历恒沙数，我亦蓬山小谪仙。"其二："渔父桃园初问津，龟奴低叩识何人？高呼见客打帘子，粥粥群雌现色身。"其三："亲人眼里出西施，貌似无盐觉有姿。浊赏骊黄牝牡外，不惭言大故为词。"

15日　湖南省教育会长陈夙芳发起之长沙健学会正式成立。会员有徐特立、陈润霖、朱剑凡、杨树达、何炳麟等人。健学会"以输入世界新思潮，共同研究，择要传播为宗旨"。

上海《民国日报》副刊《觉悟》创刊。邵力子主编。1931年12月31日停刊。文艺方面撰稿人主要有沈玄庐、叶楚伧、张静庐、邵力子、叶圣陶、刘大白、周作人、沈雁冰、胡适、鲁迅、冯雪峰等。1925年改版后，《民国日报》被国民党右派把持。本日《民国日报》发表述评《北京军警逮捕陈独秀，黑暗势力猖獗》。略谓："当此风潮初定、人心浮动之时，政府苟有悔过之诚心，不应对于国内最负盛名之新派学者加以摧残，而惹起不幸之纠葛也。"又，同日《时事新报》刊出时评《陈独秀无端被捕》。

《东方杂志》第16卷第6号刊行。本期"文苑·诗"栏目含《次韵宗武〈九日游雨花台归酌淮榭〉之作》（陈三立）、《沤尹、病山、琴初、仁先、挈先自焦山至，接语联吟,四宿而别,赋纪十六韵》(同前)、《瞿止庵相国挽诗》(同前)、《刘翰怡乞题其尊人小照》(陈衍)、《题莼农〈十年说梦图〉》(同前)、《寿棕龛五十》(同前)、《题陈益州书〈沈宜人墓志〉卷子》(沈曾植)、《海藏楼看樱花》(同前)、《己未四月朔,集瓶斋作南园生日,道州何维朴、新建夏敬观、桂林张其锽、嘉兴钱熊祥、临川李瑞清、山阴俞明颐、攸县龙绂年、湘潭袁思亮及余凡九人,各奉所藏遗迹,相与展拜,有画马六幅尤奇特,披赏竟日,宾退,纪以长句,后南园之生政百有八十年也》(谭泽闿)、《四月朔日,集瓶斋作钱南园生日会,观真草字幅、画马》(夏敬观);"文苑·词"栏目含《卜算子·己未始春,偕张菊生、陈叔通、周印昆、姚崇元、邓尉山探梅,次韵白石道人〈梅花八咏〉》(八首,夏敬观)。

《戊午周报》第48期(周年纪念号)刊行。本期"文苑·诗录"栏目含《穉瀤诗集》(仁寿毛澂)。

长沙《大公报》刊载《章太炎大骂南方各总裁》。

王光祈写信邀约李劼人参加"少年中国学会",并托其在成都发展会员。

林苍作《五月十八日镜湖亭独坐》。诗云:"多少新闻事不详,驱车出郭领湖光。浮云蔽日俄千变,断发临风用自伤。父老犹谈先代政,沧桑无改酒人狂。醉乡便是桃源境,省对青山坐夜凉。"

16日　北京大学教授刘师培联名马裕藻、马叙伦、程演生、王星拱、马其昶、姚永概、刘文典等知名教授40人致函警察总监:"查陈独秀此次行动,果如报纸所载,诚不免有越轨之嫌,然原其用心无非激于书生爱国之愚悃。凤仰钧厅维持地方向主息事宁人,商学各界钦感同深,可否于陈独秀宽其既往,以示国家爱护士类,曲予裁成之至意。"

全国学生联合会在上海成立,选举北京代表段锡朋为会长。陈诵洛在上海大东旅馆参加全国学联成立大会,时任杭州学联会长。

17日　《北京之文字狱》刊载于《申报》。略谓:"陈独秀之被捕,《益世报》之封禁,皆北京最近之文字狱也","利用黑暗势力,以摧毁学术思想之自由","树欲静而风又来,是诚何心耶?"

郑孝胥至古渝轩,为壬午同年一元会,集者为朱古微、王聘三、冯梦华、吕幼舲、陈叔伊、吴宽仲、王尧衢、邹紫东及何书农、何乃年兄弟。

18日　邵力子发表《古训怀疑录》,对孔孟等古圣贤格言逐一指陈不当。

傅熊湘作《五月廿一日与胡朴安、高吹万同游北固山作》。诗云:"千古英雄消歇尽,可堪今日独登台。江山憔悴空文藻,风雨飘摇老霸才。杰阁坐看凌莽苍,奔流犹自逐喧豗。凭栏何限兴亡感,岂独仓皇北顾哀?"

20日　蔡元培接汤尔和函,称将与沈尹默同赴杭州。

林纾《金缕曲（竟有窥臣语）》刊载于《公言报》。序云："余友张远伯，诚笃不欺人也。一日忽语余，有窥臣者，竟以潘醴陵见待。及见余于公园中，则老丑一罗江东耳，废然而返。余闻之捧腹，戏成此解，用以自忏，亦以自嘲。"词云："竟有窥臣语。数今年、鬓丝憔悴，又斑何许。尽使墙东恩眷重，总隔垂阳万缕。仅添上、凄凉无数。耿耿星河风力横，看游丝、细逐杨花舞。人只在，断肠处。　东风玉茗开时雨。渐黄昏、临川酒醒，杜鹃声苦。打叠牡丹亭院本，还是红停翠仁。奈老去、春光无主。金粉零星心绪懒，任烟痕、琐定闲庭户。将甚计，挽春住。"

21日　杜威赴无锡省立三师讲学，钱基博听演讲并作《我听杜威博士演讲之讨论》。略谓："则今日听美国博士之言而称'平民教育''试验主义'者，异日听德国博士、日本博士之言何不可以主张'军国民教育''黩武教育'也耶！何也？以其自我无意志，只随人脚跟为转移也。……而国人今日遂不忠于所学，以学术思想为投机：今日'国粹'，明日'新文化'。其实不过揣迎时好，弋猎声誉，作一种投机事业而已，非真有所主张有所研究云尔也。"

22日　全国和平联合会通电全国，历数"安福系"祸国殃民罪行。

章士钊分别致电龚心湛、王克敏等政要，谴责逮捕陈独秀是"忽兴文网，重激众怒"，称陈独秀"英姿挺秀，学贯中西"，"向以讲学为务，生平不含政治党派臭味"，自己与陈"总角旧交，同出大学，于其人品行谊知之甚深。敢保无他，愿为佐证"，敦促"立予释放"。

《申报》第16645号刊行。本期《老申报》"文艺"栏目含《吴农望泽歌并引》（同治十二年九月十九日）、《乩诗》（同治十三年二月二十日）、《十景碗酒令》（同治十二年二月二十六日）（诗屏主人）。

《戊午周报》第49期刊行。本期"文苑·诗录"栏目含《拟古》（黄侃）、《杨花》（黄侃）、《燕京杂感》（黄侃）、《上巳西郊禊游，与黄季刚先生连句》（曾缄）；"文苑·词录"栏目含《壶中天·酒帘》（丹隐）、《穉澥诗集》（仁寿毛澂）。

上海大世界游乐场创办两周年，朱大可作《大世界游仙歌》刊载于《大世界》报。歌云："我闻香雪海，珠宫贝阙多光彩。又闻昆仑山，金堂玉宇相回环。那知仙人亦无赖，虚无缥缈无常在。一脚忽踢香雪翻，一拳忽打昆仑碎。世界重新造大千，华严弹指信依然。方壶山水真如画，圆峤人家不计年。卅六天仙子，七二洞方士。闻有此世界，顿生大欢喜。大观楼阁郁崔嵬，时有仙人来徘徊。三岛十洲烦指点，不知何处是蓬莱。蓬莱消息今何似，海水狂飞不可止。几日移来置此间，瑶峰玉水清且绮。碧城十二玉阑干，仙人一一恣盘桓。电灯的砾辉人面，风扇盘旋吹我裳。共和厅畔呼小坐，七碗卢全我何懦。此夜星辰此夜风，仙游旧梦堪重作。天上乘槎张子文，云间驱毂卫叔卿。等是神仙弄狡狯，列子可怜傲不成。瑶池阿母盛容泽，也驾云雾降此夕。王子登弹八琅璇,婉凌华拊五灵石。中有一人字太真,雪肤花貌无比伦。起舞霓裳刚一叠,座中四象皆为春。霓裳初罢客犹醉,更进电光新影縈。七宝楼台何熇煌,十种神仙殊魂异。猿面盗续七艳珠,重重影事未模糊。笑倩安乐作重译,渠侬生小侍佉卢。安琪风姿十八九,西方美人无其偶。双手亲簪玫瑰花,一杯笑注香槟酒。酒酣余技试跑冰,左旋右盘无不能。此时群仙齐拍手,洛浦惊鸿愁不胜。亦有仙姬驼骏足,小蛮靴子红绡幞。绝世风神拟阿谁,桃花马上秦良玉。青女素娥任品题,不但人迷仙亦迷。萧史箫声何处奏,羊权条脱隔宵贻。君不见梅福跨青鸾,琴高骑赤鲤。张果控白驴,李耳驱苍儿。扶摇云路八千多,从此仙人起奔波。仙人仙人尔莫诃,请听我作游仙歌。"

23日 段祺瑞自北京电上海孙中山、唐绍仪等,表示愿同舟共济,早见统一。

鸥社于上海杏花楼酒家举行第一次雅集。参加者有王大觉、潘兰史、汪兰皋、汪子实、徐仲可、王莼农、陶伯荪、宋痴萍、俞慧殊等。胡朴安命其女沩平绘图,自作五古一首。诗云:"大风走沙石,天地变苍黄。豺虎相啖食,蛟龙各潜藏。浩劫古未有,乱极转不伤。飘飘一鸥寄,何处是故乡。离忧悲屈子,任运效蒙庄。萍踪偶然合,欢言命酒浆。江海各忘机,颓然倾台筋。老兰生白发,意气犹激昂。词人徐仲可,吐属自芬芳。小舫何沉默,小柳何清扬。子实何跌宕,痴萍何端详。寄尘清且臞,兰皋慨以慷。郁郁文采傅(傅屯艮),翩翩风度王(王莼农)。言笑欢永夕,各自有篇章。我生本狷介,杯酒资荒唐。幸从群彦后,放论许我狂。乱世多高想,志士多苦肠。渊明励清节,终朝厌秕糠。桃源辟异境,委怀在羲皇。吾辈强行乐,此乐何可长。尺缣起烟雾,寸心契鸿荒。今世是何世? 尘海渺茫茫。"鸥社图成,汪子实题之以诗,其一:"江村长夏正闲居,约得朋侪理旧书。欲与两胡论胰瘠(谓朴安与寄尘),好从一钝(屯艮)学灵虚。老兰无恙偏风郁,小柳多情自转疏。莫共沙鸥说兴废,水天一色是吾庐。"傅熊湘作《鸥社第一集》。诗云:"青天荡荡如行舟,轻雷隐耳云压头。绿树蝉吟苦未歇,午睡罢起增烦忧。冰壶玉簟思清秋,高会置酒城东陬。主人忘机客复乐,敲棋选韵相唱酬。泾胡兄弟二难收,毗陵使君空匹俦。西神词仙旧相识,臣玉曾共湘州游。汪陶徐孙各应求,岭南一老今眉涪。翩然来思得十子,猥以下走追轲丘。频年丧乱弥神州,袵席以内皆戈矛。故山榛莽不可理,枭獍出没罗魑猱。大湖南望杀气遒,大江东去随漂流。尚迟白羽制虓虎,且共沧波狎海鸥。十年展转徇恩仇,劳生扰扰何时休。欲凭楔事袯禊沙,尽遣山水还温柔。"

《南开思潮》第4期刊行。本期"文苑"栏目含《天津南开学校学生救国团一览序》(文波)、《第十三次毕业同学录序》(张纯一)、《一年二组暑假撮景记八》(文波)、《南开黑龙江同学录序》(蒋善国)、《奉天同乡录序》(叶香芹)、《送三兄心渠赴美序》(民国七年)(汪心涛)、《留别旧同学序》(徐义)、《无为篇》(蒋善国)、《雪潭夜游记》(李得温)、《学生宜力崇节俭》(李肇文)、《说习》(汪心涛)、《吊齐鲁难民文》(赵光宸)、《小山记》(杜燕骧)、《八角池记》(杜燕骧)、《新年颂》(民国六年除夕作,有序)(胡维宪)、《春游》(鉴秋)、《闲居》(鉴秋)、《送别友人》(鉴秋)、《铃声》(鉴秋)、《江上遇雨》(鉴秋)、《春来即景》(鉴秋)、《春游天津公园》(鉴秋)、《晚游郊外》(鉴秋)、《饮茶》(鉴秋)、《江上送客》(鉴秋)、《春晓》(鉴秋)、《春雨》(鉴秋)、《探春》(鉴秋)、《寻春》(鉴秋)、《江边即景》(鉴秋)、《小娃戏浴泥水》(鉴秋)、《消夏》(鉴秋)、《夏日昼眠》(鉴秋)、《春日偶题》(鉴秋)、《喻言》(鉴秋)、《抒怀》(鉴秋)、《江楼晚雨》(鉴秋)、《望友人书》(鉴秋)、《新霜》(鉴秋)、《月下闲步》(鉴秋)、《偶题》(鉴秋)、《鸡鸣》(鉴秋)、《木偶人》(鉴秋)、《吊陈后主》(鉴秋)、《静远轩诗屑》(徐幽客)、《感时》(陈时)、《送春》(陈时)、《早春》(陈时)、《遣怀》(陈时)、《梦痕诗草》(高镜芹)、《感时》(陈承弼)、《早春》(陈承弼)、《月夜》(陈承弼)、《送春》(姚葵皋)、《遣怀》(姚葵皋)、《月夜》(杜燕骧)、《春日思家》(杜燕骧)、《送春》(杜燕骧)、《观菊》(杜燕骧)、《睡起远眺》(杜燕骧)、《竹林闲咏》(杜燕骧)、《闲眺》(杜燕骧)、《早春》(叶香芹)、《感怀》(叶香芹)、《月夜》(叶香芹葵南)、《秋日即事》(戴衍良)、《和大姊〈秋夜雨〉》(戴衍良)、《病中杂咏》(戴衍良)、《西施》(戴衍良)、《虞姬》(戴衍良)、《文君》(戴衍良)、《明妃》(戴衍良)、《早起》(戴衍良)、《答胡固愚》(戴衍良)、《月夜偶感》(戴衍良)、《冬日偶题》(戴衍良)、《咏白菊花》(蒋善国)、《丙辰春在家寄召南五兄》(蒋善国)、《丁巳元旦即事二首》(蒋善国)、《郊外即景》(蒋善国)、《闺情》(蒋善国)、《暴风》(蒋善国)、《春郊即事》(蒋善国)、《重阳节》(车干)、《晚秋遇雪》(车干)、《夏日新月》(车干)、《乡思》(愚生)、《春夜感怀》(愚生)、《初春晚眺》(愚生)、《深夜闲乐》(李得温)、《桦村》(李得温)、《金陵怀古》(金鸿权)、《马嵬坡怀古》(金鸿权)、《偶感》(李肇文)、《风中柳·题严百年笼碧轩》(李肇文)、《荆州亭》(李肇文)、《点绛唇·记梦》(叶香芹)、《穷哥们》(白话诗)(文波)。

24日 陈匪石作《霜叶飞·己未长至后二日,驱车近郊,天阴人静,林梢挂雪,一白无垠。公羊曰"木冰",释名曰"氛",其实一也》。词云:"蓟门寒早。珠尘凝、愁阴疑锁林表。乱峰无语酿黄昏,淡睡容多少。叹玉烛、年光草草。临风轻换仙衣缟。似憩足芦碕,共暗雪、华颠镜里,各自凄照。 心事漫托朱弦,平沙千里,向夕征雁初到。万家门巷闭梨花,问甚时春好。引独客、归舟梦绕。江空人静披蓑钓。恣醉吟,冰梅岸,催转晴光,数声啼鸟。"

25日 安徽同乡会吴传绮等8人联名致函警察总监吴炳湘援救陈独秀。函云:"惟陈君本系书生,平时激于爱国之忱,所著言论或不无迂直之处。然其学问人品亦尚为士林所推许,历年办理教育,潜心著述,在学界似亦薄奏微劳。传绮等与陈君咸系同乡,知之最谂,用敢公同具函,恳请阁下曲赐矜惜,准予保释。"

郑孝胥、唐元素、杨子勤、冯梦华、邹紫东、王尧衢、王叔用、宋澄之赴会宾楼一元会。

《小说月报》第 10 卷第 6 号出版刊行。本期"曲本"栏目含《盘龙剑(续)》(樊樊山);"弹词"栏目含《藕丝缘弹词(续)》(第十回《攀桂》)(瞻庐);"文苑·诗"栏目含《虎邱》(瘿公)、《焦山二首》(前人)、《步郭外郊望》(散原)、《二月二十六日雪》(沈观)、《杂诗》(五首,次公)、《题随园先生小像五首(有序)》(兰史);"文苑·词"栏目含《寿楼春·次公集魏景明造像,制笺文曰:"樊山高寿"。赠笺至日,适值内子生日,赋谢嘉贶》(樊山)、《前调·和樊山见谢赠笺之作》(次公)、《惜余春慢·三月二十五日偕月子泛舟湖上,由三潭登孤山,饮楼外楼,用樊榭〈三月十二日泛湖,次清真韵〉,是日所乘舟,即曲园叟小游海舰也》(兰史)、《摸鱼儿·泛西湖至交芦庵,观所藏〈西溪〉图画,是日谒樊榭先生与月上夫人栗主,因用樊榭〈题《西湖卜居图》〉韵》(兰史)、《买陂塘·西湖莼菜,余最嗜食,用樊榭老人韵赋之》(兰史)、《高阳台·杏花楼,昔年与眉子寻春对酌处》(兰史)、《四犯剪梅花·题叶中泠〈和玉田、梦窗咏物词〉卷》(莼农)、《醉翁操·邝湛若藏唐琴绿绮台题辞》(莼农);"诗钟"栏目含《寒山社诗钟(续)》(钟社同人)。

魏清德《挽黄南球翁先辈》发表于《台湾日日新报》,又刊于 1924 年《雅堂丛刊诗稿》。诗云:"曾闻黑夜入深山,鹅鸭军声奏凯还。百战勋名凭只手,一时号令重诸蛮。垦荒自把荆榛辟,论赏频蒙宠命颁。合与虬髯王海外,惜公老死在台湾。"

陈衡恪作《题画》。诗云:"松阴绕屋夏生凉,中有幽人八尺床。朝听蝉嘶穿户牖,夜间鬼哭应山冈。"

王浩作《五月二十八日送客作》(三首)。其一:"百年傀儡场,匪聚安有散?一哄诚足悲,及此何所念。团栾镜中月,因风泣纨扇。何如参与商,终始不复见。念兹痛人肠,无地语恩怨。"

闵尔昌作《旧历己未五月二十八日顾亭林先生生日祠堂公祭,敬赋一首》。诗云:"昔游昆山县,曾拜亭林祠。玉峰亘峨峨,浩气瞻须眉。高密崇康成,昌黎尊退之。斯人遂不作,雅道日凌夷。博学而有耻,彝训长昭垂。守先更待后,东周犹可为。吾乡汪明经,私淑实在兹。阮公传儒林,仍以弁冕推。渊乎用世略,卓尔人伦师。玄经原自守,丹漆空相随。庙貌焕宣南,何张始营治。高阁邻毘庐,双松映寒姿。丧乱廿载来,笾豆荒有司。楼圮槐亦熸,院废棠先萎。慈仁既改作,大书昭忠碑。西偏屋三楹,历劫能留遗。图籍尽散亡(张石州云祠中存《宋元学案》《唐张夫人墓志》),牖户牵蛛丝。客来征故事,独有残僧知。庚寅降正则,夏五扬灵曦。香山与东坡,称寿隆前规。多士臻朔南,展谒当阶墀。蕉黄荔子丹,荐此酒一卮。吾生值鼎革,有似申酉时。剥复本乘除,梦想还轩羲。川岳非无灵,尚冀生英奇。贱子惭雕虫,弇陋徒见嗤。

亲炙怅末由，钻仰憾已迟。迎神奏新曲，仿佛下云旗。九原寄遐慕，流连未忍辞。重阳事秋禊，更和月斋诗。"

郁达夫作《别戴某》。诗云："与子交游刚五载，议论常欲倾江海。有时击筑歌呜呜，同过坊间访朱亥。作伴青春得几时，灞陵桥外柳如丝。伯劳飞燕东西别，忍向江城一笛吹。一笛江城从此去，悠悠后会知何处。但愿他年再见时，我非故我汝非汝。故国衰亡事纵休，子房终欲报韩仇。莫忘祖逖中流楫，独上王生半夜楼。"

26日 胡适致信《时事新报》主编张东荪，略谓："陈独秀先生被捕事，警厅始终严守秘密，不把真相发表也不宣布真态度，到前日始许一人往见独秀。他现染时症发寒，他的朋友听见了很着急，现在有许多人想联名保他出来养病，不知能办得到否？"

章太炎作《致易培基书》论湘中人物。

27日 北京、天津等地各界代表500余人至总统府请愿，要求拒签和约，恢复南北和会等。次日，总统徐世昌出见，被迫电令中国参加巴黎和会代表拒绝签字。又，中国代表拒绝巴黎和约签字。北京无线电台收报员利用交通部无线电接收设备，直接收到巴黎消息，立即通知正在新华门总统府前静坐之大、中学生。

28日 巴黎和会闭幕，中国权益受侵害。刘鹏年作《蝶恋花·欧会闭幕，倚此志悲》。词云："啮臂前盟深几许？软语商量，转触檀郎怒。谣诼无端来众女，抛人冷冷清清处。　　薄命如花侬自主，把定芳心，不嫁瞿塘贾。化作冤禽东海去，人天缺恨从头补。"

梁鼎芬病瘫在床，奏请"开去差使"。溥仪传旨："再赏假两个月，安心调理，毋庸开去差使。"

胡适作《爱情与痛苦》。后载1919年7月6日《每周评论》第29号。诗后有跋云："有一天，我在张慰慈的扇子上，写了两句话：'爱情的代价是痛苦，爱情的方法是要忍得住痛苦。'陈独秀引我这两句话，做了一条随感录（《每周评论》25号），加上一句按语道：'我看不但爱情如此，爱国爱公理也都如此。'这条随感录出版后三日，独秀就被军警捉去了，至今还不曾出来。我又引他的话，做了一条随感录（《每周评论》28号），后来我又想这个意思可以入诗，遂用'生查子'词调，做了这首小诗。"诗云："也想不相思，可免相思苦。几次细思量，情愿相思苦。"

29日 上海国民大会以北京政府卖国，通电与其脱离关系，并停止纳税。

《申报》第16652号刊行。本期《老申报》"文艺"栏目含《冬至后二日乘轮来沪途中口占》（二首，养廉馆主）。

《戊午周报》第50期刊行。本期"文苑·诗录"栏目含《感兴》（黄侃）、《杂诗》（汪东）、《题〈楚辞〉》（曾缄）、《漫兴》（曾缄）；"文苑·词录"栏目含《西平乐》（黄侃）、

《扫地花》（马叙伦）。

林苍作《六月初二日广资楼第一次消夏集，伯谦、足九、公和、范屋、抱冲、感沤、如香、树如及苍九人而已》。诗云："风雅南皮事不闻，江楼避暑集同群。久将白眼供桑海，故借红妆照水云。老去逢辰殊负负，人生行乐亦云云。酒阑却有无穷意，料理深林过夜分。"

30 日 夏敬观赴张元济约宴家中，同至者高凤谦、鲍咸昌、李宣龚、陈叔通，议商务印书馆人事事。

本 月

孙中山在上海会见徐世昌、段祺瑞特派和谈代表许世英时，郑重提出陈独秀被捕一事。他说："独秀我没见过……你们做得好事，很足以使国民相信我反对你们是不错的证据……只是他们这些人死了一个，就会增加五十、一百。你们尽做着吧！"

《尚志》第 2 卷第 5 号刊行。本期含《海月楼诗话（续）》（袁丕钧）；"诗录"栏目含《乙卯除夕二首》（袁丕钧）、《题张愚若太史归云楼》（袁丕钧）、《人日寄陈衍先生福州》（袁丕钧）、《答伯举北京见寄》（杨赫坤）、《雪行富士山，怀袁百举》（杨赫坤）。

《安徽教育月刊》第 18 期刊行。本期"文艺·诗"栏目含《西湖杂诗（续）》（李大防范之）、《读张易吾志、李范之大防两厅长山水纪游各诗，敬赋长律四章分呈》（高亚宾）、《亚宾先生见赠长律四章，敬和首韵》（张志）、《病假休居，北窗长卧，风回梦醒，意适心舒，率成五律一首，写呈亚宾先生，借供一噱，并以奉陈疏懒近状，词语工拙不足云也》（李寅恭）、《己未六月在京，题〈陈夑之先生六十寿册〉》（李寅恭）。

《浙江兵事杂志》第 62 期刊行。本期"文艺·诗录"栏目含《杨督军题〈徐葵南先生暨岳太夫人事略〉》（佚名）、《奉题〈徐葵南先生暨岳太夫人事略〉》（乐山）、《杨州吊史阁部》（榕园）、《金山咏韩忠武事》（榕园）、《焦山江上，为张世杰与阿术、董文炳、刘国杰血战地，诗以吊之》（榕园）、《渔梁驿，为韩蕲王擒刘正彦处》（榕园）、《秋兴八首》（小卒）、《怀古》（小卒）、《苦雨联句四首》（小卒）；"文艺·词录"栏目含《满江红·樊谏议附祀白太傅祠》（向因）。

《梨影杂志》第 5 期刊行。本期"杂俎"栏目含《戏剧物类名称考履类》《军械类》《拟梅郎别矮子书》《十鬼吟》《听李雪歌》《优界铭》《抵制之良好机会》。

吴昌硕为久诚绘《牡丹图》并题："昨夜东风巧，吹开金带围。折花欲有赠，香露沾罗衣。久诚仁兄雅属。己未五月，吴昌硕，年七十六。"又为廉泉临石鼓（扇面）。又，吴善庆孤山建还朴精庐，吴昌硕为之篆书"还朴精庐"四字额并题："潜泉迤西，辟堂三楹，祀吴延陵季子。盖吾宗硕德趾美泰伯者，相距千数百年。虽华胄遥遥，而吾祖训以朴为主。从孙善卿赋性诚笃，恒以朴之一字自勖励。来此瞻拜，憩于斯庐。因以还朴名之，属余篆题，亦报本返始之意也。己未皋月，吴昌硕敬书并识。"又，张兰坪沪上新居,颜曰陔庐,吴昌硕为之篆书题额。李泰来题记。又,吴昌硕为张增熙《吴天玺纪功碑双钩本》署耑并题四首。其一:"天子巍巍庆永宁,景山松柏式芳型。碧甍金瓦罘罳外,游到高寒偶遂亭。"其二:"滑稽乘兴小勾留,曼倩何妨传不收。食枣饮(泉)仙亦可(饮下夺泉字),竟铭有汉见风流。"其三:"城上西山画本开,恍随查客蹑蓬莱。承平天日官闲适,驻马通衢校酒才。"其四:"无端幻蜃出潢池,泪滴金人劫覆棋。回首溪堂琴酒客,薇亭研(食)各天涯(研下夺食字)。"跋云:"查客供职京师,缶曾寄其寓斋,文酒之雅,诙谐之乐,时在庚戌,而辛亥之秋,即丁大变,迄今未及十载,前尘回首,如在梦中,此查客《话旧图》之所由作也,题四绝句请正。乙未五月,吴昌硕年七十六。"

胡怀琛本月至 1920 年 10 月在江苏第二师范、神州女学校、上海专科师范授课,印发谈白话诗文讲义,其中部分篇目登于《时事新报》和《时报》。

徐特立偕同学 17 人赴法勤工俭学,毛泽东、何叔衡、熊瑾玎等前来送行。

郭沫若在日本福冈发起组织反日团体"夏社"。

田汉与友人聚于东京,举行少年中国学会东京分会会员第一次集会。

夏承焘作《学诗偶谈》《学愚斋笔记》数则。

张戈生。张戈,陕西蓝田人。著有《张戈诗画选》。

刘凤翔生。刘凤翔,字慕锡,号黄鹄山人,原籍鄂州。著有《溪声集》《凤翔吟草》。

黄良筹生。黄良筹,福建闽清人。著有《梦痕吟草》。

陈师曾为范钟遗诗《蜂腰馆诗集》作跋。跋云:"仲林先生没后十年,其友张允亮,弟子徐鸿宝将为刻其遗诗。先生少年之作,皆自弃去,存者始壬辰岁,自是数年以来之踪迹,惟弟子陈衡恪得而详焉,乃略整理次序归之。先大父官湖北按察时,延馆署中,衡恪从受业,朝夕侍左右。而先生与吾父相契甚殷,倡和讲论,往往至夜分不倦。衡恪侧闻余绪,多所获。其后妻以兄子,盖由于是时见爱之笃也。当壬癸之际,海内乂安,无兵革水旱之患。南皮张公方督湖广,儒雅宏达,荟萃一时。而武昌为江汉要区,四方贤俊过者,辄相与流连游燕,文酒之盛,无逾于此。先生欣于所遇,感奋万端,故其所为诗亦最夥。甲午以后,国事屡变,士类摧折,或奔走流散,无雍容暇豫之乐。先生乃一官潦倒,卒以县令终,而其兄外舅肯堂先生、弟秋门先生亦皆不永寿,此尤可悲也。先生尝自言其诗蚤岁习为绮靡,颇以自疚,乃废置不作者数年。独取李杜之诗沉思熟诵,以求其气格、意境、声调所以然之故,尤致力于太白。肯堂先生、吴挚甫先生复以惜抱、濂亭两家诗文一贯之道相与阐发。及至武昌,与吾父参互订证,而所会益深。故其诗闳肆瑰伟,不可端倪。固由于性情之荦笃,思虑之绵邈,怀抱之高远,而得于师友者不可没也。蜂腰馆者,先生自以为介于伯季之间,名以寓谦抑之意,并记于此。己未仲夏,陈衡恪。"

姚光为吕志伊《逊敏斋诗集》作序。序云："当辛亥之春,广州义师失败,七十二烈士殉之。思茅吕君志伊,躬与其役,幸以不死,避地海上。余晤之于民立报社,是为余识君之始。光复后,君一任南京政府司法部次长,继被举为参议院议员。袁世凯谋叛,又佐护国军起兵于其乡。余亦数数晤君于南社雅集席上。君神致肃穆,不多言笑,望而知为有深沉之思、坚毅之力者。年来余饱阅世变,杜门鲜出,颇多忧伤憔悴之思。君忽邮书抵余,属序其所为《逊敏斋诗》,则君之心事亦日渐平淡矣。慨自军兴以来,我党诸子之死事者多矣,间有失节背盟以去者。君以百劫余生,既抑塞不得志,乃鹏息蠖伏,以葆其初衷。其忧思感愤之所郁积,一寓于诗,是殆欧阳修所谓'非诗之能穷人,穷者而后工也'。虽然,以君之才具,足以经纶天下,余固知君雄心未死,岂为无益之事,以遣有涯之生者。余闻声音之道,与政相通。君诗和平中正,大雅之遗。今国事蜩螗,得君之诗,正如长离之鸣。异日者,君出其所蕴,以奋见于世,更出乔丽堂皇之音,以鼓吹升平,则君之志事毕矣。中华民国八年六月,社盟弟金山姚光序。"

王德钟(大觉)遵柳亚子嘱,选辑苏曼殊七言绝句 61 首,五言绝句 4 首,编定《燕子龛遗诗》。柳亚子本年刊行铅印本,题名《曼殊上人燕子龛遗诗》,由傅熊湘(屯艮)题签。王德钟作叙云:"乌乎!近代诗道之宗尚,诚难言矣。所称能诗者,争以山谷、宛陵、临川、后山为归。自意寄兴深微,裁章闲澹,刊落风华以为高。然仅规模北宋之清削,而上不窥乎韦、孟之门者,则塞涩琐碎之病作焉。自古作家,珥珰钗钿之词,苟其风期散朗,无伤大雅,在所不废。今固亦有二三巨子,力武晚唐,以沈博绝丽自雄,顾刊播所见,隶事伤神,遣词伤骨,厥音靡靡,托体犹远在《疑雨》之下。宜乎《玉台》《西昆》,见诟于世哉!乌乎!于是而苏子曼殊之诗,可以俎百代已。曼殊天才绝人,早岁悟禅悦,并邃欧罗巴文字,于书无不窥,襟怀洒落,不为物役,洵古所云遗世独立之佳人者。所为诗茜丽绵眇,其神则蹇裳湘渚,幽幽兰馨;其韵则天外云璈,如往而复;极其神化之境,盖如羚羊挂角而弗可迹也。旷观海内,清艳明隽之才,若曼殊者,殊未有匹焉。"柳亚子作序云:"曼殊奄化之岁,青浦王德钟辑其遗诗,得如干首,将梓以行世,属余为之序。呜呼,余何忍序曼殊之诗哉!余初识曼殊,以仪征刘师培为介,顾君栖穷岛,余蛰荒江,未获数数相见也。武昌树帜,余在沪渎,值先烈陈英士先生异军突起;君自南土来书,谓:'迩者振大汉之天声,想诸公都在剑影光中,抵掌而谈。不慧远适异国,惟有神驰左右耳。'又曰:'壮士横刀看草檄,美人挟瑟请题诗。遥知亚子此时乐也。'盖兴会飙举,不可一世矣。和议既成,莽操尸位,党人无所发摅,则麇集海上,日夕歌呼饮北里;君亦翩然来,游戏宛洛,经过李赵,吾二人未尝不相与偕也。既余倦游归里,君去皖江。嗣是五六年间,沧桑陵谷,世态万变,余与君相聚之日遂少,即聚,亦无复前日乐矣。最后仍晤君沪渎,时为英士归葬碧浪湖之前数日，握手道故，形容蕉萃甚。君言：'邑庙新辟商场极绚烂，顾求旧时担饧粥者弗可得，盖大商垄断之术工，而细氓生计尽矣。'君生平绝口弗谈政治，独其悲天悯人之怀，流露于不自觉，有如此者。君工愁善病，顾健饮啖，日食摩尔登糖三袋，谓是茶花女酷嗜之物。余尝以芝头饼二十枚饷之，一夕都尽，明日腹痛弗能起。又嗜吕宋雪茄烟，偶囊中金尽，无所得资，则碎所饰义齿金质者，持以易烟。其他行事都类此，人目为痴，然谈言微中，君实不痴也。尝共余月旦同时流辈，余意多可少否。君谓：'亚子太丘道广，将谓举世尽贤者。'余曰：'然则和尚将谓举世尽不肖耶？'相与抚掌而罢。和尚者，君少时尝披剃广州慧龙寺，故朋侪以此呼之。君精通内典，然未尝见其登坛说法。吴县朱梁任尝劝余从君学佛，君笑曰：'是当有缘法，非可强而致也。'呜呼，泃可谓善知识矣！君好为小诗，多绮语，有如昔人所谓'却扇一顾，倾城无色'者。又善画，萧疏淡远，似不食人间烟火物。往还书问，好以粉红笺作蝇头细楷，造语亦绝俊，恒多悲感及过情之谈；盖苏长公一肚皮不合时宜，借此发泄耳。君既殁，吴县叶楚伧，上海刘季平咸拟辑其遗稿，而滇中某贵人欲斥千金尽刊君诗画之属，未知其能有成否也。王子所辑虽不多，见虎一文，亦足慰君于地下矣。余既为文以传君，而觊缕之词有未尽者，爰弗辞而复为之序。时中华民国七年双十节前二日，吴江柳弃疾撰。"

张克家撰《如法受持馆诗余》（1卷，1册，铅印本）刊行。己未夏五张寿题签。张克家撰小引云："士至欲以文字传其志，亦大可哀已。况复所志在吴歈、残山剩水、南唐史。自从亚子困伶官，协律诸郎散江涘。人人握瑾家怀瑜，遂谓沱潜发正始。《词综》《词律》皆南人，古音反陋中州士。尤怪鬈眉莽莽尘，幽并豪客被吓死。我本颓然自放身，得句即将书茧纸。凄凉噍杀两失之，感时伤遇不由己。若还黄钟定中声，此种自然销灭矣。天津张克家题。时己未夏四月一日。"张克家（如法老人）自跋云："诗以道性情、正风俗、明礼义也。词则不然，其志淫，其气靡，其辞纤而缛，其音噍杀而哀，盖优俳之所蓄，倡伎之所弄也。而亡国之士宜之。余幼时案头得《词律》，纵读，爱而惮之，将求师而从学焉。奄忽五十年，改步改玉，实亲见之，怦然有动于中。适王君切庵宦成归里，切庵固先余而为此者，喜而往叩之，不吾告也。曰：'此非古人之所云云云尔。'复叩之曰：'能歌乎？'曰：'未也。并吾世而有能歌者乎？'曰：'未之闻也。上而至于朱竹垞、万红友何如？'曰：'莫之或知也。然则等于自郐以下而已。世有师旷，则将投于濮水之上矣。'是卷多成于乙卯之夏、乙未之春，以其用力也勤，而得失也小，姑存之。如法老人自跋。"

章梫作《己未五月，再谒孔子庙林呈燕庭上公》《己未五月，登岱顶观日出为蒙气所蔽》。其中，《再谒孔子庙林呈燕庭上公》云："乾坤两虚器，圣道位三才。桧树枯仍苗，楷林老不摧。桥门欣再入，祠祀辛恭陪（仲夏家祭，燕庭上公，许随班行礼）。

乱极人思治，尊亲遍九垓。"《登岱顶观日出为蒙气所蔽》云："头上青天不可欺，浮云涵海影迷离。我经多难登临日，正是中原望雨时。"

李焕章作《己未仲夏寓金城梦谦弟》。诗云："花萼遭风雨，凄怆逾廿年。吹篪音久寂，无计启黄泉。今夕复何夕，天公假我缘。客中逢予季，言笑若生前。问渠共谁来，岂不畏炎夏？答言匹马来，独行殊潇洒。予怀忽思归，欲跨乏鞍马。弟言兄乘驹，愿随鞭镫下。语朴情弥挚，怡怡共一堂。邻鸡何无赖，惊离黑甜乡。顿使幽明隔，鸰原竟渺茫。谈言犹在耳，想象断人肠。"

李广濂作《己未五月停舟香港登岸游览，叠渔洋〈秋柳〉韵志感》(四首)。其一："阳关三叠最销魂，停舶香江望国门。碧岛赠人留素憾，青衫拭泪认新痕。空中楼阁真疑幻，世外桃源别有村。大好江山非我属，外交遗误不堪论。"其二："岭南温暖素无霜，万卉芬芳傍野塘。游屐奔跄应折齿，电轮升降似悬箱(电车直达山顶)。登高懒续刘郎韵，据险宜称海国王。人事沧桑千古恨，浇愁贳酒到街坊。"

黄兰波作《报载北京、天津各地学生因反对鲁案从事爱国宣传，被捕千余人》《毕业乌山师范学校，离校前夕，与同级友林绳武夜话至宵深，口占二十八字志别》《满江红·感事》。其中，《被捕千余人》云："朝来何事共奔忙？扼腕咨嗟对报章。大地风雷方奋迅，群魔气焰益嚣张。瓜分遽尔成今局，鱼烂徒然速自亡。多难殷忧资淬砺，俊髦后起赖图强。"《满江红·感事》序云："一九一九年五、六两月间，发生震动国内外三大事：一为五月四日北京学生爱国运动；二为六月三日上海工人大罢工，全国响应；三为六月二十八日我国代表慑于国内舆论威力，拒绝在巴黎和约上签字，给帝国主义以重大打击。此三事是一年多来全国新知识界从事反帝国主义、反封建主义及介绍苏俄革命理论、提倡新文化运动之成果。令人感奋。"词云："工学联盟，齐奋起，严惩国贼。人四亿，黄炎神胄，式微今日。虎视列强为刀俎，瓜分惨祸临眉睫。挽危亡，遑敢惜牺牲，青年责。　封建毒，须湔涤；洋奴说，须排斥。学苏俄经验，马恩逻辑。多难倘能资发奋，旧邦亟应蠲因袭。喜庶民革命浪潮高，风云急。"

─────────── 夏 ───────────

李岐山在京城出狱。冯玉祥多次电邀赴湖南襄赞军事，拟南下应召。时陕西靖国军围攻西安甚急，陕西督军陈树藩急电邀其前往调解，遂改道而西。至陕后，靖国军司令于右任及邓宝珊诸将领均表欢迎，嘱相机行事，以达革命目的。叶荃部下卢占魁与李岐山有旧交，即将赴湖南，所留部队归李岐山指挥，驻扎西安郊外遇济屯，颇有左右陕局之势。

《凤藻》创刊于上海。圣玛利亚书院编辑、出版、发行。1930年6月出至第10

期停刊，共出 10 期。中英文合刊。主要刊发时事评论、教育论著、讲演、名人轶事、文艺、诗词、小说、戏剧、书札、纪事、通讯、章则、公函、训令、师生留影等。主要栏目有"社论""文艺""译丛""说林""纪事"等。主要撰稿人有徐士廉、倪征琮、杨瑞卿、俞庆棠、黄孟姒、杨培静、李佩丽、蔡绮存、杜敏筹、叶古谋等。

《槜李》（半年刊）创刊于上海。上海南洋公学嘉兴六邑同乡会编辑，商务印书馆印行。主要刊发诗词、散文、小说、剧本、笔记等。主要撰稿人有陆祖英、沈嗣芳、道非、禹钟、朱翘、钱天鹏、戈绳武、朱笏廷、朱大可、朱士方等。

冯煦此前赠陈衍其所刻《徐州二遗民诗》，陈衍赋《梦华持赠所刻〈徐州二遗民诗〉，久欲赋谢而未成，坐雨诗来，遂复次韵》以谢。陈诗云："浮家泛宅非常策，岸上牵船谁絷维。却喜寓公存数子，差强儒雅不同时。素心自古宜携手，黄气何当见上眉。怪汝遗民诗几卷，廿年前已写乌丝。"

吴昌硕为铃木三山绘《山水图》并题："晓山山气清，晚山山气浓。日日看山色，山山各样容。铃木三山雅属。昨见仲圭画卷，为先生背临之。吴昌硕。年七十有六，时己未夏。"又为王伯群临石鼓轴，为永清行书《即席》诗轴，为郭福衡绘《竹石图》。又，为王传焘行书《雪景山水》二绝句（扇面）："飞扬白雪进黄沙，金勒名驹七宝车。谁信山中有人住，三椽茅屋万梅花。老夫画山不画雪，自有雪意来毫端。萧萧竹树磊磊石，稍点枯苔已觉寒。《雪景山水》。季眉世讲。己未夏，吴昌硕年七十六。"又，为张增熙行书《话旧图》《得碑图》（扇面）。其中，为《得碑图》题诗二首。其一："一圈标界例谁私，普戒亭林共阙疑。峻格崧高诗烂熟，奇觚还识褚回池。"其二："即心见佛气氤氲，海立山摧了不闻。浊酒浇愁醒梦早，有时寻我一书裙。《得碑图》。查客属，录于禅甓轩。己未夏，吴昌硕年七十六。"又，为苏曼殊篆书"立道古人"十二言联："立道不鸣享，所乐识时安出处；古人逢大用，唯求涉史寓方员。子谷仁兄属，集石鼓文字，实处略似让翁，此衰年进步也。时己未夏，七十六叟吴昌硕。"又为敬恒绘《萧斋清供图》，为丽云篆书"求贤为乐"四字轴。又，为友勤篆书"静游嘉好"六言联、"人识吾逢"七言联。其一："静游乃逢康乐；嘉好或同子猷。友勤仁兄雅属，为集猎碣字。时己未夏，七十六叟吴昌硕。"其二："人识深原唯不出；吾逢康乐好同游。友勤仁兄雅属，为集猎碣字。时己未夏，七十六叟吴昌硕。"又为张钧衡篆书"处有道彼"十言联。

胡石予登昆山马鞍山，吟《玉峰》诗一首："玉峰峰不高，冈峦自起伏。摄衣一登临，曲折与往复。下山披草坐，眼前一堆绿。乃觉看山佳，上山殊仆仆。"又，胡石予长子昌会（太仓县蓬莱乡小学校长）进县城开会罹疫，归即亡，年仅 34 岁。胡石予作《哭昌会儿》诗，刊于 1920 年 10 月出版之《国学丛选》第 12 集。

林鹍翔联同姚劲秋访况周颐，朱祖谋在座，况周颐与诸君共谈倚声之学。时况周颐仍居餐樱庑。

　　胡朝梁示王浩诗集，王浩读而有题，作《读〈诗庐诗草〉》。序云："己未夏日，余寓居京师，或经月不出。偶过诗庐，出十年来写定本，付余论订。既惶遽谢不敏，则逊辞以要之。且曰使吾子更三年前在京师，吾不知增诗几许，意断诗久矣。余谓朝士之诗，身达而志遂，可以不更作，诗庐不妨还为之。无名而远名，有道者可已而不已也，未知诗庐于意云何。"诗云："巧宦半奇士，其半或为奸。天乎不与仁，于遇匪所慳。乃知造化酷，美遇无白坚。何疑凿壤人，可死不得官。江湖绰奇丽，固是昔日观。雾豹苦怀文，有道焉得全。长安好车服，文字亦换钱。投此不资身，抑若终南山。为善岂不终，其始盖非然。远利矫然耳，韬名良独难。君今辨老钝，四十到青毡。兹事有结束，文字亦可蠲。学益道则损，此语已见端。但持竞时尚，亦足谢心肝。岂徒工君穷，庐陵语殊贤。"

　　弘一大师于虎跑寺结夏，夏丏尊往访，弘一大师手写《楞严经》数则贻之。

　　梁漱溟接熊十力从天津南开中学寄来明信片。暑假，熊十力从天津到北京，住广济寺。熊、梁二人一见如故。熊十力离京时，介绍张难先与梁漱溟相识。

　　胡先骕暑假后由南京返里省亲，途中重游庐山，得览诸名胜古迹。作有《己未夏重登匡庐》《海会寺》《五老峰》《归宗寺》《栖贤寺》《黄龙寺溪头》《白鹿洞》《万杉寺》《秀峰寺》诸诗。其中，《己未夏重登匡庐》云："匡庐旧游地，云护万松生。草树随处好，溪山无限情。风湍喧壑语，萝条媚禽声。领此出尘旨，安知世上名？"《五老峰》云："五峰高峙处，草树与云齐。药气绵深涧，禽言传并溪。身心入寒翠，笻屐恣攀跻。行待招猿鹤，诛茅此共栖。"

　　陈登恪在北京大学毕业。赴法国留学前，回南京省亲。

　　苏雪林暑假从安庆省立初级女子师范回太平县岭下村，忽接母亲从宜城寄达家书，作《己未夏侍母自里至宜城视三弟病》长诗纪其事。诗云："行行抵鹊江，西日在嶙峋。解装憩逆旅，各各了饥渴。投枕烂漫睡，哪知东方白。阿娘唤我醒，灯昏眼生缬。衣衫为我理，头发为我栉。虽长犹儿痴，母笑且蹙额。融融母子恩，此味甜如蜜。我愿长孩提，终身依母膝。长风吹江波，双轮驶如掣。日里到宜城，驱车访蘧莑。家人惊乍来，问讯反吃呐。阿弟病在床，柴瘠欲骨立。阿娘抚视之，悲喜还呜咽；阿父忧患深，须发半如雪。共感祖宗灵，九死竟得脱。今惟不能眠，长夜神澄澈。所居邻市尘，车马日喧聒。防声如防贼，微响耳偏达。宜城濒大江，骄阳毒如炙。江水扬沸汤，似鼎煮鱼鳖。向晚起凉飚，暑气蒸闿闼。大扇不停挥，病者犹郁怫。地僻寡良医，脉理难详察。可怜血肉躯，乃以试其术。茫茫天地间，众生亦何孽？情感既融凝，烦恼从此出。两亲寝食废，床前长躞蹀。雇我手足情，日夜亦心怀。峻险已经过，或不更颠踬；波涛已屡惊，舟楫必无失。苍苍请呵护，化凶以为吉。夜阑风雨寒，情景忆琐屑。

挑灯咏新诗,往事聊记述。"

张大千完成染织学习,由日归国。

《希社丛编第七册》(铅印本)刊印。注明"己未(1919)夏季补丁巳(1917)年出版"。集前有清道人题签"希社丛编",社件含新社友录、编书处启事、高太痴附启。新社友录含:陈璞、庐福基、翁守藩、苏保荣、沈乃奎、郑逸、林躬、谢绳祖、徐承颐、僧澹吾、僧虚生、袁宝恭、僧圆通。编书处启事云:(一)第七册社编上年早应出版,因事停顿至今,但其中各稿除《同声集》外限以丁巳为止,故关于戊午时事者,并不羼入,以俟后编,盖是册系补丁巳之不足也。现七册既出,敝处已将戊午存稿接续赶编,以备本年秋冬再出第八册,并变通旧例,无论新旧,各稿均可酌量插入,惟全书限于六月前编竣,诸君投稿尚祈从速,并乞查照投稿规则,以免更加钞写之劳。(二)凡以一小像嘱登本编者,向例备照片一张,连铸铜版费交社代办,其费照英度平方三寸计算,每版需银一圆,三寸以内同价,四寸约加半圆,印后其版可由本人取回,又因纸张昂贵,凡登四寸版者,另须贴费,三寸者免贴,此六册以前之规定也。现纸价仍旧,惟因照片加多,是以酌量收缩,并将定章声明。嗣后嘱登小像,希即援照办理。(三)同人诗文钞署名,向来另作一行,冠于题前,兹自七册起改照珊瑚网等体例一律排于第一首题下,盖姓名下应注各项已详社友录中,故改从简略,幸同人谅之。(四)是册因《感逝集》《玉辉遗稿》所占叶数较多,故各家诗文钞及《凝道堂笔记》《澧溪消夏录》均暂行停登稿,由敝处保存,容后酌量续刊。高太痴附启云:"鄙人早撄不寐之疾,至今三十余年,神经衰弱,日渐不支,对于修辑社编,事繁责重,竭蹶尤深。不料上年旧疾复发,延至目下,一息幸存,精力更短。第念社编停顿岁余,都由贱恙,抚躬循省,愈抱不安。兹幸七册已出,八册亦在赶编,伏望诸君鉴此区区维持弗懈,谨此附达,藉表歉忱。"本集含《同人诗文钞》:《〈顾影自怜图〉题咏集序》(高翀)、《〈传空集〉序》(高翀)、《〈五世寿考图〉歌,为奉化桐照林氏作》(高翀)、《题朱君益明小像》(高翀)、《高母王太君挽词》(高翀)、《调寄〈凤敲竹〉·挽刘君藉芳,即唁其兄猗宏同社》(高翀)、《庭中紫牡丹方开,李谷遗丈偕朱古微侍郎过访,以诗见赠,次韵奉答》(潘飞声)、《陶拙存公子枉过赋赠》(潘飞声)、《霜花腴·孟符先生入都修史,临别和梦窗〈霜花腴〉词,书扇为赠,倚韵奉答,即以送别》(周庆云)、《调寄〈满庭芳〉·人间何世,海国春残,难得清明又逢上巳,余以是日举社愚园袚饮之乐,匪拟洛中,盛衰之感,或逾逸少,长歌未尽,谱此写怀》(周庆云)、《次白下黄云门韵》(二首,邹弢)、《樵云山人程君尧臣抱病六年,于丁巳中秋夕遽归道山,行年六十有一,就我两人所契,挽之以诗,不及其他》(陆绍庠)、《题周君苣丰〈孤寒思痛图〉,为节母顾太君作》(陆绍庠)、《寿宋君云皋五十》(陆绍庠)、《调寄〈百字令〉·会稽冯古琴(锴)收得榷伊璜先生大草一帧,曰:"与俗相忘存远识,于交不暂见深情。"疑书赠吴六奇将军者，为制两阕》（二首，唐咏裳）、《丙辰中秋后一日登育王山有作》（并序）（二首，舒昌森）、《重过退庐，即赠望溪社友》（舒昌森）、《自杭返沪，车次松江》（舒昌森）、《偕月禅上人游圆通寺》（舒昌森）、《凤生社兄自营口寄示新诗并讯予近况，赋此代柬》（舒昌森）、《重晤黄云门老友于沪上，席次述感》（舒昌森）、《龙兴寺虚公丈室题壁》（舒昌森）、《云夜过万年桥》（舒昌森）、《〈虞山图〉题句》（舒昌森）、《寒山寺，题张懿孙诗碣后》（舒昌森）、《调寄〈贺新凉〉·丙辰新秋与同社张植甫、陆瑞伯小饮遂园》（舒昌森）、《调寄〈高阳台〉·丁巳暮春王惠生社兄招饮，席上赋呈周君苣丰（承燕）及酒丐咏茗》（舒昌森）、《调寄〈贺新凉〉·雨夜宿西泠香山禅院不寐有作》（舒昌森）、《调寄〈摊破浣溪沙〉·夜归过觅渡桥》（舒昌森）、《游旧清宫感赋》（十首存六）（汪远翥）、《秋日田家即事》（戴坤）、《酬石甫》（戴坤）、《丰城吕霁川遗像序》（为其孙静斋属题）（曹曾涵）、《赠山阳主亦奇》（徐公辅）、《挽陆太傅》（二首，徐公辅）、《蔡支佛先生见示感怀诗，次韵奉酬》（赵恺）、《寿顾松泉先生六十》（二首，徐元芳）、《新春寓皖中作》（徐思瀛）、《〈长生曲〉，介爱俪园主哈同先生及罗夫人双寿》（唐尊玮）、《题〈梅花水月图〉》（宋垚寿）、《冬日至城湾乡省墓遇雪》（宋垚寿）、《挽全社刘语石广文，即次告存原韵》（二首，袁昌和）、《无题，次缕馨仙史韵》（徐公修）、《调寄〈瑶台聚八仙〉·牛女渡河日，祝哈同先生暨罗夫人双寿》（王沛麟）、《东皋筑室，乞云海秋邑尊题额，曰传经堂，诗以达意》（朱家骅）、《和云海秋邑尊〈留别〉韵，并答招同武林之游》（二首，朱家骅）、《哈同君、罗迦陵女士双寿颂》（朱家骅）、《题太痴所著〈千金诺〉后》（朱家骅）、《悼归吴氏侄女·调寄〈减兰〉》（朱家骅）、《青浦徐宗石先生八十大庆并重游泮宫征诗文启》（钱学坤）、《拜岳忠武王祠墓》（金天翮）、《钱武肃王祠》（二首，金天翮）、《晚过西泠桥吊苏小墓》（金天翮）、《哀黄烈妇》（项寰）、《乞巧词》（徐尚志）、《七夕》（徐尚志）、《后还珠曲》（并序）（黄协埙）、《题〈李古余先生事略〉后》（张荣培）、《定远方佛生先生与其徒方外虚生合作〈柏灵介寿图〉征诗，爱作长歌以寿之》（张荣培）、《野鹰歌》（邹文雄）、《读石鼓文漫题》（邹文雄）、《戏綦画眉鸟一头，驯且善鸣，不三年而羽化，诗以悼之》（邹文雄）、《惠山泥制人物歌》（邹文雄）、《新游仙》（丙辰作）（八首，沈其光）、《寄印上人》（沈其光）、《访了公不遇》（沈其光）、《嘉定夏蕉饮先生（曰琖）挽辞》（前知淳安县事，家居南翔）（沈其光）、《题朱小蓉先生遗稿》（前太平县丞）（沈其光）、《园夜》（沈其光）、《和赵敬卿〈秋日感怀〉原韵》（陆玉书）、《王君鼎臣以〈天津大水感赋〉见示，次韵奉和》（二首，陆玉书）、《奉酬陆莼伯先生，即步原韵》（三首，陈璞）、《〈忧旱篇〉，和周渊如丈原韵》（陈璞）、《再步周渊如丈原韵奉酬》（陈璞）、《拟刻〈陆橘仙先生遗稿〉感赋》（陈璞）、《喜瑞芳儿生》（陈璞）、《斋居自述》（陈璞）、《花朝，和沈襄臣先生原韵》（陈璞）、《秋夜闻虫有感》（卢福基）、《咏雪》（用东坡尖叉韵）（二首，卢福基）、《初月》

（用杜工部韵）（卢福基）、《归燕》（用杜工部韵）（卢福基）、《冬日田园杂兴》（四首存三）（卢福基）、《远怀同杜诸君赋此奉寄》（八首，翁守藩）、《就馆罗池感兴》（乙卯作，二首存一）（翁守藩）、《别后赠丁君仿钊》（二首，翁守藩）、《题友人僧装小像》（郑逸）、《怀人五首》（林躬）、《病后偶成》（二首，澹吾）、《自感》（二首，澹吾）、《晓望》（澹吾）、《晚眺，有怀问梅山人》（澹吾）、《朝九华山夜泊京口》（虚生）、《夜泊金陵下关》（虚生）、《天台山望海》（虚生）、《春日同澹吾禅友话雨楼啜茗》（虚生）、《赠高太痴社长》（袁宝恭）、《赠澹吾上人》（袁宝恭）、《晚泊甘露镇》（袁宝恭）、《秋日偶成》（圆通）、《秋日即景成咏》（二首，圆通）、《雨后晚归》（圆通）、《横塘小泊》（圆通）、《游包山林屋洞》（圆通）、《调寄〈湘月〉·先法曾祖诺瞿老人用觉阿禅师"一蒲团外万梅花"诗意，倩三桥胡子绘成小影，珍藏至今。名贤莅此，观赏一过，辄加题咏，欣幸之余，因倚白石道人调以志其后》（圆通）、《余墨》（高太痴）。《珊瑚网》：《咏菊九首》（补第二十五集社课）（朱文渊）、《调寄〈烛影摇红〉·丙辰除夕》（查亮采）、《调寄〈品令〉·丁巳沪上元旦，用遗山韵》（查亮采）、《调寄〈醉太平〉·闺情》（黄梦畹）、《调寄〈柳梢青〉·题香帅词人〈石上参禅图〉》（黄梦畹）、《菜花》（舒问梅）、《丙辰秋日吴江道中》（舒问梅）、《湖上楼外楼小饮》（舒问梅）、《临江阁观潮口占》（舒问梅）、《无题》（四首，舒问梅）、《调寄〈菩萨蛮〉·龙兴寺喜晤虚生、澹吾二上人》（舒问梅）、《调寄〈一斛珠〉·重访虚生、澹吾二上人》（舒问梅）、《调寄〈渔家傲〉·喜晤邓尉圣恩寺松樵长老》（舒问梅）、《调寄〈绕佛阁〉·丁巳良月十有九日，弥山上人主狮林寺讲座，隔夕承招，因得观礼，赋此志盛》（舒问梅）、《调寄〈鹧鸪天〉·山塘夜泛》（舒问梅）、《调寄〈一斛珠〉·重登烟雨楼》（舒问梅）、《丁卯六月拟游槟榔屿未果，问梅山人先有诗赠行，次韵奉答》（四首，澹吾）、《田父叹》（澹吾）、《蚕妇叹》（卢蓉裳）、《题翰飞侄〈丐酒图〉》（二首，邹惠人）、《遣怀》（翁静庵）、《七夕》（翁静庵）、《调寄〈满江红〉·题〈惠风著书图〉》（张植甫）、《春日晓起》（二首存一）（张植甫）、《秋感》（二首，沈超）、《次韵和王君鼎臣〈游荷花荡〉作》（陆瑞伯）、《题林处士集后》（陈蕴玉）、《题尹君殿华〈金陵画册〉后》（六首存四）（陈蕴玉）、《斗室》（陈蕴玉）、《与署芸、瘦东之槎溪》（叶春）、《李君序伯招饮，即席赋别》（叶春）、《〈花朝曲〉，应求声社之征》（唐咏茗）、《丁巳秋日寄太痴》（粥瘦）、《咏物诗》（初录十首，任正学）、《问梅》（虚生）、《画梅》（虚生）、《早秋夜坐还元阁思亲》（松樵）、《还元阁晚眺》（松樵）、《调寄〈忆江南〉·山居即事》（松樵）、《自津返杭，道经沪上，访高太痴征君不遇，其女公子以父执礼出见，时年十七，课徒于家，婉约温文，渊源有自，喜拈拈二十八字赠之》（卓厚斋）、《朱君眷山泉班北妓紫云，诗以调之》（四首，卓厚斋）、《秋蝶》（胡人凤）、《秋蝉》（胡人凤）、《迎凉辞》（胡人凤）、《西泠客感》（甲寅年作）（镜渌）。《同声集》：《书湖北兴国州吏目廖君（富仁）殉节事征和》（廖君四川华阳人）（查亮采）、《和作》

（高翀）、《题王星泉先生〈顾影自怜图〉》（沈敦和）、《前题》（张世昌）、《前题》（沈其光）、《题息庐主人〈顾影自怜图〉》（周承燕）、《题星泉先生〈顾影自怜图〉》（黄文琛）、《题星泉先生〈顾影自怜图〉》（朱家驹）、《自题采药小影，乞同社诸君赐和》（徐尚志）、《吴君东园中秋初旬邗上诗来，言将赴彭城戎幕，和韵答之》（朱家骅）、《姚东木先生招与哈园仓圣万年会赋赠》（朱家骅）、《次韵和东园〈膺戎幕之聘，检装感赋〉，叠韵七律四首》（袁昌和）、《自题〈孤寒思痛图〉并乞方家赐和》（二首，周承燕）、《赠高太痴先生并乞题〈孤寒思痛图〉》（三首存一，周承燕）、《丙辰小除夕，吴市新酒家喜晤同社王君文伯（家宾）赋赠》（舒昌森）、《寄怀黄式权社兄浦左》（舒昌森）、《赠培基上人》（舒昌森）、《白岳山人歌，赠胡璧如》（乙卯春作）（沈其光）、《寄古田郑逸》（沈其光）、《寄怀沈君瘦东》（王沛麟）、《吴兴丁啸云先生邮示〈六十自寿诗〉，勉赋四首奉寄》（王沛麟）、《调寄〈减兰〉·许君康侯，盩孚昆仲为其母陈夫人绘〈寿萱图〉征题，倚此应之》（王沛麟）、《又畔侄以〈清逸道人词集〉见赠，感而填此，奉寄太痴先生·调寄〈怀远人〉》（二首，林荣桐）、《调寄〈南乡子〉·古田翁君静庵招同苏启亨、林吉皮、郑秋溪、谢心谷诸君入社，喜而赋此》（高翀）、《调寄〈南乡子〉·和高太痴先生见赠原韵》（翁守藩）、《调寄〈南乡子〉·古邑文庙毁于火有年矣，同人议兴复而未成，承高太痴先生寄词嘉勉，和韵奉答》（林躬）、《同社古田郑君秋溪为母高太夫人征诗介寿，赋此奉祝》（舒昌霖）、《前题》（宋垚寿）、《调寄〈龙山会〉·前题》（高翀）、《古田郑君秋溪为母征诗介寿，赋此奉祝》（李华锷）、《前题》（吴保泰）、《前题》（严凤冈）、《前题》（法云）、《和沈旭初亲家〈八十口占〉原韵》（宋垚寿）、《寿单母杨太夫人七十》（宋垚寿）、《祝徐母秦太夫人七十寿》（陈璞）、《送方佛生先生赴沪，用见赠原韵》（二首，虚生）、《调寄〈醉春风〉·题许君颖凡农装小像》（郑逸）。《感逝集》：《刘伯母金夫人挽章》（五首，沈焜）、《联》（叶昌炽）、《联》（梁鼎芬）、《联》（沈曾植）、《联》（章梫）、《联》（汪炳森）、《联》（纪福寿）、《联》（邹弢）、《联》（曹元忠）、《联》（钱绍桢）、《联》（周庆云）、《联》（吴锡永）、《联》（况周颐）、《联》（潘飞声）、《联》（杨钟羲）、《联》（舒昌森、徐思瀛、徐元芳、高翀）、《联》（王国华）、《联》（沈焜）、《联》（刘锦藻）、《周烈妇歌》（陶世凤）、《咏周烈妇》（陆士奎）、《咏周烈妇》（秦宝钟）、《咏周烈妇》（陆绍云）、《咏周烈妇》（蒋宝諴）《敬题周烈妇蔡孺人殉夫事》（华衮）、《题〈蔡烈妇事略〉后》（钰生）、《周烈妇诗》（并引）（侯毅）、《挽周烈妇》（二首，宣增儒）、《挽周烈妇》（四首，李希白）、《读〈周烈妇事略〉敬题》（况周颐）、《咏周烈妇》（二首，谢公展）、《烈妇行》（为周烈妇蔡氏作）（孙尶）、《烈妇吟》（侯炳）、《周母蔡儒人诔词》（顾鸣凤）、《题〈周烈妇蔡氏事略〉后》（凌敩）、《调寄〈金缕曲〉·吊周烈妇》（糜本一）、《袁笃斋先生诔词》（朱家骅）、《挽同社袁君凤鸣尊甫笃斋先生》（舒昌森）、《挽袁笃斋先生》（徐公辅）。《七襄机（续）》（与辛稼轩同日生填词）：第三折《集仙》、第四折《赐谶》。

李士彬撰《石我园集》重印刊行。集前有自叙及李士彬侄盛和序。

张謇作《夏热家居,于所听睹,动有遐感,次以为篇》(二首)。其一:"庭前有翠柏,高与窗眉齐。阴惨而帖妥,常有好鸟栖。悦泽足毛羽,况自勤味批。圆吭弄清影,流美天所赏。时顾窗中人,睨睕无暌离。日或一再见,不见心恻凄。有意无意间,人鸟相与迷。以是适主客,感至若应机。似汝谅可侪,何必谈玄鸡。"

王仁安作《夏夜读香山诗,偶然作》《溽暑二首》。其中,《夏夜读香山诗》云:"避居别院心常净,高视银河眼独明。破闷袖中藏一卷,纳凉檐下坐三更。文能达意无修饰,诗不标题半偶成。常此宽间容我老,布衣粗食了余生。"《溽暑二首》其一:"溽暑侵人似宿醒,倦来欹卧睡将成。无端风揭帘钩动,听不分明误一惊。"

黄宾虹作《题〈蓬莱杳冥图〉》(己未夏日宾虹黄朴存)。诗云:"石壁当年天琢成,石径迢迢纵复横。近山松柏如列屏,远山绀宇何峥嵘。方壶蓬莱终杳冥,未若此境堪怡情,一见令人尘虑清。"又作《己未夏日题山水屏六首》。其一:"红树青山满眼秋,江南江北路悠悠。一行归燕无书信,倚尽钟阳不可楼。"其五:"五月江南雨乍晴,看山如在画中行。隔溪帘幕初飞燕,灌木池塘独听莺。"

方守敦作《夏夜晋华、季野同来勺园纳凉,季野并示〈夜坐有感〉诗,次韵》。诗云:"达士能呼作马牛,萧条千载思悠悠。闲花坐送邱园老,急雨频催天地秋。腐草为萤情似热,银河洗甲望难休。良宵短榻成孤咏,二客风流一散愁。"

林苍作《夏日书感》。诗云:"火云如海掩柴扉,新沐惊看鬓发稀。一度沧桑人遂老,倚阑不敢对斜晖。"

傅锡祺作《绿蝴蝶》(己未夏,栎社同人会于台中林君子瑾之瑾园,有绿蝴蝶飞来,因共赋之)(二首)。其一:"南国草色共迷离,出没花间叶附枝。梦里庄生犹栩栩,为君一咏绿衣诗。"其二:"碧纱笼处翅低垂,疑是滕王着色奇。试向郁栖板来历,前身裙幅美人遗。"

陈师曾作《返金陵寓庐作》《金陵古迹二首》。其中,《返金陵寓庐作》云:"满园凉翠近高楼,不料江南夏似秋。静夜掩书惟听雨,侵晨观涨欲盟鸥。几家庭院余芳草,是处溪山纪旧游。自我匆匆三载别,夭桃结子出墙头。"《金陵古迹二首》其一:"说法高台亦已荒,南朝香火感萧梁。几行密柳台城路,赢得黄金铸夕阳。(右鸡鸣寺)"其二:"依稀宫井掩山罗,一代风流史不磨。能殉红颜能殉国,更谁抛别马嵬坡。(右胭脂井)"

张素作《暑夜过均伯舅寓斋闲话》《生查子·暑雨独坐阿梦斋中》。其中,《暑夜过均伯舅寓斋闲话》云:"夜色沉天酒半酣,过君亹亹作深谈。满庭竹露追凉地,一榻茶烟供佛龛。颇有闲情分砚北,倍牵幽梦到江南。待归别巷寻车辙,起视疏星只二三。”《生查子·暑雨独坐阿梦斋中》云：“四卷雨余云，半吐林间月。蓦地响潇潇，滴碎芭蕉叶。　未怯暑如蒸，入夜风清绝。吹梦到江南，记是黄梅节。”

罗功武作《夏日村居》（二首）。其一：“炊烟起处树苍茫，水畔人家落日凉。好是丰年收获后，家家稻饭一盂香。”其二：“树围老屋午阴清，高卧庭前听鸟声。莫问人间秦与汉，俨然巢许是前生。”

冯文洵作《静坐》。诗云：“赤日烁槐庭，幽窗午梦醒。苦吟同入定，危坐自忘形。床可水纹簟，门当山字屏。无风群籁寂，惟听漏东丁。”

魏毓兰作《菜语》。序云：“己未夏苦旱，浩浩龙沙，赤野千里，田禾既槁，园蔬亦枯，菜市萧条，饥馑之象成矣。当馈而叹，以写我忧。”诗云：“藜之叶，纤若丝，咀之嚼之，不可疗饥。藜曰：‘嗟！旱如炽，槁欲死，子今杀我何禅子？’藿之根，瘦如毛。剥之切之，不能胜刀。藿曰：‘嗟！天将雨。子其吐，留取肥时再汝哺。’藜藿虽有陈，主人若弗闻。主人贫且病，有室如悬磬。藜与藿兮胡不幸！彼生依汝以为命。”

汪兆铭作《比那莲山杂诗》（四首）。序云：“比那莲山在法国南部，与西班牙接壤。冰如尝以暑假一揽其胜，归国后时时为余言之。八年夏，重至法国，因与方、曾两家姊妹弟甥往游，足迹所及，皆冰如旧经行地也，得诗数首以寄冰如。”其一《山中即事》云：“沈沈万山中，泉声鸣不已。心逐野云飞，忽又坠溪水。山坳聚林木，众绿光蘽蘽。纤草织平茵，小花间蓝紫。怡然相坐语，间亦恣游戏。小妹捉蚱蜢，荆棘创其指。一笑释自由，惊飞侧双翅。”其二《远山》云：“远山如美人，盈盈此一顾。被曳蔚蓝衫，懒装美无度。白云为之带，有若束缣素。低鬟俯明镜，一水澹无语。有时细雨过，轻涡生几许。有时映新月，娟娟作眉妩。我闻山林神，其名曰兰抚。谁能传妙笔，以匹洛神赋。”其三《西班牙桥上观瀑》云：“翠岩碧嶂相周遮，远看瀑势如长蛇。下驰鈙奇荦确之峻坂，又若以风为马云为车。苍崖崩摧大壑裂，峭壁削成愁崭绝。惟余怪石郁嵯峨，错落水中犹杌隉。石齿咽波波不定，沸白淳蓝纷复整。浪花蹴起入长空，散作四山烟雨影。轻烟细雨微濛中，烨然受日横长虹。行人拍手眼生缬，余光反映松林红。据石临流自歙侧，断桥小树如相识。瀼瀼零露洗肺肝，淅淅微寒生鬓发。由来泉水在山清，莽莽人间尽不平。风雷万古无停歇，和我中宵悲啸声。”其四《晓行山中，书所见寄冰如》云：“初阳在翠壁，烂熳不可明。熠熠朝露晞，依依白云晴。积雪冒遥岑，暧曃生光明。烟光澹欲尽，山梦如初醒。绿叶纷葳蕤，烨然发其莹。幽花与长松，一一生奇馨。行行至水源，屏峰入眉青。石笋咽流泉，凉风自泠泠。颓岩有嘉树，亏蔽若危亭。块然倚之坐，睍睆闻流莺。遐思素心人，莓苔屐曾经。作诗道相念，歌罢心怦怦。”

朱德作《苦热》（五首）。其一：“雨后朝朝上晓峰，登高缓步气从容。三官寺外炊烟澹，百子图中曙色浓。滚滚长江嗟远逝，茫茫大野喜云封。伏中炎热人何苦，心冷如何苦到侬。"其二："连夜雨潇潇，纳凉人寂寥。谁云三伏苦，气爽乐逍遥。"其三："避暑居高耸，搔首望仪陇。白云阻乡关，回看江涛涌。"其四："伏暑贵体须珍重，心地清凉符心颂。待到新秋气爽时，重入颐园诗酒共。"其五："天气清新是巴蜀，时值盛夏山山绿。松风水月清如许，清雅人居畅所欲。"

江子愚作《都门消夏，读高青邱〈十宫词〉，因踵为之》（十首）。其一："响屧声遥水殿风，双莲波冷血花红。谁怜一国兴亡梦，竟在工颦巧笑中。（吴宫）"其二："笙歌休傍细腰宫，月殿嫦娥寂寞中。闻说桃花曾结子，不应无语怨东风。（楚宫）"其三："浮湘巡海遍天涯，复道年年望翠华。底事神丹无妙诀，教人先试守宫砂。（秦宫）"

杨杏佛作《鹧鸪天·初夏渡月湖》。词云："万叶青荷覆碧湖，山平水滞古祠芜。芊芊□□琴声杳，黯黯煤烟雁影孤。　怀古迹，笑今吾，屠龙身手计锱铢。残阳暮霭风光好，分到劳人日已无。"

高宪斌作《避暑西山大觉寺，叠韵六首》。其一："苍松翠柏碧参天，佛殿颓圮翼冷泉。塔据危栏潭泻影，云离远岫树生烟。拈香谁悟三千界，入世我今廿五年。笑问如来缘底事？天花散尽总无莲。"

闻一多作《齿痛》《夜坐，风雨雷电交至，懔然赋此》《上海寄驷弟》《朝雾》《清封恭人南母裴恭人五十寿诗五首》。收入1921年7月手写本《古瓦集》。其中，《齿痛》云："煎旬信饕餮，九鼎疲郁厨。讵知病入口，积毒潜辅车！养患更来复，一溃无肌肤，初尚碍咀嚼，继乃艰吞茹。卢医衡在望，走访无杖扶；刀圭所不到，戹药徐涤祛。日日望疗治，臃肿迄不纾。垂涎对盘飧，忍饥印欷歔：斯世久啜醨，嘈嘈匪吾徒。夷齐倘可接，饿乡亦足娱！"《夜坐》云："暗淡虞渊玉虎追，飞廉暂勒泻来迟。文书小阁邀孤檠，车马长衢听折棰。天地不仁悲李耳，风雷有意动宣尼。而今十手隆无畏，懔懔能忘天怒时？"《上海寄驷弟》云："南游载橐月初弥，迻译文书叹手胝。不谓'老饕'几绝粒，翻因微病得吟诗。东阳思苦腰能瘦，季子囊空面未黧。寄语子由相告慰，联床风雨近前期。"《朝雾》云："倚楼学熊经，玉露涂空廛；朝日初到地，草际浮轻烟。万绿浑一气，粉彩霡新鲜。微飔拂长空，湿雾纷腾骞。楼室忽中截，一角当空悬。长啸发幽籁，清商入云天，似闻答响者，不知何处边。"《清封恭人南母裴恭人五十寿诗五首》其一："叫嚣园庐隐玉泓，朱门日见紫云横。德邻贤母三迁定，大药星精九转成。夜雪蛰态闲养胆，春风韧荄怒抽茎。和丸画地今回首，莱子先须进一觥。"其二："太妙云烟气象新，瑶池冰雪古峋嶙，转丹以内三千岁，指弹之间五十春。有子烹鸡惊郭泰，人皆驭鹤拜南真。会看厚福知坤德，玉树金枝不计人！"

梅绍农作《初夏遣兴二首》。其一："清和南风四月初，萧闲无客到蓬庐。小庭空旷杂花茂，看尽夕阳一卷书。"其二："修竹千竿绿拥门，城居恰似野人村。科头负手行吟处，径掩微苔碧一痕。"

陈夒（子韶）作《满庭芳·夏日山居苦雨》。词云："余雨跳珠，坏云堆絮，小院容易黄昏。寂寥三径，新绿又当门。为惜琴丝润逼，庭阴静、重费炉熏。凭栏久、疏疏澹月，流影入清尊。　　消魂。思往事，华筵刻烛，醉墨题裙。奈关心药裹，壮志空存。未要闻鸡起舞，流潦甚、妨碍车轮。闻人语，重阴失散，何自望朝暾。"

[日] 服部辙作《消夏绝句》。诗云："一区水木自明华，满架琴书是我家。梦作戏鱼消夏好，东西南北只莲花。"

[日] 佐治为善作《江楼夏夜》。诗云："月纤风细大江头，良夜如秋百尺头。一水溶溶向东去，金波直接绛河流。"

◈ 七 月 ◈

1日　少年中国学会成立于北京。王光祈、李大钊、曾琦、陈愚生、雷宝华、孟寿椿、康白情、邓中夏、田汉、宗白华、左舜生、周佛海、黄日葵、许德珩等发起。会员120多人。成立大会由王光祈任会议主席，议决"本学业会宗旨，本科学的精神，为社会的活动，以创造少年中国"。大会选举王光祈、陈愚生为执行部正、副主任，曾琦为评议部主任，左舜生、宗之魁、雷宝华、易克嶷为评议员，李大钊、康白情为编辑部正、副主任，徐彦之、黄日葵、陈愚生、袁同礼、孟寿椿、苏甲荣、王光祈为编辑员。具体编辑事务由王光祈代理。几个月后，王光祈赴美留学，康白情资助其旅费。该会会员包括北大、清华、南京高师、武昌高师、成都高师、长沙师范、日本帝国大学、早稻田大学、巴黎大学、里昂大学、柏林大学、美国哥伦比亚大学、上海复旦大学等校学生。成立大会后分别在成都、重庆、上海、南京、济南、东京、巴黎成立分会，伦敦、纽约亦成立通讯处。会员中左翼共产主义知识分子有李大钊、邓中夏、恽代英、毛泽东、黄日葵、张闻天、蔡和森、刘仁静等。文艺方面有朱自清、宗白华、方东美、易君左、田汉、郭沫若、郑伯奇、康白情等。由于成员思想状况复杂，学会内部自始即存在信仰分歧。1923年以后，以邓中夏、恽代英为代表的共产党人与曾琦、左舜生等公开论战。之后曾琦、左舜生等另组国家主义派，创办《醒狮》周刊，与学会公开决裂。学会于1925年底停止活动。学会出版多种刊物，如《少年中国》《少年世界》等，其中以《少年中国》影响最大。该会编印《少年中国学会丛书》32种。本年7月15日，《少年中国》月刊创刊，王光祈、李大钊、康白情、苏滨存、左舜生、黄仲苏先后编辑，由上海亚东图书馆出版，后由中华书局出版。1924年5月停刊。

朱大可《郁波罗馆主征求滑稽诗话》披露《滑稽诗话》（子褒）载《大世界》报。诗话云："蒋子箸超，吾浙名下也，能作诗，诗无不工；滑稽诗诙谐百出，尤为擅场。兹抄录数首如下，以实我之《滑稽诗话》。《题丁慕琴画〈矮男长女结婚图〉》云：'九岁儿童乳口黄，啼啼哭哭做新郎。夜来那晓琴和瑟，逼着新娘乞奶汤。''谁家少妇不青春，父母缘何不谅人。这小官儿懂什么，镇天犹自弄泥神。'此诗描写矮男长女，神情毕肖，且此作有关风化，不仅以滑稽胜也。蠖屈亦有题句云：'三尺郎君七尺妻，画眉须要掇桑梯。夜来并卧鸳鸯枕，凑巧头齐脚不齐。'昂孙先生赞为双绝。惟较蒋诗，犹逊一筹，盖此仅从滑稽一面摹写也。昂孙，箸公之胞弟也。亦工诗，如《戏妓》诗四绝云：(其一) 笑靥生成百媚姿，香躯凭着媪肩持。鸳衾多少温存语，不是妈呀定是儿。(其二) 非关颜色重倾城，装点胭脂十二成。生怕有人说憔悴，时时对镜看分明。(其三) 百家姓上注姻缘，赵李张王都有钱。莫道杨枝无主管，今年摇曳似前年。(其四) 徐娘丰韵够风骚，扮作雏姬态更妖。欲借芳庚轮指算，从无花信度红桥。箸公谓四诗风韵可诵，而又不以刻薄见能，殆亦君子之言，以厚重出之者也。(谨赠天台山农书、朱丙一画摺扇一页，大世界游券两帧)"

2日 符璋以七古一章送王玫伯，附近作数首，并以《蜕庵续稿》(自甲寅夏迄戊午冬，5卷3册) 属其审定作序。

3日 《申报》第16656号刊行。本期《自由谈》"杂录"栏目含《感时诗》(四首，振时)。

朱大可《郁波罗馆主征求滑稽诗话》披露《滑稽诗话》(樗瘿) 载《大世界》报。诗话云："同事某君，量窄而偏喜饮，每饮必醉，醉后狂态百出。一夕醉归大吐，触宿怒，自将旱烟管两枝，撅成几段；次晨酒醒，遍觅烟管。余作词以嘲之，调寄《锦缠道》：'双管横携，醉后撅成几段。想每日、旱烟吸惯，金堂叶子时时卷 (滇省大率以四川烟叶卷若雪茄形，纳管中吸之，烟叶以金堂县产为最佳)。今夕归来，老瘾偏教断。 问棕竹湘筇，剩来长短？恐每截、都无三寸。待来朝、宿酒醒时，这禁烟苦况，难受同鸦片。'昆明出一趣案，僧捉僧奸，而奸妇则尼姑也。余填词两阕，其一调寄《多丽》：'太离奇，上堂三个僧尼。这秃驴、风流生就，暗中系得情丝。进山门、金刚怒目，污佛地、菩萨低眉。无奈师兄，旁边吃醋，勾将巡警入鸳帷。想一对，光头共枕，好梦忽惊回。空说得、阿弥陀佛，大发慈悲。 惟此案、公堂裁判，不妨一笑鸬鹚。偕花烛、圆成好事，留青丝、脱却缁衣。三尺虽悬，五花可判，休将国法执无私。若那秃、怎生发放，拍案震堂威。问他个、干卿底事，水皱春池。'其二调寄《相见欢》：'师兄只骂瘟官，捉他奸。为甚翻将好事得成全。 别有个，调停法，两周旋。从此大家都在，一淘眠。'此两阕忆曾录登某报，兹以征求条例可附词曲杂调。翻阅旧稿，颇合滑稽，故重录之。樗瘿。"

张楒 (震轩) 自李君漱梅处收到京师晚晴簃选诗社《征求清代诗集启》一纸。

叶德辉作《宋石刻米芾书〈朱乐圃先生墓表〉跋》。

吴善庆筑鉴亭于孤山印社内，吴昌硕为篆书吴隐所题"揽景成仁"十二言联："揽景鉴湖同鸥鹭，尽堪寻旧侣；成仁泰山重松筠，犹自仰清风。吾先世鉴南公，乾隆癸巳殉难蜀中，今善卿从孙构亭孤山之麓，名曰鉴亭，盖述德诵芬之意。爰敬为撰联，以志景仰。善卿尊甫亦字鉴亭，斯亭之作，又以展孝思云。己未天贶日吴隐并识，吴昌硕书。"

陈去病于岭南祭奠亡妇安霞夫人生日。赋《天贶节为亡妇生日》诗云："撒手黄埃又一年，魂兮缥缈落谁边。当时生日浑闲事，此际寻思转惘然。独客天涯谁与伴，买山归去竟无钱。眠牛未卜频惆怅，半夜踟蹰月正弦。"

4日 王玫伯、林朴山访符璋，朴山以五律二首见示，并为其友乞书条幅。

5日 王舟瑶归里，编成《北游草》1卷。

慕侨《咏深山居民乐》（五首）刊于[马来亚]《槟城新报》"文苑"。其一："高山峻岭绕幽居，寂寞门前过客稀。数亩田园些短屋，日劳夜息乐何如！"其二："神州鼎沸烈轰天，苦煞民人尽播迁。惟有桃源堪避乱，山居俨似太平年。"

汤忠鑫作《己未荷夏八日偶理行箧，适得王家僧先生丙辰荷夏八日慰病之章，忽忽四年矣，觉深情挚谊尚流露于字里行间，爰感赋一章奉寄》。诗云："得君诗忆四年前，郄病金丹是锦笺。一别光阴电火逝，几番世局弈棋迁。生成傲骨难为媚，潦倒穷途愧乞怜。遥望南沙怀德履，江天云树意缠绵。"

6日 广州军政府总裁岑春煊电请北京政府释放陈独秀，以安民心。

胡适、李大钊与高一涵等在《晨报》发表启事，为谣传新潮社傅斯年、罗家伦被安福国会收买一事辩白。

《申报》第16659号刊行。本期《老申报》"文艺"栏目含《秋兴八首，和香海词人，用工部原韵》（光绪元年正月十四日）（古谷昌王宝书初稿）。

《戊午周报》第51期刊行。是为终刊，本期"文苑·诗录"栏目含《七夕长安驿见月》（宋育仁）、《过洛阳闻道旁语，有思往事》（宋育仁）、《无题三首》（黄侃）、《杂兴》（黄侃）、《重赋得杨花》（黄侃）、《述怀》（曾缄）、《景山》（曾缄）、《秋日书怀》（曾缄）、《燕京览物绝句七首》（曾缄）、《右咏窨台，有伎居其上》《右咏香冢》《右天宁寺塔》《右新世界大楼顶》《右丰伸济伦冢》《右惠丰闸》；"文苑·词录"栏目含《早梅芳近》（黄侃）、《浣溪纱》（汪东）、《长亭怨慢·朝华词，和吴爱智》（孙曜暖）。

朱大可《郁波罗馆主征求滑稽诗话》披露《滑稽诗话》（彭彭山）载《大世界》报。诗话云："'老大离家少小回，乡音未改嘴毛摧。老妻相见不见识，惊问儿从何处来？'此昔人改唐诗《咏剃须诗》也。又平江某廪生考贡，因年老剃去其须，及榜发名落孙山，某赋诗自嘲云：'未拔贡兮先拔胡，拔去胡兮贡又无。早知胡拔贡不拔，悔不当初不拔胡。'二诗尤令人发噱。善化姚某，肤色极黑，朋辈均呼为'姚黑头'，许君季纯嘲以诗云：'世人皆有黑，惟君黑最全。吐涎如墨汁，放屁似松烟。楚国霸王面，春秋公子肩。裸裎漆椅上，秋水共长天。'可谓淋漓尽致矣！曩在水师幕，有同事李某，多蒙不洁，衣裤恒数月不浣。大庭广众，扪虱而谈，颇有王景略气概。其岳丈为湘抚幕，赖其力擢帮统一职，曾娶某友之婢为妾，身价延数年不付。同人曾嘲以诗云：'无计奈他何？逢人吹法螺。绿袍四季著，白虱一身多。有路钻分统，无钱赎小婆。泰山诚可靠，不怕起风波。'盖纪实也。叶茂才娶道州何氏女为室，结褵之夕，新妇索新郎以唐诗联句。妇首唱曰：'笑倚东风白玉床。'郎曰：'紫薇花对紫薇郎。'妇续曰：'今夜月明人静候。'郎曰：'天台桂子为谁香？'妇嫌收句不佳，改为：'故烧高烛照红妆。'一时传为佳话。犹忆儿时聆长者述某新妇索郎赋诗，新郎借用唐句云：'忙中那得有诗裁，且把唐诗借一回。春色满园关不住，一枝红杏出墙来。'新妇答诗云：'忙中那得有诗裁，且把唐诗借一回。花径不曾缘客扫，蓬门今始为君开。'其时隔邻老翁闻之，老兴勃发，亦成一绝云：'忙中那得有诗裁，且把唐诗借一回。肯与邻翁相对饮，隔篱呼取尽余杯。(谨赠大昌香烟公司美女画两帧)"

孙仲约符璋，值诗钟第一会。后诗钟发表，符璋名在甲一乙一。

7日 旅沪山东协会发出通电，历数安福国会卖国罪行。自8日起，天津、云南、四川、安徽、江西等地各团体和全国学生联合会亦先后发出通电，要求封禁安福俱乐部。

严复作《六月初十夜书所闻见寄长女瑸(香严)》。是日后又有《和荆公〈子贡〉》《久雨》《和刘通叔瑞潞〈岁莫杂诗〉(有序)》等诗。其中，《六月初十夜书所闻见寄长女瑸(香严)》云："弦月穿云出，池塘吠蛤哗。疏林明远火，白鸟隔轻纱。栩栩怜幽梦，悠悠念故家。邻房谁氏女？睡欲正呼耶。"《和荆公〈子贡〉》序云："荆公咏史诸绝句，虽落言诠，识解往往超绝。独咏《子贡》云：'一来齐境助奸臣，去误骄王亦苦辛。鲁国存亡宜有命，区区反复尔何人。'奸臣谓田常也，骄王谓夫差也。意云：子贡不宜设机诈，如战国策士之所为。其陈义可谓高矣。虽然，果如荆公言，则孔子且无所逃责。子贡之出，孔子之使也。顾不知子贡所为，有大异于战国仪、秦诸策士者，策士志在权利，而子贡则存鲁而外无他图焉。机诈岂非所污，而宗国不可以不救。今人动言爱国，至于谋国专对，则瞻徇毁誉，爱惜羽毛，而置宗国利害于不顾。深恐荆公之说，助其张目，乃为和一绝，以抒余愤焉。"诗云："赐也才贤擅外交，一言三敌起纷淆。存亡所计惟宗国，翻覆何须与訾謷。"《久雨》序云："春夏以来，多逢阴雨。偶翻己未旧行历，见其上题曰'九龙治水'，因而感赋。"诗云："投策归来卧涧阿，茅檐惟见雨滂沱。可怜四海无晴旭，端为神龙治水多。"

刘绍宽从浙江平阳县张家堡杨玉笙宅移居县城西门，作《己未移居，赠别杨志凯公，燕诸中表弟侄》。诗云："少小住江南，老大迁江北，回首五十年，往事记历历。堕地岁未稔，遽遭屺瞻厄，有母如所生，抚之从宁宅。堂上李太君(外祖母)，钟爱出肝膈。诸舅教诲之，辟耳常在侧。中表若弟昆，十载陪砚席。同岁入泮宫，鹿鸣先通籍（谓表弟子闱）。犹记戊寅岁，舅家爨初析，随母僦邻居，隔墙仅咫尺，傍晚挟书归，表弟泣向壁，须臾不肯离，此情可追忆。群季年差少，兄事忝畴昔，兰玉正诜诜，蔚向谢庭植，春华不知荣，秋蕾弥慨息。己丑岁云暮，萱荫俄倾晷，墓木拱陇冈，空负欧阳荻。乙未哭渭阳，伯舅先易箦。丁酉武林归，季舅即窀穸。庚子随仲舅，乡邦靖氛逆，始知家国忧，匹夫与有责。壬寅秋疠盛，仲舅忽罹疫，一门集三丧（表弟子闾与仲舅李太君相继逝），悲风重凄恻。自此古欢坠，弥觉老怀索，车杖思昔游，琴书叹寥寂。继起封羁贤，奂若连城璧，出为时向望，处为里矜式。诸孙珂环秀，诗书绵世泽，弱女重连姻，教之修妇职（第五女为志凯媳妇）。予衰老无用，驽骀甘伏枥，岂有迁地良，但求蜗居适。有子习医书，谋生自食力，女也略识字，安能称不栉，孙儿竞呀呀，未知章与栎。当此移居时，摒挡及斋甓，贮籯笑无金，轻舟或载石。拟具钓水竿，更办游山屐。春秋选佳日，涯巅时缘涉，时事旷不闻，新知渺难识。唯有阅人世，河山感棋弈。空桑三日宿，濒行亦恋惜，矧兹数十载，忘情安可得。书此别亲知，聊纪平生迹，持赠河梁言，努力崇明德。"

8日 淞社集会，晚至一品香公祝缪筱珊七旬晋六暨夏夫人六旬双寿。到者吴昌硕、缪荃孙、周庆云、刘承干、张钧衡、宗舜年、李详、李经宜、费寅、沈焜、姚子良、白曾然、潘飞声、杨钟羲、朱锟、恽毓龄、恽毓珂、陶葆廉、钱绥盘。吴昌硕因作寿诗二首。其一："闭户缪夫子，计年唯我同。有妻偕耄福，娱老伴书丛。北海口能比，南楼画本工。何如尊罍满，双笑醉颜红。"其二："金石可言寿，闺裙况慕贤。占星知德聚，指月见宵圆。佳耦称江介，诸郎在膝前。投诗吾亦喜，回首共尧年。"

郑孝胥为吴寄尘题《秋窗课读图》一首。

9日 蔡元培自杭州致书北京大学学生与全国学生联合会，表示放弃辞职，希望学生安心求学。

林纾《子夜歌·己未六月见某校书有感》刊载于《公言报》，自署"畏庐"。词前小引："己未六月，高子益招饮西站小园树阴中，见某校书，即庚子乱中为某大酉载入西苑者也。秦娘老矣，愁容病态，萧索可怜，未知于晚明之卞赛赛如何？而余怀不能无怆，归时信笔成此一解。"词云："悄花阴、玉人半面，抑抑似闻微叹。溯前事、仪鸾春困，梦里柳风吹散。仙样黛蛾，画中钗客，哪解年光换。甚天家、金瓯全缺，抛下趯台，黯碧燕疏莺懒。　　旧游处、半楼累榭，望里已堪凄惋。倦枕追欢、芳园罢酒，尤觉伤心惯。尽移红换紫，春痕销尽啼眼。年少风流，担愁禁恨，安抵杨花健。想归休、人静灯昏，怎生排遣！"

10日 白坚武读《白话文学与改革心理》（《新潮》）后，引申道："余年来深悟政治以及各社会内幕，亟有待于根本澄清，绝对不赞成调和。调和在本身为自灭，对客

体为投降。凡天地间事事物物皆不容有调和，政治社会更无论矣。"（《白坚武日记》）

严复本日前后作有《书示子璿四十韵》，劝其埋头读书，远离政治。诗云："吾思初生民，中国固独秀。一画开庖牺，衣裳垂轩后。虞夏丁中天，心法著授受。史臣所载笔，明白同旦昼。西旅当此时，蠢蠢犹禽兽。汤武行征诛，惟民在所救。孔子删诗书，述古资法守。时义大矣哉，道体弥宇宙。因礼有损益，百世难悉究。虽云世变殷，一一异经觏。嬴秦始变法，驱民用鞭杻。自兹更纷纭，王霸方杂揉。极盛推汉唐，宋明亦在宥。强胡入中原，始寇终昏媾。清人张大机，久乃见涩锈。于时西方人，造化供镌镂。周髀函员舆，阴阳随指嗾。思潮百千途，黄钟杂瓦缶。舟车所开通，势欲穷高厚。佳兵非不祥，远贾期必售。（韩句）平等复自由，群龙见无首。岂徒财力雄，固亦祛荒陋。空穴嗟来风，黄人遂瞠后。推人曰文明，自处但恟愁。吁嗟四千春，声教总刍狗。宁知人道尊，不在强与富。恭惟天生人，岂曰资战斗！何期科学精，转把斯民蹂。君看四年战，兹事那可又。汝今治旁行，如农始备收。毋亡七尺躯，幸托神明胄。所期取彼长，为国补缺漏。他年劫运回，端复资旧有。举国方饮狂，昌披等桀纣。慎勿三年学，归来便名母。内政与外交，主者所宿留。就言匹夫责，事岂关童幼。吾衰不足云，况亦多纰缪。然于二者间，衡量亦已久。不胜舐犊情，为儿进苦口。"

邓尔雅作《亡女姶忌日》。序云："己未六月十三日韶州军中，忽忆亡女姶忌辰。"诗云："未阙余哀废窈闻（书名《记叶小鸾事》），中宵起坐对炉熏。年来乱稿虽堆积，阁笔称称寄寄文（李商隐有《祭小侄女寄寄文》，梅圣俞有《殇小女称称诗》）。"

上旬　田汉与易家钺同由日本乘船回国省亲。抵上海后晤易象，并会见朋友多人。因参与校对《少年中国》创刊号，遂与宗白华结识。

11日　陈隆恪作《六月十四日偕大兄入都望月，车中作》。诗云："饮河满腹久低眉，褷褷从游伴一枝。分野田庐旋欲远，挟车风月望成痴。纵能坐废周千里，犹托行吟误此时。浪迹更为浮意累，滴帘清露有人知。"

12日　辜鸿铭在《密勒氏远东评论》上发表《反对中国文学革命》一文，批评胡适此前在该报发表的倡导新文学革命的文章。文中，他将莎士比亚诗翻译成通俗英语，然后与原文比较，以此证明莎翁作品翻译为通俗英语意境全无，由此指出摒弃文言文之危险。胡适亦不示弱，发文反驳，理由是通俗英语比高雅英语更能为大众所接受，而中国之所以有90%的人不识字，就是因为文言文太难学。8月16日，辜氏又在同一刊物发表《归国留学生与文学革命——读写能力和教育》一文进行反驳。他指责胡博士之所以有如此高地位，要感谢那90%的文盲。要是他们都识字，就要来和胡适抢饭碗。

《诗声》第4卷第6号在澳门刊行。本期"词谭"栏目含《雪堂丛拾（廿五）》（澹於）、《远庐诗话（五）》（远公）、《霏雪楼诗话（十九）》（晦庵）、《水佩风裳室笔记（卅四)》(秋雪)、《乙庵诗缀(廿九)》(印雪)、《心陶阁词话(一)》(沛功)、《冰簃词话(四)》(秋雪);"词苑"栏目含《即景》(孔庵)、《幻梦》(孔庵)、《呼牛马》(孔庵)、《有感》(孔庵)、《怕冷起》(孔庵)、《挽莫君粟一》(沛功)、《病起适逢初度,对酒偶成》(癸丑旧作)(惺斥)、《步黄香岸〈镜湖赏花〉诗韵》(惺公)。另有《雪堂紧要启事》云:"本年诗课,社友交卷,甚形延滞,致汇卷未由刊发。兹以未刊卷太多,公议将诗课暂停,一俟以前各卷收齐后,即将诗课恢复。似此办法,非得已也。社友未交各课,请即补作付来,俾得诗课早一日恢复,本社幸甚。"《同志通讯》其一:"愁生君鉴:前呈对于《国学周刊》意见书,何以至今不覆。秋雪。"其二:"平社诸吟长鉴:贵社章程如何,乞示一份。雪堂诗社。"其三:"陈植庭君鉴:诗课即补作寄来。雪堂。"本期附刊《诗声附庸》第6号。含《并肩琐忆(六)(仍未完)》(秋雪、连城合著)、《云峰仙馆读画记(六)》(野云)、《鼎湖游记(二)》(琴樵)。

13日 《申报》第16666号刊行。本期《老申报》"文艺"栏目含《过班珠尔溪》(光绪元年正月二十五日)(二酉游侣曾正沅)、《过洞庭湖》(二首,前人)。

张謇梦中听女子诵诗:"不到桥边不见花,因花为屋是儿家。君如着意来寻访,新柳门前有乳鸦。"醒后作《梦中闻女子诵诗,词至清婉,应口答之,旋醒,惜不得此女子者听之也》。诗云:"竟使千林尽作花,花中难卜可儿家。商量更欲寻青鸟,满树流莺满树鸦。"

14日 毛泽东主办的《湘江评论》(周刊)在湖南长沙创刊。8月上旬被查封。《创刊宣言》略谓:"浩浩荡荡的新思潮业已奔腾澎湃于湘江两岸!顺他的生,逆他的死!"该刊支持文学革命,认为应该"由贵族的文学、古典的文学、死形的文学变为平民的文学、现代的文学、有生命的文学"。创刊号发表署名"泽东"之《陈独秀之被捕与营救》,略谓:"君之被逮,绝不能损及陈君的毫末,并且留着大大一个纪念于新思潮,使他越发光辉远大","政府决没有胆子将陈君处死,就是死了,也不能损及陈君至坚至高精神的毫末","我祝陈君万岁!我祝陈君至坚至高的精神万岁!"

吴宓与陈寅恪、汤用彤一同在美国访问哈佛大学白璧德教授。

张謇录《读史小咏》诗。写梅欧阁榜,联曰:"南派北派会通处,宛陵庐陵今古人。"又作《咏史六绝句》。其一:"吉利粗疏学巨君,弥天典午欲传薪。尚留余地存孤寡,高鼻胡雏漫笑人。"其二:"百表三呼魏国前,功臣如火散如烟。后来欧赵搜金石,勿剩匆匆改制钱。"其三:"西陵上食辍弦歌,漳水哀连邺水波。付与豆棚谈舜禹,五官宾从意如何。"其四:"胤嗣能豪廿五男,后园公子盛文翰。洛神赋罢陈思倦,复肯登场舞蔗干。"其五:"后服新成绣凤凰,母家却胜卜家倡。况闻冰雪铃山畔,长日斋庐有佛香。"其六:"仓舒死后已无童,传后空教恼若翁。项羽何人舜何帝,相人谰语尚重瞳。"

蔡元培作《偕蒋梦麟游花坞》(六首)。其一:"游迹先经松木场,肥缸多许到途旁。湖滨久吸新空气,到此居然忆故乡。(绍兴人从前多露列肥缸,闻近已改设公厕,不意于此间又见之)"其二:"东阳艇子坐伽趺,粗席为篷顶上铺。水涨桥低行不得,几番抽出一边弧。"其三:"几处桑根漾绿波,稻畦漫漫已成河。舟人为避小桥阻,径自田间放棹过。"其四:"花坞无人再艺花,道旁茶竹翠交加。逢人尚问坞何在?已入坞中二里赊。"其五:"茅蓬十八悉成庵,第一庵申我辈探。掘笋烹茶日亭午,一僧庸朴耐闲谈。"其六:"中途忽遇雨倾盆,已过凉亭不见村。衣履淋漓全透渗,始逢社庙急推门。"

15日 徐世昌免胡仁源署北京大学校长职。

上海南洋公学学生会分会出版《南洋周刊》。此前于五四运动发生后,上海南洋公学学生会分会为"唤醒同胞,以扶危局",已创办《南洋日刊》。

吴昌硕应周庆云嘱为徐孟硕题《刘忠介公遗像》。同题有周庆云《题刘忠介公遗像》(二首)、李详《梦坡属题刘忠介画像》(二首)、杨钟羲《题刘忠介遗像》、王国维《梦坡属题刘蕺山先生遗照》、缪荃孙《奉题刘念台先生遗像》、吴庆坻《题刘忠介公遗像》、吴士鉴《敬题蕺山先生遗像》、吴俊卿《敬题刘忠介公画像》、潘飞声《梦坡出刘忠介公遗像,敬观谨赋长句跋尾》、恽毓龄《谨按十世祖讳日初,字仲升,晚号逊菴,为忠介公门人。忠介去总宪,公拟进〈论道疏〉,忠介自潞河舟次贻书止之。及忠介扼吭逝,又为〈闵哲篇〉以吊之,寻撰次〈忠介行述〉万余言,发挥微言大义,以传不朽。逊菴公自染衣西归,坐卧小楼,自比殷顽,不履周土。聿数祖典,无敢或忘。今瞻仰忠介公遗像,敬述渊源,为五言一章》、恽毓珂《奉题刘忠介公遗像》、崔永安《敬题刘忠介公遗像》、喻长霖《敬题刘忠介公遗像》及白曾然《八声甘州·为梦坡题所得刘蕺山先生画像》、王蕴章《鹧鸪天·题刘忠介公遗像》。其中,周庆云《题刘忠介公遗像》其一:"奋起孤童振羽翚,匪躬蹇蹇肃班联。恰当蕺草归耕日,犹是茄花历劫年。玄鬓应伤明镜改,丹心还托谏书传。清高遗貌原难写,想见沉吟拂素笺。"王国维《梦坡属题刘蕺山先生遗照》云:"山阴别子亢姚宗,儒效分明浩气中。封事万言多慷慨,过江一死转从容。大千劫去留人谱,三百年来拜鬼雄。我是祝(开美)陈(乾初)乡后辈,披图莫讶涕无从。"王蕴章《鹧鸪天·题刘忠介公遗像》云:"卅载荷衣冷碧浔,乾坤正气未销沉。卧薪肯学黄冠老,采蕨还同苍水吟(蕺山为勾践采蕨处,张忠烈有《采薇吟》)。 惊折槛,许投簪,萧萧白发黯愁侵。虚堂展卷风雷肃,写出孤忠一片心。"

《东方杂志》第16卷第7号刊行。本期"文苑·诗"栏目含《济宁李一山乞题唐拓武梁祠画像》(陈三立)、《送灶夕立春得微雨》(同前)、《雪中魏季词过宿敝庐,除夕前一日还沪居赠别》(同前)、《长至》(同前)、《十一月二十一日午至申酉之间,有三日并出，光芒四垂，热亦加酷，方携家人行园，一佣立岸，步徘徊瞻眺，避去不告，致未仰视，失此奇景，口占纪之》（同前）、《过中正街故居》（同前）、《润州事杂诗》（三首，冒广生）、《疢斋枉顾话旧感赋》（二首，鲍心增）、《奉寄冒疢斋居士》（二首，方外松月）、《疢斋出视近作〈杂事诗〉依韵奉赠》（方外宗仰）、《己未三月重游泮宫，率赋二律》（吴俊卿）、《贺昌硕重游泮宫》（二首，诸宗元）、《玉泉寺赠弘一上人》（梁公约）、《虎跑寺》（同前）、《由澉道沪访李审言不遇》（同前）、《正月十五夜，车过徐州见月》（黄濬）、《夜抵上海饮李拔可家》（同前）、《西湖四首》（同前）、《法源寺饯春会，雨中看丁香》（陈衡恪）、《雪竹》（李宣龚）、《题啬翁林溪精舍》（同前）、《书刘幼丹先生中鼎释文后》（周正权）、《送春二首》（袁思亮）、《送春二首》（夏敬观）。

缪荃孙登门赠夏敬观《扪虱新语》汲古本6册、《儒学警悟》3册。

林纾《齐天乐·苏戡南楼新成，寄此落之》刊载于《公言报》，自署"畏庐"。词云："药阑红漏垂杨外，朝朝嫩阴微雨。浦上潮来，诗边人老，疑与斯楼终古。颓风倦羽。对南雁芦漪，顿成愁侣。晓月檐端，掩屏枯坐向谁语。　江南风味淡冶，只酸心旧事，弥望禾黍。汉水辞鸥，濠堂委雪，抛却吟怀几许。金铙画鼓。更罢戍龙州，乞身槐府。老但佩书，案头摹定武。"

16日　张元济致傅增湘书，邀任《四部丛刊》发起人。

17日　瞿秋白《不签字后之办法》载北京《晨报》，阐述拒签巴黎和约后中国政府所面临之国际局势，提出作为主权国所采取之对策。

田汉由上海乘船回湖南。宗白华、康白情等于半淞园饯行。

18日　符璋发太平县琛山金谔轩函，附诗笺一纸，题其冬青草堂。

19日　廖仲恺致函胡适，转达孙中山之意。略谓："我国无成文的语法，孙先生以为先生宜急编此书，以竟文学革命之大业，且以裨益教育。"

南昌召开救济南浔铁路会成立大会，陈三立被推举为名誉会长之一。

林纾《山亭宴（美人往就莲花语）》刊载于《公言报》。序云："王碧栖姬人亚禅，偕二三女伴同游圣湖，碧栖以事未从也，块然寡欢。然六桥三竺间，已一一为美人游历矣。作此寄碧栖，且以慰其岑寂。"词云："美人往就莲花语。棹轻漪、圣湖深处。风扬六铢衣，画桥外、花晴日午。楼台随处认前朝，衬俏影、绿杨千缕。遥想谢桥人，定入梦、湖边路。　曲琼寂静帘纹暮。甚多时、未成秀句（碧栖久不填词）。珊枕鬓香醲，尽午夜、仍留蜜炬。锦屏风上画杭州，怎不向、画中同住。屈指会双星（越月即七夕），倘未归、佳期误。"

20日　徐世昌令裁撤督办参战事务处，改设督办边防事务处，令段祺瑞督办边防事务。

胡适《多研究些问题，少谈些"主义"》刊载于《每周评论》第31号。略谓："第

一、空谈好听的'主义'，是极容易的事，是阿猫阿狗都能做的事，是鹦鹉和留声器都能做的事。第二、空谈外来进口的'主义'，是没有什么用处的。一切主义都是某时某地的有心人对于那时那地的社会需要的救济方法。我们不去实地研究我们现在的社会需要，单会高谈某某主义，好比医生单记得许多汤头歌诀，不去研究病人的症候，如何能有用呢？第三、偏向纸上的'主义'，是很危险的。这种口头禅很容易被无耻政客利用来做种种害人的事。"

《申报》第16673号刊行。本期《老申报》"文艺"栏目含《过岳阳楼》（光绪元年正月二十五日）（二首，二酉游侣曾正沅）、《登黄鹤楼》（前人）、《金山寺》（前人）、《舟抵上海》（前人）、《送友人归里》（前人）。

柳亚子作《六月二十三日夜，独坐磨剑室，检视癸卯至癸丑旧作，风雨终宵，忽焉达旦，遂成是作》。诗云："损尽宵眠计亦差，蠹鱼十载此生涯。精严少作今何有，剩遣银钰照鬓华。"

[日] 宗方小太郎访郑孝胥，赠《硕水遗书》2部，并取狩野、福岛求书2件。

21日 天津学生联合会机关刊物《天津学生联合会报》创刊。周恩来主编，并撰创刊号社论《革新，革心》，申明"本革新同心的精神为主旨"，"本民主主义发表一切主张"。

林纾《秋霁·闻高子益、李拔可买舟入濑，作此自解》刊载于《公言报》，自署"畏庐"。序云："高子益、李拔可，去秋买舟入濑。然余居杭三年，欲上严滩者再，均遇疟不果行，闻之奇妒，作此自解。"词云："微雨新过，荡画舸空泠，万顷秋色。翠偃鱼标，锦分鸳阵，钓台去江千尺。女儿泛宅。渡泷藉点西风力。挂片席。装稳、醉吟凤露看山客。　偏未做美，病卧钱塘，梦萦苍烟，行阻凉汐。客星高、滩声沸石，沄沄愁浪帐痕湿。双鬓渐皤怀去日。尚有情处，定再鼓勇南来，笋将高据，古祠题壁。"

张謇作《小池》。诗云："石坳横短杓，檐雨接长筒。覆树澄漪暗，漂花细溜通。任吹风不下，只受月当中。须鬓归来照，时时认镜铜。"

刘大同作《己未荷花生日收女弟子云涛、桂琼，喜而赋此》。诗云："孔氏三千我八千，曾无女弟子周旋。古传孙武宫中教，后仅随园诗句联。但愿环球坤德厚，敢忘世界美人贤。门墙一入先知礼，岂独寻常翰墨缘。"

鲍心增作《六月二十四日哭三弟》（二首）。其一："去年今日语依稀，残暑弥留事已非。荆树半枯宁再苗，雁行中断不联飞。九泉色笑肩随侍，六百孀孤心计违。弟妹四人皆白首，朦胧夜月盼魂归。"

[日] 服部辙作《七月廿一日，津岛远香亭观莲雅集，分韵》（二首）。其一："无数红衣宛作邻，远香亭子好为宾。白头醉态谁扶起。定有花中解佩人。"其二："碧筒引满味殊新，凉叶凉花不染尘。一笑醉香还苦热。芙蕖羡尔水中身。"

22日 全国学生联合会发表《终止罢课宣言》。

林纾《眉峰碧·为叶誉虎制图并填词其上》《相思儿令·为叶誉虎制图并填词其上》刊载于《公言报》，自署"畏庐"。其中，《相思儿令》云："迎旭亭西春晚，渐渐绿阴成。行过碧纱窗下，还忆唾绒声。　泪痕染遍秦筝。最难禁、微醒初醒。五更残漏依稀，枕函如听丁宁。"

张謇作《斑竹》。诗云："契已青云托，根缘白下来。新姿神女黛，老点寿人鲐。渍雨无愁泪，掀泥且养胎。娟娟都静好，知为惯惊雷。"

熊希龄作《戊午己未两夏，余夫妇避暑香山，儿自南方放假，来此追随朝夕，至可乐也。今夏六月二十五日余五十生辰，儿香儿共拍照于双清别墅，特题此赠之》（二首）。其一："昔日衡湘笑语欢，今随杖履涉山峦；依稀尚记儿时影，玉立亭亭共倚栏。"其二："江南文物最清新，勤苦艰难守本真；汝学将成余亦老，他年当慰倚闾人。"

23日 蔡元培作《读〈越缦日记〉感赋》。诗云："卅年心力此中殚，等子称来字字安。岂许刚肠容芥恶，为培美意结花欢。史评经证翻新义，国故乡闻荟大观。名士当时亦如鲫，先生多病转神完（或作'独推此老最神完'，又'多病'或作'体弱'）。"

24日 严复复徐佛苏书，表示赞成其"南北分治"主张。又复熊纯如7月17日来信，谈及"文白合一"等事。略谓："北京大学陈、胡诸教员主张文白合一，在京久已闻之，彼之为此，意谓西国然也。不知西国为此，乃以语言合之文字，而彼则反是，以文字合之语言。今夫文字语言之所以为优美者，以其名辞富有，著之手口，有以导达要妙精深之理想，状写奇异美丽之物态耳。如刘勰云：'情在词外曰隐，状溢目前曰秀'；梅圣俞云：'含不尽之意，见于言外；状难写之景，如在目前'；又沈隐侯云：'相如工为形似之言，二班长于情理之说。'今试问欲为此者，将于文言求之乎？抑于白话求之乎？诗之善述情者，无若杜子美之《北征》；能状物者，无若韩吏部之《南山》。设用白话，则高者不过《水浒》《红楼》；下者将同戏曲中簧皮之脚本。就令以此教育，易于普及，而斡弃周鼎，宝此康瓠，正无如退化何耳。须知此事，全属天演，革命时代，学说万千，然而施之人间，优者自存，劣者自败，虽千陈独秀，万胡适、钱玄同，岂能劫持其柄，则亦如春鸟秋虫，听其自鸣自止可耳。林琴南辈与之较论，亦可笑也。"

张謇作《喜沈叔英见过》（三首）、《小狼山》。其中，《喜沈叔英见过》其一："能文早岁沈长子（里人以君顾长，有是称），到老天悭一秀才。终年那得道陈事，斑白相看口笑开。"

25日 苏联政府发表《俄罗斯苏维埃联邦社会主义共和国对中国人民和中国南北政府的宣言》，即苏俄政府第一次对华宣言。声明放弃沙皇政府从中国攫取之满洲和其他地区；拒绝接受中国庚子赔款；废弃一切特权，包括俄商在中国境内一切商站等。

《小说月报》第10卷第7号刊行。本期"曲本"栏目含《盘龙剑(续)》(樊樊山)；"弹词"栏目含《藕丝缘弹词(续)》(第十一回《送符》)(瞻庐)；"文苑·诗"栏目含《病起自寿》(三首，寐叟)、《三月二十二日约客过法源寺看白丁香，是日适斋饭于僧寮，赋示同游诸公》(樊山)、《初夏绝句》(四首，樊山)、《雨中》(樊山)、《题莼农〈十年说梦图〉》(四首，易顺鼎)、《前题》(二首，丁瑗)、《前题》(四首，宗威)、《前题》(吴宝彝)、《小雪日作》(黄百衲)、《妙掌》；"文苑·词"栏目含《倦寻芳·和孟符，用梦窗韵》(樊山)、《浣溪纱·春莫感事》(孟符)、《倦寻芳·和孟符，用梦窗韵》(次公)；"诗钟"栏目含《寒山社诗钟(续)》(钟社同人)。

26日 汤尔和致蔡元培信，谈及沈尹默反对蒋梦麟进北大事。

林纾《清波引·刘晨伯来言，东湖烟雨楼重修矣，感念旧游，作寄轫叟》《采桑子·戏题程郎报刘书后》刊载于《公言报》，自署"畏庐"。其中，《采桑子》云："怎生抛得青春去。锦字屏边，卍字阑前。忍咬葱尖对老蟾。　寄声姊姊宜将息，如此织纤，莫太恹恹，逐步梨花近画帘。"

张謇作《书〈会真记〉后，笺元微之六首》。其一："颇恨微之记会真，假名轻薄浪传文。世间尤物干卿甚，补过云胡世尽闻。"其四："便容人夺己争先，不夺能无美满缘。崔氏自衰韦氏盛，梦游春后有词传。"

蔡元培作《七绝三首》。其一："昼观鱼鸟夜观萤，活泼光明总不停。倘使眼前皆死物，更从何处证心灵。"其二："西窗日日许看山，朝暮阴晴现一斑。不是烟霞与渲染，我心匪石也成顽。"其三："寂如止水一湖平，闸泻溪流了不惊。赖有熏风与吹绉，万方活色眼帘呈。"

27日 鸥社第二次雅集。徐珂作《己未(中华民国八年)七月朔鸥社第二集，分韵得巷字》。诗云："晚来食指动，行吟出穷巷。相从文字饮，拇战亦时哄(胡绛切)。酒酣同倚楼，过雨见老虹(古巷切，吴景奎诗'老虹青红疏雨外')。群彦新诗成，金春且玉撞。不学思效螉(楚绛切，不耕而种也)。世变日方厐，舟行若失㮯(色绛切，捍船木也)。此心愧海鸥，吾曹乃皆惷。"王德钟作《鸥社第二次集会于杏花楼，分韵得深字》。诗云："如此楼台合放吟，天涯小集共题襟。怯秋萤火沾衣淡，晕晓帘波罨酒深。宇落哀时无可说，低回千载自难禁。吾曹一坠风尘内，谁向空山独抱琴。"傅熊湘作《鸥社第二集》。诗云："落日澹余晖，凉风送残夏。高会集群英，秉烛同清夜。翳惟世乱厐，薄俗崇夸诈。典型日以亡，流风滋复谢。余生被忧患，麤蹙鲜闲暇。久虚游赏乐，未税奔驰驾。何期留滞中，一再欢游假。壶觞既已倾，寤言忽如泻。神旷理自超，道虚乐无罅。念彼达观人，悠然悟物化。"

吴昌硕为许世英绘《桃石图》并题："灼灼桃之华，赪颜如中酒。一开三千年，结实大于斗。静仁先生雅属，己未七月朔，安吉吴昌硕。"

陈去病四十六岁初度，翁源县知事、同乡殷佩六来贺。陈作《孟秋朔日初度一首》。诗云："塞上鸿飞气欲秋，天南长自赋离忧。惊心白发催人老，回首青春逝水悠。小叙亲朋聊自慰，无多杯榼许相酬。鲈鱼味美鹏图倦，极目莼乡羡去舟。（是日供鱼，殷佩六大令谓颇似故乡之鲈。会其夫人将归，故末句及之）"

郑孝胥作《答叔伊二诗》。其一："寐叟深言夜坐非，石遗极道晓行奇。海藏夜夜楼头坐，却是晨钟欲动时。"其二："闻鸡待旦已为常，早睡翻成减睡方。记与壶公论夜色，四更霜月抱冰堂。"

叶佩瑜作《己未七月朔香港飓风大作有咏》。诗云："倏忽长空铁马奔，如山雪浪卷无垠。仓皇尽戢千帆影，阴翳全教万灶昏。恐有哀鸿号大泽，岂缘龙尤斗天门。明朝松菊知何似，不觉乡心绕故园。"

28日 张謇拟明年易南通公园与众堂为楼而扩大巢溪堂，于兄张詧生日集七旬左右老者一二十人为"千龄会"。以"千载"名楼。作联云："宾主须尽欢，幽赏高谈，一时亦自千载；乡里求自治，筚路蓝缕，后生毋忘前贤。"拟千五百本梅花盦联："一花一如来，化菩提身，无虑五万千佛；三月三上巳，嗣兰亭会，不须四十二人。"

郁达夫作《送蝶如归，有怀担风先生》。诗云："风雨夜萧萧，临歧折柳条。相逢才几日，小别又今宵。君去归盘谷，侬留隐市朝。若趋夫子府，为道客无聊。"

29日 周作人作《访日本新村记》，载10月30日《新潮》第2卷第1号。

陈达三生。陈达三，又名业德，贵州黄平旧州人。著有《达三诗词遗稿》。

30日 张榈（震轩）撰挽孙季恒之母姜孺人联一对。联云："延师课子，久钦阿母之贤，况亲随学士修书，菱镜常圆，太史星边辉皓月；长寿宜家，兼享诸孙之福，怆晚岁弥陀诵偈，莲台倏化，众香国里拥慈云。"

31日 沈曾植移居沪上新闸路30号，门有"鸳湖沈寓"帖。陈衍后作《乙盦移居新闸数日，未能造访》。诗云："楼护甘居狭小间，晏婴爽垲请更诸。无情竟判东西水，相斫休寻长短书。别自卜邻数晨夕，更谁同巷接襟裾。张空火伞迟来访，畏坐南宫宋万车。"

姚大慈《丁巳杂诗》（六首）刊于《南洋总汇新报》"诗界"栏目。其一："空山最是夕阳斜，付与英雄作一家。此是万人凝血泪，满山红遍杜鹃花。"其二："孤抱东方树一军，十年前已俯斯人。江潭此日开青眼，来睇如来说法身。"

韩德铭作《读史长句》（己未七夕前二日）。诗云："建藩效著终迁贾，绍述功虚总相京。默察纷蹂诸乱长，坐无旄别一原成。及知淆混储灾害，始起仁贤构太平。独惜惊春洛桥客，云开发笑几人能。"

本　月

周庆云长夏小集于沪上绮楼。周氏作《己未长夏，小集绮楼，裙屐联翩，琴尊跌宕，消暑之计，无逾于此。爰乞方君逋盦绘〈绮楼写韵图〉，吴仓老为书楣，以存鸿雪》。同人和作有方逋《梦坡属写〈绮楼写韵图〉，次韵奉题》、许湘祥《奉题〈绮楼写韵图〉，用元韵》、劳启扬《和梦坡〈绮楼写韵图〉元韵》、白曾然《绮楼写韵第一集题句》、郑光裕《题〈绮楼写韵图〉，用梦坡原韵》、李德潜《奉题〈绮楼写韵图〉》（二首）。其中，周庆云《己未长夏》云："楼台畫画碧杨丝，小集朋簪倒玉厄。各写古愁调凤柱，偶翻新曲擘龙枝。入时妙手王摩诘，垂老狂名杜牧之。眼底云烟留彩笔，待烧银烛照填词。"方逋《梦坡属写〈绮楼写韵图〉》云："潋滟春江雨似丝，招邀绮阁泛琼厄。银镫鬓影琴三叠，玉笛脂香曲一枝。酒后放歌输白也，花前回顾愧微之。写图聊志鸿泥迹，敢和弁翁白雪词。"郑光裕《题〈绮楼写韵图〉》云："道是筵开小广寒，舞蔥歌蒨强追欢。琴樽北海今文举，丝竹东山古谢安。赌唱能消金凿落，题诗还凭玉阑干。梅花不止调三弄，月满高楼下指难。"

《友声杂志》创刊于上海。倪轶池主编，中国薄海同文学会发行。主要刊发会友通讯、小说、诗、诗钟、联语、灯谜、旅行日记。主要栏目有"祝词""文录""艺林""说部""笔记""谭丛""艳薮""谐著""杂俎""专集""会友通讯""读者俱乐部"等。主要撰稿人有轶池、东园、钰斋、钝铁、逸轩、淡然、天恨、瞻庐等。

《浙江兵事杂志》第63期刊行。本期"文艺·诗录"栏目含《西湖白文公祠附祀樊谏议敬题，次文公赠樊著作韵》（习艮枢）、《绍述先生附祀白公祠纪二诗》（顾燮元）、《题〈樊绍述先生集〉后》（陈衍）、《寿瘿公五十（联句）》（陈衍）、《题〈葵南徐先生暨德配岳夫人事略〉》（海秋）、《南湖烟雨楼》（海秋）、《后银河曲》（大至）、《移居惠兴里，自春徂夏，杂书所感，得诗六篇，不复诠次，漫录存之》（大至）、《亮生以〈南屏遇雨〉诗输示依和》（大至）、《赠陈颖荪》（后者）、《董伯度自扬州归，出诗成帙索题，得长句》（后者）、《寄赠武进姚绍枝邑侯》（后者）、《寿王紫珊先生七秩，即用〈自寿〉元韵》（后者）、《春草》（周家英）、《葛蔚南先生周甲征诗，哲嗣湛侯君，余同学也。为赋四章》（思声）。

《安徽教育月刊》第19期刊行。本期"文艺·诗"栏目含《游九华山》（李大防）、《欧洲征妇怨》（李寅恭）、《和张易吾厅长〈病假休居〉诗原韵》（高亚宾）、《读史杂感》（江辛）。

［日］《大正诗文》第8帙第1集由雅文会编纂刊行。本集"诗集"栏目含"春石栏"：《水亭观萤》（建庵太田资业）、《玉川观打鱼歌》（舟山松田定久）、《堺浦楼醉后偶吟》（竹潭中岛久万吉）、《初夏出游》（楠窗黑宫白石）、《三奇石篇（并引）》（菊畦西川光）、《咏柏树子》（华洲渡边孚）、《游砾川后乐园》（三首，澀桥浅田吉）、《送相泽翠香还东京》（香山胜村谆）、《菖蒲花》（霞城松野宽）、《桶峡间怀古》（淡海小野芳三）、《六十一自寿》（松窗稻本久）、《送春醉》（毅斋伊藤政重）、《幽居》（槃磵山口

正德)、《偶作》(二首,天民藤本达次)、《即目》(无穷小川博望)、《初夏田园》(香城大矢要藏)、《次孤云〈游山寺〉诗韵》(九鸟三枝团吉)、《首夏即事》(温斋东尾光)、《伴林光平》(同人)、《叠前韵寄竹坡兄》(陶庵筱岛友次郎)、《绿阴清昼》(淞雨松田敏)、《雨中榴花》(东岳土佐林勇)、《读〈铁舟居士传〉》(春石冈崎壮);"松坡栏":《盲哑院》(华山桦山资纪)、《时事偶感》(青海釜屋忠道)、《寓感》(柘翁吉田千足)、《自然亭雅集》(星溪竹井耕)、《书怀》(雀轩海部弘之)、《悼中洲翁》(孤山高辻修长)、《自然亭雅集》(松坡田边新);"天随栏":《奉悼竹田宫》(南洋阪井重季)、《题〈支那三万里记游〉》(云庄入泽达吉)、《呈中洲先生》(大圭太田益之助)、《寄怀石川文庄》(南涯古川郁)、《次晚节〈自寿〉诗韵》(紫峰饭田彰)、《赠吉松国手》(远乡小宫亲文)、《赠原南邻》(无我吉原谦)、《山亭避暑》(鹤坡佐治为善)、《送人出征》(蕉雨星野竹男)、《初夏即事》(吞云松尾玆)、《品海舟中》(涛外田中秀次郎)、《寄别宫梧阴翁》(苫江岩城政吉)、《雨窗小酌》(琴坡土屋政朝)、《禅房偶题》(如如杉原满龙)、《芳山怀古》(惕若森懋)、《梅雨》(同人)、《东山杂诗》(小坡山本翼)、《田家》(高林理)、《绿阴移榻》(岛南石桥邦)、《待客》(三轮朝家万太郎)、《送饭塚米雨游蜀》(天随久保得二)、《中洲先生哀悼集补遗》(久保雅友、中井天生、胜村谆、山口正德、松田定久、小泽安)。"课题"栏目含《遥笛》《瀑布》《蝉声》《秋声》《篱菊》《野菊》《登岳》《泛湖》《游山寺》《归乡访遗老》《世路难》《平和来》《吊新战场》《诣露帝墓》《咏史》(苏秦、张仪等支那策士)。

吴昌硕为唐祖尧(养之)绘《幽兰》并题:"临模石鼓琅邪笔,戏为幽兰一写真。中有离骚千古意,不须携去赛钱神。养之仁兄雅属。己未季夏,安吉吴昌硕,时年七十六。"

林纾本月至次月间作立轴纸本《仿元人笔意》(又名《荷亭纳凉》),作成扇纸本《松屋观竹图》。又作四屏绢本《四景山水》。题识曰:"薄翠笼寒春雨余,江干三五钓人居。破窗临水无人迹,尽数前溪去打鱼。畏庐居士。""一白兼天净不埃,岩扉宁为俗流开?人生冷暖真常事,我自韶龄卧雪来。新三贤弟雅属,畏兄林纾写并识。""长日莺声隐绿杨,小轩如斗荡溪光,可怜萧瑟灵和殿,那复依依似水乡。己未夏日,大雨三数日,屏居不出写此。极闷。畏庐林纾。"

陈三立接梁鼎芬书,子登恪自京归时所携至,时梁已病。

朱羲胄在文学讲习会听林纾讲古文,作有笔记。至翌年10月,朱氏将1919年之全部笔记分为"通则""明体""籀诵""造作""衡鉴""周秦文评""汉魏文评""唐宋元明清文评""杂评""论诗词"十类编排,计280条,题为《文微》,1921年交友人湖北黄冈陶子麟仿宋体字镌刻,历时四年始成,1925年6月刊行。

林损因肺病从北大归里,作《病肺》《友人有相叹者,作此慰之》《当年》《仙家》

《哭李氏四妹》《悲怀》《撤药》《读〈庄子〉》《读〈易〉》《读〈涅槃经〉》《肺疾初愈有作》。其中，《病肺》云："心头眼底两堪悲，天上人间那可期。妹病无医思故舅，女生渐长忆殇儿。浇胸痛饮肺偏灼，当座狂呼客尽疑。呕血自沾庭上草，群蜂休认作丹蕤。"《友人有相叹者》云："才华如此偏妨命，敢说苍苍尚有情。只合湘潭呼屈贾，莫登广武笑韩彭。浊醪一斗犹堪醉，瘠土三年未许耕。腐鼠自多桐实少，鹓雏那得与鸱争。"《肺疾初愈有作》云："多病渐销万虑去，小闲顿觉一庭凉。解衣盘礡真吾乐，散发歌呼孰禁狂。花影屡随暄自转，蝉声不与读相妨。忘机即是神仙侣，何必乘风归帝旁。"

赖和从博爱医院辞职，仍行医彰化，作《别厦门》（三首）、《归去来》（四首）等。其中，《别厦门》其一："消闲尽日爱山行，此地峰峦倍有情。别后山灵应寂寞，秋高不听马蹄声。"其二："去来无累一身轻，住久原多恋恋情。留向梦中长记忆，升旗山下落潮声。"其三："架上名花柳上莺，依依不尽别离情。故园何事堪追忆，日听啼鹃弄几声。"《归去来》其一："宇宙浩浩无所穷，星球万点实其中。精灵何处不可托，吾生乃坠忉利宫。冥蒙秽毒神所弃，复为摈之东亚东。四顾茫茫孤岛峙，昂头无隙见苍穹。"其二："扰扰中原方失鹿，未能一骑共驰逐。欧风美雨号文明，此身肮脏未由沐。雄心郁勃日无聊，坐羡交交莺出谷。十年愿望一朝偿，塞翁所得原非福。"其三："渡海声名忆去年，春风美酒满离筵。此行未是平生志，误惹傍人艳羡仙。酬世自知才干拙，思乡长为别情牵。一身沦落归来日，松菊荒芜世亦迁。"其四："诗坛寂寞啸霞死，风流太守长致仕。市人趋利日奔驰，故旧成金多得意。镜前自顾形影惭，出门总觉羞知已。饱来抱膝发狂吟，箧底残篇闲自理。"

吴芳吉赴上海就任《新群》杂志社编辑。主任周君南，吴主持诗歌栏，兼任杂志社书记，包揽文牍发行差事。吴收吕谷凡寄来《东方杂志》2册、《戊午杂志》1册。时中国公学缺师资，经周君南荐，吴芳吉被聘为中国公学国文教员（后聘为教授），专授中国文学。

康白情于上海作《祝〈川滇黔旅苏学生会周刊〉》。祝词云："乃兴南讹，遂化穷桑。七日来复，而与世终！"

赵蔚芝生。赵蔚芝，原名成茂、承懋，字蔚芝，以字行，山东淄博人。著有《蔚芝诗选》。

陈三立为瞿鸿禨诗稿作跋，又为马其昶文集作序。其中，《书善化瞿文慎公手写诗卷后》云："瞿文慎公薨逝逾一岁，其孤乃取公手写选定诗凡四卷授石印，告三立记其后。三立以公久扬历中外，出督学政，疲于按试，入朝直枢府，日宣勤天下之大计，复汲汲爱国安社稷为务，偶涉吟咏，余事及之耳。迨国骤变，大乱环起，四方人士暨生平相识亲旧，类辟地羁集沪上，三立与公亦先后俱至。居久之，无以遣烦忧，始纠侪辈十许人，时时联为诗社，公之诗遂稍多。每出示，精思壮采，辄震其坐人。盖公诗典赡高华，由子瞻上窥杜陵，而不掩其度，即愤时伤乱，形诸篇什，神理有余，蕴藉而锋芒内敛，非如三立犷野激急，同于伧父也。三立既引还白下，公旋弃人间世，而王完巢、沈涛园亦相踵物故，所谓诗社者稍歇绝矣。昔欧阳公称：'世之贤豪不常聚，而交游之难得'；又称：'非徒相得之难，而善人君子，欲使幸而久在于世，亦不可得。'三立诵而流涕，谓不啻为吾辈今日言之。然欧公犹生当隆平极盛，无事之时，所感已如此，而况际天荒地变、患气充塞、人人莫知死所之今日耶？宜抚公诗，亡魂失志，至不喻古今、聚散、死生为有可哀也。公诗成就最矜慎，犹抑不自信，屡督三立为删定，且曰：'即泰半去之靡所憾。'其时姑识别一二，塞公虚己下问，殷勤无穷已之意而已，讵谓区区所臆斥，果足累公垂世行远之巨观也哉？己未六月，陈三立题记。"马其昶《抱润轩文集》序云："马君通伯所为文，去今二十年间，余获而读之。至谋所以序其文，皇然无所措。盖以通伯籍桐城，桐城自方氏、刘氏、姚氏迄于吴先生，宗派流演，相嬗而名者十数辈，其述作渊源，见诸海内鸿彦硕儒推引称说，不可胜原。通伯文虽甚精深微妙，卓卓树立，固皆守其传而有成，无复同异也，亦安取赘辞常论以加之通伯哉？既久而思之，方、刘仕国初，方兴太平，姚先生及其弟子际乾嘉，声教翔洽，称极盛，独吴先生睹光绪甲午之败，益遭庚子八国会师扰畿辅之难，流离困阨，不遑栖息，已异于诸乡先辈而莫能同也。然吴先生终光绪末叶，所谓革命军且未起，而吾通伯者，则躬及宗社之迁移，万方之喋血，其与吴先生生同时，而所遭又异。当吴先生之世，中外多故，改制之议寖昌，吴先生颇委输万国之学说，缘饰其文，文若为之一变。通伯不获安乡里，孤寄京师，厕抢攘嚣哄之场，危祸交乘听睹，皇惑怏郁之极，辑《费氏易》《毛公诗传》毕，遂浸淫于佛乘，通伯异日之文，当不免更为之一变。审如是者，匪独逮异诸老先生，即吴先生恐莫得尽同矣。嗟乎！天地之变无穷，文章之变亦与之无穷。然而非变也，变而通其同异，而后能维百世之不变者欤？姚子叔节亦桐城人，属文亚通伯，并以所列謦欬溷之，其可乎？"

姚光为凌景坚《紫云楼诗集》作序。序云："呜呼！晚近诗道，庞杂极矣。其下者固无论，上者斤斤于唐宋之辨，余亦未以为可也。余闻声音之道，与政相通。治世之音，安以乐；乱世之音，怨以怒；亡国之音，哀以思。小雅尽废，则四夷交侵，中国微矣。诗道之大，关于国之兴微，有如是哉！诗之衰也，诗义之不明也。《记》曰：'诗以理性情。'人之性情借诗以伸其义。义寄于诗，而俗行于国。故义废则国微矣。听郑卫之音，使人靡靡；诵《无衣》之什，而勇气生焉。满清之季，我党诸子好为高抗激楚之声，以收光复之功。清室大夫所作，多务枯瘠之语，奄无生气，卒覆其社。此其故可深长思也。自入民国，彼二三清室大夫，尚以西江立派，拘于格调，以冒宋诗之名。实则遭逢不偶，叹老嗟卑，其言愈冷，其中愈热，鲜不至于失身者，非仅为亡国之音已也。此其害盖不在文字，而在性情矣。性情之失，而身名随之。乃后生小子，不辨其义，翕然从风，咸为蹇涩之音，以苦其神志，而汩其性情，此则世道人心之隐忧也已。夫诗之义备乎《三百》，辞则与世而移。李、杜、苏、黄，要皆有得于《三百》之义者。故得其义，为唐为宋可也；失其义者皆伪体耳。余友吴江凌君莘子，年逾弱冠，读书论道，隐迹分湖之上。其伤时念乱之忧，一发乎诗。微而显，隐而彰，哀而不怨，追溯苏黄之遗法，而约以婉峭，能为宋诗，而不惑于庸妄之说。盖能涵养其性情，而借诗以伸其义者矣。余不能诗，然对于今之所谓时彦之作，期期以为不可。兹莘子以其《紫云楼集》，谆谆属序，窃喜其义之有合也。爰述所见，以谂世之知言者。中华民国八年七月，社弟金山姚光序。余为此文颇采友人黄晦闻诗学之说。晦闻固精宋诗者，即莘子亦治宋诗也。至余朋辈中喜宋诗者尚多，余皆好之。盖余之观诗文，以人为前提。所谓得其义，为唐为宋可也；失其义者，皆伪体耳。则余之非有恶于宋诗也，明矣。所排斥者，自有在耳。光自识。"

丁辅之与吴隐编、晚清赵之谦撰《悲庵剩墨》第3、4册，由西泠印社印行。

闻一多《清华图书馆》刊于《清华学报》第4卷第8期，署名"闻多"。本诗作于1918年秋至1919年春之间，1921年7月收入手写本《古瓦集》，文字略有变动。诗云："京师学校数百十，谁推秘府追东壁？大学充栋三万签，清华规模更无匹。远搜八载穷寰区，邮牛米舫疲挽输。广厦穹隆具陈设，住置十一嫌不敷。泰西匠师司土木，神施鬼设诸夏无。巨万装成天禄阁，太乙下窥青藜扶。盈庭折轴未为富，阙佚凌滥能无虞？泰西管理有专术，更遣游学资仿摹。归来整顿运新法，兰台蓬观奚翅乎？君不见剡溪老藤人未识，碧茏为简金刀刻，鼠须蚕茧已奇创，剖劂神工更不测；谁知富藏倅猗顿，连云玉轴供蠹蚀；琅琊田舍牧豕儿，窃坐春风绛帐侧。又不见瑶签碧简高阁储，主人重之犹璠玙，缥囊缃帙十二库，宝筐那为他人昧！西京都士效驱役，不受黄金愿借书。我生乃值廿世纪，北走名校窥石渠。河间真本此焉见，收拾闳籍二酉余。灵光下射神龙护，对此凝立徒悲歔；何当长绳系白日，假我数十空五车。"同期还刊有闻氏《清华学生代表团祭徐君曰哲文》。徐君曰哲，字菊畦，江西吉水人，清华一年级生。祭曰："萃群袄于九区兮，莫赤匪狐；启层关以揖盗兮，攫我版图；目负豕于道路兮，孰敢诟而张弧；徐君哀彼啜醨兮，距六衢以疾呼。君之居兮病在身，君之行兮不戚以蹙，君朝出兮莫来归。搴两旗兮风繙，宛言笑兮在耳，胡一夕兮已陈，念鲁难之未艾兮，何以慰兹忠魂？指九天以为正兮，誓三户以亡秦。谨陈辞而荐醴兮，魂来享其无僭！"

严复作《怀阳崎》。诗云："不反阳崎廿载强，李坨依旧挂斜阳。鳌头山好浮佳气，碕角风微簇野航。水鸟飞来还径去，黄梅香远最难忘（补园腊梅数十株，开时香闻里许。去冬，余因病不获赏之）。何从更作莼鲈语，东海如今已种桑。"

康有为作《己未六月辛园杜门赋》。诗云："读书倚秋林，卧病掩柴门。天地忍长闲，山林笑自尊。人间是何世，物外欲无言。舒鸟风云手，谁言老灌园。"

曹广权作《书事杂诗六首》。序云："仿杜公《洞房》八章体，己未六月作。"其一："昔值朝元日，丹墀晓仗开。诸天洒花雨，中旨转春雷。火树通明早，湖云望幸来。微闻景阳井，青动玉鱼苔。（戊申元旦朝贺，百官集皇极殿，内廷传闻怪事，以除夕珍妃示形，惊孝钦宫寝，于是大内大汛扫故事。上元前数日，两宫始幸颐和园，观铁花鱼龙杂戏。是岁，三朝甫毕，即传跸驻园。德宗珍妃最得上意，当庚子西幸时，为李莲英推坠井中薨）"其三："手诏分明在，奔霆阒鼎湖。龙归孰攀附，虬化入虚无。恨满山隅寂，忠余岭外孤。盈廷传玉玺，坏土负珠襦。（隆裕奉德宗遗诏诛袁世凯，而奕劻、张之洞、世续等力阻于摄政勿宣，仅罢斥回籍，潜与黄兴等谋乱。辛亥九月，即有武昌之变。讽朝廷起用为督师。汉阳已下，乃嗾使外人出而讲和，前敌顿兵不入武昌。十一月，遂改变国体。己未冬，梁鼎芬恤典，特谥文忠，赠太子少保衔，赐葬梁格庄。世续拟梁谥曰'直'，陈宝琛拟曰'节'，宣统帝曰：'梁鼎芬尚不算忠耶？'）"

王琴林作《山居消夏漫咏》（己未六月作）（六首）。其一："惯向雨中看瀑流，山庄长夏更清幽。柳黄拟击尺三壤，净信□居丈八沟。半亩方塘深满水，九分圆月淡明楼。凉风吹送羲皇上，底事人生自惹愁。"其三："烂熳闲花满道周，绿阴深处任句留。瀑吼雨流三峡水，风吹云散四山秋。老莺犹是娇啼树，残月依然炯照楼。嵇康枉自矜疏懒，输与牧童倒跨牛。"其五："数家烟火在氤氲，瀑布声长几度闻。晦日又淋骑月雨，晴天还养坐山云。野花无主荒荒放，香草向人故故熏。静对方塘观物化，蜻蜓乱点水成纹。"

王尽美作《长江歌》。诗云："看看看，滔天大祸，飞来到身边。日本强盗似狼贪，硬立民政官！此耻不能甘，山东又要似朝鲜！嗟我祖国，攘我主权，破我好河山。听听听，山东父老，同胞忿怒声。送我代表赴北京，质问大总统！反对卖国廿一条，保护我山东。堂堂中华，炎黄裔胄，主权最神圣。"

八 月

1日 孙中山在上海创办《建设杂志》月刊，亚东图书馆印行。孙中山撰发刊词。胡汉民、朱执信等编辑。自创刊号起连载孙著《实业计划》。

胡适把《我为什么要做白话诗？》稍作改写，作为《尝试集》初版自序，文末引《尝试篇》作结："我且引我的'尝试篇'作这篇长序的结论：'尝试成功自古无！'放翁这话未必是。我今为下一转语：'自古成功在尝试！'请看药圣尝百草，尝了一味又一味。又如名医试丹药，何嫌六百零六次？莫想小试便成功，哪有这样容易事！有时试到千百回，始知前功尽抛弃。即使如此已无愧，即此失败便足记。告人'此路不通行'，可使脚力莫枉费。我生求师二十年,今得'尝试'两个字。作诗作事要如此,虽未能到颇有志。作'尝试歌'颂吾师,愿大家都来尝试。"

2日 旧历七夕,为传统乞巧节。是夕,林尔嘉在菽庄花园宴集社侣,男祀文昌,女拜织女,后以"七夕四咏——洗车、填桥、穿针、停梭"(七绝四首)为题,向海内外吟侣广征诗作。本次征诗,所得投稿逾千卷,评选出前150名进行奖励;得奖诗稿由林尔嘉辑为《七夕四咏诗录》,于"己未嘉平朔日(夏历1919年十二月初一)"与《闰七夕乞巧回文诗录》合刊,名曰《菽庄吟社七夕四咏、闰七夕回文合选》。林尔嘉撰《序》云:"己未七月,余归自东,爰集同人重修社事。既以七夕四题遍征吟咏,越闰月七夕,复有回文乞巧之征,海内外投稿约四千首。誊写既竣,乃与社侣循环雒诵,得其四百首。录其前列,并七夕四咏付之排印。璧合珠联,后先辉映,洵足以酬兹令节已。因缀数言,质之作者。"《七夕四咏诗录》录陈福铭、何良弼、区纬、无诸国之民、陈得麟、率甫、林太古、绣葆、嫣仙女史、司徒九郎、瀛洲钓鳌客、介石氏、骚坛侍者、陈逸庐、李天霖、岭海逸民、天涯浪子、石匏、桂林秋史、我非仙等前20名获奖人员作品各4首,合计80首诗作,末附前150名获奖人员名单及奖励等次、金额等。其中,第一名陈福铭诗作其一《洗车》云:"一雨车尘净若何,七香载汝过银河。冰轮解借姮娥驭,万古常新不用磨。"其二《填桥》云:"成就双星好合昏,鹊儿义不望酬恩。须知情侠全人美,九死犹甘况一髡。"其三《穿针》云:"会少离多恨未伸,世前犹拜作针神。天孙错绣鸳鸯谱,此谱何堪理度人。"其四《停梭》云:"放慵堪喜亦堪悲,惆怅明朝又别离。慰尽瓠瓜无匹苦,银墙闲煞好机丝。"

冯秋雪、赵连城在澳门以《踏莎美人》填七夕词。冯作上阕,赵作下阕。上阕未见。下阕云:"夜夜比肩,朝朝检韵,此情此景而无分。女牛若解悄含颦,应羡阿侬,朝夕画眉人。"

严复作《己未七夕》。诗云:"露轻河淡月弓弯,佳节如今总等闲。投老怕听儿女事,毕生自著黠痴闲。凄凉旧约留钗钿,仿佛灵风响佩环。云锦已归韩吏部,海槎载石是空还。"

萧亮飞作《夏历己未七夕酒后游城南游艺园,见并蒂莲一枝,自然可爱,欣然作歌》。诗云:"丹凤城南云水乡,农坛历代名天阊。近辟为园号游艺,万人丛里薰风香。香风十里吹冉冉,池塘清漪发菡萏。色相殷殷争斗奇,突放一枝化工染。新秋并蒂亭亭开,出水可爱初日才。凡艳那许如斯丽,此花只合生蓬莱。流水飞车如龙马,举国都成赏花者。梅岭南畔狂老年,家中眼福天所假。姊妹连理耀红妆,齐肩貌似双六郎。娉婷摇曳在明镜,叶底比翼栖鸳鸯。今夕天孙会河鼓,鹊桥平立喁喁语。人间亦有并头花,神仙同观定称许。野人停杯醉颜酡,手曳短杖名园过。不须爱莲比周子,掀髯随意歌新歌。"

骆成骧作《七夕》（四首）。其一："二仪高下定浮沉，一旦炎凉变古今。乐不胜言真得意，痛无可哭始伤心。颉顽无复联双翼，向背虚教共一林。隔水盈盈千万里，愁来欲碎伯牙琴。"其二："修到神仙待鹊桥，人间那不怨迢遥。谁能遣此填沧海，无可如何隔绛霄。虚见红鸾明自媚，浪凭青鸟暗相招。银河不断秋风曲，哀怨分明弄玉箫。"

刘大同作《七月七日夜半自题领岭诗债》。诗云："梅花岭上放高歌，诗债何如酒债多。酒债台高千万丈，那知诗债胜于他。"

夏敬观作《七夕读大东诗，因赋此篇》。诗云："牵牛不牵牲，河鼓不檐鼓。跂彼织女星，无锦在机杼。汉光无所明，津梁怅修阻。何论箕与斗，于用了无补。夜阑灯向明，雨窗虫振股。伏枕念人事，梦往问牛女。"

许之衡作《高阳台·己未七夕》。词云："亭角延秋，湖心贮月，庭花倒影含香。乍卷帘衣，金风吹动清商。针楼多少闲儿女，尚年年、问讯银潢。诉情长。晼晚良宵，莫负风光。　　遥闻瓜果当筵处，有喁喁私祝，兜影兰窗。北斗南箕，永怜隔汉相望。何如也学黄姑渡，赠支机、同话虹梁。黯思量。极目微云，伫立回肠。"

颜惼作《戏咏七月七日京津间试行飞艇》《七夕》。其中，《戏咏七月七日京津间试行飞艇》云："飞机灵过织机梭，只怪天孙赐巧多。我劝牛郎好防备，有人窥伺到银河。"

傅熊湘作《七夕，大觉过余，遇雨而返，次韵戏答》。诗云："杜陵闭门坐叹息，颇念寻常车马客。今雨不来旧雨来，秋阴黯黯天无色。忽得王郎斫地歌，酒酣奇气森嵯峨。抑塞磊落世莫用，眼中之人奈尔何？海气作云三尺雨，西风吹梦无寻处。却笑天公能好事，令君珠玉盈笺楮。莫为牛女惜离情，地上虽阴天上晴。夜夜银河暗相渡，只今不用鹊桥横。"

江子愚作《都门七夕》。诗云："银浦向西倾，波平恨未平。双星乌鹊渡，孤客凤凰城。难遣惟今夕，无憀是此生。问谁司造化，不合与多情。"

张庆琏作《己未七夕》（二首）。其一："欲想穿针月失明，巧无可乞不逢晴。降来暴雨频闻滴，骤发狂风未息声。一水接通须鹊至，双星欲渡有桥横。神仙眷属情无限，一会经年太不平。"

姚光作《七夕风雨，次介子韵》。诗云："一年难得是今宵，脉脉柔情不禁消。无限相思何处说，欢风泪雨集蓝桥。"

陈蘧（蝶野）作《七夕》。诗云："庭院秋凉银汉斜，冬冬河鼓夜传车。黄姑织女遥相见，一夜牵牛尽着花。"

郭延作《拜星月慢·己未七夕》。词云："小日如钩，斜河横玉，此夕仙心怎度。八载相看，在芙蓉城住。久凝望，似觉、云轺鹤驾来往，未离烟波前浦。旧素新缣，暂休谈星杵。　　好风来、似听空中语。如今老、应号翁和姥。羞它岁岁年年，诳人间儿女。向花前、试乞鸳鸯侣。侬家运、可继汾阳否。笑后会、巧闻佳期，且安心回去。"

徐行恭作《七夕，次赓南韵》。诗云："恨离成隔岁，佳会复今年。天宇云初净，银河岸欲连。乍逢疑梦合，小觑已愁牵。为告痴儿女，相思莫羡仙。"

夏承焘作《反乞巧词》一阕。

3日　《申报》第16687号刊行。本期《老申报》"文艺"栏目含《秋月》(二酉游侣曾正沅)、《上海小乐府》(同治十一年六月二十七日)(前人)。

胡适(署名"天风")在《每周评论》第33号发表《辜鸿铭(一)》。8月24日《每周评论》第36号又刊载《辜鸿铭(二)》。《辜鸿铭(一)》先说辜鸿铭的辫子，大讲"尊王大义"，殊不知他曾剪过辫子，"后来人家谈革命了，他才把辫子留起来。辛亥革命时，他的辫子还不曾养全，他带着假辫子坐着车乱跑，很出风头"。说他这种心理，开始"立异为高"，如今是"久假而不归"。《辜鸿铭(二)》说辜氏反对胡适倡导文学革命，还作长文痛骂留学生与文学革命，说："中国十人有九人不识字，正是我们应该感谢上帝的事。要是四万万人都能读书识字，那还了得吗？要是北京的苦力、马夫、汽车夫、剃头匠、小伙计……都认得字，都要像北京大学那样去干预政治，那还成个什么世界？"胡适说："我看了这篇妙文，心灵很感动。辜鸿铭真肯说老实话，他真是一个难得的老实人！"其实胡适一直找机会向辜鸿铭示好，因听学生讲，辜还击学生嘲笑他的辫子时，在课堂上正色道："诸位学子因我有辫子而笑我。我的辫子是有形的，可以剪掉，老夫也确实剪过。然而诸位同学脑袋里的辫子，是无形的，就不那么好剪。"又，胡适刚到北大上台讲演，不时用英语。正襟危坐在台下的辜鸿铭竟当众对胡适说："胡先生留学七年，可刚才的英语说得实在不地道。记住，在英国那是下等人的发音！"对胡适的新诗，辜鸿铭也冷嘲热讽："你那首'黄蝴蝶'写得实在好，以后就尊称你为'黄蝴蝶'了。"辜鸿铭有一次对胡适说："按白话文，你不该叫胡适之，该叫'往哪里走'。还有，今天我当着你的面，为文言文说一句好话，如果家里来电报，说你父亲死了，叫你赶快回家奔丧，白话文多啰唆呀，如换成文言文，只需四个字，'父亡速归'……"又，1939年12月16日《生报》载作者"拙隐"之记述："北京大学亦曾聘辜教授英文，及胡适讲新文化，辜讥胡于欧文，先不识字(即希腊古文)，文于何有？若国学白话文体，程朱语录，已开先河，胡作不算发明，彼信口胡说，搅乱正学，举国青年，奉为文宗，何以电文又不作白话？胡闻无以报之，暗令蔡元培辞聘辜。"又，徐子明《胡祸丛谈》云，"在这种情形下，第一个吃亏的就是辜老先生。因为他最瞧不起胡适，而教训学生又太切，加上他身穿马褂长袍，背后拖一条花白的小辫子，实足表现胡适所叫的古董，而不是二十世纪美式的应时货。所以他讲堂上的主顾就慢慢的向杜威的高足倾倒，听讲的日渐少了。到了民国八年的暑假以前，陈胡两人商量之下，就请蔡翰林停发他下学年的饭票。"

徐剑魂生。徐剑魂，湖北武穴人。著有《绾日轩诗文钞》。

王大觉作《七月七日晚将过屯昆，适大风雨未果，次日屯昆值沤社同集杏花楼以七夕为题，偶感昨事，写呈七古一章》。诗云："作诗不得瞒，抱诗来访傅钝安。出门忽浩叹，颠风打雨翻狂澜。索盖着屐复塞裳，大衢流水何汤汤。盖折屐没两胫僵，两脚蹴人更披猖。呼车引车人不肯，谓车如何作小艇。探首窥天黯似漆，忽忆今朝七月七。万一上清雨亦极，银汉水欲溢，鹊桥架不得。一岁佳期难再觅，双星相望徒相泣。自我单身走海滨，辜负兰闺并命人。客中可语钝安耳，相对殊能忘苦辛。钝安之楼近在望，今日相从天乃抗。归来听雨一寸心，持比双星尤恨恨。钝安剪烛方怀人，杯酒横襟发高唱。呜呼！钝安尔我宜无尤，且各吟诗消妇愁。君诗寄湘州，我诗寄苏州，红笺何以慰离忧。莫卷帘栊觅女牛，开缄一笑泪双流。"

程文楷作《鹊桥仙·八夕》。词云："双莲节过，五云车返，又隔迢迢银浦。一番泪雨洒牵牛，算佳约、何堪回顾。　　锦衣曝后，金针穿罢，痴绝世间儿女。今年秋闰会重来，待乌鹊、填河两度。"

4日 《新申报》刊登"林琴南特别启事"，特为当时盛传林纾欲运动议员弹劾北大校长蔡元培之言辟谣。

张元济致书广东护法政府主席总裁岑春煊、政务总裁伍廷芳。

5日 中华民国学生联合会发表宣言，宣布于是日闭会，自8月6日起改名为中华民国学生联合会总会。

济南镇守使枪杀三名爱国回民。翌日，周恩来针对暴行，在《天津学生联合会报》发表《黑暗势力》一文，主张推倒安福派。

郁达夫与孙荃合作《梦过通天台》。诗云："枕边风雨梦萧萧，零落乡关感未消。泣向通天台下过，半窗灯影可怜宵。"

6日 "安福系"本日至13日对蔡元培决定复职极为愤恨，在《公言报》发表《息邪》（又名《北京大学铸鼎录》），攻击蔡元培及沈尹默、胡适、陈独秀等新派教授。

都护使充驻扎库伦办事大员陈毅（士可）电告北京政府，收复唐努乌梁海全境。

《申报》第16690号刊行。本期《自由谈》"杂录"栏目含《七夕风雨》（四首，南园）。

王大觉与同人游上海半淞园，作《七月十一日与秋厓游半淞园》。诗云："旅居困炎曦，稀服如拥被。季也自乡来，散行促曳屣。言游半淞园，辚若车何驶。入户树森森，幽爽良足喜。柳桥八九折，尽处危峰起。始觉荷香深，背指花盈沚。一楼万绿间，恍在苍云里。轩窗恣揽观，亭台如画嵽。松风时入衣，云影忽投几。暂坐试清茶，凉意逼秋水。但惜此圆林，等闲置尘滓。贩竖杂嚣呶，士女纷罗绮。泉石自清幽，乃为世所企。物苟堪娱人，缘之为利市。泉石落人手，清幽奚足恃。坐令我辈来，趋雅反趋鄙。谢客无移文，谁则负之徙。嗟嗟失所哀，念兹颡有泚。落日散游人，林末月明始。"

郁达夫致书孙荃，劝其多读晚唐诗："晚唐诗人以李义山、温飞卿、杜樊川为佳。试取李商隐《无题》诸作而读之，神韵悠扬，有欲仙去之概。世人以其过于纤巧而斥之，误矣！诗必纤巧而后可，何过之有？！"

7日 孙中山自上海电广州国会参众两院，辞广州军政府政务总裁职。

《申报》第16691号刊行。本期《老申报》"文艺"栏目含《周方铜壶歌》(七十韵，为吴方伯桐云作，光绪元年二月初二日)(曾芷沅甫稿)。

8日 李思纯作《立秋日雨》。诗云："金风扫残暑，凉雨淡秋晖。黯黯孤怀尽，堂堂去日非。荷香销镜槛，水气蚀苔衣。坐引浮生叹，天涯孰与归。"

康白情作《西湖》。诗云："一叶扁舟风里过，半山晴画雨中收。平生识得西湖面，鲈脍莼羹楼外楼。"

[日]佐治为善作《立秋》。诗云："仰见银河天半横，泠泠露气入堂清。梧桐叶落知秋到，云际又闻新雁声。"

9日 周恩来以《天津学生联合会报》为核心，联合各校组成天津学生报社联合会。

蔡元培作《病中口占》(二首)。其一："托病居然引到真，旧疴未尽更增新。寒冰火焰更番过，地狱原来在我身。"其二："巨人不疟古所传，血液充强理或然。不见微生名小鬼，亏他悬想近真诠。"

康白情作《壑雷亭》《灵隐山游》。其中，《壑雷亭》云："壑雷亭上壑雷响，堤销碧潭一镜开。百代冠裳人尽去，半天晴雨我初来。山花带泣红于血，淳石能春老不催。悬瀑怒飞知有意，奔流山外洗尘埃。"

10日 《申报》第16694号刊行。本期《老申报》"文艺"栏目含《普陀归舟纪事诗并序》(光绪元年正月二十八日)(湖海散仙)。

《诗声》第4卷第7号在澳门刊行。本期"词谭"栏目含《雪堂丛拾(廿六)》(澹於)、《远庐诗话(六)》(远公)、《饮剑楼诗话(五)(续4卷2号)》(观空)、《霏雪楼诗话(二十)》(晦庵)、《水佩风裳室笔记(卅五)》(秋雪)、《乙庵诗缀(三十)》(印雪)；"词话"栏目含《心陶阁词话(二)》(沛功)；"词谱"栏目含《莽苍室词谱卷三(十)(续第5号)》(莽苍)；"词苑"栏目含《三月红》(健庐)、《和作》(菊初)、《和作》(沛功)，《雪堂覆瓿集(十一)(续4卷5号)》(第三年月课)：《秋望》(七律不限韵)(二首，杏香居士)、《前题》(乙庵)、《前题》(咏台)、《前题》(连城)、《前题》(静生)。又有《同志通讯》其一："征求曼殊上人纪事诗卅首。诸君有存，祈寄至澳门深巷十八号妹收，即酬以本社月刊《诗声》第三卷一厚册。连城。"其二："愁生词长：对于贵周报管见，既付鱼沉，容补呈览。秋雪。”其三：“宝琦社兄鉴：示悉异乡情况如此，盍归乎来？毋徒兴张翰莼鲈之思也。澹於。”本期附刊《诗声附庸》第7号。其中含《并肩琐忆（七）（此章已完）》（秋雪、连城合著）、《云峰仙馆读画记（七）》（野云）、《鼎湖游记（三）》（琴樵）。

康白情作《风雨亭怀秋瑾》《苏小墓》。其中，《风雨亭怀秋瑾》云：“十年浩气今犹在，剑草血花着意荣。芳冢有情埋侠骨，暮蝉无那动秋声。”

罗功武作《盂兰节》。诗云：“节近盂兰秋气澄，初更屋脊月轮升。火延出巷焚香烛，红点清溪放水灯。满地幽魂思拯拨，一坛斋醮闹吰噌。众生在劫谁超度，事鬼应知更未能。”

徐行恭作《七月朔日霈卿招饮陶然亭遇雨，赋纪十五韵》。诗云：“纵辔出城南，细雨洒吟策。丛庐发清响，弥望绿无隙。有亭已半颓，翼然峙百尺。好事溯江郎，登临感畴昔。曲江今之贤，风雅标清格。胜侣集如云，择地唯求僻。谈笑杂诙谐，觥筹错肴核。行乐贵及时，风雷任搏撠。骤雨荡炎氛，推窗翠阴积。始秋晴更佳，远黛云不隔。孤蝉鸣高树，群蛙闹新泽。鹦鹉冢上花，含情独脉脉。清光堪流连，玩赏泯主客。仆仆尘海中，烦襟暂容释。留写萍水图，待证鸿泥迹。”

上旬　闻一多与诸友离开上海，前往常熟，为建立全国学联会所筹募资金。此行作《昆山午发》《自言子文学书院射圃谒言子墓》《辛峰亭远眺》《寻桃源石屋，二涧皆涸，溯石屋上游乃得水，因濯足焉》《维摩寺》《北郭即景》，皆刊于是年11月《清华学报》第5卷第1期。其中，《昆山午发》云：“半日疲车驾，风尘顿仆仆。停午发昆山，登船如入屋。”《维摩寺》云：“维摩古寺天下名，金粟堂前午荫清。山禽楚雀皆梵响，金灶石坛非世情。说法天仙思缥缈，随缘万鬼忆狰狞。游人不识广长舌，小立清溪听赞声。”《北郭即景》云：“傍郭人家竹树围，骄阳卓午尽关扉。稻花香破山塘水，翠羽时来拍浪飞。”《自言子文学书院射圃谒言子墓》云：“北山夫子尚遗阡，南国文章叹倒澜。栖鹄丽龟留射圃，眠龙变石护桐棺。千秋风气开吴会，六艺渊源祖杏坛。一瓣心香赊礼谒，瑶墀独立久盘桓。”

11日　刘恩初《太平记游五首》刊于［马来亚］《槟城新报》“文苑”。其一《朝游太平水塘》：“盈盈曲水锁轻烟，两岸奇葩入画妍。人至浴凫惊起去，桥边恼煞并头莲。”其二《太平博物院》：“博物院中最大观，矿工动植悉罗攒。环象举隅形下学，审微莫作等闲看。”

康白情作《岳王坟》。诗云：“岳阳坟后千年柏，劲与岳阳坟土俦。几度怀公还自奋，等闲怕白少年头！”

12日　叶德辉再回苏州。张元济赴苏州接叶至上海，住三洋泾桥临江里同孚栈。

康白情作《玉泉鱼何幸二首》《栖霞洞》。其中，《玉泉鱼何幸二首》其二：“玉泉鱼何幸！其长数盈尺。千百乱成群：有黑亦有白，有红亦有黄，异种自为色。生子逾亿万，存者百无一。存者宁非适？亡者亦安惜？生生不相食，五洋为之溢！"《栖霞洞》云："逃暑栖霞洞，泠然欲化仙。才通三曲径，又是一重天。懒滴疑铜漏，妖苔着翠钿。缺岩斜照人，石口喷金烟。"

13 日　康白情作《三竺晚归》。诗云："山径迷来路，潺潺水激流。蟾圆窥短树；蛩韵警新秋。凉话僧初歇；悲歌客正愁。纵谈天下事，野渡待归舟。"是夜，又游西湖，作《放桨歌》。序云："漫游西湖者六日。楚僧、枚荪、大鹏并先后返上海，惟剑翛、日葵、祖烈尚与予作最后之勾留。是夜返自三竺，放桨湖中，逐幽境而上焉。不禁乐极悲来，大呼'天地无情'也！作歌。"诗云："放桨西湖信舸行，路转凄迷夜转清。四厢客桡响复停，水天如镜漾月明。'天地无情'狂叹声！忽见鸦绿似有村，柳枝低亚石峥嵘。云山相望水为邻，我为探奇此攀登。月满花枝花满庭，花影遥遥压人轻。恋人花月不忍行，不知花月恋谁人？垂藤满架对湖心，宿鸟无言总未惊。鸥犹贪游戏野滨，鱼控清波皱月痕。风送菱歌上水亭，花气荷香不可分。虫吟唧唧撩客魂，洞箫一曲写秋心。村犬惊客吠柳阴，槿篱茅舍紫薇门。隔院秋千笑语声，客尽凄然不肯听。缥缈遐思入灏冥：岂有凌波降湖神。"

14 日　南北议和新任北方全权总代表王揖唐发表政见，其要义为：对外主御侮，对内主统一，法律事实同时解决。

《申报》第 16698 号刊行。本期《老申报》"文艺"栏目含《沪城感事诗》（同治十一年六月十八日）（二首，鸳湖居士）。

四川留法勤工俭学生陈毅等 61 人，自沪乘船赴法。

唐元素生日将至，丽泽文社诸生为之设宴祝寿于同兴楼，邀郑孝胥及宋澄之、叶蒲孙等作陪。

周庆云作《七月十九日，约兰史、醉愚饮于酒楼，即席口占》。同人和作：潘飞声《梦坡邀至东楼听歌小饮，首唱一律，因用原韵，赋成一粲》、沈焜《梦坡招饮东亚酒楼，首倡一诗，余亦成此，兼示兰老》。其中，周庆云《即席口占》云："随分壶觞杂管弦，双飞乳燕见犹怜。才惊断句潘邠老，诗压归装沈下贤。挥麈纵谈遗世事，爱莲守洁是家传。尊前各有酸心泪，空向高楼盼月圆。"沈焜《兼示兰老》云："今古几酒楼，欧亚一逆旅。终日溷风尘，身肯心不许。紫芝旷达人，飘然作遐举。相携醉流霞，一涤尘埃腑。金尊翠袖擎，玉笛红牙谱。且尽当前欢，忘却平时苦。老兰乃逸老，落落寡俦侣。竭来不遐弃，对影忘宾主。聚散本无常，喟于偶相与。长歌明月篇，花气凉如雨。"

15 日　中国科学社第 4 次年会在杭州召开。胡先骕出席，并当选书记。

《东方杂志》第 16 卷第 8 号刊行。本期"文苑·诗"栏目含《夏日小雄山斋作》（二首,陈宝琛)、《听水第二斋落成》(三首,同前)、《题林文忠公京师、伊犁两日记》(二首,同前)、《哀恪士》(沈曾植)、《石遗谓余效其体》(二首,同前)、《挽俞觚庵》(杨钟羲)、《同袁伯夔挈漪园观梅》(陈三立)、《乙庵七十生日寄祝兹篇》(同前)、《题林文忠公〈伊犁日记〉》(郑孝胥)、《缶庐重游泮水,诗以奉贺》(同前)、《题杜于皇像》(同前)、《杂诗》(二首,同前)、《己未六月在海日楼见叔衡亡友未完画稿,不觉泫然,题一长句归,哲嗣宝藏之》(陈衍)、《赵母徐太夫人己未正月八旬寿诗排律二十韵》(张謇)、《重游岳麓云麓宫作》(陈锐)、《游虎跑寺归湖中遇大风雨》(梁公约)、《寄赠秉三年丈》(李宣龚)、《己未五月缶翁重游泮宫,有诗索赠》(同前)、《己未孟夏朔瓶斋宴集,为钱南园作生日,宾主九人各奉先生遗墨,兼及画马,出而拜展,余亦与焉。明日谭大武有长句纪事,奉答一首》(龙绂年)。

[韩]《学之光》第18号刊行。本期含《寄东渡诸君》(菊川居士)。诗云:"万邦文化正兴降,东渡男儿意气充。莫叹英雄千载下,须探智慧百科中。玉加磨琢方成美,田得耕耘乃有丰。大步长趋深着力,鹏程终自九天通。"

郭沫若走访蔡松坡病死之地箱崎,作《箱崎吊古》,以示纪念。后载于1920年1月上海《黑潮》月刊1卷3期。

郁达夫致书孙荃,品评明末清初王次回香艳诗,谓"王次回有《疑雨》《疑云》二集,多风流香艳语,诗格不高,才亦不大"。引录王次回《别阿销诗》:"问郎灯市可曾游,可买香丝与玉钩?可有美人楼上看,打将瓜子到肩头?!"书尾批云:"轻薄极矣!"又谓全部王诗中可取者只有《短别纪言》二首。其一:"为郎愁绝为郎痴,更怕郎愁不遣知。叮嘱寄书人说向,玉儿欢笑似平时。"尾批云:"妙绝。"其二:"去信匆匆趁早船,恨无针指寄郎边。亲封几叶秋茶去,教试南泠第一泉。"

朱大可、朱丙一本日至11月19日断续为《大世界》报(共13期)插图题句。其中,朱大可戏题:"本是画中爱宠,来寻影里情郎。"载8月26日《大世界》报。朱丙一题句:"无那愁怀慵睡起,一钩新月照帘栊。"载11月6日《大世界》报。

饶慧新《车中怀人口占六绝》、小骚客《客中感咏》(五首)刊于《南洋总汇新报》"诗界"栏目。其中,《车中怀人口占六绝》其三:"三生石上证前因,何幸今朝笑语亲。转瞬又歌南浦句,叮咛珍重可人身。"《客中感咏》其一:"海国栖迟历七秋,沧桑阅尽我心忧。客途偃蹇备何似?为困时机志莫酬。"其二:"为国时机志莫酬,风尘奔走几时休?昂藏七尺嗟空负,回念家乡泪暗流!"

16日 《时报》新设副刊《美术周刊》,聘黄宾虹为主编。黄氏撰《画征录商兑》《艺林摭谈》《篆刻塵谈》等文数百篇,并改写陈树人译述《新画法》前半画理部分为《新画训》,均刊于周报。

杨兆麟卒于广州。杨兆麟(1871—1919),字次典,别名锡谟,贵州遵义人。早年就读于黎氏，为黎怀汝婿，是黎氏姻亲中后起之秀。光绪十七年（1891）中举。二十一年（1895）赴京会试，参加"公车上书"。二十九年（1903）再次上京应考，获殿试一甲三名，授翰林院编修。与康熙年间武状元曹维城、光绪年间文状元青岩人赵以炯、麻江人夏同和称为清代贵州"三状元一探花"。三十二年（1906）入日本早稻田大学，获法学博士。在日期间与章太炎等交往甚密。归国后，任浙江嘉兴府知府。宣统三年（1911），清廷赏二品衔，赐记名提学使、资政大夫。辛亥革命时寓居上海。1912 年初，与旅沪黔人组织维持会，调停贵州宪政党与自治学社间矛盾，力促和解。后因宪政派拒纳进言，退出维持会。1914 年回遵，倡修《续遵义府志》，任总纂。1915 年，章太炎邀其赴北京共修国史，以"荒废久矣，何能望梁、樊之肩背"而辞谢。1917 年，应邀赴广州任护法军政府参议员。住穗期间，曾汇编刊行乡贤萧光远《鹿山先生全集》。卒后回乡归葬。遗著有石印本《杨次典文集》，手抄本《杨兆麟诗文杂稿》，又有《守拙斋集》《守拙斋诗集》《守拙斋文稿》刊行。

陈仲陶以诗示符璋，符璋批示还之。

郁达夫作《新秋偶成》又名《新秋偶感》，后载于本年 10 月 16 日 [日]《新爱知新闻》第 10140 号。诗云："客里苍茫又值秋，高歌弹铗我无忧。百年事业归经济，一夜西风梦石头。诸葛居长怀管乐，谢安才岂亚伊周？不鸣大鸟知何待，待溯天河万里舟。"[日] 服部辙（担风）遂次韵而作《郁达夫寄示近作，即次其韵却寄》。诗云："万里悲哉气作秋，怜君家国有深忧。功名唾手抛黄卷，车笠论交抵白头。鲈味何曾慕张翰，鹏图行合答庄周。略同宗悫平生志，又上乘风破浪舟。"

陈三立作《为黄峙青题李文忠公评其制艺手卷》（二首）。其一："矮纸摩挲涕笑余，看同秦火未烧书。毂中一点英雄气，应化顽云葬太虚。"其二："壮夫谁肯悔雕虫，兴寄浓圈密点中。收拾乾坤娱独坐，相公名世一冬烘。"

郑孝胥作《为峙青题一绝》。诗云："节义远惭明季士，应缘八股太支离。文忠劝我攻时墨，睹此方知老辈痴。"

17 日　《申报》第 16701 号刊行。本期《老申报》"文艺"栏目含《洋泾竹枝词选录》（同治十一年五月初八日）（三首）。

李大钊在《每周评论》第 35 号发表《再论问题与主义》，反驳胡适之主张。略谓："我觉得'问题'与'主义'有不能十分分离的关系。……我们的社会运动，一方面固然要研究实际的问题，一方面也要宣传理想的主义。这是交相为用的，这是并行不悖的。"

郑孝胥因次日为金伯平四十岁生日，代大七等制一寿联曰："家有德耀，可以偕隐；志在《孟子》，必不动心。"

18 日　广州旧国会否认王揖唐为北方议和总代表。

湖北各界联合会成立。恽代英同日本归来学友夏维海长谈,劝其存反抗精神,并题诗二首相赠。其一《闻道》:"闻道人间事,由来似弈棋。本是同浮载,何用逐雄雌?鬼妒千金子,人窥五色旗。四方瞻瞅瞅,犹复苦争持。"其二《诗一首》:"每作伤心语,狂书字尽斜。杜鹃空有泪,鸿雁已无家。浩劫悲猿鹤,荒村绝稻麻。转旋男儿事,吾党岂匏瓜?"

章一山交郑孝胥以升吉甫所寄六十诗七古一首及自著《一山文存》。

鲁迅购定北京八道湾罗姓宅,本日办收契手续。

19日 张桐(震轩)作六十自寿诗六首。其一:"门左悬弧岁久更,匆匆六十又逢庚。遥传西北胡尘扰(予生于咸丰庚申九月,时正英夷焚掠北京,清文宗出狩热河),近值粉榆土寇横(次年辛酉,即遭平阳钱匪之乱,瑞安城乡纷纷逃窜)。避地慈亲劳负褓(先母李太宜人,负予避难于肇平垟谢家),回天老父请长缨(先奉直心如府君上郡请兵办团,匪旋扑平)。髫龄饱受烽烟警,合号江东老步兵。"其二:"鬓毛羞见镜中丝,壮岁豪情逐水驰。肝胆已无良友托,暖寒幸得老妻持。兔园丛录存何用,鸡肋浮名恋亦痴。太息儒冠真误我,少陵佳句系人思。"其三:"不贪富贵不参禅,得失全凭大造权。附热懒修竿牍事,趋时怕读杞忧篇。竹林坐隐忘宾主(长夏无事,赴浣垞与类生弟、醒同、公衡两犹子围棋),桐下眠笙听管弦。寂寂无闻乡井老,敢言耳顺学顽仙。"其四:"皇王气运有乘除,时局翻新古不如。壮志几人推绛灌,菲材只合伴樵渔。文章科第呼牛马,桑海乾坤老腐儒。兀坐敝庐无个事,焚香拭几读逸书。"其五:"鸡鸣风雨萃庠胶,墨灸书雠笔打包。扬子门前都载酒,逢蒙同里竟弯弰(宣统元年族人推予禁赌,从游族弟某竟反对酿讼)。非关韩愈矜师道,总悔山涛滥择交。儒术横流今已矣,任他蛮鴂肆嘐嘐。"其六:"书生命值蝎宫磨,潦倒名场越十科(予五困童试,始获一衿,五困院试,始食饩,贡成均。而六踏省闱,皆荐而不售)。自分白头甘落拓,难忘青眼发高歌(癸巳院试经古及正场,蒙侍郎徐季和宗师并拔置冠军,且于阖属发落时,诏诸生宜效张某之用功读书,宏奖之言,至今思之增愧)。驻春太守勤嘘拂(枝江张春阮太守宦瓯,予三次府试,皆邀赏拔),祭酒先师厚切磋(予从游表丈许竹友夫子之门,最加青眼)。一样徐陵皆宿草,夕阳声里感恩多。"次日,张桐又续作自寿诗四首。其一:"三载房帏举案齐,惊心唱断汝南鸡。憾无百万斋僧俸,剩有双雏忆母啼。缥素短长工组织(予廿二岁娶永邑周氏,廿四即赋悼亡,廿七始续娶瑞城林氏),蓬莱清浅总凄迷。未完同穴千秋愿,冷落幽宫古殿西(前内子周氏,权厝近四十年,尚未妥营窀安,言之黯然)。"其二:"东坡生子愿公卿,符读城南属望宏。未必凤毛皆济美,亦缘豚犊太关情。我无宦橐兼商橐,架有书城与管城。一事老怀差自慰,膝前儿女尚聪明。"其三:"老来意绪乱如麻,婚嫁年年百债加。择婿冰清惭玉润,课儿佩实戒趋华。妻勤纂组劬心力,妇解调羹悦齿牙。更喜娇雏新入抱,手抓梨枣学呀呀。"其四:"身无官职事排衙,昼掩园扉静不哗。到手囊空输白撰,科头箕踞傲乌纱。力遵祖训安耕读,厌听时流竞鼓筑。想是清闲天福我,且携樽酒赏黄花。"本月21日,张楣录自寿诗十首,又得吴云仙送寿诗四章,弟子夏承焘赠诗四绝、词二阕,各老友皆有赠诗,后辑成《周甲赠言》一册。

20日 《申报》第16704号刊行。本期《老申报》"文艺"栏目含《纪彭仕郎辞官事》(同治十一年十一月初三日)、《春江泛棹》(葆园)、《秦淮看月》(前人)。

21日 京师警察厅奉北京政府内务部训令发布公告,以《京报》所载文字"多有触犯出版法及刑律规定之处",饬令该报停止发行。

缪荃孙诣况周颐谈,并出示《芥隐笔记》。

高一涵致信吴虞,告知《道家法家均反对旧德说》已编入《新青年》第5号。

23日 张楣(震轩)得长子所作寿其六十诗四章,阅后细为指点,嘱另撰抄示。又,复阅《自寿》诗,自以为意境尚有遗漏,补录一章云:"孤露余生感暮年,阴阴宰木已成阡。泷冈未撰欧阳表,乌哺愁吟太傅篇。老我青衫挥涕泪,几时丹诏重泉别。而今未遂褒扬愿,何日贞珉绰楔镌。(先仲父一峰府君,以继案由杭归,殇于缙云旅次,时仲母年甫廿四也。先严慈悯其孤苦无依,引与同住,且命楣兼祧香火,仲母亦爱楣如子,抚抱周挚。光绪三年,经浙抚梅启照中丞题请旌表,入祠建坊。今墓木已拱,而节孝坊未建,殊呼负负)"

24日 《申报》第16708号刊行。本期《老申报》"文艺"栏目含《游历美国即景诗二十八首(未完)》(同治十一年十二月二十六日)(二十三首,陈荔秋)。

吴昌硕为松坡篆书"道古囿小"五言联:"道古树如立,囿小花自深。松坡仁兄属,集石鼓字。时已未处暑节,安吉吴昌硕。"

张謇集陆放翁六十八九岁时句云:"小儿可付巾箱业,投老身为山泽臞。""已把痴顽敌忧患,勿为无益费年光。"

张楣(震轩)次吴云仙所赠寿诗,兼补前作所未及,作诗四首。其一:"秋风瓠子汉时歌,楗石成堤障海波。泽国夷吾平斥卤,安民贾让善行河。古人大业我何有,乡井微劳敢自多。十里篮舆一箪饭,曾听万杵奏鸣鼍。"其二:"白莲余孽啸鸺鹠,赤子空拳闹九州。共虑萑苻窥下邑,遂教桑梓赋同仇。村无吠犬民安枕,田不迎猫岁有秋(田禾虫蚀,人俗称乌蝇,村民议酿金召巫禳之。予考古书,定为禾螟,作《禾螟说》晓劝之,民皆踊跃赴扫,未数日而虫净禾茂)。我只居乡行吾素,敢夸画策胜留侯。"其三:"一生事业负龙媒,会际风云郁不开(徐学宪莅试我瓯,提优省考者,阖郡只予一人,以丁承重祖慈艰,不得去)。数典未能谙肉谱(我张氏宗谱久修未完,予于光绪十八年,催堂兄蓼洲先生完之,既而筠仙兄又续修之,然谱中体例如何,予实未尝寓目),行文悔少得心裁(予研究《古文辞》已数十年,而于桐城、阳湖两派精深义法,实未窥其涯涘)。"其四:"三长《马史》笺同异(拙著《史读考异》数十卷,尚未斠定本付刊),十载皋比滥厕陪(先后任十中、十师两校讲席,几近十年)。犹幸延陵敦友谊,笔花香并菊花来。"又,托吴云仙为其抄《自寿》诗。又,次石堂侄来访,并示寿张栴六十诗长歌一首,皆步张栴十首元韵为之。

25日 《小说月报》第10卷第8号刊行。本期"曲本"栏目含《玉婴点将(头本)》(樊山);"弹词"栏目含《藕丝缘弹词(续)》(第十二回《煮茗》)(瞻庐);"文苑·文"栏目含《梅郎大母陈媪八旬寿序并诗》(樊山)、《寒山社诗钟丙集序》(次公);"文苑·诗"栏目含《次韵宗武〈寓园即兴〉》(散原)、《瘦唐属题所藏谢文节公小像》(二首,前人)、《感大学生徒争青岛事,辄赋长句》(病蝶)、《二月廿八日雪后骤寒,院廨楼望》(众异)、《赠李审言》(二首,陈且朴)、《观斗蟋蟀》(潘朴庵)、《悯忠寺看丁香花四首》(次公)、《有怀徐仲可舍人》(次公);"文苑·词"栏目含《忆瑶姬·初夏代意》(樊山)、《过秦楼(雨濯残芜)》(次公);"诗钟"栏目含《寒山社诗钟(续)》(钟社同人)。

张栴(震轩)为其侄次石改长歌一首。

魏清德《赠适园主人》发表于《台湾日日新报》。诗云:"庐墓生平惬所期,适园自适辟茅茨。春秋节序饶佳胜,风雨晨昏慰孝思。爱客时悬徐孺榻,遣怀日诵杜陵诗。嗟余未得从耕读,南望相违愧旧知。"

康白情作《八月二十五夜泛舟归俞庄,用原韵次绛霄,后和润斯》。诗云:"为谢西湖柔事悠,水柔不管又山柔。主人更是柔情甚,远逐菱香送晚舟。"

26日 韩江淡叟《星洲杂感四绝句》刊于《南洋总汇新报》"诗界"。其一:"薰风一例到柴扉,山水饶人绿四围。檐燕犹忘身是客,年年秋到不思归。"其二:"北地霜风万里遥,寒威何不上窗蕉?无恒自是天边树,最易荣华最易凋。"

张震轩作《题永场张禹九先生六十小照》(二首)。其一:"先生处世不求奇,品性清和比惠夷。胸抱智珠能记事,手磨铁砚爱抄诗。童蒙草拾春都活,佳酝香浮醉不辞。信是高人饶晚福,子孙行乐到期颐。"其二:"一夜顾陆巧传神,颊上添毫态逼真。樽酒时陪谈笑乐,客窗幸获影形亲。文章北面尊韩柳,风月南湖迭主宾。宗派相同年齿并,祝公共保岁寒身。"

27日 张震轩命长子、次子抄其所作《自寿》诗,又为长子改削寿诗五古六十韵。

28日 《申报》第16712号刊行。本期《老申报》"文艺"栏目含《骰子四首》(同治十二年正月十七日)、《晚梅二律》(同治十二年三月初四日)(梅鹤山农)、《红梅四律》(同治十二年正月十四日)(前人)。

张栴(震轩)阅其友褚景陆、刘次饶所作《自寿》诗。

魏清德《题〈杨妃出浴图〉》发表于《台湾日日新报》。诗云："谁绘华清浴罢身，不任罗绮不胜春。有情端被鸳鸯妒，无力知承雨露新。共太液莲红出水，若鸡头肉白于银。洗儿他日钱还赐，遗恨君王错爱人。"

29日　张桐（震轩）得四儿寿诗七排律一首，乃四儿之师代之作，张桐嫌其韵不一线到底，乃为改作两首律诗。

30日　《每周评论》被北洋政府封禁。原附设于北京大学文科中国史学门之国史编纂处，改由北京国务院接收办理。

张桐（震轩）撰和叶仲诜《感时》七律四首，即用原韵却寄。其一："欧洲方幸息兵氛，激烈平和派尚分。无赖东邻挑衅隙，不堪密约订条文。天心厌乱奸披露，直道犹存士合群。如此外交真食肉，笑他秽德已腥闻。"其二："古人绝域探条支，妙算工于国手棋。讵料当今衔命使，公然受贿竟违时。地成孤注翻狂掷，病入膏肓又乱医。莽莽神州边幅画，更谁卧榻撼眠狮。"其三："水浅何堪竭泽渔，当门非种更须锄。上书怒直撄骊颔，互市人争拒象胥。未必少年皆意气，总缘祖国渐邱墟。可怜衮衮冠裳辈，几个忧时起拂裾。"其四："千钧一发鼎悬丝，弱国偏遭大盗移。仗马不鸣甘伏枥，雄鸡断尾惮为牺。咸阳一炬家何在，子弟同仇力挽危。义不帝秦图不献，岂容刎颈送於期。"

31日　周庆云招南湖烟雨楼雅集。周氏作《闰七夕约古微、兰史、莼农、仲可、虞琴、联笙、省三、漱六、也诗作南湖之游，即席有句》。同人和作：姚景瀛《闰七夕，游南湖烟雨楼，敬和梦坡元韵》、徐珂《闰七夕，梦坡约游烟雨楼归，倩汪君鸥客绘〈南湖秋禊图〉，因题五古一章》、夏敬观《闰七夕，歌席和瓶斋，是日未践梦坡泛舟南湖约，兼以柬谢》（二首）、王蕴章《予为〈南湖禊饮图〉序，写既竟，复成小诗二截、慢词一解，并呈梦坡》、潘飞声《己未闰七夕，鸳湖夜泛，同朱沤尹侍郎、周梦坡学博、徐仲可舍人、王莼农明经集烟雨楼，梦坡有图，即以长句题后》、白曾然《己未闰七夕，梦坡招同沤丈、联笙、仲可、莼农、虞琴诸公泛舟鸳鸯湖，勉成此章》。其中，周庆云《即席有句》云："又见银河洗甲兵，荒塍秋涨拍堤平。祠瞻李白还寻醉，帆落杉青早避名。湖上鸳鸯疑旧识，楼头莺燕贺新成（时烟雨楼新落成）。两番乞与机边巧，度尽人间旖旎情。"姚景瀛《敬和梦坡元韵》云："一棹烟波斗酒兵，楼台高与暮云平。银河重见双星渡，石碣长留故友名（壁间石刻有吴仓老书故友蒲作英先生墓志铭）。三影新词张子野，十年旧恨庾兰成。闻歌我亦增惆怅（邻船有唱建文逊国故事），禾黍秋风故国情。"夏敬观《兼以柬谢》其二："梧露三更再报秋，西阑干角月如钩。黄杨树底应销陌，黑丑花中故散愁。最会银镫双带结，未须玉椀六琼投。泛舟佳约输词客，收拾风情到秀州。"

林尔嘉在菽庄花园宴集社侣，复为乞巧活动；后以"闰七夕乞巧诗"（回文七绝）

为题，征诗海内。本次征诗，所得投稿约四千卷，评选出前400名进行奖励；得奖诗稿由林尔嘉辑为《闰七夕乞巧回文诗录》，与《七夕四咏诗录》合刊，名曰《菽庄吟社七夕四咏、闰七夕回文合选》。《闰七夕乞巧回文诗录》录李赓扬、介石道人、陈国兰、吴承烦、杨陋庵、陈肖洁、爱独、燕市酒客、戢园主人、鹿巢、还泪、霞溪钓客、蕉林、护樱子、张纫秋、古温陵蝶仙、金门大隐、无诸国之民、吴元海、程大经等前20名获奖人员作品，合计24首诗作，末附前400名获奖人员名单及奖励等次、金额等。其中，第一名李赓扬诗作云：“秋来雁断盼人归，短烛红阑夜语微。流水一船天上渡，愁多又织锦中机。”又，张庆琏作《见〈时报〉菽庄吟社出题征求闰七夕回文诗，余学作》。其三：“招同乞巧续闰吟，七夕秋逢闰月临。桥架重来牛会女，宵凉正好月穿针。”

《申报》第16715号刊行。本期《老申报》“文艺”栏目含《无题四首》（同治十三年二月二十日）、《游历美国即景诗二十八首（续）》（五首）。

顾毓琇祖母卒，享寿七十，工诗词，有遗诗数首。如《病中感怀》云：“欲言不言上高阁，我有心愁一万斛。旧愁未了复新愁，终日辗转双眉头。流云闭月暗遥夜，耿耿不寐心如钩。钩起平生不平事，欲诉真情无处由。”又有诗云：“可怜一夜西风起，玉树凋残□□□。我本伤心暗泪多，那堪更抱西河痛。残梦依稀到九泉，九泉黯黯愁无边。月落乌啼霜满飞，梦魂不许相周旋。悠悠情溢西江水，江水有时流入海。此恨绵绵无尽期，年华半掷春光逝。此种细微谁知晓？愁来更助心悄悄。百转千回一寸心，补入焚余三尺琴。”

徐世昌晚饭后至盟鸥馆与晚晴簃诗社诸君久谈。

张楣（震轩）为德文改寿诗二首。又为成儿改寿诗七古一章。

张良遑作《闰七夕二首》。其一：“浪费天钱买一宵，仍烦乌鹊为填桥。可怜铩羽才丰满，又犯罡风上碧霄。”其二：“小别三旬又渡河，良宵置闰为星娥。赚人两度陈瓜果，还是神仙得巧多。”

朱家驹作《闰七夕拟沈约〈代织女赠牵牛〉韵》。诗云：“与子缔灵约，会疏情更亲。素娥往更来，似怜脉脉人。今夕又何夕，清雨洗车尘。复此展良觌，不隔修河津。依织七襄勤，子耕九野春。晒彼乞巧吟，屡欹头上巾。天公垂盼睐，且拾坠欢新。”

骆成骧作《闰月七夕》（二首）。其一：“太虚高处鹊桥横，邂逅相欢意未平。画地成河天有恨，指年为日帝无情。一床燕婉贪新会，双袖龙钟话旧盟。修到神仙犹怨别，明朝又是水盈盈。”

王锡藩作《闰七夕》。诗云：“曾闻牛女隔天河，每岁惟期一度过。难得天公来做美，两番七夕又停梭。”

包千谷作《闰七夕乞巧辞》（三首）。其一：“不意天公巧爱新，今年报闰七月七。中华今日巧何如？但见操戈同一室。”

夏敬观作《闰七夕歌席，和瓶斋》(二首)。其一："为恐西风暗换年，流光教驻有歌弦。更令汉使携机石，合遣星郎倍聘钱。庭内竹竿穿犊鼻，座旁檀板节鸾咽。人间欢会无贫富，试赋明河第二篇。"

黄瀚作《闰七夕乞巧回文一十四首》。其一："金梭坠喜又中筵，好思新添一月前。吟苦慰偿连送巧，心欢两度鹊桥填。"其二："中庭小立笑喃喃，拙我徒来再拜参。红涨晕痕潮上颊，空劳两启盒蛛探。"其八："重来恰对月斜楼，好语添闻会女牛。浓意密祈欣夜永，冬冬漏报又催筹。"

张庆琏作《己未闰七夕》。诗云："淡云似画月如钩，闰月今宵届仲秋。天上双星应两度，欣多一会是牵牛。"

颜倜作《咏新七夕》。诗云："今岁人间巧太多，双星三次渡银河。自滏嫁得牛郎后，如此开怀有过么('么'字古人往往入诗)？"

李广濂作《己未闰秋七夕》。诗云："银汉迢迢乌鹊飞，传闻牛女会佳期。神仙原亦伤离别，一岁重逢数运奇。"

曾广祚作《闰七月七夕遣兴》。诗云："黄杨倒长闰初秋，琴荐随身夕景幽。河上骤逢神女渡，山头重为世人留。连绵泪雨凉侵榻，迢递流云暗入楼。篚里丹砂休化雉，纶垂翡翠钓银虯。"

谭延闿作《闰七夕》。诗云："再喜佳期近，依然秋气深。匆匆前度梦，脉脉此时情。鹊驾应劳止，蛛丝倘织成。莫辞欢会数，一样别愁生。"

沈其光作《闰七夕，拟沈约〈织女赠牵牛〉，次元韵》。诗云："佳夕远有忆，鸳杼慵相亲。夷则仍协律，眷兹修渚人。隆情结中款，弥月旷音尘。清秋足风涛，浩森怅银津。欣沾帝眷渥，融冶盈怀春。鹊桥乍复驾，牛车亦云巾。慰尔延仁劳，且叙幽期新。"

姚光作《闰七夕》(二首)。其一："多谢羲和好主持，今年三度遇佳期(连阳历计)。此番欢会尤须记，凉露方生暑退时(时为处暑后、白露前)。"其二："相期共补有情天，蜜月优游鹊又填。传语嫦娥且莫妒，秋来亦得一重圆。"

贺次戡作《闰七夕口占》。诗云："乌鹊无端再架桥，人间天上可怜宵。一年两度重相会，卅六年来梦更遥。"

本　月

陈焕章等人本月前后发起筹建"孔教总会"会堂，得以立案。由此孔教会获北京政府指拨基地，接受捐款兴建北京孔教大学。

《尚志》第2卷第6号刊行。本期含《东林吟草(未完)》(东林顾文彬)；"文苑"栏目含《〈英制纲要〉序》(由云龙)、《题陈兰卿太守所藏宋拓〈定武兰亭真本〉后》(袁丕钧)、《题陈兰卿太守所藏北宋本〈圣教序〉后》(袁丕钧)、《段守愚稿序》(缪尔纾)、《陈生浩澜事状》(缪尔纾)、《诗三首》(又星)。

《浙江兵事杂志》第64期刊行。本期"文艺·诗录"栏目含《读放翁〈感兴〉诗，即步原韵》（贞壮）、《和贞壮，用放翁韵》（后者）、《和贞壮，用放翁韵》（小卒）、《惟冰女弟自湘归祝母寿，喜赠》（后者）、《重入湖上军府，有感海盐将军，遂寄徽庐、桂樵、道冲》（大至）、《湖上晚兴》（大至）、《登抚彝城楼》（惕庐）、《哭姚作霖》（惕庐）、《奉薮哥书有感》（惕庐）、《愤言》（庐球）、《于忠肃墓》（陶绪兴）、《次韵答蔚之湖上之作》（初白）、《酒杯》（龙城飞将）、《同廖君德寿沟孤山品茗于鹤亭》（龙城飞将）。

《安徽教育月刊》第20期刊行。本期"文艺·诗"栏目含《赠安武军储秘书自前方归来》（髯客）、《南北调和酝酿日久，内容复杂，感而成此，兼寄书阁》（髯客）、《同晓春游迎江寺兼呈亚宾先生，时将三岛之行》（张祖书）、《己未暮春东渡别怀十二首（有序）》（张祖书）、《寓兴三首（有序）》（徐天闵）。

［日］《大正诗文》第8帙第2集由雅文会编纂刊行。本集"诗集"栏目含"犀东栏"：《书怀》（鼙城德川赖伦）、《台湾宿阿里山上》（二首，同人）、《戏问园丁》（网陵德川达孝）、《戏代园丁答》（同人）、《叶山呈德川侍从》（霭谷井上友一）、《首夏京都》（二首，香堂水野炼太郎）、《送勺水翁游纪州》（月山高桥作卫）、《盐原》（二首，梧堂井上雅二）、《唐太宗》（虚庵儿珠隆芳）、《放鹤山有感》（拈华黑部义晓）、《聚感园》（南涯古川郁）、《泉岳寺》（槃礴山口正德）、《值儿功第三回诞辰》（涛外田中秀）、《题〈溪阴读书图〉》（耕山冈田有邦）、《夏日》（二首，莲峰东谷实秀）、《江村烟雨图》（陶庵筱岛友）、《箱根杂诗》（青村小泽鸿房）、《寄怀阪本蘪园词伯》（香北涩谷宽）、《云州杂诗》（向阳木南保）、《萍踪杂诗》（二十首，犀东国府种德）；"春石栏"：《墨竹》（破天荒松平康国）、《读〈韩昌黎集〉》（舟山松田定久）、《狗吠山看瀑歌》（香村中川新）、《绿阴移榻》（春泉矶谷洌）、《夏夕即事》（建庵太田资业）、《梅天小园》（霞城松野宽）、《题画》（楠窗黑宫白石）、《夏日即事》（遂亭山田良辅）、《钓香鱼》（毅斋伊藤政重）、《睡起》（岛南石桥邦）、《登岳》（二首，禾山水野保定）、《梅雨书怀》（天民藤本达次）、《初夏偶成》（双城木村成阴）、《长崎》（无声青山钺）、《呈日下勺水先生》（帛川平松得一）、《竹醉日偶吟》（铜谷久保木雄）、《时事漫吟》（大圭太田益）、《山中即事》（槃礴山口正德）、《萤》（东瑞竹越透）、《还乡船中口号》（三轮朝家万）、《客窗闻鹃》（淡海小野芳三）、《看萤》（香城大矢要藏）、《凌霄花》（春石冈崎壮）；"天随栏"：《赠小池君国三》（晨亭伊东巳代治）、《哭后藤伯兄》（五首，远洋汤河元臣）、《源义家过勿来关图》（和庵萩野由之）、《听湖馆酒间偶得》（聿水伊东祐忠）、《镰仓怀古》（春波有贺盈重）、《偶成》（湖村阿部金）、《萤》（鹤坡佐治为善）、《萤》（苍龙藤井孝吉）、《初夏》（温斋东尾光）、《初夏》（皓堂田保桥四郎）、《莲池纳凉》（东峰光明智晓）、《莲池纳凉》（毅堂筱崎甲子）、《莲池纳凉》（旭堂多惠至善）、《竹阴清谈》（梧堂井上近藏）、《寄怀默仙师》（如如杉原满龙）、《送山田博士西航》（春绿江川英武）、

《寄题妙高山永台精舍》（天随久保得二）。

　　吴昌硕为莲江作《梅花》扇面："梅花铁骨红，旧时种此树。艳击珊瑚碎，高倚夕阳处。百匝绕不厌，园涉颇成趣。叹息饥驱人，揖尔出门去。莲江仁兄大雅属画，偶学玉几法。己未七月，吴昌硕老缶，时年七十又六。"负面写："临石鼓（临文略）。莲江仁兄属，模鼓之旧拓者，沁笔自视，颇类让翁。己未秋孟，吴昌硕，时年七十有六。"又，为刘安溥篆书"鱼游虎出"八言联："鱼游瀸渊大罝勿及，虎出深草角弓则鸣。湖涵四兄雅属，为集猎碣字应教。时己未秋孟，客沪垒。七十六叟吴昌硕。"又，为显程篆书"执持辞翰"八言联："执持朴真好乐古道，辞翰渊异济被后人。显程仁兄雅属，为集猎碣字应教。时己未孟秋之月，七十六叟吴昌硕。"又，为贺少卿四十初度并新居落成，绘《红梅图》贺。

　　王甲荣迁入斜桥沈氏屋，自后即名诗草曰《斜桥集》。

　　郑孝胥访杨钟羲，言王叔用欲以其子从杨钟羲受业。

　　刘师培肺病日益严重，时有卧床。

　　汪东卸任于潜知事，转任余杭知事。

　　丰子恺毕业于浙江省立第一师范学校。

　　瞿秋白参加声援济南民众请愿运动，要求取消山东戒严令，严惩主政者暴行。

　　罗家伦（时为北大英文系二年级生）上书教务长和英文系主任，投诉辜鸿铭在英文课上鼓吹"君师主义"，"有误学生时光和精力"。又补写两条意见，分别针对英文课和哲学课提出两条建议：希望胡适代替辜讲授英文门三年级英诗课程；希望胡适老师杜威所开设哲学课改为英文门课程。之后一并寄给时任北大教务长马寅初和英文系主任胡适。

　　夏承焘在方岙宣传演讲，讲题为《救国要道在国民各尽其责》。

　　陈三立作《〈余尧衢诗集〉序》。序云："始处侪伍中，相与讲艺术接笑语，即阴识其才，目为堪用于世。及稍见用，果大出流俗，众人益信其为才不诬也。久之，治绩益茂，干略益显，大臣荐之，天子向之，骎骎大用矣。一旦不便其所为，竟弃其才不用，古今贤杰所遭，或往往有是。然颠倒举错，快所欲为，驯致国家无复缓急可恃之才，俗坏政弛，日趋于危败，所冀幸挽救于其初、或支拄于其际者，其人咸失四海之望，卒不可收拾，徒使论世者扼腕太息，伤其摧残善类，甘自取祸而莫之省寤，宁非有国者之大戒耶？吾友余君尧衢，故世族，余少年客长沙，与君游，未几同举于乡，又同举礼部。迨侍余父陈臬鄂中，君已用知府，随牒在鄂监榷税，有声。当是时，张文襄方督湖广，竞兴学，建两湖书院，选录湖南北高才数百人，设科造士！海内通儒名哲就所专长，延为列科都讲，特置提调员，拔君董院事。余以都讲或阙，谬承乏备其一人焉。院中前后凿大池，长廊环之，穹楼复合临其上，岁时佳日，辄倚君要遮群彦，联文酒之会，考道评艺，续以歌吟，文襄亦常率宾僚临宴杂坐，至午夜乃罢，最称一时之盛。其后余随父迁去，君亦出守列郡，擢巡道，旋授江西按察使。时余侨金陵，以上冢或牵乡役，尚屡与君聚南昌，会南昌有教士戕县令之狱，君持法不阿，坐黜免，于是忧时之士，莫不为朝野惜君之去。余以乡国不久被其泽，引为私憾，尤重为之惜者也。君既退归，越数载，有诏起用，难作国覆，已无及。后湖湘连被兵，劫杀不绝，戊午之夏，乃弃田里出走上海，适遭善化瞿相国之丧，余与君会哭相国，始相见，盖别十余岁，俱老矣。相从欷歔絮语，复追忆畴昔朋聚宴游之乐，隐约如隔世。不意世遽，已抵此居久之，东南乱未定，君不获归，乃取箧中所存诗，辑次若干卷。君故不欲以自名者，余读之，格逸而气昌，其沉郁悲壮可愕可喜，终不没其葳蕤之态、夷坦之情。往就相国所得，览赠答唱和诸篇，尝戏语相国：'尧衢诗虽若沿苏黄，窥韩杜，而华腴隐与公类，苟依盛时，其跻贵显当亚公。'相国笑颔之，因曰：'尧衢天才胜，非所及耳。'今相国告终逾一岁，蠢孽犹四伏，武夫党人，犹左右提挈以制一国之死命。吾辈保余年，履劫运，遂比丛燕集苇苕之表，姑及未堕折漂浮，唧啾相诉而已。其在《诗》曰：'心之忧矣，云如之何？'诗者，写忧之具也，故欧阳公推言穷而后工，诚信而有征者。君之诗不幸将益工，而莫测其所止也。己未七月。"

王闿运撰《湘绮楼词钞》《湘绮楼词选》合编刊行。其中，《湘绮楼词钞》为初版，王简校刊，代舆覆校。卷首刊"丁巳秋九月，湘绮楼藏版"字样。录词五十七首，附和作三首，凡六十首。《湘绮楼词选》为光绪丁酉年（1897）初版，集前有王闿运自序。此次重版，王简校刊，分为前编、续编、本编三卷。

窦镇撰《小绿天盦稿》（8卷，2册，铅印本）刊行。己未相月刊印。文稿2卷、楹联1卷1册、诗草4卷、词稿1卷1册。文稿卷首有曹铨署签，1915年杜学谦（胜叟）作序。卷上收《王氏谱序》《项懒叟传》《北门外古城偻记》等序、传、记29篇；卷下录《题华半痴书〈真草千字文〉后》《跋陆引南书〈八十四法〉》《〈蓉湖春色〉序》《金匮利弊说》等跋、序、说38篇。末附楹联87副。杜序言其文"大者纂述旧闻，道扬风节，盖多依乎古君子立言之指。即题识书画，亦能标示心得，鉴别精审，而诵芳咏烈之义时寓其间。"诗词稿集前有陆邵云作序云："古者立德、立功、立言，谓三不朽。言而有益于身，谓功；言而有关于世教，谓德。德不可见，赖言词以传之；功不及施，赖笔墨以宣之。言患其浮而不实也，或本性情以书写之；言病其质而无文也，或托咏歌以寄讽之。自《国风》《小雅》之篇亡而魏晋汉唐之诗出，骚人逸士之辞有功于世教也大矣，非特陶写性灵，畅发天机已也。吾邑窦氏叔英先生，予姨丈也。其先君子月栽公，文名素著。游庠后三载即逝世以故。先生一秉厥祖俊三公之遗训，于是幼娴诗礼，长更能文，弱冠应童子试，为邑侯傅兰槎先生拔取第一人。工书善诗，名噪一邑。一时之钦慕者罔弗指为凤阁通才、玉堂清品矣。无如科名蹭蹬，知己者稀，而精神所注，益肆力于诗书画。早岁以馆为生,从游者众。中年以后,秉铎江浦,以平素得力于唐宋诸大家者课诸生,而江邑学风为之一变。今先生春秋古稀外矣。于书画之余,搜集其平生散佚之作、剩有稿本可录者汇而成编,名曰《小绿天盦诗词存草》,都五卷。披览之余,俱涵泳乎庾鲍,出入乎郊岛,俊逸淡雅,皆可诵也。嗟乎!世有早掇巍科,骤登显位,而帖括之余叩以抒写性灵,往往不能成一字者,无他,窒塞其天机,混浊其灵明故也。先生则触景即以言情,矢口都成妙语。适性娱情之趣,实寓引年却老之方,非第立言以垂不朽者也。是为序。丁巳年嘉平月上浣,锡山陆绍云谨撰。"

傅于天撰、吕汝玉辑《肖岩草堂诗钞》(抄本)于台湾印行。"大正八年己未孟秋博进社印。"集中收录傅氏诗作 34 首,前冠吴子光作《肖岩草堂记》,后附吕汝玉《追怀净友傅子亦》诗。其中,《肖岩草堂记》云:"草堂之名,始六朝。雅矣虑染俗,古矣虑入时。实则'草堂'二字,平平无奇。奇莫奇于居斯堂者,远俗而不趋时,自成高隐面目,此刘梦得《陋室铭》所为作也。尝读梁简文《草堂传》,周彦伦因雷次宗学馆立草堂,孔德璋《北山移文》有'钟山之英,草堂之灵'云,又名'山记草堂',在陕州东郊,宋魏野居此,寇准访野有'惊回一觉游仙梦,村巷传呼宰相来'句。考古今草堂,惟老杜浣花为最著。云子亦好古士,于余为文章知己。余识字说中言,傅生于天者也。傅生有予之贫,无予之拙。自构草堂以居,额曰'肖岩'焉,东势峰形如席帽,如佛头,日与傅生点首相拱揖,若可得与告语者,檪仔篱之山也。洪流潺潺,势如飘风急雨之骤至,时闻水声与傅生吟哦声相答者,大甲溪之水也。嘻!苟如是,亦足以征隐居之乐矣!然犹不止此。堂之前有溪潭,天微雨,有鱼儿出焉,所谓鱼竿白水也,则于把钓宜。堂左右皆绿畴,傅生躬率子弟从事,烟蓑雨笠中,不以为疲,所谓带经而锄也,则于课耕宜。傅生佳耦,能治家,善烹,客至欣欣,具鸡黍,出缸而酒,以供主客。共醉于烟云竹树之间,无不得其意以去。所谓我有斗酒,以待子不时之需者也,则于觞客亦宜。有此三宜,故脱离俗障,山水乐得为主人。恐南面王无以易此境耳。晋人云:'名教中自有乐地'。容日当携汝玉、汝修二子造君,之草堂而领略之。余尝语夫生曰:'古今两书籯,一为李善,一为君家傅迪。六朝两老手,一为沈麟士,一为君家傅隆。沈虽老手,写三千纸,傅老更抄八千纸,则傅优于沈多矣。矧帝赉伻来,形求为肖,宗有德而祖有功,君其有意乎?'芸阁吴子光。"吕赓年、吕赓虞为其作识语,吕赓年识语云:"前无所袭,后无所仿。摇笔散珠,自成结构。良由根柢,盘深笔力,高古故也。若寸寸节节而为之,则古文扫地矣。吕赓年识。"吕赓虞识语云:"此篇吾师往筱云轩时作,一饭之顷,振笔直书而成,文方灵呆。所谓言者心之声,不可以伪为也。吕赓虞识。"吕汝玉《追怀傅子亦》诗云:"傅子觅青亦自奇,甲溪筑室水之湄。性情果毅难容世,风度孤高弗入时。眼似金刚常怒目,心如菩萨不低眉。珊珊傲骨谁能近,悦服吴公芸阁师。"

陈篆作《己未七月闻林念兹表兄之讣，句以挽之》。联云："幼日同荫重闱，忆曾出入相随，款款深情说孝弟；羊年竟丁厄闰，痛比鹡原失序，凄凄老泪洒池塘。"

成多禄作《己未七月同宋铁梅、秦少观游戒坛、潭柘二寺四首》。其二："石檀高不极，佛阁连香榭。白头老帝师，往往此销夏。笙簧落天半，吟响答幽夜。龟鱼识杖声，渔樵议诗价。我踏软红尘，欲游苦无暇。临流诗和陶，登山屐着谢。名山尚易逢，名心岂易化。达哉向子禽，草草了昏嫁。平生五岳心，徘徊夕阳下。"

罗功武作《初秋村居》（二首）。其一："村居无事过新秋，俗客稀来少应酬。日往小园花底立，静寻诗料遣闲愁。"

刘景晨作《己未七月，钱塘毛君寿泉用杜少陵〈咏怀古迹〉韵为见怀诗七律五首寄示，次韵报之》。其一："羁羽尚怜尘网际，缄云忽降玉霄间。子行夏长别百日，诗寄愁来秋万山。梁月曾闻萦杜梦，柏台应幸放苏还。茫茫天地吾何说，暂学禅栖静掩关。"其二："人生何喜复何悲？鱼鸟如如亦可师。方寸渐充能忍量，古今宁有不平时。稍亲梵典知空妄，怕读《离骚》动怨思。莫笑达观穷士诞，齐天彭泽已无疑。"

朱德作《征人怨》（二首）。其一："家园在望我当归，无奈人民盼解围。枉自梦魂萦弟妹，空教心事负庭闱。玉关杨柳悲摇落，金井梧桐感散飞。起舞闻鸡生叹息，总因血战咎功微。"其二："频年征战苦催人，一着征袍困此身。戎马仓皇滇蜀道，风烟迷漫永泸城。羁縻一水销豪气，转战孤城负好春。几度慰忠亭下望，困民水火泪沾巾。"

沈其光作《新秋书事》。诗云："关河雁影拂汀葭，独客凭栏感岁华。虫啮横林无剩叶，蝶寻芳径有残花。乍捐团扇秋方至，偶卷疏帘日又斜。商略先生淡生活，竹闲一榻一瓯茶。"

［日］橙阴正木彦二郎作《己未七月游永留子清水山庄》（二首）。其一："不知三伏霭炎生，清水山深气自清。诗酒最宜凭栏赏，松风萝月也虫声。"其二："又访山庄吟思生，帘前风急入杯清。夜深殊觉登临兴，无暑无尘只涧声。"

九 月

1日 《解放与改造》（半月刊）在北京创刊。梁启超领衔之"研究系"刊物。北京新学会编辑发行。先由上海文明书局代印，后由中华书局出版。先由张东荪、俞颂华主编，1920年9月第3卷起改名《改造》，增加梁启超、蒋方震为主编。设"社论""评坛""论说""读书录""思潮""世界观""社会实况""译述""文艺""杂载"等栏目。第1卷第1号刊登启事，明确宗旨，"主张解放精神物质两方面一切不自然不合理之状态，同时介绍世界新潮以为改造地步"。还刊登张东荪社论《第三种文明》、胡适《我为什么要做白话诗？》，另有《新学会宣言书》。

《春柳》第7期刊行。本期"文苑"栏目含《观梅兰芳演〈昭君出塞〉》（一厂）、《〈嫦娥曲〉并序》（樊山）、《赠姚玉芙》（彦通）、《将出都门，得韩郎（世昌）小照，借玉溪生句题之》（王小隐）、《观韩郎君青演〈思凡〉一出，袅袅余音三日不尽，戏赋》（涛花）、《观梅郎演〈葬花〉剧》（大至）、《癭公书来，为程郎艳秋索词，率赋二解以赠》（袁伯夔）、《临江仙》（袁伯夔）。

周作人作《〈江阴船歌〉序——中国民歌的价值》，载《学艺杂志》第1卷第2号及1923年1月21日《歌谣》第6号。

张楣（震轩）撰一联挽瑞安老丁。联云："致富税烟花，华表如归应跨鹤；余恩苏幸草，女床曾许共栖鸾。"

2日 《申报》第16717号刊行。本期《老申报》"文艺"栏目含《寓秦淮弄珠水榭题六绝句》（光绪二年九月初七日）（龙湫旧隐）。

吕剑生。吕剑，原名王聘之，别署一剑，山东莱芜人。著有《半分园吟草》《吕剑诗文别集》《青萍结绿轩诗存》。

中人《槟城竹枝词》（十首）刊于［马来亚］《槟城新报》"文苑"。其中，《巫装》（二首）其一："巫髻高高插翠钗，天然赤足踏拖鞋。倚门笑指南游客，叔叔呼来声乍乖！"其二："二八年华绝妙容，纱笼一幅髻蓬松。南中儿女翻新浪，半露鸡头半露胸。"《新街》云："听说新街多丽佳，莺莺燕燕列裙钗。落帘最好黄昏后，买笑金钱掷六嗜。"

张謇作剧场联："真者犹假，假何必非真，看诸君粉墨当场，领异标新，同博寻常一笑粲；古或胜今，今亦且成古，叹三代韶頀如梦，求本知变，聊应斟酌百家长。"

3日 张楣（震轩）作《挽家筠仙先生》诗四章。其一："十年公长我，矍铄更聪强。福已宽闲享，债都婚嫁偿。诗成篇自录，谱订典能详。应得期颐寿，何堪赋挽章。"其二："无赖秋风厉，长星陨少微。竹林游兴罢，粉社老成稀。幸得楹书守（公长子香浦曾从予游，已游庠食饩），还怜葛帔衣（公仲子云汀早故，遗孤倚公成立而公竟一瞑不及顾）。鸰原诗怕读，忍泪看斜晖。"其三："髫龄亲笔砚（予幼与公均受业潘楚篱先师门），少壮共名场。各负风尘累，相依云水乡。教鞭分管领（予年来出门任教，公则居乡办小学），坐弈隐徜徉（公喜弈，时与予对局）。凄绝招魂赋，茫茫下大荒。"其四："旧岁遵公命，摘词祝大年。文章惭笔健，屏障快弧悬（公旧岁寿跻七秩，乞楣制文以寿，文成，公大欣赏，书之锦屏）。准拟松同老，何期鹤化仙。联吟平辈少，尚有阿咸贤（予今年作《六十自寿》诗，拟求公和，而公已仙逝，幸犹子次石、醒同诸君各撰句投赠）。"

4日 张元济为商务印书馆印《四部丛刊》，其中向傅增湘借《水心集》《庾子山集》《山海经》《西京杂记》《管子》《韩非子》《曹子建集》《元次山集》《中论》等九种书，均由夏敬观收集复勘。又，夏敬观夜访郑孝胥，示陈三立所作《高贞女墓志》。

郁达夫从横滨坐船回国，参加外交官及高等文官考试。归国途中作《过长崎》。诗云："长崎山市势横斜，一带民风似汉家。西望昆仑东望海，行人飞驿到京华。"

方君璧作《民国八年九月四兄重来法国喜作》。诗云："灞桥忆昔酌离觞，帆与烟波两渺茫。却喜斜风疏雨里，天涯断雁复成行。"

5日 顾颉刚离家北行。6日抵京。到北京大学复学。

张榈（震轩）作《杜隐园杂咏》八首。其一："小筑轩斋纳晚凉，三弓庭院粉围墙。坐依桐荫收清气，步趁花间挹瑞香。倚榻眠寻残梦续，挑灯书怕阅更长。老来消遣无多事，按谱敲棋子细商。"其二："缁帷退老掩柴关，无复谭经石点顽。花架竹编鱼网细，苔阶绣认豹文斑。友怀旧雨兼今雨，名爱藏山懒出山。掷却儒冠还草笠，躬耕岁月本宽闲。"其三："蜗庐久叹积乌薪，洒扫居然气象新。案幂漆衣光滑笏，窗糊冰纸净无尘。五车饱学希前哲，三影填词付后人（予不解词律，而大儿颇喜学之）。手卷湘帘闲眺望，试邀明月证前身。"其四："门前槐柳势隆隆，热客休教恩乃公。鬓发已随青镜白，头衔羞对紫薇红。秋虫句谢雕镂巧，春蚓书摹篆籀工。地僻不知尘世扰，且翻花谱课儿童。"其五："风光入兴即吟哦，槛转廊回得趣多。庭鸟踏枝花滴露，池鱼唼藻水生波。拗龙喷雨成飞瀑，叠石为山象曲阿。剥啄无闻宾客少，不妨老子任婆娑。"其六："平生高不事王侯，一榻眠笙最自由。风月云烟供啸傲，冠裳车盖谢应酬。花经老眼看尤妙，茶浣枯肠兴倍道。更喜儿曹能取乐，夜吹箫管和凉州。"又撰《即景》诗，至晚始毕。

傅熊湘作《闰七月十二日集半淞园作》。诗云："相从海上寄闲鸥，重与湖山续俊游。胜侣招邀多暇日，名园风物在高秋。藤阴清话襟同爽，花坞芳尊兴共幽。得几回来能几醉，及时行乐未宜愁。"

6日 《申报》第16721号刊行。本期《老申报》"文艺"栏目含《无题四首》（碧湘秋梦词人）、《乘官轮至金陵》（龙湫旧隐）、《游妙相庵》（前人）、《游昭忠祠》（前人）、《中元夕招同人集弄珠水榭》（前人）。

7日 张榈（震轩）为夏老佩写送老丁挽联一对。又拟撰侄子次石之母李氏大嫂联一对，联云："香火佛幢依，欣年来子顺孙添，家庆团栾，晚景咸称慈母福；秋风步幛卷，怆旬日叔先嫂继，天灾酷虐，玄谈莫解小郎围。"

8日 张榈（震轩）抄自撰《杜隐诗钞》第1卷。又命戚儿抄其《自寿》诗一通，拟寄郡城叶仲诜。

9日 郑孝胥访严复。

张榈（震轩）拟与叶仲诜函一通，并附其所作《六十抒怀》诗十四首。

沈昌眉作《七月望后一日，晨起啜茗大观楼，倚栏遥望，见诸友送颖若登轮赴锡。

黯然魂销，彼此同之。不忍走别，若颖若欲别难别之情。少焉，机轮转动，一瞥即逝。黑烟摇扬空际，久而未散。或即吾两人之心绪凝结而然欤。成一律寄无锡》。诗云："岁岁天涯魂梦牵，饥驱兄弟各中年。五旬聚处等闲耳，一说分离便黯然。大观楼高穷望眼，小轮船疾袅飞烟。明知把袂难为别，不复随人到岸边。"

10日　巴黎和会中国代表参加签署对奥和约。美国会参议院外交委员会向参议院大会提出审查巴黎和约报告，主张将山东交还中国。

《申报》第16725号刊行。本期《老申报》"文艺"栏目含《帝钩四首》《屈戌四首》《论书十二绝句，仿随园论诗体》（同治十二年正月二十日）。

朱自清在北京大学升入哲学系三年级。课程有蒋梦麟的"唯识哲学"、马叙伦的"道家哲学"和"宋明哲学"、杨昌济的"伦理学史"、梁漱溟的"印度哲学"等。

11日　王揖唐致电南方表示诚意谋和。

蔡元培复任北京大学校长，抵京。

陈师曾《题牵牛花扇面》（二首）发表于《大公报·余载》。其一："何氏山林绝域花，君今幽彼作东家。银瓶丽客何须酒，排闷先餐五色霞。"其二："步辇同过缀玉轩，花容人与烂相鲜。分明琼树兰昌见，河汉迢迢不记年。"跋云："李十三少将宅蓄日本牵牛花甚富，一日凌晨往观，君犹高卧。排闷直入，徘徊良久。又同至缀玉轩着坐看花，归述其事，成两绝句，并书于此，以博粲笑。己未初秋陈衡恪记。"

魏清德《咏弥正平挝鼓》发表于《台湾日日新报》，1935年12月15日又发表于《诗报》，收入1936年5月19日《东宁击钵吟后集》。诗云："作气从容蹀躞来，参槌蹋地有余哀。当筵宾客情俱动，乱世奸雄胆已摧。同与广陵成绝调，独怜江夏是粗才。只令鹦鹉洲前墓，永监词淫酿祸胎。"

张榐（震轩）撰挽金子彝联。联云："慷达世间稀，那堪六十齐年，先我知机尘梦醒；同怀友爱甚，莫谓孤单可悼，绍君遗泽侄儿多。"又为胡正模撰挽联。联云："板砧响绰有大名，可怜寿板刻序文，局面翻新，招牌依然无命挂；馄饨担真成老伴，孰料后担先歇业，河头开祭，仪鼓不复有君声。"

12日　吴佩孚作《愤时——己未又七月，白露第三日作》（四首）。其一："师次衡阳又有秋，惊风阵阵使人愁。西欧盟会望收果，东海波涛愤倒流。已恨大官无良策，竟教竖子逞阴谋。英雄叹息时难再，吐气如虹贯斗牛。"其二："潇湘烟雨洞庭秋，无限风波无限愁。万里浮云能蔽日，百川学海总归流。亡秦空负投鞭恨，收楚还须借箸谋。自古佳兵终弗戢，何如卖剑买耕牛。"

13日　《申报》第16728号刊行。本期《老申报》"文艺"栏目含《琼儿曲》（同治十二年正月二十日）、《后三夕汪君晓村、徐君善长招泛秦淮，再叠前韵》（龙湫旧隐）、《古意》（同治十二年八月初五日）（小留犁阁）。

郁达夫在杭州作《西泠话旧》。诗云："碧纱红袖两无情,壁上凋残字几行。日暮楼空人独立,满江秋意哭莺莺。"

14日 徐世昌到北海画舫斋约朱桂辛、梁燕孙、钱幹丞、周子诒、曹润田、陆闰生诸君游览、宴集。

15日 徐世昌宣告对德战争状态停止,晋授段祺瑞大勋位。

《东方杂志》第16卷第9号刊行。本期含《新旧思想之折衷》(伧父);"文苑·诗"栏目含《始春初堂望钟山余雪》(陈三立)、《鸡鸣寺倚楼作》(同前)、《正月十七日探梅俞园,感逝成咏》(同前)、《清明抵西山上冢》(同前)、《读郑苏庵〈六十感愤诗〉戏和代祝》(同前)、《石遗以诗乞折菊插瓶,赋此答之》(郑孝胥)、《挽俞恪士》(同前)、《樟亭》(同前)、《余纸尚多,复和〈过谈〉韵并呈》(沈曾植)、《重和街字韵》(同前)、《拔可园中坐月,同苏戡》(陈衍)、《题小宋〈观霞山房图〉》(陈锐)、《挽俞恪士》(同前)、《公园步归,寄观槿、剑丞》(王允皙)、《移居惠兴里,自春徂夏,杂书所感》(七首,诸宗元)、《龙井至九溪十八涧作》(黄濬)、《七夕大风雨卧疾有寄》(谭泽闿)、《李幹丞来,得伯弢近状,因书此,代书寄之》(夏敬观)。其中,杜亚泉(伧父)《新旧思想之折衷》略谓:"现时代之新思想,对于固有文明乃主张科学的刷新,并不主张顽固的保守;对于西洋文明,亦主张相当的吸收,惟不主张完全的仿效而已。""苟以科学的法则整理而刷新之,其为未来文明中重要之一部分,自无疑义。"

沈尹默与钱玄同、沈士远、马裕藻商量《学术文选》印刷事宜。

16日 京师警察厅作出释放陈独秀裁决:"查陈独秀以传单煽人为乱,殊属违法,既据联名列保称无别情,看押三月有余,查察尚知悛悔,姑念系属学子,拟从宽准予保释。惟其不知检束,殊有破坏社会道德,拟仍按豫戒法第三条四款,施以豫戒。"次日,拘禁近百天后陈独秀被开释,后担任国史馆编纂。

天津学生联合会、天津妇女界爱国同志会成员周恩来、邓颖超等发起成立觉悟社。该社以"革心""革新"精神求"自觉""自决"为主旨。本年12月29日,周恩来等主编《觉悟》杂志创刊。

沈焜作《秋夜宴集春笑楼,即席有句兼呈狷叟、梦坡》。同人和作:周庆云《春笑楼席上,醉愚有句,率和其韵》、许湘祥《闰月廿日宿溪招饮,醉愚即席有诗,梦坡继声,余亦和韵一律》。其中,沈焜《秋夜宴集春笑楼》云:"春宵何似秋宵好,风送微凉月更圆。顾曲耐寻弦外意,举杯却合饮中仙。花开金粟楼台影,草淡银笺翰墨缘。此夜此欢须尽醉,诗人难得美人怜。"周庆云《春笑楼席上》云:"凉飙瑟瑟秋将半,起看中宵月正圆。矍铄有翁期上寿(狷叟年七十有九),霓裳同日会群仙。杯传金谷娱良夜,萍合淞波作胜缘。几见名花来贡媚,莫言从不受人怜。"

黄侃作《始达武昌即事言怀》。诗云:"十载飘蓬始得归,眼前百态与怀违。故乡多少伤心地,试问当年丁令威。篝火丛祠楚始张,八年岁月去堂堂。嬴颠刘蹶君休问,且梦人间建德乡。朔野频年作旅人,屡劳皂荚瀚黄尘。归车如剑过郧隰,到眼山川尽可亲。回收风尘合息机,远游何事久忘归。归来百计皆须后,且向秋山看落晖。陇汉逶巡马季长,晚途折节亦堪伤。君看绕指柔何甚,犹是当时百炼钢。菆水深惭义养人,关河转徙累衰亲。晨飧馨洁推乡味,从此南陔有好春。"

18日 周庆云等在沪上春笑楼雅集。周氏作《越二日,又饮春笑楼兼为狷叟预祝,仍叠前韵》(二首)。同人和:许湛祥《梦坡假座秦楼设宴预祝,次韵和之》、恽毓龄《闰月三日,梦坡设筵春笑楼为狷叟丈预祝生朝,即席有诗,因次原韵》、恽毓珂《梦坡为狷老祝寿,招饮于春笑楼,醉愚即席赋诗,余亦依韵,漫成一律》、钱绥祡《妓席步韵,谨为茶禅年丈寿并博梦坡居士一粲》、潘飞声《闰七月二十三日春笑楼宴集,次韵并祝狷叟生朝》、沈焜《梦坡为狷叟预祝,招集春笑楼,复叠前韵》。其中,周庆云《仍叠前韵》(二首)其一:"才经三日重排宴,又向琼楼望月圆。珠玉未成慵献佛,鸳鸯不羡愿呼仙。合欢空忆尊中味,度曲能传笛里缘。垂老何曾删绮语,一回颦笑一回怜。"钱绥祡《妓席步韵》云:"千年鹤寿无量祝,一夕莺歌分外圆。金盏银钩方朔戏,冰肌玉骨广寒仙。重逢两渡星桥会,同证三生香火缘。老去偏惊香国艳,曲终莫唱想夫怜。"沈焜《复叠前韵》云:"八十老翁开笑口,双鬟摩笛唱圆圆。美人竞进金尊酒,贤主争夸玉局仙。白发酣歌犹矍铄,红楼雅集亦因缘。先朝耆旧今余几,姹女如花亦解怜。"

张謇以更俗剧场联属怡儿对。联云:"好乐其庶几,钟鼓之声,管钥之音,请言乎与人与众;立方以感善,乡里之中,闺门之内,同听者和顺和亲。"

坤妆女士《槟城竹枝词,步中人韵》(九首)刊于[马来亚]《槟城新报》"文苑"栏。其中,《海边观涛》云:"波涛万顷水流声,望至山头出月明。最好红男与绿女,车游耳畔讲私情。"《男女同车》云:"男女同车乐不忧,人生难得几风流。三街六巷游几遍,世界平权那觉羞!"

张震轩作《赠吴生云仙》。序云:"予门下士吴生云仙,家极清贫,而染于烟癖不能力戒,以致日入穷途无人援手,近虽屡呼将伯,愧予亦处窘乡,何以助之,勉赠一金再媵以诗。"诗云:"师弟穷途两自怜,顾君陋巷更忧煎。一金聊作南针指,力守清贫莫恋烟。"

19日 郁达夫登富阳鹳山,作《题春江第一楼壁》。诗云:"匆匆临别更登楼,打叠行装打叠愁。江上青峰江下水,不应齐向夜郎流。"

20日 《国故》月刊第4期刊行。本期"通论"栏目含《中国文学改良论》(张煊);"文苑·文录"栏目含《章太炎先生与黄季刚先生书》(培风);"艺文·诗录"栏目含《闲夜命欢友》《昭昭清汉辉》《上山采琼稿》《蘼芜江蓠草》《安寝北堂上》《嘉树生朝阳》《冉冉高陵苹》《西山何其峻》《高楼一何峻》《欢友兰时往》《岁暮凉风发》《黄鹄篇》（汪东宝）。其中，张煊《中国文学改良论》略谓："凡百事物，类皆古粗后密，古劣后精，古者较不适用而后者更为适用，言语文章，岂独不然？惟贱今尊古，人之常习。""是古非今，贤者尚然，况庸俗乎？癖性存乎中，偏见发于外。古人之作，虽有病而不见；今人之文，纵备美而莫称。""法古而不之变，未足多也。然古果不足法欤？曰：否。""学古人文，能取其善者而改其病，则青出于蓝，可胜于蓝；绛生于蒨，能逾于蒨。若惟古是法，不计利病，则取法乎上，仅得乎中，取法乎中，乃得乎下，何去何从？可以见矣。"

张謇作《儿女团圞图》。序云："竹孙画《儿女团圞》小帧，意致绝佳。竹孙与余游久，身后又为营南山之墓，而藏其画绝少，乃以三银币得之，题诗于上，即名之曰《儿女团圞图》。"诗云："款门旧画朝来买，彩笔尘污故人在。为谁欢喜作此图，小儿肥白长女姝。画中儿女度岁月，女今阿婆儿丈夫。我常爱记儿时事，人生安得长如此。婴儿姹女语荒唐，故人墓树如翁苍。"

郁达夫离富阳北上杭州，作《留别沈涛青》《宿钱塘江上有赠》。其中，《留别沈涛青》云："笑我栖栖客，还乡梦未圆。相逢空一笑，此别又经年。"《宿钱塘江上有赠》云："绿酒红灯江上楼，几回欲去更迟留。危樯独夜怜桃叶，细雨重帘病莫愁。客子光阴空似梦，美人情性淡宜秋。相逢漫问家何在，一夕横塘是旧游。"

方守彝作《闰秋二十日，伯韦招往看秋海棠。时海棠盛开，从低松丛竹间望之，风姿幽妙，使人忘老。归成四绝句简伯韦，并简同座范之、易吾》。其一："秋阴偷得春阴意，为护韩家秋海棠。最是断碑残碣里，相逢一笑不荒凉。"其二："丛竹低松秀满栏，女儿结队冒轻寒。簪红曳绿无言语，生长贫家似怕官。"其三："扬州十里映珠帘，独爱梅花绕四檐。旧客风流仍似旧，贪看冷艳媚秋奁。"其四："一枝秃笔太无花，欲写妍姿语总差。带醉归来满床梦，遍身蝴蝶话《南华》。"

21日 吴昌硕为载如篆书"辞不花逢"八言联。联云："辞不平时若蜀水出；花逢多处作吴宫游。"

严修约膂白（黄郛）、静生（范源濂）、张伯苓、翔宇（周恩来）等聚餐。

郁达夫从杭州乘火车北上应试。

22日 鲁迅同陈仲骞、徐森玉、徐吉轩往市政公所议公园中图书馆事。

郁达夫作《过徐州》《渡扬子江》。其中，《过徐州》云："红羊劫后几经秋，沙草牛羊各带愁。独倚车窗看古垒，夕阳影里过徐州。"《渡扬子江》今仅存断句："不应扬子江头水，浊似黄河百岁潮。"

23日 沈曾植招同人宴集，郑孝胥、章梫、刘廷琛、吴郁生、朱祖谋、王乃征、李瑞清、胡嗣瑗在座。

康白情作《明陵感怀》。诗云："已过百年毕帝业，犹夸坏土衔皇居。人间青史惟传恨，今我欲烧故代书。"又作《雨花石，寄绛霄》云："最爱雨花台畔石，含葩姿态剥蕉心。临池怕写六朝事，寄作云笺话古今。"

24日 许子颂79岁、朱砚涛52岁、钱履樛50岁生日于沪上一品香举办寿筵。到者为吴昌硕、李梅庵、恽孟乐、季申、瑾叔、吕幼舲、缪子彬、陶拙存、杨芷姓、褚礼堂、曹恂卿、张石铭、沈醉愚、白也诗、周湘舲、潘兰史、徐积余并刘承干18人。

谢玉岑作《百字令·中秋前二日，答江阴金企岵世兄见忆，并呈粟香前辈》。词云："清辉盈手，随长天一雁，多君持赠。带水迢迢山脉脉，说着故园秋讯。罗帕分柑（张孝祥《秋怀》：'罗帕分柑霜落齿'），冰壶荐鞠（梦窗《重九》：'半壶秋水荐黄花'），薄暮登临兴。风流落帽，江山岂任孤另（有重九登高之作）。　　举头又讶高寒，团栾镜里，怕有沧桑影。三代古欢千载鹤（与君三代通家），多赖老人星省。旧梦乌衣，新愁葛岵，秋士才怜尽。陆沉何诬，蓬瀛也看成烬（时有陆沉之谣并及日下大火事）。"

［韩］金泽荣作《八月一日，啬翁以余七十置酒城西观万流亭，招而寿之。昆山方惟一、张景云，如皋管石臣、本县曹助阁皆在座，而翁之子孝若亦与焉。翁出二律属和，一座既归，用其韵和而谢之》（二首）。其一："一斗名醪两出歌，兼招词客佩声磨。飞骞绮阁波中出，歃倒秋花席际多。我自昏昏忘甲子，君何苦苦念风波。提携欲向沧洲去，折赠仙香太乙荷。"

25日 《申报》第16740号刊行。本期《自由谈》"杂录"栏目含《望雨》（仲义）。

《小说月报》第10卷第9号刊行。本期"曲本"栏目含《玉婴点将录（续）》（樊山）。"弹词"栏目含《藕丝缘弹词（续）》（第十三回《逼嫁》）（瞻庐）。"文苑·文"栏目含《〈学制斋骈文〉序》（冯煦梦华）、《汪穰卿先生传》（唐文治蔚芝）、《〈南湖秋禊图〉序》（王蕴章莼农）；"文苑·诗"栏目含《病中作》（伯严）、《〈高老愚先生家传〉题后》（伯严）、《迢递》（豹岑）、《书所见》（二首，啬翁）、《书〈无锡高韫叟遗事〉后》（啬翁）、《闰七夕歌席和瓶斋，是日梦坡有南湖之约，不赴，故末语及之》（二首，映庵）、《独游西山潭柘寺》（次公）、《潭柘后山》（次公）、《潭柘度七夕》（次公）、《戒坛》（次公）、《为易石甫丈题〈罨烛写诗图〉》（豫公）；"文苑·词"栏目含《减兰·题许狷叟〈晶帘梦影图〉》（二首，莼农）。"诗钟"栏目含《寒山社诗钟》（钟社同人）。

吴昌硕设寿筵于古渝轩，姚景瀛同作东，郑孝胥应邀往贺。

沈尹默与蔡元培、马寅初、李大钊、马叙伦、钱玄同、马裕藻等20人联名发布启事，为北大教授朱蓬仙（宗莱）病逝募集赙仪。又，沈尹默因眼疾须就医，在《北京大学日刊》发布启事，请朱希祖代理国文教授会主任职务。

张謇集剧场落成联："作柏寝台观，泱泱海有堂堂宇；俨鹤林寺异，九九天看七七花。"

萧亮飞作《夏历己未八月二日，三女慧原生辰，酒中寄兴，汴州南望，颇黯然也》。诗云："己未五月朔，只身离汴城。将晓尔酣睡，默默潜启行。我行恰半月，尔姊是日生。计时难归去，南北帆马征。拟俟尔生日，息我劳人程。置酒偕尔母，祝尔长命星。尔姊生日过，为其补一觥。那知时事舛，如愿竟弗能。旅舍且赊酒，无语独自倾。宾君（西九）适在座，突如来尔兄。我言今日饮，家中为尔营。宾昧吾家事，兄殊不关情。欢呼各笑乐，我意何怦怦。举酒久不饮，心飞梁园旌。此次我出门，圆月四度更。愧无多金寄，家累尔母撑。饥寒尚不免，安得有余赢。生日尔空过，莫备肴与羹。尔母本胖体，五旬有五零。惊闻忽倾跌，此苦如何胜。无人为详述，中怀焉得明。端赖尔姊妹，扶掖任诎轻。仰首发誓语，只向苍天呈。国事与家事，二者志必成。艰苦已历尽，自问温饱应。尔姊年既长，遣嫁奁当盈。尔兄诩独立，词锋孰敢撄。惟尔年尚幼，有言尔静听。我腹贮文字，海内幸获名。三年殷教尔，定博传女名。淄川张侠君（何谓吾第三妻），女中铁铮铮。为夫双刲臂，女红靡不精。延之教授尔，早得斯人应。我南游三湘，鄂赣杭沪宁。归期绝非远，日日乡思萦。待到十月半，良宴开家庭。我为尔母寿，以践白头盟。是时尔姊妹，左右酌绿醽。伦常旧道德，万古仍新铜。至此方真乐，怡然自忘形。写诗以代话，家庆天下平。"

26日　《申报》第16741号刊行。本期《老申报》"文艺"栏目含《都门新竹枝词》（同治十一年十月二十一日）（十首，醉里生）。

郁达夫得知外交官考试落第，在《日记》中愤然写道："庸人之碌碌者，反登台省；品学兼优者，被黜而亡！世事如斯，余亦安能得志乎？余闻此次之失败，因事前无人为之关说之故。夫考试而必欲人之关说，是无人关说之应试者无能为力矣！取士之谓何？"次月9日作《己未秋，应外交官考试被斥，仓卒东行，返国不知当在何日》。诗云："江上芙蓉惨遇霜，有人兰佩祝东皇。狱中钝剑光千丈，垓下雄歌泣数行。燕雀岂知鸿鹄志，凤凰终惜羽毛伤。明朝挂席扶桑去，回首中原事渺茫。"

27日　林纾委托世续代奏，又致函耆龄，欲求溥仪赏赐中书衔，被婉辞。

郑孝胥阅丽泽文社课卷，"丽泽"改曰"晦鸣"。

康白情作《山东图书馆》。诗云："游罢大明湖，还访图书馆。中庭寂无人，园花红照眼。采橡衬丹楹，石崖封绿藓。隔墙啼笑声，娇叱闻女伴。暗惊此地殊，男女岂合览？山东产圣人，尊文垂古简。况与东邻接，欧风宜未晚。猗欤颂山东！何忧宗国殄？无何阍者出，相看目闪闪。乃言：有女宾，今日屈公返！我谓：此地殊，谁能设私宴？阍者重致辞：是则谁曾敢？此地重礼防，男女分日限。每周分七日，按周随流转。男五而女二，勿得相越犯！有馆二十年，此例由来远！"

28日　新兴美术团体"天马会"在上海图画美术学校大礼堂举行成立大会。由江新、丁悚、杨清磐、张邑、陈国良、刘雅农、陈晓江发起。先后参加活动的知名画家有汪亚尘、王济远、吴杏芬、程灵白、李超士、潘天寿、洪禹九、俞寄凡、刘海粟、高剑父、王一亭、许醉侯、滕固、王陶民、唐吉生、查烟谷、王师子、胡汀鹭、钱瘦铁、李祖韩、李毅士、朱屺瞻、李金发等人。至1927年初会员已达200余人。

张榴（震轩）为家仲璜弟撰挽其兄筠仙及蓼洲嫂联二对。其一："枌社失宗师，忍看汀水波寒，棋峰月冷；荆枝摧老干，令我过庐腹痛，闻笛心酸。"又，为夏老佩撰挽金子彝联云："小犬幼无知，问字门前曾立雪；祝鮀才孰继，招魂呑上泣秋风。"

29日　章士钊应邀至上海环球中国学生会，作题为《新时代之青年》演说。在演说中，章进一步发挥其"调和论"宗旨，主张新旧调和与社会自决，认为今日政治腐败程度，远胜前清，原因是"其所迎者新之伪，而旧之真者则已破坏无余地"。他提出"新机不可滞，旧德亦不可忘，挹彼注此，逐渐改善"之解决办法。

王叔用以其子从学，宴杨钟羲于会宾楼。

沈尹默赴沈士远沁芳楼招待晚餐，同席有钱玄同、沈兼士、康宝忠等。

30日　周庆云作《八月七日，奉陪春笑楼小饮，仍用醉愚韵》。诗云："鹦鹉帘前听已惯，穿珠好语十分圆。频开肉眼窥神女，且尽霞觞谑醉仙。我与平分秋月影，君还重订菊花缘（叟约重阳前重来淞北）。绸缪一夕情何限，写出风怀爱亦怜。"

下旬　田汉携表妹易漱瑜（易象之女）离长沙同赴日本。

本　月

天津南开学校增设大学部，是为南开大学之始，由张伯苓任校长。

教育部正式任命郭秉文为南京高等师范学校校长。

南通伶工学社正式开学。张謇担任学社董事长，其子张孝若任社长，欧阳予倩任学社主任，主持学校工作，兼教青衣和新剧。

张仲仁等发起己未讲经会，推庄蕴宽、夏寿康为会长，请太虚大师讲《维摩诘经》于象坊桥观音寺。

闻一多与杨廷宝、方来等发起组织美术社。

毛泽东指导新民学会会员在上海创办《天问》，以驱逐军阀张敬尧为宗旨。

《尚志》第2卷第7号刊行。本期含《卧雪堂诗话》（移山簃）、《东林吟草（续）》（东林顾文彬）；"文录"栏目含《唐母朱太夫人墓志铭》（石屏袁嘉谷）、《马君毓宝像赞》（由云龙）、《〈环球日记〉序》（由云龙）、《〈知非轩诗文钞〉序》（秦光玉）、《马君善楚欧战阵亡行述》（秦光玉）、《会泽唐君墓志铭》（陈荣昌）。

《浙江兵事杂志》第65期刊行。本期"文艺·诗录"栏目含《寿张勋臣上将》（耀山）、《前题》（明谦）、《虚堂》（大至）、《和亮生〈中秋携家人湖游〉之作》（大至）、《三至武林感赋》（寄尘）、《读〈剑南集〉》（月笙）、《赠俌舟》（月笙）、《九月三十日祀王阳明生日于阳明书院之崇报堂》（榕园）、《过五显庙》（榕园）、《仙霞岭小憩，即和周栎园原韵》(榕园)、《五人墓》(榕园)、《润州咏古》(榕园)、《京口》(榕园)、《王家营登车》(榕园)、《客怀》(榕园)、《河间》(榕园)、《蜀中怀古》(陈仲克)、《自嘲》(陈仲克)、《渝城赠别》(陈仲克)、《由渝返宜舟中即事》(陈仲克)、《暮春游涂山》(陈仲克)、《归途在毕逢新年》(陈仲克)、《贞壮以〈移居杂咏〉六首索和,次韵》(思声)、《秋节之夜挈家人随同戚友泛湖,游迹所至,纪以二诗》(小卒)。

《安徽教育月刊》第 21 期刊行。本期"文艺·诗"栏目含《秋柳四律》(怀宁姜秉襄皖民)、《白莲花四律》(前人)、《苏格兰游山杂诗四首》(李寅恭)、《往陶竹士家观菊》(印书城)、《题南屏诗社》(前人)。

林献堂祖母罗太夫人年届八秩,循日俗祝米寿。栎社同人联署征诗,共得海内外祝寿诗词 300 余首。傅锡祺作《寿星明·寿林君灌园(献堂)王母罗太夫人米寿》。词云:"菊酒新香,九九峰西,宝婆烂然。人生七十,从来几个。天加八十,还过多年。兰玉成行,庭阶增色,重叠孙枝况象贤。蓬莱岛,算并时无两,富贵神仙。　　何修福寿双全。是头上、苍苍报不愆。看衰残草树,沾濡雨露。为他桑梓,舍我钗钿。幸德星明,愿生佛在,背地心香热万千。一言祝,更麻姑洗眼,饱看桑田。"郑秋涵作《祝林献堂兄令祖母罗太夫人米寿》。诗云:"八十还加八岁人,麻姑掷米讶前身。衣冠世代文兼武,定省孙曾夜复晨。万事无如为善乐,一生只是恤贫真。雾峰申筑莱园好,颐养天年百福臻。"

吴昌硕为张增熙篆书"一角楼"三字额并题:"劈正斧藏轻赵璧,抱残碑读倚吴钩。漫云李杜文章在,万丈光芒一角楼。查客名所居曰'一角楼',书成,诗以媵之。己未闰七月,吴昌硕,时年七十六。"

林纾作立轴绢本《远山清溪图》。题识曰:"垂杨渐渐可藏鸦,数枝低篱傍水斜。无待刘郎感兴废,自开自落碧桃华。己未八月,畏庐居士写。"又作立轴绢本《寒斋望雪图》。题识曰:"一白兼天净不埃,岩扉宁为俗流开。人生冷暖真常事,我自韶龄卧雪来。王维雪图无传本,余所见者最古无如郭河阳及一峰老人。河阳深厚,一峰奇峭,皆不能学,唯石谷较平易可法,临为首臣先生大雅教政。畏庐林纾并识,己未八月。"又作立轴绢本《云山幽居图》。题识曰:"碧柳红桥尽日风,轻漪倒影上帘栊。江南只愿长无事,留点春光待寓公。己未八月,畏庐写。"

释永光(海印)自长沙还沅江景星寺,作《己未八月自长沙还山湖中得诗四首》(一作《自沅江草尾还景星寺湖中得诗》)。其一:"破院荒凉尚有田,打包闲上洞庭船。痴心冷忆湖中事,苦雨凄风四十年。"其四:"藤萝深树庆云山,巾屦蒲团自往还。珍重半湖亭下水,莫流黄叶到人间。"

沈泊尘仲秋介绍汪亚尘拜访黄宾虹。

黄侃离开北京大学,到武昌高等师范学校任教。行前撰《与友人书》有云:"即今国学衰苓，奇说充塞于域内。窃谓吾侪之责，不徒抱残守缺，必须启路通津。而孤响难彰，独弦不韵，然则丽泽讲习，宁可少乎？此又弟所以喜与尊兄相聚之情也。伏想雅怀，当同鄙意。顷炎暑已往，西风送凉，现正检点家居，拟于日内奉母南下。虽此主者挽留甚切，无以弭弟思乡之情。且《传》不云乎：'色斯举矣。'兹遣门人奉此书于左右，聊致拳拳。至于频年别绪，非至亲觌光辉时不能倾泻也。"又作《南归赋》（刊于《制言》第6期）云："惟宇宙之修辽兮，嗟一物之已微。叶有落而壅本兮，蓬有去而不归。余八载于朔方兮，瞻荆楚而永怀。匪故乡之可念兮，实丘垅之旷违。惟土思之无益兮，亮危乱之足悕。将老幼以升车兮，虽接淅犹以为迟。繄幽州之滨北兮，羌久制于戎虏。弃天明以从聋兮，叹化俗之殊古。巷杼首亦既亡兮，音沸唇而不可与语。怪留滞之历年兮，老斯身于斯土。宵发轫于阊阖兮，夕辍驾于沙河。闵行水之无术兮，岁致忧于无禾。瘏燕赵之萧条兮，沦国邑于洪波。锦绣罗纨恤所无兮，焉问襄邑与朝歌？日下稷余经彰德兮，望袁翁之墓门。识循环之已穷兮，虽强终而不存。兆诸夏之大灾兮，历五岁而纷纭。盼河湄而寄慨兮，伤拳勇之无人。齐纪年于宝胜兮，劣得没此元身。彼轻车之骏奔兮，虽要裹犹不逮。越大川而宵驰兮，顾太行于云外。穿幽隧出武阳兮，失三关之险隘。求鼋饱而未得兮，行已达乎江界。入武昌而适馆兮，目难辨乎闾闬。吊生民之凋祭兮，愤此邦之首乱。天下神器不可为兮，一动而难静也。彼豪士之成名兮，与国何增渻也。咏《苕华》以抒意兮，送落日于悲泉。冀牂羊之坟首兮，星入笱而已迁。惟至人之玄德兮，乘六辨以翱翔。嗤鄙生之系俗兮，分内外于一方。悲王符之见薄兮，忿吴质之溺乡。庶乘时以自悦兮，托陋体于山梁。览大化之迁流兮，畴知来日之否臧。乱曰：子居九夷，从凤嬉兮。不曰坚手，涅不缁兮。履信思顺，身之基兮。全身养亲，它何思兮。"

林损赴京前作《自讼文》《梁铭西哀词》。

顾颉刚集歌谣近二百首，中含殷履安夏间在甪直家中时所集四十余首。

楚图南由昆明经越南海防乘船到香港，经上海、天津到北京复试，考进北京高师史地部。

黄錞为《悬弧志初稿》作自序云："余以民国七年六月南游，翌年八月返国。间关万里，阅时岁余。凡一至缅甸、暹罗，再至苏门答拉、马来半岛，若海峡殖民地各地则三四至焉。所至山川形势，兴亡事迹，以及异风殊俗、瘴草蛮花，在在足供吟眺。余不能诗，有所感触，犹辄形诸咏叹，独愧粗陋且寥寥耳。为志鸿泥，笑同鸡肋，爰敬取家君诗意，名之曰《悬弧志初稿》。恭录家君题辞及勖行赐和，谨念诸什，冠其端余。今者已帆海归来，息影桑梓。而南中未至诸邦，若越南，若爪哇，若西里伯斯，若婆罗洲，若斐列滨，时时萦绕寤寐，颇意明春遍游一周，再东渡扶桑，越太平洋而上新大陆，勘民权发轫地情势何似。傥有余力者，当更逾大西洋而东吊欧洲大战场焉，然后取道□□□□□□□□□□□而归。愿果偿也，则吾后此《悬弧志》之编，或不仅稍增篇帙而已。民国八年九月黄錞。"

冯煦作《高阳台（倦柳栖烟）》。序云："己未秋中重到南湖，虚馆凄寂，冷月窥人，追悼恪士，并怀仁先蓟北，用沤尹戊午初秋过仁先湖舍韵。"词云："倦柳栖烟，枯荷战雨，羯来陵谷空存。却凭西阑，野鸥应识前身，槐柯短梦方争閟，据藜床、欲断声闻。戒香熏，玉宇秋冥，仙𪂧无痕。　　𪄳厂羽化清言绝，胜微波一碧，犹自涵春。旧径苔封，可堪无酒无人。乘鸾何处留灵琐，角婵媛、休叩天均。更思君，冷月虚堂，独抚松根。"

萧亮飞作《中华民国第一己未夏历八月都门感事》（五首）、《己未闰七月京华杂咏》（十一首）。其中，《中华民国第一己未夏历八月都门感事》其一："八年日月太匆忙，谁使而今尚阋墙。专制雄图铸弘宪，共和功首惨张方。仇邻在迩夸文治，创业从前忆武昌。惭我不才亦不死，捉髯辜负尺余长。"其二："珍贵昂藏六尺身，敢因否塞损精神。卧龙亘古真名士，跃马于今大有人。背刺精忠谁姓岳，心甘卖国彼师秦。匹夫难夺盈腔志，南朔奔驰岁月新。"《己未闰七月京华杂咏》其一："早晚新凉尽作秋，双星重会鹊桥头。神仙得意逢佳运，妒煞人间老女牛。"其四："衮衮都门集大官，谁抛肝胆济艰难。老书生有钟情泪，为国为家空自弹。"其九："如命遇园千种花，四时眼底灿云霞。深宵每入相思梦，五月光阴不在家。"

吴佩孚作《题陈蘷卿〈双龙捧月梅〉》（1919年仲秋）。诗云："疑是龙蛇竞斗争，为因片土未分明。翻红堕素山河改，舞爪张牙草木惊。老干峥嵘千气象，中华惨浅苦生灵。一枝妙笔情无限，写尽人间事不平。"

颜云年作《己未秋仲归次神户，访石秋、樱痴、鸿汀、海屏诸词兄，蒙招宴旗亭，喜赋》。诗云："十年分袂怅西东，异地论交气味同。秋水芦飞霜岸白，巴山烛剪雨窗红。客中送客情何挚，花里评花眼不空。明日沧江归去卧，一帆无恙饱秋风。"

刘景晨作《和平笔放歌》。序云："和平笔者，初法兰西总理克勒满沙氏遇刺获免，国人贺之。飞丽中学校之女生既办鲜花为克氏寿，复制金笔以献。今氏为凡尔赛会议议长，用以签定对德和约者也。或曰，此笔将传为和史美谈云。事见《申报》八年八月十五号。"诗云："威廉二世好男子，经营天下力征耳。哓哓和平徒美听，可怜真冷英雄齿。聿柄厥辞投袂起，孰杀奥储我仇是。燧举先尘黑海波，营分行灶巴黎市。腾霄霸气鬼神愁，联军大集貔貅士。东犄西角纷纵横，阵线那可计道里？决心奋斗困愈烈，杀人术患不能诡。飞航潜艇均战器，海可使沸天使圮。五年转斗无敌人，天道恶盈遽如此？自从粮路遭局鎬，山积金钱不救死。士虽得饱民奈何，一旦人心尽去矣。喟然勒马长太息，愤走和兰栖败邸。纤纤之绳断大木，岩岩之石泐滴水。倾天下力促一人，胜不为武败奚耻。初威尔逊仁且美，吐词如春愠者喜。曰诸民族等自由,降服不容强鞭棰。曰余不忍肆侵略,彼暴行何不制止。彼弃人道干正义,余与周旋以鞭弭。大哉出师信有名,号召东方我与尔。牒德绝交及宣战,两共和国兄率弟。捷书报我勍敌摧,六洲引领大同轨。梯航陆海征敦般,我亦曰西遣国使。嗟彼德人实封豕,昔者荐食我东鄙。规青岛又请胶澳,树之高牙鬶坚垒。弱肉强食吁可悲,我昔不竞彼有恃。抗手坛坫今其时,不反侵地复何俟?清尘吉日迓辂车,宝绶勋章预典礼。凡尔赛宫今葵丘,于主其盟法总揆。毕斯麦欤逝哉名,今也克勒满沙氏。生平许国轻一身,忠勇遂为敌所指。横风暗雨遣荆豫,狙击凶于伸短匕。仓猝不死真天幸,贺者道旁纷似蚁。就中欢跳最有心,抱书女郎皎桃李。褫众妙华赠嫌薄,更贻彤管烂有炜。巧制黄金细雕饰,宝装红玉错文绮。深深教勒和平字,喁喁盼结兵争史。果然琼玖镂柔情,得与乾坤侥元祉。吾闻此后慎载书,五大强国专草拟。既受德降奏太平,及与同盟备咸弛。其有国际滞争牒,皆可前后究端委。不问强弱准是非,一一平亭消怨诽。盛哉修好长息兵,由斯天地元新纪。宝书琳册俄脱手,为位定敧罗玉几。列邦使者趋跄集,我独却走不敢视。呜呼岛澳我土地,沦德于法二州比。不曰归我如二州,邻反有之此何旨?要约纵使无不可,署诺何尝非得已。坐看远东战士血,喷薄和平之笔底。惜哉璀璨美人贻,前劫犹应羞牍尾。外交自古竞敏妙,狐埋狐搰谁深诋?东邻之子天所骄,能以一身的众矢。捭阖技已捷于风,亲善言犹甘似醴。其他与国不足论,且夕有事或肥彼。是时座左威尔逊,宜持正论无偏倚。谁知盈廷穆瞻听,何乃低首亦唯唯?白宫信誓今如何,十四条文成废纸。岂其书生竟无用,不然食言颡应泚。吾闻铁血宰相言,世界何曾有公理!国不自强天所弃,痛哭炎黄将不祀。勿谓仗义犹有人,此约未必为我毁。奈何阋墙自残杀,犹为党私相抗抵。况可卖吴纵宰嚭,安得张越出范蠡?茫茫宇宙一诗囚,放歌独作忧天杞。"后发表于《申报》。

杨尔材作《己未八月暴风感作》。诗云:"不道终风太不仁,摧林伐木倒仓囷。满空瓦砾纷纷落,并作天花荡劫尘。厉声猛烈吼如雷,发屋揠禾起祸胎。共说潜蛟会振怒,乘云带雨自奔来。狂风欲避苦无台,磊块填胸郁不开。怪底大王雄莫并,竹篱茅舍尽倾颓。惨淡呼号鸟雀惊,恼人无梦到天明。覆巢太息无完卵,忍听哀鸿聒耳鸣。"

朱清华作《己未八月,偕硕公游青龙桥、八达岭万里长城作》《游八达岭长城回,宿青龙桥镇夜中作》。其中,《己未八月》云:"秋风立马长城上,十万峰峦眼底低。大漠荒烟沉夕照,龙蛇蜿蜒界华夷。"

孙介眉作《公余》(民国八年闰七月上弦)、《晚步》。其中,《公余》云:"公余短杖出山城,暑气消兮时疫清。石孔苔留昨日雨,村头砧起早秋声。碎云乱补青天破,孤日光磨碧水明。传道裁兵新政策,岭唇江肋尚增营。"《晚步》云:"乱空鸦背夕阳浮,江上山山树树秋。流水一湾楼一角,谁家人依画栏头。"

方君璧作诗《燕子》（民国八年九月）。诗云："燕似幽人归梦轻，徘徊残照映窗明。江山如此空留恋，飞入深林听雨声。"

黄兰波作《忆秦娥·寄林莘夫》。序云："同级友林绳武字莘夫，师范学校毕业返里，来书盛称其家乡琯江百洞山青芝寺风景之胜，谓将终隐焉。且欲介绍余往琯江小学任教员，借便晨夕共处。余不同意，词以代柬。"词云："光阴疾。同窗五载称莫逆。称莫逆，尊前忧气，花间词笔。　　琯江江水如油碧。百洞山合神仙宅。神仙宅，销磨壮志，于君何益！"

[日] 山下寅次 (梅溪) 作《己未八月，闇然教授见示支那游历诗三首，次韵赋赠》（大正八年）。其一："暑氛何得阻君行，踏破九州万里程。莫怪归来胸宇阔，三登岱岳十燕京。"其二："去来齐鲁几年年，得意看君笑上船。一谒孔林匪常事，三回登岳是何缘。"其三："书剑飘然万里游，岳河迎送古神州。燕南曾是垂帷地，弦诵今犹似旧不。"

秋

丰子恺与吴梦非、刘质平创办私立上海专科师范学校。丰子恺任美术教师，授西洋画、日语等课程，又在中华美育会主办夏季图画音乐讲习会授课。又与吴梦非、刘质平一道在上海东亚体育学校任教，丰子恺任音乐、图画课教师。

吴昌硕为吴善庆绘《风梅顽石图》并题："危亭势揖人，顽石默不语。风吹梅树华，着衣幻作雨。池上鹤梳翎，寒烟白缕缕。己未秋日，为善卿吾宗作画。昌硕，年七十六，时同客海上。"又，为筱午篆书"柳阴花事"七言联："柳阴多虎人同乐，花事来时吾好游。筱午仁兄属书，为集旧拓石鼓字。时己未秋，七十六叟吴昌硕。"又，为刘安溥篆书"既逢多识"七言联："既逢君子同求道，多识贤人为写真。湖涵四兄属篆，为集石鼓文字。时己未秋，七十六叟吴昌硕。"又游沪上，接晤林廷勋，共鉴古玺，林氏赠上人石，为题《石庐玺印萃赏》端并跋。又，为淮生绘《傲霜图》并题："老菊灿若霞，篱边斗大花。餐英能益寿，根下有丹砂。老缶，年七十六。淮生仁兄雅属。己未秋，吴昌硕。"又，为秋涛篆书"以朴其真"七言联："以朴为秀古原树，其真自写斜阳花。秋涛仁兄属篆，为集石鼓字。时己未秋杪，七十六叟吴昌硕。"

林纾作四屏纸本《山水》图。题识曰："秋日斋居无聊，以意为此。畏庐居士记"；"绿荫门外万荷花，小隐真堪度岁华，折叠明年花港去，老来游兴未曾赊。己未秋日，畏庐写意"；"峭岩千尺白云斜，恰称高人出世心，雾阁沉沉窗尽掩，出池料理古时琴。秋日乔居吴郡，以意为此，畏庐居士记。子春将军雅鉴，畏庐林纾识。"又作立轴纸本《松荫溪堂图》（又名《溪堂抚案》）。题识曰："百尺松槐昼结阴，溪堂长日碧沉沉。

当时也有南阳鱼,拊案曾为梁甫吟。己未秋,用文衡山旧本参法临之,亦颇自成风格,纾记。"

曾习经书《题自画〈南塘西南一角图〉》诗赠同里林枚 (适庵)。诗云:"一树垂垂午荫凉,楼扉开处俯南塘。不夸万里昆仑水,清绝沧浪是故乡"。又,庚寅同年李绮青 (汉珍) 六十寿辰,曾习经作《李汉珍同年六十寿》。诗云:"商量晚岁先心许,邂逅秋光俱眼明。诗鬓久怜花县宰,词源近溯玉田生。独居深念殊萧瑟,少日同游今老成。忆否清佳堂下雪,耳边犹有读书声。"又,林毓琳 (清扬) 之母魏氏去世,曾习经应邀书撰挽联。联云:"列女立传一十七人,大都辛苦备尝,问伊谁福寿全归,况有文孙争绕膝;佳儿读书八千余里,想到仓皇闻讣,愿阿母灵魂远庇,莫教孝子太伤心。"

刘毓盘应蔡元培之聘,出任北京大学国文系教授,主讲词选、词曲史、中国诗文名著选。

胡嗣瑗招游杭州交芦庵、秋雪庵。夏敬观、王雪澄、朱祖谋、陈曾寿、吴伯宛、左南生等同游。陈曾寿作《秋日同愔仲、剑丞、病山、彊村、勉甫游西溪访交芦庵、秋雪庵遇雨,归作〈西溪泛雨图〉,题四绝句》。其一:"闲居久惯西湖好,棹入西溪路转幽。万顷秋阴压秋雪,一天凉雨洒轻舟。"其二:"病起西山更有情,若为青眼慰劳生。虽然不作伤心碧,一片萧疏画不成。"其三:"寒鸦流水绕孤墙,访旧重来举叶堂。只共癯僧寻野饭,曾无秋菊荐寒香。"其四:"英气清愁总作尘,一盦同证法华因 (秋雪庵近法华山,湖州周梦坡筑祠其侧,祀百代词人)。当年绝妙笺词手,应作山门接引人。"

罗惇曧从北京南下郊游访友。陈方恪陪夏敬观等在南京接待,陪同游览秦淮名胜,走访故人。罗惇曧作《月下同剑丞、彦通泛舟清溪》。诗云:"相携晚就坡翁饭,难得斜川正北归。(伯严先生邀晚饭,彦通是日方从北归) 好日定宜临水看,低篷宁碍见山微。隔林灯火流歌吹,挂雪残罍静钓矶。肯犯荒寒拓吟料,不知霜重已沾衣。"

溥儒自北京寄来诗札,释永光 (海印上人) 作《己未秋日得心畬居士诗札感赋》。诗云:"尺书劳慰问,把卷泪俱流。自与王孙别,频罹乱世忧。雨华支遁老,风叶蓟门秋。理检寻山屐,明年事北游。"

王浩同饶孟任游万寿山,作《庸庵约游万寿山,饮于三贝子花园,即席赋呈》。诗云:"百仓皇里走惊鸿,拄笏相看意悦穷。着我刺天寒木下,来寻急雨乱山中。衰年老卒蹉跎语,旧院红薇蓓蕾风。并与归车作枯忆,十秋余赏在离宫。"

冒鹤亭作《润州杂诗十二首》《金缕曲·题康更生戊戌手札》。其中,《金缕曲·题康更生戊戌手札》云:"往事沉吟乍。记当时、黄门北寺,清流白马。腹痛故人头万里,痛定思量犹怕。蓦弹指、廿多年也。今日艰危余一老,箧尺书、未共池灰化。重展读,泪盈把。　　火风过去飚轮霅。只未来、三灾八难,佛都无法。一代兴亡无说处,吞炭从今成哑。也休管、旁人笑骂。文字不磨心血在,是开元、天宝凄凉话。分付与,后来者。"后，冒鹤亭赴南京，晤陈三立，以《润州杂诗十二首》出示，陈三立作《鹤亭移监丹徒榷关来金陵，邀酌水榭，写示杂咏十二篇》。诗云："抱关无一事，坐领好江山。歌诵归能者，英灵尽唤近。古怀迷醉醒，天运保痴顽。偶过分鱼炙，传诗溪水湾。"冒鹤亭《润州杂诗十二首》其一："年头腊尾入江春，风雪漫天路断人。谁信能无僮仆怪，下车先拜两遗民（谓故人鲍川如太守、刘蔚如参议）。"其二："草草元嘉霸业凋，寄奴巷陌日萧条。心头多少兴亡事，付与金山半夜潮。"其三："倦翁知倦吾知疢，袖手江天看暮云。那得解人冯可讷，官斋杯酒读珂文。"

陈去病因病辞归，自粤抵沪，晤南社老友胡朴安等，作《粤归喜晤朴安》。诗云："经年江海别，鬓鬓各苍然。世道日沦丧，文章多变迁。故应商旧学，相与惜华颠。莫问南天事，凄凉宝剑篇。"

蔡哲夫来沪与黄宾虹相聚。蔡氏旋与胡韫玉、傅熊湘、汪子实、陈去病、徐仲可同游苏州天平山赏红叶。陈去病作《天平看红枫赋示同游》一首。诗云："晓雨初停日色凉，西风萧瑟动轻航。青山觌面能迎我，红叶经秋半有霜。胜友几番寻旧迹，风流还自立斜阳。白云似解归人意，晻霭林峦足景光。"

弘一大师至灵隐挂搭，胡朴安访之，赋诗为赠："我从湖上来，入山意更适，日淡云峰白，霜青枫林赤。殿角出树梢，钟声云外寂。清溪穿小桥，枯藤走绝壁，奇峰天飞来，幽洞窈百尺，中有不死僧，端坐破愁寂。层楼耸青冥，列窗挹朝夕。古佛金为身，老树柯成石。云气藏栋梁，风声动松柏。弘一精佛理，禅房欣良觌。岂知菩提身，本是文章伯。静中忽然悟，逃世入幽僻。为我说禅宗，天花落几席。坐久松风寒，楼外山沉碧。"弘一书"慈悲喜舍"答之。

刘景晨致书王毓英，谓虽久被幽室，仍无日不学字读书以为乐。

胡先骕得沈曾植赠《陵阳集》。题识云："己未秋沈子培师赠于沪上，忏庵识。"

张恨水在友人王夫三鼓励下辞去《皖江日报》总编辑赴北京，预备报考北京大学。在北京，经方竟舟介绍，结识北京《益世报》编辑成舍我，并由成推荐兼任《益世报》助理编辑。张恨水因《念奴娇》一阕被成舍我赏识，二人遂成为诗友及日后事业上搭档。词云："十年湖海，问归囊，除是一肩风月。憔悴旧时歌舞地，此恨老僧能说。旭日莺花，连天鼓吹，一霎都休歇。凭栏无语，孤城残照明灭。　　披发独上西山。昂头大笑，谁是封侯骨？斜倚长松支足坐，闲数中原豪杰。芥子乾坤，蜉蝣身世，坠落三千劫。怆然垂涕，山河如梦环列。"此词后载于 1926 年 7 月 30 日北京《世界日报》副刊《明珠》，后又分别在 1936 年 4 月 29 日《南京人报》以及 1947 年南京、上海《新民报·晚刊》刊登。

周太玄在巴黎南方小城蒙达尔尼补习法文，与徐特立、蔡和森、蔡畅、向警予、李维汉、李富春等同学相熟识。

张大千弟君绶赴上海，经人推荐，拜衡阳名士曾熙（农髯）为师，学习书法。

柴小梵撰《蕡簃诗草》印行。集前有己未中秋贞常叶宗乾序、己未春八月吴县龙贯竣序、己未立秋后七日柴小梵自序，另有《蔗庵诗话一则（代序）》。其中，叶宗乾序云："天地间绝大著作，曰经曰史。孔子采列国之诗，删之成三百篇，冠六经首，所以明王化、正人伦、移风俗而陶性情也。柴君小梵者，天资颖敏，磊落多才。吴越，其游钓地也。两省之间，英华荟萃，文物之胜，江汉之壮，湖山之秀，已足以写其志、发其情矣。而又走齐，走鲁，走楚，走燕，经数年阅历，罗天下大观，凡可兴、可观、可群、可怨者，一以兴之、观之、群之、怨之，而成著作焉。本家学旧庐，名曰《蕡簃诗草》。诗凡三百篇，其亦仿孔氏之遗意欤？孔子存《诗》，实三百十一篇，十一篇者，逸诗也。柴君之诗，实三百又十篇，十篇者，可存可删，备以待当世士夫之采择也。乃柴君以风雅之笔，写才子之情，怜时伤世，感慨苍凉，读之可以作长歌，可以代痛哭，可以吊零香断粉，可以悲华屋山丘。如《哀朝鲜》《哭父》《咏〈牡丹亭还魂记〉》《绮恨》等篇，一若有无限情思寄在纸上者。然而其诗也，即不能与风始正经相伯仲，讵未可与《唐诗三百首》参翱翔乎?! 今年春，柴君由扶桑来，挑灯话雨，把酒论文，述三岛胜景，又袖出东游以后初稿，曰《蛉洲集》，待刊。其所见所闻，更足新人耳目，贞并读之，为□慕不置焉。夫贞非能文者，然亦未敢却爱，爰杂凑其辞，而为之序。"柴小梵自序云："今夫天下之士夫，盖无不言诗者矣，家握灵蛇之珠，人抱荆山之璞，爰是戈戈者为？今夫天下之士夫，盖无有言诗者矣，竞理想于新奇，弃词章于粪壤，奚是哓哓者为？虽然，庖丁之解牛，梓庆之削鐻，钳且、泰丙之御马，佝偻丈人之承蜩，必有习乎性而凝乎神者。故祝发而裸，不慕冠冕；鞲巾而裘，不羡绤绤。巧冶不能铄木，大匠不能斫金。东至营，营之东复犹营也；西至豳，豳之西复犹豳也。其可以海畔逐臭之夫，而弃茝兰荪蕙之芳？以墨翟非乐之论，而屏《咸池》《六茎》之奏哉？夫天地万物之日，缘吾耳目而搅吾心，可惊可愕，可欣可戚，自形自色，自起自伏，无待而然，无适而不然也。西京何梁，不必谋之建安七子；永明徐庚，不必谋之盛唐李杜。苏黄以下，李何而上，后镳前铦，懿采鸿风，比肩诗衢，各吹天籁。鲰生弱冠学诗，沉潜未深，而体经三变。由随园而放翁，由放翁而浣花。颜谢华玮骈比之式，温李浮倩淫蘼之声，颇亦参错其间。良以数年来家邦出处，车马毂争，登姑胥台，泛锦帆泾，揽铁瓮石头之胜，觌鲁郊齐郭之奇，观光燕云，问俗鄂渚，东渡扶桑，领略三神山风景，遇历既多，词旨斯异。欲默而息，有所不忍；欲鸣而昌，有所不能。茗溪渔隐谓'揽景撼怀，时有鄙句，既久益多，不能尽录'；茶村寒翁谓'携壶见客，呼童觅纸，□然握手，一笑之乐'；二者之论，于是乎取。若宋人之宝燕石，敝帚而享千金，迂酸之讥，知不免矣。蕡簃者，吾渭滩老屋也。数椽欲折，蠖息其中，研禅品道，焚香读画，填词拍曲，吟诗作文，若有余乐。兹以名诗，犹陆游'剑南'之意云尔。"

黄协埙作《己未九秋重开澹社，余因事不赴，赋寄同社诸君即步企石有感韵》。诗云："鸡黍留宾办咄嗟，借将秋社话桑麻。浇愁酒绿浮焦叶，射覆镫红灿柏花（社中例有文虎）。四壁古香蝴蝶梦，一篷凉月鹭鸳家。独怜江上羁栖客，不及长天赋落霞。（企石及赓甫、志陶，新制游艇，近始告成）"

张良遄作《新秋月夜闻禅》《秋海棠二首》。其中，《新秋月夜闻禅》云："遗蜕尘埃表，浑忘羽翼单。已更夏月令，犹戴汉时冠。咽露三更饱，吟风一叶宽。曲高谁属和，有客正凭栏。"

陈夔龙作《秋夜即事》。诗云："鸭鼎香痕数缕青，旗枪风味补茶经。清宵万籁声俱寂，独坐窗前看小星。"

赵熙作《秋色》。诗云："秋色含山隐夕霏，草亭养得绿苔肥。正愁今夜无人话，溪上渔翁一舸归。"

俞陛云作《己未秋许安巢内兄约作富春之游》。诗云："宿雨初收海日晴，西风催我作山行。万重霜叶猩屏丽，九折溪流翠玉清。老树奇峰开苑本，平沙残堞见江城。悠然闲处村农立，未觉桃源物态更。"

林苍作《秋热》《秋风》《宛在堂秋祭，呈石遗丈》。其中，《秋热》云："长夏候已过，我独苦秋热。虽云时令改，残暑转以烈。火云似渐杀，骄阳亦稍劣。烦怼胡日增，心知口难说。肺肝行欲枯，焦燥到唇舌。微汗不成点，自诧脂膏竭。回思五六月，炎威颇横绝。林水就清凉，有时足怡悦。郁蒸从外来，未用中心结。今兹事大谬，晨夕恼不彻。啜茗不生润，饮酒不下咽。随在动忧煎，视前逾痛切。信知暴易暴，以我供磨折。人生何不然，近泪无由灭。"《秋风》云："怊怅秋风再热难，年光未老意先阑。多情最是东篱菊，留取霜天一段寒。"

陆宝树作《己未秋日，余有沪上之行，吟石以诗送别，次韵答之》。诗云："最是不堪分袂处，离情枨触倚栏干。渡头词客犹攀柳，海上遗民尽挂冠。画壁题诗吟鬓短，歌筵劝酒醉乡宽。归期十日留佳约，待赏湖桥月一丸。"

姚华作《同张仲仁登岱作，次韵三首》。其一《极顶》："回首群山已雾中，迷离秦帝与唐宗。登封古刻知谁识，石柱年年峙玉虹。"其二《五大夫松》："欲辨秦封直底事，亭亭如此亦堪图。山腰孰徙琅琊刻，更数遗文证五夫。"其三《日出》："混沌阴阳夜正中，胸前星斗各西东。可怜欲尽初升月，犹伴曦光破晓红。"

张素作《秋日游天坛》《八归·秋夜，用梅溪韵寄亚兰》。其中，《秋日游天坛》云："缭宇参差别径钞，苍松翠柏郁相交。草深益母人收药，殿暗祈年鸟觅巢。似有余柴燔夜火，更无雅乐奏冬郊。崇坛自接神明气，五色云端见羽旄。"《八归》云："分秋断雨，催归遥夜，楼上见月人独。阑干转影天涯远，先向桂丛流盼，怨句还续。酒罢素蛾窥病起，咫尺梦银屏金屋。响又促、筝雁危弦，碧泪喷霜竹。　应念京华倦旅，衫寒愁捡,故故惊尘迷目。一痕残蜡,半帘香雾,剩近斜飞蛾绿。付填词意苦,片叶微茫洞庭木。恹恹损、翠帷风卷,漏瑟敲阶,相思清睡足。"

罗功武作《秋耕》。诗云:"一雨田间暑气清,村农早起促秋耕。米荒到处殷求哺,深祝冬丰活众生。"

林志钧作《秋日独游江亭道,经窑台徘徊西坡草树下久之,归赋一律》。诗云:"此间肯信邻坊市,清旷真成物外居。风苇声喧千壑水,酸儒心系半床书。双叉插地看收钓,群鹊翻林有过车。晌午急归为一饭,何当就此事耕锄。"

颜偂作《和阮莘侪》(含《白菊》《黄菊》《紫菊》《墨菊》)(四首)、《秋尽》《咏秋海棠》。其中,《白菊》云:"一枝瘦影认秋痕,灵室幽人忆范村。君子交原如水淡,癯仙名岂让梅尊。霜含月孕樊川路,玉洁冰清帝女魂。若把五常评五色,良材应共马眉论。"《黄菊》云:"酒号鹅儿菊号禽,当年陶令两知音。色含土德轩皇种,质秉金精处士心。嚼蜡共怜篱下客,餐英差胜药中芩。自泛魏国传钟赋,五美嘉名直到今。"

董伯度作《秋日寄梦因》(三首)。其一:"桂花香逗客衣凉,握手西园事未忘。莫怪秋来书札少,渡江孤雁不成行。"其二:"阅世心如井水平,挥毫豪气尚纵横。月明疏柳秋光老,听到残蝉第几声。"其三:"才人几辈振词锋,大雅雍容独绝踪。底事秋虫鸣更乱,三更凉露竹篱浓。"

江子愚作《明湖秋泛》《济南秋感》。其中,《明湖秋泛》云:"历下亭边艇子移,城南山翠动玻璃。我来不见渔洋社,空负萧萧秋柳时。"

李鸿祥作《己未秋丁艰满,大祥偕李勉之由呈贡乘滇越火车赴沪》。诗云:"守制衡庐经夏秋,衔哀联袂出梁州。五丁妙手千崖辟,数里寒泉万壑流。路绕山腰似蛇曲,车穿地腹犹龙游。驰驱为国缘何事,好驾仙槎泛斗牛。"

曾广祚作《秋蝉二首》。其一:"露白侵虚室,玄蝉抱冷枝。清为天所纵,高与地相离。一唱三秋肃,双飞五夜悲。榆枋常不至,鹏举借风威。"其二:"素王虽大圣,适楚问承蜩。衣带今难缓,冠缨昔共飘。负才宁食粟,隐德岂营巢。小陆侨居赋,翩乎亚凤韶。"

谭延闿作《秋醒二首》。其一:"梦醒灯残风入帏,凉秋曙色渐熹微。沉思死趣应如睡,苦忆生平转益悲。邻语有时来客枕,晨光何意上人衣。明知真感销难尽,也拟余生学息机。"

陈梅湖作《秋日至汉皋,偕黄轫初、杨静吾、李芳柏渡江登黄鹤楼摄影并拓王右军、黄山谷碑》。诗云:"劫后楼非旧,江山却不移。东流观逝水,北岸望繁枝。已过梅花汛,难闻玉笛吹。城头扪断碣,心与古人期。"

张默君作《己未秋纽约,盼鸿璧书不至》。诗云:"风啸太平波,奇城感若何。秋高人渐瘦,书断雁空过。弥迥难同梦,悲深亦酿痾。十年胜浩劫,肝胆岂消磨。"

吴梅作《眉妩·长安秋感》。词云："看斜阳烟柳，淡月霜花，弹指岁华晚。未了羁迟恨，春明路，匆匆芳意都变。旧衫漫典，认半襟鲛泪犹暖。万人海，独听荒城鼓，恨欢事天远。　　回眼、蓬莱三浅，苦茂陵秋老，青鬓先换。西北高楼起，雕檐外，窥人多少莺燕。钿车麝展，正画堂重理丝管。及听到啼乌，谁惜取寸心怨？"

孙介眉作《咏史》（四首）、《秋闺之夜》。其中，《咏史》其一："伤心俗眼无真鉴，感慨怀才遭嫉多。治安卓见名贤策，等作常言可奈何！"其二："逐鹿故人驰骤马，钓鱼野士喜羊裘。石台风雨终无恙，汉世宫庭何处留。"其三："宁轻天子不轻情，语践长生久共卿。兵阻马嵬同愿死，六军博得不臣名。"其四："群愤精忠屈未伸，天非轻放老贼臣。当年若是仇深雪，永世何能跪铁秦。"《秋闺之夜》云："笛韵飞长街，虫声扰梦睡。漏深衾枕凉，风幕烛挥泪。亦是怀远人，情合奴相类。孤月上楼头，更照愁不寐。"

朱德作《秋兴八首，用杜甫原韵》。其一："飒飒秋风动上林，神州大陆气森森。空间航艇如星布，海外烽烟蔽日阴。国体造成机械体，天心佑启自由心。征衣欲寄天涯远，思妇何须急暮砧。"其二："传遍军书雁字斜，誓拼铁血铸中华。悲秋客忆重阳节，起义师乘八月槎。燕池荡平鞭索虏，神州开辟种黄花。秋光未尽烽烟尽，鼓角声中半是笳。"其三："重光祖国借余晖，万众同心用力微。毳幕腥膻终寂寞，汉家子弟尽雄飞。喜当年富兼身壮，时正秋高又马肥。戎马少年半同学，倾心为国志无违。"其四："筹安客意住龙头，惊起神州肃杀秋。四野萧萧风雨急，中原黯黯鬼神愁。强梁子弟三乘马，大好河山一泛鸥。回首剧怜民国土，几希幻作帝王洲。"其五："蓬莱昕夜觅仙山，堪笑贪夫转念间。信有佳兵来北地，那知国士出南关。言犹在耳成虚誓，老不悲秋亦厚颜。报国归来天欲暮，笑看北地废朝班。"其六："成败兴亡一局棋，金根不让实堪悲。相争权利皆新法，竞窃功名胜昔时。余子称雄嗟分小，布衣高位惜官迟。鱼龙不蛰秋江热，捷足天门太不思。"其七："中原未定漫言功，私幸英雄入彀中。义举辉煌诩仁术，春光灿烂傍秋风。气嘘紫极燕云黑，血映征衣蜀水红。正气人摧天不灭，芦中人困有渔翁。"其八："博得勋名万古垂，轰轰烈烈不逶迤。雄飞志在五洲外，烈战功存四海陂。信有霜寒堪寄傲，肯因苦雨便离枝。岁寒劲节矜松柏，正直撑天永不移。"

林伯渠作《西湖纪游》。诗云："俊游如许才三日，山色湖光取次收。到眼烟云纷万态，谁家台榭足千秋。艰难自笑宁非计，历碌看人共一丘。犹有情怀消未得，聚丰园里酒盈瓯。"

谢国文作《己未秋归台感作，留别南社友》。诗云："劫后文章道义卑，士林气节久陵夷。思家王粲强为客，病国曹瞒竟杀医。鹰隼击云秋去疾，虫声和雨夜来迟。昭然郑氏兴亡史，不写江亭离别诗。"

黄濬作《秋日与瑟君遍游翠微诸寺》。诗云："瓜子山茶渐渐丹,篍舆轧轧报新寒。乱呼苍柏为驺从,时有霜钟来刹竿。近郭寺真如荡子,逃虚山或笑闲官。眼前幸有钟陵伴,襦帐无劳指点看。"

姚光作《秋日病起》。诗云："十日不出户,秋气一何深!天末黄云起,雨丝风片侵。木叶多摇落,繁英悴难禁。四壁虫声急,更听处处砧。感此岁华逝,好葆后凋心。"

贺次戡作《秋夜读书口占》《秋夜西湖山亭独坐》《秋夜不寐寄十六弟家琛》《秋柳》《秋病》(二首)、《秋思》。其中,《秋夜读书口占》云："秋宵把卷聊排闷,如豆青灯兴不孤。却忆儿时佳趣在,半窗疏雨助咿唔。"《秋夜西湖山亭独坐》云："策杖对修篁,亭虚兴转长。雁归惊露冷,虫语觉秋凉。浊世伤怀抱,清光接混茫。西湖容放浪,一棹自徜徉。"《秋病》其一:"倦鸟知还白发侵,蹉跎岁月且高吟。维摩示疾延花雨,一榻翛然自不禁。"

徐行恭作《秋夜公园露坐》。诗云："珠宫贝阙望中遥,回首前尘恨莫销。何处繁弦调夜月,有人清泪拭鲛绡。寥天野鹤西风紧,御水冰荷玉露雕。独坐长林斟苦茗,闲愁起伏竟如潮。"

朱东润作《吾生》《二十四年》《初秋游西郊》《秋月》《残荷》。其中,《吾生》云:"少年不解事,茫茫无一可。百年何遥遥,数奇宜相左。把剑抉心肝,顾谓测诚叵。哀哉十步间,风雷倏难妥。何如徒步去,悠然返故我。"《二十四年》云:"二十四年穷不死,秋风秋雨此登楼。空怀壮志排云汉,来与儿曹共浮沤。不断山头皆北向,从来江水只东流。茫茫毕竟成何事,应悔吾生未早休。"

康白情作《题仕女美术照片十首》。其五:"白石磴边柳岸斜,红亭在望半松遮。为怜池水清涟甚,故把縠巾洗浪花。"其九:"幽篁个个草丝丝,正是新凉欲滴时。独倚柏扉数叶落,问依心事蓼风知。"

陈蘧(蝶野)作《秋夜》。诗云:"叠鼓深深隔梦闻,酒怀诗思两氤氲。山斋夜起看秋月,一路松阴明白云。"

朱大可作《新秋》。诗云:"郁金堂外雨霏微,又见新秋燕子飞。纨扇团团捐箧笥,画屏曲曲护芳菲。未教青鬓摧明镜,已觉缁尘涴素衣。赖有年时风味在,市楼不醉愿无归。"

谢玉岑作《南楼令(虬箭响初残)》。词云:"虬箭响初残。归桡惊夜阑。理残妆、还启屏山。纵道有情春样暖,也凉了、藕花衫。　薄晕起涡圆。偎肩恣意看。更关心、泥问加餐。指点天边蟾月说,今日可、放眉弯。"

叶佩瑜作《秋日偶成》。诗云:"镇日意不乐,栖栖独倚楼。侧身天地窄,极目海山秋。顾此悲哉气,难忘客里愁。摩挲腰下剑,直欲贯牵牛。"

十 月

1日 《时事新报》总编张东荪对"调和论"表示反对。他不同意章士钊的"移行"进化说。他认为进化"只有突变与潜变，而没有移行。譬如我们鼓吹新思想便是创造潜变（下变的种子），决不能与旧的调和，一调和了，便产不出变化……调和潜变便是消灭潜变"，但等到新思想成熟了，"突变以后可以调和"。（《突变与潜变》）

《春柳》第8期刊行。本期"文苑"栏目含《戊午十二月初十日怀仁堂观剧》（颖人）、《贾郎将之汉口，为诗送之》（瘿公）、《瘿公有诗送贾郎赴汉口，即次其韵》（哲维）、《用瘿公韵送贾郎之汉口》（孝起）、《次瘿公韵赠贾郎》（时百）、《赠歌者贾郎》（伯远）、《观〈嫦娥奔月〉新剧戏作》（梯园）、《开岁以来瘿公无日不在剧场，调之以诗》（樊山）、《次韵答樊山戏赠观剧诗》（瘿公）、《瘿公见示观剧诗，引为同调，奉酬一首》（惺樵）、《〈葬花曲〉，为梅郎兰芳作》（樊山）、《博道人招观梅兰芳演〈黛玉葬花〉新剧》（颖人）、《〈葬花曲〉，观梅兰芳演〈石头记〉林黛玉新剧作》（一厂）、《余叔岩为其母六十寿》（瘿公）、《月下笛·劭南云兰芳闻余赠词，以不得写本为恨，其性耽风雅可知也，再用美成调赠之，并促劭南和》（樊山）、《乳燕飞·题吴瘿庵、梅茂才〈风洞山传奇〉谱瞿忠宣事》（噙椒）、《摸鱼儿·琴南秋夕招饮，因话兰芳东京之游》（樊山）。

柯劭忞进呈所著《新元史》一部，溥仪赏御书匾额一方、尺头二件。

陈浏作《宣统逊政之七年，今历十月一日，余初膺国史之聘，偕六弟（瀚），挈次儿（颀），凌晨登大学东楼，喜心翻倒，有怀大儿说、次孙履象比利时，得长句二十四韵，寄十一弟（浦）黄河南岸》。诗云："孟冬朔日日初出，褰裳五层之高楼。六弟次儿接踵至，弟兄父子楼上头。是日大学始开学，多士望风而承流。子为讲师弟教授，我亦国史与纂修。史馆乃在大学内，骨肉团聚吾何求。六弟己亥初远征（赴俄罗斯留学），次儿癸卯亦壮游（初留俄，再留比利时）。儿年十五随阿叔，十载海外仍淹留。早夜攻苦叔与侄，勉力问学春复秋。桥梁道路大工作，匠心独运尔最优。年年望尔返乡国，此会良足解我忧。此楼成于我儿手，户牖风雨勤绸缪。儿造此楼几寒暑，朱明宫阙眼底收。西山爽气荡襟袖，便欲乘风凌沧洲。先朝此是公主第，青门萧史非其俦。今者层楼窣地起，一时学者聚美欧。旁行文字类蟹爪，狠狠入耳纷钩辀。弱弟（十一弟留学巴黎）携家依汴南，西洲九载今归休。河流汤汤铁桥下，浑天法物穷研搜。倘再入京共晨夕，我真萧洒轻王侯。大儿幼孙在战地（德方攻比），愿得息战韬戈矛。长风万里送客子，使我望远穿双眸。登楼纵目意寥廓，径往天际迎来舟。陆生越装甚羞涩，得酒苦思倒玉瓯。人生行乐贵及时，何必车前拥八驺。"

2 日 《申报》第 16747 号刊行。本期《老申报》"文艺"栏目含《寓斋秋咏四首》（光绪二年九月十七日）（慕真山人吟香氏）、《题〈烟楼鬼趣图〉》（同治十二年二月二十八日）。

张謇作《陈蔗青以其尊人七十生日征诗》。诗云："三湘劫火动乾坤，鸡犬无惊但有村。能慰亲年安玉食，翻因子舍避金门。从心老觉心无累，止足人知足自尊。况复黄花秋潋滟，照来绿酒百觞温。"

祁世倬作《八月九日与杨盍愚、杨柳门、夏少甫登云龙山即事》。诗云："久结游山约，乘时好共游。豪情作九日，佳节未中秋。潦倒一尊酒，萧条百尺楼。归来寻别径，健步喜同俦。"

3 日 万选斋作《己未六十寿言》（六首）。其四："舌耕笔种寄闲身，到处欣逢醴酒陈。诗礼一庭称有子，文章千古得传人。心源久欲颜曾证，花样翻同日月新。见说满门植桃李，春风长在武湖滨。"其六："桂子清芬灿碧天，莱庭约略敞琼筵。正当磐石乘舟日，恰值公孙对策年。梦里光阴悲负负，壶中岁月自绵绵。丹砂久向罗浮炼，我亦追踪葛稚川。"万耘箱作《和选斋兄〈六十生日感怀〉原韵》（六首）。其四："楚服黄冠物外身，不加修饰不铺陈。门临秋水欣绳祖，座有春风可化人。品重圭璋名自远，诗规李杜句求新。平头甲子从今数，何止行年等渭滨。"其六："自悟闲迟白乐天，退思老叟正开筵。秋风飘桂来仙友，棘苑簪花忆少年。鸠杖不扶翁矍铄，鹤龄同庆福连绵。依今汉水临流祝，南极星光映满川。"

释永光（海印）画兰并题诗《瓢笠还山，追怀故旧，题此持奉锡兰仁世兄并以为别，己未八月十日也，憨头陀永光识于洞华精舍（题画兰）》。诗云："楚辞重叠梵堂前，耆旧凋零意渺然。藤屦明朝又分别，湖亭芳草自年年。"

4 日 《申报》第 16749 号刊行。本期《老申报》"文艺"栏目含《送郭筠仙侍郎出使英国》（光绪二年十月二十九日）（二首，鄂渚汪昶）、《回文二首》（光绪二年十月初三日）（梁溪可园居士）、《秦淮杂咏》（光绪二年九月初九日）（十首，龙湫旧隐）。

南京高师校长郭秉文致函陶行知，聘其任教务主任，此前为代理教务主任。

魏清德《周再思君爱莲堂即景》（二首）发表于本日及次日《台湾日日新报》。其一："参错园庭窈窕楼，溪山无恙又新秋。不妨诗酒还丝竹，陶写闲情半日游。"其二："一水基隆在上头，桂旗影里共登楼。诗成莫漫思公子，烟景苍茫日暮秋。"

张謇作《武进于瑾怀，剀笃之士，丧偶征哀诔，督余诗尤挚，因以解之》。诗云："人心哀与乐，毫发不容强。哀乐理不祥，乐哀心以丧。至若伉俪情，浅深各有昉。他人为之宣，殆如柷敔响。其于歌者思，宁能道佛仿。于君失嘉妃，陨悼若追放。嗟叹怨不足，要人满其量。余亦经过人，余露未滢滃。九天与九原，感至一诗饷。视古悼亡作，不涉己痛痒。翻复爱河澜，舟泛敧楫榜。时于空色中，希微觉所向。痴爱等贪嗔，孰非人我障。悲岂妄可塞，无已只是想。浮生一泡电，何者辨真妄。人事知所止，了解即龙象。余今作此诗，说偈不假棒。倾河倒海肠，未便埋一掌。但不堕急泪，借辍邻春相。"

5日 《寰球中国学生会周刊》在上海创刊。该会于本月18日请孙中山演说，讲题为《救国之急务》。孙中山指出，中国社会之根本解决办法是"把那些腐败官僚、跋扈武人、作恶政客完完全全扫干净他。"谈到"五四"运动时指出："为此甚短之期间，收绝伦之巨果，可知结合者即强也。"

6日 朱希祖持北大国文教授会，讨论组织教员会之事项。朱希祖、马叙伦、沈尹默、周作人、马寅初、马裕藻、沈士远、李大钊、刘文典等18人为筹备双十节纪念发表《启事》。

林苍作《病肺浃月，不到西湖，中秋前二日步至公园，遇惠亭太史，导游一匝，园工告竣，顿然改观，赋此却寄》。诗云："公余妆点到湖山，杭颍风流季孟间。官地林亭如别业，世家功德在禅关。长春事歇今为盛，水调歌成涕欲潜。何日草堂赀遂办，烟波与占一分闲。"

夏绍笙作《木兰花慢·中秋前二日，再置酒潜园，为曾环天、袁瑶华、杜樵僧、杨环中诸世丈寿。黄丈华鬘先夕以诗相介，余则后一句赋以继之，聊纪胜事云尔》。词云："凤池飞翠羽，桂宫里、几花开。想璧月长圆，金仙大集，同上天台。天香正浮水殿，指中央疑有小蓬莱。半亩秋千院落，两行杨柳楼台。 重来。花映金杯。诗影翠、点莓苔。问墙头细柳，秋高画角，抑又何哀。披霞弄香一笑，那仙桃都是玉皇栽。回首鬘天俊侣，几人还被黄埃。"

7日 黄庆澜道尹延聘黄群（溯初）等5人为育婴堂名誉董事。

叶希明、顾鹤逸、吴浸阳于顾氏怡园作会琴之集，有沪、扬、渝、湘琴友如陈墨泉、劳于庭、郭诚斋、符华轩、郑觐文、卢伯寅、吴兰荪等共计32人参加。吴昌硕为此盛会撰《怡园会琴记》（手卷），李子昭绘《怡园会琴记》长卷，并有题咏多篇。园主顾鹤逸题诗纪念："雅道直追桓君山，使材广鬼朱乐圃。众人解品唐时弦，差喜蜀僧能语古。山馆更藏坡仙琴，相对亦足涤烦襟。月明夜尽当无事，来听玉涧流泉琴。"

林纾作立轴《山水》（又名《松岩携琴图》）。题识曰："草庐隐隐树交加，辨得琴声处士家。似为仙源留样本，春风逐处碧桃花。己未八月十四夜，月色大佳，小饮一慈叶，陶然欲醉，以苦茗醒之，成此一帧。自谓颇有逢心风格，时在宣南之春觉斋，畏庐林纾。"

柳亚子为《酒社中秋唱和集》作叙。《叙》云："昔在洪宪僭号之前一年，逆谋昭著，海内靡然。攀龙附凤之士，争草劝进之文，思自比于王伟、沈约。独吾党俊流，孤愤填膺，求死不得，乃益从酒人游。于是刻坛坫，立名字，自号曰'酒社'。以中秋水嬉之夕，大会于秋禊湖上，画舫清尊，穷日夜忘返。余有诗云：'余生忍见莽元年，披发佯狂事可怜。断脰将军三尺铁，过江名士几文钱。不堪花月成良会，剩借笙歌结绮缘。秋禊湖头一泓水，明年此夕为谁妍。'盖糟丘酒窟，自分为遗民葬身地矣。天不谅厥忱，病酒匝月，弗克委首丘。明年，夜郎师起，大江以东，吾邑首树义旗。长兴虞部之灵，庶几实昭鉴之。不幸败衄，北师南下，余亦避兵走海上，扰攘数月，元凶自毙，始获归。自是以来，宵人构难，方镇称兵。重以复辟之役，议士蒙尘，黎侯失位，滇粤诸将，复举干戈以抗朔庭。湖湘之间，喋血千里，世变苍黄，不知所纪极。而三吴以幕燕之安，歌舞犹昔。吾党亦岁修禊事弗废。唯戊午之岁，蒯子啸楼，云归玄壤，黄子病蝶，远走卢龙，余复偃蹇弗克至，寒其旧盟。独余与余子秋槎，彳亍街南，为空谷之跫音而已。离合靡常，盛衰转毂，虽小事犹弥可感也。今年秋，黄子以省亲南旋，复集沤鹭，觞于菰芦，歌呼极欢。而寻览曩时唱和之什，墨痕无恙，泥爪犹新，辄歆歔弗自禁。爰刊而布之，聊当息壤之盟焉。抑自倭寇跳梁，中原变色。北既石郎揖盗，甘作儿皇；南亦仲谋称臣，宁非豚犬。索靖铜驼，伊川披发；《春灯》《燕子》，粉饰升平。正不知复有几日容我曹歌啸湖山耳！则是编也，东京梦华之录，西台恸哭之章，体裁虽别，旨趣弗殊。百世以下，倘有鉴孤臣孽子之用心，而慨然于溺人之必笑者乎！埋血千年，尤当化碧以俟之已。中华民国八年双十节前三日，松陵柳弃疾叙。"又作《中秋前一夕集闹红舸，次莘安韵》。诗云："中原人物而公在，余子纷纷宁许攀。差幸朋尊俊侣合，不辞短袂酒痕斑。弥天浩劫笙歌外，照眼空华水月间。尚欲梦中投笔起，此才未合老江关。"

陈笑红《哭某校书并序》（六首）刊于《南洋总汇新报》"新闻屑"栏目。序云："得一知己难，而欲于裙钗中得一知己尤难。余年来弱冠，辍学南行，今数年矣，所相识者，何可胜数，然大都泛泛交耳。某月，结识某校书，校书有大家闺秀气，且生性聪颖，颇通翰墨，待人以礼，接物以和，无媚容，无傲骨，与余一见如故，彼此倾心。校书虽堕乐籍，然非其愿，常感慨身世，对余作楚囚泣，余惟慰之而已。方谓得一知己，可以无憾，从此卿卿我我，燕燕莺莺，又何难作鹣鹣之比翼耶？岂意好事多磨，转瞬而水流花谢，某日，竟没于非命。余过其室，则惟有剩粉残脂而已。呜呼，人非木石，谁能无情，逝者长已矣，生者其何以为情？缘于黄昏人静，夜半无聊时，勉成六绝以哭之！"其一："灯前絮语话平生，唧唧哝哝到五更。同此飘零同此恨，相怜相感不胜情！"其二："冰肌玉骨忆芳容，路隔幽冥讯不通。独有画中遗影在，可怜消瘦似阿侬。"

8日 《诗声》第4卷第8号在澳门刊行。本期"诗谭"栏目含《雪堂丛拾（廿七）》（澹於）、《远庐诗话（七）》（远公）、《饮剑楼诗话（六）》（观空）、《水佩风裳室笔记（卅六）》（秋雪）、《霏雪楼诗话（廿一）》（晦庵）、《乙庵诗缀（卅一）》（印雪）；"词话"栏目含《心陶阁诗话（三）》（沛功）；"词苑"栏目含《雪堂酬唱集》：《雪堂吟廿四韵》（望雪)、《雪堂吟，和望雪元韵》(霏雪)、《雪堂吟，和望雪元韵》(秋雪)、《雪堂吟，和望雪元韵》(印雪)、《雪堂吟，和望雪元韵》(冰雪)、《雪堂吟，和望雪元韵》(昭雪)、《雪堂吟，和望雪元韵》(菊初)、《雪堂吟，和望雪元韵》(梦雪)、《书怀，和望雪元韵》(绍雪)。又有《同志通讯》其一："平社诸公鉴：蒙惠大著《秋吟集》一册，琳琅璀璨，窃叹观止，敝同人愧无以报，谨将社刊《诗声》奉酬，聊供覆瓿。连城。"其二："陈绍虞君鉴：素仰大名，神为向往，如蒙不弃，肯以珠玉见惠，或以古今诗人佚作，光我雪堂，无任欣怀。雪堂诗社。"本期附刊《诗声附庸》第8号。其中含《并肩琐忆(八)(此章未完)》(秋雪、连城合著)、《云峰仙馆读画记(八)》(野云)、《鼎湖游记(四)》(琴樵)。

中秋节。张謇约同金沧江、张謷等人泛舟濠河。张謇赋诗五首，题为《己未中秋约沧江叟、吕鹿笙、张景云、罗生、退翁与儿子泛舟，用东坡〈八月十五日看潮五绝句〉韵》。其一："今年遇闰双秋七，月到中秋气已寒。天上霓裳元是縠，人间都着袷衣看。"其二："一碧濠波净蘸桐，临濠歌吹走儿童。年年待记公园会，天正高高月正中。"其四："画船舫客快清游，白发当风映黑头。酒畔不需惊世事，沧江东去汉西流。"

徐世昌到西园约晚晴簃选诗诸君宴集玩月，嘱周养庵画《晚晴簃玩月图》。

陈去病受南方瘴疠侵袭，卧病百子岗，又闻友亚青死耗，作《中秋卧病百子岗，得亚青死耗》(二首)。其一："自是非人所居地，可堪忧患此余生。千山瘴重原多历，一剑身轻奈独行。肝胆而今谁与仗，平生应待我传名。恩仇未了君先死，忍向秋原看月明。"

蔡守为陆丹林绘《红树室图》。题语云："己未中秋夜，偕室人倾城过六榕僧舍，听容氏弹琴。四更归水窗，月色大好，不忍遽眠，爰为丹林社长兄作进《红树室图》，白云枫叶一林霜，天时地利，两得其宜，自视尚有是处。越二日，剑川尚书赵石禅藩、金山议郎高天梅旭见示题咏，录以补空，共此一段因缘，使后之探求护法史事者，亦知戎马倥偬中，尚有我辈从容绘画吟咏之事耳！顺德哲夫，时同客越秀山畔。"赵藩作《润七月望夜，偕哲夫、星海踏月访六榕铁师，听客弹琴，归后有作》。诗云："晚钟邻寺定，步履款僧房。小槛随花曲，平台得月凉。瓯香回苦茗，琴语出疏篁。泂溯萧寥趣，秋衾耿不忘。"

夏丏尊被迫离开浙江一师后在湖南第一师范学校任国文教员，作《贺新郎(漂泊三千里)》。词云："漂泊三千里。莽苍苍，天涯目断，故乡何处。欲问青天无酒把，尝尽离愁滋味。笑落魄萍踪如寄，逝水年华无术驻，忒匆匆，早是秋天气，又过了中秋矣。　　多情最是团栾月，却装成旧时颜色，寻人羁旅，透入书窗怀里堕，来看愁人睡未。要分付婵娟一事，今宵倘到家山去，把相思诉入秋闺里，道莫为郎憔悴。"

毛泽东在母亲灵位前作《祭母文》。祭语云："呜呼吾母，遽然而死。寿五十三，生有七子。七子余三，即东民覃。其他不育，二女二男。育吾兄弟，艰辛备历。摧折作磨,因此遘疾。中间万万,皆伤心史。不忍卒书,待徐温吐。今则欲言,只有两端:一则盛德,一则恨偏。吾母高风,首推博爱。远近亲疏,一皆覆载。恺恻慈祥,感动庶汇。爱力所及,原本真诚。不作诳言,不存欺心。整饬成性,一丝不诡。手泽所经,皆有条理。头脑精密,劈理分情。事无遗算,物无遁形。洁净之风,传遍戚里。不染一尘,身心表里。五德荦荦,乃其大端。合其人格,如在上焉。恨偏所在,三纲之末。有志未伸,有求不获。精神痛苦,以此为卓。天乎人欤,倾地一角。次则儿辈,育之成行。如果未熟,介在青黄。病时揽手,酸心结肠。但呼儿辈,各务为良。又次所怀,好亲至爱。或属素恩,或多劳瘁。大小亲疏,均待报赍。总兹所述,盛德所辉。必秉惆忧,则效不违。致于所恨,必补遗缺。念兹在兹,此心不越。养育深恩,春辉朝霭。报之何时,精禽大海。呜呼吾母,母终未死。躯壳虽殒,灵则万古。有生一日,皆报恩时。有生一日,皆伴亲时。今也言长,时则苦短。惟挈大端,置其粗浅。此时家奠,尽此一觞。后有言陈,与日俱长。尚飨!"又作泣母灵联两副。其一:"疾革尚呼儿,无限关怀,万端遗恨皆须补;长生新学佛,不能住世,一掬慈容何处寻?"其二:"春风南岸留晖远;秋雨韶山洒泪多。"

陈夔龙作《中秋日简朱小笏观察、琇甫太史乔梓》。诗云:"江关萧瑟客何能?容易秋风老态增。勉以新诗酬素魄,却因佳节忆良朋。域中蛮触争犹烈,天上高寒感不胜。八载淞滨萍作合,梁园旧梦已蕾腾。"

王舟瑶(玫伯)作《中秋杨定叟招游鉴湖,偕益夔、俌周同赴》。诗云:"岁序匆匆秋又半,买舟同到鉴洋滨。最难风景此佳夕,重见湖山如故人。月浸烟波弥入画,地非都会获全真。樽前耆旧仍无恙,唯少当年程伯淳。(程梅卿已归道山)"杨晨(定叟)作《己未中秋,鉴湖玩月,和王玫伯韵》。诗云:"六经已锢东家壁,二老仍居北海滨。瞻仰泰山如有极(玫伯新自泰山回),摩挲礼器岂犹人。仁心远土方知向,中道通儒尚识真。(青岛德人言欧洲不读孟子,故战争杀人极多,山西美人卫中言'政教必用中道,尤知圣者')此夕湖山闻妙语,会看风俗渐还淳。"

焦振沧作《己未仲秋节,内子率长媳携幼孙百岁来署》。诗云:"室人饶有孟光意,我对梁鸿愧大贤。去岁月明我独赏,今秋人到月同圆。艰难久历俱华发,冷暖相关胜少年。恰喜幼孙不解事,间骑竹马戏蹒跚。"

王仁安作《向辰、仰宗各携子,亦香携孙,谒学宫观礼,见过修志局,因约诸幼年酒楼小饮,时己未中秋月也,记之以诗》。诗云:"琪林玉笋森成行,携手呼伴窥宫墙。家庭各有凿楹在,行看长大传书香。方今时事日蕃变,人材凋谢皆老苍。端赖后起出贤俊,扶持世教维纲常。今年垂发二三子,再经廿载成珪璋。晚来无事买樽酒,好与年少同徜徉。檐头秋日欲沈树,西风吹叶飘轻黄。眼前有乐即追取,不教事往增悲伤。写诗自遣记年月,畏人嘲笑姑收藏。我老亦如识途马,得见骥子思腾骧。坐对幼年露头角，大笑欢呼尽一觞。"

赵熙作《中秋》。诗云："霖霖连宵雨，晚晴花木幽。明年无此节（当在故乡矣），得月强登楼。旧梦霓裳冷，劳歌水调愁。庾郎知隐操，桂白小山秋。"

梁文灿作《贺新郎·中秋夜，泛舟西湖》。词云："西子开妆镜。荡轻舟、湖平八月，琉璨万顷。第一关心停处，奇迹三潭月暎。况添个、惊鸿倩影。隔坐低眸羞不语，待当筵、肯与郎肩并。只此意，寸心耿。　　年来浪迹伤萍梗。感沧桑、星移物换，那堪对景。烂醉且寻船尾卧，一任宵深露冷。又恐被、山钟摇醒。玉宇高寒归梦断，料嫦娥、也自悲孤另。谁更记，霓裳咏。"

基生兰作《己未中秋望月感怀》。诗云："日中有踆鸟，月里有蟾蜍。求之不可得，总觉是虚无。或言八行星，一星一世界。安得入月球，一一穷奇怪。天高不可跻，何所用绳梯。欲折蟾宫桂，却恨路已迷。我爱李谪仙，对月喜不寐。既欲举杯邀，又欲飞觞醉。况值三五夜，清辉分外明。盈樽幸有酒，畅饮到三更。更深人已散，冰轮愈灿烂。酒尽兴未尽，伴月欲连旦。我年近半百，常抱杞人忧。除却愁与病，能过几中秋。"

熊希龄作《己未中秋月夜，步拜骊儿〈江上送别〉原韵，即寄骊儿兼寄芷、鼎两儿》《己未中秋月夜寄怀芷、鼎、季诸儿》（二首）。其中，《己未中秋月夜》云："木落山空鸟倦飞，乡思缕缕挂重围。年衰尚觉月如故，世乱真无家可归。潮落白门谁对影，云迷黄浦忆牵衣。此情欲谱嫦娥怨，每到圆时怅远违。"《己未中秋月夜寄怀芷、鼎、季诸儿》其一："玉宇琼楼夜未央，月圆虽好亦凄凉。遥怜湖海飘蓬客，寂寞天涯各一方。"

范罕作《中秋夜阻雨》。诗云："掩卷思无极，空阶雨自吟。横枝疑碍月，秋色不关心。旧箧翻新样，高情试古音。依依廿年话，灯下独追寻（原作'灯下可推寻'，师曾易'独'字，后予再易一'追'字）。"

夏绍笙作《江南好·中秋题补园，次梦窗韵，呈朱闰文关督，兼寄彊村年丈上海》《花犯念奴·己未中秋，绮秋阁赏月，赋赠玉蟾》。其中，《江南好》云："亭下有丹桂，亭上有青山。那知天上仙界，今夜月光寒。试看东山云起，便觉南山云散，圆月下鬟天。天启白宫阙，人倚翠阑干。　　展蕉叶，穿杨柳，几仙班。词仙不见，何处披月理瑶编。缥缈蓬山相望，暗澹金波相对，应在碧云端。碧云天渺渺，明月夜漫漫。"《花犯念奴》云："邗上三分月，流影过江来。韵随天半霞客，飞上凤凰台。屫笑桃花转媚，黛画娥眉振秀，华采照江淮。底事遭离乱，犹得到天台。　　过兰路，临桂苑，出红埃。鸳鸯一舸，心曲当共岳云开。浩浩洞庭波阔，袅袅秋风木落，泽畔雁声哀。何日寻西子，相与住蓬莱。"

陈衡恪作《中秋玩月》。诗云："中秋月最佳，披衣半夜起。妻孥正酣睡，空阶独徙倚。上下烟迷茫，流光照窗纸。槐影尽在地，枝叶画墨水。世人不识月，征逐灯光里。九衢车马声，坐失婵娟美。悄然庭户间，同趣能有几。"

张素作《玉漏迟·都下中秋，用梦窗〈瓜泾度中秋〉韵，写寄亚兰》。词云："故乡欢事在，阑干影里，烛华笼晚。素藕盘擎，弟一病怜纤腕。露洗银河夜色，画帘卷、飘星零乱。翻旧谱，念奴睡起，声偷笛半。　　旅游惯、怯良宵，总负却秋期，镜蛾描怨。梦绕关山，酒醒易成孤幔。天际清辉未减，桂轮并、肠轮低转。寒照眼，微波洞庭吹远。"

颜倜作《咏新中秋月》。诗云："中秋无月照妆台，自有生来第九回。莫是嫦娥疏懒甚，镜奁收起不曾开。"

傅熊湘作《沪渎中秋望月有怀，凄然赋此》。诗云："几家骨肉自团栾，是处楼台怯晚寒。云海千寻劳客梦，姮娥终古耐人看。清愁渐欲盈金镜，别泪无端满玉盘。酒罢灯回独惆怅，得圆似汝一宵难。"

柳亚子作《中秋夕再集闹红舸，次莘安韵》。诗云："画船银烛警秋心，块垒填胸付醉吟。剩水残山一跌宕，琼楼玉宇几晴阴。鬼雄碧血天能谅，国狗黄金世所歆。回首上东门外路，森森丛棘怕成林。"

陈隆恪作《中秋夜同十一、孟真诸公还自西山》。诗云："小楼消永昼，片月吐晴天。扫黛山痕浅，迷空野色连。羁怀牵往迹，尘梦拾良缘。未得传卮酒，南瞻益渺然。"

罗庄作《采桑子·己未中秋》。词云："西风有意迎佳节，特地新凉。净扫秋光，不放姮娥倩影藏。　　繁弦急管谁家院？催动昏黄。高阁人忙，齐卷朱帘送夕阳。"

严既澄作《己未秋节夜，与陈登恪玩月先农坛》。诗云："万籁凄遑动寥廓，九天冥穆对微呻。稍怜月暖秋恬夜，真作闲吟冷笑人。举世披猖成自弃，一心愁谢信难春。不妨略豁清醒眼，灯火楼台阅众尘。（玩月后复入城南游艺园，喧寂之感，愈见其悬绝也）"

江子愚作《中秋泛明湖，小憩历下亭，继往公园西楼看月闻歌》。诗云："明湖秋柳蘸秋波，鸥鹭丛边一棹过。杜曲诗人能有几，济南名士已无多。天涯屡负中秋月，花外空闻子夜歌。销尽风情感身世，一杯鲁酒奈愁何。"

李如月作《己未中秋节日将游鹭江笛，别柴连复先生夫妇，并呈郅正》（四首）。其一："龙门话别正中秋，笺我无端赋远游。忍把娇花留海上，心旌归去意悠悠。"其二："中秋佳节鹭门游，对月争飞一叶舟。遥接波涛千万顷，好风送我到南州。"其三："中庭玩月酒频斟，烹饪亲调感愈深。醉梦醒时人远去，今宵酬酢值千金。"其四："入座花枝照酒卮，阳关唱彻月明时。千金一诺应珍重，寄语叮咛护女儿。"

贺次戡作《中秋柬景眉》《中秋夜与景眉月下口占》《满庭芳·中秋》。其中，《中秋柬景眉》云："十年阔别竟何由，看到团圆意更愁。照我胸怀同旧日，依人身世怕中秋。相违颜色三千里，空羡琼瑶十二楼。来日茫茫惆怅甚，心随蟾影共悠悠。"《满庭芳·中秋》云："一叶飘先,双星别后,等闲又到中秋。增辉蟾彩,北海共持筹。可许青襟素袖,广寒宫阙漫同游。徘徊久,南来孤雁,声断白苹洲。　　年年,当此夜,异乡情味,无计排愁。莫凭栏遥想,玉宇琼楼。大好时光一瞬,何堪温语记心头。难消受,灵槎可借,还胜五湖舟。"

[日] 佐治为善作《中秋观月》《和米峰小山先生〈中秋对月,怀西伯利征战同胞〉韵》。其中,《中秋观月》云："天无云翳月玲珑,吟步虫声露气中。满地流光人影冷,恍疑身入广寒宫。"《和米峰小山先生〈中秋对月,怀西伯利征战同胞〉韵》云："扫尽浮云净八瀛,中秋今夜看新晴。雁声杳杳山川隔,月色团团霜露明。旭旆翻天胡马走,剑走进地虏营惊。同胞应有刀环梦,何营家乡忆远征。"

9日　张樋 (震轩) 为儿辈写汀川学校横额、联对及屏诗十余纸。

柳亚子作《中秋后一夕三集闹红阋,次莘安韵》(二首)。其一："偶逢佳节莫言哀,绮想豪情半未灰。南国旌旗诗垒壮,北山猿鹤美人猜。高丘何敢憎无女,弄玉而今尚有台。只惜流华成激矢,明年此夕倘重来?"其二："为谁消瘦为谁容,老地荒天一笑逢。岂必黄衫真有约,剧怜缟袂不禁风。雄心暂忏蛾眉月,飞梦犹传瀚海弓。搁笔无端成自惘,唐愁汉怨一千重。"

10日　中华革命党正式改组为中国国民党。

孙中山《八年今日》刊载于《民国日报·国庆增刊》,总结民国成立来之革命教训。

胡适《谈新诗——八年来一件大事》发表于《星期评论》"双十节纪念专号",后又收入1920年新诗社编辑出版之《新诗集》。文中回顾辛亥革命以来八年间新诗创作情况。胡适从中外文学发展史角度提出新诗革命要从"诗体的大解放"入手。要打破五七言诗体,推翻词调曲谱束缚。只有诗体解放了,方能容下"丰富的材料,精密的观察,高深的理想,复杂的感情"。胡适认为旧诗"形式上的束缚,使精神不能自由发展,使良好的内容不能充分表现。若想有一种新内容和新精神,不能不打破那些束缚精神的枷锁镣铐。"他主张:"新文学的语言是白话的,新文学的文体是自由的,是不拘格律的。"他就新诗用韵问题提出个人设想,即"用现代的韵,不拘古韵,更不拘平仄韵"。胡适在文中自言他的新诗旧词调很多:"此外新潮社的几个新诗人,——傅斯年、俞平伯、康白情,——也都是从词曲里变化出来的,故他们初做的新诗都带着词或曲的意味音节。此外各报所载的新诗,也很多都带着词调的。"朱自清称这篇诗论是新诗理论的"金科玉律"。

北京、天津学生利用庆祝共和纪念日,广泛展开"劳工神圣""推翻专制""打倒军阀"等新思想宣传。是日,天津警察打伤学生多人。

吴昌硕与杨信之、王震 (一亭) 诸人同启凌卓英润格。

张謇作《国庆纪念日〈申报〉征诗》。诗云："俶扰神州又八年，一年一度一瞿然。文章未易论声价，色味终须辨浊膻。众铄何缘归大冶，百狂有力障东川。扶舆正要舆人诵，获野应资野史编。"

盛世英作《国庆》。诗云："一自清廷玉步更，檄枪横射锦官城。饱经转绿回黄恨，惯听风驰雨骤声。鸦恋旧巢飞不去，燕依危幕梦犹惊。忽逢庆祝真侥幸，会见疮痍得再生。"

上旬　田汉与易漱瑜在易象处住三日后，即启程去日本。

11日　陈夔龙作《八月十八日茂悦山庄为亭秋夫人讽经，计委化已三年矣》。诗云："营奠营斋总黯然，三秋一瞬判人天。青山羡尔先埋骨，白发怜余未息肩。分枕徒留听雨榻，买田空剩压箱钱。招魂别有伤心泪，兵火相依忆昔年。"

郁达夫作《秋夜》断句："斜风吹病叶，细雨点秋灯。"

12日　张东荪在《时事新报》发表《答章行严君》。略谓"调和"有二意：一为自然的化合，一是人为的调停。"共存""相同"均非"调和"。章氏所举新旧"杂存"，只是新旧"共存"。"新的逐渐增加，旧的逐渐汰除"，恰恰证明新旧不能调和。

严复乘"新铭"号船离沪北上，16日上午九时到津。当日下午乘车进京。

13日　孙中山以中国国民党总理身份委任居正为总务主任，廖仲恺为财务主任。

郁达夫致信胡适。信中对胡适等人掀起"那一番文艺复兴运动，已经唤起了几千万的同志者"表示钦佩。又借用 Emerson（爱默生）对《爱亭袍杂志》诸公的崇拜和感恩，暗示自己对胡适的好感和崇拜。信中说："我若做起还乡记来，我也想这样说，不过把 Carlyle 那些名字换几个现代的中国人名罢了。这几个中国人名的里边，有一个就是你的名字。"信后附通讯地址："本京西城锦什坊街巡捕厅胡同门牌二十八号。"署名 James Daff Yowen。

14日　严修撰《敬告南开学校学生书》。

15日　《东方杂志》第16卷第10号刊行。本期"文苑·诗"栏目含《武州石窟寺》（陈宝琛）、《行园》（陈三立）、《久晴逢雨》（同前）、《和宗武晓起对菊》（同前）、《熊季贞过宿，赠其北行》（同前）、《秋尽日阴雨》（同前）、《疢斋诗翁移监丹徒榷关，来白下邀酌水榭，写示〈杂咏〉二十篇》（同前）、《六十感愤诗》（郑孝胥）、《倚装答石遗杂言》（沈曾植）、《和石遗韵，寿太夷》（同前）、《阻风渡钱塘，不得登六和塔，有作示吹万》（金天翮）、《张家口云泉寺》（同前）、《访周养庵鹿岩精舍二首》（陈衡恪）、《夜起海棠花下作》（曾习经）、《寄题朱九江先生祠堂》（同前）、《北戴河海畔偶作》（李宣龚）、《瓠庵既殁之，五月昨忽入梦，追挽二诗》（诸宗元）、《南窗夜坐》（二首，夏敬观）、《七夕读大东诗，因赋此篇》（同前）、《屈原〈九歌〉有〈大司命〉〈少司命〉。〈大司命〉曰:"纷总总兮九州,何寿夭兮在予?"〈少司命〉曰:"夫人兮自有美子,荪何以兮愁苦?"又曰:"荃独宜兮为民正。"意婉而辞直,因以今体为二篇》(同前)、《题蒋孟𬞟(汝藻)〈密韵楼图〉》(同前)。其中,陈宝琛《武州石窟寺》云:"戴石塞上山尽童,皱云特起森玲珑。谁开奇想凿混沌,十窟鳞比祇洹宫。梦游伊阙老未践,到此目豁先河功。佛高百寻小径寸,周阿匝宇穷镌砮。真君坑僧网偶漏,昙曜忍死存大雄。法轮重转发宏愿,石寿什伯泥与铜。乘舆数临祷雨验,谁遣都洛捐云中?魏书郦注了可证,剥泐强半埋蒿蓬。当时伟丽绝一世,植福役遍中原工。要知陵谷有迁变,自古不坏惟真空。仁皇神武岁绝幕,驻跸瞻礼岩穹窿。煌煌宸藻二百载,西羁卫藏北詟蒙。层楼对佛万籁息,武州水挟如浑东。"本诗次月又刊载于《大公报》。陈师曾《访周养庵鹿岩精舍二首》其一:"清明已过尚春寒,嫩绿郊原渐可看。胜日出游随去住,广途尽处得林峦。叩门从与开三径,玩月还当卧七盘。阅遍空花千劫换,肯容禅榻一枝安。"其二:"退谷留名后继踪(孙退谷旧趾),鹿岩新构坐从容。庭前苍鹭聊当鹤,泉上赭山方种松。罢酒看花春未晚,及时招客兴何浓。怜君寂寞归休意,老向此间闻寺钟。"

沈尹默与马裕藻、周作人、刘半农、钱玄同、沈兼士、朱希祖等 11 人参加北大国文学研究所会议,讨论编纂语典方法。

刘文典在《新中国》杂志头条发表《怎样叫做中西学术之沟通》,署名"刘叔雅"。

吴芳吉作《婉容之夜》,以白话为之,成约四百言。

17 日 吴芳吉诗成,定名《婉容词》,约千余字,分 17 段。传示曹志武、姚骐。因思文言、白话区别及所长:"白话长于写情,文言长于写景。因白话写情,有亲切细腻之美。文言写景,有神韵和谐之致。各有所长,莫能左右。若用文言写情,不流于口则流于腐。若用白话写景,不失之蔓,则失之俗。此为百试而不爽者。婉容诗有情有景,故白话文言错杂用之耳。"词前小序云:"婉容,某生之妻也。生以元年赴欧洲,五年渡美,与美国一女子善,女因嫁之,而生出婉容。婉容遂投江死。"词云:"(一)天愁地暗,美洲在那边?剩一身颠连,不如你守门的玉兔儿犬!残阳又晚,夫心不回转。(二)自从他出国,几经了乱兵劫。不敢冶容华,恐怕伤妇德;不敢出门闾,恐怕污清白;不敢劳怨说酸辛,恐怕亏残大体成琐屑。牵住小姑手,围住阿婆膝。一心里,生既同衾死共穴。那知江浦送行地,竟成望夫石。江船一夜语,竟成断肠诀!离婚复离婚,一书回到一煎迫。(三)我语他,无限意。他答我,无限字。在欧洲进了两个大学,在美洲得了一重博士。他说:'离婚本自由,此是美欧良法制。'(四)他说:'我非负你你无愁,最好人生贵自由。世间女子任我爱,世间男子随你求。'(五)他说:'你是中国人,你生中国土。中国土人但可怜,感觉那知乐与苦。'(六)他说:'你待我归归路渺,恐怕我归来,你的容颜槁。百岁几人偕到老?不如离别早。你不听我言,麻烦你自讨。'（七）他又说：'我们从前是梦境。我何尝识你的面，你何尝知我的心？但凭一个老媒人，作合共衾枕。这都是野蛮滥具文，你我人格为扫尽。不如此，黑暗永沉沉，光明何日醒？'（八）他又说：'给你美金一千圆，赔你的典当路费旧钗钿。你拿去买套时新好嫁奁，不枉你空房顽固守六年。'（九）我心如冰眼如雾。又望望半载，音书绝归路。昨来个他同窗好友言不误，说他到绮色佳城欢度蜜月去。（十）我无颜，见他友。只低头，不开口。泪向眼包流，流了许久。应半声：'先生劳驾，真是他否？'（十一）小姑们，生性戆，闻声来，笑相向。说：'我哥哥不要你，不怕你如花娇模样'。顾灿灿灯儿也非昔日清，那皎皎镜儿不比从前亮。只有床头蟋蟀听更真，窗外秋月亲堪望。（十二）错中错，天耶命耶？女儿生是祸。欲留我不羞，只怕婆婆见我情难过。欲归我不辞，只怕妈妈见我心伤堕。想姊姊妹妹当年伴许多，奈何孤孤单单竟剩我一个？（十三）一个免挂牵，这薄情世界何须再留恋？只妈妈老了，正望他儿女陪笑言。不然，不然，死虽是一身冤，生也是一门怨。（十四）喔喔鸡声叫，�咤狗声咬。铛铛壁钟三点渐催晓。如何周身冰冷尚在著罗绡？这簪环齐抛，这书札焚掉。这妈妈给我荷包系在身腰，再对镜一瞧瞧：可怜的婉容啊，你消瘦多了！记得七年前此夜，洞房一对璧人娇。手牵手，嘻嘻笑。转瞬今朝，与你空知道！（十五）茫茫何处？这边缕缕鼾声，那边紧紧关户。暗摩挲，偷出后园来四顾。闪闪晨星，瀼瀼零露。一瓣残月，冷挂篱边墓。那黑影团团，可怕是强梁追赴？竟来了呵，亲爱的犬儿玉兔！你偏知恩义不忘故，你偏知恩义不忘故。（十六）一步一步，芦苇森森遮满入城路。何来阵阵炎天风，蒸得人浑身如醉，搅乱心情愫。呀！那不是阿父？那不是我的阿父？看他鬓发蓬蓬，杖履冉冉，正遥遥等住。前去前去，去去牵衣诉。却是株，江边白杨树。（十七）白杨何桠桠，惊起栖鸦。正是当年自离别地，一帆送去，谁知泪满天涯！玉兔啊，我喉中梗满是话，欲语只罢。你好自还家，好自看家。一刹那，砰磅，浪喷花；鞚辖，岸声答。息息索索，泡影浮沙。野阔秋风紧，江昏落月斜。只玉兔双脚泥上抓，一声声，哀叫他。"

闻一多出席《清华学报》中文编辑会议，筹商本学期进行事宜。

魏清德《摄津市隐以诗见惠，并问故里明月，赋此奉答》发表于《台湾日日新报》。其一："丙丁何事苦忧愁，甲乙笙歌闹未休。为报故园同此夕，平分哀乐过中秋。"其二："数年不见中秋月，今夕浮云四塞来。好水好山都蔽尽，共谁相对一樽开。"其三："一年望月几回圆，月到中秋云雾牵。莫是吴刚修月懒，举杯我欲问青天。"

18日　《申报》第16763号刊行。本期《老申报》"文艺"栏目含《笋滩竹枝词》（同治十二年六月初十日）（十二首）。

19日　周庆云作《八月二十六日游惠山，次日泛舟湖滨，归成一诗呈同游诸吟侣》。同人和作：徐珂《游无锡惠山，遂泛舟太湖，周历万顷堂、鼋头渚诸胜，次梦坡韵》、李翰芬《己未仲秋，重游惠山并览太湖梅园诸胜，和梦坡五古步原韵》、潘飞声《自惠山芙蓉湖、五里湖直放太湖，梦坡有诗，次韵为长歌》（二首）、王蕴章《己未八月，梦坡招同番禺潘兰史、杭县徐仲可、香山李守一泛舟太湖，游独山门、鼋头诸胜，梦坡诗先成，赋此报谢》。其中，李翰芬《和梦坡五古步原韵》云："卅年别惠山，白发东坡老。古寺半萧条，松杉都合抱。泠泠第二泉，落落倦飞鸟。云水荡舟来，美人何窈窕。苍茫百感生，对此双华表。忆昔大江南，莺花三月晓。太湖在望中，蓬壶空缥缈。佳哉万顷堂，槛外烟波绕。云梦吞八九，帆影樽前倒。万树寻梅花，罗浮片石小。归途夜色凉，听曲吴歈巧。镫火绮筵开，诗情发贾岛。盍簪纪胜游，留取袖中稿。"徐珂《次梦坡韵》云："探梅期早春，因循及秋老。西神久与别，念念独伤抱。海上固抗尘，颇知爱鸥鸟。吾侪偶闲话，说山亦窈窕。重来陟茅峰，放形出世表。晨昏掉舴艇，纵酒殆忘晓。观水至鼋渚，具区穷浩渺。万顷波荡胸，临风忧不绕。回舟听吴歈，声情我颠倒。忽悟色即空，眼前万有小。饮酣扬吟声，公等咏歌巧。是真逍遥游，置身若蓬岛。所惜偏灾闻，田禾有病稿。"

郁达夫与二兄郁浩同去东华门参加高等文官考试，作《晨进东华门口占》。诗云："疏星淡月夜初残，钟鼓严城欲渡难。耐得早朝辛苦否？东华门内晓风寒。"

20日 杜威六十生日，北洋政府教育部、北京大学、尚志学会、新学会等在中山公园来今雨轩为杜威举办寿筵。蔡元培致辞："我所最先感想的，就是博士与孔子同一生日……我觉得孔子的理想与杜威的学说有很多相同的点。这就是东西方文明要媒合的证据了。但媒合的方法，必先要领会西洋科学的精神，然后用他来整理中国的旧学说，才能发生一种新义。"杜威与孔子同生日之说，不可考。但蔡文入选民国课本，被学生反复诵读。在北京大学授予杜威名誉博士学位典礼上，蔡元培直接称杜威为"西方的孔子"。

《申报》第16765号刊行。本期《自由谈》"诗话"栏目含《译诗话》（君豪）。

夏敬观赴商务印书馆，张元济与夏敬观议定影印宋元板书，拟名曰《续古逸丛书》，又交夏敬观《杨诚斋集》并请"催况（周颐）校《金石苑》"。

张榈（震轩）拟挽黄次典母赵氏夫人八旬联。联云："有鲁敬姜德，免宋伯姬灾，钟郝扬徽，不愧千秋镂玉管；为名孝廉妻，作贤秀才母，珩璜协度，那堪八秩赴瑶池。"又，长子及叶婿自南湖买舟来，带来务本所印红笺寿诗。赴浣垞送醒同寿诗数份，公衡、宗翼、类生均送一份。又，得永场张生健夫所赠贺诗四章、着色菊花一琴条。

吴芳吉与曹志武、姚骗、潘敦赴法国公园观草。后赴芦家湾访陈芷汀观菊。

赵炳麟作《己未八月二十七日在曲阜恭祭孔圣后即赴泰安，登泰山顶，赋此纪之》。诗云："岁在己未秋，八月二十七。肃冠祭素王，中庭列八佾。鼎鬲陈懿芬，吾师其斋胕。痛自近年来，新潮苦荡涤。正道晦不明，莠言甘似蜜。使我神明胄，怆黯如黑漆。西风吹圣林，楷木声萧瑟。虽闻钟鼓音，孰挽波涛飓。趋跄尽九拜，迟遟祀事毕。乃辞阙里庭，命驾泰安出。道途二百余，车轮拟电疾。次晨雇山樏，岱狱瞻崒崒。六千八百阶，望之堪惴栗。山下何所有？古柏挺奇质。旁祀玉女神，烟务堆鬟髻。轩辕实遣汝，纪载尚可核。摩挲写经崖，字大径逾尺。铁画与银钩，迄今犹完密。嘉哉王子椿，当与羲之匹。步至中天门，境远心愈轶。有碣辇道边，大书能记实。七十有二君，封禅此留迹。古松与绿竹，轮囷复秀逸。传自秦皇时，曾受大夫秩。登至玉皇顶，四顾堪惊怵。汪汪汶水河，如带渺一帙。峨峨傲徕峰，低首若在膝。环城屋参差，点点小于虱。遥观白云洞，云气蔽白日。日光逼云兴，波澜若荡溢。览景阔我怀，考古评得失。祖龙此立碑，高宗亦驻跸。一则焚诗书，一则尚词笔。焚书固贼道，尚词终何益？帝制虽堂皇，民生真梏桎。粤若稽古训，执中守精一。四海如困穷，天禄永终必。维昔帝王箴，孔子常称述。背者世必凶，合者世必吉。我今观中原，黯然长太息。望鲁虽有心，假柯恨无术。昂首欲问天，钟声出梵室。归作游山诗，万壑助吟律。"

廖道传作《经越南河内，适孔子诞日，中华学校请往参礼演说敬纪》。诗云："交址越裳文化古，山陬海澨圣灵参。周公之道孔子集，大教于今有指南。"

21 日 沈尹默与沈士远、沈兼士、马裕藻、钱玄同等到沁芳楼共进晚餐。

沈晋恩入窆乌山，吴昌硕篆额、朱祖谋撰书墓碑。首行：诰授通议大夫晋封资政大夫赏戴花翎三品衔湖北试用同知沈君墓碑。次行：前弼德院顾问大臣礼部右侍郎朱祖谋撰文并书。四品衔江苏补用知县吴俊卿篆额。

22 日 长女病故，梁鼎芬大恸，遂不思饮食，病情恶化。

23 日 高尔谦卒于京寓。高尔谦（1863—1918），字子益，福建长乐人，毕业于福建马尾船政学堂。光绪三十三年（1907）任清政府外务部右参、云南交涉使。宣统元年（1909）任划界大臣。翌年任外务部右丞。三年（1911）任四川布政使。辛亥革命后居上海。1913 年任驻意大利全权公使。1917 年任外交部次长，张勋复辟时，被任命为外交部右侍郎。陈三立撰《挽高子益联》云："隔岁闲游，过饭家风留断语；老谋坐废，如山世难照屡魂。"黄炎培作《挽高尔谦》云："如此使绝域才，今世有几；读公训爱女书，仁言蔼然。"林纾作《哭高子益四首》。其一："质器高寒迥出尘，卅年投契识君真。佯欢似构难言隐，寒遇宁非宿世因。从此散场无个事，那知同命有姬人（君姬孙氏闻变，雉经舌出矣，遇救得免）。留将孝友精诚在，已是金刚不坏身。"夏敬观作《高子益挽词》（二首）。李宣龚作《哭高子益丈》。诗云："反见天骄泣凤麟，老来积愤竟忘身。尚能强谏终非懦，偶托阳狂亦率真。举枉本难容一谔，失时独自重千钧。欲知肝胆轮囷处，蹈海当年不帝秦。"黄濬作《高子益挽诗》。诗云："尊前孤愤算残棋，病肺伤公不自持。爱弟拊棺铿一诀，远人觇国有同悲。雄谈排闼吾犹记，久宦能贫世岂知。至竟报恩属琴客，九原传语足伸眉。"

严修在北京赴蔡子民约,同坐蒯若木、傅佩青、胡适之、马彝初、马寅初等。

毛泽东寄邓中夏《问题研究会章程》发表于《北京大学日刊》。

白坚武诗赠吴子玉师长。诗云:"衡岳幽云黯接天,前因后果总堪怜。将军血汗兴戎日,大盗纵横卖国年。栩栩鱼龙南国梦,劳劳猿鹤北山缘。相逢拚却楚囚泪,功罪一枰问后贤。"

24日 郭曾炘同孙雄等人拜王夫之祠。

吴芳吉书赠何启泰《婉容词》一幅,并附书谈新文学建设方向。略谓:"此后欲为文学谋所以建设者,必在不雅不俗、不新不旧、不中不西、不激不随之间。苟不解得此义,则万难为最后之战胜。"

沈其光作《九月初一丑刻发泰安,卯初车抵兖州》。诗云:"登车别灵岳,长路夜凄凄。天傍斜河尽,星临旷野低。客踪淮北雁,归梦兖南鸡。眯眼黄尘恶,吾将息旧溪。"

25日 《小说月报》第10卷第10号刊行。本期"曲本"栏目含《玉婴点将录(续)》(樊山)。"弹词"栏目含《藕丝缘弹词(续)》(第十四回《解铃》)(瞻庐)。"文苑·文"栏目含《王剑章传》(姚鹓雏)、《蒯松巢、啸楼合传》(王德钟大觉)、《〈京锡游草〉序》(西神);"文苑·诗"栏目含《题莼农〈十年说梦图〉》(二首,关赓麟)、《题莼农〈十年说梦图〉》(杨天骥)、《初冬西山独往即事》(纕蘅)、《答人问病状》(伯严)、《麦孺博、潘若海合写诗词卷,为毅安题》(瘿公)、《题龙毅甫〈南北史小乐府〉》(二首,子言)、《和彦通〈归来庵见寄〉韵》(百纳)、《秋荷二首》(百纳)、《感叹有作,寄楚伧》(鹓雏)、《七月晦夜坐寄京师故人》(鹓雏)、《清明后连日晴美,公约见示陈(散原)、俞(恪士)、夏(映庵)、陈(仁先)诸公湖上诗卷,展玩终日,因有所作》(鹓雏)、《梁(公约)招同殷(墨卿)、倪(伯符)余园看牡丹,遂过龙氏园,花事尤盛》(鹓雏)、《过苏州小住,寄金松岑》(鹓雏)、《得故乡石井茶,分赠莼农》(胡韫玉);"文苑·词"栏目含《浣溪沙·题莼农〈十年说梦图〉》(梁公约)、《满庭芳·月子夫人画扇为赠,红梅翠鸟,秀绝人寰,款署女弟子,何敢当也,倚〈满庭芳〉调报之,并索兰史和》(樊山)、《满庭芳·月子画〈红梅翠鸟〉扇呈樊山先生,承赠词,谨次韵奉酬》(老兰)、《水龙吟·题潘兰史征君〈桃叶渡填词图〉》(次公)、《金缕曲·与公璞谈近事感赋》(师愚)、《蝶恋花(几日浓阴凉似水)》(师愚)。"小说俱乐部·游戏诗"栏目含《消夏新咏》(十首,谭栎傭)、《消夏新咏》(十首,慈利王树人)、《代牛郎为织女催妆诗十首》(悔晦)、《拟牛郎为织女催妆诗》(十首,鲍筠庄)、《拟牛郎为织女催妆诗十首》(周春华)。

白坚武重到衡州,留别吴子玉五律二首。其一:"天末无消息,河山有泪痕。来辕妨再误,往事不堪论。正气通衡麓,流光送国门。故亭新望岳,时已近黄昏。"其二:"世乱才难用,时危节易迁。生天闻有数,成佛乃云先。莽莽无完陆,滔滔付逝川。蓬莱天下望,丹史待名贤。"

26日 梁文灿作《生查子·己未吴中九月三日自寿》。词云："风雨满台城，节近重阳候。眉寿月初三，一醉他乡酒。　　镇日苦相思，颜比黄花瘦。只采楚山芝，莫种江南豆。"

江子愚作《临江仙·己未九月初三夜，作于济南》。词云："弓月弯弯珠露冷，今宵九月初三。雁催霜信过江南。梦酸如酒，浅醉几时酣。　　料得重阳天气近，有人独自厌厌。鲤鱼风起曼开帘。防他多事，吹皱两眉尖。"

27日 《申报》第16772号刊行。本期《老申报》"文艺"栏目含《无题六首并序》（光绪元年正月二十九日）（忏花僧）。·

郁达夫文官考试又告失败，作《静思身世，懊恼有加，成诗一首，以别养吾》。诗云："匆匆半月春明住，心事茫茫不可云。父老今应羞项羽，诸生难肯荐刘蕡。秋风江上芙蓉落，旧垒巢边燕子分。失意到头还自悔，逢人怕问北山云。"

28日 美公使丁家立偕美国作家柏尔藤诸人访徐世昌。

署名"澹"《戏咏五霸》（五首）刊于《南洋总汇新报》"诗界"。其一《学生罢课》："牺牲无限好光阴，费煞青年一片心。罢课缘何生感触？爱他国土胜黄金！"其三《工人罢工》："竟日谋生为食衣，经营场市此身微。罢工救国偕商学，义气同伸拜白旗。"

郑孝胥作丁衡甫挽诗："坐上白虹贯酒卮，酒阑人散别君时。三人来告欲惊走，一瞑讵知无见期。肝胆平生心已许，雷霆独立谶堪悲。挝门夜访从今绝，寂寞凭谁说项斯！"郑尝集苏诗书联曰："高踪已自杂渔钓，独立犹可当雷霆。"衡甫甚喜之，常悬客座，人以为谶。

陈师曾《题陈伯皆〈仙岩十八景图〉》发表于《大公报》"余载"栏目。十一《西麓雨霁》："衣桁帘钩暖意生，雨余空翠映新晴。蘼芜缘断门前路，且拟携笻信步行。"十二《飞泉漱玉》："飞翠倚山偎，余音小拂雷。昨从溪上过，疑有玉人来。"十三《云中鸡犬》："杖策幽寻世外踪，桃花春涨隐房栊。暗惊鸡犬升仙籍，未许青莲笑董龙。"十四《桐墺眠琴》："弹琴不为人听，眠琴不须人问。长夏绿阴满身，游我清凉梦境。"

29日 东台杨祚缉，字熙甫，寄一诗与郑孝胥。诗云："壮岁贪看钵山碧，筑得濠堂归不得。残骸只愿掷瓯荒，老眼翻教看鼎革。干净今无片土存，所南何处托兰根！微生剩有岑楼寄，犹自中宵望九阊。"并索赠《海藏楼诗》。郑孝胥即答书，寄一部遗之。

白坚武乘船往株洲，夜于舱中口占《衡岳归舟夜雨》。诗云："两年两望岳，一度一伤悲。极目湘江泪，回肠夜雨时。深宵闻水咽，空艇避风移。犬豕中原痛，孤灯入梦迟。"

30日 傅斯年在《新潮》第2卷第1号发表《〈新潮〉之回顾与前瞻》。文章回忆本年度新旧思潮之"激战"，对林纾之谈论，语带调侃。

《申报》第 16775 号刊行。本期《老申报》"文艺"栏目含《无题六首并序》（光绪元年正月二十九日，续）（忏花僧）、《重九偶成》（光绪二年九月十四日）（二首，青琅玕馆照亭氏）、《新燕》（前人）。

魏清德《富贵花》（限四支韵）发表于《台湾日日新报》，本年 11 月 10 日重刊于《台湾日日新报》，又刊于 1924 年 4 月 3 日《陋园吟集》。其一："天香国色两名驰，洛下群芳首屈之。纵使梅花修得好，输君富贵入时宜。"其二："洛阳三月冶春时，秾艳居然富贵姿。我亦还乡歌昼锦，玉堂花下永相期。"

31 日　北京总统府外交委员会请北京政府撤废中日军事协定。

萧亮飞作《己未重阳前夕大风作》。诗云："天意作重阳，西风劲北方。妻孥千里月，须鬓六分霜。美酒呼童贳，深杯引兴长。甲兵洗不用，伫目望三湘。"

本　月

南社姚光致书叶楚伧、邵力子，反对《民国日报》对"新文体"改取赞成态度。《与叶楚伧、邵力子书》云："往日《民国日报》艺文栏中，亦曾有致疑于新文体之说，今何以忽一变而为赞成耶？弟于十余年前，遇新学说，即极端赞成；今对于新文体，则颇以为不可。然对于新文体中所提倡之学说，则仍愿研究，非如顽固者流之一概加以反对也。窃谓我国文学高尚优美，自有一种感人之处。兄等皆文学巨子，当深知之，自无待言。革命功成，文字鼓吹，不无小补，然当时之文字，亦诗歌文言耳。我国旧学说之陈腐，不适于用，有碍进化，固属有之，然今驳诘之可也，诠释之可也，何必用白话体出之乎？况观今日提倡新文体诸子之心理，非仅为一般人易于了解起见，实欲尽取以代我国固有之文言也。弟意提倡新学说可也，提倡新文体不可也；白话体偶一为之可也，欲尽以代我国固有之文言不可也。"

瀛社、桃园吟社、竹社三社联合击钵吟会在台湾基隆陋园举行。连横与会，被推为第一唱富贵花（限支韵）之左词宗，及第二唱渔笛（限青韵）唯一词宗。是会，连横有《渔笛拟作》及《陋园即事，赠主人颜云年》。其中，《陋园即事》云："天地为蓬庐，风云为户牖。日月为庭除，山川为左右。我生大气中，居之何陋有？朝读一卷书，夕饮一杯酒。世事看龙蛇，功名视刍狗。去住本无常，忧乐自天受。我闻颜圣人，陋巷且不朽。农山言志时，欲致太平久。孔曰尔多财，吾为尔宰否。何以利吾身，一笑王曰叟。金穴凿洪蒙，五丁供奔走。以此大地藏，为畀民生厚。经济发文章，际会良非偶。十笏筑骚坛，旗鼓相先后。佳节会良朋，黄花醉重九。左拍洪厓肩，右把浮邱袖。刻烛快传笺，从此分胜负。胜者夺锦标，负者酌大斗。况有美人来，娥眉拥蟒首。不惜醉红裙，小谪风流薮。浩歌咏沧波，翩然出尘垢。我时问主人，斯园陋何有？主人载拜辞，祖德未敢负。箪瓢乐家风，敬哉子孙守。我闻主人言，还为主人寿。愿保千金躯，泉石长无谷。"

《广仓学会杂志》第4期刊行，是为终刊。本期含《爱俪园百景图咏》（《拨云》《扪碧亭》《蝶隐廊》《岁寒亭》）、《两敦盖窬藏器诗（续）》（邹安）、《有清金石题咏杂辑（续第二期）》（灵寿乡民录）。

《浙江兵事杂志》第66期刊行。本期"文艺·诗录"栏目含《过大功坊怀徐达》（老兵）、《四十自述》（惕庐）、《西湖杂咏》（海秋）、《烟霞洞同吴自堂、陈乐珊、蒋晋英、冯仲贤诸公小饮，拈示同人》（海秋）、《己未初度，答同人却寄之作》（海秋）、《朱昂若以〈观潮〉诗见寄，次韵奉答》（海秋）、《秋节，坐月湖上，未拏舟，为竟夕之游。明日亮兄以诗来，余既和之，复用前韵，赋投二篇》（贞壮）、《为伊度书扇》（贞壮）、《伊度扇作〈荒城高柳图〉，为题二十八字》（贞壮）、《海上饮老缶斋中戏赋》（贞壮）、《为刘君翰怡题其先德紫回先生遗像》（贞壮）、《朱君自营生圹，因友人乞为赋诗》（贞壮）、《咏古梅（有序）》（瘦鹤）、《戊午仲春偕王伊如君游徐文长先生青藤书屋》（瘦鹤）、《青田少年行》（GR生）、《高子益挽诗》（GR生）、《有客》（GR生）、《送廖德寿君归闽》（GR生）。

《尚志》第2卷第8、9号合刊刊行。其中，第8号含《诗学浅说》（袁丕佑）、《卧雪堂诗话（续）》（移山簃）、《卧雪堂诗草》（移山簃）；"文录"栏目含《唐母李太夫人墓志铭》（由云龙）、《甘子晦传》（由云龙）、《故清腾越镇中营千总李君墓志铭》（章炳麟）、《说文引诗考》（李坤）。第9号含《诗品笺》（黄侃）、《诗学浅说（一续）》（袁丕佑）；"文录"栏目含《〈大姚县续志〉序》（由云龙）、《艾人赋》（由云龙）、《〈洛神赋〉跋》（黄侃）、《王母赵孺人墓志铭》（袁丕佑）；"诗录"栏目含《思亭诗钞》（李坤）、《两汉咏古诗十首》（赵荃）、《题张竹轩先生遗像》（袁丕钧）。

《安徽教育月刊》第22期刊行。本期"文艺·诗"栏目含《敬题兴化李审言先生所撰〈死事游击李君墓志铭〉后》（二首，方守彝）。

《国学丛选》第11集刊行。本集"文类·文录"栏目含《题〈闲闲集〉》（香山杨棣棠友于）、《花佣传》（瑞安薛钟斗储石）、《陈佩忍母氏沈太君哀诔》（嘉善周斌芷畦）、《梦石字说》（海盐谈文烜梦石）、《外舅叶公少臣家传》（南通顾鸿钧兰荪）、《〈京锡游草〉序》（无锡王蕴章莼农）、《天台纪游》（吴江金天翮松岑）、《塔藏石笥铭》（并序）（金天翮）、《闲闲山庄落成序》（吴江唐有烈九如）、《〈陆少唐先生遗诗〉叙》（昆山胡蕴石予）、《游伊阙记》（松江张孔瑛伯贤）、《游黄桑峪记》（前人）、《田君觊先生〈竢定堂诗集〉序》（集〈文选〉句）（附《田君觊先生事略》）（前人）、《〈珠楼倡和集〉序》（金山叶秉常现复）、《说讳》（金山姚光石子）、《〈素心簃集〉跋》（金山高燮吹万）、《〈素心簃集外编〉跋》（前人）、《〈素心簃集补遗〉弁言》（前人）、《〈胡朴庵诗稿〉序》（前人）、《〈春晖社选第二集〉序》（前人）、《〈珠楼唱和集〉序》（金山高燮）、《高孝悫先生传》（前人）、《岐山砚铭》（前人）、《孝陵专砚铭》（前人）、《鸿朗筬龄砚铭》

（前人）、《其二》（前人）、《夏神一长承万福砚铭》（前人）、《著书研铭》（前人）、《联诗研铭》（前人）、《印铭（并序）》（前人）；"文类·诗录"栏目含《辛亥八月二十五日送尔雅归东莞》（顺德蔡有守寒琼）、《〈地球赠月中人〉一首，阮文达公旧有此题》（东莞邓万岁尔雅）、《〈月中人答地球〉一首，陈兰甫先生有此诗题，即东塾先生，学者尊为岭南皓月者也》（前人）、《相思子》（前人）、《海外旅次，送杨二回国》（揭阳吴沛霖泽庵）、《携内同游西贡公园》（前人）、《薄游》（前人）、《寄内》（番禺陈熏蕙叶）、《题像》（前人）、《步郭河澄江东桥军次元韵》（前人）、《步骆冠宇江东桥军次元韵》（前人）、《江楼晚眺》（新宁马骏声小进）、《题某女士所绣〈宝鸭戏莲图〉》（前人）、《失题》（前人）、《过南园故址口号》（前人）、《禺楼雅集即席拈韵，得木字》（前人）、《津榆道中》（泾县胡怀琛寄尘）、《渤海舟中》（前人）、《吹万先生以诗见怀，奉报一首》（醴陵傅熊湘屯艮）、《寒隐嘱题闲闲山庄》（前人）、《半淞园一首》（前人）、《九溪十八涧》（山阴诸宗元贞长）、《晚出》（前人）、《暮春湖上》（杭县卫璘漱锋）、《寄红梨岳吟芬女士求作〈移家图〉》（魏塘周斌芷畦）、《瓜州轮次》（阜宁周龙章无咎）、《戊午上巳节，上海姚志梁先生广集古学会同人及期徐园禊饮，余以道阻，未预斯盛，用少陵〈丽人行〉韵歌以寄谢》（江都王承霖睫盦）、《答吹万居士见赠》（盐城马为珑蜕郛）、《澹师〈云自在图〉，为费仲深树蔚题（并序）》（吴江金天翮松岑）、《华亭闵瑞之璘，其先德八指先生能亭工画，画工山水、花鸟，不知其能人物也，岁丁巳忽得所绘〈莲炬妇院图〉，喜而征题，题者多指为青莲，我友路君金坡为订其误，余亦继作》（前人）、《〈徐孝子传〉书后，为漱芳丈》（前人）、《寄刘脊生巽权武进》（前人）、《诗柬鹓雏》（前人）、《母节子孝图（并序）》（前人）、《诗答青浦沈》（前人）、《石予画梅，天遂作书，同时相贶，诗以报之》（前人）、《镇江大雪，车中口占》（前人）、《湖上杂感二首》（吴江陈去病佩忍）、《题〈闲闲山庄图〉》（梁溪王蕴章莼农）、《读吹万先生〈游北固山〉诗，谨步元韵》（奉贤陈瑞芝珠龛）、《赠铁桥》（昆山胡蕴石予）、《晚岁》（前人）、《闲吟》（前人）、《大雪节盆兰发一枝》（前人）、《遣兴》（前人）、《暮寒》（前人）、《江村》（前人）、《除夕》（前人）、《薄莫》（前人）、《立春后雨》（前人）、《五十二》（前人）、《柳絮》（前人）、《春寒》（前人）、《曾几》（前人）、《十载》（前人）、《读书》（前人）、《漫将》（前人）、《怯寒》（前人）、《惘然》（前人）、《春寒》（前人）、《城南》（前人）、《石予夫子过我家旧宅南溪草堂，寄我以诗，依韵和之》（昆山余天遂疚依）、《题石予夫子〈近游图〉》（前人）、《题柳率初〈兰臭图〉》（前人）、《沪上重九作，分寄耿伯齐、杨几园、沈平原、费龙丁、吴遇春、俞白华、张痴鸠、姜真愚、张韫斯诸君子》（松江姚锡钧鹓雏）、《双十节后一日，同汪允宗谒周慰丹先生墓于华泾，有作呈稚晖、允宗两先生，并寄刘三北京》（前人）、《塔射园，为吾家温和公生宅，今是园已荒芜不堪入目，闲步园中，不觉怅然生感》（松江张社祉浪破浪）、《梦境》（金山高煌潜庐）、《赠吹万》（前人）、

《禹楼宴集，分韵拈得去字》（金山高旭天梅）、《同人集南海酒榭，分韵得当字》（前人）、《禹楼清集，适值横波生日，分韵拈得知字》（前人）、《戊午早春重过外家旧宅，和君定〈余自舅氏迁居，不踏南塘路者十五年矣〉》（金山高均平子）、《湖上遇雨》（金山高基君定）、《和朱遁庸〈冬柳〉，用渔洋〈秋柳〉韵》（金山高燮吹万）、《次韵答潜庐〈老屋〉》（前人）、《戊午十月于闲闲山庄东偏建十亩桥，接通两堤，颇饶风景，因以二诗纪之》（前人）、《余作〈十亩桥〉诗，家兄潜庐及祝君慎哉皆有步韵之计，因叠前韵续成二首》（前人）、《吊施槁蟫先生》（前人）、《陈烈女挽诗》（前人）、《题孙雅宜〈玩玉图〉，用山谷和东坡韵》（前人）、《放鹇亭吊李辰山先生延显，次高山亭廷梅韵》（前人）、《仲迟于君拟修明袁海叟墓，作诗征和，次韵应之》（前人）、《寿姚子梁子让先生之母濮太夫人九秩》（前人）、《己未元旦》（前人）、《蔡子哲夫与邓子尔雅同拓广州城砖，赵剑川识为汉晋间物，应蔡子索题》（前人）、《题蔡寒琼手拓曹溪南华寺北宋庆历木刻》（前人）、《题王莼农〈十年说梦图〉》（前人）、《秦山谒侯将军端墓》（松江顾保瑢婉娟）、《上巳日牡丹大放，宠之以诗》（金山高圭介子）、《题王莼农〈十年说梦图〉》（前人）、《寒琼以广州城砖拓本索题》（前人）；"文类·词录"栏目含《眼儿媚·纪梦，示香玉》（新宁马骏声小进）、《烛影摇红·泪，次雪耘韵》（醴陵傅熊湘屯艮）、《菩萨蛮·题〈野梅〉画幅》（语溪徐自华忏慧）、《水调歌头·〈吴修月女史遗著〉题词，次东园韵》（江都王承霖睫盦）、《百字令·韩瓶，用东坡〈赤壁〉韵》（前人）、《探芳信·先秋三日，梦坡招同次公、也诗散步学圃，回忆去年七夕同社为沤尹介寿于此，分咏晚香玉词，歌啸极乐，今檗子墓草宿矣，芳事成尘，坠欢难拾，江潭憔悴之感，有不能已于言者，明日次公又为春明之行，倚弁阳老人韵赋别，兼询陈大倦鹤消息》（梁溪王蕴章莼农）、《高阳台·自题都元敬旧藏铜雀瓦砚》（前人）、《征招·寒夜》（前人）、《雪梅春·春感》（前人）、《绿意·荷花生日》（前人）、《渡江云·秋夕饯别次公》（前人）、《忆旧游·题番禺沈太侔〈楸阴感旧图〉》（前人）、《金缕曲·东莞邓尔雅以余有〈海雪畸人绿绮台传奇〉之作，邮赠此琴墨脱，琴故明武宗物，上距唐武德二年制，阅岁千有三百，首尾略有残缺。尔雅工琴，此琴由琴师杨子遂许转辗得之。余于壬子游南洋群岛，道出粤东，恨未与尔雅订交，赋此报谢，兼为他日访戴张本》（前人）、《四犯剪梅花·题叶中泠〈和玉田、梦窗咏物词卷〉》（前人）、《醉翁操·题邝湛若藏唐琴绿绮台，为东官邓尔雅赋》（前人）、《高阳台·戊午春晚，偕新宁邝富灼、南海黄访书、吴兴周由厪、松江平海澜、同里程觉生游西湖遇雨作》（前人）、《齐天乐·虞山金病鹤贻次公双红豆，次公赋〈国香慢词〉纪之，顷承见寄，因忆昔年归君杏书亦以此为赠，怅触成吟，寄博次公、杏书一笑》（前人）、《莺啼序·题王莼农〈十年说梦图〉》（吴江金天翮松岑）、《清平乐·泰山绝顶骋望》（吴江陈去病巢南）、《眼儿媚》（昆山余天遂疚侬）、《念奴娇·巢南属题〈笠泽词征〉，卒卒未报，今以一册见贻，因步檗子题词韵，成一阕寄之》(金山高旭天梅)、《菩萨蛮·忆内》(金山高增佛子)、《愁倚阑令·题王莼农〈十年说梦图〉》(金山高燮吹万)、《卜算子·秦山塘泛棹作也，时久雨初晴，水没田舍》(前人)、《采桑子·题恽南田先生遗照，为潘叔和临管世滢本》(前人)、《虞美人·泪》(前人)、《相见欢·新七夕》(前人)、《误佳期·旧七夕风雨》(前人)、《恋情深·闰七夕》(前人)、《字字双·题花魂蝶影之〈花魂蝶影图〉》(前人)；"文类·附录"栏目含《黄花集》：《丁巳十月十一日闲闲山庄落成，召客赏菊，因以千西不队之花寄似吹万先生永充清供，并媵以诗》(倾城)、《张倾城绘设色〈菊花〉一帧，贺闲闲山庄落成，附题一绝》(尔雅)、《丁巳十月十日，以菊花数百盆小叠成山，招客赏饮，逾月而存二十余盆，雨雪严寒，晚香未老，喜而有诗》(吹万)、《戊午十月初十日叠菊为山，命酒有作》(吹万)、《十月十日值小病初愈，命酒赏菊，作短歌以自遣》(介子)、《赏菊，步介子韵》(龙光)、《谨步吹万吾师〈十月十日赏菊〉原韵》(天石)、《吹万师以〈菊花〉诗见示，敬和一章》(兰荪)、《十一月十日埋菊数百盆，饯以一诗》(吹万)、《以菊花数朵寄马子小进，系以一绝》(吹万)、《去岁承倾城夫人手绘设色〈菊花〉见赠，近始装就悬诸室中，适菊花盛开，聊以数花寄赠哲夫并媵一绝》(吹万)、《吹万居士十月十日展菊为山，命酒有作，十一月十日埋菊数百盆，饯以一诗，函寄嘱和，并以格心纸索书，因倒步元韵二律》(漱润)、《卧病步吹万〈叠菊为山，命酒有作〉韵》(潜庐)、《和吹万〈十一月十日饯埋菊〉》(潜庐)、《吹万老人飧鞠，以一诗奉贺》(平子)、《余以餐菊函告侄平子，平子即以诗为贺，因详述一章报之》(吹万)、《昨以〈餐菊〉一诗答平子，意有未尽，再寄一首》(吹万)、《吹万先生叠菊为山，诗来索和，即奉粲正》(烟桥)、《十二月十九日埋菊尽矣，续饯一诗》(吹万)、《初冬闲闲山庄看鞠呈家叔》(君定)、《过闲闲山庄，观东坡〈戊戌二月为沈陶盦和天全翁赏菊〉诗墨本，次韵赋呈吹万老人，时山庄菊亦垂垂尽矣》(君定)。

　　吴昌硕本月前后为褚德彝书行书《天池画，覃溪题，一亭并临之索题》《沈石友遗像》(二首)、《即席》三诗轴。其中，《天池画，覃溪题，一亭并临之索题》云："画奇碑若读岣嵝，诗拙字复辨训诂。天池覃溪一门户，其间消息通入五百四十部。天惊地怪生一亭，笔铸生铁墨寒雨。活泼泼地饶精神，古人为宾我为主。华作天葩吐，叶如剑气舞。树可不着土，石亦何须补。穸庐天我容，弥勒佛我祖。渑酒陵肉不入口，五蕴皆空见脏腑。画禅参处百无睹，利锁名缰那足数，只愁五瑞图中甘露滋味变为苦。嘉禾木连理，一律罗斤斧。我今虽衰力可弩，况见天池覃溪之笔君若贮。后人岂不拟昔贤，君不见，徐州万年少、阎古古。"《沈石友遗像》其一："露顶炯双胪，依然识字夫。殁教神襄谷，狂似口谈瓠。坚白填词屋，高寒涤研图。鹤归重怅触，天意醉还酤。"其二："乐府鲍明远，诗城刘长卿。斯人天不禄，吾道日孤行。秋社虚前席，春田罢耦耕。古心宁可貌，聊尔慰平生。"又，吴昌硕为姚景瀛行书《夜过黄河铁桥》《和诸长公》二诗（扇面）。又为宜生绘《芍药图》并题："名园芍药丛，重台眼稀见。风露一茎赠，艳色美人面。街头如有卖，倾囊实所愿。明珠那足报，高情动留恋。吴昌硕，年七十六。宜生仁兄大雅之属，为拟花之寺僧设色。己未九月，老缶。"又为云衢临石鼓"微"字册（页）并题："微。柞栎鸣条古意垂，穴中为臼事堪悲。昌黎涕泪挥难尽，此鼓还成没字碑。劫火已仇天一阁，宏文阮刻费搜罗。漫夸明拓存微字，翠墨苍凉赝鼎多。己未九月，云衢先生属临石鼓，错杂成之。老眼昏花，自知薄弱，幸教我。吴昌硕并记。"又，邹弢七十寿，吴昌硕篆书"寿"字中堂，并诗二首贺之："寿逢浩劫眉应皱，寿比南山面太谀。醉丐死轩吾至友，道字不可离须臾。""不吟秋兴不闻筘，跛足蹒跚寿亦夸。一事胜君聊寄语，美人临笑是生涯。（翰飞先生七十大寿，篆毕媵以二绝句，即蕲两正。己未秋九月，吴昌硕，时年七十有六）"又，九月杪，为沈曾植题《史晨碑》。

冯煦与陈夔龙同至殡宫祭奠瞿鸿禨，并游半淞园。陈夔龙有《瞿文慎公卜葬西湖，行有日矣，约梦华同年至殡宫祭奠，赋此志感》《与梦华同年游半淞园》。其中，《瞿文慎公卜葬西湖》云："河山一掷慨东隅，地下元臣血泪俱。煨芋十年唐李泌，种梅孤屿宋林逋。流传白傅新诗本（大集将付刊），忍过黄公旧酒垆。日暮江关归未得，输君先我葬西湖。（余于湖滨自营生圹）"《与梦华同年游半淞园》云："才抚遗棺哭房相，看花又共谢公游。名园依水流红叶，野客忘机狎素鸥。风景新亭愁举目，江山故国易悲秋。十年朋辈飘零尽，逆旅相逢感白头。"

张謇集杜诗为山庄题联："有时自发钟磬响；主人为卜林塘幽。"后上联改作"在野只教心力破"。又集《礼》《乐》《诗经》为新成立伶工学社演习场、接待室题写楹联。其中，《题伶工学社演习场》云："故曰乐观其深矣；凡野舞则皆教之。"《题伶工学社接待室》云："硕人俣俣，在前上处；君子阳阳，招我由房。"

李瑞荃（李瑞清弟）生日，曾熙以《己未九月李筠庵四十九岁诗一首》贺之。诗云："论交将卅载，式好同昆季。每笑仲子痴，常矜阿筠慧。莹然玉蕴渊，斐然凤比翼。以性相泳游，文史展嬉戏。仲子规唐虞，筠实管乐器。维时予性狂，抵掌天下事。任载高儒行，欧周负侠义。意气挟风雷，驰驱越燕冀。迫以甲午役，上书警有位。筠有书画癖，终日搜残笥。一卷偶得之，神赏契痼痦。风雅宜石渠，泥涂困良骥。吁嗟命运篇，行迈徒劳勚。良友各差池，坐视日月异。仲子守危城，不得信凤志。黄冠侨海滨，相见但有泪。孤剑不得鸣，忱心恣一醉。世乱喜会合，携手历五载。发箧滋新赏，余市攫异味。自伤余兄逝，乐此胜同气。予更爱阿筠，独厚天所赐。阿兄既称难，诸子皆拔萃。愉愉晨夕间，融融几席侍。解衣轻拂暑，炎夏忘其悴。夫人寔清才，诗画差解意。下笔神骨逸，仲子惊弗逮。有时展清谑，廓然类高士。五十润朱颜，仪容温且粹。偕老君子福，宜年方未艾。执爵欢今夕，金英灿满地。"

周梦坡始戒酒，赋《将止酒诗》。

胡石予同窗挚友张景云客逝南通，作《哭景云诗》（四首）、《再吊景云》。其中，《哭景云诗》其二："南州张季子，生死不忘君。宾馆十年席，剑山三尺坟。此才真磊落，作鬼亦芳芬。他日渡江去，悲歌表墓文。"

白坚武赠吴佩孚五古一首。白此前曾与吴商讨"大局局部拯救办法"，对吴寄予大期望。诗云："天末无消息，河山有泪痕。来辕妨再谈，往事不堪论。正气通衡麓，流光送国门。故亭新望岳，时已近黄昏。世乱才难用，时危节易迁。生天闻有数，成佛乃云先。莽莽无完陆，滔滔付逝川。蓬莱天下望，丹史待名贤。"

林献堂再度赴日，晋谒新任台湾总督田健治郎，对台湾之政治改革有所陈述。

茅盾担任商务印书馆《四部丛刊》善本摄印底片总校对。

马万祺生。马万祺，广东广州人，常居澳门。著有《马万祺诗词选》。

刘玉桂生。刘玉桂，字石丹，江苏建湖人。著有《石丹诗集》。

康有为作《己未九月游普陀盘陀石》《己未九月，自普陀还游西湖，答沈乙庵诗》《己未九月，镇海入宁波纵望》。其中，《己未九月游普陀盘陀石》云："盘陀石上听潮卧，峰顶萧萧松柏寒。大海回涛风猎猎，俯看群岛倚阑干。"《答沈乙庵诗》云："翠碧湖山秋放船，地行错认是神仙。不知海日楼头客，面壁哦诗可十年。"

孙树礼作《秋九感怀》（以前六月废吟咏）（四首）。其一："五十三年无母儿，每逢秋九动哀思。今秋益复伤孤特，忍读前人杖杜诗。"其二："同此秋风寿客花，今朝相对隐咨嗟。人生七十寻常事，予季胡为两岁差。"跋云："芝弟丰下而年只六十有八，庸医之为害深矣，二十六日芝弟七旬冥纪。"

朱清华作《己未九月赴沪全国和平联合会皖代表职，经南京小游感旧五首》。其一："仪凤楼头月正高，江天如镜夜无涛。（用二十岁原句）十年小别成今古，太息此身长鬓毛。"其二："歌舞声中忆昔踪，隔江楼阁太重重。分明眼底沧桑变，我亦风尘非旧容。"

徐翙作《己未季秋，以旧藏张晋江书，合之友人所存之米太仆、赵内翰两帧，印成潀题，并谢和钦赠句》。诗云："三贤妙墨劫灰余，合册宣和喻未如。赢得道园新觅句，欲将持敌雪巢图。"

蒋叔南作《己未季秋游济南龙洞，遂至佛峪观红叶》。诗云："肩舆彳亍绕溪行，四壁空峰矗化城。秋意满山红尽叶，白云流水自然清。"

曾慕韩作《一九一九年十月带病出国，抵巴黎车站口号一绝，寄国内友人》。诗云："十年浪迹骋霜蹄，又挂征帆向海西。为报神州故人道，病夫今日到巴黎。"

王大觉撰《海天新乐府》十三章。自序云："己未二月，予始于役海上。九月归休东江，旅次成《海天新乐府》十有三章。事陈实相，指寓幽忧。白傅《长庆》，卢仝

《月蚀》，方诸标致，讵异古今。呜呼！沈初明离乱怀归，登汉台而下泣；刘景升萧寥谁语，过大野以呼。前席贾生，人称年少；渡江卫玠，自觉愁多。能无抑湖海之豪情，诉琵琶之秋雨者乎？时则陇头水咽，刘越石月夜吹笳；剑外风高，季元休霜天跃马。二陵之风雨方酣，三湘之疮痍未复。处处芜城，泽葵依井；家家废苑，春燕巢林。流民之图空上，仇国之论何来。伊古佳兵，于斯为极矣。乃若春江箫管，南部烟花，既朱楼翠阁之极多，亦歌扇酒旗之无恙。问鼎行人，玉敦珠盘而至；拜除游士，雕龙炙輠而谈。莫不坐银屏而索醉，呼细马以驮姬。春阴如黛，传车则巷陌开晴；宵烛成烟，挟瑟则江天向晓。新柳风流，日下盛传紫稼；落花时节，江南难遇龟年。隋堤月子，忆柳梢青；唐内词头，念家山破。固知临安灯火之盛，其亦新亭涕泪之余哉！况复河清难俟，时变靡常。三百年王气已终，庾元规之风月；十六州重关无主，石敬塘之河山。甫修玉帛之盟，旋履危亡之运。事同悲于后蜀，夜书李昊之门；祸更烈于东林，争赴陈同之难。重以王敦惯能作贼，张禹亦解谭经。长歌慷慨，门前有载酒之车；高宴苍凉，夜无叩扉之客。大盗不操戈矛，万民竟同刍狗。莫云乱世之奸雄，毋亦识时之俊杰乎？凡诸问见，概具篇章。啼鸟白渡桥边，潮声终古；残日宝山路上，鸦影于今。抚景无聊，端忧不已。抱琴以归来，涉沧波而作达。垫巾风雨，郭林宗清议所归；下泽乡关，马少游平生可语。何以为怀，略此韩非《孤愤》；偶然使酒，颇多杜牧《罪言》。谁能迷事，或付新声。所思曷极，聊复书之。"十三章计有《望梅郎》《关门议》《新钟点》《五月七》《偷还都》《逼罢市》《罢官难》《奖巡捕》等。其中，《望梅郎》序云："京师妖伶梅兰芳，倾动一时。其祖母寿辰，士夫争走贺，晚晴簃诸老词客，尤极趋承。海上士女，望梅久矣，梅赴日本，皆冀其归而莅沪焉。"诗云："海上望梅郎，梅郎来乎否？梅郎方为重闱寿，凤城灯火如渑酒。彼姁膝下何所有，晚晴簃内诗人首。呜呼！徐世昌之林泉友，歌童之门趋而走。海上望梅郎，梅郎三月渡扶桑。妆镜夜临山月白，舞衫潮濯海波黄。咄咄倭人方思逞，边警旦夕告仓皇。君不见出塞秋琶弦进霜，我今独不望梅郎。"《逼罢市》序云："学生罢课，请争还青岛，废密约，严惩曹汝霖、陆宗舆、章宗祥，而政府视为无理取闹，置不复理。六月五日，上海首先罢市，徐国梁竟捕学生，横施鞭蓋，匪人宵小，亦复相戒勿益窃，谓非义愤之感人哉！"诗云："学生之威何足恃，罢学骂人而已矣。长官威岂不如他，姑安毋躁观其技。破晓学生来市中，血泪盈腮跪不起。吾曹惫矣无能为，莫谓诸公心竟死。商人攘臂大声呼，咄彼长官逼罢市。刹那处处肆门关，六街黯黯冷于水。徐厅长出吓偷儿，路见学生鞭复詈。谁知偷儿竟不偷，长官卖国不肯休。"《偷还都》序云："南北各代表辞职后，朱启钤旋游杭州。不数日，密乘花车，偷渡上海还京，勿再与上海流氓相混，徐树铮电朱语也。"诗云："请惩卖国贼，请复旧国会。事理果如是，而曰逼人太。南代表，辞职快，北代表，亦告退。挽留毋一再，将就公须怪。缘波杨柳烟模糊，扁舟风雨落西湖。十里菰蒲不知处，疑逐鸱夷范大夫。谁识欲归归不得，花车中夜偷还都。偷还都，莫揶揄，上海流氓不可伍，归去归去勿踟蹰。"

刘华钰作《己未九月邀友赏菊》。诗云："一纸红笺播四方，鹿鸣三复快称觥。渊明老健情偏重，子美清吟句亦香。旧会重开还就菊，新诗欲贮早缝囊。有花有酒真宜醉，莫负秋风老圃黄。"

[日] 大西迪作《己未九月冈崎学士将游禹域来访草庐，次其〈留别〉诗韵，赋此壮其行》。诗云："长风万里送君行，渤澥秋晴鹡影横。落月魂犹迷越岳，壮游神早到燕京。丈夫须遂桑蓬志，异境岂无鸥鹭盟。恰好黄花红叶节，一枝健笔纪诗程。"

十一月

1日 北京政府派员收回自1900年起被美军占领之北京正阳门城楼。

《新社会》旬刊在北京创刊。瞿秋白、郑振铎等人发起。本日发表瞿秋白《欧洲大战与国民自解》，呼吁国人清醒地认识第一次世界大战后国内外现状。

厦门菽庄花园藏海园落成。举行落成典礼，林尔嘉撰《藏海园记》，以楷书直题镌刻于菽庄花园临海石坡；另请时任北洋政府大总统徐世昌题撰菽庄花园匾额"菽庄"二字。林尔嘉作《己未重阳自东初归，偶集同人观菊菽庄》。诗云："潮回岸白见清沙，傍海高轩自一家。倦客更耽三径静，寒晖渐向隔山斜。诗联汐社怀吟侣，节到重阳感岁华。秋尽归帆风正急，不教辜负故园花。"

周庆云招集淞社作登高雅集，借座沪上大东酒楼。杨钟羲等人赴集。是集首唱杨宗稷（时百）《湘舲先生馈〈琴学丛书〉刊资百金，谨以此琴奉酬，感赋志谢一首》。诗云："四载鳞鸿契已深，神交千里感苔岑。封侯未识荆州面，知我先分鲍叔金。盐荚书成经世志（先生前著《盐法志》数百卷），雅琴史续百年心（近又续《琴史》若干卷）。枯桐有愧琼琚报，漫比中郎爨下音。"周庆云和《时百至契，以广陵徐二勋常遇响山堂旧琴自宣南寄赠，并题诗其上，因次韵答之，复作〈琴契图〉以见我两人忻合无间云尔》。续和：缪荃孙《题〈琴契图〉》、潘飞声《梦坡命题〈琴契图〉》、张荫椿《梦坡世丈精研琴理，九疑山人杨时百以响山堂旧琴自宣南寄赠，因绘〈琴契图〉并赋诗志谢，即依韵奉和》、喻长霖《小诗敬和原韵写呈梦坡社兄》、劳启扬《杨君时伯，吾乡名士也，工音律之学，尤精于琴，今秋拟刊〈琴学丛书〉，乌程周君梦坡寄馈百金以助付梓之费，时伯感其意，乃以所藏响山堂旧琴报之，并赋七律一章，镌于琴之龙池下以志谢焉。梦坡和其诗，因作〈琴契图〉，征同人题咏，予与梦坡、时伯称契好，然梦坡与时伯神交四载，面未一识。予今夏得读梦坡手订〈琴史〉，兹复得睹时伯〈琴学丛书〉之成，既喜琴学之昌明，复喜琴友之相得，何快如之。夫琴者，禁也，禁邪归正，以和人心，故曰声音之道，深有系于风俗人心也。当此叔季之秋，靡靡盈耳，天下几不知有盛世和平之乐。今二君殚精竭智，上补先哲，下启来者，使太古之遗音得流传于千载，其有功于琴学者犹小，其有功于风俗、人心者甚远矣，岂但风雅云乎哉？余虽不工诗，情难辞拙，谨和原韵七律一首以志忻佩》、李翰芬《奉题〈琴契图〉步原韵》、戴振声《梦坡先生以〈琴契图〉属题，谨依答谢杨时百先生诗韵率赋应教》、胡韫玉《己未九日梦坡先生招饮于大东酒楼为淞社登高雅集，出〈琴契图〉属题，敬次〈和杨时伯先生赠琴〉原韵赋此，即以题图》、叶希明《纪两公赠答之雅，即步时百老友滕琴诗韵》、刘子昇《梦坡得杨君时伯所贻响山堂琴，既赋诗为谢，更绘图以张之，属余继和，因次元韵，请指疵》、刘承干《梦坡姻世丈索题〈琴契图〉，谨次元韵奉和》、吴昌绶《奉题〈琴契图〉，即依原韵，应时百杨君作也》、王式通《己未十月题〈琴契图〉》、沈焜《梦坡出视〈琴契图〉索题，岁莫事繁，草草，殊不工也，即希大雅教正之》、曹春涵《奉题〈琴契图〉》、白曾然《上元己未重阳，梦坡先生招饮天韵楼登高为淞社雅集，出示〈琴契图〉索题，盖先生风雅嗜古，慷慨好义，与杨时百主政初无半面缘，闻其方辑〈琴学丛书〉，遂饻饼金百钣，主政乃馈以徐二勋响山堂所制琴投报，取与之间，君子盖两贤之，率赋七古一章，以俟郢教》、王树楠《题周梦坡〈琴契图〉，杨时伯（宗稷）精于琴，拟刊〈琴学丛书〉，乌程周梦坡赠以百金助刊资，时伯以所藏响山堂琴报之，而系之以诗，二君初未谋面也，梦坡作〈琴契图〉征诗，作此答之》、章梫《题周梦坡学博〈琴契图〉三首》。其中，缪荃孙《题〈琴契图〉》云："岂徒山水证虚深，唱和诗篇高与岑。几辈挥毫词琢玉，同人结契利占金。七条雅操千秋业，一片闲云万里心。渺渺飞鸿凭目送，世间难得是知音。"章梫《题周梦坡学博〈琴契图〉三首》其一："高密陈留遭汉乱，独于乐理得精元。我偕时伯车中语，今与周郎一再论。"吴昌硕因病未赴，有《己未秋，梦坡先生得响山堂古琴，有诗纪事，依韵和之》，诗云："敌场谁赴阵云深，琴罢昆阳忆马岑。冰炭酿成三峡水，庙堂孤负七徽金。抚余辞写归来意，乐处弦铿浩荡心。潦草诗情同一笑，寥寥容有古知音。"又，潘飞声作《己未重九日，梦坡招集同社天韵楼登高，率赋二截句》。同人和作：戴振声《己未重阳，为淞社登高雅集，以道远事冗未赴，仍踵旧韵赋谢》、吕景端《己未重九，淞社同人招饮大餐楼，因病赋谢》、李翰芬《己未重九，淞社同人登高雅集，宴于大东酒楼，率成二诗》。其中，潘飞声《率赋二截句》其一："辟兵桓景劫能逃，文酒关怀属我曹。今日黄花开口笑，太平风物好登高。"戴振声《仍踵旧韵赋谢》云："凉剪淞波秋意深，飞楼缥缈拟仙岑。遥知健笔惊风雨，定有高歌出石金。醉把紫萸搔短发，怕吟黄菊痛孤心。思亲别有新亭泪，目送江鸿响远音。"李翰芬《率成二诗》其一："风雨连宵菊盛开，龙山高会足徘徊。阁中多少才人笔，台上淋漓酒客杯。未敢题糕崔灏在，也同落帽孟嘉来。茱萸顿触思亲意，南望枌乡首几回。"

冯煦、郑孝胥、唐晏、王乃征、宋文蔚、王式通、余肇康等人集半淞园，作登高雅集。冯煦赋《水调歌头·和苏戡〈九日半淞园登高作〉》纪之。词云："曾阴闷南宇，孤负此重阳。曲池乔木无恙，策杖且襄羊。逐逐当关虎豹，蠢蠢处堂燕雀，万象正玄黄，丛菊有他日，忍泪一衔觞。　　不知汉，何魏晋，自羲皇。掉头休入，烟雾睥睨况榑桑。等是贞元朝士，莫话江亭秋禊。乱苇战寒塘，灵琐邈何许，独立向苍茫。"郑孝胥作《九日》。诗云："却病因之废酒杯，杜门谁复觅崔嵬。一庭秋气人先觉，累日霜风菊又开。遂付虫沙期共灭，并疏文字但余哀。朋侪乱后凋零甚，怅望斜阳更不回。"

《申报》第 16777 号刊行。本期《老申报》"文艺"栏目含《海上蜃楼词》（同治十一年七月二十四日）（四首）。

《新青年》第 6 卷第 6 号刊登潘公展《关于新文学的三件要事》、钱玄同《答潘公展》。潘公展认为："古韵和今韵不同，那么今人要做韵文，用前代的韵觉得勉强，随意用韵，那又各人不同，所以审定标准韵实在是最要紧的事。"钱玄同复信指出，"用国语做诗时，那就该用国音押韵"。其时北洋政府教育部已委托吴稚晖审定《国音字典》，钱玄同认为今后作诗便可按照这一国音标准用韵，强调要用新韵："是现在的人，该用现在的国语做诗，该用现在的国音押韵。那从前的诗韵，只配丢在字纸篓里，或者拿去盖盖酒瓮口，也还使得。到做诗的时候，丝毫用处也没有（诗韵这样东西，就是在旧韵学上，也没有半点价值。研究'小学'的人，也很吐弃这书）。"

吴昌硕作《己未重九》诗志怀，又为童大年行书自作诗轴："海色惊鳌立，云头竞马驰。驱尘红不断，赋草碧犹滋。笛远浮天籁，池新泛柳丝。白题胡舞罢，残照欲凄其。心安老兄属，录近作。己未重阳，吴昌硕，年七十六。"

胡雪抱与吴映川等人至昌江畔观音阁，登魁星楼唱和。胡雪抱作《有同志三四人至观音阁，登魁星楼有感作三首，和吴映川〈重阳登高〉》。其一："秋色江山一望收，偶然鸿爪此勾留。重阳谁敢题糕字，先释吾乡马少游。"其二："湖海频年笑浪游，澄清依旧梦悠悠。地谁鳌足新崩坼，更有何人立九州？"

陈铁生生。陈铁生，原名良，浙江温州人。著有《余晖阁诗存》。

冯煦为宗源瀚遗集作序。宗源瀚《颐情馆诗钞》（《诗钞》2 卷，《诗外》1 卷，《诗续钞》1 卷，刻本）本年刊行。序云："予耳湘文先生名于周还之丈许，时赭寇穴建康，蹋及广陵。雷副宪以诚，军扬州东之万福桥，资粮扉履，一储海陵，以两淮运使乔勤恪松年督之。勤恪号下士，东南耆旧，与江左百执事，鱼颁鸟颃，并趣海陵。然跅弛不羁之才，务规一切以取济，而或溢于绳检之外。方闻缀学者，又怀握铅椠，以文藻相矜，尚不屑屑理群碎，譬诸夏鼎汤盘，非不环古，而不适当世之用。独先生客勤恪幕府，朱出墨入，恢恢有余，不以繁文损性，亦不以虚谈妨务，简军实，恤民隐，目营口授，百吏不给，勤恪倚如左右手。竿椟少暇，数有文酒之会，一篇既出，恒盖其坐人。

还之丈素自多其诗,而推服先生若不及。予年方少,初解声病,辄向往之,以不获相从学诗为憾。光绪已丑,先生北觐,过予邸中,闻名垂三十年,始一奉手,欲若旧戚。先生官浙久,数典大郡,与诵雷颠,几几与龚、黄匹休,而襟抱冲夷,清言娓娓,有正始、永嘉遗风,一划外台矜气骄色。予叹以为难。曾不数面,复赋南征,初未得一读先生诗也。癸丑赈江宁兵灾,与长君子戴共晨夕,数荷匡翼,子戴始出先生诗四卷,属予编订。受而读之,先生诗树义敦厚,选言安雅,所得于东坡为多,如百斛之泉随地涌出,扰之不浊而挹之不竭;又如太常法曲,其声之清浊长短高下,与钟吕相应,都无凡响。若夫慨世运之凌夷,伤民生之凋劫,则又杜陵前后出塞,香山秦中乐府也。嗟乎!方予闻还之丈述先生时,甲子且一周,丈连蹇以没,子姓复不振。先生宦游浙中佳山水,晚复结庐虞山之阴,负瓢曳杖,敖婴林壑间,物表天全,身名俱泰。子戴承家学,又有闻于时,一东坡之有斜川也。昔人谓诗人少达而多穷,至先生且不验。独予仰先生久,辇下一别,遂绝音尘。且先生所丁者,粤寇也,蹂躏仅十数行省,一纪而平。今予与子戴相游处于东海之余,所丁者,匪寇也,而乾坤既毁,蛮触之争相寻而未已,将沦于万劫不复之地。回首旧游,如梦如幻,序先生诗竟,苍茫四顾,杳不知所居为何世也。子戴其亦有怆焉。难为怀者邪!已未重九,金坛冯煦。"

林纾作《已未重阳,张远伯招同何南孙、闵葆之、沈昌生、杨潜安、罗瘿公、汤定之、吴辟疆、黄秋岳、杨瑟君集龙树院,余以事匆匆归,归后补图寓远伯》。诗云:"天竺大比邱,厥号曰龙树。作为三种论,佛国侈名著。院以此命名,昔亦桑门住。积湫伏苇荡,蛙黾哄朝暮。山光从西来,钟声出东序。微烟散疏柳,秋色何楚楚。鬼兵起道策,名胜竟无主。逐僧辇佛像,三度易门宇。斋堂罢云供,秋龛雾花雨。阑楯既一新,吾辈且游处。张侯此置酒,胜流一时聚。秋高苇已黄,在法当一炬。留槎殊非计,因是家狐鼠。吾侯实本兵,薙狶或有取。狂言发禅病,斩猫殊过举(斩猫事见《指月录》)。无佛面虚堂,合十作礼去。"

陈夔龙作《重九日苏州虎丘登高兼游盛氏园林,得诗四首,示同游周言声世讲、侄昌琛、子昌豫》(四首)。其一:"霸业销沉虎气收(苏州旧称行省,今则夷为县治),夕阳明灭又登楼。云飞画栋成新构(冷香阁落成),雨打乌蓬忆旧游(往岁来游,均值风雨,兹行喜晴)。作客青鞋仍故我,昵人红叶已深秋。盟心讵是生公石,老尚痴顽学点头。"其三:"绝磴攀登敢告劳,平生结习付儿曹。羁栖只合携宗武,谨饬惟应效伯高。坐上参军妨落帽(言声携一暖帽自随),帐前走卒已分旄。此来窃恐刘郎笑,一字慵题九日糕。(苏绅刘雅宾诸君适在冷香阁款客)"

王舟瑶作《九日登九子峰》。诗云:"出郭山光青两眸,疏风冷雨作深秋。开樽早已见黄菊(吾乡曩时九日菊尚未花,今岁独早),落帽于今愁白头。九子峰峦终古在,二王坛席几人留(柔桥、六潭两先生主讲九峰最久,今同学已寥寥)。不须萧瑟悲宋玉,且折茱萸当酒筹。"

盛世英作《重阳》。诗云:"筵前酒泛他年绿,篱下花开旧日黄。独有镜中毛发变,不堪重佩紫萸囊。"

释永光(海印)作《己未重九日与岳道人、云骧、圣邻、竹麓、虞笙、宜园诸君游白鹿寺》。诗云:"秋堂澄雨霁,嘉招入林樾。敛襟结跏坐,幽木沉寒叶。逶迤步层冈,林禽瞰禅悦。招提不可思,吾道久沦歇。凉飙起天末,寒籁生岩穴。沧桑慨人世,浮云空变灭。思旧半凋零,沾衣泪如血。"

方守敦作《己未重九偕仲勉、光炯登迎江寺浮图,儿孙三人随侍》。诗云:"峥嵘孤塔镇横流,九日贤豪共胜游。杖履尚堪凌绝顶,江山可惜是残秋。乾坤清浊浑难问,南北风烟浩莫收。万事从容付年少,危栏徙倚瞰方州。"

李经钰作《九日寄悔兄吴门》。诗云:"陡觉新霜两鬓侵,高楼徙倚一登临。更无松菊开三径,坐揽河山慨陆沈。垂老怕逢重九节,悲秋非复少年心。天涯兄弟离群久,手把茱萸酒独斟。"

林苍作《重九日祭宛在堂诗龛示观心》。诗云:"去年九日尊前泪,肠断湖堂荐菊人。下拜却看遗像在,竭来又结瓣香因。秋阴城郭增萧瑟,残酒阑干对欠伸。指点林漪思往事,河山风景几新陈。"

黄节作《己未九日》。诗云:"烂漫花光送晚秋,午余寒蝶尚淹留。直知天意存荒径,且遣霜威上薄裘。国事正冠吾孰语?重阳得酒世能休!古人此日登高感,不谓于今亦独愁。"

金天羽作《重九日驱车载酒至青龙桥,登八达岭,题长城壁,示铜隐》。诗云:"生不排云上九闾,霜风天半起重阳。脚底万叠居庸翠,长剑割入茱萸囊。把酒持螯后出塞,被发骑麟下大荒。回瞰神京井底出,齐州数点烟茫茫。"

夏绍笙作《惜秋华·己未重阳,久雨乍霁。玉蟾词客,相与登临,且赏蟹黄,自任烹调。计共八玉碟,色香味皆妙绝等伦,加以菊花,辉映瑶席,麓山风景,有似洞天,乃效梦窗,同赋此解也》。词云:"绝艳新妆,到秋香令节,登高何处。遥望故园,青山白云红树。烟霞隔断湘江,却听得、南朝蛮语。归鸦,唤斜阳、岂是霓裳歌舞。 天上有仙侣。向篱边采秀,黄花盈掬。且把金尊,莫话过江烟雨。西风卷了珠帘,叹瘦却、柳腰无数。云路。插红萸、丽人微步。"

杨圻作《己未九日偕孟璞君谦游扫叶楼》(二首)。序云:"明高士龚贤,字半千,上元人,以诗画名清初。带发为僧,游庐山,归筑扫叶楼清凉山麓,今楼犹存。己未九日,与孟璞谦公游此,其画像笠屐萧然,初非缁流,不僧不俗,殆贾岛之流欤?"其一:"斯人生岁晚,潇洒似秋清。行到翠微里,时闻红叶声。(楼在翠微亭下)一朝高士传,半世老僧名。今日无风雨,开楼江月生。"其二:"江落三山外,楼明二水边。

卧游原有画，诗理亦通禅。我欲寻支遁，人来拜阆仙。停车看秋色，今古两茫然。"

陆宝树作《己未重九戴养轩丈招饮近芳园，限〈批庐重九集平远阁〉韵》。诗云："黄花篱落西风吼，主人开宴赏秋九。先期折柬来相招，自问不才愧下走。娄水当年拂袖归，襟期落落孰为偶。青衫潦倒泪痕多，只合书生老户牖。手抱瑶琴不复弹，钟期一去今何有。待展羲经说退藏，田园无恙且株守。闲将余事学吟诗，草木岂甘同腐朽。变迁时局几沧桑，看尽白云幻苍狗。耕读传家先哲言，带经还伴锄犁耦。署得头衔曰醉樵，好寻奕趣橘中叟。烂柯一掷不成龙，长啸山林麋鹿友。块垒填胸何日消，愁来远觅扫愁帚。芳园差喜张诗筵，满座宾朋列瓯瓿。落帽龙山话孟嘉，登高佳节茱萸酒。猜拳行令何欢呼，各剖雅怀无俗垢。一笑颓然倒玉山，醉容可掬指某某。酒龙诗虎尽人惊，小子无知瞠乎后。更羡陶公归去来，虞山结屋栖迟久。风尘羞学折腰官，不恋区区米五斗。重署义熙甲子年，安排药灶兼茶臼。退思寡过学蘧贤，舞彩何妨称咒卤。郏溪我欲放扁舟，李报投桃乏琼玖。晚节同坚百尺松，高风犹种五株柳。相将拜倒诗龛前，愿祝心香无量寿。"

张素作《菩萨蛮·九日作家书》。词云："横秋一雨伤离别，看看又到囊萸节。何处见吴鸿，江云千万重。　　填词心自苦，归梦层楼阻。消瘦梦中身，黄华还笑人。"

李广濂作《己未重九登白云山二首》。其一："岭表逢佳节，同登城北峰。禅房花簇簇，云树影重重。望远迷香塔，心清悟梵钟。云岩佛寺古（寺在悬崖，为安期仙得道处），泉石认仙踪。"其二："风景望无边，登高众粲然。赏心黄菊酒，濯足白云泉。兰若莓苔润，楼台竹树连。老僧留啜茗，禅榻许依眠。"

林葆忻作《重九湖心社同人集宛在堂》。诗云："登高逢九日，坐废忽三年。山与人俱瘦，花迟菊自怜。秋深湖蟹美，酒熟野蔬鲜。一醉吾能健，长歌破暮烟。"

王铨济作《重九日黄甫林再祀双忠祠，用青溪熊苏林农部〈东皋草堂祭李太仆〉元韵》。诗云："偷活宁能向草间，宗臣祠典有谁删。千秋箫鼓鸡豚社，一代衣冠仆妾颜。气节长令光简册，文章岂独动江关。登高痛洒西风泪，不见忠魂化鹤还。"

曾广祚作《重阳不登高》。诗云："岁岁重阳节，登高一醉归。今吾忧伏莽，篱落插花枝。"

郑汝璋作《己未九日宴集八咏楼，赋呈在座诸君》。诗云："登临恰值重阳节，莽莽乾坤喜得闲。去燕来鸿三载客，青林红树六朝山。乡关回首孤云远，秋色横空夕照殷。同座况多江海士，酒阑狂语不须删。"

刘栽甫作《己未九日西濠旅次，呈耘甫大兄》。诗云："闭门尚有登高地，出郭疑无送酒人。照眼黄花心易放，攀天白日气逾新。墓田相生谁家哭？兄弟交忧四境喧。便遣佳辰顷健语，西濠独对水如鳞。"

黄濬作《九日龙爪槐宴集，赋呈远伯》。诗云："背郭秋光照溦舫，凭高来拜抱冰堂。樽前苜蓿谁成咏，槛外蒹葭初着霜。行酒略酬佳节意，插花当趁少年狂。故家文物票姚甚，欲及箫辰乞报章。"

张公略作《己未重九游龙泉岩》。诗云："岁月去易迈，荏苒又深秋。不尽沧桑感，寒风动客愁。所幸值佳节，结侣事闲游。鼓棹冲骇浪，登高临古丘。远寻鮀浦胜，近瞩林泉幽。怪石天际立，群峰海上浮。佳会乐今日，幽怀爱山陬。避灾岂效桓，独善自为谋。闲身多乐趣，泉石任稽留。清谈盈妙旨，高歌兴悠悠。趑趄日过午，凉意动梧楸。兴尽归来晚，扁扁一叶舟。"

贺次戡作《九日》。诗云："九日登临步石台，龙山尘迹委蒿莱。江湖人老黄花瘦，节序风高旅雁回。篱菊笑簪骚客鬓，野萸愁对异乡杯。题糕健笔添豪兴，侧帽英年一马来。"

2日　杨钟羲往吊丁宝铨之父。

陈师曾《和沈观年丈试院之作并用原韵》发表于《大公报·余载》。诗云："三老三逢试院中，因缘文字岂匆匆。螭头簪笔巢痕在，蟹眼煎茶道味同。谁入药笼供济世，共瞻藻鉴正悬空。官槐日昃嗁螀散，不用金莲照座红。"

魏清德《秋烟（八齐）》发表于《台湾日日新报》。诗云："秋日人家乌欲栖，秋烟掩映断桥西。近笼隋柳千丝碧，远混齐州九点低。画角风前吹不散，疏林月下望还迷。梵王古寺钟初暝，知隔蒹葭第几溪。"

曹炳麟作《重阳后一日舣青浦沈叔葵于鳌山，口号留行》。诗云："江东沈叔子，风雅超流辈。买舟渡江来，蹑足金鳌背。豪情欲薄云，酒力能欺海。开襟坐夷旷，倾樽浇块磊。黄花解人意，命我约君醉。奚妨信宿留，欢言使人慰。知君妙解音，雅乐声流喝。何以迟君行？江上青峰在。"

李笠作《仿谢灵运〈晚出西射堂〉诗》（联句）。序云："重阳后一日与洪焕增、焕揩、瑞铤、张郁祁、项润孙散步北郊联句，仿谢灵运《晚出西射堂》诗。"诗云："步出北城门，沿行城北浔（祁）。芦苇媚隈奥，林树生幽阴（增）。秋风禾穗黄（揩），晚炊野烟黔。物换愁难已（铤），情留意不任（增）。孤鸿号外野（揩），饥鹰踞险岑（孙）。怀思何悲凉，咄嗟发微吟。濯足污清泉，弹冠脱尘簪。乐天式往训，偃音听溪音（笠）。"

4日　冯雨樵、罗芸郚、伍介康、何绍畲、伍月阶等人雅集双柳村作消寒第一会。冯作序云："己未十月十二日，同人雅集双柳村作消寒第一会，会内计八十以上者四人，罗芸郚、伍介康、何绍畲、伍月阶；七十以上者四人，辜云如、雷质延、李梓琴、冯雨樵；六十以上者三人，邓雨人、谢瑟堂、李浣云。"诗云："消寒启新会，己未孟冬时。诸老神矍铄，双柳途坦夷。班荆来伍举，谭笑无穷期（伍介老倡约）。罗隐作龙头，小谢小李随。邓禹曾笑人，践约来何迟。其余列坐者，都无尘俗姿。各抱古情性，各具古须眉。或精怀素字，或工少陵诗。射竞猿臂善，画争虎头痴。出处人不识，著述臣能为。寿骨由自全，不来山中芝。老眼尚未花，慵看石上棋。时事不可说，且自食蛤蜊。昔日东陵俟，种瓜今满陂。先朝执戟郎，洗墨仍盈池。名教有乐地，世俗安能知。非敢效聋哑，养晦宜如斯（同人有耳聋者）。远怀柴桑翁，高卧称皇义。近慕天随子，江湖事游嬉。翘待梅花开，次第倾瑶卮。"后，黄洪冕作《和雨樵先生消寒会五古原韵》。诗云："高阁开名流，德星聚一时。欢言具尊酒，心志各超夷。温公真率会，千载同襟期。座有古稀人，雅与耆英随。尤难四大耋，翩然步来迟。落落数君子，矍铄生古姿。盟既结白社，寿复齐黄眉。都擅郑虔绝，书画而工诗。我惭黄子久，名不讳大痴。身如被谪仙，役役乃胡为。空吃玉水尘，莫采琼山芝。陵谷感沧桑，世事如弈棋。学种青门瓜，甘啖紫唇蜊。今年来锦里，绛桃花满陂。销愁还又手，遣兴亦临池。昨闻畲叟语，始获樵隐知。示我消寒什，天趣睹于斯。事止书甲子，行可邻轩义。安得从之游，附骥来娈嬉。命车问双柳，对君倾百卮。"

周庆云常州行，作《九月十二至常州，王耀卿参戎迎于道左，下车止于薙所，郭君次汾设宴，赋此报谢，并博同座诸君一粲》《耀卿、朗斋招饮天宁寺，叠前韵纪之》。其中，《九月十二至常州》云："飞车飘忽晋陵城，挥尘有人道左迎。俶扰风云增感喟，护持禹笏费经营。菊栽陶令吟秋艳，榻下陈蕃话旧情。笺召群芳开夜宴，梦回犹记绕梁声。"《叠前韵纪之》云："绀宇巍巍隔市城，一龛弥勒笑相迎。厨寻香积知风味，塔应文明话旧营（俊夫为言建塔故事）。红叶绿筠犹在望（红梅阁有红叶，绿筠颇饶幽致），莺声燕语若为情。坡仙曾此舣舟楫，未向亭边听水声。（东坡有舣舟亭以不及访寻为憾）"

吴宓日记载："昨得施济元见示去年在《哈佛校友会简报》所投之稿一篇，始知哈佛大学在光绪初年1880—1882曾设汉文一科，聘宁波戈鲲化先生为正教员。阅三年，戈逝世，其汉文一科遂又废之。始末具见当时校中之文牍及《月报》等。当时之波城某报《波士顿每日通信》亦载有戈先生论述中国诗。今校中图书馆藏有戈先生捐赠其所著诗集，颜曰《人寿堂诗钞》，并他人和作。共二册，木雕板印。取而阅之，则知戈系休宁人，曾官至太守，又参军幕。然其诗殊不见佳，自喜新奇而实无异人之处（但中有始乘火车、轮船等题）。意者其人恢奇而骛名，遂能受聘于哈佛。时当洪杨乱后不久，戈或亦钱江之流，故逃之海外，无以稽考。然此亦留美学界之掌故，因记之如右。（戈字砚昀，其诗刻于光绪三年丁丑。其在美时，系携妻子同来）"

[日]土方久元撰《秦山遗稿》（1函，2册，铅印本）由日本株式会所博文馆印刷所出版。山孝卿题耑，海东题辞，田中光显、蓝田股野琢作序，又有《秦山土方伯略传》。橘园喜多贞、黄山片冈哲作跋。其中，田中序云："秦山伯长余数岁，生而同乡，长而同艰苦，同赞皇运，同遭盛时，同事圣皇，同任宫相。一生之阅历，相同如此，谊同昆弟。今也亡矣，对斯遗编，音容在目，不胜追悼之情也，拭泪弁一言。己未十月，

青山田中光显。近藤久敬书。"橘园跋云："秦山公天资英俊,气宇恢宏,以维新元勋仕至宫相,一旦挂冠,尚赐前衔,功绩录在史官,可谓荣矣。公平生嗜翰墨,感兴眺瞩,悉发诸诗,不假雕琢,真情流露,自能动人。今兹六月,公孙久敬伯谓贞曰:'久敬绍王考志,将刻遗稿,以颁旧知,嘱蓝田股野翁及片冈某子与王考交深,请助成之。'贞不敢当,固辞不得,退而自谓贞辱公知十有六年矣,或从游满清,或东道纪伊,编其诗曰《满清游草》,曰《南纪游草》,皆已剞劂公之。公之在时,尝欲编其全集未果,则于谊不可辞,于是咨之友人佐藤六石。六石精诗律,亦曾纳交于公者,因相共校订卒业。呜呼!公之勋绩赫奕天下,如其于诗,复何足说。虽然,诗者志也,夫人有志焉,见于言动,则道公之勋绩者,必不可不先观其诗也。公居常摄生甚勤,朝浴冷水,夕事散步,龄跻八秩,矍铄凌壮。满清之行走,登万寿山最高阁浩吟,以惊将行之吏;熊野之行,率先嗽那智瀑泉,吊文觉遗踪,踞岩长啸,有气压青年者,盖其养生有道,故有此气之旺,有此气之旺,故能得排万艰,尝千辛,以画回天之业也。今校公遗稿,当日风姿,宛然在目,殆难为情!景慕之余,谨跋其后。大正八年十月,橘园喜多贞。"

5日　徐世昌任靳云鹏为国务总理。

太虚大师由天津南下抵南京。翌晨礼杨仁老之塔,又访欧阳竟无于支那内学院筹备处。

黎尚权作《梅花》。诗云："冬时梅花盛,儿童路见之。清香风扑鼻,心想折一枝。"

6日　徐世昌任严复为总统府顾问。

符璋、王玫伯自本日起至次月5日书信往来频繁,并多附有诗作。

谢品贤《重九有感》(四首)刊于[马来亚]《槟城新报》"文苑"。其一:"驹光瞬息又重阳,长铗频弹几类狂。忆昔故园今夜景,黄花三径独飘芳。"其二:"落拓江湖百感伤,驹光瞬息又重阳。一筹未遂平生愿,世味酸辛已备尝。"

7日　南京学生联合会发起成立各界联合会,推举陶行知为筹备会会长。

《申报》第16783号刊行。本期《自由谈》"诗录"栏目含《今诗录》:《挽高子益》(二首,拔可)、《高次长讣至,诗以志哀》(一之);《古诗录》:仙籁氏选《秋月泛湖》《过范增墓》《别晋都人士二首》《登镇淮亭》《金陵怀古》《讥刺王安石害国蠹民》《题陶渊明庐山入社》《张志和尝水浮家》(三首)、《吟秋》。

《诗声》第4卷第9号在澳门刊行。本期"诗谭"栏目含《雪堂丛拾(廿八)》(澹於)、《心陶阁诗话(十四)》(沛功)、《远庐诗话(八)》(远公)、《饮剑楼诗话(七)》(观空)、《乙庵诗缀(卅二)》(印雪);"词苑"栏目含《游澳逢印雪君初度日,与沛功、博公、秋雪、惺厈诸老席上呈洛泉先生》(绍雪)、《席上叠绍雪元韵》(濠隐)、《席上和绍雪元韵》(沛功)、《席上叠绍雪韵》(秋雪)、《雪堂诸子出呼字韵诗索和,因此答之》(惺厈)、《奉和沛功,叠绍雪元韵》(印雪)、《春夜口占》(印雪)、《百卉》(同前)、《百字令·庚申元旦试笔并爇心香为众生祈福》(沛功)、《百字令·庚申元旦和沛功韵》(秋雪)。刊后有《同志通讯》云:"叶遂良君鉴:前上一函并呈拙作数首,至今未见,示覆念甚。秋郎。"本期附刊《诗声附庸》第9号。其中含《并肩琐忆(九)(此章未完)》(秋雪、连城合著)、《云峰仙馆读画记(九)》(野云)、《鼎湖游记(五)(未完)》(琴樵);[补白]含后山句:"欲傍江山看日落,不堪花鸟已春深。"

况周颐移寓朱家木桥,又猝逢丧女之痛。女伶李雪芳在沪演出,朱祖谋强拉况周颐顾曲。次日,况周颐赋《八声甘州》云:"袅珠歌不断是伤心,苒苒入行云。费低佃欲绝,消除无那,省识花真。檀板一声催彻,离合迹俱陈。翠雾重烟外,蛾月长鼙。　对影琼芳雪艳,悄东风红豆,触拨愁根。忍人天恋尽,满目更浓春。赚青衫、无端双泪,暗自惊、犹有未销魂。天涯路、览江山秀,容易逢君。"

太虚大师至沪,即由费范九陪往南通。10日,太虚大师应张謇(季直)请,讲《普门品》于狼山观音院,凡三日,又游览名胜,参观建设事业。

吴芳吉接汤用彤自美国信,反对吴芳吉赴东京学美术,认为不切合世用,建议学新闻,此近于文学且不蹈空言,以后若办天人杂志,或有用武之地。又接刘泗英函,告以救国团彻底解散,将携何启泰再赴日本,刘又以"敬爱"二字奉赠吴芳吉以处理夫妻之事。

黄协埙作《九月十五夜作》。诗云:"老去成笯凤,贫来叹釜鱼。文章仍故我,漂泊欲何如。白发愁窥镜,朱门懒曳裾。只应今夜月,相伴客窗虚。"

8日　孔子第76世孙"衍圣公"孔令贻卒于北京。孔令贻(1872—1919),字谷孙,号燕庭,山东曲阜人,孔子第76代嫡孙。19日,徐世昌颁令"从优议恤","以示优礼圣裔之至意"。徐世昌作挽联云:"能娴俎豆尊周礼;常忆衣冠说世家。"段祺瑞作挽联云:"道近中庸儒型未坠;神通太玄洙泗含哀。"张勋作挽联云:"陵树幸无伤,景伯犹存,惑志岂容公伯塑,壁经终有托,康成虽逝,遗孤又见小生同。"曹锟作挽联云:"诗礼绍前修,千圣心传深仰止;青齐闻噩耗,两楹梦奠有余桐。"陈焕章偕弟大章作挽联云:"高谊薄云霄,傃宅特因吾道重;孤踪覆岭海,凭棺深怅故情疏。"

吴昌硕画竹一帧,题诗云:"一竿寒绿影婆娑,雪后萧萧近水坡。倘遇伶伦制为笛,春风吹出太平歌。"

9日　郑孝胥招饮,沈曾植、朱祖谋、王乃征、李经迈、章梫、余肇康、夏敬观、李宣龚、姚文藻在座。

《申报》第16785号刊行。本期《自由谈》"诗录"栏目含《道过曲巷,箫鼓漫烂,幽唱遏云。仆野人也,伫听有怀,于是感述》(蔚心)、《重阳后一日与从叔伯均、家兄莪心游邑□□,买茗市楼》(前人)。本期《老申报》"文艺"栏目含《鸎巢夜话联句》(光绪二年十月二十九日)(嘘云,缕馨)、《海上蜃楼词续》(同治十一年七月二十四日）（二首）。

魏清德《题云年社兄陋园》发表于《台湾日日新报》，又刊于1924年4月3日《陋园吟集》。诗云："复圣居陋巷，箪瓢意自得。刘郎《陋室铭》，陋之无愧色。彼皆圣贤姿，所处偏困逼。非关解嘲谤，要自抒胸臆。洒然物累消，寸心常莹拭。多君富庭园，楼阁壮游陟。缭以山周遭，临以涧欹侧。云连狮岭青，月出鸡峰白。陂塘容扁舟，石磴通幽展。祥禽喜栖翔，佳木畅繁植。虽无穷丹青，大觉赡雕饰。如何亦名陋，此意人莫测。吾闻斗筲徒，器小易盈戾。如君陋斯园，浩荡真无极。于焉戒骄奢，于焉追祖德。愿言崇令名，持为世轨则。"

颜偶作《九月十七日病疟有感》。诗云："十日痁疟力尽殚，水深火热夜漫漫。吟多只觉同花瘦，病苦翻求入梦安。身似河山千劫胜，心游天地一床宽。谐声会意都泛虐，时事还应如是观。"

郁达夫作《留别家兄养吾》。诗云："亦似飞蓬人似雁，东门祖道又离群。秋风江上芙蓉落，旧垒巢边燕子分。薄有狂才追杜牧，应无好梦到刘蕡。明朝去赋扶桑日，心事茫茫不可云。（家兄养吾作送行诗：'一片芦沟月，怜君万里行。清谈当此夜，难尽别离情。'）"

10日 《申报》第16786号刊行。本期《自由谈》"诗录"栏目含《仙籁氏在古诗录又选诗章十余阕投〈自由谈〉，再博阅者之一粲》（仙籁氏简）：《洗耳池》《九日游蜀山》《金山寺游客》《八月十五》《丐夫》《未婚烈女》《李鸿章》。

沈曾植以诗简郑孝胥。《海藏楼看菊花》云："黄菊吾畏友，严霜发精神。自嗟欺魄老，愧尔华荣新。正色摄变化，怀芳不芬菡。肃然满天星，礼觌夏时真。病足苦蹩躄，长廊未周巡。归来梦湘纍，招我餐英宾。"

郁达夫游陶然亭，作《题陶然亭壁》。诗云："泥落危巢燕子哀，荒亭欲去更徘徊。明年月白风清夜，应有蹁跹道士来。"又作《己未都门杂事诗两首》。其一："手中芍药眼中波，十二金钗值几何？旧是笠翁歌舞地，韩家潭上美人多。"其二："惯闲宰相尽风流，百顺胭脂院院游。一夜罗衾嫌梦薄，晓窗红日看梳头。"

张謇作《精舍晚憩》。诗云："向夕闲犹好，行吟寂不凡。栏平潮汛上，壁近月光巉。忆鹤寻铭冢，窥仙惜隐岩。野怀知欲旷，林叶有风芟。"

陈瑚作《己未重九后九日过大甲营盘口庄之宜园，观菊中多奇葩，目不暇给，叹赏久之，爰赋七绝句六首，赋赠主人营邨花隐》。其一："斑斓五彩绘秋光，隐逸花为富贵妆。拟买胭脂好颜色，为君写照到柴桑。"其二："一种花开态绝奇，佳名却唤粉孩儿。闲情赋乎真情种，化作篱东并蒂枝。（并蒂菊）"其四："俗眼惟看遍地金，谁将文字此中寻。一丁不识休轻到，恐被黄花笑不禁。（一文字菊）"

上旬 吴昌硕篆额宁波《重修回江桥记》，张美翊撰，李瑞清隶书，十月上浣立石。

　　11 日　杨匏安《马克斯主义》连载于《广东中华新报》，至 12 月 4 日止。

　　《申报》第 16787 号刊行。本期《自由谈》"诗录"栏目含《题啬翁林溪精舍》(拔可)、《寄舺斋南湖别业，兼候仁先侍御。舺斋青溪有楼，避地以来不得归者两年矣》(拔可)。

　　张棡(震轩)收到墨婿寿诗、张剑秋寿诗各十章，又张雨九先生诗四章，夏生承焘赠诗四绝、词二阕。又，为叶婿改寿诗十章。

　　张謇作《九月十九日观音院落成新筑，延太虚讲经二日》。诗云："别院堂依洞，乔林绀杂青。山禽余落污，庭卉送微馨。爱俗应尊佛，饭僧为讲经。坛边休聚石，我老尚能听。"

　　周庆云作《展重阳猏叟招集春笑楼，出〈醉菊图〉索题，用兰史韵》(二首)，潘飞声和《己未展重阳日，猏叟丈置酒春笑楼》(二首)。其中，周庆云《用兰史韵》其一："又展重阳节，来寻凤女家。病余思止酒，老去耐看花。人事原无定，吾生未有涯。餐英休冷笑，秋实胜春花。"潘飞声《己未展重阳日》其一："汐社犹存集，柴桑且作家。世无陶靖节，谁赏义熙花。君独孤怀抱，招邀醉水涯。百龄才八秩，天特与年华。"

　　傅熊湘作《己未生日海上作》(四首)。其一："臣壮但如人碌碌，狂言忽发酒悲深。忧亡已见成鱼烂，辟世从知有陆沉。黄菊戒寒怜晚节，幽兰纫佩证同心。洞庭木落秋风起，犹及冥鸿一放吟。"其二："黄花开尽忍言归，烽火家山未解围。世乱豕蛇伤荐食，时衰麟凤累长欷。看残棋局柯将烂，拣尽寒枝星欲稀。青鬓渐凋霜讯早，年来尘梦总依违。"

　　郁达夫作《己未出都口占》。诗云："芦沟立马怕摇鞭，默看城南尺五天。此去愿戕千里足，再来不值半分钱。塞翁得失原难定，贫士生涯总可怜。寄语诸公深致意，凉风近在殿西边。"

　　黎尚权作《早起看梅》。诗云："早起窗前坐，寒风侵入来。园鸡啼报晓，心欲看新梅。"

　　12 日　吴宓日记云："近见国中所出之《新潮》等杂志，无知狂徒，妖言煽惑，耸动听闻，淆乱人心，贻害邦家，日滋月盛，殊可惊忧。又其妄言'白话文学'，少年学子，纷纷向风。于是文学益将堕落，黑白颠倒，良莠不别。弃珠玉而美粪土，流潮所趋，莫或能挽。"

　　徐特立到达法国马赛。在华法教育会李石曾安排下，入木兰公立中学法语学习班。

　　14 日　《申报》第 16790 号刊行。本期《自由谈》"诗录"栏目含《赵李家有所谓菊花山者，花事甚盛，车骑如云》(蔚心)、《哭何思鲁》(前人)、《己未夏京奉道中怀人诗二首》（一之）：《丰台站纱窗外闲卖花》《泊头镇月台前见美荫》。

15日 杨钟羲赴杏花楼宴，唐元素、冯梦华、王聘三、朱古微、王尧衢、章一山、宋澄之、陶拙存皆在。

《东方杂志》第16卷第11号刊行。本期含《我之新旧思想调和观》（陈嘉异）。本期"文苑·诗"栏目含《雨花台登山》（陈三立）、《莫愁湖看雨》（同前）、《游孝陵》（同前）、《仁先西湖寄柬，云重九前可相访，缀句奉报》（同前）、《长昼闲居》（同前）、《夜秋》（同前）、《又步溪园》（同前）、《题〈金香岩高士祠图〉》（陈曾寿）、《蔡甸谒关师墓》（同前）、《和莘田赠别之作，时莘田亦将返里》（同前）、《元夕偕龙毅甫步月》（陈诗）、《早春同素庵游半淞园》（同前）、《题龙毅甫〈南北史小乐府〉》（二首，同前）、《张家口大雨风作歌》（金天翮）、《徐州重登黄楼》（同前）、《己未闰七夕》（谭泽闿）、《秋日独游江亭，道经窑台，徘徊西坡草树下久之，归赋一律》（林志钧）、《谢方伦丈惠徽墨、云雾茶并诗，盖酬吾曾为画扇写诗也》（陈衡恪）、《画竹篱》（同前）、《己未闰七夕歌集》（二首，谭泽闿）、《拔可先生惠饷闽江生荔支，赋此报谢》（王蕴章）；"文苑·词"栏目含《紫荚香慢·焦山九日》（朱孝臧）、《风入松·题周梦坡双琴拓本》（王蕴章）。其中，陈衡恪《画竹篱》云："长身玉立伟丈夫，屈作短篱防野狐。霜寒地阴色惨怆，旁舍无人提酒壶。老翁投竿钓江湖，随波窃饵非大鱼。安得狂风一笔扫，天衢荡荡开晴吴。"《谢方伦丈惠徽墨》云："学诗学画无近功，头童齿豁犹知妄。少年秉笔忘町畦，且欲凌驾古人上。推排万事自沉吟，块垒填胸时一放。先生好奇特心许，远宠瑰篇并珍贶。玄圭点漆隃麋香，绿髓浮春云雾嶂。二者可纪乡物美，得此犹堪倾身障。曾无文字五千肠，但具粗豪吸墨量。甘露一瓯新睡足，澎湃烟涛添笔仗。槐堂昼静迎清秋，岱岳崩崖摹雪浪。偶作三竿两竿竹，天寒翠袖生惆怅。尝新斗硬谁领取，瓶壁涂墙岂辞谤。江山渴别几十载，忆从淞沪亲几杖。修髯矍铄家居仙，呼吸通天饮瀣沆。足迹不踏京华尘，并世羊求致高旷。琢句如参曹洞禅，艺林学子推宗匠。愧吾曹郐不成邦，聊借南鸿答郢唱。"

张鹏《瑶台第一层·恭挽故台湾总督明石将军词》载于《台湾日日新报》。词云："富士山巅，钟间气，扶桑瑞发祥。莺生英俊，邦家柱石，为国鹰扬。露欧神策□，属鬼谋，奔走赞襄。溯勋业，庆功成名立，誉播遐荒。　　肝肠。掞文摘藻，驾云乘鹤下鹓行。东南锁钥，紫枢重寄，爵锡天皇。奈政躬不豫，骑鲸去，星坠福冈。最伤心。黄叶桥头望，华表苍苍。"

刘慎诒作《九月廿三日偕汪笃甫、陈新甫、傅莘生同游西山潭柘寺，夜宿寺中作》。诗云："峰回涧转开阳谷，塔寺中藏土气滋。龛锁灵蛇窥佛火（寺有玄蛇二，凤著灵异，僧以两龛贮之，游客必先礼拜而后得观），碣标神树纪孙枝（殿东古柏一株，自顺治至乾隆，每更一朝，必旁挺一柯，皆合抱于本。高宗有题碣纪其事，乾隆后亦然，至宣统而柯微矣。寺僧称为帝王树）。庄严金碧宗风杳，供养缁黄帝力私。盛迹消沦僧不管，一灯扶冻听寒渐。"

16 日 日本挑起福州事件。日本领事馆"敢死队"袭击中国平民，沿街砸抢中国商店、餐馆等，造成十余人重伤，轻伤数十人，史称"福州惨案"或"闽案"。28 日，福建督军兼省长李厚基宣布福州紧急戒严。29 日，北京学生 3 万人集会天安门，声讨日帝福州暴行。在此前后，各地各团体纷纷集合游行，声讨日帝暴行，并提出解决闽事主张。12 月 7 日，北京各界十万人在天安门前开国民大会，声讨日帝福州暴行。

中华美育会成立上海，由丰子恺、姜丹书、吴梦非、刘质平、刘海粟、张拱璧、吕澄、周湘、欧阳予倩等上海专科师范和爱国女学艺术教师共同发起组织。姜丹书任驻会干事，后出国，由吴梦非继任。参加该会活动之画家有倪贻德、李超士、关良、潘天寿、汪仲山、诸闻韵、诸乐三、高晓山、沙辅卿、潘伯英、郭伯宽、杨守玉、傅彦长、苏本楠等。翌年编辑出版机关刊物《美育》，由吴梦非主编。

刘慎诒作《次日复偕诸子游戒坛寺作》。诗云："冷翠横空压晓晴，半峰栏楯上峥嵘。山饶云露松多态，洞有禽猿石写生。题榜心期知避政，戒台规律久销声。老僧未惜苍苔破，日费芒鞋管送迎。"

王浩作《九月二十四日，同严六、陈八、石军、仲懋送客归江西》。诗云："轩轩少年子，携手上高危。小楼三面开，落日迴侵肌。朱颜好眉鬓，笼袖已成围。沉思不能谭，微风吹酒卮。车尘随席帽，白发傍耰犁。傀儡宁非同，吾亦思吾衰。客愁飘自乱，安复念所归。行者尚何疑，吾徒再商之。"

17 日 库伦当局正式宣布外蒙取消独立，仍归属中国，并声明前与沙俄政府所订各项条约"概无效力"。

北京大学校长蔡元培在北京女子高等师范学校发表演说。本月 19 日发表于《北京大学日刊》，题为《国文之将来——十一月十七日在女子高等师范学校演说》。略谓："旧式的五七言律诗与骈文，音调铿锵，合乎调适的原则，对仗工整，合乎均齐的原则，在美术上不能说毫无价值。就是白话文盛行的时候，也许有特别传习的人。譬如我们现在通行的是楷书、行书，但是写八分的，写小篆的，写石鼓文或钟鼎文的，也未尝没有。"此后又刊登在 1919 年《新教育》第 2 卷第 2 期及 1920 年《北京市高师教育丛刊》第 1 期。

18 日 广州国会开宪法会议。

《申报》第 16794 号刊行。本期《自由谈》"诗录"栏目含《夜起》（蔚心）、《傅屯艮先生以〈红薇感旧记〉及〈京锡游草〉见赠，答谢四绝句》（蔚心）、《读〈万桑园诗集〉眂屯艮先生》。其中，蔚心《答谢四绝句》其一："红薇生有红薇记，浩荡穷愁不可思。寄命海滨太狼狈，相逢□出数年诗。"其二："洞庭好句犹能赏，君剑新诗欲笼纱。

一笑嗜痂知者少，独耽秋实弃春华。”其三：“去去今日是何世，倒海翻江斗孽龙。吾辈苦为文字累，即论才气亦平庸。”其四：“九衢喘汗忽不乐，老人驱之江汉边。江汉有人开口□，捉襟岸帻一绢怜。”

19日 《申报》第16795号刊行。本期《自由谈》“诗录”栏目含《秋色》（杨润成）、《秋夜》（杨润成）。

颜僩作《九月廿七日痁中作》。诗云：“年年爱秋胜爱春，身著秋风倍有神。今年爱秋秋不许，使我畏之如畏虎。二竖纠缠二月余，自有生来无此苦。余不憎秋秋憎余，片云薄似绝交书。怪底古人悲落叶，一日秋风一日疏。眩息明年秋又至，未知待我更何如。何如何如且莫惊，物必先腐虫乃生。七情六欲不自伐，虚邪贼风何由乘。小之一身尚如此，大之一国更何胜。君不见黄帝子孙事可丑，大好河山不安守。天教故物夺人手，谁知入手成豆剖。大家分割一脔走，抵死不肯放松口。鬨如残骨逢猘狗，狞如恶丐争剩糗，忍如鸨母雏妓殴，顽如奇妒长舌妇，逆如娇儿忤父母。有时豪如石崇逞声色，黄金折遍章台柳。有时窘如负逋破产人，偷向邻家质田亩。有时贪如虎狼无已时，脂膏吸尽仍哮吼。有时狡如脱兔营三窟，据城凭社荒隅负。有时猾如市人酒肉交，凶终隙末卖朋友。有时笨如螳螂悄捕蝉，不防挟弹在身后。有时愚如惊雉避猎人，全身不顾但埋首。有时利用黄口加黄袍，蠢如鹿豕颜独厚。有时同类相残如阋墙，开门揖盗私邻右。迭为富贵迭相仇，白骨如山血如溇。以暴易暴强易强，某某某某又某某。三头六臂抑何多，百怪千奇无不有。遂使五千年来虽亡不亡、虽灭不灭好山河，今朝真个厄阳九。毋怪异族环伺眼如箕，欲吞不吞、欲攫不攫探指拇。噫吁嚱！危乎殆哉！中原鱼烂成覆瓿，犹复似梦非梦、似醉非醉如中酒。吁嗟乎！余本东方一病夫，病夫端合病国居。病夫今已逾四十，病国新造九年初。天假我年倘一百，还须五十七年余。五十七年苟健在，不知彼时病国已何如？仰首问天天不语，依旧秋风厉如许。猛悟秋风非憎余，灵邪贼风吾自取。”

20日 周梦坡召集同人于上海兴华川举行消寒第一集，杨钟羲、潘兰史、许子颂、吴昌硕、宗子戴、钱履樛、陶拙存、沈醉愚等人赴约。

《独见》于杭州创刊。浙江省立第一师范学校学生凌荣宝创办。释名曰：“本刊是荣宝个人凭着主观的见地发刊的，所以命名叫做独见。”共出刊4期。至第3期增添老讪（虞开仕）、肆言（虞开锡）兄弟。凌氏发刊词云：“近鉴邪说横行，鸱枭唏叫，尽然心伤，不安缄默，因有《独见》之发刊。”《独见》用文言，创刊即批评《浙江新潮》所刊《非孝》一文及其作者施存统。

刘师培卒。刘师培（1884—1919），字申叔，改名光汉，号左盦，笔名韦裔，又署光汉子，江苏扬州仪征人。刘文淇之曾孙、刘毓嵩之孙、刘寿曾之侄。其家仪征刘氏，又称青溪旧屋刘氏，清季前后五世相继注《左传》，为有清经学世家，扬州学派中坚。

师培幼承家学,在其母李氏汝谖教授下,8岁学《周易》辨卦,12岁读完四书五经,开始习试帖诗,作有《水仙花赋》《凤仙花诗一百首》。18岁补县学生员。光绪二十八年(1902)中举。次年赴京会试不第,归途经上海,结识章太炎,撰《攘书》等,昌言革命,并与章氏讨论《左传》义例,大张晚清古文经帜。三十年(1904)经蔡元培介绍加入光复会,与蔡氏合办《俄事警闻》,鼓吹拒俄运动,后改《警钟日报》,为主笔。是年《警钟日报》遭清政府查封,至浙江平湖避难。三十一年(1905)正月,邓实等在上海创办《国粹学报》,师培为之撰稿,与章太炎同为国粹运动骨干,先后刊发《周末学术史序》《南北学术不同论》《论文杂记》等著作,为近代学科意义上中国史学、文学、学术史研究之先驱。又受章太炎启发,撰《小学发微》,援引西方社会学学理,重诠清儒文字音韵之学。三十二年(1906)至安徽芜湖,任皖江中学教员,与陈独秀、章士钊、苏曼殊结交,创办《白话报》,倡导语言文字改革。三十三年(1907),携妻何震亡命日本,加入同盟会,上海革命党人比作普鲁东和索菲亚。期间结识孙中山、黄兴、陶成章等革命党人,并以笔名"韦裔"在《民报》撰文,与《新民丛报》就国体问题展开论争;又切论满洲在明代于中国为异族、为化外,指梁启超所谓"中华民族"实为谄媚清廷;继而与何震创办《天义报》《衡报》,鼓吹女权主义、共产主义、无政府主义,撰有《共产党宣言序》。1907年底,由何震出面,刘师培被两江总督端方收买,作《上端方书》,献"弭乱之策十条",背叛革命。翌年与何震双双归国,投奔端方幕府。同年于《神州日报》公布所谓章太炎上端方书,诬章氏亦叛变革命,致使同盟会分裂,章氏从此与孙文、黄兴等人分道扬镳。师培夫妇在上海先是充当端方暗探,后公开入幕,为端方考订金石,兼任两江师范学堂教习。又拜徐绍桢为师,研究天文历法。端方调任直隶总督,随任直隶督辕文案、学部谘议官等职。1911年随端方南下四川,镇压保路运动,在资州被革命军拘捕。辛亥革命胜利后,由孙中山保释。民国初年,章太炎与蔡元培捐弃前嫌,联合发表启事,吁请刘师培出山论学。不久出任成都国学院副院长,兼四川国学学校课,与谢无量、廖平、吴虞等共同发起成立四川国学会。1913年至山西太原阎锡山幕府,任高级顾问。1915年至北京,为袁世凯利用,与杨度、孙毓筠、严复、李燮和、胡瑛等六人组织筹安会,撰文鼓吹帝制。1917年应蔡元培之聘,任北京大学文科教授,先后开设"六朝文学""文选学"等课程,有《中国中古文学史》讲义传世。1919年在北大主导发起《国故》月刊社。同年因肺结核病故。著有《左盦集》八卷、《左盦外集》二十卷、《左盦诗录》四卷、《左盦词录》一卷,及论经学、史学、文学之著作,共计74种,收入1934年宁武南氏刊本《刘申叔先生遗书》,由南桂馨、钱玄同等搜集整理。卒后,陈钟凡撰《刘先生行述》、蔡元培撰《刘君申叔事略》、钱玄同撰《左盦年表》。黄侃作《刘先生挽诗》,诗云:"阴堂梦东里,山石折西州。哲人一萎丧,区宇遂冥雾。夫子挺异质,运穷才则优。名都富文藻,华宗绍儒修。

一门兴七业，经术超桓欧。析薪有负荷，堂构增途粲。时命既参池，濡足非良谋。逡巡失初愿，审虑权图喉。利轻谤则重，高位祸之由。平生狎风波，今兹正首丘。夭枉良足哀，今终古所休。邦家欲沦灭，法术空探搜。帝典赍入棺，文献两悠悠。伤哉后死怀，悲罢空绸缪！肩随易北面，采获敢不周。温颜论文史，推挹殊恒侔。幽都居数年，何啻为君留？属疾经岁时，将护常思瘳。宁知绵慑辰，鲰生亦倦游。拜辞既歉阙，闻信翻疑犹。万恨讵易删，九京不可求。抚躯若槁木，泻泪因江流。哭寝礼既毕，奉手恩难酬。"汪辟疆《光宣诗坛点将录》评曰："地飞星八臂哪吒项充，刘师培。百步取人无不用，可惜飞刀，不用为用。"又云："仪征刘氏，三世为贾服之学。至申叔，则博学环词，一时无两。间出其余绪为诗，由亭林上窥浣花，气韵深稳。又五言出入鲍谢，自然高古。入蜀以后，诗境亦拓，气体益高，盖学人而兼诗人也。"汪氏后附章士钊《论近代诗家绝句》云："梅福里中门半开，科头短褐乍归来。小年卓荦书虫篆，知是人间绝异才。（癸卯春，吾与陈独秀、张溥泉、谢无量辈，在沪寓梅福里闲话。有客仓黄启门，状甚狼狈，衣履不完。据云，有蹑者在后。吾等极力慰藉，为备食宿。此即申叔由扬州初到上海情状也）刘氏传经欵向先，左庵文笔本天然。申公两事嫌难拟，第一专门次大年。铿铿入蜀继王翁，沧海横流似未同。无命玄晖沾丐远，未闻李白出山东。（申叔卒年三十六，与谢朓同）"

张橱（震轩）撰《和林若川》诗。次日，方撰诗毕，将和诗录就送与醒同阅之。又赴浣垞，将和诗清本送交醒同寄林若川。

逸叟、桃红女士《咏迎九皇》（二首）刊于［马来亚］《槟城新报》"文苑"。其中，逸叟诗云："敲来锣鼓叮当响，多少同人拜九皇。岂有神祇贪贿赂，人情世事太荒唐！"桃红女士诗云："喧哗耳鼓听叮当，男女痴痴信九皇。咒语喃喃身跳舞，看来可笑实荒唐！"

中旬　郁达夫经上海转日本，入东京帝国大学经济学部经济学科继续深造。

21日　鲁迅与二弟周作人全家移居北京八道湾11号新居。

晏潮游子《吡叻竹枝词》（五首）刊于［马来亚］《槟城新报》"文苑"。其一："梨李桃梅入眼无，不寒多暖物偏殊。榴莲山竹饶佳味，不让罗浮鲜荔枝。"其二："春秋冬夏亦芳菲，匝岁莲塘花四围。乐此不知亡国恨，夜深饮到玉山颓。"

22日　北京政府就"福州惨案"向日本发出抗议照会。日方派人会同中国政府联合到福州进行调查，后在证据确凿下承认肇事方在日本并撤换驻闽总领事。

《申报》第16798号刊行。本期《自由谈》"诗录"栏目含《约翰册周纪念歌》（杨润成）。

《商学杂志》第4卷第3、4、5期刊行。本期"文苑·诗录"栏目含《落叶行》（蔡丹荣）、《秋江闲眺》（蔡丹荣）、《丙辰除夕》（益津冯述先）、《新桥晚眺》（前人）、《客窗秋雨感怀》(前人)、《津浦道中》(前人)、《送友人旋里》(前人)、《拟唐人〈塞上作〉》(现璋)、《纸鸢》(现璋)、《嘲云》(现璋)、《蝉》(现璋)。

魏清德《恭和田督宪瑶韵》发表于《台湾日日新报》,又发表于1920年1月1日《台湾时报》。诗云:"明公棻载出郏间,惠政仁风定不虚。三百万人齐举首,南阳龙已起茆庐。"

冯煦为朱中孚作七十寿联云:"俾寿而康,标映南服;为善最乐,抗希东平。"

23日 方守彝作《己未十月二日大风晦冥,易吾置酒招客,仆畏风不敢出,奉句陈谢》。诗云:"使君青眼照江天,存问频叨惜暮年。文酒屡陪长夜饮,风流倾倒大峨仙。卷沙声起迷城郭,立海澜高湿宿躔。老气不横深闭户,敢求宽礼奉吟笺。"

24日 教育部专门组织国歌研究会。1920年4月,国歌研究会决定:"撰拟新词,不如仍用《尚书·大传》所载虞舜《卿云歌》一章。绎义寻声,填制新谱,庶全国人民易生尊敬、信仰之心而推行无阻。且其所谓'卿云纠缦',实与国旗色彩相符;'复旦光华',并与国名政体隐合。"最后确定国歌词为:"卿云烂兮,糺缦缦兮,日月光华,旦复旦兮,日月光华,旦复旦兮。"国歌研究会聘请王露(心葵)、吴梅(瞿安)、陈蒙(仲子)及萧友梅四人为《卿云歌》作曲以备选。经国务会议决议和总统徐世昌批准,由萧友梅作曲《卿云歌》最终被确定为国歌,并定于民国十年7月1日通行全国。随后萧友梅又创作《卿云歌军乐谱》《卿云歌燕乐谱》和《卿云歌四部合唱谱》,刘天华创作《卿云歌古琴谱》。

《申报》第16800号刊行。本期《自由谈》"诗录"栏目含《不言无楼诗话(一)》(庄蔚心)。

25日 黄炎培等12人组成欧美教育考察团出国考察教育。

《小说月报》第10卷第11号刊行。本期"曲本"栏目含《玉婴点将录(续)》(樊山)。"弹词"栏目含《藕丝缘弹词(续)》(第十五回《筹策》)(瞻庐)。"文苑·诗"栏目含《赠汪鸥客》(二首,秀水沈曾植子培)、《前题》(闽县郑孝胥苏戡)、《前题》(侯官陈衍石遗)、《前题》(金坛冯煦梦华)、《前题》(二首,归安朱祖谋古微)、《前题》(潼川王乃征病山)、《前题》(二首,贵州胡嗣瑗愔仲)、《前题》(铁岭杨钟羲芷晴)、《前题》(三首,海宁王国维静安)、《观高丽伎舞有作》(徐珂)、《题西神〈十年说梦图〉》(宁乡女士陈家英)、《前题》(前人);"文苑·词"栏目含《疏影·题西神〈十年说梦图〉》(醴陵刘鹏年)、《摸鱼儿·题西神王莼农〈十年说梦图〉》(德清蔡宝善师愚)、《还京乐·宫桥夕眺,同小树作》(次公)、《翠楼吟(绀玉秋涵)》(莼农)。

26日 《申报》第16802号刊行。本期《自由谈》"诗录"栏目含《不言无楼诗话(二)》(庄蔚心)。

张謇作《景云挽词》。诗云:"右丞断欲未康身,平子工愁不系贫。俯仰忧时弦古瑟，歌谣送日岸儒巾。听经顾拂天俱澈，啜药支床气不春。夏启商均宁足较，为君行卜好山邻。"

27 日 夏敬观与张元济邀叶德辉、郑幼波、黄幼希、孙星如、[日]白岩龙平、须贺虎松于张宅中便酌，商借印岩崎所购䕶宋楼书事。

《申报》第 16803 号刊行。本期《自由谈》"诗录"栏目含《不言无楼诗话（三）》（庄蔚心）。

28 日 《申报》第 16804 号刊行。本期《自由谈》"诗录"栏目含《不言无楼诗话（四）》（庄蔚心）。

郁达夫作《偶感》致孙荃。诗云："风急星繁夜，离愁比梦强。昨宵逢汝别，竟夕觉秋凉。岂是音书懒，都缘客思长。纵裁千尺素，难尽九回肠。小草根先折，大鹏翼未收。谢娘倘有意，怜及白衣郎。"

29 日 《申报》第 16805 号刊行。本期《自由谈》"诗录"栏目含《不言无楼诗话（五）》（庄蔚心）。

郁达夫致孙荃书。略谓："文少时曾负才名，自望亦颇不薄，今则一败涂地，见弃于国君，见弃于战友矣，伤心哉！伤心哉！"

30 日 蔡元培、李大钊、陈独秀、梁漱溟、蒋梦麟、罗家伦、邓中夏、王光祈、黄日葵等赴石驸马大街，参加在北京女子高等师范学校举行的李超女士追悼大会。蔡元培送挽联一副："求学者如此其难，愿在校诸君，勿辜负好机会；守钱奴害事非浅，舍生计革命，不能开新纪元。"李大钊、蔡元培等在《李超女士追悼大会启事》中写道："其家固谓女子无才便是德者，牵制愈力，直欲置之死地而后已。……女士只身万里，忧愤莫诉，积悲成疾，遂于本年八月十六日赍志以殁，踉迤咨嗟，同深惋惜。"在追悼会上，陈独秀指出："李超女士之死，乃社会制度迫之而死耳。社会制度，长者恒压迫幼者，男子恒压迫女子，强者恒压迫弱者。李女士遭逢不幸，遂为此牺牲！""盖皆中国数千年社会相治之恶习，不以为杀一女人，乃以为死一俘虏耳。……今日亟待解决之问题，非男女对抗问题，乃男女共同协力问题，共同协力铲除此等恶根性，打破此等恶习惯。如李女士、赵女士之悲剧，庶几不至再见。"

《申报》第 16806 号刊行。本期《自由谈》"诗录"栏目含《不言无楼诗话（六）》（庄蔚心）。

钱履樛举办消寒二集。到者杨钟羲、徐积余、陶拙存、宗子戴、吴子茹、沈醉愚。

朱希祖至八道湾访鲁迅、周作人。

本　月

吴佩孚与西南军阀唐继尧、陆荣廷达成"救国同盟条约"，相约平息内争，力谋统一，合力对外。

北大教授胡适、马裕藻、朱希祖、钱玄同、周作人、刘半农等联名向教育部提出《请颁行新式标点符号案》，主张实行新式标点符号。

浙江省当局拟续修《浙江通志》，聘嘉兴沈曾植为总纂。沈曾植先后聘定吴庆坻（子修）、朱祖谋（古微）、金蓉镜（甸丞）、叶尔恺（柏皋）、章梫（一山）、喻长霖（志韶）、陶葆廉（拙存）、刘承干（翰怡）、张尔田（孟劬）诸先生及王国维为分纂。11 月 14 日送聘约至。王国维与张尔田共同负责寓贤、掌故、杂记、仙释、封爵五门撰述。

《安徽教育月刊》第 23 期刊行。本期"文艺·文"栏目含《送凌实甫君之京师序》（陈经洺）、《〈佛学丛刊〉序》；"文艺·诗"栏目含《谒孔庙》（佚名）、《夜坐有感》（刘著良）、《看雨》（前人）、《张韵南先生〈鲤庭遗诗〉》（前人）。

吴昌硕于立冬后数日为费砚（龙丁）《甕庐印策》题旧作《刻印》诗五页，答其治印之问。又，罗金表兄七十寿，篆书寿字轴贺之。又为苏曼殊篆书"金石书画"三言联："金石乐；书画缘。子谷先生雅属，以《猎碣》笔意成之，即蕲正腕。己未孟冬月，吴昌硕，年七十有六。"又为廉泉绘《蔬果》《兰花》扇面，后扇负面，张元奇行书。吴题云："菜根长咬坚齿牙，脱粟饭胜仙胡麻。南湖先生属。吴昌硕，时己未十月，年七十六。"又绘《园林风味图》（扇面）并题。又为润田绘《老少年》并题诗，并篆书"棕柏柞械"八言联。题诗云："飘摇岂作九秋蓬，染就丹砂是化工。天半朱霞相映好，老来颜色似花红。润田先生属，画于癖斯堂之南楼。吴昌硕，年七十又六，时己未十月。"联云："棕柏不花写趄朴草；柞械滋秀乐贤庶多。润田先生属篆，为集猎碣字。趄阮氏作趣。时己未冬孟，七十六叟吴昌硕。"又为尔梅篆书"同日临渊"九言联："同日来游蜀逢君立马；临渊自乐可谓吾知鱼。尔梅先生大雅属篆，为集旧拓碣字。时己未冬孟，七十六叟吴昌硕。"

张謇于本月及次年 4 月两次邀请梅兰芳到南通演出。彼时欧阳予倩亦应约先期到南通，主持伶工学社。张謇为纪念南欧北梅相会，将新建剧场内一客厅命名为"梅欧阁"。此次相会后，梅欧二人结下深厚情谊，欧阳予倩作《赠畹华》。诗云："我是江南一顽铁，君如郑雪铸洪炉。不烦成败升沉感，许共瑜珈证果无。"临别，梅兰芳作《临别赋呈啬公》。诗云："人生难得是知己，烂贱黄金何足奇。毕竟南通不虚到，归装满压啬公诗。"

朱祖谋为宋代京镗撰《松坡词·跋》。

吴梅为明代吴炳作《情邮记·跋》，又为清代徐石麒作《坦庵词曲五种·跋》。

汪兆镛入博罗，至韩家祠，观函可和尚《幻肖图》。作《己未十月，博罗四首》。其一："一梦山城四十春，重寻鸿爪恸鲜民。笋香亭子依然在，谁识华严劫后身。"其二："胜流几辈托浮屠，奇绝千山幻想图。佛法本来无我相，龛镫终古冷金湖。"其三："葫芦山下绿阴遮，人指当年御史家。画卷诗篇渐零落，谁从老圃问黄花。"其四："岭南汉碣没莲蒿，访古隋唐等凤毛。何处武周开道记，大江东去浪滔滔。"又重游罗浮山，并游惠州西湖、广州拆城，每见残砖有文字者，捡拾而归，篝镫墨拓考证之。

齐白石纳副室胡氏，名宝珠，四川酆都人。又，时人不识其识，更有以其尝为木匠而丑诋者。齐白石遂作《吾画不以为宗派拘束，无心沽名，自娱而已，人欲骂之，我未听也》回敬。诗云："逢人耻听说荆关，宗派夸能却汗颜。自有心胸甲天下，老夫看惯桂林山。"

梁燕孙行游杭州、苏州、镇江，于焦山松寥阁题《文征明手卷》。又沿途游常州、南京，附轮至汉口。

姚茫父与周印昆、张仲仁等友人赴曲阜谒孔林，归途登泰山览胜，游岱庙，观壁画，拓得李斯泰山刻石残字，旬日而归。作《同张仲仁登岱作，次韵三首》纪游。其一《极顶》："回首群山已雾中，迷离秦帝与唐宗。登封古刻知谁识，石柱年年峙玉虹。"其三《日出》："混沌阴阳夜正中，胸前星斗各西东。可怜欲尽初升月，犹伴曦光破晓红。"

梅光迪自美归国，应聘南开大学，抵天津。

封思毅生。封思毅，重庆綦江人。著有《旅台吟草》。

沈曾植本月前后作《〈章一山文集〉后序》《陈官煐隶书册跋》。其中，《〈章一山文集〉后序》云："章一山左丞所为《康熙政要》，余昔尝称为三十年来著述家第一有用书。闻者或然或不然，而然我说者，亦未必尽同我意。群言之淆乱久矣。三十年前，士大夫乘中兴盛气，抗心远迹，堂堂蹴唐、宋而上。周官汉制，汉、宋学者各有挟持，称道以规治迹，而无所凭藉，卒莽瀁而有其志而无以成之。二十年来，物博橐牙，异气乘之，则固以眩乱回皇，愈益讲求，愈益涸溃，卒且愈华离畔散，率助于淫攻。盖夫学术堕敝，余所隐痛扪舌而不可逝者。一山自号曰希方，夫以方氏王佐才，理学正传，商略百家，靡不秩然昭然，是以开晓当世。剂其利害，犹以无所率循，不能有所设施以成治。在明初开创时，道一风同且然，况在于今，况事杂言庞之世乎！吾尝以庭训格言，渎告于当世诸公，固犹夫一山作书之意。谆漠相睽，莫我听也。人皆曰世变，夫孰知比乐师忧，井通困遇，兑见而巽伏，极深研几之圣人，固已预知其来物而树之大法，将极至于理尽数穷，率兽食人人相食，而后皇极之训行，昭然复明于天下。夫又安知夫大九州之迥辽，九变之终，不且有东望而礼圣人，而且奉是书为宝典者乎？盖余昔论一山之著书如此。一山于文，气充而志正，昌昌浑浑，其风裁亦往往于方氏为近。居史馆久，实能称其职。圣谟神烈，典仪故事，金匮石室之藏，天禄石渠之视，凡所该览，多有前辈所未见，吾昔日所未闻者。发愤啸歌，吐气若虹霓，亦未尝有往而不复之声。吾评一山文，又以谓非衰世之文也。天且不终穷一山，黼黻建武，蔡郭宜王，吾昔兆之，今犹拭目俟之。长水寐叟识，时宣统己未九月。"《陈官煐隶书册跋》

云："小隶极规矩，极清逸，在道、咸间可与闽吕世宜相伯仲。吕游京师久，人多知之。陈君名乃不出乡里，然固书可传。己未九月，余斋老人书。此亦学《礼器》者，未可粗心评断。"

王易为胡雪抱《昭琴馆诗存》作序。序云："尝论战国之世，时变云扰，学术纷歧，为有史以来所仅见。顾第其术之优劣，有三品焉：上焉者博爱群生，叙饬伦纪，苦心劳形，以济天下，儒墨是也；中焉者明分定位，控名责实，严辞专断，以正天下，名法是也；下焉者托饰富强，窥慕禄利，夸言诡辩，以乱天下，纵横是也。儒墨旨主兼善，其道行则福被众而己不与；名法执一为治，民不咸便而国可兴；独纵横者诪张穷奇，不顾流祸，凡所为，速亡迫乱而已。于此有人焉，澹乎埃壒之外，超乎云霓之上，变化无常，芒昧未尽，而非三品之所得囿者，庄周是也。夫世乱之极，儒墨之道不行，名法之体亦敝，所乘以颠倒播弄、猖獗不已者，惟纵横之徒耳。庄周具达观、外死生、无终始，独与天地精神往来，而不傲倪于万物，不谴是非，以与世俗处，可谓特立者矣。然世犹有以玩世不恭、放言无当讥之者，独不思其高举出世、矗然不滓，以视彼乱天下者，贤不肖为何如哉！吾友都昌胡孟舆，今世特立之士也。其所为文章歌诗，沉郁绵邈，长言无穷，既早见而异之。甲寅识于章门，神意萧散，不似并世间人。其三十前尝贡优行，授盐经历，未赴。遭会时变，遂淡驰骛。平居旷达自许，养之以沉，莫窥其际。稠人丛坐，有时伸眉抵几，慷慨论故事者，则席间无俗士也。否则穆然敛容，默默隅坐而已。近更屏迹里门，罕与世接，世亦几忘其人，而吾知孟舆，兹益远矣。日前寄示近定《昭琴馆诗》数卷，属易弁以言。易维孟舆之为人与诗，有识者自知之，独其生乎今日，不为治世之学，而以末艺自遣，宁免壮夫不为之讥？然返观于屈身丧志以役禄利者，其高下之品迥殊，且推其素所蕴蓄，与彼诪张穷奇、不顾流祸之伦，趋舍既分，善恶亦有不相容者矣！呜呼！乱者，治之反也，世不乱则治矣。好乱者多，则乱日深，治于何求？君子观于战国之祸，不病颜阖、鲁连之不出，而深痛仪、秦、轸、衍之日以肆也。欧阳修曰：'处夫山林而群麋鹿，虽不足为中道，然与其食人之禄，俯首而包羞，孰若无愧于心，放身而自得。'洵笃论也。昔庄周尝却楚聘，而取喻于神龟，今之君子，苟能绝外求，安内养，自得而不滓于物，亦庶几庄氏之旨，此易序孟舆诗所不能已于言者也。孟舆自言幼习声韵，早得世父香玖公之教，其后尝以诗受知侯官沈涛园、长乐林篍疏两先生，皆藏之心不敢忘者，则其渊源亦有自矣。世有诵其诗而知其人者乎？愿持吾言质之。己未十月南昌王易简庵。"

吴芳吉《小车词》（二首）发表于《新群》第1卷第1号。其一："日出草啁莺，小车玎玎，缫丝姊妹笑挥巾。车来了，莫留停。花香如待驾，珠露好揩尘。不寒不暖趁良辰，上工去，乐无垠。"其二："日入柳啼乌，小车呱呱，缫丝姊妹笑相呼。车去了，莫踟蹰。天上星光闪，街头树影疏。生成绝妙晚霞图，回家去，乐何如！"

严复作《赠郑雅村》（二首）。其一："忆昔先朝日，文忠起海军。尺书征北去，吾与尔为群。航海方求学，筹边更策勋。悬弧今耳顺，举白一浮君。"其二："客岁过黄浦，承君雅意多。浮云还聚散，老子与婆娑。往事悲威海，衰颜照浊河。今宵头上月，不饮奈明何。"

陈师曾作《题山水扇面》。诗云："霜林红到万山中，可有闲人一挂筇。始信高寒难插足，层峦惟有半天钟。（谦中先生法正。己未冬初槐堂弟衡恪诗书画）"

袁思亮作《好事近·己未孟冬薄游汉上。十发丈招同梅郎饮于寓楼，出示〈灵岩垂柳图〉，话石巢旧事，赋此为赠》。词云："离乱不成归，依旧相逢为客。来共梅花一笑，浣羁愁千百。   石巢无恙柳毵毵，回首总陈迹。减却青青双鬓，只刚肠如昔。"

陈树人作《初冬落日成吟》。诗云："千嶂染分深浅紫，一空烘出淡浓金。四时落日俱佳景，惟有冬初最赏心。"

孙介眉作《雪夜梦句》（民国八年初冬）。诗云："笺约良朋个个来，梅园醉月小筵开。觥筹交错群英倒，惊触东窗雪满埃。"

朱德作《悼亡》（七首）。其一："草草姻缘结乱年，不堪回首失婵娟。枪林弹雨生涯里，是否忧惊避九泉。"其二："赞我军机到五更，双瞳秋水伴天明。每当觉察忧戎事，低语安心尚忆卿。"其三："每次出师感赠行，凯歌归日更多情。从今不再题红叶，除却巫山不是云。"

夏承焘作《风怀》（四首）、《咏瞿溪某女士轶事》（四首）。

◈ 十二月 ◈

1日 由全国学生联合会发起的全国各界联合会发表《宣告各友邦文》，提出废除不平等条约等要求。

《新青年》第7卷第1号刊行。本期刊登陈独秀执笔《本志宣言》、陈独秀《调和论与旧道德》、胡适《"新思潮"的意义》。《本志宣言》略谓："我们理想的新时代新社会，是诚实的、进步的、积极的、自由的、平等的、创造的、美的、善的、和平的、相爱互助的、劳动而愉快的、全社会幸福的。希望那虚伪的、保守的、消极的、束缚的、阶级的、因袭的、丑的、恶的、战争的、轧轹不安的、懒惰而烦闷的、少数幸福的现象，渐渐减少，至于消灭。"陈独秀《调和论与旧道德》批判调和论，认为这是"人类的惰性"，"也是人类本能上一种恶德，是人类文明进化上一种障碍，新旧杂糅、调和缓进的现象，正是这种恶德、这种障碍造成的。""我们主张的新道德，正是要彻底发达人类本能上光明方面，彻底消灭本能上黑暗方面，来救济全社会悲惨不安的状态，旧道德是我们不能满足的了。"胡适《"新思潮"的意义》略谓："我以为现在所谓'新思潮'，无论怎样不一致，根本上同有这公共的一点：——评判的态度。孔教的讨论只是要重新估定孔教的价值。文学的评论只是要重新估定旧文学的价值。贞操的讨论只是要重新估定贞操的道德在现代社会的价值。旧戏的评论只是要重新估定旧戏在今日文学上的价值。礼教的讨论只是要重新估定古代的纲常礼教在今日还有什么价值。女子的问题只是要重新估定女子在社会上的价值。政府与无政府的讨论，财产私有与公有的讨论，也只是要重新估定政府与财产等等制度在今日社会的价值。……我也不必往下数了，这些例很够证明这种评判的态度是新思潮运动的共同精神。""这种评判的态度，在实际上表现时，有两种趋势。一方面是讨论社会上，政治上，宗教上，文学上种种问题。一方面是介绍西洋的新思想，新学术，新文学，新信仰。前者是'研究问题'，后者是'输入学理'。这两项是新思潮的手段。""以上说新思潮的'评判的精神'在实际上的两种表现。现在要问：'新思潮的运动对于中国旧有的学术思想，持什么态度呢？'我的答案是：'也是评判的态度。'分开来说，我们对于旧有的学术思想有三种态度。第一，反对盲从；第二，反对调和；第三，主张整理国故。盲从是评判的反面，我们既主张，'重新估定一切价值'，自然要反对盲从。这是不消说的了。为什么要反对调和呢？因为评判的态度只认得一个是与不是，一个好与不好，一个适与不适，——不认得什么古今中外的调和。调和是社会的一种天然趋势。人类社会有一种守旧的惰性，少数人只管趋向极端的革新，大多数人至多只能跟你走半程路。这就是调和。调和是人类懒病的天然趋势,用不着我们来提倡。我们走了一百里路，大多数人也许勉强走三四十里。我们若先讲调和，只走五十里，就一步都不走了。所以革新家的责任只是认定'是'的一个方向走去，不要回头讲调和。社会上自然有无数懒人丑夫出来调和。""我们对于旧有的学术思想，积极的只有一个主张，——就是'整理国故'。整理就是从乱七八糟里面寻出一个条理脉络来；从无头无脑里面寻出一个前因后果来；从胡说谬解里面寻出一个真意义来；从武断迷信里面寻出一个真价值来。为什么要整理呢？因为古代的学术思想向来没有条理，没有头绪，没有系统，故第一步是条理系统的整理。因为前人研究古书，很少有历史进化的眼光的，故从来不讲究一种学术的渊源，一种思想的前因后果，所以第二步是要寻出每种学术思想怎样发生,发生之后有什么影响效果。因为前人读古书，除极少数学者以外，大都是以讹传讹的谬说，——如太极图，爻辰，先天图，卦气……之类，——故第三步是要用科学的方法，作精确的考证，把古人的意义弄得明白清楚。因为前人对于古代的学术思想，有种种武断的成见，有种种可笑的迷信，——如骂杨朱墨翟为禽兽，却尊孔丘为德配天地、道冠古今！——故第四步是综合前三步的研究，各家都还他一个本来真面目，各家都还他一个真价值。""这叫做'整理国故'。现在有许多人自己不懂得国粹是什么东西，却偏要高谈'保存国粹'。林琴南先生做文章论古文之不当废,他说,'吾知其理而不能言其所以然'！现在许多国粹党,有几个不是这样糊涂懵懂的？这种人如何配谈国粹？若要知道什么是国粹,什么是国渣,先须要用评判的态度,科学的精神,去做一番整理国故的工夫。"新思潮的精神是一种评判的态度。新思潮的手段是研究问题与输入学理。新思潮的将来趋势,依我个人的私见看来,应该是注重研究人生社会的切要问题,应该于研究问题之中做介绍学理的事业。""新思潮对于旧文化的态度,在消极一方面是反对盲从,是反对调和;在积极一方面,是用科学的方法来做整理的工夫。""新思潮的唯一目的是什么呢？是再造文明。文明不是拢统造成的,是一点一滴的造成的。进化不是一晚上拢统进化的,是一点一滴的进化的。现今的人爱谈'解放与改造',须知解放不是拢统解放,改造也不是拢统改造。解放是这个那个制度的解放,这种那种思想的解放,这个那个人的解放,是一点一滴的解放。改造是这个那个制度的改造,这种那种思想的改造,这个那个人的改造,是一点一滴的改造。""再造文明的下手工夫,是这个那个问题的研究。再造文明的进行,是这个那个问题的解决。"

李大钊在《新潮》第 2 卷第 2 号发表《物质变动与道德变动》。

鲁迅回绍兴省亲,4 日抵达绍兴。

魏清德《喜翕庵山人至,论诗五首》发表于《台湾日日新报》。其一:"一盏清茶数种花,乱书堆里是吾家。藜床睡足黄粱熟,门外来停长者车。"其二:"苦寒连夜拥红炉,米酒时时尽一壶。今日小园天气暖,不妨坐石与君俱。"其三:"客闲坐到晚来餐,苜蓿殷勤亦上盘。座有鱼盐还酱饭,儒家风味未酸寒。"其四:"灯前人影上芦帘,浪说侬诗似子瞻。我道诗成无所似,水中盐味不知盐。"其五:"灯前读画(读上海吴昌硕画)又评诗,李杜苏黄总不知。最喜君还辟畦径,花明柳暗独能奇。"

2 日 《申报》第 16808 号刊行。本期《自由谈》含《自由开篇》(咄咄);"诗录"栏目含《不言无楼诗话(七)》(庄蔚心)。

朱孔彰卒。朱孔彰(1849—1919),原名孔阳,字仲武,更字仲我,晚号圣和老人,江苏吴县人。父骏声,通经学、小学。少承家学。咸丰十年(1860)投曾国藩军幕,留营读书,旋襄校江南官书局。治经之余,留心掌故,网罗咸同以来名臣将帅事迹,成《中兴将帅别传》(32 卷)。光绪八年(1882)中举,刘坤一聘修《两淮盐法志》,冯煦聘修《凤阳府志》兼主淮南书局。宣统元年(1909)掌教安徽存古学堂。入民后尝应清史馆聘,撰传稿数十篇。著有《半隐庐丛稿》(民国二十五年成都华西协和大学铅印本)等。子朱师辙《先考仲我府君行状》云:"三试春官不售,见纲纪陵替,益不乐仕进,专事著述……绍述家学,阐微义蕴,则有《说文粹》三篇之著。昌洋经训,网罗汉诂,则有《十三经汉注》之辑。兼综九流,博稽百家,则有《圣和老人笔记》之述,另有诗文稿若干卷……府君生平讲学无分汉宋,义理考订惟求是。"曾国藩《赠朱孔彰》联云："先生索居江海上；处士风流水石间。"

颜倛作《十月十一日,病起理诗稿》(二首)。其一:"百首诗成热疟多,俨然稿笔大槐过。篇中呓语知多少,乏惹时人骂梦婆。"

3日 冯国璋病危,曹锟成直系新首领,吴佩孚颇得曹锟器重。曹声称"子玉(吴佩孚)是我最大的本钱"。吴氏逐步成为北洋政坛风云人物。

刘师培在北京妙光阁出殡,祭礼由陈独秀主持,北大中国文学系诸同学参与共同料理丧事,将刘遗著检齐,送交北大图书馆保存。

释永光(海印)作《戊午腊月二日与徐实宾、刘腴深、曾履初、丁惠和小集碧湖诗社联句,散归补赋一首》。诗云:"暝树微阴合,分携出寺门。冷飚吹白发,残雪入黄昏。烽火吟边泪,朋簪乱后尊。重游无定约,深夜急江猿。"

4日 《申报》第16810号刊行。本期《自由谈》含《自由开篇》(咄咄);"诗录"栏目含《不言无楼诗话(八)》(左慰心)。

大总统徐世昌批准教育部呈请,令仿照《新唐书》《新五代史》前例,将柯劭忞撰《新元史》列入正史。

朱希祖与周作人、陈百年、马裕藻做东,于东兴楼为刘复(半农)等二人赴法国留学饯行,同席者还有陈独秀、马叙伦(夷初)、沈士远、沈尹默等。

唐元素简郑孝胥云:"重九半淞园之游皆有诗,公不可少。"郑乃填《水调歌头》一阕。词云:"我辈行俱老,今日又重阳,登高举首长望,何处是吾乡!天外浮云宫阙,落日江湖鱼鸟,心事郁悲凉。对酒不能饮,羞见菊花黄。 夜枕戈,朝运甓,暗思量:八年面壁不出,万事付苍苍。还我高秋云物,哀汝名园士女,偶出更须狂。照影吾欲去,相惜鬓边霜。"

5日 广州国会电北京政府,就解决"福州事件"提出四项条件。

张謇与静轩视环本港闸,作《蒿》。诗云:"识土咸轻重,冬春海畔蒿。低红霜晚媚,浓绿露晨膏。灶妪宠俱发,沙禽洒浴毛。蓬莱非异境,人外得名高。"

6日 湖南长沙学生联合会为抗议张敬尧禁阻焚日货并逮捕殴伤学生,是日宣布罢课,至8日各校一律停课,举出代表分赴北京、上海、广州等地请愿,是为驱张(敬尧)运动。当日晚,毛泽东率赴京代表团一行40人乘车北上。

《申报》第16812号刊行。本期《自由谈》含《自由开篇》(咄咄);"诗录"栏目含《不言无楼诗话(九)》(庄蔚心)。

夏敬观任浙江省教育厅厅长。

余达父作《哭辉侄》。序云:"己未十月十五日,得谢慧生电,云辉侄殁于上海,九月廿日以巨川轮船运至重庆。"诗云:"忆自丙午春,家难方旁午。挈汝兄弟行,负笈游江户。幼者未盈十,尔年时十五。荏苒届五期,我行遂别汝。汝本慷慨士,况已茹荼苦。家国多艰难，风云杂尘土。岳岳独角麟，蹇蹇地上虎。壮志造共和，生民无忝祖。发难起辛壬，海水飞天宇。尔自粤海来，横戈渡江浦。一旦清社屋，更始新民主。我寄南昌书，早虑绸缪雨。四海辇金钱，泥沙西园聚。欲以食货力，窃据甸神禹。王邑百万军，杀气屯獝貐。刘歆颂功德，典雅颇能数。岂知洪宪元，来及十日醋。后来因仍者，陋简无建树。国是竟蜩螗，南北纷解组。河北藩镇骄，南越蛮夷武。长江为天堑，一战遂分剖。日费千万金，不越雷池土。倏忽已三年，逍遥按鼙鼓。尔前莅永州，军事动噢咻。间关沉沣间，鄂蜀依车辅。储胥急风霆，简书如白羽。昕夕永不遑，遂使心血吐。今年五月书，颇似诀仲父。自言心血尽，蒉者恐不补。扶病走申江，强欲自支柱。忽开锦城函，尔弟泣酸楚（闰七月三日，上海胡君衍鸿电成都，招炘侄来视兄病）。仓卒渝关河，孔怀伤肺腑。慰书未经月，赴电已先睹。别家十四年，一别成千古。老母泪成河，一恸临棺抚。我病已经年，策杖行踽踽。转将衰老泪，哭此千万绪。天末大招魂，伤此支撑柱。"

［韩］金泽荣作《十月望生日，岳婿夫妻同其内外族戚来寿七十，走笔志欢》。诗云："吾婿真能解爱翁，生辰来劝乐融融。籼糕蜡烛黄花外，玉佩云鬟晓雾中。罢病一身奚得幸，到烧千劫任成空。五加皮酒须频酌，此物偏知愈我风。"

7日 《申报》第16813号刊行。本期《自由谈》含《自由开篇》（坎五）。

徐悲鸿书赠瑞士洛桑杨仲子词二首。其一："今日何日乎，吾圣祖列宗在天之灵应泪垂。黄帝百战入中原，早辟文明离草秽。仓颉制文字，嫘祖缫丝茧，隶首作律吕，羲和精天真，大禹治洪水，后稷穑种植。冠冕五千年，四海遍弦管。大圣起孔孟，文史司马迁，奇巧称公输，写生著吴阎。传神诗家有李杜，凿空英雄挺张班。百工暨杂艺，社会无缺憾。图书何辉煌，举数逾千万。吁嗟乎！丕显美功恃后继，不征不战何所待。旷观大地谁有为，旋乾转坤中国事。百年悔懈怠，誓从中华民国八年五月起。"其二："今日何日乎，吾等齐处烈风猛雨里。往者暴君污吏贪官孱将，殃民害国，罪恶不可谏。今日白手空拳，排难御侮是吾事。振臂束襟同奋起，可以凿山开道捍狮虎。猛兽实无知，不似戈龙勃入美洲，野人容易制。今日乎，空间尽处是吾敌，众贼频起来不息。吾有双臂并两拳，当公道者尽格杀。黄帝吾祖乎，吾为汝裔勿羞戚。"跋云："八年夏，国人奋起击贼，有死者，吾居海外，只能悲歌一掬同情之泪，成词二首，敢奉仲子学长匡谬。悲鸿。"

8日 《申报》第16814号刊行。本期《自由谈》含《自由开篇》（答坎五君并自解嘲）（咄咄）；"诗录"栏目含《邮和庄蔚心君〈夜起〉》（吴寿瞻）、《集定公句》（录十五之十）（庄蔚心）。

陈蘷龙作《十月十七日福儿生辰，作此示之》。诗云："我生卅载时（丙戌年），庐名灿黄纸。埋首郎潜中，杜门却尘轨。沉沉十五年，一鸣惊臕仕。持节半南北，平津殷荐士（荣文忠师）。世变百无补，挂冠吾老矣。今年十月交，汝亦岁三纪。昔日孩提童，头角已如此。所嗟学不成，四方负蓬矢。亦缘我鞅掌，诗庭愧传鲤。幸汝质不弱，行己知有耻。攻错获师资，门第奚足恃。一自四维绝，乾坤慨几毁。老子等痴顽，遑论及壮齿。赫赫东家郎，巧宦博金紫。琐琐西家儿，裘马五都市。独汝心匪役，尚弗越素履。一念别圣狂，勖哉慎终始。毋倚势陵人，毋师心自是。惟以勤补拙，更返听收视。我德不加修，我兴乃未已。明年游五岳，家事全付子。"

9日 巴黎和会中国首席代表陆征祥自马赛启程返国。

《申报》第16815号刊行。本期《自由谈》"诗录"栏目含《不言无楼诗话（十）》（庄蔚心）。

朱丙一本日至本月31日在《大世界》报（共7期）上发表题句。其中，《丙一题句（一）》载1919年12月10日《大世界》报，云："姊弟手相携，偕游俱乐部。"《丙一题句（五）》载1919年12月16日《大世界》报，云："背人不露芙蓉面，一个钱囊素手提。"

10日 经蔡元培举荐，朱希祖正式出任北京大学史学系主任，仍兼任北京大学中国文学系代理主任。

11日 英公使朱迩典偕其海军随员雷中将诸人访徐世昌。

叶楚伧发表《告反对白话的人》，答复对《民国日报》提倡白话文的质问。略谓："文字传达的目的，是要人民知。少数人不要人民知，只要人民由，将人民看成车辕的马，桔橰边的牛一般。对于牛马，只须呼叱，用不着文字的传达；所需文字只适用于少数人间，自然原有的文章也够用了。现在的中国，是全国人民的中国；现在中国的政治实业，是全国人民的政治实业。现在中国的人民是主人，不是牛马，所以文字传达的范围，应该由少数人扩充到全国。试问原有文学式的文章，能传达到全国，使全国的人民领悟吗？白话式的提倡是开放文字的禁，将一部分应得的权归还人民的。反对白话的，定要将中国文字垄断着据为己有，牺牲人民明理达义的权利，来作成自己古文名家的衔头，于心何忍呢！还有一说，白话自白话，文学自文学。这两条路原不是冲突的。你要治文学，尽治文学去，美的学术界上，原留着位置等你，好自做文学家去，来向提倡白话的饶舌些甚么！"

12日 光绪忌辰，林纾八谒崇陵，作《谒陵礼成志悲》。诗云："又到丹墀伏哭时，山风飒起欲砭肌。扪心赖有纲常热，恋主能云犬马痴？陵草尚斑前度泪，殿门真忍百回悲。可怜八度崇陵拜，剩得归装数首诗。"林纾又有《己未十月八谒崇陵，斋于种树庐，有怀髯公》诗怀梁鼎芬。诗云："百年臣子意，耿耿遑宁居。熏沐谒陵殿，斋此种树庐。髯公昔强健，入门闻轩渠。庭月若积水，澄澄浸庭除。除下多牡丹，隆土敷根株。月色故依然，琳琅映架书。髯公久病废，跬步须腰舆。霜霰寒入骨，安趁西陵车。清晨偕余来，彼此相喝于。出门见龟山，敛翠何清癯。严风振赭叶，作势随人趋。聚首安得常，精诚宿所储。三更鼓冬冬，肃然整冠裾。车声入寒碧，堕月射棱觚。"

13日 北京各高等学校代表会议为反对教育部欠薪不发，决定罢教。胡适坚决反对罢教，遭到各校代表反对后，于12月17日辞去北大教务长职。

《申报》第16819号刊行。本期《自由谈》"诗录"栏目含《半淞园》(刘豁安)、《秋夜独酌园中》(刘豁安)、《秋夜沪南枕上》(刘豁安)、《重游闵行，九日登高无处》(刘豁安)。

张謇作寿许松甫联云："小节祈年轰腊鼓；富春输酒话江乡。"

郑汝璋作《己未十月二十二日，偕同贺葵士知事（祖蔚）、陈翰丞检察长（邦屏）游金华山九龙、双龙二洞，归纪以诗》(六首)。其一："婺州山水擅清奇，十载旧闻一见之。知是洞天三十六，神龙飞去至今疑。"其二："断岩峭绝疑无路，古洞深幽别有天。自是扶舆磅礴气，不知神斧凿何年？"其三："岩泉点滴石能穿，钟乳玲珑积岁年。试问牧羊人去后，即今谁是地行仙？"

14日 陈寅恪与吴宓在海外纵谈中西文化。陈氏略谓："(一) 中国之哲学美术，远不如希腊，不特科学为逊泰西也。但中国古人，素擅长政治及实践伦理学，与罗马人最相似。其言道德，惟重实用，不究虚理。其长处短处均在此。长处即修齐治平之旨；短处即实事之利害得失，观察过明，而乏精深远大之思。故昔则士子群习八股，以得功名富贵，而学德之士，终属极少数。今则凡留学生，皆学工程实业，其希慕富贵，不肯用力学问之意则一……(二) 中国家族伦理之道德制度，发达最早，周公之典章制度实中国上古文明之精华。今中国文字中，如伯、叔、妯、娌、甥、舅等，人伦之名字最为详尽繁多。若西文则含混无从分别。反之，西国化学原质七八十种，中国则向无此等名字。盖凡一国最发达之事业，则其类之名亦最备也……(三) 自宋以后，佛教已入中国人之骨髓，不能脱离。惟以中国人性趋实用之故，佛理在中国，不得发达，而大乘盛行，小乘不传。而大乘实粗浅，小乘乃佛教古来之正宗也……(四) 凡学问上之大争端，无世无之。邪正之分，表里精粗短长之辨，初无或殊。中国程朱陆王之争，非仅以门户之见，实关系重要。"又，吴宓在日记中谈及白话文："今之盛倡白话文学者，其流毒甚大，而其实不值通人之一笑。明眼人一见，即知其谬鄙，无待喋喋辞辟，而中国举世风靡。哀哉，吾民之无学也！此等事，在德、法、英各国文学史上，皆已过之陈迹，并非特异之事。"

符璋作七律四首，代拟《进德会赞词》一篇。又，得王子良山阴来函，云为友招游兰亭，并集陶诗题于符璋诗集上。

顾颉刚离京南下。次日，抵苏州，度冬假，作《赠履安墨盒铭》。

恽代英作联一首。联云："日出而作，日入而息；各尽所能，各取所需。"

15 日 "福州惨案"（即"台江事件"）后，闽人致电林纾，希望他能"出而伸理"。为此，林纾撰《林琴南为闽事诸同志书》作回复，发表在《大公报》上。回复中略谓自己"痛恨之外尤增内愧""猝欲出头又无法之可想"。

《申报》第 16821 号刊行。本期《自由谈》含《自由开篇》（咄咄）。本期《老申报》"文艺"栏目含《赠别》（葆园）、《访友》（葆园）、《白燕》（葆园）。

《东方杂志》第 16 卷第 12 号刊行。本期"文苑·诗"栏目含《为张仲昭题吴柳堂御史〈围炉话别图〉》（陈宝琛）、《题邓铁香〈鸿胪遗墨〉》（同前）、《沈涛园挽诗四首》（陈三立）、《晓起见太夷〈六十生日感愤诗〉》（沈曾植）、《挽丁衡甫》（郑孝胥）、《九日》（同前）、《松寥阁坐月至曙，同肖玚、声暨作》（陈衍）、《与肖玚、涤楼数人游荷花荡，遇雨旋晴》（同前）、《武进于瑾怀，颛笃之士，丧偶，广征哀诔，督余诗尤挚，因以解之》（张謇）、《题姚叔节〈西山精舍图〉》（陈衡恪）、《雨夜寄众异杭州》（黄濬）、《秋日与瑟君遍游翠诸寺》（同前）、《再登宝珠洞绝顶寄众异》（同前）、《高子益挽词》（二首，李宣龚）、《高丽伎歌》（夏敬观）；"文苑·词"栏目含《秋霁·浮湘偶吟，和梅溪韵》（陈锐）、《曲玉管·长沙曲园饮饯古微先生，重过已秋，赋怀却寄，即用其集中韵》（陈锐）。其中，陈宝琛《题邓铁香〈鸿胪遗墨〉》云："铁画霜棱肃我襟，人天何限别时心。一从谏疏明朝断，驯见神州大陆沉。往日回思真可惜，众芳萎绝更谁任。卅年留得荒滨叟，来对西山说邓林。"陈衡恪《题姚叔节〈西山精舍图〉》云："翛然结屋近荒城，自扫轩窗向晚晴。黄叶有缘留话旧，青山无恙坐谈经。西家流水樱桃熟，老圃秋风蟋蟀鸣。今日弟兄犹健在，白头相对两桓荣（叔节自为记，备言昔年兄弟同居读书之乐）。"

魏清德《剑潭音》刊于《台湾日日新报》。其一："晨风鸣清秋，初日照层嶂。无端一枝藤，来倚剑潭上。参错云水西，侧身极辽旷。鼋鼍半沈浮，燕雀时飘扬。江空何所有，一二蒲帆放。抚膺波涛高，浩然吊霸王。想见郑延平，出身丁悲怆。慷慨焚儒衣，苍茫易虎怅。东来奉正朔，厥志不可量。拔剑投江潭，誓师意气壮。江山几易主，忽忽已若忘。惟有寺林钟，凄凉彻心脏。"其二："我登剑潭山，复下剑潭寺。满地枌桐阴，凫鹭相对睡。山僧背向阳，扪虱谈旧事。庭前草与木，幽独还自媚。人生感哀乐，得失从中累。奈何声闻酒，一饮酩酊醉。斯游半日闲，静境天所赐。溪回风冷冷，吹我接䍦坠。扫石哦新诗，遥寄烟萝翠。无限沧洲情，乾坤不造次。"

罗以坤《山行杂咏》（六首）刊于 [马来亚]《槟城新报》"文苑"。其一："百步崎岖百步平，一山送罢一山迎。重重叠叠疑无路，且认苔痕旧客行。"其二："风吹幽竹觉微寒，花露沾衣尚未干。峰卷白云青插汉，短桥一步一停看。"其三："秧田针绿水平堤，农子高歌儿女携。庆乐丰年耕让畔，此回插得不高低。"

16 日《新群》杂志发长函致吴佩孚，要求讨伐安徽督军倪嗣冲。倪嗣冲纵兵两度闯入安庆蚕桑女学校，强奸师生多人，致投水悬梁自尽者五六十人。

17 日　陶行知在南京高师校务会议上提出"规定女子旁听法案"。翌年夏，南高师举办女子入学招生，并联合北京大学一起行动。此案因男女同校而招致舆论反对，北大受限于保守势力，仅招收少数女旁听生，南高师则正式录取 8 名女学生以及 50 余名女旁听生，成为中国第一所男女同校之高等学校。

沈尹默出席北京大学成立 22 周年纪念会，并发表临别赠言。

张良暹作《十月二十六日望月》。诗云："下帷惯耐五更寒，性癖犹书剪烛看。起视鸡窗微弄影，倦抛蠹简一凭栏。晓星伴月芒争射，屋瓦凝霜夜欲阑。斜挂一钩愁蚀尽，复圆苦盼玉轮安。"

18 日　邹鲁撰《黄花岗七十二烈士纪念碑》碑文，记载在黄花岗建墓立碑纪念"三二九起义"牺牲烈士之经过。碑文略谓："呜呼！此役所丧失者，不特吾党之精锐而已，尽合国中之俊良以为一炬，其物质之牺牲不可为不大。然精神所激发，使天下皆了然于党人之志节操行，与革命之不可已，故不逾年而中华民国遂以告成，则其关系宁不重欤！然念国难之无穷，贤才之易尽，执笔作记，又不胜后死之感也！"

《申报》第 16824 号刊行。本期《自由谈》"诗录"栏含《嘤求词六阕（上）》（天亶）：《念奴娇·题君博〈婴哥集〉》《凄凉犯·题心侠〈挹秀楼忆语〉》。

陈隆恪作《十月二十七夜，南归津浦车中作》。诗云："积习翻愁总自怜，如鸥飘忽大荒前。喧轮咽梦悬残夜，白壁延光障独眠。漠漠沙尘方造劫，摇摇星斗欲倾天。抚时何幸成灰烬，犹结痴缘照几筵（近传行星运行互异，大地将有倾陷灾变之说）。"

19 日　清华学生会正式成立。闻一多被推举为辛酉级代表之一。

《申报》第 16825 号刊行。本期《自由谈》"词录"栏目含《九月二十六日盘散屋后，感激成诗》（朱）、《气郁，行屋后三百步，返抱星儿》（朱）。

况周颐作《织余琐述》序，时况氏居于天春楼。《织余琐述》关涉宋词鉴赏、古籍碑拓经眼录等。前刊况周颐序，卷末有"岁在己未十月之望，仿聚珍版排印竟卷。是岁五星连珠，子时初刻见于西北方。卜娱自记"字样。

中旬　俞平伯卒业于北京大学，获文学学士学位。

20 日　天马会第一届绘画展览会开幕，至 25 日闭幕。吴昌硕与李平书、王震、费砚、华子唯诸人为中国画部出品审查员。吴昌硕所出《荷》有"金石气"之誉。

《申报》第 16826 号刊行。本期《自由谈》"词录"栏目含《嘤求词六阕（中）》（天亶）：《喜迁莺·题〈秋梦分飞图〉》《齐天乐·题野鸥〈悼亡诗〉后》。

胡适在浣花春设宴请客，为高一涵等送行。

陈蘷龙作《十月二十九日纪事》。诗云："鸡声喔喔鼠啾啾，推枕俄惊凿壁偷。惜少信传青鸟使（字画册叶攫取甚多，纹女《含真仙迹图》亦失去），强如醉典紫貂裘

（赐貂三裘不翼而飞）。藏身纵密难藏器，窃国公然况窃钩。还向梁间通款曲，家无长物莫苛求。"

21日 《申报》第 16827 号刊行。本期《自由谈》"词录"栏目含《嘤求词六阕（下）》（天葊）：《探芳信·题忍庵〈蓉湖探胜纪〉》《如此江山·题忏红〈南湖感旧图〉》。

张謇集文文山句为寿人之联："雨露一门华发润；江山满坐彩衣新。"

符璋作五古一章，写赠张云雷。

林纾《种树庐题壁》《赠毓清臣》刊载于《公言报》，自署"畏庐"。其中，《种树庐题壁》云："四海疮痍国病深，漂山众响趣邪阴。幸居人后存余息，忍向生前昧宿心。不死已惭王友石，频来枉学顾亭林。垂垂白发宁云夭，张眼偏教看陆沈。"《赠毓清臣》云："清臣未愧清臣子，八度朝陵共短檠。家国已非仍抗节，心肝若剖岂沽名。久知永永无余望，尚赖年年有此行。闻道贝田在涞水，甚时卜宅与躬耕。"

22日 缪荃孙卒于沪上。缪荃孙（1844—1919），字炎之，又字筱山（筱珊），晚榜所居堂曰艺风，号艺风老人，世称艺风先生，江苏江阴人。祖廷槐，嘉庆乙丑进士，甘肃平庆泾兵备道。父焕章，道光丁酉举人，贵州候补道。幼随宦于蜀，师阳湖汤成彦、双流宋玉械。寄籍华阳，因举四川乡试。以被攻击还试于苏，再登乙榜。吴棠督川，延致之幕下。时张之洞主蜀学，乃执贽称弟子，为撰《书目答问》以教士。光绪二年（1876）丙子科进士。散馆，授编修。己卯（1879）点顺天乡试同考官，得人为盛。壬午（1882）充国史馆协修，分纂儒林、文苑、循良、孝友、隐逸五传，忤总裁意，谢事归。苏学政王先谦重其才，聘主南菁书院。寻复入都，召见，以记名道府用。先后主奉天沜源、湖北经心讲席。擢国史馆提调。两湖制府裕禄延修通志，至是又之鄂，任通志役，兼自强学堂分教。张之洞移督两江，遂就钟山书院聘，领江楚编译书局事。书院改高等学堂，任总教习，为厘定学程殊详备。乙巳（1905）荐举经济特科，未赴。丁未（1907）再从之洞于鄂，感欧化锐进，国学日衰，说之洞创存古学堂，自任教务长。未几，江督端方奏派总办江南图书馆。宣统元年（1909）唐景宗复奏充京师图书馆正监督。庚戌（1910）摄政王召见养心殿，奏对明澈，以学部参议候补。会武昌军兴，谒假南返。袁氏当国后，清史开馆，征任总纂。年老未能成行。旋授参政院参政。平生所自为书，有《艺风堂文集》8 卷、《续集》8 卷、《外集》1 卷、《藏书记》8 卷、《续记》8 卷、《金石目》18 卷、《日记》若干卷、《读书记》若干卷、《诗集》（辛壬稿、癸申稿）若干卷。所撰刻有《常州词录》3 卷、《续碑传集》86 卷、《辽文存》8 卷。所校辑有《云自在龛丛书》五集 105 卷、《藕香零拾》90 卷。所总纂地志有《顺天府志》若干卷、《湖北通志》若干卷、《江苏通志》若干卷，而《江阴县志》为最后，未及成。今人张廷银、朱玉麒主编《缪荃孙全集》，共 14 册，含诗文集（诗、文、词、赋、词话）2

册。卒后，张元济撰挽联曰："斯文所在，望公如梁学士之遐龄，沧海痛横流，竟为离忧伤怀抱；同馆曾叨，恨我输王祭酒之亲炙，淞滨寻旧梦，得闻绪论补蹉跎。"陈衍作《挽筱珊先生》诗云："长篇六百字，才祝子期颐。书种真将绝，斯人不憖遗。忙中疏一别，去后悔何追。肠断频还往，登楼倒酒瓻。"李审言撰《淞社公祭缪艺风先生文》。夏孙桐撰《缪艺风先生行状》，略云："诗多指事类情，主雅赡，不矜格调。晚好辑词，而不多作。酷嗜金石，先后得刘燕庭、韩小亭、马砚、孙瑛、兰坡、崇雨舲、樊文卿、沈韵初诸家所藏搨本。"门人柳诒征赴沪吊师丧，作挽诗云："白门从游十稔强，温温春坐更东航。论文上掩谟觞馆，校士亲承学海堂。陵谷崩腾千古变，乾嘉宗派万流藏。江南独诵招魂句，洒涕钟山旧讲堂。"又撰《缪荃孙传》，略云："性直而和，好学若命，工文词与诗及骈体文，均能抗中晚唐人。貌丰朴，能饮酒，善谈谑，豁如也。同光间，海内数平，朝士盛说学，常熟翁同龢、吴县潘祖荫、南皮张之洞、顺德李文田，咸以博涉嗜古起翰林至大官。荃孙从之游，专攻考证碑板目录之学，旁罗山经地志，洽闻有清一代朝野人物政坛逸事，故其学博贯衡综，洪纤毕洞，继朱彝尊、全祖望、纪昀、阮元、王昶、黄丕烈、顾千里、钱仪吉之绪而恢溢之，收藏宋、元、明、清旧钞旧刻书十余万卷，周秦迄元石刻一万八百余种。皆手自校勘题识，得一秘籍新碑，欣然忘饮馔，飞书千里诧朋好。馆阁故家孤本佚文，海内不经见者，必钩取迻钞始快，都贾海客氁椎线装之匠，日奔走其门，举世服其赡博无异词。法兰西、日本人治汉学者，胥崇礼之，时时称举其所考订焉。"《清代学人列传·缪荃孙传》云："先生少即博涉群籍，长考据，通训诂，尤精金石目录之学。虽不若汉人校雠之守专门家法，而考订同异，辨析源流，固非黄尧圃辈只讲版本者所可及。尝主定远方濬益家，佐成《梦园书画录》，故鉴赏复冠绝一时。骈文流畅，有宋人风度，惟散文稍平阛。"

符璋日记载，作《题〈感应篇〉首》四绝句。

林纾《陵下记所见》刊载于《公言报》。诗云："出门驾敝车，犯此半残月。槎枒高树影，风过落木札。老桧迎人立，鬖髿若睎发。野水啮车辙，沸白亦溅沫。阴灯出深黑，殿角露突兀。石柱标高寒，库门渐轩豁。衣冠四五辈，朝衫掩短褐。山风吹天吴，轻若飘夏葛。侍者进杯茗，十指积煤屑。围炉吐苦语，妻子久不活。言次亦慨慷，盛道节庵节。并述山水暴，华表神桥折。流漫成巨湫，礼臣苦厉揭。我来藏车箱，竟未败靴袜。此桥闻再修，山水屡溃决。既无将作监，陵制听残缺。憬然思泰陵，万松接金阙。驰道平如掌，丁巳记展谒。盛时已不再，水衡孰颁发。皇室久赤贫，内家且枯渴。回首望陵殿，酸梗彻肌骨。"

黄节作《十一月初一夜重读邓秋门遗诗》。诗云："八卷遗诗有陈迹，廿余年来尚恻恻。故人骨冷西樵山，不忆京华久行客。开篇一序我少作，中有唱和郊与籍。当时国事已可哀，隐隐诗篇各相惜。自子之死我深居，读书十载在山泽。岂知出游壮岁后,懒复治诗困行役。如今衰迟似枚子,江海贩书较尤适。吁嗟成就皆莫期,究不若子卧窀穸。如今羡子绝年少,呕心不让李长吉。遗诗重读辄三叹,子若生年亦发白。乃知诗事令人老,不死相看仍落魄。天寒高斋今夕心,书寄枚子江上宅。"

23日　胡朝梁邀王浩访其新居,王浩作《至日诗庐招饮新居,归灯书寄》。诗云:"辨寒已识风花尽,矮纸裁书意甚真。霜后园蔬知有信,城西晚树日相亲。一廛近市因循隐,残雪当门昼夜春。乞与老农原不称,风灯茗椀共昏晨。"

朱耀南作《湟中怀古》(四首)。其一:"总云即叙此西戎,数代长征始奏功。湟水流春烟雨外,峰颠挂瀑画图中。洗心泉印空潭月,扑面沙惊石硖风。往古来今徒感喟,敢将弄斧献诗筒。"

李焕章作《冬至》。序云:"己未(1919)仲冬,珊瑚砚斋主人(黎丹)招集骚坛诸君,为消寒第一集。是日适逢长至日,即以《冬至》命题。主客都计十人,爰以壁间联语'日始云中出,峰从天外来'十字为韵,余掣签得'始'字。"诗云:"天运本循环,万古周复始。阴伏阳自升,造化固如是。当夫斗建亥,天地遭塞否。雪寒风凛冽,万物皆披靡。无何日北行,一阳从地起。飞灰动管中,弱线添宫里。贞下复起元,事事渐可喜。天行固有常,世运亦若此。否极泰当来,乱极世复理。上下五千年,往事垂青史。中华建新元,纲纪抑何弛。兄弟嗟阋墙,南北嗤鼎峙。万里皆萑苻,四郊多壁垒。甲胄生虮虱,干戈尚未已。阴霾弥神州,气象寒冬似。嗟我黄胄区,岂无爱国士。和衷共图存,人心当不死。即此是阳生,中原庶有豸。清夜告苍天,焚香曾长跪。泰阶何时平,予将拭目俟。"

康白情作《寄家(有序)》。序云:"'五四运动'既起,予鞅掌国事,疏作家信者逾半年。家姐玉如,内子瑞仙,舍弟中量,并先后以书抵朴园,旁询予踪。实则予晨夕忆家,而每当智竭力穷,尤无不默祷吾母也。噫,予过矣!"诗云:"半年莫怪讯无方,南北奔驰为国忙。爱得国来国亦弃,更从何处认他乡?啜羹惟觉莲心苦,涉世空夸鹤胫长。击节几番歌杜宇,即今犹此里儿肠!"

24日　《申报》第16830号刊行。本期《自由谈》"诗录"栏目含《十月廿九日坐雨,和朱君韵》(二首,庄蔚心)。

25日　《申报》第16831号刊行。本期《自由谈》"诗录"栏目含《民国八年岁旦,冒寒过依周塘路》(一之)、《八年一月七日游西湖三潭印月,望南屏山》(一之)、《狄子远适,赋此伴行》(二首,沙洋吴寿瞻)。

《小说月报》第10卷第12号刊行。本期"曲本"栏目含《玉婴点将录(续)》(樊山)。"弹词"栏目含《藕丝缘弹词(续)》(第十六回《访旧》)(程瞻庐)。"文苑·诗"栏目含《檀青引》(附小传)(江山万里楼主)、《夏热家居,于所听睹,动有遐感,次以为篇》(二首,啬翁)、《题王西室画〈本事诗〉后》(四首,啬翁)、《兰史征君属题〈河阳探春图〉》(陈石遗)、《为兰史征君属题〈河阳探春图〉》(易实甫);"文苑·词"栏目含《减兰·庚戌春在都门购得金春波〈河阳探春〉图卷,画中人与余少年时酷肖,而题者洪北江、赵味辛三十余人,又多用吾家典故,此图俨为余作也,梦坡成〈减字木兰花〉一阕,余亦继声》(二首,潘老兰)、《前调·为兰史征君题〈河阳探春图〉》(周庆云)、《念奴娇·题王大觉〈风雨闭门卷子〉,即送其还青浦》(莼农)。[补白]含《七夕回文》(六首,樊山)、《案头三咏》(散夫)。其中,周庆云《减兰·为兰史征君题〈河阳探春图〉》云:"珍丛绕遍。春波照影留行卷。无恙吟身。当日中郎似虎贲。　　锦笺残字。君家故实分明记。满县花栽。赢得花时溅泪来。"

俞平伯到达上海,候船准备去英国留学。

27日　《申报》第16833号刊行。本期《自由谈》"自由开篇"栏目含《天演歌》(锡山王汝鼎)。

严复出院,迁入东城大阮府胡同新寓,号"愈壄草堂"。

高一涵启程赴日本。

黄侃怀念故妻,爱怜儿女,作《己未十一月初六夕作,示容等》。诗云:"别已无期梦转疏,匡床一念自萦纡。蒙鸠挂苇身难恃,蟋蟀鸣堂岁易除。萧寺孤棺归计滞,他生比翼誓言虚。惟将痴念怜儿女,鲦绪盈怀不用书。"

范问予作《冬月初六夜书感》(四首)。其一:"回首三年今夕夜,红闺春满证前因。瓶花一点芳菲意,毕竟私心属解人。"其三:"而今灯火冷三更,檐马叮咚梦未成。恼煞罗屏鱼鸟类,因风吹动不关情。"

28日　《申报》第16834号刊行。本期《自由谈》"诗录"栏目含《重游金陵怀古》《客邸偶书》《登凤阳九华山》《拟唐人〈无题〉》。

冯国璋卒于北京。冯国璋(1859—1919),字华甫,河北河间人。天津北洋武备学堂第一期毕业。清末协助袁世凯创办北洋军,与王士珍、段祺瑞并称"北洋三杰"。辛亥革命爆发后被清政府任为第一军总统,率北洋军至湖北镇压革命。后任袁世凯总统府军事处处长、直隶都督兼民政长、江苏都督。1915年袁世凯称帝,乃联合赣、浙、鲁、湘等省督军,电袁"取消帝制,以安人心"。1916年袁卒后,北洋军阀分化各派系,成直系首领。同年10月被国会选为副总统。1917年黎元洪下台后代理大总统。1918年被皖系军阀段祺瑞胁迫下台。卒后,段祺瑞挽冯国璋联云:"兵学砥砺最相知,忆当拔剑狂歌,每兴誓澄清揽辔;国事纠纷犹未已,方冀同舟共济,何遽伤分道扬镳。"

黄侃作《亡妻生日设祭作》。诗云:"烛光寒不舒,穷庐迫昏暮。之子久归泉,兹辰溯初度。酒肴陈几筵,儿女伸思慕。谁云情可忘?衰襟泪翻注。死别三改火,孤棺滞权厝。平生辛苦心,已矣更谁语。结发为弟兄,食贫非所恶。贱子好远游,春华竞驰骛。共处曾几何，忧患相撑拄。故山远辞别，萍梗从遭遇。旅食向幽都，眷属幸团聚。僦舍东高房，车来喜迎晤。提挈三男儿，长女知礼数。偿君黾勉劳，弛我晨昏虑。薄命多咎灾，安居鬼能妒。肺疾一侵缠，仓卒行冥路。劳生本同梦，恨子独先寤。世情多反侧，危国恒忧惧。锋镝纵横时，亦复羡朝露。回视诸藐孤，偶然得欢趣。稚子忽夭殇，肠断巫医误。所余两孩提，前后随趋步。一身兼父母，无恃犹堪怙。余年自矜惜，缠绵为群孺。少壮跌宕人，年来变衰臞。偕老既初心，寒盟嗟失据。灵台常薄责，尤悔笔难具。取醉托醇醪，何尝解愁苦？前月得乡书，兄子新物故。骨肉渐凋零，凄酸自回互。揽镜观鬓毛，几时(谁)杂以素？书卷纷陈前，神昏失章句。此心终郁抑，庶几为子诉。凄风飘帐帷，遗貌坐相顾。何能击缶歌，悲怀宜一赋。霜夜诚萧条，裴回候香炷。"

29日 王子良来就干事长职，并交还符璋《诗稿》三册。

30日 日本政府声明撤退在闽军舰，并在东京、北京、福州三处发表为"福州事件"派军舰辩护声明。

吴宓与李济、洪深等人谈清华旧日趣事。其中又谈及新文学。吴宓日记云："留学生之结社，其目的不正者多，尽人所知。宓等昔在清华，立天人学会，陈义甚高，取友殊严，希望甚大。初立之时，人少而极和洽，互为莫逆。……其初，取人严，而众均无隔阂。及宓等出洋之后，稍形疏阔。介绍数人，均素未谋面，然均信其长厚，乃不知其中根本见解，竟有大不合者。如汪缉斋则在《新青年》《新潮》等报充编辑。如冯芝生(现甫到美)则自谓初亦反对'新文学'，今则赞成而竭力鼓吹之。甚至碧柳，亦趋附'新文学'，而以宓等之不赞成'新文学'为怪事。鸣呼，倒行逆施，竟至如此！不惟意见分歧之足忧，且此诸人，于极明显之是非美恶，尚不能辨('新文学'之非是，不待词说。一言以蔽之，曰：凡读得几本中国书者，皆不赞成。西文有深造者，亦不赞成。兼通中西学者，最不赞成。惟中西文之书，皆未多读，不明世界实情，不顾国之兴亡，而只喜自己放纵邀名者，则趋附'新文学'焉)；若其他事业问题，尚能协和信孚耶？夫'新文学'者，乱国之文学也。其所主张，其所描摹，凡国之衰亡时，皆必有之。自希腊以来，已数数见，在中国昔时亦然。鸣呼，此岂雕虫末技之小故哉？不能曲突徙薪，而又火上浇油，不能筑堤砥柱，而又推波助澜。天人之同志，竟乃如此！使曾文正欲平发捻，而罗罗山之流，亦竟揭竿效陈玉成、石达开，则湘军尚复何望？则天下之安戢，尚复何望？况时势已至今日之情形耶！'新文学'者，土匪文学也，'生儿堕地要膂力……天下风尘儿亦得'。今中国之以土匪得志者多，故人人思为土匪。《精忠传》'岳鹏举划地绝交情'与牛皋、王贵等，别径异趋。'刺精忠岳母训子'。又《荡寇志》陈希真等，受梁山百计招诱，而卒清白自保，且平梁山。此虽小说，然凡当乱世，特立独行，不为潮流所污染，亦至难能而可贵哉！鸣呼，吾惟自勉而已。若辈不读中西书者，何足与辩？虽然，使不生而为今日中国之国民，则此等事可不问也。虽为中国人，而不以文学为毕生之职业，则犹可云匪独吾之干系也，而今则皆不然也。"

吴宓日记云："'新文学'之非是，不待词说。一言以蔽之，曰：凡读得几本中国书者，皆不赞成。西文有深造者，亦不赞成。兼通中西学者，最不赞成。惟中西文之书，皆未多读，不明世界实情，不顾国之兴亡，而只喜自己放纵邀名者，则趋附'新文学'焉。……夫'新文学'者，乱国之文学也。其所主张，其所描摹，凡国之衰之时，皆必有之……'新文学'者，土匪文学也。……今中国之以土匪得志者多，故人人思为土匪。"

林纾《〈金山奉母图〉，写寄冒鹤亭》《成竹山嘱写〈松根高士图〉》刊载于《公言报》，自署"畏庐"。其中，《〈金山奉母图〉，写寄冒鹤亭》云："孝子出诗人，奉亲事亦韵。永嘉山水窟，侨寓几一闰。凶回方啸引，流煽及县郡。移棹向京口，尽室趁江运。丹阳据形胜，板舆遂吏隐。金山俯大江，胜概冠吴分。焦山集万竹，送青作夏润。烹泉奉老母，醇美过良酝。何必问诗力，年来定疏隽。题图寓良友，和答或非靳。"

31日　郑孝胥和作《消寒会》五律二首。

黄濬作《新历岁除，津门客舍书所见》。诗云："高馆张灯炫夕光，严风不动夜来妆。稳围珠祓飘烟细，半袒金诃滴粉凉。世事久输胡舞乐，春盘又见众雏忙。谁知执辔交衢外，忍尽鼍更几遍霜。"

下旬　胡适陪杜威到山东济南讲学。

本　月

商务印书馆发布《印行四部丛刊启》。启曰："睹乔木而思故家，考文献而爱旧邦，知新温故，二者并重。自咸同以来，神州几经多故，旧籍日就沦亡。盖求书之难，国学之微，未有甚于此时者也。上海涵芬楼留意收藏，多蓄善本，同人怂惠影印，以资津逮；间有未备，复各出公私所储，恣其搜揽，得于风流阒寂之会，成此《四部丛刊》之刻。提挈宏纲，网罗巨帙，诚可云学海之巨观，书林之创举矣！觇缕陈之，有七善焉：汇刻群书，昉于南宋，后世踵之。顾其所收，类多小种，足备专门之浏览，而非常人所必需。此之所收，皆四部之中家弦户诵之书，如布帛菽粟，四民不可一日缺者，其善一矣。明之《永乐大典》，清之《图书集成》，无所不包，诚为鸿博，而所收古书，悉经剪裁，此则仍存原本，其善二矣。书贵旧本，昔人明训，麻沙恶椠，安用流传。此则广事购借，类多秘帙，其善三矣。求书者，纵胸有晁陈之学，冥心搜访，然其众也，非在一地，其得也，不能同时，此则所求之本具于一编，省事省时，其善四矣。雕版之书，卷帙浩繁，藏之充栋，载之专车，平时翻阅，亦屡烦乎转换。此用石印，但略小其匡而不并其页，故册小而字大。册小则便皮藏，字大则能悦目，其善五矣。镂刻之本，时有后先，往往小大不齐，缥缃异色，以之插架，殊伤美观。此则版型纸色，斠若画一，列之清斋，实为精雅，其善六矣。夫书贵流通，流通之机在于廉价，此书搜罗宏富，计卷逾万，而议价不特视今时旧籍廉至倍蓰，即较市上新版亦减至再三，复行预约之法，分期交付，即可出书，迅速使读者先睹为快，亦便分年纳价，使购者举重若轻，其善七矣。自古艺林学海，奚止充栋汗牛，今兹所收，不无遗漏。假以岁月，更当择要嗣刊。至于别裁伪体，妙选佳椠，亦即盱衡时世之所宜，屡访通人而是正，未尝率尔以操觚，差可求谅于当世邦人君子。或欲坐拥书城，或抑宏开邑馆，依此取求，庶有当焉。王秉恩、沈曾植、翁斌孙、严修、张謇、董康、罗振玉、叶德辉、齐耀琳、徐乃昌、张一麐、傅增湘、莫棠、邓邦述、袁思亮、陶湘、瞿启甲、蒋汝藻、刘承干、葛嗣浵、郑孝胥、叶景葵、夏敬观、孙毓修、张元济共启。缪筱珊先生提倡最先，未观厥成，遽归道山，谨志于此，以不没其盛心。己未十月。"张元济辑印《四部丛刊》初编于1922年出齐，收书323种，8548卷。

"九九社"在北京成立。翟立伟、成其昌撰《续〈澹堪年谱稿〉》云："十一月初，在京组建诗社'九九社'。社友有：王树楠、宋伯鲁、张元奇、钱葆青、宋小濂、成多禄、易顺豫、黄维翰、秦望澜、邓镕、王彭。'九九社'，即'消寒诗会'，自己未十一月二日至庚申正月二十五日，共举行九次诗会。王树楠作《己未十一月冬至日，宴集下斜街，作九九会，同座者树楠及醴泉宋芝栋伯鲁、穀城钱仲仙葆青、闽县张贞午元奇、吉林宋铁梅小濂、吉林成澹堪多禄、汉寿易由甫顺豫、崇仁黄申甫维翰、会宁秦绍观望澜、成都邓守瑕镕共十人，用邵子诗"一阳初动处，万物未生时"之句，分韵赋诗，拈得物字》。诗云："朔风号寒沙，解战苦无术（束晢《饼赋》：'充虚解战，汤饼为最'）。侵衣肉破裂（杜诗'岁宴风破肉'），刀镰肆剪刿（韩诗'衣被如刀镰'）。坐听人海喧，白昼长轧沕。神龙埋冻中（杜诗'冻埋蛟龙南浦缩'），魑魅逞狡谲。鹅雁极众口，嘈杂百怪出（韩诗'众口极鹅雁'，黄诗'屋中声鹅雁，日暮搅心曲'）。玄帝不敢声，感此尤懔慄。念我寂寞人（黄诗'定是寂寞人'），惨冰叹无匹（《太玄》：'鼩鼱惨于冰，翼彼南风，内怀其乘。'司马注：'乘'，匹也）。踽踽学约痴（《南史》沈昭署谓张约曰：'何乃肥而痴'），默默守雄吃。隐如缩角蜗，濡若奎蹄虱（《庄子》有'濡需者，豕虱也，奎蹄曲隈'）。今夜天心还（《太玄》周首：'还于天心，何德之潜'），为报冬至日。潜阳动黄宫（《太玄》中首：'阳气潜萌于黄宫'，冬至之卦），寒气犹冽溧。孤栖念嘤鸣，招我同心密。斜街古花市，贳酒解陶郁。新好补坠欢（唐玄宗'补春馀之坠欢'），被肘复交膝（杜诗'欲起时被肘'）。冰食冻指排（韩诗'冰食葛制神所怜'，又'触指如排签'），冷葅老牙熨（卢仝诗'冷葅斧破熨老牙'）。拈诗咒寒凝，摘韵斗险崛。生活虽冷淡（白香山语），此会实直率。九日一搜肠，老骨尚强倔。遮莫探世态（徐铉诗'世态如汤不可探'），触拨幽忧疾（白诗'及彼幽忧疾，快饮无不消'）。持此搜春笔，借以息老物（见《周礼》）。"其中，第四会以"雁北乡，征鸟厉疾，水泽腹坚"为韵。王树楠作《〈榆园消寒图〉，张贞午同年作九九第四会，招饮榆园，以"雁北乡，征鸟厉疾，水泽腹坚"为韵，拈得征字》。诗云："忆昔登君堂，坐我万绿亭。老榆更扶疏，落荚随风零。君食日万钱，屑粥仅当羹。短褐不救饥，索米长安城。昨奉折柬招，朔气寒棱棱。狞飚响万窍，干柯互枝撑。置酒古榆下，破瓮倏已冰。吹起博山云，炉中火荧荧。烧出一片春，四座光风生。念君回天手，郎姑转妍荣。老夫迫西榆，感此日月征。恍得啖榆法，一睡不欲醒。披图再三叹，写诗报瑶琼。"第五次社题为"澹堪生辰出图索题"，第六次社题为"题宋小濂寿星砚"。

《南社》第21集刊行。傅尃（熊湘）编辑。由于社中经费困难，姚石子自出印资付梓。本集"文录"栏目50篇，含《〈桑植谷氏族谱〉序》（吴恭亨）、《谭心泉墓表》（吴恭亨）、《谷君生圹铭》（吴恭亨）、《大庸李君墓志铭》（吴恭亨）、《莫悟园墓志铭》（吴恭亨）、《于协寅墓志铭》（吴恭亨）、《姑母刘孺人墓志铭》（吴恭亨）、《慈利李君死战碑记》（吴恭亨）、《多安桥铁扶栏铭》（吴恭亨）、《文良制铭》（吴恭亨）、《冯柏林墓志铭》（张权）、《亡妹中方圹志铭》（张权）、《刘节母墓志铭》（郑泽）、《大山石室刻辞》（傅熊湘）、《祭潘式南文》（傅熊湘）、《李洞庭〈万桑园诗〉序》（傅熊湘）、《谢母墓铭》（傅熊湘）、《胡季尘〈明史演义〉序》（傅熊湘）、《读贾子》（朱沃）、《〈十年说梦图〉序》（邵瑞彭）、《报崔瘿僧书》（朱谦良）、《莫先生子培八十双寿序》（周斌）、《〈醴陵兵燹图〉叙》（汪文溥）、《〈十年说梦图〉自叙》（王蕴章）、《陆镜若传》（宋一鸿）、《柳无涯先生墓志铭》（陈去病）、《沈达卿先生传》（沈昌眉）、《徐氏两节母题辞并序》（沈昌眉）、《张永德先生墓志铭》（沈昌眉）、《孝子杨大传》（沈昌眉）、《钱祖耆先生七十寿序》（沈昌直）、《祭柳已仲先生文》（沈昌直）、《书外祖周笑梅翁遗事》（沈昌直）、《〈寒灯课子图〉记》（沈昌直）、《〈紫云楼诗〉叙》（黄复）、《与陈佩忍书》（黄复）、《柳公无涯哀辞》（凌景坚）、《胡太师母谢太夫人九十寿序》（余天遂）、《〈梦罗浮馆词集〉序》（冯平）、《〈碧葡萄馆遗集〉序》（冯平）、《〈至刚诗钞〉序》（冯平）、《〈箫引楼稗钞〉序》（冯平）、《哭龚慧人文》（冯平）、《〈霏雪轩诗〉序》（许湘）、《〈海虞地理志略〉序》（许湘）、《祭表伯母后节孝文》（许湘）、《李母邢太孺人传》（钱诗桢）、《〈万国公墓记〉序》（周树奎）、《祭李母林太孺人文》（周树奎）、《哭三姊文》（顾保瑢）；"诗录"栏目700首，含《读史感赋》（十八首，吕志伊）、《游越裳有感》（二首，吕志伊）、《舟抵广南即事》（吕志伊）、《游星加坡双林寺，阅〈幻庵诗集〉》（吕志伊）、《夜游鹤山极乐寺》（吕志伊）、《舟泊仰光即事》（吕志伊）、《游缅故宫有感》（吕志伊）、《天生桥》（吕志伊）、《仰光出帆遇雨》（吕志伊）、《长至日重到大通寺探梅，与社友邓尔疋（万岁）、胡伯孝（熊锷）、谢次陶（祖贤）、张蕴香（蕙）联句》（蔡守）、《香港重见雪丽青》（二首，蔡守）、《重见骚香子，同乘琱蹋车游小香港》（蔡守）、《海素》（二首，蔡守）、《夜深乘琱蹋车纳凉马小进梦寄楼》(蔡守)、《紫兰台》(蔡守)、《七月四夕,和天梅韵》(蔡守)、《暗记三首,和天梅韵》(蔡守)、《七月十四夕,和天梅韵》(蔡守)、《为天梅题何嫒曳手札,札有"佳笔代精婢"之语》(蔡守)、《有寄》(蔡守)、《己未三月晦,夜与伯孝、次陶、尔疋珠江泛雨》(蔡守)、《碧江柳岸钓月图》(蔡守)、《题宋汪伯彦诗刻》(蔡守)、《磨剑室离席酬病蝶见赠》(黄忏华)、《桂林客次,寒夜感怀》(尹燨)、《羚羊峡晓渡》(尹燨)、《舟抵梧州,访准提禅院》(尹燨)、《九月上越王台》(二首,尹燨)、《诃子林》(尹燨)、《梦峰探梅,题钟瓦索笑亭壁》(尹燨)、《重阳日高雷道署梅花开放》(叶敬常)、《中秋夜登观山玉泉寺》(叶敬常)、《龙团阁即席偶成》(叶敬常)、《春愁》(叶敬常)、《上巳日同哲夫、寄芳、微之、毅白诸社友北郊修禊》(叶敬常)、《和哲夫〈罗冈探梅〉原韵》(叶敬常)、《闺怨》(叶敬常)、《九日能仁寺》(叶敬常)、《割云亭雅集》(叶敬常)、《寒蝉》(叶敬常)、《残夏风雨夜南园小酌,即席赠菊衣》(叶敬常)、《将赴高州留别》(叶敬常)、《轻红水榭题壁》(四首选三,叶敬常)、《残腊将尽,过六榕寺看三度梅花》(叶敬常)、《荔湾泛舟》(叶敬常)、《叠前韵》(叶敬常)、《倒用前韵》(叶敬常)、《大错》(庞成宇)、《独醉》(庞成宇)、《东园杂咏》(庞成宇)、《赠别万少石》(三首,庞成宇)、《忆昔行,戊午长至前夜作》(赵式铭)、《东坡生日,石禅师于广州德有邻堂为寿苏之会,赋诗呈正》(赵式铭)、《夜闻杜鹃》(赵式铭)、《送春词》(赵式铭)、《夜凉步月,率成短句四章》(赵式铭)、《戊午人日,群季假毕节惠泉寺为家石禅伯祝嘏,因示以诗,敬依元韵和之》(赵坤)、《题旌表孝子〈西林岑德固殉母传〉》(赵坤)、《题周芷畦〈水村第五图〉》(二首,赵坤)、《壬子游鸡足山,由澄川纤道自山后入,呈李印泉先生一首》(赵宗瀚)、《出京赴蜀,留别段次山》(赵宗瀚)、《寄怀李印泉先生日本二首》(赵宗瀚)、《易龙驿舍》(赵宗瀚)、《马龙道上》(赵宗瀚)、《雨后至霑益》(赵宗瀚)、《〈百琲珠〉剧本成,籀以三绝句》(黄澜)、《自题斋壁一首》(沈宗畸)、《晨起对雪,柬黄病蝶》(沈宗畸)、《述怀》(沈宗畸)、《冬夜读孟东野诗》(沈宗畸)、《寒夜口占寄籍弟武昌》(沈宗畸)、《赠颂腆》(沈宗畸)、《野外见梅花》(沈宗畸)、《瘦鹤居》(李少芳)、《卓笔峰》(黄蕙)、《瘦鹤居春寒即事》(黄蕙)、《水楼》(黄蕙)、《枕流西阁》(黄珮珊)、《晓起看笑芳梭头》(黄珮珊)、《卓笔峰》(黄维坤)、《花浒》(黄维坤)、《榕湖水阁与稚兰姊夜话》(张光萱)、《开窗》(张光萱)、《寿朱聘三师》(二首,蔡燮垣)、《银河金碧小琼镂》(张励贞)、《寿马君武母诸夫人六十》(四首,卢铸)、《丙辰六月于日本席上和涩泽青渊翁》(黄兴)、《咏鹰》(黄兴)、《三十九岁初度作》(黄兴)、《和谭石屏》(黄兴)、《祝湖北〈国民日报〉》(黄兴)、《题〈林烈士遗集〉》(黄兴)、《天女散华曲(并序)》(殷仁)、《读〈管子·霸形·霸言〉,约成绝句八首(并序)》(殷仁)、《识于京师之著簪馆》(殷仁)、《读余杭章太炎先生赠言,浩然有作,用代述怀,并柬师友》(五首,殷仁)、《孝陵》(孙举璜)、《金陵感旧》(二首,孙举璜)、《诸将五首》

（吴恭亨）、《〈团练杀贼歌〉，为木兰赵定功作》（吴恭亨）、《自通河县邮书征诗，遂赋此篇》（吴恭亨）、《答云阳旷伯聪知事（仕槐）题〈月岩种树图〉之作，次〈团练杀贼歌〉韵》（吴恭亨）、《病中读曹锟经略四省府令，愤书二首》（吴恭亨）、《寄怀若淮大庸一首》（吴恭亨）、《若淮寄和吾诗，有曰"但使行堪铜柱绝，何期生入玉门关"，壮其词采，再和一章》（吴恭亨）、《宿于氏诗境园三首，赠于禄存廷选》（吴恭亨）、《得君复上海书却寄二首》（吴恭亨）、《感时二首，寄君复、钝庵》（吴恭亨）、《云间姚石子编吾文入〈南社集〉题后，次韵三首》（吴恭亨）、《至凤翔作》（李澄宇）、《忆午湖》（李澄宇）、《与大慈》（李澄宇）、《和大慈〈岳阳报社坐雨作〉，即以赠行》（李澄宇）、《与大慈游君山湘灵宫》（李澄宇）、《与菊秋、蓉秋重游君山，柬大慈》（李澄宇）、《至长沙作》（李澄宇）、《奉陈大伯豤常德》（李澄宇）、《蒙古大剌麻庙，次刘棣茂韵》（李澄宇）、《沅江听江楼作》（李澄宇）、《临资口晚泊》（李澄宇）、《谒大汉烈士祠，遂游浩园》（李澄宇）、《晚霁散步小吴门外》（李澄宇）、《纪元纪念日作》（李澄宇）、《别坚白》（李澄宇）、《雪后长沙夜发》（李澄宇）、《至岳州作》（李澄宇）、《席上作》（李澄宇）、《吊太一》（李澄宇）、《答姚大慈》（李澄宇）、《一灯》（李澄宇）、《无地》（李澄宇）、《读英人卜兰特〈中国之将来〉》（李澄宇）、《发岳州》（李澄宇）、《至京三日寄书大慈不见复》（李澄宇）、《元日即诞日作》（李澄宇）、《黄海》（李澄宇）、《发汉上并悼天猛》（李澄宇）、《自宁乡复至长沙，示大慈》（李澄宇）、《楼夜喜雨》（李澄宇）、《钝庵被酒归，夜起有作，属步其韵》（李澄宇）、《题钝庵〈太山石室刻辞〉》（李澄宇）、《次钝庵〈游麓山作〉》（李澄宇）、《题〈分湖旧隐图〉，为柳亚子》（李澄宇）、《〈红薇感旧记〉题辞，为钝庵》（李澄宇）、《作〈彭烈传略〉跋此》（李澄宇）、《次王啸苏南社雅集枣园韵》（李澄宇）、《丙辰九日重游岳麓》（李澄宇）、《岳州过冰饮宅，遂至其墓》（李澄宇）、《还云庄作》（李澄宇）、《钝庵见访云庄》（李澄宇）、《血泪一绝示大慈》（李澄宇）、《平子见访云庄》（李澄宇）、《萧石君见访不值》（李澄宇）、《大慈将之台湾，枉过云庄，夜游有作，遂次其韵》（李澄宇）、《别钝庵》（李澄宇）、《喜晴》（李澄宇）、《青岛》（李澄宇）、《别大慈，久视所贻札并诗，俱成旧物，情意欸至不能去怀》（李澄宇）、《病愈得钝庵书，称连日游金焦、北固、惠麓，并与吹万、朴安摄影惠麓听松石》（李澄宇）、《寄怀师农》（四首，骆鹏）、《粤中除夕作》（刘靖）、《送长兄汉元重赴广东国会》（二首，陈家英）、《闻笛，次廖女士吟秋阁韵》（陈家英）、《小楼听雨，次振雅社韵》（二首，陈家英）、《夏夜偶成》（陈家英）、《夏日即事》（二首，陈家英）、《落叶，次秀元三妹韵》（陈家英）、《寄家书》（陈家英）、《秋夜，次秀元三妹韵，兼呈伯兄》（陈家英）、《黄浦滩晚眺，用秀元三妹〈津桥晚眺〉韵》（陈家英）、《次韵和秀元三妹见寄》（陈家英）、《有怀秀元三妹北洋女师范，即次其韵》（陈家英）、《偕三妹泛舟，用九畹斋史女士韵》（陈家英）、《送天梅先生南旋，并柬亚希社姊》（陈家庆）、《叠前韵，送姊自津返沪，并寄伯兄粤东》（陈家庆）、《自北洋女师范假归，侍先慈疾，有感湘中兵燹之乱，偶忆录之，家忧国难不知涕之何从也》（陈家庆）、《咏梅，次姊韵》（陈家庆）、《感湘乱作，次韵》（陈家庆）、《秋夜吟》（陈家庆）、《南北和议将始，与湘芷赴沪为醵告灾，发长沙，次湘芷韵》（傅熊湘）、《留别崑岑长沙，时崑岑方归湘乡》（傅熊湘）、《崑岑见和，复赋二首为答》（傅熊湘）、《过洞庭》（傅熊湘）、《晚泊岳阳》（傅熊湘）、《湖上怀李洞庭》（傅熊湘）、《江上杂诗》（四首，傅熊湘）、《汉口》（傅熊湘）、《夜泊九江》（傅熊湘）、《八年元日芜湖与湘芷登岸》（三首，傅熊湘）、《自南通而下，江流渐阔，与海通矣。闲眺有触作一望》（傅熊湘）、《撰〈醴陵兵燹纪略〉成，缀以一绝》（傅熊湘）、《戊午除夕》（傅熊湘）、《己未元旦新历二月一日》（傅熊湘）、《楚伧、寄尘见过》（傅熊湘）、《与姚石子》（傅熊湘）、《答高吹万》（傅熊湘）、《过黄朴存，示所藏古玺印百数十事并遗拓本，报谢一首》（傅熊湘）、《寄天梅广州》（傅熊湘）、《赠汪幼安县长》（傅熊湘）、《二月二十八日和议停顿感事》（傅熊湘）、《芷畦见访有赠，即次其韵》（傅熊湘）、《和芷畦，叠前韵》（傅熊湘）、《半淞园濒黄浦江，积土为邱，凿渠引水，迂行其间，可通舟楫，亭台花石杂以松柳，在沪上诸园为澹雅矣。尝以暇日与胡子靖（元倓）、周云翘（介裪）、左霖苍（宗澍）、文湘芷（启蠡）同游，因赋一首》（傅熊湘）、《赠王钝根》（傅熊湘）、《幼安县长于王使席上听余演述湘醴兵灾，谓听者强半堕泪，不独昔日文通黯然神伤也。为诗见示，次韵奉答》（四首，傅熊湘）、《再酬幼安县长还和之作，叠次前韵》（四首，傅熊湘）、《题吹万闲闲山庄》（二首，傅熊湘）、《次韵酬吴悔丈见怀，即谢〈醴灾百韵〉之惠》（二首，傅熊湘）、《〈兰臭图〉，亚子为其弟率初属题》（二首，傅熊湘）、《大觉见访惠诗，次韵奉答》（傅熊湘）、《与大觉，即题〈风雨闭门斋诗稿〉》（二首，傅熊湘）、《题王莼农〈十年说梦图〉》（二首，傅熊湘）、《半淞园见玉兰盛开》（二首，傅熊湘）、《痴萍过访沪寓，邀游惠山即赠》（傅熊湘）、《莼农约待之惠山不及，既归因题〈说梦图〉尾》（四首，傅熊湘）、《哲夫为天梅画所眷张妹寊万山中，局势奇绝》（二首，傅熊湘）、《题天梅〈风木西悲图〉》（傅熊湘）、《天梅得南汉故宫铁华盆欵识拓本，文云供奉华苑永用，大有四年冬十一月甲申朔造。隶书凡十九字，今藏广州图书馆，为题一绝纪之》（傅熊湘）、《买曹长专文曰："买曹者，后无复有大吉。"隶书雄健无敌，盖汉人墓专也。曩在王仙时，哲夫曾以钩本见遗，天梅自粤归，得佳拓属题，为赋二绝》（二首，傅熊湘）、《天梅得何暖叟手书尺牍，属余为诗，因忆吾乡吴先生石笋山房藏道州书至多，自经兵燹，闻已大半散佚矣，抚时感事，不已于言》（傅熊湘）、《哲夫旧得南越冢汉木刻字，自署西京片木堂，今又得曹溪南华寺宋庆历木刻造象记，喜可知矣，寄拓索题，因以为贺》（二首，傅熊湘）、《题〈花魂蝶影图〉》（傅熊湘）、《题〈醴陵兵燹图〉后》（二首，傅熊湘）、《姚民哀索书即赠》（二首，傅熊湘）、《书〈稼轩词〉后，即答平子长沙》（傅熊湘）、《〈沙湖钓月图〉，刘筱墅属题》（二首，傅熊湘）、《题李洞庭〈哭妹诗〉后》（二首，傅熊湘）、《题胡石予〈门闾倚望图〉》（二首，傅熊湘）、《次韵酬余疚侬见寄》（傅熊湘）、《题哲夫伉俪校勘明拓〈汉嵩山三阙铭〉图》（二首，傅熊湘）、《又题第二图》（傅熊湘）、《五月十四日和议再停书事》（四首，傅熊湘）、《五月廿一日与胡朴安、高吹万同游北固山作》（傅熊湘）、《焦山以汉焦先得名，一曰谯山，戍今犹置炮防江焉，南麓僧寺所集》（傅熊湘）、《金山旧耸江心，今南接陆，可徒往。是日并观东坡玉带，下山一里试中泠泉，陆羽品为第七，今刻曰"天下第一泉"，依刘伯刍说也》（傅熊湘）、《自金、焦还，重泛梁溪谒项王庙，登万顷堂观太湖作》（傅熊湘）、《重游惠山，与朴安、吹万试第二泉，摄影听松石，坐云起楼，登锡山而返》（傅熊湘）、《重游惠山，追忆四月九日与宋痴萍登三茅、瞰石门、憩白云洞，题名山寺之乐，今且匆匆不可复得矣。凝望怅然，因赋一首》（傅熊湘）、《题〈吹万游草〉并示朴安》（二首，傅熊湘）、《次韵和胡朴安〈焦山诗〉三首》（傅熊湘）、《次韵和亚子》（傅熊湘）、《赠罗漫士》（傅熊湘）、《梦蘧于临武县任茸后园为栩园，书来索题，因寄一首》（傅熊湘）、《终古感五月四日事作》（傅熊湘）、《五日海上作》（傅熊湘）、《海市》（傅熊湘）、《病中得大觉书，劝勿阅报，为诗答之》（傅熊湘）、《答黄生问诗》（卜世藩）、《吊宁太一墓》（卜世藩）、《客华容，和贺侠公冕》（二首，卜世藩）、《游集仙道院》（卜世藩）、《九日黄湖山作》（卜世藩）、《伤乱四首》（卜世藩）、《与侠公夜话》（卜世藩）、《侠公席上赠秦刚武毂》（卜世藩）、《感事四首，柬华容县长杨季猷启勋、侠公贺茂才冕、遯夫刘孝廉承孝》（卜世藩）、《戊午五月十六日小住县节孝祠，和约真四首》（卜世藩）、《再和漱根》（卜世藩）、《和钝安〈戊午生日〉》（二首，卜世藩）、《二月十一日观涨示漱根》（卜世藩）、《观涨归和漱根》（卜世藩）、《哀荆南》（刘泽湘）、《题约真〈戊午集〉》（刘泽湘）、《戊午暮春，醴陵难作，率族中妇孺登舟奔避，溯流上驶，衔联数十艘，逾宿入萍乡境，遇黎瑾珊茂才，以其祠屋见假，众始帖然。因感徐福泛海求仙故事，漫成七律一首》（刘谦）、《避乱萍乡，次韵瑾珊》（二首，刘谦）、《再叠前韵》（二首，刘谦）、《三叠前韵》（二首，刘谦）、《答瑾珊见赠原韵》（二首，刘谦）、《上云留别刘、黎二处士》（刘谦）、《睡起》（刘谦）、《杂诗十首》（刘谦）、《苦热行》（刘谦）、《戊午中秋，对月寄怀友人》（刘谦）、《题钟介三〈趋庭受读图〉》（二首，刘谦）、《戊午除夕》（刘谦）、《除夕杂忆诗》（十二首，刘谦）、《题家叔〈戊午集〉》（四首，刘鹏年）、《邑城晤绍禹喜赠》（二首，刘鹏年）、《寄酬钝安师》（刘鹏年）、《光宣之际都中杂咏》（十首，文启蠡）、《甲寅冬日感怀，依韵和河西葛在廷》（四首，文启蠡）、《戊午六月，余生四十矣。时醴经兵燹，邑市为墟，余与钝安、芸厂、今希诸君勉处残城，商办善后事宜，俯仰身世，感赋二律》（二首，文启蠡）、《题许康侯、盟孚昆仲〈寿萱图〉》（文启蠡）、《己未北游杂诗》（十三首，文启蠡）、《于临武县署营栩园成，寄钝安海上，并报娄兰著花之喜》（二首，黄钧）、《度晒经关》（朱沃)、《赠玲珑馆主》(二首,朱沃)、《丁巳之夏,与醴陵傅屯艮、金山高吹万游金焦、北固、惠锡、太湖,得各体诗十四首,戎马仓皇,得此亦一乐也》(胡韫玉)、《明月诗》(胡怀琛)、《哀青岛》(胡怀琛)、《拟钱允辉过江诗》(胡怀琛)、《旅居都门,风夜无寐感作》(陈宝书)、《己未六月公园坐雨》(陈宝书)、《感事四律》(四首,周斌)、《与心侠游南园》(周斌)、《壮公招饮闻氏草堂,得识冠尘顷波昆仲,席次赋示》(二首,周斌)、《过崔不雕故居》(周斌)、《避雨宿陶丈琹生家,赋此志谢》(周斌)、《题剑华〈绿绮台拓本〉》(二首,周斌)、《题天梅冯柳东〈杨柳岸晓风残月图卷〉》(二首,周斌)、《送小柳之闽江,即次其留别韵》(二首,周斌)、《乡居两首》(周斌)、《野宿》(周斌)、《乡村月夜访陶君》(周斌)、《酒楼遣怀》(周斌)、《除夕大雪舟中口占》(周斌)、《题〈西泠访古图〉,为许盟孚作》(周斌)、《题〈独立图〉,为卞少卿作》(二首,周斌)、《飞素阁题词,为潘兰史作》(二首,周斌)、《立春前一日游圆觉寺作》(周斌)、《海上访屯艮,六叠悼秋韵》(周斌)、《题大觉〈风雨闭门斋诗稿〉,和屯艮原韵》(二首,周斌)、《和佩子〈初度〉》(徐自华)、《病蝶见过二首》(邵瑞彭)、《读〈庞檗子遗集〉》(朱谦良)、《黄鹤楼晚眺》(朱谦良)、《将去海上留别舍弟无射》(朱谦良)、《感怀和病侠》(朱谦良)、《弱冠述怀六首》(洪璞)、《孟秋朔日初度》(陈去病)、《天贶节为亡妇生日》(陈去病)、《自鸳湖至歇浦道中口占》(柳弃疾)、《将之京师留别里中诸友》(二首,黄复)、《津浦道中口号》(黄复)、《冶公招饮,偕游韩家潭,被酒归来,杂然有作》(黄复)、《别粤东黄簠孙(澜)三年矣,戊午五月忽重晤于正阳门外之绿香园,惊喜赋赠》(黄复)、《京师旅次写定甲寅至丙辰所作诗,既竟感题》(黄复)、《晚过门楼胡同,龚定公、王仲瞿订交处也,怆览今昔,漫赋长句》(黄复)、《秋晚独游中央公园,醉憩水榭,怅然成咏》(黄复)、《忆亚子》(黄复)、《题凌三〈紫云楼图〉,得三截句》(黄复)、《雪夜雨生招同簠孙集素云妆阁,赋赠雨生一首》(黄复)、《赠沈太侔(宗畸)文,并谢惠读大集》(黄复)、《太侔丈以〈论交篇〉见示,依韵奉答》(黄复)、《半梦枉寄新篇,惭感有作》(黄复)、《清明日半梦招集江亭》(黄复)、《清史馆总裁赵公次珊(尔巽)屡顾寓斋,敬谢一首,集定公句》(黄复)、《三月初八日飘萍、韫佛招集公园水榭,即事成咏,写呈半梦、重远、杏卿、适庵暨同座诸子》(黄复)、《公园社集,薄暮归来,感集龚句》(黄复)、《城南园夜归有作,用晦闻韵》(黄复)、《寓馆夜坐,感于晦闻见示之作,依韵奉酬》(黄复)、《石工社长招集次公灵枫阁,归纪所悟,因赋长句,时六月二十六日也》(黄复)、《天石招饮城南酒楼感献长句》(黄复)、《三十初度,胡东岩丈、绥青盟兄张筵招饮,赋此志谢,兼呈同座诸君》(黄复)、《题凌莘子〈分湖晚棹图〉》(二首,沈昌眉)、《题郭云芬遗址,应魏塘诸子》(沈昌眉)、《修〈分湖志〉,忆及家乘,得诗十绝》(沈昌直)、《征访乡里文献感赋》(沈昌直)、《丁巳消夏杂咏》(十二首,沈昌直)、《七月三日风雨大作,晦明一室中,俯仰乡里人物,溯往昔,述当今,得诗八首》

（沈昌直）、《和病蝶》（蔡寅）、《夜坐酬病蝶兼和晦闻原韵》（蔡寅）、《叠前韵再示病蝶》（蔡寅）、《戊午元日》（四首，凌景坚）、《花朝》（凌景坚）、《花朝后一夕集柴云楼，赠别亚子、大觉、盥孚、病蝶、十眉、九如、烟桥》（凌景坚）、《息影妇家环翠山庄，颇有终焉之意》（凌景坚）、《侍母氏至平望谒周氏宗祠，并及吟生舅妗木主，凄然赋此》（凌景坚）、《阅月复赴铜里酒边茶畔，乃有是作》（九首，凌景坚）、《费母陈孺人哀辞》（凌景坚）、《送黄病蝶复入都》（凌景坚）、《答许三盥孚兼示王大觉》（凌景坚）、《叶妇辞》（二首，凌景坚）、《午日》（凌景坚）、《月夜放舟虎山》（凌景坚）、《翌日舟次北庄》（凌景坚）、《水月庵小集》（凌景坚）、《七夕》（凌景坚）、《中秋》（凌景坚）、《九月亚子过访紫云楼》（凌景坚）、《妇病稍可，余复婴脑疾，夜坐赋示，各自怆然》（凌景坚）、《夜视外姑病状，医来云不可治，宛文雪涕，余亦恻然有作》（凌景坚）、《海上除夕，同楚伧作》（二首，凌景坚）、《示楚伧，即用其见和元韵》（凌景坚）、《别楚伧》（凌景坚）、《沪宁车中有作，即寄楚伧，用灰字韵》（凌景坚）、《吴门》（凌景坚）、《读徐固卿师棻桢〈夏日游荔枝湾，与蔡少黄哭灵〉诗，次韵和之》（四首，吴立崇）、《赠病蝶》（徐梦）、《己未元旦游海王村公园》（徐梦）、《席间闻翠芬歌曲》（徐梦）、《病蝶三十初度，时同客京师》（三首，徐梦）、《百花山僧寺题壁》（张相文）、《圣泉寺结夏绝句十首》（张相文）、《记游》（八首，胡蕴）、《杂诗二十八首》（胡蕴）、《题王莼农〈十年说梦图〉》（姚鹓雏）、《寄沈思斋丈南梁》（姚鹓雏）、《旅沪小病，几园丈送之邸舍，别后却寄》（姚鹓雏）、《答蒋仙舟见寄近诗》（姚鹓雏）、《将之南京，姜粟香为设饮话别》（姚鹓雏）、《送刘三北行》（姚鹓雏）、《走笔简金左临》（姚鹓雏）、《似公约》（姚鹓雏）、《逭暑闲坐绿阴在几，因念四年前几园游处》（姚鹓雏）、《水灾叹》（高旭）、《游太学观猎碣作歌》（高旭）、《海中醉歌行》（高旭）、《蔡喆夫以秦诏版脱本见贻，喜题一首》（高旭）、《佛照楼席上，拈得去字》（高旭）、《次韵赠梅九》（高旭）、《题〈岭南吟百二十首〉，为刘大同作》（高旭）、《小进以诗见赠，次韵答之》（高旭）、《小进招宴花艇，醉后有作》（高旭）、《吊滇军阵亡将士》（高旭）、《读〈景吉甫先生行状〉，感成一律，以塞其嗣君梅九之哀》（高旭）、《李印泉以其先德指挥公墓碑见示，为题一律》（高旭）、《次韵答邓尔雅》（高旭）；"词录"栏目117首，含《临江仙·别意》（二首，吕志伊）、《疏影（还来就玉）》（蔡守）、《蝶恋花·和琅儿寄怀韵》（蔡守）、《生查子·纪梦，用毛滂韵》（蔡守）、《又·和琅儿韵》（蔡守）、《雨中花·和琅儿韵》（蔡守）、《探春令·和琅儿韵》（蔡守）、《满宫花·和琅儿韵》（蔡守）、《天仙子·纪梦，和琅儿韵》（蔡守）、《风入松·寄琅儿，用张二乔韵》（蔡守）、《醉翁操·和稼轩韵，寄琅儿》（蔡守）、《寿楼春（怀幽兰情芳）》（蔡守）、《法曲献仙音（梦月金梁）》（蔡守）、《满江红（吉庆花飞）》（蔡守）、《南柯子（青玉成双峡）》（蔡守）、《换巢鸾凤（侬有阿娇）》（蔡守）、《意难忘·答琅儿，仍用美成韵》（蔡守）、《蝶恋花·和琅儿〈寄怀〉元韵》（蔡守）、《蝶恋花·怀检泪》（张光蕙）、《雨中花 (二月春光如画)》（张光蕙）、《如梦令 (尝透病愁滋味)》（张光蕙）、《秦楼月 (秋萧索)》（张光蕙）、《望江南 (砖一角)》（二首，张光蕙）、《换巢鸾凤 (欢比侬娇)》（邓万岁）、《青玉案 (十平洲)》（邓万岁）、《琐窗寒 (杂树罗生)》（邓万岁）、《西施 (所思何处紫茸茵)》（邓万岁）、《意难忘 (蒙舰昏黄)》（邓万岁）、《蝶恋花 (画舫天风吹客去)》（黄兴）、《蝶恋花·星沙晚春》（张启汉）、《木兰花慢 (盼杜鹃血泪)》（张启汉）、《扬州慢 (山外云光)》（张启汉）、《浣溪沙 (往事伤怀不忍提)》（二首，傅熊湘）、《浣溪沙 (人比黄花瘦几多)》（傅熊湘）、《满江红·海上同痴萍、阿琴作》（傅熊湘）、《菩萨蛮 (东风吹絮无寻处)》（傅熊湘）、《长相思 (花一丛)》（傅熊湘）、《清平集 (恹恹病起)》（傅熊湘）、《浣溪沙》（六首，刘鹏年）、《蝶恋花·欧会闭幕，倚此志悲》（刘鹏年）、《浣溪沙·集唐》（三首，傅道博）、《菩萨蛮》（十四首，傅道博）、《临江仙 (几日落花无语)》（傅道博）、《误佳期 (庭院深深几许)》（傅道博）、《绿意·自题蘼芜阁》（傅道博）、《陂塘柳 (问佳人是何身世)》（傅道博）、《瑞龙吟·和清真》（吕碧城）、《声声慢 (听残腊鼓)》（吕碧城）、《祝英台近 (坠银瓶)》（吕碧城）、《喜迁莺 (层蛮幽迥)》（吕碧城）、《浣溪沙》（三首，吕碧城）、《念奴娇 (排云深处)》（吕碧城）、《绮罗香·汤山温泉》（吕碧城）、《庆春宫·送别张砚公》（洪炎）、《江城梅花引·冬柳》（洪炎）、《一剪梅·和蕖卿先生原韵》（洪炎）、《声声慢 (晓风梳柳)》（洪炎）、《绮罗香·为词史张文艳作》（洪炎）、《忆江南 (无限憾)》（洪炎）、《齐天乐 (东风吹断前朝梦)》（邵瑞彭）、《采桑子 (倾城一顾怜秋去)》（邵瑞彭）、《清平乐 (旧携手地)》（邵瑞彭）、《三姝媚·姑蔑舟次赠人》（邵瑞彭）、《玲珑四犯·杭州秋别》（邵瑞彭）、《向湖边·和樊山翁论词之作》（邵瑞彭）、《浣溪沙 (似水芳华阅暮朝)》（邵瑞彭）、《过秦楼 (雨濯残芜)》（邵瑞彭）、《少年游慢·夜坐，和安陆韵》（邵瑞彭）、《惜红衣·和孟符，用白石韵》（邵瑞彭）、《绮寮怨·和樊山翁〈水榭纳凉〉》（邵瑞彭）、《曲玉管·悲思》（邵瑞彭）、《探芳信 (恋芳昼)》（王蕴章）、《高阳台 (腻逼琴纹)》（王蕴章）、《征招·寒夜》（王蕴章）、《雪梅香·春感》（王蕴章）、《绿意·荷花生日》（王蕴章）、《渡江云·秋夕饯别次公》（王蕴章）、《忆旧游 (记看云洗眼)》（王蕴章）、《金缕曲 (袖墨苍龙啸)》（王蕴章）、《四犯剪梅花 (娇尘霏麝)》（王蕴章）、《醉翁操 (钧天)》（王蕴章）、《高阳台 (沤雨珠圆)》（王蕴章）、《齐天乐 (绿珠醉压琼肌破)》（王蕴章）、《浣溪沙·五月八日漫赋》（王蕴章）、《翠楼吟 (胡马窥江)》（汪文溥）、《湘月 (分湖灵秀)》（黄复）、《罗敷艳歌·纪恨，集定公句》（黄复）、《水调歌头 (豪彦荟吴淅)》（黄复）、《高阳台·寒夜怀太侔丈》（黄复）、《菩萨蛮 (黄昏小雨愁如织)》（赵逸贤）、《点绛唇·半淞园即事》（杨锡章）、《点绛唇·半淞园秋泛》（姚锡钧）、《浣溪沙·海上即事》（姚锡钧）。附录一含《丁巳闰二月初三日南社广东分社假座六榕寺第一次雅集分韵诗》，参与雅集者有：李哲、周松年、汪兆铭、莫冠英、陆更存、释铁禅、卢友恒、张光萱、孙璞、霍庶明、蔡行严、张处萃、方声涛、胡熊锷、罗致远、张开儒、蔡守、邓万岁、尹爝、杜之杕、姚礼修、刘筱云、黄佛颐、卢锷、黄永、张光蕙、徐绍荣、廖从本、朱克昌、简华、叶敬常、黄蕙、邓桂史、金保泰、刘凤锵、谢祖贤、张光翮、张悔庵、张倾城，附录陈兆年诗一首。附录二含《禺楼清尊集》（第一至六集）。第一集含《呼銮道》（卢铸）、《歌舞冈》（二首，周积芹）、《芳华苑》（二首，高旭）、《素馨斜》（陈去病）、《蒲涧》（邓尔雅）、《南汉金涂塔》（蔡守）、《扫花游·流花桥》（俞锷）；第二集含《椰子》（李一民）、《黄皮》（俞锷）、《杨桃》（蔡守）、《新会橙》（陈去病）、《夏茅莽》（緹子）、《人面子》（二首，邓尔雅）、《荔支》（高旭）；第三集含《得清字》（卢铸）、《得风字》（緹子）、《得明字》（俞锷）、《得月字》（周积芹）、《得不字》（陈去病）、《得用字》（申亭未交稿）、《得一字》（高旭）、《得钱字》（觯仲）、《得买字》（蔡守）；第四集含《倦寻芳·得怨字》（俞锷）、《得去字》（高旭）、《得吹字》（蔡守）、《得箫字》（二首，邓万岁）、《得狂字》（秦锡圭）、《得来字》（李一民）、《得说字》（谢华国）、《得剑字》（孙璞）；第五集含《十一月初三日顾横波生日清集禺楼，拈得威字》（邓尔雅）、《拈得宫字》（蔡守）、《拈得眉字》（高旭）、《拈得天字》（四首，周积芹）、《拈得圆字》（卢铸）、《拈得坡字》（从光）、《拈得金字》（緹子）、《金琖子·拈得席字》（俞锷）、《满江红·拈得帐字》（觯仲）；第六集含《得盟字》（杨赓笙）、《得南字》（八首，高旭）、《得居字》（邓万岁）、《得无字》（陈去病）、《得亲字》（谢华国）、《得衾字》（孙璞）、《得目字》（马骏声）、《前意有未尽，又成一首》（马骏声）、《得缶字》（秦锡圭）、《得消字》（俞锷）、《得春字》（沈钧儒）、《得素字》（蔡守）、《得好字》（李一民）、《得魂字》（卢铸）、《减字木兰花·得失字》（周积芹）、《得黛字》（觯仲）。其中，高旭《小进以诗见赠，次韵答之》云："白帝当途一剑开，珠江潮激走风雷。为从弄玉吹笙去，却补顽天炼石来。老子犹龙差解事，一丘之貉倍堪哀。怪云万叠愁无那，拟上西樵见日台。"《次韵答邓尔雅》云："经秋落叶自潇潇，骚雅相携赴此宵。清响撼楼连夜雨，古愁浇酒大江潮。要除鳌足挥长剑，肯殉蛾眉谥洞箫。朔雪炎风忙底事？且教哀怨醉时消。"叶敬常《上巳日同哲夫、寄芳、微之、毅白诸社友北郊修禊》云："春日郊原未放晴，为谋修禊访寒琼。兴来剩欲同觞咏，意到真堪载酒行。雅集兰亭洵乐事，相逢洛社有耆英。临流击楫添诗料，好鸟枝头亦自鸣。"卜世藩《侠公席上赠秦刚武毅》云："知名字南社，见子冰雪中。战伐到钩党，文章尊楚风。虚声不胫走，此事穷愁工。槃敦会今夕，天寒哀断鸿。"《九日黄湖山作》云："黄湖山上去天尺，黄湖山下秋草白。落木西风吹客衣，山色湖光作寒碧。劫后诸生举皂幡，平沙浩浩看中原。哀猿啼断黄花瘦，惨澹乾坤噩梦痕。"《游集仙道院》云："芭蕉余绿沉，柑橘亦黄落。孤城澹烟雾，秋心共萧索。清谈到野客，幽赏契虚阁。阎浮片土净，枯坐四禅缚。寥栗得所倚，我欲眷丘壑。湖上戈船来，潏然楚纷恶。"文启蠡《戊午六月，余生四十矣。时醴经兵燹，邑市为墟，余与钝安、芸厂、今希诸君勉处残城，商办善后事宜，俯仰身世，感赋二律》其二："南中烽火未销兵，故旧传书问死生。岂意秋蓬余断梗，尚携危涕到芜城。诸公意气争雄长，天下疮痍忘姓名。已分逃秦更无地，不须料理武陵行。"胡朴庵《坐万顷堂望太湖》云："云影空堂开万顷，茫茫湖水涨沙汀。龙山过雨波涛白，鼋背来风天地冥。一叶扁舟那可渡，频年巨浪我曾经。凭栏只觉胸怀壮，七十二峰入眼青。"《游惠山寺得〈阳冰听松拓本〉》云："阳冰文字今难见，片石尚留古寺中。买得听松新拓本，归来两袖起松风。"朱谦良《黄鹤楼晚眺》云："按剑倚危楼，江天一色秋。远山衔落日，巨浪逐渔舟。烽火迷云树，雯霞吐月钩。不堪回首望，凄绝蓼花洲。"《感怀，和病侠》云："连朝风雨扑重门，啼处新痕压旧痕。梅鹤流离余剑胆，琴樽零落剩诗魂。书生自古崇三戒，侠士何时净六根。地棘天荆谁管得，此身权寄水云村。"张相文《百花山僧寺题壁》云："霏霏细雨酿花香，西极峰高嫋夕阳。城郭下方连赵魏，风烟绝塞隐牛羊。门窗灯闪三更梦，履舄凉生六月霜。惆怅年年觅清冷，褐来转欲早趣装。"吕碧城《声声慢》云："听残腊鼓。吹暖伤箫，凤城柳弄轻烟。检点春衫，宵来换了吴绵。啼莺唤愁未醒，锦屏深、惯倚恹恹。朦胧语，问人间何世，月地花天。　还剩浮生几日，尽伤心付与，浅醉闲眠。无赖斜阳，为底红到楼边。繁香又都吹尽，费冰毫、多事题笺。人空瘦，到明朝、怕启绣奁。"《祝英台近》云："缒银瓶，牵玉井，秋思黯梧苑。蘸渌搴芳，梦坠楚天远。最怜娥月含颦，一般消瘦，又别后、依依重见。　倦凝眄，可奈病叶警霜，红兰泣骚畹。滞粉粘香，袖屧悄寻遍。小栏人影凄迷，和烟和雾，更化作、一庭幽怨。"《喜迁莺》云："层峦幽夐。步石磴盘旋，瘦笻斜引。籁响清心，药香疗肺，病起闲身相称。茶花半埋云雾，栽向高寒偏劲。天外风、泛琼苞玉蕊，落千寻顶。　重省。空叹我，尘涴素衣，忍说鸥盟冷。楂拾霜红，萝牵晚翠，甚日岩栖才稳。几番俊游暂寄，依旧归期未准。碧云杳，锁篁阴十里，竹鸡啼暝。"《浣溪沙》其一："残雪皑皑晓日红，寒山颜色旧时同。断魂何处问飞蓬。　地转天旋千万劫，人间只此一回逢。当时何似莫匆匆。"《瑞龙吟·和清真》云："横塘路。还又冶叶抽条，繁英辞树。最怜老去方回，断魂尚恋，芳尘送处。悄延伫。愁见唾茸珠络，旧时朱户。蠹笺暗褪芸香，不堪重认，题红密语。苦忆前游如梦，翠裙长曳，锦襜低舞。巢燕归来，雕梁春好非故。馀哀零怨，写尽闲词句。更谁见，梨云沁影，隔花微步。　春共行云去。吴蚕未蜕，犹牵病绪，织就愁千缕。酿一寸，芳心黄梅酸雨。罘罳闷倚，倦怀谁絮。"《绮罗香·汤山温泉》云："磺爇珠霏，硝炊玉溅，一勺涓涓清沚。泛出桃花，江上鸭先知未。讶冰泮、不待葭吹，试缨浣，闲看浪起。引灵源、小凿娥池，洗脂重见渭流腻。　兰汤谁为灌就，也似华清赐浴，山灵溥惠。不许春寒，侵到人间儿女。喜湔肠、痾疾能瘳，问换骨、仙缘谁嗣。竞联翩，裙屐风流，证盘铭古意。"

《浙江兵事杂志》第68期刊行。本期"文艺·诗录"栏目含《海翁述湖上宵游之乐，乃投此作》(大至)、《栏槛》(大至)、《题归孝子文〈修竹卷〉》(大至)、《徐太夫人寿诗》(张宝书)、《次韵答初白〈湖上〉之作》(寄尘)、《柬亮生，次〈中秋湖游〉原韵》(寄尘)、《绍述先生集》(史锡永)、《题〈唐樊绍述谏议集〉，并附祀白文公祠，应其后人漱圃参谋作》(费崇高)、《绵绛书屋读书》(老圃)、《战飞龙岭》(林拯)、《水操台怀古》(周璋)、《偶感》(林拯)、《遣怀》(胡文衡)、《新谷》(斯资深)、《同安陈晴峰赠余联幅，写兰以谢之》(斯资深)、《题兰》(斯资深)、《偶感》(林拯)、《客感》(林拯)、《征南将》(林拯)、《前题》(周璋)、《前题》(姚琮)、《革人》(姚琮)、《遣兴》(周璋)、《听徐原白抚琴感赠》(陈兆鳞)、《驻防同安大安乡军次作》(李金培)、《湖游纪事》(思声)、《奉赠瘿公并题近集》(GR生)。

《安徽教育月刊》第24期刊行。本期"文艺·文"栏目含《桐城光梦巢先生开霁〈石庄小隐诗〉序》(高亚宾)、《游柏枸山记》(赵纶士)；"诗"栏目含《赠斐律滨领事桂东原先生》(赵纶士)、《参观大学农科、森林科于露斯蛮罗村，赠留学三君子》(赵纶士)、《由牧纽司中吕宋农业学校到罗沙里斯道中》(赵纶士)、《赴内湖省华侨商和平会欢迎会，因看百震亨瀑布》(赵纶士)、《游柏枸山》(赵纶士)、《到内湖省，次桂领事韵》(赵纶士)、《纶士自斐律滨出示纪游诗，率题其后》(陈朝爵)。

《尚志》第2卷第10号刊行。本期含《诗学浅说》(袁丕佑)；"诗录"栏目含《思亭诗钞(续)》(李坤)；"文录"栏目含《甘子晦诔辞》(秦光玉)、《游金殿黑龙潭记》(袁丕元)、《支那内学院叙》(欧阳渐)。

《端风·家庭问题号》第2期刊行。本期"诗"栏目含《寡妇泪》(余景陶)、《一生》(李书渠)。

吴昌硕为瞿熙生篆书"左阪橐弓"八言联："左阪右原驾吾二马；橐弓执矢射彼大麋。熙生仁兄属书，为集石鼓字。时己未十一月，七十六叟吴昌硕。"又，张增熙赠经钟拓片，吴昌硕题二绝。其一："书如北海神龙缩，来自西天白象驮。今日尘沙成浩劫，钟撞百八佛云何。"其二："片纸摩挲古藏经，烦君走笔二难并。瓣香美意无多祝，一笑乘查长谷城。弁群赠此拓，书二绝张之。己未冬仲，七十六叟老缶。"

沈曾植本月前后寄诗王甲荣祝嘏。《祝王甲荣七十寿》(四首)其一："长庚残月迥相望，文字观为般若光。作佛有期先补处，献花随愿到他方。秋来草木含悲气，事去山河黯夕阳。欲与君寻广陵散，太音终古不销亡。"其二："文字观为般若光，理辞无碍各昭章。语心品以深禅得，不灭神宁数劫忙。有句不须藤树倚，无情相见月潭凉。明朝落帽知何处，极目遥天雁阵长。"其三："楼上阑干楼外花，野沤惯狎野人家。微明残月如新月，起诵悲华转法华。散落天星成劫雪，微茫旦气瞩晴霞。只应绝代灵均感，尚有山阴处士嗟。"其四："夕秀朝华日日新，天将沉瀣洒陈人。丹霞烧后才成佛，白骨观余不见身。衰柳蝉随思女化，荒花蝶与梦周亲。萧寥人代支离叟，朱鸟归来笑饰巾。(四首非一时作,一时录出耳。奉发一笑,不可不和。寐上。尚有'处处相逢处处渠',检稿未得,容续奉)"

陈三立接凌鉴青、程颂万所寄《庐山纪游图咏册》,为题跋。跋云:"余三游庐山,独光绪癸巳春夏间,稍久留易实甫所筑琴志楼,与实甫竞越峰岭,饮瀑苏喘汗,然犹未尽探其胜。时偕游又有范仲林、罗达衡,尝就各所得诗汇刊为一卷。自后乖离飘泊,复屡逢变乱,无由再至者垂三十年。岁时还南昌,过其麓,但仰睇烟云杳霭,草树蔽亏,魂与神动,遥寄慕慨而已。今岁闰七月,平江凌君鉴青、宁乡程君子大客夏口,发兴联袂登兹山,恣讨所得,鉴青绘为图,十二子大形为诗歌五十余篇,寄余白下。夫庐阜夹湖江而峙,蕴灵表奇,冠绝南纪,绵历千代。二子乃冥合造化,同以绝技写之,盖古今接踵游客所未易睹也。世乱恐入山不深,快快所惭负悬诸梦寐者,一旦错列几案,震发耳目,穷极情态,开圣仙之思,荡涤千纪相噬龁肆毒之痛,若忘其所托何世。则余虽老病,闭户不获寻旧盟寄孤尚,对此差可无恨,其殆天授二子成其好事,俾有以娱我不自聊之岁月者欤?至鉴青画希石谷,子大诗上参皮陆,近抗其乡魏邓,固宜有能辨之者。己未十月。"

冯煦与陈蘷龙作诗往还唱酬。陈蘷龙有《寒夜得梦华同年诗,奉酬二首即和其韵》(二首)、《再柬梦华叠前韵》(二首)、《有感三叠前韵》(二首)、《梦华函示〈哭侄咏轩太守〉诗,语多凄郁,非年老人所宜,作此慰之,四叠前韵》(二首)、《寄梦华宝应并询近状,五叠前韵》(二首)、《得梦华白田书却寄》。其中,《寒夜得梦华同年诗》其二:"鲰生难媚俗,夫子亦奚为。柯以观樵烂,薪防厝火危。幽栖盘谷愿,高致辋川维。才信辞官乐,清风雨袖吹。"《再柬梦华叠前韵》其一:"岁晚催吾老,逢君鄙吝消。宁知王腊尽,深愧楚辞招。近水思垂钓,看山偶问樵。胸中无一物,不借酒杯浇。"《梦华函示〈哭侄咏轩太守〉诗》其一:"卧病成吾懒,胡君意亦消。围棋玄竟逝,醵饮受难招。长命无灵药,高歌学野樵。洗心功德水,尘垢一齐浇。"其二:"江汉同官日,斯人才可为。(余督鄂时,咏轩官夏口厅)宦情流水逮,时局覆巢危。泪尽竹林寂,舟回瓜步维。(君将返白田)千金躯善保,休被朔风吹。"

杨圻由常熟虚霩园移居九万圩,内室名"花木房栊"。作《新居早起》《花木房栊梅竹歌》。其中,《新居早起》序云:"己未十一月,由虚霩园移居九万圩今宅,壁下得元代旧砖一,纪至元元年筑圩事,地名新百万圩。今名九万圩,盖必复有旧百万圩,方言讹旧为九也。因仍古名。"诗云:"素懒今何爽,新居喜悦深。广庭闻鸟语,晓日在花林。洒扫能增健,儿童亦解吟。地名谀致富,季子岂多金?"《花木房栊梅竹歌》序云:"己未十一月,新居内室落成,颜曰'花木房栊'。夫妇手种梅竹多株,今皆活,喜赋。"诗云:"人生富贵必取辱,何须甲第连云蠹。人生及时行乐耳,安能牵萝补茅屋?我乡山水甲吴郡,山色湖光绕西麓。潘岳闲居赋面城,渊明归去理松菊。楼居新筑二十楹，广庭百弓杂花木。林下未脱脂粉气，妻种红梅我种竹。岂无劲节凌云霄，自有红妆伴幽独。高窗大几书万卷，君子美人俱拔俗。男儿所贵能适意，牛衣何堪供双宿？少陵江头亦太苦，床上屋漏毋乃酷。党家金帐原不恶，风雪之夜暖诗腹。两行红粉侍修史，宋家乃亦屏围肉。是知富贵亦能清，未必寒素便不浊。平生品藻原自知，弃材人誉丰年玉。刘樊中岁早偕隐，莫待头童与齿秃。荷锄种花岂得已，今世何世宁非福？春韭秋菘谨祭祀，扫地焚香供佛竺。后房清肃绝姬侍，但闻鸟语伴儿读。天寒索笑拥貂裘，细雨寻诗擎红烛。客来酒食谋诸妇，饭抄云子清茶熟。安乐窝中气如春，言笑于房缫而曲。幽人居之利贞吉，寿且康兮无不足。有钱当再买青山，早晚李愿得盘谷。平明日出见房栊，掩映花红绣帘绿。"

古直调任西江高要县长，撰联自勉："文臣不爱钱，常奉教矣；匹夫犹有责，况当官乎。"

太虚大师与大慈商决，结束沪之觉社，改《觉书》季刊为《海潮音》月刊。太虚卓锡西湖，专心编辑。时《觉书》五期出版，适大慈购得西湖南山之净梵院，从事潜修。

徐悲鸿应杨仲子之邀赴瑞士洛桑游览。

宋亦英生。宋亦英，安徽歙县人，原名宋惠英，笔名宋梅、宋蕴。著有《宋亦英诗词选》《春草堂吟稿》《春草堂诗集》《宋亦英集》。

吴梅删改《词余讲义》（1册，铅印本）由北京大学出版部出版。后改名《曲学通论》。《词余讲义》自序云："丁巳之秋，余承乏国学，与诸生讲习斯艺，深惜元明时作者辈出，而明示条例，成一家之言，为学子导先路者，卒不多见。又自逊清咸同以来，歌者不知律，文人不知音，作家不知谱，正始日远，牙旷难期，亟欲荟萃众说，别写一书。因据王骥德《曲律》为本，旁采挺斋、丹邱、词隐、伯明诸谱，及陶九成、王元美、臧晋叔、李笠翁、毛稚黄、朱竹垞、焦里堂各家之言，录成此书。又作《家数》一篇，略陈流别，以资研讨。己未仲冬，删汰庞杂，付诸手民，大抵作词规模，粗具本末。"

王敬彝作《己未十一月得远信》（二首）。其一："霜天明月晚晴初，梅影窗前笑卷舒。一夜清寒香酝酿，来朝芳讯竟何如。"其二："微波托意已通词，爱尔缠绵寄所思。珍重凤鸾笺五色，明珠一斛买春时。"

郁达夫作《岁暮感愤》。诗云："岁暮天涯景寂寥，月明风紧夜萧萧。美人应梦河边骨，逐客还吹市上箫。穷塞寒浸苏武节，朝廷宴赐侍中貂。士生季世多流窜，湘水何当赋大招。"

冬

吴昌硕行书《寿苏词》五言律诗赠 [日] 长尾雨山云："尾星明历历，刮目海之东。

发欲晞皋羽，眉谁介长公。深杯酬故国，同寿坐天风。持赠殷勤意，迢迢夕照中。长尾先生索赋寿苏词，己未冬，吴昌硕。"次年1月，吴昌硕与诸宗元札，附二诗时又录本诗。又，吴昌硕为王景禧篆书"高原潮渊"七言联："高原棕马秀而朴；潮渊鲮鲋乐其深。石荪仁兄大雅之属，为集旧拓猎碣字。时己未冬，七十六叟吴昌硕。"又题翁绶琪《抚琴观瀑图》云："大壑云归鸟不鸣，悬崖瀑布气纵横。老翁闲坐白双眼，手抚瑶琴心太平。印若孝廉以作字之法作画，浑穆古秀，兼而有之，时手不能望其肩背，宜矣。己未冬，吴昌硕并记，时年七十六。"又为宜生绘《秋葵》并题："荷影凋残菊信迟，秋葵露滴澹黄时。乱头粗服斜阳外，画出谁家好女儿。宜生仁兄属画。己未冬，吴昌硕。"又为井诘绘《红玉团团圆扇面》并题："风过影玲珑，帘开雪未融。色疑来蜀后，光欲夺蟾宫。不夜云归晚，无暇玉铸工。青莲失真汁，贪赋鼠姑红。井诘先生方家属。己未冬杪，吴昌硕于沪。梅溪山中有红玉兰、紫梅花，宋时极盛，而今则无之矣。"

齐白石因闻湖南战事，陪妻陈春君返湘省亲，并作《己未三客京华，闻湖南又有战事。将欲还家省亲，起程之时，有感而作》以记。诗云："一日飞车出帝京，衡湘何处着闲民。园荒狐已营巢穴，世变人偏识姓名。愁似草生删又长，盗如山密划难平！三年深负红梨树，北地非无杜宇声。"是时又绘《水草与虾》。

曾习经回北京。丁乃潜作《蛰庵北行，有赠言之义，为赋四章》。其一："城郭相看觉昔非，知还辽鹤意迟歇。中年禄养曾三釜，十载关河始一归。游子挂冠今国稿，慈亲忍泪旧缝衣。私情乌鸟终何极，欣幸依檐并燕飞。"其二："予季穷年托远游，宣南羁迹半依刘。猪肝口腹真为累，鸡肋功名不自求。高谊发春苏小草，余哀缩俸付营邱。生平风义兼师友，岂特文章范万流。"其三："谷变陵迁忽二毛，荣腾自分未能豪。管宁卜宅心先死，韩愈求田意最高。杯酒盎粮供岁熟，流人漫曳任名逃。颇怜课雨非儒习，麦种愆期敢告劳。"其四："蛰乎弭节还乡去，讷也陈诗请业来。陶谢之间夙心折，咸同以后暂狂裁。高辞咏叹趋田作，上学荒芜使径开。指顾飚轮涨尘动，殷勤为劝渭城杯。"陈培玉（石庵）亦有《送曾刚甫京堂北上序》。序云："去岁十二月九日，乡之前辈曾月樵先生身故，其弟刚甫京堂在京闻电南来奔丧。今丧礼完毕，权殡先生之灵柩于别处，以待葬日。京堂为余言，欲于月杪北上。余感京堂之知，今当远行，其可无言乎？不顾浅陋，爱仿古人临别赠言以送之。文曰：我邑月樵先生之道德文章为邑人所宗仰。余往岁作先生六十寿文尝为言之。京堂从其兄学，在官有廉节之风，世称其贤。自政体改革，京堂蛰伏不预闻政事，力耕于杨漕之野，暇则兼治词章之学，尚齐梁之风雅，以为力追周秦，此其行洵为难能而可贵矣。今夫世之人，平居无事，谈道学、讲气节，俨若可师，一旦遇变，巧言饰说，改其气质以趋时者，比比皆是。此其人之流品不可问。其视京堂之不动声色，始终不渝，相去远矣。虽然忠孝之事实出于天性，不可强常人而使能也。寻考历代变更之际，其人可书史册称为完节者不可多得，今京堂所为之事，殆庶几矣。而京堂又尝命余舍虚文而就实学，可为异日用，所谓爱人以德也。但小子性质愚鲁，学殖无状，恐不能副京堂之望。倘矜小子以为可教，望京堂时赐好音，裨益畎亩闻见之所不逮，则其所以貺我小子者，至岂不善哉！"

冒鹤亭于秋冬间赴泰州，作《于役海陵得六绝句，皆述先德》《泰州松林庵有古松，天矫盈亩而高不出檐际，宠之以诗》。其中，《于役海陵得六绝句》其一："英雄成败事苍凉，遗象犹然返故乡（东山寺有张士诚像）。祖德先芬吾解述，聘书曾为却张王。（吾始祖东林公为士诚挟至吴门，封妥督丞相，辞不就）"其二："开府中丞负盛名，参天乔木尚纵横。（履贞中丞占泰籍，见《明史·张鼐附传》）廿年说著扬州梦，小试文章两冒生。（岁庚子，佐沈笔香太守校扬州府试，有两冒生，一名芝书，一名景唐，皆中丞后人。顷芝书来见，云景唐即其子也）"又，冒氏时任镇江海关监督，嘱鹤林寺方丈闻光为拓印寺壁陈均题诗若干，以一帖寄刘绍宽。刘绍宽后作《冒疚斋先生自镇江拓寄鹤林寺壁陈均诗，喜其有神志乘，纪以二绝》，以为得此"始知其详，足补《平志》之缺"，并纠正厉鹗《宋诗纪事》之"误收"。刘诗其一："一纸诗篇揭鹤林，公斋宦辙藉推寻。养新钱录存疑后，得此真堪抵万金。"其二："鹤林两咏留题在，闻雁九江例可知。并作莆田平甫句，太鸿未见壁间诗。"

陈去病遇南社老友高吹万，以陆廉夫所绘《寒隐图》见示，并嘱题句，作《题〈寒隐图〉》。序云："顷在歇浦，薜苕高君吹万，辱以廉夫陆先生所绘《寒隐图》见示，并嘱题句。昔南宋画院待诏朱锐善橅雪景，尝绘《雪山运粮图》，坡上枯木数株，枝干垂下，似皆为雪所压。吴其贞《书画记》称其精细文秀，足为超妙入神之作。又有《雪庄行骑图》，一人乘骑循山庄行，苍头后随，一童前导，若寻幽探胜者。见《书画汇考》。兹图颇两似之，盖先生画本之最佳者。因成一律，以和雅怀。质诸吹万，庶几其相喻于微也欤。"诗云："落木寒鸦雪片粗，分明天意伴清臞（梅尧臣诗：'天教飞雪伴清癯'）。人间只合梅花煮（君所居名闲闲山庄，平显《松雨轩集》题梁楷《雪禽图》句：'高人正煮梅花雪，减笔描来画里看'），夜梦何嫌鹤影孤（吴仲孚寄高疏寮诗：'敲竹风清鹤梦孤'）。屋有丹光凭学佛（平显诗：'屋有丹光冻不寒'），藏来斗酒足围垆（高启题夏珪《风雪归庄图》句：'山妻自炊稚子沽，不羡炙肉围红炉'）。野心总被云留住（见《宋史·隐逸传》陈抟谢表），我亦摹成别墅图。（倪云林遯迹吾乡，绘《叶湖别墅图》以见意，所居名倪家汇。先节孝，其遗裔也。余家自祖父以来，世居此汇者七十年矣。因采云林旧句，名其居曰'绿玉青瑶之馆'，绘图征题，盖一以慕高士之风，一以志先慈之节云尔）"

弘一大师与程中和居士于玉泉共燃臂香，依天亲发菩提心论，发十大正愿。又为龙丁题唐人写经残本跋，贻曼达禅师。

胡先骕返南昌，接家眷南京定居，作《岁暮旋里迎妇，夜宿客邸候船，拉杂书此》（三首）。其一："霜风荡星光，夹道矗髡柳。一车指城闉，已在上灯后。年时远猎食，粗足赡家口。永怀卒岁欢，束装往迎妇。顾念玉雪儿，学语想已久。别来今半载，解忆郎罢否。人生果何物，恩爱互缠纠。萍蓬成此聚，骨肉究谁某。颇领华严旨，一念生万有。缚脱差别相，无事强分剖。"

王献唐之父王廷霖到东北采药，客死吉林。王献唐至吉林，扶父亲灵柩返里。后作《访碑图诗》中有句云："陇头亲舍望白去，风木关山孤儿哭。芒鞋雪夜赋北征，麻衣扶榇沧海行。咫尺人天成代谢，沉沉万劫见死生。"自注："1919 年，先君见背，归梓吉林。忽中夜苦次，悟死生无常，治宋明理学及老庄诸子，求人生真谛。又泛览西方哲学社会学书，俱不称意。成《人生之疑问》一文，为余生平思想转变绝大关键。"

张大千由上海遁至松江县禅定寺落发为僧。主持逸琳法师为其取法号"大千"，语出佛家"三千大千世界"。

林损作《送余冠周南归序》。云："丁巳之岁，昊天降祸于瓯。夏五月，吾舅陈醉石先生卒，逾月，先生之兄介石先生伤弟亦卒。余小泉先生者，与介石先生交最密，而重之以婚姻，既闻二丧，哭之恸，由是不自怡，遂寝疾，越三月亦卒。呜呼痛哉！一郡之中，一年而丧大儒善士者三人焉，况又为兄弟朋友亲戚也，呜呼痛哉！冠周者，小泉先生之子而介石先生之婿也，既娶而鳏，介石先生于是乎哭其女，而冠周哭其妻。介石先生之丧，冠周于是乎哭其外舅；小泉先生之丧，冠周方在京，于是乎匍匐号泣以归，哭其父而为孤儿。呜呼！冠周之生世盖已大可悲矣。然余亦少孤，抚于舅氏，介石先生之女，我事之犹姊也。既哭父哭母哭姊，连哭二舅，而去岁又哭外王父，益以哭子，而于小泉先生之丧，眷念老成，其安能无凄怆感动于五中哉！如余之悲，以视冠周，又未可同日而语也。忆当诸家盛时，高门通德，并为乡里矜式，而吾外王父母，皆安荣寿考，孙曾绕膝，备人间未有之乐。介石先生既讲学四方，门墙称极盛，执贽者近万人，闻风而忻慕者，盖不可胜数。醉石先生家居，内承欢于父母，而外博施乎一乡，虽童稚稗贩，知尊其行而颂其功。而小泉先生之于永嘉，犹吾舅氏之在瑞安也。当是时为之子弟，宁尝知天地之间之有忧乐喜愠乎？然及三先生之亡，虽德泽之在人，典型之未坠，子弟之接武以起者犹众，亲戚朋友之中，所以相扶持维系者，幸而不失其故。而建立益难，揭拄益苦，创痛益多，虎尾春冰之惧，益时时不能忘。抚今追昔，天地异状，下察而上观之，恒有无穷之忧患焉。呜呼！此岂始料所敢及哉？比年以来，余与冠周并居太学，游燕则相习，情性则相知，疾病则相恤，哀乐则相共。一味之甘，或分而尝之；一行之失，皆得而规之。盖余二人之交若此，而余益不能无喟然于三先生之存亡也。今冠周既卒业而归矣，冠周之归，我知其不久于乡也。然冠周之于故乡，昔有父母，今有坟墓，夕晖出而春草滋，杜鹃鸣而血泪堕，又违而之他邦，冠周之悲恨忉怛者无穷期矣。而当冠周乍归，乡之父老尚多存者，倘迎其马首而指示于人曰：此余先生之子而陈先生之婿也。为嗟异叹赏者久之。此可见功德入人之深，而流风之犹未泯也。夫古今盛衰之变亟矣，自盛而衰，至于吊废井而问往迹，夷公卿而为台隶，狐狸穴其室，而茅草荒其径，此固昔人所引为痛哭流涕长太息之端，而以发愚夫妇之深省者。今吾党之衰不至此，然予以为有废井之可吊，往迹之可问，台隶之存而为子孙，室之可穴而径之可荒，斯其为衰，殆未甚也。若予之躁而失君也，然每闭目静坐，深入空寂，则悲苦之境，历历如在左右，天地崩而日星陨，万物毁而众籁歇。盖鬼神无微征，而幽隐莫可烛，当此之际，又焉知往者之为归人，来者之为过客，与夫山川城郭井里墟墓之戈戈者为哉？然一张目，则犹是斯人也。夫不能不为人，斯不能无人之事，此亦非得已也。冠周静默过余，尝终日相对，不肯为一言。深念简居，形若槁木，其于空寂之状，体之盖弥精矣，是故尤自放于弈。冠周之弈，天下之良工莫与俦，其在冠周，则所谓优游以自解免者也。虽然，此亦人事也。冠周务张其目，而知人事之有大于此者，冠周且自奋而不已矣。冠周年三十余，而余年方三十，盛衰之感，乃繁苦其若此。然三十之年，得之又大不易，冠周其念之：使知长上之爱我者，若此其众也；所以抚育而顾复之者，若此其艰苦劬劳也；日望其成，若此其殷也。岁月之逝，若此其速也；为我梗塞患害者，又无往而不之值也；亲厚者之所痛，见雠者之所快也；则虽欲不奋，诚不可得。余与冠周交勉之而已。昔胡天游以万象为必灭，而唯文章能结之于不散。虽文人之所以自慰者哉？此篇之作，余犹得而假之。"

吴芳吉《吴淞口访古》刊载于《新群》第 1 卷第 2 号。诗云："访古出吴淞，寒云涌乱峰。海帆轻似鸟，芳草碧逾绒。征马逢秋健，垂杨映港浓。湄边人已去，风卷浪花雄。"

劳乃宣作《乙卯冬游杭，登城隍山，入茶肆，座客寥寥，一老妓独弹琵琶而歌。偶然忆及成此句，当补入〈曰归暂咏〉中》。诗云："山肆琵琶韵抑扬，两三茗客坐斜阳。青裙白发歌喉在，想见当年脱十娘。"

张良遁作《冬夜独坐》《冬夜读宾谷近作，喜赋长句赠之》。其中，《冬夜读宾谷近作》云："龙渊出匣淬鹅膏，不数陈王赋宝刀。檐葡林中香正吐，松谈阁上月还高。围炉划字成丹篆，暗室传灯放白毫。为问庐陵门下客，就中谁似子瞻豪。"

曹广权作《己未十一月，宝应城南隅安徽馆演抵戏，五人皆善技击，纯操北音，中有一蓝云峰者，云是宗室旗人，曾充景皇御前侍卫，习知内廷事。为言乙卯袁世凯逼迫宣统帝移宫时，威胁小叫天入南海子演剧，既赏番银二百枚，叫天行且泣，番银掷自袖中，籁籁落也。因相与沾襟，当时坐客有题绢为赠者，余思赠以诗未果，补为歌行记其事》。诗云："昔闻少陵居夔州,荒山足茧曲终愁。今我淮南观抵戏,何似瞿唐舞剑器。广场日午围红炉,隔坐照眼花氍毹。桔槔双起一人卧,石轮转转蚁旋磨。四人踏轮齐飞腾,葛陂之竹云端乘。空中聚舞百怪兴,幻作海市清光凝。玉山峨峨堆层冰,蓬莱半股崴峻嶒。悬崖倒挂饮猿藤,翻风瞥下摩天鹰。满堂喧叫各不应,虬须舞者披衣起。自言本是羽林子,先朝侍卫乾清门。国破家亡欠一死,黄带藏腰变姓名。赤手空拳鬻武技,飘泊江湖不记年。渡河听说逢白豕,我闻此言嚓欲喑,沈吟偶语莎庭阴。自从三海集鸦鸟,南飞乌鹊皆冤禽。君不见颐和园仪鸾殿,鱼龙百戏难重见。妖氛初锁骊山宫,遍索梨园拥歌扇。龙钟双袖李龟年,金钱撒迸泪珠溅。江南花落自纷纷,吴儿讴已度寒云。十年几见山河改,何必麻姑走东海。野史逸闻过时采,名伶奇伎余芬在。"

郑孝胥作《内藤先生大雅属录叶昌炽〈藏书纪事诗〉》。诗云："标识分明卷帙精,鞠花凉雨荡帘旌。累累天籁珍藏印,又见敌翁与石笋。(内藤先生大雅属,己未冬日,孝胥)"

章梫作《己未冬日回宁海海游故里四首》。其一:"雪溪荻港侧通舟,不信家临海尽头。日本鸡声从地起,天台瀑布拍檐流。族居风义高三代,广学才华大九州。独惜孤臣身似燕,难忘故主便归休。"其二:"枫林依旧入冬红,绮岁朋游尽老翁。载酒有亭成宿草,篝灯剩屋蔽寒风。仙家忽见蓬莱浅,力士初开蜀道通。穷贱当年痛心事,万人上冢语成空。"其四:"频年匹马走天涯,欲说无家尚有家。光武故人裘似雪,江东子弟貌如花。椎秦早进张良履,霸越方回范蠡楂。寒极春融元运转,乡农与我课桑麻。"

黄宾虹作《己未初冬题赠伯荫仁兄》。诗云："风雨澄秋怀,幽香逗沙渚。梦澈楚天寒,临流独延伫。何处同心人,采芳结俦侣。寂历山水间,无言淡容与。"

韩德铭作《己未冬日述怀》(八首)。其一:"萧条兀坐乱离间,即境回心到早年。竟作众人填宇宙,郤穿时会看飞骞。风云赋气谁贻我,穷达当前又属天。终幸故吾留万变,衡门歌叹数因缘。"其四:"处需有说生涯局,世值非儒草偶单。把臂党徒知赫烁,违心结纳愧欺谩。纵观刘牧严公少,欲赋登楼扫径难。江水无田薇蕨苦,低头索米入长安。"

陈宝泉作《己未冬日随欧美教育考察团往尼衣格拉观大瀑布,大雪终日,益增奇景,因赋二截句》。其一:"璎珞纷披意态真,氍毹初撒碎琼银。石娘羞涩应终古,谁与新人脱面巾?"其二:"瀑下悬岩雪满溪,天公亦欲试新题。愿从白战争声势,故遣洪涛护马蹄。"

高旭作《鹧鸪天·用钝根韵即寄》《卖花声·哲夫与其夫人张倾城合绘〈梅聘海棠图〉见贻,填此为谢》。其中,《鹧鸪天》云："帘影沉沉芳信迟,啼鹃诉与落红知。

柳条堪折休轻折,折寄天涯好共持。　　伤往事,托微辞,繁华转眼剩空枝。思量撒手同归日,便是人天梦觉时。"《卖花声》云:"一幅艳容光,活色生香。胭脂队里铁心肠。我自爱花花不语,谁与商量。　　厚觊故心将,此意难忘。寄侬绢素壁间张。一种闲愁消不得,来对红妆。"

王国维作《冬夜读〈山海经〉感赋》。诗云:"兵祸肇蚩尤,本出庶人雄。肆其贪饕心,造作兵与戎。帝受玄女符,始筑肩髀封。龙驾俄上仙,颛顼方童蒙。康回怒争帝,立号为共工。首触天柱折,乃与西北通。坐令赤县民,当彼不周风。尔臣何人号相繇,蛇身九首食九州。蠚草则死蠚木枯,鸣尼万里成泽湖。神禹杀之其血腥,臭不可以生五谷,湮之三仞土三沮。峨峨群帝台,南瞰昆仑虚。伟哉万世功,微禹吾其鱼。黄帝治涿鹿,共工处幽都。古来朔易地,中土同膏腴。如何君与民,仍世恣毒痡?帝降洪水一荡涤,千年刚卤地无肤。唐尧乃嗟咨,南就冀州居。所以禹任土,不及幽并区。吁嗟乎!敦薨之海涸不波,乐池灰比昆池多。高岸为谷谷为阿,将由人事匪有它。断鳌炼石今则那,奈汝共工相繇何!"

颜偁作《冬夜》《冬日晚眺》。其中,《冬夜》云:"午夜闭重关,身闲心未闲。雨敲邻语碎,风咽柝声悭。句岂搜能尽,诗难妙不删。十年成赋志,空秃笔如山。"

李鸿祥作《冬居北京将军府有感》。诗云:"流光虚掷忽经年,脾肉旋生意惘然。自古长安居不易,何如解甲赋归田。"

曾广祚作《冬杪闻里女妻齐卒》。诗云:"五年余闰将成岁,万物禁寒已过秋。飙舞山林穿劲镞,冰开陆地荡轻舟。杞忧空抱邻人笑,齐语初调处子羞。碧布衫披新鹳雀,紫游缰勒旧骅骝。"

陈海瀛作《冬日饮第一楼》(用东坡《赠段屯田》粲字韵)。诗云:"昔读坡公诗,海南常居半。箕子遭明夷(公谪海南有诗示子由云:'天其以我为箕子'),掩卷同兴叹。今我客此邦,山水恣娱玩。虽云盐车苦,薄官等置散。却喜乘兴来,三两结朋伴。隆冬未知寒,酣饮忘昏旦。岿然五公祠,再拜参香案。一楼几海桑,如人阅理乱。三李与赵胡,庙食宜荐盥。方今活国医,妙手无和缓。众浊挠独清,新法薄旧贯。况复坐酣嬉,末由振罢俀。所谋不相容,辄成冰与炭。谁歌缊衣诗,授餐而适馆。只须老醉乡,无裘自轻暖。漫教荷锸随,博取一笑粲。"

陈树人作《冬景》。诗云:"寒林荒驿初沉日,断港残芦半结冰。山水无如冬景好,耐人千百度销凝。"

吴梅作《读〈词隽〉口占一绝句》。序云:"己未冬日,枯坐无聊,再读一过。痴呆卖不去,饥饿逼人来。窗间皓月,照人不寐。口占一绝,凄凄然顾累犹抱也。"诗云:"冠盖京尘独憔悴,蟫庐戢影惯穷居。却思去岁追凉日,钮谱(少雅格正《还魂谱》胡词每起子(《广陵仙曲》)。"

陈隆恪作《冬日书怀》。诗云:"霜枝败叶不成围,听噪寒鸦坐拥扉。丛菊依盆残吊影,小炉温壁寂腾辉。痴心未许逃禅死,傲骨偏能乞食肥。息影合囚酣卧地,怀人珍重寄书归。"

王祺作《写青冢》。序云:"民国八年于冬日访青冢,北天酷寒,颇多感系,因写题一纸纪游。"诗云:"万里长城古北关,荒寒十月走阴山。天怜玉骨留青冢,一曲琵琶不复还。"

罗章龙作《送新民学会会员赴法》。序云:"一九一九年冬,送新民学会会员赴法,时毛润之与余等住北京吉安寓所,地点在景山东三眼。"诗云:"雪月映西山,冰封渤海湾。围炉忻笑语,别意动燕关。徒倚双轮动,踟蹰落日阑。车书观万国,海上有书还。"

陈蘧(蝶野)作《冬日晓发》。诗云:"残月不到地,马头瞻向西。还携故园梦,来听远村鸡。一鸟下寒翠,重霜沾马蹄。年年苦行役,幽思在深闺。"

徐樵仙作《登望湘亭书感》。诗云:"滔滔日下此江河,徒倚天南唤奈何。未有慈航援垫溺,但看尘海起风波。三湘文物悲零落,百岁光阴感刹那。莫问兴亡蜗角事,神州苍狗白云多。"

[日]德富苏峰作《〈国民新闻〉壹万号》。诗云:"文章报国志犹存,谁使檄名达紫阁。新纸十千吾未老,人间始见布衣尊。"

❀ 本 年 ❀

秭园诗社在北京成立。前身为寒山诗社,社名取自关赓麟在北京南池子南湾子宅第"秭园",一直持续至新中国成立后,约于1964年左右停止活动。据1926年3月《学衡》杂志刊登黄节《关颖人新筑秭园,时予有旧题,今十一年矣,近复重葺园亭,召饮作诗,拈得盐韵》一诗,诗云:"十年人事经千换,何物能容一滞淹。重过秭园寻旧葺,更留清酌停春檐。朱梅绿桔方争艳,白发苍颜已漫添。却为曩题成苦忆,依稀梁燕尚窥帘。"查马以君编《黄节诗集》,此诗作于1925年。可知关赓麟筑秭园时为1914年。秭园诗社之名取自秭园,因系寒山诗社后续,且寒山诗社约止于1919年,可知秭园诗社约成立于1919年。寒山诗社3年间社集133次,一年有40余次。以此参照,秭园诗社每年雅集次数应与之相当。1923年重阳节后3日,秭园诗社举行第二百次大会。从1919年算起,相隔4年,每年均近50次,正与寒山诗社相聚频率相吻合。由此亦可判定秭园诗社成立于1919年。魏洲平《美丽的秭园及其诗老们——再谈文化传承中的问题》云:"秭园诗社的前身是约创建于20世纪初的寒山诗社,'秭园',得名于当时诗社社长关赓麟老先生在北京南池子南湾子的宅第'秭园'。……赓老工诗词,曾与樊增祥(樊樊山)、易顺鼎、许宝蘅等同为'寒山'中坚诗人。'秭园'的繁荣、鼎盛期,是在抗日胜利之后到1957年期间。其自然消亡于'文化大革命'前的1964年左右。是我国近现代文学史上持续时间最久的诗社。诗社几乎囊括了当时在京的所有文化巨擘、国学大家。数年前,许恪儒先生赠给笔者4页稊园诗社印制的《稊园诗社同人名录(依沈韵为次,庚寅四月编)》复印件。该'名录'32开,为蜡板油印,登记有当时66位诗社成员的姓名、字、号、籍贯、工作单位或家庭住址。这是具有重要史料价值的资料。如果加上已去世(如傅增湘)或已离开大陆(如齐如山)等不录,或因其他原因漏载的人,诗社成员绝不会少于100位。傅增湘、吴北江、夏枝巢、许宝蘅、关赓麟、陈云诰、王道元、章士钊、郭风惠、钟刚中、萧龙友、齐如山、叶恭绰、邢冕之、黄君坦、汤用彤、李培基、刘文嘉、彭八百、张伯驹、王冷斋、言简斋、沈仰放等等诸多声誉昭然、德学双馨的学问宗师均曾是诗社的代表人物。陈叔通老人和俞平伯先生虽不是该社成员,但也经常到'稊园'与老友们诗书唱和。"又,南江涛选编《清末民国旧体诗词结社文献汇编》第14册收录《稊园二百次大会诗选》,为民国十二年(1923)铅印本。

鸥社在上海创立。据徐珂《可言》载:"始于己未中华民国八年(1919),胡朴安、汪子实倡之,六月二十三日为第一集,前后入社者凡十余人:王大觉、王莼农、汪子实、汪兰皋、胡朴安、胡寄尘、孙小舫、徐仲可、陶小柳、汤伯迟、傅屯艮、叶楚伧、潘兰史,至壬戌中华民国十二年之春方三十八集,而子实下世且久,弱一个矣。"每月雅集两次,有《鸥社集》刊行。傅熊湘作《与诸君约为鸥社,入社者泾胡朴安、寄尘兄弟,旌德汪子实,无锡王莼农、宋痴萍,阳湖汪兰皋,番禺潘兰史,南昌陶小柳,济南孙小舫,杭徐仲可及余凡十一人》。诗云:"我身天地闲鸥寄,随分飘零海上来。各有江湖向怀抱,未论风雅已蒿莱。诗情终古照明月,愁思无端落酒杯。极目烽烟消未尽,可能浩劫起沉灰。"

梅社在厦门创立。创立者为陈梅陔,址设厦门典宝街镒成楼,成员有孙渔隐、李实秋、黄静仙、高尚志等。其中,孙渔隐为菽庄吟侣。未几,又有梅社乙组之设,社员有陈维垣、洪孝怡、陈作舟、陈逢春、陈材骐、陈国器、王慕韩、徐狱、张济川、陈辅、陈鼎川、纪镜潭、郑连仙、纪瑞金、苏清岁等十余名,辑有《鹭江乙组梅社吟草》十期,以及《鹭江丙组梅社诗钞》。

寻鸥吟社在台湾嘉义市创立。由当地人士方辉龙、蔡酉、黄助等共同倡设,与嘉义市罗山吟社、玉峰吟社鼎足而三。民国十三年(1924)仲秋,寻鸥吟社举行创社五周年纪念,并改社名为"鸥社"。同年10月,与嘉义地区其他诸社打成一片,冶为嘉社。抗战爆发后,活动中断。1949年,赖柏舟、蔡水震二氏重整该社。1952年6月,该社旅北同人成立鸥社台北分社,后改称鸥社旅北同仁联吟会,并于1965年8月独立为北鸥吟社。鸥社创立之初由方辉龙任社长,社员有蔡酉(炳辉)、黄助(南勋)、王甘棠、赖柏舟、蔡水震（明宪）、黄水文、张明德、庄启坤、郑启谅、施正明等15人。厥后，由陈朝渠（云溪）主持社务，兼得林玉书（卧云）、陈文石（辉山）两氏协助，社运日隆，社员增至42名。光复后社员增至70余名，主要有赖柏舟（秋航）、蔡水震、黄水文、赖惠川（闷红）、李德和（连玉）、黄文陶（竹崖）、吴文龙、林玉山、卢云生、黄鸥波、朱芾亭等。鸥社每月课题击钵，诗钟律绝并励，先后刊行《鸥社击钵录》《鸥盟月刊》《鸥社艺苑》（月刊）等，风靡一时。

明伦学社在昆明成立。陈荣昌与赵藩、袁嘉谷、杨鹓束、周景西、刘润畴等创建。由地方筹集资金，借用文庙之明伦堂为社址，旨在集聚三迤学子，明伦理，讲学问。

清华美术社成立于北京。由闻一多发起组织并兼主持人。清华学校校园美术团体。社员达50余人。1922年，闻一多赴美留学，该社停止活动。

［日］咏社成立。旨在研究和提倡汉诗，成员有田边碧堂、国分青崖等。

周庆云沪上唱酬甚夥。周庆云作《十九日，狷叟招饮高斋，其嗣君友皋、文孙伯遒、外孙戴怀远均善度曲，吹笙摩笛，音节和谐，犹有盛世元音，喜而有赠》，许湛祥和《梦坡以小饮示谢，愧不敢当，次韵奉和》；周庆云作《游兰亭，见右军祠壁石刻徐寿蘅学使〈树铭〉诗，因步其韵》，许湛祥和《梦坡游兰亭回，示读一律，依韵继声》（二首）；张朝墉作《烟霞洞，和蔡君谟韵》，周庆云和《游烟霞洞见北墙题句，次韵和之》；许湛祥作《寄怀沪上春笑楼录事，写呈梦坡》，周庆云和《狷叟以〈怀春笑楼〉诗见示索和，即次其韵》，许湛祥复和作《四月朔，梦坡招饮春笑楼，得与录事相见，用原韵又成一律，既伸谢悃，复纾离绪，〈国风〉好色，郑卫不删，诸君当不予病也》；许湛祥作《邹景叔、费恕皆招饮益州酒楼，用前韵赋谢》，白曾然和《景叔、恕皆招饮酒家，名花骈列，狷叟三叠〈怀春笑楼〉韵见示，因亦继声》；周庆云作《越数日，复在绮楼作词社之约，以雨阻，社友至者寥落若晨星。予谱〈踯莎行〉，聊以寄意》，同人和作：夏敬观《浣溪沙（雨阁镫帘故故红）》、王蕴章《鹧鸪天（暮雨潇潇水阁头）》、白曾然《虞美人（桃笙簟滑清无暑）》、潘飞声《踯莎行（浅唾霏珠）》；周庆云作《文信国公琴拓本，为适庐题，即同兰史韵》，潘飞声和《题文信国遗琴拓本，用信国韵》；许湛祥作《将返杭州留别梦坡》，周庆云和《狷叟有诗留别，次韵答之》；许湛祥作《用前留别诗韵寄怀梦坡、履橒》，钱绥盘和《谨和茶禅年丈留别韵》，许湛祥又和《到杭口占，有怀海上同人，爰用前韵，录呈寄梦坡兼呈诸君子》；钱绥盘作《江干观涛口号，率呈梦老》，周庆云和《十八日由长安至海宁观潮，用履橒韵演成七律，呈履橒》；周庆云作《许狷叟社长七十有九，诗以寿之》，同人和作：沈焜、恽毓珂（二首）、钱绥盘、白曾然（二首）、恽毓嘉（二首）、恽毓龄（二首）、陶葆廉（二首）；潘飞声作《独山门谒项王庙，同梦坡、仲可、守一、莼农作》（三首），同人和作：王蕴章《独山门谒项王庙》、周庆云《独山谒项王祠，与兰史、莼农同作》；周庆云作《兰史招饮都益处，赋此报谢》，潘飞声和《邀古微赋秋峻斋，幼龄、梦坡集都益处，各携书画列观，梦坡有诗，为次原韵》。其中，周庆云《喜而有赠》云："香浮竹叶旧醅斝（公出十余年陈酿），欢合当筵夜未深。蔼蔼门庭寻至乐，沉沉宫羽变元音。琳琅先泽真希世，著作传家合有林。交契忘年呼小友，肯将白雪度金针。"张朝墉《烟霞洞》云："携将笠屐访烟霞，滑滑香泥路转余。乍雨乍晴春社日，半僧半俗散人家。十年湖海真成梦，二月棠梨未着花。古佛高梅应共笑，吾生游眺是生涯。"白曾然《景叔、恕皆招饮酒家》云："麝薰微度日脂香，不饮能令入醉乡。名士襟怀多洒落，美人情性费猜量。殷勤一束吴绫赠，辛苦千丝越网张。我亦青衫沦谪恨，哀弦荡气更回肠（时鸿拨琵琶音节甚美）。"许湜祥《到杭口占》云："赢得轻寒便戒涂，雏孙侍侧不嫌孤。千林枫叶烘斜日，数点梅花访冻湖。旧雨招邀评绿酿，知交零落感黄垆（恽孟乐同年两旬前尚叙饮，为庸医所误，一旦徂谢，可慨也夫）。明年二月重相见，再绘诗人主客图。"潘飞声《邀古微赋秋峻斋》云："丹青邱壑对瑶卮，紫蟹黄花况及时。好续尚书池北语，未嫌小史日东诗（尚郎小云在座）。自来逸品超神品，合借南碑证北碑。画里沧桑何限感，瓣香只拜巨然师（是日，有巨然山水轴，吾家听帆楼物也）。"

苏州滑稽杂志社《滑稽杂志》（月刊）创刊。梦花馆主编辑。广益书局出版。该社由江家桢（字荫香，署梦花馆主）及《苏州日报》编辑主任吴度（字生花）纠集同好江亚兰、尤半狂、屈松声、陈孤雁等人在苏州组建。旨在"上讽国家，下通社会，守和平之宗旨，启黎庶之庸愚。载笑载言，可使消融党见；亦风亦雅，尤能体贴人情"。栏目有"论说""文萃""诗词""小说""新剧""笔记""五洲趣闻""滑稽杂著"等。仅出3期。

寒山诗社编《寒山社诗钟选》（丙集，6卷）由同益书局刊印。集前有陈庆佑题端，罗惇曧署签，邵瑞彭《序》以及《例言》《社员名录》。卷一：建除体；卷二：建除体；卷三：建除体；卷四：建除体、分咏体、合咏体；卷五：鸿爪体；卷六：鸿爪体、笼纱体、晦明体、魁斗体、蝉联体、碎锦体、双钩体。集后有《寒山社诗钟选·丙集正误表》。其中，邵序云："诗钟者，谐谑射覆之流，文章之枝派，暇豫之末造也。夫文之为德，关乎运会，三代以降，迭为隆污。世莫盛乎汉唐，故元音彪炳，祚莫衰乎宋元，故风雅寝声。有清受命，质文共举，人怀枚、马之才，户习买、郑之学，灵响所孚，国治而民休。及其衰也，士乐异言，俗趋吊诡，往往摩挲矕錝以傲服许，捵狐简帛以证申辕，矫之者则又溺于姚易之笔札，与譴涩之呕吟。诗钟之兴，亦当其会，务以驱扇，故实为能。以字字相俪为工，以荒僻恢奇为巧，故文虽蘼而质实肆。至其为之，犹贤自譬博弈，既远穿凿非圣之嫌，又无门户矜夸之气。虽未知于古人技进乎道何如，要亦岁晚务闲、朋来盍戠之良会也。若乃瓒细支离，无当大雅，则运会所縶，复非人谋。寒山立社于今数年，为会三百有余，其所作已刊为甲乙二集。今兹有丙集之撰，为叙要略如此。瑞彭狠以沟霶，娄附清游，谀闻未周，高论徒切。异日贞元转运，金相玉式，挈辕中罄，神人以和。若诗钟小技，虽櫰绝焉可也。己未五月淳安邵瑞彭。"《例言》称："本社自辛壬成立以来，甲乙两选业付梓人。兹编即踵乙集，由一百二十会起至二百五十三会止，为年三载（起民国三年二月中，讫五年十一月初），为会一百三十三，为题二百七十，是为丙集。丙辰以来，社课积存如干，即已著手选印。适以社址迁移，人事纠纷，鹤俸难分，牛腰转巨，递迟数年，良非得已。今丁集亦已裒然，行将继续出版。社存旧卷佚去者可三十课，不得已以备印丁集者弥其阙。他日求得，当载之丁集中。同人矫甲乙两集之宽，力主精覈，一再复汰，遗珠必多。惟付印时，以卷页不足，临时增附后数卷。间有去取从宽者，实由于此。诗钟体制初无定格，本集仍分建除、分咏、合咏、鸿爪、笼纱、晦明、魁斗、蝉联、碎锦、双钩诸格，以次录入其中。建除最多，鸿爪次之。盖命题积久，而易同用思，因难以见巧云尔。同人因夜深途远，往往引去，以致胪唱之下不得主名。作者谁某，因之从缺，甚盼见告，以便再印时补入。录稿先后，依社中誊录之本，非以佳卷为次，请勿误会。本集社员众多，兹编所列姓氏，专就此三年间曾经到社者录入，仍以曾纳社费，赞成社章为限，其偶一与会，仅属来宾者，不复列之名表，以符向例，如江西朱益藩艾卿、湖北周树模少朴、湖北左绍佐笏卿诸君是。社员田君北湖、李君姚琴、宋君敦父、何君岊威、金君实斋、胡君湛园、杨君杏城、赵君芝山、蔡君伯浩，届本集付印时，均已先后归道山，附记于此，以志人琴之感。编者识。"《社员名录》含："丁传靖闇公、王柱晦如、文龢狷庵、田北湖、江瀚叔海、李景濂佑周、宋大章寰公、何震彝岊威、吴士鉴绸斋、宗威子威、王世堉荫樵、王式通书衡、方尔谦地山、伍铨翠叔葆、李岳瑞孟符、沈式荀养源、何雯宇尘、吴坚桐鸳、邵瑞彭次公、易顺鼎石甫、王延钊镜航、文永誉公达、石德棻星巢、朱汝珍聘三、李稷勋姚琴、宋康复敦父、何启椿寿芬、吴璆康伯、邵万龢子向、易顺豫由甫、易家钺君左、林步随季武、俞伯敩、胡以谨湛园、高步瀛阆仙、孙雄师郑、陈庆佑公俌、陈廷韡移孙、夏仁虎蔚如、桑宣又生、麦秩岩敬舆、金葆桢实斋、林传甲奎云、范熙壬任卿、胡璧城薆文、高旭天梅、陈衍石遗、陈任中仲骞、陈毓华仲恂、夏敬观剑丞、陆增炜彤士、章华曼仙、金湛霖芝轩、段廷珪碧江、洪亮幼宽、胡彤恩改庵、高世异德启、陈方恪彦通、陈士廉翼牟、夏寿田午诒、夏逢时芳甫、郭曾炘春榆、崔登瀛聘侯、黄濬秋岳、许宝蘅季湘、曾广钧重伯、费仁基寿恬、杨毓瓒瑟君、杨增荦昀谷、贺良朴履之、廖道传叔度、蔡宝善孟庵、刘镐伯远、骆成昌子蕃、黄庆曾笃友、许邓起枢仲期、曾福谦伯厚、杨寿枏昧云、杨道霖仁山、叶恭绰玉甫、赵惟熙芝山、邓镕守瑕、樊增祥樊山、刘梫剑侯、濮良至少戡、黄希宪履平、傅岳棻治芗、游家骍渠伯、杨士琦杏城、杨觐圭喆甫、嵩峋彦博、郑沅叔进、蔡乃煌伯浩、刘师培申叔、刘敦谨厚之、诸宗元贞长、谢隽彝晓舫、谭昌鸿宾秋、罗愊秋心、顾震福竹侯、瞿兆僧、饶孟任敬伯、顾瑗亚蕖、关霁吉符、萧文昭叔蘅、罗惇曧揆东、顾璜渔溪、关赓麟颖人。"

范烟桥（范镛）编《同南社第八集》（铅印本）刊行。本编"文录"栏目（39篇）含《〈天放楼近文〉序》（张锡佩）、《记某羽士》（张锡佩）、《胥之桥》（张锡佩）、《与徐芳洲书》（张锡佩）、《节妇陈吴氏事略》（范镛）、《陆母任太君四十寿序》（范镛）、《致雨苏书》（范镛）、《〈国文成绩选录二集〉自序》（严琳）、《赠麓则女子中学毕业生序》（严琳）、《书金孝子事略》（金树声）、《〈临屋对床图〉记》（金树声）、《〈海棠轩诗存〉序》（金树声）、《〈消夏录〉发刊辞》（徐骥）、《书室铭》（吴长风）、《邀友人踏月启》（吴长风）、《致金树声书》（张五）、《送林静山之阿尔泰引》（张五）、《物既老而悲秋说》（江味芋）、《砚田铭》（江味芋）、《〈箫引楼稗钞〉跋》（朱翱）、《〈侠客奇闻〉序》（朱翱）、《程母项太孺人诔，代徐天啸作》（姚民哀）、《〈顾子缄三文录〉序》（费宗洁）、《西湖三日记游》（范光）、《致袁淡雨书》（过耀桂）、《〈石鼓纪〉自序》（许豫贞）、《致烟桥书》（曹澧兰）、《再与烟桥书》（曹澧兰）、《致烟桥书》（曹澧兰）、《更名记》（庄觉）、《苦生传》（严琦）、《〈滑稽诗选〉序》（杨济震）、《〈香海杂志〉序》（杨济震）、《自题董文敏画幅跋》（钱祖翼）、《〈海棠轩诗存〉叙》（钱祖翼）、《与南通张季直书，论北七灶商灶剧争事》（印鸾章）、《校刊〈淮南新兴场北七灶商灶剧争之索隐〉补序》（印鸾章）、《〈玉双辉馆诗草合刊〉叙》（印鸾章）、《盐城岁时风俗记》（印鸾章）；"诗录"栏目（414首）含《怀人诗，答君介》（张锡佩）、《七夕》（张锡佩）、《题〈达摩面壁图〉》（张锡佩）、《论文，寄赠盐城印水心社兄》（范镛）、《咏重台绿萼梅寄答彝台》（范镛）、《赠庞二叔美》（范镛）、《寄澧兰》（范镛）、《和树声〈二十六初年度感怀〉》（范镛）、《雪门招饮聚农园》（范镛）、《昭明太子读书台》（范镛）、《逍遥游，故严相国别业，今为茗肆》（范镛）、《星坛》（范镛）、《兴福寺》（范镛）、《从三峰寺至祖师山道中》（范镛）、《重九访诸社友于唐市，翌日游坞坵舟中作》（范镛）、《坞坵》（范镛）、《莘孟招饮莘园》（范镛）、《和江丈从耘〈六秩感怀〉》（范镛）、《寄澧兰川沙》（范镛）、《同南第五次雅集，分韵得松字》（范镛）、《寄朱孔阳同学杭州》（范镛）、《和悼秋〈花朝〉》（范镛）、《寿宝山赵晋源同社》（范镛）、《闲步偶成》（金树声）、《姑苏城外旅舍偶成》（金树声）、《二月二十九日寄烟桥》（金树声）、《遇赵亳偶成》（金树声）、《感怀》（金树声）、《己未三十初度》（唐绍笏）、《秋海棠诗，同人分韵得情字、湘字（并序）》（唐绍笏）、《红秋海棠》（唐绍笏）、《白秋海棠》（唐绍笏）、《九日同人集八懈园邀云亭登高》（唐绍笏）、《菊花分咏九绝》（唐绍笏）、《依韵答吴竹舟丈龄一律》（唐绍笏）、《题〈剑门探奇图〉》（谭祖武）、《不寐》（袁公望）、《连日雨丝风片，客窗闷坐，赋此消遣》（袁公望）、《朝发同里舟中口占》（袁公望）、《夏日闲居》（袁公望）、《避暑罗星洲》（袁公望）、《同南社第五次雅集，分韵得秀字》（袁公望）、《简瑶珪步原韵》（袁公望）、《贺陆子彤声新婚》（二首，袁公望）、《雨后观桃花偶作》（过耀桂）、《登清凉山寺》（过耀桂）、《赠易子剑楼》（过耀桂）、《次韵覆剑楼赠〈板桥集〉》（过耀桂）、《谒明孝陵口占》（过耀桂）、《变政以来里中文帝社亦已久废，己未春仲诸君子商复旧典，喜而赋此》（郑骥）、《闻子剑石集同志发起课余诗社，征及鄙人，因事逾期不及应命，用赋长句道歉》（郑骥）、《王君复初以其亡女〈冠英女士纪略〉见示，展读之余，不胜惋惜，诗以慰之》（郑骥）、《春闺词》（郑骥）、《己未仲春陪游罗星洲，偶成七律一章，录呈平阶社兄》（罗兆勋）、《罗星洲杂咏》（罗兆勋）、《书怀》（罗兆勋）、《同南诗社雅集呈烟桥社兄》（罗兆勋）、《鹧鸪啼·先父沅隆公葬于长沙东乡鹧鸪岭》（罗兆勋）、《书怀》（罗兆勋）、《同南雅集，分韵得深字，步和原韵录呈蔚青社兄粲政》（罗兆勋）、《春游》（萧鸣骐）、《岳王墓》（萧鸣骐）、《述怀》（萧鸣骐）、《秋感》（萧鸣骐）、《暮秋》（萧鸣骐）、《重九日书感》（张五）、《舟次集龚，柬枫溪诸子》（张五）、《和小彭韵即呈》（张五）、《集选句挽翌王》（张五）、《新婚词，贺同学陆桐生于飞》（孙廷槐）、《烟霞洞》（孙廷槐）、《花朝作，索同人和》（顾无启）、《于役滦阳，淘已三载，客病无聊，爰赋二律，时辛亥秋九月也》（二首，蔡羽皋）、《客窗无事，感而赋此》（四首，蔡羽皋）、《腊月朔赴赤峰榷署途中踰大梁，时天初晓，步行拈此》（蔡羽皋）、《春已过半，塞上犹寒，兼之居停刻啬，因有所感》（蔡羽皋）、《旅怀》（蔡羽皋）、《壬子冬自哈哒归，未一月即应昌平之召，临别赋此》（二首，蔡羽皋）、《舟至云停、青旸等处，均以潮水涸不能行》（蔡羽皋）、《丰台》（蔡羽皋）、《腊月除夕自沙河回昌平运局》（蔡羽皋）、《莫春》（蔡羽皋）、《赴三旗途中颠簸苦之》（蔡羽皋）、《汤山道中拈此》（蔡羽皋）、《题骑骡照片寄家》（蔡羽皋）、《忆友》（蔡羽皋）、《野步》（蔡羽皋）、《相知行》（蔡羽皋）、《虞美人草》（郭嘉模）、《晓发》（许豫）、《题张子天放〈刚卯录〉》（许豫）、《胥塘姚贞女》（许豫）、《日何长》（许豫）、《明史杂咏》（费宗洁）、《二十生朝自述》（四首，赵晋源）、《题印夫人剑尘女史〈海棠轩诗存〉》（赵晋源）、《送胡君熙伯作客库伦歌》（沈恩裕）、《明湖泛舟歌》（沈恩裕）、《大浦晚眺，时方归自济南》（沈恩裕）、《柳堤晚眺》（沈恩裕）、《感怀》（姚朕）、《酬泪四绝》（姚朕）、《却寄》（姚朕）、《夏历十二月初二为畹香诞日，晋此颂之》（姚朕）、《不寐成此》（姚朕）、《个人赴杭，苦忆吟成即寄》（三首，姚朕）、《水月庵谯集，赋示安如、大觉、芷畦、十眉、盥孚》（凌景坚）、《题〈淡衷诗稿〉》（张默公）、《呈烟桥》（张默公）、《春郊垫步，和友人韵》（许浩然）、《自忏》（许浩然）、《客怀》（许浩然）、《客思》（许浩然）、《悼钱桂珍女士，依剑芒先生元韵》（许浩然）、《和吴县潘伯芗〈咏秋菊十二种绝句〉原韵，并简朱慕绿、衣红裳》（江莘农）、《许黄》（江莘农）、《二乔》（江莘农）、《金龙舞爪》（江莘农）、《翡翠球》（江莘农）、《鹤顶》（江莘农）、《芒葵》（江莘农）、《韦陀甲》（江莘农）、《白鹅绒》（江莘农）、《金城柳》（江莘农）、《绿荷》（江莘农）、《施黄》（江莘农）、《六十初度感怀索和》（江莘农）、《家君六十感怀诗，雅蒙诸大名家见和，不揣浅陋，勉步原韵，录呈同南社诸吟坛》（三首，江逢僧）、《题烟桥宗兄〈回首烟波第四桥图〉》（范光）、《春暮偶成》（唐奇）、《题杨佩玉〈孤室读书图〉》（唐奇）、《春鸟》（唐奇）、《梦中春暮遇蝶仙先生，率成一律》（聂光棣）、《寄觉峰》（聂光棣）、《寄怀翰坡姻长》（聂光棣）、《题〈梅花书屋图〉》（聂光棣）、《题史剑尘女士遗著〈海棠轩诗存〉》（聂光棣）、《题烟桥〈回首烟波第四桥图〉》（聂光棣）、《胡园》（聂光棣）、《莫愁湖》（聂光棣）、《二十感怀，视虞子诗舟》（聂光棣）、《和翰坡姻长〈除夕感怀〉元韵》（聂光棣）、《无题》（聂光棣）、《外交失败，闻者惊心，赋此志感》（聂光棣）、《悼徐公念慈》（殷莘孟）、《题仲康玉照》（殷莘孟）、《和陆虹孙〈戍卒〉韵》（殷莘孟）、《题程雪门〈遣病集诗钞〉》（殷莘孟）、《题〈剑门探奇图〉并序》（雪门程鸿书）、《己未元旦志感》（雪门程鸿书）、《感诗并序》（程鸿书）、《宵深不寐，敧枕读〈同南社录〉，用张子默公〈自题可揣轩残墨〉韵，即呈默公、了痕》（程鸿书）、《春日游君山》（程鸿书）、《登望江楼题壁，楼在君山山顶之阴》（程鸿书）、《吴澄江许颂慈丈》（程鸿书）、《苏君海若在苏久无信来，偶成八韵用以代简》（程鸿书）、《题许颂慈丈〈评月轩诗集〉》（程鸿书）、《醉后放歌》（程鸿书）、《渔》（程鸿书）、《樵》（程鸿书）、《耕》（程鸿书）、《读》（程鸿书）、《题杨子佩玉〈孤室读书图〉》（程鸿书）、《哀表姊钱桂珍女士》（朱慕家）、《痛哭一首，分寄亚子、大觉、十眉、莘庵、烟桥、病蝶、屋厂、悼秋》（朱慕家）、《题印夫人史剑尘女士〈海棠轩遗诗〉》（朱慕家）、《杂感》（朱慕家）、《秋闱》（钱静观）、《寄怀烟桥、穉穉两同学》（金禧权）、《静春堂绿萼梅忽放同心花，花中复有花，俗呼台阁梅，用牧翁〈兰心〉韵》（袁福伦）、《夏日偶作》（曹澧兰）、《春日感作》（曹澧兰）、《观梅有感》（曹澧兰）、《春宵寄怀烟桥八测》（曹澧兰）、《折兰数枝，憔悴可怜，口占两绝》（曹澧兰）、《述怀》（曹澧兰）、《春寒》（沈兆凰）、《蝉》（沈兆凰）、《燕》（沈兆凰）、《望乡》（沈廷忠）、《秋日感别》（沈廷忠）、《初夏》（袁金钊）、《敌楼怀古》（袁金钊）、《赏雪，得寒字》（袁金钊）、《闺怨》（袁金钊）、《游五峰园感赋》（袁金钊）、《醉蟹》（袁金钊）、《送秋，步友人韵》（袁金钊）、《题魏于云〈焚余稿〉》（袁金钊）、《苦雨》（袁金钊）、《移家茸南》（彭怀初）、《端阳书感》（彭怀初）、《赠内》（彭怀初）、《客中有感》（彭怀初）、《哭亡友张守仁》（彭怀初）、《乞紫竹》（叶逢春）、《荷花》（叶逢春）、《莫春即事，与闺人联句》（庄觉）、《元日早起，瑞雪盈庭，心有所感，偶成一绝》（庄觉）、《冷泉亭》（庄觉）、《悼宝和堂，吾家宝和堂自壬寅毁后无力建筑，于今十有八年矣》（庄觉）、《秃笔》（庄觉）、《客次院庭有凤仙数株，及时未花，感而作此》（庄觉）、《廿三述怀》（庄觉）、《途中遇雨即景》（庄觉）、《七夕》（庄觉）、《苦女行》（庄觉）、《秋夜洛阳客次纳凉庭中即事》（庄觉）、《复斋杂咏》（金祖荣）、《苏小墓》（庞申锡）、《题〈聊斋志异〉》（庞申锡）、《咏史》（叶中才）、《西施》（叶中才）、《榴花》（叶中才）、《落花》（叶中才）、《题烟桥剑门抚石小影》（徐光泰）、

《题弇山张花魂〈花魂蝶影图〉》（徐光泰）、《寿戴母庞太夫人七旬大庆》（徐光泰）、《寄烟桥即题小影》（徐光泰）、《寄聂熙杰》（徐光泰）、《题红楼本事扇》（徐光泰）、《左依以〈三十初度〉诗征题，率然应之》（徐光泰）、《有感》（柳炳南）、《惜花》（柳炳南）、《戊午冬同南八集，分韵得深字》（柳炳南）、《不寐》（柳炳南）、《寓湖滨旅馆早起有作》（柳炳南）、《送吴君景周之上虞监狱署》（柳炳南）、《寄李君公炜太原》（柳炳南）、《舟过叶泽湖风逆口占二绝》（柳炳南）、《荷花生日游罗星洲》（杨济震）、《秋斋即事》（杨济震）、《冬至》（杨济震）、《雪》（杨济震）、《题范烟桥〈回首烟波第四桥图〉》（杨济震）、《和王鱼行〈三十述怀〉》（杨济震）、《怀人诗》（杨济震）、《秋柳》（沈公布）、《秋蝶》（沈公布）、《秋蝉》（沈公布）、《秋燕》（沈公布）、《咏白牡丹》（沈公布）；"词录"栏目（413首）含《贺新郎·贺陆桐声结婚》（范镛）、《忆江南（残照尽）》（聂光棣）、《前调·怀旧》（聂光棣）、《相见欢·别意》（聂光棣）、《菩萨蛮·忆别》（聂光棣）、《贺圣朝（年华似水忧同去）》（聂光棣）、《江亭怨·寄兄》（聂光棣）、《蝶恋花（袅袅娉娉无限好）》（聂光棣）、《青玉案（落花流水匆匆去）》（聂光棣）、《感皇恩（亭北倚阑干）》（聂光棣）、《红情（秦淮月好）》（聂光棣）、《满江红·即景有感》（聂光棣）、《卖花声·步张病鹤原韵》（殷莘孟）、《竹香子·和海门林君直艳体词之一》（张默公）、《前调之二》（张默公）、《前调之三》（张默公）、《庆春泽·题〈剑门探奇图〉》（张默公）、《金缕衣·题茂芝玉照》（朱剑芒）、《减字木兰花·西郊野步》（朱剑芒）、《貂裘换酒·赠杨子尘因，即题其〈华春梦记〉》（朱剑芒）、《凤栖梧（淡月梨花春已半）》（朱剑芒）、《满江红·次匀节〈淡雨〉》（过耀桂）、《连理枝·自题〈寒宵展卷图〉》（萧鸣骐）、《忆秦娥（弦歌息）》（蔡羽皋）、《金缕曲（世局竟如斯）》（四首，蔡羽皋）、《台城路（心酸世味经尝饱）》（蔡羽皋）、《金缕曲·同震泽张润之夜饮某酒家醉赋》（许豫）、《清平乐·秋夜宿五路堂》（许豫）、《酷相思·和魏塘诸子〈灵芬访旧〉之作》（许豫）、《南浦月·题史剑尘女史〈海棠轩诗存〉似同社印子水心》（许豫）、《菩萨鬟·题周天愁为王翠芬所作〈懊恼词〉》（许豫）、《丑奴儿·题盥孚〈武林游草〉》（许豫）、《归字谣·怀旧》（曹澧兰）、《长相思（梦回时）》（曹澧兰）、《金缕曲·寄烟桥》（曹澧兰）、《浪淘沙·寄答烟桥》（曹澧兰）、《诉衷情（拈来红豆似支）》（曹澧兰）、《南浦别体·西湖忠烈祠，和汪振声，用鲁仲逸韵》（庄觉）、《凤凰台上忆吹箫·贺陆子桐声大喜》（杨济震）、《卜算子·题杨子佩玉〈孤室读书图〉》（郑骥）。

孙雄编《瓶社诗录》（2卷，铅印本）刊印。《瓶社诗录卷一》含《己未四月二十七日假坐城南陶然亭，为翁文恭师作九十生日，赋呈同社诸公》（八首，孙雄）、《师郑先生举瓶社，以四月二十七日为翁文恭公作九十生辰，招同人集江亭，赋此奉呈》（七绝，吴昌绶）、《耦园中丞丈家事》（吴昌绶）、《曩居吴中履约诣师未果》（二首，吴昌绶）、《又》（王照）、《又》（二首，邵瑞彭）、《又》（二首，徐元绶）、《又》（邓镕）、《陶然亭向为重九登高胜地,今寺僧以亭中屋宇赁为荣桂园饭馆》(邓镕)、《事见〈朝野金载〉》(二首,邓镕)、《又》(二首,朱襽瀛)、《又》(宋伯鲁)、《又》(二首,宗威)、《又》(四首,张一麐)、《又》(俞钟銮)、《又》(四首,丁祖荫)、《又》(二首,寿玺)、《又》(姚宗堂)、《又》(张素)、《又》(连文澄)、《又》(四首,李岳蘅)附录《光绪己亥四月翁师七十正寿,谨赋寿诗四首》《又》(二首,易顺鼎)、《又》(四首,齐耀琳)、《又》(夏孙桐)、《又》(王存)、《又》(郭曾炘)、《又》(二首,张兰思)、《又》(二首,杨廙)附录《瓶社第一次雅集序》(杨济)、《陶然亭瓶社第一集赋呈师郑吏部》(王式通)、《又》(二首,关赓麟)、《又》(四首,周绍昌)、《己未六月二十日写录瓶社诗第一卷甫竟,夜不成寐,感赋四章》(四首,孙雄)。《瓶社诗录卷二》含《师郑属题松禅师相家书册后》(左绍佐)、《又》(丁传靖)、《师郑先生属题翁文恭公遗墨卷子》(四首,张兰思)、《题翁文恭公遗墨卷子》(姚永概)、《又》(闵尔昌)、《又》(二首,王存)、《又》(二首,孙景贤)、《读〈瓶庐诗集〉题后》(樊增祥)、《和樊山读〈瓶庐诗集〉七律原韵》(宗威)、《松禅舅氏临明倪文正公山水卷,今藏从兄佑莱许命赋》(俞钟銮)附录《文恭公临倪文正画二绝句》、《虞山纪游绝句》(王乃征)、《破山寺歌》(陈三立)、《过东单牌楼二条胡同翁文恭师旧宅,感赋十二首》(孙雄)。其中,杨济《瓶社第一次雅集序》云:"在昔著雍阉茂之岁,翁文恭公罢政归里居,来视我先王父。济以童子拜公于堂隅,仰见公须发皤然,而志气如神,词亹亹焉,使人乐听之不能去。既退,王父谓济曰:'是贤宰相也,得罪于太后及其用事者,臣刚毅,因以见放。曾无怨望沮丧之容,而惓顾君国,不忘社稷,是真能以道处其身者,贤宰相也。'济由是知公之为人。厥后少有知识,时时展读公与吾家先世往还书牍论议,宛如相瞻对,益窥其要,益敬之。公之卒也,于今盖十六年矣,四月戊寅,实公九十生辰。其门弟子孙吏部雄,效七月五日祝高密郑君故事,为会于京师之陶然亭以祀公。期而会者三十余人,郭侍郎曾炘实主其坫,谓之'瓶社',思之至也。将岁岁以时会集讲习,盍簪垂于不替。群公既习为诗文以纪其始,吏部复贻书于济而命之辞。夫公之文章道谊,皭然与日月争明,华夏蛮貊,罔不率俾,盖无得而论焉。议者往往以甲午之役为公病,余于是乎不能无说。惟时东邻以三岛之强,冯陵上国,虔刘我边陲,睥睨我臣民,凡有血气,莫不愤怒。公以为尊君攘夷,人同此心,遂发愚忠,薪于一战,固不虞人之利其灾而媒蘖其后也。国之大柄,不在于公而在于人。征兵不至,至则不行,行则无械。宿将为壁上之观,雄镇无糇粮之助,是孰致之然哉?呜呼!虎飞鲸跃,世熟视而莫敢谁,何独于一二纯臣,攻击惨毒之不遗余力,所谓清议亦目论而已。虽然,师徒挠败,辱国失威;其祸蔓延,至今益烈。九京可作,有余憾矣!撼孤愤以雪国耻,放淫词而阐幽光,是后死者之责也。而况平昔向慕者乎?而况于亲炙之者乎?抑吾闻公之论学,兼采汉宋,而以躬行实践、明体达用为归。昌其道,广其业,变今之俗,而反诸正,使名教不亡,彝伦攸叙,公之志也，殆将于瓶社乎？弥诸屠维协洽仲夏之月，常熟杨济敬序。”

余端编《武进苔岑社丛编》（铅印本）刊印。钱融署签。集前有顾福棠作序；集后有余端作后序。集中含《诗钞》《诗钞补遗》《武进四韵堂书画金石润格》《勘误表》《同岑文选》《文选补遗》《吴中唱和集》《藕船诗话》《衲兰诗瓢》《苔痕词》《美人消夏录》等。其中，顾福棠序云：“凡天下事，得之于自然者为多，况集同人而为觞咏，作诗文而写性情，极人生行乐之一端哉。吾社之设也，丁巳之秋，吴子剑门与余子希澄、钟子冕夫同作《蟋蟀吟》，词高而旨远。一时和者至数十人，金曰：‘异苔同岑，少长咸集，一若山阴诸子之会于兰亭焉。’及其继也，徐子养浩自青溪来，金子染香自虞山来，徐子钰斋自澄江来，罗子佩芹自浙来，方子佛生、吴子东园自皖来，姚子东木与朱子粥叟，遁庸自沪来，吾邑之徐子桂瑶、汪子琢黼亦偕来。古茂渊懿、气度冲夷，复若洛中诸老之为尚齿会焉。惟兰亭得一隅之俊，此则合各省之才；洛中为终年之会，此则半神契之交，同而异亦异而同者。但不期而合，纯乎自然，则先后一也。若夫东晋清标，风流蕴藉，出入庄老，挥麈谈玄，飘飘乎若皆有高世之概。然逸少登冶城，尝箴安石曰：‘夏禹勤王，文王旰食。’今四郊多垒，宜人各自效此，非于潇洒出尘之中，而复抱澄清天下之志耶？唐之以诗名家者，始沈宋，继李杜，继元白，而乐天为一代名臣，不立崖岸，不尚标榜，旨趣高逸，正色立朝，其忠君爱国之诚，时时流露于歌咏之间。昌黎曰：‘世常说古今人不相及。’乃由今观之，唐之人不让晋，今之人亦未必让晋与唐也。虽然，晋唐诸子其人皆已传矣。所异者，兰亭之集至今已佚，九老之诗至今尚存。方其意兴所至，下笔成文，挥洒淋漓，不可一世。而千百年后一幸一不幸至于如此，古人有知，岂不深自感叹哉！吾因是俯仰上下，怅望千秋，乃知文人学士之辞，品类万端，何可胜数？其人之传与不传，其文之佚与不佚，盖皆有自然之数存乎其间，固非作者之意计所能及也。夫惟空山明月、木落秋高，立霜雪之标，作清流之望，其流风余韵自得以传之于无穷，后之慕吾人者，亦何异于今之慕古人耶？己未闰月武进顾福棠咏植序。”《诗钞》收录如下诗人作品：徐寿基、姚文栋、吴承烜、王承霖、金鹤翔、徐燮、罗焕藻、方泽久、余端、诸懿德、吴闻元、李馨、陈栩、汪赞纶、钱融、徐公辅、徐公修、张祉、阮寿慈、金式陶、荆凤冈、缪九畴、吴放、唐肯、殷士敏、张官倬、宛凤岐、章人镜、顾骏、蔡钺、郑文涛、丁介石、吕复初、聂聚奎、徐琢成、钟大元、秦景清、过镜涵、傅纲、黄立三、张文魁、王湛纶、左权、邓澍、刘宏、宋达权、施恺泽、唐沅、蒋逸、徐梦榴、荆祖铁、顾宝璬、吴卓、朱世鉁、陈玉玮、程溁、庄士达、奚廷瀛、庄国屏、夏祖禹、曹树桐、郁秋、林凤翔、袁宝毅、胡琛、释虚生、雷以丰、王恒清、王瑄、罗树榕、高镜、朱世贤、梁国勋、戴化南、刘道夷、汪萃、吴保泰、王德润、卞汝功、宋启祚、董云骧、邵承仁、吴瑛、朱正辉、张端瀛、张本良、杨遵路、沈珂、周心禅、王心存、潘承翰、殷祖述、汪诚一、吴学固、张景华、朱家驹、潘存粹、朱澡、杨集华、卢英杰、夏正荣、侯鸿鉴、袁中一、杨灏、徐涵、顾福棠、彭锡光、潘汝用、王近仁、陈鸣皋、沈杓、范宗淹、薛植、孙起蔚、杨天和。《诗钞补遗》收录如下诗人作品：金廷桂、吴放、余端、徐琢成、吴承煊、吴闻元、朱家骅、傅渭矶、张后山。《同岑文选》收录姚文栋、王承霖、余端、金式陶、钱振锽、蔡钺、傅绚、吴放、吴承烜、谢觐虞、秦景清、朱澡、丁介石、庄士达、汪毓英、费守诚等人文章。《文选补遗》收录余端文章。《吴中唱和集》收录如下诗人作品：余端、吴放、王承霖、徐燨、徐公辅、徐公修、金式陶、徐琢成、幸彬、吴闻元、聂聚奎、章人镜、宛凤岐、张祉、阮寿慈、俞琪、宋达权、诸懿德、方泽久、朱家骅、荆凤冈、荆祖铁、罗焕藻、冯毅、张文魁、徐公翰、陆宝树、邵承仁、徐邃、寻德星、程松生、张官倬、郑文涛、钟大元、吴承烜、顾福棠、缪九畴、蔡钺、郑文涛、俞琪、王湛纶、钟大元、冯毅、雷以丰、余师尹、朱正辉、刘宏、李馨、汪湜、孙起蔚、黄立三、徐梦榴、钱融、顾骏、王瑄。《苔痕词》收录如下词人作品：缨义老人、衲兰词人、瀮樵居士、东园居士、养拙居士、病鹤居士、石顽老人、潜蛟居士、啸岑居士、梦蝶居士、虞麓醉樵。

缪朝荃卒。缪朝荃（约1844—1919），字蘅甫，江苏太仓人。叶裕仁弟子，多刊其师著作。同治九年（1870）优贡生。生平酷嗜典籍，勤于乡邦文献搜罗。缪荃孙《东仓书库图记》称其"问学淹博"，"荃孙同宗同年又复同志，时搜枕秘，飞札传抄，偶刻古书，贻笺订误，孜孜矻矻三十载于兹，海内同宗罕有如吾两人之气求声应者"。二人常通书信，皆为商讨通假典籍之事。函中称缪荃孙为"吾哥同年宗大人""宗兄同年大人"，自署"宗年小弟"。光绪年间建有藏书楼"东仓书库"，收藏善本书数万卷，为县内藏书之冠。张謇为之题"清洞之曲"。缪荃孙亦为之撰《东仓书库图记》。自撰《东仓书库目录》。藏书在晚年归于南浔刘承干"嘉业堂"。著有《缪纫兰诗稿》《乘桴吟草》《忏摩录》，编纂《太仓州志》10卷、《玉峰志》3卷、《汇刻太仓旧志五种》。刊刻清太仓彭兆荪著作3种。

倪绳中卒。倪绳中（1845—1919），字斗楠，江苏南汇人。光绪初年修《南汇县志》任采写，县内过往旧事娴熟于胸，所撰内容严肃包容，多为县志采录。采写间，据县志篇目，按章节系以词，成《南汇县竹枝词三百四十六首》。光绪十五年（1889）经松江府学荐，开设学馆，教授生徒。中年后致力于撰述，著有《二十四史感言录》《读人谱》《浦乡小志》《经锄草堂诗赋稿》等。民初黄报廷序《南汇竹枝词》谓："前辈咏南邑竹枝词，随意掇拾事迹，未有以邑志篇目次第而遍及之者。今读表叔倪斗楠先生词，分门别类，择精语详，俾后之览者，于全邑掌故了如指掌。"

罗正钧卒。罗正钧（1855—1919），字顺循，晚号劬庵，湖南湘潭人。肄业于长沙城南书院。光绪十一年（1885）乡试中举人，受聘为渌江书院山长。未久，湖南巡抚派赴日本考察学务。二十九年（1903）任直隶学务司提调，署清苑知县，擢直隶州知州、天津知府，调署保定知府。三十四年（1908）升道员，署山东提学使。入民后，袁世凯招罗为经界局合办，不应，遂居陋室，闭户著书。著有《劬庵文抄》《劬庵诗稿联语》《辛亥殉节录》等书。陈三立撰联挽之，后为撰墓铭。《挽罗正钧联》云："四十载忘形交，报最畿疆，访旧谁知成死别；万余言殉节录，扶树道教，咎心未及叙遗文。"

于齐庆卒。于齐庆（1856—1919），字安甫、润普，号穗平，又号海帆，江苏江都人。明代于谦后裔。光绪十二年（1886）二甲进士，十九年（1903）授翰林院编修。后两任顺天同考官，又任河南主考官。曾任知府、提学使、提法使，官至广东布政使，侍读学士。著有《小寻畅楼文钞》《小寻畅楼诗钞》《小寻畅楼词钞》。《晚晴簃诗汇》录其诗。

张仲炘卒。张仲炘（1857—1919），字慕京，号次珊，又号瞻园，湖北江夏人。清末监察御史，以"敢言"著称。出身官宦世家，其父张凯嵩，曾官云贵总督、内阁侍读学士、顺天府尹、贵州巡抚。光绪三年（1877）进士，授翰林院庶吉士，散馆授编修。七年（1881）参与编纂《湖北通志》。九年（1883）任会试同考官。十九年（1893）出任江南道监察御史，稽察禄米仓事务。二十年（1894）巡视东城监察御史。中日甲午战争爆发，极力主张与日本决战。朝鲜惨烈激战时，上疏弹劾李鸿章腐败通敌，震动朝野。二十一年（1895）反对签署《马关条约》，支持康有为、梁启超变法，加入强学会。二十二年（1896）任巡视中城监察御史，掌河南道事务监察御史。二十四年（1898）任光禄寺少卿，后任通政司参议。戊戌变法失败，数次上疏，请株连维新党人家属。二十六年（1900）以言事忤慈禧太后被逐。后任江苏尊经书院山长，陈匪石投门下学词。1913年湖北武昌《文史杂志》创刊，任社长。平生工词，尝与朱祖谋、王鹏运、郑文焯等交往甚密。早年在苏州参加郑文焯组织壶园词社，入京后入咫村词社及校梦龛词社，又参与"庚子事变"后京师词人"春蛰吟"及"庚春词人群"。著有《瞻园词》2卷、《续瞻园词》1卷。其词收入《全清词钞》《广箧中词》。吴恭亨《对联话》卷九载："雷僧墨以挽张次山仲炘联见示，喜其摆落陈言，曲如题分，盖张为清御史，易姓后，出纂《湖北通志》，本年方杀青。夫人林氏为陕西布政使林寿图女公子，工文翰，先张一日病，后十日殁。联云：'真御史丰稜，名太史文章，方志告成，获麟绝笔；先一日示疾，后十日怛化，神山在望，跨鹤同骖。'盖卒地在武昌，故有跨鹤句，是为字字有着落。"夏敬观作《张次珊通参挽词》。又，其《忍古楼词话》云："江夏张次珊通参仲炘，光绪庚子，以言事忤太后被放。己酉，予被陈伯平中丞辟为江苏巡抚左参议，通参先在幕中，因得朝夕共谈咽。有《见和花步饯春·一萼红》词云：'小楼深。敞沈香绮户，春色尚沉沉。筝柱弦温，棋枰玉冷，红袖来劝芳斟。乱花过、庭芜自碧，耐絮语、枝底和双禽。古苑台池，旧家园榭。都付闲吟。　　欢事不堪重念，对金杯满引，白发愁侵。烟柳春城，林亭白下，飘荡还又而今。倦飞绕、南枝几匝，浩歌里、空负乱山心。未识明年，共谁底处开襟.'通参有《瞻园词》2卷，刊于光绪乙巳。其词芬芳悱恻，骚雅之遗。惜乙巳以后之词，未见刊本。盖通参殁于己未，公子善都又先卒，一孙尚幼，无人为之续刊遗稿也。余有《题通参〈日望楼饯别图〉·三部乐》云：'楼角残阳，照蓟柳断丝，暗沾瑶席。会长人散，空赋歧亭春色。惯愁见、寒食飞花，更梦惊戍鼓，泪染宫陌。玉鞭却倚，去去铜鞮归客。　丹青近开短纸，认苑墙翳水，卧游能识。沉沉晚霞一缕，东风盈尺。引离怀、万千迸集，愁屬外、云迷故国。洗盏更酹，除一醉、堪破岑寂.'此词旧不存稿，偶于朋交处见所录图卷词有之，几不省为予词也。附录于此。"陈锐《褒碧斋词话》云："张次珊词，轩豁疏朗，尤有守律之功。"陈作霖《〈瞻园词集〉跋》云："张次珊通参凤善倚声，而尤严于律，一字末协，必数易之。其格高，其体洁，涩而不滑，雅而不俚，盖介于诗与曲之间而斟酌悉当者也。"

张彦昭卒。张彦昭（1859—1919），字笠臣，号枕梅，室名惜分阴轩，江苏无锡人。光绪十一年（1885）举人，受同乡周舜卿聘，旅沪课读周氏诸子。十余年后任如皋教谕，倡朴学。晚岁历游秦鄂，考风俗变迁。长女浣芬，适荣瑞麟，孀居无嗣，以遗资创办荣氏女学。著有《惜分阴斋遗稿》，上卷为文，下卷为诗。唐文治《张笠臣传》称其"究心经世之学，为文务关国计民生，而不竞竞于文艺之短长"。

李宝洤卒。李宝洤（1864—1919），又名宝潜，字经宜，又字经畦、经彝、汉堂，晚号荆遗，江苏武进人。其父李念仔，名翼清，署山东东昌府知府，钦加三品衔，赏戴花翎，后诰授资政大夫。其兄李宝翰，字佩宜，运同衔直隶补用直州知州，工诗古文，亦擅花卉，著有《天弢阁诗钞》《天弢阁文钞》。堂兄李伯元（宝嘉）曾寄养其家，后以小说驰名，诗词书画无不通。李宝洤系清末优廪贡生，山东补用知州，湖南候补道，署湖南提学使（学台）。博学工诗文，著述颇富，辑有《诸子文粹》，撰有《吴氏春秋高注补正》《北齐书平议》，著有《问月词》《汉堂诗钞》《汉堂类稿》《汉堂札记》《日游琐识》。

孙景贤卒。孙景贤（1880—1919），字希孟，号龙尾，笔名阿员，别署藤谷古香，江苏常熟人。清末民初以小说、诗词驰名，南社社员。年十五即能诗，与同乡庞树柏并称"虞山双璧"。光绪二十八年（1902）创作出版小说《轰天雷》，署名"藤谷古香"。三十三年（1907）其师张鸿任驻日本，随读日本明治大学法律科，任职长崎领事归，赐举人出身。民国元年（1912）受同盟会本部委托筹组常熟支部。后就职于外交部。著有《龙尾集》《龙吟草》《梅边乐府》。《中国近代文学大系·诗词集》云："张鸿为清末提倡西昆体者，景贤为诗亦崇尚李商隐，较张诗青胜于蓝。集中名篇如《宁寿宫词》，以慈禧太后、李莲英事为经，纬以国事，世称诗史。手订诗稿时，裁厘甚严，故存诗极少。"徐兆玮《〈龙吟草〉序》称其诗"雕肝琢肾，研精洞微，冀究极夫声律之正变者。"钱仲联《近百年词坛点将录》称之为"地辅星轰天雷凌振常熟孙景贤"，云其诗"宗法玉溪,选择谨严。所为《宁寿宫词》梅村体长篇,咏李莲英事,一代之史诗也。"

[韩] 郭钟锡卒。郭钟锡 (1864—1919),字가鸣远,号가俛宇이며,朝鲜高宗初期由荫补制度任中枢院议官,1903 年特升秘书院丞,后任参赞兼侍读官。1910 年朝鲜沦为日本殖民地后,隐居故里。1919 年"三·一"运动爆发,参与向万国和平会(巴黎和会) 发送《独立请愿书》,后入狱。1963 年追授建国勋章独立章。著有《俛宇先生文集》。有词作《南乡子 (山静月孤明)》《相见欢 (春风浩荡江南)》《丑奴儿令(山人爱向山中赏)》《惜分飞 (百岁谁能无别恨)》《望江南 (长相忆)》《长相思 (南方人)》《如梦令 (门外禽啼晴昼)》《西江月 (极目白云垂地)》《好事近 (庭暖欲花开)》《瑞鹧鸪 (东风昨夜透重帏)》《菩萨蛮·小词三叠寄姜公溥》《梅花引·小词三叠寄姜公溥》《鹧鸪天·小词三叠寄姜公溥》《水调歌头·曹仲谨请次其〈寿亲词〉二首》《木兰花慢·曹仲谨请次其〈寿亲词〉二首》。其中,《惜分飞》云:"百岁谁能无别恨,借问人肠几寸。宇宙愁千万。离群最是情难按。　短檠清夜书在案,小瓮春朝绿酝。寂寞违相劝。月兰花砌增懰乱。"《望江南》云:"长相忆,风月旧江南。镇日管弦轰画阁。如云罗绮映香奁。犹使梦魂酣。"《鹧鸪天·小词三叠寄姜公溥》云:"庭院春深昼景迟。飞红时逐燕儿回。嵩仙谩负寻芳约,刚惜朱颜过半颓。　黄入柳,绿舒槐,韶华骀荡思难裁。青鞋白氈山南路,未妨东风拂面来。"

吴昌硕为慕劬行书《上巳和友人,时足患甚剧》《半淞园,和壁间韵》二诗 (扇面)。《上巳和友人》云:"不新天气酒频斟,歇浦潮高海雨 (凉) 深。典乐立夔臣最古,持文驱鳄梦犹今。橘枯叟抱围棋劫,帖破人坚乞米心。我佛庄严仍七宝,锄金多事话宁歆。"《半淞园》云:"道诇客浮海,才宁蒉补天。平芜沙划碧,春梦月阙员。空色狂拈拂,兼 (并) 旧铸椎。两端吾敢执,烂醉听啼鹃。(兼下夺并字) 录近作,应慕劬世讲雅属。安吉吴昌硕老缶,年七十六。"又为坤山篆书"水西雨中"七言联:"水西柳作小麇秀,雨中树有时禽鸣。坤山先生属篆,为集猎碣字。七十六叟吴昌硕。"又为敬垣绘《咬得菜根图》并题:"咬得菜根,百事可为。敬垣仁兄雅属。七十六叟吴昌硕,时在己未。"

段朝端被聘为淮安县重修《县志》总纂,固辞不获,又承任艺文、人物两门。

黄葆年和好友、弟子在南园修禊。黄氏作《己未南园修禊偶成》纪其事:"半村半郭野人居,红白黄花一带疏。近水远山图画里,分明南榭是吾庐。"

樊增祥书条幅云:"吾三十五而玞孙生,五十四而玞孙生子,七十四而玞孙生孙,吾家五世同堂矣。"

陈宝琛游云岗山石窟寺,作《次韵逊敏斋主人〈落花〉四首》。其一:"楼台风日忆年时,茵溷相怜等此悲。着地可应愁踏损,寻春只自怨来迟。繁华早忏三生业,衰谢难酬一顾知。岂独汉官传烛感,满城何限事如棋。"其二:"冶蜂痴蝶太猖狂,不替灵修惜众芳。本意阴晴容养艳，那知风雨趣收场。昨宵秉烛犹张乐，别院飞英已命觞。油幕彩幡竟何用？空枝斜日百回肠。"其三："生灭元知色是空，可堪倾国付东风。唤醒绮梦憎啼鸟，冒入情丝奈网虫。雨里罗衾寒不耐，春兰金缕曲初终。返生香岂人间有？除奏通明问碧翁。"其四："流水前溪去不留，余香驺荡碧池头。燕衔鱼哑能相厚，泥污苔遮各有由。委蜕大难求净土，伤心最是近高楼。庇根枝叶从来重，长夏阴成且小休。"又，陈宝琛读陈曾寿诗卷，作《题陈仁先诗卷》。诗云："束发倾心简学斋，三传晚顾见伦魁。性情于古差相近，世界疑天特与开。此后风云还几变，等闲花木有余哀。个臣遗恨君能说，霜鬓当年苦费才。"陈曾寿亦作《次韵弢庵师傅见赠》。诗云："无私听水两高斋（张文襄晚以'无私'名斋，用《蜀志》'水鉴无私'之义），落落清流见杰魁。金鉴千秋天不憗，岩香一树晚应开。酬恩敢替先臣泽，负国常存未死哀。漫浪诗篇忍终古，深心还被散樗材。"

沈曾植自题摄影《造像自赞》寄弟沈曾桐。题云："电雹光中，瞥然影见。穷骨峥嵘，病身偃蹇。乃如之人兮，今年政七十。奉父母之遗体，俾尔寿不骞，俾尔居得安，俾尔昼得视夜得眠。曾不能继之以善缵志事以希圣贤也。明发不寐，切切愽愽，持寄叔子，宣统己未。"

赵藩自广州护法军政府辞职返滇，任云南省图书馆馆长，集白香山句"专筵图书无忌地，闲寻山水自由身"为门联。赵式铭亦随赵藩返滇。

王树楠被徐世昌聘为清史馆顾问，代撰《将吏法言》8卷。

段兆鳌（甲楼）及邑人朱友夔（俊龙）等在贵州结莲社，觞咏自适。

龙赓言（龙榆生父）因侄去世，作有《哭荷侄》诗。

罗长铭赴南通投师张謇，张询其黄山形胜，罗作《望黄山》。张謇亦作《罗生示所作黄山诗有逸致，赋此答之，以为生勖》，并亲笔书黄绢扇面以赠。《望黄山》云："我家去黄山，不过百余里。仰望不可见，白云几片耳。朝登东山望，云雾豁然开。参差众峰立，天外青飞来。少须日卓午，山根云气聚。隐隐有白龙，直吞黄山去。"《罗生示所作黄山诗有逸致》云："昔读黄山志，欲作黄山游。人事缠阻之，淹忽三十秋。黄生（炎培）昨游归，示我一册纪。与志小异同，缘想有余喜。今问罗生家，百里去山岊。生平未见山，见者云弄诡。我闻黄山云，常作大海铺。奇峰三十六，云表惟天都。岂凡百里内，云为山奔驱。如生之所说，鳞爪裁一隅。又闻黄山松，奇秀出苍古。要以绝俗生，不然丧樵斧。山事我略知，或尚倍生睹。八表云昏昏，生视勿莽卤。"

张元奇六十寿辰，郭曾炘作《姜斋今岁六十，见示〈知稼轩续刻诗〉，奉题长句为祝》。诗云："诗人享大耋，唐称韦白宋陆杨。君诗瓣香在玉局，亦复奄有诸家长。少年乐事那可数，尚忆踏月宣南坊。朝官闲暇恣啸咏，摊笺刻烛夜未央。一麾去江海，三节还故乡。转头四十年间事，浮云一别成沧桑。囊读洞庭辽东集，宦游历历诗具详。

风流从政古所羡，想见画戟凝清香。春明邂逅疑隔世，吟兴未减当年狂。袖中又出新诗本，令我熟复神飞扬。芙蓉出水去雕饰，骅骝历块皆康庄。马工枚速复兼擅，郊寒岛瘦安敢望。王风委蔓草，迹熄诗几亡。梦中麟篆有天授，非君大雅谁扶将。富何必作八州督，贵何必坐中书堂。但乞江山风月长无恙，尽收三才万象归吟囊。桃红柳绿重，三好时节，陈芳国里，岁岁把酒寿诗王。"

陈荣昌开始集存《砚石录》。其定居昆明应酬文字及平日读书笔记，以及其他杂文杂事，一并录存卷册中。

齐白石为郭葆生绘《老少年之幅》。

赵熙主持修纂《荣县志》，任总纂。

周学熙筹办唐山、卫辉两纱厂，成立华新纺织总公司，创办中国实业银行，附设永宁保险公司，任督办整理全国棉业事宜。

张之汉获赠平金匾额一方，文曰"实惠均沾"，张悬诸宅门。此匾额乃奉省满汉八旗官员兵甲奉大总统徐世昌令照准合送。

谢飞麟困居上海，于军阀祸国虽痛愤而无法征之，乃复著述。尝究佛学自遣。

曾习经从同僚梁用弧（次侯）处得见明代潮阳人萧端蒙（同野）《同野集》一书，手录之，谓"同野诗文均好"。年底，曾习经返揭阳棉湖。为同里收藏家林璧东（时籍）书联，联曰："雨装石画思苔径；夕熱薰炉捣蕙尘。"

张相文（沌谷）校正《阁古古集》，并作《白奔山人年谱》，预备翌年新刊本。

冒鹤亭在镇江经年，抒怀作诗甚夥。作《喜闻夏剑丞之官杭州却寄》《宿光孝寺四夕，不可无诗，写赠佩云方丈》《过济公房》《京口五僧咏》（五僧者，兴善庵济南、江天寺青权、鹤林寺福灯、玉峰庵鹤洲、超岸寺怡斋）、《京口后五僧咏》（后五僧者，江天寺宗仰、江天寺松月、招隐寺辉山、竹林寺圆明、鹤林寺闻光）若干首。又，丁闇公（传靖）自北京归镇江，喜逢冒鹤亭，作《赠冒鹤亭榷使（广生）》长句。诗云："老鹤梳翎拂江水，金鳌动色山灵喜。故家回首三百年，风调依然四公子。京华往日共衔杯，转眼昆明起劫灰。手把一枝竹如意，哀歌独上子陵台。再见春明各愁绝，新诗点点啼鹃血。汐社名推公福高，金銮事听冬郎说。如此江山少主人，天教持节驻西津。定知蒜岭一樽月，胜过桃溪两桨春。俟斋门峻潜庵至，伯虎台荒漫堂记。菴蔬养志洪更生，琵琶嗣响唐蜗寄。嗟余书剑尚天涯，乌哺难酬两鬓丝。且喜部民依寿宇，慈云覆处总期颐。"冒鹤亭即和之，作《丁闇公自京师归，以长句见赠，依韵奉答》。诗云："年年归计誓江水，不归近家心亦喜。谭玄日访佛印僧，著书自署天随子。有酒且衔京口杯，有劫莫话昆明灰。东坡仙去八百载，妙高寂寂余荒台。逢君大叫冠缨绝，辽东鹤归化鹃血。故国沧桑涕泪看，外家乔木依稀说（七外祖周昀权都转为君道光庚戌年祖）。更忆君家青眼人（光绪庚子江建霞约同君家大阮叔衡游虎邱，费屺怀有记），当时西蠡（费屺怀号）又西津（顾鹤逸号）。即今江总同黄土，山茶花发山塘春。吴十（展斋）朝来有书至，准拟焦山寻宝志（谓鹤洲）。但得浮生半日闲，安知百岁身如寄。与君岁晚仍天涯，百不如人嗟鬓丝。小儿辈乃遂登第（公子淇今岁考试与儿子景玮称同年），差足各解衰亲颐（来诗有'且喜部民依寿宇，慈云覆处总期颐'语）。"

金松岑任太湖水利委员会长僚，作有《虞山三友诗》《颐园记》。其中，《虞山三友诗》其一："数到虞阳士，孙郎居上游。相逢京国日，同上酒家楼。泽古蜂成蜜，咀华鸟养羞。四朝诗史在，掌故更何求。（孙师郑雄）"其二："季子五城内，蜗居谥傲民。虬髯宜大谲，伟干耻长贫。蹯跼随时彦，兜离学大秦。兴来谈理窟，心折杜威伦。（季融五通）"其三："一卷筹河策，平生老讷知。自称铜隐客，雅擅虎头痴。夜说同光故，朝评袁范诗。樱桃斜畔路，一月素衣缁。（庞芝符树典）"

钱基博（时任无锡县署三科科长）草拟致江苏教育厅长呈文，提出无锡国民学校教授语体文暂定施行办法。钱基博编著白话文教材《语体文苑》由无锡县公署三科本年7月出版发行，由此引发与裘廷梁两次书信往还，就文言白话问题进行论争。裘廷梁《与钱子泉书》云："篇篇都好，但都是用文章家眼光选的，所以你的批评，都是文章家的批评，你对于社会上说语体文容易做的人，很不以为然。"钱基博《复裘葆良先生》回应："我数十年来，就是最近新文化呼声日高的二三年，治中国古代的经部子部，自信确有心得，不但不是现在一般'抱残守缺'的国粹先生们所能梦见，也与康南海、章太炎和胡适之许多新学故家的阐发不同。""我现在治西洋的历史哲学、伦理哲学，功夫也比从前进了，有了许多参互比较的材料；因此格外显得出中国古代学说的真价，所以我'信而好古'的情绪一天浓挚似一天。然而我'信而好古'的思潮是和现在新潮澎湃一同起的，我从前也不是如此，这是我要声明的。然而我绝不像一般国粹老先生，以为中国国粹就在'之乎者也'这几个虚字中间，倘使'之乎者也'这几个虚字废掉，中国国粹从此灭绝。况且，我以为社会普遍一般人用的文言也与国粹无干，不过是人生一种应用技能。然而要教我学您老人家一样迷信语体文，我却也办不到。"

李采白因陕西家乡蒲城动乱，移家避居富平县到贤镇，客居弟子雷普泽家五载，尝作《避乱示雷生普泽》（三首）。其一："甘信子兰哀有国，苦吟苌楚乐无家。年来醉谢候芭意，只恐西风冷绛纱。"其二："人方偃蹇眠书圃，贼亦哀怜说道州。四面楚歌浑不畏，桃花潭水武陵舟。"

黄式苏作《贞晦和予非字韵见寄，叠韵奉酬》。诗云："浊世何曾有是非，一官无处不危机。但知弭乱身何罪，岂料锄奸怨所归！讽刺乌台诗渐婉，艰难羑里道应肥。扁舟他日严滩过，莫漫逃名问钓矶。"唱和者有刘景晨、刘绍宽等。刘景晨作《厚庄先生用胥庵垂老近作"非"字韵为七律二首见示，因次韵叠四首报之，并呈胥庵、复戡二公》。其一《赠厚庄》："藩羊涂豕计真非，林下先生且息机。风土横阳新采录，文章瓯越凤依归。苍眉未信传经老，紫颊行看为道肥。我亦燃犀思述异，不须牛渚访残矶。"其二《赠胥庵》："百里黄迁道未非，不因案牍累吟机。乡山北雁真堪忆，宦辙南闽莫易归。列郡烽烟闻劫巨，此邦鸡犬赖君肥。疮痍抚定吾侪事，忍遣匆匆理钓矶。"其三《赠复戡》："高人无界子耶非，得句常参物外机。吏舍岂真烦作掾，朋樽未许独言归。知应暇日诗争美，料与清游马共肥。更与黄迁同晚退，平分江上钓鱼矶。"刘绍宽作《寄刘冠山，次胥庵韵》云："世值沧桑漫是非，网罗仕宦况危机。孤城婴守前功在，大憝奸除宿怨归。对簿责言身暂屈，读书贞晦道应肥（君近学易，自号贞晦）。苍生有望知终属，且为磻溪拂钓矶。"彼时刘景晨尚在狱中，《厚庄文钞》《诗钞》五卷刊成，刘绍宽托郑汝璋（孟达）转赠。刘景晨答诗云在狱中"晨兴读梵籍"，"间涉新学说"。故刘绍宽寄怀诗云："对簿责言身暂屈，读书贞晦道应肥。"

周震鳞任孙中山驻上海秘书长，代表孙中山至漳州晤陈竞存，商定粤军回粤计划。

王国维与费行简同于仓圣明智大学授课，每日皆相聚论学。又，王国维为刘承干三十小影作《题友人三十小像》（二首）。其一："劝君惜取镜中姿，三十光阴隙里驰。四海一身原偶寄，千金三致岂前期。论才君自轻侪辈，学道余犹半點痴。差喜平生同一癖，宵深爱诵剑南诗。"其二："几直昆明累劫灰，俄惊沧海又楼台。早知世界由心造，无奈悲欢触绪来。翁埠潮回千顷月，超山雪尽万株梅。卜邻莫忘他年约，同醉中山酒一杯。"又，王国维作《题戴山先生遗像》《霜花腴·用梦窗韵补寿彊邨侍郎》。其中，《题戴山先生遗像》云："山阴别子亢姚宗，懦效分明浩气中。封事万言多慷慨，过江一死转从容。大千劫去留人谱，三百年来拜鬼雄。我是祝陈乡后辈，披图莫讶涕无从。"《霜花腴》云："海潛倦客，是赤明延康，旧日衣冠。坡老黎邨，冬郎闽峤，中年陶写应难。醉乡尽宽。更茱萸，黄菊尊前。剩沧江、梦绕舻棱，斗边槎外恨高寒。　　回首凤城花事，便玉河烟柳，总带栖蝉。写艳霜边，疏芳篱下，消磨十样蛮笺。载将画船。荡素波、凉月娟娟。倩郦泉、与驻秋容，重来扶醉看。"

高旭在广州晤见黄遵庚，得其所赠《人境庐诗草》，作《黄友圃以其兄公度先生〈人境庐诗集〉见贻，赋谢》（二首）。其一："惊魂碎魄断肠时，三百年来见此诗。笑我骚坛曾逐鹿，独张赤旗与驱驰。"

于右任母刘太夫人故，自撰并书《富平仲贞刘先生墓志铭》。楷书有赵孟頫遗风。

丁辅之辑印《名贤手翰真迹》第1辑。共集明时5人、清时5人手翰各1通。每通手翰前用聚珍仿宋体排印简介签条。后均盖有"曾藏丁辅之处"自刻印。其中，第2通后另附吴昌硕致先祖手札1通。

陈焕章再度被聘为徐世昌总统顾问,被授予文虎勋章。

胡雪抱在家乡都昌县设塾教书,远近弟子趋之如鹜。又,胡雪抱收王少云函,内附易子虞诗。王少云告知其父王石云遗稿即将刊印,由其甥易子虞躬其任,易氏时任广东某地知事。胡雪抱用子虞韵奉答,作《少云书来,附易子虞见怀诗,次韵寄酬》。诗云:"《楚骚》高艳本非淫,嵇散余哀怆在琴。行过州门应洒泪,为吟水部辄伤心。多君倦宦存幽契,似我书空负赏音。吾道榛芜期采拾,真香骨好独能沉(少云尊人石云先生遗稿待印,子虞其甥也,时分粤南知事)。"再用此韵作《叠韵简少云兼寄晓湘》,答王少云并寄王易。诗云:"东窗拂雨梦淫淫,青鸟衔花落卧琴。联锦又看新妙句,瓣香仍似旧虚心。乔苗行迈余前辈(谓来诗中饶桢庭太史),衿佩悠思喜嗣音。为报林居近消息,夕阳池馆绿深沉。"易子虞收信及诗后,又寄诗来,胡雪抱因作《和子虞续寄诗并简南昌诸友》。诗云:"莫争萝薜遂吾初,邻比芳馨即妙居。北会云残萦坠梦,南冥风便约征裾。阔寥剩寄相思字,姿媚难为恰好书。持语故人聊却热,吐胸水玉映空庐(诸友皆尝客京师,子虞近寓南昌,与晓湘比邻。闻有粤行诗来,索前所属书也)。"又,刘严吾有诗寄胡雪抱,胡因作《次韵酬刘严吾见寄》。诗云:"冰心朗澈印重湖,淡到无言意未疏。莫惜毛锥空未见,传家小米已工书。"又作《题蒋矩亭画兰,寄马云门师祝寿》。诗云:"觉我三生石,怀师一瓣香。法华垂半偈,元气盖群芳。影衬山眉白,情余水墨香。幽馨百年动,日伴饮松黄。"

傅熊湘居沪,与南社故旧游宴甚欢。手拓《瘗鹤铭》,有诗。并于次年1月,渡黄河至北京,与李澄宇登居庸关,游明十三陵、汤山温泉,遍览塞外风物之胜。《次韵和胡朴安焦山三首》其三《瘗鹤铭》云:"雷公昼吼蛟龙怒,江天冥冥作烟雾。轰然裂石下江浔,零星碎乱不知处。即今存者字已奇,卧拓不复烦水湄。间从山僧得此本,眼福足补腰膝疲。墨痕斑驳藓花湿,云根割取如人立。九十一字朗可寻,岂止长沙夸七十。(铭旧在焦山之崖,雷雨中裂坠山麓江中。宋时,已必俟水涸仰卧施拓,欧阳公得六十字,为最多,常仅数字而已。清康熙二十五年,长沙陈恪勤公鹏年始出石,移立寺中,云得七十余字。今寺僧拓本称八十九字,以余谛审石上立字表上,华字尚存,少半可算,九十一字,不知恪勤何以反少)胜事流传好事多,俗工刓凿神工泣。即今沧海起波澜,九土沦没地轴残。华表千年倘归鹤,满目应怜异昔观。隐居不作真侣逝,思古有泪谁能干?夜梦羽衣绝寥廓,钟声欲动松风寒。"

李澄宇致书林纾,反对白话文学运动。《与林畏庐先生论文书》略谓:"报载先生致蔡鹤卿书,读之陨涕,我国百事效人皮毛,不揣其本,不图此病复中于国学,祸且靡止也。……今神道不足设教矣,王道亦已扫地矣,若圣道复无人抱残守缺,滔滔天下,何恃以善其后耶?幽不畏天罚,明不惧国纪,生不虑清议,死不患良史,是率天下而兽也。夫虎豹之文,华于犬羊;豺狼之声,大于狐鼠,天下无或非之,今必谓众人仅能白话，而强天下皆白话，无论其势有所不能，即理亦不可通矣。总之，道不灭，文亦不灭，非不灭也，自有不可灭者在也。以老、庄、佛氏之文，尚不能损圣道毫末，况下此者乎?"(《南社湘集》第2期)

陈浏作关于京剧名伶程砚秋诗六首。其中，《赠程郎》云："上寿争夸舞态新，散花重现掌中身。酒阑莫讶灯光黑，促坐心惊有璧人。"《又赠》云："一捻纤腰似杨枝，初三新月认蛾眉。迦陵易老云郎小，尚欠梅花百首诗。"

张宗祥任京师图书馆主任。

陈世宜(匪石)在北京兼任中国大学、华北大学国文系教授。

王蕴章主持《小说月报》编务十年之际倩人画《十年说梦图》以为纪念，并广征友朋题咏。其《〈十年说梦图〉自叙》云："将以作无声之诗史，诉遥怨于灵修也。"又云："昔王筠之集，不止一官；白傅之诗，亦分五本。而溯丛书于笠泽，雪纂为劳；拟酬和于西昆，风流未歇。珠非纪事，自成乙乙之穿；竹可编年，聊引乌乌之唱。盖自庚戌岁为涵芬楼草创《小说月报》，中间离合不常，一为前马，再使续貂，聿至今兹，适届十稔。"海内文人题咏者众。况周颐作《高阳台·自为图序，分觭梦、客梦、哀梦、噩梦四说》云："锦瑟华年，蓬莱旧事，梨云回首成痴。栩蝶归来，碧山一抹修眉。重寻四梦参差是，肯输它、玉茗香词。黯销魂，剪烛光阴，磨剑心期。　江湖我亦飘零久，念伶傅已忍，栖息何枝。荞麦凄迷，三生杜牧谁知。梧桐惯作西窗雨，费秋声、各自天涯。问何时，着我梅边，尊酒同持。"傅熊湘作《题王莼农〈十年说梦图〉》(二首)。其一："十年我亦经千劫，一梦君还集百忧。息息去来今在眼，尘尘老病死相仇。忍将哀乐陶丝竹，尚许精灵接孔周。作计消沉终未可，玉梅花下月如钩。"陈衍作《题王莼农〈十年说梦图〉》云："百年大梦付淳于，说已模糊况作图。杜牧扬州原惝怳，邺侯宰相亦须臾。人生行乐痴方好，影事如尘记有珠。剩欲烦君骈俪笔，小词一序为操觚(余新刻旧词。未有序)。"张素作《忆旧游·题莼农〈十年说梦图〉，用吴君特体》云："杜司勋去后，载酒归、江湖念斯人。倦游书楼闭，□瑶签甲乙，绾住余春。鬓丝酿雪都尽，愁损乱离身。话故国潮音，蛮洲鸟语，犹自销魂。　残缣泫残泪，伴残客风前，凝怨西神。依约情踪在，换高原烟雨，遮断芳辰。好花挂眼成梦，何计妥吟痕。叹浼却幽襟，吹桑海碧生黯尘。"姚光作《题莼农〈十年说梦图〉》(二首)。其一："哀乐中年不复聊，豪情半逐梦魂销。陈陈影事从头记，一觉扬州付粉绡。"王大觉作《题莼农〈十年说梦图〉》(四首)。其一："万端哀乐逼中年，吊梦歌离浊酒边。唱出霜华新乐府，秦淮烟雨诉秋弦。"潘飞声作《阮郎归·题王莼农〈十年说梦图〉》云："词人身世半无憀。旧愁心上潮。依然风物过花朝。隔墙听玉箫。　谁与说，十年遥。客魂凭月招。江湖出处可怜宵。梦痕消未消。"高燮作《愁倚阑令·题王莼农〈十年说梦图〉》云："酒醒前事成尘。忒无痕。残月晓风何处是，禁销魂。　迷离又近黄昏。分明记、昨夜星辰。弹指十年休便过,好重论。"

罗惇曧约是年将程砚秋照片赠予况周颐,况周颐赋《惜秋华》。词云:"梦绮春明,对黄花秀色,西风沉醉。皎镜玉霜(沤尹为题斋榜曰'玉霜簃'),人天更无红紫。歌尘荡入云罗,幻璧月、琼枝奇丽。应记,记瑶台旧游,霓裳仙队。   芳情竞蓉桂,向梅边清课,须为桃李(从梅郎问业)。十二翠屏,消得护花心事。多情见说江东,占俊约,陈髯浑似。兰佩,渺余怀,秋容画里。"又,况周颐为《宋媛妳阑花样图》题《减兰》。词云:"凤双蝶只,花样翻新随意出。宛宛春痕,钩勒巫云作软温。珠花乞借,琐录斜行菱影皴。证取芳时,玉刻苔华贱窟词。"

黄侃与徐行可订交,又与黄门弟子孙世扬、曾缄等时相唱和。

朱德和赵又新等人在四川泸州参加颐园诗社、东华诗社、振华诗社和香山诗社活动,假日常聚会赋诗。

刘梅先任上海四明银行文书主任。

王易(简庵)延汪辟疆、曹东敷寓家中,论文评骘光宣以来诗人诗作。汪辟疆遂草就《光宣诗坛点将录》。其后,1925 年连载于《甲寅》第 1 卷第 5 号至第 9 号,1934 年至 1935 年连载于《青鹤》第 3 卷第 2 期至第 7 期。20 世纪 40 年代中叶修改成定本。"文革"中被毁,现存通行本为程千帆整理本。汪辟疆 1925 年自序云:"曩与义宁曹东敷同客南昌,又同寓简庵、思斋昆仲家,昕夕论文,极友朋之乐。东敷诗学黄、陈,颇为当代名流所推许,与愚一见即定交。盖愚龆年言诗,夙服膺元祐诸贤,与所论不谋而合也。东敷言:'并世诗人,突过乾嘉。昔瓶水斋主人曾有《乾嘉诗坛点将录》之作。子于并世诸贤,多所亲炙,盍续为之,亦艺林一掌故也。'愚即具草此,比拟洽合,万不可移易处,东敷、简庵、思斋皆抚掌大笑。竭一昼夜之力,而当世诸诗人,泰半网罗此册矣。今东敷、思斋已归道山,原稿迄未写定。比来都门,适章子孤桐续刊《甲寅》,征稿于愚,乃重为厘定,补其漏略,正其谬妄,布之海内。惜未能起吾友一共诗耳。乙丑八月辟疆记。"

王浩(思斋)任职京衙中,陷于人事纷扰,遂作《苦蚊》一诗遣怀。诗云:"薄暮蒙袂卧,小室殊颏洞。伤哉瞌睡汉,躬试蚊蚋勇。初来似稍稍,积渐竟纷冗。投身百无地,瞑目受凿空。平生少肌肉,通体一把拱。自伤瘠至骨,魂梦思臕肿。城中万硕腹,不被众妒宠。何厚瘦小人,无乃见一孔。有神岂斯饱,无谓滋可痛。君方矜爪觜,而我实阒茸。青蝇止于棘,自反宜惴恐。且食莫复声,吾怠不可动。"

魏清德获聘为台湾文社评议员。

陈树人在加国迎接妻儿。程若文携长女美魂、二子陈兴、三子陈适乘船赴加拿大温哥华,陈树人作诗两首记之。《计程若文可至,待舟海滨口占》(时客坎拿大)其一:"苍波白石立多时,几度来帆望里疑。待把三年离绪苦,偷闲十日诉君知。"其二:

"风涛万里战冰肌,辛苦何曾为我辞。认取行舟心转怯,今番仍恐误来期。"后又在长诗中记述程若文抵加后生活:"特迎来坎土,复得聚天涯。清操辽东帽,文风道蕴帷。我综全党奋,卿掌稚园慈(若文充温哥华圣公会幼儿园教师)。飘泊虽长也,辛苦肯已而。瀑观尼格勒,园爱士丹郦。党狱全平反(余在坎遭空前大党狱),愚顽亦辑绥。"

李大钊从北京大学回乐亭县大黑坨村老家探亲,邀集乡亲利用华严寺筹办新学堂,作《为大黑坨村初等学校题门联》。联云:"学校造人才为改造社会;读书为做事不是为做官。"

任援道从日本返国,作《长亭怨慢·送别》《水龙吟(笑他鹤背游仙)》《解连环·自题〈深柳读书图〉》。其中,《长亭怨慢·送别》云:"枉分付、芳菲遮路。苦恨啼鹃,唤君归去。知己难逢,渭城歌断恨难聚。送侬前渡,今日是、侬为主。奈水远山遥,渐忘却、君家何处。 新句。把莺凄蝶怨,题遍绿阴窗户。沉沉院落,算不合、锁将愁住。纵画舫、重到河桥,也空对、垂杨千缕。怅独自归来,长日闲翻花谱。"

黎锦熙撰写并出版《国语学讲义》,最早提出确定现代汉语语音、词汇、语法诸标准,以备教育界采用。

袁克文居沪上,欧阳予倩函请袁于12月13日前去南通为伶工学社演出。

胡适仍任北大评议会评议员,兼任大学出版委员会委员长,受聘兼任北京女子高等师范及中国大学哲学教授,参与发起工读互助团,参加在京各国人士联合组织文友会。

陈方恪卸任财政部秘书职,在京散居。又,为友人题金坛史震林《惜余春慢》词。词云:"采麦郊畴,摽梅庭户,暖日烘林阴翳。画船金粉,荡尽兰桡,寂寞渡头沙尾。几处静掩空闺,衣卷红绡,怕催梳洗。 任连天望眼,佳期难再,新欢无味。谁见爱好天然,偶然随步,也是枉然情意。枝扶鸟坐,叶衬蚕眠,人瘦落红堆里。今夜更迟,月挂西楼,暮云如髻。又嫩寒生袂,花外东风还起。"

杭州基督教青年会新屋落成。朱孔阳正式入青年会工作。

洪业在哥伦比亚大学完成历史硕士课程,次年毕业于联合神学院,开始攻读历史博士学位。

范烟桥佐蔡忱公重编《同里志》,辑《同川诗萃》,得百余家作品。

周太玄年底创办并主持《旅欧周刊》,继又创办《华工周刊》,该刊于翌年出版,改名为《华工旬刊》。其间,周太玄兼任《上海时事新报》《申报》通讯员,又在巴黎大学听课(先听数学课,后改生物学)。

茅盾经郭绍虞介绍,结识叶圣陶。

王献唐在济南,继任《山东日报》《山东商务日报》编辑。

刘咸炘在蜀中提倡白话文,撰《白话文评议》,反驳复古论调。此期作品后集成白话文本《说好话》。因编排时文稿散失不齐，未能刊行。

廉建中毕业于镇江浸会中学。

叶剑英年底毕业于云南陆军讲武学校。鉴于其学业优秀，又是侨生，学校欲派其返回南洋充宣抚特使，招募新学员。叶拒绝授命，拟返广东。

朱光潜正式考入香港大学文学院教育系。其间时常与同学郭斌龢、高觉敷、朱铁苍登到太平山顶游览。郭斌龢十年后有诗《寄怀朱孟实光潜爱丁堡》纪之："君才特挺拔，一见即倾倒。心性相砥砺，学术相探讨。清风明月夜，犹忆歌浩浩。"又，同学一道寻访古迹宋王台，系南宋末年陆秀夫背负小皇帝赵昺投海处。朱光潜临海赋诗云："苍鹰凌清风，海螺呷潮水。吁嗟正气微，留此清静理。"

苏雪林毕业于安庆省立初级女子师范，留母校附小教书。其间与庐隐相识。祖母逼婚，因大病而止。遂与庐隐结伴离安庆，考入北京女子高等师范学校国文系。因系主任陈钟凡襄助，从旁听生转正科生。其时五四运动不久，遂受教于胡适、李大钊、周作人、陈衡哲等师长，同学中又有庐隐、冯沅君、石评梅等新才女相砥砺，尝试作白话文。

朱大可撰《亚凤巢诗》（稿本）。五年后，若干诗作首刊于《金刚钻报》。

林散之与盛秋矩之女盛德粹成婚，作《贺新郎》词云："燕婉卿宜笑。小洞房，春光融融，暗香轻袅。始信姻缘皆前定，惠我冰姿玉貌。美酒合欢同偕老。乌水悠悠情无极，任翩翩燕燕梁间绕。君不见，月圆了。　　世途坷坎多烦恼。况家门清寒冷落，晚生潦倒。秉性痴于诗书画，荣辱何曾计较？幸有海棠牵怀抱。一点心期堪记取，效双飞比翼鹣鹣鸟。喜不尽，百年好。"又作《和内兄盛峻居〈春雨读杜诗及咏自鸣钟〉原韵》。诗云："嫩柳依依烟雨中，雪山迷离叹空蒙。杜公千古为诗杰，紫韵红腔造化穷。授时苦志效陶唐，旋转玉衡幽兴长。清韵一参天下应，馨名日月共争光。"

朱自清年底加入平民教育讲演团，参加北京大学校役夜班教学，负责教授国文。

谢玉岑与唐玉虬、钱靖远结交，自谓"江东三少年"。

夏承焘在永嘉县立任桥小学任教期间赴南京高等师范暑期学校，听胡适、郭秉文、梅光迪等人授课。

唐圭璋参加南京市大、中学校学生联合会组织罢课游行，行至三山街时遭反动军警镇压殴打，被军警枪托打伤。

吴茀之拜浦江县狮岩下陈友年为师，补习四书五经、《纲鉴易知录》和唐诗。

凌叔华在天津北洋直隶第一女子师范求学，积极投身五四学生运动。

伍稼青从周涥浩学诗，后就武进县立师范附属小学教职。

黄少强与何漆园、赵少昂等在广东入"美学馆"从高奇峰习画。

施蛰存开始勤于习作诗词。

盛浩如入鄂东虬川学校。同学组织课余社，被推举为社长，提议社名"蔷薇"。

唐弢入浙江镇海古唐小学读书。入学时，因属唐氏端字辈，老师取名端毅，字越臣。课余一边读诗，一边学写旧体诗。熟读乐府、古诗十九首，尤喜陶渊明、李白、李商隐。

黄裳生。黄裳，原名容鼎昌，斋号来燕榭，山东益都人。著有《来燕榭诗存》。

高锐生。高锐，山东莱阳人。著有《行吟集》《居吟集》《高锐诗书画集》。

叶九生。叶九，号绿园重阳，浙江洞头人。著有《洞江绿园吟草》。

刘櫆生。刘櫆，原名开櫆，字闻禅，号仰山，浙江苍南人。著有《云水集》。

桂明生。桂明，原名段承祜，云南大理人。著有《桂明诗草》《桂明诗词选》。

沈达生。沈达，字天立，湖南衡南人。著有《争鸣集》。

朱正生。朱正，字中行，号逸庵，浙江富阳人。著有《听松看竹楼诗词》。

许志呈生。许志呈，字剑魂，号绿庄老人，台湾鹿港人。著有《剑魂诗集》。

余绳忠生。余绳忠，福建敖江幕浦人。著有《秋人剩稿》。

朱星曲生。朱星曲，上海松江人。著有《兰丝蚕蚁室诗词卷》。

胡廉夫生。胡廉夫，字萍实，号醉墨，湖南桃源人。著有《爱吾庐诗集》。

郑芝晨生。郑芝晨，山东莱西人。著有《即事吟草》《爱晚轩吟草》。

罗成基生。罗成基，四川自贡人。著有《晚清斋丛稿》。

冯锦诸生。冯锦诸，广东鹤山人。著有《七律回文集》《七律回文集续编》。

郑维汉生。郑维汉，江西玉山人。著有《郑维汉诗词选》。

王百谷生。王百谷，笔名天山佣，新疆乌市人。著有《余生断草集》。

洪子修生。洪子修，字蔚群，江西靖安人。著有《蔚群吟草》。

秦荻原生。秦荻原，河南固始人。著有《浪花拾遗诗文集》。

柯天弃生。柯天弃，又名枕笙，号越东狂士，浙江温州人。著有《天弃吟草》。

何叔惠生。何叔惠，号薇庵，广东顺德人。著有《薇庵诗词》《三不亦堂诗稿》《怀乡咏》。

叶志冲生。叶志冲，字石泉，号竹溪老人，浙江永嘉人。著有《竹溪吟草》。

谢启睿生。谢启睿，字季哲，广东番禺人。著有《石桥诗稿》及续集。

杨舜文生。杨舜文，别署山民杨虞，广东南海人。著有《莱辉楼诗文集》。

赵玉森生。赵玉森，江苏镇江人。著有《醉侯诗集》。

林适民生。林适民，广东潮州人。著有《霜操集》。

杨伟群生。杨伟群，广东饶平人。著有《无名楼诗词选》。

叶尚志生。叶尚志，安徽宿松人。著有《浪花诗稿》《叶尚志诗集》。

章润瑞生。章润瑞，四川叙永人。著有《山泉诗话》《山泉草》。

王钟琴生。王钟琴，笔名王棣，安徽萧县人。著有《王钟琴诗词》。

王和政生。王和政，湖北石首人。著有《旅游诗草》。

谢守清生。谢守清，四川隆昌人。著有《泥爪痕诗文集》及续集。

黄玉英生。黄玉英，土家族，湖南桑植人。著有《绿窗痕》。

李宜晴生。李宜晴，土家族，青海民和人。后人辑有《土族女诗人李宜晴诗词注释》。

沈曾植为吴昌硕《缶庐集》作序。吴昌硕刻"延恩堂三世藏书印记"九字印报之。序云："余来海上，好楼居，居且十年。运会变迁，岁纪回周，春秋寒暑晦明之往复更迭，生老病死、成住坏空，一皆摄聚于吾楼堂皇阑楯之间。晨起雾蒙蒙，下视万家，蕉鹿槐蚁，浑沦无朕。仰而瞻大圆，云彷徨乎？雷雨动乎？露霾噎乎？日杲杲月穆穆乎？气之色虹霓霞，其声风，其香味触沆瀣，朝霞沦阴，正阳元黄，仙人道士所存想，浮屠之观，非有非无，非非有非非无，亦有亦无。心之喻不能形诸口，意所会不能文以辞。尝以重阳与孤清居士倚阑四望，广野木落，鸿鹄之声在寥廓，喟然谓汇万象以庄严吾楼，资吾诗，诚有其不可亡者邪？他日属缶翁画楼图，图成草草不似画，既装裱，而生气迥出。余谓翁，子画状吾楼，状吾诗已。翁数以长笺录写近诗遗余，其诗横逸如其画。已又赠余刻本诗集，曰：'为吾序之。'读其集，吾楼之状况，疑若亦涌现于翁庐也者。翁既多技能，摹印书画皆为世贵尚，翁顾自喜于诗，惟余亦以为翁书画奇气发于诗，篆刻朴古自金文，其结构之华离杳渺，抑未尝无资于诗者也。顾尝拟翁诗以文太青、孙太初，太初足迹遍天下，归隐苕溪，翁出自安吉山中，仕隐徜徉，归老于海上，遭世不同，而其诗情纵放同，皆足以庄严吴兴山水。安吉故鄣郡，吴旧称山民为山越，吾将佩翁以'黄神越章'之印，藉老友庄严吾楼，且以翁之声音笑貌、诗情诗况，参合万象之一助，庄严于吾诗也。"孙德谦又作续序称述之。孙德谦序云："安吉吴仓硕先生，前刊《缶庐诗》凡四卷，仁和谭复堂大令与同里施旭臣孝廉为弁简首，传之其人。鸡林购求，知爱长庆之体；鸿都耽玩，唯阅论衡之书。亦既藉其声闻，卓然不朽矣！今复录癸巳以后所作都为一集，不鄙疏暗，征序于余。夫清徽彦会，乃闻一字之刊；元晏高文，始振三都之藻。余不知诗，何能妄叹。惟先生艺术湛精，襟宇高逸，驰芬来祀，岂仅在诗。慕悦历年，庶酬褒诱。附骥而显，益所愿焉。汉试六体，厥有缪篆，语其为用，所以摹印章也。先生篆刻独长，屈曲知变，得镂蝶之法，匪自髦年；发解牛之硎，斯为神技。人间求索，搜聚一编，丁、奚诸贤，曾何足尚。先生草正疏通，取之子慎，讽周宣吾车之作，善史籀大篆之文，因已轹往趜今，升堂睹奥。若乃绕阑而玩，广汉工于传神；挥剑而来，道元助其壮气。穷烟云之态，蟠丘壑于胸。古称梁元，奄有三绝，以观先生，其殆庶乎？兹者声流异国，子云为之停舟；景写横塘，象先取以易酒。寸缣尺幅，往往瑰璧同珍焉。先生本无宦情，生有高致，一官栖寄，时乎为贫。无忌之表磻溪，谁知遁钓；元亮之宰彭泽，辄咏倦飞。盖性乐闲旷，不婴世荣，其素所蓄积然矣。辛亥以降，时运既倾，幽居东海之滨，坚抱西山之节。放怀岩岫，敦夙好乎琴书，颐志园亭，摈喧尘乎车马。宣城汉史，始传逸民，矫焉先生，足以无愧。窃闻诗之言持，持人情性，故志深轩冕而泛咏皋壤，心缠几务而虚述人外，真宰弗存，有识讥矣！余与先生苔岑夙契，莲社同游，每诵先生诗，爱其虚籁自鸣，清标绝侣。至于孤月横笛、傲霜抚琴、老病无天、离乱回头之句，置身安地、苍茫晞发之吟。文章自娱，颇示己志，不在斯与？世有仲伟，傥为题品，抑亦诗人隐逸之宗焉。"

袁嘉谷为廖道传《滇游草》作序。是时《滇游草》结集，后更编为《金碧集》。袁序云："嘉庆中，嘉应宋芷湾先生宦滇十余年，滇人士称之。读《红杏山房诗集》，先生固恋恋于滇者。顾滇山众矣，滇人亦非寥寥者，集中诗犹多阙佚，余窃歉焉。今百年矣，先生之乡人廖君叔度，游滇五十日，得诗百余篇，始有以显滇山、餍滇人而无憾。君以浩博之才，运精崛之思，穷风云龙虎之变，蓄蕴深邃，有触斯发。一名胜也，探奇境，选胜迹，则以诗酬之；潜德之幽光，怀旧之蓄念，则以诗章之；友朋之会，时势之谋，民物胞与之念，则于诗寄之。方其下笔也，洒洒千言，成于一顷；及其成也，一字推敲，至三至再。方之少陵惊人，太白倚马，圣俞日课，古今人何遽不相及耶？余自京邑同学，旧绪萦怀，忽焉聚首，一室深谈，上穷于混沌倏忽，下察于木石昆虫。自朝至日中昃，漠不知倦。日月几何，君将道桂以归，最其诗成卷，名曰《滇游草》，属余序。君之诗十百倍此，而此则余悉先睹。盖以一篇脱稿，滇人辄争相传诵，与芷湾先生声誉相侔。余不敏，幸厕名君诗之末。结习犹在，山水有缘，他日或一游君里，纵吟岭云海月间，亦如君今日之游滇，未可知也。书之以为券。己未冬十月下澣同学弟石屏袁嘉谷序于昆明移山簃。"王乃昌作跋云："昌与吾师叔度先生别数年。今年秋，先生自桂回粤，因得谒晤叙。契阔以来，国家身世事，喜戚交集。昌旋以会泽唐公电约赴滇，未几先生亦以西南军府当局介至滇。会泽属昌与袁君树五馆先生于其第，昕夕处谈，于天地民物、哲理政治，靡不扬榷旨趣，综贯深微。滇自古为西南大都会，多名山水胜迹，迩年军民政务锐意整刷，多有可观者。而其风俗厚，士大夫喜宾客，先生至，大有桃源人遇渔父，咸来问讯，延家设酒之概。昌亦常常与焉。先生观察所得，著为笔乘，逾数万言，具于山川人物政学有关属者。而情景触发，辄寄吟咏，盖比于春秋聘使，赋诗言志焉，都得古近体百有余什。其意境之包蕴美富，树五序之详矣。先生长两粤优级暨高等师范十年，同学数千人，日以道德学问相劝淬。其从政治军，风节道厉，故所为词章，本真性情，贯新旧理。以才人之思笔，运学人之怀抱，如海涵月出，万象毕呈，卓然成家而无疑也。先生所长，不仅在诗，然诗亦足以见先生矣。昌因劝先生先以诗付印，以饷同调，章胜游。异日当更取全集读之，以偿愿学之志，是尤所企冀者也。民国八年十二月门人桂林王乃昌谨跋。"

王蕴章为周庆云《东华尘梦》作序。序云："天地间有至文焉，云与水是也。于云观其卷舒无心，于水观其渟泓含蓄，皆若无意于为文，而天下之言文者，莫之能外。拟之于诗尤其神解，若晋之柴桑居士，若唐之孟浩然、韦苏州，以及吾宗之辋川翁。天机畅适，物我胥忘，故其为诗，皆有水流云在、自然高妙之趣。盖得于天者独厚，则发于外者亦独往独来，灵气盘旋而不可方物。视世之呕心钵肝、刻意求工而卒不能工者，人工天籁相去奚翅霄壤。酝酿既深，胸襟遂别，其不可强同有如此者。梦坡先生深于诗者也，标寄高适，往往似其唐间人。岁在戊午，有燕京之行，历汉皋、溯皖江，于水见黄河之大，于山登居庸之险，摩铜驼于故宫，驰飚轮于塞外，有所感咏，一寓之于诗，汇而刻之，名曰《东华尘梦》。仆受而读之，有山川风土之思焉，有草木虫鱼之识焉，有题襟倾盖、俯仰今昔之感焉。如云无心，如水自媚，非寄托遥深者不能为。即为之，亦不能工。无意于工而工且好如是，是知关山行旅之什，劳客子之吟，使安雅者为之，皆《国风》《小雅》之正声也。晚近言诗喜宗宋派，每流于苦涩之境。譬之人言，多祝语而少丝竹，安得尽如先生之恬吟密咏，自适其天，以和声而鸣盛耶？盱衡世变，慨然系之。仆不能诗而好读诗，尤好读先生之诗。一展卷间，西山朝来爽翠滴眉宇间，如携五松琴坐秘魔崖，听先生鼓白云水仙之操。东华坠欢，倘复重拾，仆不敏而褰裳从之矣。己未暮春，无锡王蕴章谨序。"结集时，王序后有许溎祥、白曾然、戴振声题辞。其中，许溎祥题辞云："鄙人以京兆试、以廷试、以礼部试、以县令赴引见，凡五次入京都，均未暇游读君诗，愧甚矣。己未二月二十九夕，狷叟识。"白曾然题辞云："丁巳春晚，梦坡先生招作燕游。今读大集《东华尘梦》，爪泥犹在辙，为怅然即以奉题。轻车碎碾软红尘，我亦春明梦里身。北极星辰犹翊主（出都时政局已有变机，未几而有五月十三之事），西山烟雨欲留人。孔融好客尊垒满，庾信哀时涕泪新。赢得压装诗一卷，此行知未厌关津。"戴振声题诗云："觚棱回首梦成尘，空见西山青向人。北极朝廷今已改，京华冠盖感吟身。"

　　白曾然为周庆云《海岸梵音》作序。序云："渤海东南有补陀落枷山焉，译言小白华，为海岸孤绝处。自大士示异于此，数千年来，推为佛国震旦名刹，莫或过之翠华。巡行有历朝碑志，在其见诸名流啸咏者，则有莲洋午渡，古洞潮音，茶山风雾，落伽灯火，诸胜凡十二景，不备录也。每岁春夏，远方士女祈福而来，履舄错接，香烟积云，糜金钱无量。数今世科学昌明，或以迷信神权讥之。虽然，佞佛者愚矣，辟佛者亦妄。不佞佛可也，以辟佛故，并佛国而远之，抑何所见之不广哉！夫天下山水佳处，半多僧占，骚人墨客之所不经，徒供禅板薄围之地，亦负此山灵矣。梦坡居士风雅总持，夙耽胜趣。戊午六月往游普陀，归以一卷示余，且曰：'吾非佞佛者也，然身践佛地，若有会心，夜半闻海潮起伏砰訇作声，与梵吹钟鼓相应，便欲尽忘世虑，胸有所触，一寓于诗。故题曰《海岸梵音》也。'余受读之，浓淡清奇，不可方物，亦犹庄严妙旨，随在即是。松风水月，无往非禅机，即无往非诗境也。昔太史公游名山大川，归而文益恣肆，夫岂独为文然哉！余于梦坡之诗亦云。己未四月，通州白曾然。"结集时，又有王蕴章、许湘祥、戴振声作题辞。其中，王蕴章《法曲献仙音》云："金粟裁笺，梵音答籁，玉宇寒生高处。句好疑仙，禅初参佛，诗龛海云谁主？但醉吸天瓢举，依依冷红舞。　　镇凝仁，傍茶烟、鬓丝低扬。认翠墨，当年篆苔深护。清梦落伽山，问可许、闲鸥同住？听雨分襟，恨西风、吹远龙树。只微吟则帽，尚带满身花雾。"许湘祥题辞云："镫后饮十九年陈酿，是谓口福；以君诗为下酒物，是为眼福。校读一过，海岸风景，尽在目前，率题数语以归之。己未二月二十九日，七十九龄狷曳识。"戴振声题诗云："午渡莲洋彼岸高，洛伽梵吹入诗豪。五松琴悟无弦趣，独立天风听海涛。"

[日]内藤湖南为长尾雨山《天璞集》作序。是集由饭田吴服店美术部印行。序云："前廿年，清萍乡文道希学士来游东京，与其名人巨子交，每与余语，评骘人物，往往直吐胸臆无所讳。时海内诗人，群推森槐南为巨擘，道希亦屡与之唱酬。及识长尾子生，又读其诗稿，乃尤推称其体大思博，谓槐南不如也。其后子生西游，寓沪上十余年，时道希虽已死，而其所交亦皆彼间耆宿，子生与之析疑义，赏文艺，谭金石，品书画，甚相得，而其诗益雄，骎骎乎跻古作者之域矣。既归，旅居平安，裹足不敢踵于贵游之门，其所与往来，国分青厓、高野竹荫、西村硕园、狩野君山数子而已。子生未尝废吟咏，所作皆含咀道腴，扬厉辞藻，顾俗士无能赏识，子生亦无意以之问世，故所传诵寥寥无几。子生雅好笔札余事，又精六法，暇日墨戏，辄为诸友夺去，而其书画之名遂噪于一代。近年以来，奖励美术之说遍乎朝野，而风尚鄙庸，作画者徒以涂泽取媚流俗，不辨体要，不契玄理，识者颇以为病，思所以拯救之。于是有欲独举子生一家之作而展观之，以砭针俗工者，乃要子生破数月之闲，作书画数十帧，又汇照为册，使余弁其首。呜呼！子生既不欲以其诗箸见于世，宁愿以此末技见知哉？然自古士之显晦有数，动出于其不料，精金美玉，韫藏不沽，而其尘垢秕糠，乃反为世珍重，拯其弊俗，亦人力所不得自趋避者也。迄于册成，余姑举此说，以慰子生。大正八年三月。"

傅熊湘辑《〈红薇感旧记〉题咏集》（1册，4卷附补遗，铅印本）刊行。封面由昆山余天遂题端。集前有宋篯牧题记一则、卷首有黄氏小影，另有黄宾虹、蔡哲夫所绘画图，柳亚子、刘三署签，柳亚子序。《题咏集》所收文计有柳亚子、汪兰皋、蒋万里、傅屯艮各一篇；收诗凡168首，附录9首，诗作者有柳亚子、高天梅、郑叔容、刘今希、方旭芝、高吹万、胡石予、奚度青、孙璞、蔡哲夫、黄楙园、蒋万里、胡寄尘、姚石子、王大觉、龚芥弥、刘约真、朱伯深、周芷畦、孙举璜、李洞庭、谢晋、姚大愿、姚大慈、黄堃、刘师陶、文牧希、吴悔晦、田星六、田个石、秦刚武、姚鹓雏、匡光臣、张启汉、谭作民、周咏、余疢侬、凌莘子、白炎、宋一鸥、高介子、谢鸿熙、王笑疏、刘靖、简易、骆迈南、陈倬、文湘芷、钟藻、黄宾虹、刘筠、叶楚伧、张丹甫、沈道非、胡朴安、朱沃、刘镜心；词28阕，词作者有王西神、叶中泠、邵次公、姜可生、张素、许观曾、陈蝶仙、姚民哀、宋一鸿、庞独笑10人；曲4支，为吴梅《双调玉娇娘》四支。柳亚子序云："《〈红薇感旧记〉题咏集》者，醴陵傅子为其同邑侠伎黄玉娇作也。傅子以文章负清流眉目。元二之交，方振铎长沙，值元凶袁世凯叛国，遣渠率芟铭举兵寇湘，索傅子甚亟。傅子微服走故里，仓皇无所归，主玉娇家累旬。玉娇开阁延宾，礼为上客，门前缇骑如云，弗顾也。傅子爰有《红薇感旧记》之撰，余则为《玉娇曲》张之。其后朋好流传，多有歌咏之者，哀然成帙矣。六年春，吴光新踞岳州，遣盗纵火焚长沙日报馆，傅子之行箧烬焉。于是冥思力索，复追写为一册，寄余秋禊湖上，郑重为名山石室之藏。已而良佐入湘，零陵举义，喋血经年，遂克长岳，骎骎乎上流告警，中原震动，坐为竖子所误，不乘胜趋武汉，而顿兵四战之地，以待寇至。泊夫己氏南牧，全湘乃无完土。傅子亦且痛哭秦庭，亡命下邳，独辛苦而间关，感江南之草长矣。悲夫！悲夫！余悼人事之靡常，慨河清之难俟，而犹幸斯编之仅存，不与民国河山同其破碎也。爰怂恿傅子付之梓人。昔人有言，南部之烟花不烈于东京之党锢。茫茫天壤，知此者谁欤？至玉娇以风尘弱女子，能慕柳车复壁之所为，风义已足千古。今且推撞息机为良家妇终老，青裙推髻，作苦持家，回忆当年灯红酒绿，慷慨效翠袖朱家时，殆如昨梦。以视昂藏七尺，须眉俨然，既背盟卖友，又从而为之词，事败不与其难，成且侥幸以贪天功者，其贤不肖何如哉？然则此一编也，海思云愁中，乃有鲁阳精卫之感焉。试投诸江流，必有辖辒鞺鞳之声，足以走湘灵而泣帝子者。秋水兼葭，美人一方，庶几其旦暮遇之欤？余哀乐十年，摒挡都尽，槁木死灰，忍涕缄口，今又为傅子一吐矣。傅子其谓我何？时中华民国八年春四月一日吴江柳弃疾叙。"黄宾虹画图附七绝云："高馆移栽官样花，不随凡艳斗春华。它年合抱婆娑树，几辈秋风怅日斜。"蔡哲夫补绘《红薇感旧图》，题记曰："乙卯秋七月十七日，余在泉唐吴子和、陆贵真二女史家，为屯艮社长曾画是图，去年长沙之役毁于火，今属补绘。回首四年间，吴、陆二姝亦不知何处去矣。吾之感旧，未审较屯艮孰深耳。蔡守哲夫并志，时己未三月也。"下钤朱文印章二："顺德蔡守""水窗"。画中另有张延礼七律云："党锢知名旧少年，一纵虽乱得相怜。蝶因避雨劳花护，燕不营巢负月圆。未及成阴传画稿，可堪本事人诗笺。禁垣仿佛前尘在，辜负星辰夜夜天。己未首夏为屯艮社长题，丹甫张延礼。"下有白文印章"延礼"，图左盖有哲夫朱文印章"检泪为图"。胡怀琛《题屯艮〈红薇感旧记〉》云："莫言辜负经纶手，只写红薇感旧篇。红拂虬髯千古事，虞初断简至今传。"姚石子《题钝安〈红薇感旧记〉》(二首) 其一："为听潇湘风雨哀，伤心大地尽为尪。变名投止怜张禄，难得峨眉解爱才。"其二："拈花微笑手亲携，转瞬飘茵意惨凄。

但祝东风好将去，莫随飞絮化春泥。"张素《水龙吟·题屯艮〈红薇感旧记〉》云："英雄酷爱温柔，问君欲觅何乡住。也曾访艳，也曾结客，十年借箸。剑胆龙蔫，箫心凤萎，向流连处。有愁痕荡月，帘钩挂起，依稀认，红薇树。　　一例年芳耽误，泪丝丝、泣残花露。秋风美疴，最难消得，美人调护。死肯忘思？生犹感旧，峨眉解妒。待银豪、细醮脂香粉迹，拟闲情赋。"

严廷桢撰《延秋室诗稿》(石印稿本)、严廷桢(渔三)辑《江上题襟集》(石印本)由西泠印社刊行。1函2册。《延秋室诗稿》前有戊午冬日黄山寿题签、吴昌硕题诗、王震手绘"渔山先生五十一岁小像"、严修序。严修序云："家弟渔三手写所为古近体诗，付之石印，邮寄示余，属余为序。往余见渔三《秋柳》四律，始知渔三能诗，诗且绝工。前乎此，余固未及知，渔三亦未尝多作也。《秋柳》之作，盖在辛亥以后，感触日多，为诗始勤。其于诗也，或赋物以写怀，或咏事以见志，或禀经以厉俗，或思古而恫今。轻则为药石之针砭，重则为斧钺之诛伐，盖诗而兼《春秋》之教者也。渔三之为人也，律身至严，接物至和，至于论人论事，则是非皎然，不少假借。意所不慊，则倾匈出之。其人如是，其诗亦然。后之览者，由其诗知其人，即知其所处之世为何如世矣。己未仲春族兄修谨序。"《江上题襟集》由吴隐篆书署题，集前有严修序云："延秋室主人既写己诗付印，更选取十六人之诗写为一卷，名曰《江上题襟集》。此十六人者，皆主人尝与唱酬之人，而修居其一。彼十五人，皆江浙名宿，诗且入古人之室。以修厕人，毋乃不类，主人殆因兄弟之谊而偏徇耶，而修则窃喜得坿斯集以传也。主人属为序，乃不辞而序之。己未仲春之月天津严修。"本集目录含：杨葆光(字古酝，江苏娄县人)：《丁未岁莫述怀五首》《己酉八十自寿八首》《戊申重九登高有赋二首》；江仁征(字亭芙，浙江鄞县人)：《过查山独坐感怀二首》《述怀一首》《感事一首》《癸卯中秋后一日，月下口占二首》《八月廿三日口占一首》；谢炜(字日初，浙江余姚人)：《和杨古酝先生〈重九登高〉二首》《挽江丈亭芙四首》《和延秋室〈秋柳〉诗四首》《和延秋室〈舟车〉换韵诗四首》《江上题襟摄影一首》《丁巳病痢危而复安三首》《闺词一首》《和延秋室〈咏绿〉二首》《挽陈贞女一首》《和延秋室〈消夏十咏·把钓〉一首》《观棋一首》《题向君凤楼先代画像三首》；向道深(字凤楼，浙江镇海人)：《和延秋室〈舟车〉换韵诗二首》《延秋室雅集，分贻同席诸君十二首》《江上题襟摄影二首》；江义修(字觉斋，浙江鄞县人)：《壬子重阳后三日延秋室雅集分咏二首》《江上题襟摄影一首》《和延秋室〈秋草〉诗二首》《题向氏先代画像一首》；毛宗藩(字介臣，浙江鄞县人)：《和江觉斋〈延秋室雅集〉韵一首》《读延秋室〈秋草〉诗，偶成一首》；孙绍祖(字警庸，浙江吴兴人)：《江上题襟摄影一首》《和延秋室〈舟车〉换韵诗二首》；王震(字一亭，浙江吴兴人)：《和延秋室〈五十感怀〉诗十首》；僧敬安(字寄禅，号八指头陀、天童方丈)：《赴小长芦馆严子均斋筵，赠蒲作英一首》《叠前韵答叶广庭一首》《赠陆廉夫一首》《留别小长芦馆并简延秋室主人一首》；王庸昆（字玉山，号稃园，浙江慈溪人）：《延秋室雅集分咏〈煮酒〉〈持螯〉〈对菊〉三首》《立夏喜雨，简延秋室主人一首》《戊午夏五六十述怀四首》；李敷熙（字仲山，号笪庄，广东嘉应人）：《和延秋室〈秋柳〉诗四首》《感怀二首》《积雨，再叠前韵诗一首》《烟霞洞探梅一首》《韬光观海一首》《雪霁由龙井回，遇高庄小憩一首》《沪上客感四首》；殷尚质（字诏，江苏丹徒人）：《和延秋室〈五十感怀〉诗十首》；曾景周（字星宇，浙江镇海人）：《和江觉斋〈延秋室雅集〉一首》；陈鼎鈜（字谱眉，浙江嘉兴人）：《和延秋室〈舟车〉换韵诗二首》《咏蝶三首》《和恒公〈润州题壁〉原韵六首》《和延秋室〈秋柳〉诗四首》《梅花律四首》《黄牡丹八首》《紫牡丹八首》《白牡丹八首》《和延秋室〈五十感怀〉诗十首》；胡宗楸（字季樵，浙江永康人）：《津门洪水叹一首》；严修（字范孙，直隶天津人，别号偍屃生）：《登钓台一首》《登富春山一首》《湖滨茶楼一首》《雨后山行一首》《津浦道中二首》）。

翁同龢撰《瓶庐诗稿》（4册，8卷，仿宋刻本）由武昌书局刊行。缪荃孙、邵松年校勘。翁同龢卒后，其部分诗词文牍，先由其族孙翁永孙辑成《瓶庐诗钞》6卷，1913年由常熟开文印刷所铅排刊行。翁永孙作跋。其中，诗4卷，共280余首；词1卷，计13首；文牍1卷，凡42篇。邵松年为《瓶庐诗稿》作跋云："文恭师薨逝之翌年，门生陆吾山观察襄钺，由浙江粮道解组归里。濒行，以五百金寄予，将为师刊诗文集之助。其时笏斋前辈远宦京师，未几，出守大同。遥隔数千里，因循未及商榷。吾山旋即谢世。盖予为执掌者五、六年，猝遭世变，失而复得。自维年近古稀，恐一旦先朝露，无以对吾友，迺与笏公往返函筹。盖师著作，未有定稿，搜辑两载，始得诗如干首，厘为八卷。笏公不克家居，以稿寄示，凡校勘剞劂之任，一以委予。予与江阴缪艺风前辈熟商，寄鄂垣仿宋刻，从事年余，乃得工竣，即以余赀印刷流布。窃念师文章道德，原不待以诗传，而性情所寓，亦可以概见生平。予何幸得观厥成，不特斯集之常留天壤，即吾亡友拳拳于师门之心，亦可为之少慰也已。己未孟夏，门下士邵松年谨记。"

陈煜骊撰《泉石留言》（铅印本）刊行。1934年8月嵩园重刻。集前有董康题耑，陈煜骊侄元麟作序，黄仲琴作《〈泉石留言〉重刊序》。内收张友仁、邓尔慎、岳傲樵、醒道人、黄履思、陈运彰（二首）、陈量（二首）、徐鋆、郑永诒、郑翼雪耘诸人题辞。其中，黄仲琴重刊序云："龙溪城东有岳庙。其右佛殿，丁巳（1917）六月三日，雷震其楹。越日，或于承尘隙间，见一书版。闻诸伯兄，亟命检尽瓦砾，得陈光我《泉石留言》版九片，印为一册。板仍归主庙者守之。顾以阴藏内腐，质渐剥落，今夏问之，已纸墨难施。劫后余灰，同归于尽，其可惜也。虽然坏空成住，诸天难免，是戈戈者，又乌能逃。但已垂毁，乃传人间。固曰一瞥回光，毋亦自有不磨灭者耶。当年镂肝刻肾，吐纳烟云，山川之价，虽不增重，而发扬幽香，后起有责。况其风格，克肖唐贤，展览之余，烦襟尽涤。故重付排印，并书其端，用讯来者。光我事略待考。同游之隐愚，居岳庙，有颠素风。胡君湘云。民国八年六月三日，潮安黄仲琴。"张友仁《公刻〈泉石留言〉，可谓文章有神交有道矣。读竟得一律，即以奉呈》云："毕竟难磨灭，风雷动鬼神。吉光存片羽，鸿爪幻前因。文字今无恙，名山古有人。香山遗稿在，携与问苔茵。"邓尔慎《题黄仲琴重刻陈光我〈泉石留言〉》云："磨灭流传会有时，独关天地始惊奇。风雷似发金縢策，文字能灵荐福碑。山水缘留前度屐，沧桑劫剩爨余诗。九原可作当无恨，殁世名偏死后知。"

八指头陀（释敬安）撰《八指头陀诗集》刊行。由敬安弟子法源寺主持道阶、同乡友人杨度收其平生诗文遗稿刊于北京法源寺，板存北京法源寺文楷斋。既收陈三立、叶德辉所刻《八指头陀诗集》（1898年刊行）10卷本，复增《八指头陀诗续集》8卷，即1899年至1912年诗作，另《八指头陀杂文》1卷。前有王闿运、叶德辉旧序，又有杨度新序。杨度序云："予世居湘潭之姜畬。寄禅师为姜畬黄姓农家子。幼孤贫，为人牧牛。十余岁时，投山寺出家为僧，然两指供佛，故名八指头陀。师长予将二十岁。予幼时鄙闻乡有奇僧，具夙慧，能为诗。初不识字，以画代书。不知'壶'字，辄画壶形。其时姜畬铁匠张正旸，及予妹叔姬，皆不学诗而自能诗。邻居三里以内，有此三异，乡人传以为奇。而王湘绮先生隐居云湖，相距才十余里，予辈咸师事之。其地又有老农沈氏，能学陶诗，群呼为沈山人。又有陈梅羹处士，亦居姜畬，博学能诗，不事科举，刻有《陈姜畬集》。一乡之中，诗学大盛。高谈格调，卑视宋、明、汉、魏、三唐，自成风气。惟师自出家后，远游于外。其先茔在姜畬，偶归拜墓，因来相访，始识之。其自言初学为诗甚苦，其后登岳阳楼，忽若有悟，遂得句云：'洞庭波送一僧来。'后游天童山，作《白梅诗》，亦云灵机偶动，率尔而成。然师诗格律严谨，乃由苦吟所得。虽云慧业，亦以工力胜者也。师曾宿予山斋，予出屏纸，强其录诗，十字九误，点画不备，窘极大汗。书未及半，言愿作诗，以求赦免，予因大笑许之。自后，师不再归，予亦出游湖海，流离十有余载，中间未曾一见。惟予居日本时，师自浙江天童山寄诗一首而已。民国元年，忽遇之于京师，游谈半日，夜归宿于法源寺。次晨，寺中方丈道阶法师奔告予曰：'师于昨夕涅乐矣。'予询病状，乃云无病。道阶者，亦湖南人，妙解经论，善修佛事，师之弟子也。予偕诣寺视之，遣归葬于天童，并收其平生诗文遗稿以归，待乞湘绮先生为删芜杂，以之付刊。先生暮年耽逸，久未得请，予亦因政变，身为逋客，未暇及此。湘绮先生旋复辞世。更越二载，予得免名捕，复还京邑。始出斯稿，以付手民。然未敢删定，仅整齐次第之而已。师诗曾由义宁陈伯严、湘乡王佩初、同县叶焕彬先后为刊十卷。其未刊者八卷，师自定为续集。今为辑合而全刻之，附以杂文，都为十九卷。道阶及予妹婿王君文育、同学喻君味皆、友人方君叔章，为之校字。文育，湘绮先生第四子也。凡校刻经八阅月而始成，距师逝世逾七年矣。世变孔多，劫灰遍地，而此稿犹存。端忠愍辛亥南行，从予借取叔姬诗稿以去，云将抄稿见还，后乃携以入蜀。革命事起，端既被害，稿亦遗亡。副本虽存，然不备矣。予丙辰岁遁亡，出京之日，随身手箧所储，只此故人遗稿。故未散灭，以至于今。执彼例兹，宁非独幸！世间生灭无常，一切等于此物。师何必有此作，予何必无此刊？事与教法无关，而于因缘足述，故详叙之于此。民国八年十二月湘潭杨度序。"

丁立诚撰《小槐簃吟稿》（8 卷，铅印本）刊行。集前有高丰题签，高时敷绘丁立诚遗像，李辅耀、吴庆坻题辞，樊增祥、李鹏飞作序，吴庆坻、鲁坚作跋。其中，李辅耀题辞云："怀淡如水，度贞若山。亦儒亦侠，疑佛疑仙。前身明月，世味淹烟。莹然粹然，神和气闲。天地不老，长留一篇。辽海之鹤，归来何年？长沙李辅耀谨赞。"吴庆坻题辞二首其一："武林先雅未消沉，小阮名高晋竹林。文献一家传世业，湖山终古有清音。偶从南省簪毫记，老向东河倚棹吟。重过黄垆应腹痛，铁华蕾露旧题襟。"其二："小山绣谷风流沫，突兀城东嘉惠堂。早慧尽窥绨帙秘，暮龄犹诵箧书亡。孤吟江上翡林薄，一别人间宦海弃。身后定文吾敢任，遗编郑重付诸郎。"樊增祥序云："《儒行》曰：'多文以为富。'吾见富于文者矣，若家世富厚而兼有文行则不少概见。钱唐丁氏，富甲一郡。松生征君昆季，见义勇为，乐善不倦，尤好聚书。宋元以来佳本，充溢橱库。其犹子修甫孝廉，能遍读之。余庚辰岁居京师，修甫始与计偕相见于止潜濮君座中。止潜曰：'此吾乡劬学好古之士也。'未几，又见于书估。李雨亭许观其抽览群籍，辨析版本，心知此君邃于目录之学，匪直能文而已。时余常在越缦堂，所交多浙人，独未与君款接，亦未见其诗也。今距庚辰三十四年，君墓有宿草，同社吴补松以君遗稿见示。因忆顾阿瑛、倪元镇皆富而工诗，又皆遇国变，先富而后贫。君行止略似顾、倪。然当其入洛之初，欧风已浸淫入于中土，一二聪明英特之士皆舍旧学而猎新知。君乃独抱遗经，酷嗜《风》《雅》，所作至千余首之多。当此天地寂寥、琴声辍响之时，而冰雪一编，宛然复见乾嘉之余韵，则亦空谷之足音，湖山之耆旧矣。当君在日，素业已渐凋落，以视玉山草堂，追忆洛阳年少时，云林子遭张王鞭挞以后，殆无所异。其可幸者，目不见黍离之变耳。虽然，使君而得为《黍离》之歌，虽身世之不幸，而诗心以激而愈悲，诗境亦以穷而尽变。若明季诸遗老，其苍深雄健之作，大都入清朝后为多。然则君诗之稍异于顾、倪，殆身不逢国变欤？补松笃于风义，为君掇拾遗稿，芟繁订讹，不愧今之古人。重违其意，序以归之。南郡樊增祥。"李鹏飞序云："嗟乎！大雅不作，繁声日滋。亚欧联镳，华夏接轨。虫鱼声律，志士所羞称；风月平章，壮夫所嗤视。顾咿哑嘈晰，口技徒工；傺侏侏僇，性灵渐室。习非成是，接踵如狂。间有肆力陈编，醉心国粹，盱衡艺囿，邈焉寡俦。丁君修甫，瘁力五车，长余八纪，谊属中表，情逾友昆。追缅生平，习知梗概。鲤庭秉训，夙学具获渊源；

鳣堂授经，余事辄耽吟咏。早膺鹳鹊之目，不愧麒麟之称。胡图失恃衔悲，濒危避迹？虽非长吉，呕出心肝；大似仲宣，别存怀抱。杞忧丧乱，蒿目荒凉。伤已！既而列泮籍，登贤书，公车就征，名都浏览。泰岱万仞，云山助其鲜明，渤海千层，波澜发为壮丽。遂易西涯故辙，渐融樊榭陈规。结画舫之吟俦，续清樽之雅集。性原冲淡，酷肖泉明；语或诙谐，何伤曼倩？特是璞经屡刖，桐伤半焦，内翰抽簪，故园伏枥。浮云苍狗，朝局频翻；跋浪长鲸，海氛日恶。阮宣子登临广武，劫阅虫沙；嵇叔夜啸傲苏门，声成鸾凤。慷当以慨，情见乎辞。向令步金门，趋玉阶，螭坳珥笔，凤阁扬葩。杜老秋吟，依迟魏阙；香山乐府，流传掖庭。岂讽谏未足匡时，文章终难报国哉？乃竹林遽萎，雁翼旋摧；骥市空群，蜃楼成幻。顾白圭而滋愧，等朱家之被诼。敢辞刘阮重来，绝类浮屠三宿。偶经枨触，播为咏歌。广文冷宦，欣联吟袂；永嘉山色，饱贮奚囊。词以穷而后工，律亦老而益细。洎乎龙蛇厄届，沧桑变生。宿草离离，悲杨瑟瑟。哲嗣竹孙辈永怀先泽，用付手民。郑重一编，摩抄三复。笑言犹昔，不胜空梁落月之疑；寂寥寡欢，倍增华屋山丘之感。略抒胸臆，借塞悲怀。癸丑季夏李鹏飞。"吴庆坻跋云："往者族伯父筠轩先生创铁华吟社，里中长老若沈辅之、盛恺廷、丁松存诸先生皆与焉。松存先生犹子修甫中翰，年最少而诗才最雄。庆坻居末坐，辄敛手惊叹。同治间君家藏书甲浙中。君渔猎百氏，丹黄不去手。尤洽熟里中故事，凡山岩溪壑之胜，前贤之遗躅，以至羽流释子之所栖息，称引故籍，使听者忘倦。其发于诗，滂沛横溢，远宗乡先正杭厉遗轨，近可继汪氏东轩诸老之流风。是时君方壮盛，以乡举第二，有声于时。既九上春官不得意，循例为中书舍人，又不能久居京师。而里中长老多物故，社事罢，君感怆今昔，复愤切时事，所作多苍凉激楚之音，而诗一变。家故饶裕，松存先生殁而家日落，举八千卷楼藏书而弃之。君弟道甫归自岭表，寻即世。痛门庭之多故，奔走江海，牢愁结愲。昔日征群命酒、酬嬉颠倒之态，尽销铄而无复存，而诗又一变。里居郁郁，或为诗讯切时政，杂以诙嘲，若托于白傅讽谕者。然世变颎洞，忧来无方，不数年而君弃人间世矣。君卒之明年，君子竹孙昆季奉遗稿盈尺，嘱为勘定。庆坻乃汰存十之七，从谀刊行。盖君诗之足以传，固无以多为也。诵其诗，以知其人。其笃于内行，缱绻于师友，痌瘝于民物者，一一若接其謦欬焉。君之可传，殆有余于诗之外者耶？吾里中风会日益颓靡，微独乾嘉以来先正遗轨邈焉不复睹。求如铁华社中从容道古之乐，又可得耶？然则君之诗在今日，其弥足宝贵也已。己未清和月钱塘吴庆坻。"鲁坚跋云："右《小槐簃吟稿》共六大册。壬子、癸丑之间，公长子上左等乞吴补松、李巢民两先生为选定八卷，视原稿盖十之四也。公存日喜讲版本，上左等手奉遗书，苦无贤手民可倚任。初，公三子三在之官南京，供职图书馆，日与馆中任剞劂者集思讨论，颇有端绪。国变后，与二兄仁同客淞沪，始创仿宋刻铅字排印之法，乃董治未竟，三在遂怛化。上左等怆念遗著，复伤爱弟，忧戚不可为状。于是公二子仁重集资斧，选订名匠，昕夕研索字体以及排比行款暨上下衔接之法。墨匀而胶适，刷精而制雅，手术既娴熟，诗稿亦遂成书。盖瘁两三年之心力。海内外名流巨识始同声称许，谓丁氏群从真能以绍述殚其精，以风雅创其业。论者比之卢抱经、汪振绮云。公诗不名一家，与东坡为尤近。并世宗法樊榭之说，以浙派为标帜者，公所不乐闻也。工既竣，余杭鲁坚为书其后。己未夏五月。"

施赞唐撰《蜕尘轩诗存》（2 卷，附诗余 3 卷）刊行。金其源作跋云："吾槁蟫师疾革时，以手订诗稿谋梓，并谓源曰：余以人事录录，著述未遑，生平吟咏，纵无虚日，稿辄不留。辛亥而后，始稍稍积存。近复以未及竟功之邑志分余垂暮之光阴，故所辑只《吴兴家粹辑存》一卷、《聊复轩诗存》一卷、《蜕尘轩诗存》两卷。汝其与味羹商之。既而商诸味羹，于师殁之明年，用西泠印社仿宋活字版排印。书签及撰序，俱征当世之隐君子，从师意也。稿凡二百八十有二页，分订四册。阅三月而蒇事。与校雠役者，味羹桥梓暨杨君瑟民。任印刷之佽者，及门而外，则有王君立人、陈君慕欧、沈君乾卿。己未冬月受业金其源谨跋。"

邓嘉缜撰《晴花暖玉词》（2 卷，刻本）刊行。收入《双砚斋丛书》。邓邦述作跋云："右哀录先大夫《晴花暖玉词》凡二卷，共一百九十五首。先大夫生平所为诗文，多不存稿。四十以后，之官黔中，始为小词。在官二十五年，所历五行省，虽久速简剧不一，然治事有暇，不废倚声。中间惟在诸罗，簿书填委，遭时多故，吟咏偶稀，自余未尝辍也。宣统纪元，先大夫年六十有五，乞身敫门，益以度曲自遣。七年之中，积稿盈寸，比诸在官，正复相埒。今之所录，以在官时为上卷，去官后为下卷。茧纸蚓书，杂厕丛束，不敢谓迻写必无失次。粗举先后，以告子孙。嗟乎！使先大夫得假贞寿，则不肖所述，宁止此耶！宁止此耶！己未十一月长至，不肖男邦述录竟谨识。"

孙振烈撰《次晳次斋遗文》（1 卷，铅印本）刊印。简端有其外甥钱基博识语。《遗文》首诗（5 首）、次词（1 首）、再次文（16 篇），最后有联语 34 则。文含铭、志、答问、序、记、书、祭文等，依作者生平经纬排列，各由钱基博点定并加跋尾。集前有钱基博序云："右次晳次斋主人遗文一卷。谨案主人生平，经经纬史，于学罔所不窥，而身后著述可检拾者。自此外，曰《庚申遇难记》，曰《庚申编》，皆记洪杨事也；曰《一得录》，曰《壤室蒭辞》，皆读书心得语也；曰《涵碧斋随笔》，则晚年见闻随笔也。要不过以见知闻知，传信之笔，自厕于稗官小说之流尔。昔贤论纪文达公，谓世人所见狭，偶有一得，辄自矜创获，而不知皆古人所已言，或为其所已辟。公胸有千秋，故不轻著书，而惟以觉世之心，自托于小说稗官之列。所著《阅微草堂笔记》七种，中多见道之言，传者诵为美谈。今主人肥遯乐道，仕隐之迹若殊，然其胸有千秋，不轻著书，正何必让纪公独擅佳话也耶！读主人之书者，当勿以鄙言为刺谬尔。予小子既敬谨点定加跋尾，而为之识于简端如左。己未孟冬，甥钱基博。"跋尾二则，其一："乌虖！此先慈墓志也。舅氏作此，未以见示，今检遗稿得之。其叙家常琐屑，深微朴至。入归熙甫之室，而铭之笔力坚净，则非归氏之所能办也。然吾母墓木则已拱矣，虽欲纳圹而末由矣。读竟，为之泫然。甥钱基博谨跋。"其二："著墨不多，而清旷自怡，复绝尘表。近人文字中，惟吴南屏最擅此胜。甥钱基博谨跋。"

吴庆坻辑《花夫人哀挽录》（1卷，铅印本）刊行。花夫人乃吴庆坻之妻，吴士鉴之母，诰封一品夫人，民国七年病故。哀挽录作者含徐世昌、梁启超、王揖唐、柯劭忞、易顺鼎、陈夔龙、冯煦、刘承干、陈三立等名流及其门生故旧。集前有吴庆坻撰《先室花夫人行略》。补松老人书哀辞二章。其一："数平生所遭，处安乐中仍多忧患。知神明潜耗，久为卿危。故里乏良医，自怜术昧针砭，是终古无穷隐憾；问后死之责，除涕泪外何所报酬。即文字阐微，弥增余痛。哀年失良佐，犹望灵来呵护，俾举家毋坠前规。"其二："朕兆早惊心，岂真天上人间，五十三年如梦幻；尘寰先撒手，莫问前因后果，百千万劫总消除。"又有吴士鉴作《先慈花夫人言行记》。

崔宗武撰《壶隐诗钞》（2卷，附词钞1卷，铅印本）由上海聚珍仿宋印书局刊行。泉江高野侯书端，陆湘、孙学濂作序，又有崔氏自序。陆湘序云："骥云幼而耆学，予与交才呰角耳。聪颖异常人，时与老师宿儒相问难，咸器异之。性尤好吟咏，暇辄手古名人诗集，简录揣摩，时有所作，虽未甚工，而意旨高超，不同凡响。固知其于诗学必有进也。嗣商于沪，而予方蛰居里闬中间，不得见者十余年。迄甲辰相遇海上，自是数数过从，频出近作相商榷，则清新俊逸，所谓在泉为珠，着壁成绘，仿佛似之。至其拟古诸篇，尤宏深肃括，逼近唐贤。复善倚声，霏琼屑玉，真可与古名手相抗。夫骥云之商于沪也，十余年间，操奇计赢而不废吟咏，其功能盖同时而并进，斯可异矣。然骥云尤未敢自信，歉然若不足。前年获与遵义孙仲约先生交，先生固夙学，与论诗，大叹服，虚衷请益，所造益深，可传者益多。没后，孙先生搜其遗箧，得诗词如干首，为之诠次而付之剞劂，且任雠校之役焉。呜呼！骥云没矣。而其平生著作得不随其身以俱没者，先生之功也。予交骥云久，乐观是集之成也，因赘数言于简端。民国八年，兰江陆湘拜题。"孙学濂序云："海盐崔骥云以寒士身，致金巨万，处海上膻靡之地，无声色樗蒲之好，独好为诗辞。平居皮床皆书，闲行辄忘步，莫知道之东西。盖意方有所触，欲索奇句，对客寒暄竟，吟诵声已作。体弱才足衣，顾论诗则音响弘远，距十余屋亦了了辨之。令狐绹所谓'吟痴'与夫唐人小说所记'刻木记句'者，非斯之流亚耶。予交骥云未六月，蓂夕弗晤对，每对则谈艺。骥云涉猎弗逮予之广，而其独悟深识，亦往往出予上，故谈恒踰夜，分犹依依不忍别。已感咯血，疾作，浃旬遂殁。盖其惨澹耽吟，雕斩肺肝，艺虽进而神已竭矣。予前岁辟滇寇，遵处海滨，非骥云几无以自存。既服说其风义，又异其能拔乎浊俗，以风雅为性命。乃属其孤搜佚稿，最诸作，为厘为三卷刊之。以贻友生，示后昆。其亦骥云苦索冥探之垂绪与？依壁叩盘，匪予所敢冀矣。遵义孙学濂。"崔宗武自序云:"夫黄钟按律,朦师分清浊之音;红豆征歌,女子记短长之调。由来乐府,多尚倚声;岂有词林,徒工艳曲。李太白西风残照,即成王孙芳草之思;张志和流水桃花,别成渔父烟波之傲。降而偷声减字,竞谱新歌;玉树金莲,闲翻古调。女郎牙板,不无温婉之怀;学士铜琶,大有淋漓之致。要兹樽前挟瑟,花下弹筝;兴往情来,酒阑灯炧;凡之画壁旌亭之唱,无非班香宋艳之怀。使必目兰畹为外篇,斥草堂为末技,则《国风》《小雅》,早删哀乐之章;郊祀饶歌,不著宫商之韵矣。(仆)生惭鸠拙,才解妃豨;闲作涂鸦,岂谐竞病。忆昔问业陆媚川先生也,琴樽雅契,翰墨古缘;每聆尘畔之谈,兼及花间之作。遂乃效颦西子,低唱浅斟;学步南唐,么弦促拍。贱子方挥毫而起,先生竞击节而歌。尔时卷幔吟风,飞觞醉月;少年跌宕,前辈揄扬,亦足以豪,忽忽不知其乐也。不意蓉城赴召,华屋增悲;听邻笛而凄然,吊人琴而泣下。知音易散,想像于暮云春树之中;顾曲何心,感慨于豪竹哀丝之下。纵复词题黄绢,笺叠乌丝,而当筵无同调之赓,入座少联吟之客,不独烟花寥落,抑且情绪苍凉也已。回思棹泛申江,枝栖旅馆;小住占湖山之胜,群贤结觞咏之欢。尔乃月屿烟汀,风廊水榭;倚绿篝而拈韵,烧蜂蜡以横笺。客到郢中,处处听歌白雪;春深湖上,人人解拍红牙。洵艺苑之高风,亦词坛之盛举也。乃自十年走马,一曲歌骊;慨云散与风流,遂离多而会少。况复鼓鼙动地,带甲满天;关河成铁骑之群,荆棘下铜驼之泪。庾兰成乡关萧瑟,寄慨偏多;杜子美身世飘零,感怀何极。兼之亲朋徂谢,孰寄素心;世俗婥婀,不逢青眼。每当酒酣耳热,兴尽悲来,仰天作歌,脱帽起舞。唾壶击缺,伤中年以后之情;铜斗敲残,咏来日大难之句。嗟乎!男儿感激,事大可为;世路崎岖,时方多难。将欲著鞭行远,而四愁感平子之吟;纵教却轨投闲,而三径乏陶公之趣。爰乃怡情楮墨,寄兴风云。将焉用此文为?亦足言其志尔。夫风人行乐,好为周柳之缠绵;骚客写怀,恒效苏辛之激烈。自惭末学,敢拟前人;偶寄闲情,非夸作者。无左氏炼都之雅,纵讥为覆瓿而何伤;为魏收藏拙之谋,即举以沉江而亦可。"

徐商济撰《山外楼诗稿、尘天阁诗草合刻》(铅印本)刊行。戊午冬李涤题端《山外楼诗稿》。柳亚子作序云:"余十年前读书同川自治学社,与徐侠君同笔砚,其人恂恂然类君子。后数年识侠君兄味园于陈次青座上,次青语余,味园能为诗,余初未之奇也。又数年味园殁,次青奉其遗诗曰《山外楼》,曰《尘天阁》者,各一卷,属余校定印行。余乃诧其惊才绝艳,迥绝时流,深悔当日相知有未尽者。呜呼!遇合之难不其然欤?徐氏为我邑望族,策源于分湖之西濛港,自剑津先生父子痛烈皇殉国,恸哭自沉,掌文继起,从吴长兴树旗长荡事败,呕血以殉,忠义世家,赫然与日月争光矣。虹亭一支迁江城,后有泗溪、榆村。其居梨里者,山民、双螺最著。而整斋、晴轩以及子蓉、铸生五世相传,亦人人有集。少岩太守于山民、晴轩为从孙行,腾踔宦途,弗以词华称。顾闺房群从,乃有陈椒谢絮之风。味园则太守之孙也。时会迁流,移居舜水,渊源家学,亦固其所。余独念梨里,当徐氏盛时,开阁延宾,问奇载酒,紫藤花馆、南溪老屋之名,几乎倾动一世。即墨蕉、茹芝,文采风流,犹非挽近所及。今虽清门无恙,乔木依然,而文史之绪,不绝如缕。得一味园,庶几为剥床之硕果。苍苍者天,又从而摧折之。锦囊呕血,长吉同符;小雅式微,斯文道尽,岂独南州之不幸哉!余既失味园于身前,赖次青誄诔,得为地下之桓谭,虽不文,庸可无一言以弁其首乎?故为诊缕其所感慨者如此,并以质侠君焉。中华民国七年岁不尽十日,同邑柳弃疾序。"

汪兆铨撰《惺默斋集》(2册,广东西湖街超华斋刊本)印行。内含《惺默斋诗》(4卷)、《惺默斋文》(1卷)、《惺默斋词》(1卷)。前有吴道镕、陈树镛为其署检。后有汪兆铨自作跋云:"兆铨幼承家学,好为诗。少长泛滥于诸子百家之书,又分心于科举之业。中年奔走,衣食不暇,搏心擅志,虽时有所作,旋即散失。比年稍稍葺录,存之箧中,又为白蚁蚀去其半,所为诗文,什仅二三在耳。季新从弟见之谓:'不可再散失。'乃出资付刊。兆铨老矣,平生学问,百无一成,徒存此区区者。杜工部云:'文章千古事,得失寸心知。'此何足传,聊以为千金敝帚之享而已。辛亥以后,诗别为《苌楚轩集》,当再刻之。己未十月莘老汪兆铨自记。"

邓镕撰《荃察余斋诗文存》(2册,铅印本)由聚珍仿宋印书局刊行。1923年再版。内含诗4卷,文1卷。《荃察余斋诗存》卷首由樊增祥己未孟夏署签,集前有作者自序,王树柟、吴虞、汪涵等作序,樊增祥、易顺鼎等6人题辞。诗集卷1收1893—1902年诗,如《明妃辞》《〈秋柳〉,和渔洋韵》《论诗三十绝句》等191首;卷2题《飞蓬集》,收《大梁怀古》《羊城客感》《古决绝词》等44首;后2卷皆题《缟素集》。其中,卷3收《颐和园词》《清孝定景皇后挽词》等94首;卷4收《赋赠樊樊山先生》《题王(树柟)晋卿藏砖拓本》等70首。邓镕自序云:"余以戊申之年始试京秩,俄由内翰改授粗官,判马曹而参军,惜凤池之夺我谢朓。晚值不在中书,刘巴共语,惟有兵子簿书。期会学殖荒落,其不知者,直以为项籍足记名姓,萧公可作骑兵;即相识者,亦但称李悝能造法经,蒯彻号为辨士。盖未有以能文相许者,余亦不敢以文自见也。迨虞宾告禅,霸府初开,客荐扬雄之文,名在桓公之幕。陪应徐于邺水,公宴联吟;接沈范于梁台,分曹掌记。于是然犀渚畔,时闻袁宏咏史之声;戏马台前,渐传宣远送归之作。所作古今体诗,颇为名宿推许。骈偶之文,又得王君书衡弁言简首。是又娥碑绝妙,题辞待于中郎;左赋无名,作序属之皇甫者矣。群公见推,余亦自壮,裒集少作,附益新制,薙夷芜秽,簸扬秕糠,凡存诗三百余首,文十余首,录出副墨,校付写官,岂曰藏山,聊供覆瓿,毋亦绣其馨帨,贤于博弈者乎?顾余于兹,窃犹有说。刘孝标之自序,杜元凯之平生,敬告友朋,借摅感喟。余也楹书寥落,葛帔单寒,黄散之人,门有青毡之旧物，不得不习为干禄之字，溺于应举之文。既而射策科停，镮厅制发，乃复束三传于高阁，读百国之宝书。五百童男，徐福东渡；三千经藏，元奘西游。今虽承乏议郎，不亲吏事宜，可以规模荀宋，吐纳风骚。然而中年丝竹，哀乐伤人；故国沧桑，谷陵易处。化君子为猿鹤，起陆地之龙虵。感事抚时，伤离厌乱，则又已忏除绮语，归命空王。结社庐山，长随慧远；散华丈室，示现维摩。李孝贞云：'五十之年倏焉而过，宦意文情，一时尽矣！'嗟乎！千秋万世，谁定吾文？九流百家，天之将丧。眠经籍为糟粕，比燔坑而有余。弃彝伦若土苴，校洪猛其弥厉。文武道尽，乾坤或息。然则吕览之书，悬于咸阳国门；长庆之集，寄于香山禅寺。又何为哉？是可悲已。己未伏日忍堪居士邓镕。"吴虞序云："始予年二十岁时，常同陈白完、王圣游从蒙山吴伯朅先生游。侧闻绪论，始知研讨唐以前书。顾三人者，所闻于蒙山虽同，其所得则各异也。湘潭王壬秋，主讲尊经书院，其七言古诗，以李东川为宗，而蒙山则以楚辞、汉郊祀歌、鲍照、吴均、薛道衡、卢思道、李白、杜甫为宗。其言曰：'李、杜之体清刚，故罕有长篇；元白之词铺叙，故特乏劲气。惟合二派而融化之，则大或千言，小或数百，兼二派之美，无二派之短矣。'余学七言古诗，大抵本于蒙山而稍变耳。湘潭五言古诗，以陆士衡、谢康乐为宗。友人邹受丞以为教人学陆、谢，不如教人学阮、鲍。予极以为然。故予以曹子建、嵇叔夜、阮嗣宗、左太冲、张景阳、郭景纯、陶渊明、鲍明远、谢玄晖、江文通、李太白为宗，与湘潭颇殊。蒙山不屑为近体诗。而予五言律诗宗李太白、杜少陵、王摩诘、孟浩然、刘文房，七言律诗宗杜少陵、刘文房、刘梦得、李义山、温飞卿、陆天随、皮袭美、吴子华、韦端己、韩致光、陈卧子、吴梅村，此其大校，固异于今世之言西江派者也。蒙山为文，出于周秦诸子，故刘申叔谓蒙山人品文学，当于周秦间人求之。湘潭之文，上规范史，下摹徐庾。而予之文，则仅能上法沈休文、萧子显二家之书，下逮汪容甫、洪稚存而已，于蒙山门下为小卒矣。戊戌以后，兼求新学。乙巳东游，习其政法，廿年来所讲学术，划然悬绝；即为诗文，亦取达意而止，非复当年谨守师法，刻意为文，苦心矜炼矣。邓君守瑕，为湘潭再传弟子，予二十年文学之友也。唱酬攻错，相得甚欢。往在成都，一月必数见。君为人高朗精紧，坚苦不屈，口挟风霜，与予争论尤剧。然事过则情谊如旧，盖犹有杭大宗、丁敬身之风者也。君诗才高思巧，精于史事，奄有众妙，自成一家。每得句，恒出人意表，予览之未尝不惊服。刘申叔、谢无量在予许，见君五言古诗，以为似大谢。而予则尤嗜其七言律诗及绝句，以为沉雄玮丽，卧子、骏公之俦也。昔年同学东京，读其全稿，曾僭加圈识，私谓成都诗人，如曾阖君之清丽，君之华壮，靡惟后起者未易企及，实海内之选也。阖君方从事法学，未遑及此。惟君刊落浮华，长斋绣佛，端居多暇，予数促其刻稿，为成都留一线之文献，而君顾以扫除文字为言。予谓王摩诘、刘梦得、柳子厚、白乐天、苏子瞻，于佛学精深矣，然未尝废文字。观梦得《送鸣举法师诗序》，言人能离欲，则方寸地虚；虚而万象入，入必有所泄，乃形乎词；词妙而深者，必依于律。故近古而降，释子以诗闻于世者相踵焉。因定而得境，故翛然以清；由慧而遣辞，故粹然以丽。是诗不因学佛而废，转因学佛而精释于且然，况于居士？若必废文字而后可学佛，则迦文不当说经，阿难不当结集也。君为莞尔，将徇予之意，即以行世，而嘱予为之序。予与君文字道义交也，虽不文，固乐得挂名于其集中，且俾世知蜩螗鼎沸之时，国学凋残之际，尚有此不知时变、耗精神于语言文字之末、如吾二人者，亦奚异今之鲁两生邪？回忆昔日成都师友论文，高宴清游，宛然心目，今则南城在望，石室依然，而人事代谢，沧桑俯仰，文采风流，倏忽之间，已成陈迹。湘潭长逝，蒙山高蹈；圣游既夭天年，白完困于作史。而君与予，今年亦俱四十六岁，骎骎老矣！岁月如流，不堪把玩。诵曹子桓致慨于建安七子之言，君与予更当同一叹也！齐年弟成都吴又陵撰。"《荃察余斋骈体文存》卷首由樊增祥己未孟夏署签，王式通作序。收《灯赋（并序）》《感秋赋（并序）》《丞相祠堂碑》《杜主庙碑》《礼殿颂》《闰三月三日再集浣花溪修禊序》《金堂县附贡生饶府君墓志铭》《督学吴使君颂》《吴烈女赞》《译印〈入阿毗达磨论〉通解自序》共10篇。王式通序云："曩寓姑余乐亲，才士所至莫逆者，则为武进沈越若同年。方标独秀，互竞俪辞。比入京师，与屠结一、汪衮父相善。结一专精元史，不复属文。衮父既治国闻，未蠲凤好。曾相约曰：'愿与子终老于汉魏家言。'仆韪其语，病未能也。人海藏身，华年弹指，重商旧学，厥有时英。初识成都邓君守瑕，目为杜樊川、陈同甫一流，过从寝数，出示是编，点定谬期，低徊叹服。君著述至富，删削务严，所存诸作大都旨归典则，辞尚体裁，导源于元嘉永明，合辙于咸亨调露。方诒往代，实四杰之嗣音；拟以近人，亦二胡之劲敌。沈博绝丽，畴抗颜行。君秉负异资，淹贯群籍，衍禹彪之绪；国志姚声，生卿云之乡。天庭掞藻，光分舆井，精飙岷峨，固宜照烂篇章，发皇耳目。当兹艺文垂尽，酷甚赢燔；儒墨交攻，咎归颉制。君乃语韩陵之片石，发谢傅之碎金，握璧怀珠，练青濯绛，何异陈章裸国，奏雅桑间，梁简文谓文之横流，一至于此。又曰：'文章未坠，必有英绝领袖之者。'斯言而信，微言谁归？惟念相轻自古，子桓所嗤，知音难逢，东莞所戚。仆固自悔少作，笔砚久焚；君亦私忏琼思，金石独止。证果识菩提之义，不在优昙；传灯悟香火之缘，非关须曼。三千世界生圣，解于桃花；八百修罗终败，归藕孔蕲。穷智度誓，守羼提盖。自仓葛民呼，胥余范演，娥台俄圮，桓幕载倾。杜陵动奕棋之嗟，沈约作郊居之赋。而君与仆之把臂入林者，殆从此始焉。访西涯之一角，余话诗龛；涉江亭之十寻，联吟瓶社。作圭年生日，象谒慈仁；议阇宾造论，澜翻鸟水。凡兹涉览，都杂悲愉。录东京之梦华，添宣南之掌故。所愿中原无事，南宇再康。沧海不波，息龙蛇之起陆；草堂戢景，免猿鹤之笑人。君驰喻蜀之书，我续侨吴之集。阊门匹练，望远他时；巫峡清秋，相思故国。昔稚存之赠言船山曰：'一日之内，仆眺日升，君眺日没；一江水，君饮其源，我饮其委。'雅游可眷，非想无殊。用造胜因，以为息壤。己未六月汾阳王式通。"

郭允叔（象升）撰、郑裕孚编《郭允叔文钞》（太原文蔚阁铅印本）印行。翌年重印，增《赵戴文五十寿序文》一篇。徐翙署签。郑裕孚作序云："余不文而爱读允叔先生之文，每得一篇，即振笔疾书之，如获连城璧。积既久，裒然成帙，朋辈借钞者踵相接，恐其久而散佚也。爰付手民，以公同好。凡得文八十三首，诗七十六首。先生三晋通儒，志行经济，一时无两，文章一道，特其绪余，而是编所录又多应世之文，不足以见先生也。闻先生笔记册已积至盈尺，尤月有增益，其中多有功世道人心之作，又所编《清史讲义》（主讲山西师范学校时编），亦极精心结撰。暇时当更走京师，造先生之庐，索钞而饷诸世，但未识先生许焉否耶？中华民国八年己未九月十八日，桂林郑裕孚有愚识于太原寓舍之淡志室。"

金武祥撰《陶庐杂忆》《陶庐杂忆续咏》《陶庐续忆补咏》《陶庐后忆》《陶庐五忆》递刻刊行毕。本年又撰《陶庐六忆》，由昆陵千秋坊刊印。《陶庐杂忆》集前有汪洵题耑，金武祥小像，秦绶章、曹允源作序，陈澧、周星誉、汪瑔题识。其中，秦绶章《〈陶庐杂忆〉至〈五忆〉总序》云："晋陶渊明诗有曰：'吾亦爱吾庐。'读山海之经，图篇遍览，识禽鸟之乐，土物弥亲，眷此幽栖，寄以雅尚，此陶庐之所由昉也。菽乡先生心焉慕之，因取以自号，覃精典籍，适兴田园，遥企前贤，义存窃比。顾一官禺笑，千里脂车，故乡未归，尚阻柴桑之约；荒径无恙，忍孤松菊之思。蛮语徒工，越吟闲作，于是有《杂忆》诗及《续咏》《补咏》。归田后，复有《后忆》《五忆》，诸诗靡不以陶庐系之。例沿蒋径，字牓萧斋，寓名也，亦纪实焉。诗凡五卷，都为一编，旁及乎数省，而遥综括乎卅年以内。数宦游之历历，鸿雪痕多；展乡思之重重，莼鲈梦熟。盖遘于境者，暂而易逝；储于心者，积而难忘。兰亭以此兴怀，剑南因而追记。诗以存事，略可胪陈。尔乃高阳里启，元礼门标，经明行修，文通武达。万石家法循谨，秉为官箴；灵运诗篇芬烈，诵其世美。论勋绩则太常纪盛，阐贞烈则绰楔题旌。是谓述德，所忆者一。搜扬潜逸，表章魁硕，奇节斯彰，幽光必发。先贤之墓，与鲁乡并表；耆旧之传，为襄阳续编。补史家所未详，扶世教于将敝。是为征献，所忆者二。德星小叙，旧雨迟来。录汉上之题襟，感山阳之闻笛。淮南桂树，商量招隐之书；潭水桃花，珍重赠行之意。佩韦弦以为赘，吹参差其谁思。是谓怀旧，所忆者三。荆楚岁时，阳羡风土。图朱陈之嫁娶，赋鄠杜之佃渔。节近烧灯，春社闹蛾之队；会开夺锦，秋风猎蟀之场。年年汉腊饮酺，处处吴歈报赛。是谓询俗，所忆者四。鸡次逸典，龙威素书，拾烬秦燔，仿真宋椠。珍为孤本，如绀中秘遗经；篡入丛书，足补崇文总目。以守缺抱残为务，与辑裰刊误同功。是谓搜书，所忆者五。郡国经行，山川能说，彪志乡聚（《后汉书·郡国志》兼详乡聚，如狐宗乡负黍聚事）钟操土风。康乐纪游，即是邮程之记；善长撰注，便为水利之书。沿革可以证图经，登涉足以留名胜。是谓备乘，所忆者六。冰井联吟，旗亭赌唱，或寄书官驿，或咏史租船。雅什流传，尽向弓衣织遍；残篇零落，都从囊锦收来。翰墨论交，衣冠入梦。是谓赏诗，所忆者七。树名鱼米，花号棉铃，粉和玉延，酒香金郁。茧蝶桂蠹，漫疑薏苡之装，燕笋梅虾，并入蒌蒿之咏。穷及砚材茗具、蔬谱禽经，凡在搜罗，咸资考订。是谓博物，所忆者八。综兹闻见，播为歌谣，匪惟获野之编，尤作藏山之副。又况仿洪容斋随笔，已有成书；为刘和州表忠，更传信史。是集之成，在先生仅为余事，而传诵艺林，流声乐府，以松陵唱和，兼桂海虞衡，亦足以嗣遗响于吴趋，导先贤于常故矣。抑仆更有说焉。先生游倦风尘，性恰云壑，中年解组，‘归去来兮’，夙好耽书，‘时还读我’，方之靖节，若有同揆。今即代阅沧桑，世非怀葛，而乡居转徙，拟访武陵仙源；诗卷重编，祗署义熙年号。倘所谓陶庐之志，终始不渝者耶。噫！复乎尚已。仆识惭豹管，慧乞蛇珠，聆玉屑之清谭，荷瑶华之宠贶。记前游于炎徽，互递吟笺；话别绪于淞滨，尚羁归棹。竹枝继唱，请按陈迦陵双溪之词；藻翰输华，敢拟左太冲三都之序。岁在丙辰季秋之月，嘉定佩鹤秦缓章谨识。”陈澧题识曰：“湜生同转既以入粤以前诗二卷见示，为摘入拙著《识月轩诗话》矣。近复出示《陶庐杂忆》七绝一百首，盖粤游数年，所著益富，此其诗中一卷，自为条注，以寄乡关之思者。纪门风、叙里俗，以至旧闻轶事，皆歌咏而长言之。缠绵悱恻，沨沨移人，可见其性情之笃，襟怀之旷焉。岭南多佳山水，得君润饰；一切民物政教，得君敷陈而整理之，粤之幸也。仆虽老，尤乐得而观之。光绪六年庚辰十二月番禺陈澧兰甫。”《陶庐杂忆续咏》集前有周梦坡题词。周作《忆旧游》云：“记轻红擘荔，冻碧寻梅，瘴海前游。暑路飞霜倦，便囊琴挈鹤，催放归舟。故园未改三径，春梦冷封侯。算考订虫鱼，平章竹石，雪鬓盈头。 蘼愁，问何地，奈火劫重经，沉恨沧洲。却向渔樵话，把家山风物，笔底都收。赏音更在弦外，鸿印为君留。想水月澄鲜，灵衿浣出冰贮瓯。”《陶庐续忆补咏》初刊于光绪乙巳中秋月。集前有孟昭常、缪荃孙、程先甲作序，刘恽、费念慈题识，俞樾（六首）、许星璧（二首）题辞。集后有恽彦彬作跋。《陶庐后忆》初刊于宣统己酉阳月，集前有恽彦彬题耑，赵椿年、孙德谦作序，恽毓鼎题识。集后有杜学谦题跋。《陶庐五忆》刊于宣统辛亥年。集前有栩园老人题耑，刘树屏、李宝洤、缪荃孙作序，刘如辉、史耕孙题识。后有夏孙桐题诗《年来避地海上，粟香世丈屡过存，见示〈陶庐五忆〉诗卷，属为缀语。沧桑之感，不能已已。他日〈六忆〉编成，不知视今复何如尔。癸丑四月》。诗云：“微尘寄人世，起灭海沤幻。去来相系著，爱根不可铲。纷纷已陈迹，空花驻流盼。先生妙吟理，无厚入无间。隐几见江湖，垂白话童丱。赓续至四五，百琲叠如串。吁嗟东海尘，今识言非谩。沉沉虞渊日，宁止桑榆晏。他日陶潜诗，甲子更堪辨。”《陶庐六忆》集前有余肇康题签。沈曾植作《〈陶庐六忆〉序》云：“江阴金粟香先生，余叔父连州公同僚友也。才华干用，早萤誉于光绪之初。齿未艾而休官，世方泰而收身。于夷憺超然蝉蜕嚣埃之表，独以编述寄怀抱。所集粟香丛书，流布海内，迄今且三十年。读其书者，几若阳休之为古贤人。然而先生方亲鱼鸟、乐林草，笔床茶灶，朗咏长川，往来吴越之间，容常不衰。见之者又若《列仙传》称王叔经、郗元节。然毗陵自昔多奇士，先生所自得意，固非庸常所测识耶？先生自号陶庐，晚更自号曰水月主人，其所为《陶庐杂忆》前后凡六集。自乡邦文献、田园风物、交游闻见，心之所之，触景成象，谓之自抒襟灵也可，谓之达世变、怀旧俗，抑无不可。其专用七言绝句，又有似所南翁之一百二十图诗者。平生微尚，其有在乎？先生今年七十有八矣，谷食少而能饮，步履轻矫，心意洒然，期颐之分，得于天益者，非人损所能撄。自今以往，水益澄，月益明。主人得一以永贞，先生且长乐无极老复丁也。忆无尽，寿寿无量矣。宣统十年，岁在戊午元月，姚埭老民沈曾植叙。"缪荃孙题识云："表兄金粟香先生，前撰《陶庐杂忆》凡五编，计五百五十首。荃孙既三序之矣。今复撰《六忆》百首，出以见示，此则当沧桑之变，抚时感事，别具深心。彭泽之高旷，杜陵之悲慨，诸君子序跋题辞，均已详言之，鄙人何庸再赘一词？今但以诗品论之，则合前后数百首中，如管韫山评刘宾客绝句，谓为无体不备，蔚为大家，真绝句中之山海也。若五七古及五七律、五绝诗，则有《芙蓉江上草堂全稿》在兹，不具论。己未五月缪荃孙。"恽毓嘉题识云："己未之春，世丈粟香先生令其哲嗣伯豫大令至沪，奉先生近撰之《重修戚烈愍公祠碑文》，命毓嘉书诸石。越夏季，谨端肃楷书以应。记文之慷慨激烈，有功世道人心，为之雒诵，感叹不置。嗣又以《陶庐六忆》见示，则诗中所咏及注，类多表扬忠义，与戚祠碑文同是，岂仅以藻缋山川、平章景物而已哉？爰谨志数语，用志倾倒之私云。己未闰七月世侄恽毓嘉。"又有秦绶章、朱祖谋、冯煦、吴庆坻、吴士鉴、张学华、汪兆铨题辞。其中，秦绶章《粟香先生归隐陶庐，殚心著述。先已有〈陶庐五忆〉诗，传诵艺林。今又成六忆一集，则自宣统辛亥以后所作，乡邦文献、里巷歌谣，搜采遗闻，一如旧例。而抚时感事之意，时时见于言外。盖又别有寄托也。猥荷征题，赋呈二绝》其一："清时高蹈录归田，早喜名山绝业传。省识著书多岁月，义熙集后更编年。"其二："饱阅沧桑世味谙，忍将旧事劫余谈。唏嘘一掬遗民泪，心史重编郑所南。"金武祥自识有云："余撰陶庐前后五忆，凡五百五十首，皆辛亥以前所成。其时自粤归隐已十有六年矣。光宣之际，时局已非，沧桑以后，扰攘尤甚，实有不忍忆不必忆者。虽然人间何世，不能避地桃源，则凡触于目而入于耳者，皆心之所感。今日之心有所感，则异日之心有所忆矣。呜呼！昔游莫追，敢拟李公垂之作；从悲有忆，聊为孟东野之吟。此六忆之咏，固有不能已者耶？"汪兆镛作跋云："金粟香丈于光绪壬辰自粤归里，相别二十余年，而书问往还，岁时无间。辛亥国变后，兆镛避地澳门，烽尘涢洞，时时以山中起居为念。嗣知亦侨在沪上，因以诗词相慰劳，并言倪高士有《六忆辞》，冒巢民有《六忆歌》，二君遭遇沧桑，身世相同，丈前为《陶庐五忆》已刊行，盍踵成六忆，作清闷水绘嗣响乎？丈初犹谦让未遑。今年夏《六忆》一百首脱稿，邮缄见示，发而读之，忠爱之旨，溢于言表。微特追美清閟水绘，抑且希踪栗里。昔以陶名庐，殆已先为之谶耶？夫忆者，思也，记也，必其人怀深湛幽远之思，而后拳拳今昔有味乎其言之。若今世人心风俗益就败坏，日惟上下征利，不夺不餍，方扰攘嚣，竞之不暇。或又朝亲沤鹭，夕侣豺虎，沈酣悯恍，不自知耻者，比比皆是。其心目中安知有所思，复何足以记哉？观于此，而丈乃倜乎远矣！曩岁入罗浮山，会雷雨晦冥，林谷异色，惶骇罔知所措，俄而殊霁万怪，熠息山谷，澄澹如故。意者世之乱极将治，无往不复，亦当作如是观乎！异时重睹汉官威容，扶杖讴吟，追忆及此，其为感慨又当何如也。己未闰七月罗浮病叟汪兆镛谨跋。"吴士鉴作《题金粟香（武祥）〈陶庐六忆〉》。诗云："岭表归来海沸尘，定中自著苦吟身。江湖小集成谈往，文献征存系此人。风土兼搜阳羡记，虚闲犹是义熙民。翩然一老清于鹤，浩浩吾庐独养真。"

方观澜撰《方山民纪年诗》印行。集前有周翰元作序，李锺豫作《寄诗叙》，方观澜作自序，许星箕、陈重庆、包荣翰、陈懋森、阮恩霖、刘采年、臧杰题辞，集后有钱祥保、周翰元作跋。周翰元序云："学问年进也，精力年退也。年进者，每苦于难进；年退者，每苦于易退。求其难进而益进，犹可人力勉为；保其易退而不退，则非得天独厚不能。此吾于紫庭先生所以佩之深羡之切，而不自已也已。先生今年八十有八，犹日勤于文史，晤辄娓娓，逾数时不倦，有所感触，发为咏歌。其诗学之精进，无止境也。夫人生百岁，孱弱者甫及中年，善忘厌事，衰态毕现；即健者年逾八十，耳聋目蒙，不能与一事，亦限于天之无可强者也。先生神明不衰，构思握管，无让少壮。近成编年诗一卷，自一岁至八十八岁，岁系以诗。其间出处之得失，境遇之顺逆，家庭之悲喜，时事之平陂，历历记载无遗。作杜陵诗史观可，作古贤年谱观亦可。精力之健全，不诚加人一等乎？非能保其易退而不退者乎？非所谓得天独厚者乎？辱委弁言，不佞何足引重属附忘年，又不敢以不文辞，爰本平素佩仰羡慕之忱，与夫知爱切磋之雅，缀数语归之。然益自恨其进无一进，而退不一退也，惟先生教之。渑杭乃园氏周翰元拜序。"方观澜自序云："昔孔子示人志学之年，以至七十从心，而又曰：'假我数年，卒以学《易》，非尚年也，学与年俱进也。'余自束发受书，学古文及今文词赋，又学申韩，学军旅，均无成就，只博一官以维生计，仰事俯畜有遗憾焉。殁世无称与不学等已矣。第洪杨劫后，家业凋零，父兄伯叔宦辙分驰。未及光复旧物，偈以孱躯受前人付托之重，若家谱，若宗祠，若茔墓，若田庐，非此二十年次第清厘，胥归消灭，何以述祖德启后人乎？然则余之幸获余年，岂惟一身之幸哉？无以纪之，奚以示来者？思所以纪之，而位不列卿贰，功不载旗常。承家继业，子孙之职也；问舍求田，农圃之事也，而又何纪乎？窃维古人之不得志于时者，随其所遇，托为咏歌，即事言情，亦足以寄感慨、见心迹。因仿百年诗体例而参酌之。自幼而壮而老，历述其生平事迹而莫之讳。夫天地至大也，事类至繁也，非耳目之所及，我无与焉。其不必相需而适相值者，如镜斯摄，如叩斯鸣。妍媸美恶，无成见也；慷慨悲歌，无容心也；兴观群怨，无溢情也。远迩而勿忘也，初终而勿间也。其于圣门学诗之教，庶几无背矣乎？然则是诗也，非尚年也，年有进而学无进也。特因年纪事，而髦倦自伤焉尔矣。后之人其即以是诗，为吾生之行状也可，又何待他日倚庐之哀述也哉！宣统逊位之八年十月□□日，方山遗民紫芝氏叙。"许星箕题辞云："雅兴能豪寿有余，百诗纪事溯生初。江湖浪迹春婆梦，风雨论交隐者居。一老精神真矍铄，千篇歌咏此权舆。岷山当日征文献，君已年齐蒋尚书。"陈重庆题辞其一："再上琼楼十二层，人间便有百年人。偶逢铜狄摩挲夜，却现金刚色相身。诗草劲毫龙变化，岭梅秀骨鹤精神。桑田沧海应三见，坐待时清钓渭滨。"其二："徐园犹是倚虹园，聒耳蛙声莫乱喧。纪事编年诗当史，朱颜绿发祖疑孙。一官一集新花样，千水千山旧辙痕。不系义熙书甲子，陶公吟抱共君论。"其二："仪征方紫庭先生以纪年诗百首见示，祥保受而读之。盖自悬弧之岁迄今，八十有八年，凡所经历，一一著之篇中，托嗣宗之《咏怀》，为子长之《自序》变体也。方氏乔木故家，先生少负时望，尝客京师，一时名士多从之游，文酒之宴无虚日。中年奔走一官，虽簿书钱谷，日撄其心，而吟咏仍不废也。晚岁家居，闭门索句，所学与年俱进。八十后遭逢改国，益以禾黍之痛，而诗愈苍老。昔人云'国家不幸诗家幸，赋到沧桑句便工'者，斯言洵信而有征矣。先生年近九十，而精神矍铄，望之如六十许人。大年之享，是必有关乎福慧者，区区笔墨余事，又何足以尽先生乎？己未秋七月，后学钱祥保谨识。"

段朝端撰《椿花阁诗集》(2 册, 8 卷, 铅印本) 刊行。徐钟恂题签。集前有冯煦、李详作序，作者自序；集后有丁宝铨作跋。段氏晚年病足，蜷伏一室，日以校勘典籍、搜罗文献、吟诗唱酬以自遣，诗作渐多。《书愤》之一云："家贫无计救钱荒，急难谁传辟谷方。料理米盐教婢厌，检寻书籍累儿忙。蛮争触战山河碎，圈鹿阑牛岁月长。一事颇同陶靖节，麋糟陂里是吾乡。"门人丁默存索副本谋付手民，初仅以乙丙 (1915、1916) 二年诗作，以为未足，复裒旧作并近稿益之，未及授梓而默存被祸，数载而后，亲朋旧友群力相助，始克成书。此集收诗 411 首，其中卷一收戊午至戊辰 (1858—1859) 诗 58 首，卷二收己巳至辛丑 (1869—1901) 诗 58 首，卷三收甲辰至甲寅 (1904—1914) 诗 55 首，卷四、卷五收乙卯 (1915) 诗共 102 首，卷六收丙辰 (1916) 诗 51 首，卷七收丁巳 (1917) 诗 33 首，卷八收戊午 (1918) 诗 54 首。段朝端自序云："余之学诗，由徐宾华嗣交高子上征君，稍窥门径。然生性卞急，入之不深，出之太易。自惭凡猥，旋作旋辍。家境清苦，困于客授，亦不暇以为，故有经年不著一字者。晚婴足疾，跧伏一室，藉以排遣。或为朋辈所朘，倡酬往复，所得渐多。事变以来，恻然有忧生之嗟。魑魅逼人，盲吟苦语，时时间作。门人丁默存中丞侨寓海上，闻而悯之，谆索副本，谋付筑氏。初以乙丙二年之作往，以为未足，裒旧作并近稿益之。移写商榷，未及授梓，而默存被祸。痛入肝鬲，无意料理。田君鲁渔、顾君竹侯见斯事之无成也，毅然负任商之，顾君秋岚、裴君梓卿各有所助，门人周次衡学博橐笔游沪，任校勘之役，并愿邪许，遂得藉手就正有道。噫！区区覆瓴物耳，经历数载，重烦群力，因循辗转而始溃于成，高谊不可没也。排印甫竟，故人不作，感念存没，为恨然者久之。己未九月段朝端志。"冯煦序云："同光之交，山阳有二士焉，曰徐嘉宾华，曰段朝端笏林，并硕学醇行，有声淮表。乙酉交宾华徐州。宾华客授桂履真，许善为诗歌，数有酬唱。既道山阳，复遭笏林于毛生甫许。一接温颜，欢如饮醇，而宦学四方，不获数数奉手。然山阳二士未尝不藏写于心也。辛亥而后，蛰伏海上，宾华已谢宾客，笏林亦键户诵经，邈与世绝，每相望于鸡鸣风雨之会而已。丁巳三月，丁默存侍郎出其乙卯丙辰两年诗示予。受而读之，辞旨精炼，神味渊永，出入东坡剑南间。与宾华所作，譬之大吕黄钟，同工异曲。桑海三变，忧生念乱之辞，郁伊怆悦，如怨如诉。杜陵同谷、香山秦中，往往于篇什遇之，尤令人不忍卒读。于戏！方予耳山阳二士，时年并二十许。粤寇甫平，海内清晏，不见兵革之事。笏林授经里闬，傲然自足，门弟子著录者众。培风蹑云，郁为时宝，侍郎其魁杓也。今俯仰五十年，乾坤既毁，宙合鱼烂，宾华宰树亦拱，笏林垂老负疴，弦诵不衰。予栖栖淮海，饰巾待尽，追溯前尘，邈若旷世。循省是编，百感交集，爰书数语简端，以复默存。默存当亦有愀然难为怀者耶？戊午花朝金坛冯煦。"丁宝铨跋云："先生与家君为中表兄弟。宝铨将就外傅，先妣陈太夫人为求严师，先生在吾邑中有经师人师之目，时适馆姊丈汪氏家，遂命附读塾中。先生门弟子数十人，多庠序高才生，宝铨则六龄童子耳。汪氏书室三楹，先生设席室西隅，为宝铨置小几于室东隅。先生进诸生讲经，课艺毕，始授宝铨读，每授一字必以小学训诂反复讲解，使究其义。今四十余年矣，其光景犹在心目间也。先生自少至老未尝一日去书，大江南北推为宿学之冠，前后学使者与封疆大吏屡以潜德绩学荐先生，皆不肯应。平生和易谦逊，不轻以著作示人，晚年病足家居，多为诗以自遣。宝铨属同门庐介清时从钞录，仅得乙卯丙辰二册，急付剞劂以餍吾乡人士之望。冯君梦华、李君审言皆先生文字交，因乞各为之序。然宝铨之意尤以得窥全豹为乐也。戊午秋仲受业丁宝铨谨跋。"

郭曾炘撰《亥既集》（铅印本）由京华书局刊行。集前有自序，集内含上、中、下、附4卷。自序云："近作诗一帙，无格律、无家数，触绪成吟，一览易尽，不待通人之哂点也。顾尝闻虞廷之论乐曰：'诗言志。'而孔门之教小子则曰：'兴、观、群、怨，迩事父，远事君。'汉魏、唐宋以来，诗家浩如渊海，吾粗涉焉，而莫穷其涯涘。若四子、六经之训，则童而诵之矣。孔门之教亦未易践，而志则尽人所能言也。人心之不同如其面焉，吾之志不能尽同于众人之志，则吾之诗庸求当乎古人之诗？昔黄梨洲自序《诗历》谓：'师友既尽，孰为定文，但按年而读之。横身苦趣，逼真纸上。'梨洲何敢望？乃身世固有相类者。寒窗无事，略为编次，并芟汰其什三四，题之曰《亥既》。以皆作于辛亥以后，姑取干支一字为识，以别于旧作，且以志吾哀焉。己未冬日，福庐山人自序于燕邸之瓶花簃。"

贺宗章撰《焦尾集》（1册，1卷）刊行。收入《曲石丛书》。封面有于右任署签，卷首有黄葆戊署签，集前有作者1917年所作自叙，1918年赵藩、孙光庭、李根源所作三序。本集收1907年至1917年间诗作，如《老鹰崖》《澄江留别》《灞桥送别图（为印泉省长作）》等近200首。其中，《题画山水》云："愿傍双松筑草堂，纸窗禅榻竹为墙。早看直干排风雨，未觉寒冬老雪霜。苍茫故国云千里，缥缈伊人水一方。正拟相从办舟楫，忽闻孺子咏沧浪。"集前自叙云："山人幼而失学，奔食四方。一行作吏，卒鲜闲暇。迄办滇南边务，久涸瘴乡，学益荒落。然性喜吟咏，随手散佚，罕有序者。自辛亥忧归，誓墓荒邱，无复出志。丙辰春夏，乡间扰乱，不获宁居。始由京津随印泉李公入陕，得南康卢子同砚席，晨夕谈诗，甚恰。公雅好文艺，屡属摭拾残剩就正。自丁未讫今，曰《焦尾集》云。令付石印，则吾岂敢。丁巳冬月天放山人记于鹿原榷舍。"赵藩序云："昔蔡中郎见爨桐，诧为琴材也。乃取以制琴，弹之而美，而焦尾琴之名以著。夫是桐也，当其近罹摧烧，一则漠若无睹，一则拊摩珍惜。桐非求人知也，而知与不知，则固大异矣。憔悴抑塞之士所谓得一知己死无恨者，不其然哉！湘人贺君竺生，曩仕吾滇，有能名，见器于李巡抚经羲，见摈于丁总督振铎。蹶起浮沉，而桑海变迁，君亦末路自伤矣。腾冲李君印泉，为陕省长，知君能，招往赞治，相得甚欢。政局复变，印泉亟谢去。羁滞关中，君与南康卢君滇生独依倚印泉共晨夕，搜古谈艺，绝口世事。如是者数阅月，得脱离险阱。君于是哀其诗稿盈卷，印泉将为锓之以传，君自署曰《焦尾集》。俯仰身世也，亦感知己也。邮以示余，且属作序。忆八年前，君曾通问索余书，而迄未一识面。文字缘契，久乃印合，岂独爨桐焦尾有知与不知之戚也欤。中华民国七年戊午九月剑川赵藩书于广州军政府交通部廨。"李根源序云："《焦尾集》者，竺荪先生在长安时手写付余，以待撰次者也。先生少时尝从其乡郭筠仙侍郎问诗古文法。是时沅湘耆旧风流未沫，左右采获，用力勤至，而平生于诗所造尤深。栖迟南北，不自收拾，篇章多以放失。丁巳之春，客居津门，会余被长陕之命，请先生与俱，抵任三月，大变遂作，余故为诸人所忌。方变作时，义不从逆，幽居城中，从者四散，独先生与一二故旧相守不去。慨念丧乱，发为呕吟，因请先生于羁旅中襍写旧作，哀为一集。而入关以前作，无复存稿，随所记忆，十不得一。今于此集，诚无以见先生精诣所至，要胜于委弃灰灭而已。顷来岭海，又已逾岁，兵革少息，乃得取此集与砎堪、少元两夫子参斠而印行之。昔子瞻论杜甫氏，以为诗之外有事在，而饴山讥切新城，又引吴修龄之言曰：'诗之中要有人在。'余尝比而论

一九一九年（己未）

七九七

之，诗之中有人在者，由其诗之外有事在也。先生年未及冠，佐湘阴左公幕府平定新疆，又从刘铭传度台湾，从张曜治河出入积雪巨浸中，十生九死，始以知县改官云南。虽蹶而复起，洊至守牧，顾所历多在瘴疠，又以武略著称，非先生意也。故观于先生行事，犹未足尽其意志，况又于其诗哉！然今集中，越吟楚奏，均于睠睠时之一清而俗之一反，亦可以见先生之为人矣。余不足论定先生之诗，而于平生志行犹粗识其一二。敬为举似于此，待与先生质证焉。中华民国八年二月腾冲李根源。"

张慎仪撰《今悔庵词》（2 卷，刻本）刊行。收入《薆园丛书》。桐城方旭题签，受业吕鸿文校对。方旭题《百字令》云："杜陵而后，有黄陆援例，天涯羁泊。自古诗人多在蜀，一卷山灵付诧。蒙竹三章，梅花数点，窝里人安乐。清词如雪，九天珠玉霏落。　　我亦落魄于斯，蚩吟自喜，浊酒频孤酌。何幸七贤吟社启，也许山僧入幕。流水知音，阳春同调，天籁嘘松墅。江南声好，采莲还唱菱角。"词后题识云："江南人幕游于蜀者，以顾子远先生为词坛泰斗。余来犹及见之，以余为可与言也，至今思其言论丰采，不能去诸怀。嗣是唯薆园张先生，亦以风雅称，其所著《广释亲》及《续方言新校补》，余既读之矣。丁巳春，宋芸子、邓休庵频为文酒之宴，时诸君子结词社，余亦引商刻羽，偶一效颦，我薆园见余词而善之，乃牵入社。值客军再变，城内为战场，同人或走或伏，社事废矣。然薆园见余纪乱《陂塘柳》词，辄依韵寄和，余复叠韵答之。自是闭户养疴，半年不相见。十月几望，病中得薆园书，以《今悔庵词》卷见示，皆清新俊逸。读之，而余病良已，乃题《百字令》于简端，而志其崖略。嗟乎！久客数千里外，乍闻乡人语音，辄欣然神怡。薆园其亦然乎？岁在丁巳十月中旬，桐城方旭鹤叟，时年六十有六。"赵藩亦为其题诗二首。其一："三影风流又茗柯，君家微尚意云何。美人香草离骚旨，秋在湘天渺渺波。"其二："绮砚春生一捻红，华年影事剧恩恩。无端触拨旗亭梦，犹在回肠荡气中。"诗后跋云："芋圃道兄《今悔庵词》承以见示，庋箧衍三年矣，劳于簿书，未遑卒读。今春病肺，稍事静摄，药烟影里，取而吟讽，思绪茧抽，不能自已，籍书卷端，用志契尚。光绪丙午春夜，教弟赵藩。"

姚永概撰《慎宜轩诗集》（8 卷，铅印本）刊行。含卷一（光绪庚辰至辛卯）诗 58 首，卷二（壬辰至丙申）诗 89 首，卷三（丁酉至癸卯）诗 73 首，卷四（甲辰至乙巳）诗 46 首，卷五（丙午至丁未）诗 49 首，卷六（戊申至辛亥）诗 71 首，卷七（壬子至甲寅）诗 69 首，卷八（乙卯至己未）诗 70 首。集前有柯劭忞、姚永朴作序。柯劭忞序云："昔桐城姚惜抱先生以辞章之学诱掖后进，天下翕然从之。而及门之士称高第弟子者凡四人，姚石甫先生其一也。石甫先生为惜抱从孙，善为古今体诗，传其诗学于子，曰慕庭先生。桐城之弟子多以古文名家，至为诗则称石甫、慕庭两先生。慕庭先生有子曰仲实，曰叔节。仲实研究经术，叔节殚力辞章，尤以诗为谭艺者所推服。近世占毕之儒，矜言家学，若元和惠氏、宝应刘氏、高邮王氏之经学，其尤著者也。独为诗古文，则桐城姚氏一家而已。意者考订之学，耳濡目染，父可以传之子，兄可以传之弟。若文章之事，本于天性之所固有，因世运而为升降，非人人能勉强者也。孟子有云：'诵诗读书，在于知人论世。'劭忞本此意以读姚氏四世之诗，窃谓皇朝二百余年丰亨豫大，极于乾隆、嘉庆。惜抱先生优游盛世，咏歌太平，盖正风正雅之遗则。道光中叶，外患萌芽，朝廷旰食，石甫先生负经世大略，百蕴不得一施，故抚时感事，多慷慨之辞。洪杨构乱，烈于咸丰；同治改元，号为中兴。然视乾嘉之盛，固十不逮一。慕庭先生崎岖患难之余，浮沉牧令之官，故其诗多蕉萃忧伤之作。凌夷至于光绪，三十年来祸乱相寻，纪刚尽堕。而吾叔节犹从进士举，累上春官不第，迨陵谷迁移，黍离麦秀之感，一于诗寓之。自石甫先生以至于叔节，皆变风变雅之诗也。呜呼！文章视气运为升降，不其信欤！昔郑康成氏撰《毛诗谱》，以为得诗之大纲。劭忞不自揆，欲取皇朝一代之诗，择其关于兴衰治乱者，仿郑君义例，纂为一书，而于姚氏四世之诗，尤谓可以观诗之正变者也。己未春，叔节既刊其诗，命劭忞为之序。叔节诗出入唐宋，自为一家，不俟予之赘言。独于姚氏家学，夙所慕仰，故本知人论世之意，以质于叔节，或不至为说诗者所鄙弃欤？胶州柯劭忞。"姚永朴序云："光绪初，先考自安福引疾归，卜居邑西挂车山，地多林壑之胜，时时为诗自娱。予兄弟读书之余，亦间进所作。先考独奇叔弟，以为异日必绍家学无疑也。其后先兄早亡，吴挚甫先生尝称其诗得冲淡味，而所存殊寡。予奔走于衣食数十年，以好经史之学，于诗不多作，偶为之，不逮弟远甚。大抵诗之为道，必性情真，乃能有物，又必资以学力，乃能有章，二者既得之矣，然苟才气不足以副之，终不能以自达。甚矣！诗之难为。而为之多且工，盖尤难也。吾弟天怀浩落，笃好群书，固有以立其本矣。而吴先生顾称其才气俊逸，足使辞皆腾踔纸上，虽百钧万斛而运之甚轻，故能出入于李杜苏黄诸家中而自成体貌，庶几韩退之所谓'人皆劫劫，我独有余'者哉！吾家夙多诗人，而世所盛称者，莫如惜抱府君。昔徐椒岑先生综论吾邑二百余年诗家，谓惜抱之后，精诗学者为方植之，植之之后，必推先考。予谓继先考而起者，莫如吾弟。夫文章，天下之公物，其品之高下，非亲爱者可得而私，要其光气所及，卒亦不可得而掩也。是稿嘉兴沈子培方伯尝校印于皖。吾弟以其中多少作，芟雉过半，复益以近岁之诗，厘为八卷付印，将就正海内君子。予为序其首云。己未冬月十有一日，兄永朴。"

　　汤汝和撰《嚙雪轩诗草》(2 册，14 卷，刻本) 刊行。《嚙雪轩诗草一》(11 卷) 含汤自戊寅 (1878) 至己未 (1919) 诗作。卷首有林世台书端，林世台、瞿方梅作序及作者自序。林世台序云："曩在光绪戊子，余以试事归粤西。迨揭晓，闻开榜为灵川汤君，开榜者第六名之称，非雄文莫膺斯选也。己丑君联捷成进士，以县令分湖南。余家于湘，联乡谊，交益密，时乡人与君同以即用为湘令者，当有二人。一为永福李君光卓，一为宜山彭君献春。而君年独少，历膺繁剧，有政声。累襄校湘闱，所得多知名士。在湘十余年，以观察改官于浙，骎骎向用矣。适逢改革，乃至湘卜宅以居。余亦自都南旋，乐数晨夕。未几，君奉母还故里。今年夏，余后以旧史官征修国史，重入都门。君自粤贻书，属题文集。余惟古之贤者，得志则和声以鸣盛，端居则高禄以通神。如《考盘》之硕人，《卷阿》之君子，莫不寤言适性，游歌写怀，本缠绵悱恻之思，写温柔敦厚之旨。诗以言志，即以观人。盖其酝酿者深，故其声香自远也。君少承家学，性耽吟咏。昔时从政之暇，辄以诗自遣，有古人一官一集之风。其为诗涵茹古今，不拘一格，而常有倏然自得之趣。近年所作益夥，每有所蕴，一寄于诗。自浙以还，尤得山川之助。今者桂山招隐，萱阁承欢，自题所居曰'啜雪轩'，即以是名其集。胸次超然，可想见矣。吾知《南陔》诸什，可补笙诗；彭泽编年，惟依甲子。世之读君诗者，不且为孔子之言曰：'可以兴，可以观，可以群，可以怨矣乎？'时在甲寅重九后三日，贺县林世台次煌甫拜序。"瞿方梅序云："甲午秋，吾师分校乡闱，得方梅卷，可而荐之，遂以获隽。戊戌计偕便道谒桃源，蒙赠书币，情意拳拳。明年命主讲桃溪、漳江两书院，勤政勤学，彼此无暇晷，亦并不知吾师之衍于诗也。又久且去任，出示《桃源十五首》，索稿挟归，往复吟审。仁义之人，其言蔼如，谅哉！自是音问阔疏，阅四五祀，乃今得见于长沙。时吾师以道员赴引被驳，迁桃源，结前四惨案，将复请咨北上。顾以南北奔走，舟车轮馆，即境写忧，合少作成诗，累累凡四帙，属雠校焉。乌乎！诗之为道大矣哉。古兴教之目，六艺礼乐并重，诗为乐章，用以观风俗而达政事，摅怀抱而理性情。东西法政家言法政之材料，其一本于风俗。而诵《诗》三百，达政专对之说，孔子已先发之。盖理原实验，中西初无异辙也。惟摅怀抱故，古今志士闻人，辄以所得寓于诗。惟理性情，故中外学校、军队咸以乐歌课其徒。吾师此集，数义必赅，无美不擅，则如《铁路影戏声机》善体物，《澧州道中有感》善谈理，志雨舆。夫《苦寒》《灾象》见其仁，《九哀》见其义，《忆母》《寿母》《柬妹婿》见其孝友，而风格率出入于少陵、香山、剑南之间。近体七律，言人所欲言，情韵尤胜。他日由分巡洊升封圻，功圆政成，褒然撰述。然则此编殆其嚆矢欤？爰笺一二所见，以报钧命。光绪丙午正月立春，受业瞿方梅谨序。"作者自序云："昔左思赋都，市讥为覆瓮物；和凝镂版，世目为诮痴符。浅陋如余焉，敢近于自炫，踬古人而为之哉？顾自童年，已好吟咏。及长篡仕湘浙，舟车所至，触景抒怀，篇什遂日积日夥。甲寅冬，有《啜雪轩诗草》八卷之刻，迄今五年，积稿又至四百余首。非敢言诗，聊以写意耳，聊以纪事耳。意之所存，事之所经，每一展视，数十年境遇如在目前，用以警省生平，无过于此。爰于暇日检而编次之，剖厥以续前编。至讥为覆瓮物，目为诮痴符，所弗计也。时民国八年夏正己未岁孟秋月，啜雪山人灵川汤汝和自序。"《啜雪轩诗草二》含《同心集》（2卷）、苏咸熙撰《斗西诗草》（1卷）。集二前有林世焘题耑，汤汝和作序。《斗西诗草》前有汤汝和作序。《啜雪轩诗草二》汤汝和序云："昔王渔洋先生有《感旧集》八卷，序曰：'仆自弱冠，与当代名流上下其议论。时年力壮盛，无穷愁忧生之嗟，名师益友，近在家庭，忽忽不自知其乐也。弹指已往，才如凤昔，遂多死生契阔之感。感子"来者难诬"之言，爰取生平所藏师友之作，为之论次，都为一集。'冒巢民先生有《同人集》十二卷，序曰：'海内才人，同声相应。当其始也，视为易得而弃置焉。及时移事易，则雪泥鸿爪，往往思之于无穷，岂不可惜？'观两先生之言，凡所以感时怀旧，其有出于心之同然者哉！嗣是而后，袁简斋太史有续《同人集》之刻，近世易实甫观察有《四魂外集》之刻，皆裒辑海内士大夫投赠唱和诸作，编次而授梓焉，是何古今若出一辙哉？夫人于师友之间以及官民之际，其相知也为最真，其相感也为最深，而皆本于心理所同具，必其以心印心，感召于平日者。欣合无间，而后有诗，以达其劝规交至之意，爰慕无已之忱。是诗也者，直其人之情性与其人之精神，积而存焉者也，乌可不宝而贵之乎？余自幼嗜诗，得师长讲授，稍知涂径。逮长筮仕湘南，黍膺民社，每值卸任时，辄承邑人士相爱，赠诗送行。宦浙江时，与同人文宴追随，尤极倡酬之雅。近岁还里时，复寻旧时知好，一觞一咏，畅叙幽怀。当其欣于所遇，命俦啸侣，逸兴遄飞，若不知其乐之可贵，乃日月如流，岁不我与。曾几何时，而风流云散，情随事迁，回念向之同登坛坫者，今已十亡其四五矣。其存者如硕果晨星，寥寥无几。而又山川间之兵燹阻之，求如向者，会合倾倒之乐，迄不可得，有不感慨系之耶？爰辑平生师友戚旧投赠之诗，及士绅送行之作，存殁兼录，凡三百余首，仍用编年例，以投诗先后为序，名之曰《同心集》。殆有取《易》'同心之言，其臭如兰'之义也。编次既竣，刊而存之。庶几雨夕风晨，一编相对，觉四十年中之交际，数千里外之友朋，历历如在目前，不啻把臂一堂，谭笑为乐，是则稍为慰藉也已。民国八年夏正，己未岁孟秋月，灵川汤汝和序。"《斗西诗草》汤汝和序云："斗西六十一篇，予访诸其孤，得而存焉者也。余于岁癸丑以国政改革，奉母还里，招寻旧雨，觞宴为欢。溯平生师友之间，以文字相琢磨者，惟君最早而已，不得复见。盖君之殁，距今殆十余年矣。先是光绪辛巳秋，予侍先君子，自广州旋桂，时尚未弱冠也，以性好吟咏，苦无益友以相攻错。闻斗西工诗，居又同里，衡宇相望不数武，心向往者久之。一日，走谒君，握手倾谈如旧相识。自是隔数日必互相过从，见辄以诗相质。明年予弟景夔从君受业，彼此有作，皆由予弟走递。暇则相与游乎山水之间，凡桂之东郭外，高岩巨壑，清流急湍，吾二人踪迹往往而在，意甚乐也。君长予七岁，且补府学弟子员，而予方日追逐于童子军。君顾折节下交若此，此岂寻常流俗所可及哉？不数年，予官于湘，与君相隔千余里，初犹互寄诗筒，以通情愫。既而余困于簿书，君亦缠于疾病，音讯遂久淹滞。岁之壬寅，予自长沙返桂林，斗西已死二年，其棺犹磦而未葬也。予走谒其尊人，适君仲弟前一夕病殁，君父双鬓皤然，年七十余，方为经纪其丧。余见之，心益悲怅。念曩者，余与君诣相士决生平，皆许以领乡荐、捷南宫。君之位，尤在余上。

迄不材春秋榜获隽，以知县分湘南，以为相士言验于余，必验于君也。况君清才绩学，使天假之年，珥笔玉堂，作为颂歌，和其声以鸣国家之盛，其诗必有斐然成集者。乃君连试于有司，怀才不售，赍志以诸生终，何相士之言，有验有不验？而天之厄文人者，又如此其甚也。然犹有诗数十篇，俾余掇拾，于君殁十余年之后，刊而存之，以俟后之读君诗者，得想见君之为人，庸非幸与？君诗抒写性情，得于天者为优，而气之深稳，词之渊雅，亦复骎骎入古。除已见《同心集》不录外，数止六十一篇。或有惜其少者，不知古来名家，虽断句零章，且脍炙人口。诗之传，固不在乎多也。君姓苏氏，名咸熙，字斗西，原籍南海。以其父商于桂，遂入临桂籍，为府学诸生。刊既竣，因叙述相知之始末，弁诸简端，既以慰故人于泉壤，尤以见人生聚散存亡，不能无感云尔。民国六年夏正，丁巳岁季冬月，灵川汤汝和序。"

李绮青撰《听风听水词》（1卷，铅印本）刊行。自序云："余自光绪戊己间与孝通学填词，然不过取宋人作规仿一二而已。迨辛卯之官闽中，始识张韵梅，韵梅固浙西所称词家者也。乃相与讨论音律，辨正声韵，遂为填词之始。韵梅自言其酷嗜倚声，自十八至今五十年。万氏《词律》凡批点至十六次。谓长调创自北宋，然如耆卿、淮海间有协律者，其他皆未能也。至美成、梦窗、梅溪、白石、草窗、玉田、碧山，递相祖述，抽秘骋妍，以律为主。所辨别去上二声尤细，彼此互证，不差累黍。又如凡一调而甲乙互异者，以大家为正；一人而先后偶殊者，以名作为准。此万氏考证之独精者也。又言近世词人务为艰深，谓即清真、梦窗，不知相去逾远。夫玉田学清真者也，虽然周之意境，而清婉近之。草窗学梦窗者也，虽无吴之奥丽，而雅密似之。所谓善学前人者也。韵梅之论多如此。同时番禺叶南雪亦务填词，邮筒往来，于韵梅多所折正，间为倡和。今韵梅墓木拱矣，余亦萍飘人海，牢落终岁。绮语之债，分亦将了。久以少作不敢示人，自惟年逾六十，精力消耗，已无涂乙之暇晷。而词家如韵梅可以就商者，尤无其人也。爰检戊子迄壬子夏，计得词若干首，暂付刊存，并详记韵梅之论于简端，以志良友切磋之谊焉。己未十月四日，归善李绮青识于天津听风听水楼。"

王师曾撰《拄颊楼诗钞》（1册，石印本）由上海聚珍仿宋印书局刊行。集前有沈宝昌题尚及王师曾像。集后有王师曾、陈炳远题跋。王师曾跋云："右拄颊楼古今体诗二百三首，系师曾自十八岁辛巳年由沪赴赣起，至四十二岁乙巳年由处回沪止，其间随撰随弃，不暇记录者十之二三，以故所存不能及半。今夏，从旧书橱中发现旧稿，因即重加编订，手自缮录，都为一卷，盖自丙午以后即不复摇笔有所吟咏矣。歇后诗篇、阳五伴侣，亦不过聊存少作以自娱而已。己未夏六月下浣上海王师曾记。"陈炳远跋云："晚清之世，欧学澜兴，群炫佉卢，国粹益替。缀学之士，思救其衰，篇帙流传，间有杰构。顾如湘、鄂、闽、赣诸耆硕而外，罕见其俦。或且参综梵语，羼入译文，诗教陵夷，至斯而极。敬常王公曩官吾浙，所至有声，案牍余暇，不废吟咏。所著《拄颓楼诗稿》将付印，命女公子浣青女士持以示余，嘱为跋。女士为余内阮朱君贤配，以戚谊故，不敢辞。窃谓自来诗家每易偏胜，尚格调则肤，主性灵则俚，求其华实并茂，戛乎其难。公诗从晚唐入手，而复浸淫于有宋，诸家以剑南之精炼、石湖之清新，立其骨干而运以匠心，又能自成机杼，绝无偏胜之弊。集中感时诸作足与江左三家相颉颃。诗虽少而可传，乃叹公固不仅以吏才见也。昔江敩为丹阳丞，袁粲谓其'风流不坠，正在江郎'，今余于公亦云。己未闰七月九日姻晚海盐陈炳远谨跋。"

吴放撰《剑门诗集》(铅印本)由武进唐肯排印刊行。含《剑门诗集》4卷，《十二廔集补遗》1卷，《衲兰龛词续》1卷，附傅友琴撰《苹香室诗词草》1卷。集前有剑门五十五岁肖像。《剑门肖像题辞》含：吴放《自题》，余端、吴承烜、聂聚全、金鹤翔、吴闻元、徐公修、宛凤岐、金式陶、程松生、胡善仕、徐松、章人镜、冯华第、罗焕藻、罗树榕、张菉筠、钱竞五、钱树人、张祉、缪九畴、郑文涛、雷以丰、陈鸿年、王湛纶、蔡云万、辛冰如、顾福棠(四首)、黄立三、吴承需、阮寿慈、还家驯、朱锡秬、徐燮、丁景文、王景义、刘震(二首)、李馨、刘宏、王承霖和作。吴放《自题》云："十年作客畏风霜，谢绝纷华入踽凉。黄埔曾经歌舞地，白门几历战争场。江湖浪迹悲萍梗，花月陶情恋梓桑。自喜吟身未衰朽，题襟一集佐瑶觞。"程松生和作云："镜里芙蓉未染霜，茶烟风扬鬓丝凉。莺帘燕户笙歌地，象管蛮笺翰墨场。记取前身修月桂，揭来放眼感沧桑。欲消湖海英雄气，且向花丛醉一觞。"吴承烜、王承霖、方泽久、徐公辅、阮寿慈、金式陶、余端、钱振锽、顾福棠、蔡钺作序，谢玉岑、吴放作后序。方泽久序云："不亲历乎五岳四渎、高山峻岭，与夫惊涛骇浪之澎湃，不足以言诗；不备尝夫险阻艰难之境，忧伤憔悴、抑塞无聊之不可终日，不足以言诗；不浏览乎唐宋以来韩苏诸名流著作之散见于世者，瓣香而供奉之，亦不足以言诗。古诗三千，孔氏存之为三百类，皆贤人君子悯时嫉俗之所托咏。上而朝廷，下至里巷，播之篇什，著为歌谣，大旨不外正人心、厚风俗、理性情三者近是。吴子剑门，武进绩学士也。生平嗜诗尤笃，所经有名山大泽，以开拓其心胸；所遇有得丧穷通，以消长其志气，而其目光之所注，则又上观千古，下观千古，深思远虑，凿险绲幽，发而为诗，其律谨以严，其气充以沛，其声大而闳。余耳剑门之名久，而卒未一见，闻其豪迈倜傥，近世罕有。惜年来失明，愈肆力于诗古文词，无间昕夕。天能盲其目，天不能盲其心，亦大可哀已。剑门之诗温柔旖旎，纯乎性灵，余固料其不终闳。果尔高弟唐君企林为之裒集成帙，将付手民。剑门丐叙于余，余谓剑门之诗直逼剑南，其名曰放，而字曰剑南。殆俎豆陆氏而得其神髓者欤？是编之出，一时纸贵洛阳，必有争先快睹，称道弗衰者，余可无赘焉。戊午孟夏同社定远方泽久佛生拜序。"徐公辅序云："客有造庐而问于予者曰：'诗与文有二致乎？'予应之曰：'无二致也。'何以知之？李白之文如其诗，苏轼之诗如其文，自古无工诗而不能文者，亦无能文而不知诗者。予友吴子剑门学问渊博，擅长骈散各体,下笔千言,洋洋洒洒,予固知其不徒以诗名者,然即以诗论,清超拔俗,纯乎性灵,直入唐宋诗人之室,又岂规规于声律之间者所可同年而语哉?虽然,予与剑门生同时又同社,比年以来唱和之作,岁无虚月,月无虚日,东园、睫庵而外,足以独树一帜。所惜者槁蟫已故,不能起九原而与之共相切磋耳。今剑门高足唐君企林于霸县任所编辑师门诗稿,独任剞劂,问序于予。予慕其义,不敢以不文辞,故述其颠末如此,以告世之读剑门诗者。戊午仲夏同社青浦徐公辅拜序于西溪草堂。"吴放自作后序云:"子罕言利,与命与仁。曰罕言,非不言也,但言之少耳。按《鲁论》一书,子之言命,仅数见'五十而知天命''不知命无以为君子'。呜呼!年少时读其书不知其义,今老矣,吾亦有所见矣。回思弱冠至今,驰逐名场,八战而八负,亦云屈折矣。然正有此曲折而衣奔食走,得以利涉江河、崎岖山谷,足迹半天下,以恣吾心之所欲,目之所观,不可谓非不幸中之幸也。嗣因暑郁而病,风而目盲,予求死者数矣。而不死并遭国变,屈抑尤甚矣。庸讵知予自虞山旋里,晦明风雨,日事吟哦而复得东南半壁之隐逸,同辟一社以讨论诗文,此又非不幸中之幸耶?不然衣锦还乡者,焉得尝跋涉山川之苦,复何知苦中之乐乎?赓歌庙堂者,焉得有江湖隐逸之心,复何能讨论诗文乎?吾之幸皆由不幸而得之,此夫子之于命所以欲言而不易言,不多言也。三代下知此理者鲜矣,并非予强作达观之言也。予曩作《十二廔诗》《衲兰奁词》,久已付印,新作不多,雅不欲自存。近因企林远道索印,予重违其请,遂辑为四卷,词剩一卷,并及曩作之补遗一卷邮寄霸,不知企林读之果以吾之言为是焉?否耶?剑门词客叙于天籁阁。"又有罗焕藻(四首)、杨天和(二首)、徐燮(六首)、徐公翰、张文魁、荆凤冈、聂聚奎、李馨(三首)、范宗淹(二首)、张汝舟、徐邃、辛冰如(二首)、方泽久(二首)、张官倬(二首)、陈鸿年(二首)、张祉、朱锡桓(二首)、章人镜(二首)、宛凤岐(二首)、殷士敏(二首)、王心存(三首)、徐公修、郑文涛(二首)、徐琢成、刘宏(二首)、方外虚生、王承霖(二首)、程松生、吴承烜(三首)、金鹤翔、施恺泽为其题辞。其中,张汝舟题辞云:"论交湖海尽名贤,管领骚坛手一编。款款深情追季子,觥觥大集埒樊川。曩游粤水成尘事,随宦虞山尚壮年。剑气丰城君领略。光芒直射斗牛边。"宛凤岐题辞其一:"一代文章北斗高,星星两鬓气尤豪。秋风黄咏篱边菊,春雨红题洞口桃。兴到浓时金击钵,名当澹后玉流膏。轮扶大雅须前辈,我欲从公借宝刀。"金鹤翔《喜迁莺》云:"湖楼寒雨,讶飞雁远道,传声索句。葬菊哀余,祭诗候近,谁是眷怀羁旅。默数旧时吟伴,多变空山僧侣。问何事,可千秋,还剩金壶洒处。　　年暮须检点。香泪愁痕,一一亲笺注。玄鬓霜繁,绛纱声应,那肯抛残金缕。却胜御屏留字,传世香灯微语。待听到、贵云蓝,纸价芳声腾播。"集后有唐肯作跋云:"同县吴我才先生早以诗名,刊行多种,《剑门集》四卷为最近作。肯总角从游于诗学,未窥万一。然今之粗有知识,则皆先生之教也。敬念先生既不得于当世,中年病目后,祇以啸歌为自娱之计。南北迢隔，撰杖无从，寓书请刊，得以稍尽弟子之职，深自幸已。昔华亭唐仲言汝询亦以无目著有《编篷》等集，竹垞翁称之，选入《明诗综》。方今晚晴簃诗社甄选清诗，其刊行条例并录时贤，固知必有所于斯矣。己未六月受业唐肯谨跋。"

黄侃撰《繻秋华室诗第一集》（1卷，铅印本）刊行。黄侃自跋云："右一卷，盖自丙午至乙卯十年所作。鄙性诞旷，未曾以文字自矜。游观娱戏之余，偶然吟咏，友朋过爱，遽用传钞。行年三十，万事无成，始复追思旧作，则其不足道可想矣。兹卷之录，半在往年报中，率尔操觚者犹归冷汰。简择粗当，爰付门人写之。戊午岁尽日，黄侃季刚记。"

杨钟羲撰《雪桥诗话三集》（12册）由南林刘氏求恕斋刊行。金蓉镜、刘承干作序。其中，金蓉镜序云："古今诗话，皆摘其逸艳，搴其芳馨，而人与时，或不暇论，似公、穀之说《春秋》，但明一义，无以观其会通。独左氏之《传》，嬗嫣家世，旁连交友，并其时之升降，无所不载。圣遗同年之为此书，有似之者。谈诗而怀国政，念旧俗，系族世，序交游，正得论世知人之旨，非徒博掌故已也。南丰刘氏之为《通议》，略与之合。然其人自称通隐，而时有恶辞。圣遗以先朝翰林守江宁，有循声，将骎骎向用矣。国变后遁居沧溆，其所交皆遗黎遁叟、文行两美之士，不沾屠沽一钱半菽，以卖文自活，于世俗无所诎。境日戚而气大昌，志弥洁而文以芳。故其为书，连犿激清，咨于故实，谀言似讽，正言似诉，质言似箴，文言似骚，灭没于骊黄之中，而翔骞于埃壒之外，一写其忠爱悱恻而已。语副其人，人副其事，以是眇魏晋而晤羲皇可也。予交圣遗三十年，自别京师，又屡见于汉上，不意相从于此，数数过其寓庐，述往事，发愤懑，盖身蹇而情亲，神惢而道合，非世俗之所为交也。尝以名声五百岁相勖，予至今愧不逮其言，而圣遗远矣。爰举《左氏》义以相况，勿视为摘艳搴芳之书，则圣遗之情见，而古人之情亦无不可见，此说书之旨也。宣统十一年己未二月二十六日，长水金蓉镜。"

朱大可编竣《诗见》（稿本，未刊），系《郁波罗馆杂著》第一种。自序云："善《易》者不言易，善《诗》者亦不言诗。说《诗见》之作，毋乃不可以乎？然欲尚论古人，照示来哲，则舍诗话又何籍焉？历代诗话昉于梁，沿于唐，兴于宋，而大盛于明清。览其目录，不下千家，综其指归，约分五类。一曰溯源流。《古诗十九》云：'探旨于《国风》《河梁》三章，亦接迹于骚、辩。'此一类也。二曰辨体裁。'郁陶余心'，为五言之作俑；'帝力何有'，乃七字之滥觞。此又一类也。三曰明法则。陆机《文赋》既有缘情之称，刘勰《文心》亦著妙识之语。此又一类也。四曰列评论。陈思、公幹为建安之杰出，陆机、安仁乃太康之英才。此又一类也。五曰详考证。池塘春草，灵运吟而入梦；空梁燕泥，道衡咏而见诛。此又一类也。医古以来，作者辈出。或标举夫一端，或兼赅于众妙。兹编博采诸说，不名一家，述而不作，行古之道。惟是，诗道微妙，匪曲学所能窥;诗学渊源,非短楮所能罄。仁者见之谓仁,知者见之谓知。沉潜反复,存乎其人。既不必舍己从人,亦不必强人而曰我也。编辑既藏,序之云尔。"

邹弢撰《诗词学速成指南》(2册)由上海尚友社出版。封面由君宜题签,书前有余天遂题字,方嘉穗作序。第一册为《诗学速成指南》,分上下两卷,上卷论辨音通韵法、破题法、绝诗律诗平仄定法、琢句法、调四声法、学诗一字法等,下卷分诗体论述。第二册为《诗学速成指南》,分述词之源流、辨音韵法、用字造句法、辨阴阳声、填词须先填谱、学词应用之书、词牌选要、押声换韵法、押韵阴阳之辨。

王蕴章撰《词学》由崇文书局出版。收入《文艺全书》卷三。全书分溯源、辨体、审音、正韵、论派、作法六节。

章太炎撰《章氏丛书(初编)》(48卷,精刻本,浙江图书馆校刊本)印行。民国六年开雕,民国八年告成。较民国四年上海右文社本,增《齐物论释》(定本)、《太炎文录补编》《菿汉微言》三种。《文录》略有删革,如《文录》二删《时危》四首,《别录》三删《读佛典杂记》。总目含《春秋左传读叙录》(1卷)、《刘子政左氏说》(1卷)、《文始》(9卷)、《新方言》(11卷)附《岭外三州语》(1卷)、《小敩答问》(1卷)附《说文部首韵语》(1卷)、《庄子解故》(1卷)、《管子余义》(1卷)、《齐物论释》(1卷)、《齐物论释定本》(1卷)、《国故论衡》(3卷)、《检论》(9卷)、《太炎文录初编》(《文录》2卷、《别录》3卷、《补编》1卷)、《菿汉微言》(1卷)。

刘绍宽撰《厚庄文钞》3卷、《诗钞》2卷刊刻印行。志林题签,杨绍廉署题。集前有符璋、陈澹然等作序。陈澹然序略云:"说经大者,抉古圣之精,厥非东汉诸家破碎支离所敢望。其他考文献、阐节行,皆是发志乘之光,令人油然敦桑梓敬恭之谊。其体明净温和,不矜巉削,蔚然君子之音。独其诗,登临赠答,雅类剑南,身世之间或多凄凉。"

方汝霖(云耕)撰《翠微亭唱和集》(1册,1卷,附录1卷,补录1卷,铅印本)由天津华新印刷局刊行。

郁屏翰(怀智)撰《素痴老人遗集》(1册,铅印本)刊行。

郑阜康撰《汲湘庐诗草》(10卷,福星石印本)刊行。

薛凤诒撰《石友山房诗集》(6卷,铅印本)由山西晋新书社印行。

傅友琴撰《苹香室诗词草》(附《苹香榭词稿》1卷)由无锡艺海美术印书馆刊行。

李树勋(虞琴)撰《梅山樵唱》(1册,铅印本)由长沙湘鄂印刷公司刊行。

童逊祖撰《蘦蘦室诗话》(1卷,铅印本)由北京共和印刷局刊行。

陈宝琛《息力杂诗》(八首)、《自吉隆坡车行至威类斯雷近八百里》刊载于《侨学杂志》第1卷第1期。其中,《息力杂诗》其一:"半旬凉吹换炎曦,地缩天移不自知。谁分穷冬搜箧笥,秋纨犹有报恩时。"其二:"日日从人冷水浇,寸丹馀热那能消?笕泉偏近征夫枕，无雨无风响彻宵。"其三："格林印度马来由，织路班兰各自求。老懒无心知四国，况能从汝学咿嘎？"其四："等闲一雨变炎凉，廛市园林本不常。奴价山中犹倍婢，新来椰子傲槟榔。"其五："女闾东国连樯至，利析秋毫信霸图。海外幸留邹鲁泽，吾宗雄杰一时无。"其六："千户家家货殖雄，斯人忍独坐诗穷？杜鹃北望年年拜，长剩风怀付酒中。"其七："天才雅丽黄公度，《人境庐诗》境一新。遗集可留图赞稿，南溟草木待传人。"其八："百万宾萌保惠难，只身跨海捍狂澜。卅年不是孙铭仲，群岛谁知有汉官？"

张尔田《采桑子·史馆秋蓼》刊载于《新中国》第1卷第4期。又，《无题》《虎丘怀古》刊载于《新中国》第1卷第7期。其中，《采桑子·史馆秋蓼》云："旧家池馆栽无地，一角墙东。画出霜容。澹到秋心不许红。　夕阳著意相怜藉，媚尽西风，蝶梦烟空。明日登楼送塞鸿。"《无题》云："脉脉翻成病，伥伥祇益疑。肠危妨促柱，腹冷怯弹棋。蝶岂无遗粉，蚕应有尽丝。如何金带枕，犹自梦佳期。"《虎丘怀古》云："西施醉舞锦氍毹，不待歌成已沼吴。万古霸图龙久去，一场春梦鸟相呼。金鞍翠幰香阗溢，玉匣珠襦事有无。盘石不随雄剑化，坏苔和雨上铜铺。"

汪东《八声甘州·戊午季秋客京师，步屯田韵》刊载于《国民》第1卷第1期。词云："泝征衫嫩雨蘸新寒，飘零客悲秋。甚华年选梦，沧波煮泪，偏说登楼。多事伤高赋远，去住两休休。残笛回风起，银汉斜流。　莫说菭华人老，早谢堂燕散，芳意全收。笑惊霜倦羽，头白尚淹留。傍西风、关河摇落，剩故宫、眉月伴扁舟。屏山外、数归鸿渺，独自凝愁。"

张恨水《丑奴儿·与郝耕仁合作》刊载于芜湖《皖江日报》。词云："三更三点奈何天，手也挥酸。眼也睁圆，谁写糊涂账一篇。　一刀一笔一浆糊，写了粗疏。贴也糊涂，自己文章认得无？"

王统照《杨生行》刊载于《中国大学学报》第1期。诗云："杨生佳士心怀恶，悒于穷愁不可说。有时累欷为我言，慷慨抚几双眉结。丈夫坎坷逾冠年，高志良图无一达。却曲每畏婴世羁，饣糟啜醨谁能脱。既不能骑赤鲤兮游扶桑，又不能手搴芙蓉朝丹阙。侏儒苦饱臣苦饥，肝肠空向青毡热。读书万卷竟何为，饱尽蟫蠹亦胡屑。起视八荒扬劫尘，谁止虚白能不涅。高歌据梧徒清狂，吹箫击剑两无可。聊欲乘化守滓溟，仙仙此身逐明月。我闻斯语长太息，人生意气岂能夺。骨立如尘自其常，况有诗书充饥渴。吾侪所志为天徒，不与俗子竞芒折。朴学奇才况如君，欲张吾军随荡决。兴来忘食研三苍，神酣下笔摇五岳。世无知者奈己何，浮生羞逐此毫末。区区哀乐何足论，莫为珍饷弃菁蕨。吁嗟乎，志在温饱岂男儿，终难饿死填沟壑。君不见多少酒肉臭朱门，路旁犹有冻死骨。"

陈诵洛《有怀太虚法师》刊载于《觉书》第5期。诗云："海国齐闻拜下风，雄谈忽吐气如虹。从知儒佛归源处，第一真诠是大同。"

李鸿渐作《挽黄县袁大令绩堂联》（大令固名孝廉，清季以办学自任。及民军光复登黄，推为本县民政长，一特例也）。联云："办学热，捐资办学尤热，看桃李成蹊，士造菁莪，材储玉璞；做官难，本县做官更难，瞻桑梓起敬，泽流黍雨，爱遗棠风。"

周馥作《自嘲》。诗云："大耋不妨鼓缶歌，忻然斗室养天和。款门渐觉亲朋少，点额何嫌呆稚多。亦拟乘桴长泛海，恨难挽日一挥戈。自嘲万念消除尽，尚玩韦编曰抚摩。"

吴昌硕作《〈流民图〉题诗》。诗云："沟壑埋头动四肢，可怜行路见流离。饥肠鸣咽穷无告，脱粟移来当肉糜。"

陈宝琛作《赠朱聘三》《张勇悫树屏遗像》。其中，《赠朱聘三》云："圣清制科数榜眼，中叶极盛称孙洪。卷葹灏气驾芳茂，一震岳岳词林雄。临轩最后顾得子，先帝手擢开四聪。宫袍连骑媲珠树，验取贞脆须冬穷。天倾地坼亘八载，阆园何隙闻夷风。陆沈避世不忍去，佳气西望崇陵崇。神功圣德万千牍，涕泪铅墨初迄终。礼罗杂沓谢要路，饥凤不下谁能笼？我同载笔久弥敬，坐对元鬓惭霜蓬。同光追话怳梦寐，况溯文物思乾隆。连珠合璧倘可信，岂有八表长梦梦？科名不负云五色，看子晚节如韩公。"

朱权作《七十感怀》。诗云："善果缘因记凤修，珊珊骨格入仙流。偶经碧落三千界，误谪红尘七十秋。宦梦醒忘龙塞远，乡云望到鹤楼收。思将归钓洞庭月，辉满湖春酒一瓯。"

曾福谦作《樊樊山、易实甫、章曼仙、高阆仙、王书衡、道阶方丈邀同人集法源寺赏丁香，是日微雨》。诗云："宣南岁岁论花事，崇效牡丹人麇至。丁香垂结正葳蕤，亦向法源树一帜。名流爱客复爱花，赏花宴客集初地。散丝微雨洒廉纤，九陌风埃润不起。佛阁三层庭宇宽，翠栝参天尚生意。上人肃客供茗具，坐立剧谈各有致。午余左右列长筵，饱妖斋厨蔬笋味。兹游足以补禊集，春光虽老犹明媚。偷得浮生半日闲，匆匆又复促归辔。枯肠搜索好语无，权当涪翁作日记。"

林纾作《咏史》（二首）、《岁暮闲居，颇有所悟，拉杂书之，不成诗也》（七首）、《比月以来，写大屏巨幛四十余轴，出入山樵梅花道人间，微有所得，倦枕成梦，均在苍岩翠壁之下，或长溪烟霭中。松篁互影，不知所穷，仿佛泰山、石鼓、西溪、方广诸胜，戏作烟云楼卧游诗四首》。其中，《咏史》其一："万蝇凑辐辏，聚散蔑轻重。蹄心入老棘，良造失馨控。制人贵中要，能济岂在众。吴仇镂越肝，覆载莫与共。深闳转无事，举国寡讼哄。万目属宰相，堂堂蠡与种。眠食迩薪胆，上下茹哀痛。苏台吴云深，吴侬方作梦。越甲碎门人，胥眼且未冻。摅略先守瓶，聚哄直入瓮。明人恶周钟，临死却嘲讽。我死闯未死，杀我究何用。"《岁暮闲居》云："涉旬不出户，邻右笑老懒。吾劬乃竟日，破晓已漱盥。据案读蒙庄，清风张胃脘。见独或未至，朝彻已在眼。陶潜颇畏死，悟道一何晚。生生乃不生，所坐在烦懑。不撄胡得宁，万扰奚我绾。微笑踞藤榻，蜡梅开欲满。"

鲍心增作《贺陈沂清比部（凤章）六十二岁生子》（四首）、《吊枣阳卫先生（有序）》（二首）。其中，《贺陈沂清比部（凤章）六十二岁生子》其一："峻岳千寻产异材，从知积善是胚胎。荀龙贾虎非殊品，自有麒麟天上来。"《吊枣阳卫先生（有序）》序云："辛亥之乱，予同年枣阳王君仲午书告予，同乡卫先生静庵，练团保安乡里，不受官爵，阖邑颂德焉。今年秋七月，君弥甥李氏子为匪劫质，索赀巨万，无以应，危甚。先生率练从匪窟夺回，并获四匪，官寘于法。噫！当今之世，如先生者，非所谓天下之善士欤？不意昨得君书，先生遽于十月下旬归道山。枣邑匪风顿炽。君又云：先生宅心忠厚，践履沉潜，躬豪杰之材，而眼习圣贤之学，非游侠流也。予虽未识先生，而钦佩风义，宛在云霄，且惜天不假先生以大年，俾回斯世之劫运也。爰以俚词敬吊焉。"其一："吾友有奇友，生惭未识韩。士风皆靡靡，侠气独桓桓。谊古崇山岳，时危出肺肝。咄嗟成异代，从此借才难。"

严复作《己未福州西湖修禊，题宛在堂》（二首）。其一："泽门皙与邑中黔，宛在堂深共盍簪。不作遨头惊俗眼，自怜病肺废高吟。旷观惟有千秋往，把玩曾无一晌今。太息东阳又黄土，朱弦谁为抚牙琴。"其二："四围山色蘸湖光，何代堂堂出此堂？宗派都成人几许，溯洄同在水中央。雌雄岂必分杭颍，文献从教数李常。甲子岂关吾辈事？且收栖叹付流觞。"

施士洁作《哀安海》。诗云："君不见罗平妖乌市中出，雀侗螳螂蚌持鹬，三里街连五里桥，可怜一炬阿房虚。承平古镇称安平，千年万年不遭兵。笋江通流鹭江接，估客自在烟轮行。百货闽南罗水陆，□顿陈椽日相逐；年时更擅菲滨雄，几辈贾胡炫大腹？归装陆贾千金舟，老来于此营菟裘。翛然市隐半村郭，素封平揖千户侯。一旦萧墙阅者起，八公草木夜疑鬼。蓦地枪烟弹雨中，万瓦鳞鳞赤如洗！城门历劫池鱼殃，虫沙老小同一僵；至今屋底髑髅语，冤磷未敢飞还乡。嗟尔么么斗蜗角！两戒谁蛮复谁触？况堪同室此操矛，井里安能免荼毒？模糊黑白纷楸枰，黠鼠据社狐凭城！狂炎到处玉石毁，芸芸曷以聊其生？弹丸黑子新成县，凋残不耐沧桑变；尽饱乌鸢七尺躯，谁怜泽国鱼虾贱？郡邑金缯豢犬羊，苍黔膏血饵豺狼，何人痛定还思痛？幕燕安巢雀处堂！青衫白发伤心客，乱世曾闻避流贼。燹余十室今九空，使我一编哀蜀碧。同时苦乐那堪论，咫尺桃花别有村。鼓浪洞天衣带水，隔江便当武陵源。昆明劫后留灰烬，虎口余生相问讯。凭君两字报平安，从今休说安平镇！"

陈寿宸作《祝洪莱湘六十寿》。诗云："何必周庄论养生，臞肥只为道心更（君少时极瘦，老而转肥）。文章经济怀堪卷，花木丹青癖偶成。看冷梁炊人入梦，占符茅拔子蓥声（令嗣抱川君，尝登拔萃科）。三龄自顾惭虚长，逊尔玉台佳什赓（予年六十有三）。"

朱祖谋作《临江仙（门柳低垂墙杏簇）》《洞仙歌（年年明月）》。其中，《临江仙》云："门柳低垂墙杏簇，临津珠箔人家。东风历历十年赊。谁将新社燕，衔送故枝花。　　　上枕愁心无倚着，窥帷楼月西斜。细香飘梦泊天涯。天涯何处所，灯外绿窗纱。"《洞仙歌》云："年年明月，照高楼无恙。只是清宵易惆怅。算姮娥识我，不为闲愁，飞动意、把盏凄然北向。　　　酒醒乌鹊起，一碧云罗，遥指虚无断征鞅。知道有前期，对影闻声，甚邈隔、万重山样。须信是、琼楼不胜寒，犹自有愁人，白头吟望。"

康有为作《己未游普陀潮音洞》《为无锡梅园冒名伪书香雪海题诗》《己未游惠泉，写赠张九如》《挽会泽唐学曾联》《挽会泽唐太母朱祖太夫人联》。其中，《己未游普陀潮音洞》云："五十三参知识善，百千万偈海潮音。无来无往不肯去，碧海青山认此心。"《己未游惠泉》云："惠泉一瓶易我书，换鹅故事比何如？竹炉寄畅倚终日，记取风流品茗余。"《挽会泽唐学曾联》云："有子如窦融钱镠，而为之太公，耆年事亲竟灭性，福德直兼隆矣；属地合六诏两川，而咸戚大丧，诸侯丧父亦为甍，哀荣诚至极哉。"

万选斋作《己未馆刘溪杂兴》（九首）。其一："春来池馆又东风，客思环生午梦中。发到蓬松差似鹤，颜多温润尚称童。诗情杨柳堤边绿，酒兴葡萄瓮里红。最好主人同重道，盘飧相迓采芝翁。"其二："薄暖轻寒二月天，蹇驴小跨画桥边。桃红隔岸浓兼淡，柳绿长堤起复眠。宰割试看孺子肉，行歌且挂阮修钱。偷闲始信闲中乐，何用劳劳世网牵。"其六："古佛闲参淡色身，相原无我亦无人。菩提树证开新慧，香火缘深证凤因。丹炼罗浮勾漏令，酒呼荒径葛天民。蒲团坐定诗千首，道是先生笔有神。"其八："剑气销沉只自嗟，乱山红处影横斜。乾坤啸傲一樽酒，意态清舒七碗茶。子夜金猊连屋角，丁冬铁马响檐牙。尘心久逐浮云散，契得真如诵法华。"

李芳园作《步和味老〈新年瑞雪〉元韵》（二首）。其二："长空白战夜通晨，忽报瞳瞳澈海滨。酃渌且倾迎岁酒，星沙欣作向阳人。天公散罢荆山玉，地脉吹回黍谷春。转瞬上元明月夜，他乡相伴看灯轮。"

冯豹作《同黄君溯初游中雁，兼寄高性朴、胡天仆二君》。诗云："客有自郡来，谓有黄先生，拟作中雁游，不日叩柴荆。得此消息乃狂喜，彻夜听雨对灯檠，思之切，梦魂逐。仿佛又来胡天仆，更闻黄先生，已约高性朴。俄闻足音响空谷，老天不隔游人意，既雨忽复大放晴，湿云风卷去，路滑如踏晶。异夫莽莽问行程，一溪一曲，一曲一壑，烟雾溟蒙，木叶脱落，奇峰天撑，阴洞鬼凿，呦呦穿林鹿，碟碟冲霄鹤，樵夫薪带夕阳缚，归兴豪行，歌声彻林皋，梦中故人中峰高。"

梁鼎芬作《己未病中口占》《己未病中口占示幼儿》。其中，《己未病中口占》云：

"往事都成梦，愁来只赋诗。梦残诗尚在，真是断肠时。"《己未病中口占示幼儿》云："数载蜗牛避世时，龙愁鼍愤岂无知。丈夫无用从飘泊，留得人间几首诗。"

颜纯生作《回文体赠文艳诗》。诗云："张琴一奏曲声高，丽采文君似李桃。香玉惜怜因艳绝，狂言发后酒情豪。"

甘鹏云作《寿宋铁某都督》。诗云："立马兴安巅，苍苍横北戎。浩淼龙江流，一线划中外。强邻肆豨突，闯然侵国界。边吏不枝梧，固圉将谁赖。岳岳宋都护，谋国如著蔡。力争返侵地，遂使成约废。朝廷求边才，如君乃无辈。胡徇敌所求，而令洁身退。古人有遗言，桀犬吠所怪。伊谁秉国成，坐使长城坏。六载客京雒，诗酒寄旷快。不惜身将老，其如国已瘝。今年君六十，携尊作欢会。颂祷吾不能，赋诗寓遥喟。"

朱耀南作《湟中怀古》（四首）。其一："昔年戍卒奏胡笳，今且休眠万里沙。蓝雀山头残雪积，金蛾岭下夕阳斜。月光初夜随弓影，霜气经秋拂剑花。汉武雄威开拓后，西来走马到天涯。"

易昌楣作《选臣诗来，次韵答之四首》《柬朱青长》。其中，《柬朱青长》云："青城长五岳，我最慕先生。一代雄文著，千秋正气明。有子成英烈，移家远战征。华阳成国志，海外颂清声。"

王棽林作《送孙思昉》。诗云："寂寞乾坤一草亭，强被人传问字名。千秋王济识孙楚，天才未许付乡评。孙郎生多数斗血，双悬慧眼照如月。访道寻师正妙年，掣书飒飒飘秋叶。一入鸿都撼词坛，国子先生授殷盘。长安居罢知米贵，五岳归来看山难。无端颠倒作奇想，且与樵牧共来往。相逢直将小友呼，论年讨取一日长。朝朝暮暮伴登临，雨雨风风话古今。蓬莱文章建安骨，芭蕉情绪海棠心。眼底所见空余子，生年半百一遇此。肯放老马且先行，逊卿才过三十里。我本支离笑此身，与众异趣宁相亲。居似赵佗无足语，到来陆生日有闻。可奈深深蛙井底，岂容久稽天下士。忽因指痛便伤心，游子衣凉秋风起。耐过中秋即回车，应及重阳早抵家。不妨客舍谈明月，不碍故园看菊花。反从君鱼受道妙，自将云山托啸傲。此中语莫外人传，路迷仙源未易到。"

姚倚云作《赭山塔下共经过》（己未三次至皖办女子职业校，舟过芜湖，与皖省第一女师范校毕业生相遇赋赠）。诗云："赭山塔下共经过，浩浩长江感慨多。乔木参天云缥缈，楼台映水影嵯峨。无穷学业希君辈，已往凄凉逐逝波。倚槛不禁清泪落，中原民气竟如何？"

黄洪冕作《五十六生日成五十六字》。诗云："静坐松阴古道存，读书有味见天根。煎茶喜款吟诗客，作字权胜捧砚孙。老去头颅惊白发，年来身世隐青门。今朝五十六生日，笑对亲朋醉酒樽。"

周应昌作《金缕曲·己未岁寄答后和卿》。词云："惠寄双鱼到，喜开缄，情深一往，画梁音绕。匡鼎说诗颐可解，疑把衾裯负了。更笑指，东方星小。道是征兰应有梦，怎迟迟，未撷宜男草。田有玉，种须早。　　嗟君为我心如捣，奈天公，梦梦莫问，任他颠倒。有女慰情差可喜，惟恨亲恩未报。忍忆起，望孙怀抱。纵使兰芽今更苗，问含饴，那睹慈颜笑。何况是，一身老。"

齐白石作《己未年藤萝正开，余避乱离家》。诗云："春园初暖斗蜂衙，天半垂藤散紫霞。雷电不行笳鼓震，好花时节上京华。"

徐鼒霖作《简成竹山》。诗云："少小论交已卅年，相期道义老尤坚。盟深车笠心如石，义薄云霄月在天。怜我家贫曾指囷，羡君官好不名钱。绥阳妇孺知何似？召杜讴歌日万千。"

刘大同作《登岳王台吊史烈士墓》（己未史墓驻军）。诗云："大招独上越王台，史子忠魂来未来。任侠古今应有传，子长一死少奇才。"

刘尔炘作《苦节行，题江节母坊》。诗云："节母年方二十六，三岁孤儿数椽屋。又廿六年节母亡，孤儿今为牧民牧。回头念母悲不胜，儿思报母儿何能。掬将一纸伤心泪，愿写劬瘁传云仍。自昔咸同丧乱日，儿父行年廿有七。慷慨从军去不还，一朝凶问来蓬荜。时当五月炎暑天，隔千里兮阻烽烟。节母衔哀典衣饰，躬致骸骨埋幽阡。殉夫育子一身事，此际几难辨厥志。赖有椿庭垂涕言，守节则难死则易。节母忍恸为儿生，比邻夜夜闻机声。含辛茹苦更两纪，节母泪枯儿长成。吁嗟乎！儿长成，大事了。节母归天明月皎，尚有遗言丁宁儿：立身行事须矫矫。儿今作宰守官箴，可慰当年节母心。节母之心照万古，行人过客皆沾襟。"

李焕章作《赠享堂李滋亭》。序云："民国八年己未，碾伯老鸦硖，路径为雨水冲断，行旅裹足，以工程甚巨，无敢议修筑者。至今年，滋亭乃慨然独任其难，筹款兴工，凡五六阅月始行告竣，计需雇工三千数百人，需麦豆十余石，支大钱三千数百缗。其勇于为义如此，乡里拟褒奖，辞之，是又难能而可贵者也。爰赠长歌，用志感佩。"诗云："富翁多作守财虏，济物利人不数睹。岂知薄德厚赀财，子孙挥金每如土。声色狗马诩豪华，不念先人储蓄苦。富等猗顿转眼空，悭吝人嗤祖若父。何如善用孔方兄，广作公益贻令名。积善定食余庆报，挺生兰桂振家声。我持此意期世人，五十年来如凤麟。不图今日过碾邑，得诸享堂李滋亭。宁兰险道数鸦硖，中有巨流两山夹。鸟道排空石嶙峋，经此人困马力乏。忽逢霆雨降连绵，山水奔腾如巨川。峰峦崩摧羊肠断，行人咨嗟徒仰天。上有万仞之巉岩，下有不测之深渊。鸦硖迢迢四十里，空中惟有鸟盘旋。滋亭家本号素封，仗义疏财著闾中。行旅艰难渠心恻，力肩巨任乃鸠工。糜钱敬千贯，裹粮数十钟。多少壮丁运巨石，填沟塞涧声硠磕。经营半载工程竣，然后熙来攘往路方通。忆我去年赴兰州，取道鸦硖路成沟。旅客跋山觅径走，挽箩攀藤如猿猴。骡夫冒险涉河流，驱骡渡水类浮鸥。健儿胫折马蹶脱，乱石纵横如卧牛。今年策马此重游，险夷今昔迥不侔。去岁危途今坦途，千人欢感万人讴。里党曾向滋亭揾，谓君功成名亦立。共愿据情请褒扬，将使义声仁闻播城邑。滋亭闻之不为然，吐词落落何坦率。谓我初心非求名，求名转使本心失。不忍人愁行路难，化险为夷吾事毕。滋亭磊落晚近稀，要誉乡党耻陋习。功成不居殊欿然，嗟哉滋亭弗可及。"

曹家达作《春郊即事八首》（集陶）。其一："朝霞开宿雾，微雨洗高林。浊酒聊自适，藜羹常乏斟。时来苟冥会，怀古一何深。盥濯息檐下，回飙开我襟。"其二："仲春遘时雨，林鸟喜晨开。坐止高荫下，泛随清壑回。觞弦肆朝日，尘爵耻虚罍。汲汲鲁中叟，姜公乃见猜。"其六："梅柳夹门植，寒华徒自荣。冷风送余善，泡露缀其英。众鸟欣有托，晨鸡不肯鸣。逍遥自闲止，持此竟何成。"其八："迥泽散游目，依依墟里烟。结庐在人境，放意乐余年。往燕无遗影，池鱼思故渊。哀荣无定在，日昃不遑研。"

董玉书作《题黄莘田藏顾二娘砚拓本》。诗云："紫玉雕镂石一方，墨池犹有麝兰香。摩挲小印留鸿爪，艳说吴门顾二娘。"

熊希龄作《浪淘沙·己未游西湖苏小墓风雨亭》。词云："天气酿春阴，打桨西泠。湖光摇曳，两峰青系棹，垂杨苏小墓，日已黄昏。　　桥影一弓横，风雨孤亭。古今儿女各争名。流水落花春不管，都付飘零。"又，熊希龄作《己未香山间风亭观月，即送季儿南旋》（二首）。其一："年老难堪折柳吟，一回离恨一回深。谁知松柏参天树，化作年年送别林。"其二："大地月明疑水近，虚空云过似山移。遥怜碧海青天夜，应忆香山望远时。"

包千谷作《福员山吊古歌》（三首）。其一："明弘庵公不世出，两京覆陷悲王室：福员山上练精兵，誓欲挥戈返天日。山容万马压'诸孙'，左扼天龙右石门。寨堡联成犄角法，四乡平靖安生业。"又作《荷公召饮春宴，即步元韵答之》。诗云："约赴蓝溪早，春光大好来。雪鱼塘自畜，冬酒瓮新开。镇日思千缕，停云望百回。念庐重和韵，斟酌莫辞杯！"

侯鸿鉴作《五十无量劫反省诗·己未四十八岁》云："辉聊棠棣（同侪之次男生，余名以召棠。同侪之三男生，余名以棣棠）漳南流（去年秋，次女生，余以归自西秦也，故名女曰毓漳），台北归帆（去冬，余游台湾考察教育）橘已秋（是年春，橘儿殇）。浔尾师生苦肝胆（集美同人俞君丹石偕师梅雨苍等十三人，辛苦一年，学生五级，师范一百三十余人，中学百人，对于余所提倡之痛苦教学之主旨，大多数尚能表同情，余以欲往南洋群岛考察教育，故辞职），昙花儿女泣鸺鹠（漳女继橘儿而殇）。乘桴菲岛接侨士〔游菲律宾，缔交驻菲律宾领事桂东原君（赞助竞校菲银二百元）、李清泉君（赞助竞校五百元）、李桂堂君（赞助竞校百元）、叶君青眼（华侨公学校长，留余住校中四星期）、王君泉生（余至菲登岸时，为余担保者）、蓝君季献、赵君树屏（两君同游最久且为余翻译参观时种种）。于君以同、莊君垣生等均甚投契〕，入狱泗滨痛楚囚（游南婆罗，为荷吏拘留，费君、陈君、江君等保出，惟受荷警监察，继至爪哇泗水，又为荷吏拘囚七日，经贾领事、欧阳总领事交涉久之，乃释出准游。历荷属境内三月，然而四等国民之待遇已饱受之矣）。格禄（蒋君报此偕游格禄危之壮游也，其他温泉、冷泉、猴林等十余埠，同游者尚有徐君颉堂）巴城〔余至巴城后，复游南洋最著名茂物之植物园（世界第二）〕槟屿史（余偕陈君敬贤赴槟榔屿），黄金道义广交游〔余至新加坡，识涂君九衢，在槟屿缔交许君克诚（中学校长，为余绍介赞助竞校事，且道义之交，性情相契，戴领事俶原赞助竞校千元，余为戴君之父忻园先生作家传），吴君顺清（赞助竞校五百元），梁君德权（赞助竞校五百元），陈君新政（赞助竞校五百元，由汪君企予之绍介也，陈君为余代募一千五百余元），陈君延谦（赞助五百元），荣君渭阳（代募谢君等二百余元），而王君浩然旧友也（亦为余提倡筹募），在泗水蒋君昆仲均甚契（赞助三百元且余寄寓二周），而报此君送余千里，交谊尤深也。巴城有余竞校旧生章绳以、陈毅（补助母校百元），余至巴，即来车站相接，海外万里师生晤谈可志也〕。"此系回忆所作。

曹炳麟作《和柈园师题〈七影图〉原韵，即以为寿》（八首）、《施曾田（补经）五十初度征诗赋，赠四章》。其中，《和柈园师题〈七影图〉原韵》（八首）其一："莫嫌倦宦涩空囊，云梦曾经话楚襄。惯涉风尘腰脚健，宁须海上觅长桑。"其二："逐逐名流号智囊，阽危何术定匡襄。从容且续归田赋，遑计成都八百桑。"

许承尧作《为张老勋帛题画牛》《饮博》《题龚佛平同年〈蜕庵诗集〉二首》。其中，《为张老勋帛题画牛》云："大地凭谁辟草莱，写生妙笔擅奇恢。阳和膏沐行春候，坤德端凝任重才。辛苦百年同此厄，艰难一饭念重来。相齐适楚俱游戏，扣角孤情莫浪猜。"《饮博》云："饮博微时事不详，报君国士语堂堂。锦衣骢马从军乐，檀板红帱上寿觞。似听野谣忧族灌，久闻舆诵请烹桑。故人终是摧心腹，薏苡连车漫谤伤。"

叶景葵约本年作《哭孙江东》（二首）。序云："江东少工应举文，受甲午后变法论之激刺，赴日留学，曾草《罪辫文》，主张排满，又主持《浙江潮》及《杭州白话报》，为时论所忌。"其一："病中千百语，语语抵兼金。神到弥留定，交随患难深。形骸欣解脱，骨肉费沉吟。此去依清净，临危爱梵音。"其二："盖棺方论定，依旧是孤寒。命蹇文章贱，时危事业难。薤须仍老瘦，《罪辫》已丛残。纵忍须臾泪，为君摧肺肝。"

吴佩孚作《为刘叟痴题画竹》《劝官兵勤学预备对外歌》《自述》。其中，《为刘叟痴题画竹》云："潇湘万竹动高秋，叶战西风气自遒。大陆何分南北界，惊涛长咽古今愁。同根岂效萁煎豆，交干不妨箸借筹。只要立身坚有节，任他霜雪压枝头。"《劝官兵勤学预备对外歌》云："恼恨东夷把我欺，军中学术讲休迟。战时能力须勤练，世界潮流要预知。"《自述》云："心恨东夷肆而封，书生投笔便从戎。廿年历尽风涛险，百战愧无国际功。割地输银错已大，请缨系阙胆应雄。何时了却出山愿，归到蓬莱得务农。"

刘慎诒作《过芜湖游李氏园绝句四首》《濮青孙参事邮示新诗并讯近状，赋寄二首》。其中，《过芜湖游李氏园绝句四首》其一："水榭何人醉绮罗，周防篱栅不教过。栏边历历红妆出，却赖东风送好歌。"《濮青孙参事邮示新诗并讯近状》其一："眼明健句挟秋来，使我沉沉积抱开。歌舞新军收鼓角，逢迎别殿拥尊罍。黄金养士偿私斗，白骨埋冤送霸才。遥喜元规尘已尽，池亭罢扇月浮杯。"

顾燮光作《章仲迁表兄〈西湖泛月图〉》《题画扇》《樊君漱圃刊其远祖绍述先生遗集，复奉主附祀白傅祠征诗，作七律二章》《题赵晓泉帐额》。其中，《题画扇》云："篱边灿灿秋光好，客里匆匆岁月多。欲写清高陶令菊，北窗高卧梦如何。"《樊君漱圃刊其远祖绍述先生遗集》其一："著作南阳景昔贤，吉光片羽辑晴川。起衰才与昌黎偶，问病诗曾白傅传。宏远军谋辉荐牍，丛残文字耀遗编。云礽喜取楹书读，继述能将祖德宣。"

钱名山作《赠春澍》。诗云："邓生辛苦事丹青，长借溪山写性情。知否东郊新画稿？拐仙扶杖看春耕。"

诸宗元作《同剑丞步湖上公园，乘月归，赋成索和》。诗云："四年归对山与湖，一日不舍朝与晡。竭来寒霞未西没，仰见月出东北隅。人言开岁过四日，何用旧历追望舒。今月古月本无异，赖此寥寂能相娱。楼扉多镭冷堁户，灯竿相互明缀蛛。山光隔湖不入夜，宛宛尽向城中趋。夏侯及我乃耽此，但惜园卉多枯株。圆灵烛霄未知纪，清游狂赏无时无。往者踟蹰今吟哦，会合天界非须臾。投篇世必骇光怪，隔巷日可同歌呼。徐亭苏圃忽相忆，携家后亦曾居吴。当时跃马两年少，君今白发吾白须。"又作《同映庵过拔可寓斋戏作》。诗云："居邻步可到，风逐汗衣干。闭户卧竟日，从君乞小餐。蝉声晚林远，人语暑庭寒。一饱忘余事，吾曹幸自宽。"

伦明作《广州杂诗》（八首）。其一："小东门外认荆扉，城郭茫然里巷非。惘惘出门逢路问，途人识是客新归。"其二："稚儿习算通加减，小女拈题解作文。一笑聪明俱似我，教渠勿学十分新。"其三："世业无多齿口繁，官抽盗勒况多般。老妻闲坐谈生产，食饭穿衣大是难。"其四："文章同叔旧齐名，剪烛重温听雨情。四十抱孙真羡汝，阿咸况是气峥嵘。"

林尔嘉作《奉和穹宾公使〈己未除夕偶成〉原韵，兼以送别》（三首）、《叠前韵》（三首）。其中，《奉和穹宾公使〈己未除夕偶成〉原韵》其一："尘海茫茫寄此身，羡公有脚健阳春。传心家学胡安定，垂老湖居贺季真。饱览沧溟坚气节，久经战地王精神。使星暂作闲云日，来访桃源避世人。"《叠前韵》其一："红羊历劫尽余身，恰值韶光及早春。投笔壮怀期定远，浮家素愿托元真。塤篪伯仲谐音雅，寄象东西过化神。幸获识荆今已晚，文章华国属斯人。"

赵炳麟作《闲游太原文瀛湖感赋》。诗云："两年同室自操戈，吏隐并门且放歌。四十光阴伤逝水，八千风月付轻波。登楼有客依刘表，使粤无能下赵佗。闲向文瀛湖上望，烟岚九点碧于螺。"

王揖唐作《津桥感事》。诗云："波痕如练雨如丝，向夕鹃声过耳悲。满地落花谁是主，天津桥畔立多时。"

陈培锟作《题远而亭二十韵》（亭为黄君仲训怀乃弟仲赞而作也）。诗云："杜陵归陆浑，苦吟忆弟诗。海宇值丧乱，人事伤乖离。东坡与卯君，雁行常参差。危时念埋骨，世世犹相期。遇合虽各殊，天涯同尔思。黄侯江海客，矞岁工文辞。惠连亦杰出，相将从鸥夷。归来发如漆，坐拥三径赏。孔怀诵棣华，筑亭名远而。阋墙与御侮，此意谁深知。燃萁急煎豆，视此能无悲。乃知天伦事，不足语世儿。骋怀恣游赏，至乐固在兹。主人况好客，专壑原非私。开轩纳海气，叠石沿山陂。逢辰一望远，谈笑潜蛟螭。琼林照四座，高彻瞻神姿。我来正春暮，风日相融怡。良会不可忽，河清终有时。愿君千万寿，荆树开连枝。"

籍忠寅作《游西山八大处》（八首）。其一："出城三十里，拄杖访禅师。咫尺神仙境，人间自不知。"其二："寺后有大树，亭亭对绝壁。苟非山中生，那得高百尺。（大悲寺）"其四："泉水送清音，悠然答客吟。涓涓流不绝，知是发源深。（龙王堂堂前有泉）"

连横作《寄李耐侬夫妇》（四首）。其一："我依秋水思君子，每对春云忆美人。一自京华分手后，隔江消息断双鳞。"其二："梳头逆旅逢张妹，割肉堂前见李郎。匹马化龙东海去，虬髯从此闷行藏。"其三："十年饱看鱼龙戏，万里空怀猿鹤群。痛饮狂歌犹似昔，几时尊酒重论文？"

余觐光作《游就馆观日人陈列武器及甲午战利品二首》。其一："铦锋烈焰炫戎装，凶器森森聚一堂。明治策遗新秀吉，大和风衍古镰仓。居邻虎穴难安枕，难逼鸧原尚阋墙。北钥又随南翰失，更无铜柱限扶桑。"其二："耀兵将我虮痕留，鲁胄邾悬事可羞。奠国鼎难容楚问，连城璧肯任秦收。南无白雉来修贡，北来黄龙待雪仇。振翮渑池犹未晚，金瓯先自巩神州。"

林志钧作《题西山秘魔崖（一作碧摩崖）刘氏新筑》《师曾画佛像相贻，佛坐层峦之下，望之穆然，面临莲花无数，造境用笔之妙一时无两矣，赋此为谢并释其意》《旸台山普照寺题壁》《书〈高老愚先生家传〉后》。其中，《师曾画佛像相贻》云："经云佛国土，宽广而平正。无有须弥铁围诸山，惟见黄金宝地、庄严清净。若定执此语，亦未彻究竟。仁者自心有高下，本来无药亦无病。二十年前、见山是山，水是水；二十年后、见山不是山，水不是水。我愿此画张之于空虚，下见诸方世界，如豆而已。重重华藏转风轮，天人见之且惊倒。能得此意有几人？昔有老莲，今有芳草。"

陈尔锡作《凤苏师作先慈左太夫人家传，赋此感谢》《柬息园老人》。其中，《凤苏师作先慈左太夫人家传》云："更从何处乞先铭，著作名山此岁星。柱下千言周史笔，壁间数卷伏生经。西京列女编刘向，南渡高文仰考亭。一字感同华衮赐，荣光终古照幽冥。"

任可澄作《夜起有感》。诗云："学剑学书两未成，艰难常此愧深情。只余四海三洲愿，何用千秋万岁名。报国已无书往复，忧时惟有涕纵横。夜阑忽作钧天梦，起舞偓偓意未平。"

张质生作《朱梅岭以挽了然师诗见示，感而作歌，聊抒凭吊之怀，并致身世之感云尔》。诗云："君不见西周穆天子，喜与真人说玄理。右耳白虎左青龙，深入佛海叹观止。又不见南宋姚平仲，勤王不成衔隐痛。青骡驰入青城山，烟霞成癖醒春梦。从古英雄名士末路爱逃禅，觉悟往往在机先。了然上人亦如此，卧龙寺里得真诠。上人远祖郑康成，汉代经学垂鸿名。果然儒释同根蒂，坐见子孙倚幡旌。上人生父英中丞，头衔早著一条冰。汉军旗下推雄杰，造福三秦众口称。上人生长名门里，峥嵘头角真佳士。荟承门荫博三迁，屡把循声播百里。父作中丞子县官，颂声两世遍长安。买丝共绣平原像，不道朱门有懒残。武昌鼓鼙动地来，故图松菊付蒿莱。人发杀机天地覆，秦关百二一齐开。清社忽然夷作屋，盲风怪雨填心目。拜辞帝阙入空门，悔遭阳九丁百六。天荒地老拥寒衲，世上风雷任杂沓。四十二章遗教经，八万三千宝王塔。一生心血此种磨，观我观空岁月多。人天何处寻龙象，真个百年一刹那。上人一生心事苦，上人一去归天府。诸佛菩萨稽首迎，心香一瓣足千古。愿祝上人遍谒无始以前诸如来，独御天龙控八部。"又作《赠赵冠青（鹏超）五排四十韵》云："朔漠盘雕日，西秦逐鹿年。英雄归草泽，堂奥有冰渊。词客离三辅，豪游到五泉。琴书名士宅，风雨孝廉船。玉垒金城峻，长材短驭牵。枚皋跨倚马，摩诘听鸣蝉。渤海文章伯，南星著作贤。龙门声价起，虎榜姓名传。高撷兰皋秀，新裁蜀锦鲜。吏才名鼎鼎，经笥腹便便。幸御李元礼，休嘲边孝先。郗生方入幕，阮禹正裁笺。节概标琴鹤，光阴慨箭弦。横城曾榷税，古渡不论钱。丝竹资陶写，京都供练研。尘谈惊四座，草檄到三边。绣虎推才子，寻龙踏石田。堪舆劳笠屐，治谱付云烟。解组希元亮，登楼赋仲宣。青莲人欲杀，白璧我独怜。墨客多穷困，骚坛任醉颠。歌声出金石，机械陋蹄筌。笑我空投笔，无端浪着鞭。言窥诸葛井，欲拍洪崖肩。眼底空三界，胸中纳百川。沧桑经世变，刍狗脱尘缘。练胆亲戎马，搔头看飞鸢。行军心不夺，守约志能全。潇洒曲江度，摩挲《宝剑篇》。逢君偏恨晚，励志老同坚。紫电青霜烈，苍穹皓月圆。攻诗追杜甫，凿空愧张骞。利卜金心断，功磨铁砚穿。古今凭判别，造化任雕镌。水面觇风静，池头枕石眠。寸心千岁计，万事一齐捐。浩浩空如海，飘飘竟欲仙。

清泠泠涤虑,活泼泼参禅。喜换凡胎后,羞携俗手前。相期无限意,把酒问青天。"

吴闿生作《马佳母曹太夫人九十寿诗》。诗云:"名德千秋重,徽音万口传。九龄天与健,八座国推贤。往者灾犹降,苍生命正悬。安危大臣在,委曲覆舟全。灵爽安诸庙,风涛靖八埏。苦心谁得识,阴德已无边。造物酬忠孝,家风接递绵。寿颜山岳固,福泽海波溅。琼树搴枝秀,蟠桃结实圆。金茎龙种贵,玉笋雁行联。玩月扶鸠杖,嬉春坐马鞯。含饴摩绣葆,戏采颤花钿。乐事真无量,高怀澹欲仙。九霄丹府桂,十丈碧池莲。光霁春风坐,希声太蔟弦。艰危仁恻恻,任睦意拳拳。夏屋寒同庇,春台物共妍。大年宁幸致,小知绝攀缘。走也龙门旧,常趋燕几前。诵芬非溢美,执絻敢当筵。骊浪悲无极,尘沙浼孰湔?浇风虽扫地,皓月自中天。欲唤蜉蝣辈,同瞻鹤鹿年。人心还浑朴,国脉傥绵延。再拜慈云座,高吟湛露篇。期颐明日事,更祝万斯千。"又作《饶苾生(汉祥)母夫人六十寿》云:"令子声华被八埏,高堂燕处自超然。鱼龙看尽人间戏,猿鸟时游物外天。庭树葱龙征福泽,瓶花开落悟因缘。庞祺寿考应无量,磬折登堂待后筵。"

王铨济(巨川)作《读〈瘦东纪游稿〉》《赠沈瘦东先生》《溪泛》《寒夜》《舟夜望佘山》。其中,《赠沈瘦东先生》云:"素月耿虚帏,啼螀满阶墀。凉飙徙西来,秋荣悴故枝。幽人起踯躅,玩兹清光辉。偶尔寄逸兴,遐哉怀所思。中庭霏白雪,泠泠结琴徽。兰丛翳空谷,孤芳聊自怡。斯人际浊世,但惜识者希。年命忽马过,芳华曾几时。所以振异乡,贵有钟期知。"《舟夜望佘山》云:"夜色苍茫里,孤舟独对闲。推篷抽丝苦,击楫慨时艰。天远星垂地,江寒月枕山。将军渺何处,不见跨鸾还。"

罗功武作《苦热不寐》《雨后庭前纳凉》《村居》。其中,《苦热不寐》云:"烈日炎如釜上煎,更深暑气未全捐。月星交映澄空际,老幼纵横卧户前。汗液雨流烦苦热,蚊声雷哄扰清眠。笑吾不是趋炎者,胡亦切切枕席边。"《村居》云:"一曲溪流绕小村,闲来避暑此盘桓。绿阴满地树围屋,岩气迎人山对门。两卷秘书消永昼,一壶苦茗佐清言。冷中我自忘炎热,结屋人间亦考盘。"

高燮作《焦山》(六首)、《邀庸吟长以叠许盟孚沧杜作"非""嵘"韵两律见寄,余亦依韵和之》。其中,《焦山》其四:"佳处茅庵结,烟霞万古留。疏钟云外度,积翠雨初收。责茗江堪吸,擎杯玉不浮。坡仙去千载,怀想一登楼。"《邀庸吟长以叠许盟孚沧杜作"非""嵘"韵两律见寄》其一:"茫茫我道岂非终,到处人间有落晖。政乱每伤贤士隐,民贫只益大官肥。生憎世态浮云薄,颇感年时旧侣稀。日暮天寒莽寥廓,一行征雁去谁归。"其二:"孤根植立小峥嵘,不管风霜雨露晴。欲以文章回气节,却因忧患怕时名。痛挥热泪元无补,强抑奇怀总不平。笑向黄花指篱畔,愿携傲骨订寒盟。"

顾保瑢作《秦山谒侯将军(端)墓》。诗云:"拾级登秦山,山色何苍茫。幽迳扑空翠，岩花生异香。沿山古塚多，累累遥相望。谁是将军墓，年久迹难详。翁仲卧榛莽，断碑姓氏荒。落日窜狐兔，阴磷闪寒芒。将军富膂力，报国身可忘。提兵防倭寇，仗剑入戎行。他师既覆没，敌焰益以张。将军突坚阵，匹马跃濠梁。性命寄锋刃，千夫血裹创。转辗遂成胜，杀敌如犬羊。区域倏焉靖，丑倭仓皇逃。英名垂不朽，易世犹称扬。呜呼如将军，蔚为青史光。"

于右任作《家祭后出城，有怀勿幕》。诗云："云暗关门间道回，戎衣墨绖鬓双催。何堪野祭还家祭，不独人哀亦自哀。桴鼓经年空涕泪，河山四战一徘徊。东征大业凭谁共？唤得英灵去复来。"

李广濂作《次韵和马仲莹〈锺琇〉〈谒黄花冈七十二烈士墓〉》（己未作）。诗云："为扫专制毒，一洒义勇血。唤起共和魂，芳名久不灭。黄冈埋侠骨，石冢标奇节。一掷博浪椎，千秋垂风烈。自古忠壮士，满腔肝血热。按剑斩奸邪，扶轮诏英杰。皇皇神州土，久被异族窃。义士谋恢复，屡败成往辙。辛亥创兹役，密秘谋施设。平地震霹雳，国贼奸胆裂。烈士共殒身，惨情堪呜咽。命尽义归仁，傥亦荆卿列。不有惊天举，沈霾焉可说。民国今造成，魂当无憾缺。"

林资修作《美总统威尔逊》。诗云："亿万人中第一人，鸟群威凤兽群麟。千艘转毂疑填海，六国连兵耻帝秦。止暴以时修玉帛，不贪随地布金银。只愁一篑功微欠，又造玄鱼窃壤因。"

徐树铮作《自衡阳归汉上》（二首）。其一："九疑云物久无灵，帝子苍梧唤不醒。明日岳阳楼上望，君山一发可怜青。"

欧阳韶作《荔枝二首》。其一："如霞如火夕阳中，熟遍湾头树几丛。闽蜀同天风味逊，昌华无苑御筵空。追凉客过千林暝，买夏人归满棹红。生长岭南消受惯，豪情当不数坡公。"

胡雪抱作《叠韵书感，再寄晓湘兄弟》。诗云："歌钟逸响出云初，我亦江城感泊居。一别柳丝长作缕，五年花气尚留裾。飞怀欲假腾身翼，异味惟珍剖腹书。微恐虚明仙露坠，修文夜拜杜家庐。"

叶恭绰作《己未欧游志感》。诗云："死伤二千万，所得两疲敝。蠢尔阿修罗，损众仍自毙。硕儒师造化，创辟穷道艺。岂料技术精，专为杀人计。冤亲日报复，宇宙盈乖戾。干戈虽暂息，厝火势弥厉。一朝大祸临，乾坤变颠猘。由来物欲盛，波委本难制。既决滔天浸，终成日中翳。塞源觉未及，捧土诚何济。何况掉阖家，东西犹睥睨。神州念吾土，竦息防吞噬。横流已昫及，坐井犹多蔽。缅维至人训，止足存深契。神光烛昏衢，暝眩绝疵疠。良方不自医，束手同淹殢。伤哉此末劫，崩溃徒相继。登高试长望，恨影来奔眦。往哲不可作，颓波日东逝。彼亦一是非，万语同一呓。安得金刚杵，摧破此迷谜。息争趋上策，偃武明真谛。庶几见大同，群生荷嘉惠。稍纤沉陆忧，亦挽流丸势。窥天见虽偶，移山力难逮。空惊栋榱压，复苦根尘赘。仰首视浮云，返顾空流涕。"

沈昌直作《向应祥借苏诗，时大水不能出门》（二首）。其一："一篙新绿涨秋波，临水柴门唤奈何！几度月明思访友，只愁清浅阻银河。"其二："无穷岁月怎消磨，喜尔藏书邺架多。借我一编供永昼，心香昨夜梦东坡。"

李烛尘作《初次入川调查钾盐》《眉山公园三苏祠》。其中，《初次入川调查钾盐》云："大江日夜向东流，我独扬帆上益州。巫峡银涛腾逸马，新滩换练缓牵牛。复舟逐岸知江险，列炬联村识匪忧。动魂惊心念九日，青天难上蜀难游。"

杨尔材作《己未戒酒有作》。诗云："吾生无他嗜，垂涎惟此酒。兴来倾百杯，金罍时在手。酒肠恨不宽，饮难如鲸口。我小乐交游，知心惟红友。万古愁能消，驻颜如琼玖。能助我佯狂，筵中酣战拇。但觉杯中乐，虚名亦何有。偏怪迩年来，操觚落人后。薄饮疾病生，三杯竟弗受。饮到玉山颓，昏昏欲吐呕。有人强相酬，诬我惧狮吼。谁怜我病多，多饮难延寿。我年未四十，苍发如老叟。廿年沉酒池，回头竟谁咎。从今养精神，天长与地久。世事任沧桑，浮云变苍狗。寄语旧酒徒，漫言我辜负。岂以不饮高，小人有老母。难效李谪仙，醉名留不朽。我爱学吟哦，放怀卧北牖。有钱买奇书，穷经封白首。"

陈海瀛作《得室人来书，感其慰藉之意，赋此报之并以自遣》《赴三亚盐官戏作二绝》《题浮粟泉》（泉在琼州苏公祠左近）。其中，《赴三亚盐官戏作二绝》其二："瓮盎全人一例看，欲投俗好渐知难。不耕而织奴为婢，此世元无本分官。"《题浮粟泉》云："凡物不自名，名辄病附会。愚溪岂真愚，柳州自昧昧。贪泉亦非贪，隐之饮何害。东坡南迁时，身已置度外。那知身后名，却为遭颠沛。此泉果胡为，名声相钩带。问泉泉不知，但觉清可酹。溯源千载上，余波视沟浍。无激或挢之，天风呺万籁。拂石弄清流，日午忘张盖。动我濯缨思，陋邦此为最。"

茹欲立作《远嫁吟》（为内子畹如作也。时民国八年）。诗云："橘柚生南国，移植性为变。鹦鹉别陇山，魂梦思乡县。人岂异于斯，谁免恨与叹。忆妾深闺里，少小富绮纨。父母见恩养，姐弟共游衍。春芳摘桃李，秋熟采麦黄。我有西阁床，闲坐弄笔研。当窗或理鬓，抚琴聊自玩。有时邻里间，梨栗寻伙伴。一朝偶自异，得遂情所愿。既蒙渥恩施，常惧失欢恋。回首少年日，一别如雨散。虽有今日乐，能无越乡叹。寄语后来人，远嫁何足羡。"

张默君作《己未巴黎和会时于诸专使席间次韵偶成》。诗云："消摇自笑楚狂客，闲遣吟情到紫醅，浮海忍观狼虎会，当筵谁是纵横才；明当翠羽国风在，妙舞清音天际来，如此河山如此日，万千哀乐醉颜开。"

孔昭度作《题花山伏虎石》《花峰衙斋寒雨数日，水仙花未开，戏题绝句三首》。

其中,《题花山伏虎石》云:"建邑王贤令,丰碑自古今。圣恩开草泽,文化及山林。虎伏留顽石,龙吟发妙音。我亦惭司牧,驱除具此心。"《花峰衙斋寒雨数日》其一:"消寒无计遣长宵,苦雨凄风叹寂寥。迟我好花开笑口,高烧红烛到明朝。"

饶汉祥作《哈同园》。诗云:"哈同园在申江湄,至人好客客若归。申江逦迤天下重,历年南北归操纵。跋扈将军紧朔风,再脱玺组除汉宫。北方健儿遍江海,屡挫不肯废兵戎。新君主祭傀偶耳,外援岂意通敌垒。雄鹰逐肉忽化鸠,愿与众鸟捐仇雠。项王之使曷足顾,皇华千骑申江头。园林博敞迎新节,更赍芳甘饵鱼鳖。伤哉昔日击锥人,壶餐三哺腰争折。轺车使者尔勿骄,新君险贼天下枭。铜盘歃血定无日,尚恐园中缇骑密。"

郑汝璋作《刘次饶师(绍宽)以所著〈厚庄诗文集〉寄赠赋呈》(二首)、《赵椒圃道尹(曾蕃)将由金华回瓯海原任,赋此奉贺》(二首)。其中,《刘次饶师(绍宽)以所著〈厚庄诗文集〉寄赠赋呈》其一:"沧海横流日,文章有正声。儒冠宁可薄,轩冕祗虚荣。学道忘畦町,观人有鉴衡。知公松柏操,夙励岁寒盟。"《赵椒圃道尹(曾蕃)将由金华回瓯海原任》其一:"银符青绶汉公卿,何武王尊各有名。千骑临民知政肃,六条察吏诵风清。湖亭杯酒三年别,柘水扁舟几日程。来暮去匆俱可纪,贺诗先到古柯城。"

孙介眉作《梦中学剑》。诗云:"学剑公孙拜大娘,匣中龙气放豪光。同师女弟侠游客,好与人间除祸殃。"

黄申芗作《施南幕中》《忆良马》。其中,《忆良马》云:"独坐忆良马,江湖得汝奇。抚髀空自叹,市骨有谁知?世路多艰险,人生易别离。枥槽未骈死,还与共驱驰。"

邓尔雅作《己酉内子窈窕一病经岁,属豫作悼亡诗,病愈而诗弗成,忽忽又十年,今年己未又久病,勉强补成四首》。其一:"同病呻吟当唱随,心魂恍惚与双飞。向来斋惯浑间事,惟愿长能梦里归。"其二:"蔓求多于粥饭缘,阁中(宋人称友妻为'阁中',见孙觌《鸿庆集》,此借用之)卧病又经年。生平悔不工针灸,何必营斋费俸千。"

秦更年作《忆湖上春游,柬同社诸子》《后冶春词三首,同萧畏之》。其中,《忆湖上春游》云:"一春梦绕瘦西湖,湖上阴晴趣各殊。风雨行厨寒食火,烟波画舫禊游图。乱红山寺桃千树,新绿河桥柳万株。为问冶春诸旧侣,尽收清景入诗无。"《后冶春词三首》其一:"红桥占断绿杨春,画舫烟波岁岁新。若把湖山比诗格,清华绝似晚唐人。"其二:"春湖禊饮数从头,一代风流付水流。欲识人间兴废事,沧桑小影在吟瓯。"

王绍薪作《仲弟闰生日席上作》《重阳酒后赠严斗垣》《题〈黄花晚节第二图〉》。其中,《仲弟闰生日席上作》云:"沉沉暂了公家事,休沐生辰集此朝。义起黄花成晚叶,歌传紫玉按秋箫。卅年入世霜催鬓,两度登筵酒似潮。节过双星刚置闰,弟兄扶醉记今宵。"《重阳酒后赠严斗垣》云:"故乡出处费评量,似汝知交渐老苍。一宦归来成小隐，十年颓放近诗狂。繁愁似草难除种，晚节如花要傲霜。话到恩仇秋缥缈，且衔杯酒送重阳。"

吴研因作《自忏》。诗云："自诩翩翩九万鹏，蓬莱屡欲好风乘。妄投徒惹花枝笑，长叹翻教燕子憎。莫更随鸦悲彩凤，只应茹素学孤僧。艳情绮语从今忏，好为蒙童竭所能。"

黄侃作《南还经洹上村》《燕蓟》《偶成》《释言》（二首）。其中，《南还经洹上村》云："洹上村临大道边，漳滨云物正凄然！金锥入地应无用，穗帐飘台转可怜！巽位有心成禅授，乐推非运惜颠连。汝南它日修家史，公路犹应逊此贤。"《释言》其一："欲曲迷阳失所之，怀贤钦圣复凄其！钞书渐欲成书籙，嗜酒何尝呪酒巵？天半鸾音苏岭啸，槛前山翠茂陵眉。寄情有地吾将老，笔舌悝啁总不辞。"

蒋介石作《鼓浪屿海滨散步口占》。诗云："明月当空，晚潮怒汹。国事混蒙，忧心忡忡。安得乘宗悫之长风，破万里浪以斩蛟龙。"

任传藻作《夜宿内邱县车站》《省灾过尧山有作》《任县过滏阳河作》《南和县和王仲书明府韵》。其中，《省灾过尧山有作》云："平沙千里阔，突兀一峰孤。盛德怀唐帝，荒城即古都。谁留危石迹（山壁刻唐人写经），我挟郑公图。满目哀鸿泪，染成霜叶朱。"《南和县和王仲书明府韵》云："我亦平生爱率真，十年燕蓟宦游身。省灾棠境闻弦化，策马农畦问麦春。六载精神成治谱，几番风雨忆斯人（王君官南和六载）。乍逢乍别临歧路，自笑长途苦逐尘。"

太虚大师作《张公季直邀南通紫琅观音院讲经》《送宝华庵主返川》。其中，《张公季直邀南通紫琅观音院讲经》云："层楼挹高霄，林杪晓烟青。岩润饶禅趣，溪幽媚德馨。琴弹无尽意，钟击普门经。后夜窥寒月，秋声曲径听。"《送宝华庵主返川》云："偶语寥寥意便深，能融三藏入新吟。好从古德传灯录，窥见空王授钵心！太上情忘了身患，达多狂歇不头寻。锦旋喜听佳消息，云艳青山月满林。"

黎锦熙约本年作《结伴旅行，夜泊江干访友，见其新编小学国语课本，因凑集"下三字回文"句赠之》。诗云："幽居野外野居幽，楼月明空'明月楼'（其书斋名）。鹤似人闲人似鹤，鸥如意静意如鸥。教儿新课新儿教，留客多情多客留。话久忘机忘久话，舟随浪进浪随舟。"

聂尊吾作《题贵阳王蔬农（敬彝）像》。诗云："偶然地水火风合，便作东西南北人。不过封侯相君面，宁甘从俗丧吾真。鸢肩火色飞腾意，王后卢前坎燻身。与我生年同甲子，也应同号不祥麟。"

吴用威作《京口杂诗八首》。其四："残碑拂藓循墙读，古甃穿林绕寺寻。解事山僧有清供，一炉榾柮岁塞心。"其六："招隐山中间竹来，箨龙拳曲抑天才。料量济胜闲家具，不负王郎访戴回。"其七："缃帙重题至顺年，嫏嬛旧籍赖新镌。今人争买吾妻镜,解事丹铅独汝贤。"

陈公孟作《题〈洞庭西山费氏先德录〉,为玉如》(二首)、《病足》。其中,《题〈洞庭西山费氏先德录〉》其一:"东南哭声冲天高,战地杀人如刈蒿。积尸蔽野川流赤,夜深月黑鬼神号。谁其死者为最烈,惟徐孺人女中杰。死为烈兮生则节,三十七年心似铁。吁嗟乎!常山舌,睢阳血,千载以后属妇人,草间愧煞须眉列(徐孺人为玉如嗣祖母,守节三十七年,同治癸亥太平军陷包山,孺人不屈,被榜掠糜躯蹄死)。"

徐吁公作《己未汉存重来京师,因忆古芳、佛慈》(二首)。其一:"破碎河山殁老春,相逢我是未归人。少年各自鬓毛改,久别翻难膈臆陈。蕉萃使君惭愧我,奈何时日可怜身。萧萧不尽东风意,京洛衣缁满曲尘。"其二:"尺五城高渺渺兮,南皮胜侣再难稽。萍踪逐浪东西去,雁宇中天上下齐。绿柳黯怜经岁别,红笺苦认留年题。杏花村酒风前醉,巾影钗光事已迷。(去年留京,每集杏花村酒楼)"

张庆琏作《己未游半松园》(四首)。其一:"步上山亭思渺然,凭高四望罩云烟。穿林觅路斜通径,仿佛重游葛岭巅。"其二:"满园胜景我登临,可有莺簧和笛吟。几叶轻舟依岸转,一轮红日傍山沉。"

陈寅恪作《无题》《影潭先生避暑居威尔士雷湖上,戏作小诗,藉博一粲》《〈留美学生季报〉民国八年夏季第二号读竟,戏题一绝》。其中,《无题》云:"乱眼繁枝照梦痕,寻芳西出忆都门。金犊旧游迷紫陌,玉龙哀曲怨黄昏。花光坐恼乡关思,烛烬能温儿女魂。绝代吴姝愁更好,天涯心赏几人存。"《影潭先生避暑居威尔士雷湖上》诗云:"五月清阴似晚春,丛芦高柳易曛晨。少回词客哀时意,来对神仙写韵人。赤县云遮非往日,绿窗花好是闲身。频年心事秋星识,几照湖波换笑颦。"《戏题一绝》诗云:"文豪新制爱情衡,公式方程大发明。始悟同乡女医士,挺生不救救苍生。"

朱剑芒作《送孙粹存赴德意志习医,东亚酒楼席上作》。诗云:"日照离筵酒满壶,阳关三餐杂欢呼。祝君学取长桑术,来治神州众病夫。"

高崇民作《东京留学有感》(二首)。其一:"二十年来一壮游,东洋文物眼中收;登高最喜倾心候,考古须从陈迹求;旭日映升云上彩,青烟叠起雾迷楼;我来定把霞辉画,挂到山峰老树头。"

曾慕韩作《续杂感二十四首》(民国八年游欧洲作)。其一:"孔席不暇暖,墨突不暇黔。精神能破石,希圣我何惭。"其二:"浮海神弥旺,乘桴愿未偿。征翰复西指,欣渡太平洋。"其八:"乾坤真一掷,白骨暴沙场。春秋无义战,念此我神伤。"其九:"民胞物吾与,痛痒本相通。忽忆西铭语,何时见大同。"

瞿蜕园作《镇江晓发》《入扬州作》。其中,《镇江晓发》云:"柳条杨子渡,星火润州城。海气通楼日,江潮压市声。客来寻瘗鹤,春去冷流莺。第一江山胜,凭栏无限情。"

林孝图作《高台山》。诗云:"历乱花开下映潭,退归精舍见伽蓝。崇山峻岭吾宜隐，明月清风客每耽。大士瓶中供柳绿，双成座上设桃甘。旧游胜迹堪回首，扼腕兴亡国事谈。"又作《景忠祠》云："山川价值重经过，取义成仁事不磨。唐桂党争终失败，潮循瓦解欲如何。蕨薇耻受新朝俸，禾黍难堪故国歌。剩有区区香火在，断碑残碣认藤萝。"

熊亨瀚于日本作《示友》。诗云："莫傍萤窗作腐儒，巨雷天半万人苏；中原有事君无事，尚抱残经伍蠹鱼！"

李笠作《垅头怀古杂咏四首》。其一《铁罐》云："有士曰孟奇，桓桓朕皇祖。家居垅头庄，义声动寰宇。纪元正统间，黎民饥方阻。当仁公不让，挥金如粪土。籴粟万石余，大赉瓯江浒。至今煮粥罐，铁花犹未腐。陈列崇祠间，魏然比钟虞。忆昔此罐，嗷嗷齐画肚。悠悠五百年，谁能继其武。摩挲甑底尘，凄恻哀鸿苦。"

关文清作《乡思》。诗云："他乡恋栈有何求，歧路亡羊事可忧。首倚西窗寻旧梦，心怀故国感新秋。浮云自古踪无定，苦海而今浪不休。杜宇啼残花滴泪，声声归去莫多留。"

宋慈抱作《游江中孤屿》《子肃丈诗来，以孙、黄二氏相拟，叠前韵代柬》。其中，《游江中孤屿》云："海上叹离奇，人间困烦溽。永嘉山水佳，何日恣眼福。揭来孤屿游，同怀客五六。一苇航中流，披襟商飚肃。遥看云树苍，楼台如列宿。岿然双浮图，东西各相逐。泊船缘石磴，古刹曲径熟。静与方外人，闲情话松竹。此地南渡时，高宗驻辇毂。江山九百年，遗翰尚馥郁。游人玩清晖，遑悲宋社屋。门左信国祠，衡茆成小筑。卓公偶后死，德邻不相识。白雁战垒鸣，黄龙崖山覆。扁舟浮海来，诗赓渐离筑。丧君期有君，宁甘腥膻仆。柴市裼朝衣，忠魂杜鹃哭。遥遥百载后，明祚同折轴。虎是恶僧吞，燕将皇孙啄。金縢辅成王，言甘心如蝮。伟哉忠毅言，南昌都殳叔。徙封计早成，靖难祸难□。一旦户阒开，黄尘飞霜镞。圣主几为奴，孤臣竟赤族。若论瓜蔓抄，文山无此戚。南丰一瓣香，春秋洊兰菊。被发下大荒，骙骙云旗摍。千秋夸人杰，地灵良不辱。况当庄老退，□乐才蕴璞。中川趋正绝，云水逞遐瞩。壹笯谢公亭，遗碑则薜读。陵谷难变迁，骚坛堪私淑。乐成王梅溪，后起才卓□。为寻读书堂，相亦超食肉。我览孤屿志，不堪心踏跦。朔风木叶黄，夕阳峰峦绿。风景无古今，人事有雅俗。迎神与送神，空谥鱼山曲。"

陈仲陶作《风涛》。诗云："向晚潮回万木号，乱帆掀舞乍低高。诗人爱道澄江练，那识风涛境最豪。"

曾仲鸣作《雪》《比那莲山晨望》。其中，《比那莲山晨望》云："朝来望四远，处处白云横。幽谷微风起，依然翠色生。新阳映积雪，皑皑入空明。谁得长如瀑，荒山独自鸣。"

罗章龙作《闻天洋焚烟喜赋》《古北口》（一九一九年，偕全夫、刘沁共临古北口作)、《丰镇大同》。其中，《闻天洋焚烟喜赋》云："义律兴戎事已陈，英夷两度起兵争。而今纵火鲇鱼套，爱国男儿属使君。"《古北口》云："夕照狼烟烽火台，王公设险莽蒿莱。与君策马张北道，大泽乡中访异才。"《丰镇大同》云："九边重镇大同关，十万征人蔓草间。鬼斧神工雕石窟，千秋庙貌壮河山。"

朱东润作《饮守玄阁》《北山诗》《久雨初晴，同陈君冯君出游，遂至乡村》《忆昔》《江游之作意有未尽，再读陈君所著，遂效其体》《再泛桂江，遂至大荔口》《系龙洲歌》。其中，《饮守玄阁》云："高会选宾去，倏忽遂春社。落落众宾集，诗酒自陶写。虚阁临通衢，幽馆眺远野。日暮永巷静，灯火明广厦。抒辞白云飞，搜藻空花洒。珍鲜列鼎实，酬唱竞觥斝。举杯属同游，但饮莫相舍。不知白日落，宁识醉颜赭。客称中圣人，去亦投辖者。有此不痛饮，岁月肯吾假。"《北山诗》云："北山诚名胜，卓绝穷苍梧。不以高自异，遂为众所趋。东望列群峰，西南罗舳舻。烟水浩茫茫，庐舍近可呼。杂树颇参差，短竹聊胜无。新松数十株，落落亦足娱。揽此数者美，遂能雄一都。谦卑以自牧，斯言良可图。"

吴三立作《题南台桃源洞》。诗云："久拟桃源约，今朝始问津。不知居此者，是否避秦人？"

朱大可作《咏史》《论诗》《消寒》。其中，《论诗》云："涪皤俊似江珧柱，坡老鲜于粤荔支。争识欧梅清苦语，恰如谏果味回时。"《消寒》云："茶铛未沸砚池冰，初九严寒已不胜。斟酌新诗谁第一，红梅布政白梅僧。"

孙肇和作《咏鱼》。诗云："惟有江潭物，潜渊免世忧。自由夸水国，快乐逐瀛洲。不想吞香饵，何劳下钓钩。宁知风雨夜，却被一罾收。"又作《送曾昭同学归顺昌》（二首）。其一："麦云如浪柳如烟，明日南城祝锦旋。帆影远随飞鸟没，青山横断夕阳边。"其二："男儿浩气可冲天，击楫中流慨世迁。胡马方肥边报急，楼兰来斩忍安然。"

方君璧作《忆旧游》《桃花》《枫叶》《旧游》。其中，《桃花》云："数点桃花带雨飞，阴阴竹影湿苔衣。远烟浮漾迷归燕，斜倚栏杆月满扉。"

袁玉冰作《勖弟》《无题》。其中，《勖弟》云："人生难得是青春，要学汤铭日日新。但嘱加鞭须趁早，莫抛岁月负双亲。"《无题》云："弹指流光又一年，倔强顽劣尚依然。从今矢醒黄粱梦，猛向前途力著鞭。"

闻一多作《登昭明读书台》。诗云："幽筑名山下，传闻帝子居。博睹更七代，监抚得三余；顽石留容貌，秋风学读书。登台思问寝，感绪竟何如！"又作《望山前昆承二湖作图》云："晚日平湖放眼明，烟波十里浸岩城。帨巾试展鹅溪绢，小李将军愧莫赓。"

严既澄作《己未杂诗》（十首）。其一："试选花枝寓笑啼，尊前桃李欲成蹊。汉南初作依依笑，誓惜心情溉此荑。"其二："傲绝波横一盼青，未须心剑发霜硎。明知此夕相逢浪，故绎因缘唤我听。"

谢玉岑作《洞仙歌·题友人〈苎罗纪均图卷〉》。词云："双携鹤背，怪大风吹堕。尘劫华鬘冤谪我。折拗莲作寸，拾唾成珠，相见了、百计如何得妥。　黄金虚筑屋，梦里藏娇，梦醒飘蓬奈都左。欲与问刀环，如此晨辰，拼不嫁、汝南原可。只容易、春阑怕重来，伴燕子斜阳，桃花门锁。"

吴凯声作《一九一九年乘轮赴欧》《香港》《印度洋中》。其中，《一九一九年乘轮赴欧》云："万顷鲸波一色空，沧洲四望碧无穷。青年为解兴邦计，此去巴京学自工。"《香港》云："香港孤城起海滨，好称东陆小伦敦。云横翠嶂千帆集，风卷丛林百货屯。旁岸买鱼多俗吏，登楼呼酒几流民。山濠筑屋有新住，都是天涯沦落人。"

范问予作《呈众叔》。诗云："清明曾记课新诗，雏子陈词说未迟。忽忽新霜春两易，依然桃李报谁知。"

张恒寿作《咏史》。诗云："扬州大水谷无赢，禁绝酿泉救众生。只是白莲诗社里，高僧何物招渊明。"

梅绍农作《吊石屏袁百举先生》《题莲洲上人〈闭关吟〉后》《野老叹伤剿匪也》《昆湖泛舟》。其中，《吊石屏袁百举先生》云："落落雄才郁未仲，文章百代见精神。从来不识先生面，也对秋风哭哲人。"《题莲洲上人〈闭关吟〉后》云："上人老矣兴犹高，佳句西风卷暮涛。使我低徊怨困叟，诗情欲向佛中逃。"

常任侠作《飞车》。诗云："超出三千界，长歌近紫薇。只堪仙共侣，那许鸟争飞。逐日思非妄，凌云愿岂违。全球游遍后，看我御风归。"

张维翰作《渡台湾有感》（二首）、《箱根芦之湖见富士山》《游日光》《宿千叶县稻毛海气馆》（二首）。其中，《渡台湾有感》其一："风景依然泪暗潜，主权非复旧江山。伤心廿五年前事，奇耻难忘是马关。"其二："海疆变色忍吞声，到处新花绚紫樱。寄语中原诸节镇，地盘休自闭门争。"

姚亮作《为丁静澜题〈瓶花斋图〉》。诗云："颓垣修竹倚茆屋，曲涧长松宿暮云。静对瓶花闲展卷，中原鼙鼓不曾闻。"

沈照亭作《集美凉亭晚眺》。诗云："遥山面面尽笼纱，雪浪滔滔聒耳哗。数点鱼灯依古岸，一轮明月挂天涯。"又作《点绛唇·即事》。词云："五月东溪，龙舟竞渡人声乱。并肩拉腕。前后相呼唤。　有女如云，嬉笑东西岸。佯揩汉。眼儿遮半。却怪他人看。"

冯启韶作《己未自题》。诗云："世载韶光转瞬过，廿年芸砚苦攻磨。平生最是爽心事，学士膺来一笑呵。"

万耘箱作《静坐》。诗云："无事每静坐，坐久即贪睡。岂是神气昏，毋乃老境至。万虑此俱空，隐隐悟禅意。"

黄征作《丹凤吟·野望》(己未)。词云："晼晚年光容易,浪卷芦矶,芳催梅阁。冰条消未,晴絮又黏帘幕。临江望回,雁横人字,故趁风斜,徐穿云薄。半晌飙轮电驶,汉水澜回。馀韵愁听寒角。　岁改聿新气象,旧除那得氛尚恶。醉饮屠苏酒,愿承平箫管,愁思全铄。四郊清暇,蔀屋尽醑桑落。酌儿凫羔胪颂语,庆椒花盈握。恁时蜡屐,还泥人遍著。"

梁龙作《己未赴欧,过红海口占》。诗云："五载重为万里游,祖生击楫又登舟。英风无赖吹三海,杀气依然遍两洲(时中东又告不稳)。千古此为争战壤,几回能使霸王愁(古罗马及马其顿大帝,近代拿翁、德皇皆于此受挫折)。问谁能了平生愿,一霎都成芦荻秋。"

梁披云作《吾家》。诗云："一径穿云入,群峰醉晚霞。松筠烟坞里,溪畔是吾家。"注云:"吾家原在万山中,儿时就学城镇,峰峦上下,如经仙境,老来追忆,游兴犹在焉。"

程文楷作《声声慢·东风》。词云："轻飏酒旆,暗逐香车,粘天绿草芊芊。杨柳千条,无端尽向西偏。年华暗中偷换,引闲愁、先上眉弯。无赖甚,恁频欺罗袖,故弄清寒。　不管游人懊恼,作廉纤细雨,惯破花悭。便了周郎,铜雀不锁婵娟。匆匆几番风信,甚春来、又送春旋。肠断处,听声声、啼老杜鹃。"

[日]滨田忠久作《大正己未勅题朝晴雪》。诗云："曙光杲杲彩霞晨,晴雪一天风物新。玉树银花香不放,水晶宫里只迎春。"

[日]冈部东云作《上越铁道南郡通过决议喜赋》《吊孙女》《吊大内青峦、山田寒山二老禅》。其中,《上越铁道南郡通过决议喜赋》云："铁路南中有大差,舆论一决有谁遮。朝辞残雪北山下,晚赏春风东叡花。野老游魂将自舞,郡民活气益相加。匆匆五岁竣功后,应驾瞬间千里车。"《吊孙女》云："金风拂露华,残月影将斜。待曙访秋圃,不看小玉瓜。"《吊大内青峦、山田寒山二老禅》云："青峦七十四,寒山六十二。相追辞尘寰,高登法灵地。青峦是维摩,超然不住寺。慈仁导盲哑,劝学终达志。东洋大学长,缁素感恩义。讲演开禅门,新志缀锦字。明治文武俊,相交通厚意。会葬数千人,追惜洒涕泪。寒山禅那余,奔走营何事。姑苏城外钟,再造岂容易。一苇渡烟波,归朝拾遗穗。风流游四方,画竹充准备。佛祖有冥助,润笔自满箧。志愿遂成就,铸得大法器。器成人已逝,衣钵谁承嗣。呜呼我八十,老马未脱辔。何日随二老,莲池对花睡。"

[日]见理周刚作《挂锡于本觉寺》(大正八年)。诗云："空送星霜三十年,翻身爰访祖门禅。休言本觉风光可,证上之修仿古贤。"

[日]加藤虎之亮作《拜读真轩先生〈杜讲〉,恭赋奉呈》。诗云："杜诗善释旧来空,千载解颐唯有翁。爪倩麻姑心窍快,针由岐伯顶门通。随方立义论风发,据古证

今疑雪融。片甲只鳞未厌饫，弯刀偏望及全龙。"

[日]佐藤小石作《朝晴雪》《莲台寺坐汤》《过户田，寄天随先生》（二首）、《豆南道中》。其中，《朝晴雪》云："前山后野雪成堆，朝旭熙熙霁色开。邻叟频欣丰稔兆，诗人先访陇头梅。"《过户田》其二："烟波万里白帆遥，松绿沙明不易描。畴昔先生销夏地，相思又付去来潮。"《豆南道中》云："羊肠行不尽，落木夕阳倾。一道栈云散，长空积雨晴。山灵如有意，旅客尚伤情。来立天城顶，遥遥忆帝京。"

唐受祺诗系年：《闻鸠声有感》《阅长孙庆诒〈南游日记〉，得七绝十首》《弃蚕叹》《梁溪晚眺》《预拟中秋夕晴霁小饮诗》（仍用丁巳年韵，寄诒孙）、《金木》（家祠后隙地植金木一株，由渐扶疏，口占志感）、《李君仲侯以和余〈丁丑书斋不寐〉韵诗见寄，聊以近况答之，仍用前韵》《李君又以〈拟和凄字〉原韵见寄，匆匆答之》《再叠廊字韵，和仲侯》。其中，《梁溪晚眺》云："写尽萧疏意，凭高望远时。斜风群鸟乱，细雨一帆迟。樵担忙归路，田家熟晚炊。伊人何处隐，葭露动遐思。"《预拟中秋夕晴霁小饮诗》云："彩云停半空，对景酒情浓。秀色兰餐露，清芬桂挹风。天高秋月白，人醉夜灯红。料得远游客，吟怀疏野同。"《再叠廊字韵》云："桑绕墙阴天竹绕廊，闲庭有客憩中央。秋高老圃花魂淡，漏转深宵月魄凉。喜说蹁跹来舞鹤，厌闻凄切闹寒螀。朔风猎猎将吹起，命仆安排暖阁忙。"

方守彝诗系年：《寿黟县胡在乾先生七十，敬庵征君叔父也。应先生嗣君朗轩之请》《前韵和季野见寄》《全椒金梅僧亦元日同季野、檠君游有诗，檠君写以寄余。因忆季野诗中有云"传神凭仗全椒笔，更貌山阴访戴人"，梅僧固善画也，然仅画同游者，而不著一位同游者于其间，是犹滞于世间法，未能超然于出世间者也。有句，再依韵寄梅僧》《读檠君寄七侄孝彻近诗，欣然复和其径字韵寄七侄》《和韵寄毅叔，闻将客游，道经皖上》《季野又见简叠韵之作，答其意》《再和檠君寄示〈叠韵有感，赠季野〉之作》《再和毅叔见怀》《檠君叠复前韵寄予并示七侄，有感于新近才士之言诗也。来书又云："此番看雪，和韵纷然，急宜收兵结束。"因更和一章，与来诗之意并赞唱之》《题姚巨农〈江上云山图〉，图为韩伯韦所作》《再和孝彻七侄》《酬程绥予，用檠君径字韵，见寄往来诗篇，皆由檠君转致，兼简檠君》《章竹虚亦用径字韵寄怀，奉酬竹虚，名其居曰"屋里青山"，与前辈诗人陈涤岑先生故居为邻》《和韵李范之〈游龙兴寺，瞻明太祖遗像〉》《兴字韵唱和诗愈推愈远，离本事而别寻衅端，势且未已。檠君书来，要予解纷，鲁仲连久已高蹈，不复与闻人间事，姑答檠君》《慎思自鸠兹来，出檠君〈元日登崖看雪〉诗及群和与阅，即据几立成和篇，情韵深美，叠韵酬之，并写寄檠君》《镜天和檠君诗有句云"一老萧闲著胜处"，下得著字，全首皆生姿媚，昔人所谓"似倩麻姑痒处搔"者也。此得字法于后山，喜极叠酬，并寄檠君》《叠韵酬潘晋华见寄》《次韵晋华，祝其却病参学，忘忧味道》《伤梅僧（并叙）》《寄檠君

〈元日观音崖看雪〉诗与敬庵征君。征君三叠三和,兴甚高。内〈感事〉一首隽朗清远,爱其辞不能通其旨,酬句问之》《送毅叔赴北京》(二首)、《惜抱先生墨迹残稿,先生来孙立凡出示藏册,敬题》《惜抱先生墨迹残稿,季野题诗,极为高作。乃复督仆,久之无以应。更来二绝句相迫,因向立凡索观墨迹册子,题句并次韵答季野》《南丰刘伯远官贵池日枉过,惠赠长篇。今年已解县事,久阙酬答,昨来督迫》《次韵张易吾休假示句》《谢伯远赠景德窑茶碗、霍山茶。去年招游贵池杏花村之小杜祠,祠乃在官日所修复也。今年又邀游匡庐,匡庐固其乡之名胜,虽皆未能往,然稠叠盛谊,中心藏之。秋风窥林,将戒北征之驾,兼以送别》《和韵易吾见示长律》《谢义宁陈师曾寄扇。扇画竹,书新诗,用其〈法源寺饯春〉十七韵》《答天闵》(二首)、《寄霍山红绿茶、徽墨与师曾,次其〈题鹿崖精舍〉容字韵》《寄章石二,乞师曾篆刻小印,次其〈题鹿崖精舍〉寒字韵》《读兴化李审言所撰〈死事游击李君墓志铭〉,感赋二律题其后(并叙)》《送七侄孝彻赴聘池州师范校》《昨日中夜不寐,独起对月,皓然空庭,动怀天闵,因有憾于十五之夕不与共醉,成句送简》《仲实赴北过皖,留句为别。追少惊老,惜别感物之情,每吟诵往复,如不克胜。连阔又旬日矣,次韵寄怀》《伯韦着海棠花于拳石间,秋来袅袅,亦有凌波态度,含笑嫣然。伯韦以予对之不能无情,遂以移赠》《再酬伯韦和韵之作》(四首)、《答伯韦》《奉怀乙盦先生代简,并为萧夫人转致谢济金书》(二首)、《张使君易吾奉太夫人南游西泠,西上匡庐。竹西旧客韩伯韦为作画图。守彝幸以赘疣岁月,得见人伦美乐之事,可谓今日之景星庆云,为世祥瑞者矣。成此短歌,奉系图后》《范之病中枉句问守彝臂痛,次韵答谢》《范之再韵敦和》《题潘晋华〈海棠菖蒲诗画〉册子(并叙)》《为怀宁江润皋题明人周如海天球手札墨迹册子。如海手札似阁帖中文字,书法师文衡山,而时上规大令。润皋从人家故纸簏中拾出,装池珍爱,遍征题咏》。其中,《寿黟县胡在乾先生七十》云:"徽国大贤乡,胡氏有儒者。望乡仰止中,斯儒今代寡。紫阳世已遥,其人手幸把。幼孤抚节母,节行曾传写。茹苦断机丝,训廉封鱼鲊。近读纪寿文,先生实陶冶。诸父本同父,古训凛然也。先生行义敦,三代步高踝。渊源不寻常,白眉生于马。勤劬呱呱初,己子爱能舍。安兄灵在天,慰嫂泪自泻。从师与交友,一一择尤雅。毓德追渊骞,著文拟游夏。坐看学行高,声名半天下。先生愿遂矣,眉寿当祝嘏。征辞渡江来,谫陋不容哑。吁嗟俗偷薄,人伦贱砾瓦。淳行独师古,蓄德老在野。余美以此推,咸足励都社。从来仁者寿,天与不须假。遥想大年人,坐绕山霞赭。子侄联雁行,堂高华烛炬。举爵酡容颜,扶鸠健腰髁。芝玉悦性情,孙曾弄娇妊。岁岁逢诞日,亲宾合晋斝。走亦当趋前,恭祝不苟且。直到大椿年,献颂墨挥洒。"《题姚巨农〈江上云山图〉》云:"五十年来江水上,老尽须眉阅去浪。江神念我能久居,不逐利名肆奔放。得邀恭敬致多情,留此云山作供养。不然载入往来船,载去螺鬟成怅望。巨农作客遍四方,使酒挥毫一世狂。黄金掷了神潇洒，青珉刻罢星光芒。斯邈慑伏入笔砚，墨花飞处风雨凉。如此奇怀高世艺，应居华屋奴人王。如何栖迟此江上，偏与老朽争山光。我住城中偶一出，散步江头放闲逸。山向我青分外多，云作态度资诗笔。倚天排叠罗儿孙，着絮林峦倏阴日。得意兴来写高咏，自分此生永相昵。君今借屋径临江，有楼更有西南窗。夺我积年爽气去，浮樽岚影翠摇腔。淋漓大笔自书榜，招来颠米狂一双。颠甚但知贪醉饱，为作图画悬奔泷。此意殆作久占计，气力何止鼎能扛？嗟吾衰矣便相让，君当感激言毋哤。责谢不惊春江鸭，更莫馈鱼唤渔梆。止办清茗家制饼，有时听我足音跫。云山与君皆老友，相对啜饼斟茶缸。"《南丰刘伯远官贵池日枉过》云："苦觉对君难出手，年来诗句老益丑。垢闻秒见塞天光，灵想清思堕渊黝。兼逢敏捷谪仙人，气摄群英况衰叟。投我篇章手自书，惊落长虹下南斗。张之尘壁走龙蛇，猫鼠狂奔窜鸡狗。迩来雷电频窥搜，时有大声殷户牖。所施过分非所当，曳尾泥龟甘缩首。文采如此谈且雄，枉过不舆地上走。嬉笑怒骂见古狂，快我襟开风解纽。吁嗟禹鼎沦横流，鬼怪神奸竞抖擞。吹腥转地更滔天，民尽为鱼密张笱。捷叉兴高风凄凄，大盗狂挥悬印肘。子产为政不寻常，深念惠人奖圣口。世有子产无圣人，坐叹三星鱼在柳。仰面玄穹祝留年，要看风培鹏力厚。怒飞垂天云气宽，广作苍霖润枯朽。诗文小道何足言，献此止当剪园韭。"

陈邃声诗系年：《题吴滢山〈湖山秋晓〉图卷》《山居》《山村》《读〈史记·留侯世家〉》《寄富春朱大》《至杭州接朱大书，并遇吴四》（二首）、《程雨老家留滞扬州，招之以诗》（二首）、《又接朱大书》《悼友》《湖游曲廿首》《渡江东归》（四首）、《归舟书朱大〈南山话旧〉诗后》《乡村》《海上》《野谈》（三首）、《草堂》（二首）、《老仆扫地，误破折枝瓶》《闺情》《种竹分菊》《野行》《访友山中》《晓雨》《晚凉》《寄灵桥朱大》（二首）、《思君，寄朱大》（三首）、《忆得，寄朱大》（八首）、《移屋》（六首）、《题生圹》《丙申》《丁酉》《戊戌》《庚子》《戊申》《辛亥》《癸丑》《丁巳》《戊午》《又一首》《题戴文节为黄韵珊绘〈倚晴楼〉图卷》（二首）、《次韵珊韵》《题南宋马远〈松泉图〉》（二首）、《题元·赵文敏〈天闲故〉图卷》《题元·吴仲圭仿米玄晖山水立轴》《晓起》《绝命》《病起》（二首）、《题僧浙江临唐子畏〈寒山〉图轴》（二首）、《题月泉先生〈乘槎〉图轴》。其中，《山居》云："幽居独看白云还，世自纷纭心自闲。燕子窥棋帘不隔，药苗满径户常关。花溁流水归东涧，鹤带移文出北山。此地只应箕赖住，两三村落翠微间。"《读〈史记·留侯世家〉》云："少年博浪击秦嬴，一椎仓皇四海惊。误中副车未曾悔，报韩誓不负平生。"《湖游曲廿首》其一："相约湖楼举酒觞，重论旧事感沧桑。君臣酣宴黄鹂语，军国平章白雁翔。醉里笙歌犹历历，劫余岁月去堂堂。可怜汐社人俱老，剩水残山夜话长。"《忆得，寄朱大》云："六桥杨柳雨如丝，彼黍离离又一时。忆得当年湖舫里，酒温花妥赋新诗。"《题僧浙江临唐子畏〈寒山〉图轴》

其一："佳气葱茏忆杜陵，题名淡墨塔崚嶒。罢官归后韶华谢，古木空山学老僧。"

沈曾植诗系年：《怀叔言》《为余尧衢题〈章江饯别图〉》（二首）、《题陈益洲书〈沈宜人墓志〉卷子》《江上》（二首）、《晓起见太夷〈六十生日感愤〉诗》《井谷山房夜坐》《井谷夜观》《赠汪鸥客》（二首）、《梦中作》《倚装答石遗杂言》（七首）、《郑叔问手札》《云自在盦双寿诗》（二首）、《寄一山》《题〈兰婴小传〉》《代内子题照，送赵氏妹归皖》（二首）、《题〈欧母朱太宜人往生瑞应述〉》（四首）、《西园长者携祝书〈金刚经〉过谈》《题马小岩〈静观万变图〉》《答子勤》（二首）、《勿庵博士过寓庐，出示所仿汉印镜，水银古色照见须眉。录示新诗，清刚有北宋风格，摩挲老眼，欣觌俊人，辄赋三章以答雅意》《送萨克尔博士归国》《和缶庐老人韵》《简訏斋四首》《简甡公》《梦中诵二樵句，悲咽而寤，即以起句》《甡公过谈，次日往杭州》《倚楼》《海藏楼看菊花》《孤清过谈旧事，口占索和》（二首）、《"要得小儿安，常带三分饥与寒"，姆姆常语也。老人近益不耐饱暖，拈此以谂孤清》《答游存》（二首）、《吴昌硕〈缶庐印谱〉题辞》《寿王部畇七十》（二首）、《和庸庵韵》（二首）、《题赵松雪画马长卷》《朱桂卿学士挽诗》《病中闻贞孝先生讣，悲怆沉郁，顿不可为怀。嗟乎！若士望古遥集，恨无彩笔以诔陶德。既远道不获视殓于礼堂，又寒疾不克趋执绋于墓次，卅载交期，人天永隔，悲凉万绪，成此挽章，言不尽情，质之神鉴》（三首）、《卞中丞〈夜灯课读图〉，为卞薇阁观察题》《庆小山提刑画扇见寄，短章答复》《题画》《画沅叔扇》《题〈兰亭帖〉》《题〈宋拓大观帖〉》《〈黄叶山庄图〉，张叔未、蔡醉吟题诗卷，为吴待秋题》（二首）、《题画》（三首）、《题宋椠本〈龙龛手鉴〉》（二首）、《题知不足斋钞校本〈棠阴比事〉》（二首）。其中，《和缶庐老人韵》云："吴侯下笔风雨快，天机灭没虚怀中。私玺苍然秦汉上，佳句复有江湖工。感怆诗人怀旧俗，萧槭老树鸣秋风。吴兴画师钱舜举，政尔高凌水精宫。"《吴昌硕〈缶庐印谱〉题辞》云："书契代结绳，邈焉上古始。契以识其数，书以著其意。刀笔器则分，官物察匪异。后代著述繁，六书日滋字。古籀篆隶真，书家粲殊理。刻字在金石，师说乃无记。我观符信笅，缪篆及鸟帜。事类亦伙多，体势积乳孳。孰谓古今变，证以目所治。诸龟及诸玺，形声或难肄。印人始相斯，玺篆鸟蛇厕。刻石诏板权，同体乃殊致。固知圆朱云，唐印一体耳。战国胜文河，修途已分驶。近代皖浙歧，古心各殊奇。龙泓造古澹，完白树坚懬。空有两宗成，宛然中道义。总持得吴越，刀法观止矣。极盛所难继，萧条艺术喟。缶翁天目精，无师发天秘。胸有石墨华，刀从经首会。跌宕分篆理，独得雄直气。脱手顷刻间，苍然千载器。皴剥荒林碑，历落追蠡鼻。腾誉过海舟，义取织成罽。昔吴嗟老穷，今吴成日利。司命所偏厚，兹谱其质剂。识翁良恨晚，未得尽翁技。三字海日楼，补遗续收未。平生枥园嗜，颇亦论轩轾。翁听仲车重，我□子云□。聊以子墨谈，儳焉学古议。长日线渐增，薰炉朋可比。花乳复一方，侥幸铁腕试。"

黄协埙本年至次年诗系年:《花朝》《梅雨兼旬,客中感赋》《哭于生蓬石》《题丁子裘〈箕裘愿学图〉》(二首)、《题周寄鸿〈孤寒思痛图〉》《归去一章》《阴雨连朝,竟阻探梅之约,小窗闷坐,赋此遣怀,并寄淡社诸吟侣》《将返里舍,留别淡社诸子》《雨过》《杂诗五首,赠朱叔建》《蝈蝈我乡呼为叫哥哥,儿童有以小竹笼豢之者,感而赋此》《张生淇东游日本,赋此送之,时庚申七月二十八日》《仲秋二十二日炎热似盛夏》《明妃村》《薛涛井》《绿珠楼》《真娘墓》《淡社勾留倏将旬日,临歧惓惓不能无诗,知己者为我和之》《灯下校张野楼先生诗集,敬题一律于后,五叠前韵》《冷髯寄示送别诗,赋此奉酬,七叠前韵》《米价》《二十八日之夜,梦上一山路,弯环作半月形,昏黑几不可辨。山上有方亭,数人聚饮,其中酒酣吹笛,忽云破月来,大地明如白昼,因得"醉携铁笛"二语。醒就枕上属成之,说者谓颇类樊榭游仙诗也》《沪城鸳鸯厅,昔之斗酒征歌地,今已榛莽荒芜矣,闲游过此,感而成诗》《题常州某女士画》《社友秦亮臣(始基)悼词》。其中,《题丁子裘〈箕裘愿学图〉》其一:"苦忆诗书授鲤庭,遗徽历历付丹青。即令世界夸平等,谁更箕裘念典型。"其二:"我亦昊天呼罔极,蓼莪三复泪模糊。如君孝德真无匹,合缋丁兰刻木图。"

王树楠诗系年:《绿胜盦》《遥集楼》《丁将军(槐)赠画梅,为长歌谢之》《畿辅先哲祠早起亭上小坐》《君子长生馆夜坐》《书傅泽敷(思培)诗卷后》《题倪修梅先生〈松岭云壑图〉》《题水绘园金、蔡二姬人画帧四首(冒辟疆自记云:"友有以鱼洗晋砖相赠,因倩沈子用宜精揸花瓶、石盆各一,命金、蔡二姬补景成之,蔡名紫田,画红梅一枝;金名晓珠,画石及水仙,为〈群仙拱寿图〉,时在康熙五年也。")》《题洪幼宽(亮)〈梅花谱〉》《题〈唐拓武梁祠画像〉》《有感》(二首)、《题彭春谷〈颐和园图〉》《寒夜学晚唐体》《晓归》《登楼》《黄哲甫约游香山不至》《雪后车中望西山》《赠涞水王子昭(克明)秀才》《题易实甫(顺鼎)〈广州集〉》《寿钱仲仙六十》(二首)、《寿宋铁梅》《题成澹堪(多禄)〈澹庵图〉,用东坡粲字韵》《早梅,以"只恐琼楼玉宇,高处不胜寒"为韵,分得处字》《题钱仲仙熹平镜,以长子孙"延年益寿,长乐未央"分韵》《题徐晴圃〈中丞从军图〉》(二首)、《题路金坡(朝銮)〈仙山濯发图〉》《再题〈澹庵图〉,得成字》《题赵大年〈桃源图〉为邢冕之编修(端)作》《题寿星见砚寿宋友梅六十生日》《钱岁九九会第七集》《岁暮旋里》。其中,《有感》其一:"只见长安不见日,起看天地独支筇。笑人刻鹄翻成鹜,何物真猪欲化龙。坐客时闻语危了,家翁端合作痴聋。年来怕问人间世,卧听萧萧落叶风(辘轳格)。"《寒夜学晚唐体》云:"连夕寒无耐,颓然老病身。河声依斗转,月色出云新。吠犬时惊夜,眠猫喜近人。曙光催画角,炉焰暗生香。"《题易实甫(顺鼎)〈广州集〉》云:"向读哭盦诗,壮彩发光怪。秀句多天成,咄咄风雨快。诗名二十四,不复守一派。叹君斩鲸手,横海气无外。一官走天南,束缚事冠带。敛衣坐涂炭,分席伍鳞介。朱墨不适手,豪兴屡遭败。夜光甫出怀(黄山谷奉送公定诗"夜光但十袭,出怀即瑕疵"),竟为鱼目诖。伤哉丧家犬,奇剥颇无奈。索米来长安,日与侏儒对。乃托酒色狂,无复声律戒。但闻倚户号,哭笑失常态。庄生少庄语,方朔尤狡狯。譬如海中物,龙虾极纤大。又如太仓粟,往往杂黄秕。君真善戏谑,掉此三尺喙。昨闻樗里子(《史记·樗里子传》:'滑稽多智,秦人号曰智囊。'白氏六帖有智囊宿瘤,黄诗'何须樗里瘿'),宿瘤几成赘(君忠眼疮)。窃喜瓮大瘿,众美争欲妻。全人脰肩肩,对此转失媚。君其什袭藏,留以骇鲁卫(见《庄子·充符篇》)。"

陈三立诗系年:《南城外刘氏废园》《卞薇阁索题先大父光河中丞〈夜灯图〉》《病山成〈亡姬兰婴小传〉,题其后》(二首)、《发九江,车行望庐山》《崝庐楼夜》《燕巢》《浦口别印昆入都》《题程道存〈之罘出险图〉》(二首)、《书〈无锡高老愚翁家传〉后》《寿许猰叟八十》。其中,《南城外刘氏废园》云:"度阡穿乱冢,倒眼旧过园。斥废留枯树,追攀倚断垣。池鱼吞石气,篱犬吠诗魂。满抱纤儿恨,依稀故国痕。"《病山成〈亡姬兰婴小传〉》其一:"吹帷兰气断氤氲,诵偈余音不可闻。差似学书兼学佛,东坡海上悼朝云。"《崝庐楼夜》云:"灵峰俯招人,老瘗久乃至。荒荒墓旁庐,去住自移世。拂拭网丝榻,敢忘鼠衔泪。暝色接江海,眇然一身寄。缺月生楼头,光浮万松气。浸入苍烟窟,变灭荡层吹。野水出蛙声,共我肝肠沸。环环众黱影,漾漾孤灯味。竹丛把茗椀,露下湿愁思。窥廊夔魅空,冷抱星辰睡。"《题程道存〈之罘出险图〉》其一:"夜海微微一舸巡,飞涛卷雪乱吟呻。蛟鼍不敢吞奇骨,放作神州学剑人。"

张謇诗系年:《牯牛石歌》《应季中挽词》《世间》《夜坐精舍》《文文山马墓碣》《第三纺织厂开工祀土,礼成有作》《佳人》(三首)、《晨起》(三首)、《题东奥山庄画屏》(十二首)。其中,《牯牛石歌》云:"牯牛岭路群魔巢,牯牛岭石昆吾刀。凶德四会天为牢,渠不可宥网莫逃,疑神疑鬼人欢号。匡庐自是仙灵窟,远公东林有遗迹。入社犹嫌灵运污,搜山那许孙恩贼。遥遥史事人所知,渺渺天心那可测。惩奸殛佞亦偶然,罗刹压伏昔人傅,天宁有暇作法官!人所共快归诸天,洗恶绝胜香炉泉。香炉飞泉白龙挂,泉自无声石作怪。寄语蜣螂转粪丸,勿撄洁净山林界。"《应季中挽词》云:"学佛年来季益专,闭门趺坐佛香前。功名结束浮沉梦,恩怨消除战斗天。若为怜蛇夔亦仅,终能逃虎豹犹贤。聪明苦恼今何有,净土弥空十丈莲。"《文文山马墓碣》云:"主人为国能致身,马报主人如主人。马骨一寸千金银,埋金有光墓上尘,过墓朝朝横目民。"《第三纺织厂开工祀土》云:"薛滕邹鲁辅车乡,况有先庐再世强。例以渔陶成聚邑,政须本末绾农商。十千吉贝资维耦,五万飞铲趿报章。自省天人消息际,应恭富媪荐馨香。"《题东奥山庄画屏》其一《鼠姑鼠妇(〈群芳谱〉:"牡丹一名鼠姑"。鼠妇,见〈尔雅〉)》:"姑不恶而艳,妇能负而蟠。人家吉祥事,传作画图看。"其二《牵牛天牛(〈埤雅〉:"蝎化天牛")》:"旋旋七色花,渭渭七夕露。若云是天牛,黄姑在何处。"

许咏仁诗系年：《寿江旭初封翁七十》（仿柏梁台体）、《寿姑苏杨母吴太夫人八十》（四首存一，代某女士作）、《挽锡山胡周夫人》（修辉，代章君作）（四首）、《前题》（四首存二，代章君作）、《美女士朱志洪（世英）回国，赠以桂花手帕一方，题诗其上》（代辅实某女士作）、《呈业师沪上（原籍番禺）袁友君女士》（代章女士作）（四首）、《送袁师友君返沪上》（代学琴三女生作）、《余一日返北涧，吴家送余一小雄兔，缪家送余一小雌兔，其色均纯白，携至陈墅，外孙姚在衡见而爱之，遂转送于姚氏，腾之以诗》《哭孙儿博常》《挽吴仲安封翁》（五排一百韵）、《挽沙母章太夫人》（四首）、《寿薛醴泉大实业家（宝润）六十》（代薛君逢尧作）（四首）。其中，《寿姑苏杨母吴太夫人八十》序云："第二女师范校长杨陈达权其家媳也。"诗云："家有三株树，曾从沪上居。丸熊亲助读，封鲊又遗书。夏课施纱幔，春游驾板舆。含饴孙可弄，喜气溢庭除。"《呈业师沪上（原籍番禺）袁友君女士》（代章女士作）其一："女子参居学士中，袁家大舍冠陈宫。才华第一推江令，甘向蛾眉拜下风。"《寿薛醴泉大实业家（宝润）六十》（代薛君逢尧作）其一："河东三凤并驰声，季弟腾骧过两兄。扬子江头善操纵，春申浦上广经营。朱公猗顿空前辈，赤县神州仰大名。花甲一周齐介福，梅开庾岭快称觥。"

张良暹诗系年：《晨起听禽言二首》《闲居二首》《和门人鲍象予〈春草〉四首》《建兰盛开，口占绝句》《重有感二首》《题周晋珊〈沁香集〉四首》《雨后纳凉夜话，示宾谷二首》《读宾谷和诗，再赋长句酬之》《读〈楚辞〉二首》《与友人谈颐和园旧事，感赋二首》《万寿菊》《忆弟》《晚酌示滂孙三首》《我所思》《听演〈补天石传奇〉，戏题长句》《读〈九朝东华录〉书怀》《自遣》《雀巢》《梦游燕市》《乱后登南城楼纵目》《题金冬心画册四首》《寄甘肃宁县吴吉生大令》《自题〈斜阳独立小照〉二首》《自题〈花间问字图〉二首》《补题乙巳春邢台任内所摹科头小照二首》《观获稻》《答周啸青大令四首》（名焌圻，辛卯举人，直隶大挑知县。现充信阳学堂教员）、《书愤二首》《汪文端公为〈瓯北初集〉序，以欧公知东坡为比，谓六一当日所见不过〈初发嘉州〉诸什，即许以出一头地。盖珠光剑气，一见自有不可掩者。厥后云松果以诗名一代，怜才巨眼，今古同符。余读而感之，因题四绝以示宾谷。异日宾谷初集成，若以此诗弁简端，亦佳话也》《次韵答啸湘，贺生日四首》《己未生日感怀二首》《自题画像》《落叶》《论诗四首，再叠啸湘韵，兼示宾谷》《酬宾谷贺生日之作》《喜墨卿外弟、东美六弟同来祝寿二首》《送袁墨卿外弟还家》《咏史四首，三叠啸湘韵》《送别东美弟，兼怀冶农》《迟友不至》《绝句三首》《荒园即目》《小游仙》《望积雪》《拟左太冲〈杂诗〉，用元韵》《寓目》《望云》《绝句》《读义山、遗山诗集，戏为俳句》《题〈琵琶出塞图〉》《题〈文姬归汉图〉》《题〈桃花扇〉传奇》《题〈长生殿〉传奇》《赠横溪山》《代横溪山答，用元韵》《答溪山，仍叠前韵》《登楼晚眺三首》《寒夜独坐》《暝色》《解冻》《宝剑篇，赠宾谷》《深山》《读〈西台恸哭记〉，感赋三绝句》《和陶诗三首，用元韵》《灌水吟，示汾孙》《岁暮怀人绝句八首》《题周淑仪女士指头画梅二首》《岁暮送宾谷解馆》《次韵答宾谷》（二首）、《打渔歌，效东野体》《题画蟹》《遣兴》（二首）。其中，《与友人谈颐和园旧事》其一："长生殿里按伊凉，法曲无人问太常。璧月琼枝陪豹尾，梨园菊部列鹓行。飙轮激水通南内，桂馆连云接上阳。转瞬瑶华成一梦，杜鹃声满玉澜堂。"《乱后登南城楼纵目》云："淮右山川尚有灵，天开石室接金庭。频年燐火通宵碧，终古烟岚满郭青。泖水飞泉抽宝剑，菊峰卓笔落文星。大苏大复遥相望，历劫犹存旧典型。"《打渔歌》云："数钱买鱼子，养鱼不取钱。打鱼莫打尽，纵之入深渊。田田戏莲叶，汩汩吐清泉。物既适其性，人亦乐其天。竭泽供七箸，吾意殊未然。呼童提篮去，破网晒门前。荒哉任公钓，鳌侧地轴穿。独漉一瓢酒，活火烹小鲜。"

陈衍诗系年：《题〈映庵诗稿〉后》《舍舟而舆至天平山》《邓尉口号十二绝句》《观植物园梅花》《同肖顼、涤楼过沧浪亭》《寒山寺示肖顼》《江船早起》《文石亡友曾寄我与可铜印、山谷铁印各拓本，未知其乞题诗也。今于散原书堆见坊印遗墨有〈与仁先书〉，谆谆言之，感念不已，补作一绝句》《独坐俞园小亭怀觚庵示散原》《观古物保存所方正学血石》《寿棕舲》《为古微同年题〈彊邨校词图〉三首》《三日不出游，坐窗下看瓶中桃花，命酒独酌》《闻尧生仍居荣县，喜极却寄》《题刘紫回先生遗照》《鸥客赠画，报之以诗》《题仲可〈衔杯春笑图〉》《为潘兰史题〈河阳探春图〉，图非潘氏物而归于潘氏》《为吴季尘题其太夫人〈秋灯课读图〉》（三首）、《题亡友丁叔衡未完画稿》《题〈樊绍述先生集后集〉，为孙晴川注本》《肖顼招游虞山，过破山、中峰二寺，饭于清凉寺，遂至剑门，憩拂水岩。既雨，复晴，归途又大雨》（四首）、《下剑门石磴回望作》《雨中拜言夫子墓》《拔可园中夜坐，与苏戡言诗》（二首）、《〈早睡〉〈早起〉二诗，示海日、海藏》《梦华同年以坐雨追悼木庵先兄及涛园一律索和，倒次元韵》《三次韵和梦叟》《艺风同年七十六岁双寿诗六十韵》《次韵答审言》《怒诗六首示乙盦一笑》《乙盦见示五言短古五首，自谓效长吉体奉答》《仲可闻余将游扬州归，茶酒小石佛，继之以诗，次韵报谢》《苏戡邀同意行至徐家汇野屋》《与肖顼、涤楼诸人游荷花荡，遇雨旋晴》《松寥阁下坐月至曙，示肖顼及暨儿》《后扬州杂诗六首》《次韵答泊园见赠之作》《题洪幼宽〈梅谱〉》《寄苏戡》《答耕煤〈宛在堂九日秋祭〉之作次韵》《伯修和余答耕煤诗，再次韵奉答》《次韵答谦宣》《次韵答秀渊》《和西园〈九日宛在堂秋祭不与〉之作，次韵》《招梅峰饮，以长句来谢，并馈饴糖、豉油、米粉各物，报以小诗》（三首）、《答肖洁，不次韵》《次韵答叔雍》。其中，《题〈映庵诗稿〉后》云："命词薛浪语，命笔梅宛陵。散原实兼之，君乃与代兴。往者偶窥园，高树缠虬藤。今兹探薮泽，豹雾杂蛟蜃。近贤盛宗宋，粗服随髯髻。与使人所狎，毋宁人所憎。昌黎与半山，艳色时自矜。炫缟桃李花，辛夷开高层。谁知白发僧，冰雪敌嶒崚。酷爱自题句，茶瓯成砚冰。"《鸥客赠画》云："伊园未五十，须鬓一幡然。瘦岂吟诗苦，年应作画延。赠投遇缟纻，供养本云烟。与子离群久，端输耳冷贤。"《为吴季尘题其太夫人〈秋灯课读图〉》其一："课读嬬亲常有之，罕能自课自题诗。他人渲染皆鳞爪，此味由来最自知。"《答耕煤〈宛在堂九日秋祭〉之作次韵》云："他乡虽美不如归，晚景无多已夕晖。恰值登高悲鲁望，偶因傍水想知微。秋来酒盏宜村酿，乱世诗人少布衣。摇落雁声听便好，未妨一一鹤声稀。"《江船早起》云："契阔江春忽十年，云霞梅柳认江天。何人不逐飙轮往，而我偏随估客眠。吴越具区新领略，金焦北固旧流连。近来诗思多艰涩，万斛应乘上水船。"《独坐俞园小亭怀觚庵示散原》云："岂料匆匆赴夜台，梅前菊后约同来。一泓旧绿余溪水，半壁斜阳挂古槐。唤鸟不停知客散，好花无主为谁开。圣俞老去希深逝，安得令人赋莫哀。"《〈早睡〉〈早起〉二诗》其一："海藏早睡习为常，海日谈深爱夜凉。不道近来称寐叟，南楼闲却几胡床。"其二："海藏早起先朝曦，我亦晨光入望微。欲以晓行偿夜坐，一吟披草露沾衣。"

夏孙桐诗系年：《题冯心兰师遗像》《孙师郑以〈感逝诗〉征题，诗分甲乙二集，辛亥后不仕者入甲集，出仕者入乙集，大半亦我师友也》（二首）、《为秦亮工题费晓楼画〈东坡参禅图卷〉》《雨中集法源寺看丁香，示右衡、惺樵两同年》《见惺樵诗多言丁香色香之盛，而余太略，戏叠前韵》《二妹镜涵六十初度，妹夫艺风前辈七十有五，甥辈于沪上称觞，寄诗为寿，藉以述怀，不徒为引年之颂也》（三首）、《赠杜子良太守》《吴江蒯铁厓娶钱文端孙女九英，夫妇并工画，其后人耀伯以合作册乞题》《为金陵章楚君题〈莫愁湖图〉》《马小岩〈静观万变图〉》。其中，《题冯心兰师遗像》云："在昔光绪中，朝政失纲纽。哗嚣树风声，才隽竞趋走。救时议张弛，治丝益纷纠。利害虽深图，猎较还同狃。先生心气平，肯綮默自剖。乘轺萧风纪，居台慎击掊。兢兢责名实，所措惟无苟。戊秋肇政变，骤如翻覆手。造膝陈谠言，琅琅动宁右。越日膺特擢，圣慈主恩厚。巴蜀号天府，吏风习秕垢。寨帷历数道，爬梳穷弊薮。治狱于公传，榷法刘晏守。至今循良绩，一一在人口。直道终忤俗，超然解组绶。继述梓庭贤，优游林下久。鲰生昔补外，值公遂初后。慨言为政难，往往在掣肘。时好炫馨悦，支离事骈拇。固知江河下，岂料沧桑有。劫余重撰杖，流涕话阳九。早饰太邱巾，竟断元亭酒。岩岩肃遗貌，气象临泰斗。籍湜几人存，撼悲纪不朽。"《见惺樵诗多言丁香色香之盛》云："花间车马树间钟，深院阴阴闭蝶纵。香界诸天惟一净，春枝万玉若为容。繁英半已糁幽藓，黛色常宜倚古松。绕遍斋廊商小句，莫嗤我更比僧慵。"

陈夔龙诗系年：《答尧衢同年兼悼止庵协揆》《嘉兴道中，寄谢齐照、严中丞杭州》（二首）、《顾渔溪同年至自燕京，约同陈瑶甫同年楼话旧，渔溪以诗纪事，依韵奉酬》

《和答吕文起观察,即送其之广州,用元韵》《敬题范文正公楷书韩文公〈伯夷颂〉墨榻本,示裔孙鹏》《寿缪筱珊太史》(二首)、《挽舒质夫都护》(六首)、《朱象甫世讲至京师》《茂悦山庄遣兴》(十首)、《明姜如农埰给谏遗砚拓本,杨锡侯观察属题》《寿朱聘三侍讲五十》《寿朱幼鸿观察五十》《重游姑苏感赋》(四首)、《送史润甫同年归养南昌》《四哀诗》(四首)、《柬子培同年,六叠前韵》(二首)、《寄琴初京师兼询归期,七叠前韵》(二首)、《题钱铭伯观察〈使程日草〉,八叠前韵》(二首)、《梁弁寄到右台山中梅花》(二首)、《尧衢书来,以余前诗用尹刑故实不无疑义,戏作释疑一首》《岁暮感逝》(四首)、《寄怀周石臣观察中州》《尧衢来诗,有"周余汉腊"之言,枨触余怀,再叠前韵奉答》《寄怀杜云秋方伯京师,三叠前韵》。其中,《朱象甫世讲至京师》云:"袖手长安劫后棋,劫来倾盖沪江湄。窥颜幸不淄尘涴,抚景空怜白日驰。一代兴衰归眼底,十年离合话襟期。交群交纪吾特老,未觉人间路已歧。"《岁暮感逝》其一:"论定千秋业,从今不薄儒。校书刘向阁,落笔陆公厨。泪洒新诗卷(曾贻我《十五咸全韵诗》),魂归旧酒垆。茂陵索遗稿,封禅料应无(江阴缪筱珊太史荃孙)。"《寄怀杜云秋方伯京师》云:"宅近斜街伴古藤(斜街古藤书屋为朱竹垞旧居),怀人遥夜对残灯。新添酒债愁孤酌,旧总军咨喜共承。北极星辰劳梦想,南天烽火避兵兴(君避湘中兵乱,始决计出山)。怜君久作幽燕客,裘重霜严恐不胜。"

王舟瑶诗系年:《欲觅红杏,久而未得。昨过莘园,见一树,高数丈,花开烂缦。又有一小者,仅高尺余,亦灼灼吐艳。因为紫云之请,既承割爱,并媵以诗,次韵答谢》(二首)、《题金鹗轩冬青草堂》《得一山诗,次韵寄答》《寿蔡子庆》《登金山并访中冷泉》《游焦山谒焦公祠》《题杨忠愍公墨迹长卷》《登北固山望江放歌》《访方正学先生祠墓》《莫愁湖曲》《吊明故宫》《金陵杂感四首》《金陵杂感诗十首》《渡江》《谒孔子庙林三首》《赠孔燕庭上公》《登岱》《观经石峪摩崖》《登日观峰观日不见放歌》《泛舟大明湖,并游历下亭、铁公祠诸胜》《观趵突泉》《望华不注有感》《过高密》《客青岛三首》《锡晋斋主人为予题〈后凋草堂图〉,次韵奉答》《题刘澄如同年静寄庐兼示翰怡世讲》(二首)、《登劳山》《德人尉礼贤君好吾孔孟之学,创书院,于小豹岛从劳韧叟转译群经,已成〈论语〉〈孟子〉。日人攻岛,弦诵不辍,今觞余于藏书楼,乞诗率赠一首》《二廖君乞诗书赠一首》《自题寿器》《题内子周夫人寿器》《寄怀劳韧叟(乃宣)》《寿毛子伦封翁九十》(四首)、《题徐竹坡茂才(兆章)〈寿藟图〉》《寄怀王子良同年、符蜕庵居士海上同居》《蜕庵以续集诗千余篇属点定,戏题一首》《金香岩同年(蓉镜)寄诗题余〈北游草〉,次韵奉答》《哭管德舆同年(世骏)四首》《岁暮大雪,俌周、子辛襄笠扶杖来访,喜赋一首》。其中,《登北固山望江放歌》云:"我来京口穷游遨,探奇选胜先金焦。更闻江山此第一,破晓扶杖登丹椒。三面临江一面郭,波光山色逢人招。山中有寺号最古,场开选佛甘露朝。一自烽烟换佛火,日斜无复钟声敲。彭刘祠宇亦壮丽，朝市改变今萧条。往日楼台漫云水，眼前瓦砾堆蓬蒿。登高望远更历级，吴楚千里穷秋毫。忆昔南北此门户，长江天堑回波涛。大帝建都城铁瓮，寄奴作镇称雄枭。祖龙既凿孙刘逝，王气霸业俱沉销。横江铁锁已断烂，楼船番舶来滔滔。今日河山更破碎，纷纷群盗如牛毛。神龙失水幽虬伏，鲸鱼跋浪鼋鼍骄。千古英雄浪淘尽，至今大地无人豪。我渡中流欲击楫，自怜两鬓秋蓬凋。京口旧闻酒可饮，胸中磊魄凭君浇。"《金陵杂感四首》其一："坐使神州付劫灰，台城日落不胜哀。山川破碎无王气，人物消沉少霸才。那有神鳌驾海立，祇看群鼠渡淮来。茂宏安石今寥寂，谁起铜驼出草莱。"《过高密》云："不其带草尚茸茸，通德高门指此中。今日黄巾满天下，何人更似郑司农。"

盛世英诗系年：《寄慰甓髯老人》《题〈采薇僧集〉》（四首）、《六十咏怀》（四首）、《送念慈女归刘氏》（四首）、《曾孙寿昌生，喜成》（四首）、《送任季外舅芰唐》（四首）、《哭王生》（四首）、《孝女行》《射洪唐庚三茂才为乃翁七十正寿征诗，作此遣之》《挽唐斐清》（二首）、《夜梦谢孺人》《挽门人王文峰》（四首）、《哭刘婿毓安》（六首）、《题射洪邓彦阶同年所藏缪筼孙女士〈折枝牡丹图〉》《赠文殊院明正方丈》（六首）、《题〈长恨歌〉后》（四首）。其中，《六十咏怀》其二："春华如梦去悠悠，日薄崦嵫万念休。差幸全身豹虎窟，何须采药凤麟洲。命当磨折天难佑，人太牢骚鬼不收。今夕开尊拼一醉，未来之事莫深忧。"《挽唐斐清》其二："才华福命少兼全，俯仰因君一慨然。秉铎开州虚远志，鸣琴湘水怅孤弦。长卿有妇存遗稿，伯道无儿侍暮年。听说螟蛉将乳子，可能式谷慰重泉。"《题〈长恨歌〉后》其四："一旦郎当便薄情，玉妃痛绝自捐生。迫迁西内忧伤死，岂为当年七夕盟。"

严修诗系年：《刘仲鲁六十寿诗》（二首）、《寿史康侯六十兼呈刘仲鲁》《第五次至洹上养寿园，寄墨青》（二首）、《洹上感赋》《送葬遇风霾》《题李薇庄先生双箟》《读赵楚江〈八十自寿〉诗，依韵奉和》《周杏农为三河郝孝子征文，敬撰一诗》《李嗣香前辈七十寿》（二首）、《咏车》。其中，《刘仲鲁六十寿诗》其一："识君忆在海王村，藉甚声华刘蔗园。学绍濂亭称入室，文如广雅例抢元。早闻四裔游程遍，宁止三湘治谱存。滂喜瓶庵君举主，盛名端不愧师门。"其二："年日吾符郑太夷，海藏楼有见诒诗。得君同甲尤增重，后我兼旬未算迟。履道坊前歌忘节，著英堂上酒盈卮。祇怜俯仰今身世，不是香山涑水时。"《第五次至洹上养寿园》其一："泉石依然养寿园，十年往事向谁论。五人赏画天宁寺，今日惟君与我存。"其二："历数前游益怆神，年年代谢有新陈。昔时四度同来客，强半今为泉下人。"《洹上感赋》云："燕南残雪尚缤纷，洹上青青麦陇云。花信疑迟缘岁闰，风光蓄暖待春分。故园柳色依依认，隔院鸠声续续闻。忽忆当年旧宾主，仰天无语立斜曛。"《送葬遇风霾》云："万丈黄沙黄蔽日，痴人奇想忽开天。大收吊客衣襟土，归去能肥斥卤田。"《咏车》云："昔人安步当乘车，今我车行比步徐。宜载闲游无事客，可能看字密行书。御夸东野危机伏，韦佩西门躁性除。人笑驽骀赞骐骥，焉知福祸定何如。"

郑孝胥诗系年：《题〈林文忠手书日记〉》《寄题杭州樟亭》《张钧衡为母造长生砖塔，且摹柳诚悬所书〈金刚经〉于石，求为赋诗》《石遗示〈早睡〉〈早起〉二诗》《丁恪敏公挽诗》《题周子洁〈募葬徐俟斋启〉卷子》《吕秋樵遗墨》《消寒会示同坐》《和乙庵〈观菊〉之作》。其中，《题〈林文忠手书日记〉》云："缜密精勤见意理，平平无奇乃如此。必有神明逝不传，但觉寻常犹人耳。君臣相知古难言，荷戈一去真主恩。名高取忌谁能保，忠顺勤劳是本根。"《寄题杭州樟亭》云："惨淡苍穹久屈蟠，沧波老树想高寒。天鸡白鹄愁霄汉，志士仁人伤肺肝。一日缚茅成故事，诸君抱膝恣游观。何当侧杖追公等，徙倚亭前话戒坛。"《题周子洁〈募葬徐俟斋启〉卷子》云："昭法死空山，其志诚皎洁。毕生绝交游，仅得全名节。世士不能穷，无论蓄内热。小人偶作缘，宛转缁已涅。置身清浊间，时名那可窃。吾党二三子，内讼庶不屑。"《石遗示〈早睡〉〈早起〉二诗》其一："寐叟深言夜坐非，石遗极道晓行奇。海藏夜夜楼头坐，却是晨钟欲动时。"其二："闻鸡待旦已为常，早睡翻成减睡方。记与壶公论夜色，四时霜月抱冰堂。"《吕秋樵遗墨》云："方我壮年时，友朋数零落。零落何太蚤，使我老寂寞。精爽在我心，酣嬉故如昨。我存彼岂亡，不翅九原作。秋樵去我久，遗翰犹绰约。季子真象贤，风骨见澹泊。栖栖人间世，无地著哀乐。过隙聊自豪，一洗怀抱恶。"《消寒会示同坐》云："蒙难灵修久苦辛，玩时惕日坐诸臣。一为孤注机旋失，再卜中兴义未申。江左夷吾虚想象，黄图赤县付何人？楚囚君子吾何敢，深觉新亭愧伯仁。"

祁世倬诗系年：《窗前蜡梅初开，偶检苏黄诗，适杨维周有看花之约，走笔赋此》《王劭宜新纳姬人，戏为三绝句》《劭宜纳姬未一月，辄复遣去，再为小诗戏之》《和杨盍愚同年〈云龙山纪游〉诗韵》《去秋桂开偶赋，维周、盍愚、柳门三杨君各有和诗，复叠韵酬之。今桂花又开，而维周已于前三月卒矣。怆然有感，再叠前韵，简盍愚、柳门》《前以白榴饷盍愚同年，答诗谓去徐有日，今红榴初熟，行期益近，更以奉饷并叠前韵，用志依依》《冬日久旱，蜡梅蓓蕾多落，立春既近，得雨乃有开者，著花甚稀，亦复清疏可喜，叠前韵赋此，简盍愚、柳门》。其中，《和杨盍愚同年〈云龙山纪游〉诗韵》云："山楼高处不胜寒，聊借清游结素欢。令节偏从客里过，好花须向醉中看。三年旧雨情堪话，一卷新诗秀可餐。乘兴归来寻别径，暮云低映几凭栏。"

章梫诗系年：《题〈清湘药帐图〉，为刘健之同年》《题刘澄如学士五十七岁小像（像戊午所画）》《题金谔轩（嗣献）冬青草堂》《式之同宗自天津寄示近诗，次韵和赠》《寄题王玫伯同年后彤草堂》《和高潜子侍讲前辈见怀韵》《题〈劳山归去来第二图〉》《题杨节愍像卷》《和赠齐拙民茂才（迟昌）天台》《自济南至青岛车中作五首》《和锡晋斋主人〈题后彤草堂〉韵，赠玫伯同年》《和前韵呈赠锡晋斋主人》《赠廖讷愚、仲任昆季，和玫伯同年韵》《题于铭曾祖母祁太孺人两次刲臂记》《朱聘三侍讲同年五十》《和玫伯观察、玉初尚书倡和韵》《海游乡校同宗毕业生二十五人会予于广润寺，赋赠二首》《酬家广轩明经》《送学真和尚归福州》《题杜茶村画像，为周景瞻三首》《寄吉臣同年道墟，和其〈戊午除夕寄怀〉韵》《和郑苏戡方伯同年〈己未岁暮消寒〉韵二首》。其中，《和郑苏戡方伯同年〈己未岁暮消寒〉韵二首》其一："食蓼犹甘肯避辛，八年海角老遗臣。翻城兵绌成仍败，迁甬身存屈可申。合座本皆香案吏，遥山尚有白衣人。高宗梦说方劬学，不作夷齐求得仁。"《和高潜子侍讲前辈见怀韵》云："女贞花发得音书，犹是金门旧隐居。忍说辽城归有鹤，仍闻冯铗出无车。声渐海内空仓雀，烧尽江南名士鱼。形胜石头潮上下，英雄老去又何如。"《和赠齐拙民茂才（迟昌）天台》云："忆别惊看各老苍，儿孙凤尾竹成行。遁荒自愧炳丹室（丁巳蒙赐御书'言炳丹青'匾额，敬以名室），食旧群推赐砚堂。春采僧茶煎瀑布，秋调仙药捣飞霜。合家世住桃源里，衣暖羹香书味长。"

汤汝和诗系年：《次韵酬樵僧见示元旦之作》《晤同年吴雁舟（嘉瑞）观察，即赠二首》《闻雷有悟，因书〈蒋心余先生诗集〉后》《寄罗鉴堂（人典）先生桂林》《苦湿》《电灯歌》《挽子箴》（二首）、《河干晓眺四首》《偶成》《〈柳阴垂钓图〉，为尹雨苍秀才（而夫）题》《湘省洗心文社征诗，勉成四首》《会英所居邻家失慎，火势已隆隆矣，即救止，得免波及，次日率成俚句柬之》《挽俞恪士（明震）观察》（三首）。其中，《电灯歌》云："一灯如豆焰微青，山人夜对读书檠。字讹亥豕分难清，蜗庐今忽如画明。灯光都借电机生，营其业者操奇赢。铁索高横万瓦甍，当檐竞接鹿庐绳。能驱电母秀文英，清辉遍发琉璃瓶。长沙城中沸市声，木难火齐夸晶莹。梨园歌管舞娉婷，楼台万颗垂春星。不期仲蔚屋三楹，久雨蓬蒿暗户庭。兹亦纷悬无尽灯，儒素家风一变更。措大敢与豪富争，移家似住不夜城。月宫疑有路堪升，我揩病眼憬然惊。佛法如参最上乘，摩泥珠照水源澄。回光旨悟定中僧（近习静养，每日打坐移时）。"《挽子箴》其二："湘江把袂藕花天，重补人间未了缘。一别风尘逾五载，八旬甲子欠三年。鲁恭爱著中牟邑，陶令家惟上潠田。犹幸西华勤职业，隆冬差免练裙褰。"《河干晓眺四首》其一："离城数武大江斜，城内蜗庐寄一家。早起主人常独往，相随朝鹭立寒沙。"

王梦林诗系年：《偶阅〈升庵诗话〉，有连叠四字作句者。又樊山〈滑稽诗〉有叠字而音同义异者。今合效二颦，聊以为戏，亦易安作"庭院深深"之意也》（二首）、《拟赠宋子元统领》（二首）、《为肇卿题画》（四首）、《代友为陈湘云作联云："姓分华胄胭脂井，名在红楼芍药茵。"肇卿曰此联若传远人，必疑作者当一风流少年才子也。因戏赋小诗二首》《老友王君执斋携眷照影索题戏答》（二首）、《即景》（二首）、《题思昉与舍侄清运合影》（四首）。其中，《偶阅〈升庵诗话〉》其一："林鸟都还绕树飞，岫云也只傍山霏。人偏何事去经月？月月月圆人未归。"其二："几辈有才称圣贤，几家有力作田园。我偏无事闲过日，日日日高我尚眠。"《为肇卿题画》其二："草径上连石径斜，桃娇梨媚斗春华。为听鹦鹉教调惯，红白都成解语花。"其四："已褪轻红留古香，全凭淡白显春芳。鹦哥亦似诵经罢，戒绝枝头说短长。"《老友王君执斋携眷照影索题戏答》其一："疑是桃花嫁楚王（其妇系再醮），赢来儿女灿成行。团栾看足闺中月，不负香衾是老郎。"其二："田居蚕室举家清，绕膝依依娇小情。欢乐常防儿辈觉，徐娘半老尚卿卿。"《题思昉与舍侄清运合影》其二："余子全空碌碌流，降心聊作小儿侔。未妨国士无双品，哙伍原来不是羞。"其三："常常欲见源源来，一镜双留貌与才。赢得攀稽阿咸笑，图形何用列云台。"

王仁安诗系年：《赵渭访自杭州寄诗索和，话多落莫，作此广之，即次原韵》《读阳明诗》《偶读林逋〈梅花〉诗有云："人怜红艳多应俗"，口占一绝》《谒渭占丈介寿，得见贤郎敏初，谈及家事，喜而有作，非寻常祝词也》《读亡友陶仲明丁酉寄弟书，有云"王仁安诗于古人尚隔一层"，距今二十余年矣，感念逝者，记之以诗》《乡人征集范孙寿诗，曾作七律一首，生甫复以范孙自寿诗见示，语多凄苦，作此广之，即次原韵》（四首）、《雪民、逸仲，皆门下士也，从事志局，相对读书，口号自嘲，亦自喜也》（四首）、《才人》《赠王墨林》《过天津税关故址》《读唐贞观中奏疏》《赠马竹坪》《与仲佳谈诗，追括言论，成一绝句》《生甫欲编印文集，索余题诗，重拂其意，作五言诗以归之》《闻张玉裁云俞恪士病故，未知信否，有感往事，纪之以诗》《仲佳以险韵诗索和，勉以应之，二老人故弄狡狯，亦聊与相娱也》《见人传〈挽俞恪士〉诗，恪士之死信耶，凄然有作》《前以书寄慰，三询恪老消息，今书来，恪老死矣。作诗答慰三，并自述近况》（二首）、《日内将以事赴京有作》（二首）、《到京得诗四首》《人传陈伯严有寿梅畹华祖母诗，疑或传闻之误，记之以诗》《闻谢荫浓客死济南》《河干远眺》《忆钱塘》《渡河偶得纪景小诗，归来作〈忆钱塘〉诗，颇费安排，始得成篇，老境至矣，慨然有作》《与刘竹生谈诗，归来戏作》《前诗写就，更成论文一首》《次韵答仲佳赠诗二律》《钱夫人织孙诗有云："愿将一掬酸嘶泪，偏化人间妒妇心。"读竟口占》《论诗》《雨窗有怀往事》《应友人招宴，次日作》《诗兴偶然勃发，作此自嘲》《晓起看云，怀杭州广楼》《偶忆旧诗有作，即题近作诗稿》（四首）、《颓阳》《闻童伯吹病殁厦门》《喜雨》《说诗》（二首）、《夜半睡醒，枕上口占》《偶成》《奠渠楚南》《皤发老人自嘲歌》《长日思睡，强起读书，作此自遣》《夜游公园忆去年旅京往事》《放歌行》《即目》《还乡来见亲故家，有子有孙，骤喜形于色，老眼观人且欣且慰，纪之以小诗》《行乐篇》《相逢少年行》《题西湖缩影》《河船》《将睡，满院虫声，戏作》《闻邻翁哭声》《雨》《江湖》《顾荫棠，余姊丈也，为张叟索寿诗，余姊亡已四十年，荫棠亦七十老翁矣，未忍拂其意，勉以应之》《乔亦香喜蓄盆石，新购得数石，尚未生有苔斑，颇饶意态，作此题之》《人传俞恪老遗诗结句云："余生甲子山中历，看到秋花始惘然。"余藉之为发端，成律诗一首》《前诗语未发露，更成二十八字》《吴母张太夫人八十寿诗》《炉香》《作〈炉香〉诗，讽咏自得，有忆范先生论诗语，拈出示后来学者》《偶得首二句，率尔足成一律，几似〈击壤集〉中语也，用以自娱》《修志局有三小石，新得秋海棠两株，置石侧颇有意致，见者笑之，慨然有作》《余地》《人赠秋海棠两株，花甚繁，经雨零落，乃觉楚楚有致，时人或不之知也》《余尝谓人云："读旧诗，觉好即是退境，诗便可不作。"近读旧诗，颇觉有味，因成此篇》《先母生日》《卞氏园》《亦香季子仰吾病殁，万感交集，赋此藉遣悲怀，并悼范孙长子约冲》《寿王吟笙五十》《见女婿韩振华讯两外孙》《余赴浙，敏儿将余手写书藏一箧，跬步弗离，今敏儿死，振华送书来》《感时》《王兰浦六十，作诗为寿，兰浦朴实人也，以朴语进之并质之范老》《春梦》《袖手》《题小坪先生〈海天放鹤图〉遗照》《题画》《寒夜作一诗，颇得意，写寄范孙》《读韩诗偶作》《盆梅》《见人家发殡，戏作》《玉裁屡以诗见教，其中五律颇学少陵，赋此寄赠》（二首）、《饶君苾僧母吴太夫人征寿诗，李仲可属余作，向读饶君之文，颇契慕雅谊，勉为应之》《孟定生谓余曰："向曾见过君诗，前数日见君为顾荫棠作张叟寿诗，心乃折服。"定生非轻许可者，记之以诗》《题阮亭〈十种唐诗选〉》《韩丈芰舟以即席诗索和，次韵答之》《连日读前人诗，偶然作》《近与友人谈艺，有谓余文不假安排，惟文彩不艳者；有谓余诗近自然，但惜少唐音者，赋此解嘲》《仲佳以〈送灶〉诗见示，有触往事，赋此奉答，并酬仲佳》《云车谣》《前诗危苦，次日作俳语解之》。其中，《赠王墨林》云："昔采芹香两年少，泮宫水暖早春天。只今白发重逢处，阅尽沧桑卅七年。"《闻童伯吹病殁厦门》云："往岁宁台罢战争，抚安父老我曾行。归途好结旋师伴，一路欣传奏凯声。自返津沽寻故里，更闻闽海事专征。无端道得惊人耗，挥涕同舟感旧情。"《玉裁屡以诗见教》其一："岁暮群阴逼，高吟得此人。铿锵诗在箧，感愤泪沾巾。避世原无闷，居仁恰有邻。眼前生意满，万象渐回春。"

　　骆成骧诗系年：《课诸孙读》《酬诸公清漪楼集咏，即请雍耆侍讲代书刻石》《忆王聘三、余子厚两前辈》《石犀》《时雨》《贺颜雍耆侍讲续弦》《鸟鱼》《渫注缸》《清漪楼自题》《偶成》《白发》《独酌》。其中，《酬诸公清漪楼集咏》序云："清漪楼成，赵尧生前辈作《买陂塘》词，邓先生鸿荃作《壶中天》词，宋芸子前辈、文海云、刘豫波、黄际虞、颜雍耆、古述臣诸君各为诗以旌之，曲高意远，非所克堪。即席赋俚语，自通狂惑，所谓答阳春以下里者也。"诗云："江渎池水清且沦，白莲满池如散银。临池日日催花发，小楼中有种花人。汪祠杨柳罗祠竹，四邻生翠摇空绿。旭日朝分万里辉，寒星夜伴诸天宿。主人游倦今始回，旧池芜秽喜重开。岂有蛟龙待云雨？任从鱼鳖绕楼台。诸公看竹情俱畅，一曲《采莲》歌始放。花底看山落镜中，莲前问客来天上。天上何年瑶池清，人间何世沧海平？只应斗酒日痛饮，风水嬉娱如有情。"

杨钟羲诗系年：《咏史》《汪鸥客为作〈松窗辑书第二图〉赋赠》《陈仁先祖母八十》《题刘忠介遗像》《赠潘兰史》《次乙庵韵并简文麓》《西圃前辈〈香雪草堂〉图卷，为令子季孺题三十二韵》。其中，《咏史》云："霜原松柏本无多，微觉文公著论苛。早刻会之晚思退，未应倾倒向黎涡。"《汪鸥客为作〈松窗辑书第二图〉赋赠》云："敢说衣冠拜阿瑛，曾将寿骨写苏程。海天旧雨惊重见，江汉浮云似隔生。三箧已成秋后叶，双松未改岁寒盟。水云自有娟娟笔，难绘荆高变徵声。"《陈仁先祖母八十》云："令子莱衣湖上居，文孙视草返班庐。远罗乡味巴河藕，絜致晨羞宋嫂鱼。再世才名留谏录，一门孝友著伦书。慕陵中叶重溟靖，会睹承平设帨初。"《赠潘兰史》云："早岁天骄识凤麟，晚从汐社岸乌巾。学宗东塾风犹在，诗比南山老更真。酒户衡量无大小，谈锋辟易见精神。丹霞雪干多摇落，政要潘高作替人。"《次乙庵韵并简文麓》云："称贞原不侈黄门，綦缟聊堪乐我魂（韩诗作魂）。穷大失居受以旅，括囊无咎取诸坤。高名麟士光齐简，诗律鱼山是楚髡。不解人情偏向菊，晚晴几辈对清尊。"《西圃前辈〈香雪草堂〉图卷》云："榜字标何逊，横图补顾璘。俞楼文斐亹，李叟句嶙峋。四美今都具，三吴望绝伦。草庐觇胜概，世德付贞珉。泽自河阳远，居依乐圃邻。柯亭曾踵武，镜曲早抽身。小阁凭岩筑，香林纵櫂频。一编昌洛学，卅载理桐缗。松下罗名迹，梅花谱喜神。再传归宅相，什袭数家珍。庭际科名草，湖壖子母菟。画禅参白业，通德拜黄巾。陶翟成仙侣，开天足好春。诗留《长庆集》，老作太平人。贱子登朝日，司空荐士辰。孤根欣遇主，半舫每延宾。家事流闻久，文章沉濋真。荒庄虚月旦，乞郡涸风尘。季子方游楚，华年著过秦。庄襟原落落，庾幕辄断断。随节经沧海，归槎指析津。寓园秋对榻，作奏夜连茵。朱雀游如昨，黄虬未可驯。泉明书甲子，德祐纪庚申。山蕨深怀旧，姻萝耻美新。丹青勤守护，坚白谢缁磷。摇落金城柳，仓皇蜀道磷。遗章同掇拾，大义感交亲。兰艾纷难别，冰霜各自振。我原甘皂帽，君不艳朱轮。堂北谋欢笑，淞南念隐沦。花时会相访，储酒待迁辛。"

方守敦本年至次年夏诗系年：《郑靖侯自泰州和予〈看雪〉诗，赋此奉答》《仲裴暑中为予弹琴，赋此赠之，兼索题〈冰崖〉诗》（二首）、《艺叔都中来诗，原韵和之》《靖侯沪上来诗，速吾同游金焦，且拟访天台、雁宕，次韵奉答》《仲实归里，题予〈冰崖诗册〉，又有诗追怀先君，述往事，感赋二律奉赠》《皖上遇郑靖侯》《江君润皋得明周幼海先生手札于纸簏中，韵事也。持来属题，漫赋二绝》《张君易吾置酒寂园招客，适狂风起，家贲兄未往，谢以诗。予亦次韵，呈易吾及同坐诸子》《张君易吾以母寿日奉游庐山，访远公讲经台作图，属题》《江上归途大风雪，过太乙山庄先垄》《渊如以叠和伯韦天字韵诗数首寄示，亦次韵戏答》《寄坪近学佛，用"万壑松风一木鱼"旧句作图，属题》（二首）、《孝朗大侄久客吉林，昨有诗来见怀，赋答一律》。其中，《郑靖侯自泰州和予〈看雪〉诗》云："故山别后更鸣琴，江水东流岁月深。四海疮痍谁毒手，一官尘土自冰心（来诗有'我亦净心抱冰雪'句）。高情风雅追前辈，旧侣林泉思好音。何日杖藜王屋寺，老专丹壑共长吟。"《张君易吾置酒寂园招客》云："江头来醉菊花天，兄弟情依白发年。更喜新交论金石，不须秘记学神仙（时有立社传道引术者，其徒甚众）。庄谐真率成高会，星斗苍茫失旧躔。醉听风沙歌岁晚，坐中三绝已传笺。"《江上归途大风雪》云："松风号万壑，雪势压崔巍；难舍先灵去，寒鸦绕墓飞。"《靖侯沪上来诗》云："世乱藏身苦无术，迷阳迷阳动伤足。万古孤怀郁不明，春风忆远临高城。故人东望几千里，吟篇时挟风涛起。豪气思凌雁宕秋，扁舟约饮中泠水。白首亲交复几人，烦忧未觉皇天灵。挂杖相寻应有日，思君梦见海山青。"

姚永概诗系年：《张勺圃得家八世伯祖听翁所画山水，跋云："在兹兄访我龙眠深处，有约偕隐。于其别也，写此赠行。"以为息壤，勺圃征诗》《李一山（汝谦）得唐拓武梁祠画像残本，朱竹垞以下题咏甚伙。一山招饮，出观索诗，因赋长句》《悼金梅生（承光）》《槃君元日大雪出邑北门为诗，和者至百余篇，寄余索和》《再寄》《暑归，次前韵柬磐君》《伦叔去冬寄四绝未和，来书致怨，次韵谢之》（四首）。其中，《张勺圃得家八世伯祖听翁所画山水》云："黄蘖山房翳碧萝，龙眠深处得婆娑。先生投老当明盛，故侣相期有涧阿。苍狗白云天上变，青山红树画中多。前朝遗墨君收取，莫换山阴道士鹅。"《槃君元日大雪出邑北门为诗》云："岁朝被酒寻荒径，悬崖冰雪开诗兴。万人和起一人倡，珮玉琼琚满清听。自古知音要识真，可怜韩子务祛陈。寒流若许春长在，我亦支离偃蹇人。"

李经钰诗系年：《游明孝陵》《门存诗十五首》（含《过次申金陵故居》《赠陈伯严》《同内子儿女游清凉山》《车中书所见》《过弢楼旧居》《赠周子昂》《津沽新居》《寄伯严金陵》《寄鉴泉金陵》《寄刘锡之上海》《忆亡弟郊云》《忆淮南田庐》《家文忠祠题壁》《病起》《鉴泉过津，伤其年老远行，再占前韵赠之，末韵用唐甄〈大命〉篇语》)、《重登江亭》《夜雨》《将谒弢楼墓，寄佛昆》（四首）、《送杨焕霆回里营葬》。其中，《游明孝陵》云："水绕峰回此奥区，行人尚作御园呼。千年形胜名犹昔，一代英雄迹已芜。夜静山灵朝寝殿，雨余石马卧交衢。仁皇御笔碑题在，独下疲驴拜路隅。"《赠周子昂》云："种瓜无地学青门，谋食何由守故村。老去偏愁人事幻，梦来犹识海尘喧。黄冠日月平生志，彤史旂常百战魂。莫讶相逢惊鬓改，三年奔走骨空存。"《重登江亭》云："一十八年如逝水，百千万变等浮沤。茫茫人世谁青眼，役役尘埃已白头。往日雪泥空有迹，他生精魄傥重游。长吟海藏残阳句，坐对西山我欲愁。"

赵熙诗系年：《杂感》《旧事》《传度上人赐茶，用欧、梅唱和韵寄谢》《三日二首》《山行二首》《仁寿道中》《野塾》《仁寿旅次》《仁寿道中怀孝怀》《成都道中》《江楼》（蜀郭风流地）、《薛涛井》《江渎池怀印伯》《文殊院赠方丈幻住》《寄题文君井》《江楼》（春水桃花艳一州）、《马祠》《青羊宫》《花潭》《下花潭》《草堂》《杜公祠》

《采伴》《河坎》《锦江舟中》《晨出》《拜客》《江楼纪别》《水滨》《中和场人家》《舟行》《野泊》《眉州》《青神》《晚眺》《板桥溪》《嘉州》《斑竹湾陈郡将招饮》《与陈郡将泛舟至乌尤二首》《调陈郡将》《宿乌尤》《夜雨》《乌尤小憩》《上凌云寺》《凌云渡》《别陈郡将》《长山桥》《旅行》《抵城》《旧宅》《改诗》《外家》《题扇》《郊行》。其中，《杂感》云："野人生计鸟归林，方丈灯明素业深。未了梦痕添白发，无边杀劫为黄金。诛求到骨何堪再，一念回头来易寻。惟有芭蕉坚固体，春风不改旧时心。"《旧宅》云："此地当年塾，支衾万念来。所亲如梦隔，多雨惧农灾。别悔中年易，花仍接屋开。颓墙支一木，屠亥鼓刀才。"《改诗》云："于世竟何用，一灯凉雨时。相看故人尽，微尚六朝知。天意张群盗，虫声诅四围。中年诗自改，悬想入希夷。"《郊行》云："一水仙凡洞口分，数家鸡犬隔山闻。莫将魏晋逢人说，只恐桃花笑煞君。"

吴士鉴诗系年：《樊漱圃（镇）既刊其远祖绍述先生集注，谋祔祀于西湖。（士鉴）创议谓当祔白公祠，邦人君子金以为宜，乃奉栗主于某月日祔祀，敬记以诗》《题文文肃公光分太液砚拓本》（三首）、《题赵文敏墨笔画马卷子》《题吴柳堂侍御遗像卷子，附装〈罔极编〉手稿，为咸丰庚申八月危城中日记》《题孙师郑〈感逝诗〉》（二首）、《师郑长余二岁，同以七月十七日生。今年有自寿诗索和，作此答之》《宋太清楼犀角杯歌》《题张晴枝（百煮）行看子》（二首）、《题〈种人图〉》（二首）、《王汉辅（崇烈）挽诗》（二首）、《题王可鲁（绎和）〈畏曙图〉》《题卞光河中丞（士云）〈夜灯图〉》《顾鼎梅（燮光）以荥阳新出晋·郑舒墓碣见贻，有裨注史，赋此答之》（三首）、《梁文忠公挽诗》。其中，《题张晴枝（百煮）行看子》其一："久闻稚川金木诀，亦有旸谷东华篇。揭来衡峰最高处，嘘噏丹霞求真传。"《梁文忠公挽诗》云："贞疾天留不坏身，繁霜忽复賮松筠。一暝幸得依先帝，九死终难慰国人。剩有丹心系霄极，更无朱履曳星辰。华光讲席从今辍，想见咨嗟动玉宸。"

梁文灿词系年：《金缕曲·钟山吊明孝陵》《满江红·秦淮赠妓》《念奴娇·华严寺，用稼轩〈赏心亭〉韵》《忆王孙·舟中望金山》《南乡子·京口》《浪淘沙·题程稻村〈稻畦图〉》《满江红·西湖题岳鄂王庙，用萨天锡〈金陵怀古〉韵》《金缕曲·平山堂》《南歌子·感怀》《永遇乐·台城怀古，用稼轩〈北固亭〉韵》《念奴娇·夜过露筋祠》《前调·宝应旅邸书所遇》《柳梢青·漂母祠》《前调·胯下桥》《浪淘沙·广陵怀古》。其中，《念奴娇·夜过露筋桐》云："疏星淡月，正黄昏、轧轧摇残柔橹。云树苍茫谁唤渡，遥指露筋祠古。青草冢荒，桃花庙圮，彼美皆尘土。艰难一死，世间多少儿女。　　自古歌舞扬州，繁华梦里，谁识冰霜苦。江水滔滔流不尽，赖有红颜砥柱。画栋栖烟，灵旗飒雨，环珮归何处。寒泉秋菊，清风犹挹行旅。"《柳梢青·漂母祠》云："淮流东注。汉时祠庙，千金亭古。枒树阴中，饥乌声里，炊烟何许。　　堂堂巾帼英雄，论俊眼、溧阳堪数。江北江南，击绵漂絮。一双奇女。"《浪淘沙·广陵怀古》

云："十里锦帆遮。殿脚娇娃。扬州一梦尽繁华。不惜镜中头颈好，且看琼花。　　荒井句斜。腐草惊沙。离宫别院属谁家。陧上垂杨桥下月，啼煞栖鸦。"

林苍诗系年：《五十自寿四首》《次韵观心〈元月二日雪〉》《和观心雪诗后，又系一绝》《曩以五言古与观生，观生因次元韵寿余并有序，叠此奉谢》《今岁五十初度，同社以诗文寿，书此致谢》《贱辰辱简社诸君饷诗志谢》《彤余以八龙贡笺见贶，书谢二首》《有感三首》《贱辰石遗丈自海上邮诗，见赐赋谢》《论诗，与观心》《达生，示范屋》《小庭长春初开有感》《花时杂感》（四首）、《闻俞恪士观察之丧，诗以哭之》《听雨》《屏山桃花盛开，彤余约往观，不果，与范屋》《与虚谷谈，意有不怿，书示》《看花》《送韵珊观察之官厦门》《君石招饮聚春园》（二首）、《行乐》《示儿子志复》《天放五十》（八首）、《独立》《送谷士之北京》《晓起》《归里后厚禄故人音问都绝，年来衰病，益复不支，可告语者百无一二，因成七律二首寄呈伯谦》《公和病归，来往一视却寄》《昨于陀龛处见几道〈三月三日祭宛在堂〉诗，因次元韵与陀龛，请勿示几道，实未敢云和也》（二首）、《过湖上茶居二首》《连日放晴，步至湖上，俄又云合，怅然而归》《苦雨》《得韵珊鹭江函，赋答》《天放购得玫瑰宝相，转以见遗，成一绝句》《读老可〈三月三日湖上作〉，书此用广其意》《次肖洁〈雨夜感成〉元韵》《次韵答漫公》《味秋筑屋城北，落成数阅月矣，昨蒙召饮其家，补诗奉呈》《感沤招饮其家，醉归，舆中作》《志局人散，独与观生对卧藤床听雨，至晚始归》（四首）、《范屋家夜召歌者，雨路泥滑无舆，惜不得往》《碧栖夫人生日》《抱冲招饮城南，病不果赴》《次韵答虚谷》《屯庵又将出山，无物致钱，书此赠之》《饭罢》《感成》（二首）、《陀龛以〈睡起口号〉见示，赋答》《日间在局，闻范屋言，意有所触，夜坐忆及感作》《得感沤次韵二首，因叠前韵奉答》《观生移居乌石山文肃公祠内，感赠》《与感沤唱酬，叠经往复，终以庄语，亦"三百篇，发乎情，止乎礼义"之意也》《城南践抱冲前约，简同游诸君》（八首）、《伯谦召饮广春楼，感赋》《久不饮黛青所，感沤邀往一叙，酒后作》《初九夕城南饮归，感沤有诗，次答》《虚谷四十初度》（三首）、《介盦置酒宛在堂，戏书所见二首》《谈空》《小饮聚春园与昆士》《旬来偶作南游，虚谷时以相谴，书示范屋》《同诸君赴范屋聚春园约醉，中偶有失言，书此志过》《湖上晚眺》《次韵答松真并示彤余》《感沤以七言长古见贻，奉答二首》《连日病湿，驱车出西湖有作》《二桐叹》《西湖，同伯谦、感沤》《微生》《连日饮开化寺，奉伯谦》《听剧三首》《足九招饮南轩，座有粲者》《雨中往开化寺》《犯雨赴西公园饮，大醉而归，醒时四鼓矣》《随分》《感沤同梦华城南观剧，独往西湖，因雨不果，南轩遇漫公》《听雨》《岂独》《志局人散，独卧无俚，感作》《达观》《自台江泛舟，逆流而上，渐底幽僻，意为爽然》《初六夜至湖上访感沤不遇》《与昆士》《夜凉》《松真病殁，身后萧条，资助力有不能，往临心又不忍，诗以哭之》《自分》《月夜湖上，同公和、范屋，已而介盦、感沤继至，翌日有作》

《恼人》《大雷雨》《观生新悼亡，诗以慰之》《感沤赴约六一泉，不果》《平冶归以方物数事见遗，书谢》《平冶病疟兼旬，闻已小愈，诗以讯之》(二首)、《伯谦见和广资楼集饮诗，奉答》《日暮》《戏仿闽腔〈十劝曲〉，肖洁有诗见许，依韵奉答》《酒后同范屋、感沤至湖上，青天无云，月佳绝，归成一律却寄》《闻韵珊有鼓山之游，心焉羡之，书奉一首》《追凉》《河居坐月，忆西湖感作》《喜漫公病愈，书示二首》《挽松真二首》《卓为用余前韵寄如香，并以相示，叠此奉答》《痛心》《抱冲招饮西湖，谈次有感，归作》《月余不到城南，十七夜公和招饮三山座，月色佳绝，酒罢同伯谦、感沤车赴广资楼，尽醉而归》《未来》《闻感沤、树如坠车微伤，诗以示之》《伯谦约往六一泉，感沤、树如在座》《社事中歇，殆不可复，书示抱冲》《狂风》《初一夜饮感沤家，大风雨，舆夫不至，留宿园中》《失笑》《横苍以自作山水画扇见遗，感赋》《次韵元疆〈夜谭感赋〉》《喜坦西枉过，并以铁观音茶叶、奇楠线香见遗》《书感》《剑篁北行，同人饯之三山座，赋赠》《累日不见范屋却寄》《梅峰有诗见怀，依韵答之》《题南楼》(二首)、《病肺》《又是》《送右造同年还福唐》《季义病久未往视，闻近已渐愈，造谈当有日也，喜而有作》《同陀龛、天放、元疆夜语》《久不见虚谷，闻日夜均在歌场，心焉羡之》《叠前韵与虚谷》《有自都中索观试稿，作此答之》《闭门》《梦亡女莹》《抱冲同感沤枉过，并邀饮南轩》《索居无俚寄感沤》《戏赠四首》《聚春园公饯步岳，书席上所见》《虚谷见和前诗，叠韵答之》《病肺兼旬不见元疆，昨与相遇，约今夜一谈，携诗访之》。其中，《五十自寿四首》其一："草间求活一陈人，弹指虚过五十春。眼底河山伤故国，兵前风木念先亲。残生自觉佳辰少，戏岁端忧白发新。罚老屠苏驯至我，可堪才尽作轘呻。"其二："一女京华隔暮烟，风尘有弟未归鞭。孺人稚子空相对，野鹤闲云只自贤。朋旧幸存怜惜意，山林坐忘乱离身。强扶衰病私为祝，留待西湖筑月泉。"《贱辰辱简社诸君饷诗志谢》云："十年重作在山云，吟社过从始识君。生日大招回厥命，一堂白战张吾君（是日吟集有雪）。逢辰且尽新知乐，联句何当险韵分。惭愧陆沈人海客，五陵同学不相闻。"《足九招引南轩》云："老眼看花似雾中，尚知春色属嫣红。湖西记面成前度，雨后登楼落绮丛。佳会幸招灵匹降，微波倘许片词通。送钩隔座人如玉，裙带飘飘问晚风。"《自台江泛舟》云："扁舟客与夕阳西，隔岸人家树影低。寂寞江天成独往，乱烟如梦鹧鸪啼。"《聚春园公饯步岳》云："徐娘半老擅风流，省对流莺却自羞。眼热时妆常度失，心伤薄命此生休。夜阑携手归张态，我独题诗感杜秋。各有不堪回首处，美人迟暮古今愁。"

陈懋鼎诗系年：《张姜斋六十集禊帖字》《送孙宇晴秘书赴日斯巴尼亚国》《族母萧太宜人〈秋宵课读图〉，为献丁弟题》《沈东绿六十》《何寿芬五十》《任先自津归赋赠》(二首)、《王又点郑宜人六十》《莘奋五十》《郭春榆六十》《代寿郭春榆六十》(二首)。其中，《张姜斋六十集禊帖字》云："每于禊日集诸贤，九老清游契乐天。兴会不曾临事倦，情怀岂信与时迁。风人尽室尝能咏，和气当春若可弦。在昔相随犹极盛，咸同以次及生年（丈生咸丰庚申，余生同治庚午）。"《王又点郑宜人六十》云："甲族传诗礼，名家仗布荆。德为才子匹，福卜晚年亨。在昔贫能食，相期宦有声。孟光持案对，徐淑谢车迎。海阅前尘变，花留旧诰荣。金萱颜共茂，蓝玉器皆成。周甲开绵算，当春念上京。酒浆儿女意，称颂里闾情。中表从先世，姻连到后生。房中宜曲献，林下见风清。白发招偕隐，沧江笑远征。词人工寿内，自度付弹筝。"《郭春榆六十》云："深接家风意倍亲，追随朝市感扬尘。明昌遗事诗中见，元祐吁谟劫后新。老办一身存国史，世须旧德表人伦。凤毛有美从渠羡，好在清秋垫角巾。"

黄荛鹉诗系年：《题友人〈韩蕲王湖上骑驴画〉》《题〈潇湘秋望图〉》《湘桥晚眺》《访张巢父不遇》《重游长潭》（三首）、《登高台山有感》《蕉岭书怀》（二首）、《思归》《题山水画》《赠曾仲宣》（三首）、《为逸农兄题画四幅》《步张巢父〈愿丰楼兰开并蒂〉原韵》（四首）、《赠陈竞公（在漳州作）》（六首）。其中，《湘桥晚眺》云："日暮铦牛卧石桥，韩江风浪起秋潮。凤凰城下烟尘黑，无限伤心听夜刁。"《蕉岭书怀》其一："曾继文翁到蜀都，归来无计慰莼鲈。一行作吏羞冯妇，三尺临民效董狐。但愿平衡师定国（时办司法事），勿将炙輠学淳于。借筹前席刚周月，张晏声名达四衢。"《赠曾仲宣》其三："与君年谊两相忘，偶值公余逸兴狂。石窟图书同讨论，长潭风月共徜徉。蕉阳蚕绩欣成茧，丰邑牛刀又试芒。琴出故城弹别曲，同人跨马出河梁。"《步张巢父〈愿丰楼兰开并蒂〉原韵》其一："仕宦烟云慨蜃楼，退心空谷复何求。苔岑并托灵根固，臭味相投入室幽。同调偶弹湘渚瑟，寻芳不隔渭滨钩。高风未减山阴兴，觞咏群贤禊事修。"《赠陈竞公（在漳州作）》其一："崔浩胸藏百万兵，出师北伐气纵横。星分牛斗开天阵，水绕漳汀匝地营。天宝峰头弓挂月，锦江堤畔柳迎旌。关山本是男儿事，身带吴钩岁九更（忆公起义循州，距今九年矣。李贺诗云：'男儿何不带吴钩，收取关山五十州。'可谓有志竟成）。"

沈昌眉诗系年：《小暑后，久雨不晴，水涨成灾。子得腹疾，饥不能食。食即痛而泄，畏寒甚，拥重衾，身犹战也。一灯如豆，反侧不寐，口占二绝》《湖水暴涨，苦雨闷坐，闻次公水居无舟，屋居无陆矣》（二首）、《题凌莘子（景坚）〈分湖晚棹图〉》《题〈忆旧游草〉后》（嘉善戴皋言著，许棣花为刻之，陆鸥安老有序）、《题董亦庐〈庐山继隐图〉五言三十韵》。其中，《小暑后》其一："三遗入笑廉颇老，一饭自怜韩信饥。大地陆沉天接水，中央脾土正襄时。"其二："无病呻吟况病侵，未秋天气似秋深。书生骨相寒酸甚，五月犹裘六月衾。"《湖水暴涨》其一："黄梅一两无休歇，老屋三间漏若卮。稚子敲缄堂下钓，拙妻戴笠灶前炊。潮生几案慵开卷，湿透衾绸怕入帏。镇日面墙看蜗篆，新添钟鼎古文辞。"其二："黄梅一雨无休歇，百步袁浜隔岸望。三尺小桥天一角，五株垂柳水中央。志和真箇全家泛，叔度原来千顷汪。洄溯伊人嗟道阻，不须

中国现代旧体诗词编年史

霞白与葭苍。"《题〈忆旧游草〉后》云："一自灵芬泛客槎，魏塘终古出诗家。旧游一册鸣天籁，惊动分南许棣花。"

傅锡祺诗系年：《寿郑擎甫先生（拱辰）暨德配王夫人六十》《蒙恬》（五首）、《李斯》（五首）、《荀卿》（二首）、《次枕山韵，送长公子南辉君入学台湾总督府医学专门学校本科》《苏秦》（二首）、《蔺相如》（二首）、《次王君了庵韵，题仲衡同社〈田居〉》（二首）、《过寄庐赠林君次通》《门松》《寿陈贞妇五十》（二首）。其中，《蒙恬》其一："家国存亡系属多，赢秦全仗固山河。从容一殉扶苏死，逐鹿中原起刹那。"《次王君了庵韵》其一："宜蕉宜竹又宜花，摆稄村边自一家。人乐拥书无以易，妇能藏酒不须赊。园栽诸葛军中菜，架有东陵郭外瓜。万丈红尘凭四合，寒溪隔绝市声哗。"《过寄庐赠林君次通》云："近市堂成榜寄庐，栽花种树称幽居。郇侯家富藏书轴，扬子门多问字车。傲物肯工谐俗术，生儿能有元宗誉。菟裘将老知君乐，南面虽尊恐不如。"

闵尔昌诗系年：《小市》《芍药》《一枕》《闲庭夕照间，藤萝薜荔，萧疏有致，写以二绝》《偶阅明清之际诸释子诗，漫书八绝句》。其中，《小市》云："园蔬春酒爱吾庐，懒性从教世故疏。莫笑出门无所诣，还来小市阅残书。"《芍药》云："莺飞草长暮春时，婪尾杯深赠可离。忽忆扬州风物好，涪皤争怪鬓成丝。"《一枕》云："蝉唱才停骤雨鸣，瓜壶架下晚凉生。虚窗挥斥蚊虫了，一枕华胥梦太平。"《闲庭夕照间》其一："蛟虬百尺欲骞腾，坏壁横斜络瘦藤。隐隐青山痕一抹，荒寒铁画写汤鹏。"其二："疏枝浅绛叶深红，秋在苍烟夕照中。廿载吴天征雁影，沧浪亭畔看霜枫。"《偶阅明清之际诸释子诗》其一："中峰初自庭心检，那子还看杖首悬。家国兴亡百年梦，空留万历两枚钱。"其二："诗草同凡意自淳，萧斋十笏屏纤尘。止严净挺俱遗逸，谁是杭州徐世臣。"其三："江左名高四公子，蓲身土室有宜兴。商丘豪纵如皋荡，苦行终归药地僧。"其四："荷戈辽海路漫漫，塞雪边风特地寒。留得故家忠孝在，山阴祁氏博罗韩。"

徐自华诗系年：《和佩子初度》《有感和韵》《素馨斜和韵》《周湘舲先生为其淑配张夫人六十诞辰于西溪设续放生会征诗，应以五古一章》《题高天梅先生所得冯柳东太史〈晓风残月图〉》（二首）。其中，《和佩子初度》云："海天沉滞倏惊秋，触目徒劳漆室忧。如此芳辰休草草，笑他时局总悠悠。无多酒量拼沉醉，不尽愁怀懒唱酬。三十年前觞咏地，可堪今日赋重游。"《有感和韵》云："十年翰墨互相亲，耐久之交淡见真。曲太调高原寡和，文如可卖尚非贫。岂因别恨难成梦，都为时艰易感人。老我不堪思往事，愁眉空向镜中颦。"《题高天梅先生所得冯柳东太史〈晓风残月图〉》其一："谱出屯田绝妙词，楚天秋远酒醒时。敬通乐府维摩稿，付与青丘好护持。"其二："吟朋散后剩吟魂，疏柳摇风月有痕。何似浮眉新画本，万梅花拥一柴门。"《周湘舲先生为其淑配张夫人六十诞辰于西溪设续放生会征诗》云："天地有大德，其义曰好生。人为万物首，博爱原恒情。在昔圣与哲，思意时推行。方春禁夭杀，探鷇尤丁宁。汤开三面网，文资台囿灵。孔戈不射宿，且复戒垂罾。讵昔邯郸献，安知校人烹。一从战祸启，城野纷相争。长平极残忍，秦帝乃焚坑。爰知世道变，无复仁风倾。慈航日以远，善念何繇萌。耿耿千百年，东海徒扬鲸。周翁有贤俪，六十平头平。牀笏喜云满，懿训还聪听。皇姑夙慈惠，美意延修龄。孙谋既以贻，祖武当克承。悠悠西溪水，万汇宜潜形。缗钱继五百，生机滋一泓。况滋夏月孟，天朗气亦清。放鸽祈永寿，杭俗今未更（《西湖余志》：'宋时四月八日放鸽，为太守祈寿'）。弘以大造力，淑得宜休贞。青鸟倏来下，天风吹蓬瀛（杨椒山《寿太常汪春谷母七十诗》：'天风青鸟下蓬瀛'）。"

冯开诗系年：《新岁雪中车行》《赠圆公》《次韵寥阳〈春日感怀〉》《题〈桃源避秦图〉》《哀家辛存》（宜铭）、《于相属题其姬人孙姑小象，时于相又将挈姑赴杭州》《曩集少温〈三坟记〉，得风止十字，秋日坐濠上楼，仿佛遇之，足成一律示于相》。其中，《新岁雪中车行》云："淰淰流云弄嫩晴，单车犯冷入空明。弥天积雪浮郊色，夹毂层冰带石声。纳手袖笼留薄暖，支颐窗洞得余清。春城箫鼓浑多恼，绝物翻为莽苍行。"《赠圆公》云："昔者郑都官，喜以僧入诗。道诗无僧字，其诗格必卑。斯言妙天下，实解诗人颐。自我识园公，岁月俄推移。人寰一握手，发我无涯思。圆公有古德，宁独诗是期。虽不与诗期，而诗亦宜之。寺门看山色，青青浮脩眉。赠子以不语，子知我为谁。"《次韵寥阳〈春日感怀〉》云："忽忽吾生迫老苍，端须作达遣春光。排空花有晓霞赤，照面酒如初月黄。突兀看天成独醉，徘徊顾影惜残阳。由来虚谥妨行乐，邱貉何烦判圣狂。"

黄节诗系年：《寿马夷初母》《题揭阳姚君悫秋园》《寓斋雨中》（三首）、《漫成一首，寄区生得潜》《梁仲策以其伯兄卓如所书〈太公哀启〉及汤觉顿、蔡松坡祭文合装一卷，名曰〈攒泪帖〉，求题》。其中，《寿马夷初母》云："己未仲春二月吉，叙伦为母作生日。顺德黄节致祝辞，懿欤母德有称述。事母事姑再刲股，至行可与少君匹。何止惠班作女诫，义以教子恩及侄。何必桓嫠自刑剪，对姑对夫礼无失。湛雨四五十日雪，长麻锥鞋巨针密。此时母寒尚坐蓐，婴婉在抱雏在膝。叙伦述母出天性，天与母龄造大秩。桃梨始华木初苗，意为母寿日荣实。东风解冻玄鸟至，酒傍春檐更芳苾。维节升堂礼贤母，世典视此应载笔。"《题揭阳姚君悫秋园》云："七年北客吾何寄，君亦有园归未能。平昔山中数幽子，竭来海上一行縢。后期息壤诗迟报，春尽看花事独增。不觉明朝又寒食，眼前风絮日飞腾。"《寓斋雨中》其一："一雨芭蕉偃蹇存，故留深翠覆墙根。晴连密竹凉生瓦，晚爱余花寂闭门。数日积阴能敌暑，小园吾事更添樽。旁人已笑先生懒，自谓平居在不言。"《漫成一首，寄区生得潜》云："挂柳残蝉已杀鸣，乘秋鸿雁欲高征。庭梧作响先飘叶，檐月初生渐满城。秋事未阑惟种菊，民生无告尚佳兵。自知乱象兼时至，坐阅深宵句漫成。"《梁仲策以其伯兄卓如所书〈太公哀启〉及汤觉顿、蔡松坡祭文合装一卷》云："述哀家国忍重论，墨渖犹新泪亦温。宁比庐陵阡表痛，略同河曲寓书言。固知信友方为孝，不独因文得幸存。犹记项城称帝事，已牵时难入私恩。"

陈去病诗系年：《不寐一首，赋寄亨儿》《题画兰》（二首）、《粤归喜晤朴安》《胥江即目》《仲可丈嘱题〈纯飞馆填词图〉》（二首）、《题屯艮所藏雷峰塔经文拓本》《题河东君像暨妆镜拓本》（二首）、《题〈寒隐图〉》。其中，《不寐一首》云："耿耿星河夜不眠，萧萧白发苦盈颠。春来只作投荒客，酒醒空怀欲曙天。寡过未能思读易，济时无计强参禅。报恩释怨知难了，回首乡云一黯然。"《粤归喜晤朴安》云："经年江海别，须鬓各苍然。世道日沦丧，文章多变迁。故应商旧学，相与惜华颠。莫问南天事，凄凉宝剑篇。"《胥江即目》云："小桥流水送孤篷，负手闲看理钓筒。晴日散空天正午，一湾残柳独摇风。"《仲可丈嘱题〈纯飞馆填词图〉》其一："浙西词派极清微，劫后风骚叹日非。赖有复堂贤弟子，岿然孤馆峙纯飞。"其二："湖海楼荒埶可窥，灵芬空复说浮眉。西泠只有徐渊子，清响犹留绝妙词。"《题河东君像暨妆镜拓本》其一："省识归家院里人，雨巾风帽著丰神。可堪几复当年客，输与红颜写影真。"其二："欲上虞山访却灰，绛云无复旧楼台。何如过我红梨渡，尚有风浪粉本来。"

金天羽诗系年：《石予画梅，天遂书联，同时相贶，诗以报之》《题〈母节子孝图〉》《题无锡〈高孝恵传〉后》《梅霖纪灾》《题武梁祠画像古拓残本》《海宁观夜潮歌》《沿山十二洞》《慈仁寺双松》《兴鲷隐游龙树园》《虞山三友诗》（三首）、《为蔡冶民题〈四铁斋读律图〉》《月夜渡卢沟桥》《洹上村感赋》《渡河》《繁台，即师旷吹台也，在开封城南，亦称繁塔》《岁暮重入都门》《题〈仙山濯发图〉》《〈女娲补天图〉，为舒问梅题》《腊尽》。其中，《题无锡〈高孝恵传〉后》云："处士孤星霣，斯人不再逢。高风晋玄晏，有道汉林宗。游艺倾三绝，端居肃九容。平生潜确志，西望拜乔松。"《慈仁寺双松》云："夏后二龙尸解去，游戏往往在人间。一朝皈依黄面佛，留此虁铄苍鬈仙。我叩禅关听夕梵，但觉翠盖团阴烟。月明应有华表鹤，来与双松伴岁年。"《月夜渡卢沟桥》云："宿鸟惊飞暮霭横，荒郊候馆马难停。鞭丝拂落桑干月，涌出长河浪有声。"《洹上村感赋》云："当涂宰世日，荒哉凉德躬。位极轩冕尊，自称洹上农。权数倾海内，阴符道乃凶。羿殻一朝弛，所部皆逢蒙。我来大河北，凭吊西陵松。倾辀逝不返，矩矩恐叠重。叱咤走群彦，老瞒犹俊雄。"《虞山三友诗》其一："数到虞山士，孙郎据上游。相逢京国日，同上酒家楼。泽古蜂成蜜，咀华鸟养羞。四朝诗史在，掌故更何求。"其二："季子王城内，蜗庐谥傲民。虬髯宜大谲，伟干耻长贫。蹀踱随时彦，兜离学大秦。兴来谈理窟，心折杜威伦。"《腊尽》云："腊尽春犹未，年光逝不回。邻猧惊雪竹，檐雀啅冰梅。点易炉烘砚，论诗酒暖杯。重裘念寒窘，忍冻惜薪材。"

夏敬观诗词系年：《题王纯农〈说梦图〉》《题褚礼堂〈松窗释篆图〉》《题金冬心

画梅》《李干丞自武陵来，喜得伯弢近状，因以诗代书寄之》《题龙毅甫〈南北史小乐府〉》（二首）、《南窗夜坐》（二首）、《屈原〈九歌〉有〈大司命〉〈少司命〉，〈大司命〉曰："纷总总兮九州，何寿夭兮在予。"〈少司命〉曰："夫人兮自有美子，荪何以兮愁苦。"又曰："荪独宜兮为民正。"意婉而词直，因以今体为二篇》《题蒋梦蘋（汝藻）〈密韵楼图〉》《高丽伎歌》《海藏楼看菊，和寐叟》《赠陈惠卿（鸿恩）太学生宝锷父，予初见宝锷于许德珩斋中》《次韵和真长〈同步湖上乘月归〉一篇》《同真长、栗长、南生自卧龙桥舍舆泛舟》《题归元休墨竹卷子》《杭俗教儿识字，谓之破蒙，真长俛予为师，戏之以诗》《扫花游·答徐仲可，兼怀大鹤、沤尹苏州》。其中，《题金冬心画梅》云："精魂映花辉，清思到春深。疏疏三两枝，意出太古林。真士习花性，腕怪胸崎嵚。谁云不入骚，自得骚人心。"《南窗夜坐》其一："众星灼灼月娟娟，想见义轮尚在天。独此九州长夜黑，愚夫真道有虞渊。"《杭俗教儿识字》云："四十生儿君较怜，要令识字守青毡。破蒙特办先生馔，同岁还深后辈缘。络秀举觞期有日，渊明责子愧无贤。此诗聊付双荷叶，教忆当初蜡凤年。"《扫花游·答徐仲可》云："醉歌送日，又细雨催归，酒空人去。睡屏梦阻。听庭柯响叶，几番潎暑。楚瑟惊鸿，独抱风波自苦。断肠句。奏一曲《南熏》，空泛弦柱。　朋旧今散处。忆野鹤岩扃，倦鸥江渚。傍花赁庑。竟虚堂箪竹，夜吟无侣。小叠蛮笺，喜有新词寄与。漫愁诉。占吴天、片阑娱暮。"

范罕本年至次年诗系年：《续郑苏庵先生》《谒先农坛》《郑苏龛先生有"诗要字字作"之句，犹未尽，因续成廿字》《腊中有雪，倦读得八句》（二首）、《题冀平〈万鹤松风一木鱼图〉》《独饮书事寄师曾》《旧历南通馆度岁》《晨起读毛诗〈豳风〉，感昨梦而作》《读瑜伽终卷》《连日病胃食蔬菜而愈》《薄暮访师曾》《师曾邀饮寓庐感而有作》《秋夜思归未眠》《拙儒行》《送无寄朝五台（并序）》。其中，《独饮书事寄师曾》云："偷闲试尽绿螺杯，涤腑鸣肠又一回。旧梦固应随地少，欢颜聊复背人开。弹冠入市寻新味，隐几焚香吊劫灰。何处忽闻诏罪己，待看群海送潮来。"《送无寄朝五台（并序）》序云："马冀平，余妻弟也。鼎革前，余留学日本东京，冀平时奉朝命考察宪政，访余于旅次，痛论时事不倦。嗣发余诗读之，独爱'落花满地佛无言'之句。以后见时必诵诗，亦必及佛。光复后，两人各以所学问世，不恒见，顾见时亦必叩旧业。民国五年，余病回里，稍稍研究佛乘，与冀平音问疏阔，然未尝不想念其为人也。既而复来京，冀平已能摆脱一切，作佛弟子，诗亦骤进，殆非余所能企及。北方连年兵革，饥馑荐臻，冀平独出任佛教会筹赈事，果敢奋励，卒底于成，乃改号'无寄'，云将漫游国内名山川，以写其旷远之思。今以有五台之游，乞余诗以壮其行。噫！余诗如故也，而无寄自此远矣。顾无寄素重余诗，于其行也，安可无言？"诗云："我闻五台山，本是传经台。清凉压五岳，宝色千重开。谁能为此游？愧我非仙才。昨读无寄诗，正睹晨装催。脱屣万峰巅，振衣十丈埃。鸡鸣蹴马腹，去去凌崔嵬。炎炎暑火微，磊磊寒冰皑。诸禅次第毕，独与仙风偕。是中仙人言，君行实搪挨。兹山徒虚名，未足比蓬莱。冻石悬巨灵，草木无胚胎。居此百无有，但见冰雪堆。幽人慎勿恋，绝粒将谁陪？君闻即已答，兹事容敲推。我今得皈依，有首不重回。但知鼓腹游，那顾饥来摧？春粮幸宿备，未敢劳仙裁。仙人故多文，笑巧能婴孩。知君无多求，欣然泻清醅。君言是亦足，过此休妨猜。来持故人诗，诗句多琼瑰。他日下山逢，例得分微苔。诗人信可托，吾道诚非乖。兹山亦幻化，仙我何有哉？仙人具灵根，敬法能施财。今闻大师言，自比非凡侪。反被诗人笑，众笑难为怀。遂开黄金函，宝偈中藏赆。同持金粟钵，共泛祥河杯。末尼问缨络，五色光奇傀。偈有五万言，五字聊安排。五言各万偈，偈偈诗中该。同时现诸天，变现无根荄。白帝扶摇宫，器宇都雄恢。种种庄严身，一一化京垓。光明大论师，立语何诙谐？多闻为第一，尽是他方来。东西众珍禽，频珈与凤媒。莲华曼陀罗，香色何氍毹？仙乐自此共，得意休迟回。君遂极其游，独揽诸峰魁。高宣祖师经，合掌惊霆雷。"

陈衡恪诗系年：《偶题》《感事，次彦殊韵》《樾庐杂咏》（八首）、《为姚三丈画〈慎宜轩图〉》《题萧厔泉画墨梅》《路壬甫属题其先人所画〈终南五景〉册子》（五首）。其中，《题萧厔泉画墨梅》云："是何家法似前人，点染湖山自在身。好把龙绡轻障面，莫教本色污京尘。"《路壬甫属题其先人所画〈终南五景〉册子》其一："一幅烟波赵令穰，稻孙秧马映垂杨。先生忽动扁舟兴，河水清涟是故乡。（河堤春柳）"其二："升平旧德一犁中，漠漠田畴有远风。自是汉郊秋稼美，更无沮溺说黄农。（稻畦秋浪）"其三："终南山色与云齐，不为旁人借作梯。笔底四时佳气在，紫芝仙草望中迷。（终南叠翠）"其四："巍然坏塔比灵光，如愿天花是道场。访古何人传墨本，一痕残照阅兴亡。（颓塔夕照）"《感事》云："浮舟覆水坳堂杯，岂是观河逝不回。何事关心幡自动，有时遮眼卷常开。猴冠待沐弹无价，马骨空群市已灰。一世解人平等法，却幸祖意说西来。"《樾庐杂咏》其一："喔咿隐邱樊，垂涎八凤食。一旦升仙去，鹅鸭亦割席。幸有犬为伴，刘家旧相识。（鸡）"其二："文采章其身，能下百鸟拜。及厕鸡鹙群，饮啄无异态。天宠讵足惊，物情殊可怪。（孔雀）"其三："白璧遭世患，芳兰还自焚。惜此美毛羽，江湖丧其群。弋者竞趋利，画工嗟何云。（鹭）"其四："角戢戢，化为石，关内侯，不如尔头。天苍野茫风飕飕，尔其少留。（羊）"其五："山中多日月，长啸霜林端。身闲心不定，梦想骏毣冠。（猴）"其六："不信而今无孟尝，吠声吠影技偏长。颈铃俨若印悬肘，恃宠骄人两眼方。（犬）"其七："高踞气如虎，俯视跳梁鼠。鼠也动敢侮，蓄勇还自苦。（猫）"其八："孤雁不饮啄，相依如弟兄。如何田氏子，白日寻天兵。夷齐自高洁，让国扬其名。（雁）"《为姚三丈画〈慎宜轩图〉》云："姚婿渊源范婿逢（外舅范肯堂先生为姚氏之婿），一家落落想遗踪。挂车山色未经眼，三釜斋诗犹在胸。食德楹书窥世运。表阡手笔有宗风。画图略喻金人意，但恐谈玄起蛰龙（叔节有记述先人诏戒慎言之辞)。"

李宣龚诗系年：《病减示家人一首》《病院晓坐》《任心白见惠食物赋谢》《海藏楼同李审言看菊》《平斋老人以所赠雁来红、汉宫秋二株作诗见谢，依韵赋答》《赠高梦旦丈》《调晓斋》。其中，《病减示家人一首》云："化鹤微茫竟得归，病中龙性亦难违。魂飘不识家何所，眼定惊看柳合围。早信幽忧能作祟，漫因回念更增欷。佯狂未死宁吾意，留与人间阅是非。"《海藏楼同李审言看菊》云："菊健楼高酒意勤，诗人猛士各能军。羲皇俦侣无多子，只有黄花可与群。看菊奚须道强同，阶前离立受西风。若将俯仰论身世，一隘何堪更不恭。"《病院晓坐》云："秋气侵虚幌，颓然一病躯。终知归寂寞，聊欲缓须臾。枕畔诗千卷，园中菊百株。侥能留命在，赖汝作欢娱。"《平斋老人以所赠雁来红、汉宫秋二株作诗见谢》云："解怜秋色亦无人，玉立相看感此身。阅世坐令千岁至，为园非复百金贫。移供水石情如昨，不待风霜态更新。反复一篇平淡意，袖中诗本早伤神。"《赠高梦旦丈》云："泥沙翳珠玉，糠粃摆箕斗。众人惜其弃，君子自谓取。著述数十年，陈编未离手。熟思竟何得，书出诵万口。向来济时彦，行藏见所守。独立洵佳人，遗世却弗受。似迂亦非迂，吾道在不苟。庭闱温如春，妇子皆可友。稍嫌近嚣尘，日月隘户牖。勤当办一廛，为君榜崇有（君用裴顾语，自镌一印曰崇有）。"

姚华诗词系年：《景山亭瓦，为杨潜盦拾得》《和盦盦未就，而盦盦见访，便欣然有作，并寄师曾》《陈敬民移家北池子，是张子青故宅》(二首)、《赣馆观艳秋〈思凡〉，即事柬掞东》《〈攒泪帖〉二首》《书阮太傅〈琅玡台秦石刻诗〉后，次韵即题藏本》《题画专》《再题画专》《曲游春·西湖，和草窗韵》《虞美人·南海禊集未赴，补词》。其中，《陈敬民移家北池子》其一："昔年门巷未曾差，故垒新巢噪梦哗。过客光阴谁是主，去时宰相已无家。草窗留得几生意，梅月寒来一点茶。欲访犹疑南阮误，高槐深处识君车。"其二："南皮兄弟并如龙，元季君家亦可宗。近辟庭园同宴乐，吾将文酒数遭逢。闲居或有安仁赋，僻地不忘叔夜慵。何日均和能奏绩，橘中岁月一时容。"《再题画专》云："东游谒圣瞻遗像，宋刻依稀殿后图。自昔当风存品格，于今方面见丰腴。千年论画惜无史，双髻及时尚此模。不信唐贤成上古，薄才苦索费功夫。"《曲游春》词云："问讯东风乍，看柳黄初吐，游丝难织。误搁梅期，只花余偷过，万红尘隙，一树寒香隔。料鹤冢、甚时邀笛？正对楼，唤出孤山，留得半湖春色。　　雨歇。湖天弄碧。奈游侣偏迟，芳草金勒。才喜朝暾，又轻阴送冷，雨峰犹幂，烟水疑寒食，怕落蕊，苔深人寂。趁晚来，称约量诗，满船载得。"《虞美人》云："回波转绿催杯盏。酒簌亭阴暖。杏花时节又三三。最是旧时裙屐忆江南。　　觚棱绕梦春犹在。老去愁如海。东风惆怅不开门。只恐液池杨柳正窥人。"

张素诗词系年：《仄尘相遇京师，赋赠二首》《剧场感李娃事而赋之》《夜归》《和梦老人韵》《似明星》《十六夜会饮梦老人斋中》《大风》《题明星所藏亭林顾先生遗像》《赠玉纯》《游丝，和明星韵》《莺飞》《莫游龙树寺看桃杏花》《车经香冢旁书所见》《喜晤李三北都二首》《寄小柳闽中》《喜匪石见过》《稧日偶成》《和明星〈咏莺〉》《雨中书事》《一夕》《携手》《投次公》《由城南步行至先农坛》《偕阿梦闲坐中央园水次》《题〈郑斋感逝诗〉后，同石工》《偶成长句七十六韵，似阿梦、兰舟》《晚过中央园看勺药》《即事》《瓶社，为师郑作》《赋赠仄尘归丹阳》《晓闻布谷声》《五日饮阿梦所，归途中戏书所见》《凭高》《为吴贞题画四绝》《戏为六朝体》（二首）、《腹疾》《病中读王次回诗，即用其自题艳体诗元韵》《中央园晤法尘，赋呈长句》《明星寓斋中坐雨一首》《自题〈新剧闲评〉卷首》（七首）、《午睡》《读宋诗》《即事，和肩佛韵》（五首）、《明星以画屏八帧见饷，赋酬一首》《观阿馨衍〈绿窗红泪〉剧本》《题佩文女士所画荷花》（三首）、《茧庐邀移居城南》《题明星所画〈时装女子竞走图〉》《为柳率初、凌颂南题〈兰臭图〉》《古愁》《石工、眉孙两家论词不合》（三首）、《观〈血手印〉剧，贱示茧庐》《怂惺》《题渡崴时所摄小影》《出关》《夜度奉天》《长春车中坐雪》《长春驿晤采儒，并得季琣消息》《重过滨江》（二首）、《双城驿，时出国境一程矣》《小绥芬河》《初抵浦盐》《咄咄》《夜分》《闻均伯舅摧盐莱州》《雪夜橇行见月》《寄阿梦京师》《破冰船》《星异》《杨穆吾夫妇七十生朝，代友人作》（二首）、《静夜一首，赋示紫湘》《自题客中小影》《大风历两昼夜不息》《四十五生朝作》《琵琶仙·都下得忘忧书》《三姝媚·喜晤印匄都门》《齐天乐·丁剑秋母夫人寿》《东风第一枝·观剧城南园，偕印匄、明星，同元日韵》《齐天乐·季侯自塞外以松花江白鱼馈明星，邀作夜餐，赋呈一阕》《惜秋华·和明星城南夜游之作》《红情·析津游女红妆冶春，用癸叔、印匄唱和韵》《清平乐（恼春无绪）》《浣溪沙（画罨屏山小折枝）》《菩萨蛮（碧窗侵晓娇莺啭）》《卖花声（楼上注横波）》《绛都春·调明星》《花犯·樱花，和次公韵》《平韵绛都春·依西麓体》《春声碎·拟谭在庵》《三部乐·答明星论词，即同其韵》《尉迟杯·和清真韵》《南乡子（梦断旧铜铺）》《浣溪沙（翠烛无端减夜痕）》《采桑子·和阿梦〈春游〉二首》《卖花声·本意，为秋琴赋》《踏莎行（罨碧门深）》《祝英台近·城南园灯火之盛》《临江仙（掠梦吴鸿吹堕影）》《鹧鸪天·答寄立佛常州》《清平乐·有感》《虞美人·重有感》《六丑·用清真韵》《浣溪沙·次韵答明星〈咏柳〉》（二首）、《踏莎行·和次公》《还京乐·题印匄〈填词第二图〉》《曲游春·香冢旁所见，用石工韵》《采桑子·暝坐先农坛绿阴下》《点绛唇（一镜分莺）》《醉公子·仲可生朝，属题〈衔杯春笑图〉为寿》《解语花·静萱女士〈九春图〉，为阿梦赋》《莺啼序·用梦窗韵》《大圣乐（寒约余春）》《金缕曲·中央园晚坐》《西子妆·忘忧病中小影》《喜迁莺·过崇效寺看牡丹，已全谢矣》《八声甘州·石工以〈四月四日书事〉词见似，即同其韵》《谒金门（拚诀绝）》《朝中措（回文鸳锦织春机)》《蝶恋花 (泪眼辛夷开又谢)》《沁园春·和栩人〈咏牵牛花〉韵》《声声慢·闲居京邸, 感近事而赋之》《一萼红·中央园暮雨, 用石帚韵》《花犯·题珏庵所得佩文女士牡丹小帧》《蕙兰芳引·城南夜归, 同阿梦作》《早梅芳近·和石工韵, 为梅澜东渡作》《解连环·见某君故姬于中央园, 依竹屋体》《鹧鸪天·新剧场赋似明星》《生查子 (照座彩云飞)》《浣溪沙 (歌陌催春缓缓归)》《沁园春·京邸寿明星四十八初度》《倦寻芳·荄兹意有所寓, 用梦窗〈吴门与伎李怜〉韵成此词, 次公、印匄、倦鹤各有和章, 予亦继作》(二首)、《醉垂鞭 (无计避王昌)》《浣溪沙 (榆荚飞钱柳脱绵)》《小重山·雨后过中央园》《潇湘逢故人慢·兰舟东游浦盐赋赠》《玲珑四犯·为明星题红绡伎画像, 用石帚体》《大圣乐·石工属赋维多利亚花》《戚氏·用屯田韵赋樱花, 同次公、印匄》《西河·燕台怀古, 用清真韵, 同石工》《青房并蒂莲·本意》《酒泉子 (天际征帆)》《步月·暑夜游城南园, 偶书所见》《最高楼 (新雨过)》《满江红·雨斋遣兴》《燕山亭·明侯属题〈南烬纪闻〉》《惜红衣·静萱画莲见诒》《祭天神·七夕归自城南剧场》《倚风娇近·素馨》《采桑子慢·亚兰卧病故乡却寄》《菩萨蛮 (隔纱吴语飘烟脆)》《清平乐·师郑五十四生朝》《鹊桥仙·闰七夕感事》《向湖边·什刹海残荷》《西溪子 (凉夜鬟丝风缕)》《侧犯·茧庐属题佩文女士牡丹画帧, 用石工韵》《浣溪沙·和小柳韵, 同石工》(八首)、《南歌子·为次宗题画》《百字令·师郑出其先德子潇太史遗墨属题》《沁园春·题〈林园养志图〉, 为阿梦母夫人寿》《宴清都·再为阿梦题〈湖山献寿图〉》《瑞鹤仙·再为阿梦题〈仙禽集瑞图〉》《醉蓬莱·再为阿梦题〈蓬岛采芝图〉》《浣溪沙 (电叶风花烂漫中)》《寿楼春·印匄屡有津桥之行》《烛影摇红·城南听梅澜歌, 有感于曲中本事》《南浦·阿梦南行, 黯然赋别》《大圣乐·都中预观祭孔典礼》《采桑子 (清歌络鼓斜阳里)》《兰陵王·城内歌席, 同石工》《应天长·将出都, 留别同游诸子》《应天长·答石工赠行词韵》《满江红·出关后却寄都中诸友》《踏莎行·幽栖》《金缕曲·十六日海外书事》《菩萨蛮·闻闽事感赋》《高阳台·以词卷乞次公题序》《燕山亭·出征西伯利亚国军中有病死者, 挽之以词》《还京乐·印匄以新岁中央园雅集词见似, 因忆去春城南之游, 依韵和寄》《鹧鸪天·为香山镏国志题照》《真珠帘·浦盐度岁》。其中,《喜匪石见过》云:"吾友陈湖海, 时来一款扉。衣因春酒典, 花趁晚风飞。赖有书堪读, 真无泪可挥。君看年少子, 裘马各轻肥。"《为柳率初、凌颂南题〈兰臭图〉》序云:"亚子老友属题其介弟率初为凌君颂南所作之《兰臭图》, 辄以古乐府体赋之。"诗云:"惟兰之臭, 如人取友。于嗟兰兮, 世不常有。(一解) 兰生空山, 亭亭无言。友惟同心, 乃矢无谖。(二解) 謇众芳之消歇, 中交道之断绝。(三解) 攀枝附柯, 寄生实多。一朝势去, 顾而之它。(四解) 吁嗟友兮, 不草木若。九州之大, 肺肝何托。(五解) 郁郁肺肝飞上天, 君不见今日分湖两少年。(六解)"《高阳台·以词卷乞次公题序》云:"斜影辽鸿, 颓妆蕃马,珍珠密字亲题。夜火沉吟，炉熏近旁兰栖。柔尘一片云吹远，向凤城、归路愁迷。付霜腴，卷里妍华，玄鬓先知。　　弹香泪迸箜篌冷，待花前重塑，莺燕心期。敛怨无端，纤蛾瘦损年时。清商激羽销魂遍，赋桂堂、人又分携。问风怀，井水能歌，休道梅溪。"《绛都春·调明星》云："回灯贮影。渐望断远帘，花气笼暝。衣翠懒熏，飘堕余香东风静。瑶笺犹共传芳杏，但换却、初时妆镜。几番料量，愁边月小，酒边人醒。　　消凝。吴琴旧侣，向何地、写取么弦曼咏。空想步摇，凉雨深深荼蘼径。还疑娇困春添病。怕游荡、归踪无定。梦随路转梅阴，夜禽栖并。"《金缕曲·十六日海外书事》云："海气沉刁斗。卷罗刹、故城风雨，破空狂吼。一霎苍头呼声起，远近雷车奔凑。拔帜问、将军谁某。龙血玄黄人间世，付男儿、剑槊夸身手。天厌乱，汝知否。　　旅游万里惊魂骤。慢安排、避兵符诀，醉登高后。眼底妖祥寻常见，比似郑门蛇斗。笑藕孔、中余残叟。壁垒阴森啼鹈过，趁宵明、铁骑衔枚走。争战地，忍回首。"

高旭诗系年：《次韵酬邓尔雅》《荃儿寄诗，颇殷孺慕，为次其韵，俾知近状》（二首）、《祝〈南华报〉复活，示谢抱香》（二首）、《次韵答胡启东》《次韵赠梅九》《次韵答赵石禅》《感怀两章，次孙仲瑛韵，寄亚君》《题〈岭南吟〉，为刘大同》。其中，《次韵酬邓尔雅》云："倾心邓顽伯，篆刻更能文。白眼看余子，苍头起异军。奇怀破空阔，高蹈断声闻。咫尺羊城路，如何未见君？"《次韵答赵石禅》云："醉后长歌入汉关，要当奏凯勒铭还。青佳人眼殊多事，白少年头莫等闲。麟叹凤歌新著作，龙蟠虎踞好河山。茫茫万变终难测，天亦无言石亦顽。"《祝〈南华报〉复活》其一："千磨百折志犹存，奔走呼号席未温。毕竟南华文骇俗，何当北海酒盈樽。浪淘大海男儿血，梦醒神州万古魂。笑语东山谢安石，要探月窟踏天根。"

廖道传诗系年：《滇越铁路自河口以上山洞极多，最高处芷村为南溪河源，亦红河支流也》（二首）、《游大观楼，泛舟昆湖，用同邑宋芷湾观察〈题大观楼〉韵》（二首）、《云南图书馆以出版杨升庵〈南诏野史〉〈钱南园集〉、王乐山〈云南备征志〉〈说纬〉四种见贻，柬谢》（四首）、《游黑龙潭观唐梅宋柏》《孙君少元、袁君树五、周君惺甫、蒋君怀若、钱君平阶、秦君璞安、何君小泉图书馆自在香室雅集，归而有作》《题宋芷湾先生遗墨手卷》《游莲花池陆军俱乐部》（四首）、《游鸣凤山》（一名鹦鹉山）、《泛滇池游西山》（四十首）、《军政警学界领袖诸公四十五人招同各代表宴于群舞台二律》《赠唐蓂庚总裁一百韵》《三圣庵，相传为陈圆圆入道处，其墓在云。今有像存图书馆》《北京大学同人张君希庵、张君君翔、张君乐山、李君吉庵、覃君玉生招同周省长惺甫、钱教育科长平阶、童实业科长仲华酌于公园富春亭》《杨遐僧厅长招饮玉龙堆寓庐》《题〈徐保权司长母苏太夫人行述〉》《徐君保权邀同吴君子瑜、石生，王君梦迪、季文，钟君辟生游玉案山筇竹寺》《唐蓂赓先生导观讲武堂暨陆军操演，赋此奉赠》（二首）、《海心寺放生池》《唐宥在厅长、何镜寰师长、黄望之厂长招饮于法院》《题钱南园先生画马卷，用原韵》《题袁树五〈方伯母徐太夫人行述〉》（十首）、《玉笙山唐总裁太夫人墓》《袁君树五出视其外舅张竹轩先生手札墨迹，敬题其后》（四首）、《访秦璞安校长于师范校，览阮文达宜园碧鸡台故迹，见赠文氏三遗集，赋答并柬教育科长钱君平阶》（四首）、《唐总裁资建孔教会堂，诗以美之》《李春醵校长招观省立第一中学校八周纪念运动会赋赠》《庚君晋侯约同袁君树五、吴君子瑜、吴君石生、张君若愚、赵君友琴、陈君古抑游金殿，归访庚园，并往云仙园观剧》（十首）、《李六更以演说照片见赠，题句答之》《赠居翠湖公园水月轩各省代表》（二首）、《杨毅廷同年以习道书见赠，诗以谢之》《马烈士歌（烈士名毓宝，滇人，殁于欧洲战役）》《赠陈小圃先生》《李左青旅长廷选招饮白罗酒店》《马子祥旅长，李升庵、钱鼎三、徐从先三参谋部长招饮于卫成司令部》《赠李君伯英》《实业科长童仲华振藻以所著〈温泉志补〉〈实业书报〉及农产种子见贻，将携归植之两粤》《黑龙潭吊薛尔望先生祠墓》《滇南杂咏》（十二首）、《赠袁君树五，即以留别》（四首）、《酬袁霭耕丕佑赠书》（树五先生哲嗣）、《自滇回桂，车中叠大观楼韵，寄唐会泽暨军政警学界诸君》（二首）、《阳淙海》《阿迷州》《蒙自望个旧矿山》《赠河口余恨田督办兼柬晋畴五局长》《国会议员王君梦迪、王君季文同车至越南嘉林，分途赴粤赠别》《越南书感》（六首）、《赠蒙自关监督孙敏斋志曾》《吊郭钦光》《吊冯春风》。其中，《滇越铁路自河口以上山洞极多》其一："九十七洞滇越路，三百六滩梧桂河。历过艰途俱坦荡，不知巇险与风波。"其二："齐鲁曾凌岱岳顶，江河未探昆仑源。东京湾海从天落，一滥清艑到芷村。"《游大观楼》其一："江山如画合催诗，万里人来把盏时。东亚此间添里海，南滇以外有天池。乾坤轩豁开襟抱，洲岛苍茫点局棋。凭吊楚威兼汉武，神州辟土好男儿。"其二："泛水同浇块垒杯，风涛实倚济川才。云容黯黯天心醉，灰劫沉沉地窍开。入夔相如思草檄，渡泸诸葛已登台。即看远近轮帆影，会有楼船驾海来。"《云南图书馆以出版杨升庵〈南诏野史〉〈钱南园集〉、王乐山〈云南备征志〉〈说纬〉四种见贻》其一："南略昆明愧马迁，山川文字自奇缘。汉唐铁柱看何处，金碧英光剩几编。"其二："不负滇山气郁苍，乡贤谪宦有钱杨。文章博雅兼风节，熏遍南云一瓣香。"其三："儒林词苑萃群公，文献搜罗六诏风。最忆浪穿王大令，寸锥尺砚辟蚕丛。"其四："五华山下翠湖居，水木清森好著书。尽道郑公爱儒雅，缁衣授粲满精庐。（唐督拨金编辑丛书）"《游黑龙潭观唐梅宋柏》云："晨曦弄和风，驾言游龙泉。龙泉在何许？廿里东山边。近山三四里，渐闻溪潺湲。沿溪入山门，潭水清且涟。上源出山腹，隐隐泆流旋。下源浩翻沸，汇为黑龙渊。气蒸肤寸云，波镜蓝蔚天。昼夜不止舍，潦旱常澄鲜。昔闻黑水祠，汉时实在滇。潭上黑龙神，濯灵二千年。空山夜冥晦，雷电鸣金鞭。天瓢卷南海，吐洒滇山川。欢笑千万家，云稼铺秋田。岁丰人自乐，林壑穷雕镌。岿然龙泉观，妙闳三清巅。玉皇与群真，冠帔临翩跹。将军作檀越，羽客谈灵诠。

想当开国后，物力富神权。休息离元酷，黄老寄虚玄。悠悠五百载，胜迹资洄沿。郁郁双宋柏，枝干虬螭缠。百围溜白雨，十丈盘苍烟。鸾鹤不敢栖，骖驾游群仙。更古有唐梅，在柏高曾前。横斜铁骨瘦，冷淡冰魂坚。不识宋林逋，那许妻婵娟。翻嗤庾岭花，十月争春先。或云非古树，萌蘖后所绵。但为古根株，元气终天全。猗嗟梅与柏，二老堪随肩。山中万花木，罗列儿孙贤。我思唐宋代，六诏蛮陬偏。长春未开宅，谁此诔茅椽？二老各年少，寂寞斗清妍。有如王明妃，环佩委裘毡。迨滇入中国，汝已老华颠。又如蔡文姬，归汉凋朱铅。五朝桑海变，千载花泪溅。世情爱新交，独于古物怜。春风花叶荣，士女来联翩。摘花插衣鬓，采叶垂鞍鞯。龙潭虽灵异，地亦奇卉传。况我铁石肠，益契冰雪绿。霜皮抚子美，驴背吟浩然。高山与流水，知音渺成连。各勿嗟迟暮，岁寒盟冈峦。(观为明洪武中黔国公建，长春真人刘渊然开山)"《孙君少元、袁君树五、周君惺甫、蒋君怀若、钱君平阶、秦君璞安、何君小泉图书馆自在香室雅集》云："高秋薄雨翠湿湖，堤杨半落寒云铺。五华霏微烟霭裹，如涌海气涵方壶。主人有酒酌永昼，清谈四座皆鸿儒。导我纵观柱下室，牙签万轴珍球图。天竺梵书更充美，欲与周孔争疆区。藏夷铜铎囊驼致，鸡足宝笈龙象输。岂真六诏古佛国，阿育王裔开榛芜。此邦耆旧盛文彦，杨钱妙墨洗清矑。诗札更出芷湾老，如对故友轩眉须。儿时爱吟红杏句，苍山滇海魂梦趋。百年一瞬沧桑幻，酒仙诗杰谁为徒？世间万事孰真假？烟雨起灭生须臾。碧鸡金马渺何处？迦叶守衣疑有无。不如衔杯手一卷，当前我辈娱真吾。(是日观杨石淙、钱南园墨迹)"《游莲花池陆军俱乐部》其一："淡烟寒水接平芜，霜染垂杨叶半枯。添得飞鸦三五点，丹青拨墨背城图。"其二："临池别墅两三楹，介士时来茗话清。斜日郊原笳鼓静，柏阴满院落棋声。"其三："刚过重阳春气来，辛夷开到又红梅。花神似劳人千里，早发清香劝酒杯。"其四："小艇晴漪漾碧天，凌波不见水中仙。西施果在西湖否？合补湖心一段莲。(池中无莲，相传陈圆圆沉此，故戏及之)"《游鸣凤山》云："万株杉柏黏天绿，千盘石磴穿云曲。凌风訣荡三天门，缥缈群峰如削玉。山前凭眺穷凝眸，滇池浩淼天欲浮。凤凰千载不易觏，时间鹦鹉鸣啁啾。道人导我观铜殿，满月金容辉佛面。福地常盈士女游，精庐未逐沧桑变。殿角紫荆与山茶，春来还发古时花。行人闲话陈吴事，黄叶落山夕照斜。(铜殿，明巡抚陈用宾建，后吴三桂改建。今有茶花一、紫荆二，相传明时植也)"《泛滇池游西山》其一："梦绕滇池三十年，瀛游此日伴群仙。大观楼外波如雪，应有鱼龙引客船。"其二："草海扬帆指太华，烟涛深处万渔家。山灵早显神通相，树影青红幻彩霞。"其三："千盘石磴缭峥嵘，衣袂云生脚底轻。忽听天风吹浩浩，直提筇杖入三清(止宿于三清阁)。"其四："海水真成一勺多，渔舟如叶屋如蜗。身高转觉滇池小，惊涸茫茫万丈波。"其五："低湾远淑望微茫，闪铄回澜动夕阳。忽讶千寻高埂出，青龙横卧海中央。"十一："灿烂阳乌翥峤东，万重霞晕烧青红。飞来百丈黄金塔，倒插沧凉海浪中。"十二:"水气蒸腾雾气霏,笼山罩海势如飞。卷舒离合须臾变,可是天公白战非?"十三:"灵井跑泉五石牛,眠云古洞几春秋。庖刀放下旋成道,屠伯如何不转头。(屠者赵武牵牛入山修道,牛觅得此泉云)"十四:"径途绝处接风云,一线危崖凿斧斤。何似幔亭张乐地,虹桥飞跨武夷君。"十五:"石室雕开混沌顽,虚空粉碎刹那间。梅江太史多奇语,身后联犹凿此山。(芷湾大理石洞联云:'只合任他顽,谁又来凿开混沌;既然如此怪,我亦欲粉碎虚空。'滇人移刻如此)"十六:"苔锁云华洞口深,花鬘莲座幻观音。仙童左右交攀膝,刻出慈悲佛母心。"二四:"千仞冈头独振衣,蒲团小坐息尘机。一瓯在手清泉茗,峰顶白云随意飞。"二五:"看山最爱下山时,曳杖穿林露屐迟。片石携归傲坡老,袖中我亦有滇池。"二六:"半山楼阁郁苍苍,已见烟霄接混茫。更欲建亭凌绝顶,手持南斗挹天浆。"三一:"移舟十里泊烟浔,傍岸谁家翠竹林?风勤琅玕声戛玉,一溪流水和幽琴。"三二:"寒林古寺访华亭,翠柏黄梅满院馨。半岭一声鸾凤啸,碧鸡灵响应青冥。"三三:"太华寺迥瞰湖西,欲往游攀夕照低。风里如闻钟磬响,万松深处碧烟迷。"三五:"慢挂归帆泛紫澜,游山行易别山难。却因船慢游人乐,岚翠波光仔细看。"三七:"人物风流代迭徂,浪淘终古自昆湖。沐家别墅沧桑没,休道梁吴小霸图。(黔圆公别墅,旧在草海边)"四十:"归路斜阳柳拂鞍,西山回首渺云端。雄才却笑秋风客,未得滇池纵大观。"《三圣庵》云:"西风衰柳暮烟痕,蛛网萦尘锁寺门。山鸟数声亡国恨,秋花满院美人魂。碧磷吴苑无残火,青冢明妃有故村。一样逃禅空是色,五台梵宇月黄昏。(用顺治董妃事)"《杨遐僧厅长招饮玉龙堆寓庐》云:"老去风怀见性真,宦乡清味亦鲈莼。君房言语妙天下,徐邈酒杯中圣人。笼月浓云寒入夜,滋花小雨暗催春。樽前重话乱离事,六十年来感战尘。(君谈咸同在漳州匪流离及姊殉节事,是时匪氛及嘉应,全家亦几及难,先大夫舍身救亲,俱幸出险)"《题〈徐保权司长母苏太夫人行述〉》云:"托孤见忠臣,继室知贤母。古今后母贤,落落仰山斗。不苟伤瓜蔓,毋纵贼杞柳。母贤与子孝,盛事旷代有。懿惟太夫人,艰苦节独守。入门始二载,太翁疾东首。儿女三冲孩,顾命哽其口。曰以是累卿,门户卿撑纽。夫人忍泪答,存孤古婴臼。岂况我与子,结发为夫妇。儿女久娘我,我义宁君负?一语要终天,九原慰嘉耦。丧窆礼已毕,鞠育瘁雏鷇。儿寒母肤瘃,儿饥母肠吼。儿长宜力学,择师钟善扣。涕泣色旋忻,诃挞机徐诱。女有家已归,男有室亦受。青青泮池芹,二子掇先后。复遣海国游,学弹大州九。夫人益劳恭,梭未不离手。晨昏理盐蔬,琐屑逮鸡狗。母比敬姜贤,子令文伯忸。长君墨磨盾,次君印悬肘。梯航睦国邻,盘敦映琼玖。高车返里门,斑衣为母寿。母固乐田园,翟葆辞章绶。但勖儿报国,勉为国圭卣。况闻母惠慈,绣佛斋抖擞。焚券免逋租,典钗济贫朽。至今锦水滨,徽音怀黄耇。我来滇海游,令子旧僚友。母去已三年,孺慕笃弥久。手捧行述篇,杯棬怆饮酒。观儿悲母诚,知母抚儿厚。孟阳与穆姜,清芬郁左右。陶欧转寻常,尹闵惭瑕垢。嗟我始四龄,失恃馨瓶缶。继荫藉慈云,孤根长幽阜。感此更滋惭,色养疏奔走。愿承菽水欢,躬耕归南亩。"《海心寺放生池》云:"言涉海心寺,古亭临碧漪。方塘广二亩,荇藻莹琉璃。游客俯槛看,照影明须眉。潜鱼千百尾,青红泳水湄。似知放生意,不虞网罟施。投以饼豆饵,泼刺群争追。大鱼恣餐嚼,鼓鳃扬鬣鬐。小鱼拾纤碎,唼喁逐队嬉。波恬自足乐,争饵当苦饥。得者神洋洋,失者懊可知。岂无化龙物,深渊伏奇姿。耻争阳鳝食,鳞甲无由窥。我思坤舆上,水国广无涯。愿以大瀛海,为大放生池。鲸鲵禁吞噬,犅牛绝钓丝。鳞介亿万品,贝阙游攘熙。惜哉力龙战,玄血潮流澌。不如此一勺,风软生浪迟。煦妪仗佛力,孙子长蕃滋。作书告鲂鲤,慎怀江海思。"《唐宥在厅长、何镜寰师长、黄望之厂长招饮于法院》云:"讼庭雀噪散衙初,花树当轩暝影疏。果擘霜柑怜赤实,洒监军法怯朱虚。楚人服变滇池后,越客风谈蒟酱余。乡思忽生衣袂冷,深宵凉月浸篮舆。(坐客多军法两界,且多湘人)"《题袁树五〈方伯母徐太夫人行述〉》其一:"同堂五世百三人,一品花封寿九旬。闻道天孙傅吉语,汾阳今现女儿身。"其二:"夫婿封侯劝别离,姑章孝养肃庭墀。蓬蓬热饭供朝夕(太夫人语),佳妇尤胜巧妇炊。"其三:"诗书以外是农商,七桂连枝各竞芳。金殿特科人第一,更传循吏到琴堂。"其四:"书勉佳儿报国恩,持衡两浙更屏藩。西湖风景辞迎养,独勒西山廿七言。"其五:"葬爷养母尽乌情,何憾棠华鲜弟兄。能作门楣天下重,合将孝女比缇萦。"其六:"徐家寨口彩虹高,玉带捐来解素腰。岁岁杏花时节到,游春人话大姑桥(太夫人建桥名)。"其七:"慈竹长春善果华,社仓千斛似量沙。班姬韦母多才学,生佛犹惭惠万家。"其八:"女校亲开甲乙科,更倡天足拯群娥。彩丝买尽石屏女,绣出三章纪念歌。"其九:"宗祧太飨孝思全,不复人间食火烟(太夫人弥留时语)。来去分明无挂碍,化身应是藐姑仙。"其十:"万人会葬景芳型,日月重符理杳冥。蕙帐遗言钦旷识,不教礼忏诵金经。"《玉笙山唐总裁太夫人墓》云:"维母女中杰,陶欧迈嫟风。佐夫曾至孝,教子岳精忠。丙舍麕飞紫,穿碑管炜彤。瑶池仙侣降,笙韵彻琳宫。(太夫人素以岳《传》训子,有大总统题褒及祭文碑)"《袁君树五出视其外舅张竹轩先生手札墨迹》(先生名舜琴,石屏孝廉,官顺宁教谕。辛亥独立仰药殉焉)其一:"乾坤别创兴亡局,帝国乘除民国生。旧主新邦各行志,西山片石自孤贞。"其二:"遗札萧森墨有香,拳拳忠教见肝肠。先生高卧青山在,流得寒泉到雪堂。(树五于石屏刻先生高卧处碣。卧雪,树五堂名)"其三:"有女传经慰伏生,绛帷择婿得贤英。生移封赠殁营墓,冰玉相看古性情。"其四:"介石流风又竹轩,灯前诗札映奇芬。明清两代崇儒报,犹见滇南二广文。"《唐总裁资建孔教会堂》云:"于圣承天,首出洪荒。道参两仪,德耀三光。立我人极,振天之当。化世大同,济时小康。赫数千载,洪延寝昌。京省崇奉,巍峨宫墙。越大九州,群教旁行。维我儒教,诸夏天经。爰咨亿众,宏建圣堂。首于京师,次暨省邦。载阐至道,范濡群生。侯谁赞之，滇有唐公。昆湖泱泱，洙泗气通。我歌用宣，诞告多方。"《庾君晋侯约同袁君树五》其一："前月茶花尚未胎，重来千颗蕚将开。云安大树飘零后，滇海奇花汝占魁。（云安寺旧有茶花极大，萎于兵燹矣）"其二："净土犹沿竺国风，黄金布地佛园供。东西两殿钟声应，遥忆鸡山四观峰。（鸡足山四观峰之金殿，即崇祯时由此山移往者）"其六："占得名山羡羽流，松风泉石供清修。千章杉柏田千亩，高卧犹胜万户侯。"其八："一代文才与将才，江流遗恨殒岑来。千秋鸣凤山头墓，长使英雄酹酒杯。"其九："鹦鹉山边归路赊，炊烟十里叆农家。苍茫暝色城头树，遥指灯光认五华。"其十："小园赋罢庾兰成，更看霓裳舞袖明。忽忆王褒金碧使，巴歈高调发新声（伶多蜀人，唱蜀高腔）。"《马烈士歌》云："吾闻汉有班超傅介子，斩房开边飞万里。立马惟踏天山云，洗兵不过西海水。胡元纵兵膊欧洲，西俄北奥朝共球。蒙古铁骑一敌万，汉儿几见钑戈矛。云台烟阁盛猛将，东方自大乾坤羞。马君洸洸起滇海，义风肝胆诉真宰。胸中紫电库藏兵，腰下青虹剑腾彩。轰然欧陆动戈兵，天地震荡瀛涛惊。最耻中朝口传檄，却无片甲海西行。君怒勃然色为变，自请长缨当一面。淮阴疾竖赤帜登，仁贵独披白袍战。炮烟凝绿毒气漫，裹创摧虏崩如山。誓将直抵柏林府，不愿生入威敦关。林枪雨弹莽驰突，七尺躯甘填战窟。马诗河畔草凄迷，中外同声哭忠骨。吁嗟夫！威廉暴力逾强秦，鲁连蹈海心酸辛。马革裹尸气如生，魂魄毅烈为军神，廿万华工步后尘。他年若作西征史，君是中华第一人。"《赠陈小圃先生》云："一亩虚斋傍翠湖，虚舟心事入无无。世人辟去名难隐，老易参同本在儒。晚岁书诗峥气骨，五华松柏对髯须。白云山麓丁夫子，高卧清风德不孤。（先生著有《虚斋文集》及《老易通》，与丁伯厚先生交最笃）"《赠李君伯英》云："天下军人几自营，上头千骑拥专城。李侯独具哓音口，肯与平民诉不平。"《黑龙潭吊薛尔望先生祠墓》（先生名大观，昆明诸生，明亡率家人置酒潭上，从容赴水死。墓在潭上，近滇人士即旧观音寺建祠祀焉）云："谷风悲逾回，松声吼欲裂。吊此薛秀才，寒潭映碧血。一家六七人，殉国何遒烈！潭波通汨罗，三闾比芳洁。都人重忠义，祠宇易禅刹。清泉羞珍珠，溪毛荐薇蕨。斜阳独客立，碧藓剔遗碣。（潭侧有珍珠泉）"《滇南杂咏》其一："都会西南大，层城傍五华。楼随山凹凸，树缀路横斜。古国三千载，雄风十万家。即今材武地，凉月奏清笳。"其二："郁郁节度府，巍巍光复楼。长陞丹汉迴，双塔翠湖秋。霜落寒梅艳，风吹劲柏遒。黄杨铜像在，合铸颍阳侯。（黄子和、杨振鸿二君有铜像，而蔡公松坡未铸。颍阳侯，祭遵也）"其三："诸葛台犹在，天威此莅盟。雄图侈南诏，遗泽话西平。玉斧嗤屏宋，珊弓痛晚明。凄凉永历玺，荒冢蔓纵横。（永历墓在城北，清末五华山掘得其玉玺）"其四："车马缁尘满，铃声夕照中。酒饶燕蓟味，歌杂沪川风。弁冕南州丽，胭脂北地红。长安萦旧梦，到此境疑同。"其五："山水寻幽胜，城东与郭西。垂杨多拂艇，古柏每围堤。菰蒲晨浮鹜，藤篱午唱鸡。渔翁最堪羡，襄笠钓前溪。"其六："村绕长林陇，溪连独木桥。黄禾收旧穗，青豆苗新苗。鹅鸭屋前后，牛羊山近遥。几家贫碧玉，耕馌裹蓬翘。"其九："三危趋黑水，万仞屹苍山。地辟两司马，江淘六诏蛮。楚风留僰塞，汉月照铜关。庄蹻能开国，崇祠阙此间。"其十："栈路蚕丛辟，强邻虎视耽。滇池翻地北，云彩郁天南。铜鼓边声壮，金戈塞虏戡。书生怀报国，含笑看霜镡。（云南多彩云，盖空气使然，余曾见之）"十一："岩药笼中富，山茶味外腴。菌花红上木，石菜碧侵湖。鱼美思金线，梨香爱宝珠。西来宁为口？一笑比髯苏。"十二："车穴危峰过，人从异域还。重阳千里客，两月半游山。故友冰明抱，乡人酒慰颜。只留诗几字，题上碧鸡关。（大学同人李子畅诸公，及同乡钟辟生、钟粹阶、杨俊生、邓杰兴诸公皆得把晤）"《赠袁君树五》其一："山海五千里，云南直上天。观风来季札，馆客得坡仙。棋局长安感，昙花大学绿。苍生在何处？相顾各中年。（滇谚云：'一日上一丈，云南在天上。'）"其二："忆昔京华日，曾推国士风。群空冀野北，笔障浙潮东。远梦滇山碧，残阳越岭红。书生难已乱，感慨桂林同。"其三："南国翩然返，花间奉板舆。龙湖游钓近，钟阜雅谈余。方朔狂沈陆，相如病著书。对君渐栗碌，梅水冷樵渔。（异龙湖在石屏）"其四："杜老羁萍迹，严公助草堂。行藏介夷惠，文献绍钱王。家俭诗篇富，身闲岁月长。迟交仍遽别，昆浦极葭苍。（君著《金钟山雅谈》《滇迻诗文集、诗话》，并编辑《云南丛书》）"《酬袁霭耕丕佑赠书》云："大学论交两代亲，相逢我愧白头新。兰亭会上羲之老，重见风流写洛神。"《自滇回桂》其一："万里归装一卷诗，月残柳岸晓风时。如云冠盖盈周道，得雨蛟龙共跃池。车影远摇随会策，羽书回忆谢安棋。中原未毕澄清事，身手摩挲好健儿。"其二："烈士祠堂共举杯，风吟虎变会群才。从军子弟三迤乐，护国城关四扇开。五夜神鸡鸣铁柱，千秋骏马萃金台。此行已饮回流水，应见他年笠屐来。（余宴滇中各界于黄武慎公祠。滇省现于南城增辟一门，名护国门。《红杏山房集》载云南有回流水，饮者辄再至）"《阳淙海》云："廿里阳淙海，风平水不波。峰头人照影，铜镜碧新磨。"《阿迷州》云："斜月峰尖胃客心，山城日暮隐烟林。孤灯驿馆闭门寂，阳叶槿花相对深。（余初来时，路警总局长王子寿诸公相候于此。今来访，子寿已回里）"《蒙自望个旧矿山》云："天南隐富媪，百里露烟鬟。袖手斜阳里，驱车过宝山。"《赠河口余恨田督办兼柬晋畴五局长》云："红河横跨碧溪流，汉土西南到尽头。五夜雨声闻骆鼓，一桥波影划鸿沟。斑茅瘴净安边户，翠竹云深隐戍楼。塞上葡萄应痛饮，好标铜柱镇交州。（河口秋间斑茅花发时，有瘴甚厉。马援在交趾得骆越铜鼓）"《赠蒙自关监督孙敏斋志曾》云："我去君始来，我来君欲去。桂滇五千里，云鸟偶一遇。滇山高千仞，桂江广百步。联轨轸方遒，同舟险可渡。君来菊初花，君去梅已吐。折取一枝梅，赠君千里路。闻君买南园，胜迹前修慕。韩宣倘再来，堂前誉嘉树。（秋间余赴滇，君从滇来，遇于龙州。君得钱南园先生故居于滇省城外）"《越南书感》其一："堤封千里二江流，铜鼓风喧涨海秋。人物衣冠犹汉俗，异邦来访古交州。"其二："中国街中走马堪，土人半解粤人谈。桄榔椰树冬犹绿，风景依稀似岭南。（河内有中国街）"其三："谅山南下瓴高建，安需东趋谷失封。当日桂滇军破竹，不曾痛饮抵黄龙。（甲申役事）"其四："镇南关外瘴云堆，铜柱销沉野草灰。闻道伏波祠庙在，飞鸢跕跕遇江来。"其五："蒙茏草树隐屡颜，真面何从见远山？忽见深林芟几处，胶青一抹刷云鬟。"其六："红藤绿蒟餐牙黑，见汉宫犹唤大官。惆怅大夫亡国后，青衫道左候车栏。（在谅山车站见一越南人，云是谅山总督）"《国会议员王君梦迪、王君季文同车至越南嘉林》云："相逢在云岭，惜别到嘉林。属国千年感，乡关万里心。车随烟树没，思逐海涛深。儿女珠江忆，因君寄好音。"《吊冯春风》序云："君毕业于广东高师数理科，特精哲理、教育之学，任高师论理学及师范教育教授。为《七十二行商报》主任记者，尤有声于时。尝辑著《哲学概论》十余万言。年仅卅余遽殁，惜哉！"诗云："冲旷山原见性情，玲珑玉雪映聪明。一编哲理淘尘海，三寸毛锥毕此生。贾谊危言偏短命，孙龙雄辩自修名。展灯重检遗篇读，风黑庭蕉碎雨声。"

颜偶诗系年：《蚕》（三首）、《偶成》《雾》《落花》《惜花吟》（二首）、《风定》《晓起口占》《咏月》（四首）、《咏桂》《落叶》（三首）、《落叶有感》《雁字十首》《闲意》《感怀》《咏菊》（二首）、《再咏菊》《病中感怀》《家居杂咏》（四首）、《新家天长有感》《病中怀杨虎臣》《古意》《汉元帝》《火车驰》《飞艇迟》《偶成》《答杨虎臣赠句，次原韵》（二首）、《赠杨虎臣，次见赠原韵》（四首）、《感时》（二首）、《闲意（效剑南体）》《苦灾行》《书愤》（三首）、《戒诗》《诗稿钞完，袖然成帙，喜而有作》（二首）、《偶成》《水烟筒》《意有未尽，再赋一律》《手炉》《足炉》《煖锅》《煖砚》。其中，《落花》云："花开花落总悠悠，开落无心任去留。底事世人参不透，开时欢喜落时愁。"《家居杂咏》其一："老妻爱菊甚于陶，日日东篱手自浇。不甚解书偏解事，渊明问可是南朝。"《古意》云："红叶晚萧瑟，送君千里行。大江旧如带，泛古系离情。"

陈曾寿诗词系年：《雪后寄怀梅生》《清华园即事》《次韵祓庵师傅见赠》《与茗雪围棋》《赠石禅》《惘惘寄石禅》《湖斋坐雨》《次韵病老樟亭》《惜仲年来酒量稍减，感赠一首》《次韵复园》《何梅生以荔枝三百颗寄饷，报诗四章》《病老以自撰〈姬人兰婴小传〉寄示，即书其后》《张梦兰先生以南翔罗汉菜见饷，其太夫人手腌也，相传菜种为达摩祖师所遗，止附南翔寺十里有是菜，祖师来时有鹤南飞，故以名寺云》《同巩庵画〈寒山拾得图〉戏题》《张铨衡为其母寿建塔，摹刻柳书〈金刚经〉嵌其上征诗》《题海棠木爪》《题杨园先生遗像》《湘斋坐雨》《浣溪沙·己未都门重过云和主人》（二首）。其中，《雪后寄怀梅生》云："水凝山欲无，枯桐坐隐几。寥寥写予心，皓皓通万里。坐我天地初，仙佛皆后起。一花象帝先，孤梅谁氏子。"《清华园即事》云："梦落残山剩水边，故宫禾黍入荒烟。饥餐尚藉遗黎粟，渴饮仍分御苑泉。枝上空啼乌哑哑，原头又动草芊芊。倚楼看剑终何事，白日青春祇惘然。"《与茗雪围棋》云："余生相见剩枯棋，长夜厌厌与子宜。犹待驴年穿故纸，剧怜蠹化困胶丝。梦回清簟疏帘处，劫尽中央四角时。客去灯残心语口，空梁落月始应知。"《惘惘寄石禅》云："惘惘经过意未甘，槐阴门巷旧宣南。从来大好应大怪，所见不生良不谈。独旦敢辞知日罪，亡羊未悟挟书憨。逡巡待共濡需尽，珍重凉宵对一龛。"《张梦兰先生以南翔罗汉菜见饷》云："震旦花开第一祖，飞锡曾过南翔地。当年有鹤向南飞，至今犹认南翔寺。了知携来无一法，但挈霜蔬饱禅味。有情下种自然成，十里森森郁葱翠。世人知味不知名，有口但宣罗汉字。梦兰先生今白头，腹笥便便教童稚。有母有母慰行役，撷菜手腌亲付畀。分甘布慈乃及我，谓我依然酸馅气。开瓶入齿冰雪鲜，一笑西来得真意。何殊拾得与寒岩，残菜竹筒劳饷馈。北来我亦致盐菹，临别辛勤吾母制。打包千里负晨昏，寸葱每饭空凝泪。安得此身便南翔，荐食高堂亲奉侍。"《题杨园先生遗像》云："孔孟而还一藐孤，贞元多难启纯儒。寂寥天地今谁语，梦想寒风伫立图。"《湘斋坐雨》云："隐几青山时有无，卷帘终日对跳珠。瀑声穿竹到深枕，雨气逼花香半湖。剥啄惟应书远至，宫商不断鸟相呼。欲传归客沉冥意，写寄南堂水墨图。"《次韵病老樟亭》云："纳纳乾坤著此亭，细书深刻记初成。寒山落叶今可扫，独树畸人来与盟。茅把遮头谋已憨，风枝动日世何惊。便须携枕卧长夏，一任浮云流太清。"《惜仲年来酒量稍减》云："海竭天荒意未灰，芳樽渐浅足低徊。奋豪精锐犹摧贼，绝代悲凉自惜才。何事牵怀回断梦，记同忍泪酌恩杯。等闲宁解吞江渴，待脯鲸鲵制脍材。"《何梅生以荔枝三百颗寄饷》其一："寒儒气蔬笋，亦饱风露鲜。藏神昨相报，玉肪盈菜园。清晨一书至，说荔甘我涎。如披米颠帖，如许载一船。密语缄密意，馨密在我边。启筐裹新叶，一一赪珠圆。天然冰雪肤，绝代姑射仙。生心色香味，破我金刚禅。"其三："东坡昔迁谪，海角挂孤光。林家赏红紫，翟舍叩昏黄。义井独后汲，至味逡巡长。偶过荔枝港，累累照沧浪。父老欣见留，及食邀过尝。海南一卷诗，字字含幽芳。无入不自得，火宅生微凉。披猖今何世，敦俗忽已亡。湿沫相呴濡，良厚诚可伤。"《病老以自撰〈姬人兰婴小传〉寄示》云："无出非我忧，奉主自欢喜。嫡男就传书，出入谨护视。童乌秀不实，恻怛易初旨。祷佛期抱送，茹素但蔬水。食淡宁无伤，痼疾遂不起。遗女在褓褓，老泪酸怙恃。此心固堂堂，了无世念滓。生心无所住，所住皆天理。已矣翁何悲，卓哉善女子。"《浣溪沙》其一："一片红飘去不回，酒边清管自生哀。眼明真见故人来。　　我隔蓬山余涕泪，君歌凝碧费低徊。几时花发旧池台。"其二："处处香栖隐画梁，梦中谁记旧年芳，逢君花落一回肠。　　眼底都成浑不似，尊前惟觉意难忘。伤心从道是清狂。"

曾广祚诗系年：《伤虫食柳树断仆地》《画楼》《感吟一律》《即事》《游宅园》《病翁》《故鬼》《民间》《静兴》《吟岚》《一气》《白驹》《纳凉》《题李贺诗集四首》《见

田间女》《国病》《颜阌》《咏春庄》《月夜卧占》《兵事》《房妪收户外弃女》《宜男花三首》《代妇咏宜男花二长句》《题王维诗集》《寓目有感》《题〈马援传〉后》《梦入华山》《大道》《登古坪》《乱中述圣德》《冠年为破凡禅师跋〈藏经〉，今春向法嗣索观感赋》《题〈樊南文集·上河东公启〉》《隐士》《题〈司马文园集〉》《入深山》《至波罗峰别庄》《送别龙石渠二首》《警急》《答路人》《赠朱钧石少将（庭燎）》《风雪忆故人》《掩关》《雨后遣意》《理海上所获旧集有感》《圃中黄白菊落英，见山梅意稍适》《冰霰》《葛心水征君挽词二首》《客至书屋，天大雷电，口占》《拟西迁》《长夜》《六长句》《陈瑞寅索次〈逆旅口占〉原韵》《代族弟次陈瑞寅口占原韵》《陈钧泽请从学诗，允之》。其中，《伤虫食柳树断仆地》云："疏黄柳拂河，十五细腰娥。天遣春风折，人愁暮景过。雕虫为小技，走马剩新歌。不及冬青木，三清驾白鹅。"《画楼》云："折角今无五鹿羞，备身刀佩类千牛。芒芒殷土留书圃，莽莽荆山逼画楼。锦绣合酬青玉案，笙箫漫送绿琼辀。吾年强仕何心仕，镇日心从造化游。"《兵事》云："令如霜雪兵如火，气备温良昔救民。海岳沸腾今世事，舳舻衔尾阵鱼鳞。"《房妪收户外弃女》云："呱呱饮乳且孩之，嫁得开边外宅儿。户外风侵蛇蚓动，早将鹅毳作蛮衣。"

陈天倪诗系年：《杨哲甫观察见示〈天心阁感怀〉八律，次韵奉和》《留别曾四星笠》（四首）、《艺芳女校浩园八咏》（女弟子八人各咏一题，稍微改订，附录于此）、《黄蓼园社长七十有五初度，依耆英会赵南正太常七十有五诗韵赋投四叠，原韵奉和，即以介嘏》《题何潜园〈春梦图〉》《题刘腴深姜砚》《祝何潜园七秩晋一华诞》《答都门友人问近日何事》。其中，《杨哲甫观察见示〈天心阁感怀〉八律》其一："危楼巇岖俯残秋，湘水低徊掩泪眸。尽说临渊宜结网，不知藏壑已无舟。山魈水魅欺周鼎，雨血风毛幻蜃楼。不忍哀鸿中野集，泚颜一睨下帘钩。"《留别曾四星笠》其一："穷年兀兀两书饕，危坐无竿欲钓鳌。謋解庖经导大窍，隘观瀛海如秋毫。赢君五稔悭三日，别我一年俱二毛。雨霁客来胡不喜，月轮惟有今宵高。"《艺芳女校浩园八咏》之《桂岑》云："秋气萧疏入广寒，琉璃桂子正团栾。折来阆苑一枝秀，当作昆山片玉看。连理昔曾荣太液，软条犹自拂灵坛。丛幽吟罢饶清味，赢得天香入素纨。"《石廊》云："逶迤一道绕羊肠，莫莫松荫拂槛凉。黄叶未曾辞古树，晚花似已怯秋霜。谅无九折容回马，岂有歧途患失羊。到处流泉堪洗耳，不愁伤足有迷杨。"《紫虹桥》云："圆桥如璧接晴空，莫误朝隮露彩虹。隐隐林烟无断续，潺潺流水自西东。云山倒插成悬影，风雪回看入画中。荡漾波光真有幸，天教长此照惊鸿。"

吴钟善本年至次年诗系年：《八月十三日夜携长儿普霖将东渡，自家门步至溜江作》《溜江夜渡》《鹭江客次感赋》（八首）、《寄怀陈耆丈》《鹭门中秋》《十七夜月》《遣兴》（五首）、《夜坐》《读瓯北诗》《望海》（二首）、《闻柝》《鼓浪屿中秋摄影，宠以小诗》《过畋青别墅》《访菽庄》《有感八首，用四十述怀韵》《二林子邀同诸友作台南访古之游，喜而成诗》《自台北至台中车中作》（十首）、《同人摄影台中公园，即题其上》《自台中赴台南车中偶成》（四首）、《谒郑延平祠》《开山祠观延平王草书直幅》《延平王手植梅》《谒宁靖王祠》《魁斗山五妃墓》《饭开元寺》《法华寺吊明处士李茂春》《诸罗行，吊明遗臣沈太仆》《后诸罗行，吊柴总兵》《哀东宁》《员林柑》《鹿港香》《大甲席》《生番谣四首》《归自台南，奉谢二林子并呈同游诸君》《留题黄铁彝畋青别墅》《忆梅，和友人韵》（四首）、《挽龚亦瓅社长》（四首）、《和友人近作》（二首）、《敬题鳌石先生〈公车得意图〉》《和兵爪见寄〈舟过朝鲜海峡〉韵》。其中，《夜坐》云："入夜商飙起，中含战血腥。平波数点火，微月半天星。神策方韬曜，妖氛竞肆灵。传烽犹未息，烟接故乡青。"《闻柝》云："底事中宵触感多，风传寒柝枕边过。谁将叠韵双声谱，翻出当年子夜歌。"《和兵爪见寄〈舟过朝鲜海峡〉韵》云："一例留侯痛报韩，歌赓麦秀郁悲观。撤藩久寝天朝望，钩党偏开祸国端。妃子有灵魂自厉，将军无命胆先寒。凄凉鸭绿江头路，望断当年刘氏冠。"

黄瀚诗系年：《即事》（二首）、《见人题〈渔樵耕读图〉，因戏作》（二首）、《书瓯北〈西湖杂诗·咏岳坟〉后》（三首）、《题黄瑞坤遗照》《欲起》《一虎二首》《先王父弃养于辛巳年，先先王母十有一载，均以二月，忽忽数十暑寒矣，忌日感赋》（二首）、《雨农九岁丧母于辛巳年，丁外艰后十二年，癸巳丧其王父，亦均以二月，因和余前作，而余先王母弃养岁在辰，余六岁而孤，再叠奉复》《雨农以和张尧咨韵见示，且订邀一会，以事不克赴，依韵却寄，张善弹筝》《再叠韵寄雨农代致尧咨》《雨农再和，以是日尧咨诸人多半失约，乃相与猜谜遣兴云，仍叠》《读王仲瞿、舒铁云、孙子箫〈谷城项王墓〉诗，仿作四首》《咏扑满》《偕陈游六访云浦废寺二首》《海天吟社听张尧咨弹筝》《游六见和云浦寺诗，再叠》《三叠云浦韵》（二首）、《和儿鐏〈槟城杂咏〉四首》《学斋晓起，见梨树下盆兰苗一茎，喜作》（二首）、《再咏盆兰，叠韵》《知非》（三首）、《赠陈雨三》《欧阳节母诗，为秋澄母庄氏作》《咏陶元亮》《得儿鐏归讯》《怀人诗十首》（时作三日虐，困顿两旬）、《儿鐏〈悬弧志〉初稿题辞》《先妣忌日》《感旧诗二首》《菊花八咏》《故宗丈和圃旌奖孝行诗》《耐公见和怀人诗四章，依次再奉》《梦中得微疾，养天和五子醒后足成之》《四嫁妇谣》《苦寒二首》《偶读尤展成"鸳鸯伎俩莫高飞"句，有似讥予者，不觉失笑，因成二首》《释诗有寄》《归家见致爽斋梅花一株盛开，是戊申年儿鐏手植，示鐏》《二十七日放晴，倒叠前韵》。其中，《三叠云浦韵》其一："不见婆娑见旧粉，门前双树淡斜曛。木无舍利遭烧像，田认袈裟布折纹。魔舞几经天女幻，鼠驰留与野人熏。栴香满院谁参透，山谷迟来何处闻。"《和儿鐏〈槟城杂咏〉四首》其二："惟水质最清，流行不择地。一副穷荒中，冰丝织成织。"《怀人诗十首》其一："舒卷如云在绛霄，声名驰处首同翘。幽栖老我余霜鬓，忆共华年去已遥。（周墨史师叔）"

董伯度诗系年:《答薛宇澄 (绍清)》(三首)、《寄曹志先》《杂感》(八首)、《即事,戏赠徐叔谟》(六首)、《寄梦因》(四首)、《纪游》(三首)、《咏怀寄旧友》(二首)、《游平山》《己未寄旧友》《忆平山旧游》《待志先未归》《忆许梦因》《志先自暹罗至新嘉坡,不克归国,摅怀奉寄兼示范谷泉 (寿康) 无锡》(四首)、《渡江怀叔谟》(三首)、《渡江大风》《怀叔谟》《闻枕厂卒于四川,赋此志哀》《怀叔谟》《寄志先万春》《寄叔谟》(二首)、《杨柳》《得叔谟书》《再得叔谟书》《寄叔和》《归棹》《怀人绝句》(十首)、《寄梦因》。其中,《寄梦因》其三:"家国安危属后生,愧无才调解谈兵。梅花雪尽香盈阁,柳叶烟匀绿满城。开卷却同逢旧友,闭门常恐近浮名。博山炉冷难成梦,卧听黄鹂第一声。"《游平山》云:"晴烟散虹桥,莺声出木杪。对坐刚三人,野航不觉小。绿水生微波,垂杨风袅袅。一转溪流深,再折飞云杳。水尽得平山,搴裳就春草。昆仑万里来,起伏青未了。到兹甫一束,蜿蜒界天表。长啸顾下方,平芜何浩浩。石径通幽林,孤村隐丛篠。缓唱牧童归,斜照欣烟袅。高堂悄无人,倚阑听鸣鸟。怀古有余情,归来新月皎。"《得叔谟书》云:"落木浩纵横,庭前一雁鸣。寸心怀旧侣,尺帛有余情。日下云初展,江干月倍明。相期酬素志,谁说竞虚名。"

谭延闿诗系年:《威盛和诗奉答》《和大武九日见寄韵》(二首)、《题日记后》《为徐大题〈智永千文〉印本》(四首)、《梦还荷池故居》。其中,《威盛和诗奉答》云:"郑公乡与董生帏,尚想高山接翠微。诗兴老来犹郁勃,世情今日杂欢悲。梦回苦忆重阳酒,秋尽寒生九月衣。惭愧平生相顾意,未能心事两忘机。"《为徐大题〈智永千文〉印本》其一:"目迷秘阁丛残帖,谁识王家有素风。一笑平生应自谶,居然惊走为真龙。"《梦还荷池故居》云:"梦魂不为关山隔,揩眼还能识故扉。廿载双楼重到处,孤行千里独来归。充庭橘柚垂垂实,转瞬房栊步步非。犹是当时携手地,伤心无语向斜晖。"《和大武九日见寄韵》其一:"异地同佳日,征人感独寒。客中无节物,愁外有乡关。酒薄心仍醉,年衰带已宽。向来飞动意,真作等闲看。"其二:"久客浑无觉,书来始有思。孤飞云了了,独坐日迟迟。世事凭翻覆,诗情杂喜悲。茱萸堪满把,辛苦欲遗谁。"《题日记后》云:"岁月堂堂逝不回,年华冉冉老相催。可怜丘貉成今古,未信云龙有去来。薪尽更传初焰火,劫余还溺复然灰。平生自计能无愧,潦倒何心对酒杯。"

魏毓兰诗系年:《塞上初雨》《题李洞庭 (澄宇)〈万桑园诗集〉》《闺思 (回文)》(二首)、《〈黑水吟〉书后,题〈黑龙江报〉千号》(含《鲍贵卿》《涂凤书》)、《种花》《龙塞怀古》(八首)、《怀东史归长沙,即用〈都门留别〉韵》《团练杀贼歌 (题青山庙)》。其中,《闺思 (回文)》其一:"红林几处乱莺啼,薄醉春怀感絮泥。风晚落花桐雨细,空庭一碧草萋萋。"《鲍贵卿》云:"黑水汤汤北斗墟,亲提一旅建旄旗 (黑龙江督军兼省长)。原田喜听舆人诵,邑里相传布库居。月旦于今无信史,民嵒从古重姬书。原持说论攻吾短,朔漠遐荒赖补苴。"《怀东史归长沙》云:"梦里共和醒后身,曾经沧海几扬尘。向人悔作长沙哭,一笑归来月满巾。"《塞上初雨》云:"一夜东风著力吹,黑云拖脚满天垂。雨来犹挟尘沙下,春尽才教草木知(时己未三月二十七日)。鸟语湿闻泥滑滑,客愁细惹柳丝丝。土膏已动一犁足,正是边农播麦时。"《题李洞庭(澄宇)〈万桑园诗集〉》云:"故国湖山好,新亭涕泪多。羁愁燕市月,诗思洞庭波。时事已如此,吾徒其若何。闲闲桑万树,忧乐一吟窝。"《团练杀贼歌》云:"凌空一角青山青,山头有庙俎豆馨。山下行人齐仰首,西风立马吊英灵。我来木兰偶过此,一客为说赵烈士。庚子拳祸启边戎,俄兵压境将军死。大官惶恐小官逃,逃兵啸聚盗如毛。俄更驱之为鹰犬,杀烧焚掠人鬼号。木兰一城如斗大,风清四境无惊墙。一夫扼塞独当关,保障之功究谁赖?南乡健者赵定功,团练杀贼称英雄。猿臂威名震黑水(赵枪命中,贼皆惮之),燕颔豪气飞白虹(貌魁梧,幼时相者谓当飞而食肉)。群盗相戒莫敢犯,犯则被擒擒则斩。雷池不越已经年,无端粮尽谋西窜。伻来假道扰林苏(北团林子、巴彦苏苏),贼计何狡抑何愚。烈士谓贼乌可纵,以邻为壑岂丈夫。乃集团众议其事,佥愿效死无二志。群情激愤贼使逃,卷地风云如潮至。烈士缞绖起誓师,手握丧杖当马箠。督阵纵横如臂指,舍身今古几须眉。贼来杀贼如杀狗,一战再战贼惊走。援军设肯仗义来,灭此丑虏直反手。谁欤反作壁上观(援师后至)?平地祸水忽翻澜。群寇蹈虚纷至易,孤军深陷突围难。弹尽粮绝两昼夜(与某约济饷械,亦不至),健儿三百虫沙化。田横之士无生降,断舌犹作常山骂。烈士身歼目不瞑,魂来塞黑去枫青。噩耗先入慈帏梦,遍体淋漓浴血腥(母亲赵浴血外入,三日后报者始至)。事后里人争感德,青山立祠石深刻。编氓独有香火情,褒功谁壮旗常色。国无恤典家徒灾,英风大节委蒿莱。十七年来事如墨,天阴鬼哭猿啸哀。"

刘景晨诗系年:《菊丞先生五十,齐庆卜迁新宅,为长句叙而歌之》《菊丞先生哲嗣仲涛世兄新婚之喜,赋小诗六章以贺之》《厚庄先生以诗文集致郑君孟达转赠,作五言长句报之》《代寄顾祝盛竹书先生六十双寿》《兰畹以缙云菊女士〈伤时感怀诗〉七章见示,次韵和之》《次韵和曼庵〈游金华山九龙、双龙二洞〉七绝十二首》《代郑孟达祝汪母陈太夫人七十慈寿》(二首)、《嚼梅轩梁孟以黄菊、黄梅同时著花为唱酬诗四绝句征和,次韵应之》《读嚼梅轩梁孟〈梅菊唱和诗〉,戏题二十八字》《胥庵、复戡各以"尊"字韵为七言律诗见示,次韵报之》《宗祝群兄之长郎亮自沅京口,为赋四律简慰祝群,并以怆亮》《偶以红黄绿白梅花置一瓶中,因戏谓红者如美人,黄者如老衲,绿者如稚女,白者如名士。约过存诸友各为诗品题之,朱君兰畹得句最先,即次其韵》(四首)、《叠前韵》(四首)、《再叠前韵》(四首)。其中,《菊丞先生哲嗣仲涛世兄新婚之喜》其一:"十分好事及秋来,出水芙蕖并蒂开。争似佳儿得佳妇,绮筵交晋合欢杯。"《兰畹以缙云菊女士〈伤时感怀诗〉七章见示》其一:"闲恨闲愁不可支,人生如梦竟何思。拈花会得如来旨，絮果兰因偶一时。"《读嚼梅轩梁孟〈梅菊唱和诗〉》云："眉案同心唱晚芳，菊清梅洁字生香。也知梅菊评诗力，要说梁鸿逊孟光。"

林之夏诗系年：《干宝寄诗，次韵答之》《杭儿在日自称明年进学堂，今者民国八年矣，儿魂何往？入学之言犹在耳也》《以金漆书杭儿姓名、籍贯及生殇年月，于棺之前和》《明日复往视杭儿之棺，漆书赫然》《哭杭儿四首》《又一首》《旷达吟》《寄怀胡子薯严州军次》《偶有所忆，又哭杭儿》《苦乐吟》《又哭杭儿》《范蠡》《日思杭儿，忽忽成病，病枕思之愈甚，遂不支；内子敦促就医，峻拒之；余知病为儿也，既而强自解，果获小愈。又复思儿，如是循环，即不病亦无生趣。口占四诗，示内子，将与进一解也》《悔》。其中，《干宝寄诗》云："流水高山有子期，只须笃信不须疑。荪荃哀怨天难问，松柏风霜岁已迟。痛饮形骸终尔汝，兵戈名业付偏裨。竭来勘透无生界，五万春花署住持。"苏干宝原诗云："不才深负旧交期，俯仰乾坤窃自疑。入世似轮柳下傲，匡时曾数渭滨迟。买田冀免穷斯滥，开卷正求道所裨。为语拂云老松侣，雪中梅萼藉扶持。"《寄怀胡子薯严州军次》云："每见君名刺，即想君颜色。手书无一字，使我结胸臆。戎马已等闲，身世各逼侧。长剑倚桐岩，江山慰眠食。"《悔》云："生人夭事了，寿夭自为之。一向无先见，于今悔已迟。"

陈梅湖诗系年：《晨渡浦口》《滁州城》《徐州遇雪》《延庆楼入关》《蒙元首赏乘御舟游南海、登瀛台，敬观清景黄宸翰》《居仁堂赐宴》《游颐和园》《陶然亭同胡孔昭小饮》《法源寺访徐君勉》《雍和宫》《武英殿观历代彝器宝玩有感》《舟中望彭泽》《琵琶亭》《重至都门，经杨椒山先生故宅》《同林皓如游荡山浴温泉》《昌平州谒明十三陵》《居庸关》《登八达岭，与皓如镌名于戍楼古砖，藉以志游》（二首）、《偕林皓如宿居庸关南口》（二首）、《津门偶成》《舟出大沽口》《烟台舟发》《泊威海卫》《上海徐家汇瞻李文忠铜像祠堂》。其中，《晨渡浦口》云："浩浩江声烟雾重，东方烁烁红轮涌。一舟横渡破洪涛，回首石头钟阜耸。"《居庸关》云："关山芳草碧，驴背听筋鸣。北望云旗暗，南飞雁字横。猪奴争险枣，甥子导行旌。塞上逢秋暮，风沙黯客情。"《偕林皓如宿居庸关南口》其一："野外萧萧万马腾，秋深夜气冷如冰。征人怕读秋声赋，听到秋声感不胜。"《津门偶成》云："羁旅谁为伴，疏窗月影侵。隔楼歌吹发，游子动乡心。"

傅熊湘诗系年：《楚伧、寄尘见过》《与姚石子》《答高吹万》《过黄朴存，示所藏古玺印百数十事并遗拓本，因谢》《寄天梅广州》《次韵和芷畦见访》《和芷畦，叠前韵》《半淞园濒黄浦江，积土为丘，凿渠引水，迂行其间，可通舟楫。亭台花石，杂以上诸园为澹雅矣。尝以暇日与诸君同游，因赋一首》《酬幼安，叠次前韵》《吹万闲闲山庄》（二首）、《〈兰臭图〉，亚子为其弟率初属题》（二首）、《与〈风雨闭门斋诗稿〉》（二首）、《半淞园见玉兰盛开》（二首）、《痴萍邀游惠山即赠》《题天梅〈风木西悲图〉》《天梅得何暖叟手书尺牍，属为诗。因忆吴先生石笋山房藏道州书至多，自经兵燹，闻已大半散佚矣。抚时感事，不已于言》《约稼轩词意》《题胡石予〈倚闾图〉》（二首）、《焦山》《金山》《自金焦还，重泛梁溪，谒项王庙，登万顷堂，观太湖作》《重游惠山，与朴安、吹万试第二泉，摄影听松石，坐云起楼，登锡山而返》《次韵和胡朴安焦山三首》《次韵和亚子》《赠漫士》《梦蘧于临武县署葺栩园成，书来索题，因寄一首》《终古》《朴安招饮禅悦斋，赋示同座》《半凇园有迟不至》《与吹万、天梅摄影半凇园》《二陈见和半凇园诗，次韵为答》《十七日集周氏学圃，名其水曰环碧，亭曰留红，对亭红薇一株盛开，芳艳独绝》《二十日集松社，归饮酒楼作》《廿六日同游德故园》《廿九日重游》《鸥社九集，兰皋、朴安约游檇李，余以后期往，登烟雨楼，泛杉青闸，归遇于车中，次来台韵》（四首）、《有署不言无楼主者投诗报端见赠，次韵答之》《汉元以其母丧周年返沪，为诗唁之》《鸥社十一集，与诸君游吴门，泛舟枫桥，登天平山作》《送别梦蘧归里》《潮落》（二首）、《过济南作》《次韵答黄病蝶见赠》《同病蝶、洞庭登陶然亭，次病蝶韵》《香冢》《昌平纪游诗三首》《题寿石工〈填词图〉》（二首）、《颐和园》《玉泉山与洞庭登塔》《城南公园》《次韵和豪生》《北来留芟荃家一月，赋此为别》《宣南别诗》（十二首）、《霍晋来沪，次韵答赠》。其中，《与吹万、天梅摄影半凇园》云："江湖渐觉林泉好，蜡屐来游不厌频。凉意作秋宜茗椀，晚风吹袂谢车尘。画图依约开三径，朋旧飘零剩几人。留待他年与追忆，江潭柳大鬓丝新。"《昌平纪游诗三首》其一《居庸关》："居庸北扼长城隘，设险由来地势雄。绝壁连云千嶂接，乱流走石一川通。崤函空见夸秦塞，金鼓犹闻出谷中。形胜未殊攻守异，斜阳立马起悲风。"《与大觉》其一："文儒武侠世不用，雨晦风潇深闭门。与子低徊千载下，各成忧愤一家言。危心渐觉天将压，处乱从知隐独尊。待把襟期证明月，眼前聊喜互相存。"《〈兰臭图〉》其一："十年结客遍天下，四海知心有几人。裘马轻肥余子在，雨云翻覆一时新。庭阶剩见森森长，空谷相看寂寂春。为展斯图重惆怅，只今吾意与谁亲？"《题寿石工〈填词图〉》其一："十载燕尘郁盛名，雕龙炙輠气纵横。闲教余事归词笔，谱入红牙第几声。"其二："如此江山负酒杯，座中龙虎不成才。忧时涕泪干时策，都付燕邯击筑哀。"

沈尹默诗词系年：《读〈子谷遗稿〉感题》（二首）、《卜算子（雨止出流萤）》《思佳客·西山道中》《忆秦娥·对玉簪花作》《玉楼春（藕花池畔音书绝）》《浣溪沙（红叶疏钟有梦思）》《采桑子（凭谁写出相思梦）》《浣溪沙（户外轻霜暗湿衣）》《望江南》（四首）、《好事近（霜重月华明）》《浣溪沙·寒夜作》《浣溪沙·题子庚〈濯绎宧词〉》《南乡子（何处可登台）》《减字木兰·凤举以红叶装贴震先小照册上，颇有韵致，戏作此词》《好事近（今日见晴空）》《思佳客·共凤举谈赋此》《临江仙·赠友》《南乡子·寄远》《江城子·雪中游岚山晚归作》《玉楼春（少年心事观花眼）》《南歌子（柳外雷轻转)》《定风波·云君病中属儿辈寄书促归,因赋此以慰之》《清平乐·梅》《临江仙(斗革拈花新活计)》《菩萨蛮(梅花绰约冰肌白)》《蝶恋花·将去日本,因忆往岁平安神宫观樱之游,赋赠别凤举。凤举亦将归江西,故有末句》《清平乐·读稼轩〈粉蝶儿〉词"昨日春如十三女儿学绣,一枝枝不教花瘦"之句,一时兴至,遂成此阕》《思佳客·偶然作寄兄弟姊妹》《临江仙(春日抛人容易过)》《清平乐(东风不住)》《一剪梅(海燕飞来趁岁华)》。其中,《读〈子谷遗稿〉感题》其一:"四海飘零定凤因,青山绿水最情亲。袈裟满渍红樱泪,爱国何如爱美人!"其二:"读君遗画更遗诗,真抵相逢话别离。红叶满山秋色好,莫教传语女郎知。"《卜算子》云:"雨止出流萤,遥共星光大。静爱微明动太虚,我自闲中卧。　　花发旧年枝,月照新来我。似旧还新无限情,只是情无那。"《思佳客·共凤举谈赋此》云:"心事千般各有因。猜时那有见时真。话言一一传天使,烦恼重重缚爱神。　　情缱绻,意殷勤。年年见惯月华新。语君一事君须会,莫道嫦娥是故人。"《清平乐·读稼轩〈粉蝶儿〉词》云:"阴晴不定。省识春心性。著尽轻愁和浅闷。恰似女儿身分。　　绣花绣草年年。丝丝缕缕情牵。慵里莫抛针线,好教绣遍河山。"《减字木兰·凤举以红叶装贴震先小照册上》云:"西京风味。红粉佳人千百队。一夜秋霜。十里枫林耀日光。　　卷头好在。一样枝头红不改。生面能开。留与诗人点缀来。"《思佳客·西山道中》云:"十丈红尘一霎休。偶凭林壑散羁愁。晚风吹帽临官道,小辇催诗纪旧游。　　云淡淡,意悠悠。乱蝉声里雨初收。柳光岚翠知多少,又是新来一段秋。"《浣溪沙·题子庚〈濯绛宦词〉》云:"天北天南任转蓬。一生心事属冥鸿。词人老去酒樽空。　　旧恨暗于残月色,新词艳作好花丛。几时花月又春风。"《江城子·雪中游岚山晚归作》云:"万松相对意萧然。雪迷漫。更清妍。非雾非花,做就四垂天。玉宇琼楼天上有,却不道,在人间。　　鸟声如说晚来寒。水沉山。碧潺湲。乘兴游人,缓缓放归船。莫上长桥桥上望,灯火暗,保津川。"《思佳客·偶然作寄兄弟姊妹》云:"有甚闲愁可皱眉。新来爱诵稼轩词。归心已共春波远,离绪还应草树知。　　思胜事,忆儿时。海棠杨柳尽垂丝。东风庭院深深地,病后闲中总觉宜。"《南乡子·寄远》云:"狂态醒时真。不把浇愁酒点唇。一笑凌风三岛去,何因。两地平分月一轮。　　见说早梅新。折取高枝寄远人。莫作寻常梅萼看,凭君。雪里霜前最有神。"《忆秦娥·对玉簪花作》云:"年时别。新词一曲情凄切。情凄切。霎时儿雨,霎时儿月。　　藕花池畔音书绝。玉簪虽好何堪折。何堪折。少年情事,早秋时节。"《浣溪沙·寒夜作》云:"青女飞霜颇耐寒。素娥揽镜怯衣单。林间风动叶声乾。　　云鹤去来三万里,梅花开落一千年。海波引起与同看。"《临江仙·赠友》云:"惺惺惺惺无限意,四弦并作心弦。一弦一拨往来弹。人生多少事,总是诉悲欢。　　悲里四时非我有,欢时啼笑俱妍。连环欲解苦无端。君看窗外月,今夕又将圆。"《清平乐·梅》云:"女儿装扮。的的惊人眼。浓抹新来浑未惯。爱著绿轻红浅。看他雪里霜中。居然韵远香融。莫待柳丝牵引，先交嫁与东风。"《蝶恋花·将去日本》云："开到樱花春色贱。不放春归，早是春过半。看看绿阴沉酒盏。家家人醉离春宴。往岁春情扃水殿。又见梅花，莫道春还浅。我已归心牵柳线。牵情更过江南岸。"《定风波·云君病中属儿辈寄书促归》云："一纸书来感岁华，二年何事苦离家。春色不关人聚散，撩乱，芳梅依旧满枝花。病里须防愁作祟。闲睡，醒时儿女任喧哗。待我归来春未半，相见，从新花月作生涯。"

汪兆铭诗系年：《自上海放舟横太平洋，经美国赴法国，舟中感赋》《舟中晓望》《舟次檀香山，书寄冰如》《题蘘庄图卷》（四首）。其中，《自上海放舟横太平洋》云："一襟海气晕成冰，天宇沉沉叩不应。缺月因风如欲坠，疏星在水忽生棱。闻歌自愧隅常向，读史微嫌泪易凝。故国未须回首望，小舟深入浪千层。"《舟次檀香山》云："乌篷十日风兼雨，初见春波日影融。家在微茫苍霭外，舟行窈窕绿湾中。鸾飘凤泊年年事，水秀山明处处同。双照楼中人底事，莫教惆怅首飞蓬。"《舟中晓望》云："朝霞微紫远天蓝，初日融波色最酣。正是暮春三月里，莺飞草长忆江南。"《题蘘庄图卷》其一："儒家重饰终，墨子论薄葬。事人与明鬼，于义各有当。"跋云："儒者言事人，故以死为人生最痛之事，其丧礼随以重；墨者言明鬼，则体魄非所深恋，故主薄葬，皆其学说根据使然也。"其二："杯棬与手泽，惓惓不能忘。所以鼎湖人，涕泪收弓裳。"跋云："口手之泽犹不忍弃，况父母之遗体乎？此孟子所以谓：孝子仁人之葬其亲，必有道也。"其三："汉文恭俭主，石椁生汍澜。达哉张释之，妙喻铟南山。"跋云："景纯咏游仙，意欲翔寥廓。如何著葬书，所志在糟粕。"跋云："葬亲为仁人孝子所不能免。然死不欲朽，其用心已可笑；而堪舆家言，则直陷于罪戾矣！景纯犹不免，盖此风至魏晋而始盛也。"其四："蘘庄山水好，此意真绵绵。伫看松与竹，一一长风烟。"跋云："蘘庄主人辟数弓之地以为坟园，举族葬于斯，既不多夺生人耕植之地，又摆脱一切堪舆家言，且其地山川映带，松竹蔚然，风景宜人。以图卷索题，余喜其有改良社会风俗之志，故为题诗数首如右。"

张肖鹃诗系年：《哭蔡良忱》《利川变乱脱险作》（六首）、《哭蔡幼襄》（八首）、《下峡》《上海谒中山先生》（二首）、《谒章太炎先生》《上海晤陈凌虚，邀同赴陕，诗以答之》。其中，《哭蔡良忱》云："群季推年少，奇才独可钦。文章燕许手，忧患国家心。画策书犹在，怀沙恨已深。烦冤三峡水，化作怒涛吟。"《利川变乱脱险作》其一："川军宾夺主，同室首操戈。籍战各城池，来援意为何？"其二："侵晨枪四起，军部敌包围。身已罹罗网，居然破壁飞。"其三："隔院飞难越，登天苦乏梯。瓜棚借横木，如马跳澶溪。"其四："岌岌危城里，潜踪赖教民。三搜终未获，偷活草间身。"其五："短褐乔装去，吞声出北门。昭关偏混过，衔感丈人恩。"其六："脱险腾黄庙，花黎岭上行。

乱山风雪里，除夕近三更。"《哭蔡幼襄》其一："卷地妖氛起，中营殒大星。师徒悲失御，父老涕犹零。报国长赍志，忘身误守经。春风凌碧血，凄绝古都亭。"其二："痛哭论交始，新开鄂渚天。千秋民国建，一夜义旗悬。功首名宁没，忠躯志早蠲。频过传战讯，灯火话凄然。"其三："东海洁身去，元凶冀国初。新华昭叛志，瀛岛报归书。赤帜潜移汉，丹忱隐召余。先声夺奸魄，京邑走伶渠。"其四："小住真如镜，频嗟国事非。思量轻北去，慷慨计南归。直笔伸天讨，强藩迫祸机。一朝惊复辟，海上走依依。"其五："护法先吾鄂，商量举义兵。驰书谕巴蜀，伐叛说襄荆。远渡汉东水，来苏楚北氓。功隳趋粤府，施利正降城。"其六："沪海飞军讯，扁舟返粤东。来归正月半，江汉恶风中。暗渡湘沅道，身轻虎豹丛。方期迎主将，容易奏敷功。"其七："奔走流离至，艰危路几重。望从新据地，来整旧军容。筹策嘉帏幄，悲歌隐肃雍。关心民命重，不忍扰春农。"其八："失计依同党，伤心避内讧。移兵明退让，待友抚清衷。国是遗书在，亲知泣命穷。沉冤向天诉，含泪下川东。"《下峡》云："怒涛声里逐归艭，水石争撞未肯降。山凿万重归绝壁，天开一线泻长江。哀吟肠断巫猿泪，俚曲魂消郢客腔。阵马狂嘶惊梦起，浪花卷雪上蓬窗。"《上海谒中山先生》其一："忍涕含冤诉不平，先生愤慨寄同情。此仇不报非夫也，拍案犹闻痛恨声。"其二："兵联来凤吴醒汉，书致夔州柏烈威。收拾残兵报亡友，免教遗恨叹无归。"《谒章太炎先生》云："幼襄热血浇荒土，援鄂川军肇祸首。杀人犯本方化南，唐克明实为谋主。彼此函电铁证具，正拟依法诉政府。先生蹙额默无语，太息幼襄竟作古。后死有责图进取，再接再励勇再鼓。革命先烈期步武，失败益见成功巨，吾惟此言相励汝。"《上海晤陈凌虚》云："此去惟时早，西征授命危。将生求死地，不国忍家为。鸿鹄难言志，鹪鹩易借枝。殷殷故人意，后会讵无期。"

陈树人诗系年：《雪中与若文游士丹黎公园》（四首）、《舟过奥格拿根湖》《密韦驿晚眺》《洛士仑山间晓望》《二次漫游全坎拿大归途作》《乔治海峡晓渡》《卧病佛宁埠，党所诸同志调护殷勤感赋》（三首）、《车中见侨胞立雪筑路赋赠》《过陈益菜园题赠》（三首）、《洛士仑道中》《寒驿待车口占》《二次漫游全坎，所历诸埠，西人每来探访》《参观晏恶士镕铜工厂》。其中，《雪中与若文游士丹黎公园》其一："解爱天然世罕俦，福惟闲静最难修。连天风雪人踪绝，携手园林僻处游。"《舟过奥格拿根湖》云："可堪扶病上征途，强索新诗脑已枯。雪意萧骚山惨淡，扁舟如箭渡寒湖。"《二次漫游全坎拿大归途作》云："回首沧桑百事非，徒余身世等蓬飞。沙鸥可是多情物，送我来程又送归。"《二次漫游全坎》云："固识清流姓字馨，嗟予何德受逢迎。竟将半饷囚牢苦，换得千秋党狱名。"《参观晏恶士镕铜工厂》云："百里纵横草树枯，硝烟笼处毒深牢。群生万类俱难适，物质文明益世无。"另有译诗《秋唱》云："秋日冉冉去，如诉复如嗟。浮云飞似逝，奄忽若征骅。但余彼层阴，四下牧场遮。宛然婺妇步，丧服淡无华。红叶何纷纷，降自长林来。空际既飞舞，地上仍翔回。长林屹然立，挠之不可摧。岂其勇士创，鲜血滴为堆。凉风日以厉，瑟瑟吹我庐。尽日声未歇，向人发长吁。短景一入暮，寒威益凛如。如闻喂嚅语，大雪降斯须。嗟彼沍寒冬，来自古林兰。其地邈莫极，全土冰漫漫。冬来霜雪至，一白光九寰。何以喻斯景，皓月临江间。惟此严冬日，乐事纷何许。翠绕复珠围，缓歌仍慢舞。那知乐事里，悲情难悉数。乐者一何狂，悲者一何苦。亦有才德士，环堵栖破宅。有时无家归，大地作簟席。命途更乖舛，不得嗟来食。守乞人家门，与犬亦岂择。千门万户间，风雪迫人急。风号雪嗷声，笑怒如相杂。笑怒云未已，忽又怮鸣唈。请向此声中，一听贫人泣。"

吴梅诗词曲系年：《思归引》《登畅观楼感赋》《碧云寺见魏阉墓》《灵槎篇，答易实甫（顺鼎）》《实甫又示绝句四，因次韵》、【南吕·绣驾别家园】《拟西施辞越歌（有序）》、【正宫·锦缠道】《示北雍诸生》、【仙吕·长拍】《板桥寓庐寄王孟绿（琪）海上》《鹧鸪天·答徐又诤（树铮）》《眉妩·河东君妆镜，偕曹君直（元忠）作》《寿楼春》《洞仙歌·出居庸关，登八达岭》《瑞龙吟·过颐和园》《鹧鸪天·崇孝寺牡丹》。其中，《登畅观楼感赋》云："蜷伏尘世间，此身若处瓮。驱车出西郊，耳目始一纵。是时方孟春，东风先解冻。侯家开场圃，土宜勤培壅。根本计农桑，识高鉴亦洞。崇冈垂果食，低畴积菰葑。闲校《豳风》诗，大有经济用。层楼接霄汉，双龙蟠画栋。屏帏张金碧，法物皆上供。寝殿七宝床，海舶万里贡。铜柱镇四角，见者知典重。侧闻临幸时，花间盛扈从。登览话稼穑，乐与庶民共。安知弹指闻，已换大一统。禁地试清游，缓步胜飞鞚。同是缙绅后，孰无禾黍痛！春水生池塘，负耒可耕种。烟草护汀洲，恍入江南梦。芳节感盛衰，吾辞非违众。"《鹧鸪天》云："辛苦蜗牛占一庐，倚檐妨帽足轩渠，依然足酒供狂逸，那有名花奉起居？　三尺剑，万言书，近来弹铗出无车，西园雅集南皮会，懒向王门再曳裾。"《瑞龙吟》云："城西去，依旧照眼晴岚，障空高树。东风还识天家，酿花酝柳，吹香弄絮。　启朱户，休道建章宫里，物华如故。行吟小立长廊，垂虹万丈，凌霄喷雨。　应悟承平难再，几番昏晓，河山无主。留此旧灰昆明，闲勘愁素。罗衣对雪，重问凭阑处。知何事沧江沸鼎，铜盘倾露。泪洒蘼芜路，伎堂散尽，霓裳妙部。鸾影惊鸿睹，空认取瑶台，朱颜仙姥。绛云殿阁，不堪回顾。"《眉妩》云："叹秦淮秋老，杜曲门荒，金粉半尘土。定有惊鸿态，妆成后，熏香初试纤步。翠鸾漫舞，剩黛痕磨尽今古。更凄感，一样临池里，当如是观否。　枯树，兰成心苦。早涧东人远，巾帽非故。零落沧桑影，铜仙泪，知他饱经风露。岁华细数，对半规重想眉妩。怕蕉萃菱花，还不许，绛云驻。"《洞仙歌》云："万山环守，一线中原走，茸帽冲寒仗樽酒。正长城饮马，大漠盘雕，羌笛里，吹老边庭杨柳。　雄关霄汉倚，俯瞰神京，紫气飞来太行秀。天末隐悲笳，残霸山川，容易到夕阳时候。甚辇路荆榛戍楼空，对眼底旌旗，几回搔首。"【正宫·锦缠道】《示北雍诸生》云："景山门启，鳣帷成均，又新弦诵一堂春。破朝昏，鸡鸣风雨相亲。数分科，有东西秘文；论同堂，尽南北儒珍。珍重读书身，莫白了青青双鬓。男儿自有真，谁不是良时豪俊？待培养出，文章气节少年人。"【南吕·绣驾别家园】《拟西施辞越歌（有序）》序云："京师女伶鲜灵芝请作新曲，拈此付之。"曲云："【绣带儿】休提起蛾眉声价，算和亲轮到奴家。便长留两臂宫砂，怕难忘一缕溪纱。【引驾行】承谢你不识面的东君，抬举咱，恰相逢盈盈未嫁。【怨别离】现如今故国天涯，杜若溪边，苎萝山下，何日重停踏？【痴冤家】况姑苏台畔多俊娃，怕老君王看不上贫家裙衩。【满园春】望吴山那答，别越山这答。残阳暮鸦，迢迢路遐。"【仙吕·长拍】《板桥寓庐寄王孟绿（琪）海上》云："咫尺南云，咫尺南云。经年旧雨，冷落故人心眼。葡萄架下，斗酒赏雨，写秋心梦痕荒寒。问字记双鬟，有茂漪才调，令晖词翰。别后文章定更雅，应刮目再相看。笑我病怀疏懒，只风尘衣袂，憔悴长安。"

胡应庚诗系年：《大新商肆天台落成，登其十二层楼》《秦母八十寿诗五十韵》《过陈宏斋谈湘中战事，赋呈二绝寄慨，用其赠温叟韵》《和韩元方游花地韵三首，附录温叟〈抑抑堂诗稿〉自记一则》《叠前韵再答元方》《珠江怀古，叠前韵呈元方》《同温叟、元方游荔枝湾，叠前韵》《元方复次韵见贻，例叠原韵答之》《酬元方见示〈自嘲〉之作》《同元方海幢寺观木棉花，购佛经归》《与元方寻木棉花，光孝、六榕二寺皆未放，乃过其寓庐，循楼纵眺，则红遍粤秀山矣，见留小饮因赋呈》《杂咏明季女子三首》《重发广州，次曹明府大同怀人韵》《西樵山纪游》《西樵山白云洞题壁，用元方〈秋感〉韵》《游白云山，呈双溪寺觉一上人》《莼生和〈游白云山〉诗》《和蔚西〈寓斋即事〉一首》《再和蔚西〈寓斋即事〉之作，次原韵》《同周洛奇游白云山》《同蔚西、元方、马仲莹游海珠寺，复渡江至海幢寺，次仲莹韵》《北园小集，次仲莹韵》。其中，《大新商肆天台落成》云："飞观崇千雉，名城小五羊。客愁吹帽去，我欲御风翔。双塔浮苍翠，三江接混茫。潮初生瑂瑁，日正上桄榔。云树离离绿，阑花艳艳黄。危梯盘累榭，驰道出层廊。裙屐游人健，筝琶唱女盲。网开看蹴鞠，券合得帐饷。山霁光分袂，台春暖入觞。连朝阴雨叹，胜地此徜徉。"《过陈宏斋谈湘中战事》其一："鹈鹕声喧竟哄然，中原无复檄书传。三湘子弟英名在，怕说罗山血战年。"

柳亚子诗系年：《自鸳湖之歇浦道中口占》《题毛翁（至刚）遗集》《屯艮书来，述金焦、北固之游并示诗草，为题一截》《屯艮又游梁溪，言溪有项王庙，余旧游未之及也，补成一截》《洞庭自燕市书来，并以哭妹诗索和，率成一律奉寄》《纪事三首》《题许盥孚〈西泠访古图〉》《过凌太常祠示莘安》（二首）、《为莘安题小影叠前韵》（二首）、《闹红舸席上与莘安联句》（十首）、《一树》《题黄妃塔〈华严经〉残拓，为屯艮作》（二首）、《寿云间钱母王太君八秩晋一》《题〈秀君小传〉后，为心侠作》（二首）、《题〈深山采药图〉》《题孙稚山〈柳溪泛棹图〉》（八首）、《绮劫》（二首）、《悼姚童子昭明，即慰石子》（二首）、《归江夏族姑母之丧，姑丈黄先生（偶人）以〈悼亡三十绝〉见示，循诵既竟，感赋两律》。其中，《自鸳湖之歇浦道中口占》云："稽首风云酹一杯，横流依旧我重来。似闻一路苍生哭，竟有千秋杞国哀。埋血龙荒宁得计，逃名桑海忍言才。不须更作澄清想，抉目昆仑认劫灰！"《闹红舸席上与莘安联句》其一："可怜名士误龙头（莘安），衰草斜阳故国秋。一代兴亡成昨梦（安如），十年箫管写新愁。嗷红笑碧安排早（莘安），浮海沉江去住休。剩有沉雄心事在（安如），不教负了旧吴钩（莘安）。"《一树》云："一树桐华属十郎，谁教铁槛锁鸳鸯。多情自古能为累，尤物从来总不祥。堕溷落英成怅惘，沾泥飞絮本轻狂。独怜孤负吹嘘力，葵藿何颜向太阳。"《绮劫》其一："绮劫三生忏未完，翻留残梦证团栾。祝他无恙游仙枕，长向卢生借羽翰。"

孙树礼诗系年：《仲兄十六日神回，翌日举殡未得，躬往志痛》（四首）、《十八夜（忻儿）梦阍人持盒，盛果实四色，各缀吉语，并一小简，谓伯已成神，此后不复通问，感赋》《见石冒寒枉顾，以慰岑寂，并示以诗，用原韵酬谢》《朔风撼窗甚厉，枕上怀被困诸生有感》《贺见石亲家生孙》（四首）、《病卧遣怀》《见石以生孙觊我盛馔，并以贺介弟烜夫诗出示，依韵奉和》（四首）、《叠前韵致见石》（四首）、《见石既锡盛馔，翌日复召（慈孙、惠孙）赴宴，仍用门字韵致谢》《见石以赋闲特来相慰，叠前韵为谢》《昨夕枕上闻见石季子生，得两律，用见石〈致钱伯愚〉韵》（二首）、《又赋两绝句》《背痛》（二首）、《戏将见石季子"庚申戊寅丁巳庚子"八字嵌成四律为贺》《哭丁同年和甫》（十四首）。其中，《躬往志痛》其一："痛绝连朝是忌辰，那堪今日痛回神。明朝季弟（甫）适祥祭，哀我家乡送殡人。"《贺见石亲家生孙》其一："昨宵鲤信达京都，报道桐枝得凤雏。自是门庭益昌盛，天南地北各欢娱。"《叠前韵致见石》其二："前车覆辙鉴朝鲜，保障谁如武肃钱。搔首问天望平治，河清尚待几何年。"

叶心安诗系年：《悬崖勒马图》《沪居卖画，诗以代启，迄无定稿，姑存之》（二首）、《前题》（四首）、《衡栖图》《宋徽宗画鹰》《鹿》（二首）、《荷》《红荷补鸭》《奕》《病后口占》《山水杂题》（二首）、《仙山楼阁》《佛手柑》（四首）、《目存山水精册十二桢分题》（十二首）、《王石谷画轴，题"雷声忽送千峰雨，花气浑如百和香"》《腊梅灵芝补鹊》《紫藤，金鱼，胡蜂》（二首）、《桃花》。其中，《沪居卖画》其一："结阁海天末，仰视浮云生。空中凭结撰，万象倏灭明。冉冉山河影，忙忙青鸟征。双轮驰急景，身疑载笔行。模拟嫌着迹，敢博四座倾。"《宋徽宗画鹰》云："刘伶耽酒不为荒，卫懿好鹤国可亡。徽宗画鹰招鹤谶，令人不乐南面王。"《佛手柑》其三："何处天花撒满林，听莺载酒有禅心。薪传一指寻真谛，半是南华半佛音。"《目存山水精册十二桢分题》其一："疏密林峦小筑居，松风山月得相于。四时常绿多嘉树，三径无荒撷野蔬。求友枝头呼好鸟，忘机川上契潜鱼。不嫌满幅无余地，悟画禅能实返虚。"

王海帆诗系年：《赴平凉经泾水峡》《夜宿西台栖云寺，适友人王少樵、顾汉青二君亦至，剪烛夜话，即依壁间吴炳丞太史原韵以志之》《杂咏五首》《去化平口占志别》（二首）、《戏作，示锐廷》《樵家铺早发》《偶成》（二首）。其中，《赴平凉经泾水峡》云："山光横马首，草色没平芜。寺迥闲云护，天低远树扶。夕阳沉古渡，流水绕长途。何日捐尘网，烟波杂钓徒。"《夜宿西台栖云寺》云："剪烛合有缘，学仙却无酒。夜深呼明月，玄鹤几时有。问道何年事，想当开辟后。事远姑存疑，何暇置可否。山僧为我言，此是仙灵薮。于物尤征奇，有鸟名山狗。瑶田龙鞭耕，芝草鹿衔走。天外倚长剑，应有神呵守。嗟我风尘人，年年攀辕柳。何时学把臂，回头问二友。各言便未能，探喉倾积皁。高歌来松风，直欲摇星斗。脚底万壑声，时闻老龙吼。西窗共今宵，此会信非偶。抽毫以记之，八年四月九。写上雪壁看，合掌笑开口。他年觅陈迹，景光定回首。"《去化平口占志别》其一："又是槐安梦一场，秋风归去马蹄香。临行捡点身边物，尘满青衫诗满囊。"其二："盘餐不解万人饥，九牧殊嫌百里卑。寄语山南诸父老，陈平俊论我能知。"《樵家铺早发》云："踏遍人间路不平，为谁岁岁走边城。云和晓梦惊风觉，草共春愁挟雨生。树闪寒星明马首，山吞残月堕鸡声。天然一幅劳人画，孰识苍茫此际情。"

萧觉天诗系年：《汲水口书屋落成》《泊仓子埠》《赠菊》《法官嘲律师》《律师嘲法官》《宿归元寺书藏经阁碑》。其中，《汲水口书屋落成》云："依山筑屋见平冈，半作家祠半学堂。几亩薄田衣食足，数株乔木夏秋凉。牧童挂角温书史，野老蓬头问裋裳。质朴宗风耕读好，客来时剪菜根香。"《泊仓子埠》云："伊人指点画桥西，解缆移舟傍柳堤。借得西施扶范蠡，五湖烟水草萋萋。"《法官嘲律师》云："文人通病好为师，苦恨青衫不救饥。学剑未成方读律，吹毛无厌更求疵。广长舌相蛇添足，辩护头衔虎傅皮。若但有钱堪使鬼，何如归去作巫医。"《律师嘲法官》云："纡金拖紫坐高堂，印板文章问两方。笔议平反磨铁砚，舆情向背系苞桑。与君同立三年雪，此地须防六月霜。听讼犹人吾岂敢，毫厘出入待研商。"《宿归元寺书藏经阁碑》云："晴川历历千章木，蔽汉横江秀林麓。中有古刹号归元，经阁巍巍对黄鹄。黄鹄高飞玉笛寒，灵鹫下集龟山宿。龟峰偃蹇白云深，阳曜阴凝冈起伏。高士伯牙调素琴，芳洲鹦鹉受真经。波罗万卷通佛顶，天乐六时朝地灵。记功记事记年月，江河绕地流日星。住持顾谓萧居士，功不唐捐照汗青。欣然囊笔宿兰若，大块贞珉五丁凿。匍匐书丹乌犉牛，非真非隶非篆拓。且凭肘腕结姻缘，差胜急时抱佛脚。书成植立宝殿前，灵龟负石生云烟。长使末流闻正法，护持香火万万年。"

江子愚诗词系年：《将入都别先人墓》《将入都别亡妹墓》《奉怀词社诸老四首》《有感六首》《过金鳌玉蛛观北海》《三入都门》《净业湖南望》《万生园杂感四首》《上清》《湘弦》《夜坐》《上戬盦师》《净业湖》《纪事》《郊游》《答髯客书》《都中喜遇秦树风兼怀明钦、髯客》《寄人》《谁怜》《碧油》《晚过沧州》《历城客感并闻故乡有警》《趵突泉》《为熊观民题〈日出图〉》《再题〈日出图〉》《雪后同薛季厄登历山》《微波二首》《发明湖小楼》《帝关》《玉京谣·己未入都，和曼庐〈赠别〉》。其中，《净业湖南望》云："琁源玉水自西来，汉代昆明有劫灰。一角凤城无恙在，夕阳红上洗妆台。"《万生园杂感四首》其一："楼阁玲珑绚五云，鹊炉烟断麝犹熏。屏风尽谱宣华画，不信坤宁有道君。"《玉京谣·己未入都，和曼庐〈赠别〉》云："两地神交久，锦里春来，月下初相见。词社群仙，寻梅沉醉江馆。正拟取，箫谱同修，又怎料，布帆重检。东风软。多情驿柳，背人西转。　　侬家别赋凭君念。一声声，抵骊歌万遍。才过花朝，探春春已将半。况指点，烟树千重，算阅尽，海桑三浅。天涯远。人似伯劳飞燕。"

沈其光诗系年：《拟〈饮马长城窟行〉》《蕙圃观梅，呈东木先生，兼视福成上人》《夏母金太夫人挽词》《题庄侠君孝廉（世骥）〈坐花草堂诗稿〉》《长咏》《祭双忠祠，追次盱眙汪斥青（祖绶）明府韵》《佘山下作》《赠石年》《次韵赠吴县吴九珠舍人（曾源）、潘省安农部（承谋）》《九珠、古庭、省安招饮有诗，次韵奉酬》《怡园同游者，宝山舒问梅、太仓陆鞠裳、吴县吴古庭、邑子徐伯匡》《吴中颐园为孙补山相国旧圃，今为汪氏宗祠，乾隆时，汪士鋐中允有记园中牡丹一本，宿植也，今萎矣》《宴省安彦均室，省安出示董文敏临摹晋唐以来诸家墨迹及名人画卷，赋此为赠》《北郊雨后》《次韵和九珠、省安〈牡丹〉之作》《题杨节愍遗像》（节愍，临海人，名时熙，字知白，明两淮转运使，事载《史可法传》中）、《醉后凭栏作，时方有倭警》《夏至后淫雨浃二旬，势殊未已，场圃低洼者，舟可径渡》《寄菊裳吴中》《曲水园阻雨，小饮成醉》《题〈费节烈妇传〉》（费妇徐氏，洞庭西山费氏良妻，士良卒于湖湘，妇年才十九，同治癸亥骂贼死）、《拟王筠〈代牵牛答织女〉次元韵》《芽豆》《山药》《百合》《子姜》《与葆荪，时病足已三载矣》《偶述》《虚斋》《寄高太痴（翀）海上》《半淞园杂句》（三首）、《闲兴》《城南小饮》（三首）、《自无锡至常州道中作》《登狮子山》《燕脂井》《建业楼》《渡江词》《滁州》《车过临淮至蚌埠》《夜宿固镇》（属灵璧县）、《宿州》《夜过徐州》《夜宿姚村，古之互乡也，五鼓启，行十八里，抵曲阜城》《曲阜大成节祀圣礼成，恭纪三十韵》《谒孔林》《古矍相圃》（即孔子习射处）、《颜林》（在曲阜东郊外）、《谒少昊陵》（在曲阜城东北六里所）、《周公庙》（在曲阜城东北二里）、《饮曲阜酒家，同行百》《泰安寓舍二首》《进岱宗坊，先访吕公洞，登飞虹岭》（宋焘《泰山纪事》云："昔吕公题诗石壁，有虹常对诗顶礼一夕，吕公复至，挥笔点其额，遂化龙飞去，因以名岭。"）、《王母池，一名瑶池，上有王母楼》（池在飞虹岭北，亦名虹在湾）（四首）、《炮高岭东访经石峪，经刻斜坡上，存九百余字，盖梵偈也。北为水帘崖，因憩高山流水亭》《抵壶天阁，遂上回马岭》《二天门虎埠石望傲来山》（岱史云，二天门在黄岘岭，自回马岭至此五里，峰回路转，是为登岱之半）、《行快活三里作》《飞瀑岩观瀑》《五大夫松》《对松山》《由新盘口经石壁峪，遂历十八盘，登南天门摩空阁》《大观峰观唐玄宗磨崖碑》《碧霞元君祠》《岱顶》(俗名玉皇顶,自南天门至此约三里,岱史云六里余,非也)、《自玉皇顶还至南天门夜宿题壁》《日观峰观日出歌》《丈人峰》《谒岱庙》《幽兴》《寄巢县钱乙楼(国选)故令吴中》《别后寄怀省安,即次其〈安亭道中〉韵,并似九珠》《九珠、省庵投句,有邓尉探梅之约,诗以坚之》。其中,《闲兴》云:"徙倚孤亭岸幅巾,立锥有地敢言贫。著书不直一杯水,闭户且空三斗尘。汤鼎午时生蟹眼,云天秋晚蹙鱼鳞。清愁排遣浑无计,自向溪南咏白苹。"《饮曲阜酒家》云:"野苣瑶华脆,胡荽药气香。聊同渐离饮,不碍郦生狂。土屋风犹古,沙街夜更凉。厮波笑相送,旅梦跌绳床。"《飞瀑岩观瀑》云:"山深鲜人踪,谷幽静禽响。久寂闻暴喧,雪瀑翻濒漾。砑崖倾万斛,悬岩泻千丈。银潢浩昭素,天绅倒垂象。冲飙激迅奔,澄辉增霁朗。维时秋旸暵,敛势有余养。想当渹洞时,层巘俱沃荡。曰余寡驰骛,山水耽清赏。揽带已潇洒,抚襟益凄爽。逝将挹飞流,瓢饮缅畴曩。石鼎瀹松涛,岩栖谢尘坱。"

陈隆恪诗系年:《送日本今关天彭归国》《大兄绘山水幅贺友新婚嘱题》《湖上感怀大舅》《还家晓起》《莫愁湖茗坐》《洞庭舟中感怀》《雨霁发萍乡县城,至清溪外舅山居》《舟泊九江望庐山作》《与谢石钦步月复成桥》《偶成》《同三舅、马惕吾、王伯沆、萧屋泉诸公登鸡鸣寺豁蒙楼晚眺,座中听王伯沆谈佛理》《青岛事书愤》《晓起视庭中小松,感触近事,聊写恺郁》《遣怀》《雨夜》《咏窗下日本种牵牛花》《苦雨排闷》《晓霁》《次韵谢石钦同登扫叶楼之作》《次韵谢石钦同游莫愁湖曾公阁》《茗坐中央公园》《伶人余叔岩母七十生日,代人赠诗》《孟真嘱题〈美人夜弈图〉》《旋京一月雪中偶感》《雪中至东城》。其中,《送日本今关天彭归国》云:"贱肯为懦一笑倾,神州持橐气纵横。千年铅椠追杨子,三岛诗书待伏生。果熟更烦青鸟使,海枯犹似赤霞盟。巍巍富士关心事,雪映晴峰乞寄声。"《舟泊九江望庐山作》云:"比屋遮江柳作围,蚀天山影抱云肥。浮生对此空来去,一掬乡情稳载归。(一九一九,从萍乡返南京途中)"《偶成》云:"四月候犹冷,一庭云欲高。后时蜂自牧,相宅燕偏劳。倦眼榴花照,闲愁柳浪淘。希夷控冥漠,知命狎鸿毛。"《青岛事书愤》云:"覆巢风燕不飞回,坐拟乾坤化劫灰。事有至难哀莫挽,国无与立猥相猜。徒闻蓬岛收元气,终见萧墙护祸胎。铸错临危资恸哭,书生今日患多才。"

黄濬(秋岳)诗系年:《渡江》《晓雾自下关入南京,遂登鸡鸣山,历览同泰寺、台城诸胜》《北极阁》《夜抵上海,饮李拔可家》《上海旅次二首》《鸳湖道中,始见梅花》《西湖四首》《雪后偕众异、拔可入灵隐,贞长后至》《韬光作,示众异》(四首)、《龙井至九溪十八涧作》《理安寺》《烟霞洞》《为畹华饯别后再赋二律,题〈缀玉轩话别图〉》(二首)、《偶书》《汤山偶成》《见心斋茗坐》《香山半山亭特出林表,地势视碧云寺塔尤高,借用晁具茨香山诗均,以写其胜》《寿沈观先生六十》《夜游翠微,历香界寺、龙王堂归,就旅舍玩月》《秘魔崖,次众异均》《书释戡〈琅琊断肠词〉后》(三首)、《偶过厂肆,得樊山翁手写所为〈十鞭斋诗〉若干卷,端有李越缦、张篑斋辈题识,盖光绪庚辰癸未之间作也,走笔成长句,柬翁乞和》《流水音怀抱存》《液池即目》《再登宝珠洞绝顶寄众异》《雨后寄众异杭州》《对菊》《寄呈太夷先生》《三六桥属题双凤砚,砚有成容若、朱竹坨铭,周青士跋》《书感,寄任公先生》《芷青归榇海盐,以诗送之》《鹤亭月来累邮新诗,赋此却寄》。其中,《晓雾自下关入南京》云:"荒鸡警寒城,宿雾跨昏旦。江声起过客,踊往不待盥。极知王气索,壁立想楼观。岚形围破堞,云物走高岸。翛翛窣堵波,山胁卧丛灌。广除虽蔓碧,幢榜尚巍焂。世人工啖名,粉饰供陟玩。谁怜六朝梦,剩此风竹乱。讲台址仅遗,脂井干几断。龙鸾既同尽,花雨空呗赞。曙钟犹景阳,断续送哀惋。何年南皮翁,楼槛著诗翰。相期此江山,浩荡列几案。焉知蔽阴霾,壮志入夜漫。后人乘上游,守险事已半。惜哉资竖子,七载四糜烂。登高慨邱貉,聊为嗣宗叹。"《对菊》云:"日日襟尘换鬓鸦,破颜今始为黄花。木莲石合并已老,彩胜金翘聊自夸。寒夜独归成静对,小窗如梦忆横斜。未容霜杰相嘲韈,已信劳生事事赊。"《鹤亭月来累邮新诗》云:"江山于诗无尽藏,端待幽人凿新句。京口兵残酒犹冽,界子津梁慰迟暮。我行昨蹋中吴春,停车曾记朱方路。断肠烟柳正斜阳,一角飞甍过北固。心知浮玉有闲客,抱关静领沧州趣。秋来寄我新锦囊,撚尽微髭见孤慕。词场能争青兕锋,巷陌倘共寄奴住。应怜人物随浪淘,望里金银气非故。中原承平失草草,铁瓮江声定余怒。不如茸取妓堂春,期我扁舟邀笛步。"《流水音怀抱存(袁克文)》云:"瑰松礴石郁相依,复有寒流浸曲埼。旧主已成林际客,老兵犹护壁间诗。岂徒负壑移舟感,绝忆科头傅粉姿。霸气暗收文酒散,废亭残日一攒眉。"《书释戡〈琅琊断肠词〉后》其一:"就义从容世久稀,但闻肠断华山畿。可怜共命频伽鸟,都向琅琊大道飞。"其二:"香桃艳骨瘦无春,约指钩银泪点新。莫更觗觟效哀乐,眼前便是断肠人。"其三:"旧院同听紫稼歌,单衫杏子傍楼过。天公要费痴儿泪,不把卢沟换爱河。"《雪后偕众异》云:"千峰皴粉一夜明,篮笋冲寒取次行。幢顶尚余山雪莹,屐声能挟壑雷迎。平添丹麓谁资福,尽换楹题懒记名。作主若容过百日,异时端欲薄专城。"《香山半山亭特出林表》云:"松钗晶莹山雨过,飞亭上抉云界破。前陈绣壤背巉峦,复有精蓝枕其左。翠微旧址将毋同,唯见璇题壁间堕。蟾蜍峰作伤心色,起伏亭西青一逻。槐龙空留遮日爪,岩气翛如蝉腹饿。何人喜啖双井名,镜石澄湫得嘉坐。忧来不信蒙蔽豁,日暮愁闻邪许和。微生亦有览辉思,竹实何年逢止些。"《寿沈观先生六十》云:"九服奰未安,畴可活国命。遒然天门老,正色耿澹定。大云久不出,众生嗼将病。谁知掣鲸手,方造诗境圣。温公诚独乐,士议已相庆。平生旄节花,四裔被照映。晚来茶瓶厅,端坐戢群横。洁身辞闿朝,抵几嫉媮政。浩然中有恃,所养孰如孟。至今泊园竹,苍挺见贞劲。火星初西流,众绿意殊盛。屋隅净业水,莹我千尺镜。深衣一徘徊,得句备秀复。愿陪习池饮,觇此洛生咏。

吾闻龙能潜，云物会终迎。请为甘雨颂，以写君子性。"

姚光诗系年：《古意》《挽黄马夫人兼慰奠华社兄》《高老愚先生挽词》《病疟》《赠君介》《编吴悔晦丈文，敬题其后》《为哲夫题〈广州城砖集〉，时南北正议和也》《范瑞兰岁以手植兰蕙见遗，报之以诗》《咏蝶》《对月》《题王涧香夫人〈读选楼诗稿〉后》《观天》。其中，《古意》云："妾貌花比妍，郎心月同洁。花好有开落，月明有圆缺。花开非故花，月圆仍故月。恨妾貌如花，愿郎心如月。"《咏蝶》云："蝶当前身时，吸尽花精液。花蝶相并称，蝶实花蟊贼。借曰传粉蕊，功不与蜂敌。爱花而爱蝶，殊使花狼藉。"《对月》云："春月令人欢，秋月令人悲。东坡之妇语，说谓有诗思。实乃月无定，各随人心移。惟是上弦月，虽缺而含晖。下弦未全损，终觉色惨凄。此中有至理，谦益满招亏。谦光而满晦，悟此道可几。"

徐行恭诗系年：《京师杂戏分咏十二首》《游可园》《隔衙》《署中有海棠二树，高与檐齐，逢春盛放，往岁花时，同人不鲜吟咏，予以来习声律，辄惭向隅。今年花光灿烂，而同人诗兴索然，赋此聊当喤引》《哭姚作霖内兄二首》《雨后二首》《寓庐杂兴四首》《沽上老渔网得巨物，陈诸公园，群称为龙，因亦以龙目之，作此为纪》《园游归途口号》《涉想》《与室人夜话》《昭君咏》《同孙孟雄表兄、轶尘四弟游可园，坐蟠风堂前写景》《栽菊》《湖上》《谒先王父母墓，礼成敬赋》《喜晤仰坡杭州》《散花滩谒鲁澄伯丈》《西溪舟中作，呈外舅姚醒翁先生》《夜半闻钟》。其中，《京师杂戏分咏十二首》其二："银篙轻点驶如飞，一路晶光照客衣。浑似广寒宫里去，乘槎天半竟忘归。（滑冰床）"《涉想》云："几椽茆屋托山家，户内琴书户外花。入暮蝉声疏欲绝，卧看高树缀流霞。"《湖上》云："突兀楼台照眼明，画船如织趁秋晴。衷心欲访林栖者，自爱孤山深处行。"

胡先骕诗系年：《郊游》（二首）、《灵峰道中》《得然父近诗却寄》（二首）、《五老峰》《海会寺》《归宗寺》《栖贤寺》《黄龙寺溪头》《江上偶成》《舟行过马当，怆念六兄》《一廛》《道中见群儿喧嬉，率占二十八字》《江上望庐山》《浔江晤汪君毅，以长律似之》《仲通归自美，由沪往燕，道出金陵，聚语半日，怅然赋此》《印佛自都以书讯近状，寄此答之。俾知故人襟怀澹落，生事殊不寂寞，非有意招隐也》。其中，《郊游》其一："樱桃着花晴渐稳，野雉出林风正高。胜日作闲饶静趣，息心亭畔听松涛。"其二："花神庙前蝴蝶飞，豆花刃媚蕨芽肥。相将采药筠笼满，背着斜阳缓缓归。"《灵峰道中》云："花气浓熏芳草齐，携筇又过一峰西。空山尽日无人到，坐领松风听鸟啼。"《江上偶成》云："年时饱吃江南饭，岁晚翻操上水舟。木落千山寒自献，沙明群雁暝相投。持身许葆潜龙志，举世方矜斥鷃游。负手巡行吟望处，万家灯火隔江浮。"《仲通归自美》云："倦羽沧波二万程，相看执手笑啼并。各惊尘貌从年悴，转觉离情此际盈。小聚又成江海别，何时同证鹭鸥盟。歧途剩订游山约，惘对征尘旋旋生。"

王浩诗系年：《谢石军弟馈双虾》《思斋一日夜书事八首》《公园晓望》《题高印佛〈天女维摩图〉》《欧战阵亡烈士马善楚挽辞》《题〈南天屑泪图〉》《车中度武胜关同退盦得句，却寄织春、石军，明日遂别退盦》《孝感道中》《与白坚甫》。其中，《欧战阵亡烈士马善楚挽辞》序云："烈士云南人，欧战时在法兰西参战阵亡，中国号称参战，实行授命者，烈士一人而已。"诗云："西方浴日东方殷，长飙掀海浪立盘。洪鲵鼓牙弄馋吻，吐茹细大无坚全。马侯玉立气如山，令年持节意无前。天意于华未尽厌，故遣神物生其间。蛟龙安复起平陆，会跨瘴海兴烟峦。一朝仗剑行万里，日月腕底跳双丸。是时西方方惨刻，玄黄涂地脑与肝。侯言此日事非细，杀以止杀圣所仁。吾其提戈剸元恶，得请于外称客军。朝挑悍虏出戏下，暮报军书传国门。盾头磨墨作细字，万水一一如逢源。至今京朝录封事，断残章字犹鲜新。始岁戊午迄九月，创痛再裹宁疲颜。烟昏日出血霰下，往往锋镝欺鼻端。大使劳军勤休养，曰虏未灭臣能安？国家养士垂卅载，临难安得忘丧元。昆明落日春风寒，归原白骨青草缠。父洟誉儿兄啜哭，万口转恤嗟新田。通都大邑广传播，耳其事者皆正冠。吾生犹未识桓桓，高歌相望夫岂然。但持此义俟百世，敢以奇字书贞珉。"《思斋一日夜书事八首》其一："朝露已满窗，淡红散著纸。披衣默数息，寒意生两齿。甜眠老赤脚，鼾声犹在耳。"其二："蚊蝇不到处，坐观欲忘机。短日不下檐，昼长无是非。帘外睡起猧，悄然来未知。"其三："危坐眼渐明，夜久炉烟直。回肠一气清，饥人畏茶力。相看逐微末，穴鼠饮砚滴。"其四："夜火以细胜，小鼎作蝇语。单衣忽微凉，飘窗一片雨。凉飔抱之吹，扶以梦中去。"

高宪斌诗系年：《消债寺戏题》《登消债寺绝顶》《游仙人洞归后解嘲二首》《明长陵行》《登山》《观奕》《留别理化补习社诸女士一首，代陈君行可作》。其中，《消债寺戏题》云："行到招提户半扃，登山临水欲忘形。云天变灭无边碧，烟树萦回不断青。点石苍苔疑有字，负墙古佛久无灵。此来权当消诗债，莫把轮回涴我听。"《游仙人洞归后解嘲二首》其一："仙洞何人传胜迹，芒鞋着我骋长途。一衣带水难航苇，双袜凌波似浴凫。准拟登山探月窟，翻疑泛海访蓬壶。刘郎枉掉天台棹，应笑今吾即故吾。"

庞俊诗系年：《出城》《丞相祠堂腊梅盛开》《次韵孔昭九日之作》《腊不尽六日雪中偕煦中过公园作》《答玉陵》《紫苏塔》《鸳鸯白》《雀舌》《灰鹤翎》《银芍药》。其中，《出城》云："红瓦寺前菜花满，青羊宫外酒旗吹。出城安得浑无事，醉过春风上冢时。"《腊不尽六日雪中偕煦中过公园作》云："纸窗窸窣叶争鸣，来看空园水石清。帘影斜风收小市，瓦沟残雪画春城。短吟只与幽篁听，微欵能令冻雀惊。却笑相携似郊岛，最萧条处两人行。"《紫苏塔》云："入圃先传香，折枝宜献佛。莫厌澹泊姿，此是药笼物。"《鸳鸯白》云："花发映金尊，花残装绣枕。夜夜不孤眠，莫教幽梦醒。"《银芍药》云："不嫌老圃寒，宁比春花落。谁能送酒来，赠之以芍药。"

吴芳吉诗系年：《将自永宁归家，先此寄内》《绍勤将赴成都，自渝夜驰来会，闻李笑沧死矣》《山中独坐，怀树成美洲》《无题》（二首）、《明月楼词》《崇明玩月》《卖花女》《非不为谣》《摩托车谣》。其中，《将自永宁归家》云："万树梅花月正圆，襄衣滩畔系归船。行囊羞涩都无恨，难得夫妻是少年。"《绍勤将赴成都》云："笑煞郎君瘦入魔，叩门相见泪婆娑。一些些事钧天醉，四万万人薄命多。冷月招魂仍麦饭，荒田迎客有蛙歌。此身休恋山林味，恐到国亡鬓未皤。"《崇明玩月》云："西辞峨嵋秋，来作海上客。莽莽古神州，一来一变革。吟诗恐愁多，披衣望海月。海月何娟娟，照我孤船边。但见天连水，但见水连天。不识山外云，不识云外山。忽忆我爷娘，忽忆我妻子。天伦极乐乡，斯世安可拟！万顷涉波涛，谁驱我来此？我欲问海月，海月不我言。不言我自语，语罢对月眠。吾舟惟稳去，不管变桑田。"《卖花女》其一："卖花女子卖花声，声声勾起买花人，卖花女挽青云鬓，买花人着素罗裙。"其二："早晨卖花花正鲜，下午卖花花半奄，何日卖来花万朵，为留弟弟读书钱。"其三："一带红楼映柳条，家家争买手相招，珠帘绣幕俱无羡，自有儿娘风味饶。"其四："卖花完了转回家，赢米一囊喜报妈，妈妈念女回家候，开门携弟笑哈哈。"

罗卓英诗系年：《济南名胜杂咏四首》《四柳咏四首》《帆车》《北京大学生爱国示威运动二首》《徐树铮将军筹边西北喜赋》《霜枫先生见示"碧草深深碧血多"辘轳体诗，即效其体和之五首》《饶师爱荃书来垂问，敬赋答谢》《假日招友围炉畅饮，适接与言照片，走笔题句，仿佛东坡醉书"大江东去"时也》。其中，《徐树铮将军筹边西北喜赋》云："秋塞无声月正娟。将军专阃出筹边。天西漠北风沙劲。万马功名铁未穿。（将军前为西北筹边使，今任西北边防总司令，规划甚大，尤喜培植青年，亦颇作诗，'万幕无声秋塞月'及'大将功名万马蹄'等句，人多诵之）"《饶师爱荃书来垂问，敬赋答谢》云："夫子循循善诱之，诲人不倦启新知。士先器识恒箴我，业贵精勤自得师。今日埋头当愤发，他年出平定倾敧。狂言倘许申吾志，要拯穷黎慰溺饥。"

王大觉诗系年：《绮怀》（四首）、《王椒畦画卷》《辞家》《舟中望昆山》《海上访傅钝根（熊湘）即赠》《答屯艮即和其惠题拙稿原韵》（二首）、《初至海上作》（四首）、《洞庭以哭妹嫣姑诗索屯艮介缀题词，率成二绝》《与秋心夜饮归赋》《寿徐仲可先生（珂），即题其〈衔杯春笑图〉》《勉登楼排闷》（二首）、《〈鬼趣图〉，讴社第四集》（二首）、《酌酒海棠花前示内》《秋风谣》（三首）、《勉登楼杂诗》《将去海上作》《将离海上前一日，俞慧殊（祖望）约傅屯艮（熊湘）饮予寓楼，并同摄影，慧殊嘱为题志，漫成二律》《留园，同秋厓弟联句》《复成一律，示秋厓》《亚子来周庄，夜同过酒家》《奉答毗陵汪兰皋（文溥），即次其〈悯湘灾〉诗原韵》（四首）、《伯祖母陈太君丧逾三月矣，十二月八日就窆，悲痛靡已，哀吟当泣》《河间行》。其中，《绮怀》其二："涉江怕说采芙蓉,病起残春对镜慵。无语从知今日意,可怜已损旧时容。水杨柳外初三月,玉藕花前又一逢。恼煞绿波君去路,思量真欲剪吴淞。"《王椒畦画卷》云:"斜日春江杨柳风,岸巾短笛上吟篷。清溪新涨胭脂水,桃树瞒人桥背红。"《海上访傅钝根(熊湘)即赠》云:"傅子三湘秀,能为两汉文。危时一相访,悯乱意何云。小阁压寒雨,淞江浮断云。不须谈出处,世变我方醺。"

李冰如诗系年:《与同学慨时局》《思友》《陌路叹》《悲怀》《吾生》《晚眺》《流民》《寄友》《日出题壁》《申家滩观峡》《漫兴》《路人月》《偶成》《晚眺》(二首)、《栽秧》。其中,《陌路叹》云:"君骑马,我行路,相识相逢不如故。斯世此人无限多,且莫趋前求眷顾!"《悲怀》云:"人生苦乐岂天然,忧有由来病有缘。形槁国家多难日,感怀风景不殊天。离骚短促三闾命,游宴长思半壁贤。吊古凭今何日了?就荒不如且归田!"《申家滩观峡》云:"丈夫多少不平气,鼓荡江风逐浪流。甚叹恶滩多险阻,常怀远志广交游。关心沉没同舟客,举目河山异主仇。欲报无由得力士,潜身峡口看沙鸥。"《栽秧》云:"山遥云淡淡,风暖日融融。齐陇秧翻绿,平畴水漾红。良苗先去稗,务本早归农。赤足驱秧马,田歌唱无穷!"

冯振诗系年:《留别兰言》《系龙洲歌》《古藤江中》《定情诗,为陈畏天作三首》《感怀》《感怀之作,寓丈、柱尊均有和诗,再次韵答之》《月夜》《登苍梧北山》《月夜之作蒙柱尊和诗,再次韵以答》《野望》《次韵奉和苏寓庸先生茶诗》《睡起,次苏寓庸先生韵》《苏明卓自海上来书,述矫堥旧寨,感而赋此,即次挥之韵》《次韵代答陈畏天赠别苏纫兰女士之作》《述怀》《震吾以国事至穗,隔衣带水间,思而不见,遥有此寄》《以东坡爱酒帖寿苏寓庸先生》《酬甘云庵先生》《挂席江上,夜往鼎湖》《月夜舟中作》《由半山亭至庆云寺》《夜宿庆云寺望月》《游飞水潭》《游龙潭》《游肇庆观音岩》《登三仙观最高峰》。其中,《定情诗》其一:"梧城安若盘,鸳江静如练。同是相思人,含羞不相见。"其二:"昔别鸳鸯江,今望鸳鸯浦。目断苍梧云,心驰苍梧雨。"其三:"妾住西江头,郎住西江尾。欲识相思情,但看西江水。"《感怀》云:"风雨萧萧暮,无端感慨多。才华归草泽,天地老兵戈。大道今何处,销愁且醉歌。无因岩下隐,心折故山梦。"《感怀之作》云:"盗道今无有,康庄枳棘多。穷兵空祸国,回日枉挥戈。女子军中气,佳人帐下歌。可怜迂阔士,翻欲卧松梦。"《登苍梧北山》云:"言登北山顶,直入苍梧云。松风乍低昂,天际来韶钧。自疑在城郭,何由绝嚣尘。乃知倜傥士,不与俗缁磷。大江横我前,桂水日崩奔。清波与浊流,万古无时分。借问功名士,何如守其真。重华不复见,大道向谁陈。桃源在何处,渔舟难问津。吾将脱羁勒,高步葛天民。"《月夜之作蒙柱尊和诗》云:"佳人渺天末,梦寐苦追寻。忽睹一轮月,如张万到衾。阳春歌古调,流水感知音。不觉傍徨久,空惊雪满簪。"《次韵奉和苏寓庸先生茶诗》云:"饮水真吾乐,烹茶近更尝。未忘清苦趣,不觉引杯长。夜久偏留客,心闲为送凉。固无消渴疾，芳涧到枯肠。"《睡起》云："睡起惊风雨，庭前认落花。呼童为汲水，活火自烹茶。免得缁衣累，何愁白发加。此身无住着，到处便成家。"

陈蘧（蝶野）诗系年：《扫墓作》（三首）、《寄怀》《淮城》《约梦》《净慈寺题壁》《听王十四琵琶》《听高丽吴孝媛弹瑟》《归意》《向晚》（三首）、《夜吟》《田园即事》《夏令配克影戏院观意大利歌舞》（四首）、《拟宋诗》（二首）、《新罗敷艳歌》《感意》（二首）、《霍家胡》《瓜山道中》《鞏》《重来》（二首）、《薄幸》《白鸥》《柳》《珍妃》（二首）、《〈天宝遗恨〉，为孙菊仙作》（五首）、《卫子夫》《听粤伶李雪芳歌》（三首）、《山中日暮》《惨睹》《霍光来》《惆怅词，答佛影》《看花绝句》（四首）、《阿末朗音》《鲁意十六》（二首）、《一夜》《帘影》。其中，《寄怀》云："秋荷暮雨不胜思，肠断红楼锦瑟诗。十二门前银烛冷，廿三风信楝花迟。烧香丙夜金蟾小，入命庚星玉虎雌。莫向秦村问消息，韩娥身世少人知。"《约梦》云："天涯苦忆落花枝，约梦相寻路未知。不是小魂无管束，谢桥风絮太迷离。"《薄幸》云："轻雷塘外月如银，一树垂杨隔作邻。灯底梦痕怜指甲，门前车辙记酸辛。从前慰藉明知谎，过后思量总当真。薄幸尚非吾忍有，岂甘冤汝女儿身。"

常燕生诗系年：《紫荆板头凭眺》《暑假回里后重检旧帙，偶翻得数年前日记观之，前尘影事，历历如新，而逝水光阴，已不可重温矣。抚事追怀，感慨系之，作四绝以寄意云耳》《白头吟》《三弟乃慰年甫七岁，聪颖好读，授以小诗，琅琅上口，戏为长句以赠之》《游颐和园》《云汉篇》。其中，《紫荆板头凭眺》云："南望九折坂，北望水汤汤。群峰自东起，三五相轩昂。童童佛露顶，宛宛蛇趋冈。西来故垒风，吹动我衣裳。雄关自古重，保障非一方。知兵之所争，阻暴以之亡。缅怀古豪杰，暴骨几沙场。当其指挥时，意气何飞扬。人事有移易，山川无固强。自从清平来，此堞久矣荒。即今穷日末，惟见归云苍。云岂有感知，飘然过我旁。"《暑假回里后重检旧帙》其一："影事前尘忆未真，过来不似现前人。当时故我今安去，尘海茫茫胜此身。"

罗长铭诗词系年：《忆弟》《有会而作》《哭张景云先生》（六首）、《久雨见月口号》（三首）、《观梅浣华〈天女散花〉》《异乡，次张景云先生韵》《夜坐》《寿金沧江叟》《霜天晓角（春归何处）》。其中，《忆弟》云："长日此独坐，静言思故乡。念念我二弟，忽忽天一方。读书近如何，祝汝乐且康。勿增堂上忧，南望徒凄惶。"《哭张景云先生》其六："识面才半年，说此半年事。泪亦不能尽，情亦不能置。我有盈觞酒，滴滴化青泪。倾之剑山麓，山灵亦憔悴。精神倘不灭，前约应不沬。钱塘江上月，夜照魂来去。（与先生有游湖之约，故末二句云云）"《夜坐》云："夜坐看星星气横，布衣方帽记平生。才名自许今枚叔，狂放人称汉祢衡。四面丘陵妒山岳，千年云树斗狸狌。灵均卜宅谁堪问，惟有秋虫候月鸣。"《霜天晓角》云："春归何处？寂寞江南路。燕子不知离恨，犹自向、风前舞。　落红泥径雨，飞黄天际絮。愁入炊烟丛外，尽化作、相思句。"

贺次裁诗词系年：《出京车中口占》《偶成》《午睡》《自伤》《鼓山迨暑》《碧林园赏杜鹃》《哭家城十七弟》（五首）、《灯下忆弟》《遣愁》《母病忧绝》（二首）、《即事》《述怀》（二首）、《柬谦谷避居鼓山》（三首）、《柬佩苏》（二首）、《月夜与不凡、景眉同泛万寿桥》（三首）、《西湖夕泛》《柬景眉》《夜坐口占》《早起散步》《西湖飞虹桥上口占》《宛在堂息步》《对月》《病后苍山漫步口占》《视十一妹疾途中口占》《寄伟昭五姊》《雨夜寄凤梧》《调寄〈青玉案〉·夜雨》《调寄〈南歌子〉·听虫》《调寄〈卜算子〉·不寐》《调寄〈卜算子〉·苦雨》《调寄〈十六字令〉·哭城弟》（二首）、《代琸琪两弟悼城弟，依前调前韵》（二首）、《调寄〈玉连环〉·追遣》《调寄〈长相思〉·访佩苏，归后大风雨口占》《调寄〈鹧鸪天〉·前题》《调寄〈惜分飞〉·雪叔促北归，柬景眉》。其中，《哭家城十七弟》其一："病床三日竟飞仙，辜负劬劳阿母怜。雁阵惊寒声断后，我今伤痛较从前。"《病后苍山漫步口占》云："秋爽偏于病体宜，扶筇缓步任何之。枫林如醉贪凝目，忘却桐阴月上时。"《调寄〈青玉案〉·夜雨》云："门掩海棠春寂寂，暮雨隔窗频滴滴。倚枕听时增郁抑，最难入睫，枕冷香息，好梦儿难觅。　已到晓钟愁更积，万端心绪情何极。谁家彻夜吹长笛，凄凄侧恻，思思忆忆，困顿浑无力。"《调寄〈长相思〉·访佩苏》云："人萧条，意萧条，雨密风高梦未遥，愁怀何日消。　灯影摇，帐影摇，恨煞当年鬓尚鬓，懊恼徒自招。"

陈夔（子韶）词系年：《生查子·斋前十姊妹花一株，楚楚可怜。一夜大风，为篱落所压。诗以悼之曰："似虎风狂一夜哗，庭前吹倒竹篱笆。繁红已遂残春尽，可惜同根姊妹花。"或者见之，以谓有所讽刺。及园丁扶起竹篱，花容依然，复词以慰之，然恐被口语，秘不敢示人也》《疏影（客中送客）》《薄幸·索居无俚，触绪愁生，读贺方回〈东山寓声乐府〉，效颦成此》《诉衷情·读〈花间集〉》《玉漏迟·忧生念乱，百端交集，夜不成寐，赋示群从》《西子妆·浣溪怀古》。其中，《薄幸·索居无俚》云："远山眉颦。更衬着、明眸善睐。便镇日、烧香丸药，只是轻盈憨态。记当时、微弹双肩，簸钱堂下娇无奈。且薄鬓鸣蝉，蛮靴蹴凤，喜向春城挑菜。　自冷落、荼蘼院，浑不辨、病因谁害。锦屏春欲暮，单衣初试，生憎些子余寒在。怕伤心再。怎春情一掬，愁听巷曲将花卖。开帘见月，香径深深下拜。"《诉衷情·读〈花间集〉》云："南浦烟雨愁不语，倚栏绕。人已远。肠断。驿边桥，此别最魂消。迢迢。绿窗残梦遥，可怜宵。"

黄咏雩诗系年：《短歌行》《飞龙引》《巫山高》《读〈孟子〉》《读〈墨子〉》《读〈老子〉》《西樵山白云洞》《汪憬老招饮微尚斋，席上赋谢》《即目》。其中《短歌行》云："日月瞭然天地眼，见尽古人去不返。海田陵谷吹风沙，千岁髑髅生苔花。苔枯骨朽化陶土，陶作壶觚劝吾汝。"《即目》云："一江寒绿浸山烟，万树春红照木棉。细雨乍晴风乍起，落花身处泊渔船。"《巫山高》云："巫山高，巫峡深。危崖峭壁，猿鸟飞跃不敢度。冲湍逆浪，蛟龙喷薄长悲吟。覆地翻天斩霹雳，日月倒压寒门阴。行路难，路险阻。阳台云，阳台雨。云朝雨暮成今古。空山云雨望瑶姬，高丘今日哀无女。"

[日]白井种德诗系年：《恭赋御题朝晴雪》《读〈加纳子爵传〉（并序）》《勅使临南部信光墓（并引）》《次西岩翁见示诗韵》《哭加纳子爵》（二首）、《儿成允任爱知医学专门学校教授，喜而有作》《为儿成允娶小田岛氏女，行礼于盛冈八幡宫，赋此以纪喜》《赠甘薯于刀冈添一诗》《昆阳神社》《士刚移居赋诗三首见示，次其一以贺》。其中，《恭赋御题朝晴雪》云："腊雪初晴朗九寰，晓来露山岁屡颜。春光知自何边发，仰见扶桑第一山。"《次西岩翁见示诗韵》云："斗米折腰吾岂贪，育才为乐太痴憨。感惭旧友事高尚，平昔只欢幽径三。（翁壮岁抛官不复仕，三四故及）"《哭加纳子爵》其一："闻说宿疴今渐痊，讣音忽自紫溟傅。寄书到手才逾月，维梦维真转惘然。"其二："今闻广誉谁不钦，高年恨被病魔侵。春风遥向英灵拜，一束生刍一片心。"

[日]久保得二诗系年：《次鹿友庄唱和诗韵，赠日下勺水》《太田建庵子爵（资业）举曩祖道灌公赠位祭并征其诗，乃赋此》《自笑轩，与田中畅园、伊东圭水饮，分韵率赋，并送畅园西归》（五首）、《有贺春波（盈重）见访，赋赠》《香妃曲》《将游月濑有作》《岛原访佐藤小石（彬），遂留宿》《月濑十首》《前诗意有未尽，乃续成十绝句》《蓑虫庵题壁》《键屋逵，即宽永中渡边数马复仇处》《观菩提寺》《棘鬣濑》《心中岩》《笠置逢雨》《六甲山苦乐园访福田眉仙》（三首）、《冈本看梅，同眉仙》（十首）、《游大宫公园，同伊东圭水、冈野枫林》《送日下勺水游纪州》《观梅兰芳演〈天女散花〉剧》《寄题妙高山永台精舍》《那古耶行营砖屏歌，为内田远湖（周平）》《寄题朝鲜木浦松岛祠，祝史高桥花泉（种之）嘱》《峨眉山歌，送饭塚米雨游蜀》《鲛洲海楼雅集，次胜岛仙坡韵》《题萩野和庵（由之）〈禹域游草〉》（三首）、《团扇，用陈碧城诗韵》《开泉阁小集，送沼波琼音（武夫）游满洲》《雪蕉图》《次林田炭翁（翠）题壁韵乃寄，集宋人词句》《三原世外（亘）华甲寿言，集清人诗句》《同仙坡、铁石、小岘、六石游秩父车中作》《石龙洞》《长瀞》《宝登山祠》《采蘩》《寄伊东圭水》《吴通事行》《白须草》《太田建庵招饮湖亭赋谢》《题〈鬼趣图〉，次徐仲可（珂）韵》（六首）、《仙岳杂咏九首，用友野霞舟题图原韵》《题正木鹤山（照藏）〈胡沙集〉》《盐溪纪游》（十首）、《妙云寺》《盐釜里，读高尾碑作》《回顾瀑》《那须野》《福井学圃小祥忌赋奠》《猗猗山房诗，为太田建庵》《平语乐府十阕》《佐藤六石招饮鸥社诸同人，席上率赋》《高桥午山过访，上村卖剑亦至，分韵各赋》（二首）、《菅公像赞，为藤井稻陵（归一郎）》《芦雁图》《高桥月山招饮》《送国府犀东（种德）出洋》《读蒋剑人〈啸古堂集〉，题其后，每首结用集中成句》（三首）、《饯岁》。其中，《自笑轩》其一："酒波漾漾涨琼卮，四壁峭寒灯上时。瓶里梅花影低亚，销魂一朵韵于诗。"《六甲山苦乐园访福田眉仙》其一："指点兴亡迹，凭高望眼开。晴烟五州尽，斜照一帆来。形胜看天意，干戈忆霸才。羁愁易枨触，旋被暮钟催。"《高桥月山招饮》云："穷阴伤短景，世事莫轻论。迎

夜排红烛,消寒倒绿樽。峥嵘一年暮,濩落此身存。想到田家里,初梅定返魂。"

[日] 佐治为善诗系年:《寒江独钓图》《红梅》《次天随先生〈月濑观梅发途〉韵》《东台观樱》《逗子叶山所见》《再至叶山》《三至叶山》(三首)、《先考五十回忌书感似东华兄》《挽老龙庵生福井无门居士》《绘岛》《玉川看渔》《山中隐士图》《不忍池亭》《丘上晚望》《平和来》《萤》《沼津保养馆作》《馆壁揭中洲先生诗幅,乃次其韵》《移居有感》《玉川》《偶得》(二首)、《展大冢先儒茔域》。其中,《寒江独钓图》云:"积雪江山淡晚晖,扁舟垂钓独忘归。一双白鹭掠波起,直向枯芦深处飞。"《东台观樱》云:"东台春色丽,樱发及芳时。烂烂香云簇,漫漫暖雪吹。林藏冬照庙,水绕辨天祠。立杖闻清梵,西丘落照迟。"《先考五十回忌书感似东华兄》云:"梵呗声中坐法筵,愁怀无尽宝炉烟。弟兄相见俱衰老,一梦回头五十年。"

[日] 关泽清修诗系年:《雨中看梅,分韵》《借花楼观樱,限韵》《久保天随将游月濑,有诗,次其韵》《水亭寓目,分韵》《断梅,分韵》《新凉,分韵》《鸥社大会,用茶山翁九月十日诗韵,同赋》《题〈胡沙集〉,为正木鹤山(照藏)》《雨后散步后园,限韵》《岁晚书怀,分韵》。其中,《借花楼观樱》云:"不是轻烟不是霞,春光澹沱罨人家。访君来似画中坐,门对绿杨楼对花。"《断梅》云:"黄梅落地数丸金,看到红榴夏景深。昨夜轻雷过雨后,新晴天气变鸣禽。"《岁晚书怀》云:"一笑人生为口忙,岁华何事去堂堂。老来意气消磨尽,输与梅花独吐香。"

[日] 高须履祥诗系年:《三野春耕所赠春兰,叶茎丛生,佳色满盆,诗以报之》《哭田部井竹香》《春耕山樵来访,见惠莵道茶及诗笺,皆逸品也,席上赋此为谢》(二首)、《天长节拜奏任待遇恩命,我乡人士胥谋为余设宴庆之,会者二百有余人,席上赋此为谢》《哭儿胜弥》《次浅野醒堂先生见寄诗韵却寄》。其中,《三野春耕所赠春兰》云:"满盆兰蕙翠婆娑,带露含风姿态多。况是山中故人赠,朝朝相对足吟哦。"《春耕山樵来访》其二:"溪笺氄雪落书帷,淡彩谁描花几枝。好是春灯微雨夜,案头题破会心诗。"

[日] 白水淡诗系年:《敕题朝晴雪》《忆乃木将军》《埋藏乃木将军之遗品》《寄熊岳师四十二之祝筵》《题〈经济杂志〉卷首》《再入胜山城》《四月三日,长野文一郎君婚姻席上,家世酿铭酒名腊梅》《题活动之九州》《次横山将军见寄》《忆晚翠园之旧时》《吊明石将军》(二首)、《宏友会席上》《祝吉田楚峰新婚》《守永邸观菊》《西伯利首途口吟》《海上遇飓风》《乌苏里途上》《哈府着》。其中,《题〈经济杂志〉卷首》云:"西白东黄人固同,南品北货要融通。若教四海为兄弟,万古升平在此中。"《题活动之九州》云:"煮海铸山经国基,舟车南北却忧迟。人间别占清闲境,残月晓风端坐时。"

[日] 田边华诗系年:《文芸阁(廷式)诗幅》《同青厓、湖村两先生游久地观梅花》

（三首）、《题画（杂录）》（八首）、《中洲旗亭忆槐南先生有作》（二首）、《盐原避暑》（二首）、《偕青厓先生游备中豪溪》（二首）、《题画（杂录）》（六首）。其中，《同青厓、湖村两先生游久地观梅花》其一："十里离城向水村，烟林缀玉月黄昏。春寒欲琢梅花句，不做诚斋独闭门（杨万里句'闭门独琢春寒句'）。"《题画（杂录）》其一："杨柳池塘欲曙时，遥林月落水风微。荷花开作清凉国，熏杀山人白葛衣。"《盐原避暑》云："水鸣环佩霞曳裳，云松楼阁仙所乡。我来盐溪拾瑶草，七十二瀑秋苍苍。"

[日] 服部辙诗系年：《断句》（六首）、《平蕃曲》（二首）、《富长蝶如寄〈京都杂诗〉数首就正，点定之余，赋此以赠》《赠溪花女史》《有感》《谒桃山陵》《乃木公祠》《南都杂诗》（七首）、《过笠置》。其中，《断句》其一："炉火蒲团寒倍亲，帧梅花影借灯新。天公别有白描手，夜送雪声春未春。"其二："传座村邻醉拜年，雪中忽过落灯天。吟窗最爱夜深月，但写梅花不写烟。"其三："拟乞库中笺九万，老来学字费溪藤。消寒未袭梅花案，日课数行敲砚冰。"《有感》云："法轮同日月，万劫不低催。轮大时生角，凭谁一转来。"《南都杂诗》其一："讶他铜狄卧寒芜，鸣鹿呦呦兴不孤。寺观惟余金碧在，凄凉七代旧皇都。"其二："松栝雨晴苍翠新，殿廊窈窕倚清晨。风帷徐举雅弦罢，不见白衣朱袴人。"其三："若草山前筇暂停，霜余草色也凋零。蓬头客与王孙老，只欠春风更吹青。"其四："梵天髻现雨花场，铜佛跏趺大殿堂。闻说兰奢传掌故，谁焚一寸八分香。"

[韩] 金泽荣诗系年：《送修定归丝渔港》《为曹仲谨题其弟子所新建鼎山书室》《题河叔亨龟冈精舍》（三首）、《寄张顺侯三首》《韩主事自燕京寄书相问，感旧有赠》（四首）、《酬陈生修定》《周方伯子迪挽》《赠张景云》《赠郑泽庭》《次〈八卦亭赎修〉韵》《寄赠从侄子德》《谢钱浩斋馈橘》《修定以猪酒来寿，赋以谢之》《题李持平石川亭，用其旧韵》《悼张景云》（二首）、《遥题费范九澹远楼》（四首）。其中，《送修定归丝渔港》云："陈生家临扬子江，门外白鸥飞两两。当此中秋明月时，江光月色相摩荡。横波白露浩如海，隔烟青山惊似魅。残枫败荻半折芦，一一奋叶风前响。屈宋李杜诸古魂，骑鲸骖虬纷下上。陈生吟弄不胜兴，走访老夫呼丈丈。木兰之舟有居处，楚竹炊饭有供养。东家渔客西家樵，左扶右护有吾党。何不与我同去游，百篇留作千人赏。此江久无好风流，徒然商舶日来往。闻之哑然笑抚掌，君曾见否黄河之水倒流上。昆仑残年七十非，畴囊世间好事付少年。愿君自爱自健母，使前人独作五湖长。"《题河叔亨龟冈精舍》其一："一缚经书万古心，顶门遥乞考亭针。风灯大劫君何与，自有如来不坏金。"